上 卷

中國文學史綱要

姜書閣

ZHEJIANG UNIVERSITY PRESS
浙江大学出版社

重 版 说 明

    姜书阁先生《中国文学史纲要》(修订版)2006年在我社出版后,深受学界和广大读者欢迎。由本社版权贸易部获悉,此书面世后,不仅国务院新闻办公室"中国之窗"曾作过专门报道,国家相关部门还将此书选作礼品赠送给外国驻华使节,借以增进外国友人对中国传统文化的了解。为精益求精,使该书更好地为广大读者服务,作者之女姜逸波女士又两次校读,改正了初版排印中出现的某些文字及标点疏误,对引用资料作了进一步核实。但限于阅读范围和认知水平的差距,重印后仍可能存在某些疏误和不足之处,诚望学界友人和广大读者惠予指正。

浙江大学出版社　张道勤

2015 年 8 月

修订版说明

——姜书阁先生学术简介

　　《中国文学史纲要》是著名学者姜书阁先生（1907.11—2000.12）"文学史系列研究"中的一部力作。先生幼冲即入小学，读《四书》、《五经》、唐宋八家散文及《唐诗合解》诸作；入中学又读《文选》、《经史百家杂钞》、《百子金丹》、《庄》、《列》、《史》、《汉》诸书，遂以能文蜚声师友间。尝于课中作《雪》、《年》二文，出之以骈俪之体，其师沈北喻一字不易，密加圈点，评称"胸中雪亮，腕底风生"。

　　1925年以第一名成绩进入唐山大学，明年，又考入清华政治学系。先生立志高远，尝集爨宝子碑帖文字为联语"官山府海称贤相，醇德清操享大名"以励志。而又博涉文史，旁听清华研究院及中文系诸近代名学者如梁启超、王国维、陈寅恪、朱洪诸先生的文史专题课。课余撰《桐城文派评述》，是为研究桐城文派较早的专著，1930年由商务印书馆出版。交付出版时，先生年仅十九岁。进清华不满一年，撰《古者男子三十而娶女子二十而嫁考辨》，获"清华丙寅论文奖"第一名，发表于《清华周刊》并印出单行本。继此而后，先生又在鲁迅主编的《语丝》上发表了《美国黑人诗歌选译》；以"长天纾翮"为笔名在《清华周刊》上发表了《雪莱小诗选译》。在专业课程上，先生于第三学年就完成了一部有关国际公法和外交史的专著——《世界治外法权史》。此书二十余万字，深受校长罗家伦、教务长兼政治系主任吴之椿的赞赏，曾为热情推荐出版，但以"内容太专"被搁置。1932—1935年，此书曾以论文形式在《东北月刊》和《行健月刊》上发表过六章，余稿散失于"七七"事变。姜先生晚年回顾在清华读书时说："我在二十岁左右精力最为旺盛的时期,确实不曾浪费一点时间,四年中如饥似渴地研读了中外古今文、史、哲、政、法、经、社……各领域的诸多重要著作,也听了不少专家学者的讲演与专课。"姜先生天资聪颖,积学深厚,加上师从者皆当时国士名流,故大学四年已博通古今,学贯中西,为迥出时辈的佼佼者。

清华毕业后,先生曾在哈尔滨教育厅任秘书兼哈尔滨法政大学教授,后又至察哈尔教育厅任职,至北平社会局任督学。在此期间,著有《中国近代教育制度》一书,1934年由商务印书馆出版。1931年"九一八"事变后,日军占领东北三省,先生除在《东北月刊》(刊址北平)上发表抨击时政、宣传抗日的文章外,还在北平主编《黑白半月刊》("黑白"即"白山黑水",指黑龙江和长白山),宣传抗日救国。1936年任《北平晨报》主笔,前后写社论近百篇,内中颇多关心国是、斥责日军侵华及纵容浪人沿海走私等文章。1937年"七七"事变日军占领北平后,先生挈家南下,至国共合作的抗日委员会经济部工作。1940年出任国民政府行政院编审,同年调至财政部任秘书,后历任税务署副署长、署长而至财政部政务次长。在财政部任职时,先生忘我工作,不以身家为念,每于政务之暇,通览二十四史,察古今政治兴衰,稽其原由,力图有补于时。曾参与创办"中国政治建设学会",主编《政治建设月刊》;在《现代读物》上发表《中国行政新论》之一、之二、之三、之四;在《财政学报》上发表数万字长文《战后整理财政刍议》等。其时先生不满四十岁,在国民政府中传有极好的口碑。解放前夕,时以揭露抨击权贵腐败闻名的上海《铁报》,曾在头版中心位置刊登《廉吏外传》,以钦敬的笔调描述姜先生两袖清风、坦正磊落的廉吏风范。此事在当时财政界,引起过强烈反响。

姜先生为国民政府服务近二十年,想的是国计民生而非个人得失,故新中国成立前夕,坚不肯随国民党政府要员赴台,而由广州飞回重庆,迎来解放。中共西南军政领导刘伯承将军等颇知先生人品,对其历史以"清正廉直,洁身自好"八字做出结论,遂聘为中共西南军政委员会财政部参事,使主持创办中央税务学校西南分校,任副校长。任职期间,先生讲授过《租税概论》《新民主主义财政》等课程,并著有《新民主主义财经政策》一书。

新中国成立后,先生在实践中接受无产阶级革命理论,系统地研究马克思主义,积极支持共产党的各项治国方针。1958年,先生已年过半百,欣然接受四川省统战部的推荐和青海省政府的招聘,携妻带女,投身到支援大西北的建设中。先生自愿去青海师院教授古典文学,在西宁简陋的居室中潜心治学,教书育人,一干就是二十一年。《中国文学史纲要》就是在饥肠辘辘的三年自然灾害时期按照教育部《中国文学史编写大纲》的要求以马列主义为指导,独自编写出来的。以个人之力,在无所依傍的条件下完成从远古至近代跨越数千年的文学发展历史的撰写,展现各时代不同历史时期的社会政治、经济及文化概貌,详细叙述各种文体的产生、发展、兴盛以至演变或衰落的过程,分主次轻重介绍不同时期众多作家的生平、思想及文学创作成果,选择有代表性的作品为案例,以点睛之笔作出精要评述,使读者能迅速领悟作品的价值,认清作家的地位及对后世的影响,此非博通古今政治、经济、历史、文学等多种门类的知识,又兼有一以贯之的进步理论为导向不能胜任,而先生正是这样的人才。但即便如此,先生下笔仍十分谨慎,无论写到哪个时代,不尽可能读完那个时代的相关典献不下笔;无论写到哪位作家,不最大限度地历览他的传世作品及相关资料并做一番爬罗剔抉、辨伪存真的整理工作不下笔。当然,为此先生储积有年,成竹在胸,故整部作品若一气呵成,有统一的观点和纵横贯通的脉络,有严密的逻辑和深切明著的说服力。通览全书,给人以突出的印象是:一、眼界高远,立论明确坚实。全书以人民性为衡量作家作品价值的首要标准,而人民性首先表现在对民生的关怀和反映社会现实的深度上;其次关注的即是作品的艺术性。两者综合运用而又主次分明,这正是坚持了马克思主义文学理论的基本准则。坚持人民性为评价标准这一点极为重要,"饥者歌其食,劳者歌其事",文学产生于民众,也应服务于民众,文学史理所当然地应以反映社会民生的内容为主体,但这一点却常常会被某些研究者所忽略。二、介绍文体的产生、发展、衰落、演变或消亡,既找出社会原因,又详论其自身特点及在形成发展过程中与社会政治、经济及相关制度的联系。先生文史兼长,故探源溯流,委曲周至,阐幽显微,每能发前人所未发。三、选例精当,评点切中窾要。先生深于史学,熟悉作家的生平、思想及全部作品,故不仅选文极具代表性,而且每能发掘作品产生的特殊背景,以简净的文笔,点破作者真实活动着的思想、艺术表现上的承传关系及个性化风格形成后所展现的突出特点。四、重视民间文学的研究、总结与评价。民间文学直接源于人民生活,不仅直接反映社会现实,反映民众的思想、要求及对时政得失的评价,而且是众多文学体裁产生的丰厚土壤。先生不仅极为重视民间文学资料的收集和整理,而且对民歌、曲艺和地方戏曲做过专门研究,故其论述,深入而详切。五、注重古为今用。古为今用是研究历史文学的根本目的,故本书无论从思想上、艺术上,肯定的都是健康的、积极向上的,能催人奋进、有利于读者成长、能为新文学的发展提供借鉴和滋养的。反之,则必做出相应的批判,指出其毒害作用,令读者知所防范。古人尝言"先觉觉后觉",在先生看来,以健康的知识育人,是文学史家和从教者对社会的责任,也是对未来的责任。

以上数款,不过其荦荦大者。总的来看,先生学识渊博,文、史、政、经、哲、教、法、外兼长,故能高瞻远瞩,提纲挈领,论述文学现象,均能洞见根本,为后学者做出向导。韩愈有言:"根之茂者其实遂,膏之沃者其光晔。"《中国文学史纲要》根植于先生深厚的学养中,可谓光晔实遂的学术成果,其价值无须赘言,但惜当时纸张缺少,仅铅印三百部作青海师院教材,故除受业学子外,鲜有知者。

继《中国文学史纲要》之后,先生又相继完成了出版后令词学界瞩目的《陈亮龙川词笺注》和校绎精湛、文采斐然的《文心雕龙绎旨》。但这两部书稿受不良气候的影响,均是压在箱底近二十年才得以面世的。粉碎"四人帮"后,天回地转,日月重光,先生应聘到湘潭大学任教。其时先生虽已年逾古稀,但学术上却焕发了青春。"蚕老怀丝终须吐,茧衣留与后来身",先生董理旧稿,再著新篇,几至废寝忘食,授课而外,日伏案十数小时,《诗学广论》、《中国文学史四十讲》、《先秦辞赋原论》、《说曲》、《汉赋通义》、《骈文史论》等,如箭之连发,相继而出。1984年,应青海人民出版社盛情相约,其《中国文学史纲要》交由该社出版。八十岁之后,先生目力就衰,但在目力急遽下降时,仍不顾休息治疗;在相倚相扶共度艰难岁月的夫人长逝,生活上、精神上又受重挫的艰难日子里,仍奋力完成了六七十万字的《文史说林百一集》和《文史说林百一续集》的撰写与校订工作。其时先生的视力已降至0.02以下。

先生的一生是勤奋的一生、光辉的一生。他的勤奋和业绩不仅赢得了学界同仁的仰慕,也受到了国家和省政府的嘉赏。1980年,湖南省古典文学研究会成立,先生被推举为学会理事长,后又相继荣任全国屈原学会副会长、全国骈文学会及税务学会顾问等名誉职务。1991年,姜先生被荣定为国务院第一批享受国家政府津贴有特殊贡献的专家。1995、1998 两年,湖南省又先后授予姜先生"先进工作者"和"荣誉社会科学家"的光荣称号。先生的"中国文学史系列研究",曾于 1987 年荣获"六五"期间湖南省高校社科优秀成果一等奖;其《骈文史论》也曾于 1992 和 1995 年先后荣获省和国家优秀社科成果一等奖、二等奖。

先生已辞世数载,青海版《中国文学史纲要》也久已脱销。为光大先生学术,使有价值的学术成果能为今之学子所用,使成为促进新时代人类文化进步的有效资源,浙江大学出版社决定出版《中国文学史纲要》修订版。修订重在核正资料及改正原版因检校不精而产生的文字及标点疏误。此项工作由先生的哲嗣——多位长期从事古典文学教学和研究工作的子女承担,先生的门生也协助做了些复核查证工作。

浙江大学出版社　张道勤

2006 年 8 月

〔附注〕　本文资料来源:

1. 张贵生:《姜书阁先生小传》,见《松涛馆诗集》附录　江苏教育出版社　2001.1

2. 金绍任:《茧衣留与后来身》——记湘潭大学中文系姜书阁教授　《人民日报》(海外版)　1991.2.8

3. 金绍任:《20 世纪的学术大师》——庆祝姜书阁先生九十华诞暨从事学术活动七十周年研讨会论文　1996.11

4. 姜书阁先生的书序及谈话回忆录等。

自　序

　　这部《中国文学史纲要》的初稿七十八万字,是 1961 年 7 月至 1962 年 3 月间,共八个半月的艰苦岁月中("三年困难时期"),在荒寒边僻的西北古城——西宁古城台一间湫隘的陋室里,靡朝靡夕地拼着老命编写出来的。三月中旬交印刷厂,四、五两月就分上、下两卷印出来了。可以说,它是我个人的"大跃进"的产物。

　　不过,从本书的编写时间和过程来看,确乎是"大跃进";而就我个人对于中国文学史的研究和长时期的准备工作来说,却也不是突击而成的急就章。为什么呢?

　　从少年时代直到五十岁左右,我不断进行过有关祖国文学发展历史的许多问题的研究,这且不去详说。从 1958 年起,我在那个时代的思想潮流的激荡下,给自己定下了一个狂妄的宏伟计划,要以三至五年的时间,独自撰著一部七卷本二百五十万字至三百万字之间的中国大文学史,并即开始工作。初期还比较顺利。先秦故籍易备,虽爬梳颇难,而少壮所读,老犹不忘,自抒己见,亦不受任何限制。至两汉则稍难,至魏、晋、南北朝则大难,而幸有严可均、丁福保所辑之全文与全诗,尚可资以检核。写至唐及五代,虽有清人《全唐诗》、《全唐文》,但以卷帙浩繁,以前未曾尽读,非逐家通阅详究,不敢下笔,因此便用了将近一年的时间,总算写完了这一阶段的文学史长编。到宋代就更麻烦了。诗、文且不说,只宋代最突出的词,当时唐圭璋的《全宋词》尚未出版,即已非常棘手,况有话本小说和已佚的戏曲,就更难处理了。不过,基本轮廓还可以摸得到,所以虽明知力不能胜,也勉强写了很不满意的初稿。元人冠绝前古的戏曲和散曲倒是可以恃隋树森给我们提供的资料进行研究。到1961年6月，约二年又半的时间，从先秦写到元代，已超过一百二十万字。以历史时代论，固已过半；而以撰著历史必须厚今薄古、详近略远的原则言之，则明、清、近代至少应相当或略多于金、元以前。但是明人小说、戏曲、说唱等作品，既难获得，自己又很不熟悉，根本无从着手；就连明人诗文集当时我能找到的也不及三十家，更谈不到清及近代了。因此，只得暂停，以待来日。

恰在此时，教学工作要求我编著大学本科所需要的《中国文学史》教材，任务很急，因为上边的要求是要"课前到手，人手一编"。我对于这一号召是认真奉行的，便立即根据高等教育部1956年所颁发的《中国文学史教学大纲》的要求，动手撰写这部书。自先秦至元代，完全以我刚刚写过的长编为基础，加以精简与删削，以适应教学的需要。明、清、近代部分则因教学要求与我前书计划比起来少得太多，主要资料尚不难搜集，而且绝大部分是早已读过了的，今人亦多有研究论文发表，可供参考，因而写得较快。

这部书在当时纸张困难的条件下，只印了三百部，分发给"文化大革命"以前我所任教的青海师范学院中文系历届学生，并未公开发行，所以不但国内学术界罕有知者，连西北各高等学校也没有见到。在我的书印成以后的两年之内，才陆续出版了至今尚重印多次被指定为高校教材的两种中国文学史（一种是三册的，出版于1962年下半年；另一种是四册的，出版于1963年下半年）。我原想，后来居上，我的书可以弃置，改用通行教材就可以了。但是，在自己继续使用自己的旧著并参考这两种通行教材进行教学的过程中，发现它们似都有一些不足和未敢苟同之处，甚至还有明显的错误。因此，我仍继续使用自己这部书，反复讲授了数年。

1965年秋，为适应那时所提的高等学校"教材要砍掉一半"的规定，我便另创体例，重新编写了一部三十五万字的《中国文学史四十讲》，油印了半本（二十讲）发给学生作为正式教材，而把前著充为指定参考书。这《四十讲》近年已重加修订，交由湖南人民出版社于去年正式出版，公开发行。

自《纲要》初稿印成至今二十年中，我因致力于某些专题的研究，故从未考虑过再对它进行修订，公开出版。但最近有几家出版社向我提出了这一要求，又经友生的劝促，我才略有动意。适青海人民出版社亦以此热情约稿。自思居青二十年，虽人事错牾，而山川有情，别来四载，魂梦犹萦。况青海人民无负于我,而我食息于斯、教授于斯者二十年,岂可一旦舍去而不为斯土青年留数卷书以为纪念耶?此书既在青海为青海学子而著,断宜重加修订,付青海出版,审矣。计之二十日,遂决。

垂暮之年,积稿盈箧,诸待理董,而精力就衰,程功难期,每一顾视,心急如焚。今又不得不转而为此不急之务,复可不以精审严密之思为之,则吾此时心情之矛盾与用力之艰苦,真有不能以言语形容者矣。

此书曾于"文化大革命"初期受到一些不值一顾的所谓"大批判",甚至于被"造反派"冠以"大毒草"的恶名,但不仅今天我不承认,就在当时我也从未心服,只是不允许"妄图翻案"罢了。现在要修订的观点和章节,完全不是那时被责骂的;相反的,倒是他们认为正确的而我则认为受有五十年代后期左倾思想影响的那些论述。不过,这次既是修订,就不同于新著,不能完全毁弃原稿,另起炉灶。所以,除掉根本错误的东西必须删除以外,总还得保持原有规模,使读者仍能得到具有完整体系的中国文学发展史知识。也由于同一原因,我必须增加一些当时认为不值得论述的某些文学现象,如向为文学史家所摈斥的两汉辞赋、魏晋南北朝骈赋和骈体文,等等。而对于初稿中某些肯定过当和否定过多的,则也不能不适当地加以修改。

这是文学史,不是专题论著,不能不采用前人和今人的研究成果,但写史不同于写论文,也不便于一一注明出处。何况书中所用往往只取某家的某一点而非其全,且为行文之便,又或仅用其意而不能尽袭其语。这是自司马迁之撰《史记》,班固之著《汉书》,便已如此的,我也踵而效之,初无剽窃掠美之意。

然而更多的是移用我自己的他书他文中的论点和文字,但一般也不是不加修改而照样移录,故亦不同于一稿两用。

本书原为教学而著,且章节安排基本上以《教学大纲》为据,间有以己意改变者,但并不太多。在长期教学中使用,也证明了它还比较适合高校教材之需。为此之故,此次修订即仅增改原稿不足和不适的部分,而不做过大的变动,以期于公开出版后仍可供高校文科采用。也是出于这一设想,对近二十年来古典文学研究中的新成果,我虽在原则上主张应尽量吸收,但仍以较为多数学者普遍承认的为限,其在今日还未得到广泛认可的则姑存旧说,免滋读者之疑。即使是我自己的研究成果或是我已经多方面证明无误而深信不疑的,但因在教科书中不宜写入论辩性的大段文章,亦只得暂不提及。这样做丝毫无损于全书的完整性,因为大学本科生所需要的中国文学史基础知识,有这些便已足够,不宜多生枝节;读者如欲就某方面或某问题再作进一步的探索,自当别求,而非本书所能提供。

本书由一人执笔,文字力求简明,笔调前后一致,固不仅观点统一、用语涵义统一而已。这是现在通行各书之概由多人执笔者很难做到的。事实不是很明显吗?有的合作者已经公开论争过,互不同意对方的观点;有些问题虽未公开论争,但前后歧异的情况也还是存在着的。至于文笔之不同,繁简之殊异,本决定于每一执笔者的个性、专长与偏爱,也不是主编人所能逐章逐节为之修改划一的。

虽然如此,我也承认个人执笔独立撰著一整部中国文学史确有困难,尤其根柢不深、读书不多、见闻不广、学养不足如我者,就更有不可克服的困难。明知力有不逮而强为之,则是由于当时还没有比较完整的现成教材可用,为了应教学之需,不得不自编自讲。而今天又居然要重加增订,公之于世,亦非妄谓二十年后自己的学养真已充实到可以胜任此事,只是觉得多年前既已写成,并通过教学而知其不足之处,则尽力修订,然后公开发表,向专家学者和青年读者虚心请教。假如能再活几年,或尚可于八十岁以后再加修订,庶几稍有可观,不负此生。

本书仍用原名,以示并非新著。但是这个修订本现已超过了八十万字,与目前通行的同类书分量相近,而为了翻检方便,仍决定分装两册,称之曰上卷、下卷,以存其旧。

姜书阁自序于湘潭大学松涛馆
一九八三年二月

又:此书修订稿寄发后数日,湘潭大学决定今后即以此书为本校中文系正式教材,长期使用。著者表示同意,特补志于此。

著 者 附 识
一九八三年三月

目　　录

上　　卷

第二篇 两汉文学

第三篇　魏晋南北朝文学

第一章　魏晋南北朝文学概说

导　言

第一节　中国文学的悠久历史与优秀传统

我们伟大的祖国是世界上少数几个文明古国之一。仅就母系氏族公社已达到繁荣阶段的新石器时代来说，距今六七千年以前，代表仰韶文化的氏族部落便已出现在黄河流域，西安半坡村氏族公社遗址就是这一文化系统的典型代表。根据在那里发掘出来的极为丰富的物质文化遗存来看，半坡人已是创造我国农业文化的先驱者之一。假定仅仅从那时算起，中国的文化史迄今至少已有六七千年之久了。

但是，商朝中叶以前的历史，我们只能依靠从地下发掘出来的文物资料来进行考察和研究，还没有文字记载可供阅读或参证，因为在遥远的氏族公社时期，我们的祖先还没有创造和使用文字。尽管有的文字学家曾"假定中国的象形文字至少已有一万年以上的历史，象形象意文字的完备，至迟也在五～六千年以前"；又"假定形声文字的产生在三千五百年至四千年以前，那么，中国文字的起源总在六～七千年前吧"；但事实是，我们在仰韶文化遗存中所能见到的刻画在陶器上的各种符号大约有五六十种不同的样子，一般称为陶文，实际只是仰韶人用为表现其朴素的思想意识和交流其在日常生活范围内的简单事务的一些通用符号，仅能算作我国文字的原始阶段。由历史的考察和从文字的发展推测，都可判断中国形声文字的产生约在四千年前的夏代，而完备于殷商之世，今天所见到的殷墟甲骨文字便是实证。甲骨文字已是有严密规律的文字系统，不经过千百年的发展是不可能达到那样水平的。

自公元前 1394 年商王盘庚迁殷（今河南安阳）以后，大量的甲骨卜辞被保存下来，近代才陆续出世。我们所能见到有文字记载的信史大约便起于三千四百年前了。作为文化的最重要的组成部分的书面文学和被记录下来的人民群众所创造的口头文学,也只有到文字比较完备并且为较多的人所使用和认识时才能出现。因此,有人说"我们的上古史,目前虽尚模糊不明,但有许多理由,可以说从孔诞前一千五百年左右——即夏初起已有了历史的记载",因为"这种记载,当然是文字十分完备后才产生的"。一般的历史是如此,文学史也应该如此。粗略地说,我们中国迄今已有四千年的文学史,大约不能算是夸张。

中国文学不仅有悠久的历史,而且有为数众多的杰出作家和极其丰富的光辉灿烂的文学作品,更重要的是还有大量的劳动人民所创造的口头的和书面的诗歌、谣谚与神话传说及寓言故事,成为中国古代文学的丰富宝藏。早在三千多年以前,中国文学便开始创立了初步规模,有了自己的独特体制和独特风格与气派,并且逐渐积累形成为中华民族文学的优秀传统。这正是中国文学史应该加以探讨的主要内容,也是我们今天和明天的文学家所应该继承和发扬的宝贵遗产。

中国文学的优秀传统究竟表现在哪些方面呢?研究者比较一致的意见认为主要表现在:

一、现实主义精神 这当然主要指劳动人民所创作的文学作品而言。劳动是文学创作的源泉,劳动人民才是第一流的哲学家和诗人;劳动人民的文学必然反映他们对自然所进行的现实生产斗争;而在阶级产生以后,就其主流来说,必然用它作为阶级斗争的强有力的思想武器。我国古代劳动人民要求文学能真实地深刻地再现现实,为自己的利益、自己的斗争服务,这样就产生了具有现实主义精神的文学作品。这种精神一直为三千多年来的无数作家所继承与发扬,成为我国文学的优秀传统。

二、积极浪漫主义精神 文学上的浪漫主义有时是很难与现实主义分开的,实质上二者是相通的。这种精神加强人们的生活意志,唤起人们对于现实的一切压迫的反抗心。在我国古典文学上,它表现了人们克服困难、战胜黑暗现实、追求理想和幸福生活的斗争精神。所有伟大的作家、优秀的作品,没有不具备这种精神的。

三、人民性、爱国主义和人道主义精神 这些也是和现实主义的传统有着密不可分的关系的。许多伟大的现实主义文人作家因为跟劳动人民有着血肉相连的关系,所以才能写出具有深刻的人民性和强烈的爱国主义精神的不朽作品,它们也是符合人道主义的;至于劳动人民自己的创作就更不消说了。当然,这都是站在劳动人民的立场来讲的,脱离正确的阶级观点就谈不到什么人民性和人道主义,也谈不到真正的爱国主义。

文学永远是时代的镜子,数千年的文学史正说明了这个问题。每一个时代的文学都真实而具体地反映了那个时代的精神面貌。而民间文学则更具有巨大的解放力量,文人作家只有从这里吸取营养,才能增添新的血液使文坛不断革新、进步,发出光彩。

最早的文学是人民的口头创作——歌谣与神话传说,在任何民族都是如此,中国当然也不例外。神话是我国积极浪漫主义文学的萌芽,保存到现在的虽然只是原有的极小一部分,而且比较零碎散漫,但已是非常丰富非常光辉的,应该很好地研究继承。《诗经》是我国古代第一部诗歌(主要是民歌)总集,其中的民歌是我国现实主义文学的光辉起点。

历代民歌赋予各个时期诗歌以新的生命,哺育了历代诗人。屈原是我国第一个伟大的诗人。曹植、陶渊明、李白、杜甫、白居易、苏轼、陆游、辛弃疾、元好问、顾炎武、龚自珍、黄遵宪等都以他们的创作丰富了诗歌宝库。

战国时期,社会发生急剧变化,学术思想空前活跃,促进了散文的发展,诸子哲理散文与当时的史传散文都非常兴盛,呈现出百花齐放百家争鸣的景象。后世贾谊、司马迁、班固、扬雄、郦道元、韩愈、柳宗元、欧阳修、苏轼、王安石、归有光、姚鼐等优秀散文家,不断取得新的成就,充实并繁荣了散文园地。

小说的起源很早,古代的神话传说经过六朝志怪、轶闻逸事的阶段,至唐而有传奇,到宋则产生话本,于是中国的古典小说便逐渐形成。明清两代,小说已成为文学中最繁荣的一种体裁,并出现了《水浒》、《三国演义》、《西游记》、《金瓶梅》、《红楼梦》、《儒林外史》、《聊斋志异》等长篇和短篇小说名著。

戏剧产生于民间的歌舞、百戏,经过长期演进,到宋代渐趋成熟,至元而大盛,明清又不断发展,更产生了许多地方剧种,开出了灿烂之花。关汉卿、王实甫、白朴、马致远、纪君祥、汤显祖、李玉、洪昇、孔尚任等大作家,对戏剧的发展都作出了巨大的贡献。

文艺理论与文学批评早在汉代就已产生了像王充那样的批评家,以后则有曹丕、陆机、刘勰、钟嵘、白居易、严羽、王若虚、李卓吾、冯梦龙、李渔等,都各有其独创的见解。

我国文学的光辉成就,还在于它的内容能形象地体现我国民族的精神面貌和优良传统,反映各个时期人民的阶级斗争和劳动生活。它的艺术风格则具有鲜明的中国作风,中国气派,为广大的人民群众所喜闻乐见,同时也从不拒绝吸收对我们有益的外来的优秀文化,以丰富和壮大自己。

第二节　研究中国文学史的目的和任务

文学是意识形态之一,是以艺术形象的形式,用语言艺术表达思想感情,来反映客观现实的。

文学史是研究过去时代各个阶段各种文学现象的科学。我们研究中国文学史的目的,就在于了解中国文学在各个历史阶段中的主要内容、特点和发展情况,从中找出其发展规律,寻求文学和社会发展、人民生活与阶级斗争相联系的规律;认识中国文学中现实主义精神和人民性等优秀传统,批判地接受古代文学遗产,吸取精华,剔除糟粕,古为今用,以创造并发展社会主义现实主义的新文学。现时是由古代发展而来的,研究过去的历史,不能不联系今天。而离开为今天服务,单纯地为研究过去而研究古代历史现象,那是没有现实意义的。所以研究中国文学史的目的和任务主要是寻求其发展方向与轨迹,并在接受与充分发扬过去的优秀传统的基础上,来创造和推进今后中国人民自己的文学,使它能为祖国伟大的社会主义建设服务。

其次,中国古代文学本身也充分地说明了中华民族的伟大祖先的巨大创造力。故此,研究中国文学史就必须阐明我国文学遗产的丰富伟大,从而提高民族自豪感,加强民族自信心,增强人们的爱国主义思想。

要达到这些目的,我们就必须把各个历史阶段中的民间创作和重要的有代表性的作家作品,加以分析研究,说明作家的时代、生活、思想和创作成就,分析作品的思想内容和艺术特点,给予主要作家和作品以正确的评价,这都要涉及他们的创作方法,估计到它们对于当时和以后的影响。

第三节　研究中国文学史的态度和方法

在阶级社会中,文学艺术从来都是属于一定的阶级,而不可能是超阶级的。文学作品的基本方向只能是或者反映进步阶级的意识,推动社会进步,或者反映反动阶级的意识,阻碍社会进步。因此,研究文学史时就必须站在人民大众的立场上，以正确的观点、科学的方法，分清哪些是"封建性的糟粕"，哪些是"民主性的精华"，知所去取，才能正确地阐述文学在历史发展中的作用。

这样的立场、观点和方法，其实也就是马克思列宁主义的世界观，就是要运用辩证唯物主义、历史唯物主义和马克思主义的美学理论，历史地、具体地研究作家和作品。如此研究文学史就不能不承认"艺术是属于人民的"，以人民性为研究文学史的一个十分重要的原则，因为人民性是和阶级性密切联系而不可分的。

既然文艺归根到底不能脱离政治，那么，在评价一个作家或一部作品时，就应当坚持政治标准第一的原则，把艺术标准放在第二位。如毛泽东所说，对于过去时代的文学艺术作品，必须首先检查它们对待人民的态度如何，在历史上有无进步意义，而分别采取不同的态度。其次，还要看它对今天会起到什么作用。我们的要求是"政治和艺术的统一，内容和形式的统一"。毛泽东说："我们不但否认抽象的绝对不变的政治标准，也否认抽象的绝对不变的艺术标准。各个阶级社会中的各个阶级都有不同的政治标准和不同的艺术标准。"所以，虽然"政治标准第一"，但也不能强调得过分，只要政治标准而不要艺术标准。艺术性不强而只有较高的政治思想性的作品，只可作为政治教科书，而不能当作文艺，不能算作文学作品。

只有用这样的研究方法，我们对于古典文学才算是"尊重历史的辩证法的发展，而不是颂古非今"，也才能做到"厚今薄古"，使"古为今用"。

过去学者对中国四千年的文学发展史很少做系统的科学的研究。"五四"前后，才有人开始做这一工作，但因立场、观点、方法有问题，成就不大。过去的成绩主要在史料的搜集与整理上，真正像样的文学史是没有的。但对文学史的范围，已初步明确，并已尝试做系统的研究，为后来文学史家打下一定的基础。

但是，有的学者以其错误的观点给文学史工作留下了不良的影响，如有的人不同程度地否定祖国古典文学，抹杀前人所创造的伟大成就，使后人认为中国没有什么值得继承的文学遗产。有的人则走向另一极端，迷信古人，宣传其中的反动消极因素，这些守旧的复古主义者的思想是封建的甚至是反动的，他们把一切古代作者与作品都视为万世不变的文学楷模。以上这两种人的看法都是错误的。

另外，还有些对祖国文学遗产抱怀疑、否定态度的少数"研究者"，他们把在封建社会产生的一切文学作品不加分析地一概称之为"封建文学",把中国古代民间文学说成是"落后的"、"反动的",反对文学的民族形式。他们的这种观点同样也是错误的。

"厚古薄今","为学术而学术"的研究方法,过于烦琐的不必要考据,以完全抽象的人性论代替阶级观点,不作具体分析的所谓"人道主义"与"人情味",以艺术标准为第一评价作家与作品,主观唯心主义的历史观点和美学观点,以及利用马克思列宁主义词句作为标签,以庸俗社会学来解释古典文学作品……诸如此类的错误倾向,也都是违反马克思列宁主义文艺理论的。

第四节　中国文学史的分期

关于中国文学史的分期问题,现在还没有一致的意见,但原则上是应该依文学发展情况来分,而这就自然与中国社会经济、社会生产力的发展基本上相吻合,但也不能置政治变迁王朝递嬗于不顾,因为政治的变化也往往在很多方面会影响文化、特别是文学艺术方面的发展。

本文学史纲要将分下列七篇论述:

第一篇——先秦文学

第二篇——两汉文学

第三篇——魏晋南北朝文学

第四篇——隋唐五代文学

第五篇——宋(辽 金)元文学

第六篇——明清文学

第七篇——晚清民初文学

先 秦 文 学

第一章　先秦文学概说

第一节　社会概况

距今百万年以前,我国广大地区已有原始人类居住。他们还没有什么文化,只是刚刚开始知道使用天然石片作为武器或生产工具。经过漫长的进化过程,到了大约距今一万年时,我们的祖先已从旧石器时代进入了新石器时代,畜牧业及最原始的农业逐渐代替了狩猎经济;又由于后来农业的发展,游牧生活又逐渐转向安居生活,男子劳动与妇女劳动的比重起了变化,男子的经济地位逐步提高,以女子为中心的母系氏族社会便也逐渐转化为以男子为中心的父系氏族社会。大约七千年左右的半坡式仰韶文化期内正是这一转化的过渡时期。而到了公元前 30 世纪——即距今五千年的传说中的黄帝时代,我们的祖先已生活在父系氏族公社制的社会中了。

在整个原始公社制的社会,生产力都还比较低下,生产资料公有,无阶级,无剥削,公社成员不能不通力合作,以取得最低限度的生活资料,以维持生存,所以那时只有共同劳动,共同享受。到了基本可靠的传说中的尧、舜、禹的时代,中国已进入新石器时代的后期,由于生产的发展,产品的增加,原始公社制开始解体。这时,一方面因生产部门的分工和交换关系的增加,出现了产品分配的不平等,初步产生了部落酋长的私有财产;另一方面又因部落战争的胜利,把俘虏来的劳动力作为奴隶,又迅速地增加了少数首领的私有财产,于是形成了他们的剥削地位。这样,财产公有制便逐渐向私有制转变,因而产生了中国历史上第一个阶级社会——奴隶制国家。大约自公元前 21 世纪至公元前 16 世纪便是这一转变的过渡时期。

殷商时代(约公元前 16 世纪到前 11 世纪),生产工具主要的已不是石器而是铜器,生产力有了较大的发展,农业、手工业、畜牧业和商业也随之而发达。私有制进一步完成,社会明显地分为奴隶和奴隶主两个阶级。国家机构已完全形成,阶级矛盾便也随之而益趋尖锐。到了殷商末期,奴隶的革命先在内部酝酿成熟,农业发展较高的周部族便利用奴隶兵的起义,很快灭了殷商,同时就开始以一些原始的封建制度代替逐渐趋于没落的奴隶制度,但是奴隶制还继续挣扎着,存在了很长的时期。

周朝灭殷以后,开始实行了封建的土地所有制,后来随着铁器的出现,农业迅速发展,但这时区分公田、私田的井田制度仍说明领主与农民的关系实质上还是奴隶主与奴隶的关系。

周自穆王以后,阶级斗争更形尖锐,周王朝逐渐衰落。到了厉王时,便爆发了第一次人民起义,厉王渡河逃走。幽王于公元前 771 年为犬戎族所杀,次年,其子平王被迫东迁,西周遂亡,中国进入了春秋时代,社会也向封建制度过渡了。

铁器普遍使用,农业发展更迅速,井田制渐趋崩溃,到公元前 594 年(鲁宣公十五年),鲁"初税亩",便正式宣告井田制的破坏。铁器生产发展,手工业和商业的繁荣促进都市的形成,知识分子也开始流入城市,以私人讲学作为取得生活资料的手段,或游说诸侯猎取名位,或直接从事商业以致富。社会经济基础的变动震荡了时代的意识形态,学术思想呈现着百家争鸣的局面,代表着不同阶级的利益与主张。这就是战国时代了。

战国时代,政治局面益形复杂,七国纷争,而西方新兴的秦与南方的楚最为强大,互争雄长。最后,秦卒以几代的变法图强,战胜了楚,灭了六国,建成统一的封建帝国。

第二节　中国文学的起源

文学艺术起源于劳动,这是马克思列宁主义经典作家及许多学者用人类发展史中大量具体资料所证明了的。中国文学的起源,也是如此。《吕氏春秋·审应览·淫辞》篇说:

> 今举大木者,前呼舆谔,后亦应之,此其于举大木者善矣。

《淮南子·道应训》也有同样的说法。这种"举重劝力"之歌,还说明了最早的诗歌是为了调节劳动的节奏,减轻疲劳,提高劳动生产率而创作的。鲁迅在《门外文谈》中也把这种"杭育杭育"的歌声称为创作,说如有什么记号留存了下来,就是文学,创作者就是文学家,是"杭育杭育派"。

原始的艺术从劳动产生,文学(首先是诗歌)、音乐、舞蹈自然都是如此,而这三者,又互有联系,密不可分。《吕氏春秋·古乐》说:

> 昔葛天氏之乐,三人操牛尾,投足以歌八阕:一曰载民,二曰玄鸟,三曰遂草木,四曰奋五谷,五曰敬天常,六曰建帝功,七曰依地德,八曰总禽兽之极。

从"操牛尾","投足"以"歌"来看,诗、歌、舞三者是合一的,而歌的主题都是与生产有关的,足证是从劳动生产来的了。

古代神话也是原始时代劳动人民在生产斗争中创造的。原始社会生产力低,人民的知识水平也差,在复杂的自然界面前,觉得无能为力,就通过幻想把人间的力量采取了非人间力量的形式,反映出来,便成为神话。这正反映了原始人民在生产斗争中征服自然的决心和信心。因此,神话的创造基础是现实主义的,而创作方法则是积极浪漫主义的。这是马克思解释古希腊神话的产生的基本理论,对于探讨中国古代神话也完全是正确的。

第三节　先秦文学发展概况

中国原始社会的口头创作,如歌谣、神话之类应该是极其丰富的,但既然当时还是没有文字的时代,所以很难保存下来,现在只能从有文字以后的史家、诗人或哲学家的著作里零星地看到一些,却已是很可宝贵的了。

就现有的文献来看,中国的书面文学开始于殷商时代,甲骨文中便储藏有一些关于殷人生活和神话的素材。甲骨卜辞中已有韵脚和节奏的,可以说是歌谣的形式,如:

> 癸卯卜,今日雨。其自西来雨? 其自东来雨? 其自北来雨?
> 其自南来雨?

由此可以看出当时殷人已能比较灵活地运用语言文字,在文学发展的过程中,这是有一定历史意义的。

其次是《易经》的卦、爻辞,虽不能确定其写作时代,但多数研究者认为当是殷末周初的著作,总之,必在甲骨卜辞以后。它反映了父系为中心的家族制度的完成,国家统治机构的完备,畜牧生活、农业生产以及手工业和商业方面的情况,更重要的是反映了奴隶主与奴隶两种不同阶级的对立。从文学的观点上看,它已有非常简短质直的句子,有色彩鲜明的描写,出现了整齐的音节与带韵脚的小诗,比甲骨卜辞进步得多了。

由《易经》再过渡到《诗经》,就已到了西周和春秋时代。《诗》三百篇大约有一半以上是从各地采集来的民间歌谣,成为我国自公元前 12 世纪到公元前 6 世纪的五百多年间的诗歌精华的总汇。它们一般都具有深刻的现实性和强烈的人民性,真实地并形象地反映了当时整个社会的面貌与本质,在创作方法上是现实主义的。

《尚书》是我国现存的最古史书,列入经部,则是中国最古的散文。这是"记言体"的史书,有些周代以前的文告,语言艰涩,可能接近当时的口语,因时代变迁,有些语句已难完全读懂。作为反映当时政治社会情况的史料,是很值得重视的。其中有些文字,也还简洁可法。《春秋》则是孔子编写的春秋二百四十多年的纪事纲要,文字比《尚书》简明条理得多了。

继此产生的史传文有《左传》、《国语》和《战国策》,真正不只是记叙历史事实,而且具有很大的文学价值。对后世散文发生重大影响,主要在于散文与韵文分了工,历史学家能以形象的语言描述历史人物活动,以简炼而生动的笔调记叙政治事件的发展。它们不只是艺术技巧很高,各有特色,而且都反映了社会矛盾斗争,有了丰富的现实的内容。

与此同时,诸子百家学术思想空前活跃,产生了成熟而广博的诸子哲理散文,各家又各有其写作特点与作品风格。从内容上看,它们反映了当时社会生活实况的各个方面;在写作方法上,它们都善于运用比喻和寓言,通过具体形象来说明抽象的概念与道理,发挥论辩和讽喻的作用。这些作品为后代艺术散文留下了一份重要遗产,给散文增加了不少绚烂的色彩。

战国后期,七国争雄,而当中斗争的最主要角色则是秦、楚两国。秦自商鞅变法以后,越来越巩固强大,楚国却在腐朽的贵族官僚集团把持下逐渐衰败。中国历史上第一个伟大的爱国诗人屈原便于此时出现在楚国。他给我们留下了二十多篇被后人称为"楚辞"的不朽诗篇,代表了南方文学,与前一时代代表中原或北方文学的《诗经》,成为并列中国诗歌史上的杰作。屈原既继承了中国早期文学的现实主义传统,又加以发展,用积极火热的感情和大胆驰骋的幻想,表达了他痛恨黑暗势力、热爱祖国的伟大理想和愿望。他的作品是中国文学史上现实主义与积极浪漫主义相结合的创作方法最早又最光辉的典范。与他同时和较后受他影响的有宋玉、景差等楚辞作家,也对后代文学发展起了重要作用。

第二章　古代诗歌和神话传说

第一节　古代诗歌

任何民族最古的文学总是劳动人民在生产劳动中,为了调节劳动而创作的口头诗歌。它们开始是随口冲出的只有节奏没有意义的唱辞,如前已说过的"举重劝力之歌",即鲁迅所说的"杭育杭育派",后来才演进成为既有节奏也有意义的简单唱辞,伴随着生产劳动或模仿生产劳动的舞的动作。单纯唱辞不必伴随着动作的诗歌更是以后的事。只有创造了文字以后,才能产生《诗经》,成为书面文学。正因为是口头创作,辗转流传,久而亡失,书面记录下来的很少,所以要研究上古诗歌,就只能从一些古籍中找到极少的篇章,从中略窥其风貌。

比较古而有征的,大约是《吴越春秋》所载的《弹歌》,据说是黄帝时的作品,这当然不可靠,但从歌辞的内容和形式看来,确是比较原始的:

> 断竹,续竹,
> 飞土,逐宾。("宾"古"肉"字)

这是一首原始的猎歌。砍断竹子,连结成弓,装上泥弹,猎取禽兽。描写制造工具去打猎,反映了原始人类的劳动生活,表现了乐观主义精神,可以说是一首现实主义的口头诗歌。

《礼记·郊特牲》载的《蜡辞》也是较古的:

> 土反其宅,
> 水归其壑。
> 昆虫毋作,
> 草木归其泽。

说明劳动人民在蜡祭的祝辞中提出了一些愿望与幻想,这具有一定浪漫主义色彩,艺术技巧也比前首有了进步,并且逐句押韵。

《尚书·汤誓》为伊尹相汤伐桀的誓词,其中历数夏王桀的罪状,说"夏王率遏众力,率割夏邑",因而"有众率怠弗协",接着,述及夏的"有众"对桀诅咒的歌谣曰:

> 时日曷丧,
> 予及汝皆亡!

这也见于《孟子·梁惠王上》:"《汤誓》曰:'时日害丧,予及女皆亡'。民欲与之偕亡……"可证这首歌确实是流传已久的夏末民间创作的,其中充满了"有众"(孟子解释为"民",恐未必确,应当也包括了奴隶)对当时最高统治者大奴隶主夏王桀的仇恨情绪。这首歌谣仅两句,共九言,而用了比喻,句尾押韵,简劲有力,愤怒之情,溢于言表,确是三千五百年前民间歌谣的典型的现实主义优秀作品。

到了殷商时期,前引(见页 11 倒 7 行)甲骨卜辞那一条,可以作为那时诗歌形式的例证。

《周易》卦爻辞中有很多是以小诗的形式写的,可以视为由甲骨卜辞过渡到《诗》三百篇的中间桥梁,例如:

> 得敌,
> 或鼓,或罢,
> 或泣,或歌。(《中孚·六三》)

描写战场上士兵的思想感情的变化,风格单纯质朴,用两字节奏。至若《中孚·九二》云:

> 鸣鹤在阴,
> 其子和之。
> 我有好爵,
> 吾与尔靡之。

无论音节、韵脚、句法,以及文字技巧都与《国风》里的一些诗篇没有什么大区别了。

在殷末周初之际,箕子(或曰微子)过殷故墟,"见麦秀之蔪蔪,禾黍之蝇蝇也",伤感宫室毁坏生禾黍,"乃作麦秀之诗以歌咏之":

> 麦秀渐渐兮,禾黍油油。

> 彼狡童兮，不与我好兮。

《史记·宋微子世家》载此（《尚书大传》所载与此略同）歌诗，曰："所谓狡童者，纣也。殷民闻之，皆为流涕。"这虽不是民间歌谣，而为殷王遗臣的诗咏，但其感情则与"殷民"相通。诗中已用比兴，并有泛声"兮"字，更与《诗》三百篇的"风"、"雅"相近。

作为屈原诗歌（辞赋）的先驱的，则是被称为"南音"的一些楚歌，如《越人歌》：

> 今夕何夕兮，搴舟中流！
> 今日何日兮，得与王子同舟？
> 蒙羞被好兮，不訾诟耻。
> 心几烦而不绝兮，得知王子。
> 山有木兮木有枝，
> 心说君兮君不知。

这是公元前 5 世纪中叶越人以越语唱的歌词，原只三十三个字音，经当时人译为楚语的，虽是我国最早的译诗，但从这里可以看出当时楚歌的形式。其后的《徐人歌》和《孺子歌》都是很可靠的早期楚歌，已开屈原作品先河，如《孺子歌》亦称为《沧浪歌》云：

> 沧浪之水清兮，
> 可以濯我缨。
> 沧浪之水浊兮，
> 可以濯我足。（见《孟子·离娄上》和《楚辞·渔父》）

这些南音的楚歌，都不似《诗》三百篇以四言句为主的四言诗，而是由四言句逐渐演化成为五、六、七、八、九、十乃至更多言的长句，并且是不拘言数可以长短错落，在句中或句尾加泛声字如"兮"、"些"、"而"、"也"……之类的另一种新的形式。它们是南方楚地民间创造的具有地方特色的歌曲，长期在楚地形成，为楚人所习闻乐见，故用的是楚语、楚声。楚歌富于幻想，多用譬喻，辞采婉丽，变化曲折自然，悦耳动听，与基本属于北方黄河流域中下游的"风""雅"诗的典重质朴者又自不同。

第二节　古代神话和传说

什么叫做神话？马克思说:"神话是在人民幻想中经过不自觉的艺术方式所加工过的自然界和社会形态。"又说:"任何神话都是用想象和借助想象以征服自然力,支配自然力,把自然力加以形象化。"因此,神话虽然是通过人民的幻想产生的,但不是毫无根据的,而是有它的自然和社会的物质生活基础的,所以还离不开人的生活现实。

神话产生的原因是:在原始社会和奴隶社会初期,生产力低下,人们对变化莫测和纷纭复杂的自然现象无法解释,在生产斗争中产生了征服自然的愿望和幻想,把自然和英雄人物加以形象化和神化,进行赞扬,因此产生了神话。

神话并非迷信,虽然两者都反映了古代人们对于超自然力量的信仰,但意义却有不同,必须严格区分。神话往往对于世界采取积极的态度,富于人民性;迷信则总是消极的,往往反映统治阶级的利益。最突出的是表现在对待命运的态度:前者表现人们不肯屈服于命运,而后者则恰恰是宣传宿命论,宣传因果报应,让人们在命运面前低头,不像神话那样敢于反抗神的权威。因此,神话鼓励人摆脱奴隶的枷锁,追求真正的人的生活,迷信则使人甘心做奴隶,甚至将奴隶的锁链加以美化。

这样,神话的特点是:

一、神话的基础是现实生活,但表现了浓厚的积极浪漫主义色彩,神是人类智慧的化身。

二、神话是在社会生产力处于低级阶段中的产物,经过集体创作,口头流传阶段,故其创作活动是全民性的。后人记录时打上了阶级烙印,所以往往具有阶级色彩。

三、神话不同于迷信,前者是积极向上的幻想,富有反抗斗争的精神;而后者则是消极落后的邪说,是统治阶级的愚民工具。

神话往往可以演化为传说,但这二者之间并无严格的界限。大致上,传说故事比较晚些,而神话故事则较早。如要区分,可以说:(一)神话纯粹是人们以幻想的形式反映现实,传说则是以历史事实为根据,加以生发渲染而成;(二)神话的主角是人们幻想出来的神,传说的主角却是历史上的人。

　　每个民族都有自己的神话和传说,中国古代神话故事本来是很丰富的,因当时无文字记载,加上后来统治阶级的摧残,大都失传,留下来的零星片断则散见于《楚辞》、《山海经》、《吕氏春秋》、《淮南子》、《列子》等书。有些显然受到统治阶级文人学者的篡改和曲解。

　　这里举几个最优秀的神话,以见一斑。

(一)女娲补天和造人

　　往古之时,四极废,九州裂,天不兼覆,地不周载。火爁焱而不灭,水浩洋而不息。猛兽食颛民,鸷鸟攫老弱。于是女娲炼五色石以补苍天,断鳌足以立四极,杀黑龙以济冀州,积芦灰以止淫水。苍天补,四极正,淫水涸,冀州平,狡虫死,颛民生。(《淮南子·览冥训》)

(二)后羿射日与嫦娥奔月

　　逮至尧之时,十日并出,焦禾稼,杀草木,而民无所食。猰貐、凿齿、九婴、大风、封豨、修蛇,皆为民害。尧乃使羿诛凿齿于畴华之野,杀九婴于凶水之上,缴大风于青丘之泽,上射十日而下杀猰貐,断修蛇于洞庭,擒封豨于桑林。万民皆喜,置尧以为天子。于是天下广狭、险易、远近始有道里。(《淮南子·本经训》)

　　羿请不死之药于西王母,姮娥窃以奔月,怅然有丧,无以续之。(《淮南子·览冥训》)

(三)鲧、禹治水

　　洪水滔天,鲧窃帝之息壤以堙洪水。不待帝命,帝令祝融杀鲧于羽郊。鲧复(腹)生禹,帝乃命禹卒布土以定九州。(《山海经·海内经》)

　　昔者鲧违帝命,殛之于羽山,化为黄熊,以入于羽渊。(《国语·晋语》)

　　禹治洪水,通轘辕山,化为熊。谓涂山氏曰:"欲饷,闻鼓声乃来。"禹跳石,误中鼓。涂山氏往,见禹方作熊,惭而去。至嵩高山下,化为石。方生启,禹曰:"归我子!"石破北方而启生。(《汉书·武帝本纪》颜师古注引《淮南子》,今《淮南子》无此段)

（四）黄帝蚩尤

蚩尤作兵，伐黄帝。黄帝乃命应龙攻之冀州之野。应龙蓄水，蚩尤请风伯雨师，纵大风雨。黄帝乃下天女曰"魃"。雨止，遂杀蚩尤。（《山海经·大荒北经》）

黄帝摄政前，有蚩尤兄弟八十一人，并兽身人语，铜头铁额，食沙石子。造立兵、杖、刀、戟、大弩，威振天下，诛杀无道，不仁不慈。万民欲令黄帝行天子事。黄帝仁义，不能禁止蚩尤，遂不敌。天遣玄女，下授黄帝兵信神符，制伏蚩尤，以制八方。（《太平御览》卷七十九引《龙鱼河图》）

蚩尤出自羊水，八脚八趾、疏首，登九淖以伐空桑。黄帝作《枫鼓之曲》十章。（《初学记》引《归藏·启筮》）

（五）长臂、奇肱等异民国

长臂国在其东，捕鱼水中，两手各操一鱼。（《山海经·海外南经》）

奇肱国，其民善为机巧，以杀百禽，能为飞车，从风远行。（《博物志》又《山海经·海外西经》亦云："奇肱之国……其人一臂三目。"）

羽民国在其东南，其为人长头，身生羽。（《山海经·海外南经》）

大荒之中，有人名曰驩头。……驩头人面，鸟喙，有翼，食海中鱼，杖翼而行。（《山海经·大荒南经》）

以上这些神话，充分地说明了人民征服自然的迫切愿望和理想，集中体现了人民征服自然的豪迈气魄和乐观精神，表现了人民在与自然作斗争中的决心和毅力，对生产工具和英雄人物的歌颂，对被压迫者摆脱其痛苦处境的同情，同时也热烈地希望能够获得更大的力量和方法来改变自己的生活。像上述这样富有文学意义和教育意义的神话，还可找到许多，如"夸父逐日"、"精卫填海"、"愚公移山"等等，都为人们传诵至今，成了口头上常用的典故和文学上常取的写作素材。

为了深入地研究中国古代文学史，掌握悠久的现实主义的传统，为了更好地发挥现实主义与积极浪漫主义相结合的创作方法，使文学能够在"革命现实主义与革命浪漫主义相结合"的原则下飞跃地发展与繁荣，我们都必须正确地认识并继承祖国先民所遗留下来的丰富的神话传说遗产。

在研究神话中,我们必须注意下列几点:

一、在记录中,为统治阶级所篡改的部分,或涂以统治阶级的色彩,渗透统治阶级的思想,都应予以洗刷剔除,恢复其本来面目。

二、统治阶级把神话中的英雄人物说成高居人民头上的圣人,要人们当成偶像来崇拜,这是应该反对的;同样,封建士大夫文人把神话说成为历史,以神话英雄为自己的祖宗,也是错误的。

三、过去有些文人根本不承认文学的社会性和阶级性,因而便否定了人民群众是神话的创造者。有的人则采取鄙视的态度,诬蔑古代劳动人民之创造神话是"懒洋洋睡在棕榈树下白日见鬼,白昼做梦"。依照这样的意见,则世界上任何民族任何古代神话都是消极落后的东西,没有一点价值,更不要说中国古代神话了。对于这样十分荒谬的论点,必须给予严正的批判,然后才能认真地发掘并很好地继承我国古代遗留下来的虽很丰富却已残缺的神话、传说这笔宝贵文学遗产。

第三章 《诗经》——周代的史诗与民歌

第一节 《诗经》产生的社会背景

《诗经》是西周初年到春秋中叶（即公元前 11 世纪至公元前 6 世纪）以北方黄河流域为主的诗歌总集，是我国上古时期文学遗产中最丰富最伟大的一部现实主义诗歌作品。它产生的社会背景是怎样的呢？

这个时代正是奴隶制度已经盛极将衰，殷王朝亦已灭亡，而农业生产较发达的周部族挟其新兴的社会经济势力建立了远为强大的带有封建制度萌芽性质的周王朝的一个历史时代。这时候，在一定程度上，解放了大批奴隶，并把奴隶解放与土地所有权下放结合起来，成为初期的农奴制度，改善了原来的生产关系，提高了农业的生产力；后来创立了公田、私田制度，农业生产就得到进一步的发展。

在政治方面，周初建立了封建帝国以后，周公东征，基本上征服了殷商王朝的残余势力，巩固并扩大了帝国的基础，又把土地分封给诸侯，建立地方分权的封建制度。诸侯又把土地分给大夫，一层一层地成为大小领主。平王东迁以后，这个分权制度就造成了诸侯坐大，互相兼并，争霸称雄的混战与分裂局面。

社会文化方面，这时期由于社会经济的发展，初期城市形成了，知识分子也多流入城市，讲学论道，人事日繁，思想交流机会日多，人民的生活情感也渐趋复杂。在此情况下，便形成文化上的大发展。文学自不例外，而《诗》三百篇就是在这样的基础上产生的。

第二节 《诗经》中诗歌的采集与编定

《诗经》最早称《诗》,称《三百篇》,到了汉代,统治阶级有意识地歪曲这部诗歌总集的内容,作为宣传儒家思想的工具,把它经典化了,称为《诗经》,至今我们便沿用这个通行已久的名称。

《诗经》中的《周颂》和《大雅》的大部分是西周初期的作品,《小雅》和《国风》及《商颂》、《鲁颂》与《大雅》的一小部分则是西周末年和东周的作品。一般说来,"颂"诗是统治阶级的祭歌,不免歌颂其先王的功业,而大小"雅"则主要是各国士大夫所作的,反映了统治阶级的生活,偶尔也写出了当时社会的阶级矛盾,这些都可以说是西周时代的史诗,我们概视之为雅颂时代。"风"诗则是民间歌谣,多属东周时代的作品,为一部《诗经》的精华所在。因此,三百篇中实包括有西周为主的史诗和东周为主的民歌。

这些诗歌是怎样来的呢?"颂"诗出于朝廷,只有保存编订的问题,可以不谈。"风""雅"就不同了,尤其"风"诗包括地域很广,怎样才能集中起来呢?关于这个来源问题,向有太师采诗之说,但也有人反对,直到现在并无一致的意见,但近来一般学者多倾向于"采风"一说。

采诗说最早见于《礼记·王制》:

> 天子五年一巡守。……岁二月,东巡守。……命太师陈诗以
> 观民风。

其后,《汉书·艺文志》说:

> 故古有采诗之官,王者所以观风俗,知得失,自考正也。

《汉书·食货志》更详细一些:

> 孟春之月,群居者将散,行人振木铎徇于路以采诗,献之太师,
> 比其音律,以闻于天子。故曰,王者不窥牖户而知天下。

何休《春秋公羊传解诂》就写得更具体:

> 从十月尽正月止,男女有所怨恨,相从而歌。饥者歌其食,劳
> 者歌其事。男年六十、女年五十无子者,官衣食之,使之民间求诗。
> 乡移于邑,邑移于国,国以闻于天子。故王者不出牖户,尽知天下

所苦,不下堂而知四方。

就以上材料看,古有采诗制度,但关于采诗之人,采诗之时,采诗方式,却说者不一。

也有人反对王官采诗之说的,如清代崔述就是最有力的反对者之一。他认为这是"出于后人臆度",而诗之所以得传,大约只是"偶遇文学之士,录而传之"。我们的看法是,春秋以前当有采诗的制度,但并无严格规定,亦未必严格执行,所以文献不详,传者各有其自己的设想,不见得合于事实。王者采诗的目的则不是为了保存民歌,而是为了察民隐,观民风,知得失,施行"仁政",以便巩固其统治地位。

另外还有孔子是否删诗的问题。司马迁《史记·孔子世家》说:

> 古者诗三千余篇,及至孔子去其重,取可施于礼义,上采契、后稷,中述殷周之盛,至幽厉之缺……三百五篇。

唐孔颖达著《毛诗正义》即怀疑其说,以为"未可信"。宋以后疑者更多,但信者也还不少。

我们认为孔子不曾删诗,《诗经》在孔子以前便已编定,孔子当时所诵读的,基本上就是现在的三百篇定本。《论语》一再说"诗三百","诵诗三百",就是明证。

第三节 《诗经》的体制

《诗经》号称"三百篇",实有三百零五篇,另外还有《笙诗》六篇,有目无辞。全书分风、雅、颂三类:风诗中包括《周南》、《召南》和十三国风——邶、鄘、卫、王("王"也不是一国)、郑、齐、魏、唐、秦、陈、桧、曹、豳,共一百六十篇;雅诗包括《小雅》七十四篇,《大雅》三十一篇,共一百零五篇;颂诗包含《周颂》三十一篇,《鲁颂》四篇,《商颂》五篇,共四十篇。这样分是根据什么标准呢?有的说依声调,有的说依作者态度,有的说依诗的作用,但都不能说明问题,恐怕《诗经》也和其他任何古书的分类一样,是并没有十分严格的科学标准的。这部书的编定是在比较长的时期经过多人搜集编选,辗转传抄下来的,并非哪一个人编订的,所以更难找出统一的标准。

这些诗与乐、舞都有密切关系,但古者民歌部分的风诗大抵是"为诗合乐"而非"为乐作诗",颂可能是相反的,雅则两者兼有,未可一概而论。

为什么称为风、雅、颂呢?自来说者不一,我们是这样理解的:

风,就是土地风俗的风,就是各个地方的民间乐歌,可以代表那地方的风土、风格、音乐腔调。

雅,就是雅正的意思,周人把他们所认为的正声叫做雅乐,《毛诗大序》所谓"言天下之事,形四方之风,谓之雅",可见雅是周代王畿的乐歌。这虽是王朝统治者上层的看法,但这书既是这些人编订的,这一解释也许正合于原意。

颂,就是容的意思,《毛诗大序》所谓"颂者,美盛德之形容,以其成功告于神明者也"。容就是样子,颂就是舞曲,颂诗中既然主要是统治者祭其祖先时所用的舞曲祭歌,因此,它们的价值是远不及风诗,也不如雅诗的。但作为历史资料来看,这部分诗也还有一定的参考价值,未可全盘否定。

第四节 《诗经》的时代、地域和作者

《诗经》的诗全部都是从西周初年到春秋中叶五百年间的作品,但各篇的具体创作年代大抵均不可考。大致可以说,《周颂》全部是西周作品,《商颂》和《鲁颂》大都是东迁以后的诗歌,而《鲁颂》较晚。其中《周颂》中的《大武》篇为武王灭殷后所作,时间最早;而《执竞》为周昭王初年的作品,是《周颂》中最晚的。《商颂》是宋国的诗,最早的《那》也不过是西周末年的,而《长发》和《殷武》则是东周初年的,为最迟。《鲁颂》四篇大约是鲁僖公(公元前659—前627年)时代的作品。《大雅》大部分作于西周;《小雅》大部分作于东西周之际,其余一小部分则尽是春秋时代的。《大雅》中最早的可能是《文王》,约在成王时,最晚的可能是西周末年的《瞻卬》;《小雅》最早的可能是宣王时的《采薇》,而最晚的大约是东迁以后的《正月》。风诗中最早的应是《豳风》中的《破斧》,时代当在成、康两王,最晚的是《陈风》中的《株林》,约在公元前599年。

《诗经》的地域主要是渭水流域或黄河流域,也包括江汉流域的一小部分。《颂》和《雅》主要是渭水流域的。《周南》、《召南》是汉水和长江中游的,而其他十三国风便是黄河流域的。总的看来,它们产生地区包括了山东、山西、河南、河北、陕西与湖北北部。

这些诗中"风"大致是周代人民在生产劳动中集体创作的,没有作者主名;"雅""颂"多是统治阶级诗人所作,但也难指出诗人姓名。三百篇中,作者自举其名的有:《小雅·节南山》,是名为"家父"的人所作,《巷伯》是"寺人孟子"作的;《大雅》中的《嵩高》和《丞民》是"吉甫作诵";《鲁颂·閟宫》则"奚斯所作"。此外,《诗序》中指出作者主名的还有三十几篇,大抵出于臆测,极不可靠。

第五节 《诗经》的思想内容

根据《诗经》产生的时代、地域与其集体创作的情况来说,这些诗的基本主题不能不是人民在农业生产劳动中的生产斗争与阶级斗争。若分析起来,它们所反映的内容约有下列几方面。

一、尖锐的社会矛盾与阶级对立。主要的阶级矛盾当然是剥削者、压迫者与被剥削者、被压迫者间的矛盾。《豳风·七月》正是这样的诗,它不仅全面生动地描绘了那个时代农民一年四季的劳动生活,而且就在这样的描绘中反映出他们所受的苦难与剥削是多方面的:在农官田畯的监视下从事繁重劳动,又要为领主负担种种无偿劳役,如打猎、凿冰、修房、织布、做衣,自己却要采野菜、打柴,无衣无褐,住在满屋老鼠的破土房里,妇女们还要时时担心那些兽性的公子们的污辱和蹂躏。农民被剥削得普遍吃不饱,忧伤到了极点。《小雅·苕之华》甚至发出"知我如此,不如无生"的呼声。不得已只有消极地采取逃亡的方法,以期躲避统治阶级的剥削,如《小雅·黄鸟》所写的"此邦之人,不可与处",只好离开它,"言旋言归"了。但是,也有的并不仅是消极地出走,而是加之以愤怒的抨击、质问、诅咒与斥责,如《魏风》的《伐檀》和《硕鼠》便是。《硕鼠》首章可为代表:

> 硕鼠,硕鼠,无食我黍!三岁贯女,莫我肯顾。逝将去女,适彼
> 乐土。乐土乐土,爰得我所。

这里表现了人民的理直气壮和仇恨的深重,从中可以看出人民对于统治阶级对自己的剥削认识得非常清楚,而且表现了他们不与同处的顽强斗争精神。这些思想性和人民性都很强的作品,确是中国古典诗歌中最可宝贵的遗产。

二、人民对劳役、兵役的痛苦与反感。如《唐风·鸨羽》云：

> 王事靡盬，不能艺稷黍，父母何怙！悠悠苍天，曷其有所！

在"王事"的羁迫下，人民不能耕稼以养其父母，怨恨呻吟，痛极呼天。至于千古传诵的《小雅·采薇》则是写远戍的征人久历艰苦，迫切怀归，而在还乡路上，又受尽饥渴，哀伤悲怨，感人最深。其首章与末章云：

> 采薇采薇，薇亦作止。曰归曰归，岁亦莫止。靡室靡家，猃狁
> 之故。不遑启居，猃狁之故。
>
> 昔我往矣，杨柳依依，今我来思，雨雪霏霏。行道迟迟，载渴载
> 饥，我心伤悲，莫知我哀！

人民反对不义的战争，但这与爱国主义思想并不矛盾。为了抵御外侮，人民自来就是勇于卫国的，《秦风·无衣》三章，其一说：

> 岂曰无衣？与子同袍。王于兴师，修我戈矛，与子同仇。

充分表现了慷慨激昂踊跃从军的精神。

三、揭露统治阶级的丑恶和罪行。如《邶风·新台》、《陈风·株林》之类，很多都是对于统治者的淫行秽事加以揭露，并表示强烈的憎怨与鄙视，进行了狠狠的讽刺与谴责。有的是正面的斥责，如《秦风》中的《黄鸟》，抗议秦穆公以"三良"殉葬的残暴事件，同时对牺牲者表示了深切的同情。有的是用比喻的手法形象化地嘲讽了统治者的淫秽行为，如《新台》刺卫宣公截娶他的儿媳作老婆，把他比做癞蛤蟆。

四、暴露统治阶级内部的矛盾。如《小雅·巷伯》就是作者遭谮人陷害，被处宫刑，做了看守宫中永巷的小吏，作诗发抒自己的冤气，并咒骂那个谮人说：

> 取彼谮人，投畀豺虎；豺虎不食，投畀有北；有北不受，投畀
> 有昊。

其倾轧之烈，怨恨之深，可以概见。还有指斥他们内部劳逸不均，而发出怨言的，如《小雅·北山》说："大夫不均，我从事独贤。"并指摘某些人只是饮酒作乐，谈天睡觉，什么事不干，只管享受。这些都反映了统治阶级内部贫富分化，矛盾日深，终于要没落的。

五、妇女的命运和婚姻问题。如《郑风·将仲子》，就是写得最生动的。

它写一个女子不敢允许情人逾墙来会,原因是既怕父母和诸兄的责骂,又怕旁人的闲言闲语,可见她在未得父母之命以前,是不敢公开恋爱的。《鄘风·柏舟》则反映妇女为了要求婚姻自主,反对父母干涉,而表示"之死矢靡它"的坚决意志。《召南·行露》中的那位抗暴妇女竟不顾强人对她用诉讼坐牢来威胁,而说道"虽速我狱,室家不足"一类的誓言。弃妇和寡妇的痛苦也是《诗经》所反映的主题之一,《邶风》中的《谷风》和《卫风》中的《氓》便是这类。

六、描写爱情生活的恋歌。这在"风"诗里占着很大的比重,一百六十篇里约有三分之一。就其情节来分,约可归为十类:1.各式各样的单相思,如《汉广》、《有狐》、《风雨》、《蒹葭》;2.各式各样的两情相好,如《桑中》、《十亩之间》、《东门之杨》;3.暂别的想念,如《采葛》、《大车》、《子衿》;4.失恋后的心情,如《终风》、《遵大路》、《狡童》;5.女子对当时社会恋爱不自由的控诉,如前已讲过的《将仲子》之类(其实可不列入恋歌之内);6.婚后感情的笃厚,如《君子阳阳》、《女曰鸡鸣》、《出其东门》;7.婚后久别的想念,如《卷耳》、《汝坟》、《君子于役》;8.婚后夫妻反目,女子遭受遗弃(前已讲过本属爱情的破裂,可不列入恋歌内);9.有关结婚仪式,如《桃夭》、《绸缪》、《伐柯》;10.恋爱婚姻,如《摽有梅》、《木瓜》、《葛生》。除掉其中带有讽刺统治阶级不正常爱情婚姻等及意义不甚明确的以外,至少也还有五六十篇之多,是反映劳动人民忠诚朴素、严肃健康的爱情生活的,不只感情真实,而且文字美丽,是我国古代恋歌中最优秀的作品,值得特别重视。

七、劳动生产的讴歌。这时期的劳动生产主要是农业,也还有田猎和畜牧,《诗经》所写的也就自然是对于这些方面的歌颂,显示了劳动人民的积极乐观主义精神。《芣苢》是一首很优美的妇女劳动颂歌。《十亩之间》虽不是专写劳动生产的,但也描写了妇女采桑的悠闲情况。至于《周颂》里的《臣工》、《噫嘻》、《丰年》、《载芟》、《良耜》,《小雅》里的《楚茨》、《信南山》、《莆田》、《大田》,风诗里有名的《七月》,也都写了农民的劳动生产活动的情景。关于田猎生活的,有《兔罝》、《驺虞》、《叔于田》、《大叔于田》、《还》、《卢令》,一般都很生动。关于畜牧生活的,有《无羊》、《駉》。其中当然大半是从统治阶级的立场、观点写的,但也有农民自己的东西。如《七月》,可以从侧面看出当时劳动人民在生产中的某些情况。

八、爱国主义诗篇。这方面的不多,却也有几篇,如《鄘风·载驰》、《卫风·竹竿》、《邶风·泉水》,大约都是卫宣姜的女儿许穆夫人,为了她的祖国卫被狄人所灭而作的。虽出于贵妇人之手,但符合于卫国人民的爱国主义精神,所以一直为广大人民所传诵。

九、叙事史诗。主要保存在《大雅》里,如《生民》、《公刘》等;《鲁颂》、《商颂》中也各有几篇;"雅"诗中《出车》、《采芑》、《江汉》、《六月》、《常武》等五篇,也可作史诗看。

第六节 《诗经》的艺术特点

讲《诗经》的诗的艺术特点,将着重于那些具有高度思想性和人民性的民歌《国风》,因为它们都是从人民自己的现实生活出发,与劳动生产及人民的社会生活紧密地联系着的。正因为他们有实际的深刻的生活体验和感受,所以才能塑造出典型的人物形象,并反映出事物的本质,有极大的艺术概括力。即使短章小诗,也都能给读者以活生生的形象,有迷人的力量。

其所以如此,可以分成几方面来说明:

一、概括的叙述。《诗经》中最长的诗《七月》也仅三百字,但它却包括了许多内容,堪称"千古奇文"。它综合了农民的生活,反映他们受领主的剥削、奴役,到头来却有冻馁之忧,绘出了一幅悲惨的生活画面。然而,以三百字写那么多的内容,又深刻鲜明,有血有肉,有声有色,就不能不使我们惊叹它的艺术概括力之强了。至于短篇,如《齐风·还》写两个贵族猎人归途相遇,彼此赞扬猎术之精,令人如见其人,如闻其声,看起来叙述得简单朴素,而实在是通过了他们真实生活中长期而深刻的体会,抓到主要东西,有剪裁有选择地写成的。

二、复叠的抒写。《诗经》中抒情诗最习用的手法之一,是复沓重叠的抒写,这也是民歌所特有的手法,与乐曲的反复咏唱有相类的作用。《诗经》里采用复叠有很多形式,完全因情而异:或重叠全章,只变更一两个重要的字;或换用几个同义字,而诗的意思不变;或重叠其中的一两句,而逐章发展;或改换每章最后一两句;或改换每章开头的诗句。总之,都在于采取一唱三叹的方法,使简短的诗歌变得更有感染力。《王风·黍离》三章里叠咏:"知我者,谓我心忧;不知我者,谓我何求。悠悠苍天,此何人哉!"《周南·汉广》里叠咏:"汉之广矣,不可泳思!江之永矣,不可方思!"都是很好的例子。

三、精妙的比喻。《诗经》多用"比"、"兴"。比是"比方于物",兴是"托事于物",都是为了帮助形象的鲜明,或使事件更加具体,给人印象更深,感染力更强,与"敷陈其事"的"赋"为《诗经》的三种不同的抒写方法。其实比和兴都有譬喻的作用,不能截然划分。不过,"比"是明喻,而"兴"是隐喻而已。当然在《诗经》中,有些"兴"的喻意并不明显,和正意似乎无关,只有情调上的联系,起着象征或烘托的作用,其完全"以声为用",而"不可以事类推,不可以理义求"者却是非常少见,几乎可以说没有的。《硕鼠》以贪婪无厌的肥大老鼠比喻那些剥削者,真是再恰当没有的了。《桃夭》以"桃之夭夭,灼灼其华",比喻少女的容颜,也是千古妙喻。比兴一般用在每章的开始,但间或也有在中间作起兴或承上启下的转折句子的,如《氓》的"桑之落矣,其黄而陨,自我徂尔,三岁食贫"就是。《小雅·大东》则以南箕北斗之喻用于篇末,尤奇,而效果也更好,读之发人深思,余味不绝。

四、形象的刻画与景物的描写。《卫风·硕人》描写庄姜之美说:"手如柔荑,肤如凝脂。领如蝤蛴,齿如瓠犀。螓首蛾眉,巧笑倩兮,美目盼兮。"一连串用了六个比拟,把一个女子容貌身体的重要突出部分的美都写得非常鲜明动人,然后再用巧和倩来形容她的笑态,真是传神之笔。《秦风·蒹葭》则以环境的描写烘托人物的静美,它说:"蒹葭苍苍,白露为霜。所谓伊人,在水一方。溯洄从之,道阻且长;溯游从之,宛在水中央。"景物衬托出"伊人"的高洁淡雅。而用景物来刻画人物的心理状态,在《诗经》里也是常见的。至于描写物态或自然景象的,如《小雅·无羊》写牛羊生活的动态,更为逼真,非熟悉放牧生活者绝对写不出来。

五、优美的语言与和谐的音律。《诗经》的语言非常优美,铸辞巧妙,达到极高的成就,而且符合劳动人民的口味,具有中国民族的艺术特点。它是植根于广大劳动人民生活中的,所以才能如此。它以四言句为主,但也有二言至八言的长短不齐的句子,错综变化地运用在这些诗篇里,如《魏风·伐檀》中就有四、五、六、七、八言的句子,但音节上又非常谐和,符合诗的内容要求。不仅如此,《诗经》中还有一言句,如《郑风·缁衣》"敝,予又改为兮"的"敝"字就是一字为一句的。《诗经》是"里谚童谣",故"矢口成韵",韵即"其时之方音",故"妇孺犹能知之协之"(江永《古韵标准》中语)。用韵的方法,极多变化:有首句次句连用韵,隔第三句而于第四句再叶韵,如今之绝句者;有自首至尾均隔句用韵者;有全章句句用韵者;也有转韵的,其中又有连用与隔用之别。《诗经》又善于利用叠调、叠句、叠字、双声、叠韵等音律上的变化,以表达细微曲折的感情和自然界的美丽景象,增加诗歌语言的艺术魅力。这样就能使人歌诵起来感到顺口适耳,并增加诗的形象性。总之,在音律上,《诗经》创造了许多方法,变化很多,并不为四言句的整齐简单所限制,其成就是极高的。

第七节 《诗经》对后代的影响

《诗经》对我国三千年来的文学影响极为巨大,而且是多方面的。它是我国文学现实主义长河的初源。民间文学,尤其民间诗歌一直循着这条道路前进着。汉魏乐府、六朝民歌自然是这样发展的,就连汉以后文人诗歌凡是有成就的也莫不继承了《三百篇》的优秀传统。战国末期的屈原如此,唐代的李白、杜甫、白居易,以及宋之苏轼、辛弃疾,元之关汉卿,明之汤显祖等,没有一个不是向《诗经》学习的。《诗经》中众多永不磨灭的形象一直给后代读者以美的教育和艺术享受,并将于今后永远成为祖国文学宝库中取之不竭的丰富遗产。

但是,三百篇中也有统治阶级粉饰现实、歪曲现实、歌功颂德的作品。如"颂"诗和一部分"雅"诗,其内容就不能说是现实主义的;其写作方法有些可以说是形式主义或唯美主义的,与后来的汉赋和六朝骈文有一定的渊源关系,虽不可认为这些就是糟粕,却究竟算不得精华。但是,我们如果能以历史唯物主义的观点批判地接受,也还是有可吸取或借鉴的地方,这就有待于学者自己来努力研究了。

汉代传诗有四家:鲁国申公(培)、齐国辕固生、燕国韩婴、赵国毛苌。郑玄为毛诗作笺注,世遂传"毛诗",而其余三家遂渐废,以至亡佚。宋朱熹作《诗集传》,比较可取。而历代说诗、注诗、解诗者不下千家,往往各以己意为之诠解。尤其某些身处社会上层的文人学者每不免受其阶级意识的局限,自觉地或不自觉地曲解了诗的思想内容,如说《关雎》是"美后妃之德",说《七月》为一幅农家乐的图卷等等,都是不可取的。至于研究这部伟大遗产,自然要精慎细致,巨细不遗,但也不可只注意于形式、音韵、字句之间,而忽视其主要的思想倾向。而就我们今天来说,继承这份遗产,不仅儒家所说的"温柔敦厚"的"诗教"不是我们所要接受的,就是这些诗篇所蕴含的思想内容的实质,对我们除有一定的认识作用以外,也是没有多少现实意义的。因此,我们学习《诗经》,主要还是着眼于这些诗歌的创作方法和艺术技巧,从中吸取有益的营养,以发展我们今天和今后的诗歌文学。

第四章 屈原和《楚辞》

第一节 《楚辞》产生的时代和地域

《楚辞》是一部诗歌的选集，是《诗经》以后第一部完全文人诗的总汇。这部书收集了战国后期以屈原为首的作家所创作的号称骚体的楚人诗歌及刘向、王逸等汉人仿屈原的作品若干篇。无论其内容、风格、结构、句式、韵律，以至名物、词汇，也都与《诗经》有所不同，有它独特的色彩。为什么会是这样呢？它何以在这时代产生呢？这就不能不主要归因于这时代社会的发展。

战国时，尤其战国后期，铁的使用已经非常广泛普遍，生产力迅速提高，农业、手工业、商业有了很大发展。于是都邑增加，人口逐渐集中，土地兼并日亟，社会分化愈剧。旧贵族内部矛盾日形尖锐，新兴地主阶级抬头，又产生了士这一阶层。士阶层以清寒的地位而能与王侯分庭抗礼，用其知识、思想、学术到处游说辩论，展开百家争鸣，从而取得社会地位和政治待遇。人们处于这个时代，各种社会矛盾斗争非常激烈，一切被压抑的都要求解放，不仅需要追求人生的真理，也需要在感情上爆发出反抗的火焰，追求解放和理想。因而文人诗歌出现了，并且要求能够表达这样复杂而愤厉昂扬的感情。这样，骚体的《楚辞》便适时地产生了。

楚国文化较北方的中原文化发展要迟些。楚先君熊绎在周成王时才封于楚，开始建国，所谓"辟在荆山，筚路蓝缕，以处草莽，跋涉山林，以事天子"，那时的楚还相当野蛮，文化未开。但经楚人努力，迅速进步，到春秋时，已成为五霸之一，要走向中原参与国际事务了。由于领土扩大，与北方各诸侯国相接壤，人民的往还日繁，文化的交流日密，互相吸取，南方文学自然也受到北方《诗经》的现实主义影响。

随着楚国的强大，国际交往频繁，其卿士大夫在应对酬酢之中，认识到赋诗和歌诗大有实用价值。《左传》记载楚国君臣已有很多人为北方文化所熏染，读了不少古书，并能引用《诗经》的话作为外交辞令。楚国先后出现了像陈良、许行、蜎子、老莱子、鹖冠子等"北方之学者未能或之先也"的有名学者。在诗的方面，虽然《诗经》中并无楚风，但"二南"中的诗歌大抵为江汉流域之诗，实亦产生于扩大后的楚国境内，便不能不对楚人诗歌发生一定影响。

楚人好巫，早期宗教的巫风一直笼罩着楚国社会。在祭祀时，巫要配合着音乐，载歌载舞，既以娱神，亦以娱乐群众，于是便创造了许多美妙的歌曲，也产生和保存了许多富有幻想的神话传说。巫在执行其宗教仪节时，往往要扮成受祭的神，以沟通人神关系，颇似一种神话歌剧。从《九歌》中所写的就很可看出那种化妆表演的歌舞剧原型。

自春秋以来，代表楚国地方音乐的"南音"，也名为南风，都作楚声，其音调可能是慷慨激越的。后代善诵《楚辞》的也都是用这种楚声为其标准音调，可见《楚辞》与"南音"是有着深切的关系。

更重要的渊源还是前已提到过的早期楚国及其附近属于南音系统的许多民歌和文人诗歌。优秀的江汉流域古歌如《越人歌》、《徐人歌》、《孺子歌》都是《楚辞》产生的先驱，从其形式和韵律上，就可以看出它们之间的发展演进痕迹。

最后，也要承认自然环境的山川景物给予《楚辞》这种诗歌色调上的重大影响，没有这些，也就不会有它的地方风土特点。

第二节 屈原的生平和作品

屈原处于奴隶社会已经崩溃、封建社会正在形成、各国政治军事斗争激烈的战国末期。在七雄中，秦最强，楚最大，齐最富。山东六国为了联合抗秦，采取"合纵"政策，推楚怀王为"纵约长"；秦则为了破坏六国联盟，就采取远交近攻的"连横"策略。在"横则秦帝，纵则楚王"的形势下，秦楚争霸引起了楚国统治阶级内部的激烈斗争。屈原坚决主张内则任贤授能，变法图强，外则联齐抗秦，巩固合纵。这就和亲秦卖国苟且偷安的谗佞小人如上官大夫靳尚及令尹子兰等发生了尖锐的矛盾。屈原在怀王朝和顷襄王朝一直坚持与反动势力进行不调和的斗争，因而屡次被疏、被放，不得行其志。在抑郁忧愤中,屈原写下了许多不朽的爱国主义诗篇。

屈原名平,字原,公元前339年(周显王三十年,楚威王元年)正月十四日庚寅生于楚国的一个没落贵族家庭,与楚王同宗,以其先祖封于屈,遂以屈为氏。楚法,二世而收地,他父亲伯庸没有什么功绩,故未任较高的职务。其故里在今湖北省秭归县北四十里之乐平里。卒年当是公元前277年(周赧王三十八年,楚顷襄王二十二年),时年六十三岁,即秦大将白起拔楚国郢都的第二年五月五日。

关于他的生平,没有详细可靠的资料。大致是在他出生之前,他的贵族家庭已趋衰落,故在朝中没有多大势力。但他少年时代受过很好的文化教养,有丰富的政治、历史知识和深厚的文学修养。青年时代又很早就在楚国宫廷里任职,做到怀王的左徒,深得信任,故又有一定的从政经验。他的政治理想与主张是:对内"举贤授能""修明法度",限制贵族特权,"施行仁政",减轻人民负担。对外联齐抗秦,与妥协苟安卖国求荣的亲秦派作坚决的斗争。怀王曾叫他起草重要法令,"上官大夫与之同列争宠,而心害其能",欲夺取他所起草的法令初稿,他不给,因被谗诬为自"伐其功",王怒而疏之。自此,怀王一再受秦国的欺骗,都因不听屈原的忠言,误信亲秦派的主张,最后终于被秦国骗去,做了三年俘虏而客死于秦。其子顷襄王即位,亲秦派益得势骄横,屈原更屡遭迫害,最后,竟被放逐江南,到处流亡,眼看楚国郢都沦陷,人民流离,悲愤达于极点,而忠不见信,力无可施,只得以身殉国,投入汨罗江而死。

屈原一生坚持真理,爱祖国,爱人民,思想伟大,感情深厚,而遭遇到无穷无尽的压抑与迫害,他把这种可悲的现实与其伟大的理想都表现在所留下的二十余篇优秀诗篇里。

屈原的作品,据《汉书·艺文志》所载有二十五篇。王逸作《楚辞章句》,把《离骚》、《九歌》(十一篇)、《天问》、《九章》(九篇)、《远游》、《卜居》、《渔父》等二十五篇定为屈原所作。后人认为不尽可信,指出这最后三篇并非屈原所作。王逸把《招魂》说为宋玉招屈原之魂的作品,而据《史记·屈原贾生列传》则应是屈原所作。这样,今人大抵同意郭沫若的看法,认为《远游》可能是司马相如《大人赋》的初稿,应该从屈原的作品目录中剔除,另加入《招魂》一篇,连同王逸前举的《离骚》、《天问》、《九章》九篇、《九歌》十一篇,及《卜居》、《渔父》共二十五篇,大约即是班固和刘向、刘歆父子所定或所见到的二十五篇的内容。但《卜居》、《渔父》实是后人以屈原事迹为题材而创作的,被后世编集屈赋者误认为屈原自作而收入，亦应去掉。如此，则比较可靠的，当有二十三篇。即使不算仍有争执的《招魂》，也还有二十二篇（但我们则认为《招魂》确是屈原作品）。

第三节 《离骚》分析

《离骚》是屈原的代表作，也是《楚辞》这部书中最伟大的一篇作品，在分析它以前，先讲一下《楚辞》的得名。

宋黄伯思说："屈宋诸骚，皆书楚语，作楚声，纪楚地，名楚物，故可谓之《楚辞》。"《楚辞》之名，最早见于《史记》和《汉书》，而编辑《楚辞》的第一个人则是西汉末年的学者刘向，其内容和今存的王逸《楚辞章句》大致相同，但王逸又改动了次序并增加了一些篇章。屈原的作品，本名《楚辞》，原不称赋。汉人对屈、宋诸人所作的这类作品，一面称为"楚辞"，一面又称为"赋"，就是因为"辞"和"赋"的实质本无什么区别。《史记·屈原贾生列传》说"皆好辞而以赋见称"，说"乃作《怀沙》之赋"，《汉书·艺文志》亦以"屈原赋二十五篇"著于《诗赋略》之首，均是其证。

《离骚》全篇共 373 句、2490 字，是屈原的代表作，也是中国文学史上最早又最雄伟宏丽的长篇抒情诗。大约始作于流放江南时期。名为《离骚》，或直解为离别的忧愁，或释离为罹，认为是"遭遇着忧患"。无论如何解释，都可证明是放逐以后之作，所以司马迁一再地说："屈原放逐，乃赋《离骚》。"

这首长诗表明了诗人远大的政治理想和高洁的品质，以及他维护真理奋斗不懈的精神。诗中表达了诗人对祖国真挚的热爱，对人民灾难的深切同情，以及对昏庸腐朽祸国殃民的奸佞集团的无情揭露和鞭挞。诗人把自己的思想感情和幻想融合为一个完整的人格，通过绚烂夺目的文词和曲折委婉的艺术技巧，倾吐出来。

诗一开头就告诉读者，主人公是一个有远大政治抱负和高洁的品质修养的人，他要把祖国引向繁荣富强的道路。可惜昏庸的楚王不能体会他的忠诚，反信谗言而疏远他。屈原又遭到贪婪嫉妒的党人排挤打击，使他彷徨犹豫，不知如何对付，但由于不忍坐视"民生之多艰"，更不愿同流合污，他终于坚持理想，与恶势力作不屈不挠的斗争。

诗的前半部从正面揭露和批判了当时丑恶的社会现实。在后半部，诗人驰骋着丰富美丽的幻想,运用神话故事,抒写他热爱祖国、热爱人民的激情和追求真理始终不渝的精神。他先假设女嬃不了解他的心情,乃远游苍梧向帝舜重华陈辞,申述自己的政治理想和悲惨遭遇,得到重华的同情。他满怀信心上天下地寻找支援自己的人,谁知到了天国,守门者却拒而不纳,竟和人间一样黑暗。他又把自己的理想比做美女,不计成败,再三追求。先想求宓妃,但见她"美而无礼";继欲向"有娀之佚女"求爱,又恐高辛氏捷足先得,最后想"留有虞之二姚",又恨"理弱而媒拙"。他感到幻想破灭了,发出"闺中既以邃远兮,哲王又不寤"的悲叹。留在楚国既不能实现自己的理想,离开祖国和人民自己又不忍,苦闷已极,不能自决,乃先后问卜于灵氛和巫咸。他们都鼓励他去国远游,展布自己的才能。于是骖龙驭凤,遨游太空。一路上云旗掩映,仙乐悠扬,似颇欣然自得;但忽然俯瞰大地,看到可爱的祖国和灾难深重的人民,就为之伤悲愤怨,便决定停下来,降落祖国。这篇想象丰富波澜起伏的长诗,也到此突然结束。篇末用"乱曰"四句,总结全诗,表现了诗人为了实现其政治理想,不惜牺牲自我的决心。

屈原所抱的理想虽然仍在于巩固楚王朝的统治,但他主张举贤授能和遵守法度,反对"背法度而心治"的贵族特权政治。对尧、舜、禹、汤的向往,是屈原政治理想的一种表现形式,这种理想在当时楚国是有其进步意义的。

《离骚》中最突出的是诗人那种强烈的热爱祖国及祖国人民的感情,他在反复回旋的诗歌语言中交织着对祖国的爱。他的苦痛和愤恨并非只是由于自己的不得志,更主要的是因为他的主张不得实现。在这里,他所关心的是楚国的独立、昌盛、强大、政治清明,人民脱离苦难,能得到安乐的生活。他的理想和愿望是和人民站在一道,这是符合全国人民利益的。他的爱国主义思想是通过对于楚王的期望表现出来的,在两千多年以前,以国君为国家的象征,乃是必然的,但他对君主并非无条件服从,如果违反人民的利益,他是愤恨的。

在诗里,屈原揭露和攻击卖国贵族集团的荒淫、腐朽,以坚决、顽强、奋不顾身的精神与之作不懈的斗争,表示"虽九死其犹未悔","宁溘死以流亡","伏清白以死直",决不肯与奸佞之辈"异道而相安"。这样"体解"不悔的大无畏精神实足以说明他坚持真理与正义的决心,对后人有莫大的教育作用。

《离骚》的艺术性极强,其特征是:采用了浪漫主义的创作方法,回旋反复的结构,以及善用比喻,形象鲜明,思想丰富,感情奔放,文采绚烂,音韵铿锵等等。这是一首划时代的杰作,前无古人,后世也罕有能继之者,所以不仅是中国文学的瑰宝,也是世界文库的奇葩。

第四节 《九歌》《九章》《天问》《招魂》等

屈原《九歌》共十一篇。学者认为"九歌"本是乐曲名,屈原用以称他改作的南楚民间祭歌这一组诗,故并非九篇。其顺序是祭天神的《东皇太一》,也是序曲,祭云神的《云中君》,祭湘水配偶神的《湘君》和《湘夫人》,祭河神的《河伯》,祭太阳神的《东君》,祭主命及子嗣的《大司命》和《少司命》,祭山神的《山鬼》以及追悼楚国对外阵亡烈士的《国殇》,最后殿以送神曲的《礼魂》。《九歌》是歌乐舞三者合一的祭祀鬼神的舞曲歌词,是巫人扮演鬼神时演唱的,可以看作我国古代歌剧雏形时期的脚本。这些东西本是南楚民间祭祀时原有的流行歌曲,经过屈原修改润饰而成,实际等于是他改写的,所以在语言上得到高度的纯化和美化,融合着诗人自己的思想感情和风格,应视为诗人自己创作的艺术作品。古时祭祀时,正是男女发展爱情的机会,故在祭神的歌辞中叙述男女相爱,男神与女神相爱,或把男女之间的爱情扩大成为人神之间的关系,都是极其自然而现实的。正为如此,《九歌》乃是人民及诗人屈原按照人的生活方式、思想、感情和愿望创造出来的,故所有形象都是非常令人爱慕的。《九歌》里所表现的爱情都是非常纯洁、真挚、健康的,其情节也各有不同,如互相追求,殷勤投赠,反语指责,相互游乐,真是曲尽情理,婉转深切。最出色的是《湘君》《湘夫人》两个姊妹篇,其次是《少司命》和《山鬼》,其中都具有浓厚的浪漫主义色彩,生动活泼的语言和丰富多彩的神话故事,能启发人们追求美好的生活和事物。《国殇》所祭祀的对象及其意义又与其他各篇均不相同,格调亦异。它是壮美的:犹如在读者面前展开一场惊心动魄的战斗,呈现一片阴森悲凉的惨状,有鼓励人民以坚强意志保卫祖国的教育作用。这篇的内容是从现实中提炼而来的,体现了当时楚国最常发生的对外战争的现实,是这一组诗中另具特色的杰作。

《九章》共九篇,包括《惜诵》、《涉江》、《哀郢》、《抽思》、《怀沙》、《思美人》、《惜往日》、《橘颂》、《悲回风》。这九篇原非一时一地之作,思想内容亦颇复杂,当是后人辑为一卷,共得九章,故以为名。各篇先后次序,说者极不一致。大约《橘颂》是屈原早期的作品;其余几篇,有人怀疑《悲回风》、《惜往日》以及《惜诵》、《思美人》或非屈原作品;而《涉江》、《哀郢》、《怀沙》则必是其末期所作,概可断言。就其中几篇主要作品简单介绍如下。首先《橘颂》当是屈原青年时代的作品,尚采用四言诗的形式,与其他各篇不同,即诗中所表现的气象也是刚健坚贞,与以后受到严重打击时所表现的悲愤抑郁情调完全异致。这篇歌颂了橘树的美丽芬芳和坚贞不移的特性,正是用以比喻自己"独立不迁"、"秉德无私"的高贵品质。由此也可以见出他那对待人生的严肃认真的态度乃是早已植根于青年时代的了。《抽思》大约作于楚怀王的后期,他初次被放,流落汉北之时。他虽已被疏放,但仍眷怀故国,梦寐不忘,在诗中唱出"惟郢路之辽远兮,魂一夕而九逝"的句子,在"乱辞"中写出他幻想回到郢都的程途上的情绪,由于"忧心不遂",无人可告,所以才作颂言志,借以自慰。《涉江》是屈原晚年被放逐到江南时所作,表现了他不妥协的精神,说"年既老而不衰",虽然"世溷浊而莫余知",仍要"高驰而不顾";即使被放到边荒,"苟余心之端直兮,虽僻远其何伤!"他表示决"不能变心而从俗",断定未来的命运是"固将愁苦而终穷"。《哀郢》是郢都为秦兵所陷之时,屈原本已早被顷襄王弃逐,不得参预朝政,此时也可能恰好由放逐地回到那里,看见国破家亡,便和难民一同逃出,为了悼念郢都而写。时间可能是在楚襄王二十一年(公元前 278 年)。这首诗叙述他和人民一起逃难时的情形,表现了他对人民苦难的深切同情和对祖国乡土的真挚眷恋,同时也表现了他对昏王的愤慨和对群小的斥责。《乱辞》里写道:"信非吾罪而弃逐",表示"何日夜而忘之!"可见其由郢都沦陷而思前想后,把一生所遭遇的政治迫害都勾引起来了。《怀沙》是屈原自沉以前不久的作品,他以无比愤怒的心情对奸佞党人作了严厉的谴责。最后虽也设想能回郢都,但故园已陷,只能表示其向往之心而已。所以,当他已知道理想不能实现时,就说道:"知死不可让,愿勿爱兮",并且"明告君子,吾将以为类兮。"申明其对于舍生就死的认识,以正告于世。而《惜往日》一篇则真是屈原的绝命词,那里明白具体地说"不毕辞以赴渊",马上就要投江自尽了。

《天问》是屈原作品中也是中国文学史上一篇奇文。它从头到尾一口气提出了一百七十二个问题,从天地开辟到天体构造、地上的布置,从神话传说时代问到有史时代,从身外的一切问到作者自己,内容极为广泛。全篇以四字句为主,每四句为一小节,全篇共 374 句,1553 字,是屈原作品中第二首长诗,但问得参差历落,毫无板滞之弊。而尤可贵者,是它表现了诗人大胆怀疑、追求真理的精神。一般认为这篇是诗人在楚襄王时代被放江南以后所作。他在政治理想难以实现时,对自然、对社会、对传统的礼法产生了怀疑,便写出这样的奇文。这里保存了许多民间流行的神话传说故事,虽不够详尽,却也给我们提供了一些研究的线索,值得珍视。

《招魂》应是屈原悼念怀王,按楚国民间风俗替他招魂而作。篇中通过巫阳的口气,对怀王之魂进行招唤。前半篇叫灵魂不要往四方上下乱跑,说东、西、南、北和天堂、地狱的险恶可怕,不能托止。下半篇则生动地铺叙楚国故居生活的舒适华美,从宫室陈设到饮食娱乐,无一不用力夸张,极尽富丽诱人之能事,以劝告灵魂回来享受,表现了作者对故国之爱。最后以"目极千里兮伤春心,魂兮归来哀江南"两句最沉痛的话作结,更透出了诗人感时忧国眷念故乡的感情,既是招楚王之魂,也正是诗人自己倾诉衷曲。

第五节　屈原作品的艺术成就

屈原的作品是高度思想性通过完美的艺术技巧而表现的,是思想与艺术两者和谐统一的光辉典范。其艺术特色主要有下列几方面:

一、屈原的创作方法基本上并未脱离中国古代文学的现实主义传统,但却突出地充满着积极浪漫主义精神,有着美丽的幻想,并运用了夸张的手法。因此,论者往往称屈原为中国历史上第一个浪漫主义的伟大诗人。

二、对于人物形象的描绘与性格的刻画最为突出,而这个主人公往往就是诗人自己,如《离骚》、《九章》都是这样。通过主人公典型形象的塑造,他引导读者跟着他一起痛恨黑暗的现实,热爱祖国和人民,也跟着他一起愤怒、激动和追求美好的理想。人物性格是通过具体的行为和心理活动及人物与周围环境的矛盾斗争展示出来的。他也善于运用自然景物的描写,来烘托人物感情的变化,使作品色泽更加鲜明,气氛更加浓重,形象更为生动。他的自我表现也是通过现实与想象结合起来描绘的。我们了解他的身世和品质,他的思想和愿望,都不是抽象的概念,而是具体形象地、生动鲜明地展现在我们的眼前的真人。

三、屈原的作品具有极其丰富的想象力,这也是他的浪漫主义创作方法的主要表现,他不仅在作品中运用并保存了大量的民间歌谣和神话传说,同时还以他的天才创造性地运用并发展了这些原始材料,使作品中的想象更为丰富瑰丽。他假设了许多主张不同的人物,借以倾诉自己的苦衷或反映自己的信念,也都说明是以浪漫主义的手法驰骋着想象的。

四、他向民间文学学习并吸取了营养,不止是民间神话传说故事,也学了民间文学的形式和句法、章法、用字、用韵等艺术技巧。骚体的"楚辞"是屈原所创造的,但又是有所继承的。他改变了基本上为四言的《诗经》句法为五、六、七言的长句,用了楚语、楚声、楚地名物和词汇,大大提高了原有民间文学的艺术水平,更见出他学习的成就是创造而不是因袭。

五、必须特别提出来的是他的语言艺术。这有两方面:一方面是其比喻语言的鲜明的形象性,即上边已说过的比兴手法。他运用比喻来反映自身的遭遇和斗争,同时也系统地表现了作为斗争实践的指导思想,所以能够使思想不以枯燥的概念化的说教出现,而是把这些思想概括在完整的形象里,这就超过了《诗经》所已达到的比兴手法的高度。另一方面是他善于运用当时当地的民间口语。至于他所用的双声、叠韵和叠字等方法,以增加其语言上的音乐美,更是比《诗经》多得多。总的说来,他的语言特色是富于形象性、音乐性、民间性和地方色彩的。

第六节　屈原在文学史上的地位和影响

屈原是我国文学史上第一个伟大诗人,也是一个几千年来家喻户晓永远纪念着的伟大爱国主义者,他以其全部生活历史教育着并鼓舞着中国人民,也以其全部作品哺育着后代的文学。

他创造了一种句法错落、灵活生动的骚体诗,对诗歌形式的发展作出了贡献。同时,他把崇高的政治思想,深厚的爱国感情,丰富的想象,坚持战斗的精神汇合在一起,成为我国积极浪漫主义诗歌的先导。他最先把积极浪漫主义跟现实主义结合起来,给后人树立了优良的典范,这是第一点。

其次,历来风骚并称,可见屈原作品在中国文学史的崇高地位,那么,其影响于后世者也自然很大了。首先是屈原的爱国精神及纯洁正直的人格对后代文学家都有深刻的影响,最显著的如司马迁、杜甫及南宋的爱国诗人陆游、辛弃疾等,没有一个不是极力推崇屈原并向他学习而获得成就的。这影响至今不绝,并将继续扩大,为全人类所接受。而更重要的是他追求理想坚贞不渝的精神和积极浪漫主义的创作方法对后代许多大诗人都留下巨大的影响,给中国文学的发展开辟了一条新的广阔道路。今后还必将进一步发展,那意义之大就非屈原所能梦想的了。

第七节 宋玉和《楚辞》其他作家

继屈原而起的《楚辞》作家,最为后世所推重的是宋玉。虽然他在艺术上追随屈原,致使后世人并称"屈宋",但他的生平遭遇和政治修养与屈原大不相同,故成就也较差,只能以辞赋家见称了。

他的作品今散见于《楚辞章句》、《文选》及《古文苑》等书,共有十三篇,但多属散体赋的形式,且多不可信,一般疑系后人伪托之作。楚骚体作品仅有《九辩》一篇,并亦比较可靠。

《九辩》也是古乐曲名,宋玉用为自己作品的题目。这篇是宋玉自叙性质的长篇诗,描写一个"贫士"在秋风中"叹老嗟卑"的哀愁。它借此暴露了当时社会的黑暗,描写了自己怀才不遇的悲愤,表现了知识分子不得意的没落感情。但他对丑恶的现实不敢进行坚决的斗争,而且系心楚王,只考虑个人的得失,"惆怅自怜","悼余生之不时兮,逢此世之俇攘",而不是从祖国和人民的利益出发,所以,也没有屈原那种反抗精神。

《九辩》中所表现的主人公宋玉是一个柔弱卑顺、多愁善感的人。这作品本身是一篇悲秋赋,其中充满了缠绵悱恻、哀婉凄切的情调,容易引起有没落情绪的文人的共鸣,其基调是不怎么健康的。

除《九辩》外,宋玉被称为赋体之祖,因为他曾写过《风》、《钓》及《高唐》、《神女》等非楚辞体而为散文体的赋,刘勰在《文心雕龙·诠赋》中所谓"爰锡名号,与诗画境"者是也。其存于《古文苑》中的《钓赋》显系伪作,姑不置论;《风赋》及《高唐赋》、《神女赋》(二者应为一赋之上下篇,可称之为《高唐神女赋》)皆见收于梁昭明太子萧统所编的《文选》中,我们以为不伪。它们不仅在体制上、规格上为汉代大赋开了先路,即其敷采摛文曲折细致的铺陈手法和写作技巧,也是为汉人做了榜样的。宋玉的《九辩》和这几篇比较可靠的赋,在内容上完全没有屈原作品那样的崇高思想,对后世也没有什么教育意义。东汉王逸《楚辞章句》中说宋玉是屈原弟子,实不可信。宋玉之作所影响于后世文学者,主要还在于他的文辞之美,也就是在于他的写作技巧。譬如他善于运用双声、叠韵及叠字等手法来曲折细致地表达纡回婉转、萎靡哀伤的情感,便是后世文人才子所欣赏效慕的。

　　司马迁在《史记·屈原贾生列传》中写道："屈原既死之后,楚有宋玉、唐勒、景差之徒者,皆好辞而以赋见称,然皆祖屈原之从容辞令,终莫敢直谏。"唐勒、景差之赋,今皆佚。宋玉赋确实如此,以与屈原之"其文约,其辞微,其志洁,其行廉;其称文小而其指极大,举类迩而见义远"者相比,真是天地悬隔,未可等量齐观给予同样评价而并称之。

第五章　先秦史传散文的发展

第一节　卜辞、《周易》和殷周铜器铭文

最早的甲骨卜辞因为字形变化很大,同字异文极多,盖以文字尚未定形,还处于比较原始的阶段,不可能很完满地负担起历史文献的应有任务。不仅如此,那时没有书写工具,要把卜辞刻在龟甲兽骨上,比较困难,只能力求简短,勉强记录下事物的要点,散文的发展自然受到限制。所以要从那里找出现代意义的文学作品是不可能的。然而,不承认它是我国书面文学最原始的形式和资料也是不对的。

甲骨卜辞是最朴素的散文形式。其中大部分是极简拙粗糙的语言,只能勉强达意。然而在迄今已经出土的二十余万片甲骨卜辞中,也还有少数是首尾具备的叙辞、占辞、验辞,粗具叙事的规模,可以认为已略具叙事散文的雏形,如:

> 丁亥卜,贞田㕥,往来亡𢍸(灾),毕获鹿八,兔二,雉五。

这段记录能够灵活运用文字,而具有完整地表达意思的能力。就文字发展过程说,这自是初期必经的阶段,有一定的历史意义。

接着,便要提到《周易》。它是周代的卜筮书,但卦、爻辞中所记,却间有涉及殷商历史故事的,如《既济》"高宗伐鬼方,三年克之",便是一例。由此可见它至少该是殷末周初的书。与甲骨卜辞比较起来,《周易》的文字畅达得多,思想内容也更复杂、更进步,显然它出现得比较迟一些,故文学价值也大得多。它所反映的社会生活面很广,有关于狩猎的,有关于畜牧的,有关于农业生产的,有关于盗贼出现的,有关于战争的,也有关于婚姻及其他社会生活现象的。从这里,已可看出当时有"食人者"的"小人"(奴隶)和"食于人者"的"君子"(奴隶主)的阶级对立。卦、爻辞的文字虽一般都简短质直,

同时却又是用了"以此物喻彼物"的比兴手法的。卦、爻辞句法整齐,间或用韵,又有不少讲求音律的形象化语言,并且保存了许多古代民间歌谣谚语。我们认为《周易》已具有一些文学雏形,担负了促进萌芽状态的文学迅速成长的使命,为相继而来的《诗经》时期作了先驱。然而,它本身却还不是完全成熟的散文,尽管比甲骨卜辞进了一大步。

殷周青铜器上有些铭文虽是上层统治阶级自我炫耀的文字,没有多少文学价值,但就散文形式的发展,以及由此而可以侧面地推知当时社会的全貌来看,这些铭文也是颇有参考价值的。

殷代铜器,有铭文的很少,其文又往往仅有一字至三五字,满十字的极少,个别最长的也不过五十字,文义简奥难解,故文学意义不大。周器铭文却不同了,有长至四五百字的,如著名的《毛公鼎》刻辞达四百四九十字之多。这些铜器主要是西周的,语言简短朴素,与《尚书》等古籍有很多相同之点,所记事件又往往可与周代历史相印证,作为补充史料。大约由于刻铜较难,为了省字,语法结构特殊,后人读起来颇难贯通,但就此也可以看到那个时代文章形式的大概,使我们了解中国散文的初貌。

第二节　《尚书》中的殷周文告

甲骨卜辞及殷代铜器铭文因受物质条件的限制,文字粗率简略,不能代表殷商时代的散文。今存的殷商典册当推《尚书》里所收的《盘庚》三篇为最古而比较可靠。

《尚书》有今古文之争,这里不必详述。现在公认的今文《尚书》是汉文帝(刘恒,公元前180—前157年在位)时原秦博士济南伏生所口授传下的二十八篇,大致是可信的。

商汤十世孙盘庚将自奄(今山东曲阜)迁都于殷(今河南安阳西北),臣民都反对他,他先后对诸侯臣庶发表了三次演说,说明迁都的原因。《盘庚》有上、中、下三篇,就是那些演说辞的记录,经后人传抄或追记的。

《盘庚》反映了当时农业的发展,因而在贵族和一部分自由民中便滋长了安土重迁的思想倾向。盘庚所说的话中,又口口声声借着天神和祖宗的灵鬼来威吓臣民,这种浓厚的神权思想说明了人间王权的上升。这些文字里已有技巧很高思想也相当复杂的句子,不像卜辞和金文那样简单晦涩了。

这里有巧妙而形象的比喻:"予若观火","若网在纲,有条而不紊;若农服田力穑,乃亦有秋。""若火之燎于原,不可向迩,其犹可扑灭。"同样,这里也有极精炼的生活格言,如:"人惟求旧,器非求旧,惟新。"这都是卜辞和金文所未曾达到的语言技巧。如果通读全篇,就会感到一个生动的奴隶主盘庚的形象,可见它的艺术技巧已相当高了。

《尚书》中的《周书》是从西周初年的《大诰》、《多士》、《多方》等篇直到春秋时秦穆公三十六年(公元前 624 年,鲁文公三年)的《秦誓》为止的。西周初年这几篇是周初征服者镇压殷商遗民的文告,充满了以神权威慑反抗者的辞句,说明了神权迷信思想是这个时代的时代意识特征。《无逸》是比较完整、成熟的记言文。是周公警诫成王,教他思念稼穑艰难,不可安逸享乐而作的。这篇论点集中,中心思想明确;条理清楚,层次分明;语言明畅,文义浅显;引证史实,说服力强。它已是论说文的成功作品了。《秦誓》是《周书》最后一篇。秦穆公于公元前 627 年派兵袭郑大败,三年后遣将伐晋,出师前在群众面前检讨认错,表示悔过,这就是那篇誓词。通篇以诚恳的态度,说出很透彻的道理,而语言明畅,富有诗意,是《尚书》文告中进一步发展了的散文。

《尚书》者,上古之书也,古只称之为《书》,儒家列入六经之中,世称《书经》,其中所收都是自尧、舜、禹历夏、商以至周的帝、王、大臣的典、谟、训、诰、誓等朝廷文告。盖我国古代王朝及各诸侯国都设有史官,"君举必书",其制是"左史记言,右史记事"。《尚书》便是这种记言的史书,而记事的则称为《春秋》,将于下节论述。

第三节　先秦史传散文——《左传》《国语》《战国策》

就文章的内容说,《尚书》是历史,故论其文学,便属于历史散文,以后凡历史传记都在此范围,故亦可概括称为史传散文。

《尚书》以后,中国最早一部编年体记事史当推孔子所编的《春秋》。这本书是孔子用鲁史官所记的《春秋》为原始资料,上起隐公元年(公元前 722 年),下讫哀公十四年(公元前 481 年),凡二百四十二年事,根据史官世代承袭的记载标准,整齐了"书法","正名分","寓褒贬",修成的这部儒家的经典。他的目的本是要"口诛笔伐",使"乱臣贼子惧",把自己的政治思想体现在"书法"中,以发扬儒家自奴隶社会到封建社会的等级制度的精神。但因文字简单,现在全书共仅 16572 字,所以意义隐晦,作为历史来看,作用不是很大的,后代有人认为"断烂朝报",虽未免贬抑过甚,但也并非毫无理由。虽然如此,若就文章论,《春秋》采取直书其事,具文见意的方法,比起《尚书》的诘屈聱牙,显有很大改进。它的语言简炼平浅,容易读懂,给它以后的新散文奠定了基础。其记述也是以认真的态度力求真实准确,使我们读了能够对那时代的政治历史得出一个比较概括的轮廓和线索,自非毫无价值。而他的这种修《春秋》的严谨态度也对后来现实主义的写作产生了一定的影响。

相传与孔子同时的鲁国太史左丘明,采各国史记,作《左传》,用事实说明《春秋》书法,成为当时史传散文中最优秀的作品。究竟这位作者是否孔子同时的左丘明,他的生平如何,《左传》是否为解释《春秋》而作,学者意见不一。但就这书的文章风格及其叙事内容来看,这个左氏大概是战国时人,其书即使是解释《春秋》的,但不同于一般的传注,作者往往独立地发表自己处理历史事件的见解,与后来同称为《春秋三传》的《公羊传》、《穀梁传》基本上不敢超出《春秋》范围者,显然有别。

《左传》全书共有 180,283 字,是极为富艳的一部史传。作者在文学上发挥了创造性,叙述人物事件常通过细节的描写,用适当的想象与夸张,突出人物的性格形象,但文字又非常精简洗炼,生动活泼,富而不诬,夸而不浮,表现了极高的艺术才能。

《左传》富有现实主义精神,它广泛地反映了那个时代社会生活的各个方面,在客观上起到了暴露统治阶级罪恶的作用。在作者笔下,诸侯大夫多是荒淫无耻、贪狠奸诈之徒。他写了兼并战争的残酷,国际外交的诈伪,统治阶级的腐败、丑恶与其内部矛盾的复杂;也反映了阶级压迫和阶级斗争,并在一定程度上肯定了人民群众的力量。另一方面,作者对当时杰出的政治家、爱国者,如齐管仲、晏婴、郑子产、烛之武、秦蹇叔、楚申包胥等,都给予赞美和歌颂,虽然他们不过是统治阶级的理想人物,只是为奴隶主或封建主的政治服务的,但在当时的历史条件下,也还是有一定进步意义的。

《左传》的思想内容也有缺点:一、由于时代和作者的阶级局限,作品中对于许多大事都有很深的迷信思想,或者相信巫卜的预言,或者相信因果报应。二、作者以历史唯心论的观点,对于历史人物作了不适当的估价,他过高地估计了帝王将相在历史中的个人作用,因而往往从一些重大事件的表面现象作出错误的结论。这虽是不能苛责于古人的,但我们读时却不可不注意。

《左传》的艺术技巧是相当高的,特别出色的是描写复杂的战争。作者并不着重在战争过程的叙述,而是通过人物的态度和性格的矛盾,描绘出敌对双方复杂的活动,使战争的过程得到了逼真的反映,如"秦晋殽之战"就是一个典型例子。

作者的叙事极富戏剧性,往往用一些细节的描写突出事物的本质或人物的个性,而所有情节都非常紧张动人,结构和安排又紧凑而多变化。如成公十七年记"晋侯(指晋景公、名据)梦大厉"一段,故事相当复杂,情节也很曲折,作者把几个头绪都适当地穿插进去,读来丝毫不乱,也没有破坏整个故事的发展线索,反而给文章增加了波澜。而文字却十分简炼,全篇只不过二百零六个字,真是没有一点多余的笔墨。这一篇可以说是后世志怪小说的先驱。其所以能做到这样,自然是因为作者善于刻画人物,塑造形象,而他的手法则是如绘画中的速写,抓住人物的特征,用几笔就勾勒出来,不事渲染即已维妙维肖。记事部分也非常准确、精炼、有重点,善于用人物形象反映历史现象的本质。

《左传》作者也是肯于学习民间语言的,书中往往引用民间口头歌谣谚语,如襄公三十年,记郑人对于子产的反对和歌颂,先后两种不同论调,借此就说明了人民对于子产的政治设施的反映和评价。

《左传》在文学史上占有非常重要的地位,因为它不仅规模宏伟,组织完整,为以前史传文学所未有,标志了中国文学史上散文发展道路上新的里程碑。即单就其艺术技巧而论,也是具有独创性的,远非《尚书》、《春秋》等止于辑录文告或条列史实者所可比。后世文学家,特别唐以后的古文家,几乎没有一个不熟读《左传》,学习它的写作方法与艺术技巧的。而就文学发展的历史来看,它又是六朝短篇小说的先导,给文人以创作小说在结构与剪裁等方面作出了榜样。

汉代以来许多学者以《左传》为"春秋内传",而以《国语》为"春秋外传",认为两者都是左丘明所作。但我们认为无论从史的观点或文的观点来看,二者都不相同,不可能是一个人的手笔。《国语》可能是春秋战国之际一个熟悉周王朝及各诸侯国(尤其晋国)历史掌故的人根据各国史官实录编辑而成。至于这个作者是否另一左氏或左丘氏,抑或在春秋时左丘明确曾编过一部《国语》而为现行《国语》的母本,则不可知。

《国语》一书凡二十一篇(或称卷),分记周王朝及鲁、齐、晋、郑、楚、吴、越等七国之事,时代起于周穆王,终于鲁悼公,早于《左传》而起,迟于《左传》而终。体裁是分国记事,亦非编年体,内容则以记言为主,间亦杂有记事部分。

就文学方面看,《国语》也是具有一定现实主义精神的。它对于历史人物,有所肯定,也有所否定,在一定程度上反映了人民的意见。但其文学上的成就却不及《左传》,写同一事件,在《左传》中往往简炼生动,《国语》却不免平庸枯燥,如庄公十年,齐伐曹"曹刿论战"一段,《左传》言简而意繁,《国语》则反是。但《国语》的文字也有写得很生动很形象的,如僖公二十三年"齐姜醉遣晋公子重耳"一段便是很逼真,而又很幽默的。《国语》中用了一些口语中的韵语,如《越语下》载越王与范蠡的问答便是一例,这也是《国语》的特色之一。

较后一些,记载战国史实的史传文学,则有《战国策》三十三篇(或称卷),它的时代是上接春秋,下至秦并六国,凡二百四十五年间事。它揭示了整个这一时代政治社会的情况,诸国之间力量的对比和矛盾的加深,而叙述策士们"合纵连横"之说独多,那也正是战国时代的特征。故刘向说:"战国时,游士辅所用之国,为之策谋,宜为《战国策》。"这书本名或曰"国策",或曰"国事",或曰"短长",或曰"事语",或曰"长书",或曰"修书",大约是刘向校书时才编录校成,并定名为《战国策》的。

这部书既是记录策士游说之辞的,因而颇能刻画这个战乱时代各国统治阶级上层的人物形象,尤其对于那些纵横游说之士塑造得更是神态逼肖,使读者如闻其语,如见其人。这是《战国策》一书在写作艺术上表现最突出的地方。

这部书的思想和艺术特点可以总括地分为下列几项:

一、时代民主要求的反映。这时代表士阶层的策士在政治上起着很大的作用,他们的社会地位变动大而且快,因此,往往表现着迫切地要求上层统治者给予他们以民主平等的待遇。冯谖歌"长铗归来",取得孟尝君的礼遇,后来又为孟尝君"市义",得到人民的爱重与帮助,是一例。《齐策·四》,"颜斶说齐宣王贵士"一段正说明策士在积极地为士阶层争取社会地位,他在齐宣王面前高唱"士贵"而"王者不贵",以倨傲的态度对待齐王,并与王的左右争辩,终于取得胜利,受到齐王的尊敬,奉以为师,许以高位厚禄。虽然他没接受齐王的优宠,但其辩士的性格特征毕竟还是明显地贯穿在这段文字中了。

二、对于高尚品德的肯定和社会丑恶面貌的揭露。这在《战国策》里写得很多,方面不同,而意义则一。《赵策·三》记载鲁仲连以口说退秦师,救赵急,表彰了不畏强暴,排难解纷而不取其利的优秀品质,成为长期流传在人民口中的佳话,对后世起了很好的教育作用。此外如唐且以九十余岁的高龄看到国家危难,不避艰险,挺身而出,面说强秦,退了敌兵,可谓人民的骄傲。而尤其激动人心的,是荆轲刺秦王的慷慨壮烈的侠义行为。至于写反面人物与揭露丑恶的,如写楚郑袖运用阴毒的手段使楚怀王残害魏王所赠的美人;如写秦庸芮劝止秦宣太后以其私爱的魏丑夫为她殉葬事,都是很深刻的。

三、生动而富于诱惑力的游说语言及对于某些人物采取的幽默讽刺的笔调。这都说明《战国策》的艺术手法之妙。如《楚策·四》"献不死之药"的故事:

> 有献不死之药于荆王者,谒者操以入,中射之士问曰:"可食乎?"曰:"可。"因夺而食之。王怒,使人杀中射之士。中射之士使人说王曰:"臣问谒者,谒者曰可食,臣故食之。是臣无罪,而罪在谒者也。且客献不死之药,臣食之,而王杀臣,是死药也。王杀无罪之臣,而明人之欺王。"王乃不杀。

又如《秦策·一》写苏秦开始将连横说秦惠王,书十上,而说不行,资用乏绝,去秦而归的那种狼狈情形,直到后来又发愤读书,揣摩有成,乃往说赵王,竟得封侯拜相,归家骄其父母妻嫂。作者用了夸张的笔法,塑造一个典型的策士形象,极尽形容,亦极尽嘲笑之能事,实为刻画人物的妙品。

四、用巧妙的寓言故事为比喻。《战国策》中记述了很多策士在游说中运用了极巧妙有趣的寓言故事,言简意深,引人入胜,实为此书重要的艺术成就。寓言的意思就是寄托,寓言故事的作用便是把要说明的道理寄托在虚构的故事里。它和神话一样,常把自然界的日、月、星、辰、雷、雹、风、雨等人格化,但寓言更多的是把禽、兽、虫、鱼、花、草、树木乃至日用器物等人格化。寓言和神话不同处,在于神话是原始社会和奴隶社会等上古时代劳动人民在生活中集体创造的,常常反映整个民族的理想愿望,而寓言则多是个人创作的,所以常带着作者自己的阶级或所属阶层的色彩。二者也有很密切的关系,寓言是继承神话的现实主义传统,并用以反映现实,打击敌人的。是用虚构的故事性的比喻说明道理,既有高度的说服力,又有深刻的教育意义,所以文学价值很高,尤其对于后世小说的发展起着推动作用。战国时代策士们所用的寓言有些可能是采取民间流传的故事而加以修改的,有的则是自己临时编造以适应说话的需要的。《战国策》中寓言故事非常多,如"画蛇添足","鹬蚌相争","狐假虎威",等等。直到现在,还为我们所运用,成为民族语言中的通用典故或尽人皆知的成语。

　　总之,《战国策》的写作艺术很高,每论一个问题都能运用不同的技巧纵横反复,曲尽其意。史传散文到了这个时期,形式更多变化,语言更接近人民,表达方法更生动活泼而多样化,较之《尚书》、《春秋》大有进步,对于后世史传文学和整个散文的发展都有极大影响。

第六章　先秦诸子散文的兴盛

第一节　诸子散文的兴起

先秦文学在诗歌方面,虽有《诗经》和《楚辞》两个总集,而著名的伟大作家为我们所知道的却只有屈原一个人,至多再加上宋玉、唐勒、景差等寥寥可数的几个人,又都没有留下几篇思想艺术水平较高的可信的作品。但在散文方面,却大大不同了,作家风起云涌,盛极一时,除掉上章所述的历史散文外,还有更多的思想家、哲学家、政治家、说客、辩士,以及各方面的专门学者。他们都把自己的信仰、见解、专长,自由发挥,互相争辩,写成文章,著之于书。留传下来的已经很多,散失的更不知有多少。这就形成了中国历史上学术思想的第一次"百家争鸣"的大活跃时期,也是中国古代哲学与哲理散文发展的黄金时代。

为什么会有这样的现象产生呢? 作为散文的新阶段的诸子哲理散文的兴起与繁盛是怎样来的呢?

战国时代是继春秋时代社会蜕变的进一步的发展。这时由于生产工具的进步,领主经济正向地主经济转变,政治也在由地方分权走向中央集权,整个社会都呈现着剧烈的变化与动荡的现象。秦商鞅的变法是最具体的经济变革,同时也引起一系列的政治制度与社会制度的不得不改,中原各国自不免受其影响。在政治方面,郡县制虽未形成,却由于大诸侯国领域的不断扩大,及巨商富贾从贵族手里要求土地,初期封建社会小国寡民的割据局面已开始被打破了。又由于战争频繁,赋税加重,社会矛盾日趋尖锐,封建贵族成为单纯的消费者与剥削者,成为社会发展的障碍,作为新兴的士阶层代表的诸子便兴起了,在政治上、文化上、思想上针对着封建贵族而展开了不同形式的斗争。

代表士阶层的知识分子既是从奴隶制到封建制新旧交替的社会中产生

出来的,他们就不能不同时也代表着他们所出身的不同阶级或阶层的思想意识。他们必然用其各自的阶级立场和观点研究时代特点,寻求未来的发展趋势,企图解决社会发展方向问题,而这就形成了各家不同的学术思想体系。

先秦诸子就是以士阶层为主的一些知识分子的大师。他们为了要储备一些政治资本,好投靠政治上的当权派,给自己寻求出路,于是"处士横议",收徒讲学,造成声势,或游说诸侯,猎取禄位,或退而著书,扩大影响,这就要靠散文这一形式了。

诸子虽不是专业的文学家,但他们既是各学派的大师,故所作的文章都有丰富的思想内容。这时文化已不再是贵族阶级所能垄断的了,它可以为私人平民所掌握,以往的统治阶级的传统理论变为人人可以怀疑与批判的了。任何学者、思想家要宣传自己的主张就不能不深入地钻研思考,准备驳斥别家,维护己说,因而为辩论所需要的逻辑也初步为人所发现和运用,使诸子哲理散文更有光彩。

诸子散文虽各有不同的思想内容,也各有其独特的风格,但一般都是结构完整严密,语言准确精炼,逻辑严谨绵密,并富有美丽的想象、生动的比喻,标志着中国古代散文的新的高度成就。

第二节 《道德经》和《论语》

以诸子时代而论,老子和孔子都在春秋末季,而老子还要早一些。据《史记·老庄申韩列传》:老子,楚苦县(原属陈国,在今河南境内)厉乡曲仁里人,姓李名耳,字聃。有人认为老聃并非著《道德经》的李耳,老聃是道家的创始者,时代较早,著作不传,而李耳则是战国时期楚人,和屈原差不多同时,"著书上下篇,言道德之意五千余言",杂有骚体的句子,带哲学诗的气息。但这个"异说"并不为一般人所取。我们虽不能知道老子更多的生平事迹,但仍相信老子就是老聃,就是李耳,就是著《道德经》五千言而为道家之祖的那个大思想家。因此,我们就把《老子》(一般也称之为《道德经》)作为先秦诸子著作之首,与记录孔子及弟子言行的《论语》并列,从而分别叙述道家和儒家最早的这两部哲理散文。

老子主张清静无为,主张无治而天下自安,所以他说:"不尚贤,使民不争；不贵难得之货，使民不为盗；不见可欲，使民心不乱。……是以圣人之治……常使民无知无欲。"（第三章）他要小国寡民，"使民复结绳而用之"，恢复上古的原始社会；要"邻国相望，鸡犬之声相闻，民至老死不相往来"（第八十章），既是理想的部落，但又没有相互的交往。他反对法治，反对强力。他以人生为苦，有消极悲观思想。但他也能看出当时政治混乱的根源，如说"民之饥，以其上食税之多，是以饥；民之难治，以其上之有为，是以难治；民之轻死，以其上求生之厚，是以轻死"（第七十五章）。可见他非常清醒，能窥见社会情况最本质的原因。他的生活经验很丰富，观察问题也颇深刻，对一切事务能作探本溯源之论，如说："图难于其易，为大于其细；天下难事，必作于易；天下大事，必作于细。"又说："合抱之木，生于毫末；九层之台，起于累土；千里之行，始于足下。"这都是很正确的，是颇有一些朴素的辩证观点的。但他至此却又倒转回去，说道："为者败之，执者失之，圣人无为故无败，无执故无失。"认为干脆当初就不动手，便永远不会有什么失败。这种"慎终如始，则无败事"的结论是要叫"圣人"对任何事都"不敢为"，就是消极退缩之极了。

这些思想对后世影响很大，尤其那种消极、悲观、厌世、隐居、逃避现实的理论，不仅为一切道家的主导思想，而且对历代许多文人也发生过极坏的作用。然而，就文章的艺术而言，《道德经》词句简炼，与同时代语录体的《论语》相近；其中许多韵语，无论在结构上和音节上又很像骚体，一章一章读来简直是一些哲理小诗，这可能由于他是楚人，受了楚歌的影响，或者他的书经过战国后期楚人的润色，亦未可知。无论如何，这部书是早期诸子散文中的优秀作品，值得重视。

《史记》说："孔子适周……问礼，盖见老子云。"从种种记载上可以推知孔子正是老子同时代的后辈，并且对老子是相当尊重的。孔子可能在某些方面受到他和早期道家的一些影响，但就其整个思想体系而言，孔子自有其独创的系统的儒家思想，与道家的消极、退缩、悲观厌世是恰好相反的。

孔子名丘，字仲尼，鲁人，生于公元前551年（周灵王二十一年，即鲁襄公二十二年），卒于公元前479年（周敬王四十一年，即鲁哀公十六年），时年七十三岁。他的思想是积极的，是入世并要用世的。他做过鲁国的司寇，虽只三个月，但证明了他已经进行过实际的政治改良活动，收到一定效果。后来他又周游列国，希望展布怀抱，但到处碰钉子，晚年便又回到故乡曲阜，讲学洙泗之间，前后跟他学习过的人相传有三千之多，取得较大成就的达七十余人。在当时的学术界、思想界,乃至政治方面,孔子都有很大影响。尤其为汉以后统治阶级所推重,成为封建制度的最大、最早、最有力的奠基者,并被奉为"大成至圣先师",祀之如神,几乎没有人敢于碰他一下。

《论语》可以说是孔子讲学的记录,虽不是他的哲学著作,不是长篇大论的系统讲稿,但这里主要记载了他(也有他学生们)的言行,可以从中看出他的整个思想。孔子主张有为的政治,主张"仁以为己任",这在当时是进步的。他要澄清春秋时代社会混乱的局面,朝着政治大一统的方向走,而下手处则在于修身、齐家,也就是由"弟子入则孝,出则悌"到"泛爱众,而亲仁",要以"节用而爱民"的仁政达到"博施济众"的目标。他的思想中还有落后的一面,那就是"托古改制","动必称先王",打算以古为法,来进行改良的活动,因而不免有很多保守思想和复古倾向。不彻底的改良主义虽有进步意义,却容易为后世统治阶级所歪曲利用。他的"君君、臣臣、父父、子子"的伦理观念和"尊王攘夷"的"内中国而外诸夏"的政治主张,都被两千多年的封建王朝统治者所假借利用,在历史上造成极恶劣的影响。

孔子是一个博学多能的人,知识很广泛,又善于教人,在教育上有伟大的贡献。他那种"学而不厌,诲人不倦"的精神,确实感召了无数的人。他主张"有教无类",并身体力行,做到"自行束脩以上,吾未尝无诲焉"。在教育理论上和教育方法上,他都有很多新的创见与成就。他开始把文化知识由上层向下层传播,打破了以前统治阶级垄断文化知识的社会制度。

这些思想与言行、成就,都散见于《论语》一书,因为《论语》是他的弟子或再传弟子所记录的,比较真实可靠。今存的《论语》共二十篇,是语录体,文字浅近、简洁、明畅、朴素,每章叙述一事或对一个问题的一段言论,只用二三十字,甚至有短至不及十字的,却能把意思表达得清楚圆满。在散文上,它还以能写出对话者的神情见长,如"子路、曾皙、冉有,公西华侍坐"一章,和"长沮、桀溺耦而耕"一章,以及"阳货欲见孔子"一章,都是生动、鲜明的记叙短文,不但层次清楚,脉络贯通,而且通过行动细节的描写展示了人物性格,都是绝好的作品。

孔子有很高的文学修养,弟子们也受到这种训练。《论语》中便有借自然现象说明他的世界观和人生观的,如:"子在川上曰:逝者如斯夫,不舍昼夜!""岁寒,然后知松柏之后凋也。"都是富有诗意的,因而感染力也强。

孔子对于文学创作和批评也有比较正确的意见,如他说"诗可以兴,可以观,可以群,可以怨",就指出了文学的教育作用和文学与政治的关系。又如"辞达而已矣",指出写作的基本要求是准确地表达,不要过分追求形式的美,也是后世作者所尊奉的重要写作原则。至于说"诗三百,一言以蔽之,曰:思无邪",是指示学者诵读民间歌诗要了解其思想内容的精神实质,不要只从文字表面去作错误的理解。这些都有一定的进步意义。

第三节　墨子、孟子、庄子、荀子和韩非子等

春秋时代,中国学术思想还未进到百家争鸣的论战阶段,所以哲理散文的形式也没有发展成长篇的说理文和论辩文,有前述那样平铺直叙简明扼要的语录体已经足够表达意思了。到战国时期,情况就大不相同了,学术思想蓬勃发展,各家互相批判,互相攻击,社会人事各方面都更形复杂,于是就要求有详尽、深湛、雄辩、绵密的长篇大论和气势浩瀚的说理文和议论文了。在百家争鸣的学术思想蓬勃发展的新形势下,便产生了《墨子》、《孟子》、《庄子》、《荀子》、《韩非子》等哲理散文名著,而这些也只是保存到现在的若干种当中的一部分,可以作为这个时代的代表,加以简明的叙述,以见其文学发展与兴盛之绩。

墨子是鲁人(或曰宋人)而仕于宋,姓墨,名翟,大约生于周贞定王时(可能在周贞定王元年至十年之间,即公元前468—前459年之间),这时候孔子已死了十年;卒于周安王二十年左右(即公元前382年前后),约当孟子生前十年。所以他是生活于儒家孔子与孟子二人之间那个时期的人物。墨子学说以兼爱为中心,与孔子的"泛爱众"不同。在这个时期,只有墨家能与儒家分庭抗礼,故世称"孔、墨"。他的主张,大致可分五类,即尚贤,尚同;节用,节葬;非乐,非命;天志,明鬼;兼爱,非攻,而总的目标则是"兴天下之利,除天下之害"。因此,我们认为他基本上是替人民说话,符合人民利益,最能接近人民群众的。

据《汉书·艺文志》,《墨子》七十一篇,今只存五十三篇,其中除《经上》《经下》二篇或是墨子自著,其余多是他的门人弟子所记录的,也有后人伪托的。

墨子所谓兼爱,就是要"使天下兼相爱,爱人若爱其身","视人家若其家","视人国若其国",这样,"天下兼相爱则治"(《兼爱上》);反之,"天下之人,皆不相爱,强必执弱,富必侮贫,贵必傲贱,诈必欺愚,凡天下祸篡怨恨,

其所以起者,以不相爱生也,是以仁者非之"(《兼爱中》)。所以,他要非攻,反对侵略,因为"攻国"是"大为不义",是"夺民之用,废民之利",使"百姓死者不可胜数","故当攻战,而不可不非"(《非攻上》、《非攻中》)。墨子既是一个爱和平、反侵略的政论家,又是一个保卫和平的伟大斗士。《公输》一篇就是叙述他反战的实际活动的,那里塑造出这位和平斗士的英勇形象。

墨子论辩有严谨的方法,他在《非命上》里说"必立仪",就是要立下一个准则,然后依之以进行论证。又说"言必有三表"——"有本之者,有原之者,有用之者",本是考之历史以为证,原是察之民情以为实,用是行之当今以为验。他要按照这"三表法"逐层论述,以达到论证所提论点的目的。《墨子》各篇正是体现了这种精神的。《小取》篇更进一步提出了"辟、侔、援、推"四种方法,就是譬喻、比辞、演绎和归纳。用这种"名学"的方法写论文,既有条理,又有力量,为后来"名家"的先导,也为他之后诸子论战和写作时所采用。他的《非攻上》便是用这一套方法写成的最好的例证,逻辑性强,极易为人所接受。

《墨子》的文章质朴无华,不贵文采,但说理极透,无懈可击,具有严密的科学性,是写说理论辩文章的好榜样。《墨子》文章还具有口语化的特点,专就文字而论,是比较通俗易懂的,像《非攻》就是如此。它的语法和句法往往前后一致,作多次重复,层层递转,使文意显豁,又没有一点脱榫处,这也是它所特有的风格之一。

墨家在战国时期势力很大,儒家几不能抗,迨孟子出,才大声疾呼宣传孔子之教,极力排斥墨家。孟子是孔子以后第一个能够继承儒家学说的重要思想家。如果肯定《孟子》一书是他自己著的或由他定稿的,那么,他也是一位出色的散文家。

孟子名轲,字子舆,邹人,生于周烈王四年(公元前372年),卒于周赧王二十六年(公元前289年),活了八十四岁。他"受业子思之门人。道既通,游事齐宣王,宣王不能用;适梁,梁惠王不果所言,则见以为迂远而阔于事情。……所如者不合。退而与万章之徒,序《诗》、《书》,述仲尼之意,作《孟子》七篇"。(《史记·孟子荀卿列传》)

孟子发展了孔子的政治理论,不只讲"仁",更加上了"义",也就是在"爱众"之外,还要权衡"事理之宜"。他的思想中已含有民本主义的因素,所以能说出"民为贵,社稷次之,君为轻"的话。他斥责虐害民众的统治者为"民贼",为"独夫",说杀暴君为"诛一夫",在当时确是很大胆的。他强烈地谴责好战分子,认为"争地以战,杀人盈野,争城以战,杀人盈城;此所谓率土地而食人肉,罪不容于死"(《离娄》上篇)。他也痛切地指斥不顾人民死活的剥削阶级道:"庖有肥肉,厩有肥马,民有饥色,野有饿莩;此率兽而食人也。"(《梁惠王》上篇)这些都是同情人民,替人民说话,充满了人道主义精神的。但是他的政治主张并不彻底,他不过希望统治者"行仁政"、"法先王",以"王道"治民而"王天下",也就是要巩固统治阶级的政权与封建秩序。他之所谓王道,也只是"保民而王"。具体措施则是"制民之产",使他们"乐岁终身饱,凶年免于死亡","然后驱而之善",认为就可以使"斯民亲其上死其长"。这些缓和阶级矛盾的办法在当时民处"倒悬"的虐政下是会争取到一部分民众的,是有一定进步意义的,但也必须看到它的不彻底性,因而也是站在统治阶级立场的。

他思想中消极的甚至反动的东西也不少:如坚持剥削的等级制度,轻视体力劳动和劳动人民,认为"无君子莫治野人,无野人莫养君子",认为"劳心者治人,劳力者治于人;治于人者食人,治人者食于人",把阶级剥削压迫说成是"天下之通义",都是很错误的。至于他在政治上的"巨室路线",以及其思想中强烈的复古倾向,也都是消极的开倒车的。

《孟子》的文学特色主要是其雄辩性,故文章流利条畅,气势充沛;逻辑严密,说服力强;善用譬喻,引人入胜;而词采华赡,波澜壮阔,一般表现爽快、率真、尖锐、锋利,也有出之以轻松幽默,意味深长的。他处于战国策士满天下的时代,也就锻炼成这样一套雄辩的本领,贯串到文章中便具有这个时代纵横家的气概。

他的语言带有丰富的感情,所以富有煽动性;雄辩中杂有诙谐幽默,极见风趣,这都增加他文章的诱人与感人的力量。尤其他的取譬,浅近恰当,多是眼前事物,随意编造,真是又巧妙,又生动,又通俗。如"日攘一鸡"、"揠苗助长"、"缘木求鱼"、"以五十步笑百步"等,都成了我国民族习用的成语了。

《孟子》中还有刻画人物性格形象非常生动的艺术作品,如"齐人有一妻一妾"章(《离娄》下篇)便是极好的一篇。

孟子对后世的影响主要在于他所代表的儒家思想,人们以他为孔子以后的传人。在文学上,《孟子》一书也是后人学习的范本,尤其唐宋以来古文家如韩愈、欧阳修、苏轼、朱熹,乃至方苞、姚鼐等,都从这部书中吸取了很多东西,其中也包括了文章风格和语言的艺术技巧,等等。

庄子是和孟子同时、代表道家思想的大哲学家和散文作家,他在思想上和文学上的地位及其对于后世之影响,可与孟子相埒,甚且过之。

庄子名周,宋(或梁)的蒙县人,生卒年无考,大约生活在周烈王七年(公元前369年)至周赧王二十九年(公元前286年)之间。《庄子》一书共三十三篇,计"内篇"七,一般认为是庄周自己所作;"外篇"十五,"杂篇"十一,大约是门人弟子所记录的,也许还有后人伪托依附的。《史记》说:"其学无所不窥,然其要本归于老子之言,故其著书十余万言,大抵率寓言也。"他"诋訾孔子之徒,以明老子之术"。为文"善属书离辞,指事类情,用剽剥儒墨,虽当世宿学,不能自解免也。其言洸洋自恣以适己,故自王公大人不能器之"。这些话很可概括庄子的思想态度和文章风格。

庄子的人生观是消极的。他对现实不满,却又不愿起来干预,这种极端个人主义决定了他消极厌世逃避现实的态度。他对现实的牢骚往往以讽刺笔调表达于作品中,有时竟是直截了当的指斥暴露。如《胠箧》篇说:

> 尝试论之:世俗之所谓至知者,有不为大盗积者乎? 所谓至圣者,有不为大盗守者乎? ……善人不得圣人之道不立,跖不得圣人之道不行。……圣人生而大盗起,……圣人不死,大盗不止,……何以知其然邪? 彼窃钩者诛,窃国者为诸侯。诸侯之门,而仁义存焉。则是非窃仁义圣知邪?

就很能深见事物的本质,而指斥现实也无所回避。但他虽"薨目而忧世之患"(《骈拇》),却怕"与之为有方,则危吾身","必死于暴人之前",为了明哲保身,苟全性命于乱世,认为"方今之时,仅免刑焉"(以上《人间世》),所以还是逃避的好。他这些消极的悲观逃世的思想显然是属于没落阶级的。

《庄子》的散文艺术是有很高成就的。它具有浓厚的浪漫色彩,想象丰富,奇诡奔放,又善于运用寓言、神话、传说故事,随意编造捏合,尽成佳趣。它的文字纯熟,笔调轻快,语言诙诡,造词警策,结构奇特,纵横变化,运用自如;而气势飘忽,声调响亮,显出一种汪洋恣肆、玲珑剔透的风格,具有强烈的艺术魅力。

《庄子》中有许多谐谑幽默、"空语无事实"的优美寓言故事。他"以天下为沉浊,不可与庄语",故以"谬悠之说,荒唐之言,无端崖之辞"的寓言"以与世俗处"(《天下》)。如"蜗角之国"、"庖丁解牛"、"运斤斫鼻"、"痀偻承蜩"等都是有名的寓言故事。

《庄子》是古文家所最喜欢的散文著作之一,它以颖悟见长,不重逻辑上的辩论,而多诉之于感性的直觉,生动跳跃,富于诗意。故其思想也随其艺术而为后世所重视与学习,产生了很大的影响。魏晋南北朝的玄风与玄言诗和谈玄之文都从《庄子》中吸取了很多东西,甚至以田园诗著称的大诗人陶渊明也不能免。唐宋诗家文人,即使是以儒家道统自许的韩愈、欧阳修等人,也没有一个不欣赏《庄子》而心摹力追的。

荀子是战国末期儒家最重要的大思想家。他尊孔斥孟,对其他儒者也不满,至斥孔子弟子如子张、子游、子夏等为"贱儒",故其思想与他们显有不同。荀子姓荀,亦作"孙"(汉人避宣帝讳改),名况,字卿,赵人,年五十始游学于齐,后去齐适楚,曾为齐祭酒,楚兰陵令,赵上卿,晚年废居于兰陵,著书数万言,即《荀子》三十二篇,原称《孙卿子》。他在世年代不可考,大约在公元前310—前210年之间,寿近百岁。

荀子讲尊王、举贤,与孟子同,但主张法后王,兼称霸业,则与孟子异。他极赞颂汤武革命,意在鼓励时君改变当时政治现状,代表了战国时代人民的愿望,是进步的。

荀子的宇宙观比以前的人进步得多,他认为天只是自然存在的物质,没有控制自然界和人类社会的能力,更不是什么主宰者,所以说"天行有常,不为尧存,不为桀亡"。大自然的运行自有其正常的(客观的)规律,并不因人事而有所改变。因此,他教导人们要"制天",就是要掌握客观世界的自然规律并且从而适应它和战胜它,以发挥人的主观能动作用,来改造客观世界使为我用。这种思想实为先秦其他诸子所未曾有的。

《荀子》之文长于说理,每篇皆各有其预定的题目,自始至终都就题发挥,逐步深入,因而写成结构严密的长篇大论,实开后世议论文章之端。它的体裁不仅与《论语》迥异,即与号称善辩的《孟子》之文亦不相同。荀子学问广博,对于当时及其以前各家的学说均有深刻的研究,故于议论时便能抓住重点,击中要害。他的文章说理透辟,层次井然,表现了高度的组织性和精细的分析力。

《荀子》一书,不仅有许多思深义密的哲理散文,其中还辑录了他首创的两篇诗歌文学作品:《成相》和《赋篇》。《汉书·艺文志》分辞赋为四类:屈原赋类、陆贾赋类、荀况赋类和杂赋类,其荀况赋类首著荀子赋十篇。今《荀子·成相》五十六章,依其内容当为四篇;而《赋篇》篇则包括《礼》、《知》、《云》、《蚕》、《箴》五赋及《佹诗》(实亦赋也)一篇,合二者而计之,恰为十篇。

《成相》每章都以三、三、七、四、七言的五句为定格,以若干章联续咏一个主题以成一篇,显然是摹拟当时民间劳动号子一类的民歌形式,用定格联章之法写成的赋。姑举其首篇第一、二、三章为例:

> 请成相,世之殃,愚闇愚闇堕贤良。
> 人主无贤,如瞽无相何伥伥!
> 请布基,慎圣人,愚而自专事不治。
> 主忌苟胜,群臣莫谏必逢灾。
> 论臣过,反其施,尊主安国尚贤义。
> 拒谏饰非,愚而上同国必祸。

这完全打破了春秋中叶以前北方的四言诗体,也与同时期屈原的骚辞体不尽相同,而明显地表现为"托之瞽矇之词"的民间歌谣的格调,而内容则概括地论述了荀子自己的政治思想。班固所定杂赋类中就有"成相杂辞",可见《荀子》中的《成相》亦必为荀子的赋作。《荀子》书中《赋篇》除五赋外,后又继之曰:"天下不治,请陈'佹诗'",虽以四言为主,颇似四言体诗,然两段文章的后一段则以"其小歌曰"发端,又分明相当于《楚辞》诸篇的"乱曰",则所谓"佹诗"者,也应该是辞赋了。《赋篇》的赋,形式上以四言韵语与散文夹杂写成,颇似谜语,假臣问王答,末后点出谜底。班固杂赋类亦有"隐书十八篇",可见这《赋》篇中的六篇亦在荀况赋十篇中了。刘勰把"荀况《礼》、《知》"与"宋玉《风》、《钓》"同列为"爰锡名号,与诗画境"的首创赋体之作,确是有道理的。而最为可贵者,还在于荀况之赋分明是摹拟民间俗歌俚曲,并且语言浅白,毫无文人雕饰之痕。这是值得我们敬佩和学习的。

战国末期曾从学于荀子的韩非,其思想却与荀子并不属于一个体系,韩非"喜刑名法术之学,而其归本于黄老"(《史记·老庄申韩列传》),故历来都列入法家。

韩非是战国末期韩国的公子,著《孤愤》、《说难》等五十五篇,后世名为《韩非子》,其中有小部分当为后人所伪造加入的。

他曾于秦始皇十四年(公元前233年)使秦,被他的同学李斯所谗遇害,这个大政治思想家竟未得展布他的怀抱,仅留下十余万言的一部权威的政治著作,供我们研究而已。

他的政治理论基本上是代表新兴地主阶级的利益与要求的。他主张变法,强调法治,是一个极权论者。他说:"圣人不期修古,不法常可,论世之事,因为之备。"又曰:"世异则事异……事异则备变。"(《五蠹》)他的理论实是综合吴起、商鞅、申不害等先辈主张变法的政治人物及儒、墨、道诸家的思想,而加以发展的,所以是法家的全面、系统、集大成的思想。这种因时制宜,"切事情,明是非"的变法主张,在当时是有进步意义的。但他的极权主义思想却给秦始皇以后两千多年封建帝王实行专制统治以理论根据,起了不好的作用,这当然不应由他来负责。

《韩非子》的文章是政论性质的散文,为后世树立了写政论的楷模。其特色是:说理深切著明,论证周到,语言锋利,说服力强。《五蠹》就是例证。韩非分析事物深刻周详,滴水不漏,故能洞见本源;辩论时又有纵横家善于揣摩对方心理的天才,所以容易打动人心。另外,他还搜集并运用了很多小故事来证明他的道理,不仅使文字形象化,生动有趣,而且给后世留下很多神话、传说、历史、童话、轶闻、逸事,更多的是寓言,成为民间文学资料的宝库,至今如"守株待兔"、"自相矛盾"、"郢书燕说"、"买椟还珠"、"滥竽充数"等还作为人民大众的语言财富,活在人们的口中。

此外,战国末年,秦相吕不韦集其门客"使著所闻",以集体写作的方法,著成《吕氏春秋》二十六篇,书中保存了更多的古代神话传说故事,也是很可贵的。古人把它列入"杂家",其实是一部在先秦学术思想上具有总结意义的重要著作。而在文学上,其中也确有一些比较简炼朴素、形象鲜明的优秀散文,值得很好研究。

第 二 篇

两 汉 文 学

第一章 两汉文学概说

第一节 社会概况

秦自穆公起称霸诸侯,到战国时期,孝公用商鞅变法,卓有成效,历世经营,到秦惠王时,益为强大,便与南方的楚对立争雄。到公元前 3 世纪末,秦始皇终于先后灭了六国,建立了统一的专制主义中央集权的第一个封建帝国(公元前 221 年时秦始皇即秦王位已二十六年)。秦王朝基本上把初期的封建割据社会改变了,在历史上跨进了一大步。统一国家之成立,主要依靠地主经济的繁荣、人口的增加、农业的进步、手工业和商业的发展。秦统一中国以后,又令"书同文,车同轨",统一文化制度,迁天下豪富于咸阳,以便集中控制,于是专制封建制度便逐渐完备,巩固下来了。

天下统一以后,秦统治者便不顾一切,尽情地荒淫享乐,这样就消耗了大量的人力、物力,使生产力受到严重的破坏,人民生活陷入极悲惨的境地。在阶级矛盾激化之时,秦王朝又屡次兴师动众,开疆拓土,大兴土木,修筑万里长城。人民忍受不下去了,于是中国历史上第一次大规模的农民起义便由陈胜、吴广领导起来,迅速蔓延,势不可遏。虽然他们未几就失败了,但从此各方豪杰并起,刘邦、项羽参与逐鹿,终于推翻了秦帝国的统治,秦仅二世十五年而亡。最后,刘邦扫灭群雄,战胜项羽,建立了汉帝国,时为公元前206 年。

汉高祖刘邦统一天下后,社会经济因连年战争,凋敝已极,为了巩固其统治权,不得不"与民休息",以安定社会秩序,缓和阶级矛盾。所以历文(刘恒)、景(刘启)两朝,先后实行了解散军队、召集流亡、减轻租税、豁免田赋等措施,使社会经济渐有好转。但这些"仁政"的受益者主要还是大地主阶级,他们的经济有了飞跃发展,豪强占田益多,财富益积,享乐益奢,人民不满亦益剧,新的阶级矛盾潜滋暗长是必然的了。这时中央府库充溢,的确富裕极了。但人民一遇水旱之灾，却还是缺衣少食，至于卖产卖子，到处流亡。同时，配合地主经济的商业经济也非常繁荣，二者互相勾结，双重压力加在农民身上，使阶级矛盾更形复杂。到汉武帝刘彻，除掉用过去几十年搜刮来的库藏大修宫室台馆，以自享乐外，还对外用兵，扩张领土，支出了庞大的军费，其结果还是造成府库空虚，财力枯竭。对内为了巩固封建制度，他命令"罢黜百家，独尊儒术"，实行思想统制，并牢笼知识分子，使他们俯首帖耳为之效劳。然而，这并不能缓和阶级矛盾，反使矛盾更为加剧。到他末年，社会动荡日甚，各地曾发生过数次小规模的农民起义，从此，西汉王朝便走下坡路，而日渐衰微了。昭帝、宣帝、元帝、成帝、哀帝、平帝，八十余年"寇贼并起，军旅数发"，"民众久困，连年流离"，"至嫁妻卖女，法不能禁，义不能止"。于是外戚王莽乘机夺取了刘氏政权，并企图以改制来挽救社会危机，但结果越来越坏，便爆发了新市、平林、赤眉、铜马等大规模的农民起义，推翻了新莽政权，西汉王朝也随之覆灭。

汉宗室刘秀镇压了起义军，建立东汉王朝。初期虽也曾采取"与民休息"和发展生产的一些措施，却并未能缓和农民与地主阶级间的矛盾，盖因他原是依靠各地拥兵自重对抗农民起义军的新旧地主而取得政权的，在他登上皇帝宝座以后，自不能对地主阶级施加压力。故东汉之初，土地兼并与掠夺即未曾停止，尤其到东汉中期以后，朝廷控制力量日弱，土地兼并便益烈，矛盾亦越发尖锐。后期，又加上外戚和宦官两大官僚集团交替执政，互相倾轧，统治阶级内部的矛盾也激化了。而先后两次地主阶级知识分子抨击朝政，造成"党锢之祸"，致使朝廷政治混乱，整个社会不安。人民所受天灾人祸极为惨重，实在无法生活，便爆发了黄巾军大起义，终于导致东汉帝国的崩溃，结束了四百年的刘氏王朝。

两汉的初期都曾有过一段相对安定的时期，社会生产逐渐恢复，经济得以繁荣，工商业也有相应的发展，全国各地便出现了一些新城市；而官僚大地主阶级及新兴的商业资本家奢侈淫乐，大兴土木，广致奇货，也更加促进了若干都市的繁荣。兼以自汉武帝起即向外扩张，征匈奴，通西域，使中西文化艺术也随着军事、政治和商业的发展而开始互相交流，不仅丰富了中国的物产，开拓了汉民族的眼界，也大大影响了中国人民的文化生活。反映到汉代文学方面，便成为促进它的形式和内容都有了很大变化的重要原因之一。

第二节 秦代文学简述

秦帝国统一仅十四年(公元前 221 年—前 207 年,共十五个年头)而亡,国祚甚短,并未产生它所独有的文学。更因始皇焚书坑儒,摧残了文化,以致即使当时可能有的文学作品也都不曾保存下来,这一朝代的文学史几乎等于空白。事实上,刘邦取得政权以后,汉代文学也未曾接受到秦文学的影响,而显然是直接继承了战国末期特别是楚国文学遗产而逐渐发展的。这里仅作为由战国到两汉的过渡,简述一下十分贫乏的秦代文学历史。

秦部族自东周起,方在岐山以西建国。民性强悍,善于畜牧,又勇武好战,文化虽较中原落后,而国力富盛,扩张很快,与东方各诸侯国成了比邻,地位日渐提高。到秦穆公(公元前 659—前 621 年)时,竟成春秋五霸之一。其后,孝公变法,大力开发土地,国益富强,便奠定了统一中国的基础。

秦国僻处西陲,文化落后,故文学上成绩也很少。秦始皇统一全国以前,秦国的文学作品保存到现在的,仅《尚书》中《秦誓》(公元前 624 年)一篇和《诗经》中《秦风》十篇而已,这在以前有关章节中已经提过,不另缕述。惟所有这些作品几乎都表现了秦人的尚武精神和激昂雄壮的气概,其音节、情调与思想内容都具有这个部族的地域特点。

秦始皇并吞六国统一天下前后,今所知者,只有李斯一个人可以算到文学家的行列里。在秦帝国统治的十四五年中,留下的作品只有秦始皇几次东巡由李斯执笔的六七篇刻石铭文,但其内容不过是统治者自颂功德,妄图欺骗后世,实不能算作什么文学作品,在文学史上至多只能代表这种文章体裁的形式的创立而已。至于李斯的《谏逐客书》,应该说是比较好的政论性散文,但写作年代当在秦始皇即秦王位十年之时(公元前 237 年,秦统一全国前十六年),还只能算作战国末期的作品。

刘勰《文心雕龙·诠赋》说:"秦世不文,颇有杂赋。"但《汉书·艺文志》也仅著录秦时杂赋九篇,今则早已连同作者姓名俱亡,可见"不文"确是对秦代的正确评语。

民间文学向不为统治阶级所重视,甚至还尽力排斥,而秦代焚书,尤摧残备至,所以即使人民有一些口头创作的歌谣,或当初即未经文人采录,或虽经采录,而未能保留下来,故资料很少。现在只有在汉以后的杂书中偶然还存几首秦代人民反映现实的歌谣,略可窥见民间对秦代统治者的痛恨。因资料太少,无法做深入研究。

第三节　两汉文学概况

汉初文学毫无生气,文人或做统治者的帮凶,揣摩其好恶,为之定朝仪,定礼法,控制人民思想,或逞其辞辩,猎取名位。天下既定,统治阶级开始过着剥削享乐生活,居住、衣食、器用、田猎、歌舞,无不极尽奢华,而这就为帮闲文人粉饰太平、逞才邀宠,写作歌功颂德、铺张扬厉的赋体文章准备了物质基础。统治者在物质享乐得到满足之余,还要寻求精神上的安慰,汉武帝求神仙,希望长生不老;好辞赋,觅取心灵上的满足,正是此类。于是君主以此诱致文士,文士自更不惜委身逢迎,借以取宠,于是便成为典型的宫廷文学的汉赋兴起和繁荣的主要原因。至于战国后期的《楚辞》,则至多只能说是汉赋作家错误地继承了衰微期的个别"楚辞"作家作品中的缺点,并未接受到伟大爱国主义诗人屈原的优秀传统。文字学的发达对辞赋的兴盛也起了推波助澜的作用,但并不能成为汉赋发生发展的原因;或者正好相反,文字学研究的兴盛,多少还是汉赋兴起所促进的。辞赋家为了要使用许多奇字僻辞,便多方搜罗,编成字书,以便于作赋时随手取用。如司马相如作《凡将篇》,扬雄作《训纂篇》,实际只是如后世字汇之类,便可见其编录的动机还不见得就是作文字学的研究。

汉赋"铺采摛文","无贵风轨,莫益劝戒",与现实无关,虽亦"体物写志",但"逐末""弃本",无关"体要"。这种堆砌物类,徒作文字游戏的作品,或歌颂君主,粉饰太平,有时连艺术性都很差,更无论其思想内容,所以基本上是反现实主义的。汉赋初形成时,还多少有"楚辞"的流风余韵,这是武帝以前七八十年的情形;武帝以后至东汉和帝约二百余年,本是汉赋的全盛时代,却也正是它倾向于叙事咏物的长篇大赋,成为反现实主义作品的时代。司马相如的《子虚》、《上林》,扬雄的《甘泉》、《羽猎》,班固的《两都》,张衡的《二京》,王褒的《洞箫》之类,正是这种。它们虽也写了寓言讽谕的头尾,但不是文章的主体,完全不能掩盖那铺陈藻饰的总的倾向。而汉初作家如贾谊的《吊屈原》、《鹏鸟》,淮南小山的《招隐士》,枚乘的《七发》等赋,虽远逊于屈原,却还揭露了某些时代黑幕,反映了社会现实,或抒发个人的真实思想感情,还有屈宋遗韵。东汉末期,社会大动乱中,文人也认为没有什么太平可以歌颂了,于是汉赋体裁虽存,而内容与形式都不能不变,一般作家所写多是短篇的抒情咏物之作,兼寓嘲讽世事之意。这时,五言诗已经兴起,赋体渐衰,到六朝便为骈文所代替了。赵壹的《刺世疾邪》,蔡邕的《述行》,祢衡的《鹦鹉》,便是晚期小赋的代表作。

汉代最光辉的文学作品是乐府民歌。它们是劳动人民的集体创作,或个别无名作家所创作而经过人民群众欣赏、传唱、修改、保留下来的,所以一般均无作者主名,甚至不能确定其具体的写作时代。这是两汉文学最可宝贵的遗产,永远放射着无比的光辉,具有巨大的生命力与艺术感染力,成为汉(以至魏)代文学的一朵奇葩。

文人五言诗起于西汉,而盛于东汉末年建安时代,从其发展历史看,显然是学习民间歌谣,从乐府诗模仿来的。《古诗十九首》便是五言诗成熟期一些无名诗人的杰作,成为五言诗达到顶峰的标志,而学习民歌的痕迹还宛然具在。七言诗起源或早于五言,但文人通篇七言的作品则直到东汉末年建安时代曹丕所写的两首《燕歌行》才算正式开始,而以后又无继者。越过魏晋至南朝宋,才由鲍照重新创立七言歌行。

两汉散文很发达,这也说明了它是直接继承战国诸子的。四百年中,作家众多,文体也已完备,内容主要是政论。贾谊、晁错、桓宽、王充、王符、崔寔、仲长统是最杰出的代表。他们大都是统治阶级中正直而有良心的人,故能同情人民,真实地反映现实,文字也明朗通达,逻辑性较强。王充《论衡》不但在学术思想上是我国最早的一部朴素的唯物论的著作,同时还在文学批评上提出了一些重要的正确意见。

在两汉文学中,对中国整部文学史贡献最大的当数司马迁及其《史记》。《史记》是中国第一部纪传体通史,也是最优秀的史传文学中的艺术作品。班固的《汉书》虽也具有相当高的文学价值,但比之《史记》,却大有逊色。

第二章　两汉辞赋

第一节　汉代赋体的起源

　　两汉四百年的文坛主要是由一些赋家所占据的。赋的前身是楚辞,故文学史家亦称汉代文学为辞赋时代,而其实汉赋与楚辞虽有渊源关系,两者却并不相同,甚至也并不相似。

　　《汉书·艺文志》著录辞赋于《诗赋略》中,是赋不仅与辞相联系,亦与诗为同类。以故刘勰说:"赋也者,受命于诗人而拓宇于楚辞者也。"这就说明了赋与《诗经》之诗和《楚辞》之辞的源流关系了。所以班固在《两都赋序》中说:"赋者,古诗之流也。"确乎是不错的。屈原的《离骚》乃是"轩翥诗人之后,奋飞辞家之前",而为"词赋之宗"的伟大作品。后世"名儒博达之士,著造辞赋,莫不拟则其仪表,祖式其模范"(王逸《楚辞章句序》语),可见汉代之赋,实导源于屈原的《离骚》等楚辞之文。而屈子并未自名其作为赋,最初以赋名篇的,当为宋玉和荀况。至于汉人大赋之体,则完全是模拟宋玉的《高唐》、《神女》,叙写事物,描绘山水,穷形尽态,极意铺陈,而"无贵风轨,莫益劝戒",盖声情少而辞情多,绝非诗、骚之比。

　　《汉书·艺文志》所著录的汉初文帝刘恒以前的赋家,只有陆贾、贾谊、庄忌等数人而已,他们的赋作今多不存,存者唯庄夫子(忌)一篇《哀时命》与贾谊的《吊屈原》和《鵩鸟》等三数篇,都是骚体(或称楚辞体),还不见有散体大赋。首用大赋体的是枚乘《七发》。枚乘客于景帝时代的梁王处,死时已是汉武帝刘彻即位以后了。自此以后,汉代最有名的大赋作家司马相如等才聚集于武帝之朝,于是汉赋乃大盛于时,至成帝刘骜之世,进御者盖千有余篇,"大赋"之体遂独占诗坛(赋坛)。

第二节　汉初辞赋家

由上所述,可知汉初(亦可包括秦代的十五年)的七八十年,辞赋家所作还是依傍楚辞体制。景帝以后至武帝之初,虽已产生枚乘《七发》,向大赋转化,但毕竟还未完全形成,且亦不占统治地位,故此汉初之赋可称为"丽则骚赋时期"。

汉初辞赋家,首先是"以客从高祖定天下,名有口辩"的陆贾,《汉书·艺文志》谓有赋三篇,今皆佚不传,无以知其体制。然其人为纵横家之流,故赋必为骋辞之作。观其所著《新语》十二篇,言"古成败之国","述存亡之征",亦颇重辞采,协调声律,而近似辞赋,则其赋亦当是驰骋藻丽的作品。如《新语·道基第一》云:

> 张日月,列星辰,序四时,调阴阳,布气治性,次置五行。春生夏长,秋收冬藏;阳生雷电,阴成雪霜;养育群生,一茂一亡。润之以风雨,曝之以日光;温之以节气,降之以殒霜;位之以众星,制之以斗衡;苞之以六合,罗之以纪纲;改之以灾变,告之以祯祥;动之以生杀,悟之以文章。故在天者可见,在地者可量,在物者可纪,在人者可相。

借此言治之论,已可略窥其作赋之辞笔,实直承宋、荀,而颇有战国后期说士的遗风。

继陆贾之后而为汉初辞人冠冕者,当首推贾谊。司马迁以贾谊与屈原同传,恐不只因二人遭际与志节相似,而亦考虑到贾谊辞赋盖继屈子之风,足以遥承其遗绪。

贾谊(公元前200—前168年)洛阳人,少年有闻于郡。二十余岁,文帝召为博士,迁至大中大夫。因提出改革政治制度及其他重要建议,为守旧大臣所毁,被疏,谪为长沙王太傅,意不自得。渡湘水,作赋以吊屈原,既痛逝者,实亦自悼。他写道:

> 造托湘流兮,敬吊先生;遭世罔极兮,乃殒厥身。呜呼哀哉兮,逢时不祥! 鸾凤伏窜兮,鸱鸮翔翔;阘茸尊显兮,谗谀得志;贤圣逆曳兮,方正倒植。世谓伯夷贪兮,谓盗跖廉;莫邪为钝兮,

铅刀为铦。……使骐骥可得系羁兮,岂云异夫犬羊!(《史记·屈
贾列传》)

愤激之情,溢于言表。

谊在长沙三年,有鵩飞入其舍,止于坐隅,乃自伤悼,以为寿不得长,作
《鵩鸟赋》以自广。赋中虽以发抒不平之气为主,但也有浓厚的道家思想,如
云:"其生兮若浮,其死兮若休。澹乎若深渊之静,泛乎若不系之舟。不以生
故自宝兮,养空而浮。德人无累,知命不忧。细故蒂芥,何足以疑?"这与屈
原的"亦予心之所善兮,虽九死其犹未悔"(《离骚》)的思想比起来,简直不可
同日而语了。其中还有一些以形象的譬喻来说明他对客观事物的看法,颇
具朴素的辩证法思想,如:"水激则旱兮,矢激则远;万物回薄兮,振荡相转;
云蒸雨降兮,纠错相纷;大钧播物兮,坱圠无垠。……且夫天地为炉兮,造
化为工;阴阳为炭兮,万物为铜。合散消息兮,安有常则?千变万化兮,未
始有极!"

《楚辞》收有《惜誓》一篇,或以为贾谊所作,王逸已谓"疑不能明";明清
之际王夫之则以"其文词瑰玮激昂,得屈宋之遗风",断言"其为谊作审矣"。

总之,西汉初期,以贾谊为代表的赋家所作,还都是模拟屈原骚体的。
在他稍后,与枚乘同为梁孝王客的会稽吴人庄忌(世称为庄夫子——后避东
汉明帝讳改"庄"为"严")所作《哀时命》,亦收于《楚辞》,并亦为模仿屈原《离
骚》、《九章》以自抒怀抱的。

文、景时,枚乘为汉赋转变的关键作家。枚乘(?—前140年),字叔,淮
阴人。初与邹阳、庄(严)忌等俱仕于吴王刘濞处,而以文辩著名。濞将反,
乘以郎中先后两次上书谏,濞不听,卒见擒灭。汉既平七国,乘由是知名。
景帝拜为弘农都尉,不乐久居,以病去官游梁,为梁孝王客,以善属辞赋为时
所称。孝王死,乘归淮阴。武帝自为太子,即闻乘名,及景帝死,武帝即位,
时乘已老,乃以安车蒲轮征乘,道死。可见枚乘所作辞赋皆在景帝时。《汉
书·艺文志》著录"枚乘赋九篇"今只存《七发》可为代表。

《七发》首言"楚太子有疾,而吴客往问之",以下就是吴客与太子的谈
话,而以散体韵文写成此赋。"七发者,说七事以启发太子也"(《文选》李善
注)。后人拟而作者甚多,萧统竟以"七"为一种文体之名,实无道理。《七
发》首段,吴客即指出太子的病乃由于"久耽安乐,日夜无极",纵耳目声色之
欲,恣饮食甘肥之嗜,遂致"四支委随,筋骨挺解",不是任何名医神巫所能
治,只"可以要言妙道说而去也"。于是吴客便先后逐层提出音乐、饮食、车

马、游观、田猎和最奇伟的广陵曲江观涛等娱乐之事，启发太子，引起兴趣，借以诱导他乐于改变长期以来贵族的懒惰腐朽生活方式。对于前四者，太子都说自己病不能听、不能尝、不能乘、不能游；说到第五项——田猎时，太子已表示"愿从"，使病"有起色矣"。及至夸陈广陵曲江之涛的奇伟壮观、惊心骇目之时，就更能"发蒙解惑"，因而引起了太子的进一步追问，欲以穷尽此"天下怪异诡观"。至此，作者忽而掉转话头，写道："客曰：'将为太子奏方术之士有资略者'"，"使之论天下之精微，理万物之是非"，而归于开始所提出的"要言妙道"。"于是太子据几而起曰：'涣乎若一听圣人辩士之言。'涊然汗出，霍然病已"，全赋便于此告终。

《七发》是标志着汉赋由骚体辞赋演化形成的第一座里程碑：它有大段的散文叙事的"赋序"和中间的连线；它已完全采用客主问答方式；它的句子多用排比整齐的四言句式；它铺陈景物，极尽夸张，有炜烨诡谲之趣，而少深沉邈远之思。刘勰《文心雕龙·杂文》说："枚乘摛艳，首制《七发》，腴辞云构，夸丽风骇。"的确如此，例如其中曲江观涛一段，早已被认为自来写广陵潮的名篇，两千年来文人传诵不辍。

与枚乘同时而略迟的淮南王刘安及其宾客号称"淮南小山"与"淮南大山"等人，虽已进入武帝刘彻在位的前期，但他们的赋却还属于屈原骚体一派，或称辞赋派，而不属于汉大赋派。刘安是刘邦少子淮南厉王长之长子。其生卒年当是公元前 179—前 122 年，死时年五十八岁。《汉书·艺文志》著录"淮南王赋八十二篇，淮南王群臣赋四十四篇"。足证刘安及其群臣宾客作赋极多，在他的周围，已经形成为当时一个庞大的文学创作和学术著作中心。他的《淮南子》一书，容于另一有关章节论述，这里仅言其辞赋方面。

史言刘安"为人好书，鼓琴，不喜弋猎、狗马驰骋。……招致宾客方术之士数千人"。"时武帝方好艺文，以安属为诸父（按：安为武帝叔父辈），辩博善为文辞，甚尊重之。每为报书及赐（书），常召司马相如等视草，乃遣"。安素爱屈原辞赋，且夙有研究。当他入朝献其《淮南子》内篇时，武帝甚"爱秘之"，使为《离骚传》（按：即《离骚》注解），"旦受诏，日食时上"。其传今佚不传，但据班固、刘勰所言，皆谓《史记·屈原传》所谓"《国风》好色而不淫，《小雅》怨诽而不乱。若《离骚》者，可谓兼之矣。蝉蜕秽浊之中，浮游尘埃之外，皭然涅（泥）而不缁，虽与日月争光可也"，这段话是刘安《离骚传》中语，可见安极推重屈原《离骚》，第一个给它以这样高的评价。他写赋必以屈骚为式，当无足疑。但《汉志》所载他和他的群臣宾客有赋共百余篇，今存者惟有《楚辞》收录的一篇《招隐士》。王逸序曰："《招隐士》者,淮南小山之所作也。"盖"小山之徒闵伤屈原,又怪其文升天、乘云、役使百神,似若仙者,虽身沉没,名德显闻,与隐处山泽无异,故作《招隐士》之赋,以章其志也"。吾人细读《招隐士》原文,殊无"闵伤屈原"之意。但它的音节局度,浏漓激昂,绍《楚辞》之余韵,非他辞赋可比,自足嗣音屈、宋。故刘安及其宾客群臣虽已进入武帝刘彻时期,与西汉第一个大赋作家司马相如同朝,所写之赋却磅礴弘肆,得屈骚遗韵,这就不能不承认,汉初"丽则骚赋时期"尚不止于文景之际,实乃延续了八十年,至武帝在位之中期,始为以司马相如的《子虚》为首的大赋所取代,而失其统治地位,于是进入了"丽淫大赋时期"。

第三节　西汉中后期大赋的繁盛

　　司马相如(公元前179?—前118年),字长卿,蜀郡成都人。初以赀为郎,事景帝,为武骑常侍,非其好也。梁孝王来朝,从游之士有邹阳、枚乘、庄(严)忌等,相如见而悦之,乃免官游梁,与诸游士居。数岁,著《子虚赋》。会梁孝王死,相如归蜀,私邀临邛富人卓王孙寡女文君,复以计得卓王孙分予钱物甚多,遂买田宅为富人。武帝即位,好辞赋,多登用文学之士。读《子虚赋》而善之,于是由在宫中任"狗监"的蜀人杨得意的推荐,召见相如。相如为赋"天子游猎"之事,上之。即今《子虚赋》的下半篇,《文选》分为《上林赋》者也。武帝大喜,任为郎,遂成宫廷侍从之臣,颇见信任。后尝奉使西南夷,并尝写《喻巴蜀檄》及《难蜀父老》各一篇,为世所称。晚年以病免官,居家而卒。

　　本来汉初辞赋皆作骚体,在景帝时枚乘《七发》始变,至武帝时而大变。世所盛称的汉大赋的体格实完成于武帝之世,并即迅速发展,而大盛于时。《汉书·艺文志》著录西汉的赋约千篇,除"杂赋"不计外,尚有七百余篇,其中武帝时赋即达四百篇,占半数以上。这时期赋作家甚众,惟以司马相如为其最著名的杰出代表。

　　司马相如赋,班固著录二十九篇,今存者有《子虚赋》(包括下篇《上林赋》)、《哀秦二世赋》、《大人赋》;又有《长门赋》和《美人赋》,世或疑其伪;还有《藜赋》、《鱼葅赋》及《梓桐山赋》,仅存赋题及个别佚句,俱无全篇。

　　司马相如是武帝时赋的代表作家,也是汉大赋的代表作家。正是他把辞赋带到大赋的路上,也正是他把汉赋带到大赋的绝路上。他的最具汉大赋一切特征并为其后辈赋家所摹拟的代表作,便是他为武帝所知而因此见重的《子虚赋》。它的特征都表现在哪些方面呢?大致说来:一曰大。体制宏伟,篇幅特长,多至三四千字或更长。二曰丽。扬雄说:"辞人之赋丽以淫。"文学本应讲究文采,丽非其病,但丽而不则,便是毛病了。有人比之为"五彩斑斓的中空的画漆立柜",我看是对的。三曰夸。夸张在文学上本为必要的手法,无可疵议,但夸张亦有限度,越此则诞妄而不实,反是为累。四曰滥。把与主题有用的、无用的,有关的、无关的事物都写进去。五曰空。文章虽似宏丽,而内容却极其空虚,使读者抓不到什么实质的东西,既无深刻的思想,亦乏真实的情感。六曰杂。多搜僻字,生词,甚至依字形偏旁强为罗列成句,如杂字汇辑。七曰板。形式呆板,千篇一律,有如刻板定型,殊少变化,真是千曲一腔,千人一面。八曰散。结构松散,前段和后段之间往往并无必然的有机的联系,只是任意地堆砌到一起,看不出整体性。汉大赋的这些特征在《子虚赋》里都表现得很清楚。相如以后的几个著名赋家都不能例外,虽扬雄、班固、张衡亦莫不皆然。兹节录《子虚》几小段以为例:

> 　　楚使子虚使于齐,王悉发车骑,与使者出畋。畋罢,子虚过姹(诧)乌有先生,亡是公存焉……"然则何乐?"对曰:"仆乐齐王之欲夸仆以车骑之众,而仆对以云梦之事也。"曰:"可得闻乎?"子虚曰:"可。……臣闻楚有七泽,尝见其一,未睹其余也。臣之所见,盖特其小小者耳,名曰云梦。云梦者,方九百里,其中有山焉。其山则……其土则……其东则……其南则……其高燥则……其埤湿则……其西则……其中则……其北则……其上则……其下则……于是乎乃……于是乃……臣窃观之,齐殆不如。于是齐王无以应仆也。"
>
> 　　乌有先生曰:"是何言之过也!……且齐……吞若云梦者八九于其胸中,曾不蒂芥。……"
>
> 　　亡是公听然而笑曰:"……且夫齐楚之事又乌足道乎!君未睹夫巨丽也。独不闻天子之上林乎?左苍梧,右西极,丹水更其南,紫渊径其北……泛弗宓汩,偪侧泌㴫,横流逆折,转腾潎洌,滂濞沆溉……沈沈隐隐,砰磅訇磕;潏潏淈淈,湁潗鼎沸。……于是乎蛟龙赤螭,鲔鳢渐离,鰅鳙鳍魠,禺禺魼鳎……于是乎崇山矗矗,巃嵸崔巍……于是乎周览泛观……于是乎离宫别馆……于是乎卢橘夏

熟……于是乎玄猿素雌……于是乎背秋涉冬……于是乎乘舆弭节徘徊……于是乎游戏懈怠……于是酒中乐酣……"于是二子愀然改容,超若自失,逡巡避席,曰:"鄙人固陋,不知忌讳,乃今日见教,谨受命矣。"

如以此与屈、宋、荀、贾等的辞赋对比观之,谁能找出一点相同或相近之处呢?谁能看出二者之间有什么承传关系呢?

《子虚》及相如以后诸家摹拟之作,殊少现实意义。如果说有,也不过是歌颂了武帝时(或以后某一时期)汉帝国政治、经济、军事、外交空前发展,声威远被,用这样宏伟富丽的词句来夸张天子的生活排场而已。但是就其作用来说,这就只能助长时君(武帝)的骄纵、淫侈,迎合其好大喜功的心理,不会起一点推动社会前进的作用。虽然当时赋家都说是"将以讽也",且相如在完成此后篇《上林》时,也表明了他原欲"借此三人为辞,以推天子、诸侯之苑囿,其卒章归之于节俭,因以风谏"(见《史记》及《汉书》本传),然赋中所陈,皆"侈靡过其实,且非理义所尚",故其作用实不能不如扬雄所云:"靡丽之赋,劝百而风一,犹骋郑、卫之声,曲终而奏雅,不已戏乎!"(《汉书·司马相如传》赞引) 司马迁说:"相如虽多虚辞滥说,然其要归引之于节俭。此与《诗》之讽谏何异。"(《史记》本传"太史公曰") 如以此论相如作赋本意,或尚近是;若论其赋的实际作用,则完全不实。

《子虚》是相如的代表作,也是汉大赋定型的第一篇巨制,其他比较可信的两三篇赋影响不若是之深远,不一一论列。

武帝好辞赋,多登用文学之士,侍从左右。除司马相如外,还有朱买臣、吾丘寿王、主父偃、徐乐、严安、东方朔、枚皋、胶仓、终军、庄忽奇等;其公卿大夫虽以其他方面显名,但在那个时代文坛风气的影响下,也多有赋作,或传或不传,如倪宽有赋二篇,孔臧二十篇,司马迁八篇,董仲舒也曾作《士不遇赋》,见录于《古文苑》。这里只述较有特色的东方朔及其作品。

东方朔(公元前154—前93年),平原厌次(今山东惠民县东)人。武帝初即位,上书自荐,谓"可以为天子大臣",帝异之,令待诏公车。后稍得亲近,待诏金马门,擢为常侍郎,官至大中大夫、给事中。他性滑稽,玩世不恭,常以调笑取乐,故虽与庄(严)助、司马相如等人同列,而以其与枚皋皆"不根持论,上颇俳优畜之",不获重用。他曾写一篇散文赋《答客难》,以发泄其怀才不遇、有志莫展的情绪。如:

今则不然。圣帝流德，天下震慑，诸侯宾服。连四海之外以为带，安于覆盂，动犹运之掌。贤不肖何以异哉？遵天之道，顺地之理，物无不得其所。故绥之则安，动之则苦；尊之则为将，卑之则为虏；抗之则在青云之上，抑之则在深渊之下；用之则为虎，不用则为鼠。虽欲尽节效情，安知前后？

这在一定程度上是反映了当时朝廷用人待士的实际情况的。此篇对后之作者颇有影响，扬雄《解嘲》《解难》，班固《答宾戏》，张衡《应间》，崔骃《达旨》，蔡邕《释诲》等都是直接或间接模仿它的内容和形式而写成的。他还有一篇《非有先生论》，也是以客主问答形式劝帝王听谏，风格与此相近，虽名曰“论”，实亦是赋。此外，朔尚有收于《楚辞》的《七谏》一篇，王逸为之章句，叙曰：“东方朔追悯屈原，故作此辞，以述其志，所以昭忠信、矫曲朝也。”它取骚体，与汉大赋不属同类。

武帝之后，天子好辞赋者尚有宣帝刘询（在位期间为公元前73—前49年）。他曾征能为《楚辞》的九江被公，召见诵读，并益召刘向、张子侨、华龙、柳褒等待诏金马门，后来又加了一个王褒。褒作了有名的《圣主得贤臣颂》，虽名为颂，实亦是以颂扬功德为目的的赋。褒（？—前61至前57年间）字子渊，蜀资中（今四川资中县北）人。他与刘向等数从宣帝游放田猎，所到宫馆，辄为歌颂之赋。议者多以为辞赋淫靡不急，宣帝驳斥道：“‘不有博弈者乎？为之犹贤乎已！’辞赋大者与古诗同义，小者辩丽可喜，辟（譬）如女工有绮縠，音乐有郑卫，今世俗犹皆以此虞（娱）说（悦）耳目，辞赋比之，尚有仁义风谕、鸟兽草木多闻之观，贤于倡优博弈远矣。”这一议论，从文学角度说，基本上是正确的，但当时的大赋似不足以当此，故尔他那些侍从文人所作也并不符合这一要求。褒作《洞箫赋》今存，为此时期出现的许多咏物小赋之代表，刘勰谓：“子渊《洞箫》，穷变于声貌。”“辩丽可喜”，足以“虞说耳目”，甚当，其艺术性较相如大赋若《子虚》者为高。又《楚辞》载其《九怀》九章，盖悯屈原之作也，故文体亦拟效之。他的《四子讲德论》亦以赋体写论，文采富丽，不可以散文目之。另有《僮约》一文，笔调谐谑，而字句通俗，为士大夫文人作品中所罕见，从中可窥见当时社会阶级压迫之严重情况。

西汉至成帝刘骜，已将及末世，汉大赋的繁荣发展也已到盛极而衰，不得不变的时期了。河平三年（公元前26年），光禄大夫刘向奉诏校中秘书，收汉兴以来辞赋，“论而录之，盖奏御者千有余篇”（班固《两都赋序》语），其不合“奏御”条件而未被录进者尚不知更有多少。

即在此时,大作家扬雄出,遂与司马相如并列为西汉乃至整个两汉时代的两大文学家——主要还是汉大赋的两个代表作家。

扬雄(公元前53—公元18年),字子云,蜀郡成都人,与相如为同乡。雄少而好学,博览群书,简易佚荡,然而好深湛之思。尝好辞赋,心慕相如所为"甚弘丽温雅",常拟之以为式。四十余岁游京师,待诏承明殿,侍从成帝祭祀游猎,先后奏上《甘泉》、《河东》、《羽猎》、《长杨》四赋,皆摹拟相如《上林》,而论者多谓其成就不及相如。但试加比较,殊未必然。以思想内容言,相如奉诏作《上林》,其中虽有讽喻,而初意并不在此;扬雄四赋,则皆以讽为目的。《甘泉赋》所讽在于甘泉宫极奢泰,而非成帝所造,"欲谏则非时,欲默则不能已,故遂推而隆之,乃上比于帝室紫宫";"又言屏玉女、却宓妃,以微戒斋肃之事"。《羽猎赋》所讽在于上林苑"游观侈靡,穷妙极丽",而"至羽猎,田车、戎马,器械储偫、禁御所营,尚泰奢丽夸诩";"又恐后世复修前好,不折中以泉台"。《长杨赋》所讽在于"上将大夸胡人以多禽兽,秋,命右扶风发民入南山",捕各种野兽"输长杨射熊馆","令胡人手搏之,自取其获",以致"是时农民不得收敛"。凡此之类,他的写作意图,均甚明显。至就文字而言,雄之四赋,文采辞藻之雅丽,不减相如,而笔力酣畅,气魄雄伟,亦有足称。

雄亦尝效东方朔《答客难》而为《解嘲》和《解难》。其文表现了他观察世态人情深刻细密,上下古今,纵横驰骤,辩锋四出,锐不可当,无论思想上、艺术上均有其独到之处,未可徒以摹拟而加贬抑。

扬雄于此四赋外,还有《太元(玄)赋》、《逐贫赋》及《蜀都赋》,不甚著名,可不论。他又写过骚体的辞赋数篇。《汉书》本传言雄"又怪屈原文过相如,至不容,作《离骚》,自投江而死。悲其文,读之未尝不流涕也。以为君子得时则大行,不得时则龙蛇,遇不遇,命也,何必湛(沉)身哉!乃作书,往往摭《离骚》文而反之,自岷山投诸江流,以吊屈原,名曰《反离骚》",全文亦载入本传。他"又旁《惜诵》(按:《九章》首篇)以下至《怀沙》一卷,名曰《畔牢愁》"。后二篇不传,但观其《反离骚》,亦可证皆是摭屈子之作,傍其义而为之的。

扬雄对于汉赋的贡献,主要不在于他的上述辞赋作品,而在于他后期弃赋弗为时对赋体的否定性的批判观点,这是值得大书一笔的。他认为:"赋者,将以风之,必推类而言,极丽靡之辞,闳侈钜衍,竞于使人不能加也,既乃归之于正,然览者已过矣。往时武帝好神仙,相如上《大人赋》,欲以风,帝反

缥缥(飘飘)有陵(凌)云之志。由是言之,赋劝而不止,明矣。又颇似俳优淳
于髡、优孟之徒,非法度所存,贤人君子诗赋之正也。于是辍不复为。"(见
《汉书》本传)他的文学观点,主要是论赋的,大都见于其《法言·吾子》:

> 或问:"吾子少而好赋?"曰:"然。童子雕虫篆刻。"俄而曰:"壮
> 夫不为也。"
> 或曰:"赋可以讽乎?"曰:"讽则已;不已,吾恐不免于劝也。"
> 或曰:"雾縠之组,丽。"曰:"女工之蠹矣。"
> ……
> 或问:"景差、唐勒、宋玉、枚乘之赋也,益乎?"曰:"必也淫。"
> "淫则奈何?"曰:"诗人之赋丽以则,辞人之赋丽以淫。"

综其所论,可归纳为:一、赋以雕镂绮丽为工,非文章之正。二、赋当有讽谏
之义,然其效果则往往是不免于劝。三、自来惟屈原之赋才是既丽且则(合
于法度),得贤人君子诗赋之正的"诗人之赋"。此外,若战国时宋玉以至汉
初枚乘之流,都只能是虽丽而淫(不合法度),不得诗赋之正的"辞人之赋"。
本章称西汉初建至武帝前期约八十年间为"丽则骚赋时期",称武帝中期以
后至西汉末年约一百六十年间为"丽淫大赋时期",即取义于扬雄此论,但我
们并不是严格地按照扬雄的观点和评价来划期的。我们认为陆贾、贾谊、严
(庄)忌、刘安等人基本上还是追踪屈原《离骚》的体制、风格和精神来写作
的,还未走上闳衍侈丽的大赋的道路。前文有时也间或以屈、宋连称,则仅
指宋玉《九辩》的骚体赋而言,并不包括他那些散文赋如《风》、《钓》、《高唐》、
《神女》等在内。

第四节　东汉抒情小赋的兴起

西汉之末,王莽篡立,十余年而败,刘秀复建东汉王朝。承扬雄遗绪而
作赋者,有班彪、班固父子。由于时代不同,大赋已衰,班彪所作已不能再袭
西汉盛行的旧式,而必然有所变革。班彪(公元3—54年),字叔皮,扶风安
陵(今陕西咸阳市东北)人。因世为汉廷大官,家有赐书,内足于财,好古之
士自远方至,幼时即已结识了前辈名士如扬雄、桓谭等,自亦在文学上受到
他们的熏陶或影响。年二十,王莽败亡,彪避难凉州,由长安往安定,作《北

征赋》,以骚体抒其感时伤乱之情,与前汉铺陈记叙的大赋迥异。虽以年少涉世不深,无多忧患,故其赋不可能有深曲的情思或沉至的怨愤,但总算改变了过去百余年单纯以铺陈景物为主的大赋的赋风,客观上起了开创抒情小赋的新局面的作用。

与彪同时代而较长的冯衍(生卒年不详)字敬通,京兆杜陵(今西安市东南)人。幼有奇才,年二十,博通群书,不仕新莽。初为更始将军廉丹属官,丹死,亡命河东。更始二年(公元24年),投刘玄,立为汉将军。玄死,降于光武帝刘秀,不予重用,出为曲阳令,迁司隶从事,因交通外戚免官,归里自保,作《显志赋》。明帝刘庄即位后,潦倒而死。他的《显志赋》抒写失意愤懑之情,借史讽时,亦为早期抒情小赋中颇有影响的作品。赋中多用骈偶,对东汉以后骈赋及骈俪文的产生与发展颇有影响。

虽然东西汉之际丽淫大赋已衰,抒情小赋初萌,但保守的文人却并不能及时认清这一文学发展的新趋势,而仍要顽固地走大赋的老路。即如班彪之子班固,也没有缘着他父亲已经开辟的道路前进,而是追随西汉司马相如到扬雄走过并已批判扬弃了的路子,写出典重板滞的《两都赋》。班固(公元32—92年),字孟坚,年二十余岁时明帝刘庄召为兰台令史,后升为郎,典校秘书。他以多年之力纂写《汉书》一百卷,继司马迁《史记》,成为我国第一部断代的“正史”,这留在另章再述。本节只论其赋。

《两都赋》包括:《两都赋序》、《西都赋》、《东都赋》和附诗五首(《明堂》、《辟雍》、《灵台》三首为四言体;《宝鼎》、《白雉》二首为骚体)。全赋完全模仿相如、子云。假西都宾与东都主人问答,分别夸耀西都长安与东都洛阳的繁盛富丽,实际上全以颂扬为事,连相如《子虚赋》中那一点讽谏尾巴也说不上。他在《序》里就自比于“皋陶歌虞,奚斯颂鲁”,认为作赋是“先臣之旧式,国家之遗美,不可阙也”。况又当“海内清平,朝廷无事”之时,“京师修宫室,浚城隍,起苑囿,以备制度”,显然是值得歌颂的,所以他便“作《两都赋》,以极众人之所眩曜,折以今之法度”。他以大赋铺叙帝王宫室、园囿、田猎、祭祀、朝会、宴饮之盛况,缕述山川、湖泽、奇花、异草、珍禽、猛兽之繁多,堆垛僻字、生词,重床叠架,千篇一律,遂把此种赋体推上绝路。

班固仿东方朔《答客难》写《答宾戏》,为同性质的复制品,立意肤浅,远不如扬雄的《解嘲》,殊无足取。独《幽通赋》,意在“致命遂志”,虽内容是抽象的,与“体物而浏亮”(陆机《文赋》语)的赋义不合,但总算拟效《离骚》,试图述志,作为一个新的尝试,未可厚非。

　　附带提一下班彪之女班固之妹昭,在和帝刘肇时,常出入宫廷,皇后妃嫔皆师事之,号曰曹大家(因其夫曹世叔早死,昭寡居)。安帝刘祜永初七年(公元113年),随子至陈留赴任时,作《东征赋》,略拟其父彪之《北征赋》。虽内容平淡,仅为纪行之作,而体制究与前此大赋之过于板滞、冗长拖累者有所不同,并尚稍有些微的抒情意味。

　　略后于班彪而较早于班固的杜笃(?—78年),字季雅,京兆(长安)杜陵人。光武帝定都洛阳,笃尝以关中表里山河,本为前汉旧京,不宜改营洛邑,乃奏上《论都赋》。笃之作此赋,盖因"见司马相如、扬子云作辞赋以讽主上,臣诚慕之,伏作书一篇,名曰《论都》"。以赋体写论,而既标明论旨,复以赋名篇,确是创举。《古文苑》卷五还载有他的《首阳山赋》,文甚短小,而颇富意趣,亦为前人所未有,足征笃赋盖有意打破前人旧框者。此赋首段十句描写首阳山之形势与风物。继即叙作者见二老采薇,问其何务何乐而并兹游,二者答以殷遗民伯夷、叔齐,"闻西伯昌之善政,育年艾于黄耇。遂相携而随之,冀寄命乎余寿。而天命之不常,伊事变而无方。昌伏事而毕命,子忽觏其不祥。乃兴师于牧野,遂干戈以伐商。乃弃之而来游,誓不步于其乡。余闭口而不食,并卒命乎山旁"。这赋也同样表现了作者是有意改变通行将近二百年的大赋体制的。

　　与班固同时的尚有傅毅、崔骃,皆以文章显名,并有赋传世。傅毅(?—公元90年前后)字武仲,扶风茂陵(今陕西兴平县东北)人。少博学,明帝刘庄永平(公元58—75年)中,毅以明帝求贤不笃,士多隐处,作《七激》以讽。和帝刘肇永元(公元89—105年)初,为车骑将军窦宪主记室,及宪为大将,复以毅为司马。不幸早卒。他的《舞赋》选入《文选》。篇首借楚襄王与宋玉问对,言及歌舞,曰:"歌以咏言,舞以尽意,是以论其诗不如听其声,听其声不如察其形。《激楚》、《结风》、《阳阿》之舞,材人之穷观,天下之至妙。"于是华屋洞房,朱火延起,陈席设坐,觚爵斟酎。郑女二八,出而歌舞。至此,乃进入舞姿之描写,形象比譬,尽态极妍,显示了笔墨渲染之能事。这是一篇艺术性极强的描述舞艺的优秀作品。

　　崔骃(?—92年),字亭伯,涿郡安平(今河北安平县)人。少有伟才,博学,善属文。游太学,与班固、傅毅齐名。致力典籍,未遑仕进,人或讥之,乃拟扬雄《解嘲》,作《达旨》以答之。他还有《七依》一篇,刘勰谓"入博雅之巧"。骃之中子瑗字子玉,与马融、张衡友善,有《七厉》,刘勰称其"植义纯正",又谓"虽文非拔群,而意实卓尔"。瑗子寔作《客讥》,"整而微质"。祖孙三代皆赋家,然并无突出成就。

自东汉以来,凡列入《后汉书·文苑传》者,几乎没有一个未写过辞赋之类的作品;其另有专传的文臣亦然。如《文苑》王隆、夏恭、黄香、李尤,……不胜枚举。以下择其对赋体发展有较重要影响者略为论述。

张衡(公元78—139年),字平子,南阳西鄂(今河南南阳)人,是我国古代著名的大科学家兼文学家。《后汉书》本传称他善属文,通五经,贯六艺。和帝刘肇永元中,"时天下承平日久,自王侯以下,莫不踰侈,衡乃拟班固《两都》作《二京赋》,因以讽谏。精思傅会,十年乃成"。他所写的东西二京也就是班固所写的东西两都,题材相同,却自出机杼,而绝不抄袭。他写的社会面就更广,铺叙也更详,夸张益繁,篇幅愈大。他写了商贾、辩士、侠客的活动,也写了杂技和角觝百戏的演出,给后世留下了关于这方面的珍贵历史资料。抑其特色尚不止此。《二京赋》虽亦袭用流行二百余年的大赋形式,甚且渲染愈甚,篇幅愈长,但他作赋之意并不在于献纳颂谀,以博帝王之欢。他精思十年乃成,显然是贯注了自己的思想感情,意在借以讽谏,故所为议论便较切直,不似相如、子云那样轻描淡写地微讽。如《东京赋》末段:

> 今公子苟好剿民以媮乐,忘民怨之为仇也;好殚物以穷宠,忽下叛而生忧也。夫水所以载舟,亦所以覆舟;坚冰作于履霜,寻木起于蘗栽。昧旦丕显,后世犹怠,况初制于甚泰,服者焉能改裁?故相如壮上林之观,扬雄骋羽猎之辞,虽系以隤墙填堑,乱以收置解罘,卒无补于风规,祇以昭其愆尤。臣济参以陵君,忘经国之长基,故函谷击柝于东,西朝颠覆而莫持。

在文体上虽仍取旧范,但在内容上则已试图有所突破。然而大赋发展到这时候,已成强弩之末,实无再振的可能了。

张衡的《南都赋》亦属《二京》之类,但更近于班固《两都》,徒事铺陈,殊乏讽谕。其《应间》则仿扬雄《解嘲》;而《思玄赋》则颇似班固的《幽通赋》。《思玄》略具屈骚遗意。张衡处于东汉后期国势衰微,朝廷混乱之时,内竖专横恣肆,欲言政事,每受谗阻,意不自得,而欲游六合之外,势复有所不可,乃思其玄远之道而赋之,以宣寄情志。赋末以"系"为"乱",且不用通常的四五言骚体短句,而纯作七言长句,若后世之七言古风,实亦可视为文人七言诗之祖:

> 系曰:天长地久岁不留,俟河之清祇怀忧。愿得远度以自娱,

上下无常穷六区。超踰腾跃绝世俗,飘飘神举逞所欲。天不可阶
仙夫希,柏舟悄悄客不飞。松乔高跱孰能离,结精远游使心携。回
志揭来从玄琪,获我所求夫何思!

这些改变毕竟还都是在前人已创立的基础上作枝节的修改,并未变大
赋的基本规模。张衡对汉赋的最大贡献则是表现于其《归田赋》中的新的特
点。赋中描述作者在朝政日非的情况下退隐田园的乐趣。寓情于景,语多
骈偶,音律协调,节奏感强,而篇幅短小,前所罕见。它不但对此后以至魏晋
时期抒情小赋的出现有着开创之功与示范作用,而且对六朝骈赋(或称俳
赋)与骈文的形成也有很大的影响。全文不过二百零几个字,精妙尽意,新
人耳目:

> 游都邑以永久,无明略以佐时。徒临川以羡鱼,俟河清乎未
> 期。感蔡子之慷慨,从唐生以决疑。谅天道之微昧,追渔父以同
> 嬉。超埃尘以遐逝,与世事乎长辞。
> 于是仲春令月,时和气清。原隰郁茂,百草滋荣。王雎鼓翼,
> 鸧鹒哀鸣。交颈颉颃,关关嘤嘤。于焉逍遥,聊以娱情。
> 尔乃龙吟方泽,虎啸山丘。仰飞纤缴,俯钓长流。触矢而毙,
> 贪饵吞钩。落云间之逸禽,悬渊沉之鲨鳣。
> 于时曜灵俄景,系以望舒。极般游之至乐,虽日夕而忘劬。感
> 老氏之遗诫,将回驾乎蓬庐。弹五弦之妙指,咏周孔之图书。挥翰
> 墨以奋藻,陈三皇之轨模。苟纵心于物外,安知荣辱之所如!

《古文苑》还录载他的《骷髅赋》、《冢赋》、《温泉赋》和《观舞赋》四篇咏物小
赋,意义不大,故不具论。

与张衡同时的马融(公元79—166年),字季长,扶风茂陵(今陕西兴平
县西北)人。传称他"才高博洽,为世通儒,教养诸生,常有千数"。卢植、郑
玄都是他的弟子,可见他实为东汉一位大经师。他善鼓琴,好吹笛,达生任
性,不拘儒者之节。所作《长笛赋》可以上继前汉王褒的《洞箫赋》,都是描写
音乐的文学名作。赋末有"辞"十句以代"乱",亦七言古诗,与张衡《思玄赋》
之"系"同。《古文苑》又载其《围棋赋》,也是写技艺的咏物小赋。

东汉末年蔡邕(公元132—192年),字伯喈,陈留圉(今河南杞县)人。
少博学,好辞章、数术、天文,妙操音律,尤善鼓琴。桓帝刘志延熹二年(公元
159年),宦官徐璜、左悺等白天子勅陈留太守督促发遣,要他到洛阳去弹

琴,不得已,行至偃师,称疾而归。归后,心愤此事,遂叙述路上感想,表明己意,写成《述行赋》,"聊弘虑以存古兮,宣幽情而属词"。赋的前一大部分是就其所经各地的历史事实与所见景物交错结合,既写客观景物,又抒内心感慨。末后一段,则借古喻今,同情人民疾苦,痛斥了统治阶级的奢靡无道,有较深刻的现实意义,如:

> 贵宠煽以弥炽兮,金守利而不戢。前车覆而未远兮,后乘驱而竞及。穷变巧于台榭兮,民露处而寝湿。消嘉谷于禽兽兮,下糠粃而无粒。弘宽裕于便辟兮,纠忠谏其駸急。怀伊吕而黜逐兮,道无因而获入。唐虞渺其既远兮,常俗生于积习。周道鞠为茂草兮,哀正路之日躧!

其他如《释诲》、《汉津赋》、《笔赋》等,无多特色,不备述。

与蔡邕同时的赵壹(生卒年不详),字元叔,汉阳西县(今甘肃天水)人,《后汉书》本传录其《刺世疾邪赋》,为这时较突出的现实主义作品。此赋旨在谴责统治者代代相因,无不荼毒生民:

> 伊五帝之不同礼,三王亦又不同乐。数极自然变化,非是故相反驳。德政不能救世溷乱,赏罚岂足惩时清浊?春秋时祸败之始,战国愈复增其荼毒。秦汉无以相踰越,乃更加其怨酷。宁计生民之命,唯利己而自足。

他也指斥了那些"舐痔结驷"、"抚拍豪强"之辈,但他主要还是归咎于"执政之匪贤"。自己则决心要"宁饥寒于尧舜之荒岁兮,不饱暖于当今之丰年"。他认为"乘理虽死而非亡,违义虽生而匪存"。在形式上,大约因五言诗已大兴于时,为世人所习惯,他竟首创先例,于赋末赘了两首五言古风,以代"乱辞",而采取的引入方法亦前所未有:

> 有秦客者,乃为诗曰:"河清不可俟,人命不可延。顺风激靡草,富贵者称贤。文籍虽满腹,不如一囊钱。伊优北堂上,抗脏倚门边。"鲁生闻此辞,系而作歌曰:"势家多所宜,咳唾自成珠。被褐怀金玉,兰蕙化为刍。贤者虽独悟,所困在群愚。且各守尔分,勿复空驰驱。哀哉复哀哉,此是命矣夫!"

不难看出,赵壹的这篇赋,包括两首五言古诗在内,都改变了前人作赋典丽华藻之观,而为浅俗平易之文。言直而切,意率而激,文笔流利,风格疏朗,标志着记叙铺陈大赋向抒情言志小赋彻底演化的完成。

虽然,即在东汉末世,也不是没有仍写板滞大赋或摹拟楚辞骚体而作的人,如王逸、延寿父子即是。

王逸(生卒年不详)字叔师,南郡宜城(今湖北宜城县)人。他著《楚辞章句》,至今犹为研究楚辞者所必读,其功有不可没者。王逸"以自屈原终没之后,忠臣介士、游览学者,读《离骚》《九章》之文,莫不怆然,心为悲感,高其节行,妙其丽雅……窃慕(刘)向、(王)褒之风,作颂一篇,号曰《九思》,以裨其辞"。逸自录之于其所为《楚辞章句》之末,为第十七卷。他虽追摹褒、向,而无其才情,故不能及。子延寿字文考,有隽才,少游鲁国,作《灵光殿赋》。后蔡邕亦造此赋,未成,及见延寿赋,甚奇之,遂辍不复为。延寿年仅二十余而卒。此赋"写物图貌,蔚似雕画",虽"含飞动之势",而"无贵风轨,莫益劝戒",只可作为汉末文章之点缀而已。较他更晚的边让,字文礼,陈留浚仪(今河南开封西北)人,作《章华赋》,托为春秋时楚伍举作以讽楚灵王者。其赋虽云以讽为旨,而"文多淫丽之辞,"故"终之以正"的效果,至多不过"如相如之讽","不免于劝"。

至东汉将亡,献帝刘协建安年间,有祢衡(公元173—198年),字正平,平原般(今山东临邑东北)人。少有才辩,尚气刚傲,好侮谩权贵,终以此为江夏太守黄祖所杀。他尝在黄祖宴上即席作《鹦鹉赋》,抒写才智之士在乱离之时危迫困厄的抑郁心情。虽题名赋物,实是借物自况,而为写志抒情之作。如:

> 嗟禄命之衰薄,奚遭时之险巇! 岂言语以阶乱? 将不密以致危? 痛母子之永隔,哀伉俪之生离。……感平生之游处,若埙篪之相须; 何今日之两绝,若胡越之异区? 顺笼槛以俯仰,窥户牖以踟蹰; 想昆山之高岳,思邓林之扶疏。顾六翮之残毁,虽奋迅其焉如? 心怀归而弗果,徒怨毒于一隅。

继祢衡而起的文学家,以赋称者应首推王粲(公元177—217年)。粲字仲宣,山阳高平(今山东邹县)人,是曹氏父子营垒中号称"建安七子"的首要人物;而论及汉赋,则他又是两汉的殿军,因七子正处于汉、魏交替的建安之世,本是汉赋向魏、晋、六朝骈赋过渡的转捩点,尤其王粲的《登楼赋》更是标志汉大赋演化为抒情小赋的最后里程碑,而过此以往,赋又开始进入另一个新的时期。

粲曾祖龚、祖父畅,皆为汉三公,父谦为大将军何进长史,故出身于世族名家。少时随父徙居长安,蔡邕见而奇之,特加爱重。年十七,以西京扰乱,往荆州依刘表,居十二年,未受重视,感怀世事,不胜悲愤,借登当阳城楼写此赋以寄慨。时当为建安十年,公元205年,粲大约二十九岁。全文简净精炼,情景交融,虽仅三百余字,而从容不迫,神完意足,读来余味无穷。赋曰:

> 登兹楼以四望兮,聊暇日以销忧。览斯宇之所处兮,实显敞而寡仇。挟清漳之通浦兮,倚曲沮之长洲;背坟衍之广陆兮,临皋隰之沃流。北弥陶牧,西接昭丘;华实蔽野,黍稷盈畴。虽信美而非吾土兮,曾何足以少留!

> 遭纷浊而迁逝兮,漫踰纪以迄今。情眷眷而怀归兮,孰忧思之可任!凭轩槛以遥望兮,向北风而开襟。平原远而极目兮,蔽荆山之高岑;路逶迤而修迥兮,川既漾而济深。悲旧乡之壅隔兮,涕横坠而弗禁。昔尼父之在陈兮,有"归欤"之叹音;钟仪幽而楚奏兮;庄舄显而越吟。人情同于怀土兮,岂穷达而异心!

> 惟日月之逾迈兮,俟河清其未极。冀王道之一平兮,假高衢而骋力。惧匏瓜之徒悬兮,畏井渫之莫食。步栖迟以徙倚兮,白日忽其将匿。风萧瑟而并兴兮,天惨惨而无色。兽狂顾以求群兮,鸟相鸣而举翼。原野阒其无人兮,征夫行而未息。心悽怆以感发兮,意忉怛而憯恻。循阶除而下降兮,气交愤于胸臆。夜参半而不寐兮,怅盘桓以反侧。

无论就思想意境说,或就语言艺术说,此赋均达到了他的前人所未至的高度。而且诗味甚浓,真能表现为"诗人之赋",这说明它确是"古诗之流也"。它完全脱尽汉人自司马相如以来所作记叙大赋以铺陈景物、堆砌辞藻为能事的淫丽恶风,标志着抒情写志小赋的完全成熟。粲于建安十三年(公元208年)刘表死后劝表子琮归曹操,粲亦受命为丞相掾,后迁军谋祭酒。魏国既建,拜侍中。自入曹幕,日与丕、植兄弟及诸文士游,往往奉五官中郎将太子曹丕之命,同作诗赋,敷衍文字,便多不佳。

建安末,王粲等七子先后死去。迨操死丕继(公元220年),灭汉称帝,是为黄初,则七子早已无一存者。故建安七子所代表的建安文学虽影响深及魏、晋,但究不能与魏代文学混为一谈,尤其汉、魏在赋体文学上分野显然。建安以后赋遂渐入于骈,即与王粲同时期而小于粲二十岁的曹植,在建安后期已在文坛负有盛名,但他的赋便已显出骈体俳风,如其想象丰富、艺术成就极高的代表作《洛神赋》就是这样的。这在第三篇魏晋南北朝文学有关章节中将另加论述,此不详著。

以上自东汉之初至汉末建安共约一百八十余年,即自班彪的《北征赋》起,至王粲的《登楼赋》止,我们可称之为东汉"抒情小赋时期"。

第三章　两汉乐府民歌

第一节　汉初诗歌

汉代文人没有从秦代继承到什么文学传统,故汉初文学仍是相当贫乏。但民间文学从来不会间断,即使遭到统治阶级压迫与禁止,至多也只能相对地限制公开写作,不可能绝对地遏止它暗中流传,秦始皇焚书坑儒并没有完全封住民间歌谣辗转传述之口,这是从文献上早已证明了的。因此,可以肯定,汉初民歌仍是和秦代一脉相传,并非突然兴起的另外一种。

辞赋虽是汉代文人文学的主要形式,与《楚辞》有一定渊源,同时也与《诗经》的"雅"、"颂"有相近处,但它既与《楚辞》精神不一致,其内容也和"雅""颂"不侔,形似而实异,故不能称之为诗。

汉初也有些上层统治者写作的诗歌,从文学观点上看,一般没有多大价值,与辞赋同,但这些东西却有条件被保存下来了。刘邦宠姬唐山夫人的《安世房中歌》内容贫乏,形式模仿"雅""颂"的四言诗,毫无创造性。以后则有韦孟的《讽谏》、东方朔的《诫子》、司马相如的《封禅颂》,均是摹拟《诗经》的,不必列举。

这时期,倒是上层统治阶级中的某些人比较有魄力,大胆地学习楚歌形式,用民歌格调、通俗语言,发抒自己的真情实感,有些确能给人以新鲜的感觉,如项羽的《垓下歌》和刘邦的《大风歌》便是。

可以断言,这时民间也一定有不少无名诗人在那里创作新诗,以人民喜闻乐见的形式风格歌唱人民自己的思想感情和愿望,敢于真实地反映现实。这从汉武帝设立乐府以后所收集的各地民歌篇章之富,便可证明,只可惜此时无人采辑遂未流传下来,或者流传的不多不远。

第二节　乐府民歌的来源与搜集

"乐府"本是汉武帝设置掌管音乐的官署,其任务是搜集歌辞,制定乐谱和训练奏乐的人员。后来便把它所采制的歌谣以及摹拟这种歌谣而写的歌诗,统称之为"乐府"或"乐府诗"。可见乐府就是合乐的歌辞,故自《三百篇》以至宋、元、明词、曲、时调歌曲,均可称为广义的乐府,而实际上许多词曲家也确是经常称其所著为乐府。

汉武帝刘彻以前,朝廷也已有了掌管音乐的乐府机关,但只是"习常肆旧",根本与民间歌谣无关。只有武帝时立"乐府",才于制定郊庙乐章以外,专负搜集民歌合乐的责任,而乐府诗的名称才从此确定。

据《汉书·礼乐志》和《艺文志》的记载我们知道,"至武帝定郊祀之礼……乃立乐府,采诗夜诵。有赵、代、秦、楚之讴,以李延年为协律都尉,多举司马相如等数十人,造为诗赋,略论律吕,以合八音之调,作十九章之歌"。其目的主要在于采诗,搜集民歌及其乐调,其意义则是因为这些民间歌谣,"皆感于哀乐,缘事而发。亦可以观风俗,知厚薄",便于进行统治,当然也是为了要用民间歌曲作为宫廷娱乐之用。不管怎样,这一措施的客观效果,使我们能得到汉代不少可宝贵的民歌,却是很可庆幸的。

就《艺文志》所著录的,乐府采集的民歌共有一百三十八篇,包括了吴、楚、汝南、燕、代、雁门、云中、陇西、邯郸、河间、齐、郑、淮南、左冯翊、河东、洛阳、河南、南郡等地,范围很广。当然,这并不是乐府采录的全部,更不是全国各地民间歌谣的全部,恐怕只是经"合乐"并保存到班固时代的一部分。

汉哀帝刘欣曾罢乐府官,裁减人员大半,可见此时已停止了采诗,因而民歌散失必多。但俗乐民歌在政府既已取得合法地位,深入人心,就不能阻止其流传,所以现在乐府诗中还保留有哀帝以后的民间作品。东汉又恢复了专管俗乐的官署,曰承华府,是否也曾采风,史无明文,但就许多资料来看,东汉时期政府机关必尝存录一些歌谣,为乐工合乐创造便利条件,则是可以肯定的。

此外,两汉还有从外族输入的乐曲,以异域曲调填写汉文词句,反映汉族人民生活,也属于民间歌诗。最早的有蜀中賨人七姓的《巴渝舞曲》,稍后有从匈奴输入的《鼓吹曲》,再后有张骞由西域传来的胡乐《横吹曲》、《摩诃兜勒》。从汉代保存下来的少数《鼓吹曲》看来,还明显地保持着原有的民歌面貌。

第三节　乐府民歌的分类

乐府诗歌包括两种不同来源的作品:一种是官方采自民间的歌谣,经他们合乐的;另一种是上层统治阶级和统治阶级文人所作的颂诗歌辞,专供郊庙祭祀、朝会宴飨时演奏的。二者之中当然以民歌为佳,而且更具现实主义精神,因而也更有艺术价值与认识意义。

自来对乐府诗歌的分类都是就音乐曲调方面下手的,但标准界限不清,分类又不严格,所以各家所分并不统一。宋郭茂倩《乐府诗集》的分类方法比较为后世多数学者所同意而乐于沿用或斟酌采用。他分乐府诗歌为十二类:郊庙歌辞,燕射歌辞,鼓吹曲辞,横吹曲辞,相和歌辞(又分为:相和六引、相和曲、吟叹曲、四弦曲、平调曲、清调曲、瑟调曲、楚调曲、大曲,共九种),清商曲辞(又分为吴声歌曲、神弦歌、西曲歌、江南弄、上云乐、雅歌,共六种),舞曲歌辞,琴曲歌辞,杂曲歌辞,近代曲辞,杂歌谣辞,新乐府辞。这十二大类当中的琴曲歌辞均为后人所伪托,而近代曲辞则原是近代的杂曲,新乐府辞又大抵为唐以后人所创作,均无列入的必要,至少是不必专列一类。剩下的只有九大类了,但从文学观点来看,郊庙歌辞,燕射歌辞和舞曲歌辞都是统治阶级文人所特制的乐章,其思想内容实在没有什么价值可言,只有一些形式很特别,如《郊祀歌》十九章中的第一章《练时日》,篇幅很大,三言到底,为汉以前任何诗歌中所未曾见。谈乐府诗分类,自然不应漏掉它们,但是要研究乐府中的民歌或从文学价值上谈汉代乐府诗,那就不应包括这三类,只谈其余六大类,就足以概括无遗了。兹分别介绍其来源及性质于下。

第一,鼓吹曲属"北狄乐",大约是汉初从匈奴输入的。《汉书》说:"始皇之末,班壹避地于楼烦……当孝惠高后时,以财雄边,出入弋猎,旌旗鼓吹。"鼓吹乐器用鼓和吹的箫笳合奏,故曰鼓吹。鼓吹曲辞今仅存《铙歌》十八首,故一般误认鼓吹曲即《短箫铙歌》,其实不然,盖当初黄门鼓吹还包括《横吹曲》及其他一切由外国输入的乐曲。鼓吹曲原是军乐,但后来应用范围很广,主要成为殿廷上的乐曲了,如朝会宴飨,道路从行,赐给诸国王臣,以及郊祭田猎之用。大约铙歌本来有声无辞,输入曲调演奏以后,才陆续配补歌辞,故时代不一,内容庞杂:有叙战阵的,有表武功的,也有情诗,还有几篇意义难明,无从臆断的。作者有文人,也有属于民间的。由于著录较晚,传写讹误,多难明了。但也有极其明白晓畅,反映现实的优秀民歌,如《战城南》、《有所思》《上邪》等篇便是。

第二,横吹曲本来也是外国乐曲,即所谓"胡曲"。"其始亦谓之鼓吹,马上奏之,盖军中之乐也"(《乐府诗集》)。后来鼓吹与横吹分为二部,便以有箫笳者为鼓吹,用之朝会道路;有鼓角者为横吹,用之军中,即马上所奏的。横吹曲也称为"鼓角横吹曲",而角即胡角,本以应胡笳之声,后渐用之横吹,有双角,即胡乐也。汉代的横吹曲歌辞均已亡佚,今可见者只有《梁鼓角横吹曲》,是从北朝传来的,可能有很少一部分是沿用汉代旧辞的。无论如何,我们总还可以从这些曲辞略窥横吹曲的格调。

第三,相和歌辞包括范围太广,其主体是"相和曲"。《宋书·乐志》说:"相和,汉旧歌也,丝竹更相和,执节者歌。"又说:"凡乐章古辞今之存者,并汉世街陌谣讴,《江南可采莲》、《乌生十五子》、《白头吟》之属是也。"歌时均用管弦乐器伴奏,有笙、笛、节、琴、瑟、琵琶、筝等七种;所采各地俗乐大约以楚声和秦声为主。汉相和旧歌本十七曲,现存《江南》、《东光》、《鸡鸣》、《乌生》、《平陵东》、《薤露》、《蒿里》等七篇,都是质朴、自然的民歌。

第四,清商曲大约是古乐府的遗留,共有六种曲调,其中平调有七曲,现存五曲;清调有六曲,现存三曲;瑟调至少有三十七曲,现存六曲的古辞各一首;大曲有十二曲,现存者尚有九曲十一首;楚调有五曲,现存的仅一曲;侧调则仅有古辞一首。总计汉代清商曲辞今存者约二三十首,它们反映了当时人民的生活、思想和感情,现实性极强,在两汉乐府诗中占极重要的地位,特别值得重视。

第五,《乐府诗集》的"杂曲"一类包罗特富:以时代言,"历代有之";以作者言,"自秦汉已来,数千百岁,文人才士作者非一";以内容言,"或心志之所存,或情思之所感,或宴游欢乐之所发,或忧愁愤怨之所兴,或叙离别悲伤之怀,或言征战行役之苦,或缘于佛老,或出自夷虏,兼收备载"。这些乐曲,"亡失既多,声辞不具,故有名存义亡,不见所起"(均见《乐府诗集》)。大约因为无类可归,就自成一类,而总谓之"杂曲"。其中称"古辞"者十二曲,具作者主名为汉代人的六曲,又《枣下何纂纂》下附说中引《古咄唶歌》辞一首,共十九曲,除少数几篇外,大抵都是汉乐府中的精华。

第六,杂歌谣辞中的民间歌谣本是乐府诗的最早来源,所不同者只是这些歌谣没有被采集合乐，便成为乐府以外的逸篇罢了。这些作品中确有一些无论内容和形式都已达到很高的水平，为汉乐府中不可多得之作。这些歌辞讴谣，有因地而作者，有因人而作者，有伤时而作者，有寓意而作者，有以困而歌，以穷而歌，以愁而歌，以怨而歌，种种不同，但皆发乎其情，真挚而自然，故仍应认作乐府民歌同类，在这里加以研究。

第四节　乐府民歌的思想内容和艺术特色

上节所述两汉乐府民歌的九大类中，除郊庙、燕射、舞曲为统治阶级文人所特制的乐章外，其他鼓吹、横吹、相和、清商、杂曲和杂歌谣辞便可概括整个的汉代乐府民歌，因为其中只有极少数是文人反映现实的作品，其余绝大部分是从民间搜集来的歌谣。这些作品主要产生于东汉，内容丰富，反映面广，深刻地揭露了封建社会内部的种种矛盾并真实地表达了人民的思想感情和愿望。

这些作品的内容有：暴露战争的罪恶，反映人民生活的痛苦；描写弃妇悲惨的遭遇，叙述孤儿可怜的命运；揭发贵族官僚的豪华生活，斥责统治阶级吮吸人民血汗的行为，倾吐人民在极度穷苦的生活压迫下，不得不铤而走险，求免冻饿以死。它们有血有肉，具体形象，是富有人民性和现实性的作品，可以上继"国风"而无愧，如说它是汉代的《诗经》，亦不为过。

相和歌辞中的《相逢行》暴露富贵之家的奢豪生活，在夸耀铺张的掩盖下深寓讽刺。它说：

> 黄金为君门，白玉为君堂。堂上置樽酒，坐使邯郸倡。中庭生桂树，华灯何煌煌，兄弟两三人，中子为侍郎。五日一来归，道上自生光。黄金络马头，观者盈道傍。入门时左顾，但见双鸳鸯。鸳鸯七十二，罗列自成行。音声何噰噰，鹤鸣东西厢。……

如此豪华，道路生光，难道观者会没有议论嘲骂吗？特别诗前边说过："相逢狭路间，道隘不容车。"公共街巷，如此狭隘，至不能容两车相向行进；而接着说："不知何年少，夹毂问君家。"立刻又自作解答道："君家诚易知，易知复难忘。"的确，像那样阔绰的家门人们会不知道吗？知道了，一定恨入骨髓，怎么还会忘记呢？

《陌上桑》(一名《艳歌罗敷行》)暴露上流社会的荒淫无耻是更为深刻的。它描写一位美貌的青年女子罗敷在城南采桑，过来一位显赫的大官看她貌美，竟要求带她回去做一房姬妾。她斩钉截铁地拒绝了，说"你有你的老婆，我有我的丈夫"，而且机智地嘲弄了对方，夸耀自己的丈夫也是一个显赫的大官，以喜剧的手法歌颂了这个妇女的英勇态度与优良的品质。同时，却更本质地反映并严厉地谴责了当时官僚贵族欺侮妇女的丑恶行为。这篇民歌所描述的故事在汉代是有它普遍的现实意义的，它揭露了统治阶级腐朽生活的一个侧面。

东汉时辛延年用差不多同一主题写的《羽林郎》，描述"酒家胡"反抗强暴的霍将军的家奴冯子都对她的欺侮调笑，也极坚决，极严正，表现了当时一般劳动妇女爱情专一，不为利诱，不为势屈的高贵品质。它虽不是民间作品，却是学习民歌最成功的杰作。

另一方面，汉乐府民歌也深刻地反映了下层人民的苦难生活。《东门行》的主人公是一个贫苦的城市居民，严酷的生活压迫使他走投无路，只好去铤而走险，索性干一下，寻求一条生路。孩子的妈妈拉着他衣服哭劝道："别人家里贪图富贵，我可只希望跟着你喝碗稀饭就行。请你看老天爷和这吃奶孩子的份儿上，千万别这样！"他苦恼地叫道："咳，走啦！我要去晚啦！头发都白完了，掉光了。这日子实在熬不下去啦！"这篇所写的景况和《相逢行》的黄金门、白玉堂、华灯煌煌，是何等强烈的对比！《妇病行》叙述一个妇人久病临终，嘱托丈夫好好照看孩子，以及妇死之后孩子啼哭索母的穷苦凄惨状况，使人感到这就是当时整个下层社会的实际生活的缩影，是很典型的。在那种社会里，孩子即使不冻饿至死，勉强活下去了，而封建的宗法制度也会把他折磨得不成人。《孤儿行》所控诉的封建宗法社会的病害正是这样的。诗中说明孤儿本是地主兼营商业的家庭中的幼子，父母在时，生活舒适。父母一死，落在兄嫂手里，就被迫做他们的奴隶，为他们服役，替他们生产，做一切苦工，永远不得休息。而生活则牛马不如，挨冷受饿，并不时遭受兄嫂斥责，使孤儿感到不如死了好。全篇反映了在宗法社会的家庭制度中，内部矛盾非常剧烈，虽对亲骨肉亲兄弟也没有什么情爱而要当作奴隶看待。这里所提出的显然不只是家庭问题，也是社会问题，意义非常重大。

人民的苦难及其对统治阶级的怨恨，也常常表现在他们对战争的控诉中。《战城南》是人民诅咒战争的一篇杰作。它描写战争的惨烈，战士早上出战不知道晚上是否能够生还，充分反映出人民对战争的厌恨。这篇是十

八首《铙歌》之一,时间较早,可能是武帝时人民对他穷兵黩武屡次发动对外战争的具体反映。试看:

> 战城南,死郭北,野死不葬乌可食。为我谓乌:"且为客豪,野死谅不葬,腐肉安能去子逃?"水深激激,蒲苇冥冥,枭骑战斗死,驽马徘徊鸣。(梁)筑室,何以南?何(以)北?禾黍不获君何食?愿为忠臣安可得!思子良臣,良臣诚可思,朝行出攻,暮不夜归!

而反战的作品还有"杂曲"中的《十五从军征》,文字比较纯熟,产生时代应是略后一些,可能是东汉社会大动乱中的民歌。诗中描写一个"十五从军征,八十始得归"的老战士回家所见所感的凄惨情景,与蔡琰《悲愤诗》写她自己还家所见的荒废景象很相似,可见这确是那个时代比较普遍的情形。

以妇女生活为题材的也很多,反映封建社会中妇女受压迫,遭遗弃,替她们提出严重的控诉的,如《白头吟》、《塘上行》和《上山采蘼芜》都是。前两篇是以弃妇的口吻,抒发哀怨,同时也表示了自己的愿望,如《白头吟》里所说的"愿得一心人,白头不相离",正是封建社会妇女的一种典型的情绪。《上山采蘼芜》却是一首短篇故事诗:

> 上山采蘼芜,下山逢故夫。长跪问故夫:"新人复何如?""新人虽言好,未若故人姝。颜色类相似,手爪不相如。""新人从门入,故人从阁去。""新人工织缣,故人工织素。织缣日一匹,织素五丈余,将缣来比素,新人不如故。"

通过弃妇下山路遇故夫的短短对话,把新人和故人的容貌、性格和生产劳动能力一一加以比较,显示故人的优点,讥讽男子遗弃行为的愚蠢和不正当,是具有高度概括性和集中性的创作。从这短篇中,可以透视到当时农村妇女是家庭手工业的主要生产者,并以其劳动生产为评定妇女优劣的重要标准之一,而在夫权社会,男子竟可以任意抛弃妻子,虽在农村也不例外。

汉乐府与《诗经》在题材上略有不同,那就是纯粹描写男女爱情的诗歌在汉乐府中远比《诗经》为少。《有所思》、《上邪》、《艳歌何尝行》("双白鹄")算是此类作品中最突出的佳篇。《有所思》和《上邪》应该是相关联的描写男女在恋爱中女子表达她思想感情变化的上下篇:

> 有所思,乃在大海南。何用问遗君?双珠玳瑁簪,用玉绍缭之。闻君有他心,拉杂摧烧之。摧烧之,当风扬其灰。从今以往,

勿复相思；相思与君绝！鸡鸣狗吠，兄嫂当知之。"妃呼狶"，秋风
肃肃晨风飔，东方须臾高知之。

　　上邪！我欲与君相知，长命无绝衰。山无陵，江水为竭，冬雷
震震，夏雨雪，天地合，乃敢与君绝！

这是鼓吹曲中的恋歌。前一首写一个青年女子听到爱人"有他心"的时候的
心理状态。当她想念远在大海以南的爱人时，打算赠送一支挂着玉饰并镶
着两颗珍珠的玳瑁簪给他。等听到他变了心时，一怒之下便把准备下的这
件珍贵的礼品折断烧毁，还要"当风扬其灰"，使它飞散无余，下定决心，从此
断绝关系，不再想念。可是回忆当初爱人偷偷来会时，惊动了鸡犬，生怕兄
嫂知道，那种提心吊胆的情景，又觉得实在断绝不了这个爱情关系。最后还
是不做决定，说等一会儿天亮了，清风朝日会吹醒我并照亮我的心的。接
着，后一首就写她打定了主意，发誓要永远和爱人相爱，终古不变。她发誓
道："天啊！我要和你相亲相爱，永不更改，永不衰退。除非高山变平，江水
断流，寒冬打雷，炎夏飞雪，天地闭合，咱们的爱情才会断绝！"这是多么坚贞
的爱情，而语言又是多么真诚斩截！

　　不属于乐府曲辞的两汉《杂歌谣辞》，就是民间谣谚，在史书中也保存了
不少，它们常是直接反映当时的政治社会情况，富有现实意义。

　　有些歌谣对统治阶级人物作了品鉴或批评，表现了人民的爱憎，如后汉
《蜀郡为廉范歌》：

　　廉叔度，来何暮。不禁火，民安作。平生无襦，今五绔。

当时成都房屋密接，旧日官府禁止人民夜里工作，以防火灾，但人民不
听，仍纷纷夜起点火劳作，谁也不揭发谁，失火的事日有发生。范廉（字叔
度）做太守，取消这个禁令，只教家家蓄水备灾，人民感激，作此歌。这是多
么小的一件事，然而，只因替人民着想，对群众有利，就会得到赞颂。相反
的，人民对于自己的残害者压迫者却不饶恕。王莽时，关东大乱，赤眉起义，
王莽派太师王匡和更始将军廉丹出兵东下，到处抢掠，东方人民作歌道：

　　宁逢赤眉，不逢太师；太师尚可，更始杀我！（《汉书·王莽
传》）

仅十六个字，把更始、太师、赤眉作了比较，爱憎分明，毫不含糊。

　　民谣对于政治措施和现实社会中种种黑暗情况也有激烈的抨击，如：

举秀才,不知书;察孝廉,父别居;寒素清白浊如泥;高第良将怯如鸡。(《古诗纪》载东汉桓灵时童谣)

直如弦,死道边;曲如钩,反封侯。(《后汉书》载顺帝末东京都童谣)

小麦青青大麦枯,谁当获者?妇与姑!丈人何在?西击胡。

吏买马,君具车,请为诸君鼓咙胡。(《后汉书》载桓帝初天下童谣)

还有用嘲讽的手法作歌,指斥当道,如王莽末,隗嚣初起兵于天水,后来竟想做皇帝,天水童谣道:

出吴门,望缇群。见一蹇人,言欲上天。令天可上,地上安得民?(《后汉书》)

不止讽刺了统治阶级人物,而且表现了人民的幽默感。

汉乐府民歌内容十分丰富,反映的社会生活面极为广阔,上述虽不全面,已可见其梗概。人民绝对不是无病呻吟,必有感而发,故有具体事物为依据,不作抽象的说教,这就能使我们从中认识当时的历史社会风气。民歌作者有鲜明的立场,故爱憎分明,有正确的同情、赞扬、歌颂,也有狠狠的批评、斥责、咒骂。

汉乐府民歌的艺术成就很大,表现的方法是多种多样的。有叙事诗,有抒情诗,也有说理诗,而尤以叙事诗的细致生动最为突出。先秦叙事诗很少,《诗经》中仅大、小《雅》中存几篇记录周民族祖先开创事业和宣王中兴的叙事诗,一般艺术成就还不很高。《楚辞》某些篇章中有叙事部分,而基本上都是长篇抒情诗。汉乐府民歌则不同,叙事诗较多也较精彩:故事生动,结构紧凑,形象鲜明,语言精炼、自然、口语化……都是它的特色。上举《陌上桑》、《东门行》、《妇病行》、《上山采蘼芜》、《十五从军征》等诗,均是。其方法是就事件中最能显示生活中矛盾斗争的一个情节或片断,进行集中描写,并不作全面冗长的叙述,故篇幅短小,却能给读者以异常鲜明深刻的印象。叙事诗必须有剪裁,有概括力,这是汉乐府的长处,应注意学习。

乐府诗也善于用铺张和侧面描写的手法来构成人物的鲜明形象,如《陌上桑》中描写罗敷的美丽可爱,前面仅用一个"好"字,下面便从采桑的工具到所戴的首饰和所穿的衣服去铺陈,从而衬托出她的姿容。紧接着又从旁观者为她的美所吸引而致痴呆的一切表现,来显示她的动人力量:诗中就一直写了八句,逐层加深。从行路的到耕地的,从老的到少的,从挑担的到扛锄的,谁看谁爱,而且看得发呆,竟忘了自己的工作,直到他们回家以后,还因误了工互相埋怨争吵,从而更显示了罗敷的美具有惊人的吸引力。末段写罗敷夫婿的形象,也是借罗敷自己的夸耀而表现的,并未用作者的口吻来描画:"白马从骊驹"以下五句写他的荣华显贵;"十五府小吏"以下四句写他的出身经历;"为人洁白皙"以下四句写他的容貌态度;而这段的最后两句则是综叙他的地位和威望。这都是经过提炼,具有高度艺术技巧的。乐府民歌作者一般就是这样通过话语和行动,让人物自身来展开故事情节,说明人民群众(作者就是其代表)对于生活现实的评判,使读者信服地同意,很少由作者直接作枯燥的叙述。

汉乐府民歌还用富于戏剧性的独白和对话来表叙事件。《孤儿行》就是用第一人称的孤儿自述独白的,读起来,好像在听孤儿现身于群众面前,一字一泪地哭诉自己的悲惨遭遇,使人不能不对他表示无限同情,因而激发起对封建社会一切压迫者的愤恨感情与斗争决心。《有所思》和《上邪》也是通过女主人公自诉心曲,写出她在爱情突变过程中的心理变化;《上邪》的指天为誓,更具无比的感人力量。《东门行》和《陌上桑》的情节则是戏剧性很强的,虽然一个是悲剧,另一个是喜剧。它们都集中地表现了各自的主题,尤其通过人物的对话展开故事,把冲突引向高潮,更表现了戏剧性的特点。这自然也与作者善于运用通俗朴素的人民语言有密切关系。

汉乐府的语言特点是:最朴素、最精炼、最生动,又最形象,因为它用的是当时普通人民的口头语言,或最接近口语的书面语言,所以才具有这些活生生的口语所独具的特点。正因是口语,故形式非常自由,句子长短不定,可以整齐,也可以错落,有短至一字、二字的,如《东门行》的"咄!行!"《上邪》的"上邪!"也有长到八字、九字的,如《乌生》的"白鹿乃在上林西苑中,射弓尚复得白鹿脯。……鲤鱼乃在洛水深渊中,钓钩尚得鲤鱼口"。整齐的如《陌上桑》、《十五从军征》的五言,错落的如《孤儿行》、《妇病行》等的长短句间杂。这些均极自然,但并不粗俗,都是口语,却更显得真率生动,形象化。《妇病行》写病妇临终的形象多么凄惨动人!《战城南》也是成功地描绘了战场的阴森可怖景象的。这类例子,在汉乐府诗中俯拾即是,不必多举。

汉乐府民歌还有一种把宇宙事物人格化,用寓言体写的,如《乌生》叙述乌惨遭弹射而死,借以喻人。《蜨蝶行》用蝶的口吻叙述被燕子捉去喂小燕的情形,非常生动别致,新鲜活泼,带有童话的色彩。《枯鱼过河泣》以鱼拟人,可能是遭难人警告伙伴的一首寓言诗,设想奇特,非一般文人所能写出来的。这些短小警辟的童话诗和寓言诗蕴藏着丰富的人生经验和意想不到的智慧,也都值得我们学习。

第五节　乐府民歌的巨大影响

汉乐府民歌有承先启后、推陈出新的成就与贡献,上接风骚,下开建安以后的文人诗,不论在思想内容上和在艺术形式上,对后世都产生了巨大影响。

首先是它把《诗经》的现实主义精神发展成为一个延续不断的、更丰富、更有力的现实主义传统。它的长短自由的杂言体的形式胜过以四言为主的《诗经》体;它写了许多极新鲜的题材,同一题材的作品,也是后来居上,不事因袭,而能给人以新鲜的感觉,尤其叙事诗曲折深刻,非前此所有。

在艺术形式方面,它影响后代的,如采用叙事的方法,运用通俗浅显的口语,这两点就是建安和中唐两个时代许多优秀的现实主义作家所继承的;而汉魏以后为古典诗歌主要形式的五言诗,也是《陌上桑》等所创立,后来经文人学习、摹拟,才形成风气而定型的。

建安时代曹操写了不少乐府旧题的诗歌,如《薤露》、《蒿里》等都是以乐府民歌形式描述汉末政治社会现实的优秀作品。曹植的《名都篇》和蔡琰的《悲愤诗》,则是承乐府的现实主义创作方法,感于哀乐,缘事而发,另以五言体的形式写出的杰作。此外,晋宋文人如傅玄、鲍照、陶渊明,也都直接地和间接地接受了这种影响而有所成就。但南朝文人多由于生活腐化,思想沉靡,虽在形式上摹拟乐府,但把文学作为上层统治阶级的娱乐品,遂形成了宫体,那就与乐府民歌的精神没有丝毫相同之处了。

唐代诗人,陈子昂首先提倡"汉魏风骨",实即指汉魏乐府遗音。杜甫学乐府,继承其现实主义,自不待论,而李白这位伟大的浪漫主义诗人也曾下大工夫把所有乐府古题都几乎作遍了,写下几十首《拟古乐府》,咏天宝前后时事,"庶异无病之吟"。中唐以后,白居易和元稹及其前后的李绅、张籍、王建、聂夷中、杜荀鹤等诗人创作了新乐府,无疑的都是继承汉乐府的精神而又向前发展了的,其所受影响之大,更不必说了。

过去有些文人从形式和兴趣观点出发,阉割乐府的丰富的人民性和现实主义精神。还有些人轻视劳动人民,贬低汉乐府的光辉成就,把民歌的价

值与成就归功于统治阶级的提倡、采集、合乐,则是完全错误的。至于那些
故意掩盖阶级矛盾,而以其所谓"超阶级"的"人性论"和"人道主义"观点,否
定作品的现实主义思想内容,或单纯从艺术上肯定汉代乐府民歌,而无视其
深刻的思想内容,那更是容易迷惑人的论调,不能不认识清楚。

第四章　两汉文人诗歌

第一节　五、七言诗的起源

  汉初文人诗歌所采取的形式有两种：一种是继承《诗经》的，以四言为其基本形式；另一种是模拟《楚辞》形式的楚声歌。前者如前述的唐山夫人《安世房中歌》、司马相如等的《郊祀歌》，均为早期的庙堂乐歌；还有如韦孟《讽谏》之类的道德训言诗，都是陈腐、枯燥、僵化、没有生命力的。后者如刘邦的《大风歌》、刘彻的《瓠子歌》及《秋风辞》，形式是不规则的骚体，也因出于最高统治者之手，感情虽真，气魄虽大，文词音调虽也豪俊爽亮，而思想内容究竟不属于也不代表人民群众的利益和愿望，所以仅只反映了一个特殊阶层的情感和思想。被称为乌孙公主的刘细君所作的《悲愁歌》反映其远嫁异国的哀愁，情调真挚动人，但比较粗率，艺术性不强。这些出自宫廷带有浓厚的贵族文学气息的作品都不能使《楚辞》体复活。就在这种诗坛寂寞的情况下，五言诗便从乐府民歌的母胎中孕育出来，以至发展成为文人诗歌的主要形式。

  诗歌由四言发展为五言，是形式上的一大进步。四言诗字少句短，不便于表达较复杂的思想感情，五言诗虽只多一个字，就能使音节增加、结构灵活，句式变化较多，可以很好地"指事造形，穷情写物"。骚体虽没有四言诗呆板的缺点，但已发展为汉赋，成了帮闲文人雕饰文采、夸张盛世的工具，其形式越来越远离诗歌，由散体化而渐趋于骈俪文。故此，五言诗体的产生对诗歌发展便有极重大的意义了。

  五言形式的诗句起源甚早，《诗经》和《楚辞》中都屡见不鲜，但那些作品本是四言体或楚歌的骚体，不过时有一句二句五言杂在其间，并非纯粹的五言体。古时五言诗，惟"于俳优倡乐多用之"(挚虞《文章流别论》)，也就是说俚歌俗曲已先用五言体了。

  最早的五言歌谣出现于秦，始皇筑长城，死者相属，民歌曰：

生男慎勿举，生女哺用脯。不见长城下，尸骸相支拄！（见《水经注》引杨泉《物理论》）

汉成帝刘骜时（公元前32—前7年）的《黄爵谣》：

邪径败良田，谗口乱善人。桂树华不实，黄爵巢其颠。故为人所美，今为人所怜。（见《汉书·五行志》）

还有同时的《尹赏歌》也是全首五言。这些歌谣可以说明五言体在西汉以前已经存在。东汉光武帝刘秀时便有凉州民为樊晔歌是五言的，章帝刘炟时长安著名的谚语有云：

城中好高髻，四方高一尺。城中好广眉，四方且半额。城中好大袖，四方全匹帛。（《乐府诗集》）

以后此例更多。总括来看，五言歌谣自西汉成帝后已经开始在民间普遍流行，还有些已经经乐府采入合乐，前章所举鼓吹、横吹诸曲辞中，就颇杂有不少五言诗句，而鼓吹曲（《铙歌》）的《上陵》前半简直就是五言诗了：

上陵何美美，下津风以寒。问客从何来，言从水中央。桂树为君船，青丝为君笮，木兰为君棹，黄金错其间。

相和歌、清商曲和杂曲等多是东汉作品，五言成分更多。《鸡鸣》、《江南》、《饮马长城窟》、《陌上桑》、《冉冉孤生竹》、《上山采蘼芜》等更是全首五言的，不仅内容充实，艺术技巧也相当高，可见是汉末五言诗成熟期的歌谣了。

由上所述，可见五言诗起源于民歌，也成熟于民歌，时间则盛于东汉初期。因其中许多优秀作品被采入乐府，为上层统治阶级所欣赏，就引起文人的爱好与模仿，到东汉末年建安时代遂蔚然成风，为文人诗歌的主要形式。

七言诗也是先见于民间歌谣，《诗经》"国风"中七言句就不少，《楚辞》中去掉"兮"这个托声字，很多本也是七言句。西汉民间谣谚中七言体尤多，如"画地为狱议不入，刻木为吏期不对"即是。乐府民歌中，如《战城南》的"野死不葬乌可食，腐肉安能去子逃"……更是举不胜举。但在乐府中却不见有通篇七言的作品，这就与五言的乐府诗不同了。从谣谚及乐府诗以外的材料看，民间歌谣之采用七言形式，至迟到汉武帝时就已普遍。故司马相如作《凡将篇》，其后史游作《急就篇》（在汉元帝刘奭时），都是完全用七言或杂以七言写成的口诀，足见这是民间流行的韵文形式，为便于诵读和记忆，才这样来写,作为通俗读物。而两汉铜镜铭文大抵均是七言,甚至说是"七言之纪自镜始",可见在镜工看来,七言体还是他们首创的哩!

但七言体在民歌中流行虽早,却未为文人所模拟,故文人七言诗的盛行几乎要迟到唐代,远在五言诗盛行后四百多年。其原因大约因为五言民歌已为最高统治者采入乐府,而七言则没有,所以文人便认五言体为雅、为颂、为古风,竞相模仿,以投时主所好;七言则未入乐府,亦未被帝王所欣赏,文人便尽量鄙弃,以为不登大雅之堂。而且从四言发展到五言,也是自然的趋势,再进一步发展到七言,还要有一定的时间和过程。完整的七言诗首先是建安时曹丕所写的两首《燕歌行》,而七言体在文人眼中获得地位还是陈、隋以后的事。

第二节　东汉文人的五言诗

如前所述,五言诗起源于民间歌谣,那么,古人谓起于枚乘的《杂诗》九首,或起于李陵,就都不能成立了。但五言诗虽起源于乐府民歌,二者之间却还有一定的差异。乐府是民间文学形式,五言诗则是士大夫文人的文学形式;乐府多以社会生活为题材,五言诗则倾向于抒写个人思想感情。五言诗继乐府民歌出现乃是乐府民歌的文人文学化。

文人的五言诗和有作者主名的五言乐府,如辛延年的《羽林郎》,都是东汉才出现的。西汉根本没有一篇五言诗,即使杂言诗而以五言句为主者,也很少,刘邦妃戚夫人所作《戚夫人歌》和刘彻时李延年所作《佳人歌》是仅见的。文人创作中最早的纯五言诗,要算班固的《咏史》,作者"老于掌故",写孝女缇萦救父故事,仅"有感叹之词",而"质木无文",艺术成就很低,只能说是我们今天所见的第一首文人五言诗罢了。此后,张衡的《同声歌》艺术有所提高,但前半仍较为僵直,与班固《咏史》相差不很多,仍带有一些五言诗草创期的生硬笨拙的痕迹。

到桓帝刘志(公元147—167年)时代,文人五言诗才渐入成熟期,秦嘉和其妻徐淑往还赠答的抒情诗,郦炎的《见志》二首,赵壹的《刺世疾邪赋》所附二首,蔡邕的《饮马长城窟》和《翠鸟》都远较班固、张衡所作在艺术上为进步。而蔡邕女儿蔡琰(字文姬)所写的《悲愤诗》共三篇,其一为五言诗。其一为骚体,而另一篇则是为许多学者所怀疑争论的《胡笳十八拍》。这是东汉末年建安时期最后也最成功的五言诗。据《后汉书·列女传》说,蔡琰"博学有才辩,又妙于音律。……兴平中,天下丧乱。文姬为胡骑所获,没于南匈奴左贤王。在胡中十二年,生二子。曹操素与邕善,痛其无嗣,乃遣使者以金璧赎之,而重嫁于(董)祀。……后感伤乱离,追怀悲愤,作诗二章"。这首五言诗凡一百零八句,五百四十字,是汉代著名的一首长诗,对当时社会动乱中人民生活描写得非常简洁而逼真,其追怀个人遭遇的部分尤为凄恻动人。诗的开头四十句叙被掳缘由和途中所受的苦楚。中段四十句叙在匈奴的生活情况和听到被赎的消息时悲喜交集的感情,以及和在胡所生儿子分别时难割难舍的惨痛情形。最后二十八句叙归途和到家后所见与所感。它暴露了汉末的黑暗政治和当时军阀的罪恶,反映了人民在乱离中的痛苦生活,真实生动,具有深刻的社会意义与历史意义。全篇的艺术形象鲜明突出,感人力强。其中插述胡骑对汉人虐待之残酷,刻画被掳后怀念祖国的深情,尤其写母子告别时感情的矛盾,最为曲折细致;至于抒写她回到故国后所见的荒凉景象与由此引起其隐伏在心中的悲哀,也都非亲身经历不能有如此深曲的体会。这分明是五言诗已达到完全成熟以后,很好地吸取了乐府民歌的现实主义创作方法,才能产生的作品。

第三节　《古诗十九首》及汉代其他五言古诗

汉代还有不少五言诗名作,在思想内容和艺术技巧上都达到了相当高的水平,只是不知作者主名。其中有十九首被梁萧统收入《文选》,标一总题为《古诗十九首》,后世便以此名之。

《古诗十九首》及此外若干首《古诗》,从其内容及风格来看,可以推测它们原来或是民歌,或为不著名的民间作家所作,辗转流传,经过若干文人的修改润饰,已失原作面貌,而仅保留其精神,这就不便把著作权归属于任何一个人;即或原有作者主名,也就由此而失去或删去,不复可考,遂亦视为"古诗"。《古诗十九首》是可以代表汉末五言诗的最高成就的,它们都是模仿乐府民歌而作的抒情诗,其中许多是入乐的歌辞,无疑都是些难得的好诗。当初大约篇数很多,据钟嵘《诗品》所说,计算起来,流传到齐梁之世,还有五十九首,而到现在则只剩下不足四十首了。其时代,有早有晚,"不必一人之辞,一时之作"。

十九首的内容很复杂,作者的思想也极不一致,而就所涉及的事物和社会情况来研究,也显然不属于一个时期,而大抵是东汉末期,则无可疑。其所反映的主题无非是:对于现实生活的不满,或追求短暂的物质享乐,或对于生存的绝望。总之,表现东汉末期战乱中所造成的生活的黑暗与悲惨,是那个时代的哀愁与苦闷。《十九首》如此,其他古诗也有同样的意境,即向来称为李陵与苏武赠答的一些五言诗,也是这样的,无怪早在刘勰著《文心雕龙》时就说李陵诸作"见疑于后代",历经许多学者考证,确认它们是后人假托的,并谓苏、李《河梁》之作,与《十九首》同一风味(王士禛《渔洋诗话》语),可见也都是东汉末年文人所拟作的。当然,就诗而论,这几首诗确能真实地抒写朋友离别的情意,并其音调风格也极和谐稳健,不失为好诗,故应该认为是与《十九首》同时期无名氏的优秀古诗。

以《古诗十九首》为代表来研究东汉末年的五言古诗,从内容上分析,可概括为以下四类:

一、游子思妇的哀怨。《行行重行行》、《青青河畔草》、《涉江采芙蓉》、《冉冉孤生竹》、《凛凛岁云暮》、《孟冬寒气至》、《客从远方来》、《明月何皎皎》八首属于此类。《庭中有奇树》一首,自来有些腐儒曲解为"臣不得于君","而望录于君"的诗,其实是牵强附会,完全歪曲了作者本意。这首诗分明是"因物悟时,而感别离之久",仍系"怀人之诗"。而从折花、香满袖、遗所思来看,这个女主人公所怀的还是她远行在外的丈夫。《迢迢牵牛星》一首,更多地被人作同样的歪曲,其实也不恰当。它也不过是借物喻人,描叙男女离别之情而已。

二、朋友离群索居的苦闷。《明月皎夜光》一首便属于这一类。伪托为李陵、苏武《河梁》送别诸诗正是与此相同的。

三、人生无常的感慨。《西北有高楼》、《东城高且长》、《回车驾言迈》、《驱车上东门》、《去者日以疏》等五首属于这一类。

四、现世享乐的追求。《青青陵上柏》、《今日良宴会》、《生年不满百》等三首属于这一类。其实这种思想与前一类思想是密切地关联着的,正因为感觉人生无常,才想到及时行乐,二者都是消极颓废悲观厌世的人生观的反映。

在这四类之中,最好的还是第一类那十首情歌和第二类那首想念过去的朋友的怀人之诗。不仅文字简炼、朴素,风格自然、有力,而且感情丰富、笃厚、婉曲、深切,又无一点矫揉造作、故意求工的痕迹。第三、第四两类作品的思想内容是比较消极的。那虽是长期混乱的社会情况下所自然产生的,但多属于没落的士大夫阶级文人的情感,与劳动者穷极呼天或抗议诅咒完全不同:前者是退缩空虚的结果,而后者则是积极反抗的表现。第一、二类的十一首是应该肯定的作品,而第三、四类的八篇,尽管艺术技巧也很高明,但思想感情毕竟是不健康的,应予批判继承。

《古诗十九首》的艺术特色在于那种自然朴素的风格,这是无须解释的,但也要看到它们所用的语言毕竟还是士大夫阶级学习民间语言而用过很大力量进行艺术加工的,与乐府民歌纯粹采用劳动人民口语者不同。它们之所以能够用很少的话表达出丰富的感情,正表明了它们的艺术技巧之高妙。它们是"秀才"说的"家常话","深衷浅貌,短语长情",自又与耕夫织妇"里巷讴谣"所用的口头语不完全相同,如拿"冉冉孤生竹,结根泰山阿"跟"上山采蘼芜,下山逢故夫"比较起来,就明白了。

这些古诗多用自然景物烘托所要表达的感情气氛,成为中国古典诗歌的传统手法之一,即所谓"寓情于景"和"情与景会"、"情景交融"。

形象性也是它们共有的特点,语言形象化在《十九首》里是比较突出的,譬如"衣带日已缓"就形象地描写出别久念切使人消瘦。《青青河畔草》就用盈盈、皎皎、娥娥、纤纤等四个叠字词把这个妇女容颜、姿态、生活、身份、习尚等方面都刻画得清清楚楚。类此之例甚多,不复缕举。

上举十一首好诗当然基本上是现实主义的,其中有的还带有浪漫主义色彩,如《迢迢牵牛星》就是把二者密切结合起来创作的。诗里写的是在现实生活中被压抑被限制的妇女的苦闷,但诗并不从生活现象着笔,而是把想像寄托在仰望的星空,从自己的意境中塑造出一个"皎皎河汉女"的形象,"泣涕零如雨"地凝视着人间,成为千万个被封建礼教桎梏着的妇女的悲哀和寂苦的化身,而且像黑暗中飞迸的火花一般,在她身上闪耀着人类自由理想的光辉,给人们以崇高的永久的美的感受。

《古诗十九首》是东汉末年乐府民歌和文人五言诗这两条线结合以后的代表作,它们继承了两汉乐府民歌的光辉成就,替建安诗歌奠定了发展的基础。唯其如此,所以有的学者竟从它们的艺术成就的水平上推测其作者为建安时代的曹植、王粲诸人。钟嵘《诗品》说:"古诗,旧疑是建安中曹王所制。"那不是没有一些因由的。但若拿曹、王的存诗与这些古诗对照起来,进行比较研究,就可以看出其间的差异是很大的,无论思想感情或艺术技巧,都颇有不同:古诗反映的是下层文人的生活,曹、王则是世家贵族,感情互异;古诗带有更多的民歌色彩,曹、王之诗则使用了较多的文人词语。

第五章　两汉散文

第一节　两汉散文的发展

汉帝国建立以后，不久就采取种种专制统治政策加强对人民的压迫，实行中央集权、定于一尊的封建制度。经过一个相当长的巩固时期，经济逐渐恢复，趋于繁荣，都市因以兴起。商业资本家和封建地主阶级便以其剥削得来的大量财富尽情享乐，生活备极奢侈；加以统治者好大喜功，对外开疆拓土，对内则大兴土木，广建宫室，规制崇宏，备极壮丽，遂显示了这个新建的大帝国表面的富强昌盛。反映在文学上，首先是汉赋的兴起，当时散文也受其影响而逐渐向富丽堂皇的方面发展。然而，这只是文学现象的一面；而在另一面，从西汉初期起，也还有继承先秦历史散文和诸子散文余绪而发展的朴素明快的散文，走着曲折的道路，获得了丰收。司马迁的《史记》与其继承者班固的《汉书》是两汉四百年历史散文的光辉成就，将另章详述。其他也还有许多不同内容与形式的优秀散文，如政论、书信、哲理、文学批评以及杂说性的作品，而尤以政论文为最突出。

两汉散文无论在体制上、作家和作品上，都比先秦为完备而且繁富，特别表现在政论文方面。其原因是：两汉人民呻吟于专制统治的严酷压迫下，生活极为惨痛，一般士大夫阶层的文人虽大抵出身于剥削阶级，但其中也不乏正直的有良心的人，看到这种社会现象，就有可能经过长期深入的观察，认识到问题的某些本质，找出主要矛盾所在，以同情的态度，写出批判现实主义的文章，而这类文章也就具有一定的人民性。

古代小说属于散文范围，两汉也是很发达的，《汉书·艺文志》载小说十五家，千三百八十篇，其中仅武帝时虞初所辑录的《周说》即达九百四十三篇。其性质是"闾里小知"，"街谈巷语"，民间"道听途说"的丛杂传说故事之类，显然对当时及后代文学是有一定影响的，可惜至今全部散佚，无从窥其形貌。现在传为汉人撰著的《海内十洲记》、《汉武帝内传》、《飞燕外传》、《汉杂事秘辛》之类，均出于后人伪托，不足凭信。但晋以后志怪小说的兴起必然是承袭了汉代小说而发展的，则其影响也是明显可见的了。

第二节　两汉政论文的成就

汉代第一个杰出的政论家贾谊，也是汉赋最早作家之一。其赋直继屈原，仍采"楚辞"的骚体，但是从忧郁愤恨出发而归于乐天知命，不似屈原坚毅勇决，故消极成分较多。《吊屈原》、《鹏鸟》等篇，虽是汉赋中难得的优秀作品，但已是"楚辞"的末路，成为转向汉赋的转折点了。关于他的身世及辞赋之作，前已叙述，此不复赘。这里只论述他的政论散文。

贾谊是一个年少气锐、热心政治而具有远大眼光的政论家。他的《新书》是经刘向编校的政论文章专集，在长期流传中，多有散佚，以致残缺，间亦有经过后人割裂窜改者，故不尽可据。他的《陈政事疏》(一般称为《治安策》见于《史记》及《汉书》本传)便是杰出的一篇。写时为文帝七年，他仅二十八岁。其中指出"事势可为痛哭者一，可为流涕者二，可为长太息者六"，至于"其他背理而伤道者，难遍以疏举"，真是够大胆的了。汉当文帝之世，不但"进言者皆曰天下已安已治矣"，后世史家也都盛称文、景时代为二千年来天下治平之世，然而贾谊独能见微知著，深入分析，并指斥道："曰安且治者，非愚则谀，皆非事实，知治乱之体者也。"他早已看到隐藏在表面太平之下的严重危机，正如"抱火厝之积薪之下，而寝其上，火未及燃，因谓之安。方今之势，何以异此"！他指出当时阶级矛盾尖锐化的严重：

> 夫百人作之，不能衣一人，欲天下亡寒，胡可得也！一人耕之，十人聚而食之，欲天下亡饥，不可得也！饥寒切于民之肌肤，欲其亡为奸邪，不可得也！国已屈矣，盗贼直须时耳。

这样追本溯源，洞见底细之论，把盗贼奸邪一归之于人民饥寒，而饥寒则为阶级矛盾的社会现实所造成，确是一针见血，言人之所不敢言，没有惊人的勇气是写不出的。尽管他是为统治阶级而忧时，在替最高统治者出谋划策，欲以安抚民心，免致动摇其统治地位，但毕竟还揭露了尖锐的阶级矛盾的现实，道出了人民所要说的真理。

《过秦论》是贾谊最有名的政论,思想艺术均极卓越。他以愤怒激昂的情绪,发为宏达警辟的议论,历数秦朝统治者之过,指责其种种暴政,用意实在于以秦为鉴,抨击汉代的同样措施,"过秦"正所以"过汉"。他引"野谚"说"前事之不忘,后事之师也",正是要"君子为国,观之上古,验之当世"。他指出秦始皇和二世暴虐失道,陈涉、吴广揭竿起义,"天下云集响应,……遂并起而亡秦族",既肯定了陈涉、吴广的起义,也认识到人民群众的力量,实远远超过一般统治阶级文人之上,这是他思想的进步性所在。至于这篇论文的写作艺术也是很高的:文笔流畅,气势磅礴,声调爽朗,语言明快,读起来使人激扬、振奋,受到感染。

他的《论积贮疏》尤能真实反映当时社会生活实况,并指出造成危机的真正原因。开头就提出论点:"生之有时,而用之无度,则物力必匮。"就是:"生之者甚少,而靡之者甚多,天下财产,何得不蹶?"然后,摆出汉帝国当时的具体情况:"兵旱相乘,天下大屈","有勇力者,聚徒而衡(横)击",四方也"并举而争起","罢夫羸老"为饥寒所迫,就只得"易子而咬其骨"。最后,他提出"积贮"的办法,使"粟多而财有余",具体措施是要全民"归农","各食其力",不许"末技游食之民"再过"淫侈""背本"的生活。自然,为其时代与阶级地位所局限,他不可能提出彻底解决社会矛盾的办法,只有站在统治阶级立场提供这样缓和阶级矛盾以巩固统治的意见,但是,能够同情人民,大胆揭露现实,而给以猛烈抨击,在那个时代已是很了不起的了。

与贾谊同时的颍川人晁错也是一个大政论家。他本学申、商刑名之术,文帝时,又从济南伏生受《尚书》,还为太子舍人,迁博士,再迁太子家令,以辩得幸,号曰"智囊",屡次上书言守边备塞,极为文帝所重。文帝十五年,举贤良文学对策,百余人中,晁错为第一。迁中大夫,复上书,多所建议,文帝奇其材,但不能尽用。太子启(即后之景帝)大加赞赏,即位后(公元前156年)任为内史,更定法令,权重一时,又迁御史大夫。后卒以侵削诸侯为公卿宗室所恨,落得个"衣朝衣,斩东市",时在景帝四年(公元前153年)。

他的政论朴素简明,词旨畅达,见解也比一般官僚高,主要是思想内容深切周密,最好的如《募民迁塞疏》和《论贵粟疏》。前者的优点在于有计划,有步骤,有主张,有措施,是一套完整的安边备敌(匈奴)之策,对后世人所常提的屯兵实边的办法有很大启发作用与参考价值,是具有实施意义而非徒托空谈者可比的。后一篇论述当时社会经济上最重要的粮食生产问题,见解很深切,议论很透辟,而对于农民疾苦及商业资本者剥削之苛,知之尤详,故能揭出其间矛盾的实质。他说农夫：

> 春耕、夏耘、秋获、冬藏，伐薪樵，治官府，给徭役；春不得避风
> 尘，夏不得避暑热，秋不得避阴雨，冬不得避寒冻，四时之间，亡日
> 休息……勤苦如此，尚复被水旱之灾，急政暴虐，赋敛不时，朝令而
> 暮改。当具(其)有者，半贾而卖，亡者取倍称之息，于是有卖田宅，
> 鬻子孙，以偿债者矣。而商贾大者积贮倍息，小者坐列贩卖，操其
> 奇赢，日游都市，乘上之急，所卖必倍。故其男不耕耘，女不蚕织，
> 衣必文采，食必粱肉，亡农夫之苦，有仟佰之得。因其富厚，交通王
> 侯，力过吏势，以利相倾，千里游敖，冠盖相望，乘坚策肥，履丝曳
> 缟。此商人所以兼并农人，农人所以流亡者也。

可惜他的解决办法太简单，认为"方今之务，莫若使民务农而已矣；欲民务农，在于贵粟"。而"贵粟之道，在于使民以粟为赏罚"。具体措施是："募天下入粟县官，得以拜爵，得以除罪。"认为，"如此，富人有爵，农民有钱，粟有所渫"。实际上这种以粟易爵的办法只能使富商豪绅抑价勒卖，甚至巧取豪夺农民的粮食，给他们拿去买爵，带给农民利益是很少的，故效果不会好，办法并不高明。但他能看到务农贵粟的意义与必要，也还是很好的。他的文章，浅显质朴，能大胆揭露现实，少所忌讳，是其特色。

在贾谊、晁错以后，昭帝(刘弗陵)、宣帝(刘询)时代(公元前86—前49年间)，有桓宽的政论著作《盐铁论》出现，值得大书特书。桓宽字次公，汝南(今河南上蔡县西南)人，生卒年无考。昭帝始元六年(公元前81年)，诏"征文学贤良，问以治乱，皆对愿罢郡国盐铁、酒榷、均输，务本抑末，毋与天下争利，然后教化可兴。御史大夫(桑)弘羊以为此乃所以安边竟(境)，制四夷，国家大业，不可废也。当时相诘难，颇有其议文"。桓宽"博通善属文，推衍盐铁之议，增广条目，极其论难，著数万言，亦欲以究治乱，成一家之法焉"。即《盐铁论》十卷，共六十篇。这次大辩论的参加者有公卿贤良文学等六十余人聚在阙庭，讨论这件关系当时民生疾苦及国家财政的大事。文是用会议记录的形式写会场辩论实况的。其"大夫曰"、"丞相曰"是代表公卿御史大夫(以御史大夫桑弘羊为首)等人的言论，"贤良曰"、"文学曰"是代表贤良文学等人的言论。前者以为"匈奴背叛……用度不足，故兴盐铁，设酒榷，置均输，蓄货长财，以佐助边费"；后者则反对这种"趋末"的主张，而提倡"务本"，故"愿罢盐铁、酒榷、均输，官毋与天下争利，示以节俭"。最后虽然是御

史大夫的主张取得胜利。但朝廷终于也让了步,于这一年把酒榷(即酒类专卖)废止了。桑弘羊也于次年被霍光杀死。桓宽是赞成后者的,在《杂论》篇中表示得很明白。他赞同罢盐铁,使"黎民咸被南亩而不失其务",则"利归于下",与公卿大夫的主张则相反。他在《取下》篇借贤良之口,揭露统治阶级与劳动人民间的矛盾对立,说"余粱肉者难为言隐约,处佚乐者难为言勤苦":

> 夫高堂邃宇、广厦洞房者,不知专屋狭庐、上漏下湿者之庸(当作"病")也;系马百驷、货财充内、储陈纳新者,不知有旦无暮、称贷者之急也;广第唐园、良田连比者,不知无运蹄(当作"还蹄",即旋蹄也)之业、审头宅者之役也;原马被山、牛羊满谷者,不知无孤豚瘵犊者之窭也;高枕谈卧、无叫号者,不知忧私责与吏正戚者之愁也;被纨蹑韦、抟粱啮肥者,不知短褐之寒、糠粝之苦也;从容房闱之间、垂拱持案食者,不知蹠耒躬耕者之勤也;乘坚驱良,列骑成行者,不知负担步行者之难也;同床旃席侍御满侧者,不知负辂挽船、登高绝流者之难也;衣轻暖、被英裘、处温室、载安车者,不知乘边城、飘胡代、向清风者之危寒也;妻子好合、子孙保之、不知老母之僬悴、匹妇之悲恨也;耳听五音、目视弄优者,不知蒙流矢、距敌方外之死者也;东向伏几、振笔如文调者,不知求索之急、箠楚之痛者也;坐旃菌之上、按图籍之言若易然,亦不知步涉者之难也。

这是何等鲜明的对比!而如此一层一层地联翩而下,极尽形容,又是多么深刻尖锐,真令读者仇恨填胸,会激起强烈的反抗情绪。可见他对于当时社会认识得非常深刻,从而使读者确信他的见解与主张的正确,不能不同情人民,站在被剥削者一方面来。这样的政论实在是思想性和艺术性都很强的作品。

贾谊、晁错、桓宽的优秀传统到了东汉则由王符、崔寔和仲长统等继承下来。

王符字节信,安定临泾(今甘肃镇原县)人。生卒年无考,大约在东汉章帝刘炟初年至桓帝刘志永寿年间,即公元 76—158 年。汉自和帝刘肇和安帝刘祜以后,"世务游宦,当涂者更相荐引,而符独耿介不同于俗,以此遂不得升进,志意蕴愤。乃隐居著书三十余篇,以讥当时得失,不欲章显其名,故号曰《潜夫论》"。是书今连目录共三十六篇,为十卷。"其指讦时短,讨谪物情,足以观见当时风政"。

《浮侈》篇描述当时社会情况云:

> 今举世舍农桑,趋商贾,牛马车舆,填塞道路,游手为巧,充盈都邑,治本者少,浮食者众。商邑翼翼,四方是极。今察洛阳,浮末者什于农夫;虚伪游手者,什于浮末。是则一夫耕,百人食之,一妇桑,百人衣之;以一奉百,孰能供之? 天下百郡千县,市邑万数,类皆如此,本末何足相供? 则民安得不饥寒? 饥寒并至,则安能不为非? 为非则奸宄,奸宄繁多,则吏安能无严酷? 严酷数加,则下安能无愁怨? 愁怨者多,则咎征并臻;下民无聊,而上天降灾,则国危矣。

舍本趋末,下民饥寒,奸宄为非,国家险危,与西汉正同。这些浮末之民与贵戚世家,生活的奢靡较之西汉尤有过之,他详细描述,至于缕举到全国成风的对于死人棺木的奢费,试看:

> 京师贵戚,必欲江南檽梓、豫章、楩楠。边远下土,亦竞相仿效。夫檽梓、豫章,所出殊远,又乃生于深山穷谷,经历山岑,立千丈之高,百丈之溪,倾倚险阻,崎岖不便。求之连日,然后见之;伐斫连月,然后讫;会众然后能动担,牛列然后能致水。油(漕)溃入海,连淮逆河,行数千里,然后到洛。工匠雕治,积累日月。计一棺之成功,将千万夫。既其终用,重且万斤,非大众不能举,非大车不能挽。东至乐浪,西至敦煌,万里之中,相竞用之。此之费功伤农,可为痛心!

当时政治混乱已极。《思贤》篇说:"将(相)权臣,必以亲家。皇后兄弟,主婿外孙,年虽童妙,未脱桎梏,由藉此官职,功不加民,泽不被下,而取侯,多受茅土,又不得治民效能以报百姓。虚食重禄,素餐尸位,而但事淫侈,坐作骄奢破败,而不及传世者也。"其实,不只将相权臣贵戚子弟如此,也不仅是用人唯亲,不以其材而已。《考绩》篇说道:"富者乘其材力,贵者阻其势要,以钱多为贤,以刚强为上。"这种无标准、无制度的任官情况,正与桓灵之世民谣所刺的"举秀才,不知书。察孝廉,父别居。寒素清白浊如泥,高第良将怯如鸡",完全符合。他们的行径是"背亲捐旧,丧其本心,皆疏骨肉而亲便辟,薄知友而厚狗马;财货满于仆妾,禄赐尽于猾奴。宁见朽贯千万而不忍赐人一钱,宁积粟腐仓而不忍贷人一斗。人多骄肆,负债不偿,骨肉怨望于家,细民谤讟于道"(《忠贵》篇)。这些穷凶极恶的官吏,一遇外敌,就畏缩怯懦,望风而逃。王符在《救边》篇里,站在国家人民的立场,激烈地指斥那些逃亡论者说:"用意若此,岂人心也哉?"他更进一步挖出他们苟安自私的心理道:"欲令朝廷以寇为小而不骚扰,害乃至此,尚不欲救。谚曰:'痛不著身,言忍之;钱不出家,言与之。'假使公卿子弟有被羌祸,朝夕切急如边民者,则竞言当诛羌矣。"至于将帅,又皆"怯劣软弱,不敢讨击,但坐调文书,以欺朝廷。实杀民百则言一,杀虏一则言百;或虏实多而谓之少,或实少而谓之多。倾侧巧文,要取便身利己,而非独忧国之大计,哀民之死亡也"(《实边》篇)。这种虚报的把戏,是反动统治阶级的惯技。至于人民所受的灾难,则往往是统治者借外患为名而加到人民头上的,《实边》篇说得非常真实而惨痛。这些都说明了王符对人民确抱着极其热烈深切的同情,故描述得非常真实而具体。

稍后于王符的崔寔字子真,涿郡安平人,生卒年约在东汉安帝至灵帝(刘宏)建宁初年之间(即公元107—170年间)。祖父骃,父瑗,并为名儒。他尝为议郎,后官至五原太守及辽东太守。史称其"明于政体,吏才有余";尝"论当世便事数十条,名曰《政论》,指切时要,言辩而确,当世称之"。范晔在"传论"中至谓"寔之《政论》,言当世理乱,虽晁错之徒,不能过也"。可惜全书已佚,不能窥其全貌,只能就辑存的残篇了解其思想梗概与写作艺术。

他借暴秦隳坏法度,残酷地压榨人民的情况抨击当世说:

> 暴秦隳坏法度……既无纪纲……专杀不辜……生死之奉,多拟人主。故下户踦跔,无所跱足,乃父子低首,奴事富人,躬帅妻孥,为之服役。故富者席余而日炽,贫者蹑短而岁踧。历代为虏,犹不赡于衣食,生有终身之勤,死有暴骨之忧。岁小不登,流离沟壑,嫁妻卖子。其所以伤心腐藏,失生人之乐者,盖不可胜陈。

这样充满了血泪的控诉,不是屈服,不是伤感,而是抗议,是示威。他接着说:

> 小民发如韭,剪复生;头如鸡,割复鸣!吏不必可畏,民不必可轻。

这又是多么坚定而有力的抗议和示威,这简直是人民怒吼的声音,是群众雄壮的战歌。作者是以人民自己的立场自己的语言在进行斗争。

　　继王符、崔寔而起的政论家,是东汉末年建安时代著《昌言》的作者仲长统。仲长统(公元180—220年),字公理,山阳高平(今山东金乡县西北)人。献帝刘协时,他曾为尚书郎,后参曹操军事。每论说古今及时俗行事,恒发愤叹息,"因著论,名曰《昌言》,凡三十四篇,十余万言"。今其书已佚,辑本仅万余言,略可窥其要义。

　　《理乱》篇指斥帝王的荒淫无道及富家贵族的奢侈靡乱,读之令人发指,如说:

> 汉兴以来……豪人之室连栋数百,膏田满野;奴婢千群,徒附万计;船车贾贩,周于四方;废居积贮,满于都城;琦赂宝货,巨室不能容;马牛羊豕,山谷不能受;妖童美妾,填乎绮室;倡讴妓乐,列乎深堂;宾客待见而不敢去,车骑交错而不敢进;三牲之肉,臭而不可食;清醇之酎,败而不可饮;睇盼则人从其目之所视,喜怒则人随其心之所虑。此皆公侯之广乐,君长之厚实也。

而这种生活,"苟能运智诈者,则得之焉;苟能得之者,人不以为罪焉"。社会上并不认为运智诈的巧取豪夺为不对。无怪"祸乱并起,中国扰攘,四夷侵叛,土崩瓦解"了。

　　仲长统大胆暴露现实,惊心动魄。他描述统治阶级的生活,极尽奢靡:"今为宫室者,崇台数十层,长阶十万仞,延衰临浮云,上树九丈旗,珠玉翡翠以为饰,连帏为城,构帐为宫……不见夫之女子或市于宫中,未曾御之妇人生幽于山陵。"虽似过于夸张,但并不稍损其现实性。至于说到人民生活的惨痛,那就更真实了,在缕述现象以后,总结道:"兆民呼嗟于昊天,贫穷转死于沟壑。"其所以产生这种种现象,他认为是由于三公的制度权责不专所致,当然不正确。但他也指出外戚宦官专权,使政治紊乱,却有一定道理:"权移外戚之家,宠被近习之竖。亲其党类,用其私人,内充京师,外布列郡。颠倒贤愚,贸易选举,疲驽守境,贪残牧民。挠扰百姓,忿怒四夷,招致乖叛,乱离斯瘼。怨气并作,阴阳失和,三光亏缺,怪异数至。虫螟食稼,水旱为灾。此皆戚宦之臣所致然也。"(《法诫》篇)

　　两汉所有这些政论家都能大胆揭露现实,站到人民方面反抗统治阶级的残暴,可惜他们所提出的对策,有很大的局限性,往往不够彻底,甚至是错误的。然而,这样替人民说话的政论已是具有人民性和现实主义精神的优秀散文,应该在文学史中给予一定位置。除这些人外,还有桓谭著《新论》,

荀悦著《申鉴》,徐幹著《中论》,也都是论说古今、切中时弊的政论文章,但暴露现实不及前述诸家大胆深刻,意见也比较平庸,成就比较小些,不一一介绍。

第三节　两汉的说理文和记叙文

两汉说理散文列入诸子中的,大抵思想平庸,不能与先秦诸子并驾。儒家董仲舒《春秋繁露》今存十七卷,八十二篇,经过后人窜改,非其原本,但大致都还是董氏的文章,不过杂凑成篇,与书名不符罢了。董仲舒的学术思想实在并不纯粹,远不及战国末期荀卿等能自成一家之言,文字亦无突出成就,故不详述。

在此时期只有《淮南子》可与战国诸子媲美。它是淮南王刘安集合其门下宾客以集体力量著成的,正与吕不韦的《吕氏春秋》相同,而内容也有些相类似处,甚至所保存的古代神话传说故事亦多可互相参证。

刘安(公元前179—前122年)为刘邦之孙,武帝刘彻的叔父,好书、辩博,善为文辞,常思"流名誉,招致宾客方术之士数千人",于是遂与苏飞、李尚、左吴、田由、雷被、毛被、伍被、晋昌等八人,及诸儒大山、小山之徒,共讲论道德,总统仁义,而著此书。原著"内书"二十一篇,"外书"甚众,又有"中篇"八卷,言神仙黄白之术,亦二十余万言,今"内篇"俱存,余全佚。

这部书包括古代及当时各家哲学思想和许多形而上学的见解,材料丰富,虽相当杂糅,但基本上应属道家,在汉代就极为学者所重视,因为"其义也著,其文也富;物事之类,无所不载"(高诱《淮南子叙目》)。在今天,也应该视为古代文学遗产的宝库而加以注意。

刘安既好书,善文辞,而此著新成又曾献给武帝,可见虽由宾客们执笔,最后必曾经他个人审核修改,增删润色,故文字奇奥丰腴,有战国诸子风格,艺术技巧相当高。此书的文章颇受西汉前期辞赋家的影响,其风格已趋于铺张扬厉;又因刘安接受了先秦诸子的传统,在编著方面显有模仿《吕氏春秋》的痕迹,故其书也表现有诸子哲理散文反复申明、气充辞沛的特点。书中多用故事及各种事物的现象为比喻,以说明文章中所要表现的主题思想,这是它的突出的风格特征。如《说山训》和《说林训》两篇几乎从头到尾都是用这种手法写的。举《说林训》一段为例:

　　　　以小见大，以近喻远。十顷之陂，可以灌四十顷；而一顷之
陂，可以灌四顷，大小之衰然。明月之光，可以远望，而不可以细
书；甚雾之朝，可以细书，而不可以（远）望寻常之外。画者谨毛而
失貌，射者仪小而遗大；治鼠穴而坏里闾，溃小疱而发痤疽；若珠
之有颣，玉之有瑕，置之而全，去之而亏。榛巢者处林茂，安也；窟
穴者托埵防，便也。王子庆忌足蹑麋鹿，手搏兕虎，置之冥室之中，
不能搏龟鳖，势不便也。汤放其主而有荣名，崔杼弑其君而被大
谤，所为之则同，其所以为之则异。吕望使老者奋，项橐使婴儿矜，
以类相慕。使叶落者，风摇之；使水浊者，鱼挠之。虎豹之文来
射，猿狄之捷来乍。行一棋不足以见智，弹一弦不足以见悲。三寸
之管而无当，天下弗能满；十石而有塞，百斗而足矣。……

几乎一句一喻，又都那么巧妙，显出作者的智慧和生活经验之丰富。文句又
多变化，不相雷同，使读者不会因其譬喻多而感到重复生厌。这是《淮南子》
发展了《韩非子》和《吕氏春秋》处；同时又因为譬喻多、故事繁，所以文辞重
叠奇丽，出现大量排偶句子，这就使说理文逐渐脱离战国诸子而更接近西汉
前期的辞赋，对六朝骈文的产生有一定影响。尤其后世作者，取其典实，学
其辞藻，影响是比较大的。当然这不是作者始意所及，因为他本意在于把
"万事"、"万物"之难于理解的道理，"假譬取象，异类殊形，以领理人之意"，
免得后世读者只知大略而不知譬喻，则"无以推明事"，也就不能达到"窥道
开塞"，使后世"知举措取舍之宜适"。又其思想主要是道家的唯心主义形而
上学的东西，不尽符合广大人民的需要。

　　汉代还有记叙体的散文，专写历史故事，如西汉末刘向所编著的《新
序》、《说苑》、《列女传》等。这些书大约都是刘向搜集故说旧闻，加以排比归
类，编纂而成，和文帝时韩婴的《韩诗外传》体例略同，原不自刘向始。

　　韩婴（生卒年无考），燕（今北京市）人，文帝时为博士，景帝时为常山王
太傅。他推古诗人之意，作内外传数万言，"其语颇与齐、鲁间殊；然，其归
一也"。是时，韩诗与齐、鲁两家俱立学官，而鲁诗最盛。到南宋以后，韩诗
遂亡，仅存《外传》，《汉书·艺文志》云六卷，今本作十卷，共三百零九条。每
条都先引一段古语、成语，或讲一套道理，或叙一个历史故事，结尾引《诗经》
一两句作为总结。原意本是用前面的文章或故事说明某句诗的旨意，但今
天殊不必那样附会，大可视为若干篇记叙体短文读了。如卷一有一条云：

> 鲁公甫文伯死,其母不哭也。季孙闻之曰:"公甫文伯之母,贞女也,子死不哭,必有方矣。"使人问焉。对曰:"昔是子也,吾使之事仲尼,仲尼去鲁,送之不出鲁郊,赠之不与家珍。病,不见士之视者;死,不见士之流泪者;死之日,宫女缭经而从者十人;此不足于士而有余于妇人也。吾是以不哭也。"《诗》曰:"乃如之人兮,德音无良"。

这是很有意义的故事,叙述也很简洁,为刘向《说苑》等书体裁的先导。但这书中大约近半数不用故事,而用古人成语名言为说,或用作者自己的见解论说一番,随即归结到"《诗》曰"的,则与后世"杂说"文相类。

后来,刘向校书中秘,编录《战国策》,又成《新序》、《说苑》、《列女传》等书,其体裁颇似韩生的"诗外传"。

刘向(公元前77—前6年),字子政,本名更生,沛(今江苏沛县东)人,汉宗室,为楚元王刘交的四世孙。二十岁任谏大夫,时宣帝招选名儒俊材,他与辞赋家王褒、张子侨等一同对诏,献赋颂数十篇。后得罪几死,久之,起任散骑谏大夫给事中。历事宣帝、元帝、成帝三朝,做过光禄大夫三十多年。时外戚专政,淫侈骄横,祸国殃民,向屡上疏直谏。又采《诗》、《书》所载贤妃贞妇兴国显家可法则及孽嬖乱亡者,序次为《列女传》凡八篇,以戒天子;及采传记行事,著《新序》、《说苑》凡五十篇奏之。

他是西汉有名的学者和文学家,能辞赋,宣帝时尝献《九叹》,盖"追念屈原忠信之节而作",但平缓而不深切,思想艺术都不高。一生精力全用在整理古籍,贡献亦在此。与其子刘歆撰《七略》,为班固《汉书·艺文志》的蓝本。而所纂《新序》、《说苑》等书,尤有文学价值。这两部书所记古人嘉言善行,遗闻轶事,多富有小说的意味,但历史故事的成分多,而创造性的虚构情节少,自是初期小说的必然现象。

这两书中的故事一般都写得简明,有似《韩非子》内外《储说》和《说林》,故事虽短,寓意很深,有的表现出人民的机智和幽默,尤能寓讽谏于滑稽,引人入胜。《新序·刺奢第六》有一段:

> 赵襄子饮酒,五日五夜不废酒。谓侍者曰:"我诚邦士也。夫饮酒五日五夜矣,而殊不病。"优莫曰:"君勉之,不及纣二日耳。纣七日七夜,今君五日。"襄子惧,谓优莫曰:"然则,吾亡乎?"优莫曰:"不亡。"襄子曰:"不及纣二日耳,不亡何待?"优莫曰:"桀纣之亡

也,遇汤武,今天下尽桀也,而君纣也。桀、纣并世,焉能相亡?然,
亦殆矣!"

这里提出的是极严肃的问题,但却用极幽默的嘲讽语言,而且这段话不只是
斥责了赵襄子,也痛骂了当时所有的上层统治者。这是很可以为"人君""法
戒"的。刘向所编载的故事也有很多对一般人均具教育意义。如《说苑·立
节》(卷四):

> 楚伐陈,陈西门燔,因使其降民修之。孔子过之,不轼。子路
> 曰:"礼,过三人则下车,过二人则轼。今陈修门者,人数众矣,夫子
> 何为不轼?"孔子曰:"丘闻之:国亡而不知,不智;知而不争,不忠;
> 忠而不死,不廉。今陈修门者不行一于此,丘故不为轼也。"

这个故事说陈人在亡国后,俯首帖耳,甘受敌人的奴役,孔子认为他们没有
爱国热情,不争、不死,恬不知耻,所以不对他们敬礼。这是有爱国主义教育
意义的。

两书所用材料,大抵根据旧籍,也有他自己造的新事,更多的怕还是出
于当时流传的"民间书",甚或是口头相传的故事。为其如此,有些故事与别
的古籍所载颇有出入,可见它是以民间传说为依据,带有更多的民间性,也
就更富于小说味。这是两书可贵的特点,因为它为南朝宋刘义庆的《世说新
语》之类开辟了先路。

第四节　王充《论衡》及汉代的文学批评

先秦古籍中虽无文学批评专著,但有人已多少提出了自己对文学的一
些看法,可算做文学批评的最初萌芽。

《论语》中已提到孔子对于诵诗、学诗及修辞要求的意见;《孟子》、《墨
子》、《庄子》、《荀子》中也都涉及到一些各自对文学的看法。这些都对汉以
后人的文学观念有一定的影响。

真正文学批评的萌芽是在汉代。扬雄《法言·吾子》篇,就是以儒家观
点论文学的,主旨是:

> 诗人之赋丽以则,辞人之赋丽以淫。如孔氏之门用赋也,则贾
> 谊升堂,相如入室矣。如其不用何!

其意以为文学无补于圣人之道,不足重视。这是以文与道合而为一的观点,唐人所提出的"文以载道"的儒家传统看法正出于此。扬雄本为西汉末年有名的辞赋作家,但缺乏创造性,完全以摹拟为事,摹司马相如《子虚》、《上林》写《甘泉》、《羽猎》、《长杨》;撼《离骚》文而反之,吊屈原,写《反离骚》;依《惜诵》至《怀沙》作《畔牢愁》;《法言》十三篇仿《论语》,文学价值均不高。他生当经学和辞赋都相当发达的时代,能够"不为章句,训诂通而已",也算不容易。他虽曾一度沉溺于辞赋,但后来认为那是"童子雕虫篆刻,壮夫不为",又从中摆脱出来,成为儒家的一个学者。

到东汉初期,出现了从朴素唯物论出发的文学批评家王充,其文学观是修正和反对儒家传统文学观的。

王充字仲任,会稽上虞(今浙江上虞)人,其生卒约在汉光武建武三年(公元27年)至和帝永元中(公元89—104年)。他曾师事名史家班彪(班固之父),博通众流百家之言,"好论说,始若诡异,终有理实"。他"以为俗儒守文,多失其真,乃闭门潜思,……著《论衡》八十五篇,二十余万言"(《后汉书·本传》)。其书宗旨,在于"疾虚妄",在于"解释世俗之疑,辩照是非之理",是具有一定科学精神的早期朴素唯物主义哲学著作。

在汉代统治阶级打着尊孔重儒的旗帜下,他居然敢于写出《问孔》、《刺孟》那样激烈大胆的篇章,实可敬畏。他批评世儒"好信师而是古",对孔孟"专精讲习,不知难问",所以要按照客观的辩照是非真伪的唯物论的标准,来独立地判断事物。把这种精神反映到文学观上,便成为他坚决反对言过其实、辞溢其真的批评原则。《艺增》说:"世俗所患,患言事增其实;著文垂辞,辞出溢其真,称美过其善,进恶没其罪。……闻一增以为十,见百益以为千,使夫纯朴之事,十剖百判,审然之语,千反万畔。"他反对修辞上的夸饰,并举出《诗》"周余黎民,靡有孑遗",及养由基射杨叶百发百中的传说等为例。他把历史的真实和文学的真实混淆起来,以为凡与实际生活稍有出入的就是增饰,是虚妄,显然不恰当,因为文章并不反对夸张,艺术上的夸张和真实并不互相排斥。从理论上讲,叙述事物恰如其实,才能准确,自然不算错;但为增强文章的力量,适当地运用夸张,原不应斥为虚妄。他所说未免出之于凿了。

他也要求为文者内心思想感情的真实:"实诚在胸臆,文墨著竹帛,外内表里,自相副称,意奋而笔纵,故文见而实露也。"(《超奇》篇)他明白指出:"精诚由中,故其文语感动人深","岂徒雕文饰辞,苟为华叶之言哉!"这些意见是很正确的。他之反对徒具文采的美和反对"强类务似"的因袭成文,也都是从"疾虚妄""求真实"这一基本原则来的。

他还主张文章应该通俗显露,明白易晓,在《自纪》篇里说得很清楚。他说:"文由语也","口言以明志,言恐灭遗,故著之文字;文字与言同趋,何为犹当隐闭指意?"因此,他也反对司马相如、扬雄等的赋颂文章,说"文丽而务巨,言眇而趋深,然而不能处定是非,辩然否之实。虽文如锦绣,深如河汉,民不觉知是非之分,无益于弥为崇实之化"(《定贤》篇)。

由此他就提出另一文学批评原则:"实用。"有用的文章,不嫌其多,无用的再少也不可贵。他说:"盖实言无多,而华文无寡。为世用者,百篇无害;不为用者,一章无补。如皆为用,则多者为上,少者为下。……盖文多胜寡,财寡愈贫。"(《自纪》)又从实用的原则出发,他再三地批评当时"称古毁今","长古短今","高古下今","尊古卑今","珍古不贵今"的错误看法和论调,是具有卓见的。古今文章之高下,应以其内容而论,不应盲目地"信久远之伪,忽近今之实"(《须颂》篇),"古经""故文"不能写出我们胸中的思想和今日世俗的事物,不切实用,又何足贵?

总之,王充在文学批评方面创立了一些基本原则,奠定了文学批评的初步理论基础,对当时及后世都有很大贡献,而这些见解又是与他的唯物论思想有密不可分的关系的,是非常值得重视的。

第六章　司马迁的《史记》与两汉
史传文学

第一节　司马迁的生平及《史记》写作经过

中国第一部纪传体历史文学著作——《史记》的作者是伟大的历史家兼文学家司马迁。

司马迁字子长,冯翊夏阳龙门(今陕西韩城县北)人。他的生年一般认为是汉景帝中元五年(公元前 145 年),卒年不详,最早是武帝太始四年(公元前 93 年),最迟到了昭帝元平元年(公元前 74 年),但终于是"绝不可考"。

他的父亲司马谈,曾任汉朝的太史令达三十年之久,整理了一些史料,并著作过一些学术论文,对他的思想、人格、治史与治学的态度和方法,必然都有很大的影响。

他幼年随父住在家乡,因家境贫寒,一面诵读古文,一面做一些辅助性的耕牧劳动,以此接近劳动人民,这对他的思想发展产生过影响。后来,又从董仲舒学《春秋》,从孔安国学古文《尚书》,学问有很大进步,在史学上也接受了儒家的思想。

他在二十岁时,开始一次长期的漫游:"南游江淮,上会稽,探禹穴,窥九疑,浮于沅湘,北涉汶泗,讲业齐鲁之都,观孔子之遗风,乡射邹峄,厄困鄱、薛、彭城,过梁楚以归。"(《史记·太史公自序》)到长沙,凭吊了伟大爱国诗人屈原自沉的汨罗,登九疑,纵览了传说中虞舜南巡的旧迹,顺江东下,游庐山、会稽,考察了大禹治水的遗迹;转姑苏,眺五湖,游春申君故城;渡江北上,在淮阴访问了韩信故乡;到齐、鲁,参观孔子庙堂,看了秦始皇刻石的峄山及孟尝君的封邑薛城;又折向南方,抵彭城、沛县、丰县等楚汉相争的要地,对刘邦的故乡有了深刻的了解,并与当地父老接触,对他后来写汉初历史一定有很大帮助;再向西经睢阳、大梁,收集有关信陵君的传说,到过信陵迎侯生的夷门,听父老讲述战国末期秦魏战争的历史;最后回到夏阳。

从此,他便开始从政,做郎中,时间约在公元前122年至前116年之间。因职务关系,常随武帝巡游各地,并曾"奉使西征巴蜀以南,南略邛、笮、昆明,还报命"。这时,司马谈正在洛阳,病将死,"执迁手而泣曰:'余先,周室之太史也。自上世尝显功名于虞夏,典天官事,后世中衰,绝于予乎?汝复为太史,则续吾祖矣。……余死,汝必为太史;为太史,无忘吾所欲论著矣!……自获麟以来,四百余岁,而诸侯相兼,史记放绝。……余为太史而弗论载,废天下之史文,余甚惧焉。汝其念哉!"他低着头流着眼泪答应道:"小子不敏,请悉论先人所次旧闻,弗敢阙。"时公元前110年(武帝元封元年)事。他父亲死后三年(武帝元封三年,公元前108年),果升任太史令,乃得检阅政府藏书及历代史料,于是自四十二岁开始著《史记》。

不幸武帝天汉二年(公元前99年),因李陵出击匈奴,以众寡悬殊,兵尽矢穷,而救援不至,暂且投降,群臣都归罪于陵,司马迁独为之辩护,说他之不死,"宜欲得当以报汉也"。武帝认为他是替李陵游说,遂下狱,受了极无人道的"腐刑",给他带来无可弥补的精神上的痛苦。但这种对他的人格侮辱,只能暴露统治者的无耻残暴,并不能损其光辉于万一。他被刑之后,为中书令,自谓:半生以来"网罗天下放失旧闻",欲以"成一家之言,草创未就,适会此祸,惜其不成,是以就极刑而无愠色",并非"怯懦欲苟活","自沉溺缧绁之辱"。他抱着万分痛苦的心情,徘徊于生死的激烈斗争中,终于从古代圣哲的种种事迹中得到启示,受到鼓舞,含垢忍辱地生存了下来,完成这部"究天人之际,通古今之变"的百三十篇、五十二万六千五百字的历史文献巨著。一般认为他此时是五十三四岁。此后的事迹就不明了。

司马迁不只是个历史家和散文家,也是一个辞赋家。《汉书·艺文志》著录他的赋八篇,今存《悲士不遇赋》一篇(见《艺文类聚》及《续古文苑》),篇幅很短,与当时盛行的大赋完全不同,语无藻饰,亦与并世作者迥异;其内容则体现了他个人不幸的遭遇与其阔达的胸襟;尤突出的是反映了社会上是非不明、善恶不分和政治上的黑暗,具有与《史记》相同的现实主义精神。如:

> 虽有形而不彰,徒有能而不陈。何穷达之易惑,信美恶之难分。时悠悠而荡荡,将遂屈而不伸。……理不可据,智不可恃!
> ……

第二节 《史记》的渊源、材料和体裁

司马迁写《史记》这部伟大的不朽名著,在他的思想中必早有长远深厚的蓄积。

首先,是他青年时期的漫游,从人民口中直接搜集了许多真实而生动的史料,特别是深入各阶层人民的生活,体察他们的感情和愿望,使他能够写出具有现实主义精神的作品,反映出各个时代社会矛盾的本质。

其次,家庭尤其他父亲对他的影响也是很重要的。这里包括了他幼年曾从事过农牧方面的辅助劳动,以及他父亲对他的人格培养、知识灌输和史学教育。

再次是遭遇李陵之祸以后,由于"意有所郁结,不得通其道",感到"身毁不用",乃"退论书策,以舒其愤",也是刺激他,使他能够写得更深刻、更动人的因素。但《史记》的著作不是这时才开始的,而是先已作了七年,此后继续完成,以"偿前辱之责"(《汉书·司马迁传》)。

至于他的史料的来源,极为广阔,约而言之,有:

一、先秦及当世的载籍。其取材最多的是《左氏》、《国语》、《世本》、《战国策》、《楚汉春秋》等。据近人依《史记》篇次顺序辑录,便已有八十一种书是司马迁因事叙到而指出的书目,至于他没有提出书名而可以确知其来源及今已不见原书甚至不知出处的书还多得很。

二、先秦各国及当代的档案。他做太史令,掌管载笔及保管历史档案,有这个方便,他当然都要参考的。此外,还有许多其他方面的官书、公文、图籍、法令、条例,等等,史官也有机会并有权阅读、利用。他在《儒林传》里说"余读功令",在《留侯世家》里说"至见其图",都是确证。

三、考古与研求古文字的书传。他十岁诵古文,便是学那些以古文字写的古本书传,如"诗、书、百家语"和"诸侯史记"之类,从中得到比较可靠的史料,补充流行的以今文读写的本子。

四、亲自游历过的历史遗迹。他二十岁以后的长期漫游,经历了许多地方,考察了历史遗迹,援古证今,得其真相,如在《河渠书》所述,即可充分说明。

五、亲自接触或访问调查过的历史人物。《史记》记载同他有交往的人

物很多,在直接接触中取得不少参考材料,有人统计,竟达十五处之多,而语焉不详的还未计入。有些是他父亲所亲自调查、了解到的"旧闻",其可靠程度也是很高的,跟他自己所调查的差不多。

这些取材的方法,在历史编纂上当然是创造性的贡献,就是从文学观点上看,也完全合于作家深入社会,体验生活,吸取题材,塑造形象的要求的。

《史记》一书,记载了自黄帝始,至武帝太初年间(公元前104—前101年)止,三千多年间的历史。这种纪传体的通史也是司马迁所首创的。从此以后,仿照它的形式,便产生了三千二百四十三卷的所谓"正史"——《廿四史》,其在中国"史学史"上的影响之大与地位之重要可知。

关于《史记》的编著、组织和内容,在《太史公自序》中说得最为详明。其最后一段有云:

> 于是汉兴……百年之间,天下遗文古事靡不毕集太史公。太史公仍父子相续,纂其职。……网罗天下放失旧闻。王迹所兴,原始察终,见盛观衰,论考之行事,略推三代,录秦汉。上记轩辕,下至于兹,著十二"本纪"。既科条之矣,并时异世,年差不明,作十"表"。礼乐损益,律历改易,兵权、山川、鬼神、天人之际,承敝通变,作八"书"。二十八宿环北辰,三十辐共一毂,运行无穷,辅拂股肱之臣配焉,忠信行道,以奉主上,作三十"世家"。扶义俶傥,不令己失时,立功名于天下,作七十"列传"。凡百三十篇,五十二万六千五百字,为《太史公书》。序略,以拾遗补艺,成一家之言,厥协六经异传,整齐百家杂语。藏之名山,副在京师,俟后世圣人君子。

他所传的这五种不同类别——本纪、表、书、世家、列传,是用以叙述不同内容而互相补充的。五体之名,间亦有所因袭,而如此组织运用,则始于司马迁,故仍应承认这是他的创造。"本纪"以序帝王,"世家"以记侯国,"表"以系时事,"书"以详制度,"列传"以志人物,这是他的本意。而在每篇之后,又写了"太史公曰"的一段结语,为后世史家论赞的创始,具有一定的史评作用。

从文学上看,他的创作方法与写作艺术也都达到了很高的水平,成为两千多年来史传文学的典范。班固在《汉书·司马迁传赞》里说得好:"自刘向、扬雄博极群书,皆称迁有良史之材,服其善序事理,辩而不华,质而不俚,其文直,其事核,不虚美,不隐恶,故谓之实录。"这固然是着重在称道他的史才,但也可看作是对他的史传文学的比较全面而允当的评价。

第三节 《史记》的进步观点与思想内容

司马迁作《史记》意在"述往事,思来者","欲以究天人之际,通古今之变",从而"别嫌疑,明是非,定犹豫,善善恶恶,贤贤贱不肖"。他这样做了,而且取得了很大的成就,这当然主要决定于他的世界观和思想水平。班固曾批评这部伟大历史著作说"是非颇谬于圣人",虽意在贬斥,但我们今天看来,却正是指出了他的进步处。他的世界观是不同于统治阶级的"圣人"的,因而,他的是非标准自然也不能不与"圣人"相异。他代表了大多数人民的意见,更接近真理,在当时便是进步的。

《史记》文直事核,谓之实录,能够正确地反映现实。在"明是非","善善恶恶"之中,显示了他的观点与判断,顾炎武说:"古人作史有不待论断而于序事之中即见其指者,唯太史公能之。"(《日知录》卷二十六)所以就他对于历史人物和事件的叙述,便可知其思想体系。

首先,司马迁是中国古代朴素的唯物主义思想家之一。《天官书》反对"多杂机祥不经"的"星气之书",反对以天人感应的世界观来对待天象、四时等自然现象;认为《禹本纪》、《山海经》等所载怪物都不可信,故"不敢言之";对公羊家以阴阳灾变等迷信取悦时主的"天道观",深加讽刺;他坚持唯物观点,以与当时极普遍的阴阳五行等迷信思想进行斗争。

其次,他的社会历史观点包含有朴素的唯物主义和辩证的因素。虽因时代的局限,他有时也不免带有唯心主义的某些成分,但他确已初步认识到物质生产的历史也和自然现象一样,有其一定的客观规律(道),而不以人们的意志为转移。如《货殖列传》说:"故物,贱之征贵,贵之征贱,各劝其业,乐其事,若水之趋下,日夜无休时,不召而自来,不求而民出之。岂非道之所符,而自然之验耶?"这样分析社会现象,自然远非唯心主义者所能做到的。他对普通人民在历史中的地位也非常重视,如对白圭那样一个平常治产的人他就认为完全有资格与古代任何大政治家、军事家并列。他主张务本,从事劳动,反对剥削压迫,故曰:"本富为上,末富次之,奸富最下。"他肯定历史是进化的,今胜于古,他也意识到经济发展是推动历史前进的巨大动力。这些思想在当时都是进步的。

再次,他有明确的爱国主义思想。《史记》中对于一切爱国人物,都表示了作者的敬意,给予很好的评价。他说屈原"虽与日月争光可也",而特别着重在屈原的"眷顾楚国"、"存君兴国"。《廉颇蔺相如列传》对蔺相如给予非常细致而生动的刻画,又评之曰:"其处智勇,可谓兼之矣。"也正是赞扬其爱国热情和维护国家利益的智勇行为。

又不止此,《史记》也是一部杰出的现实主义的文学作品,作者对统治阶级中那些残民以逞的暴君怀有相当深重的憎恨,而对普通劳动人民却给予很大的同情。他所表现的爱憎褒贬,基本上是同于或近于人民的观点的。他说:"桀纣失其道而汤武作,周失其道而《春秋》作,秦失其政而陈涉发迹……作《陈涉世家》。"把陈涉起义比之于汤、武伐桀、纣,比之于孔子作《春秋》对失道的周进行"口诛笔伐",表示他如何憎恨暴秦而赞扬陈涉,并把陈涉、吴广提到诸侯王的《世家》之列。

总之,司马迁的《史记》,其主要观点与思想倾向是进步的,符合人民利益的,这就是使他和他的著作成为永世不朽的了。当然,他也有不够的地方和落后的思想因素,如在《史记》中也表现了他的"历史循环论"和"地理条件论"等唯心主义观点。但是,我们不应以今日的思想水平来要求两千年前的古人而以非历史唯物主义的观点来评量司马迁,故意贬低其成就。

第四节　《史记》的艺术特点

《史记》是具有很高艺术水平的史传文学作品,它创造了很多的典型形象。为其是史,所写的都是历史上的真人真事,作者以极严肃的态度,认真负责地调查、分析、研究每个事件的细节,斟酌取舍。但他并未停留在这一标准上,他又从纷纭万象中选择具有代表性的人物及某些具有典型意义的事件,着意刻画,突出其性格特征,显示事物的本质,发挥典型概括的作用。

在不同阶级的人物身上,体现了不同的阶级本质;在同一阶级的不同人物身上,又体现了阶级本质的复杂性与多样性。秦始皇和汉高祖都是皇帝,都完成了统一中国的事业。但写秦始皇刚愎自用,贪婪残暴,显示出其贵族出身的特征;写汉高祖深沉精细,虚伪权诈,显示出其原有的流氓无赖性格。此外,刺客、游侠当中,循吏、酷吏当中,四公子当中,苏秦、张仪等策士当中,很多同出于一个阶级,但是《史记》对他们的描写,一面既体现了其阶级本质,一面又突出了每个人物的个性特征,使读者能从中看到准确、鲜明、生动的不同形象。

司马迁注意到人物性格与其生活环境的联系,以环境气氛烘托人物形象和事件的意义,随着环境的变化描述人物性格的发展。他也以深入细致的心理刻画来突出人物性格,更常常以具体的事件描写来增强故事性和戏剧性,使人物形象生动起来,给人以深刻难忘的印象。《项羽本纪》中"垓下被围"的悲壮环境不是正与项羽末路的悲剧形象完全谐调的吗?千百年后的读者谁不为霸王别姬一段情节洒同情之泪呢?《万石、张叔列传》写万石君石奋父子拘谨可笑,作者也是通过很多细节把这一家两代的种种处世态度形象化地描绘出来的,如:"建为郎中令,书奏事,事下,建读之曰:'误书马字,与尾当五,今乃四,不足一,上谴死矣!'甚惶恐。其为谨慎,虽他,皆如是。"又:"万石君少子庆为太仆。御出,上问:'车中几马?'庆以策数马毕,举手曰:'六马。'庆于诸子中最为简易矣,然犹如此。"至富有戏剧性的故事描写更多:《项羽本纪》中"鸿门之宴"一段,《廉颇蔺相如列传》中"完璧归赵"、"渑池之会"、"负荆请罪"各段,都是有声有色,戏剧性很强的。其他故事性强为后人编写历史剧提供题材的文字,还多得很。

司马迁真可称得上是一位伟大的语言艺术大师,《史记》的语言给文章增强了鲜明的美学色彩,提高了作品的艺术性。它的语言特点何在呢?

一、司马迁对于古代语言不是照历史古籍全部抄袭,也不是按照原文译成当时的通用语,而是把古今语言很好地沟通了,赋予古人语言以新生命,并使它与自己作品的语言风格完全谐调。如《五帝本纪》引用《尚书·尧典》:"帝曰:'吁,嚚讼可乎?'帝曰:'畴咨若予采?'"就不录原文,而改为:"尧曰:'吁,顽凶不用。'尧又曰:'谁可者?'"译得非常明白,并在第二"尧"字下加以"又"字,使读者容易辨别说话的语气。

二、用当时口语和通用的书面语刻画人物性格和说话的神情。如《陈涉世家》记载当日曾和陈涉一起佣耕的伙伴去求见时所说的话,就活灵活现地表现出说话人的出身。那个人先对守门者说:"吾欲见涉",等入宫见到殿屋帷帐时,又惊讶地说:"夥颐!涉之为王沉沉者。"作者恐人不解,紧跟着解释道:"楚人谓多为夥,故天下传之。"又如《项羽本纪》的"唉,竖子不足与谋",《张丞相传》的"臣期期知其不可",更是自来文人所乐道的例子。

三、司马迁所用的语言虽不是白话,但接近当时口语,并在口语的基础上加工创造成为他的文学语言,所以,有许多地方还保留了口语的习惯特点。宋洪迈《容斋随笔》说："太史公《陈涉世家》，'今亡亦死，举大计亦死，等死，死国可乎'？又曰：'戍死者固什六七，且壮士不死即已，死即举大名耳。'叠用七死字，……而不为冗复。"这话很对，但其原因何在呢？我们看这完全由于他运用了口语的本来语气，当他鼓动起义时，不能不反复提到这个极关重要的问题"死"字，如果省掉一些，就不足以表现原话的力量。

四、他常引用民间流传的古代成语谚语和民间歌谣。《李将军列传》说："谚曰'桃李不言，下自成蹊'，此言虽小，可以谕大也。"《货殖列传》说："谚曰'千金之子，不死于市'，此非空言也。"《曹参世家》引百姓歌曰："萧何为法，顜若画一。曹参代之，守而勿失。载其清净，民以宁一。"若此者甚多，用来均极恰切有味。

五、《史记》还善于运用简短的对话，表现人物特有的性格、内心世界与精神面貌。如《张仪列传》叙述张仪在楚相那里饮酒，因亡璧被楚相门下所疑，挨了几百大板，放回后，和其妻有一段非常精彩的对话："其妻曰：'嘻！子毋读书游说，安得此辱乎？'张仪谓其妻曰：'视吾舌尚在不？'其妻笑曰：'舌在也。'仪曰：'足矣。'"这样的语言完全把一个说客的心理状态刻画出来，并且具有很大的讽刺意味。这不是可以随便用在别种人的身上的，也不是生硬、死板的公式化、概念化、简单化的语言，而是特定人物具有独特性格与精神面貌的特殊语言。《史记》中所记载的长段对话也都非常平易畅达，富于感染力和说服力，如《鲁仲连邹阳列传》中平原君及新垣衍和鲁仲连的谈话就是好例子。

鲁迅曾说：《史记》"不拘于史法，不囿于字句，发于情，肆于心而为文"，所以读之令人感发，受其影响，"虽背《春秋》之义，固不失为史家之绝唱，无韵之《离骚》矣"（《汉文学史纲要》）。的确，它不只是独创的良史，也是可与屈原辞赋并列的伟大文学作品。

第五节　《史记》的文学地位及其影响

《史记》的地位及其对后世的影响主要还在于它的文学成就。它虽记述了古代的历史人物与历史事件，却不是细大不捐的流水账式的纪录，而是把大量的史料经过选择和艺术加工，以活生生的鲜明形象，作为典型塑造出来，呈现在读者面前，同时把作者的浓厚感情和强烈爱憎渗透进作品里面带给了读者。它给予我们的文学享受是极其丰富而且历久常新的。

后世的历史编纂家一般只能仿效它的体裁和形式,而不能追踪它的文学成就。这就说明了《史记》在传记文学中的重要地位了。自《史记》以后,截至现在为止,中国历代的"正史",从《汉书》直到《清史稿》,共有二十四部,都是以《史记》为典范编成的,但没有一部能赶得上它的。

它对后世散文的影响是很直接的。自汉以后,古文家撰写人物传记或其他记叙文,无论在风格上,在人物形象的刻画上,在创作方法和写作技巧上,甚至在语言词汇的使用上,往往都学习过或模拟过《史记》。汉代的桓宽、刘向、王充、王符,唐代的韩愈、柳宗元、李翱,宋代的欧阳修、曾巩、王安石、三苏,明代的宋濂、前后七子、三袁、归有光,清代的桐城派诸家,没有一个不推崇司马迁的散文并向《史记》学习的,而在他们的文章中也显然看出是受到《史记》的深刻影响。它又是"无韵之《离骚》",是长篇散文史诗,其精神对于后世许多大诗人,如唐代的杜甫、白居易等也发生了很大影响。

更显著的影响则表现在小说和戏曲方面。中国古代小说和历史本难严格区分,因为历史中也有道听途说的附会,小说中往往又把历史人物和事实加以渲染和虚构,所以两者就颇为接近,特别在记叙方法和描写技巧方面,二者又本系相通,并无很大的殊异。故此,六朝志怪,唐、宋传奇,宋、元话本以及元、明以后的章回小说与短篇笔记,都分别看得出模仿《史记》,或得其精神,或袭其体貌,从而取得成就。至于后人以《史记》中历史故事为题材而写的历史演义小说,如《东周列国志》、《西汉通俗演义》之类,主要也是取材于《史记》的。清代蒲松龄的《聊斋志异》每篇之末的"异史氏曰"不也是和《史记》每传之后的"太史公曰"相同吗?至于它对戏曲的影响,别的且不论,即只就元明杂剧的题材来说,已经可以找出许多《史记》中的历史故事;直到今天,无论京戏和各地方剧种也都保存大量的此类剧目,如《渑池会》、《将相和》、《窃符救赵》、《霸王别姬》等等,何止千百?这就看出《史记》对于后世文学的影响是巨大而多方面的了。

第六节　班固《汉书》及其他

继司马迁之后,模仿《史记》的纪传体而编著历史的,最先是著《汉书》一百卷的班固。班固读书很多,学通百家。其父彪著《汉书》,未竣而卒,他乃继续父业,因此有人告发他私自改作国史,被捕下狱。其弟班超上书为之辩明,班固乃被召为兰台令史,又迁为郎,典校秘书。于是作列传,载记二十八篇,奏上,汉明帝乃复使终成前所著书。《汉书》起于高祖,终于王莽被诛,十有二世,二百三十年,共一百卷。最初他父亲班彪作《后传》六十五篇,班固虽受诏完成,但八表及《天文志》未竟而卒。和帝(刘肇)又诏令其幼妹班昭(曹世叔之妻,高才博学,世称"曹大家")就东观藏书阁,踵而成之;仍未就,直到马援的侄孙马续(字季则,马融之兄)才最后完成。

《汉书》是我国第一部纪传体的断代史,其体裁全仿《史记》,惟"本纪"称"纪",十二篇;"书"改为"志",十篇;"表"八篇;"列传"七十篇,均同《史记》,惟缺"世家"之目,而把《史记》为"世家"者并入"列传"之中。《汉书》的内容与其写作精神远不能与《史记》相比。班固是受诏作史,故"追述功德","傅会权宠",根本不可能"成一家之言",因而也不会有司马迁那样的战斗精神。《汉书》对于反抗暴政、同情人民的游侠人物采取敌对态度,说他们"以匹夫之细,窃杀生之权,其罪已不容于诛",说他们"不入于道德,苟放纵于末流,杀身亡宗,非不幸也"。这样看法,显与《史记》不同,从而可以明了它的思想倾向了。

《汉书》以写帝王为中心,其列传所写也大都是统治阶级人物,不像《史记》以写社会为中心,描写人物具有强烈的人民性和现实主义精神。这种帝王家谱式的断代史给后世所谓"正史"的编著树立了不好的榜样。正因为这样,写作时不能自由酣畅地刻画一切具有典型意义的人物,从而不免产生了许多只有抽象概念而没有鲜明形象的苍白的人物阴影,其文亦不能有很大的艺术价值,所以《汉书》有些篇就算不得史传文学作品了。

《汉书》中纪传各篇,凡传主为武帝以前人物者,多直录《史记》原文,甚至连论赞都是抄司马迁的作品,而仅易数字。如此"专事剽窃",故有些篇就不能视为他自己的创作。

班固时代,散文渐趋骈偶化,《汉书》也有着重辞藻,力求整饬的情形。刘知幾《史通》说他"怯书今语,勇效昔言",正道着了他的缺点。这样,语言就不免缺乏创造性,加以班固好用古字,遂使其文不能精彩传神,而易流于呆板。

但《汉书》虽不及《史记》,而比起后世其他史书,毕竟还是有较高的艺术成就的。有些篇还能用朴素的文笔作真实的描述,雕塑出历史人物的形象,流露了他的爱国主义思想。有些篇也能揭露统治集团的残暴、专横、淫侈、昏庸；有的反映了人民的痛苦生活，都具有一定的现实主义精神。如《李陵传》叙述李陵败降后，武帝杀了他的母、弟、妻子，表现统治者的残暴专横，就很深刻感人。《文帝纪》和《景帝纪》对号称"升平之世"的"仁君"，也没有夸张其"圣德"而故意掩饰当时社会实际情况，一则说"岁一不登，民有饥色……农民甚苦，而吏莫之省"；再则说"岁比不登，民多乏食，夭绝天年"；"吏以货赂为市，渔夺百姓，侵牟万民"。这固然都是诏书中语，不是作者自著之论，但能够择录这些纪实之言，以反映社会政治的现实，总算是好的。《外戚列传》描写了宫闱里的丑史秽行；《霍光传》反映了宗室和贵族间的矛盾斗争；《孔光传》、《张禹传》则记载了官僚地主的腐化生活和种种卑劣行为。这些都是很好的。刻画人物形象比较成功的，如写李广的骁勇善战，而结局却非常悲惨；写苏武的效忠祖国，坚贞不屈，卒能保持民族气节；写霍光家奴冯子都的仗势欺人，横行霸道，富有讽刺意味；写李夫人以色事人的可怜情态，而色衰以后又是如何的凄凉怨望，也都是笔墨淋漓，十分形象化的。

班固也是一个辞赋作家。他的大赋在汉代是很有名的，而《两都赋》为最，其风格与司马相如、扬雄《子虚》、《上林》、《甘泉》、《羽猎》诸作相同。这些已在两汉辞赋章中论述过了，不再重复。据《后汉书》说：他还著有"《典引》、《宾戏》、《应讥》，诗、赋、铭、诔、颂、书、文、记、论、议、六言，在者凡四十一篇"。明张溥编其《班兰台集》中尚存赋十三篇及它文若干，但价值不大，可不具论。

除班固《汉书》以外，东汉末年还有荀悦著《汉纪》三十篇，也是比较好的历史著作。其书记前汉事，用《左传》的编年体，"辞约事详"，较"文繁难省"的《汉书》为醒目易读，但在文学上却没有多大的成就，故不详述。

第 三 篇

魏晋南北朝文学

第一章　魏晋南北朝文学概说

第一节　社会概况

自东汉末年爆发了黄巾起义以后,直到隋唐统一,这一漫长的时期,其间四百多年,中国几乎完全处于混乱分裂的状态,大小战争随时都在发生着进行着,不曾有过安定、太平。就连西晋初期的短暂统一,也并不是宁静无事的。晋武帝司马炎于公元 265 年篡位称帝,直到十五年后的公元 280 年,才用二十余万水陆大军分两路进攻建业,击败孙皓,灭了吴国。公元 290年,司马炎死,其子司马衷(惠帝)即位,大乱便从宫廷内开始了,随即蔓延到宗室诸王之间。到公元 301 年,这个动乱更扩大成诸王间大混战。历史上有名的"八王之乱"集中地表现了司马氏统治集团的残忍性与腐朽性。从此,就开始了连续三百多年的战乱与分裂的局面,所有居住在黄河流域的人民,无论汉族还是其他任何少数民族,均无不遭受了战争的灾难。

本来在东汉末年大战乱以后,黄河流域人口锐减,这时就有西北各游牧民族入居,他们一直受着汉族统治者的残酷剥削压迫。西晋"八王之乱"发生后,入境诸族以新兴匈奴族人刘姓贵族为首(第一个起兵的是刘渊,于晋惠帝永安元年,即公元 304 年,称汉王于离石,公元 308 年称帝),发动了反晋战争,先后创立了五个少数民族——匈奴、鲜卑、羯、氐、羌的十六个国家。这个反晋战争的本质是各族统治阶级间的权位争夺战,而各族人民却被利用来充当牺牲品。晋室被逼渡江,让出了整个的华北,是为东晋。后来刘裕灭晋建宋,继而为齐、梁、陈,是为南朝。北方则各不同民族的统治者后先代兴,于是有北魏、北齐、北周,是为北朝。汉族统治的南朝与异族统治的北朝长期对峙了近二百年。直到杨坚灭北周,于公元 581 年建隋称帝,才算暂时停止了这个分裂局面。但未几战乱又起,隋亦不过二世三十余年而亡。故真正的统一,实在只能从李渊、李世民父子建立唐帝国的公元 618 年算起,到那时人民才得到比较长一点的和平安定生活。

汉末黄巾起义本是统治阶级长期而残酷地压榨人民所引起的反抗风暴,起义军本身虽被豪强武装镇压下去,没有获得最后成功,但它却起了动摇汉帝国基础并促成其迅速崩溃的巨大作用。豪强集团在镇压黄巾军的过程中由兴起而发展扩张,自始就存在着严重的内部矛盾,随时可能分裂。事实上逐渐壮大过程也就是酝酿斗争开始火并的过程。混乱的结果是:公元220年,曹丕袭其父曹操的余业,首先代汉称帝,建立魏国;次年,刘备据蜀称帝;又次年,孙权也在建业称吴帝,形成三国鼎立的局面,一直继续了五十多年,才先后为西晋所代替。

三国的局面是东汉末年长期大破坏以后逐渐恢复统一的一个准备阶段。魏与蜀汉间的战争是统治阶级内部两个集团争夺全国统治权的战争,而吴则是游移于两者之间的一个比较次要的力量。魏蜀都进行过一些政治改良,革除东汉的某些恶政,同时也做了一些有利于人民和社会发展的事情,如曹操和诸葛亮都实行过屯田垦荒制度,吴在江东因地本富庶,不大重视政治,但对东南地区的开发,也有显著的成绩。而在三国后期,一切均渐腐化,走下坡路。

晋统一后,司马氏的腐化并不减于魏蜀末期,又兼统一未久,社会经济还未得到很好的恢复,就又在内部和外部发生了许多动乱,更加严重地破坏了北中国的经济;土地大片荒芜,征徭有加无已,人民流徙死亡,惨遭屠戮,日甚一日,尤其"五胡十六国"的统治者残忍好杀,更造成了尖锐的民族矛盾与阶级矛盾同时并存。

西晋仅五十一年而告结束,东晋王朝被迫苟安江南,一时北方人口大量南逃,避"五胡"之乱。南来的北人以其进步的生产技术促进了南方经济的发展:农业、手工业都有很大进步,商业也随之活跃,长江上下游许多新兴商业都市如成都、江陵、建康、广陵更繁荣起来了。然而这并没有给人民带来利益,相反的,新兴地主挟其剥削得来的雄厚财力及政治上的强大力量进行疯狂的土地兼并和掠夺,把农民推上更加悲惨的穷苦境地,阶级矛盾更尖锐化了。

北人南移,在南方建立起汉族政权,长江流域的经济文化得到进一步的发展。自东晋至陈亡的三个世纪内,中国文化重心移到南方,这是这个时期在历史上所起的积极作用。

对于社会各方面影响最大的是这个时期的士族门阀制度。自东汉厉行察举制度选拔官吏,已逐渐形成一个官僚、士族集团;曹魏王朝为争取士族,又定九品官人法,实行所谓九品中正制,无形中变为依据门第高下用人,以致到了西晋以后便有"上品无寒门,下品无世族"的现象,完全成为保障贵族特权的士族制度。自东晋至南北朝,这种士族阶级已经由于对经济、土地、官爵的世袭、掠夺而获得享受的满足,他们生活淫佚,穷奢极侈,完全成为寄生阶级了。

东汉后期儒学已经大大衰微,代之而起的是适应当时社会心理要求的各种宗教和迷信。首先是神仙家创立的道教,借道为名,以神咒替人消灾除病,在民间广泛传布。魏晋继续发展,在士族中则渗入老庄思想,反对礼教,清谈名理,形成玄学的极盛时期。文人当中谈玄学的大抵主张放达,贱名检,斥节信,其中固然有的是为了反对封建束缚,争取个性解放,但大多数则是借此掩饰他们的腐朽堕落生活。尤其东晋以后,这种士风在南朝影响极大。

佛教自东汉明帝时传入中国之初,没有立即得到广泛发展。魏晋以后,佛经翻译日盛,对于士人研究佛理的风气有很大影响。到了十六国时期,北方大混战造成人民的大量死亡,人们在感到痛苦已极、无法解脱的时候,便容易接受宗教的思想,把精神托于来世。佛教的轮回、因果之说便正好投合了这种时代心情的需要,而异族统治者也看到这是一个很好利用的统治工具,从而提倡推广,佛教便在中国,特别是北方大大发展起来了。这不仅反映在思想上,对当时文学艺术也发生了极大的直接影响。

第二节　文学概况

这一时期社会动荡不安,在文学方面,原来专以铺采摛文、歌功颂德为事的辞赋已经失去它的社会基础,而不能不变。就连东汉末年某些进步作家所创作的抒情述志和咏物的小赋,每篇不过一二百字,词旨清悠,情致淡远,确曾盛行一时,也因此时赋体已趋末路,遂不能成为这整个时期的主要文学形式,很快便又衰微了。古赋受到新起的骈体文的影响,整句变为俪句,到南朝时,渐渐形成为俳赋,及至南朝末期,又再变为律赋,愈来愈不能用以自由抒发人们的思想感情,而成为僵死的体裁了。这时期占文学上主要地位的文学体裁,是以汉乐府为基础而发展起来的文人五言诗和南北朝的大量民歌。

东汉末期到魏晋之际的文学当以建安诗歌为代表。建安诗人亲身经历了汉末的大动乱,以其耳闻目见结合自己的感受,写下了不少闪烁着现实主义光芒的优秀作品。曹氏父子和建安七子都留下不少富有社会内容的诗篇。曹植、王粲等原来也是写小赋的作家,但代表"建安风骨"的却是他们的五言诗。这时期的文人五言诗是受了民间五言诗歌的影响,从中分化出来,上升为较高的艺术作品的。其特征就是被称为"建安风骨"的反抗性和它的气才兼备、文质相称,这就与汉诗的"质胜文"和晋以后诗的"文胜质"大不相同了。

建安以后,士族制度支配着社会,士族文人开始脱离人民,他们的作品也渐渐失掉现实内容,而成为玄言文学、游仙文学、隐逸文学、山水文学、田园文学,乃至事类文学、宫体文学、游戏文学,等等。总之,都与现实主义精神背道而驰,走上了形式主义道路。魏末正始(魏齐王曹芳年号,公元240—249年)年间的文学作家虽也对现实不满,但由于统治者的疑忌与残酷迫害,他们不敢正面表示反抗,只好在诗歌中透露一些低沉的感喟和隐曲的叹息。其后太康(晋武帝司马炎年号,公元280—289年)时代,诗歌便走上片面追求形式、忽略思想内容的形式主义道路了。不过,即使这样,某些有志节的文人也还能隐约地、含蓄地把他的胸中不平之气多少表现在诗歌里。到了东晋,诗歌形成了两种不同倾向,同时并存:一种是具有爱国思想;另一种是缺乏面对现实的勇气,只好逃避而不敢触及现实。宋、齐诗人或者是怡情山水,或者表现对现实不满,还未形成一边倒。梁、陈则出现一种满足于肉欲的宫体,卑靡之极。以上是本期各个阶段中作为文学主要形式的诗歌的时代特征。其间也有少数杰出作家是例外,如阮籍、左思、刘琨、陶潜、鲍照等,也写出一些具有现实主义精神的作品。但少数人终不能改变那些阶段的总的文学趋势,何况他们也不可能完全摆脱时代影响。

南北朝民歌虽也表现了这个时代的社会风貌,但在风格上却与文人诗歌完全不同,因为它是继承汉魏乐府诗歌的传统而沿着另一条路线走过来的。《孔雀东南飞》是《离骚》以后再一次出现的长篇诗歌杰作,也是中国民间诗歌中第一首长诗,它可能初创于建安,而写定于魏、晋、宋、齐之间。此外,南朝的民歌主要有吴歌和西曲两类,大抵是些情歌,基本上保留民歌的本来面目;北方的民歌内容很广,反映了当时人民的痛苦生活,现实性很强。《木兰诗》以歌颂聪明、勇敢、坚毅的女英雄木兰为中心,成为北朝民间诗歌的代表作。

汉代散文已有受辞赋影响而趋于骈偶化的一种,开始和先秦散文分家,但并未显著形成体派;魏晋以后,这种趋势竟发展到使骈体之"文"和散体之"笔"形成两种文学壁垒。前者代表得意官僚借以为舞弄赏玩之用的作品,后者代表失意文人借以为抒情达意之用的作品。南朝作家"以声色相矜,以藻绘相饰",务求"文字绮丽,句法绵密",以对仗、用典、辞藻、声律要求作者,而不大注意作品的思想内容,于是便形成南朝靡丽的骈体文。在整个南朝一百七十年间很少散文佳作,这一点可能是主要原因。北方从历史上所谓的"五胡乱华"起,长期在异族的野蛮统治下,文坛极为冷落。北魏王朝提倡中国文化,欲借此巩固其在中原的统治,于是文学复古运动便应时而起。后来因统治阶级生活日趋浮华,文学也渐渐南朝化,散文除《水经注》和《洛阳伽蓝记》两书外,很难找出几篇较好的现实主义作品。

汉代还不曾有真正的小说出现,到这个时期,才有"志怪"和"逸事"式的小说,前者如干宝的《搜神记》,后者如刘义庆的《世说新语》,即其代表。这两类的内容都与当时社会混乱,人们往往会产生颓废、厌世、寻找寄托的思想有关,而佛道两教之盛行也是产生这类小说的有力因素。

文学批评在这个时期成熟了。最早的是曹丕的《典论·论文》。而最完整有系统的则是刘勰的《文心雕龙》,尤其刘著不仅是文学史论,也讲了文学原理;不仅是文学方法论,也全面地总结了西周以来的文学创作经验,并向前发展了一步,是中国过去少有的文学批评理论名著。

最可注意的是整个这一时期中国文化中心逐步由北南移,文学风格渐渐形成南北两种,而在本期内南方文学越来越占优势。北方异族统治驱迫文人南逃,只是造成这种趋势的重要原因之一。此外,汉族政治中心南迁,江南富庶地区迅速开发,生产进步,经济发达,对外交通较便利,文化交流渐多,都是促使南方文学兴盛的重要原因。同时,各种文体都有形式主义的错误倾向,其缺点表现为内容贫乏空虚,缺少对现实生活的真实反映与严格批判。尤其"声律论"兴起以后,作者更醉心于形式技巧的追求,而不肯多致力于思想内容方面,也影响了作品的艺术性。这种恶劣倾向直到唐初才开始有所转变。

第二章　魏晋南北朝乐府民歌

第一节　魏晋民间歌谣

魏晋乐府机关不曾采诗，没有给我们保存下来什么民歌作品。但可以断言，那段时期内人民绝对没有停止过歌声。否则，南北朝的丰富民歌和那些作品的特殊风格，就成了无源之水、无本之木，而且是不可理解的了。

一般研究南北朝民歌的人，因为材料缺乏，只好越过魏晋，而上溯两汉乐府，来说明它们的渊源继承关系。这自然是对的，但中间所缺的一段历史却无法补缀。我们现在只能就史书中所引录的歌谣来了解魏晋民歌的风格与内容，作为两汉与南北朝之间过渡的桥梁。

魏文帝曹丕为美人薛灵芸筑台，高三十丈，列烛于台下，远近望之，如列星坠地，又为铜表志里数。行者作歌讽之：

青槐夹道多尘埃，龙楼凤阙望崔巍。清风细雨杂香来，土上出金火照台。（冯惟讷《古诗纪》卷二十九）

又吴孙皓迁都武昌，"扬土百姓，泝流供给，以为患苦。又政事多谬，黎元穷匮"，陆凯上疏谏阻，引童谣云：

宁饮建业水，不食武昌鱼；宁还建业死，不止武昌居。（见《三国志》卷十六）

晋惠帝（司马衷）永熙（公元290年）年，杨骏专权，楚王（司马玮）用事，有童谣云：

二月末，三月初，〔桑条蓓蕾柳叶舒。〕荆笔扬版行诏书，宫中大马几作驴。（见《晋书》卷二十八。下同）

哀帝（司马丕）隆和（公元362年）初，朝廷内部争权夺势，斗争激烈，人民歌

以刺之,童谣曰:

> 升平(按"升平"为哀帝堂兄弟穆帝司马聃的年号)不满斗("升平"共五年,不及十,故曰"不满斗"),隆和那得久(仅一年)? 桓公入石头,陛下徒跣走。

统治者听了很忌讳,怕应了谶,改元"兴宁"。人复续为歌曰:

> 虽复改兴宁,亦复无聊生。

可见人民痛恨之深,用歌谣与之进行不疲倦的斗争。

史家对于民间歌谣往往按照统治阶级的观点,强为曲解。如孝武帝(司马曜)太元(公元376—396年)中,王恭镇京口,举兵诛王国宝,百姓谣云:

> 昔年食白饭,今年食麦麸;天公诛谪汝,教汝捻咙喉。咙喉喝复喝,京口败复败。

这首歌谣,辞意明显,原无可疑。这本是描写人民的生活变化,由于战乱,他们过着今不如昔的生活,所以对统治者因怨愤而咒骂,口吻逼真,如闻其声。但《晋书》却记载"识者"的解释道:"'昔年食白饭',言得志也;'今年食麦麸',麸粗秽,其精已去,明将败也,天公将加谴谪而诛之也;'捻咙喉',气不通,死之祥也;'败复败',丁宁之辞也。恭寻死,京都又大行欬疾,而喉并喝焉。"这分明是歪曲,把人民诉苦的话说成是指统治者。试问:王恭正在京口,非常得势,怎么会有"今年食麦麸"的情况? 至于诅咒王恭的话,本是说:你把我们弄得穷苦到吃麦麸的地步,老天爷会惩罚你,"教你捻咙喉",把你噎死,教你"喝复喝"、"败复败",永不得再起来害我们。如何会骂起京都的老百姓呢? 京都人又何罪,该受这样谴责呢? 这还不是故意曲解吗? 从另外两首骂王恭的童谣来看,便可证明。据史载:"王恭在京口,百姓间忽云":

> 黄头小儿欲作贼,阿公在城下指缚得。
> 黄头小人欲作乱,赖得金刀作蒲扞。

按《说文》:恭从心,共声;黄从田,炗声,炗,古文光。此言黄头小儿者,乃是就隶体分析。《晋书》也说:"黄字上,恭字头也;小人,恭字下也。寻如谣言者焉。"至于第二首下句"赖得金刀"云云,"金刀"盖谓刘字,因王恭旋亦为刘牢之所败。人民对于残暴的官吏,往往在民歌中直截了当地指斥,并不为之曲讳。晋武帝(司马炎)太康(公元280—289年)末,罗尚为平西将军、益州

刺史,性贪,蜀人歌以刺之:

> 尚之所爱,非邪则佞;尚之所憎,非忠则正。富拟鲁卫,家成
> 市里;贪如豺狼,无复极已!

把罗尚的贪残完全描写出来,而对他的颠倒是非也揭露得更为深刻,并不曾对他有所保留。还不止此,人民又把他和同时起兵于蜀的李特对比起来唱道:

> 蜀贼尚可,罗尚杀我。平西将军,反更为祸。

按"蜀贼"指李特,原歌本是李特二字,大约修《晋书》者所改(《晋书》卷五十七《罗尚传》所引作"蜀贼",《晋书载记》卷二十《李特载记》所引则作"李特")。从这四句来看,人民认为李特"尚可",足见并不反对,至少比罗尚要好些,因为这个平西将军来了就要杀我,岂不反更为祸了吗!这是人民对于统治者的王官和被称为盗贼的起义领袖间的正确比较与评价。

上引各首只是史书中民间歌谣的一小部分,但已足以说明它们反映了当时政治社会的一些主要问题,其现实性和斗争性都很强,表现方法也简短有力,语言明快,充分显示了人民的聪明才智非一般文人所能及。特别在这一时期,统治阶级文人开始走向了反现实主义的文学道路,就更不肯也不敢这样写了。

第二节 《孔雀东南飞》

在魏晋南北朝的前期,民歌流传很少,却有这样长篇的民间叙事诗如《孔雀东南飞》者保存下来,已是非常可贵的,而这篇又是那么精妙完美、千古无二的成功之作,所以更值得大书特书了。

这篇叙事诗长达三百五十三句,一千七百六十五字,最早辑录于南朝陈徐陵所编的《玉台新咏》卷一,标题为《古诗为焦仲卿妻作》,显然是编者所加的。诗前有"小序"云:

> 汉末建安中,庐江府小吏焦仲卿妻刘氏,为仲卿母所遣,自誓
> 不嫁。其家逼之,乃投水而死。仲卿闻之,亦自缢于庭树。时人伤
> 之,为诗云尔。

按汉献帝刘协建安末为公元 219 年,时为建安二十四年,翌年三月改元"延康",十月即禅位于魏文帝曹丕,是为黄初元年,一般也有称为建安二十五年的。可见这个故事发生在距今约一千七百六十年前的公元 220 年前后。作品的产生时间,据"小序"所说,似乎就在这时期以后不久,约在魏黄初年间,比蔡琰的《悲愤诗》略后。但它的被辑录最早还是建安后三百年陈代徐陵的《玉台新咏》,这就可见它是否为建安作品,还大有问题。宋刘克庄《后村诗话》就认为"《焦仲卿妻》诗,六朝人所作也",颇有道理。但我们也认为,徐陵书中所载"小序",必有根据。那么,关于这篇作品的产生时代就可以作这样的推定:它创作于故事发生的建安后的"时人",因为是一种活的文学,甚至是口头文学,故长期在民间流传,必然经过很多修改、增饰,其中也包括民间文人在传抄时所加工润色的部分,在长期而广泛的传抄中自然不免吸收各个时代不同地域的词汇、语言、名物、制度,最后,到徐陵编集时才形成今日所见这个定本,达到这样完美的地步,徐陵便著之于书,传到如今。

这首诗描写一对青年夫妇牺牲于封建家庭下的悲剧。他们为了追求幸福的爱情生活,对封建礼教、封建家长制度进行了坚定不移的反抗,表现了英勇斗争和积极乐观的精神。它反映出汉末社会动摇,儒家伦理思想已失去了人们的信仰。它一方面揭露这一极为普遍的社会问题,另一方面又歌颂了反抗者的高尚品德与叛逆行为。

这首长诗是现实主义与积极浪漫主义紧密结合的作品。主角的命运是悲惨的,但斗争精神一直旺盛;反动势力诚然极为强大,但新生力量却更勇猛激烈地进行反抗,毫无退缩妥协的倾向。它只能激起读者的愤怒,加强斗争意志,决不会使人消沉沮丧,更不至于产生任何悲观绝望的情绪。这是一篇具有充沛的艺术生命和强大的战斗作用的历久常新的作品。

诗中塑造的几个人物形象都很深刻,并具有典型意义。

兰芝是作品中的第一主人公,是整个故事发展的中心,也是诗篇最着力赞美的正面人物。通过叙述她幼年在娘家的生产劳动训练,通过写她结婚后在婆家的具体生产劳动,又通过刻画她离开焦家时的装束、态度、语言、行动,以及大归后几次反抗斗争而至于最后"举身赴清池",塑造出她的勤劳、善良、聪明、美丽、热爱生活、忠于爱情,具有坚定的自尊自信与毫不妥协的反抗精神的形象。她虽然以牺牲生命表示最后的抗议,终于走向一死,但这死不是弱者的表现,而是最坚决有力的反抗,是被压迫者的光辉人格在当时历史条件下最美丽又最强烈的表现。假如不死,就只有屈服,把胜利让给封建礼教；死了，那些封建制度权力代表者们的暴力统治就全盘落空，实际上给压迫者以意想不到的打击，而取得斗争的实绩。

焦仲卿是一个副主人公，诗篇中以同情的笔触刻画了他。他也善良、纯洁、爱情专一、有正义感，与兰芝不相上下。正因如此，兰芝忠于爱情才显得更有意义，值得赞扬，刻画他也对写兰芝有重要作用。但焦仲卿的性格却自有其特征：他比较怯懦、驯良，斗争性不那么强，对人对事认识不够深刻彻底，存幻想，少办法，不及兰芝刚强、果决、有见识。但在爱情受到严重打击时，他也能挺身而出，作坚强的斗争，以死殉之。诗里写他最后的表现，是完全合乎情理地一步一步地发展成功的，所以非常真实，使人信服。

焦母这反面形象也写得非常成功，她是作为封建制度的象征，作为压迫者的代表，作为封建社会专横的家长的典型而出现的。因为她是这个悲剧的制造者，所以矛盾首先发生于兰芝和她之间。诗里写她蛮横无理，性情褊狭，贪婪巴结，冷酷无情，都是通过与兰芝的矛盾而展现的，既深刻又生动，俨然是一个封建专制者的艺术雕像。

此外，兰芝的哥哥是一个热衷富贵的市侩；母亲则是一个慈祥而温情的老太婆；而媒人的油腔油调也恰是旧日社会所常见的。这些人物虽着笔不多，形象却很鲜明。

这篇诗在写作艺术上非常成功，其最重要的特色是：

一、它创造了不少具有鲜明性格特征的典型人物，这在过去诗歌中是不多见的。尤其他只用一千七百多字，笔墨非常少，就更显得手段之妙了。

二、把人物放在矛盾斗争的尖端加以刻画，从而显示出人物的性格特征，并且使这性格在斗争中合乎情理地逐渐发展成长。

三、这篇诗主要通过人物对话即人物自己的语言和必要的动作来展开矛盾，显示各个人物独特的精神面貌。这些对话简洁生动，富有戏剧性，又切合每个人的身份、地位与个性。

四、曲折动人的故事情节充满了戏剧性的冲突，尤其当冲突达到高潮，产生了几处紧张场面时，特别使读者激动，有很高的艺术效果。

五、成功地运用了传统的比、兴手法（如开篇两句就是）、叙事与抒情相结合的手法，铺陈与夸张的表现手法，对比衬托的手法（如描写兰芝与小姑作别时的温柔多情，衬托出焦母对兰芝的冷酷横暴）。

六、象征性的结尾表现了人民反封建的斗争意志和对美好幸福婚姻的追求与愿望，是浪漫主义创作方法的运用。

七、这篇诗语言极朴素,极健康,又简炼,又丰富,既准确,且生动。以极形象、极概括又极个性化的语言塑造出几个典型人物。语言富有节奏感,而又变化多端,也正表现了民歌艺术的特色。

这篇长诗"质而不俚,乱而能整,叙事如画,叙情若诉"(王世贞《艺苑卮言》),实不愧为"长诗之圣"。它为历代人民所喜爱,传诵不绝,影响甚大。在文学上,无论诗歌、小说、戏剧都从这首诗学习吸取了包括形式风格、写作艺术、创作方法、思想内容以及故事题材等多方面的营养。

第三节　南北朝乐府民歌的发展

南北朝的乐府民歌也是从汉代乐府民歌的基础上,向前跨进一步而发展起来的。过去学者称六朝民歌为"新乐府辞",说明它虽从汉乐府发展而来,却并非因袭汉魏之旧,而是直接继承民间文学的系统上升起来的,故别以"新乐府辞"称之。

昔人说六朝文学"儿女情长,风云气短",这话是对的。六朝作品的确多是描写男女爱情的,不像汉魏乐府民歌题材那样广泛,几于人世悲欢,无所不备,而因此,也就往往是篇幅较长的叙事诗。东晋以后就多短小的抒情诗,尤以抒发男女恋情的占极大比重。这些情歌,无论是短吁轻喟,或长吟永叹,也无论是欢笑狂歌,或纵情陶醉,一般都吐语率真,属词清俊,情致温柔,思想健康,大胆而不粗鄙,细腻而不纤巧。题材相去不远,想法却各有不同,皆具特色,俱成妙辞。文人模拟,只能貌似,难于神合,便易流为拈花斗草,吟风弄月,以色情肉欲为内容,以淫声荡曲为色调,六朝遂少佳作。至于贵族诗人所写的空虚堕落的宫体诗歌,就更不足数,而亦无法比拟。这不能归过于民歌,而是文人不善于学习所致。

自东晋以至于隋,中间朝代递变,却一直未曾统一,政治上南北始终各自独立,处于对立的状态。北方固有的汉族文化,历史悠久,虽在异族侵入之初,曾遭受一些摧残,但后来政治局面已定,外来文化逐渐输入,却又营养了并丰富了原有的汉族传统文化,而增加了新的色调。北朝民歌就是如此。至于南朝呢,由于地理条件优越,加以北方先进生产经验随着北人南迁而带到南方,造成南朝地主经济的繁荣,也就引起整个南方商品经济的发展,于是都市繁荣,歌舞遍地,也助成了南朝民歌的活跃,它的题材内容也必然直接反映了或涉及到当时社会生活的各方面。

南朝和北朝的自然条件与社会生活情况各不相同,反映在民歌上也就有很多相异之处。但就这整个时期来说,无论南方北方,都很少再有像两汉民歌那样讽刺政治的作品。原因是这时期政治更为黑暗,遂把大多数人民的思想引导到逃避现实方面,而不大注意政治问题;同时,真正对统治阶级进行猛烈抨击和尖锐讽刺的作品,也必然被那些粉饰太平的乐府官员所排斥而不会保存下来。就现存的民歌看,除北朝的少数作品外,绝大部分是恋歌。

南朝恋歌与北朝的也不一样。南朝恋歌的风格,一般是比较纤弱、温柔、婉转的;北朝的却是质朴、刚健、勇敢的。南朝所写的不尽是夫妇关系,其中妇女有些是因经济压迫而在精神上与肉体上都处于被损害、被侮辱的地位,其感情是悲哀的,也有些是在青少年时代婚前自由恋爱的相思曲。北朝所写的情侣多半是一道参加生产劳动、互相悦慕正在恋爱中的,其感情是纯洁的、正常的。但总的看,这时期的恋歌,无论在作品数量上或艺术风格上都远远超过以前任何时代。若就南北朝比较来说,北朝民歌数量不及南朝之多,但内容广泛,风格健爽,却在南朝之上。

第四节　南朝的乐府民歌

南朝的乐府民歌绝大部分保存在清商曲辞中。所谓清商曲辞,在音乐上就是清商乐,也称作清乐,其始即汉代的平调、清调、瑟调,所谓"相和三调"是也。这种清乐,即是汉魏相和三调,其辞又皆古调及曹魏三祖所作。东晋以后,传布江南,便又创了"新声"。后魏孝文帝元宏(公元471—499年)讨淮、汉,宣武帝元恪(公元499—515年)定寿春,收其声伎,得江左所传中原旧曲的一部分,及江南"吴歌"荆楚"西声",总谓之"清商乐",以后传之于隋。可见"清乐"包括两部分;一是东晋以来流入江左的汉魏相和、清商旧曲,即"古调";一是江左"新声",即江南"吴歌"和荆楚"西声"。这就是现在所能见到的南朝乐府民歌的类别。

由上所述,可见南朝清乐的清商曲辞中所谓"江左新声"就是"新乐府辞",也就是南朝的乐府民歌,有两大类是最主要的:一是江南吴歌,一般叫做"吴声歌"或"吴歌";一是荆楚西声,一般叫做"西曲歌"。它们除有地区与乐舞的区别外,内容上有一共同点,即多系关于爱情生活的描写。

吴声歌产生于江南吴地,以当时的首都建业为中心。西曲歌产生于长江中游和汉水流域的荆、郢、樊、邓之间。南朝以荆州和扬州为其经济、文化、政治的两个中心,荆州和建业又为此二州的州治所在,许多贵族、官僚、富商大贾、文人、学士聚集于此,故其民歌就被大量采集配乐而流传下来了。

吴声歌曲的来源,早在孙吴时代就被统治阶级采入庙堂乐歌,《神弦歌》就是一例。东晋后期,入乐及文人创制更多。刘宋时贵族新制者亦复不少,《丁督护歌》、《读曲歌》等都是,而吴地民歌中最重要的《华山畿》也在此时被采入乐。

西曲歌产生较晚,大抵起于刘宋,齐、梁两代均有创制。其曲调与吴歌同样有两个来源:一由民谣发展而成,如《石城乐》《襄阳乐》;一由上层阶级创作,如《寿阳乐》《估客乐》,但也都受到民歌的影响或启发,非凭空独立创制的。这时民歌体制大多为五言四句,内容比较真率,语言比较质朴自然,文人所作如与此形式不同,即不被人认为是吴声歌或西曲歌了。

现存的南朝乐府民歌共约有五百首,其中吴声歌三百三十余首,西曲歌一百四十余首。这些大部分是民间作品,小部分是上层阶级所制,而歌词内容则几乎尽是写男女爱情的。就今日所见到的看,吴歌多家庭儿女风味,多数反映城市生活,也间有反映农村面貌的;西曲歌则多写商旅,反映水上船边的离情,故多涉及旅客和娼妓的关系。商人多在扬州一带经商,故西曲中的《三洲歌》多建业地名,并自西曲产生以后,作歌唱歌即不限于荆楚,歌调亦与吴声无多区别,以致后人往往把西曲也唤作吴歌。它们之间不同处主要在于"声节送和"上。

南朝以荆、扬二州最为富庶,商人多往来其间,生活极为优裕,礼教对他们的约束力很小,思想比较自由大胆,这便成为孕育热情洋溢的情歌的物质基础。有一些明显地叙述娼妓生活,也反映了商业城市的特点。

这些情歌有时流露着市民阶层的庸俗气氛,甚至有纯然的色情描写,有的夹杂着上层统治阶级和文人的颓废情调,这可能是经过他们修改过的,或竟是他们的拟作。然而,从总的方面看,绝大部分是真正的民歌,基本上保存了民歌的面貌,所以大致上是健康的。也有极好的民歌,热烈、真挚、大胆,具有一定的人民性与进步意义。如《华山畿》便是反抗封建势力,要求婚姻自由的。那故事带有浓厚的浪漫主义色彩,充分说明了它的精神是能够代表广大人民的意愿的。

南朝吴声歌曲现在有歌词流传的尚达二十六种,其中最主要的是《子夜歌》、《读曲歌》和上述的《华山畿》等曲。

《子夜歌》的作者相传是一个名为子夜的女子,时间约在东晋孝武帝司马曜太元年间(公元 376—396 年)。后来还产生许多新声,谓之"子夜变曲"。今存《子夜歌》四十二首,《子夜四时歌》七十五首,《子夜警歌》两首,《子夜变歌》三首,大抵感情健康,风格清新,语言真率自然,如:

> 宿昔不梳头,丝发披两肩。婉伸郎膝下,何处不可怜!
> 今日已欢别,合会在何时?明灯照空局,悠然未有期。

描写正常的恋爱,把少女天真、率直、轻佻的情怀毫不掩饰地用口语歌唱出来。不讲辞藻,自有其朴素的美,不讲声律,音调却十分和谐。大约最初都是"徒歌",不带音乐在民间传唱,等流传开了,才渐渐形成一定的曲调,配合乐器歌唱。

《子夜歌》本是男女赠答之辞,一般多是两首为一组,但现存的歌辞次序错乱,不易分辨,兼以散失了一些,有的便配搭不起了。现在可以肯定的,如:

> 落日出前门,瞻瞩见子度。冶容多姿鬓,芳香已盈路。
>
> (男　赠)
> 芳是香所为,冶容不敢当。天不夺人愿,故使侬见郎。
>
> (女　答)

曲辞生动活泼,情趣天然,使人恍然如见。这种形式也见于别的曲辞中,并且到现在,民间恋歌还常采用。

《读曲歌》现存八十九首,也是最多的一种。前人所说的这个歌曲产生的经过,似不可信。我们认为"读曲"可能就是"徒曲",乃徒歌或组歌之意。最早或曾用于挽歌,唱些哀婉凄恻的曲辞,因哀歌不奏丝竹,后人便把一切清唱的曲辞都收进去,而作为读诵的作品,因称之曰《读曲歌》。现存诸歌辞多是民间恋歌,其题材和情调均与《子夜歌》很难分别。如:

> 千叶红芙蓉,照灼绿水边。余花任郎摘,慎莫罢侬莲。
> 下帷掩灯烛,明月照帐中。无油何所苦,但使天明侬。

《华山畿》现存二十五首,除一首是故事中的原作外,其余便都与原故事无关。但由于曲调来源本是悲剧,所以虽抒男女思慕之情,词意却更加凄婉深切。故事见郭茂倩《乐府诗集》引《古今乐录》云："《华山畿》者，宋少帝（按：南朝宋少帝刘义符在位仅两年，年号景平，即公元423—424年）时懊恼一曲，亦变曲也。少帝时，南徐一士子从华山畿往云阳，见客舍有女子年十八九，悦之无因，遂感心疾。母问其故，具以启母。母为至华山寻访。见女，具说。女闻，感之。因脱蔽膝令母密置其席下，卧之当已。少日，果差。忽举席，见蔽膝而抱持，遂吞食而死。气欲绝，谓母曰：'葬时，车载从华山度。'母从其意。比至女门，牛不肯前，打拍不动。女曰：'且待须臾！'妆点沐浴，既而出，歌曰：'华山畿，君既为侬死，独活为谁施？欢若见怜时，棺木为侬开。'棺应声开，女遂入棺。家人叩打，无如之何。乃合葬，呼曰神女冢。"这与晋干宝《搜神记》卷十一所载韩凭妻的故事异曲同工。而其他同曲的歌辞，形式亦多不尽同，如：

> 啼著曙，泪落枕将浮，身沉被流去。
> 腹中如汤灌，肝肠寸寸断，教侬底聊赖？

除上述外，还有《懊侬歌》十四首，都写得极好，如：

> 江陵去扬州，三千三百里。已行一千三，所有二千在。
> 懊恼奈何许，夜闻家中论，不得侬与汝。

吴声歌曲中还有民间祭神的歌曲十一种，共十八首，总名为《神弦歌》，颇似屈原《九歌》。所祀的神有男有女，富于浪漫意味，惟篇幅短小，文章质朴，依然是南朝民歌的体制，如：

> 白石郎，临江居，前导江伯后从鱼。（《白石郎》）
> 开门白水，侧近桥梁。小姑所居，独处无郎。（《清溪小姑曲》）

都是很美的，没有什么宗教神秘气味。

其他曲调一般存歌不多，最多不过八九首，少的只有一首，风格大致都差不多，就不一一介绍了。

西曲曲调较多，而存歌较少。重要的曲调有《三洲歌》、《采桑度》、《青阳度》、《石城乐》、《莫愁乐》、《乌夜啼》、《襄阳乐》、《估客乐》等。描写商人生活的，如《三洲歌》：

> 送欢板桥湾，相待三山头。遥见千幅帆，知是逐风流。
> 风流不暂停，三山隐行舟。愿作比目鱼，随欢千里游。

又如《莫愁乐》，也是这样：

> 闻欢下扬州，相送楚山头。探手抱腰看，江水断不流。

这里表现的思绪都非常开阔邈远，与吴声歌不同，还不只是环境、风物与情景之异而已。

即使是刻画男女离别后，妻子思念丈夫，其气氛也另是一种，如《乌夜啼》：

> 远望千里烟，隐当在欢家。欲飞无两翅，当奈独思何！

商人远行，沿江城市繁华，难免为歌妓舞女所迷恋，妻子在家便大不放心，常思伴随远行，如《襄阳乐》云：

> 江陵三千里，西塞陌中央。但问相随否，何计道里长。

随行既不可，便只好谆谆叮嘱，苦口劝告，那担心是很自然的，如另一首所写：

> 朝发襄阳城，暮至大堤宿。大堤诸女儿，花艳惊郎目。

也有反映劳动生活的，更为吴声歌中所未有，如《采桑度》、《作蚕丝》等，一方面写劳动的欢乐，一方面也体现了劳动妇女爱情的坚贞和专一。试举《采桑度》为例：

> 蚕生春三月，春桑正含绿。女儿采春桑，歌吹当春曲。
> 春月采桑时，林下与欢俱。养蚕不满百，那得罗绣襦！
> 伪蚕化作茧，烂熳不成丝。徒劳无所获，养蚕持底为？

南朝乐府民歌的形式，以五言四句为主，类似后世的五言绝句，现存四百七十首中，例外不过百首。而吴声歌三百三十首，只有六十首例外，尚不足五分之一；其中《子夜歌》一百二十余首，则全部是五言四句，无一例外。这是和江南民谣及汉魏"相和歌辞"的多用五言，并以四句为一解，均有一定的渊源继承关系的。例外的杂言体，在吴声歌中，以《华山畿》为主，变化亦最多。《读曲歌》的杂言，则更显得自由，大约是因为它没有合乐，只供诵读吟唱，不受乐曲的严格限制之故。西曲歌的句子结构，有的与吴声曲的《子夜歌》一样，五言四句；有的变化很大，如《安东平》是四言四句，《女儿子》是七言二句，《寿阳乐》是五、三、五句或三、三、五句。

南朝民歌大量使用谐音双关语，即利用同音异辞，关顾着两个不同意义：一个是词语的本义，另一个是隐指它所谐音的词语意义。如以"莲"谐"怜"，"莲"虽是用它字面上的本义，而隐以指实际要说的"怜"字之义。《读曲歌》云：

> 罢去四五年，相见论故情。杀荷不断藕，莲心已复生。

这里不仅以"莲心"谐"怜心"，也以"藕"谐"偶"，隐指配偶言。这一类是同音异字的双关语。另一类是同音同字的双关语，也称为表里双关，如以物之"苦心"谐人之"苦心"的《子夜春歌》：

> 自从别欢后，叹音不绝响。黄檗向春生，苦心随日长。

因物之"苦心"与人之"苦心"音同而字亦同，以此相谐，实际上就不是谐音而是喻意，表面上说的是黄檗木心的苦味，而隐喻的谜底则是指人心辛苦的苦。还有把上述两种类型混合来用的，如以"梧子"谐"吾子"：

> 我有一所欢，安在深阁里。桐树不结花，何由得梧子？

这里"梧"字为"吾"字的同音异字，"子"字则音与字均同。这些谐音双关的修辞方法，并不始自南朝民歌，汉、魏诗歌中已经出现过，如《古诗十九首》中《客从远方来》一篇有"著以长相思，缘以结不解"，以"思"谐"丝"，以"结好"之结谐"连结"之结，即是一例。但南朝以前确实不多见，只有在南朝吴歌、西曲中才大量使用这种修辞手段。它从那时起，一直被民歌使用着，成为民间口头文学最具特色的修辞手法之一。

最后要谈南朝的一篇较长的民歌体抒情诗《西洲曲》，它代表了吴歌、西曲成熟期的作品。艺术技巧达到了很高的水平，说明它产生的时代较晚。郭茂倩把它作为"古辞"收入《乐府诗集》的"杂曲歌辞"中。全文是：

> 忆梅下西洲，折梅寄江北。单衫杏子红，双鬓鸦雏色。西洲在何处？两桨桥头渡。日暮伯劳飞，风吹乌柏树。树下即门前，门中露翠钿。开门郎不至，出门采红莲。采莲南塘秋，莲花过人头。低头弄莲子，莲子青如水。置莲怀袖中，莲心彻底红。忆郎郎不至，仰首望飞鸿。鸿飞满西洲，望郎上青楼。楼高望不见，尽日栏杆头。栏杆十二曲，垂手明如玉。卷帘天自高，海水摇空绿。海水梦悠悠，君愁我亦愁。南风知我意，吹梦到西洲。

这篇诗写一个女子对她的爱人的思忆。她因忆起梅落西洲的情景，便折一枝梅花寄给旅居江北的爱人,来唤起他的记忆,时间该是早春。接着便写从春到秋朝朝暮暮的刻骨相思,但都是以景物表明季节,描述主人公的情怀。全篇以清丽优美的自然环境烘托出真挚而细腻的感情,有情景交融之妙。而由于季节的变化,景物的移易,也就勾起因时而异的回忆与思念。不仅情与景合,更加人与物谐,故诗中虽未多描写人的体态容颜,读者却不难想像这个青年女子的外在的和内心的美好可爱。这首诗的写作艺术特色还在于音节的摇曳纡回,特别是很多处采取"续续相生,连跗接萼"的手法,使它"摇曳无穷,情味愈出"。初唐张若虚的《春江花月夜》、刘希夷的《代悲白头翁》和《公子行》正是发源于此的七言歌行体的抒情诗,而其艺术特色也表现在回环相续、摇曳生姿上。从这篇诗中所叙人物的行动和情思来看,它必定是长江中下游的一首民歌,可能经过文人润色,所以个别诗句有雕饰的痕迹,但基本精神,还表现出民歌的风格,故词句浅显,并不难解。有人把它定为梁武帝萧衍的作品,却是毫无根据的。

第五节　北朝的乐府民歌

北朝民间诗歌未经政府采以入乐,大抵均已佚失,但不能因此就说北朝没有民歌,或者虽有而数量与质量俱差。如果谁作这样的推论,那就是不合乎事物发展的客观规律的。但现在确无正式书面记录可考,故北朝民歌也确实找不出具体作品。有之,则几乎全部是东晋以后陆续由北朝传入南朝,到梁代才为梁的乐府机关所采用,而成为《梁鼓角横吹曲》的。究其实,这些曲辞实是真正代表北朝民歌的作品。

在汉代,横吹曲本来是与短箫铙歌同为受西北民族音乐影响的俗乐,也同是军乐。《古今乐录》云:"《梁鼓角横吹曲》有《企喻》、《琅琊王》……慕容垂《陇头流水》等歌三十六曲。……是时,乐府胡吹旧曲有《大白净皇太子》、《小白净皇太子》……十四曲,三曲有歌,十一曲亡。又有《隔谷》、《地驱乐》等歌二十七曲,合前三曲,凡三十曲,总六十六曲。"《乐府诗集》收《梁鼓角横吹曲》二十一种、六十六曲,正是代表北朝乐府的,其中绝大部分应该是民歌。就现存歌辞篇数说,虽然还不及南朝吴声、西曲的六分之一,但它的内容和风格却异常丰富多样:曲调多,变化大,气魄雄壮豪迈,风格爽朗恢弘,而且反映了社会生活的各个方面,不像南朝民歌只限于男女爱情。

这时期南北乐府民歌所以不同,其主要原因有:

一、生活环境、生活条件不同,社会风俗习惯亦异,这就养成了人民性格与气质上的差异,反映到文学上,就有显著不同的色彩与情调。

二、北朝汉族人民长期受异族的统治、蹂躏与压迫,有强烈的反战情绪和反抗压迫者的呼声。

三、北方各族间的纠纷时起,战争频繁,在长期的行伍生活和艰苦环境中,锻炼成勇武刚强的性格,在民歌中便多歌颂和赞美英雄人物的尚武精神。

四、北方异族尚处在游牧社会,过着骑猎生活,惯于驰骋在辽阔的草原上,歌辞也反映了这种特色。

五、北方人民养成了豪迈爽朗的性格,一般富有正义感,这种特点表现在对待日常生活的态度上,容易产生对弱者与被压迫者的深切同情,敢于揭露社会矛盾。

六、在爱情和婚姻问题上,北方民歌也特别坦率,无所掩饰,不像南方民歌那样曲折婉转。

七、北方传到南朝梁的这些乐府民歌中,少数可能是汉、魏古歌,多数是北方民歌,有汉人所作,也有别的民族用"华言"创作或用民族语言写成而译成汉语的,故仍有异族人民的生活情调。

北朝的地理环境表现在北齐斛律金所唱的《敕勒歌》中,最具有草原风光:

敕勒川,阴山下。天似穹庐,笼盖四野。天苍苍,野茫茫,风吹草低见牛羊。

"其歌本鲜卑语,易为齐言,故其句长短不齐。"但写塞外景象,极其典型。

那时人的尚武精神表现在《李波小妹歌》:

李波小妹字雍容,褰裙逐马如卷蓬。左射右射必叠双。妇女尚如此,男子安可逢!

的确,妇女尚如此,男子更不用说了。《企喻歌辞》有一首说:

男儿欲作健,结伴不须多。鹞子经天飞,群雀两向波。

《折杨柳歌辞》也有一首说:

健儿须快马,快马须健儿。跋跋黄尘下,然后别雄雌。

豪气冲天,所用比拟也能充分表现北方健儿的英武形象。

　　他们具有如此的英雄气概,自然不愿为统治阶级作战争牺牲品,也不会甘受压迫者奴役。一首《企喻歌辞》反映道:

　　　　男儿可怜虫,出门怀死忧。尸丧狭谷中,白骨无人收!

《陇头流水歌辞》三曲,写飘零道路之苦,凄惨动人:

　　　　陇头流水,流离西下。念吾一身,飘然旷野。

　　　　西上陇阪,羊肠九回。山高谷深,不觉脚酸。

《陇头歌辞》三首,与此同调,也写同一题材,除第一首几乎字句全同,其余则形容得更为深切:

　　　　朝发欣城,暮宿陇头。寒不能语,舌卷入喉。

　　　　陇头流水,鸣声幽咽。遥望秦川,心肝断绝。

行役之苦,是和战争分不开的,写战争给人们带来种种灾难。《隔谷歌》是围城中苦守待救的战士所作:

　　　　兄在城中弟在外。弓无弦,箭无括;食粮乏尽若为活?救我来!救我来!

这竟是代表整个人民群众被迫从军驱入绝境的共同呼号。

　　社会上阶级矛盾是尖锐的,北朝民歌反映这方面的有:

　　　　雨雪霏霏雀劳利,长嘴饱满短嘴饥。(《雀劳利歌辞》)

　　　　憎(一作"快",是)马常苦瘦,剿(劳累的意思)儿常苦贫。黄禾起嬴马,有钱始作人。(《幽州马客吟歌辞》)

贪官污吏,富商地主,一切剥削者永远安坐享受,吃得饱饱的,不会瘦也不会穷,而劳动人民却永远穷得要命,吃不饱,饿得瘦骨支离,但还是得忍苦劳动,无休无止。

　　北朝的情歌直截爽快,表现了北方人民的心直口快,毫无遮拦,不像《子夜》吴歌那样多用双关语和比喻,隐约曲折。《地驱歌乐辞》写得爽直而大胆:

　　　　侧侧力力,念君无极。枕郎左臂,随郎转侧。

　　　　摩将郎须,看郎颜色。郎不念女,不可与力。

另一首《地驱乐歌》虽只两句,却更为爽快:

> 月明光光星(欲)堕,欲来不来早语我!

她等情人等到半夜,不耐烦了,竟抱怨起来。最能表现北国情调的,还是《折杨柳歌辞》中的:

> 腹中愁不乐,愿作郎马鞭。出入擐郎臂,蹀座郎膝边。

这就不是《子夜歌》"婉伸郎膝下,何处不可怜"的情味,即与"愿作比目鱼,随欢千里游"比起来,也有日常生活和美丽幻想的区别。

北朝民歌写女子对于婚姻的渴望,也是脱口而出,并不扭扭捏捏,吞吞吐吐。《地驱歌乐辞》说得多么直爽:

> 驱羊入谷,白羊在前。老女不嫁,蹋地唤天。

《折杨柳枝歌》唱道:

> 门前一株枣,岁岁不知老。阿婆不嫁女,那得孙儿抱?
>
> 敕敕何力力,女子临窗织。不闻机杼声,只闻女叹息。
>
> 问女"何所思"?问女"何所忆"?"阿婆许嫁女,今年无消息!"

还有极富心理描写的七言四句诗《捉搦歌》四首,其一云:

> 粟谷难舂付石臼,弊衣难护付巧妇。男儿千凶饱人手,老女不嫁只生口。

《慕容家自鲁企由谷歌》有十分巧妙的比喻,最能表达那种要求嫁给一个如意郎君的渴望心理:

> 郎在十重楼,女在九重阁。郎非黄鹄子,那得云中雀?

总的说来,北方民歌不但思想内容与南方迥乎不同,其艺术语言也另有自己的特色:语言质朴、率直,风格刚健、爽朗,气魄雄浑、开阔,曲调自由、奔放。表达真情并不流于粗犷,更无猥亵鄙俗的感觉。它的现实性较南朝民歌为强,反映社会生活,面广而深。虽存诗不多,但质量极高,足以弥补这时期内北方文坛寂寥贫乏的缺憾。

第六节 《木兰诗》

《木兰诗》是北朝乐府民歌中长篇叙事诗的代表作,与代表这一阶段早期南朝乐府民歌的《孔雀东南飞》,后先辉映,成为魏晋南北朝南北民间文学作品的双璧。

这篇诗不知起于何代,长期被人揣测争执,近年研究,大致结论认为它是北朝的作品,在流传中经过一些变化发展,可能到初唐之前,就经文人写定,并作了一定的文字修饰。它也是以《梁鼓角横吹曲》被保存流传下来的。

《木兰诗》写一个青年女子木兰代父从军的故事,是一首由人民群众集体创作并在流传中经过很大修改的叙事诗。作为民间创作的诗歌,它的主题思想是很明确的:反映人民对于战争的厌憎和对于和平生活的向往,绝不是如一般人所说的纯粹是对女英雄的赞歌。

诗开头就叙述女主人公为和平的劳动生活被征兵所打断而苦恼着、叹息着。"可汗大点兵"的军书里登记着她父亲的名字,令严难逃,是她思虑叹息的原因。"愿为市鞍马,从此替爷征"的"愿"字本作"请求"解,并无"希望"或"乐意"的意思。这只是由于"阿爷无大儿,木兰无长兄",不忍老父残年从军,不得已才想出这个自我牺牲的女扮男装"替爷征"的办法,原无立军功、当英雄的想法,也不是为了爱国或抗敌,因为诗中并未提到这个战争的性质,也未表现木兰怎样热烈地要求参军。

虽然如此,我们也并不否定木兰的优美品德与可敬可爱的英雄形象,但她的英雄气概是表现在她的坚决、果敢、打破女子必须关在闺阁里的传统习惯与封建礼教的行为,而不是表现在从军打仗上。诗里除掉被历来学者公认为文人加进去的或修改润色的"万里赴戎机,关山度若飞。朔气传金柝,寒光照铁衣。将军百战死,壮士十年归"等六句外,没有一句是描写木兰作战和战场斗争情况的。那么,你从哪里能认为这首诗是歌颂木兰作为战士的巾帼英雄形象呢?下边固然说到天子"策勋","赏赐"巨万,可汗又"问所欲",显然是有功可赏;但诗的本身并不就这方面来描写,而只是从这里引到木兰亟欲"还故乡"的愿望。可见民歌原作的主题思想并不在于歌颂她这样一个"战士"。不仅如此,诗中却用很多的笔墨叙写她回到故乡时,爷、娘、弟、妹等欢迎她归来的快乐,更重叠地刻画她自己对于恢复过去和平生活的喜悦,说:"开我东阁门,坐我西间床。脱我战时袍,着我旧时裳。当窗理云鬓,对镜贴花黄。"最后,还以自己在十二年内瞒过了同伴而不曾被识破为庆幸,而感到无比的愉快和骄傲,作了喜剧的结束。

在艺术手法上,这篇诗采用了反复吟咏的方法,写恋家惜别如此,写别后思亲如此,写解甲还乡也是如此,而这些地方也正是要突出木兰憎恶战争、热爱和平生活的主题。在文字上,则是把结构相同的语法连续使用,以渲染环境,加重所要表现的气氛,这是民间文学写作手法上的特点之一,也是后来文学家所常学习模仿的。至于语言的朴素通俗,明白如话,音调的爽快、流畅,气势奔腾,以及以五言为主,而杂以七言和九言句,随意所之,运用自如,毫无板滞拘束的毛病,更显示了我国民歌音乐性强的艺术特色。

第三章 魏晋南北朝文人诗歌

第一节 曹氏父子和建安诗人

东汉末年,土地大量集中于大地主手中,农民失去土地,日趋贫困,加以"富商大贾,多放钱贷",也从事"兼并农人"。而战争、捐税、力役,重重压迫,农民不堪其苦,最后只得卖妻卖子,抛弃乡里,"逃亡山林"。社会如此动荡不安,农民起义便是必然的结果。果然,到灵帝刘宏中平元年(公元184年),全国性的黄巾起义便总爆发了。来势迅猛,整个统治阶级为之震惊,东汉帝国的基础也因而动摇,引起"群雄割据"、军阀混战的局面。中国文学史上有名的"建安文学"就是在这样的社会情况下产生的。

"建安"本是东汉末年献帝刘协的年号,始于公元196年,终于219年,翌年(公元220年),曹丕称帝改元,汉亡、魏立。但文学史上所谓建安文学则并不严格地限于这二十四年,而是大体上指汉末魏初由曹氏父子领导的一派作家所代表的进步文学,后世论者称为"建安风骨"者。因此,谈建安文学就不能不涉及东汉末年献帝以前的政治社会历史和文学发展情况,有时也不能不延至建安以后魏文帝曹丕的黄初(公元220—226年)时期的人物与作品。历史总是错综复杂、绵延不绝的,文学发展虽大体上可分阶段,但正如抽刀断水,不可能严格地按年代切断。为此,建安时期本属汉代,只因这些作者大抵属于曹氏父子领导和羽翼下的"邺下文人",其中有的在魏建国以后仍承其余风,继续进行创作活动,而这"建安风骨"到魏初也更加得到发扬传播,所以写在魏晋南北朝这一时期之首,或写到两汉那一时期之末,各有理由,均无不可。我们在第二篇讨论两汉辞赋一章时,就把"建安七子"中的王粲写成东汉末期抒情小赋完全成熟期的划时代的赋家。这是因为王粲的《登楼赋》确实标志着作为"古赋"的汉赋的终结,而与之同时代的曹植在魏文帝曹丕黄初三年(公元222年)所写的《洛神赋》则已首开魏晋南北朝

骈赋（或称俳赋）之端，不能列入东汉建安时代。另一方面，我们在讨论东汉
文人五言诗时，却不但没有论述曹植及其兄丕，也没有提到他们的父亲曹
操，更未提"建安七子"之首王粲。我们把整个"邺下文人"的主要成就——
突出地表现"建安风骨"的五言诗留到魏文学来写，因为他们的诗都与东汉
"古诗"的思想内容和艺术风格不同，而另具曹氏父子"生于乱，长于军"，"梗
概多气"的风力。

　　建安文学以文人诗歌为主，五言诗具有突出的光辉成就，它已替代了在
两汉文坛上占统治地位的辞赋。这时代的诗人继承了《诗经》和汉乐府民歌
的现实主义传统，把他们自己在现实生活中所亲身经历的社会事变与现象，
和他们所感受与认识的矛盾的本质，以真诚热烈的感情，发为诗歌，就形成
"雅好慷慨"、"梗概多气"，具有所谓"建安风骨"的现实主义作品。这种文
学，无论其思想内容还是体裁形式都与汉代辞赋恰相对立，而与乐府民歌一
脉相承。以此刚健质朴的风格，把五言诗体完全奠定在新的基础上，开辟整
个魏、晋、南北朝时期文人诗的宽阔道路，并进而在叙事诗中渗透丰富的感
情，遂使建安诗歌成为文人五言抒情诗的先驱。

　　这时作家"彬彬之盛，大备于时"，正如钟嵘《诗品序》所说的：

　　　　降及建安，曹公父子，笃好斯文；平原兄弟，郁为文栋；刘桢、
　　王粲，为其羽翼；次有攀龙托凤，自致于属车者，盖将百计。

举其重要者，即曹操、曹丕（曹公父子）、曹植、曹彪（平原兄弟）、刘桢、王粲、
陈琳、徐幹、阮瑀、应玚、孔融（七人为建安七子）、邯郸淳、繁钦、路粹、丁仪、
丁廙、杨修、荀纬、应璩等。这些人所长不一，但诗歌自是这时期最主要的成
就所在。

　　刘勰《文心雕龙》说：

　　　　自献帝播迁，文学蓬转；建安之末，区宇方辑。魏武以相王之
　　尊，雅爱诗章；文帝以副君之重，妙善辞赋；陈思以公子之豪，下
　　笔琳琅；并体貌英逸，故俊才云蒸。

可见刘勰承认曹氏父子对建安文学有其倡导的功绩，但并不像近年某些学
者那样把三曹的作用作了过分的夸大。刘勰分析这时文学发展的社会原因
说："观其时文，雅好慷慨。良由世积乱离，风衰俗怨，并志深而笔长，故梗概
而多气也。"在这样的时代，儒家思想不再能统治人心，经书自然便范围不住
文学，文学乃得以另辟蹊径，独立发展，于是五言诗便以最适于慷慨抒情而

大兴了。

曹操的文学路线和写作态度对建安诗人起了倡导作用。他首创"借古乐府写时事"这种新方式，又"外定武功，内兴文学"，网罗了当时很多文学知名之士，集于邺下，或使随于左右，置之列位。这些文人自然要受他的影响而向他所开辟的道路发展了。

曹操（公元 155—220 年，即汉桓帝刘志永寿元年—汉献帝刘协延康元年），字孟德，沛国谯郡（今安徽亳县）人。他的父亲曹嵩是汉桓帝时宦官曹腾的养子，所以他虽属于官僚家庭子弟，但出身卑微，不能与世族大家并列。他在长期的宦场角逐中，对贵族统治的腐败深有体会；在镇压农民起义的战争中，也不能不感受到人民力量的伟大。这对于他一生在政治上和军事上采取具有进步意义的种种改良措施是很有关系的。最重要的，他在用人上，反对两汉"经明行修"的传统标准，打破家世门第的限制，摧抑士族大家的特权。北方生产逐渐恢复，社会秩序初步安定，因此便也团结了一批知识分子，在邺都形成了一个文学集团，而建安文学随之得到蓬勃发展。

曹操的文学事业就是乐府歌辞的制作，从他现存的二十几篇作品来看，全部是运用五言体和杂言体，以乐府旧体写新内容的。他本来在二十多岁时就举了孝廉，"能明古学"，对文学颇有修养，又好读书，善写作，"御军三十余年，手不舍书，昼则讲武策，夜则思经传，登高必赋。及造新诗，被之管弦，皆成乐章"。

曹操既以旧调旧题乐府写时事，故多能反映现实，流露自己对人民苦难的深切同情，具有一定的现实意义与人道主义精神。如《薤露》：

> 惟汉廿二世，所任诚不良；沐猴而冠带，知小而谋强。犹豫不敢断，因狩执君王。白虹为贯日，己亦先受殃。贼臣持国柄，杀主灭宇京；荡覆帝基业，宗庙以燔丧。播越西迁移，号泣而且行。瞻彼洛城郭，微子为哀伤。

这是指何进召董卓事，乃汉末实录。《蒿里行》也是叙汉末袁绍、袁术等兴兵讨董卓，人各异心，相与争夺，酿成大乱。末段写当时社会遭兵之惨，丧亡之哀，真朴雄阔，足当挽歌：

> 铠甲生虮虱，万姓以死亡。白骨露于野，千里无鸡鸣。生民百遗一，念之断人肠。

反映并批判了现实，又以诚挚悲悯的语调，表示对遭难万姓生民的同情，确实非古乐府《蒿里》所能限。

《苦寒行》写行军北上征夫的辛苦与怀乡之感。《却东西门行》也是征戍之曲,悲感恻怆,非虚伪造作者可比。诗中句如"熊罴对我蹲,虎豹夹路啼",说明丧乱之余,"溪谷少人民",以致野兽出没,虎豹当路;再加上"水深桥梁绝","薄暮无宿栖","人马同时饥","斧冰持作糜",和"戎马不解鞍,铠甲不离旁"等等,就更把北方战区的荒凉和战乱中,军人处境的艰难与生活的困苦十分形象具体地描绘出来了。但他的悲凉的情感是在艰难斗争中的感慨,是烈士的悲心,而不能看作消极的感伤、悲观,他的诗没有任何绝望颓废的情绪,所给予读者的感染永远是积极奋发的精神。《步出夏门行》"龟虽寿"一解,说诗人明知人寿有尽,而"老骥伏枥,志在千里;烈士暮年,壮心不已"。《短歌行》虽说"对酒当歌,人生几何?譬如朝露,去日苦多",似有"人生无常"之感,可是篇终却以"山不厌高,水不厌深。周公吐哺,天下归心"作结,其意还在于积极进取,并无"因年岁之不与"而产生消极享乐的思想。他一直都怀着《秋胡行》里所说的"不戚年往,忧世不治"的思想,虽当中不免流露出个人的政治野心,并非全是"忧世"、关心人民,然而,我们也不应过高地要求这样一个大动乱时期的英雄,那是不符合历史观点的。只要看他对事业追求的迫切心情与积极乐观主义精神,以及还多少含有忧世之意与客观上对人民有利的政治态度,就会对读者有所激发,就应该从基本上予以肯定。

从诗歌形式上看,曹操是《三百篇》以后少有的四言诗大作家。上举的《步出夏门行》、"龟虽寿"(全诗的第四解)及《短歌行》等都是用新词汇、新句法、新风格写新内容,而具有新的情调的成功作品,并非模仿《三百篇》而受过去四言诗的拘束的。他自运机杼、独铸伟辞的名篇《观沧海》(《步出夏门行》第一解):

> 东临碣石,以观沧海。水何澹澹,山岛竦峙。树木丛生,百草
> 丰茂。秋风萧瑟,洪波涌起。日月之行,若出其中。星汉灿烂,若
> 出其里。(幸甚至哉,歌以咏志。)

专就他描写自然景物的宏阔雄伟,歌唱山海日月的壮丽来说,就不能不惊叹他的气魄之大与笔力之健,绝非后世山水诗所能比拟于万一。

最能代表曹操创作的新倾向,对建安诗人发生重大影响,并为后世开辟道路的,还是他的五言诗。其主要特色是摆脱了以前文人诗的束缚,而直接继承乐府民歌的风格,给文人诗的民歌化树立了楷模。这种打破旧格的反

正统精神,也表现在变乐府的以叙事为主成为建安以后五言诗的以抒情为主。而其所抒之情,悲壮而不消极,爽快而不阴郁;所用语言,质朴而不粗鄙,简炼而不纤靡,树立了苍劲、雄浑、悲凉、豪健的风格,情辞并茂,文质兼优,为诗歌开辟了新境界。

曹丕(公元 187—226 年),字子桓,曹操次子。建安二十五年(即延康元年,公元 220 年),曹操死后,他继承其地位,跟着又夺取汉朝的政权,"受禅"为大魏皇帝。他在政治上、军事上都没有什么突出表现,但在文学修养上,颇有成就。史谓其"好文学,以著述为务,自所勒成垂百篇"。他的文学作品现存辞赋约三十篇,诗歌完整的约四十首,《典论》一书现存三篇,其中《论文》一篇是文学批评的重要著作,基本上可以代表其父子的共同见解。

曹丕自己的诗成就不高,有些虽也具有一定的现实意义,但又站在统治阶级立场,劝人安贫止怨,熄灭斗争,如《上留田行》:

> 居世一何不同!上留田。富人食稻与粱,上留田。贫子食糟与糠,上留田。贫贱亦何伤?上留田。禄命悬在苍天,上留田。今尔叹息,将欲谁怨?上留田。

反映现实比较深刻的,如"悯征戍"的《燕歌行》,"悲行役"的《陌上桑》和《善哉行》("上山采薇"),讽刺贵游子弟的《艳歌何尝行》,在他的作品中都是应列上选的。此外,《杂诗》和《西北有浮云》有浓厚的家乡之思,《芙蓉池作》和《于玄武陂作》充满厌世思想,也都是社会动乱的直接或间接的反映,当然不够健康,现实意义是较差的。

他的诗歌题材较狭,尤其后期作品多带有人生如梦的颓废情绪。即其所写的男女爱情和离别的诗,往往代人言情(如《于清河见挽船士新婚与妻别一首》之类),悬拟空虚,既无社会动乱的影子,又非抒写自己的感情,故均苍白无力,多无足观者。

曹丕在文学发展上的重要贡献有三:

一、领导建安七子和其他邺下文人这个重要文学集团的,形式上是曹操,实际上是曹丕。他和他们"行则同舆,止则接席,酒酣耳热,仰而赋诗",结为知心朋友,以诗文相倡和。他评论诸子的文学,盛道各人的长处,又不匿其所短,品衡允恰,无不心折,自己却又毫无骄傲自满的表示;悼念故友,情词惋恻,真挚动人。凡此种种,都说明他确能以平等的朋友身份鼓励诸子致力于文学创作。

　　二、在诗歌体裁上,他作了很多大胆的尝试,如《燕歌行》两首是文人写作七言诗最早的名作,技巧也相当成熟。《黎阳作》("奉辞讨罪遐征")和《令诗》两篇则为六言诗的尝试。《大墙上蒿行》虽是乐府题,而长达三百六十四字,气魄雄伟,变化多端,短句或少至三言,长句则多至七八言,甚且长到十三言("人生居天壤间忽如飞鸟栖枯枝",也可作"六、七"言两句读),也是创造性的尝试。另一篇《陌上桑》作杂言体,其中"三、三、七"句式,显然有意学习民间歌谣,更是十分有意义的尝试。至于他努力运用通俗语言,有意识地倾向于民歌化,对当时及后世文人影响更是很大的。

　　三、他的《典论·论文》和《与吴质书》对于文学批评有重要的贡献,反对"贵远贱近,向声背实",提出"文气之论",都是极有见解的。

　　曹植(公元192—232年),字子建,曹操之子,曹丕之弟,小于丕五岁。幼有才华,善属文,言出为论,下笔成章。公元211年(建安十六年),建安才子们集于邺下时,他不过二十岁,与文士诗酒流连,极其活跃。曹操几次要立他为太子,后因其"任性而行,不自雕励,饮酒不节",又受到曹丕的谗妒,遂罢。他的少年时代,虽说"生于乱,长于军",对东汉末年的社会大动乱有一些亲身阅历,而自十三岁起(建安九年,公元204年),曹操击败袁绍,取得邺城做根据地,直到二十九岁(建安二十五年,公元220年,同年曹丕称帝,改黄初元年),一直过着贵族公子的生活,所作的诗也多是《公宴》、《斗鸡》、《侍太子座》等没有什么现实意义的作品。而这年,曹操一死,曹丕继位并即称帝,对他始终怀着猜忌,加以打击。丕死叡(魏明帝,公元227年即位)继,仍不断遭到迫害,被剥夺了自由;频繁地迁封,生活不得安定;不许和亲戚往来,"块然独处";不令他干预政事,求自试而不得;派遣小人监国,监察他的行动,随时汇报,视同牢囚;"连遇瘠土",就一个王侯来说,生活较苦,"衣食不继","饥寒备尝"。所以自公元220年以后,他过着忧郁愤懑、有志莫伸的痛苦生活,所作的诗也反映了这种受桎梏的忧患之中的思想、感情。如《赠白马王彪》、《野田黄雀行》等,暴露统治阶级内部互相倾轧的残酷现实,相当真实地表达了作者的思想感情,达到抒情诗一定的高度。自三十岁起,他一直在忧郁危迫中讨生活,"常汲汲无欢",到四十一岁,便发病而死。

　　以操死丕继为界,划分曹植的创作生活历史,二十九岁以前虽有好诗,但比较少,而且仅是从社会事物中客观地反映现实;三十岁以后的诗,多从自己的遭遇来表现自己的思想感情,从而反映了现实,因而好诗便多些,体会也更深刻了。他的存诗在建安诗人中为最多,计现在留下来的不足三百首中,他一人所作就约八十首,将及整个时期文人诗的三分之一,而成就最大,影响也最深。

曹植以其写作实践把五言诗大大提高一步,使五言诗成为可以如意地运用的一种文学体裁,既能用以写景,也能用以抒情,不止于写叙事诗。所以,他是文人五言诗奠基者中的主角,为建安诗人中最卓异的一位。

曹植的《送应氏诗二首》描写当时社会被军阀混战破坏的残败不堪、荒凉已极的景象,流露出他对统治者的愤恨,如第一首:

> 步登北邙阪,遥望洛阳山。洛阳何寂寞,宫室尽烧焚。垣墙皆顿擗,荆棘上参天。不见旧耆老,但睹新少年。侧足无行径,荒畴不复田。游子久不归,不识陌与阡。中野何萧条,千里无人烟。念我平常居,气结不能言。

还有一篇题为《情诗》的,则是反映人民受徭役的限制,不得还乡,呻吟于痛苦生活之中,也都是具有深刻现实性的。

早期作品中的《名都篇》,以繁盛时期的洛阳为背景,暴露都市贵游子弟骄奢淫佚、放纵恣睢,惟以游乐消磨岁月,绝无忧国忧民之心。虽不显加指斥,而批判之意已隐然可见。

在他失意以后,对社会黑暗更加痛恨,对人民疾苦亦更为关心,深表同情,如《喜雨》、《泰山梁甫行》、《门有万里客》等,都是把个人遭遇同人民的忧患联系起来的,表现了他的思想进步处。

《野田黄雀行》意在讽喻,当是他自悲朋友丁仪为曹丕所忌,收之下狱,无力救援而作。诗中表现了他对被难者的同情与侠义心肠。以黄雀为罗家所得,少年拔剑救出,黄雀飞上苍天,来谢少年,隐喻人事,娓娓动听,成为千古名篇。

曹植是一个有热情壮志的诗人,许多诗篇里都表现了这种昂扬的志气与热烈的感情。后期被压抑愈厉害,其希望用世之心也愈强,始终不曾厌弃人生,逃避现实,故越是后期的诗,越多抒写抱负或抒发郁愤之作,也越充满了慷慨之音。如《赠白马王彪》就是一篇交织着哀伤、愤慨、怨悱和恐惧之情的长诗。他于黄初四年与其弟白马王彪俱朝京师,回程欲同行而曹丕不许,故于临别前"是用自剖,与王辞焉,愤而成篇"。全诗七章,自第二章以下,采用了辘轳体的连环句法,"连蝉接萼,回环荡气",更加强了愤懑怨怒的情绪。作者在诗中把他的遭遇和愤怨不加掩饰地直接发泄出来,感情最为激动。

其章法句法很多是从民歌学来的,能够表现出那种揽辔彷徨、茫无所归的心情,同时他也作了热情的自我歌颂,透露其英雄本色,并非彻头彻尾的悲伤沮丧,这也可以说明他的"骨气奇高"、"情兼雅怨"。

他的抒情诗中,也有曲折隐微,用比兴的方法来表现的,《杂诗六首》就是以各种自然事物如孤雁、转蓬及人事现象,如南国佳人、朱颜皓齿之类作为比兴,以倾吐其投闲置散、政治失意的郁结心情和欲报国仇、驰骋万里的豪情壮志。《七哀》《浮萍篇》《种葛篇》,以及最成功的《吁嗟篇》都有很好的比喻,表现了高妙的艺术技巧。

他许多自述怀抱的诗都是以慷慨的笔调抒发苦闷愤激的复杂情感,不是消极的感伤,而是充溢着积极向上的热情壮志的。他的思想中既有对国家安危和民生疾苦的关怀(当然主要是关心曹魏的政权),也有对个人的浮沉、升降、得志与失意问题的焦虑,但总都是积极入世的,不是消极厌世或避世出世的。所以像他后期作品的《鰕䱇篇》,就是自抒其怀王佐之才,慷慨不群的胸臆,以烈士之悲心,讽刺、戤父子之燕安自逸的。他说:"驾言登五岳,然后小陵丘。俯观上路人,势利惟是谋。仇高念皇家,远怀柔九州。抚剑而雷音,猛气纵横浮。泛泊徒嗷嗷,谁知壮士忧!"他的这种精神是贯穿在一切作品中的。甚至在绝望的时候,偶尔发出一些幻想,好像与后世游仙诗相类,但分析起来,有的只是浪漫主义的手法,如《磐石篇》托喻乘桴,要"南极苍梧野,游眄穷九江",而最后却说"仰天长叹息,思想怀故邦",竟与《离骚》最后一段的"忽临睨夫旧乡"是同一笔法。其他如《仙人篇》《游仙》《五游咏》《远游篇》等,托配仙人,与俱游戏,周流天地,无所不到,也不过是极意模仿屈原,以游仙寄情忧患,与《远游》正同。他的这些诗之所以能传之久远,也就因为它们有一定的现实意义。自然,他也有少数诗篇,如《升天行》《平陵东》等确属纯粹的游仙诗,也有像《圣皇篇》《灵芝篇》一类的宫廷祝颂之辞,就不能一概而论,而应该予以批判扬弃了。

曹植志在事功,不欲以翰墨辞赋成名(意见其《与杨德祖书》),但他的诗歌却是有很高成就的。他的一切体裁的诗在内容上都具有一个共同倾向,即勇于吐露自己胸中的郁积和怀抱,抒发性强,开后人专写咏怀诗的道路,同时也成为建安诗歌的重要特点之一。

综上所述,曹植诗的特点是:现实性、抒发性和通俗性(即民歌化)均极强,而这就与他重视并学习里巷讴谣大有关系。他在《与杨德祖书》中说:"夫街谈巷说,必有可采,击辕之歌,有应风雅,匹夫之思,未易轻弃也。"他的写作实践也确是如此做的,如《野田黄雀行》就是。他学习民歌并不完全摹拟其声口,而是经过提炼与艺术加工,使其语言更加清新、洗炼。如《美女篇》显与《陌上桑》"日出东南隅"相似,但他写得更细致,形象更具体,文字更生动,结构更紧凑,不是单纯的学习,而是有所提高。因此,他的诗虽尚质朴,却比同时诸子及以前作者要华茂、富艳得多,可以说是"文采缤纷"了。有时他竟似注意对仗和炼字炼句,如《赠丁廙》说:"秦筝发西气,齐瑟扬东讴。肴来不虚归,觞至反无余。"而《赠丁仪》也有"凝霜依玉除,清风飘飞阁"的丽句。这固然可以增加作品的表现力量,但后人学了,却舍其精神而只取形式,遂导致不良倾向。这诚不应归咎于他,却也不能说跟他的作品风格无关。形式主义者不接受他的现实主义和民歌化的优良传统,只单纯地学了他的字句雕琢,责任是不应由曹植来负的。

曹植诗歌的特征可以代表三曹,也可以代表整个建安诗人。他把两汉辞赋以颂扬鉴戒为主和乐府民歌以叙事纪实为主都变为抒情的,而所抒之情又是由于"世积乱离,风衰俗怨",故"志深而笔长","梗概而多气",既反映了社会丧乱的现实,又表现了作者的积极向上精神;至于其内容、形式、语言、技巧的通俗性和民歌化,也是极显著的,这时虽已开始以文采雅词修饰作品,但基本上仍不失其明白自然的乐府性。

建安七子中,孔融年辈最长,且不属于曹氏父子领导下的邺下文人集团,相反的,他在建安时代还和曹操立于反对地位,并因此遭到曹操杀害。孔融(公元153—208年),字文举,鲁人,孔子二十世孙,其诗现存八首,但多可疑,只有《杂诗》两首和《临终诗》一首,可据以了解其思想志节。《杂诗》第一首云:"吕望老匹夫,苟为因世故;管仲小囚臣,独能建功祚。"盖以自叹其迟暮不遇,而鄙视曹操、袁绍等争霸中原;下边又说"幸托不肖躯,且当猛虎步",也是托猛虎以咏怀。第二首盖系悼其爱子,感情真挚,语颇沉痛,足称佳作。《临终诗》多教诫之辞,比较空泛,但也发出了"谗邪害公正,浮云翳白日"的抗议和"靡辞无忠诚,华繁竟不实"的指斥。这些诗远不如其散文成就大,但也可以看出他是具有强烈的反抗性和战斗性的人物。

其余六人中,王粲成就最大,也最为后世所赞佩。关于他的身世及其赋的成就,已于前篇论述过了,此不复及。他的五言诗成就很高,而《七哀诗》三首,尤为杰出。这诗写他在流亡荆州途中所见到的流离景象。第一首通过一个遭遇苦难的妇女的形象,显示了当时人民生活的痛苦,把自己的命运与整个社会情况融合在一起,从而斥责了制造战祸的统治阶级,并表示了自

己对受难人民的深切同情,最后还流露出他心中沉重的忧国之情。这是他的代表作:

> 西京乱无象,豺虎方遘患。复弃中国去,委身适荆蛮。亲戚对我悲,朋友相追攀。出门无所见,白骨蔽平原。路有饥妇人,抱子弃草间。顾闻号泣声,挥涕独不还。"未知身死处,何能两相完!"驱马弃之去,不忍听此言。南登灞陵岸,回首望长安。悟彼下泉人,喟然伤心肝。

这首诗有事实,有形象,有深厚的情感,血泪交流,极为沉痛。其余两首大约不是同时期作的。第二首可能是久滞荆州以后所作,写思乡怀归之情,与《登楼赋》内容相同。第三首写边地荒寒,人民苦于战争,自己也有"逝将去此,适彼乐土"之意,可能是建安二十年(公元215年)随曹操西平金城时所作,距其卒仅两年。

王粲"博物多识",精意覃思,其作品不免雕琢典赡,稍欠自然,有些丽句如"曲池扬素波,列树敷丹荣","山冈有余映,岩阿增重阴","流波激清响,猴猿临岸吟","凉风撤蒸暑,清云却炎晖",都是描绘刻镂,讲求对仗,与后世律句接近的。故从其造句之工巧来看,如谓建安诸子,特别曹植、王粲已开六朝诗人句琢字磨,力求华赡的风气,是有一定道理的。但不能因此否定王粲的成就。他的作品虽"体弱,不足起其文",然而,"至于所善,古人无以远过"。其诗"方陈思(曹植)不足,比魏文(曹丕)有余"。

陈琳(公元160年左右—217年),字孔璋,广陵(今江苏扬州)人,善作章表,诗仅存四首,而《饮马长城窟行》一篇开唐人讽谕的新乐府的先声,其成就之大,可与建安诗歌中王粲《七哀诗》媲美:

> 饮马长城窟,水寒伤马骨。往谓长城吏:"慎莫稽留太原卒!""官作自有程,举筑谐汝声!""男儿宁当格斗死,何能怫郁筑长城!"长城何连连,连连三千里。边城多健少,内舍多寡妇。作书与内舍:"便嫁莫留住! 善待新姑嫜,时时念我故夫子。"报书往边地:"君今出语一何鄙!""身在祸难中,何为稽留他家子? 生男慎莫举,生女哺用脯。君独不见长城下,死人骸骨相撑拄?""结发行事君,慊慊心意关。明知边地苦,贱妾何能久自全!"

通过一个被迫修筑长城的男子的怨愤,用与其妻书信往还的对话方式表达夫妇生死别离之情,反映人民在战乱中因长期徭役造成妻离子散的悲惨境遇,对统治者提出了血泪交流的控诉与抗议。这诗写得多么深刻,多么沉痛! 其思想内容又多么现实! 就连这五七言错综运用的格调也是极其苍凉,适于它的题材的。

刘桢(? —217 年),字公幹,东平(今山东泰安附近)人。在建安七子中,特以诗见称,曹丕《又与吴质书》说:"其五言诗之善者,妙绝时人。"钟嵘《诗品》评他:"仗气爱奇,动多振绝,真骨凌霜,高风跨俗",谓"自陈思已下,桢称独步。"他现存诗十五首,很少反映现实。惟《赠五官中郎将四首》中第三首有些慷慨之气,《赠从弟三首》颇具风骨,其余思想性均不强,无甚足取。他的诗写景轻俏秀丽,已开山水景物诗之端,如《公宴诗》的"月出照园中,珍木郁苍苍。清川过石渠,流波为鱼防。芙蓉散其华,菡萏溢金塘";又如《赠徐幹》的"细柳夹道生,方塘含清源。轻叶随风转,飞鸟何翻翻"等句都是。

徐幹(公元 170—217 年),字伟长,北海(今山东乐昌附近)人。长于论议,所为《中论》二十余篇,成一家之言,今存,为荀悦《申鉴》以后的政论名作。诗仅存九首,其中六首为《室思》,写男女别离后的闺思,并无新意,而风格韵味,颇有似《古诗十九首》处,惟已露雕饰之痕了。

阮瑀(? —212 年),字元瑜,陈留(今河南开封附近)人。与陈琳同为擅长作军国书檄者。其诗今存十二首,除咏孤儿的《驾出北郭门行》一篇思想内容较深刻,有汉乐府遗音外,其余恰如钟嵘所评"平典不失古体"。即此一首虽以孤儿口吻描述母死后为后母虐待的惨状,也很真实动人,但直白道出,了无余蕴,不容读者再加思索,更不能深入隐曲,力量就比汉乐府《孤儿行》、《妇病行》差得远了。

应玚(? —217 年),字德琏,汝南人。长于章、表、书记,诗仅存九首。惟两首《别诗》还清畅,其余便不足观。

七子以外的建安诗人,还有繁钦(? —218 年),字休伯,颖川(今河南禹县)人,以五言六十四句的长篇《定情诗》知名。这篇学民间歌谣,颇有似处,但无"梗概之气",缺乏建安风骨。其余若邯郸淳、路粹、丁仪、丁廙、杨修、荀纬、吴质诸人,或存诗不多,或时代较迟,不再叙列。

建安时期的文学与前代不同,刘师培提出四点:"书檄之文,骈词以张势,一也;论说之文,渐事校练名理,二也;奏疏之文,质直而屏华,三也;诗赋之文,益事华靡,多慷慨之音,四也。"第四点是建安文学特别在诗歌方面的最主要的特征,也是使这时期文学成为文学史中突出繁荣时期的重要因素。本期文学对后世影响很大,有好的一面,如继承《三百篇》至汉乐府的现实主义精神,学习民间文学的语言艺术风格,而有所发展与提高。也有不好的一面,即从这时期起,文人诗歌开始着意于修辞、炼句,渐趋华赡,为六朝文学讲求形式流于浮艳作了不好的开端。而就本阶段文学成就看,却是非常辉煌的。

第二节　阮籍、嵇康和正始诗人

建安以后,文学有了变化,主要表现在文人的思想渐趋消极,逃世厌世,作品主题亦多玄言、游仙,不及现实,感伤情重,宗旨遥深,无复建安时代坦率简直的慷慨之音了。自魏废帝(齐王曹芳)正始(240—249)年间起,直到魏末晋初的易代之际(公元265年,司马炎篡魏建立晋王朝),政治实权已由曹氏转移到司马氏手中,统治阶级内部矛盾激化,斗争剧烈。司马氏为了削弱拥曹力量,对士族采取了威胁、镇压、恐怖、杀戮的手段;文人希图苟全性命,不敢反抗,而精神上又无所寄托,乃多趋于老庄的消极出世,于是争言名理,而玄谈之风遂盛,相应的便趋于放纵任诞,打破了传统的礼教观念。诗人意气消沉,其作品往往表现了颓废纵欲的消极浪漫主义倾向。间有少数思想比较积极的作家,也要晦迹韬光,不敢大胆暴露现实,只得以隐约深微的笔调表达一些沉郁苦闷的衷怀。玄学对于文学虽有很坏的影响,但把文人学士从儒家的封建礼教中解放出来,使思想渐趋自由,却是好的一方面。

继建安以后,经过延续建安文学的魏初二十年,下来这一阶段便成为正始文学。正始文学可分为两派:一派是王弼、何晏,以清峻简约为尚,承前期孔融、王粲之遗绪,近于名家和法家;另一派是阮籍、嵇康、竹林诸贤,以壮丽骋辞为尚。但两派都趋于名理,阐发道家的思想。这时文学的主要成就还在诗歌。何晏等比较浮浅,惟嵇、阮等为一代诗宗,故为正始文学的代表。

阮籍(公元210—263年),字嗣宗,陈留尉氏(今河南开封附近)人,阮瑀之子。他在正始竹林诸贤中,是写五言诗最多而最有成就的。有集十三卷,存诗八十余首。其中惟以五言的《咏怀》八十二首,特为世重。《晋书》本传说他:"博览群籍,尤好庄、老。嗜酒、能啸、善弹琴……本有济世志,属魏晋之际,天下多故,名士少有全者,籍由是不与世事,遂酣饮为常。"可见他本是一个有正义感的知识分子,原来也有积极的济世之愿,并非徒欲"自绝于富贵",只因他既不肯向残酷的统治者屈辱投降,又不敢对他们作正面的反抗,不得已才采取消极遁世、放纵自恣的生活态度,作另一种形式的对抗。在《大人先生传》里,他说古者"无君而庶物定,无臣而万事理",根本否定了统治阶级存在的必要;说他们"坐制礼法,束缚下民",又根本否定了礼教存在的理由,他要推翻它,所以便说:"礼岂为我设邪?"

《咏怀》八十二首虽非一时之作,只能一首作一首读,不必于其中求章法贯穿,但既是集纳生平所为诗,题之为"咏怀",亦自应视为写同一主题的组诗,而认识其所写的"忧生之嗟",不应以"厥旨渊放,归趣难求",便认为"反复凌乱,兴寄无端","文多隐蔽","难以情测"。

这一组诗的中心内容乃是诗人处于这个低沉时代内心苦闷的反映。阮籍对当时社会的黑暗,对统治者的腐朽、荒淫、残暴,心中怀着极大的愤慨,但无力改变现实,虽有许多的话要说,却不能正面地痛快地说,所以衷心郁结,彷徨无主。在忍不住而不得不说时,便写出这样"恍诡不羁"的感慨之词,无论形式与内容都表现了苦闷与压抑的结果。有两首写这种情绪最为露骨:

> 一日复一夕,一夕复一朝。颜色改平常,精神自损消。胸中怀汤火,变化故相招。万事无穷极,知谋苦不饶。但恐须臾间,魂气随风飘。终身履薄冰,谁知我心焦!(其三十三)

> 一日复一朝,一昏复一晨。容色改平常,精神自飘沦。临觞多哀楚,思我故时人。对酒不能言,凄怆怀酸辛。愿耕东皋阳,谁与守其真?愁苦在一时,高行伤微身。曲直何所为,龙蛇为我邻。

(其三十四)

《咏怀》里,不满现实,痛加指斥的地方很多,或以物喻志,或借古讽今,有时语言激切,用意至明。如第六首说:"膏火自煎熬,多财为患害。布衣可终身,宠禄岂足赖!"第二十首说:"萧索人所悲,祸衅不可辞。赵女媚中山,谦柔愈见欺。嗟嗟涂上士,何用自保持!"第三十一首说:"驾言发魏都,南向望吹台。箫管有遗音,梁王安在哉?战士食糟糠,贤者处蒿莱。歌舞曲未终,秦兵已复来。夹林非吾有,朱宫生尘埃。军败华阳下,身竟为土灰!"因为表面上是咏史,不怕忌讳,所以写得非常切直,并不隐晦。其第六十七首刻画那些"泥礼以文其伪"的势利小人,淋漓尽致,丑态毕露,极尽讽刺之能事:

> 洪生资制度,被服正有常。尊卑设次序,事物齐纪纲。容饰整

颜色,磬折执圭璋。堂上置玄酒,室中盛稻粱。外厉贞素谈,户内
灭芬芳。放口从衷出,复说道义方。委曲周旋仪,姿态愁我肠。

这岂不与《大人先生传》里所描摹的"君子"是同一副容貌形状吗?那里所说
的"君子",就是"服有常色,貌有常则,言有常度,行有常式,立则磬折,拱若
抱鼓,动静有节,趋步商羽,进退周旋,咸有规矩";"诵周孔之遗训,叹唐虞
之道德,唯法是修,唯礼是克,手执珪璧,足履绳墨"。阮籍正是反对这一套
口说道义,委曲周旋于虚伪礼仪的世俗之教的,他所企羡的真正"大人"者,
"乃与造物同体,天地并生,逍遥浮世,与道俱成,变化散聚,不常其形","非
世俗之所及"的。

　　阮籍感到外边世界空虚寂寞,使他"忧思独伤心"。第十七首写这种时
代感非常形象:

独坐空堂上,谁可与欢(一作"亲")者? 出门临永路,不见行车
马。登高望九州,悠悠分旷野。孤鸟西北飞,离兽东南下。日暮思
亲友,晤言用自写。

他理想中的"西方佳人",虽"皎若白日光",然而"飘摇恍惚中","悦怿未交
接",故特为感伤。

　　他原来也很有用世之志,少年慷慨不羁,不但"轻薄好弦歌"(其五),而
且学得有击剑妙技,可惜竟无所用,于是"念我平常时,悔恨从此生"(其六十
一)。那时他所敬仰的人物是如其第三十九首所写的:

壮士何慷慨,志欲威八荒。驱车远行役,受命念自忘。良弓挟
乌号,明甲有精光。临难不顾生,身死魂飞扬。岂为全躯士,效命
争战场。忠为百世荣,义使令名彰。垂声谢后世,气节故有常。

然而,"生命辰安在,忧戚涕沾襟"(其四十七),"天时有否泰,人事多盈冲"
(其四十二),虽能美始,鲜克厥终。觉得"天网弥四野,六翮掩不舒",而那些
世俗之人"随波纷纶","泛若凫鸥",真看不惯,也受不了。但处在这"生命无
期度,朝夕有不虞"的时代,还有什么"荣名足宝"、"声色足娱"(其四十一)?
人世的一切既不能使诗人摆脱现实的苦闷,便只有幻想虚无缥缈的神仙世
界:"顾谢西王母,吾将从此逝"(其五十八),"愿登太华山,上与松子游"(其
三十二),以为"谁言万事艰,逍遥可终生"(其三十六)。然而,他自己也明知
这种幻想是不现实的,所以说"逼此良可惑,令我久踟蹰"(其四十一),于是

就产生了严重的消极颓废思想，认为"贵贱在天命，穷达自有时"（其五十六），"自然有成理，生死道无常"（其五十三），便决心"去置世上事"（其七十三），不以此自忧，多生烦恼。

阮籍在那种黑暗统治与严酷迫害之下，始终不肯同流合污，不肯与统治者妥协，这是值得赞扬的。他在诗里用比较隐晦的手法暴露了现实，表示了谴责和反抗的意旨，也是有积极意义与现实意义的。但他因此而走上消极的逃避、隐遁、出世、颓废，醉酒佯狂，放纵自全之路，诗歌中也充满了消极颓废的词句，正面揭露现实的地方就不多了，有的不只是现实性不强，而且带有较严重的虚无主义色彩，甚至宣传宿命论的观点和超尘出世的唯心主义思想，那是必须分清予以抛弃的。

从阮籍起，文人便常用这种过于隐晦的谜语式的手法写自己的思想感情，而妄自附会于比兴，于是大量出现了一些"咏怀"、"感怀"之类的诗。实际上作者未必真的有什么必须隐蔽的愤世之感要求他这样写，而是故示深曲，令人莫测"高深"，遂远离了《诗经》、《楚辞》以及汉乐府的现实主义传统。这虽不能由阮籍负责，但他的诗所给予后世的客观影响却不可否认。他也有些格言式的诗，抽象地说教，没有多少价值，也是不好的。此外，他的《咏怀》把建安诗人所保存的民歌化特点（包括语言与风格）都完全排除掉了，于是五言诗便从他的手里变成纯然的文人诗了。

嵇康（公元223—262年），字叔夜，谯郡铚（今安徽宿县）人。他博览赅通，好老庄，弹琴咏诗，自足于怀。性刚强，不肯随俗浮沉，往往直接与统治阶级人物对抗，以是为司马氏集团所忌恨，在四十岁时便被人谮陷而遭遇杀害。他有集十五卷，今已散佚不全，诗尚存五十三首，其中《秋胡行》七首实是一篇七解的乐府诗。余四十六首，除骚体的《思亲》外，计六言杂体和五言诗各十首，四言诗二十五首。正始诗人中，只有他可与阮籍并列。他的五言诗不多，影响也不及阮籍大，但其人的反抗性远过于阮。诗旨清峻，文辞壮丽，对统治者作了明显的讽刺，对虚伪礼法作了更露骨的攻击。《述志》二首集中地表现了他的观点，说："悠悠非吾匹，畴肯应俗宜。殊类难遍周，鄙议纷流离。轗轲丁悔吝，雅志不得施。……逝将离群侣，杖策追洪崖。焦鹏振六翮，罗者安所羁？浮游太清中，更求新相知。"他还把当权者比作"斥鷃"而自视为"神凤"，把那些人拟为"蝤蛑"，而自居于"神龟"，又是何等的高傲！《忧愤诗》是他遭到陷害系狱时所作，尤为峻切悲怆，虽是四言，却不失为具有真情实感动人心魄的好诗。他也有"托谕清远"，"未失高流"的诗句，如

"风驰电逝,蹑景追风,凌厉中原,顾盼生姿……目送归鸿,手挥五弦,俯仰自得,游心太玄"(《赠兄秀才入军》);如"飘摇戏玄圃,黄老路相逢"(《游仙》)等都是,但其激愤之情,仍然溢于言外。

稽康诗也受过当时士族文人"玄言"、"游仙"等逃避现实的思想影响,如《与阮德如》中所写的"荣名秽人身,高位多灾患,未若捐外累,肆志养浩然",还是有为而发,至若"长与俗人别"(《游仙》)、"逍遥游太和"(《郭遐叔赠四首》)、"轻举求吾师"(《述志》)之类,消极出世思想极浓,在他的诗中,随处可见。还有表示要皈依自然,以减少政治压迫所给予他的苦痛的,如"冲静得自然,荣华安足为"(《述志》),"黄老路相逢,授我自然道"(《游仙》),实为陶渊明"复得返自然"的诗意的先导。而其《酒会》的描述也给陶渊明《饮酒》诸篇以很大启示。

稽康的论文恐怕比他的诗还重要些。其文研求名理,文词壮丽。析理绵密,近于孔融;而长于辩难,文如剥茧,无不尽之意,又阮籍之所不及。他的《与山涛绝交书》和《养生论》都是思想性和斗争性很强的。尤其《绝交书》对封建黑暗势力大加抨击,而对托身礼教屈己求仕的人更作了无情的讽刺,表现了极强烈的不妥协精神。他说自己"每非汤武而薄周孔",更是直接对司马氏的攻击。至其《难宅无吉凶摄生论》、《张辽叔自然好学论》等篇,批判传统思想,见解精辟,辩证有力,在魏晋之间可谓绝无仅有之作。

当时名列"竹林七贤"的,除阮籍、稽康外,有河内山涛(字巨源),河南向秀,籍兄子咸,琅琊王戎,沛人刘伶,大约均非诗人(只刘伶尚存一首《北芒客舍诗》),即在整个正始时期,也再找不出值得一提的诗人。康兄稽喜,友人阮侃(字德如),郭遐周、遐叔兄弟诗亦不多。正始名士领袖何晏(字平叔),以谈玄著名,存诗二首,都非高明作品,与其文名殊不相称。

第三节　左思、刘琨、郭璞和太康、永嘉诗人

晋自司马炎灭魏统一后,中国有一个短暂的比较安定的时期,一般士族文人便集中精力,歌颂统一,粉饰太平。诗歌也追求辞藻声律之美,走向公式化。不过五十一年而西晋已亡(公元 265—316 年)。迁都建康,偏安江左之后,局面更加混乱,也只苟延残喘了一百零三年(公元 317—420 年),又为刘裕所灭。自西晋末年,外患日亟,反映在文学上就产生两种倾向:一种是面

对现实,以悲凉凄厉的情调写出时代的风貌和人民的感情;另一种是处于政治上严重的压迫下,不敢正面反映现实,便采取隐蔽的表现方法,以招隐、游仙、山水等题材,对政治作侧面的讽谕。后来,遂有专门写玄言诗以逃避现实者,走向了反现实主义的道路上,而这种风气遂弥漫于整个东晋一代。

西晋前期轰动文坛的诗人,如三张(载、协、亢)、二陆(机、云)、两潘(岳、尼)、一左(思),都在晋武帝(司马炎)太康(公元 280—289 年)前后,世称"太康诗人"。后期主要诗人有刘琨、卢谌、郭璞等,大抵活跃于晋怀帝(司马炽)永嘉(公元 307—312 年)前后,世称"永嘉诗人"。太康、永嘉两时期实已代表西晋一代;太康以左思为首,永嘉则刘琨、郭璞并为杰出,其余诸子就不免渐趋形式主义了。

左思(大约公元 250 年前后—305 年前后),字太冲,齐国临淄(今山东临淄县)人。以辞藻壮丽的《三都赋》享盛名。而真正有文学价值的,却是他仅存的十四首诗中的八首《咏史》。其借古抒怀,有浪漫情绪,有英雄气概,格调豪迈,语言精切,有比喻,有形象,揭露现实,深刻痛快。他继承了建安的风力,以明朗而形象的壮丽诗句写出坚强而高亢的斗争精神。第一首自叙生平,兼抒抱负:

> 弱冠弄柔翰,卓荦观群书。著论准《过秦》,作赋拟《子虚》。边城苦鸣镝,羽檄飞京都。虽非甲胄士,畴昔览穰苴。长啸激清风,志若无东吴。铅刀贵一割,梦想骋良图。左眄澄江湘,右盼定羌胡。功成不受爵,长揖归田庐。

他具有杀敌卫国的雄心壮志,慷慨之情,豪放之气,比建安诗人又有过之,自尤非阮籍《咏怀》所能及。第二首揭露封建等级制度的不合理,力加抨击:

> 郁郁涧底松,离离山上苗。以彼径寸茎,荫此百尺条。世胄蹑高位,英俊沉下僚。地势使之然,由来非一朝。金张藉旧业,七叶珥汉貂。冯公岂不伟,白首不见招。

他对于当时的士族门阀制度极表不满,第七首末尾说:"英雄有迍遭,由来自古昔,何世无奇材,遗之在草泽。"与此相似。第三首敬慕段干木、鲁仲连的"功成不受赏,高节卓不群",也与第一首的"功成不受爵,长揖归田庐"一致。第五首结局"振衣千仞冈,濯足万里流",写出自己的高洁,成为千古名句。从总的倾向看,《咏史》是具有深广的社会意义的,但他还不能完全摆脱魏晋间文人的消极情绪,如最后一首有感于"落落穷巷士,抱影守空庐"的种种困境,而古来苏秦、李斯之徒虽然"俛仰生荣华",却又"咄嗟复凋枯",因此便归结到"饮河期满腹,贵足不顾余;巢林栖一枝,可为达士模",正说出其第五首所提的"被褐出阊阖,高步追许由"的避世心理。

他还有一首五言长篇《娇女诗》(56 句,280 字),其内容、结构、语言、风格都显示出是学习民歌的。这诗文字通俗,笔调极有风趣,塑造的两个娇女形象也生动活泼,非常天真。作者用诙谐的语言,刻画人物生活细节,突出小女的娇态,手法高妙,在此骈俪渐盛的时代是可贵的,而其诗风能避免雕饰,力求通俗,则尤为难得。试与这时的陆机、潘岳等着意于形式之美的著名作家相比,便可看出高下了。

陆机(公元 261—303 年),字士衡,吴郡(今上海松江)人。太康末与弟云(字士龙)俱入洛,有文名,时称二陆或二俊。为平原内史,值八王之乱,被谮遇害。他才高词赡,举体华美,作品的主要缺点在过于繁缛,"意欲逞博,而胸少慧珠,笔又不足以举之,遂开出排偶一家"。梁陈诗人专工对仗,实渊源于他。现存诗一百零四首,虽咀嚼英华,弘丽妍赡,但思想内容极贫乏,没有什么社会意义。《赴洛》二首及《赴洛道中作》二首,算是他的佳作,也仅写其初离家乡在征途中思亲之情,意境寻常,并不深刻,而文词故求渊雅,以排偶对仗为工,如"靖端肃有命,假楫越江潭","南望泣玄渚,北迈涉长林。谷风拂修薄,油云翳高岑。薆薆孤兽骋,嘤嘤思鸟吟","永叹遵北渚,遗思结南津","山泽纷纡余,林薄杳阡眠","振策陟崇丘,安辔遵平莽。夕息抱影寐,朝徂衔思往",骈词俪句,到处堆砌。他又有拟乐府古诗十四首,也是追求华美的形式,与汉乐府新鲜、通俗、活泼、自然,反映现实者毫无相同之处,只为后世开创了模拟的风气罢了。

陆机较好的诗首推《猛虎行》,开首数语即有古乐府遗意:"渴不饮盗泉水,热不息恶木阴。恶木岂无枝?志士多苦心。"但中间也还用了五六个对偶句,并显出雕琢痕迹。《为顾彦先赠妇》两首,一赠一答,也别具风格,可惜集里类此者不多。他名气虽大,作品实不甚高,只是在写作技巧上给后人提供了典范,但也把不善学者引上形式主义、唯美主义的路子,造成不良影响。这与他对诗的见解是分不开的,他在其有名的文艺批评理论著作《文赋》里说过"诗缘情而绮靡",这种看法本身就"殊非诗人之旨"(沈德潜语)。

潘岳(公元 247—300 年),字安仁,荥阳中牟(今河南中牟县)人。有集十卷,存诗十八首,主要是抒个人之情的,而《悼亡》三首最有名。悼念亡妻,感情真挚,形象鲜明,语言还生动,如第一首云:"望庐思其人,入室想所历。

帏屏无仿佛,翰墨有余迹,流芳未及歇,遗挂犹在壁。"第二首云:"凛凛凉风升,始觉夏衾单。岂曰无重纩,谁与同岁寒?岁寒无与同,朗月何胧胧!展转盼枕席,长簟竟床空。床空委清尘,室虚来悲风。"这都是比较感人的。存诗十八首中仅十二首是五言诗,余六首为四言。他的诗与陆机齐名,而且风格也一样,"注意辞藻","烂若舒锦",当时就有人比之于"翔禽之羽毛,衣被之绡縠"。钟嵘《诗品》均列之于上品,说"陆才如海,潘才如江",其为论者所重,可知。

张华(公元232—300年),字茂先,极有才名,为太康诗人的领袖,今存诗三十二首。钟嵘评曰:"其体华艳,兴托不奇,巧用文字,务为妍冶。虽名高曩代,而疏亮之士,犹恨其儿女情多,风云气少。"谢灵运说他"虽复千篇,犹一体耳",正为内容贫乏,只在辞采上下工夫罢了。

此外,"三张"中的张载(字孟阳),存诗十五首。《七哀》刻画汉陵的荒凉,指出统治者强夺人民的珍奇物品为殉葬之用,而今变为放牧之场,含有讽谕作用。张协,字景阳,存诗十三首。其中十一首杂诗写景抒情都比较好,"文体华净,少病累,又巧构形似之言"。如第一首:

> 秋夜凉风起,清气荡暄浊。蜻蛚吟阶下,飞蛾拂明烛。君子从远役,佳人守茕独。离居几何时?钻燧忽改木。房栊无行踪,庭草萋以绿。青苔依空墙,蜘蛛网四屋。感物多所怀,沉忧结心曲。

情景交融,"词采葱蒨,音韵铿锵,使人味之亹亹不倦",高于陆机、潘岳。但其他各首虽描写景物,亦能得其形似,但绮靡工细,颇见雕琢,显示他炼字琢句的艺术特点,开刘宋时代鲍照的诗风之先。在西晋前期诗人中他仅次于左思,而远高于张华、潘岳、陆机。

西晋后期所谓"永嘉诗人"的文学活动时期大约较左思迟二十年,主要作家为具有爱国思想、发慷慨悲凉之声的刘琨和以写游仙诗而"无列仙之趣"著名的郭璞。刘、郭崛起于逃避现实、大作玄言诗的文坛衰微之时,可谓豪杰之士。但自西晋末期到东晋初期,他们是比较孤单的,势力不大,而且后继无人,所以为时不久,玄风复炽。到东晋的几十年间,诗坛上竟有如漫漫长夜,毫无生气,直到晋、宋易代之际,才出现陶渊明,成为建安以后到陈、隋间四百年文学史上一颗明星。因此,"永嘉诗人"既代表西晋后期,也代表东晋初期,甚至不得不把永嘉诗风一脉之传直延到东晋末年,好接上晋、宋易代的陶渊明。

　　刘琨(公元 271—318 年),字越石,中山魏昌(今河北无极县东北)人。永嘉初(公元 307 年),为并州刺史。时晋室内乱外患都很严重,他在国破家亡、亲友凋残的情况下,百忧俱至,哀愤两集,兼以长期驻守北方边疆与异族进行残酷的斗争,更激发他的爱国热情,所以便写出了一些具有"清拔之气"的"凄戾之词",反映了这个时代的民族精神。他的诗现在仅存《答卢谌》(四言八章)、《重赠卢谌》(五言)和《扶风歌》(五言乐府)等三篇。但是"英雄失路,万绪悲凉,故其诗随笔倾吐,哀音无次",故存诗虽少,犹可从中见其人与作品的思想风格。他的诗写国家民族的危机,洞见本源,而抒发自己救亡济时之诚,尤为深至。如:

　　　……横厉纠纷,群妖竞逐。火燎神州,洪流华域。彼黍离离,彼稷育育。哀我皇晋,痛心在目!
　　　……逆有全邑,义无完都;英蕊夏落,毒卉冬敷。(以上《答卢谌》)

　　　功业未及建,夕阳忽西流。时哉不我与,去乎若云浮。朱实陨劲风,繁英落素秋。狭路倾华盖,骇驷摧双辀。何意百炼钢,化为绕指柔!(《重赠卢谌》)

他的《扶风歌》"托意非常,摅畅幽愤",尤为悲凉酸楚,故不仅风格雄峻,感情尤为深厚。其诗云:

　　　朝发广莫门,暮宿丹水山。左手弯繁弱,右手挥龙渊。顾瞻望宫阙,俯仰御飞轩。据鞍长叹息,泪下如流泉。系马长松下,发鞍高岳头。烈烈悲风起,冷冷涧水流。挥手长相谢,哽咽不能言。浮云为我结,归鸟为我旋。去家日已远,安知存与亡!慷慨穷林中,抱膝独摧藏。麋鹿游我前,猿猴戏我侧。资粮既乏尽,薇蕨安可食!揽辔命徒侣,吟啸绝岩中。君子道微矣,夫子故有穷。惟昔李骞期,寄在匈奴庭。忠信反获罪,汉武不见明。我欲竟此曲,此曲悲且长。弃置勿重陈,重陈令心伤!

　　郭璞(公元 276—324 年),字景纯,河东闻喜(今山西闻喜县)人。晋元帝司马睿时,璞曾为著作郎及尚书郎。明帝司马绍太宁元年(公元 323 年),王敦引为记室参军,后因劝阻敦谋乱,触怒被杀。他好经术,博学高才,著作甚多。其诗今存二十二首,《游仙》十四首为其五言诗的代表。他借游仙为题,作感愤之词,故多慷慨而"乖远玄宗",与过去诗人的"游仙诗"实咏仙人

者不同,盖是"坎壈咏怀,非列仙之趣也"(钟嵘语)。如第一首:

> 京华游侠窟,山林隐遁栖。朱门何足荣,未若托蓬莱。临源挹
> 清波,陵冈掇丹荑。灵谿可潜盘,安事登云梯。漆园有傲吏,莱氏
> 有逸妻。进则保龙见,退为触藩羝。高蹈风尘外,长揖谢夷齐。

这里乃是说他蔑视京华朱门的富贵,否定了仕途,流露出对现实的不满,而向往于神仙境界。但他知道那只是幻想,不可能成为现实,所以说"虽欲腾丹溪,云螭非我驾"。而人生有限,转瞬即逝,不免伤叹。"抚心独悲咤","零泪缘缨流",所感伤的则是"悲此妙龄逝"。他的诗诚少列仙之趣,与一般玄言亦大不相同,但慷慨之音也并不很浓,而且主要不是反映现实,只是幻想自己远祸延年而已。在当时玄风大盛的时代条件下,他的诗总算比较挺拔特出的,为永嘉诗人之冠。东晋以后,诗人更溺于玄风,反现实主义的玄言诗成为诗坛的一股逆流,而以孙绰、许询为代表。诚所谓"诗必柱下之旨归,赋乃漆园之义疏",以老庄哲学写诗歌,还能有什么诗味?更谈不到反映现实了。

第四节　陶渊明、鲍照、庾信和南北朝其他诗人

东晋一代流行玄言诗,到刘宋之世,便有谢灵运、颜延之等追求富艳的辞藻,错采镂金,雕缋满眼。或讲究对偶,或充塞玄言,或描写山水,但多是缺乏思想内容,少真实情感的形式主义作品。齐永明间(公元 483—493 年),沈约、周颙创声病之说,谢朓、王融颇得其意,创为永明体,其诗乃有山水芙蓉之美。至其末流,往往推波助澜,务为精密,遂使文多拘忌,伤其真美。梁陈文人,又群趋于色情的宫体,则每况愈下,堕落极矣。

但与此相反,也有走另一条道路的,那便是在晋、宋易代之际出现的爱自由、有理想的大诗人陶渊明。他以田园景物为生活背景,抒写自己的思想感情,透露其对现实社会的不满。继陶之后,又出现了充满愤愤不平之气的鲍照。他们都是继承《三百篇》以来的现实主义传统的。虽其作品都还杂有一定的消极因素应予扬弃,但在诗坛长期颓靡之际能发散出一股清新气息,放射出一道朝霞似的光彩,毕竟是十分可贵的。

　　陶渊明(公元 365—427 年,即晋哀帝司马丕兴宁三年——宋文帝刘义隆元嘉四年),字元亮,东晋末入宋改名潜,浔阳(今江西九江市)柴桑里人。他可能是晋爱国名将大司马陶侃的曾孙,或其同族。祖父茂,曾做武昌太守。父亲不知名,性恬淡,也做过官,是个风云人物,但不以仕宦为意。他的母亲是征西大将军长史孟嘉的女儿。孟嘉为人"任怀得意,融然远寄,旁若无人"。从这些情况看,他的个性大约是受了家庭环境的熏染而逐渐形成的。他本是从没落的士族阶层出身的,但"少孤贫",故成为寒士的代表来反对那个以门阀为基础的士族。他的少年时代,"耕植不足以自给",壮年因"亲老家贫,起为州祭酒,不堪吏职,少日,自解归。州召主簿,不就。躬耕自资,遂抱羸疾"。后为镇军、建威参军。晋安帝(司马德宗)义熙元年(公元 405 年)八月,为彭泽令,至十一月,仅八十几天,又自免去职。从此不再做官,直到老死。

　　他少年时代本怀着建功立业的宏愿。《杂诗》说:"忆我少壮时,无乐自欣豫。猛志逸四海,骞翮思远翥。"《拟古》也说:"少时壮且厉,抚剑独行游。谁言行游近,张掖至幽州。饥食首阳薇,渴饮易水流。"可见他早岁有志四海,还是慷慨不群的。而年岁既壮,鉴于"有志不获聘",乃心"怀悲戚",遂"多忧虑",而"眷眷往昔时"(以上《杂诗》),"猛志固常在"(《读山海经》),并非早有出世绝尘之想的。"自真风告逝,大伪斯兴,闾阎懈廉退之节,市朝驱易进之心。怀正志道之士,或潜玉于当年,洁己清操之人,或没世以徒勤。"(《感士不遇赋》)感伤之余,才"欣然而归止","谢良价于朝市"。可见他之归隐,是与那些谈玄说道,避世逃禅,专崇佛老,自鸣清高的虚伪士大夫文人不同的。他是从自己的亲身体会而深刻地认识了当时政治社会的本质,在思想中产生了强烈的厌恶和反感,才决定摆脱政治生活,另找寄托的。他虽退出仕途,却并不想脱离人世,还要"结庐在人境"(《饮酒》),"守拙归园田"(《归园田居》)。

　　他在未出仕前,就参加过农业生产劳动,如《杂诗》所说:"代耕本非望,所业在田桑,躬亲未曾替,寒馁常糟糠。"他连"饱粳粮"和"足大布"的愿望,也"正尔不能得",所以才去做了小官。正因"畴昔苦长饥"才"投耒去学仕"(《饮酒》),而做了彭泽令之后,又觉"违己交病","于是怅然慷慨,深愧平生之志"(《归去来兮辞序》),"遂尽介然分,终死归田里"(《饮酒》)。归田以后,还要参加生产劳动解决自己的生活问题,坚决不与统治者合作,这是经过艰苦的思想斗争和实际锻炼才做到的。《庚戌岁九月中于西田获早稻》一诗说明了这个:

> 人生归有道，衣食固其端。孰是都不营，而以求自安？开春理常业，岁功聊可观。晨出肆微勤，日入负未还。山中饶霜露，风气亦先寒。田家岂不苦，弗获辞此难。四体诚乃疲，庶无异患干。盥濯息簷下，斗酒散襟颜。遥遥沮溺心，千载乃相关。但愿长如此，躬耕非所叹。

他通过实际耕作，思想感情能在一定程度上与农民交融，打成一片，至少是缩短了其间的距离。这对于他之能够成为一个真正的田园诗人有极大作用。

陶渊明的生活一直是比较艰苦的，《五柳先生传》说："环堵萧然，不蔽风日，短褐穿结，箪瓢屡空。"《有会而作》说："弱年逢家乏，老至更长饥。菽麦实所羡，孰敢慕甘肥！"大约都是实录，有如这篇诗的"序"上所写的："朝夕所资，烟火裁通；旬日以来，始念饥乏。"看他的《乞食》，便知绝非虚伪："饥来驱我去，不知竟何之。行行至斯里，叩门拙言辞。"他坚持过这种生活，认为"固穷夙所归"，穷而不滥，高于其他晋宋人物远甚。

陶渊明对于农业生产劳动有比较正确的认识，也肯定了劳动是应当的、高尚的，说："人生归有道，衣食固其端"；"衣食当须纪，力耕不吾欺"；"遥遥沮溺心，千载乃相关。"感到劳动的快乐，歌唱他所体验到的农家生活中的喜悦和艰苦，如"田畴交远风，良苗亦怀新。虽未量事功，即事多所欣"和"山中饶霜露，风气亦先寒。田家岂不苦，弗获辞此难"。因此，他的田园诗毕竟是现实的，富于人民性的。

他的思想基本上是以儒为宗的，但也与老庄哲学有一定的关系。他吸收了儒家修身济世和安贫乐道的精神。《癸卯岁始春怀古田舍二首》用了很多《论语》的故事和孔子的话以及某些道理，但并没有牢守孔子的语言和观点。他有些作品表现了委运任化、顺随自然的思想，与道家的黄老哲学有关，如"人生似幻化，终当归空无"（《归园田居》），"万化相寻绎，人生岂不劳！从古皆有没，念之中心焦。何以称我情？浊酒且自陶。千载非所知，聊以永今朝"（《己酉岁九月九日》）。《形、影、神》的《神释》说得更明白："甚念伤吾生，正宜委运去。纵浪大化中，不喜亦不惧；应尽便须尽，无复独多虑！"这些当然是消极因素，与道家思想有关；而在实际生活方面，归田园以后，毕竟没有少壮时期的英风豪气了。

他同情贫贱，表现在《咏贫士》诸作；他讽刺富贵，因为那是朱门世族用以自豪的生活。这在《感士不遇赋》及许多诗篇中都表示了"轩冕之非荣"的看法,而归田园也正是以行动来说明他的观点与立场的。即使到他的晚年,正义感、斗争性、豪壮性格与反抗思想也还是随时流露出来,并非真的宁静平淡下去了。如《咏荆轲》一篇就是明显露出本相的。他摹写荆卿出燕入秦,慷慨悲壮,对于这个侠义人物作了很高的评价:"登车何时顾? 飞盖入秦庭。凌厉越万里,逶迤过千城。图穷事自至,豪主正怔营。"最后,又惜其事之不成,叹息道:"惜哉剑术疏,奇功遂不成";然而,"其人虽已没,千载有余情。"此外,还有不少诗表现了似和平宁静而骨子里却正有无限辛酸与愤慨的,这也就是他的思想的本质。

最后要谈到陶渊明的理想,就不能不提他的《桃花源记并诗》。这是一篇有进步意义的文章。这里所写的是陶渊明的理想社会,是农民的乌托邦。我们不必考察他写作材料的根据,也不必引证《三国志·田畴传》的事迹,追索他理想成分的来源(如陈寅恪在《桃花源记旁证》所述),因为陶渊明自有其思想根源,有其不能不如此虚构的理由,用不着把他的社会理想强为曲解,抹杀或冲淡其积极意义,而说成是因袭或纪实。那样做实际上不过是附会,不能增加我们对他的思想的理解。他的理想社会是:人人劳动,过着平等、自由、幸福、快乐的和平生活;没有战争,没有剥削,没有机诈巧变,完全与东晋末年的社会情况相反。他的思想一方面固然受了老子的影响,幻想小国寡民淳朴自然的社会,而更主要的还是由于他对现实的不满,他在归田以后,亲自体验了农民的苦痛,产生了改善农村社会的理想和愿望。他热情地描述了桃花源的生活情景:"土地平旷,屋舍俨然,有良田、美池、桑竹之属。阡陌交通,鸡犬相闻。其中往来种作,男女衣著,悉如外人。黄发垂髫,并怡然自乐。"在诗里也写着"相命肆农耕,日入从所憩;桑竹垂余荫,菽稷随时艺"的自由平等的和平劳动生活;而"春蚕收长丝,秋熟靡王税"的取消剥削的理想,也是在封建社会下农民遭受严酷剥削而合乎情理地产生的一种愿望。在一千五百多年以前,他能提出这样的理想,其进步意义是应当予以肯定的,但也不必过分地夸大。

陶渊明的诗歌艺术成就很高,他的现实主义创作方法表现于作品中便成为"质直"朴素的风格。的确,他的诗体现了一个真正田园诗人所具有的农民的淳厚、单纯、明朗的性格。他的风格是最富有个性的,也是最典型的,他在创作中,以自己的人格构成了田园诗人的典型形象,而这就使读者和他一样能够看到并感到他所感受的与理解的事物。为什么会如此呢? 因为他长期在农民中生活,深深地理解农民的生活、思想和感情。从他自己的生活体验出发,他就能捕捉到事物最具特征的方面,进行刻画、描写,所以就能写出自然、生动、富于情韵、有浓厚生活气息的景物,因而通过这样的景物,也就能够看到主人公的精神面貌。他在作品中反映了自己的思想观点,但从来不是干巴巴地抽象地表白出来的,而是跟着抒情诗的感情发展,通过环境中应有的事物自然引出的。思想和景物结合为一体,故生动、具体,感染力强。艺术手法在这里起着重要作用,但不是单纯依靠技巧,而是作者的亲身感受与生活体验起着决定性作用。

他总结了东汉以来五言古诗的优秀传统,并高度发展了民歌传统上的白描手法;在数量上及诗歌的接触面上都远远超过前代及当代的诗人。他不仅继承过去的现实主义传统,也以他自己的人格修养与文学修养,反映了时代精神,形成了他的独特风格,并以此独力肩负起与风靡一代的玄言诗和形式主义文学在创作实践上进行斗争的重大使命,给予后世,特别唐代许多大诗人以深刻影响,挽回了四百年的诗坛颓风。

在陶渊明之后,刘宋之初,鲍照、谢灵运和颜延之号称元嘉三大诗人。其间以鲍照成就最高,远超于谢、颜之上,即在宋、齐诗坛上,他也是陶渊明后第一人,而为南北朝最伟大的诗家。

鲍照(公元414—466年),字明远,东海(今江苏涟水县北)人。他家是寒族,少贫贱,虽有文才,而处于门阀制度森严的时代,政治上自然不能得意。官仅至临海王的刑狱参军,临海王事败,他也为乱军所杀。

鲍照有集十卷,当时不为人所重,今存六卷,其中赋十篇,诗约二百首,乐府与徒诗各半,乐府半为五言,余为七言或杂言,徒诗全系五言。自曹丕首以七言写《燕歌行》以后,继起者甚少,直到鲍照,才酝酿成熟,写了大量七言歌行,把它向前推进了一大步,成为这几百年中第一个最成功的七言诗作家。

鲍照出身寒素,生活面广,反映在诗里的也不限于当时流行的山水景物,而涉及到社会现实的各个方面。他地位卑微,而胸怀大志,常想在仕途上有所发展,但不是单纯为了个人的功名富贵,而是怀着为祖国效力的心愿,把个人事功与民族命运联系在一起,具有一定的爱国主义思想。他性格刚强,不肯俯仰随人,故终身坎坷,怀才不遇。他对世路艰难感受最深,对社会黑暗愤怒尤甚,因此便写出了有名的《拟行路难》十八首,成为他的代表作。这一组诗是依乐府民歌原题"备言世路艰难及离别悲伤之意",写他自己的感慨悲愤之情的。其第四首说:

泻水置平地,各自东西南北流。人生亦有命,安能行叹复坐愁!酌酒以自宽,举杯断绝歌路难。心非木石岂无感,吞声踯躅不敢言。

表示他是不甘屈服于压抑而要爆发出来的。第六首说:

对案不能食,拔剑击柱长叹息。丈夫生世会几时,安能蹀躞垂羽翼!弃置罢官去,还家自休息。朝出与亲辞,暮还在亲侧。弄儿床前戏,看妇机中织。自古圣贤尽贫贱,何况我辈孤且直!

这似乎表示他对于当时门第社会虽有不平之气,而无可奈何,遂有消极求退"弃置罢官去"的一些想法,然而从他的精神上看,这里充满了怨恨愤懑、慷慨激昂的不平之气,实际上他并不会真的"还家自休息",而是要以这样大胆的怨怒之辞,号召被压抑的寒士阶层起来向统治阶级要求民主,进行斗争。其他各首题材内容不一,但都是反映现实的。

除《拟行路难》外,他还有表现爱国主义思想的《代出自蓟北门行》,言辞激壮,为唐人边塞诗所祖。《代陈思王白马篇》、《扶风歌》等也有相似的思想和气概。《咏史》和《代陈思王京洛篇》则指斥贵族生活的豪华奢靡;而《拟古八首》却描绘了人民生活的痛苦而寄予无限同情,这都是同时代其他文人诗歌中找不出,而为唐代大诗人杜甫、白居易等所刻意摹习的。

鲍照的创作方法是现实主义的,虽也偶尔流露出一些消极情绪,但都是暂时的,非其思想主流。他的作品中也具有浪漫主义情调,如《拟行路难》第十三首说"我初辞家从军侨,荣志溢气干云霄。流浪渐冉经三龄,忽有白发素髭生。今暮临水拔已尽,明日对镜复已盈",就是很好的例子。唐代李白、高适、岑参诸人的七言歌行都受了他的影响。

另一个特色是鲍照不避险俗,以汉魏以来乐府民歌的内容、风格及民间口语进行创作,故能得到创造性的新成就,如七言歌行的成熟便与学习民歌有关。然而,我们认为这正是他的艺术成就的基础,是他高出元嘉其他诗人的地方,是诗歌语言的解放,而不应视为"颇伤清雅"。

南朝刘宋诗人除陶渊明、鲍照外,便少有可称的。但这里不能不提一下号称山水诗首创者的谢灵运。

谢灵运(公元385—433年),陈郡阳夏(今河南太康附近)人。袭其祖谢玄康乐公的封爵,故世称为谢康乐。他基本上与陶渊明同时,为晋宋之际的人物。东晋灭亡后,他以前朝贵族与刘宋统治者发生矛盾,处境危险,便借游山玩水以自娱,并作为掩护,写了许多山水诗。世或以他的山水诗与陶渊明的田园诗并列,代表东晋和刘宋时期,称为"陶、谢",实不恰当。他的诗,内容贫乏,没有或很少反映社会现实,消极情绪也较浓,岂能与陶诗相提并论!他往往是从表面上静止地刻画山水,没有深深地渗透着诗人自己的感受而多少近乎自然主义的描写,便使山水与诗人之间较少联系,甚或了不相关。因此,从他开始,南朝士族文人常因政治失意,而悠游放浪于山水之间,以此寄情,逃避斗争,产生了大批的没有现实意义又缺乏生活气息的山水诗,于是佳句多而佳篇少,辞藻盛而诗意薄。没有才气的人就只好挖空心思专在故纸堆中寻找词汇,讲究对仗,追求声律,于是便有永明体的产生,不能说与谢灵运的影响没有关系。他的诗既以刻画景物为主,故逸荡而尚巧似,颇以繁富为累。刘勰说"宋初文咏,体有因革,庄老告退,而山水方滋。俪采百字之偶,争价一句之奇;情必极貌以写物,辞必穷力而追新",正是指谢灵运把玄言诗变为山水诗。故其成就乃在于字句的工丽,把诗歌带入骈俪,而从此诗歌的"性情渐隐,声色大开"了。他的名句极多,如"明月照积雪,朔风劲且哀","春晚绿野秀,岩高白云屯","池塘生春草,园柳变鸣禽","密林含余清,远峰隐半规","岸倾光难留,林深响易奔",都字斟句酌,极尽刻画工巧之能事。然而,五言古诗的现实主义精神便从此淡薄了。

虽然如此,谢灵运在晋、宋之际,毕竟是一位大诗人,他的山水诗对后世有深刻的影响,虽没有多少现实意义,总比前一阶段的玄言诗要多一些诗味,在艺术上有他的新成就与新贡献。钟嵘正是这样品评他的,说谢诗"尚巧似",而颇"逸荡",故"以繁富为累"。所以然者,盖其人"兴多才高,寓目辄书,内无乏思,外无遗物,其繁富,宜哉!然名章迥句,处处间起,典丽新声,络绎奔会。譬犹青松之拔灌木,白玉之映尘沙,未足贬其高洁也"。连鲍照都称赞他,说:"谢诗如初发芙蓉,自然可爱。"前人诗多不可以句摘,谢诗却极多为世传诵的佳句,而且也都是摹写景物的,如上所举便是此类。这里再录他两首名作,以觇其诗歌艺术:

> 潜虬媚幽姿,飞鸿响远音。薄霄愧云浮,栖川怍渊沉。进德智所拙,退耕力不任。徇禄反穷海,卧疴对空林。衾枕昧节候,褰开暂窥临。倾耳聆波澜,举目眺岖嵚。初景革绪风,新阳改故阴。池塘生春草,园柳变鸣禽。祁祁伤豳歌,萋萋感楚吟。索居易永久,离群难处心。持操岂独古,无闷征在今。(《登池上楼》)
>
> 昏旦变气候,山水含清晖。清晖能娱人,游子憺忘归。出谷日

尚早,入舟阳已微。林壑敛暝色,云霞收夕霏。芰荷迭映蔚,蒲稗
相因依。披拂趋南径,愉悦偃东扉。虑澹物自轻,意惬理无违。寄
言摄生客,试用此道推。(《石壁精舍还湖中作》)

颜延之(公元 384—456 年),字延年,琅邪临沂(今山东临沂)人。晋时为
豫章公世子中军行参军,入宋为太子舍人。少帝即位,出任始安太守;文帝
时,任中书侍郎,后贬永嘉太守;孝武帝时官至金紫光禄大夫。他与陶渊明
友善,作《陶征士诔》盛称渊明品德;而诗则绝不似陶,惟与谢灵运齐名,世称
"颜谢"。鲍照评之曰:"若铺锦列绣,亦雕缋满眼。"盖颜诗喜雕琢,尤好堆砌典
事,故艺术成就尚不如谢。钟嵘所谓"大明、泰始中,文章殆同书钞",主要便是
说他。又说他"喜用古事,弥见拘束,虽乖秀逸,是经纶文雅才"。但这对后人
的影响却是很坏的,盖"雅才减若人,则蹈于困踬矣"。汤惠休评"谢诗如芙蓉
出水,颜如错采镂金",正谓是也。他的《五君咏》托咏竹林七贤而不及山涛、王
戎,可见还是有一定现实意义的,应算较好的作品。另外《北使洛》及《还至梁
城作》,感情真实,语言朴素,也有可取。但此类毕竟太少了。

到了齐代,颜、谢诗又进入一个新的阶段,产生了所谓"新体诗",经过齐
永明(齐武帝萧赜年号,公元 483—493 年)文人的提倡,才固定下来,成为永
明体。其特征主要表现在"宫商之辨,四声之论",即以沈约等所倡的"声病
论"为其标志。持这个论调的,有王融、谢朓、沈约,为文皆用宫商,讲四声,
务为精密,故多所拘忌,伤其真美,把古体变为新体,遂成特别讲究艺术形式
的诗风,而以永明体为齐诗的代表。

永明体中成就较高的诗人首先当推谢朓。谢朓(公元 464—499 年),字
玄晖,陈郡阳夏(今河南太康县附近)人。因与谢灵运同宗,世称为"小谢";
又因他曾任宣城太守,故又称之为谢宣城。现存诗一百四十余首,以描写山
水见长,承谢灵运山水诗的遗风,而无其过分雕镂及过多玄言之弊,所以风
格清新,词意和谐,奇章秀句往往而有。长篇多不完整,惟五言四句新体小
诗多佳作,如《王孙游》和《玉阶怨》:

绿草蔓如丝,杂树红英发。无论君不归,君归芳已歇。
夕殿下珠帘,流萤飞复息。长夜缝罗衣,思君此何极!

他的名句极多,如"余霞散成绮,澄江静如练","大江流日夜,客心悲未央",
"天际识归舟,云中辨江树"。描写山水,想象丰富,故能刻画入微,意味深
长。唐人李白、杜甫都非常欣赏赞叹,形之于诗。然而,这种单纯描绘自然

景色之诗，虽艺术性很强，而叩其内容，则已远离人民生活和社会斗争，对后世的影响总是消极方面的多些，而激励向上的作用则微乎其微。在文学发展上，他把新体诗推到成熟阶段，已开唐人绝句律诗之端，却是值得注意的。

与谢朓同时和以后的新体诗人很多，沈约、王融、任昉、江淹、吴均、何逊、庾肩吾、萧纲、徐陵、阴铿等等。有的风格比较清新，如阴、何等，但成就均不及谢朓；有的则已开始写腐朽堕落的"宫体诗"，如萧纲、庾肩吾、徐陵便是。

永明以后，许多文人向新体诗继续发展，到梁代便出现了以描写色情为主的宫体，不但没有丝毫理想的人生，没有政治社会现实的揭露，相反的，还在所写的丑恶形象的背后隐藏着没落阶级醉生梦死的卑鄙灵魂。这些龌龊淫秽的宫体诗完全玷辱了祖国的文学艺术，损害了诗歌的美感和教育作用，是他们把我国文学送进最污秽也最黑暗的一个时代——梁、陈，其遗毒尚见之于初唐的"上官体"。

在这个文学黑暗时期，却有一个庾信竟能由宫体诗的污泥里跳出去，成为南北朝末期一个集大成的诗人。

在南北朝的两百年间，北朝文人诗歌很不发达。北魏统一北方以前，北朝几乎没有文学；它统一后，对发展文化曾采取一些措施，才有温子昇、邢邵、魏收出来学习南朝诗歌，但只是摹拟，没有什么新创造、新发展、新风格。到梁元帝萧绎承圣三年（公元554年），王褒、庾信入北，被留在长安，才给北方文学增加一些生气。王褒（公元500？—563？年），字子渊，梁元帝时任吏部尚书，西魏陷江陵，元帝降，他到长安做官，后仕北周。他入北后，作诗不多，影响也不太大。

对北朝诗坛影响较深、成就较大的是庾信。庾信（公元513—581年，即梁武帝萧衍天监十二年—隋文帝杨坚开皇元年），字子山，南阳新野（今河南新野县）人，梁宫体诗人庾肩吾之子。少年与其父出入梁宫廷，写过不少宫体诗文。西魏灭梁时，他正出使长安，遂扣留不返，先后任西魏、北周的官爵。他在北朝虽位望通显，却常有乡关之思，《哀江南赋》便是写这种思想的。有集二十卷，今本十六卷，存诗二百五十六首。

庾信诗风前后不同。前期在南朝以写宫体诗与徐陵齐名，世称"徐庾体"。入北后，作品充满故国兴亡之感，其心情是痛苦与惭愧交并的。《哀江南赋》感情真实，发自内心，虽形式是骈文，不免用典使事，讲求对仗，还不为大病。他的五言诗也反映了这样的感情。《拟咏怀》二十七首则表达了对南朝统治阶级腐朽无能的讽刺。他的许多新体小诗已经和唐人绝句没有什么差别了。他的诗音节和谐,情调苍凉,凄切动人,齐梁以来罕有此作,如:

> 玉关道路远,金陵信使疏。独下千行泪,开君万里书。(《寄王琳》)

> 秦关望楚路,灞岸想江潭。几人应落泪,看君马向前。(《和侃法师》三首之一)

> 阳关万里道,不见一人归。惟有河边雁,秋来南向飞。(《重别周尚书》二首之一)

这些诗都表现了寄居异国,怀念故乡的深厚感情,远不是在南朝写宫体诗那样空虚无聊了。杜甫称赞"庾信文章老更成","暮年诗赋动江关",就是指这些由清新转为刚健的后期作品而言。的确,是庾信把南北诗歌熔于一炉,加以提炼,给六朝诗人作了一个总结,也为唐诗开辟了一条向上发展的道路,地位重要,贡献不少,影响也是较大较好的。庾信失节事敌,诚然可耻,然而,在他那个时代,如他的遭遇也是很可悲的。他自己在后期作品中也反复表达了这种惭怍内疚的心情,发而为念国怀乡的诗篇,使其作品的思想内容丰富了许多。因此,对于这个作家和他的作品,我们基本上还是应予肯定的。

他的诗,极得杜甫称赏,谓为"老成",谓为"清新"("庾信文章老更成"、"清新庾开府"),可见他对唐诗影响之深。然而他的影响还不止于诗艺,在诗风方面,即对于唐诗之近体律绝的形成,也起了先鞭作用。清刘熙载《艺概·诗概》云:"庾子山……《乌夜啼》开唐七律。其他体为唐五绝、五律、五排所本者,尤不可胜举。"是这样的。上举三首小诗,不正是五绝吗?《拟咏怀》二十七首之第二十六则颇近五律,请看:

> 萧条亭障远,凄惨风尘多。关门临白狄,城影入黄河。秋风别苏武,寒水送荆轲。谁言气盖世,晨起帐中歌。

至于《乌夜啼》之极似七律,亦极显然:

> 促柱繁弦非《子夜》,歌声舞态异《前溪》。御史府中何处宿?洛阳城头哪得栖! 弹琴蜀郡卓家女,织锦秦川窦氏妻。讵不自惊长泪落,到头啼乌恒夜啼。

论者说他是六朝集大成的作家,又是唐诗的先驱者,确也很有道理。

第四章 魏晋南北朝的骈赋与骈体文

第一节 魏晋南北朝的骈赋

作为"古诗之流"的赋,自西汉前期司马相如创为汉大赋以后,便已形成与诗判然两途的另一种文体。由于它的目的在于"兴废继绝,润色鸿业",其作用至多止于"抒下情而通讽喻",而更多的则是"宣上德而尽忠孝",所以这种"雍容揄扬"的文体,流行不及二百年,便已为有识之士如扬雄等所摒弃、排斥。东、西汉之际的班彪、冯衍、杜笃便已开始写一些具有现实主义精神的述志抒情之作。到东汉中期以后,这种抒情小赋逐渐取代了专以铺陈歌颂为事的大赋。至汉末建安年间,以王粲《登楼赋》为代表的抒情小赋遂达到成熟阶段。

但是,本书在第二篇论述两汉辞赋一章中,讲汉赋发展最后即止于王粲,而不论述建安文学主要作家曹植的名作《洛神赋》;另一方面,王粲等建安七子及曹氏父子的诗则作为建安文学的主要成就写在本篇《魏晋南北朝文学》之内。其理由是:曹植的《洛神赋》无论从其思想内容和艺术形式来看,都不属于汉赋范围,只能是魏晋南北朝骈赋的早期代表;而王粲的《登楼赋》则还是对东汉初期班彪《北征赋》以至中后期张衡《归田赋》的发展完成。至于包括王粲在内的建安诸子、邺下才人以及曹丕、曹植的诗,则是开创"建安风骨"而为魏晋以来黄初、正始诗歌的奠基者,原与汉人五言诗并不同风。

根据以上的理由,本章论述魏晋南北朝的赋,自曹植《洛神赋》始,并特标之曰"骈赋",以著其特征。

魏、晋以后的赋究竟与汉赋有什么区别呢?有人举出三条:(一)汉赋的题材大都以描写宫殿、游猎、山川、京城为主体。东汉以后,虽稍有转变,然其范围仍然狭小。到了魏晋,赋的题材扩展了。抒情、说理、咏物、叙事各种体制,登临、凭吊、悼亡、伤别、游仙、招隐各种题材的赋都出现了。而最多的是咏物赋。(二)短赋在汉代虽说已经有了,但还不是普遍的形式。到了魏晋,短赋已经成为主体了。这是内容决定形式的必然趋势。抒写个人的情怀同歌功颂德的汉赋有所不同,因而汉赋那种堆砌铺陈的手法和长篇巨幅的体制,逐渐失去了它的功能,而被作者们摒弃不用了。(三)汉赋专事铺陈事物,大都缺少抒情。魏晋的赋,除了那些咏物的作品以外,其他的赋篇都带有较多的抒情成分,都有作者自己的个性。这些区别大体是对的。但张衡的《归田赋》与完全合于这三条的魏晋以后之赋相类,而与汉赋不同,又将何说呢?可见这三条还是不够的。这就必须再加上很重要的一条,即赋体的骈化,故后世称为骈赋,亦曰俳赋。元人祝尧《古赋辨体》曰:"西汉之赋,其辞工于楚骚;东汉之赋,其辞又工于西汉;以至三国六朝之赋,一代工于一代。辞愈工,则情愈短而味愈浅;味愈浅则体愈下。建安七子,独王仲宣(按:王粲)辞赋有古风。至晋陆士衡辈《文赋》等作,已用俳体。流至潘岳,首尾绝俳。迨沈休文(按:沈约)等出,四声八病起,而俳体又入于律矣。"明人徐师曾《文体明辨序说》论述更为明确,他说:"三国、两晋以及六朝,再变而为俳。"他又论"俳赋"云:"自《楚辞》有'制芰荷以为衣,集芙蓉以为裳'等句,已类俳语,然犹一句中自作对耳。及相如'左乌号之雕弓,右夏服之劲箭'等句,始分两句作对,而俳遂甚焉。后人仿之,遂成此体。"这可见俳句虽早见于西汉,但成为俳赋之体,则在三国魏,或者说在建安七子,然王粲必须除外,因为他的赋(主要指《登楼赋》这篇代表作)仍有古风,故当为东汉抒情小赋之殿,而不能列入骈赋(俳赋)之首。而真正的骈赋(俳赋)之首则为黄初三年曹植的名作《洛神赋》。

曹植集今存赋四十二篇(一部分可能是不完整的残篇),几乎全是小赋,其中多是咏物的,而不尽是抒情的,独此篇"拟宋玉《神女》为赋",寄心君王,托之宓妃,篇幅较大,为世所重。然而,正是这篇赋开了整个魏晋南北朝将近四百年的骈(俳)赋之端。且摘一段为例:

> 其形也,翩若惊鸿,婉若游龙;荣曜秋菊,华茂春松。仿佛兮若轻云之蔽月,飘飖兮若流风之回雪。远而望之,皎若太阳升朝霞;迫而察之,灼若芙蓉出渌波。秾纤得衷,脩短合度。肩若削成,腰如约素;延颈修项,皓质呈露。芳泽无加,铅华弗御。云髻峨峨,秀眉连娟。丹唇外朗,皓齿内鲜;明眸善睐,辅靥承权。瑰姿艳逸,仪静体闲;柔情绰态,媚于语言。奇服旷世,骨象应图。

> 披罗衣之璀粲兮,珥瑶碧之华裾;戴金翠之首饰,缀明珠以耀躯;
> 践远游之文履,曳雾绡之轻裾。微幽兰之芳蔼兮,步踟蹰于山隅。

此赋在艺术上有很高的成就:描写洛神形态和衣饰之美,不是静止的,而是活动的,所以这个人物形象就显得有血有肉、有生气,比宋玉写的神女更生动可爱。他的修辞、炼句,也更精巧,更明媚,声韵更和谐流美,显示了作者的才华艳发。

但是这种骈俳偶对的艺术技巧发挥到极度,其结果是引向了唯美主义与形式主义,而造成了文学的空虚浮伪,特别是把赋体带到衰亡。刘勰《文心雕龙·丽辞》说:"自扬(雄)、马(司马相如)、张(衡)、蔡(邕),崇盛丽辞,如宋画吴冶,刻形镂法,丽句与深采并流,偶意共逸韵俱发。至魏、晋群才,析句弥密,联字合趣,剖毫析厘,然契机者入巧,浮假者无功。"自魏晋以后赋作的骈化,实际上"契机者"少而"浮假者"多,不亡何待?

与曹植年岁相仿,而死得较晚的何晏(公元190—249年),字平叔,南阳宛(今河南南阳县)人。魏明帝曹叡时,作《景福殿赋》,虽形制拟于汉人京都宫殿之作,而文辞典丽精工,完全变为骈偶,实是俳赋之典型,如:

> 尔乃丰层覆之耽耽,建高基之堂堂;罗疏柱之汨越,肃坻鄂之锵锵;飞榍翼以轩翥,反宇辄以高骧;流羽毛之威蕤,垂环玭之琳琅;参旗九旒,从风飘扬,皓皓旰旰,丹彩煌煌。故其华表,则镐镐铄铄,赫奕章灼,若日月之丽天也;其奥秘,则翳蔽暧昧,仿佛退概,若幽星之绵连也。既栉比而攒集,又宏綝以丰敞。兼苞博落,不常一象。远而望之,若摛朱霞而耀天文;迫而察之,若仰崇山而戴垂云。

魏末,竹林七贤中最有名的阮籍、嵇康,在文学上主要成就是诗,赋不甚高。嵇康精于音乐,尤善鼓琴,其所为《琴赋》见录于《文选》,自是赋写音声的名篇,然亦不能远出汉王褒《洞箫》、马融《长笛》之上。在此时期,惟嵇康之友向秀(约公元221—272年)为怀念被害的故人而作的《思旧赋》情深意切,愤世伤时,最为可取。秀字子期,河内怀(今河南武陟县西南)人,竹林七贤之一,与嵇康、吕安交谊甚笃。康、安为钟会构陷被司马昭杀害后,秀思念之,遂为是赋。全文甚短,而情辞沉痛,言简意深,兹并其序而录之:

> 余与嵇康、吕安居止接近,其人并有不羁之才。然嵇志远而疏,吕心旷而放。其后各以事见法。嵇博综技艺,于丝竹特妙。临

当就命,顾视日影,索琴而弹之。余逝将西迈,经其旧庐。于时日薄虞渊,寒冰凄然。邻人有吹笛者,发声寥亮。追思曩昔游宴之好,感音而叹,故作赋云。

　　将命适于远京兮,遂旋反而北徂。济黄河以泛舟兮,经山阳之旧居。瞻旷野之萧条兮,息余驾乎城隅。践二子之遗迹兮,历穷巷之空庐。叹黍离之悯周兮,悲麦秀于殷墟。惟古昔以怀今兮,心徘徊以踌躇。栋宇存而弗毁兮,形神逝其焉如!昔李斯之受罪兮,叹黄犬而长吟。悼嵇生之永辞兮,顾日影而弹琴。托运遇于领会兮,寄余命于寸阴。听鸣笛之慷慨兮,妙声绝而复寻。停驾言其将迈兮,遂援翰而写心。

晋代赋家甚多,若傅玄、孙楚、成公绥、张华、枣据、潘岳、潘尼、左思、陆机、束晳、张载、嵇含、江统、木华、郭璞、陶渊明……皆有赋传世,而以潘岳、左思、陆机为最著。

潘岳辞赋名篇有《射雉赋》、《笙赋》、《藉田赋》、《西征赋》、《秋兴赋》、《闲居赋》、《怀旧赋》、《寡妇赋》,均见录于萧统《文选》,可见其为齐、梁文坛所重了。但是,他的赋除《西征》较有深切感慨,而也只是继承班彪《北征》,无多新的创造,其他并没有什么突出的成就。其在艺术上,大致可以用前人的评价概括为:一、"轻敏""和畅";二"烂若披锦",如此而已。《晋书》本传说他"性轻躁,趋世利",他的一生历史也证明他是这样的人。但他的赋却屡次表明自己能"览止足之分",要"优游以养拙",真是"志深轩冕,而泛咏皋壤;心缠幾务,而虚述人外"。违心之言,虚伪造情,焉能算作成功的作品!

陆机赋名不及潘岳,但其《叹逝赋》却还颇具真情实感,不失为佳作,可惜那种情感未免过于哀伤低沉,对读者没有激昂鼓舞作用。看他的赋序便可知道:"昔每闻长老,追计平生,同时亲故,或凋落已尽,或仅有存者。余年方四十,而懿亲戚属,亡多存寡;昵交密友,亦不半在。或所曾共游一涂,同宴一室,十年之外,索然已尽。以是思哀,哀可知矣。"这是多么凄怆绝望啊!至于他的赋体,则已全骈化而为俳体了,且举一段:

　　悲夫!川阅水以成川,水滔滔而日度;世阅人而为世,人冉冉而行暮。人何世而弗新,世何人之能故?野每春其必华,草无朝而遗露;经终古而常然,率品物其如素。譬日及之在条,恒虽尽而弗窬;虽不窬其可悲,心惆焉而自伤。亮造化其若兹,吾安取夫久长?

但是他最著名而对后世最有影响的赋,却不是这篇,而是他的文艺理论名著
《文赋》。他以形象性的语言描述了文学家创作的过程,一切皆得之于自己
的创作实践;他也提出了一些纲领性的原则问题,涉及方面甚广。关于它
的内容,将于另章论述,此不详及。作为一篇赋,写这种内容,陆机确是创
举,是否适宜,可不必论;仅就赋言赋,这篇确也合于赋的艺术要求,而且它
还是一篇很精妙的骈体(或俳本)长赋,古今罕有其匹。

左思的《三都赋》是模仿班固、张衡《两都》、《二京》而作的,惨淡经营,十
年乃成,一时传抄,洛阳为之纸贵。他有鉴于前人所作往往"假称珍怪,以为
润色","于辞则易为藻饰,于义则虚而无征",遂要求自己于"其山川城邑,则
稽之地图",于"其鸟兽草木,则验之方志","风谣歌舞,各附其俗;魁梧长
者,莫非其旧"。也许这就是他的异于汉人者。然就文学而言,《三都赋》并
无新的发展。他的文章风格则是晋人的骈俪俳赋,特重对偶,如:

> 盖闻天以日月为纲,地以四海为纪;九土星分,万国错跱。崤
> 函有帝皇之宅,河洛为王者之里。……夫蜀都者,盖兆基于上世,
> 开国于中古。廓灵关而为门,包玉垒而为宇;带二江之双流,抗峨
> 眉之重阻。水陆所凑,兼六合而交会焉;丰蔚所盛,茂八区而菴蔼
> 焉。……

前引何晏《景福殿赋》已见"长隔对",至左思《三都》则此类甚多,上段可证。
而若《吴都赋》中的:

> 玩其碛砾而不窥玉渊者,未知骊龙之所蟠也;习其敝邑而不
> 睹上邦者,未知英雄之所躔也。……中夏比焉,毕世而罕见,丹青
> 图其珍玮,贵其宝利也;舜禹游焉,没齿而忘归,精灵留其山阿,玩
> 其奇丽也。

这种骈对之法,至宋、齐、梁、陈,一直继续使用,成为骈赋和骈体文的通用句
法,盖其由来也久矣。

晋代值得一提的,有木华的《海赋》和郭璞的《江赋》。木华(生卒年无
考),字玄虚,广川(今河北枣强县东)人,作品仅存《海赋》一篇于《文选》。它
从上古洪水为灾写起,言"天纲浡潏,为涧为瘵;洪涛澜汗,万里无际",经大
禹治水,"江河既导,万穴俱流",终于"涓流泱瀼,莫不来注;于廓灵海,长为
委输"。接着描写海的广阔、形态、容量、物产、灵怪,最后以海的品德为结,
说它"何奇不有,何怪不储,茫茫积流,含形内虚",特指出它的"卑以自居",

是非常有意义的。全赋气魄雄伟,极瑰奇壮丽之观,与这一时期许多咏物小赋比起来,它是大足开人胸怀的。郭璞的《江赋》气魄虽不如木华《海赋》,却也颇有气势,而辞藻瑰丽,语言峭拔,自亦可观。

晋、宋之际大诗人陶渊明也有几篇辞赋流传至今,那就是《归去来兮辞》、《感士不遇赋》和《闲情赋》。这些辞赋和他的诗一样,有他独具的个性特征。语言平淡自然,而朴茂清新,一扫魏晋以来骈体俳赋绮丽雕琢之风。但这三篇亦各有特点:《归去来兮辞》的思想与他的那些归园田居的诗感情是一致的。《闲情赋》立意奇巧,而实别有寄托:于"愿在衣而为领,承华首之余芳;悲罗襟之宵离,怨秋夜之未央"以下,用同样笔法一连写了"愿在裳而为带","在发而为泽","在眉而为黛","在莞而为席","在丝而为履","在昼而为影","在夜而为烛","在竹而为扇","在木而为桐"共十"愿",实属新颖奇妙,前所未有。《感士不遇赋》则发抒了他对当时黑暗的政治社会的不满情绪。为了"不委曲而累己",只得"谢价朝市","欣然归止"。

宋、齐以降,除较早的鲍照的《芜城赋》、《舞鹤赋》、《尺蠖赋》、《观漏赋》均各寓作者某一方面的感思,为一时较有成就的作品外,便只有谢惠连(公元397—433年)的《雪赋》和谢庄(公元421—466年)的《月赋》,描写自然景物颇见清丽。至齐、梁而有江淹(公元444—505年)。淹字文通,济阳考城(今河南兰考县)人,历仕宋、齐、梁三个王朝,作诗长于模拟,而较工苍凉之作,往往能寄寓自己的身世之感。于赋则颇善抒情,其《恨赋》和《别赋》两篇,均写人生较为普遍的抽象感情,笔调精致,感慨深沉,慷慨悲凉,凄怆动人,而中多名句,读者往往传诵至今。如《别赋》中的"春草碧色,春水绿波,送君南浦,伤如之何",即能使人一读不忘,盖其寓情于景,意味深长故也。

齐、梁间人周颙、王融,讲究声律,沈约(公元441—513年)正式提出"四声"、"八病"之说,遂为包括赋体在内的韵文开辟了新的境界。他们自己没有什么名赋可称,但声韵之学却针对俳赋的对偶提出平仄互对的要求,因而骈赋便进一步变为律赋了。东汉、魏、晋之赋,在长期演化中逐渐出现对偶,但即使到魏晋已经进入骈赋时期以后,许多名家的名篇之中,仍有许多对句并不是在声律上符合平仄相对规律的。自梁以后,却开始注意及此了。

梁、陈宫体诗风也同样渗透进同时代的赋风里,其代表人物就是梁简文帝萧纲和梁元帝萧绎以及沈约和早期生活在南朝的庾信。这些宫体赋虽描写宫人、闺女、荡妇妖冶情态及贵族生活、旖旎风光等不无细腻技巧可言,但毕竟是缺乏现实意义的作品,不值得多所论述。

现在应该着重叙述的辞赋作家只有那位由南入北"暮年诗赋动江关"的庾信。

今《庾子山集》存赋十五篇,《哀江南赋》充满了故国沦亡之痛与羁客乡关之思,实为其晚年文学成熟期最高成就之代表作。其他若《小园赋》、《枯树赋》、《伤心赋》,思想感情亦与《哀江南》相同,惟篇幅短小,体制有异耳。

《哀江南赋》有相当长的骈文赋序,叙述他羁留北地,"至于暮齿",去故之悲,无以排遣,故"追为此赋,聊以记言。不无危苦之辞,惟以悲哀为主"。赋文首述家世本末及自身遭遇,着重追溯故国梁朝盛衰之故,从而表达其批判之意与愤怨之情。在他写到西魏攻下江陵,俘虏梁朝臣民数万以去的旧事时,几乎是一字一泪地倾吐了他内心的悲痛:

> 冤霜夏零,愤泉秋沸;城崩杞妇之哭,竹染湘妃之泪。水毒秦泾,山高赵陉,十里五里,长亭短亭。饥随蛰燕,暗逐流萤,秦中水黑,关上泥青。于时瓦解冰泮,风飞电散,浑然千里,淄渑一乱。雪暗如沙,冰横似岸;逢赴洛之陆机,见离家之王粲,莫不闻陇水而掩泣,向关山而长叹。况复君在交河,妾在青波,石望夫而逾远,山望子而逾多。才人之忆代郡,公主之去清河,栩阳亭有离别之赋,临江王有愁思之歌。别有飘飘武威,羁旅金微,班超生而望返,温序死而思归;李陵之双凫永去,苏武之一雁空飞!

虽然六朝末期,骈俪文风已走到极端的地步,竞使典事,不免语意晦涩,但庾信在这赋里所用的典故都不是过于生僻的,而且他的运笔也极其灵活,并不滞涩,还是能够很稳恰有力地表达其真情实感的。

但是,骈赋到此时已发展到最后阶段,走入绝路。因为写赋要求骈偶,骈偶要求典丽,典丽则不能不使事,使事多则僻而意晦,堆砌饾饤,无复情境。况齐、梁以来,研求声律,讳忌太多;句法愈求整齐,又趋于四、六,形式渐就呆板,艺术性便也随而降低。所以庾信在南北朝为最后一位成就最高的赋家,也是结束骈体俳赋的送葬者,而他的《哀江南赋》正当此位。

第二节　魏晋南北朝的骈体文

这个骈体文的问题,本来同骈赋应该是一回事,但过去文人往往分而为二；言骈赋者不认为它是骈文，而言骈文者又不及于赋，甚至有的文学史家竟也各立专门章节，不相贯通，其实是不对的。又骈体文本是与散体文相对而言的，其为文章，实与今之所谓"散文"者相同，因此，"散文"一词，可有广狭两义：广义的散文应包括一切不押韵的文章，或者说除诗歌以外的文章都可以称之为散文；狭义的散文则是限于与本节所讨论的骈体文相对立的散体文章。根据这狭义的散体文的观点，有些文学史家就又把骈体文从魏、晋、南北朝的散文中独立出来，另辟章节加以论述，其实这也是多余的。为此，本书虽因欲将散文骈化过程略加论述而特立专节，却不能不首先对此加以说明，免滋疑误。

骈体文一般即称为骈文，本是特别注意文章形式美的文体，主要表现在：句法上讲求对偶，两两相对，上下相当，故字数相等而有整齐之美。于是就产生了许多的对偶方法，如《文心雕龙·丽辞》所说的："丽辞之体，凡有四对：言对为易，事对为难；反对为优，正对为劣。"后世更加发展，愈为繁密。由于对偶要求字数整齐，初虽不限长短，但求上下相等，后来却逐渐趋于骈四俪六，而演成"四六文"。在声律上，自汉代以至魏晋，仅注意到吟诵适口，尚无严格要求；后来音韵之学渐兴，宋、齐文人引之入诗，遂使美文也要求"辘轳交往"，平仄相对。此外，用典用事，寓言比譬，修辞炼句，形容夸张，种种写作技巧，均日增日进，在艺术上是越来越精，也越高，但士大夫文人专务于此，而忘记了文学的社会功能，抛弃了我国文学的现实主义传统，就逐渐走上了形式主义、唯美主义的道路。六朝文学之衰风就表现在这种思想内容的空虚贫乏上，而骈体文最为突出。

文章骈偶，由来已久。《尚书》之"罪疑惟轻，功疑惟重"，"满招损，谦受益"，率然而成对；《易·文言》之"君子体仁足以长人，嘉会足以合礼，利物足以和义，贞固足以干事"，"同声相应，同气相求；水流湿，火就燥；云从龙，风从虎"：都是"奇偶适变，不劳经营"而自然形成，可见骈偶之文是千古不废的。汉代作家在这方面的注意讲求，是无可非议的。早在贾谊《过秦论》中，就运用这种语言技巧而取得了很好的艺术效果。如云："秦孝公据殽函之固，拥雍州之地，君臣固守，以窥周室。有席卷天下，包举宇内，囊括四海之意，并吞八荒之心。"汉代辞赋家用骈偶以增其文字之美与文章之气，更愈来愈多而愈精。这在上节论述辞赋骈化时已经说清楚了。赋虽为古诗之流，但自宋玉《高唐》、《神女》以后，演为汉之大赋，本已"与诗画境"，另成文体，与论说、传记散文无异；尤其大赋"别诗之原始，命赋之厥初"，无不"述客主以首引",即所谓"序以建言,首引情本"(上均引自《文心雕龙·诠赋》),其赋序都是赋的重要组成部分,无不是普通的散文。因此,汉以后赋体的骈化过程同时也就是散文的骈化过程,实为一而二、二而一者,不容别说,另立体系。而就具体作家作品来看,也正是这样。

曹植以《洛神赋》首开骈赋之端,他的无韵散文,也与之相类,譬如《求自试表》,首云:

> 臣闻士之生世,入则事父,出则事君;事父尚于荣亲,事君贵于兴国。故慈父不能爱无益之子,仁君不能畜无用之臣。夫论德而授官者,成功之君也;量能而受爵者,毕命之臣也。故君无虚授,臣无虚受;虚授谓之谬举,虚受谓之尸禄。……

又《与吴季重书》云:

> 若夫觞酌凌波于前,箫笳发音于后,足下鹰扬其体,凤观虎视,谓萧曹不足俦,卫霍不足侔也。……当斯之时,愿举太山以为肉,倾东海以为酒;伐云梦之竹以为笛,斩泗滨之梓以为筝;食若填巨壑,饮若灌漏卮。……

表、书均非赋,但也与其赋同样多以骈偶之句出之。魏代其他赋家之文,亦皆类是。

晋代陆机的《豪士赋》骈化甚多,其赋序甚长,大于赋者四倍,《文选》特加著录。如云:

> 且夫政由宁氏,忠臣所为慷慨;祭则寡人,人主所不久堪。是以君奭鞅鞅,不悦公旦之举;高平师师,侧目博陆之势。而成王不遗嫌吝于怀,宣帝若负芒刺于背,非其然者欤?

句整而偶,属对精炼,论事说理,多用古典,已是骈体的进一步发展,与其《文赋》之文有异曲同工之妙。

齐、梁以后的骈文作家无论是否同时兼为赋家,也无论他们有无赋作流传,其所为骈体文无不与那个时代的骈赋艺术特点相同,故不须多述。

然而在这个时期,作家开始注意文学与非文学的区别问题,亦即著名的"文笔之辨"。南北朝文人首先不承认经、史、子三部为文学;继又将文学范围内的作品之有韵者称为"文",而无韵者则称之为"笔"。故自《晋书》以至《陈书》,往往"文笔"连称,知其时所谓"文笔",犹后世所云"诗文",而"文"

"笔"皆不能相包。此义最早见于《南史·颜延之传》。宋文帝问延之诸子才能。延之曰："竣得臣笔,测得臣文。"后来梁元帝萧绎在其《金楼子·立言篇》中云:"夫子门徒,转相师受,通圣人之经者谓之儒。屈原、宋玉、枚乘、长卿(按:司马相如)之徒,止于辞赋,则谓之文。今之儒博穷子史,但能识其事,不能通其理者,谓之学。至如不便为诗如阎纂,善为章奏如伯松,若此之流,泛谓之笔;吟咏风谣、流连哀思者谓之文。"又云:"笔,退则非谓成篇,进则不云取义,神其巧惠,笔端而已。至如文者,惟须绮縠纷披,宫徵靡曼,唇吻遒会,情灵摇荡。而古之文、笔,今之文笔,其源又异。"刘勰于齐、梁之际作《文心雕龙》,其《总术》篇所言最为明白:"今之常言,有文有笔,以为无韵者笔也,有韵者文也。"由此可见,晋、宋、齐、梁之时,只从作品的形式上划分"文"与"笔",亦即以讲辞采、讲音律("绮縠纷披,宫徵靡曼")的为"文",算是"文学"作品,而无韵、不偶、不讲辞采的一切作品均归之于"笔",不算在"文学"范围。尤其统治阶级御用文人在荒淫的帝王的控御下随声附和,投其所好,大写宫廷文学的宫体诗文,遂使骈俳之赋和骈体之文也都跟着而有了畸形的繁荣发展,终于流为形式主义文风的大泛滥。这当然不能说是"文笔之辨"的必然结果,也不能说当时讨论文学与非文学划界问题是不应该的。但因有此辨而重"文"轻"笔",而把"文"引为宫廷专用之体,而使骈赋、骈文日趋于浮靡淫艳,背离现实主义的优良传统,走上形式主义,则是不可否认的事实。

由上论述,可见南北朝时代确实产生了大量的形式主义的文学作品,以致后之论者往往薄六朝而不屑一顾,甚至上溯东汉,下迄于隋,谓为"八代之衰"。但是,即使在这南朝四代文风最浮艳之时,也还有少数作家能够在不同程度上摆脱世风的恶劣影响,写出一些较好的骈赋和骈文,如前所已介绍过的。有的还要在下章论述散文时再说。

第五章　魏晋南北朝的散文和小说

第一节　南朝的散文

汉末建安时代政论文已不似前此之盛,荀悦《申鉴》、徐幹《中论》仍继前人遗绪,没有新的发展,思想内容却已不及昔日政论之深刻。议论文章渐衰,抒情散文已经开始萌芽。曹丕《与吴质书》,曹植《与杨德祖书》、《与吴季重书》,吴质《答东阿王书》,虽多以讨论文章为主,而书中往往有追忆昔年宴游之乐,悼念友朋的长逝,缠绵凄婉,若不胜情。此类书札已开六朝抒情散文的先路。丕、植这些书札不仅是抒情散文,而且词美句整,已多骈偶,后世视为骈体的初期作品,如清人李兆洛所编选的《骈体文钞》便收此数篇于卷三十"笺牍"类中,其实它们又何尝不是散文呢?

从这时期,散文已因辞赋发展的影响,而有"文"、"笔"分家和重文轻笔的趋势。文笔之辨,最早当在南朝。但其分裂之势,则早已露头;而在长时期内,其界限也并不划一。大致六朝以美文为文,而笔则指应用文的章、记、书、表之类。齐、梁之后,骈文大盛,文人追求辞藻声律,蔚成风气,遂以质朴真实,不注意辞藻声律的文章为笔。甚至后来连应用文也采骈俪形式,书札中都没有"笔",没有充实的事实记录和思想内容,也成了"以声色相矜,以藻绘相饰"的"文"了。

东晋刘琨、卢谌、郭璞、陶侃、庾亮等的章奏书札,指陈时事,商略世情,颇有深切著明、辞意周至的。如刘琨的《上愍帝请北伐表》及《答卢谌书》,都是慷慨激昂、热情洋溢的。王羲之(字逸少,公元321—379年)、献之(字子敬,公元344—388年)父子,以书法名家,而善作简牍杂帖,往往随意挥写,不假雕饰,论及家常细致、戚友往还,都娓娓有致。

晋末宋初,大诗人陶渊明同时也是一位杰出的散文家。《五柳先生传》和《归去来兮辞序》都是自叙传的性质,文章省净,与其诗同,诗人形象则完全刻画出来了。《桃花源记》更是他发表政治理想的作品,还不只文字精炼明畅而已。

与陶同时而为其好友的颜延之,既是与谢灵运并称的大诗人,也是善写骈体散文的名作家。他的《陶征士诔》便是"味如醇醪,色若球璧","情、事、理交至"的"古今数不盈百"之优秀作品。叙渊明生平则云:

> 弱不好弄,长实素心;学非称师,文取指达。在众不失其寡,处言愈见其默。少而贫病,居无仆妾;井臼弗任,藜菽不给。母老子幼,就养勤匮。远惟田生致亲之议,追悟毛子捧檄之怀。初辞州府三命,后为彭泽令,道不偶物,弃官从好。遂乃解体世纷,结志区外,定迹深栖,于是乎远。灌畦鬻蔬,为供鱼菽之祭;织约纬萧,以充粮粒之费。心好异书,性乐酒德;简弃烦促,就成省旷。殆所谓国爵屏贵,家人忘贫者与!

虽多骈语,而描述渊明率性任意的质朴恬静性格却极真实明白,毫不隐晦,实为抒情散文之佳作。

南朝刘宋时期另一位大诗赋家鲍照有一篇《登大雷岸与妹书》,写山川景物瑰奇壮伟,而烟云变幻尽态极妍,亦前人所未有者。如云:

> 向因涉顿,凭观川陆,遂神清渚,流睇方曛。东顾五洲之隔,西眺九派之分;窥地门之绝景,望天际之孤云。长图大念,隐心者久矣。南则积山万状,争气负高,含霞饮景,参差代雄,凌跨长陇,前后相属,带天有匝,横地无穷。东则……北则……西则……西南望庐山,又特惊异。基压江湖,峰与辰汉连接。上常积云霞,雕锦缛。若华夕曜,岩泽气通,传明散彩,赫似绛天。左右青霭,表里紫霄。从岭而上,气尽金光;半山以下,纯为黛色。信可以神居帝郊,镇控湘汉者也。

这种写山水、描景物的文章,语工意胜,虽汉人大赋不能过也。

梁代丘迟(字希范,吴兴乌程人,公元 464—508 年)是个有名的骈文家,其《与陈伯之书》劝伯之来归江南,语语真诚,字字动人,有强烈的民族感情,终于能够使陈伯之回到祖国怀抱,可见其感人之深。书中说:"将军鱼游于沸鼎之中,燕巢于飞幕之上,不亦惑乎?"晓以利害,还不是主要的,下边说:"暮春三月,江南草长,杂花生树,群莺乱飞。见故国之旗鼓,感平生于畴日,抚弦登陴,岂不怆悢?所以廉公之思赵将,吴子之泣西河,人之情也。将军独无情哉?"既说之以理,更动之以情,而情之感人最深,反复委婉,彻人肺肝。

与丘迟同时代而略后的吴均(公元469—520年),字叔庠,吴兴故鄣(今浙江安吉县西北)人。工诗,而尤长于作小品书札。他的《与施从事书》、《与顾章书》和《与朱元思书》,皆以隽洁之笔写山水之胜,为六朝骈体散文名作,对当时文坛影响颇大,号为"吴均体"。《与朱元思书》最长,亦不过百余字,全录于下:

> 风烟俱净,天山共色,从流飘荡,任意东西。自富阳至桐庐,一百许里,奇山异水,天下独绝。水皆缥碧,千丈见底,游鱼细石,直视无碍。急湍甚箭,猛浪若奔。夹峰高山,皆生寒树,负势竞上,互相轩邈,争高直指,千百成峰。泉水激石,泠泠作响;好鸟相鸣,嘤嘤成韵。蝉则千转不穷,猿则百叫无绝。鸢飞戾天者望峰息心,经纶世务者窥谷忘返。横柯上蔽,在昼犹昏;疏条交映,有时见日。

南朝其他各类文章,亦多用骈体写作,如南齐孔稚珪(公元447—501年)的《北山移文》便是"瑰迈奇古"的传世名篇。稚珪字德璋,会稽山阴(今浙江绍兴)人。周颙隐居钟山,后应诏出仕,为海盐令,任满入京,欲过钟山,稚珪遂作是文,代钟山神灵怒拒周颙,实是一篇愤激斥责假隐士虚伪之作。试看:

> 世有周子,隽俗之士……学遁东鲁,习隐南郭,窃吹草堂,滥巾北岳,诱我松桂,欺我云壑,虽假容于江皋,乃缨情于好爵。
>
> 其始至也,将欲排巢父,拉许由,傲百世,蔑王侯,风情张日,霜气横秋。或叹幽人长往,或怨王孙不游;谈空空于释部,覈玄玄于道流;务光何足比,涓子不能俦。
>
> 及其鸣驺入谷,鹤书赴陇,形驰魄散,志变神动。尔乃眉轩席次,袂耸筵上;焚芰制而裂荷衣,抗尘容而走俗状。风云凄其带愤,石泉咽而下怆;望林峦而有失,顾草木而如丧。
>
> 至其纽金章,绾墨绶,跨属城之雄,冠百里之首……道帙长摈,法筵久埋。敲扑喧嚣犯其虑,牒诉倥偬装其怀……希踪三辅豪,驰声九州牧。使我高霞孤映,明月独举,青松落阴,白云谁侣!……于是南岳献嘲,北垄腾笑,列壑争讥,攒峰竦诮,慨游子之我欺,悲无人以赴吊。……

今又促装下邑，浪拽上京，虽情投于魏阙，或假步于山扃。岂
可使芳杜厚颜，薜荔蒙耻，碧岭再辱，丹崖重滓，尘游躅于蕙路，汙
渌池以洗耳！宜扃岫幌，掩云关，敛轻雾，藏鸣湍，截来辕于谷口，
杜妄辔于郊端。于是丛条瞋胆，叠颖怒魄，或飞柯以折轮，乍低枝
而扫迹。请回俗士驾，为君谢遗客！

自魏晋以至齐梁，哲学论争的文章很多，各个时代论战的中心问题便是
当时思想界矛盾斗争的中心。魏晋时有儒道优劣问题，才与性的问题，力与
命的问题，养生与引退的问题，以及嵇康集中关于"自然好学"及"宅无吉凶
摄生"等论难都是。到齐梁时，儒、老、佛的优劣问题，夷夏是非问题，因果报
应有无问题，形神生灭问题之争，都反映了当时社会上的阶级矛盾、民族矛
盾和唯心论与唯物论的世界观的矛盾。这当中最重要的论战是以范缜（字
子真，南乡舞阴人，约公元 450—约 510 年）所作《神灭论》为中心的大斗争。
梁武帝萧衍于天监三年（公元 504 年）宣布佛教为国教，自己并曾舍身同泰
寺，其崇信之深可知。范缜身为梁臣，竟敢发表从理论上反对宗教迷信的
《神灭论》，直接否定了神的存在，其坚持真理的精神，真足敬佩。在论战中，
他和梁武帝及其臣下六十余人对垒，不为势屈，终于以其唯物主义的客观真
理和善于比譬、长于表达的文艺手法，写出有名的论文，在斗争中取得胜利。
他说："形者神之质，神者形之用"；"神即形也，形即神也"；"神之于质，犹
利之于刃，形之于用，犹刃之于利。利之名，非刃也；刃之名，非利也。然而
舍利无刃，舍刃无利，未闻刃没而利存，岂容形亡而神在！"他又直接批判佛
教说："浮屠害政，桑门蠹俗，风惊雾起，驰荡不休。吾哀其弊，思拯其溺。"不
但斗争精神极其旺盛，而且议论深刻，词气充沛，文笔绵密，过去实不多见。

此外，史传文中有范晔的《后汉书》、沈约的《宋书》和裴松之为陈寿《三
国志》所作的注，都是比较有名的，但就文学来说，都远不如班固的《汉书》，
更不能比司马迁的《史记》了。

第二节　北朝的散文

北朝早期没有文学，拓跋魏统一北方后，社会稍稍安定，统治者欲以文
治巩固政权，开始有所注意，文学才得到一些恢复与发展，但号称"河北三才
子"的温子昇、邢劭、魏收等的出世，也已到了北魏后期和北齐时代（6 世纪

中叶）了。影响较大的王褒、庾信则于西魏末年入周，为时更晚，而且主要成就在诗赋方面。

散文方面，颜之推的《颜氏家训》二十篇算是比较淡朴的文章。之推字介，江宁人，始仕萧梁，后入北齐，齐亡入周，卒时年九十三，已到隋开皇年间了。《家训》一书，本以教其子孙，故文字质朴，或述感想，或叙前代及当时故事，或品题人物，或讨论文章，皆亲切恳挚，有如面谈。其中保存了许多南北朝社会风俗、习惯，以及成语、俗谚，时人轶闻逸事，足资参考，然而艺术水平不太高，故文学意义并不甚大。

真正可以垂诸不朽的散文著作而为北朝文学增光的，则是郦道元的《水经注》和杨衒之的《洛阳伽蓝记》。

郦道元字善长，范阳（今河北怀来县）人，史不详其生年，而就其仕宦经历推之，主要在北魏孝文（元宏）、孝明（元诩）之世，应为 5 世纪末至 6 世纪初人。卒年据近人考证，当为公元 527 年。所著《水经注》四十卷，繁征博引，逸趣横生，注文超过原作几十倍，无论从内容上、形式上，从质与量上，它都远远超出"注"的范围，而成为一部独立的著作。其文对于大小一千多条河流所经的地方，必考其故实，述其逸闻，保存了许多古代的神话传说和民间歌谣，成为地理学、民俗学和神话故事的宝库。尤可珍视的是：作品文字精简，而内容丰腴，把祖国壮丽的山川景物用极高明的艺术散文写得有声有色，富有诗意。读者可以从这部著作里看到祖国各处的山川胜境、自然界的种种奇观，受到极大的感染，从而激发其热爱祖国的感情，远非南朝某些作家的山水诗可比。以"江水"条，写"三峡"之文（卷三十四）为例：

> 自三峡七百里中，两岸连山，略无阙处。重岩叠嶂，隐天蔽日，自非停午夜分，不见曦月。至于夏水襄陵，沿沂阻绝，或王命急宣，有时朝发白帝，暮到江陵，其间千二百里，虽乘奔御风，不以疾也。春冬之时，则素湍绿潭，回清倒影；绝巘多生怪柏，悬泉瀑布，飞漱其间，清荣峻茂，良多趣味。每至晴初霜旦，林寒涧肃，常有高猿长啸，属引凄异，空谷传响，哀转久绝。故渔者歌曰："巴东三峡巫峡长，猿鸣三声泪沾裳。"

杨衒之，北平（今河北满城县）人，家世、爵里、生卒都不甚可考。故其姓或作"阳"，亦有误作"羊"者。其《洛阳伽蓝记》五卷，在描写景物、记述事实方面，有很高的艺术成就。北魏孝文帝元宏始迁都洛阳，至宣武帝元恪笃信佛教,于洛阳营造许多僧舍,一时王公大夫多舍私第为之,最盛时多到一千三百六十七所。后经尔朱荣之乱,东魏孝静帝元善见乃迁都邺城,洛阳残破,还余寺四百二十一所。衒之于此时(公元547年,迁邺城后十三年)"重览洛阳",但见"城郭崩毁,宫室倾覆,寺观灰烬,庙塔丘墟,墙被蒿艾,巷罗荆棘。野兽穴于荒阶,山鸟巢于庭树。游儿牧竖,踯躅于九逵;农夫耕稼,艺黍于双阙。……京城表里,凡有一千余寺,今日寮廓,钟声罕闻。恐后世无传,故撰斯记"。作者大致是6世纪前半期的人,他见元魏时"寺宇壮丽,损费金碧,王公相竞,侵渔百姓,乃撰《洛阳伽蓝记》,言不恤众庶也"(见《广弘明集》卷六),可见他是有为而作。书中揭露贵族的腐朽生活和僧尼的丑恶面目,含有讽刺与批判现实之意,其价值不仅在于记叙寺宇园林的文字之美而已。如瑶光寺载当时宫廷妃嫔及贵族处女在那里落发修道,尔朱兆兵入洛阳,诸尼多为所淫,仓猝寻嫁。高阳王寺乃高阳王雍之宅,内纳"僮仆六千,妓女五百,隋珠照日,罗衣从风。自汉晋以来,诸王豪侈未之有也"。法云寺载:"太后赐百官负绢,任意自取,朝臣莫不称力而去。唯融(章武王)与陈留侯李崇负绢过性,蹶倒伤踝。"类此记述甚多,都是符合当时历史的真实而具有典型意义的,至于语言精美,繁简得宜,又其余事。

第三节　魏晋南北朝的小说

汉以前小说尚未形成,有的虽名小说,大抵都是历史传说故事。至于现存的托名汉人所著之《神异经》、《十洲记》之类,则为魏晋以后人所伪托。而真正小说的形成,还在魏晋。魏晋以后,小说才有从其他散文中分出来而独立存在的趋势,但界限仍不太清。南北朝时期,比较具有小说规模的作品已经出现,那就是"志怪"与"逸事"两类。

自东汉末年起,战乱频繁,社会动荡,人们很容易滋长颓废的出世思想,于是宗教迷信遂应时而兴。志怪小说便是在这样一个充满宗教迷信气氛的社会环境里产生和发展起来的。这类作品往往有意或无意地宣传了宗教迷信和封建道德,维护了封建正统思想,这是应该严加批判的。这时也有些人民群众的创作,虽记录神怪灵异故事,但是以这种浪漫主义的手法表达人民的理想和愿望,并非为了愚弄人民,故其思想内容基本上是健康的、积极的。《列异传》是较早的一种,旧署曹丕撰,不可靠,但刘宋时已有人引用,可见必是魏、晋作品无疑。其中《宋定伯卖鬼》一条极有意趣：人不畏鬼，反而欺鬼、卖鬼，与世俗信鬼怕鬼迥异；文字主要采对话形式，语言浅近、简明、传神，实在难得。晋干宝（字令升，新蔡人）《搜神记》二十卷，其中不少是具有强烈的现实性和浪漫气息的民间故事。如《董永》对劳动者作了热烈的歌颂；《干将莫邪》反映了人民对暴君的顽强反抗；《吴王小女》记封建社会婚姻不自由的悲剧；《李寄》赞美一个为民除害的勇敢少女。在艺术上，语言精炼而通俗，情节复杂而叙述不乱，结构谨严，无懈可击，是我国早期的一部很好的短篇小说集。此外，传为晋陶渊明撰的《搜神后记》，宋刘义庆撰的《幽明录》，梁吴均撰的《续齐谐记》等书，均有不少富有人民性的故事，长期为后人所喜爱，标志了志怪小说的成熟。

逸事小说后人或称为笔记小说，宋刘义庆《世说新语》为其代表。它主要记录魏晋清谈家的言语行事，借以品藻人物。原书十卷，今本定为三十六篇，分三卷。刘孝标为之作注，征引之书达四百余种，今多不存，故尤足珍。其文极简短，而内容广泛、丰富，自东汉至东晋末，凡士族阶层中人物的生活言行，声音笑貌，都一一跃然纸上，得到真实生动的反映。写正面人物的，如《言语》篇有一段刻画王导关心国事：

> 过江诸人，每至美日，辄相邀新亭，藉卉饮宴。周侯（顗）中坐而叹曰："风景不殊，正自有山河之异。"皆相视流泪。惟王丞相（导）愀然变色曰："当共戮力王室，克复神州，何至作楚囚相对！"

这样的态度确实是值得赞扬的。描写反面人物言行，也淋漓尽致，含有讽刺鞭挞之意，如写石崇的荒淫凶残和王敦的冷酷无情、毫无人性：

> 石崇每要客燕集，常令美人行酒，客饮酒不尽者，使黄门交斩美人。王丞相（导）与大将军（王敦）尝共诣崇。丞相素不能饮，辄自勉强，至于沉醉。每至大将军，固不饮以观其变。已斩三人，颜色如故，尚不肯饮。丞相让之。大将军曰："自杀伊家人，何预卿事？"

此外如记刘伶纵酒放达，记王恺与石崇斗富，记曹丕娶其父生前宠幸宫女为妾，记荀巨伯重义轻生，记周处勇于改过，记王恭清廉自洁，均极有意义，或暴露，或表彰，对后世读者是有一定警诫或教育作用的。当然，作者限于其阶级出身，思想意识与当时士族一致，对那种消极颓废的言行只作客观的记录，不明白表示自己的态度进行批判，对某些读者是会产生不良影响的。作者艺术成就很高,表现能力很强,语言简洁隽秀,善于运用口语对话,保存了许多俗语、词汇,并借这些语词使作品更加生动形象,如"阿堵"、"宁馨"之类,甚多。作者尤善于截取一个生活细节或片断,用寥寥的片言只语勾勒出鲜明的人物性格风貌,给读者以深刻印象。作者在诙谐与讽刺上也表现了突出的才能,往往只用一两个字就能发人深思,引人入胜。这部书不仅是逸事小说的先驱,也是此类作品的最好典范之一。应该归到这一类作品的,还有裴启《语林》,郭澄之《郭子》,殷芸《小说》,邯郸淳《笑林》,侯白《启颜录》等,但记事内容和写作艺术都不及《世说新语》,故多散佚不全。

第六章　魏晋南北朝的文学理论和文学批评

第一节　文学理论和文学批评的成长

建安以前的人只有个别关于文学看法的零碎意见,没有系统的专门讨论文学批评理论的著作,王充《论衡·艺增》之类的文章实在说还只是关于修辞方面的意见。只有到了建安时,配合着文学创作的发展,也跟汉末士大夫喜欢"清议"和品藻人物相联系,开始有人进而讨论文学理论上的若干重要问题,于是文学批评的论著便出现了。

曹丕是这时期第一个自觉地写文学批评论著的作家,他的《典论·论文》是第一篇文学批评作品。

建安诸子中写过论文文章的,还有曹植和应玚,意见平常,没有突出的见解,故影响也不大。但从这里可以看出,当时关于文学批评和文学理论方面的问题已是作家们共同注意的,并非只有一个曹丕独创。所以,曹丕的《论文》实在是作为建安文人领袖或组织者,把那个时代关于文学批评方面逐渐形成的若干具有时代特征与阶级特征的意见和认识,综合起来而简要地提出来的,不应该认为全部是他个人的创见。

此后经过陆机《文赋》、挚虞《文章流别论》、李充《翰林论》、范晔《狱中与甥侄书》、萧统《文选序》、萧绎《金楼子·立言》篇,沈约《宋书·谢灵运传论》等,都给文学理论和文学批评增加了一些新的内容。到齐梁时代,又经过刘勰和钟嵘的努力,写出《文心雕龙》和《诗品》那样全面而深刻的专门著作,于是文学理论与文学批评便完全成长、成熟,成为一门新的学问了。

以下对这几家分别进行论述。

第二节　曹丕《典论·论文》、陆机《文赋》及其他

东汉末期,文体大备,艺术技巧也为文人写作所注意追求,专业文人日渐增多,于是便出现了批评作家和作品的文章,产生讨论文学体裁、研究创作方法和批评标准的著作。可见文学批评和文学理论的产生、成长和繁荣总是跟当代文学的发展繁荣密切地关联着的。

魏晋时期,论文的著作很多,《文心雕龙·序志》说"魏文述'典',陈思序'书',应玚《文论》,陆机《文赋》","又君山、公幹之徒……"亦"泛议文意,往往间出"。此外,还有左思《三都赋序》的论赋,葛洪《抱朴子》中《尚博》、《钧世》、《辞义》等篇的论文,以及上节所说的挚虞、李充等人,或所作不传,无从窥其旨意,或散佚不全,亦难得其真貌,或意见较泛,不足以为一代文学理论的代表。其中最有价值的当首推曹丕和陆机。

曹丕《典论·论文》的贡献,首先是使文学脱离儒学而独立,为后来文学发展开辟了道路。他认为文章具有独立生命,说"文章经国之大业,不朽之盛事",已看到文学的政治作用,初步认识了文学要为政治服务,不论其立场如何,肯定了文学与政治的关系,这个见解总是很重要的。但他劝文人为声名传于后世而写作,"寄身于翰墨,见意于篇籍",如此,则"不假良史之辞,不托飞驰之势",专凭"文章之无穷",就可以成"千载之功","而声名自传于后"。他之所以要人们不去"营目前之务",这里恐怕还含有怕那些文士朋友过问政治抢夺政权的自私心理。这种主张自然跟他的政治地位相符合,他希望别人都"寄身于翰墨",而自己便专干"经国之大业"。有资格同他争权位的曹植意见便恰与他相反,说:"辞赋小道,固未足以揄扬大义,彰示来世也","吾虽薄德,位为藩侯,犹庶几戮力上国,流惠下民,建永世之业,留金石之功,岂徒以翰墨为勋绩,辞赋为君子哉?"(《与杨修书》)这简直是和曹丕的意见针锋相对而表示异议了。

曹丕是最早提出文气说的,他讲的文气含有才气、语气、风格和文章气势等多方面的意思。他说:"文以气为主。气之清浊有体,不可力强而致。"这里既是讲文章的气势、声调、音节、旋律,也就包含了作者的才情、性格和作品的风格,所以说"不可力强而致"。他认为徐幹有"齐气"、"逸气",也正说明了气是代表作品风格和作者才气的。

曹丕的文体论认为文体有四科,而各有所宜:"奏议宜雅,书论宜理,铭诔尚实,诗赋欲丽。"人皆各有所偏,有所长亦有所短,"而文非一体,鲜能备善"。以当时的"七子"而论,他说,虽皆"于学无所遗,于辞无所假",但皆各长一体,他文未能称是。这样把文体加以区分,又明白地指出其特性,对于后世论文是有重大影响的。

他另一重要见解是反对"文人相轻"、"贵远贱近"。他说"文人相轻,自古而然",其所以如此,则由于"人善于自见","是以各以所长,相轻所短"。必须"审己以度人",然后才"能免于斯累"。"常人贵远贱近,向声背实,又患暗于自见,谓己为贤",这是他所反对的,而且他确能避免这种毛病。他在评论七子时,都以他所认定的标准,给予公正的评价,肯定各个人的成就。他并不崇古人而薄当世,如说王粲、徐幹的辞赋"虽张、蔡(按:指张衡、蔡邕)不过也";说孔融的作品,"及其所善,扬、班(按:指扬雄、班固)俦也"。

陆机《文赋》是以骈体的辞赋形式写文学创作理论文章,体裁本身就限制了他很好地发挥自己的见解。这篇文章所提问题很多,而着重于修辞,有些偏重形式和艺术技巧方面。

他对文章的基本观点是"文质并重",说:"理扶质以立干,文垂条而结繁。"但他自己的作品却往往是文胜于质,辞浮于意,《文赋·序》中自己便承认道:"每自属文,尤见其情,恒患意不称物,文不逮意。盖非知之难,能之难也。"他既认为思想内容是文章的"干",必须于创作前先"立"起来,所以要做好准备工作,具备条件,如情志的修养,外物的感应,典籍的涵濡,灵感的触发。有了这些条件,再进一步"选义按部,考辞就班",细致考虑,写出文章。他重视感兴和想象,尤其重视创造,反对模仿抄袭,要求作者"谢朝华于已披,启夕秀于未振",故此,"苟伤廉而愆义,亦虽爱而必捐"。他也十分注重文章形式,故对谋篇、剪裁、遣辞、造句等问题都一一加以讨论,并且提出"暨音声之迭代,若五色之相宜",要求讲究音律的谐调。

《文赋》论文体比曹丕更细致,他说:"诗缘情而绮靡,赋体物而浏亮,碑披文以相质,诔缠绵而凄怆,铭博约而温润,箴顿挫而清壮,颂优游以彬蔚,论精微而朗畅,奏平彻以闲雅,说炜烨而谲诳。虽区分之在兹,亦禁邪而制放;要辞达而理举,故无取乎冗长。"这就发展了曹丕的四科,而为刘勰的文体论打下基础。他对于这些文体所下的定义说明了他的观点,如"诗缘情而绮靡"便是他对于诗歌的看法,概括了太康诗人的一般风格,把他以后的许多诗人引导到"绮靡"的路上,影响是很大的。

在曹丕和陆机以后,沈约的声律论也很重要。《四声谱》是音韵学专书,可不必论。最能代表他的见解的是他所写的《宋书·谢灵运传论》和《答陆厥问声韵书》(见《南齐书·陆厥传》)。他为文"皆用宫商,将平、上、去、入四声,以此制韵,有平头、上尾、蜂腰、鹤膝。五字之中,音韵悉异;两句之内,角徵不同,不可增减,世呼为'永明体'"。可见"永明体"首创自沈约,主要在于讲求声律。他强调声律的重要,又提出"四声"、"八病"之说,严格要求作者,其结果就不免限制了文学的发展,使诗歌走上纯粹形式主义的道路,影响很坏。虽然对于诗歌音律方面有一点贡献,却毕竟利少弊多,功不抵过。而且连他自己作诗也不能完全符合他所提出的清规戒律,这就可以证明他的理论完全是主观创造出来的,并不是从创作实践中总结得到的,因而也不能用之于实践。

第三节　刘勰的《文心雕龙》

齐、梁时代,文学批评已成为专门学问,第一部有系统的著作是刘勰的《文心雕龙》。

刘勰(公元465—520至523年之间),字彦和,东莞莒(今山东莒县)人,世居京口(今江苏镇江市)。所著《文心雕龙》共五十篇,作十卷,大约着手于齐世,而完成于齐末,梁初始渐为世人所知。这部书在文学批评理论方面是空前广泛、深刻而且系统全面的著作。前二十五篇除一至五篇为绪论总纲性质外,主要是文体论,而贯之以文学史,所论文体达三十余种,分别论述其特点及产生发展过程。后二十五篇除最末《序志》为自序性质外,都是一般文学理论,包括创作论、风格论、批评论和修辞论各方面的问题。

刘勰的文学思想中具有一个主要精神,就是:认为文章必须有益政教,故坚决反对当时形式主义的文风。《程器》篇说,"摛文必在纬军国","安有丈夫学文,而不达于政事哉"? 在没有机会从政经国时,才"穷则独善以垂文"。他也主张文学的艺术形式必须与思想内容统一。《原道》篇说:"形立则章成矣,声发则文生矣。"又《情采》篇说:"情者文之经,辞者理之纬;经正而后纬成,理定而后辞畅,此立文之本源也。"作家须"为情而造文",不应"为文而造情";"是以联辞结采,将欲明理",不要"文浮于理",以致"末胜其本"(《议对》篇)。显然,他主张文质并重,但二者不能平等看待,而是要形式为内容服务,也就是作为文章的艺术形式的"文"必须能为政治的"质"服务,然后才能使文致用,文章才有价值。

其次,他认为文学是时代环境的反映,所以文学的兴衰演变是随时运、世情而推移的。《时序》篇历举前代文学变迁及其与时代环境的依存关系,加以论述,建立了正确的文学发展观。根据大量的历史事实分析归纳,然后作出结论说:"故知文变染乎世情,兴废系乎时序。原始以要终,虽百世可知也。"这方法是具有历史唯物论的精神的。就个别作家而论,除时代环境对他的影响外,一切自然环境都能刺激作家的创作动机,影响作家的心理变化与作品的风格。《物色》篇就发明了这一理论。据此,当我们要批评一个作家或一篇具体作品时,就必须对作家的时代环境及作品写作的具体时间与外界客观情况都先进行研究,取得较正确的了解。

复次,他反对前代文学批评往往从主观印象出发的作风,所以他提出了自己的批评理论与批评标准。《序志》篇就把曹丕、曹植、应场、陆机、挚虞、李充等的文学批评中的缺点一一指出,认为他们所论都未能寻根索源,立定标准,而全凭主观印象以为短长。他认为文章优劣是可以认识的,所以就有可能建立批评论和批评标准。《知音》篇就发挥了这个道理,并提出了"六观"——"将阅文情,先标六观:一观位体,二观置辞,三观通变,四观奇正,五观事义,六观宫商。斯术既形,则优劣见矣。"一般批评家或"贵古贱今",或"崇己抑人",或"会己则嗟讽,异我则沮弃",都是错误的。

此外,他对于文体流别的分析,对于创作方法的讨论,都能总结前人的成就而加以发展提高,作出很大的贡献。他在中国文学批评史上占有无比重要的地位。

第四节　钟嵘的《诗品》

钟嵘(生于宋,卒于梁武帝萧衍天监末年,大约为公元 468—518 年间人),字仲伟,颍川长社(今河南长葛县西)人。所作《诗品》,当成于梁,比《文心雕龙》迟十余年。

《诗品》一书除总论或绪论性质的"序"外,分上、中、下三卷,分别评论了自汉至梁一百二十多位诗人及其所作五言诗,并依其优劣,分列于上、中、下三卷。他将汉代九品论人及曹魏九品官人的方法用到文学批评上,按照自己的见解评定等第,列为上、中、下三品,自不免于主观。事实上,他把班婕好、刘桢、陆机、潘岳、张协、谢灵运等列入上品,而把陶潜、鲍照列入中品,把曹操、徐幹、阮瑀、张载列在下品,就不能为后世所同意。他论各家源流,往往只从作品表面看,而忽略其产生的社会基础,也难免陷入形式主义的错误,如说嵇康出于曹丕,阮籍出于《小雅》,曹丕出于李陵,陶潜出于应璩,都是不能令人同意,甚而是不可理解的。所以,他的品评方法是有很大缺点的。

但是,钟嵘的文学思想却是进步的,战斗性也很强。南朝文学骈俪盛行,讲究声病,一切文体都受到很大拘束,不能充分表达作者的思想。又加上浮艳的宫体污染了诗坛,致使诗风日靡,文风日坏。钟嵘在这个时候大声疾呼,以其尖锐的笔锋对当时的诗人进行严格的批评,确有振聋发聩的作用。《诗品序》指责这种形式主义诗风就是非常明白而激烈的。

他认为诗歌要有实际作用,故主张文质并重,而反对专在形式之美方面下工夫。五言诗之所以"居文词之要",正在于它"指事造形,穷情写物,最为详切",即有内容、有感情。而作诗之成功者必须"干之以风力,润之以丹采,使味之者无极,闻之者动心",才算"是诗之至也"。

因此,他反对用典使事,主张有"自然英旨"。他说:"吟咏情性,亦何贵于用事?"说:"古今胜语,多非补假,皆由直寻。"他甚至说"大明、泰始中,文章殆同书钞",指责任昉、王融以后人,"句无虚语,语无虚字,拘挛补衲,蠹文已甚"!同理,他也反对专讲声病,认为作诗"但令清浊通流,口吻调利,斯为足矣",不必在声律上"务为精密",致使"文多拘忌,伤其真美"。

尤其重要的是他反对诗的玄风,认为"理过其辞,淡乎寡味",而主张学建安文学的慷慨之风,要有"隽上之才"和"清刚之气",这确是颇具卓识的。

总之,钟嵘《诗品》在文学批评方面,虽有其缺点,但基本方向是正确的,而且战斗性强,有很大进步意义,对后世文学特别是对于诗歌的发展,起了很好的影响。

第 四 篇

隋唐五代文学

第一章　隋唐五代文学概说

第一节　社会概况

从东汉末年起,中国政局长期处于混乱状态,东晋以后,南北对峙即达二百余年。可以说,自建安年间至南朝陈的灭亡,这三百多年间,全中国几乎是连年混战,没有什么安定日子。在经济上也只有局部的短期的一定程度的恢复与繁荣,从没有出现过全国范围的长期的进步发展现象。但是,由于汉族与北方和西方各兄弟民族的长期接触,血统逐渐混合,文化也有了交流,汉民族第一次大规模地吸收异族文化,特别是通过西域各族输入了外国的精神方面和物质方面的新成分和新营养,对于唐代文化发展起着极重要的作用。

隋帝国的建立者杨坚于公元581年灭北周,改元"开皇",到589年(开皇九年)灭陈,全国统一。他为了收买人心,巩固自己的统治地位,不得不对农民作适当的让步,因而采取了厉行节约、与民休息,并把官地和荒地分给农民等措施,使农业生产有了短期的发展。这不仅为隋代,也为继隋而兴的唐代的封建经济打下了一点基础。但不久他便死了。公元604年(隋文帝杨坚仁寿四年,统一后十六年),炀帝广继位,穷奢极侈,好大喜功,兴修离宫别馆,开凿运河,对农民进行了残酷的奴役和剥削,阶级矛盾复趋尖锐。加以对外扩张,军事繁兴,民穷财尽,怨愤益深,农民起义到处爆发,于是政权基础并不稳固的隋帝国很快就崩溃了。公元618年(隋恭帝杨侑义宁二年),隋亡,距杨坚统一中国仅三十年。

代隋而起的是李渊和李世民父子所建立的自汉以来最强大的封建统一帝国——唐。唐朝开国的统治者有鉴于农民起义的威力之大,更不得不对农民作较大程度的让步,于是便采取了一系列的缓和矛盾的措施:实行均田制,农民一般得到了土地;兴修水利,农业因而得到发展;废除苛禁,人民生活获得喘息机会。李世民继其父李渊即位后(公元627年,即贞观元年),

继续执行上述政策,促进了唐帝国封建经济的迅速发展,政权也因以巩固,便出现了历史上所谓"贞观"之治的局面。

唐初统治者不断向外扩张势力,开疆拓土,版图之大远过西汉帝国:东至朝鲜,西至天山南北,势力远及中亚细亚,北过蒙古,南至印度支那。这时期,中国颇为西方邻邦所尊重,中国民族也因而表现了一种自豪感,在各方面都具有一种创造精神和向上的力量。由于交通的便利和频繁,也促进了国内外贸易的发达,形成了更多的繁荣都市,于是市民阶层也迅速成长起来。

随着社会经济的恢复与发展,财富日形集中,豪强肆行兼并,阶级矛盾也日益尖锐。唐帝国连年东征西讨,也造成许多民族矛盾。统治阶级内部因争权夺利,互相倾轧,矛盾更是层出不穷。这些内外矛盾纠结在一起,便把唐帝国推向衰落的道路,终于在公元755年(天宝十四载)爆发了"安史之乱",而唐帝国就从此一蹶不振了。

唐代自李世民起,继承并发展隋代的用人制度,以科举考试代替了行之几百年的世族门阀的九品中正制,使中下层知识分子得有进身之阶。这一新兴力量虽然并非被压迫阶级,但毕竟和社会底层接近,生活上有些联系,思想意识也容易相通,有可能提出一些符合人民愿望的进步主张。李世民又是一个比较开明有为的君主,所以政治比历代清明。传到唐玄宗(明皇李隆基,在位时间为公元712—756年),初期也做过一些省刑减税的事,遂使"开元盛世"几乎可与"贞观之治"相埒。

在文化上,李世民提倡儒学,四方学者云集京师,太学生人数激增,邻邦如日本、新罗、百济及西域诸国也都派遣子弟僧徒来唐留学,经学和文学的研究盛极一时。佛老思想融合,与儒家思想对立,展开自由讨论和争辩,思想界大为活跃。

中西交通发达,中国文化远播,间接传到欧洲,外国文化也影响了中国:西域音乐舞蹈和印度佛教经典都输入进来,对唐代文化起了一定的丰富作用。但中国文化自来就有它自己的深厚基础,所以外来的影响虽大,它却从不放弃固有的东西而移植外国来的,它只是从外来的东西中选择并吸取它所需要的有益成分而营养自己,融为具有民族特色的独特的一套罢了。

"安史之乱"揭开了唐帝国美丽光彩的表皮,暴露了它腐朽溃烂的全部内容。后来叛乱虽然平定了,但地方藩镇的威胁并未解除,遂形成割据分裂的局面,内战时常发生。外族如吐蕃、回纥、南诏等也不断入侵。统治阶级本身更是昏愦无能,对藩镇采取姑息放任政策,听其割据坐大;朝廷上宦官与官僚集团间互相倾轧,展开了长期剧烈的斗争;而外患日亟,军需浩繁,统治阶级奢靡亦益甚,一切需要都加到人民头上,剥削剧而压迫重乃成必然之势。

唐代自爆发了"安史之乱",前期繁荣的社会经济一度受到严重的打击而陷入衰微。事平之后,经过一定时期的恢复,才又逐渐趋于繁荣。但中唐的繁荣,主要是由于国外贸易的兴盛,番客、胡贾往来益频,城市人口集中,消费量大,人多趋于豪华享乐。这时,长安、扬州、广州都成为极大的国际市场,商贾云集,生活富裕,于是娱乐场所也因以繁兴,文化方面自然染上了市民的色彩。

然而,封建社会的经济基础毕竟还在农村,这时城市虽然相当繁荣,但那只是表现在消费上,是虚假的,并非经济社会的本质。而在农村,一面是丁壮强被征调,劳动力锐减,土地荒芜,物价腾贵,人民大量死亡;一面是税赋加重,剥削愈苛,贫者愈贫,不死便只有逃亡。这如何能长期维持下去呢?中唐以后,农民起义此伏彼起,终于汇成了公元874年以王仙芝为首的和次年以黄巢为首的农民大起义。这一次农民武装斗争延续达十年之久,虽然到公元884年(僖宗李儇中和四年)终于被藩镇借沙陀军合力镇压而失败,唐帝国政权却也随之而彻底崩溃了。

藩镇为了扩张自己的土地和实力,更剧烈地展开了割据与兼并的混战,因此又造成了10世纪前半期中国大分裂的所谓"五代十国"的局面。在唐末以后的五十几年中,统治北方大部分地区的先后有五个朝代,地大人众,战争频繁,残破过甚。而与此同时,在南方则分别为十个封建小国所割据,战祸较少,社会生活反而安定一些。于是北方人民大量南移,南方尤其江浙一带,生产比较发达,工商贸易均有相当进步。吴越、南唐、西蜀竟成为这个时期我国文化的代表地区,文学也随着有所发展了。

第二节　文学概况

隋代文学上承六朝余风,仍以形式主义的骈俪文及淫靡的宫体诗居于文坛统治地位;但这时已有少数人对这种文风表示不满,企图有所改变,有的作家作品也出现了比较刚健的风格,透露了由六朝浓厚的形式主义转变到唐代现实主义的喜讯。隋代的短期统一,把过去南北对立的文风初步融合起来,成为南朝文学过渡到唐代文学的桥梁。虽然隋代进步作家的成就还不大不高,但这一贡献的意义是应该予以适当的估计的。

唐代文学极为繁荣,首先表现在诗歌方面,成为中国古典诗歌的黄金时代,不仅数量多,形式完备,题材广泛,而且就其质量来说,思想内容和艺术技巧也都达到很高的境界。从唐初到贞观年间(公元 618—649 年)为唐诗的准备时期,犹存梁、陈宫体诗的遗风,但主要作家已开始以其嘹亮的歌声来歌唱自己的生活感受,表现人生的理想,向现实主义转化,在摆脱宫体影响的过程中起了很大作用。紧跟着出现了陈子昂,更有意识地提出以"复古"为号召的革命性的主张,要求作家关心政治社会,注意人民生活,从理论与实践上对宫体遗风进行彻底扫荡,为唐代诗歌的发展开辟了一条康庄大道,真是"卓立千古,横制颓波,天下翕然,质文一变"(卢藏用《右拾遗陈子昂文集序》)。

开元(公元 713—741 年)、天宝(公元 742—755 年)间,号称盛唐时期,诗人辈出,尤为杰出的是伟大的积极浪漫主义诗人李白。他的诗虽主要在于抒情,但也表现了对于人民的深切同情,不仅描写了社会的繁荣景象,也批判了当时不合理的社会制度并鞭挞了统治阶级的黑暗统治与腐朽生活。有些诗人参加了对外战争,对边塞、行军、征战等有较深体会,写出一些有名的边塞诗;也有些因政治失意而退隐田园,写了一些山水诗和田园诗。这时期在诗歌领域里,形成了百花齐放的局面。

"安史之乱"前后,社会内部矛盾由尖锐而恶化,帝国命运由盛而衰,人们自此再也不能过上安定的生活了。伟大的现实主义诗人杜甫把自己的命运和广大人民的命运紧紧地联结在一起,以其高度的艺术修养与对待人民的深厚的感情创作了许多富有爱国主义思想和人道主义精神,反映当时政治社会实际生活的"史诗",成为这个苦难时代的镜子。

经过大历(代宗李豫年号,公元 766—779 年),到元和、长庆年间(前者为宪宗李纯年号,公元 806—820 年;后者为穆宗李恒年号,公元 821—824 年),中唐社会有一段相对安定的时期,封建经济得到进一步的发展,市民阶层兴起,但农民却痛苦愈甚。就在这样的历史社会条件下,唐代诗歌进入了第二次繁荣的阶段。以白居易为首的新乐府运动蓬勃地发展起来了。他们强调诗歌的政治社会作用,主张以通俗的乐府体来揭露统治阶级的罪恶,反映人民的痛苦和异族的侵略。与此同时的贾岛、孟郊、李贺以及以倡导古文运动著名的韩愈则各以其独特的风格创作了许多瘦硬、幽险的诗,也使诗坛变得更为丰富多彩。

　　自文宗李昂大和(公元 827—835 年)以后,算是晚唐时期了。晚唐诗风有两条线:一条是聂夷中、杜荀鹤等的批判现实主义;另一条是李商隐、温庭筠和杜牧等的偏于注重婉丽、着意辞藻和典事的诗风。另外,还有陆龟蒙、皮日休等虽以描写隐居生活为主,但写作态度比较严肃,也写出一些揭露黑暗现实的作品,基本上属于第一条线。

　　到了五代,诗歌的主要形式不是五七言古近体诗,而是自中唐以后兴起的文人词。中唐文人从民间的曲子词取得新的营养和力量,把诗从僵化了的格律中解放出来,但这时填词还只是诗人的余事。到晚唐时期,温庭筠的作品虽然也是诗多于词,但以其成就与影响而论,他的词却比诗还重要得多。从此,词便成为一种离开诗而独立的文学形式。五代著名文人便都是主要运用词这种形式来抒写个人情怀的,韦庄、李煜、冯延巳便是这个时期统治阶级上层文人词家的代表。

　　词是城市兴起后适应市民阶层的需要而发展的,同样,变文也是市民文学,并且也是发展于中晚唐以后的,与宋代的各种民间文学,尤其说唱文学关系至巨。

　　唐代的传奇小说是魏晋六朝志怪小说的发展,但也有它产生的历史社会原因。商业都市的兴起与繁荣是传奇小说诞生的社会基础;市民生活与思想提供了创作的题材与内容;变文的发达,古文运动的开展以及科举仕进制度的演变等等,都对传奇小说的降生和发展起了促进作用。

　　唐代的古文运动实是文学革新运动,目的在于反对六朝以来盛行的形式主义的骈文,所以有很大的进步意义。唐初就有人提倡古文,反对骈俪,但力量不大,成效不著。安史之乱以后,尤其中唐时期韩愈、柳宗元出来,大倡古文,并于理论之外,又能以其散文艺术的卓越成就具体地影响广大作者,形成一个不可阻遏的巨大力量,于是这文学史上第一次古文运动,也就是散文文学的革新运动,便取得了决定性的胜利。

　　隋唐五代这一整个时期,政治上虽不属于一个时代,在文学发展上却是绵延不断,难于割裂的。隋代三十年的文学实与初唐文学同为过渡性质;而五代则为晚唐的继续,尤其五代作家的诗词大抵均沿袭晚唐余韵,没有多少变化,温庭筠的词被编入《花间集》,成为花间派之首,正可说明这种情况。因此,这四百年间的文学主要就是唐代文学,隋与唐初为一阶段,五代则附于晚唐而为另一阶段,实只是盛唐和中唐的准备与余波,属于前后两个过渡时期而已。

第二章　隋代文学及初唐诗歌

第一节　隋代文学简述

　　隋代统一之前,南北朝对峙的局面延续了二百七十年,文学上有显著的差异。北朝长期在异族统治之下,文风不盛,几乎是处于六朝风尚的"化外",一直是朴素的,甚而是"质木不文"的。自庾信、王褒入周以后,把南朝浮艳的文风带到北方,使北朝文学起了很大的变化,但比起整个北方文坛来,他们的力量还是微弱的。相反的,他们自身的作品风格,却受到北方的影响而起了相当大的变化,特别在庾信身上,显出了刚健的风格,正如杜甫所说的"庾信文章老更成",初次显出南北诗歌的混合型。北朝文学成为六朝文学风格中的北方支流了。无疑的,南北文风的差异,主要是由于社会经济发展的不同、交通阻绝、文化方面的传播沟通也比较少的缘故。《隋书·文学传序》说:"暨永明、天监之际,太和、天保之间,洛阳、江左,文雅尤盛。……彼此好尚,互有异同:江左宫商发越,贵于清绮;河朔词义贞刚,重乎气质。气质则理胜其词,清绮则文过其意。理深者便于时用,文华者宜于咏歌,此其南北词人得失之大较也。"隋初文人多为由南朝北徙的,政治统一了,文学上也便进一步得到南北融会,故隋代三十余年的文坛基本上还是南朝宫体文学的继续。

　　隋初文学既承南朝淫艳余风,当时统治者也看到它的流弊而企图加以扭转,但政治力量毕竟不能改变文风,故效果不大。时人李谔"以属文之家,体尚轻薄,递相师效,流宕忘反",上书隋文帝,"请勒诸司,普加搜访,有如此者,具状送台"。文帝便将这个奏书"颁示天下",又尝"普诏天下:公私文翰,并宜实录";甚至泗州刺史司马幼之竟因"文表华艳,付所司治罪",可谓雷厉风行。然而,实际上却始终未能彻底改变文坛风气。

　　尤其杨坚死后,其子炀帝广即位,荒淫奢靡亘古未有,他又是一个长于文艺的人,于是在他的倡导之下,宫体文学又翻起反动的潮流了。他的作品多乐府歌辞,尤善运用七言体翻作乐府新声。今存其诗歌五十余篇,除《饮马长城窟行示从征群臣》等虚伪的装点门面的极少三五首,并不代表他的作品真实面貌外,其他乐府新声就全是与他的糜乱生活相一致的,至多在文字上较为含蓄,比陈后主略胜而已。如《春江花月夜》:

> 暮江平不动,春花满正开。流波将月去,潮水带星来。

这还是好的,试看其《喜春游歌》:

> 步缓知无力,脸曼动余娇。锦袖淮南舞,宝袜楚宫腰。

这与陈后主的艳情篇什有何区别！七言的如:

> 洛阳城边朝日晖,天渊池前春燕归。含露桃花开未飞,临风杨
> 柳自依依。小苑花红洛水绿,清歌宛转繁弦促。长袖透迤动珠玉,
> 千年万岁阳春曲。(《四时白纻歌》二首之一"东宫春")

也正是宫体诗的代表。如果说他有些描写景物的妙句,那倒是真的,如"寒鸦飞数点,流水绕孤村","鸟击初移树,鱼寒欲隐苔","远水翻如岸,遥山倒似云",这些都颇为后人所称道。但这正说明他走的是雕琢辞句的老路,并没有什么进步意义。幸而他在位不过十四年,便被杀了,隋王朝也因而灭亡,对文学的恶劣影响还不太大太深。

在这三十年中,文学确到了"剥极则复之候"。南北文风在统一的局面下得到进一步的融会,文帝杨坚的改革令也多少起一点作用,少数作家稍稍趋向于朴素,有了一定的进步。杨素、薛道衡、卢思道、虞世基等便是这类的作家。

杨素(公元544—603年),字处道,弘农华阴(今陕西华阴县)人,在北朝周受封为平安县公,入隋加上柱国,封越国公,炀帝大业初,迁尚书令,拜太师,改封楚公,声势煊赫。他本是一个政治人物,不以诗著。但他文才很高,辞藻纵横,诗多秀句,如:"深溪横古树,空岩卧幽石。日出远岫明,鸟散空林寂。兰庭动幽气,竹室生虚白。落花入户飞,细草当阶积。"又如:"白云飞暮色,绿水激清音。涧户散余彩,山窗凝宿阴。花草共荣映,树石相陵临。"这些诗句固然也讲求对偶,但是都还具有清拔之气,与宫体诗之徒以艳冶求胜者大大不同。至于像《赠薛播州》的十四首之一云:

> 北风吹故林,秋声不可听。雁飞穷海寒,鹤唳霜皋净。含毫心

> 未传,闻音路犹夐。惟有孤城月,徘徊独临映。吊影余自怜,安知
> 我疲病!

则更非梁、陈诗所能范围,可以说已开初唐诗风的先声了。他的出塞诗也是在长期军旅生活中吸取了素材真实而形象地写出来的质朴有力的作品,如《出塞》第二首:

> 汉虏未和亲,忧国不忧身。握手河梁上,穷涯北海滨。据鞍独
> 怀古,慷慨感良臣。历览多旧迹,风日惨愁人。荒塞空千里,孤城
> 绝四邻。树寒偏易古,草衰恒不春。交河明月夜,阴山苦雾辰。雁
> 飞南入汉,水流西咽秦。风霜久行役,河朔备艰辛。薄暮边声起,
> 空飞胡骑尘。

这里不仅有清苍的诗句,有荒凉的边地景物,也有作者内心的真实感受。同时的诗人薛道衡和虞世基都有同题的和诗,风格也都相似,这就成为隋代诗歌一个比较普遍的题材,表现了新的内容,为唐代边塞诗起着开路先锋的作用,在当时诗坛上有相当重要的意义。

薛道衡(公元 540—609 年),字玄卿,河东汾阴(今山西万荣县)人。初仕北齐,齐亡仕周。入隋,除内史。炀帝时,迁播州刺史,后以论时政见害。他存诗二十一首,其五言小诗《人日思归》是隋初聘陈时所作,最为上乘:

> 入春才七日,离家已二年。人归落雁后,思发在花前。

南人称赞道:"名下固无虚士。"可见当时已是为人传诵的了。他和杨素的《出塞》诗二首颇能道出边地征戍情境,是受了北方乐府民歌影响的,其风格与梁陈形式主义作品迥乎不同。他的代表作是《昔昔盐》和《豫章行》两首。前者没有什么新的思想,还留着南朝形式主义余臭,只以"暗牖悬蛛网,空梁落燕泥"一联为炀帝所爱妒,遂盛传于世。后一首虽无特出的妙句,但全篇极完整而深刻,尤其结句"不畏将军成久别,只恐封侯心更移",确能道出封建社会妇女没有独立社会地位的本质来。总的看来,他的诗内容不够广泛,大抵以离情别恨为题材,现实意义不大。在艺术形式上犹有追求工巧的痕迹,如"遥原树若荠,远水舟如叶";"云间璧独转,空里镜孤悬";"簷阴翻细柳,涧影落长松"之类,都略觉纤丽,有齐梁遗风。但也必须看到,他的爱情诗虽雕琢精细,却无色情成分,基本上是向健康道路发展的,故仍无愧为隋代最出色的诗人。

卢思道(公元 535—586 年),字子行,范阳(今北京附近)人。也历仕于齐、周、隋三朝,与薛道衡相友善。杨坚时为散骑侍郎。他存诗二十六首。其拟乐府诸作如《有所思》、《日出东南隅行》、《棹歌行》、《美女篇》、《采莲曲》等均淫靡浮艳,内容空洞,思想较卑,受梁陈宫体影响很深,殊无进步意义。而作为一代名作家之一,他也有思想艺术均较新颖进步的诗篇,如《从军行》便是:

> 朔方烽火照甘泉,长安飞将出祁连。犀渠玉剑良家子,白马金羁侠少年。平明偃月屯右地,薄暮鱼丽逐左贤。谷中石虎经衔箭,山上金人曾祭天。天涯一去无穷已,蓟门迢递三千里。朝见马岭黄沙合,夕望龙城阵云起。庭中奇树已堪攀,塞外征人殊未还。白雪初下天山外,浮云直上五原间。关山万里不可越,谁能坐对芳菲月!流水本自断人肠,坚冰旧来伤马骨。边庭节物与华异,冬霰秋霜春不歇。长风萧萧渡水来,归雁连连映天没。从军行,军行万里出龙庭。单于渭桥今已拜,将军何处觅功名!

从这里可以看出隋朝统一后,文人们民族意识的高涨。这首诗语言雄壮,气势开阔,能够真实地写出边塞从军生活的情况与心境,不仅在内容上为唐代边塞诗人作了先驱,在风格上也为初唐四杰开辟了道路,同时,这种七言歌行又给唐代七言长篇打下了基础。全诗结语讽刺那些靠征战猎取功名的将军们,更足以振起全篇,为此诗增色不少。此外《听蝉鸣篇》抒发了诗人在政治上沉沦不得意的郁愤,并讽刺了无功受禄的权贵,感慨万端,寓意深刻。《游梁城》格调亦高,中间有"亭皋落照尽,原野迥寒初。鸟散空城夕,烟销古树疏"之句,写中原秋尽冬初古城荒凉景象,颇能衬托诗人当时的内心情绪。

虞世基,字茂世,会稽余姚人。由陈入隋,文帝时拜内史舍人。炀帝尤加礼重,专典机密。但他唯诺取容,而贪昏无厌,后卒和炀帝一起被宇文化及所杀。他存诗十余首,以和杨素《出塞》二首写塞外苦寒景象最佳,它篇未能称是。

此外,孙万寿,字仙期,信都武强人,由北齐入隋。诗存九首,多为触景伤情,感怀不遇,并寓故国之思的作品,如《寄京邑知友》、《和周记室游旧京》、《行经旧国》等都是。还有《早发扬州还望乡邑》已具唐人五言律诗格调:

> 乡关不再见,怅望穷此晨。山烟蔽钟阜,水雾隐江津。洲渚敛

寒色,杜若变芳春。无复归飞羽,空悲沙塞尘。

总的说来,他的诗已渐近唐音,惟题材狭隘,以抒写个人情绪为主耳。

还有王胄,字承基,琅邪临沂人,其诗气高致远,与虞世基并列。孔德绍,会稽人,亦有诗名,存诗十一首中竟有两首五律和两首五绝。孔绍安,存诗七首,四首是五绝,其《落叶》一首意境深远,已与唐人小诗风格无异:

早秋惊落叶,飘零似客心。翻飞未肯下,犹言惜故林。

以隋代散文言,虽有人大力反对六朝骈俪,甚至运用了政治力量来企图改变文风,但效果不著,"外州远县,仍踵弊风"。加以平陈之后,南朝文士纷纷北上,一时竟使北方文风反而南化,浮艳的文章遂成为隋代统治阶级文学的主流,其恶风一直流漫于唐初的文坛。这时能从理论上提出改变文风主张的,首先是号称隋代大儒的文中子王通。他在所著的《中说》里提出了"文以载道"的文学观,极力反对六朝的华靡。《王道》篇说:"言文而不及理,是天下无文也。"在《事君》篇中逐一指责了谢灵运、沈约、鲍照、江淹、吴均、孔稚珪、谢庄、王融、徐陵、庾信、刘孝绰、刘孝威、萧子建、萧子良、萧子隆、谢朓、江总等等,可以说是唐代韩愈、柳宗元等古文运动的先驱。

隋末入唐的王度撰《古镜记》,是唐代传奇由六朝志怪小说过渡来的最早作品。它虽缺乏后来传奇小说中的浓厚的人情味,但在文学发展史里,这种开创时期的作品还是值得注意的。

隋代还留下有民间无名作家的一些诗歌,其意境与风格都较上述文人作品深刻浑朴,如大业末年题为《送别》的:

杨柳青青著地垂,杨花漫漫搅天飞。柳条折尽花飞尽,借问行
人归不归?

情调确是很凄怨的,它反映了隋末人民对严重的徭役的反感,还不仅是普通的送别而已。民间的乐府古题《鸡鸣歌》更直接诅咒统治者就要死亡,显然有鼓动人民武装起义的目的与作用:

东方欲明星烂烂,汝南晨鸡登坛唤。曲终漏尽严具陈,月没星
稀天下旦。千门万户递鱼钥,宫中城上飞乌鹊。

而《隋炀帝海山记》所载的《挽舟者歌》则写得更为明白:

我儿征辽东,饿死青山下。今我挽龙舟,又困隋堤道。方今天

下饥,路粮无些小。前去三十程,此身安可保！寒骨枕荒沙,幽魂
泣烟草。悲损门内妻,望断吾家老。安得义男儿,悯此无主尸？引
其孤魂回,负其白骨归！

这首诗用第一人称写当时千百万受苦受难中的一个,有着巨大的典型意义。
它深刻地揭露了当时的阶级矛盾,揭露了统治者的罪行,是广大人民对统治
者的血泪控诉,战斗性很强。还有隋末农民起义军领袖王薄作的《毋向辽东
浪死歌》现在已佚,但当时民间的《长白山谣》也与那次起义有关:

长白山前知世郎,纯著红罗锦背裆。长矛侵天半,轮刀耀日
光。上山吃獐鹿,下山吃牛羊。忽闻官军至,提刀向前荡。譬如辽
东死,斩头何所伤！

这里写长白山农民起义英雄的形象有多么威武,多么豪壮,多么乐观,而文
字又是多么简劲有力,其气魄之雄健远非上述任何文人作品所能比拟。可
惜这类民间作品被统治阶级所摧残,多数没有机会保留下来,今天能见到的
已经很少了。

第二节　唐初诗风

唐代文学在各方面都很兴盛,尤以诗歌最为发达。但在开国之初,作者
虽多,诗风却仍因袭陈、隋之旧,有严重的齐、梁遗风,一直延续了几十年才
得到改变,这主要应归咎于唐代开国君主李世民的错误领导。

李渊称帝后,其子李世民为天策上将,封秦王,与其兄建成及弟元吉争
位,各自招贤养士,延揽儒者,以张大势力。高祖李渊武德四年(公元 621
年),世民以其秦王府为中心,开文学馆于宫西,延四方文学之士,容纳陈、隋
旧臣,如房玄龄、杜如晦、薛收、虞世南、李百药等十八人,均"以本官兼文学
馆学士,分为三番,更日值宿"。世民也经常于朝谒公事之暇,去讨论文籍。
他又使库直阎立本图像,褚亮为赞,号"十八学士"。士大夫得预其选者,时
人谓之"登瀛洲"。这就形成了不只是政治上的中心,同时也是文学上的中
心,而李世民则既是政治领袖,又是文学上的实际领导者了。他的用意原在
于笼络人心,但因其本人好作艳诗,于是以描写宫廷生活及歌功颂德为能事
的"应制诗"便大为兴盛。终初唐时期,这种宫体诗遂成为宫廷贵族生活中

不可缺少的东西。诗坛上表面虽然很热闹,而实际上却非常空虚,毫无新的气象,与南朝及隋代诗风无异。李世民现存诗六十九首,正都是雕章琢句、了无新意的玩艺。一般"应制诗",可以由隋入唐的孔绍安在侍高祖(李渊)宴应诏《咏石榴》中"只为来时晚,开花不及春",及李义府初见太宗(李世民)奉诏咏鸟的"上林多许树,不借一枝栖",而判断其思想与风格之卑靡。李世民既欣赏这类东西,在下者自皆以此希意承旨,猎取禄位,上下相靡,遂形成统治阶级的浮艳诗风了。李世民尝作宫体诗,受到虞世南的净谏,现在存下来的六十九首诗中,当然不包括他的那些宫体诗,但其风格毕竟还是齐梁遗音,则其中毒之深可知。

初唐诗家既然多是陈、隋旧人,自仍保持其宫体余风,虽虞世南主张"雅正",反对华靡,而其本人所作,仍不免恻艳之习。虞世南(公元558—638年),字伯施,余姚(今浙江余姚县)人,隋虞世基之弟,善属文,学徐陵体。初仕陈,入隋为秘书郎,入唐后,官至秘书监。在隋所作多应诏奉和之类,入唐以后也写了不少应制诗。其他诗篇亦均有陈隋余响,如《中妇织流黄》:

> 寒闺织素锦,含怨敛双蛾。综新交缕涩,经脆断丝多。衣香遂
> 举袖,钏动应鸣梭。还恐裁缝罢,无信达交河。

其他类此者甚多。即最好的《从军行》,"追琢精警,渐开唐风"(沈德潜语),却也不免"犹存陈、隋体格"。别人更无论了。

李百药(公元565—648年),字重规,定州安平(今河北安平县)人。在隋为太子通事舍人,入唐拜中书舍人,官至宗正卿。其诗风可以《少年词》为例:

> ……始酌文君酒,新吹弄玉箫。少年不欢乐,何以尽芳朝?千
> 金笑里面,一搦抱中腰。挂冠岂惮宿,迎拜不胜娇。寄语少年子,
> 无辞归路遥。

艳体遗风,非常明显。《咏蝉》云:

> 清心自饮露,哀响乍吟风。未上华冠侧,先惊繄叶中。

诚然没有香艳淫靡气味,但那是题材决定的,而词句雕镂之痕并未脱尽,这就开稍后的沈(佺期)宋(之问)绝句之先声了。

此外,长孙无忌、李义府辈,更多宫体之作,格愈卑,词愈艳。李义府的《堂堂词》可作代表:

　　　　懒整鸳鸯被，羞褰玳瑁床。春风别有意，密处也寻香。

与他们同道的还有一个对诗坛影响极大的上官仪，把形式主义的宫体诗提到顶点，"当时多有效其体者，时人谓'上官体'"。上官仪（公元616？—664年），字游韶，陕州陕（今河南陕县）人，官至秘书郎。太宗李世民作文常请他核阅，作诗也与他唱和，因此便以词采见重，成为典型的御用文人。他的《早春桂林殿应诏》可以代表他的诗风：

　　　　步辇出披香，清歌临太液。晓树流莺满，春堤芳草积。风光翻
　　露文，雪华上空碧。花蝶来未已，山光暖将夕。

这正是"绮错婉媚"，没有现实内容的作品，而为了"应诏"，所以就只能在形式上讲究工整典丽。他把六朝以来诗歌中的对偶方法归纳成"六对"、"八对"，提出许多形式与名称，后人去复存异，还有九类。这对于后来律诗的形成固然起了一定的促进作用，但他之如此提出，在当时却是阻碍诗歌向现实主义道路发展的。

　　在初唐前期，不属于宫体诗人之列的，也还有个别作者能够摆脱形式主义的拘束而趋于刚健豪迈一路，太宗名臣魏徵就是其一。魏徵（公元580—643年），字玄成，馆陶（今河北馆陶县）人。隋末，他为李密典书记，唐兴，随李密降，世民即位，拜为谏议大夫，以耿直称。他不以诗知名，所作也不多，但《出关》（一作《述怀》）却是初唐杰作：

　　　　中原初逐鹿，投笔事戎轩。纵横计不就，慷慨志犹存。杖策谒
　　天子，驱马出关门。请缨系南越，凭轼下东藩。郁纡陟高岫，出没
　　望平原。古木鸣寒鸟，空山啼夜猿。既伤千里目，还惊九逝魂。岂
　　不惮艰险，深怀国士恩。季布无二诺，侯嬴重一言。人生感意气，
　　功名谁复论！

它反映了当时知识分子积极进取的人生观，胸怀阔达，志气豪壮，确如沈德潜所说："气骨高古，变从前纤靡之习。盛唐风格，发源于此。"但他作诗很少，而且一个人的力量也比较微弱，不能扭转整个萎靡的诗坛。

　　另一个值得特别提起的真正诗人是王绩。他字无功，绛州龙门（今山西河津）人，为隋末大儒王通之弟，生卒年约为公元585—644年。在隋末应孝悌廉洁举，授扬州六合县丞，非其所好，弃官还乡里，在唐遂以隐士终。他是一个有才有德酷爱自由的诗人，慕阮籍、陶渊明诸晋代名士，而反对封建制

度与儒家礼教,故其处世态度颇有与陶渊明相似处,只不像陶那样含蓄,故更接近阮籍、嵇康。他的诗是真实的,能充分表现他个人的生活、思想和情感,无宫体诗的艳情和绮语。而在这样毫不虚伪矫饰的作品中,便自然能反映出现实社会的一些本质问题。

从他的《晚年叙志示翟处士正师》一篇中,可以看到他思想变化的全部过程,他并非自始就无意于世事的,只因有志不遂,才不得已而采取消极退隐的办法来表示与统治者对抗,正和陶渊明的思想发展是一样的。至于饮酒,不过借以麻醉自己,也与魏晋人阮籍、陶潜的饮酒是同样目的。《醉后》云:"阮籍醒时少,陶潜醉日多。百年何足度,乘兴且长歌。"《过酒家》云:"此日长昏饮,非关养性灵。眼看人尽醉,何忍独为醒!"不都是很好的说明吗?

他在《赠梁公》中说:"我欲图世乐,斯乐难可常。位大招讥嫌,禄极生祸殃……朱门虽足悦,赤族亦可伤。"可见他处在混乱的时代,有一种战战兢兢忧伤恐惧的心理,使他为了明哲保身便只好消极退隐。他怕的是"一朝失运会,剖肠血流死",像宝龟一样"丰骨输庙堂,鲜腴藉筵篚",那是"自我招此否",还能怨谁呢?(《古意》之三)他这种思想与《庄子·山木》相同,可见他是受老庄思想影响很深的。

他的诗多有学阮籍、陶潜的。《古意》六首学阮,与阮的《咏怀》正是一路。《薛记室收过庄见寻》则分明受有陶诗的影响。《田家》第二首更为皎然:

> 家住箕山下,门枕颍川滨。不知今有汉,唯言昔避秦。琴伴前
> 庭月,酒劝后园春。自得中林士,何忝上皇人?

他是晋宋以来第一个学陶诗而有成就的诗人,已开唐人学陶的先路。

他晚年的诗,意境格律更为成熟,足以上继阮、陶,下开盛唐,尤能体现其隐居田园的平民生活与思想感情。《野望》一首是最出色的:

> 东皋薄暮望,徙倚欲何依? 树树皆秋色,山山惟落晖。牧童驱
> 犊返,猎马带禽归。相顾无相识,长歌怀采薇。

此外,如《秋夜喜遇王处士》、《夜还东溪》等五言绝句,均意境淡远,情景交融,格调清新,语言质朴,为南朝以来罕见的抒情小诗,给初唐诗坛放一异彩,也是唐诗的良好开端,在创作实践上洗尽南朝宫体诗的铅华。

可惜,魏徵政治地位虽高,不以诗歌名世,又未以其诗歌观点与作品向形式主义、唯美主义展开坚持不懈的斗争;王绩则以隐者身份不曾参与当

时文坛的斗争,作品流传不广,"人微言轻",影响不大。以此,宫体艳诗的恶浊空气遂仍旧弥漫于唐初诗坛,直到较后的"四杰"和陈子昂出世,才打开一个新的局面。

第三节　初唐四杰

在初唐的后期,出现了力求跳出上官体的范围而有意识地要创造新风格的"四杰",他们虽未脱尽南朝的影响,但其努力是取得了一定成就的。他们把诗歌引向现实生活,抒写真实情感,走向正确的现实主义道路,确已负起了唐诗开创期的时代使命。

四杰是王勃、杨炯、卢照邻和骆宾王。他们虽都是文章家,但"四杰"之称却是兼用来品鉴他们的诗作的。尽管他们的诗歌都各有自己的特色,但就其同为反对绮靡的宫体,同在创立活泼刚健的新诗风这些方面来说,却是一致的。所以作为唐初一个流派来研究很有意义。

王勃(公元 649—676 年),字子安,绛州龙门(今山西河津县)人,文中子王通之孙,王绩的侄孙。幼有神童之名,十四岁对策高第,授朝散郎,后因往海南交趾省父(福畤,为交趾令),渡海溺水,惊悸而卒,年仅二十八岁。杨炯辑其遗文二十卷,并为之序。他的诗多五言律和一些五言绝句,大抵均是小诗。《送杜少府之任蜀州》感情真挚,胸襟开阔,风格爽朗,意味深长,而且已是很完整的律诗,为初唐的寂寞诗坛所罕见:

城阙辅三秦,风烟望五津。与君离别意,同是宦游人。海内存知己,天涯若比邻。无为在歧路,儿女共沾巾。

《别薛华》一首尤为动人。由于薛华和他是布衣之交,身世相同,离别时便多凄凉怅惘之情:

送送多穷路,遑遑独问津。悲凉千里道,凄断百年身。心事同漂泊,生涯共苦辛。无论去与住,俱是梦中人。

他的小诗写景抒情,语言质朴,刊尽雕饰,所以着墨无多,而饶有余味,如:

去骖嘶别路,归棹隐寒洲。江皋木叶下,应想故城秋。(《临江二首》之二)

　　　　长江悲已滞，万里念将归。况属高风晚，山山黄叶飞。(《山
中》)

有名的《滕王阁》一诗，论气势则雄放高远，论情思则感慨古今，不愧为王勃
的杰作，比之以堆砌典实、排比辞藻为工的《滕王阁序》实大相径庭，完全可
以独立传世。

　　杨炯(公元 650—693 年?)华阴(今陕西华阴县)人，博学好文。年十
一，举神童，授校书郎，官止盈川令。有《盈川集》三十卷，诗不多，但五言律
颇有佳篇。其五言绝句虽仅《夜送赵纵》一首，却也是少有的可传之作：

　　　　赵氏连城璧，由来天下传。送君还旧府，明月满前川。

只最后五个字便说尽送别时情景，而大野空阔，一月悬天，离情尽在其中。
至于语言通俗，音调响亮，犹其余事。其《送临津房少府》则是格律比较完整
的五言律诗：

　　　　歧路三秋别，江津万里长。烟霞驻征盖，弦奏促飞觞。阶树含
斜日，池风泛早凉。赠言未终竟，流涕忽沾裳。

《从军行》以边塞从军生活为题材，发抒他的爱国热情和乐观主义精神，诗句
慷慨雄壮，气势宏放：

　　　　烽火照西京，心中自不平。牙璋辞凤阙，铁骑绕龙城。雪暗凋
旗画，风多杂鼓声。宁为百夫长，胜作一书生。

充分表现了诗人不甘为书生，而思以保卫边疆，舍身报国的宏愿。此外，《出
塞》和《紫骝马》也都同样具有积极进取的精神，那是符合当时民族利益的，
而且与人民的感情相通，有激发民族自信心，鼓励他们为保卫祖国而战斗的
积极作用。初唐时代，西北方的突厥族诸国常常入侵，从军出塞，保卫祖国
乃是汉族人民的神圣义务。这些诗既是这个时代的产物，所以不能和鼓吹
侵略、参加非正义战争的诗篇相提并论。

　　卢照邻(公元 640? —680? 年)，字昇之，范阳(今北京市)人。十余岁
即博学善属文，为新都尉，因染风疾去官，后来病甚，足挛，一手又废，作《五
悲》及《释疾文》，读者莫不悲之。他最后终以不堪病魔的缠绕，投颍水而死，
时年四十。有诗文二十卷及《幽忧子》三卷。在四杰中，他的身世最为悲惨，
作品亦最杰出，而于七言歌行尤所擅长。《行路难》和《长安古意》在初唐时
期乃至整个唐代诗歌中都是最出色的。《长安古意》一开始就极力铺陈权贵

们的豪华生活,尽情揭露,刻画出他们的丑恶形象。然后又描绘出不得意的人们的冷落情况,作了鲜明的对照,也表现了他的分明的爱憎。《行路难》以同样题材写出自己的思想道:"自昔公卿二千石,咸拟荣华一万年。不见朱唇将玉貌,唯闻青棘与黄泉。"诗人自己也知道:"云间海上邀难期,赤心会合在何时?"出世求仙,非其本志,"但愿尧年一百万,长作巢由也不辞"。事实上,尧年既不可能有那么长久,因而自己也就不应长作巢由,还是应当从现实政治入手。

就是因为他具有这样的人生观,所以尽管一生都不曾得意过,却始终没有表现消极情绪,他一直到死都抱着积极向上的精神。他的诗歌内容新鲜,情感健康,正由于此。不可否认,他的诗在形式上,也还没有完全洗净南朝诗风的影响,甚至连《长安古意》和《行路难》那样的名篇也还遗留着宫体诗描写手法的痕迹,当然是不自觉地受了传统力量的影响所致。然而,重要的是他在作品的思想内容方面与南朝宫体诗人恰立于反对地位,作品的倾向性是健康的、进步的,这就是他的高度成就所在。

骆宾王(公元 640? —684 年?)婺州义乌(今浙江义乌市)人。七岁能赋诗。武则天时,数上疏言事,除临海丞,不得意,弃官去。徐敬业起兵讨武氏,署为府属,有名的《讨武氏檄》便出他手。后敬业败,他也亡命,不知所终。有集十卷。

骆宾王既是一个热心于实际政治活动的人物,故其诗中往往表现着更多的反抗精神,格调高亢,感情激越,如:

> 此地别燕丹,壮士发冲冠。昔时人已没,今日水犹寒。(《易水送人》)
> 城上风威冷,江中水气寒。戎衣何日定,歌舞入长安。(《在军登城楼》)

甚至像《叙寄员半千》这样的朋友投赠的诗也表现其愤激不平之气。这是一首五言排律,其后半云:

> 嗟为刀笔吏,耻从绳墨牵。歧路情虽狎,人伦地本偏。长揖谢时事,独往访林泉。寄言二三子,生死不来旋。

他厌恶时事到这种程度,好像真要寄迹"林泉"似的,其实只是痛恨世局败坏,认为不可救药罢了。他的一生正说明他是永远也不会忘情于现实政治的。在《咏怀古意上裴侍郎》里说:"为国坚诚款,捐躯志贱贫","若不犯霜雪,虚掷玉京春。"志在国家,已属甚明;而当时的社会制度不可能使出身卑微的知识分子施展自己的抱负,这就难怪他牢骚满腹,愤愤不平了。《边夜书怀》和《浮槎》中都表现了这种在政治上被压抑的失意情绪。

他的《狱中闻蝉》是一篇思想艺术都相当高的格律谨严、形式完整的五言律诗:

> 西陆蝉声唱,南冠客思侵。那堪玄鬓影,来对白头吟!露重飞难进,风多响易沉。无人信高洁,谁为表予心!

这种世莫己知的慨叹,在他的诗中到处可见,甚至最寂苦的时候,竟是"空余朝夕鸟,相伴夜啼寒"(《宪台出絷寒夜有怀》)。其情之哀,可以想见。

他也是长于写长篇歌行的。《帝京篇》的内容与格局都和卢照邻的《长安古意》相似,但骆宾王不是用单纯的七言,而是杂有三言句的五七言体。全诗后半部从帝京豪侈生活引申出作者的感慨和见解,最后并直接伤恨自己的"湮沦",不像卢作那样用对比借喻的手法,点出本意便止,较为含蓄。这是他们二人个性不同,表现在写作手法上也便不完全一样,自不能据此加以短长。《畴昔篇》长达一千二百余字,为那个时代最宏伟的诗篇,表现了他的纵横自如、不可羁束的才情。在这里,他自叙了身世,发抒了胸怀,表明了他对人生的态度和理想。无论在思想上抑或艺术上都有很大的成就。而这种五七言间用的形式容量大,便于铺叙事情,运用起来灵活自由,更是汉赋衰歇以后,长篇歌行形成时期的进步形式。

四杰在初唐诗坛上确实起了革新作用,对唐诗发展有很大贡献。他们诚然没有脱尽齐梁以来绮靡的习气,甚至还继承了南朝诗歌的艺术技巧而加以发展,但他们改造和转变了宫体诗淫靡颓废的遗风,抑制了上官体的泛滥,把诗歌引向健康发展的道路,其功绩是不可埋没的。他们扩大了题材范围,充实了诗歌的思想内容,揭露了社会生活的现实,运用了丰富活泼的语言,抒发了真挚爽朗的感情,改变并提高了作品的风格,这就赋予了诗歌以新的生命,却是值得大书特书的。他们的作品,从题材到思想感情,都因其自身的遭遇,而能于不自觉中反映出和人民相通的内容,并多少传达了人民的心愿,与上官体的专写上层统治阶级腐化享乐生活,并加以粉饰与歌颂者,迥出两途。它抵抗并基本上廓清了初唐宫体的恶劣影响,给盛唐和中唐诗歌发展创造了有利条件,起了很好的推进作用。杜甫曾对四杰作过极其正确的评价说"劣于汉魏近风骚",正说明他们是改进了并超过了齐、梁诗,而可以直接汉、魏。承认他们的这种历史作用,所以尽管有些轻薄文人对他们进行极不公道的批评、指责,甚至讥嘲,而杜甫则认为这都无损于他们的巨大成就,在中国诗歌史中仍然"不废江河万古流"。

五言律诗在四杰手中基本上定型了;对于五言绝句和七言歌行的发展和成熟,他们也是有很大功劳的。在诗歌语言上,他们反对浮华,主张自然,不像南朝诗人那样专意雕琢,对后世也有很好的影响;这都是应该承认的,不能因为他们还遗留着南朝宫体诗的一定影响而过分苛责这几位开路的诗人。

第四节　沈佺期、宋之问及其他初唐诗人

初唐时期,从高祖李渊到中宗李显,封建秩序稳定了,宫廷贵族晏安无事,便用诗歌粉饰太平,打发日子。上下相需,遂使宫廷文学的靡艳之风弥漫了百年之久。虽有少数人大倡革新,但影响不大,终未能打进宫廷贵族之间,而无耻文人更以此承意希旨,大扇淫风。上官仪自是早期的领袖,而沈佺期和宋之问则是较后的代表。

沈佺期(公元 656—714 年),字云卿,相州内黄(今河南内黄县)人。他依附武则天的权臣张易之进入宫廷,成为文学侍从。宋之问(公元 656—712 年),字延清,一名少连,汾州(今山西汾阳县)人。一说虢州弘农(今河南灵宝县)人。他也媚附张易之,及败,天下丑其行。中宗时,为考功员外郎,谄事太平公主,复见用;及安乐公主权盛,又转向安乐,后为太平揭发其赃污,下迁越州长史,睿宗(李旦)立,流放钦州,赐死。

他们品格极其卑污,集子里许多应制诗自无价值可言。但在初唐诗坛上,他们却还占一席地位,这主要因为律体诗的形式是在他们手中完成的。

远在齐梁,沈约倡"四声""八病"之论,已为律诗的先驱;隋唐之际,王绩写了像《野望》那样比较完整的五言律诗;初唐四杰出来后,律体更为完备,并已成为流行的诗体,由于上官仪创立了"六对""八对"的法则,沈、宋继起,"约句准篇",遂发展成为一种固定五言八句形式,直至千余年后,仍沿用不变。所以他们只是五律的完成者,而非创始人。他们也把律体应用到七言诗中。沈佺期的《古意呈补阙乔知之》便是著名的格律严密的七言律:

卢家少妇郁金堂,海燕双栖玳瑁梁。九月寒砧催木叶,十年征

戍忆辽阳；白狼河北音书断，丹凤城南秋夜长。谁谓含愁独不见？
更教明月照流黄。

五、七言绝句，自汉、魏以来，即数见不鲜。而写的较多，视为定格，俨然
可以"截近体首尾或中二联"成之，却也应该说是由于沈、宋的提倡。宋之问
的《渡汉江》不仅在形式上，在艺术上也是最成功又最为后人传诵的：

岭外音书断，经冬复历春。近乡情更怯，不敢问来人。

沈佺期的《邙山》则是七言绝句的佳作：

北邙山上列坟茔，万古千秋对洛城。城中日夕歌钟起，山上唯
闻松柏声。

此外，他们也完成了五、七言排律的创体，宋之问诗集里至今尚存五言排律
二十八首之多，可为明证。

沈、宋的诗思想不足取自不待言，但因艺术性较强，其格律之严与音调
之美，能给人以新鲜的感觉，所以有些诗还为后世所称赏。他们在诗史上的
地位，不在于他们的作品本身，而在于他们完成了律体。他们一方面固然继
承了宫体艳诗的遗风，表现靡丽；而另一方面却又由于时代较晚，四杰已经
出世并以其新鲜风格影响了整个诗坛，所以沈、宋也不能不受其熏染，稍变
上官体的极端空虚的形式主义诗风。因此，在他们的集子里也还有几篇不
坏的作品，至少不能与上官体等同起来，而是高一筹的了。

律诗符合中国民族语言音节的特点，便于上口，易于记诵，千余年来许
多大诗人采用它写出很多不朽的名作，但它的严密烦琐的格律也限制了作
者思想感情的自由发抒，因而阻碍了诗歌的进一步发展。

与沈、宋同时代，流派也相近，或且多少有些渊源关系的诗人，还应该提
到杜审言、刘希夷和张若虚。

杜审言（公元 645？—708 年），字必简，襄阳人，杜甫的祖父。武则天时
为著作佐郎，中宗李显神龙（公元 705—706 年）初，以交通张易之，流峰州。
少与李峤、崔融、苏味道为"文章四友"，号"崔、李、苏、杜"。他的生平及其诗
风均与沈、宋相似，所作多五、七言律，有助成律体之功。在当时，他的影响
不及沈、宋之大，但成就较高。《和晋陵陆丞早春游望》为唐诗中有名的
作品：

独有宦游人，偏惊物候新。云霞出海曙，梅柳渡江春。淑气催

黄鸟,晴光转绿蘋。忽闻歌古调,归思欲沾巾。

又《渡湘江》七言绝句也是为世推重的:

　　　　迟日园林悲昔游,今春花鸟作边愁。独怜京国人南窜,不似湘
江水北流。

这些诗都细密精深,感情真实,境界也颇高远,不似沈、宋诗还有六朝绮靡之迹。审言之诗已大近盛唐风格了。

沈、宋以前的排律多六、八、十韵而止,宋之问仅有一篇《谒禹庙》至二十韵,已是例外。杜审言驰骋才华,铺陈繁丽,篇幅有长至四十韵的。这种体裁,格律平滞,声偶俱严,不易表达细微的感情,后之作者殊少佳篇。

刘希夷与张若虚作为沈、宋的后辈,似应属于他们这个系统,而实质上却是继承四杰的精神,不自觉地以其创作实践走向改革宫体诗风的进步道路的。他们的作品显然是作为从四杰越沈、宋而过渡到盛唐的桥梁的引桥。沈、宋只在形式上、格律上为唐诗垫平道路,而在思想、内容、感情、精神方面没有任何新的贡献,还不是盛唐的先驱,刘、张却以其作品为盛唐诗人开了风气之先。

刘希夷(公元 651—680? 年),一名挺之,或作庭芝,字延之,汝州颍川(今河南临汝县)人。少有才华,好为宫体,词旨悲苦,不为时所重。他的《代悲白头翁》最有名:

　　　　洛阳城东桃李花,飞来飞去落谁家? 洛阳女儿惜颜色,坐见落
花长叹息。今年花落颜色改,明年花开复谁在? 已见松柏摧为薪,
更闻桑田变成海。古人无复洛城东,今人还对落花风。年年岁岁
花相似,岁岁年年人不同。寄言全盛红颜子,须怜半死白头翁。此
翁白头真可怜,伊昔红颜美少年。公子王孙芳树下,清歌妙舞落花
前。光禄池台文锦绣,将军楼阁画神仙。一朝卧病无人识,三春行
乐在谁边? 婉转蛾眉能几时? 须臾鹤发乱如丝。但看古来歌舞
地,唯有黄昏鸟雀悲。

诗中表现了眼看无情岁月对于青春的摧残而产生了一种内心的怅惘。这种情绪诚然有些消极成分,但这不是从人们一生事业来看的,而是从男女爱情特别从少年游冶出发,不是从及时行乐着眼,而是就容颜易改来说的,这就应该肯定他的思想感情的正确部分。它之所以还是宫体诗就在于此;它之

所以远超出当时宫体诗者,亦在于此。他的另一篇《公子行》也是一篇描写爱情的七言歌行,宫体意味更浓,但思想倾向也和这篇相同,没有堕落的色情,也不是描写贵族男女爱情生活的,其风调直可上接汉代张衡的《同声诗》及晋宋间陶渊明的《闲情赋》。在这些诗中,作者从爱情问题开始进一步对人生问题作了探索,并非一味沉溺于绮靡。

他的《孤松篇》写出自己的个性与抱负,并自伤其徒有坚贞之操,却不为世所知赏,不仅沈、宋所不能及,即四杰集里也不多见,与当时流行的宫体诗毫无相同之处。至于像《春日行歌》,则疏宕豪放,直为李白先驱了:

山树落梅花,飞落野人家。野人何所有?满瓮阳春酒。携酒上春台,行歌伴落梅。醉罢卧明月,乘梦游天台。

到了"吴中四士"之一的张若虚,就更非沈、宋所能范围。他大约是公元660—720年间人,已在盛唐初期了。若虚扬州人,曾做过兖州兵曹,与会稽贺知章、湘州包融及吴郡张旭被时人称为"吴中四士"。他们皆爱山水,喜与道士山人往来,脱略礼俗,乐慕闲适,带有浓厚的狂放气质。其诗风虽不尽相同,但在追求自由,不受世法拘束的情调上却很相近。以诗论,贺知章最有名,作品传诵亦广,但若比起张若虚仅存的两篇诗中之《春江花月夜》一首,却都远不能及。这诗本是陈后主(陈叔宝)所创的吴声歌曲旧调,是标准的宫体乐府旧题,但张若虚却写着多么复杂的一个宇宙奥秘,同时又是一个人生观的重要问题!他把哲理冥想放进乐府旧题里,以宫体的形式表达出来,却又完全跳出了乐府原题和原调之外,与一般宫体更毫不相干,这就显出作者的巨大创造力了。全诗是:

春江潮水连海平,海上明月共潮生。滟滟随波千万里,何处春江无月明!江流宛转绕芳甸,月照花林皆似霰。空里流霜不觉飞,汀上白沙看不见。江天一色无纤尘,皎皎空中孤月轮。江畔何人初见月?江月何年初照人?人生代代无穷已,江月年年只相似。不知江月待何人,但见长江送流水。白云一片去悠悠,青枫浦上不胜愁。谁家今夜扁舟子,何处相思明月楼?可怜楼上月徘徊,应照离人妆镜台。玉户帘中卷不去,捣衣砧上拂还来。此时相望不相闻,愿逐月华流照君。鸿雁长飞光不度,鱼龙潜跃水成文。昨夜闲潭梦落花,可怜春半不还家。江水流春去欲尽,江潭落月复西斜。斜月沉沉藏海雾,碣石潇湘无限路。不知乘月几人归,落月摇情满江树。

这诗把天地自然空虚幻化、寥廓而宁静的世界极其形象地写出来了,它也是把诗人的内心情感与跳跃的思想通过自然景物而具体地勾勒出来的一幅图画。诗人有人生短促而光景无穷的感叹,但并未沾滞在这一问题上,却又回到实际的人世爱情上来,这就使得它更为纯洁而高远了。

第五节　陈子昂和张九龄

与刘希夷、张若虚几乎同时而异军突起,大声疾呼地提倡诗歌革新,公然反对六朝华靡文风,力追汉魏,既有正确理论又有创作实践的,就是初唐末期在诗坛转变上起着领导作用的陈子昂。是他把初唐诗歌带上盛唐的光辉道路的,对于这一功绩应该给予极高的评价。《新唐书·陈子昂传》说:"唐兴,文章承徐、庾余风,天下祖尚。子昂始变雅正。"说明他是首先举义,完成了这一变革的。

陈子昂(公元661—702年),字伯玉,梓州射洪(今四川射洪县)人。他家世富有,少时,任侠使气;年十八,始发愤读书,数年间,学问大进。初为《感遇诗》三十八章,识者惊叹,当世以为法。后举进士,上书为武则天所赏识,擢麟台正字。及则天称帝,他随例上《周受命颂》。遭母丧去官,服终,擢右拾遗。公元698年,他以父老,表请解官归。县令段简贪暴,闻其富,欲害之,家人纳钱二十万缗,简薄其赂,捕送狱中,遂死,年才四十三岁。有集十卷,今存《陈伯玉文集》三卷,《诗集》二卷,共存诗百余首。

陈子昂继四杰之后,号召"复古",欲上承汉、魏,以涤荡齐、梁以来的绮靡颓废的诗风。他的《修竹篇序》是以《与东方公书》的形式写的,可视诗歌改革宣言书,其中表达了他自己的主张:

东方公足下:

文章道弊,五百年矣。汉、魏风骨,晋、宋莫传,然而文献有可征者。仆尝暇时观齐、梁间诗,采丽竞繁,而兴寄都绝,每以永叹。思古人,常恐逶迤颓靡,风雅不作,以耿耿也。一昨于解三处,见明公《咏孤桐篇》,骨气端翔,音情顿挫,光英朗练,有金石声。遂用洗心饰视,发挥幽郁。不图正始之音,复睹于兹,可使建安作者相视

而笑。解君云："张茂先、何敬祖、东方生与其比肩。"仆亦以为知言
也。故感叹雅制，作《修竹诗》一篇。当有知音，以传示之。

他以书信为诗序，又明言请东方虬"传示"给"知音"，其意正欲使更多的同志
者都跟他走改革的道路。他反对齐、梁以来"采丽竞繁"的诗风，不满于当时
"逶迤颓靡"的作品，而提倡"骨气端翔，音情顿挫，光英朗练，有金石声"的新
风格。他要求有风骨，有慷慨之气，有音辞，有情感，文质兼备，并须有所兴
寄的汉魏之遗风。这种幽郁五百年之久的文章之道，将从他和同志之士的
倡导而复兴起来，超越晋、宋、齐、梁、陈、隋，直以正始之音上继建安风骨。
这"复古"实是革新，是运用"汉魏风骨"和"兴寄"的手法来写唐代的现实，是
提高，是发展，并非字摹句拟，作形式主义的模仿。卢藏用《陈氏集序》说陈
子昂"卓立千古，横制颓波，天下翕然，质文一变"，是非常允当的评价。的
确，他的《感遇诗》三十八首是渊源于阮籍的《咏怀》以指陈时事，正所谓"正
始之音"，下开盛唐李、杜诸大家的。

他所谓"兴寄"，就是中国诗歌传统中的比兴，一般指寄托政治和人生等
现实问题而言。他的时代和遭遇不能不使他有所悲愤与感发，因而写出这
三十八首《感遇》，便是"寄兴无端"的激愤之音，与黄初、正始间的嵇、阮等人
作品无异了。如：

> 苍苍丁零塞，今古缅荒途。亭堠何摧兀，暴骨无全躯。黄沙漠
> 南起，白日隐西隅。汉甲三十万，曾以事匈奴。但见沙场死，谁怜
> 塞上孤？（其三）

以古喻今，意义显明。也有自伤壮志不遂的，如第三十五首便是。他屡触武
则天，又与诸武相抵忤，终于看清了统治阶级总是要残害忠良的，于是下决
心及早引退，乞归田里，冀以免祸，如第十、第二十二首就都反映了这种思
想。但他的"感遇"并非只为自身，实有用世之志。即使在归田以后，也还不
曾忘情于政治，这就见出他思想的积极和进步处，第二首就是此类，第十三
首尤为明白：

> 林居病时久，水木澹孤清。闲卧观物化，悠悠念无生。青春始
> 萌达，朱火已满盈。徂落方自此，感叹何时平？

这三十八首并非一个时期的作品，结合他的思想发展来看，大抵是在武则天
执政期间，他屡谏不从，有志莫伸，又两次从军（一次在西北边塞的张掖一

带，一次到东北防御契丹），终未得志，有所感愤，便陆续写成。当初他本是"感时思报国，拔剑起蒿莱"（其三十五），但长期奋斗，感于朝廷上已不可救药，而世路险巇，终难自保，于是唱道："朅来豪游子，势利祸之门。"（其三十）只好急流勇退。可是在那样世界，躲到任何地方也不行，终于在故乡里为一个小小的贪污县令所陷害，忧愤以死！

陈子昂存诗不多，好诗却不只这三十八首，《蓟丘览古》七首中的《轩辕台》、《燕昭王》、《乐生》、《燕太子》等都是传诵千古的作品，与《感遇》一样，吊古伤今，抒写着自己壮志不遂的苦闷，而有孑然孤立之感：

> 南登碣石馆，遥望黄金台。丘陵尽乔木，昭王安在哉？霸图怅已矣！驱马复归来。（《燕昭王》）

> 秦王日无道，太子怨亦深。一闻田光义，匕首赠千金。其事虽不立，千载为伤心！（《燕太子》）

他随武攸宜出征契丹，屡次建议，不被采纳，抑郁悲愤，情不能已。因登蓟北楼，感昔乐生燕昭之事，赋诗数首，乃泫然流涕而歌曰：

> 前不见古人，后不见来者，念天地之悠悠，独怆然而涕下！

这首流传千古的《登幽州台歌》蕴藏着多么深厚的感情！茫茫天壤，孑然一身，其孤独愤怨慷慨悲凉的情绪，竟出以如此雄浑有力的语言和质朴自然的音调，读之使人激昂感奋，毫无低沉颓丧之情。这简直是盛唐诗歌第一通战鼓，第一声号角，他就是用这样的诗歌作盛唐的揭幕词，引导他的后辈张九龄和李白等登上这光彩夺目的诗歌大舞台。杜甫赞颂他"有才继骚雅"，"名与日月悬"；韩愈也表彰道："国朝盛文章，子昂始高蹈。"对于唐诗第一位革新者的陈子昂来说，绝非溢美之词。

风格近似陈子昂而时代稍晚的还有张九龄。九龄（公元 678—740 年），字子寿，韶州曲江（今广东曲江县）人。举进士后，为左拾遗，开元二十一年，拜中书侍郎同中书门下平章事；翌年，迁中书令，参与朝政，为开元贤相。后为李林甫所谗，罢相，贬荆州长史。又四年，遂卒。有《曲江集》二十卷，存诗二百余首。

他的诗以罢相贬荆州后的作品为多，也比较好。《感遇》十二首与陈子昂所作风格相近。此外，《杂诗》五首，《咏史》一篇，及客旅荆州诸作，大抵有所兴寄，直承汉、魏，为继陈子昂后开盛唐诗风的功臣。姑举《感遇》第一首为例：

> 兰叶春葳蕤,桂华秋皎洁。欣欣此生意,自尔为佳节。谁知林栖者,闻风坐相悦。草木有本心,何求美人折?

有些律绝小诗也同样流露出自己失意时的心情,如:

> 海上生明月,天涯共此时。情人怨遥夜,竟夕起相思。灭烛怜光满,披衣觉露滋。不堪盈手赠,还寝梦佳期。(《望月怀远》)

> 自君之出矣,不复理残机。思君如满月,夜夜减清辉。(《赋得自君之出矣》)

在风格上也已经完全摆脱了六朝的影响,出入汉、魏,得风人之旨,把诗歌带进盛唐了。

陈沆《诗比兴笺》说:"射洪(指陈子昂)嗣响阮公(指阮籍),振李(白)、杜(甫)之先声;曲江(指张九龄)渊源彭泽(指陶渊明),启王(维)、韦(应物)之雅操。"沈德潜《唐诗别裁》说:"唐初五言古渐趋于律,风格未进。陈正字(指陈子昂)起衰,而诗品始正;张曲江(指张九龄)继续,而诗品乃醇。"这些话都说得很好。陈子昂是第一个有意识摆脱齐、梁风格,首出倡导,取得很大成绩的;张九龄则是陈子昂的直接继承者,他把诗歌进一步带到健康发展的道路上,其功虽逊于子昂,而从文学发展进程来看,也是不应抹杀他的继承推进作用的。

第三章　盛唐诗歌

第一节　盛唐诗歌绪言

在文学史上，特别在诗史上，一般把唐代分为初、盛、中、晚四个时期。所谓盛唐，大抵是指唐玄宗李隆基在位的开元（公元 713—741 年）、天宝（公元 742—755 年）间的四十三年。这是继"贞观"之治而产生的唐代封建政权比较稳定、社会经济比较繁荣的第二个"太平盛世"——即史所谓"开元、天宝之治"。文学上，自隋末唐初的一百年间，通过王绩、魏徵、"四杰"、刘希夷、张若虚、陈子昂、张九龄等有意识地或不自觉地对齐、梁文风，陈、隋宫体以及在初唐宫廷诗人中流行的"上官体"的长期斗争，取得了胜利，而发展为具有新思想、新内容、新形式、新风格、新情调，能反映这一阶段的时代精神的诗歌，人们把它称为"盛唐气象"。"盛唐"二字是比较抽象的名词，很难在年代上划一个严格的界限，而对于一个作家及其作品来说，就更难确定其属于初唐或盛唐。譬如张九龄本是"开元盛世"的宰相，其作品主要为罢相以后所写，其诗虽已有盛唐气象，而一般却还把他作为陈子昂的后继人，而算在初唐末期进入盛唐的过渡作品看待。当时与他唱和的诗人，既有初唐完成律体的沈佺期、宋之问，又有盛唐山水诗人王维和孟浩然。文学属于意识形态的范畴，其发展变化的过程是极其错综复杂的，不能简单地予以机械的划分。

一般说来，盛唐诗歌表现在下列几个方面：

第一，由于这时的诗人具有积极进取的精神和热烈要求自由与解放的情绪，因而产生了不少积极浪漫主义的作品。从唐初到开元，政治上有近百年的相对安定，经济上也有很大的恢复与发展，一般人对社会内部潜滋暗长的深刻矛盾并不觉察，于是在国力日盛的情况下，就不免感到兴奋、喜悦与自豪，诗人歌颂他们认为值得歌颂的时代和生活，其情绪必然是乐观的和健康的。他们接触的新事物比过去人丰富得多,眼光和胸襟也扩大了许多,但人是不会满足于现状的,在展望未来时,就提出了更大、更多、更美好的希望,表现了强烈的激情,而这也就是浪漫主义诗歌最本质的东西了。而与商业繁盛同时发展起来的游侠之风——轻死重气、蔑视法律制度的侠客行为,便为社会所爱重,而他们的放浪生活和侠义行为也常常反映在文学作品中,增加了浪漫主义色彩。李白既是伟大的浪漫主义诗人,同时也是现实主义作家;而杜甫虽是现实主义伟大诗人,却也具有浓厚的浪漫主义精神。

第二,描写边塞和反映战争的诗歌在盛唐时期特别兴盛,因而就产生了许多边塞诗人。他们对边塞的感受不尽相同,对战争所持的态度也不一样,但其诗歌均是从亲身经历与体验中得来,气象比较豪壮,感情比较苍凉,即使对现状不满,带有批判性质,却很少有表现凄苦哀怨情绪的。这是有它的历史原因的。从唐初起,对外战争就非常频繁,其性质有些是属于侵略性的,以扩张领土、掠夺财富为目的,但在几百年来中国民族一贯被异族蹂躏欺压的情况下,为了解除这种威胁以保卫边疆的安全,中上层知识分子是乐于看到祖国声威远振的。他们往往忽视了战争给社会生产和人民生活与生命所带来的严重损害。然而,这也只是在统治阶级还比较能关心人民疾苦,阶级矛盾还不太突出或者民族矛盾掩盖了阶级矛盾的时期,才会有这种现象。一旦他们看出战争只能给人民带来灾难,对祖国安全并无一点好处时,每一个有良心的人就都会表示痛恨,而反对战争。盛唐边塞诗人在从军诗中之所以不尽表示反对战争,和他们之所以虽感怆凉而并不凄苦,正是由于在这时以前的历次战争多半以胜利而结束,国内人民直接损失不大,而时代精神又倾向于昂扬豪壮之故。至其悲凉的情绪则主要是在边塞上和战争中亲身体验所感受的,与人民苦难很少直接关系。不仅如此,他们的阶级出身也决定了他们的思想感情更容易符合统治者的战争意图。而对于他们自己,战争又是建功立业的大好机会,因为唐代知识分子应将帅征辟,参加幕府,是他们除通过科举以外的另一个政治出路。他们可以借幕主的赏识,推荐于朝廷而得以爬上高位,于是文人入幕从军,当时便成为风气。诗人参加军队,踏上祖国边疆,从实际生活体验中取得题材,写出了有真实感受的边塞诗、从军诗,自与前代诗人不同。自然,即使被称为边塞诗人的作家,其作品也并非全部或大部是写边塞题材或与从军有关的,只不过说他们最擅长写这类题材而已。

第三,还有些诗人以歌咏山水景物和田园生活见称于世。这种情况的产生,也有其社会历史原因。唐初继承隋制实行均田,在丧乱之后人口稀少、田地荒芜的情况下,当然是可以安辑人民,恢复生产的。但统一既久,由于社会安定,人口增加,土地逐渐供不应求,加以商业资本迅速发展,贵族官僚盛行强夺兼并,均田制因而逐渐破坏。同时自唐初以来已经存在的庄园制遂代之而迅速发展。这就给那些政治失意或厌倦仕途的人以及受佛道消极出世思想影响的知识分子以过隐居生活的经济基础。何况在唐代隐居还是盗名猎官的捷径,庄园制正好给这些人提供了隐居的经济基础和物质条件。无论目的如何,隐居生活使诗人与山水田园及一切自然景物密切联系起来,于是便在他们的作品中反映了这些内容,而成为消极的脱离现实的所谓"闲适"一派,现在就称他们为自然派诗人,也称为山水诗人或田园诗人。

第四,更重要而成为盛唐诗歌主流的则是现实主义诗歌的繁荣。这种精神体现在盛唐许多诗人作品中,尤其集中地体现于伟大诗人杜甫的光辉诗篇里,同样,在李白的诗歌里也与其突出的积极浪漫主义精神密切地结合着。开元盛世,阶级矛盾已非常尖锐,而统治阶级各集团间的互相倾轧也开始明显,社会动乱的火种早已埋藏着,随时有引燃爆发的可能。天宝之后,唐帝国的繁昌逐渐减退,黑暗笼罩着整个社会,预告大风暴即将来临。果然,天宝十四载(公元 755 年),"安史之乱"爆发了,唐帝国政权受到严重打击,开始动摇,统治者从歌舞升平中被惊醒。战乱使中原人民遭受了百年未有的浩劫,生命财产均有巨大牺牲。这次战祸是统治阶级内部矛盾和民族矛盾纠结在一起的总爆发,因此,人民的力量和爱国主义精神有了明显的体现与发扬。这次战乱,彻底暴露了统治阶级的罪恶与无能,激起人们的痛恨。这一时代诗人的作品既反映了强烈的爱国主义思想,也表达了他们对人民疾苦的深切同情,这些都是从现实生活中亲自经历过并体会到的,所以都能具体地真实地反映出来,成为现实主义的作品。乱平以后,紧接着又是吐蕃和回纥的先后入侵以及藩镇的跋扈割据,外患内乱,长期未已,人民处在水深火热之中,再没有真正太平的日子。在这样一些历史社会条件下,现实主义创作方法便逐渐发展,成了盛唐以后的诗歌主流。

从以上几方面大体可以看出盛唐诗坛的风格面貌,当然不是说这些特征都集中地体现在任何一个人身上,也不是说在盛唐以外的其他时期就完全不能具有这些特征的某些方面。这里只是说盛唐诗人不是在这方面突出,便是在那方面独擅,而各有其社会历史原因,并以诗人自己的生活经历而有所不同。

　　盛唐诗歌的气魄比较恢弘，情感比较深厚，语言比较浑朴，音调比较舒畅，格律比较完整谨严，又没有纤巧、拘忌、卑俗、粗率等毛病。这些属于形式方面和艺术风格方面的特点是过去论唐诗者所着眼的，虽然并不错，但未免太抽象了，一般人难于捉摸辨识，即使能够掌握，也毕竟不是本质的特征。何况形式本来和内容密不可分，论风格就不能只谈诗的外形，也还要有与形式一致的思想内容。所以盛唐诗歌的特征主要决定于它所反映的时代精神与现实社会生活。因此，除掉对这一时期诗歌的总倾向及其格调作一概括的叙述外，还必须对每一个重要作家或流派分别加以研究。

　　盛唐诗人，名家极多，还有前期的老诗人这时仍继续在诗坛上活跃的，也有这时初露头角但其作品表现的完全是盛唐气象的，都应列在这四十几年内。至于前章已经叙过的诗人，虽其活动时代主要应属这个阶段，就不再重复了。

第二节　王维和孟浩然

　　在盛唐诗人中，有被目为"隐居诗人"或"田园诗人"的"闲适"一派，其代表为"王、孟"——即王维和孟浩然。两人中孟年岁较长，但因隐居襄阳鹿门山，不为世知，后来才入京，客居于早岁为官、诗名赫奕的王维家中，成布衣之交，故世称为"王、孟"。他们虽身世不同，或早岁山居，"不慕名利"，或中经世变，失意退隐，但对于功名利禄的态度却是一致的，即：并非真的忘情仕宦，自始就甘心决意做"隐士"。以隐居为出仕的"终南捷径"，本是当时士大夫阶级的公开秘密，他们自己也往往并不讳言，王、孟的隐居当然也是别有所为的。因此，"隐居诗人"的诗并不等于是空寂无为，毫不关涉世情。而当其愿望不能满足，或虽初步实现而又卒遭破灭的时候，就不免灰心丧气，逃回山水田园，于是这些"隐士"们的山水田园之作反而充满了出世超尘的思想，以低沉的调子抒发消极没落的情绪。

　　王维（公元 701—761 年），字摩诘，其先本太原祁（今山西祁县）人，到他父亲才迁居于蒲（今山西永济县）。他九岁知属辞，与弟缙齐名。他的诗集里现尚存有十六岁写的《洛阳女儿行》和十七岁写的《九月九日忆山东兄弟》等名作，长篇七言《桃源行》则是十九岁时所作。二十一岁（开元九年，公元 721 年）中进士，任大乐丞。他多才多艺，工书、善画，精通音乐，名盛于开元、天宝间,诸王贵族,待若师友,一时极为得意。后不久以小事被贬为济州司仓参军,生活落寞,心情抑郁,很少有诗。开元二十二年(公元 734 年),张九龄执政,他颇赞同,曾上诗干进(《上张令公》),被提拔为右拾遗,时已三十四岁。他对张自然感激敬佩,如在《献始兴公》所说:"侧闻大君子,安问党与仇!所不卖公器,动为苍生谋。贱子跪自陈,可为帐下不?感激有公议,曲私非所求。"然而,他已经沉沦下僚十余年了,这时对功名利禄毕竟看得淡薄一些,所以禁不起再受一点打击。果然,不久张九龄因受李林甫的排挤而罢相,贬为荆州刺史,他也消沉下来,而初萌归隐之意。《寄荆州张丞相》说:

> 所思竟何在?怅望深荆门。举世无相识,终身思旧恩。方将与农圃,艺植老丘园。目尽南飞鸟,何由寄一言!

便在此时,他被调任监察御史,派到河西节度使幕中,去凉州。虽政治上又受一次打击,但边塞生活丰富了他的诗材,曾写出不少新鲜、生动、充满边地人民生活气息的佳篇,奠定了他在中国诗史上的地位。最有名的如:

> 居延城外猎天骄,白草连天野火烧。暮云空碛时驱马,秋日平原好射雕。护羌校尉朝乘障,破虏将军夜渡辽。玉靶角弓珠勒马,汉家将赐霍嫖姚。(《出塞作》)
>
> 单车欲问边,属国过居延。征蓬出汉塞,归雁入胡天。大漠孤烟直,长河落日圆。萧关逢候骑,都护在燕然。(《使至塞上》)

他虽以隐居闲适、山水田园诗人见称,但我们对他却宁肯取这一类的边塞诗,因为这些作品即使和同属盛唐的边塞诗人如岑参、高适等的同类作品相比,也毫无逊色。

王维在凉州三四年,到开元二十八年(公元 740 年)归长安,天宝元年(公元 742 年),以左补阙迁库部郎中,生活比较安定,但因李林甫当权,政治腐败,他虽时有升迁,而消极情绪日增,隐居之念渐萌,并屡见于吟咏。到天宝十一载(公元 752 年),改任文部郎中。在这十多年中,他一直过着上层统治阶级的享乐生活,没有遇到什么挫折,而且和下层社会接触很少,对劳动人民的疾苦更不关心,虽也不满于现实的政治,但他只是苟安现状,消极逃避斗争,不敢表示积极的反抗,所写的诗多是"奉和"、"应制"之作,论形式则典丽堂皇,论内容则歌颂游宴,华而不实,毫无生气。这时也写了一些闲适的田园诗,其中固然也透露了他对现实生活不满的情绪,隐约地反映了他的思想愿望,但就作品的客观效果说,它们给予读者的感受却主要是田园生活的安闲、恬静，有如世外桃源一样，可见他对生活完全是采取超然物外的旁观态度，并未积极参加斗争。这种作风越到晚年也越突出。《渭川田家》是他这时期所作田园诗中最有名的一首：

> 斜光照墟落，穷巷牛羊归。野老念牧童，倚杖候荆扉。雉雊麦苗秀，蚕眠桑叶稀。田夫荷锄立，相见语依依。即此羡闲逸，怅然吟式微。

最后两句表示他将归隐，而其动机则是羡慕田家的闲逸生活。由于他的诗的语言非常准确、淳朴、清丽，具有深刻的感人力量，所以这首诗就能以其思想感染读者，令人确信他所写的便是现实农村生活的真貌，但谁都知道当时社会的本质并不如此，那就会引人走到错误的认识上了。

天宝十四载（公元755年），安史之乱起。翌年，安禄山在东京洛阳称帝号，旋陷潼关，进逼长安。玄宗逃往四川，王维不及随行，遂为禄山所执，送洛阳，拘于普施寺，迫以伪署。一日，禄山大宴凝碧池，悉召梨园诸工合乐，诸工皆泣。维闻之，悲甚，赋《凝碧诗》示其友裴迪云：

> 万户伤心生野烟，百官何日更朝天？秋槐叶落空宫里，凝碧池头奏管弦。

这里多少表示了他的思想感情中还具有一定的怀念故国山河，不肯低首事敌之意。乱平后，肃宗李亨以此诗之故，对他的陷于伪朝，特予宽赦，未加罪责。至德二年（公元757年）授太子中允，累迁尚书右丞，又二年，便死了。

他晚年长斋奉佛，于辋川得宋之问的蓝田别墅，颇具山水田园之胜，与友裴迪日夕游处其中，弹琴赋诗为乐，并集其唱酬之作为《辋川集》，代表他后期闲适诗的风格。

王维诗现存三四百首，结合其生平来看，前后作品思想内容大有不同：早期的比较积极、豪迈，有进步的政治理想；后期的渐多消极逃避思想，题材也偏于山水田园的景物描绘，表现安静与闲适，很少有人的活动。

在他中年以前，对功名本是很热衷的，作品里也鲜明地表现了他的政治热情与积极进取的精神，并且在某些篇中还富有豪迈的气魄与浓厚的积极浪漫主义色彩，如《夷门歌》就表示了他对于侯嬴、朱亥那样侠义人物的向往。而《少年行》四首的情调尤为明显，读之令人振奋。录其一、三两首如下：

新丰美酒斗十千，咸阳游侠多少年。相逢意气为君饮，系马高楼垂柳边。

一身能擘两雕弧，虏骑千重只似无。偏坐金鞍调白羽，纷纷射杀五单于。

至于那些以从军出塞为题材的更可与边塞诗人争短长了。《从军行》的结句"尽系名王颈，归来报天子"，《送赵都督赴代州》中的"忘身辞凤阙，报国取龙庭"，都显示其舍身报国建功立业之志。他看不起"书生辈""窗间老一经"，而具有"慷慨倚长剑"的豪迈气概。此外，他的《陇西行》、《陇头吟》、《老将行》、《送张判官赴河西》、《燕支行》，或以寥寥数语描写边塞军戍情景，或以酣畅笔墨夸耀汉家天将之英武，或抒发自己的怀抱，或为老将鸣不平，也都从不同的方面表现了作者的豪情壮志。

在他少年时代的作品中，也揭露了社会上一些不平的事情，如《洛阳女儿行》就以对比的手法，写了洛阳城中贵族女子的豪华生活和"贫贱江头自浣纱"、无人怜爱的"越女"，具有很大的现实意义。至于《桃源行》，则是依据陶渊明的创作，用自己的理想加以构思，重新造述一个理想的自由国，虽成就不高，却并无超尘出世的消极情绪，其思想还是比较健康、开朗的。

王维出仕以后，对于政治社会中的不平现象怀着深切的不满，也有所揭露。《寓言》二首就是愤懑不平的指问：

朱绂谁家子，无乃金张孙？骊驹从白马，出入铜龙门。问尔何功德，多承明主恩？斗鸡平乐馆，射雉上林园。曲陌车骑盛，高堂珠翠繁。奈何轩冕贵，不与布衣言。

其《济上四贤咏·郑霍二山人》揭露世上穷达的不平现象也很深刻。《偶然作》六首之五也把贵族子弟的"轻薄儿"与邹鲁的穷苦儒生作了鲜明的对比。

在《不遇咏》里，他写出自己的心情与理想，同时也反映了社会上的人情世态。他说："北阙献书寝不报，南山种田时不登。百人会中身不预，五侯门前心不能。……今人作人多自私，我心不悦君应知。济人然后拂衣去，肯作徒尔一男儿！"他有济人之志，但又看透了人情世态，不愿长此周旋，所以打算干一番事业，然后拂衣而去，庶乎不枉此一生。可惜人情冷暖，毫无道义可言，于是他又感到消极，因而认为"世事浮云何足问，不如高卧且加餐"（《酌酒与裴迪》）。后来，还是在"科头箕踞长松下，白眼看他世上人"（《与卢员外象过崔处士兴宗林亭》）的疏狂态度下，一口否定了世人与世事，认为俱不堪问,而决心要"归卧南山陲",并且唱道:"但去莫复问,白云无尽时。"(《送别》)再也不肯"令心事违"了。

他自三十七岁张九龄罢相时起初萌退志,四十岁时由凉州东归,张九龄和孟浩然相继去世,数经打击,更形消极。从此他的诗歌便完全转到山水田园方面,无复前期慷慨豪迈的情调了。

对于王维的闲适诗,不应简单粗暴毫无分析地概予否定。它们所给予后人的影响主要是消极的,这必须首先指出。但同时也要看到好的一面,至少不忽略它的艺术成就。它给予人们以美学的享受,出色地刻画并赞颂了祖国山川的雄奇壮丽,使读者受到鼓舞,激发了热爱祖国的感情,这些都是应该肯定的。《终南山》和《汉江临泛》最佳:

> 太乙近天都,连山到海隅。白云回望合,青霭入看无。分野中峰变,阴晴众壑殊。欲投人处宿,隔水问樵夫。(《终南山》)

> 楚塞三湘接,荆门九派通。江流天地外,山色有无中。郡邑浮前浦,波澜动远空。襄阳好风日,留醉与山翁。(《汉江临泛》)

有些诗篇写他所见到的各地风土、人情、物态,都能抓住地方特征,所以毫无一般化的毛病,如下列三首便显然可见:

> 野老才三户,边村少四邻。婆娑依里社,箫鼓赛田神。洒酒浇刍狗,焚香拜木人。女巫纷屡舞,罗袜自生尘。(《凉州郊外野望》)

> 泛舟入荥泽,兹邑乃雄藩。河曲闾阎隘,川中烟火繁。因人见风俗,入境闻方言。秋晚田畴盛,朝光市井喧。渔商波上客,鸡犬岸旁村。前路白云外,孤帆安可论。(《早入荥阳界》)

> 际晓投巴峡,余春忆帝京。晴江一女浣,朝日众鸡鸣。水国舟中市,山桥树杪行。登高万井出,眺迥二流明。人作殊方语,莺为旧国声。赖谙山水趣,稍解别离情。(《晓行巴峡》)

其他写自然景物的,也还有些很可喜的作品。不过到了晚年,他只"好静","万事不关心"(《酬张少府》),自己编入《辋川集》的那二十首写景组诗,虽也都是"诗中有画"的名句,却未免超脱得全"无人间烟火气",甚至寂然到连人的影子都看不见了。如:

> 空山不见人,但闻人语响。返景入深林,复照青苔上。(《鹿柴》)

独坐幽篁里，弹琴复长啸。深林人不知，明月来相照。(《竹里馆》)

木末芙蓉花，山中发红萼。涧户寂无人，纷纷开且落。(《辛夷坞》)

论及王维的诗歌艺术，必须结合他的作品的思想内容来谈。在四十岁以前，主要在三十七岁以前，他写了许多边塞从军一类题材的诗，有一定政治内容，也充满了豪情壮志。这些诗意气飞扬，感情激越，胸襟开朗，词句壮丽。《观猎》可以作为代表：

风劲角弓鸣，将军猎渭城。草枯鹰眼疾，雪尽马蹄轻。忽过新丰市，还归细柳营。回看射雕处，千里暮云平。

这里有力地写出将军出猎时的环境气氛与其人的英迈形象，神情飞动，笔墨酣畅，与后来的《辋川集》组诗完全是两种风格。他以画家的眼光与手法，选择景物或事件中最具特征的东西，用最有表现力的方法，写出完美和谐的画面，这是他在早期作品中就具备的。而在后期，他竟避开事物与人的关系，丢开事物内在外在的动态，而专从孤立静止的方面去描绘自然界的一切美丽现象，反落到说禅的虚幻境界，看不出多少生意了。

王维自云"中岁颇好道，晚家南山陲"(《终南别业》)，所以中年虽已表示对世事的厌倦，渐萌退志，而实际归隐，逃避现实，却在晚年，所以又说："晚年惟好静，万事不关心。自顾无长策，空知返旧林。"(《酬张少府》)他所写的山水田园诗中，完全陷于空寂的，实际多在《辋川集》中和他生命中最后几年。这些诗的确给人的印象是消极的而不能使人奋发。例如同样写落日和孤烟，但前后景色完全两样，给人的感觉也大大不同，对比来看：

大漠孤烟直，长河落日圆。(《使至塞上》)
渡头余落日，墟里上孤烟。(《辋川闲居赠裴迪》)

为什么如此呢？就因为作者前后的心境不同，所理解的不同，反映出来自然也不同，读者所受的感染便随之而异了。

王维是画家，善于写静中之动，所以即使在他的后期，只要是写事物的动，而不是写死一般的岑寂，就还能表现出生机活泼的力量，令人感到喜悦，如《山居秋暝》：

空山新雨后，天气晚来秋。明月松间照，清泉石上流。竹喧归浣女,莲动下渔舟。随意春芳歇,王孙自可留。

这里虽无诗人自己的形象,然而通过外界人与物的动,也就衬托出作者心情的生意了。

王维的山水诗善于用白描的手法,这是他在艺术技巧上最大的成就和贡献。他的这些诗正像水墨风景画一样,自然地勾勒出本色的美,不骋才,不做作,不涂泽,全用白描,便能把景物更集中而生动地再现出来。他继承了陶渊明田园诗的优秀艺术传统,虽不如陶的淳朴深厚,却在另一方面又加上了他作为画家和音乐家所特有的善于捕捉生活中常见而转瞬即逝的一些动人形象的才能与对声音的敏锐感觉,因而有所发展。

他对民间乐府诗歌有较深的体会,对音乐又有特殊的天才与造诣,同时他又是一个富有感情的艺术家,所以便能写出一些优秀的绝句——在盛唐是作为乐府被人们歌唱的新体裁。他的《渭城曲》"送元二使安西"便是普遍传唱的《阳关三叠曲》,就具有语言清新,词意浅显,感情真挚,音乐性强等特点:

渭城朝雨浥清尘,客舍青青柳色新。劝君更进一杯酒,西出阳
关无故人。

他十七岁所作的《九月九日忆山东兄弟》也是脍炙人口的:

独在异乡为异客,每逢佳节倍思亲。遥知兄弟登高处,遍插茱
萸少一人。

其他送别诗甚多,无论是律诗,是绝句,是五言,或七言,都情深感人,非同泛泛。至若悼念亡友之作,如《哭孟浩然》,寥寥二十字,却言短意长,歌以当哭:

故人不可见,汉水日东流。借问襄阳老,江山空蔡州!

总之,王维的诗,就思想内容言,前期作品显示了较大的光芒,后期便多消极成分,影响也较坏;就艺术言,造诣极高,后期虽似更为精湛,然而由于形式与内容的不相适合,贡献却不是更大,因此也不应过分夸大他那些山水田园诗的成就。但若完全抹杀他的功绩也是不对的。应该承认,他继承了并发展了前人遗留下来的优秀传统,在推动中国诗歌艺术的发展上,是起了一定作用的;同时,他也给我们留下不少优秀作品,不愧为我国文学史上杰出的诗人之一。

孟浩然(公元689—740年),字浩然,襄州襄阳(今湖北襄阳)人。工诗,与王维齐名。他自少年即隐居鹿门山,以诗自适。年四十,入京举进士,不第而归。张九龄镇荆州,曾署为从事,后以布衣终。其隐居也是闭门读书,为出仕作准备,在诗里常常自己表白,并不隐讳。《田家作》一篇里说得更为显露:"冲天羡鸿鹄,争食羞鸡鹜。望断金马门,劳歌采樵路。乡曲无知己,朝端乏亲故。谁能为扬雄,一荐《甘泉赋》?"他想以积学致通显,不愿委屈自己,低首下心逢迎权贵,以取得地位,其人品确是比较高尚的。

在他四十岁以前,长期隐居,时命不通,觉得不应坐守家园,于是便漫游湘、赣、苏、浙、闽各地,实于周览山川景物之外,还有结识当道,冀获援引的念头,旅中诗篇每有"魏阙心常在"和"未能忘魏阙"一类的话,可为明证。他认为"圣主贤为宝,卿何隐遁栖",于是终于在开元二十年前后来到长安,打算一试身手,施展怀抱。

他一到京师,诗名大显,丞相张九龄和侍御史王维等都和他做了朋友,似乎可以立致腾达了。然而,不幸竟未获得机会,反受到一次猛烈的打击,举进士即不中,遇到玄宗又当面被斥,遂悄然归去,只得仍旧隐居,其心境之凄凉,可以想见。在《留别王维》一诗,说得最露骨了:

　　寂寂竟何待?朝朝空自归。欲寻芳草去,惜与故人违。当路
谁相假?知音世所稀。只应守寂寞,还掩故园扉。

可见他之再度归隐,原非初志,实出于不得已。后来仅于开元二十五年(公元737年)张九龄贬荆州时,以"从事"入府,诗咏唱和,算不得做官。府罢,可能又回到故乡,不久,疽发背死,便结束了诗人的一生。

孟浩然的诗政治思想性较弱,题材比王维的狭隘得多。他长期隐居,一生穷愁潦倒,以布衣终身。诗中所表现的这种不平之气,可以代表封建社会一般知识分子抑郁不得志的心情,是具有一定典型意义的,但生活圈子小了。

他人格高洁,对朋友真挚敬爱,许多诗中都把这种感情与他的人格融合在一起,如:

　　山光忽西落,池月渐东上。散发乘夜凉,开轩卧闲敞。荷风送
香气,竹露滴清响。欲取鸣琴弹,恨无知音赏。感此怀故人,中宵
劳梦想。(《夏日南亭怀辛大》)
　　故人具鸡黍,邀我至田家。绿树村边合,青山郭外斜。开轩面

场圃,把酒话桑麻。待到重阳日,还来就菊花。(《过故人庄》)

四十岁以前,所写的山水田园诗,还表现了要求出仕和对于世态的某些不满;四十岁以后,由长安铩羽归来,决心放弃这个念头,心理上已完全宁静了。后期田园诗就几乎脱离社会现实,单纯咏歌景物,如《万山潭》便是:

垂钓坐磐石,水清心益闲。鱼行潭树下,猿挂岛藤间。游女昔解佩,传闻于此山。求之不可得,沿月棹歌还。

孟浩然擅长五言,四卷诗集二百一十八首诗中,七言仅十五首。他与王维并称,均以清远恬淡的山水田园诗得名,但因其身世不同,思想感情并不一样。专就他们四十岁以后的闲适诗论,表面上都尽量避开政治社会现实问题,专门追求淡远的自然景物的描绘。但王维的诗里静得连诗人的形象都消失了,而孟浩然的却始终有诗人自己在其所描绘的自然环境中活动着,如《晚春》云:

二月湖水清,家家春鸟鸣。林花扫更落,径草踏还生。……

不仅生意盎然,而且可以感到诗人在其中生活着。即以其有名的《春晓》与前举王维的《鹿柴》比较一下,便可看出孟作还有些活泼的生机,不像王作那样寂静欲死。孟作是:

春眠不觉晓,处处闻啼鸟。夜来风雨声,花落知多少?

他的诗既单纯描写田园生活,不涉及政治现实,自然缺乏积极性,因而也没有多少社会意义。但是,如果因此就完全抹煞他在诗史上的贡献,也是不公正的。由于人格的正直孤高、矫洁不群,表现在作品中也还有一定的感染力。当时住在襄阳的青年诗人李白就曾热烈地赞颂道:

吾爱孟夫子,风流天下闻。红颜弃轩冕,白首卧松云。醉月频中圣,迷花不事君。高山安可仰,徒此揖清芬。(《赠孟浩然》)

杜甫也说他“清诗句句尽堪传”,并在《遣兴》中赞叹道:“赋诗何必多,往往凌鲍谢。”给予很高的评价。从他的诗句中,可以看到他在艺术技巧上是有较高成就的,特别突出的是:语言清丽,风格疏朗,形象生动逼真。如:“天边树若荠,江畔洲如月”;“绿树村边合,青山郭外斜”;“野旷天低树,江清月近人”;“微云淡河汉,疏雨滴梧桐”;……多不胜举。还不止此,在他出游的时期,也写过一些山水诗,对于祖国壮丽山河描写非常具有气势,如《临洞

庭》就是传诵千古的名篇,磅礴雄浑,气象浩瀚:

> 八月湖水平,涵虚混太清。气蒸云梦泽,波撼岳阳城。欲济无
> 舟楫,端居耻圣明。坐观垂钓者,徒有羡鱼情。

可惜这类的诗并不多,不能算是他的主要风格。

王、孟闲适诗派中还有储光羲、裴迪、丘为、祖咏、綦毋潜、崔兴宗、卢象以及王维之弟缙等人,就中除储光羲比较重要应该在本节提出简单介绍外,其余诸人存诗既少,艺术上亦不出王、孟范围,没有特别叙述的必要。

储光羲(公元707—760年左右),字光羲,山东兖州人,一说润州(今江苏镇江)人。开元十四年中进士,做了几任县尉,即退隐终南,后复为监察御史。安禄山之乱,他做了伪官,事平,下狱,然后贬至冯翊,不久即卒。有诗五卷,高下不一,但以写田园生活者居多。他站在农民之外,而以自己的思想代替农民,所以常常歪曲了人民的形象与生活现实。如《樵父词》说:"终年登险阻,不复忧安危。荡漾与神游,莫知是与非。"这完全是士大夫阶级心里所想,樵夫不可能产生的。但也有写得朴实近情的,如《田家即事》:

> 蒲叶日已长,杏花日已滋。老农要看此,贵不违天时。迎晨起
> 饭牛,双稼耕东葘。蚯蚓土中出,田乌随我飞。群合乱啄噪,嗷嗷
> 如道饥。我心多恻隐,顾此两伤悲。拨食与田乌,日暮空筐归。亲
> 戚更相诮,我心终不移。

前半写得很本色,后段却既非田家之事,又非农民之情。如说有所隐喻,意义却过于晦暗,莫知所指。这倒不如其写景之作,淡雅真朴,读后犹有余味,如《钓鱼湾》云:

> 垂钓绿湾春,春深杏花乱。潭清疑水浅,荷动知鱼散。日暮待
> 情人,维舟绿杨岸。

他的田园诗虽然能观察到景物的细微特征,并能准确地表现出来,但他终是以旁观者的态度对待周围景物,很少涉及诗人自己,这证明他是在以农民的田园劳动生活为其自娱的对象,作为写作的材料,而不是和农民打成一片,让自己投入农民的劳动生活中。就这一点说,他和王、孟一样,和陶渊明就不能相提并论。所异者,储诗非常接近民歌。同时,整个王、孟一派也都具有这样特点。

他有《效古二章》表现他并未忘情现实,录其一以示例:

　　晨登凉风台,暮走邯郸道。曜灵何赫烈,四野无青草。大军北
集燕,天子西居镐。妇人役州县,丁男事征讨。老幼相别离,哭泣
无昏早。稼穑既殄灭,川泽复枯槁。旷哉远此忧,冥冥商山皓。

指出统治阶级发动战争给人民带来了很大的苦难,也表示他自己怀着拯救
人民的宏愿而无处献谋,因此感到彷徨忧愁。这是具有一定的积极意义的。

第三节　高适和岑参

　　与"王、孟"并称的另外一派诗人"高、岑"——边塞诗人高适和岑参,是
和王维、孟浩然生活在同一时代并骋于诗坛的人物。他们以豪健的风格写
边塞军旅的题材,成就不减于王、孟,或且更高一筹,而特别值得我们继承和
学习。

　　高适(公元702?—765年),字达夫,渤海蓨(今河北景县)人。他少贫
寒,二十岁时,即曾到过长安,满想"举头望君门,屈指取公卿",但却遭到冷
遇,事实教训了他:"白璧皆言赐近臣,布衣不得干明主。"(见《别韦参军》)
既未获施展抱负,心中颇感萧索,乃浪迹梁、宋,并曾躬亲稼穑。中间虽曾漫
游山东、河北等地,但均无所得,甚至落拓到"以求丐自给"。时宋州刺史张
九皋对他颇表敬慕,荐举省道科,遂于天宝八载(公元749年)进士及第。值
李林甫为右相,没有重视他,调为封丘尉,因不惯那种"拜迎官长心欲碎,鞭
挞黎庶令人悲"的小吏生活,不久便辞去了。客游河西,河西节度使哥舒翰
乃表为左骁卫兵曹参军,掌书记。安禄山叛,朝廷令哥舒翰讨伐,高适拜左
拾遗,转监察御史,佐翰守潼关。翰败,玄宗西逃。他旋迁侍御史,擢谏议大
夫,后又调扬州大都督府长史,淮南节度使。未几,蜀乱,出为蜀彭二州刺
史,复调西川节度使,刑部侍郎,左散骑常侍,封渤海县侯。盛唐诗人中,政
治上地位最高,无出其右者。

　　高适少以气质自高,而政治上殊不得意。中年以后经历世故甚多,感慨
亦深,颇能达之于诗。以是之故,每一篇已,好事者辄传布。现存诗二百四
十余首,分作八卷。

　　他生活在唐帝国盛时,值安史之乱,帝国复急转直下,由盛变衰,民族矛
盾和阶级矛盾均日益尖锐。他中年以前,甚至直到五十岁,还是穷困潦倒,
过着流浪失意的生活。正因为这样,才使他有机会接近人民,深入生活,能

够写出一些反映现实并同情人民的诗篇。如《自淇涉黄河途中十二首》之八、《苦雨寄房四昆季》《东平路中遇大水》诸篇都是此类,但诗人虽有献芹心,"无因见明主",感到"万事切中怀","十年思上书",而想来想去,又总觉得自己"纵怀济时策,谁肯论吾谋"? 殊不胜其叹愤忧思之情了!

他更多地反映了社会现实之不平,才智之士被压抑而不得伸,贵族子弟趾高气扬过着淫靡生活——显然是他亲身体会到的,所以才写得特别深刻。《行路难》二首都是把这两方面对比着写出的,其一云:

> 长安少年不少钱,能骑骏马鸣金鞭。五侯相逢大道边,美人弦管争留连。黄金如斗不敢惜,片言如山莫弃捐。安知憔悴读书者,暮宿灵台私自怜。

在这类诗中,他也表现了独立不屈的精神,宁愿沉埋终身,也不肯俯仰因人,自取其辱。第二首说"有才不肯学干谒",便是此种精神的自我表白。

他虽自二十岁游长安就不得志,但总未放弃从政的希望,一直不忘情于仕途,经常向朋友表示"魏阙谁不恋",并且相信"终当拂羽翰,轻举随鸿鹄";同时,也以此劝勉朋友:"男儿争富贵,劝尔莫迟回";"行矣当自爱,壮年莫悠悠";"知君不得意,他日会鹏抟。"他是有抱负的,希望做了官,可以运用其纵横经济之才,"顾盼安社稷"。他觉得"明时好画策",所以"动欲干王公"。他"大笑向文士",认为"一经何足穷"! 这是怎样的气概!

高适这种慷慨纵横的积极进取精神反映到诗歌中,就形成了他那豪放悲壮的边塞从军诗,这也正是他在诗歌创作上的主要成就所在。这类诗的代表作为《燕歌行》:

> 汉家烟尘在东北,汉将辞家破残贼。男儿本自重横行,天子非常赐颜色。摐金伐鼓下榆关,旌旆逶迤碣石间。校尉羽书飞瀚海,单于猎火照狼山。山川萧条极边土,胡骑凭陵杂风雨。战士军前半死生,美人帐下犹歌舞! 大漠穷秋塞草衰,孤城落日斗兵稀。身当恩遇常轻敌,力尽关山未解围。铁衣远戍辛勤久,玉箸应啼别离后。少妇城南欲断肠,征人蓟北空回首。边庭飘飖那可度,绝域苍茫何所有! 杀气三时作阵云,寒声一夜传刁斗。相看白刃雪纷纷,死节从来岂顾勋! 君不见沙场征战苦,至今犹忆李将军。

这一篇感慨激愤,思潮起伏,音调苍凉,风格高迈。一面写出战士在沙场上出生入死的悲惨命运,一面又对比着将军们灯红酒绿以歌舞自娱的享乐生活,表示了诗人的无比愤慨。另外还有一个对照,那就是:铁衣远戍的征人,对比着别离断肠的少妇,在此类题材的诗篇中很少见到这样鲜明的形象。至于"大漠穷秋","孤城落日",将军轻敌,兵败被围,苍茫绝域,刁斗声寒,锋刃交错,大雪纷飞,不只是句奇意警,更能加强主题的气氛,在艺术手法上也显出他的不凡。高适熟悉边事,诗中每有极精辟的议论:《蓟中作》、《睢阳酬别畅大判官》、《答侯少府》、《赠别王十七管记》、《塞下曲》、《塞上》等都警告将帅,不可轻敌。但他并非怯懦,而是要以审慎决胜的态度对待盛锐的强虏。从这种爱国主义思想出发,他的诗中表现得非常坚强、勇敢,而对于那些能杀敌的将军们则备极推崇,特表同情,如《东平留赠狄司马》就说:

> 马蹄经月窟,剑术指楼兰。……练兵日精锐,杀敌无遗残。献捷见天子,论功俘可汗。激昂丹墀下,顾盼青云端。谁谓纵横策,翻为权势干! 将军既坎壈,使者亦辛酸! ……

《送董判官》既羡其"幕府为才子,将军作主人",又勉以"长策须当用,男儿莫顾身"。

虽然如此,高适也并不是无条件地歌颂战争,他只拥护为了保卫国家而防边驱敌;至于对一切非正义的侵略性的开边远征,也表示不赞成,而且极同情所有遭受战争损害的人们。《蓟门五首》之二:

> 汉家能用武,开拓穷异域。戍卒厌糟糠,降胡饱衣食。关亭试一望,吾欲涕沾臆。

他对于安禄山之乱,河洛遭受涂炭,表示极大愤怒。《酬裴员外以诗代书》中,写得最惨痛的一段说:"城池何萧条,邑屋更崩摧。纵横荆棘丛,但见瓦砾堆。行人无血色,战骨多青苔。"这确是能够反映现实的好诗。

高适的诗最成功的是七言歌行,如上举的《燕歌行》自是第一杰作,《秋胡行》、《古大梁行》、《塞下曲》、《邯郸少年行》也很有名;五言古风乃至五律七律中也同样有很好的作品。他的诗思想内容与艺术形象是统一的,每篇皆有感而发,非同无病呻吟,而且"多胸臆语,兼有气骨",至于语言的精炼、朴素,音调的雄放、苍凉,更是唐代诗人中所少有的。

岑参(公元 714—770 年),河南南阳人,或谓荆州江陵人。他于天宝三载(公元 744 年)三十一岁时进士及第,被任为右内率府曹参军,才在长安住下来,而以前十年则经常漫游于长安、洛阳及其附近各地。大约就是在这段长安居住期间,结识了王昌龄、杜甫、高适等诗人,并相与唱和。

　　岑参于天宝八载（公元749年），因安西四镇节度使高仙芝入朝，表为右威卫录事参军，充安西节度使幕，掌书记，从军赴安西；后二年，仙芝除武威太守河西节度使，他又到了武威。仙芝征大食，兵败还朝，他也于秋初归长安，留二年；安西四镇节度使封常清又表荐他为大理评事，摄监察御史，充安西北庭节度判官，赴北庭，转赴轮台，留三年。天宝十四载（公元755年），安禄山之乱，封常清被召还京，他仍留轮台；次年，领伊西北庭支度副史，岁暮东归，次酒泉；又翌年，至凤翔，杜甫等荐他为右补阙，十月，从肃宗李亨回长安。这时，杜甫、王维、贾至等均为僚友，唱和甚盛。旋改起居郎，出为虢州长史，又改太子中允兼殿中侍御史，充关西节度判官，迁嘉州刺史。使罢，寓居于蜀，至大历五年（公元770年）卒于成都旅舍。有集八卷，存诗三百七十余首。

　　岑参的诗题材虽广，但其代表作却是那些写边塞从军生活的。就数量言，他的这类诗篇远较高适为多，真可以说是一位典型的边塞诗人。他先后在边塞上居住了约有十年，地区多在现在的甘肃和新疆一带，由于他熟悉边地风土，体验深刻，所以他的诗歌便特别具有西北边塞情调，与那些只凭想象而捏造出来的作品迥乎不同。他的诗调尤高，唐兴以来罕有其匹，读之令人慷慨怀感。《白雪歌》"送武判官归京"是极有名的：

　　　　北风卷地白草折，胡天八月即飞雪。忽如一夜春风来，千树万树梨花开。散入珠帘湿罗幕，狐裘不暖锦衾薄。将军角弓不得控，都护铁衣冷难著。瀚海阑干百丈冰，愁云惨淡万里凝。中军置酒饮归客，胡琴琵琶与羌笛。纷纷暮雪下辕门，风掣红旗冻不翻。轮台东门送君去，去时雪满天山路。山回路转不见君，雪上空留马行处。

《走马川行》（"奉送出师西征"）也写得非常生动。而《天山雪歌》（"送萧治归京"）则与《白雪歌》极相似。他的边塞诗很多，都很豪放，内容和格调并极新鲜，这就主要由于他善用夸张的笔触捕捉边地风物中具有典型意义的形象。例如《热海行》（"送崔侍御还京"）说："侧闻阴山胡儿语，西头热海水如煮。海上众鸟不敢飞，中有鲤鱼长且肥。岸傍青草长不歇，空中白雪遥旋灭。蒸沙砾石燃虏云，沸浪炎波煎汉月。阴火潜烧天地炉，何事偏烘西一隅？……"《首秋轮台》用五律体写边塞云：

　　　　异域阴山外，孤城雪海边。秋来唯有雁，夏尽不闻蝉。雨拂毡

　墙湿，风摇毳幕膻。轮台万里地，无事历三年。

没有在轮台住过的人，谁也想象不出这样的风光，当然更写不出这样的诗句。这类例子举不胜举，《轮台即事》、《北庭作》、《胡笳歌》、《火山云歌》都是极有特征的，不能移用于它处。在他的这些诗篇里，我们第一次看到许多带有异域情调的新鲜事物被写入诗句里，不仅表现作者的大胆，也表现他的笔力和才能。

　他的边塞诗首先是他的实际生活所培养的。他对边塞特别熟悉，对其风物，有特殊敏感，故能抓住主要特征来写。其次，他对边塞生活有一定兴趣，所以尽管早就知道它是荒凉寂苦难于忍受的，但他写得极雄壮、极豪迈，具有积极乐观的精神。给予读者的感受不是消沉沮丧，而是新奇、振奋，使人感到宁愿去忍受这些困苦，也要尝试一下动人的边塞生活。这就因为诗人以其真实的思想感情，通过雄健奇峻的风格，在作品中表现出来，很自然地传达给并鼓舞着读者。

　诗人壮年时期，本即向往到边疆去为国家建立功勋、干一番事业的，正是"少来思报国"，而"不是爱封侯"；"万里奉王事，一身无所求，也知塞垣苦，岂为妻子谋"？后来年岁大了，"功业悲后时，光阴叹虚掷"，感到"却为文章累"，"悔不学弯弓，向东射狂胡"。但他虽也偶尔怀疑："读书破万卷，何事来从戎"，表示"悔向万里来"，而一想到苍生，却仍不肯放弃努力，所以又说："莫言圣主长不用，其那苍生应未休！"当然他的积极入世态度表面是为济世、为报国，骨子里也未始不含有一些功名之念，我们不能要求他不这样想。

　与他的边塞诗密不可分的是描写战争的作品。一般说，他所写的战场景色，场面都比较阔大，气概也显得昂扬壮烈，有声有色，如《轮台歌》（"奉送封大夫出师西征"）便是很典型的。但不能认为他就是一味歌颂战争的，上举《轮台歌》中便分明写着"战场白骨缠草根"的可悲景象，其他篇中更有不少明显地表现出他对战争的态度的。

　他对于统治阶级穷兵黩武的开边政策也是不满意的，《送狄员外巡按西山军》一诗开头便说："兵马守西山，中国非得计。不知何代策，空使蜀人弊"，已透露他的一些看法了。而在《献封大夫破播仙凯歌六首》的第五、六首里，更写出蕃军俘虏被大量屠杀的惨状，显然带有深刻的讽谕。

　对于军中将帅和士卒生活的过于悬殊以及将军们的腐化堕落，他也极为痛恨，如说"圣朝正用武，诸将皆承恩。不见征战功，但闻歌吹喧"，便很明白，又如《玉门关盖将军歌》更写得十分醒豁。它说："玉门关城迥且孤，……

南邻犬戎北接胡",地势非常重要,所以朝廷要"将军到来备不虞",但将军怎样呢?"军中无事但欢娱"。他的生活是:"暖屋绣帘红地炉,织成壁衣花氍毹。灯前侍婢泻玉壶,金铛乱点野酡酥。"还有"美人一双闲且都,朱唇翠眉映明眸,清歌一曲世所无"。更有"枥上昂昂皆骏驹,桃花叱拨价最殊"。他不是用它们来打仗,而是"骑将猎向城南隅,腊日射杀千年狐"。诗人在这里共饮,看到"醉争酒盏相喧呼"的情况,感到这完全不像守边备胡的将军,而使他"忽忆咸阳旧酒徒"。这不是很尖锐的讽刺吗?另一方面,战士们的生活,却是:"战士常苦饥,馈粮不相继。胡兵犹不归,空山积年岁。"(《送狄员外巡按西山军》)

"十年只一命,万里如飘蓬",到了晚岁,不免悔向万里来,而思家念乡,"私向梦中归"。他有不少写这种感情的好诗:

　　故园东望路漫漫,双袖龙钟泪不干。马上相逢无纸笔,凭君传语报平安。(《逢入京使》)

　　强欲登高去,无人送酒来。遥怜故园菊,应傍战场开。(《行军九日思长安故园》)

总的说来,岑参的诗是反映现实的,具有强烈的爱国主义精神、积极乐观的情绪,而奔放、豪迈则是突出的特点。他并非无区别地歌颂战争,对于许多非正义的不合理的现象,他表示愤慨,也作了不平之鸣。他运用积极浪漫主义的创作方法描绘了祖国壮丽的山川和边塞上雄奇的风光。他曾以极大的热情歌颂过在边疆建立功勋的英雄人物。从艺术风格上看,他的诗气魄宏伟,声调悲壮,色彩强烈,形象鲜明,感情激越,题材广阔,语言自然条畅,韵律变化多样。他长于七言歌行,运用起来舒畅自如,气势浩瀚,以此写变化无端的边塞风光和诗人自己的浪漫情怀,最为合宜。这不仅对于后来歌行体的发展有很大贡献,而且对盛唐以后许多积极浪漫主义诗人在作品风格上给予了深刻的影响。和高适一样,他也兼擅五七言律绝,原不只长于歌行而已。

第四节　王昌龄、李颀及其相近的诗人

写边塞诗但不能列入高、岑一派的诗人,还有王昌龄、李颀、王之涣、崔颢和较早的王翰诸家。

王昌龄(公元 698—756? 年),字少伯,京兆(今陕西西安)人,或谓太原人。开元十五年(公元 727 年)进士,补秘书省校书郎,开元二十二年(公元 734 年)又中博学宏词科,调汜水尉,迁江宁丞。后以"不护细行",贬龙标(今湖南黔阳县)尉。值世乱,在兵火之际,还乡里,为刺史闾丘晓所忌,被杀。有诗五卷。

王昌龄诗主要写边塞、战争,也写宫怨、闺思,此外还有一些送别之作,均极成功。

他曾热情地歌颂过战争的胜利和士兵的英勇,如:

> 青海长云暗雪山,孤城遥望玉门关。黄沙百战穿金甲,不破楼兰誓不还。(《从军行》)

> 大漠风尘日色昏,红旗半卷出辕门。前军夜战洮河北,已报生擒吐谷浑。(《从军古意》)

气势豪壮,表现诗人对于战争胜利的兴奋,对祖国声威远扬有着很大的自豪感。然而,这并不是经常如此的,他毕竟还希望早日结束战争,使人民能够过和平生活,但他希望的不是屈辱的和平,而是在驱逐并防止了外敌入侵的胜利情况下的和平。另一首《出塞》被前人推为唐诗压卷:

> 秦时明月汉时关,万里长征人未还。但使龙城飞将在,不教胡马度阴山。

的确,这首诗又含蓄,又明快,又丰富,又精炼,既表现诗人对和平的渴望,也没有忘记驱走敌人,保卫边关。吊古伤今,怀念过去多少为国牺牲的英雄,富有爱国忧民的思想和感情。但它只是二十八个字的一首七绝,多么精妙!

从征人一方面看,远戍长征,久不得归,不免有思乡之情,而留在家里的思妇,其感情之凄怨,更不待言。王昌龄就这些方面也写了不少佳作,如《从军行》七首之一云:

> 烽火城西百尺楼,黄昏独坐海风秋。更吹羌笛关山月,无那金闺万里愁。

诗人对当时频繁战争中士兵的悲惨命运极表同情。《代扶风主人答》云:"……十五役边城,三回讨楼兰。连年不解甲,积日无所餐……去时三十万,独自还长安。不信沙场苦,君看刀箭瘢……"如何不厌战思归呢?同样,他也严厉地斥责了统治阶级毫无人道的屠杀行为。《箜篌引》就写将军深入匈奴"乱杀胡人积如丘"的惨状,指责虐待俘虏的残酷事实,最后表示"便令海内休戈矛,何用班超定远侯",体现了诗人的高度人道主义精神。

王昌龄写了不少宫怨、闺思的诗,也很成功。虽然他写的对象是宫廷贵族妇女,但在那个社会,她们也是被压迫和受精神桎梏的,应该给予同情。诗人对封建制度蹂躏妇女的残酷无情,给予了极有力的抨击,如:

> 奉帚平明金殿开,且将团扇暂徘徊。玉颜不及寒鸦色,犹带昭阳日影来。(《长信秋词》)
>
> 芙蓉不及美人妆,水殿风来珠翠香。谁分含情掩秋扇,空悬明月待君王。(《西宫秋怨》)
>
> 昨夜风开露井桃,未央前殿月轮高。平阳歌舞新承宠,帘外春寒赐锦袍。(《春宫曲》)

在这些诗里,作者都没有直接描写宫人和她们的遭遇,只表现她们见到寒鸦、树色、明月,或听到平阳歌舞时的心情,就把主题充分地表达出来,正是所谓"深情幽怨,意旨微茫"。而闺怨诗借富有表现力的环境景物把妇女的内心活动刻画出来,尤有深入浅出之妙,如:

> 闺中少妇不知愁,春日凝妆上翠楼。忽见陌头杨柳色,悔教夫婿觅封侯。(《闺怨》)

以翠楼春日、陌头杨柳引出少妇内心的寂寞,明是深愁却偏说不知愁,就更能衬出愁怨之无可排遣了。

还有许多别的题材的抒情诗,或意婉而曲,或生动自然,或真挚动人,或缠绵不尽,各有妙处,如《芙蓉楼送辛渐》:

> 寒雨连江夜入吴,平明送客楚山孤。洛阳亲友如相问,一片冰心在玉壶。

多么清丽明净,而又多么深厚婉曲!

他的诗以七言绝句为最胜,当时已多为乐工歌妓入乐传唱,可见其受到人们的喜爱与成就之大,无怪后世竟评为"神品",认为可"与太白争胜毫厘"。他的作品,婉丽细密,观察事物极其深透,而出之以浅显明快,使人易懂,但又意味深远,非一咏即尽者可比,尤其他的语言,自然流畅,色彩鲜明,音调流美,更符合当时以五、七言绝句为乐府诗用以配乐歌唱的要求。

　　李颀的生平,材料很少,仅知道他是东川(今四川三台县)人,家居颍阳
(今河南许昌),开元十三年(公元725年)进士,做过新乡尉,与王维、裴迪、
高适、王昌龄、崔颢、张旭等为友,尤与高适过从较密,诗风亦颇相近。他性
疏简,厌薄世务,慕神仙;但少时又任侠使气,好与权贵交游。其诗今存一
百二十首,最长于七言歌行。也有人称道他的七律。

　　他的诗题材也还广泛,而突出的却是边塞诗,如《塞下曲》、《古塞下曲》、
《古意》、《古从军行》等都是很有气势而情深动人的。就中思想性和艺术性
都达到很高水平,足为代表的是那首最有名的《古从军行》:

　　　　白日登山望烽火,黄昏饮马傍交河。行人刁斗风沙暗,公主琵
　　琶幽怨多。野云万里无城郭,雨雪纷纷连大漠。胡雁哀鸣夜夜飞,
　　胡儿眼泪双双落。闻道玉门犹被遮,应将性命逐轻车。年年战骨
　　埋荒外,空见蒲桃入汉家。

用具有边塞特征的一些事物烘托长期从军过边塞生活的凄苦情况,就能够
形象地表现出征人的内心哀怨。士卒在荒徼大量牺牲,对自己毫无代价,只
是被统治阶级驱迫去替他们换取一些微小的物质享受而已。作者对于胡儿
的悲惨命运也以其人道主义精神给予深切的同情。《古意》和《塞下曲》则都
是一方面表现了少年时代的英雄志愿,抱着很大的希望出塞从军,另一方面
又写出战士久戍年老,膂力已衰,厌恶战争,但被迫留在边地,欲归不得之
苦。这是与诗人自己的思想发展一致的,是他对当时社会本质及战争性质
有了较深刻、较正确的认识以后的思想反映,是爱国主义与人道主义两种思
想统一的结晶,也正是他的重大成就所在。

　　他对当时政治社会也有所揭露与嘲讽,对上层社会也有辛辣的讽刺,
《缓歌行》和《古行路难》就是这类作品。而与这种世情对比起来,那些偶傥
不羁的失意之士,傲骨嶙峋,轻蔑王侯,在诗人看来,就更加可贵,他写这类
人物的作品,有声有色,《送陈章甫》和《别梁锽》都极成功,后者刻画梁锽的
形象性格活灵活现,跃然纸上,使读者也跟诗人一样对他发生敬爱。如云:
"梁生偶傥心不羁,途穷气盖长安儿。回头转眄似雕鹗,有志飞鸣人岂知!
……洛阳城头晓霜白,层冰峨峨满川泽。但闻行路吟新诗,不叹举家无
担石。"

　　李颀对音乐的描写,尤有独到之处,如《琴歌送别》、《听安万善吹觱篥
歌》都很细致,如"忽然更作渔阳掺,黄云萧条白日暗。变调如闻杨柳春,上

林繁花照眼新",以周围景物衬托出抽象的音乐的美妙,使人感到它的具体性。更有色调的是《听董大弹胡笳声兼寄语弄房给事》的长篇歌行。它运用了胡地风光作为胡笳的背景,使读者从诗中既感到音乐之美,同时还能看到边塞的荒凉,声音与物象紧密结合在一起,艺术上达到极高的成就:

> 蔡女昔造胡笳声,一弹一十有八拍。胡人落泪沾边草,汉使断肠对归客。古戍苍苍烽火寒,大荒沉沉飞雪白。先拂商弦后角羽,四郊秋叶惊摵摵。董夫子,通神明,深山窃听来妖精。言迟更速皆应手,将往复旋如有情。空山百鸟散还合,万里浮云阴且晴。嘶酸雏雁失群夜,断绝胡儿恋母声。川为静其波,鸟亦罢其鸣。乌孙部落家乡远,逻逤沙尘哀怨生。幽音变调忽飘洒,长风吹林雨堕瓦。迸泉飒飒飞木末,野鹿呦呦走堂下。长安城连东掖垣,凤凰池对青琐门。高才脱略名与利,日夕望君抱琴至。

这是千古描写音乐之美的少有的杰作,值得特别提出。

王之涣(公元 688—742 年),字季凌,并州(今山西太原)人,后迁于绛(今山西新绛县)。少有侠气,偕五陵少年击剑悲歌,游猎纵酒。中岁始折节为文,十年名誉日振。诗情雅畅,得齐、梁之风,每有作,乐工辄取以被声律。天宝间,与王昌龄、高适、崔国辅等迭相唱和,名动一时。今只存五言绝句二首及七言绝句四首,虽少而精绝可传。

他的《凉州词》极有名,论者谓与王昌龄"奉帚平明"媲美。其诗气魄很大,显示了诗人开阔的胸襟:

> 黄河远上白云间,一片孤城万仞山。羌笛何须怨杨柳,春风不度玉门关。

把发源于青海高原的黄河写得多么雄伟,但他只用了七个字,至于描写玉门关外的荒寒景象就更为真实动人,不落凡响。《登鹳雀楼》以寥寥二十字就写出了黄河的高远,给人以汪洋浩荡之感:

> 白日依山尽,黄河入海流。欲穷千里目,更上一层楼。

《送别》代表他缠绵婉约的风格,也一样是成功的:

> 杨柳东风树,青青夹御河。近来攀折苦,应为别离多。

这诗的神韵与前诗的气魄,都代表盛唐诗歌的高度成就。

崔颢(公元 704? —754 年),汴州(今河南开封)人,开元十一年(公元723 年)进士,官司勋员外郎。现存诗四十余首,多写边塞战争,具有积极浪漫主义精神,为边塞诗人之一。

他最负盛名的诗是《黄鹤楼》。相传李白登黄鹤楼,见此诗,大为叹服,后来效其意作《凤凰台》,其诗之美可知:

> 昔人已乘黄鹤去,此地空余黄鹤楼。黄鹤一去不复返,白云千载空悠悠。晴川历历汉阳树,芳草萋萋鹦鹉洲。日暮乡关何处是,烟波江上使人愁。

全诗不假雕琢,一任自然。他只顺着自己的思想情感的发展,结合着眼前所见的山川景物,一路写下去,便自然瑰丽奇伟。《长干曲》题材不同,而平易通俗,有南朝乐府民歌风味,也是为世传诵的:

> "君家何处住?""妾住在横塘。"停舟暂借问,或恐是同乡。

(其一)

> 家临九江水,来去九江侧。同是长干人,生小不相识。(其二)

他的边塞从军诗写得很生动,也很真实。和唐代一切边塞诗人一样,他也热衷于功名,要求到边疆去有所表现,这是与防边卫国的思想统一的,未可对古人作过苛的批评与过高的要求。《古游侠呈军中诸将》、《赠王威古》、《送单于裴都护》都有这样的思想。《辽西作》一首写边军生活之苦,表现了作者深厚的同情,他感于统治者的漠不关心,故代为呼吁:

> 燕郊芳岁晚,残雪冻边城。四月青草合,辽阳春水生。胡人正牧马,汉将日征兵。露重宝刀湿,沙虚金鼓鸣。寒衣著已尽,春服与谁成? 寄语洛阳使,为传边塞情。

总的看来,崔颢的诗,无论写什么主题,都非常畅达清丽,如《行路难》中也有"万万长条拂地垂,二月三月花如霰"的句子,《渭城少年行》中更有"长安道上春可怜,摇风荡日曲江边"那样音辞并美的语言。

还有比上述各家略早,为边塞诗人开路的王翰,也在这里附带介绍一下。王翰(公元 687—726 年),字子羽,并州晋阳(今山西太原)人。少豪健恃才,行为不羁。进士及第后,又举直言极谏及超拔群类科。张嘉贞、张说为并州刺史,对他均极礼重。张说为相,召他入仕;说罢相,他出为汝州长史,徙仙州别驾,后贬道州司马,卒。存诗不多,但仅《凉州词》"葡萄美酒"一首已足把他的地位放在盛唐第一流作家而无愧色：

> 葡萄美酒夜光杯,欲饮琵琶马上催。醉卧沙场君莫笑,古来征
> 战几人回！

这里写战士出征前不知自己能否生还而痛饮最后一杯美酒,既表现其豪放的神情,又刻画了怨恨的心理,把这种典型的矛盾感情用短短的一首七绝,通过临别的一个场面,以战士自白的口吻,曲尽地呈现在读者面前,真是少有的高明手段。诗中没有写悲观、厌战,更没有对统治者明白谴责,相反的,还描画出一个豪爽的英雄形象。然而,正是在这样一个人物身上才体现出人民对于战争的普遍憎恨情绪,给读者以极深的影响。他还有一篇歌行体的《古长城吟》,对于统治阶级的残暴、昏愚,给以严厉的斥责,虽然写的是秦筑长城,实际却是指当代统治者所做的一切同类害民的事,以及有功不赏、无罪见诛的种种黑暗情况。

第五节　盛唐其他诗人

盛唐诗人之盛,正如盛唐之诗,不是上边的篇幅所能尽。还有一些不便归于前述派别之内的若干作家应该择要介绍。

唐殷璠《河岳英灵集》所录的二十四人,第一个便是常建,其诗旨远兴僻,词亦警绝,应该首先介绍。常建,长安人,开元十五年(公元 727 年)与王昌龄同榜中进士,官盱眙尉,仕途不得意,放浪琴酒,有退隐之志。存诗二卷。

常建写过一些反战的边塞诗,颇能反映唐帝国侵略战争的残酷本质,如《塞上曲》：

> 翩翩云中使,来问太原卒。百战苦不归,刀头怨秋月。塞云随
> 阵落,寒日傍城没。城下有寡妻,哀哀哭枯骨。

他把人民对战争的怨恨情绪,具体而概括地写出来了。他希望的是"天涯静处无征战,兵气销为日月光"(《塞下曲》),但统治者要开疆拓土,不肯放下侵略的武器,于是战争就继续不断地发生,到处是死亡,"髑髅皆是长城卒,日暮沙场飞作灰",极人间之惨。百姓遭殃,冤气冲天,正是："龙斗雌雄势已分,山崩鬼哭恨将军。黄河直北千余里,冤气苍茫成黑云。"(同上)其他诗

篇凡涉及边塞沙场的,都透露出反战情绪,《吊王将军墓》最为警策,亦寓有严厉的批判:

> 嫖姚北伐时,深入强千里。战余落日黄,军败鼓声死。尝闻汉飞将,可夺单于垒。今与山鬼邻,残兵哭辽水。

可惜他虽认识到这里,却没有继续向这方面发展。由于自己的不得意,而消极退避,终于成为一个闲适隐居诗人,没有在边塞诗上取得更高的成就。

常建最被后人称赏的作品是下述这类的:

> 清溪深不测,隐处惟孤云。松际露微月,清光犹为君。茅亭宿花影,药院滋苔纹。余亦谢时去,西山鸾鹤群。(《宿王昌龄隐居》)

> 清晨入古寺,初日照高林。曲径通幽处,禅房花木深。山光悦鸟性,潭影空人心。万籁此俱寂,惟闻钟磬音。(《题破山寺后禅院》)

这些诗的意境、格律、炼辞、造句,都达到了很高的水平,这是无可怀疑的,但其思想内容与社会现实殊少关联,却没有前期作品那样可贵。常建的生平与其创作,前后期的变化过程颇似王维。但他们的诗歌,无论前期或后期,其思想与风格却并不属于同路的。

王湾(生卒年无考),洛阳人,开元元年进士,初为荥阳主簿,终洛阳尉,其《江南意》(据《河岳英灵集》卷下载)为天下所称:

> 南国多新意,东行伺早天。潮平两岸失(一作“阔”),风正一帆悬。海日生残夜,江春入旧年。从来观气象,惟向此中偏。

一般传本均题作《次北固山下》,除中间四句相同外,前两句作“客路青山外,行舟绿水前”,末两句作“乡书何处达,归雁洛阳边”。比上载名《江南意》者要好得多了。这首诗佳处在于气象恢弘,而不悲观,虽写乡思,却无落拓消沉之感,正是盛唐诗人意气昂扬的表现。殷璠说“海日生残夜,江春入旧年”一联,“诗人已来,少有此句”,张说为相,至手题政事堂,每示能文,令为楷式,可见其如何为时人所欣赏了。

此外,陶翰,润州(今江苏镇江)人,其诗慷慨多气,颇有风骨,《古塞下曲》、《燕歌行》、《出萧关怀古》均借古喻今,或对秦汉以来的边策表示不满,或对有功不赏表示愤慨不平,都有一定的现实意义。刘湾,字灵源,彭城(今江苏铜山)人,或谓蜀(今四川成都)人。属文比事,多边塞之思。今存诗仅六首。《出塞曲》慷慨直言,悲而且讦:"去年桑干北,今年桑干东。死是征人死,功是将军功。汗马牧秋月,疲卒卧霜风……"具有极大的概括力,并道出真理。《云南曲》写天宝年间唐朝两次攻打南诏,几乎都是全军覆没的惨史,简短有力,如云:"白门太和城,来往一万里。去者无全生,十人九人死。……妻行求死夫,父行求死子。……哀哀云南行,十万同已矣!"有多么惨痛!作者是在用自己的血泪替人民发出最庄严而沉痛的控诉,故语皆径直,毫无雕饰。

张谓,字正言,河南人,也写了一些揭露现实的诗篇,如《代北州老翁答》便是。其《题长安主人壁》则指斥世俗交友,爱富弃贫,亦颇警醒,几乎成为历世相传的人生格言了:

> 世人结交须黄金,黄金不多交不深。纵令然诺暂相许,终是悠悠行路心。

他以五言律诗描写山水景物、发抒离别怀念之情的作品艺术性极强,成为盛唐律诗代表作,如:

> 八月洞庭秋,潇湘水北流。还家万里梦,为客五更愁。不用开书帙,偏宜上酒楼。故人京洛满,何日复同游?(《同王征君湘中有怀》)

盛唐名诗人为后世推崇的还有很多,如逊逊、刘眘虚、薛据、崔国辅、贾至等,在揭露现实和批判现实方面没有什么突出的作品,而其艺术风格也没有特殊表现,这里就不逐一介绍了。

第四章　浪漫主义诗人李白

第一节　李白的生平

李白,字太白,生于唐武则天长安元年(公元 701 年),卒于唐代宗李豫宝应元年(公元 762 年),活了六十二岁。他祖籍陇西成纪(今甘肃秦安县东)。当隋之末,其先世以罪徙于西域,遂流寓于碎叶(今吉尔吉斯斯坦境内的巴尔喀什湖南面,唐代其地属安西都护府)。大约在他五岁时,他的父亲逃归蜀地,居绵州昌隆(今四川江油县)清廉乡(亦称青莲乡),地近紫云山(亦称匡山,或大匡山),其遗址后废为寺,名陇西院。其父既是外地迁来的逋客,故以"客"为名。李客家资颇富,可能是在西北经营西域与内地间货物交流的巨商。

十五岁前,他在家随父读书,涉猎甚广。十五岁起,学剑,作赋。十八岁到江油县西三十里的戴天山大明寺隐居读书,依潼江赵蕤。蕤任侠有气节,白从学年余,更养成倜傥不羁、轻财好施的习惯。二十岁冬,礼部尚书苏颋出为益州长史,他谒之于途,颋待以布衣之礼,极加称赏,谓以白之文才,若广之以学,可与司马相如比肩。二十一岁游成都,到峨嵋,住到次年,又归隐于故乡之匡山,直至二十五岁。那年秋,乃"仗剑去国,辞亲远游"。路线是:由岷山(即匡山)经峨嵋、清溪、渝州,出三峡,到湖北,历江陵、武陵,于次年二十七岁时,小住襄阳。然后南穷苍梧,到长沙,转岳州,泛洞庭,游江夏,东下金陵,秋止扬州。不及一年,散金三十余万。二十八岁秋,从维扬出发遍游吴越。二十九岁由浙江还岳阳,再泛洞庭,游云梦,岁暮还江夏。三十岁,由江夏游方城、汝海等处,冬,还憩安陆,隐居城西北六十里的小寿山。三十二岁移居城西三十里之白兆山桃花岩,与前宰相许圉师的孙女结婚。

自三十一岁(开元十九年)起,他便暂以湖北安陆为定居地,随时外出遨游,十年之间,南到江、湘,北到洛阳、太原,东到山东兖州,足迹遍于长江、黄河流域,结识了韩朝宗、孟浩然、元演、元丹丘。四十一岁在兖州又与孔巢父等五人会于徂徕山,酣饮纵酒,号为"竹溪六逸"。自开元十九年至开元二十九年,他"栖隐安陆,蹉跎十年",以后便改以山东为据点,向东、北、西各处流动,"山东李白"之称由此。

天宝元年(公元742年),李白四十二岁,夏间往游泰山,再游越中(浙江),与道士吴筠成为契友。筠应召入京,向朝廷推荐了他,玄宗乃下诏征他到长安。太子宾客贺知章向读其诗,便极钦慕,一见之下,更加叹赏,于是以其亲贵的地位,尽力向玄宗吹嘘揄扬,玄宗召见,命供奉翰林,专掌密命。

此时,他已移家安徽南陵。当他由南陵启程入京之初,心情极为愉快,很想从此大展长才,干一番事业。他四十二岁这年写的《南陵别儿童入京》表现出他当时欢乐兴奋的神情:

> 白酒新熟山中归,黄鸡啄粟秋正肥。呼童烹鸡酌白酒,儿女嬉笑牵人衣。高歌取醉欲自慰,起舞落日争光辉。游说万乘苦不早,著鞭跨马涉远道。会稽愚妇轻买臣,余亦辞家西入秦。仰天大笑出门去,我辈岂是蓬蒿人?

他到长安后,以文采煊赫一时,为玄宗所重。然而,也只是在翰林中以文学词章做侍从供奉,并无实际官职,未能参预国政,与他当初想做一番事业的愿望不符,当然不能满意,"乃浪迹纵酒,以自昏秽"。传说他尝在御前,因醉引足令高力士脱靴,力士以为耻,谗之于杨贵妃。以是,玄宗尝三命李白官,卒为宫中所阻。在失望之余,他感到长安生活的寂寞,便与贺知章、崔宗之等在一起饮酒,借放荡行径摆脱现实,发泄内心苦闷,时号"酒中八仙"。

在长安二年多,白白消磨岁月,很不甘心,于是上疏请求放回,玄宗正感他态度傲慢,看着不顺眼,便顺水推舟打发他走了。而更重要的原因则是他在朝中遭到许多人的忌恨、谗害、排斥,自己也看清了"北阙青云不可期",决心"东山白首还归去",但仍自信"长才犹可倚,不惭世上雄"。

他于天宝三载(公元744年)出京,年四十四岁。孟夏与杜甫初次识面于洛阳,他虽年长于杜甫十一岁,但一见就引为知己。到汴州又遇高适,三大诗人乃同游大梁、宋中、单父、濮阳、滑台等处,慷慨怀古,盘桓数月。秋回兖州,杜甫先在,又得同游。在他们共处的日子里,相互了解很深,尤其李白对杜甫诗歌的成就影响极大。而自此以后,他们就没有再会过面了。秋末,他往青州,谒太守李邕,高适亦在。继又至齐州、安陵,于年底回到兖州。此后十年(到天宝十四载,公元 755 年),他遍游河南、江苏、安徽、山东、河北、山西、陕西、湖北、江西许多地方,他的诗里有数不清的地名,而汴梁(开封)为往来要道,时常经过,小作勾留,所以说:"一朝去京国,十载客梁园。"他走遍各地,感到人情冷暖,深受刺激,尝叹道:"万里无主人,一身独为客。"并且"黄金久已罄","归来无产业,生事如转蓬"! 经济生活已大不如昔了。

在这第二段漫游期间,他往往有求仙访道之事,但主要是借以摆脱现实,追求理想的自由美好生活。他认为"仙人殊恍惚",并非真的相信其有,亦不过欲借以"挥斥幽愤"罢了。既不真信,就仍难解脱,所以又看准了"糟丘是蓬莱",乃长期"留连百壶饮",以期"涤荡千古愁"。他一直自信"天生我材必有用",所以精神上始终并未灰颓,也不想隐居出世,他认为"长风破浪会有时",终有一天能够"直挂云帆济沧海"。

天宝十四载(公元 755 年),安史之乱爆发,李白五十五岁。翌年春,他在当涂,闻乱之后,便去宣城,春末到溧阳、剡中,又迁道金陵,入庐山,愤慨道:"流血涂野草,豺狼尽冠缨","白骨成丘山,苍生竟何罪"! 对于玄宗李隆基逃蜀也表不满,《蜀道难》可能就是这时写来隐讽玄宗的。他义愤填膺,很想参加抗敌,并自信有办法可以制胜。不管怎样,他的爱国主义豪情壮志是非常可佩的。他终于受这种热情的支配,参加了玄宗第十六子永王璘的军幕。

至德二年(公元 757 年)春,永王璘兵败,李白下浔阳狱,当死,因郭子仪救援,改为流放,于第二年(乾元元年,公元 758 年)抛妻别子,向流放地夜郎(在今贵州桐梓县一带)出发,时年已五十八岁,其心中之凄楚可以想见。乾元二年(公元 759 年),由沅湘经江陵到夔州白帝城。适遇天下大赦,被释还,于上元元年(公元 760 年)孟夏回到浔阳。于是他心境又恢复了过去的乐观,并希望再有机会为国家尽力,但在那样的时代,自然要落空的。他又开始漫游,于上元二年,辗转到了宣城。再次年,代宗李豫宝应元年(公元 762 年),李白六十二岁,秋,往依从叔当涂令李阳冰,病卒,在抑郁愤懑中结束了他悲剧的一生。

第二节　李白诗歌的思想内容

李白作品极多,今本《李太白全集》三十卷,共收诗九百八十七首,赋八首,又表、书、序文、记、颂、赞、铭、碑、祭文等五十八篇,及诗文拾遗五十七首。他才气纵横,文章敏捷,"李白斗酒诗百篇","日试万言,倚马可待",当非过实。因此,可以断言,他平生所作自远多于现在留存的。李阳冰当初为他纂辑《草堂集》时便说过:"自中原有事,公避地八年,当时著述,十丧其九,今所存者,皆得之他人焉。"如此看来,其平生作诗真不下万首。

就此仅存的千首左右的诗篇,也完全可以了解他的思想。他的诗题材广阔,内容复杂,而总的精神则是:要求自由,要求个性的解放,要求有不受桎梏的精神生活的广大空间,要求能按照人们自己的性格自然地发展,要求打破封建制度和封建秩序的枷锁。总之,他具有极严肃的批判精神和不妥协的叛逆性格。

他的叛逆性格首先表现在他对于权贵的轻蔑和对于不为高官厚禄所羁縻的人物的热情歌颂上。他时常赞颂鲁仲连、范蠡、谢安,表示向往。这些人有济世之才,有悲天悯人的热情,而又获得施展,但最后又都能不受功名富贵权势利禄的束缚,功成身隐,过着自由的生活。《留别王司马嵩》就提到鲁仲连、范蠡、诸葛亮,而表示自己的志愿是:"愿一佐明主,功成还旧林。"《别鲁颂》更特别倾慕并称颂鲁仲连,就是因为他倜傥不羁,正合自己的理想。他甚至对孔子都有微辞,而于鲁仲连却只有景仰。在《赠崔郎中宗之》里说:"岁晏归去来,富贵安可求!仲尼七十说,历聘莫见收。鲁连逃千金,珪组岂可酬?"他自己就是要追踪这个"特高妙"的"倜傥生",认为"吾亦澹荡人,拂衣可同调"(《古风》之十);而从永王璘时,便抱着这样目的道:"所冀旄头灭,功成追鲁连。"(《在水军宴赠幕府诸侍御》)

他企慕谢安,也是因为"安石在东山,无心济天下。一起振横流,功成复潇洒"(《赠常侍御》)。其意在于既要济人济世,又要不受功名权势的拘牵,保持个性自由。可是他始终没有达到愿望。他与一般隐者不同的,就是对天下苍生非常关心,并无出世之意,所以他说:"苟无济代心,独善亦何益。"因此特别赞扬"谢公不徒然,起来为苍生"。此种思想自少年时代直到受到严重打击以后,一直未变。

他执著于个性自由,这是与封建秩序背道而驰的,他为了按照自己的理想去生活,就不能不向封建秩序开火,因而时常发出叛逆的呼声。《大鹏赋》嘲笑那些凡鸟披着五彩缤纷的华丽羽毛,过着"拘挛而守常"的生活,幻想学大鹏的逍遥,"旷荡而纵适"。这当然不易为常人所了解,于是被指为狂,而自己也承认"我本楚狂人",对圣人也肆意嘲笑,而"凤歌笑孔丘"了。他知道这样"一生傲岸苦不谐",结果必是"恩疏媒劳志多乖",但不肯改变,因为"松柏本孤直,难为桃李颜"。对于他的狂傲,世人既不理解,以致"世人见我恒殊调,闻余大言皆冷笑",那就由他们去吧,反正"流俗多错误,岂知玉与珉"!

他既不肯同流合污,随俗浮沉,于是他少年时代所向慕的便是任侠放纵;而中年以后便有游仙之思,乃是必然的了。他对于古代游侠刺客"泰山一掷轻毫毛"的气概,不断予以热烈的赞扬。《侠客行》和《扶风豪士歌》集中发抒了他关于这方面的见解,也充分表现了他不与统治阶级妥协的叛逆性格。他们鄙夷权贵,反庸俗、反强暴,舍己为人,功成身退,不受爵赏,自由潇洒,正是和鲁仲连、范蠡属于同一类型,所以他也给予同样的称扬,表示自己的向往之情。《少年行》所描写的人物不正和他《上安州裴长史书》中自叙的少年事迹大相类似吗?

他在自己的生活历程中逐渐明白游侠义士永远不能成功地解决社会上的不平。自己怀才不遇,到处受打击,经常感到精神压抑与心灵苦闷,这是具有强烈叛逆性格的李白所不能忍受的,于是似乎矛盾的游仙诗便与其游侠诗同样大量出现了。其实毫不矛盾。在《酬崔五郎中》里说:"幸遭圣明时,功业犹未成",于是"杖策寻英豪,立谈乃知我。……起舞拂长剑,四座皆扬眉"。事业不成,遂"又结汗漫期,九垓远相待。举身憩蓬壶,濯足弄沧海。从此凌倒景,一去无时还"。正是"人生在世不称意,明朝散发弄扁舟"。他的五湖浪迹的思想由此而来,后来游仙之思也是如此产生的。《古风》第二十五首是这样写的:

> 世道日交丧,浇风散淳源。不采芳桂枝,反栖恶木根。所以桃李树,吐花竟不言。大运有兴没,群动争飞奔。归来广成子,去入无穷门。

因痛恨现实的黑暗,才羡慕广成子,要"去入无穷门",但也并非真能出世,不过借此表示其愤懑,作为精神上的寄托罢了。《古风》第十五首说:"奈何青云士,弃我如尘埃!"在人间既不被重视,这才指望"仙人如爱我,举手来相招"(《焦山望松寥山》)。显然,他"将不可求之事求之",不过是欲借此以"挥斥幽愤",而非"慕其轻举"。他自己曾说,要"申管晏之谈,谋帝王之术,奋其智能,愿为辅弼,使寰区大定,海县清一",待"事君之道成,荣亲之义毕,然后与陶朱、留侯浮五湖、戏沧洲"(《代寿山答孟少府移文书》)。这才是他对待入世与出世、从政与求仙的真实一贯的态度。

李白诗中的饮酒，也不是"嗜其酣乐"，而是借以自昏、消忧、解愁。《月下独酌》云："穷愁千万端，美酒三百杯。愁多酒虽少，酒倾愁不来。"其意自明。然而，饮酒只能暂时麻醉，酒醒之后，旧愁还来，正如"抽刀断水水更流"是一样的，"举杯消愁愁更愁"，长醉不醒至多是一种浪漫主义的幻想而已。他之饮酒，不过想在酒酣之时，放怀高歌，取得精神上暂时的解脱，正与其游仙的思想是一致的。这同样表现了诗人对现实的强烈反抗，带有极浓厚的浪漫情调。

李白的诗歌也有一些表现了他对于祖国和人民的真挚的爱以及对外族入侵的仇恨与反抗。他的边塞诗如《塞下曲六首》就表示"愿将腰下剑，直为斩楼兰"（其一）；"何当破月氏，然后方高枕"（其二）；"横行负勇气，一战静妖氛"（其六）。《出自蓟北门行》、《发白马》更具体、更雄壮，或者看到"单于一平荡，种落自奔亡"，或者要"一扫清大漠，包虎戢金戈"，都表现了诗人对于"狼戾好凶残"的夷狄犯边的仇恨，和对于"出门不顾后，报国死何难"的英勇将士的热烈歌颂。

但他并非忠于帝王一人一姓，而是从祖国的安危和广大人民的忧乐出发，所以他对于统治阶级的穷兵黩武，则坚决反对，并严加谴责。《古风》第十四首写胡夷入侵，"赫怒我圣皇，劳师事鼙鼓"，于是中土骚然，"三十六万人，哀哀泪如雨"，强迫这许多丁壮从军，以致土地无人耕种，是谁之咎，不问可知。难道防边还用得着如此大动干戈吗？《古风》第三十四首更直斥天宝十载到十三载两次征南诏的不义之战，而同情那些"千去不一回"的被征的"怯卒"。至于《战城南》则揭露战争带给人民的痛苦与灾难，表白了诗人作为广大群众代言人所发抒的反战情绪：

> 去年战，桑干源，今年战，葱河道。洗兵条支海上波，放马天山雪中草。万里长征战，三军尽衰老。匈奴以杀戮为耕作，古来惟见白骨黄沙田。秦家筑城备胡处，汉家还有烽火燃。烽火燃不息，征战无已时。野战格斗死，败马号鸣向天悲。乌鸢啄人肠，衔飞上挂枯树枝。士卒涂草莽，将军空尔为！乃知兵者是凶器，圣人不得已而用之。

这是指天宝间玄宗先后遣高仙芝、哥舒翰等北讨契丹、西征吐蕃的战争而言。它描写战争的残酷，令人怵目惊心。诗虽脱胎于汉乐府同题的那一篇，但写的是当时实事，比乐府古辞更为丰富深刻，更有感人力量。

　　李白还有一些写征人的妻子思念丈夫的诗篇,同样也描写了战争的残酷,表达了人民的反战情绪,《乌夜啼》、《北风行》、《长相思》、《春思》、《秋思》、《子夜吴歌》等都是。《乌夜啼》是他早期的作品,贺知章早评为"可以泣鬼神"。《子夜吴歌四首》的第三第四两首,也为人们所传诵:

> 长安一片月,万户捣衣声。秋风吹不尽,总是玉关情。何日平胡虏,良人罢远征?

> 明朝驿使发,一夜絮征袍。素手抽针冷,那堪把剪刀。裁缝寄远道,几日到临洮?

这些岂只写思妇的心情,难道不也是诗人的真挚情感吗? 再看他那篇有名的《关山月》:

> 明月出天山,苍茫云海间。长风几万里,吹度玉门关。汉下白登道,胡窥青海湾。由来征战地,不见有人还! 戍客望边色,思归多苦颜。高楼当此夜,叹息未应闲。

这是从征人思乡来反映厌战与诅咒战争的思想的。诗人总结无数次战争的结果,得出一条规律是:"由来征战地,不见有人还。"在这样毁灭性的战争情况下,戍客如何不愁苦思归? 而一想到家里的妻子,就只有遥遥叹息而已。诗人情感的激愤,可以概见。《幽州胡马客歌》说:"白刃洒赤血,流沙为之丹。名将古谁是? 疲兵良可叹!"这就是诗人对于当时不义战争的全面谴责。

　　李白对祖国安危非常关心。当安史之乱发生以后,他曾慨叹道:"俯视洛阳川,茫茫走胡兵。流血涂野草,豺狼尽冠缨。"(《古风》之十九) 对敌人表示无比的愤恨。在此以后,许多诗篇中都充满了爱国主义精神,表示要投身疆场,为国效力。更重要的是他这些思想感情都与其对人民的关怀和同情密切联系着。《狱中上崔相涣》说:"胡马渡洛水,血流征战场,千门闭秋景,万姓危朝霜。""汉甲连胡兵,沙尘暗云海",致使"白骨成丘山,苍生竟何罪"? (《经乱离后天恩流夜郎忆旧游书怀赠江夏韦太守良宰》)这时候公卿将相怯懦无能,开门纳贼,更使他气愤,不禁骂道:"函关壮帝居,国命悬哥舒。长戟三十万,开门纳凶渠。公卿如犬羊,忠谠醢与菹。二圣出游豫,两京遂坵墟。"他为报国救民,才参加了永王璘的军幕,思有以自效,表示"但用东山谢安石",便能"为君谈笑静胡沙"(《永王东巡歌》十一首之二)。他日夜为祖国命运担忧:"中夜四五叹,常为大国忧。"并表示愿在战斗中为祖国而献出自己的生命,一说"不惜微躯捐",再说"岂惜战斗死,为君扫凶顽"。这类诗里都闪耀着诗人勇于牺牲的爱国主义的光辉。

李白的诗也表现了他对劳动人民的深切同情。专写这种主题的诚然很少,但像《丁督护歌》那篇,刺当时官吏役使人民搬运芒砀山文石之苦,感情却是非常深厚的。

李白的作品,尽管主要是采取浪漫主义的创作方法,但都有现实作基础,所以无不具有一定的积极意义。自然也不可否认,他的某些作品中也含有消极因素,思想感情不够健康,如《春日醉起言志》云:"处世若大梦,胡为劳其生。所以终日醉,颓然卧前楹。……"而有些游仙思想便从这里出发了,《古风》第九、第十一,均是如此。甚至有些名篇,本来是具有进步意义的,也往往在表现了对功名富贵视若浮云之余,又发挥其退一步想的消极情绪,以饮酒、退隐等逃避现实的态度来代替积极的反抗斗争。如《将进酒》"高堂明镜悲白发,朝如青丝暮成雪,人生得意须尽欢,莫使金樽空对月",即其一例。

第三节　李白诗歌的艺术风格

李白的诗,是以通俗、明快、精炼有力的诗的语言,把他极其真挚的情感,非常豪迈的性格,通过丰富的想象,十分典型而形象地抒写出来的抒情诗,格调清新,风神俊逸,具有很强的艺术魅力。在这些诗篇中,可以看到诗人永远在飞腾着的理想和不断在激荡着的感情,从而认识到他的战斗的也是悲剧的一生,并在他的生活历程上清楚地反映出诗人光辉的浪漫主义的自我形象。他的高度艺术成就使他的作品能够把诗人自己的理想和生活的现实突出而概括地体现在其统一的人格中,并极其生动而鲜明地呈现在读者面前。这就是李白诗歌的积极浪漫主义创作方法的成就。诗中的形象,是具体的,又是凌空的;是现实的,又是有理想成分的;既是我们看得见而确信的,同时却又是处于虚幻的境界中的。这个形象是一个"天上谪仙人",或者是一个"蹑云欲上天"的世人。他的《梁甫吟》正是把现实生活放在虚幻的神的境界中,以表现诗人的理想和愿望的,诗长,不录。他的山水诗也几乎全部都是通过极度夸张的想象,描写了祖国的山川景物,体现了自己的胸襟、怀抱与激情,这样就能以自然界真实瑰丽的壮观引起读者心弦的共鸣。

李白热爱自然界的一切瑰奇景象,在诗里往往以它们为对象加以描绘与礼赞。早年所作《峨嵋山月歌》云:

> 峨嵋山月半轮秋,影入平羌江水流。夜发清溪向三峡,思君不见下渝州。

是多么空灵,又多么清新!及到武昌,作《峨嵋山月歌,送蜀僧晏入中京》云:

> 我在巴东三峡时,西看明月忆峨嵋。峨嵋山月照沧海,与人万里长相随。黄鹤楼前月华白,此中忽见峨嵋客。峨嵋山月还送君,风吹西到长安陌。长安大道横九天,峨嵋山月照秦川。……

大半首句句提到峨嵋,句句提到月,把两者连到一起成为"峨嵋山月",加以人格化,使读者感到它是那么有情的理想朋友和知己。篇末仍有"归时还弄峨嵋月",不放弃这个理想化身的好友。《月下独酌》的"举杯邀明月,对影成三人",尤为"千古奇趣"。大约诗人纯洁的心灵自幼就对月光有特殊爱好,所以经常拿它作为情深意挚的良朋看待,如说"我寄愁心与明月,随风直到夜郎西",如"暮从碧山下,山月随人归"。每到孤独寂寞的时候,这个多情的友人就来热情相伴,这正是诗人发自内心的美好愿望吧!

在山水诗中,诗人的浪漫主义情调更为突出,如《独坐敬亭山》的"相看两不厌,惟有敬亭山"就是明显的例子。著名的《早发白帝城》:"朝辞白帝彩云间,千里江陵一日还;两岸猿声啼不住,轻舟已过万重山。"它表现了诗人江行的愉快心情:轻舟下峡,云影山光掠眼而过,猿啼未已,便已飞驶了千里之遥。这里奔腾着多么活泼的生命和巨大的力量!《望天门山》云:"天门中断楚江开,碧水东流直北回。两岸青山相对出,孤帆一片日边来。"这是多么开阔雄奇!《望庐山瀑布》第二首更为壮丽,不但色彩鲜明,竟至使人如闻其奔注飞溅之声:"日照香炉生紫烟,遥看瀑布挂前川。飞流直下三千尺,疑是银河落九天。"后二句发挥诗人夸张想象的才能,以浪漫情调写瀑布从九天之上飞落而下,真是荡人心魄。诗人在这类诗中,都是以其大胆的夸张和丰富的想象体现胸中的豪迈气概,如《赠裴十四》用"黄河落天走东海,万里写入胸怀间",描写自己吞吐宇宙的胸襟;而《将进酒》的"黄河之水天上来,奔流到海不复回",也是以黄河奔放的雄姿来比兴自己"天生我材必有用"的坚强信心与百折不回的力量。他的这种浪漫主义笔法,诚如其自己所说:"兴酣落笔摇五岳,诗成啸傲凌沧州。"(《江上吟》)

《梦游天姥吟留别》是李白诗歌中最有代表性的积极浪漫主义杰作。它开头说"海客谈瀛洲,烟涛微茫信难求",说仙岛神山,渺茫难信,惟"越人语天姥,云霞明灭或可睹",倒是现实世界实际存在的。但在诗人笔下,天姥却与天相接,神奇无异仙界:"天姥连天向天横,势拔五岳掩赤城。天台四万八千丈,对此欲倒东南倾。"既托之梦游,当然更惝恍迷离,令人目眩神迷,然而,却又说得那么真切动人:"我欲因之梦吴越,一夜飞度镜湖月,湖月照我影,送我至剡溪。谢公宿处今尚在,渌水荡漾清猿啼。脚著谢公屐,身登青云梯,半壁见海日,空中闻天鸡。千岩万转路不定,迷花倚石忽已暝。熊咆龙吟殷岩泉,慄深林兮惊层巅。云青青兮欲雨,水澹澹兮生烟。列缺霹雳,丘峦崩摧,洞天石扉,訇然中开。青冥浩荡不见底,日月照耀金银台。霓为衣兮风为马,云之君兮纷纷而来下。虎鼓瑟兮鸾回车,仙之人兮列如麻。"他本来说得很实在:游吴越,渡镜湖,到剡溪,并且谢公宿处分明犹在;渌水荡漾,清猿夜啼,无一不是眼前景物,却突然著上谢公蜡屐,登青云,见海日,闻天鸡已鸣,而千岩万岫,路转山迷,一切又变得深邃险怪,不可捉摸了。于是引出许多神仙,衣服车马迥异人世。这就叫人"忽魂悸以魄动,恍惊起而长嗟"。于是大梦初醒,一切都幻灭了。诗人唱道:"惟觉时之枕席,失向来之烟霞。"下边夹进两句比较消沉的话:"世间行乐亦如此,古来万事东流水。"没有这两句,也完全接得上,而且更干净利落。最后说:"别君去兮何时还?且放白鹿青崖间,须行即骑访名山。"并以画龙点睛的两句话"安能摧眉折腰事权贵,使我不得开心颜",自叙胸怀,成为全篇的结语。

诗人有强烈的内在情感和奇特的表现方法,他常把天上的神人仙女当作与自己很亲近的人物来描述,以寄托其美好理想。《游泰山》六首,本是自述游山所见,而在诗中不觉便过渡到浪漫思想上说:"登高望蓬瀛,想象金银台。天门一长啸,万里清风来。玉女四五人,飘飖下九垓,含笑引素手,遗我流霞杯。稽首再拜之,自愧非仙才。"显然,他对现实世界不满,便幻想出天上玉女下来接引,并有所遗赠,但诗人却以"非仙才"而谢绝了。可是在思想上又嫌实际宇宙渺小,有厌弃之意,说"旷然小宇宙,弃世何悠哉",表现了思想感情的矛盾。其他各首也是如此。同样幻想而极其天真的有相传为李白所作的《题峰顶寺》:"夜宿峰顶寺,举手扪星辰。不敢高声语,恐惊天上人。"《短歌行》的想象尤为新奇,它表示诗人相信自己力量的伟大,虽叹百年易逝,但说麻姑也衰老得两鬓斑白,所以要六龙挂住扶桑,使人们多活一些岁月,感情激荡,思想并不消极。

他的叛逆性格与追求精神的解放,在诗歌中是以明朗乐观的感情来反抗封建势力对人们的桎梏与压迫的；而他那孩子般跳动着的天真的心和奇妙的譬喻与想象，又能以朴素晶莹的语言巧妙地表达出来，所以显得十分真实，生动活泼，又十分亲切、有力。《秋浦歌》第十五"白发三千丈"，《北风行》"燕山雪花大如席"，《于阗采花》"明妃一朝西入胡，胡中美女多羞死"，《赠汪伦》"桃花潭水深千尺，不及汪伦送我情"，都是用极度夸张的手法来描写常见的事物、抽象的性格或深切的感情，似不合理，而实极真实，又形象，又自然，并无突兀造作之感。这也是他浪漫主义艺术技巧的一个方面。

李白学习汉以来乐府民歌，成就很大。他的《古风》五十九首和拟乐府古题就是具体的证明。他学古而不泥于古，他以古乐府的形式写时事，发挥自己的思想、认识与感情，是用来揭露与批判现实的，是古为今用，是发展而非因袭。这表现在思想内容、艺术形式和诗歌语言三个方面，从前边的介绍和举例中便可以看出，无须细述了。

李白继承古代优秀的文人文学，尤其继承了我国文学史上第一位伟大的积极浪漫主义诗人屈原的优秀传统。他把屈原的创作方法加上自古以来民间文学中的浪漫主义精神，结合建安以来文人诗歌的慷慨之气和汉魏风骨，融会贯通，向前大大发展了一步，继陈子昂之后，反对南朝萎靡的文风，形成自己在现实主义基础上的积极浪漫主义创作方法，并达到高度成熟的地步，作出了卓越的贡献，哺育和影响着千百年来的后代诗人。

第五章　现实主义诗人杜甫

第一节　杜甫的生平

　　唐代开元天宝之际的四十三年(公元 713—755 年)之间,社会内部矛盾已发展到最尖锐的程度,隐忧内伏,随时可能爆发。对其周围的少数民族,尤其对西北各族,向采侵略政策,自恃声威强大,不断发动战争,造成民族恶感,矛盾也日益加深。这两种危机都隐藏在帝国表面繁荣的背后,逐渐显露,"安史之乱"便是它们纠结在一起的总爆发。唐帝国从此便走了下坡路,社会混乱,人民流离,生产停滞,经济凋敝,政治当然更加腐化了。杜甫在诗坛上方露头角,便遭遇这个巨变,生活处境急转直下,卷入社会底层,时常困于饥寒贫病奔走逃亡之中。这自然对他的身体和心灵都造成了极大的威胁与创伤,但同时也大大地锻炼了他的性格,使他接近人民,与人民生活与共,情意相通,从而增强了他的诗歌的人民性。在他后期的二十多年中,经历了许多坎坷,取得了丰富的生活经验,因而以其长期的文学修养,把自己的亲身感受,全面而深刻地反映在被称为"诗史"的许多伟大作品里,成为中国文学史上最伟大的现实主义诗人。

　　杜甫,字子美,先世为京兆杜陵人,故尝自称为"杜陵野老"。祖籍襄阳(今湖北襄阳),曾祖依艺,为巩县(今河南巩县)令,移居于巩,他就出生在那里。他的先人多做过太守、刺史、县令等官。祖父审言,是武则天时代有名的诗人。父亲虽曾做过几任小官,而一生不得志。总之,他出身于一个有悠久传统的官僚家庭。到他降生以后,家世中衰,但百年望族,还不至一下垮到底,所以在乡里还有一定地位,为亲戚所仰望。他中年在长安积极营求禄位,向权贵寻求援引,表现了他庸俗的一面,是与其家庭出身分不开的。

　　他生于唐玄宗李隆基先天元年(公元 712 年),卒于代宗李豫大历五年(公元 770 年),活了五十九岁。

杜甫幼年丧母,曾寄养于其洛阳的二姑母家。少多病,好读书,二十岁以前在家学习,涉猎极广,而受儒家正统思想教育最深。《壮游》自叙:"往者十四五,出游翰墨场。斯文崔魏徒,以我似班扬。七龄思即壮,开口咏凤凰。九龄书大字,有作成一囊。性豪业嗜酒,嫉恶怀刚肠。脱略小时辈,结交皆老苍。"可见他二十岁以前的豪迈狂傲与李白在这年纪的行径非常相近。

开元十九年(公元 731 年),他二十岁,开始漫游吴越,曾到金陵,下姑苏,渡浙江,游剡溪,盘桓了三四年,扩大了眼界,增强了对祖国山河的热爱,也丰富了诗歌创作的题材和内容。后因参加开元二十三年(公元 735 年)的进士考试,回巩县请求保荐,然后赴长安应试。落第,东游齐、赵。省父于兖州司马任内。这时诗人裘马清狂,行踪放荡,直至三十一岁(开元二十九年,公元 741 年),才回到洛阳,结束他第二阶段的漫游。在洛阳、偃师间的首阳山下尸乡亭附近,距离他远祖杜预(晋代名将和历史学家)和祖父杜审言的坟墓不远,建筑了几间窑洞作为住所,时常往来于这里和洛阳之间,生活寂苦,感到厌烦。大约在天宝三四载(公元 744—745 年)间,在洛阳和李白会面,两位大诗人虽年纪相差十一岁,但互相倾慕,很快就成为知心的朋友。这时他三十三四岁,而李白已四十四五岁,自长安放归,已为当代诗坛上一颗彗星。他大为李白的风采和才华所吸引,于是相与遨游,极一时之乐。后来又遇到了高适,三人乃同游汴州,登吹台,慷慨怀古,饮酒赋诗,度过一个秋天。大约就是天宝四年,他和李白先后到了齐州。他初与当时文章书法名家北海太守李邕相识,抵掌论文,过从甚密。后来李白回兖州寓居,他也在秋天到了兖州,旧友重逢,情谊益笃。这时杜甫的思想也受了李白的影响,创作上带有比较浓厚的浪漫主义色彩。两人自此分手以后,再就没有会合了。杜甫于天宝五载(公元 746 年)到长安应诏与试,李白则准备重游江东,过他的浪迹生活。是时,李林甫执政,以"野无遗贤"奏报全体应试者下第,使杜甫感到无限愤懑。为了生活和寻找政治出路,他曾屡次作诗干谒权贵,均无结果,到四十岁时(天宝十载,公元 751 年)向玄宗进《三大礼赋》自述忠悃,玄宗命待制集贤院,久不见用;又于天宝十三载进《封西岳赋》。久困长安,无以自见,生活益苦:"朝扣富儿门,暮随肥马尘。残杯与冷炙,到处潜悲辛。"这样度过了十个年头,才被任为河西尉,但诗人宁愿饥寒而死,也不肯做那"拜迎官长,鞭挞黎庶"的县尉,才改就右卫率府胄曹参军,任务是看管兵甲器仗。在这十年当中,他经历许多人生困苦与辛酸,对现实生活及统治阶级的本质有了深刻的认识和体验,写出了《丽人行》和《兵车行》等著名的现实主义伟大诗篇。而更杰出的史诗《自京赴奉先县咏怀五百字》的思想和情感的酝酿与发展,也都是在这十年中蓄积成长起来的。

天宝十四载(公元 755 年)冬,杜甫赴奉先(今陕西蒲城)看望家室。一路所见,感慨万端,而家中饥寒交迫,幼儿饿死,尤为凄惨。他由社会想到个人,又由自身遭遇推及一切苦难人民,写出"咏怀"五百字的千古名篇,反映了大乱前夕的社会实况,给人以风暴即将来临的预感。这篇作品标志着诗人的思想和艺术已达到前所未有的高度。他回到长安不久,安禄山就起兵于河北,很快打下了洛阳,并于天宝十五载(七月唐肃宗即位于灵武,改至德元年,即公元 756 年)称雄武皇帝,国号燕,年号圣武。杜甫又去奉先带家人到白水他舅父崔顼处暂住,不久复迁往鄜州城北羌村。当他听到肃宗李亨在灵武即位之后,便起身奔往这个新建的政权所在地。中途被安禄山的军队捉住,送回沦陷的长安,困居大半年,才于至德二年(公元 757 年)四月逃往李亨所在的凤翔。两次流亡都是和人民一道,使他的思想感情进一步与人民打成一片。长安围困中,终日密切注意形势的发展,对政局变化看得清楚,培养了他的敏锐的政治眼光。敌人占领下的京师,胡骑横行,市场萧索,回忆昔日之繁华,也增加了他故宫黍离之痛。这一切都给他的诗歌创作以丰富深刻的思想内容。

杜甫到了凤翔,狼狈不堪,"麻鞋见天子,衣袖露两肘",得了一个地位不高而职责很重要的"左拾遗"的官,本想认真担负起讽谏的责任,但李亨并不喜欢他这样,于是借着准其回鄜州探视家小为名,打发他离开凤翔。他于这年秋天又启程北征,回到了离别一年的羌村,和家人见面。长篇古风《北征》和《羌村》三首就是这时期所写的,充满着爱国主义思想和人道主义精神,成为他完美地发挥了现实主义创作方法的代表作。

至德二年九月,乱平,李亨还京,杜甫也带着家属回到长安,仍做左拾遗。退朝余暇便和同辈诗人王维、贾至、岑参、严武等赋诗唱和,过着闲散的生活。不久,由于房琯被贬的连累,他也于乾元元年(公元 758 年)出为华州司功参军,从此便永远离了长安。他的精神被这一政治上的变动解放了,以后的生活又使他接近人民,认清时代,扩充了他的诗歌领域。是年冬,他回到洛阳,看望乱后的故乡。翌年(乾元二年,公元 759 年)春,由洛返华州,途中写了一生最有名的"三吏"(《新安吏》、《石壕吏》、《潼关吏》)、"三别"(《新婚别》、《垂老别》、《无家别》),描述途中见闻的流离景象,表现了他对人民悲惨遭遇的深厚同情和强烈的爱国主义思想。这不仅显示了诗人卓越的现实主义才能,而且显示出他的高贵品质和伟大心胸。是年关辅饥馑,他以微官不能自给,弃去。七月到秦州,十月往同谷,全家困于饥寒;一个月后,复启程入蜀。经栈道,越剑阁,年底到了成都。这一次迁徙,不仅道路艰难,生活困苦,他的身体又时常生病,精神不免疲惫;但这都没有把他压倒,他在途中写下不少悲愤激昂的纪行诗,数量远远超过以前同样时间所写的。生活把诗人磨练得更坚强了,作品更加雄伟宏肆了,不论思想上和艺术上都达到了高峰。

第二年(上元元年,公元760年)春天,杜甫在成都西郊浣花溪,借友人的帮助建筑了一所草堂,暂时安居下来,这时他整整五十岁了。他的旧友严武镇蜀,另有几个在位的朋友,时常往还,物质上有所帮助,精神上也略有寄托。公元762年(代宗李豫宝应元年)七月,他送严武还朝,到绵州,值西川兵马使徐知道反,因避乱梓州。明年(广德元年)曾往汉州、阆州,冬还梓州。广德二年(公元764年),严武再镇蜀,他归成都,以严武荐,为节度参谋,检校工部员外郎,仅六个月便辞去。永泰元年(公元765年),严武死,他在成都失掉了可以过从的好友,于是决定出蜀,乃经嘉州(乐山)、戎州(宜宾)、渝州(重庆),到忠州(忠县),住了两月,又到夔州的云安(云阳)。次年(大历元年,公元766年)春,迁往夔州(奉节),住了近两年,才于大历三年继续东下,出峡。两年内疾病缠身,但在创作上却是最丰收的时期,全集中约七分之二(四百三十余首)是这时期写的。思想内容似略逊于前,但格律益为精严,有名的《秋兴》八首即作于夔府;不少回忆录式的名篇也成为后人研究杜甫思想和历史的重要资料。

他于大历三年出峡,三月到江陵,秋移居公安,冬末到岳州。原拟北归,适值内乱起于陕豫之间,外患又使长安受到威胁,只好放弃北归的计划。想东下江南,又因亲故久无消息,无可依靠,遂只得漂流江湘。大历四年,由岳州到潭州,入衡州,再返潭州;明年(大历五年,公元770年),他五十九岁,夏初,潭州有臧玠之乱,避入衡州,打算去郴州依其舅崔伟(任郴州录事参军),乃溯郴水入耒阳,适江水大涨,停泊方田驿,准备秋天再下荆楚。病转剧,竟死于船上。

第二节　杜甫诗歌的思想内容

杜甫生平作诗甚多,《唐书》言"甫有集六十卷",不著篇数,至宋便多散佚,才存二十卷。后经学者搜辑整理,稍见增益,黄伯思校本已有诗一千四百四十七篇。清仇兆鳌《杜少陵集详注》诗二十二卷采编年体,计得一千四百三十九篇,今存《杜工部集》则为一千四百二十四篇,均较黄校本略少。除诗外,今尚存赋、记、说、赞、述、策问、文、状、表、碑、志,共二十八篇。

杜甫生平的思想发展道路及其诗歌创作形成过程,已见前节。他是我国历史上最伟大的现实主义诗人之一。杜甫在到长安以前,除在家乡读书外,其余岁月几乎全部消磨在漫游上了。漫游对他的思想和艺术当然有很大影响,主要是开拓了眼界,丰富了生活,提高了对于美好事物的理想愿望,增加作品中的浪漫主义色彩。而作为一个伟大的现实主义诗人,其思想基础却主要是奠定于久困长安之时。他阅历了许多社会事变,体验了更多的现实生活,接近了广大的劳苦人民,尤其和人民一起过了流离逃亡的生活,认识了社会矛盾的本质,写出的作品才更能深刻彻底地揭露和批判黑暗的现实。而在他少壮时期,正值开元全盛之日,也过着士大夫阶级的优裕生活,诗坛上普遍的浪漫风气也熏染了他,所以早期作品也不免带有一定程度的狂放气息。他的进步思想却是后来在残酷的社会现实生活与个人穷困的境况下才逐渐形成的。

他的思想出于儒家,前期更明显地以儒者自居,并以"致君尧舜上,再使风俗淳"(《奉赠韦左丞丈二十二韵》)为自己的理想。这种思想是积极的、入世的,当国家危难之时,便能挺身而出,忠勇效命;见人民遭受苦难,也就会"穷年忧黎元",而有"不眠忧战伐"的积极热情。他的儒家正统思想在当时是具有进步意义的,充分表现在他许多涉及现实政治社会的诗篇里。

他没有永远局限在儒家思想的圈子内,经历了严酷的现实政治和生活挫折,他的思想有了很大的发展。他继承了儒家思想的积极因素,并在这个基础上又提高了一步,离乱使他靠近了人民,扩大了视野,以至后来竟对儒家也表示不满道:"儒术于我何有哉?孔丘、盗跖俱尘埃!"多么大胆!他后期的诗歌对统治阶级讽刺抨击越发尖锐而激烈,表现了他已不再牢守儒家的尊君忠君思想。在这种进步的思想支配下,他的现实主义创作方法就会帮助他用更深刻、更典型的人物或事件去反映人民的疾苦,表达人民的愿望,谴责统治阶级的荒淫生活与残暴统治。这时候杜甫的某些作品已经突破了他所属阶级的限制,而站在人民的立场,反映人民的生活、思想和感情,而这就是其高度的人民性所在。

杜甫作品也有高度的人道主义精神,这种人道主义表现在对被压迫阶级发出的伟大同情,是以人民的感情改变了个人的感情,逐步向人民靠拢,而终于跟人民成为一体,才发出完全可以代表人民大众的呼声。《咏怀五百字》表现得很明显。他说:"杜陵有布衣,老大意转拙。许身一何愚,窃比稷与契。居然成濩落,白首甘契阔。……穷年忧黎元,叹息肠内热。……非无江海志,潇洒送日月。生逢尧舜君,不忍便永诀。"自谓"老大意转拙",不是不愿意过"潇洒送日月"的清狂幽闲生活,但为黎元痛苦而忧伤,并以稷、契"人饥犹己饥"、"人溺若己溺"的精神自期,所以便甘于白首契阔,死而无悔。特别是当着这样黑暗的时代("生逢尧舜君"一语应作反话看),实在不忍坐视人民疾苦而不问,因此才坚持自己的志愿,忍受下去。有了这样的心情,他就能看出社会的矛盾,反映现实而不是粉饰现实,也就能不为表面的繁荣所迷惑而认识到社会的危机。在这篇中段,他写君臣欢娱,音乐起奏之时,"赐浴皆长缨,与宴非短褐",劳苦大众是没有份的,而"彤庭所分帛,本自寒女出",征收时"鞭挞其夫家",才"聚敛贡城阙"。诗人在这样"荣枯咫尺异"的现实生活对照下得到极正确的认识,写出无比深刻地反映现实本质的概括性名句:

> 朱门酒肉臭,路有冻死骨。

诗人的思想是由他自己的生活体验中得来的,并非以旁观者的地位,仅仅从道理上发出的同情。他的遭遇不比一般人民好多少,也是"老妻寄异县,十口隔风雪",按照人情,"谁能久不顾"呢?所以要去看望一下,"庶往共饥渴"。岂知情况比预料的还惨得多:"入门闻号咷,幼子饿已卒。"诗人的哀恸,引动得"里巷亦呜咽"。由于秋禾未登,贫窭仓卒,使自己的儿子"无食致夭折",感觉"愧为人父"。他的悲哀并不局限于个人的辛酸,而是推己及人,把同情扩展到广大的不幸者。他想到自己毕竟还是世家贵族,"生常免租税,名不隶征伐",今天"抚迹犹酸辛",一般"平民"更将如何!于是"默思失业徒,因念远戍卒",既不能安居乐业,从事生产,还要负担重税,受尽敲剥,又要抛弃家乡,远戍边荒,更是多么凄惨!思念及此,真是忧比山高,愁深似海。诗人这种"民胞物与",以天下苍生为己任的思想,在别的诗中也时常见到。诗人所想到的,永远是别人,首先是比自己还苦的人民群众。他到成都那年八月所作的《茅屋为秋风所破歌》就是最突出地表现这种精神的。他的茅屋被秋风吹走了茅草,适值天雨,上漏下湿,"床头屋漏无干处",而天上"雨脚如麻未断绝",再加以"布衾多年冷似铁",又被"娇儿恶卧踏里裂",其苦已不堪忍受了。何况他"自经丧乱少睡眠",在这样环境下,又如何能耐过这漫漫长夜呢?然而,诗人的思想却立刻丢开自身,转念到广大的"寒士",发出宏愿道:"安得广厦千万间,大庇天下寒士俱欢颜,风雨不动安如山。呜呼!何时眼前突兀见此屋,吾庐独破受冻死亦足!"这是多么伟大的胸怀!这里不只是具有现实主义精神,还结合着积极浪漫主义的美好愿望与磅礴的气魄,在我国古典诗歌中是少有的典范作品。《凤凰台》一首也是以积极浪漫主义的创作方法写出诗人自我牺牲以救民济世伟大志愿的。诗中写道:

> 安得万丈梯,为君上上头。恐有无母雏,饥寒日啾啾。我能剖心出,饮啄慰孤愁。心以当竹实,炯然无外求。血以当醴泉,岂徒比清流?所重王者瑞,敢辞微命休? ……再光中兴业,一洗苍生忧。深衷正为此,群盗何淹留?

他以凤凰台上无母雏比失掉生养的人民,自己发愿要剖出心血哺育它们,以慰其孤愁。为了人民能过太平日子,他不惜牺牲自己的"微命",使天下"中兴"。诗人的深衷,只是为此,他盼望害民的"群盗"滚开,一洗苍生之忧。这就是杜甫诗歌所表现的积极意义,也是其人民性最深切著明之处。

杜甫对于当时朝廷发动的侵略战争坚决反对,就因为那是危害人民的。早期所写的《兵车行》就指斥了"边庭流血成海水,武皇开边意未已"。人民被征,长期戍边:"或从十五北防河,便至四十西营田。去时里正与裹头,归来头白还戍边。"而行人去后,整个社会都荒凉残败得不成样子:"君不见汉家山东二百州,千村万落生荆杞。纵有健妇把锄犁,禾生陇亩无东西。"尽管人们敢怒而不敢言,但事实俱在,无可否认,"且如今年冬,未休关西卒",而"县官急索租",毫不宽贷,他们不曾想过壮丁都被征走了,田无人耕,"租税从何出"!人们痛恨到极点,而无法可想,竟不愿生男孩,只愿生女孩,因为"生女犹得嫁比邻,生男埋没随白草"。这是多么具有概括意义的描写!《前出塞》第一首就指责统治者道:"君已富土境,开边一何多!"并代表人民表示"且愿休王师"。他曾对他的朋友高适提出大胆的呼吁:"请公问主将,焉用穷荒为?"(《送高三十五书记》)他提出和平息战的愿望,说"杀人亦有限,列国自有疆",只要各守本土,互不侵犯,无须进行杀人的征战:"苟能制侵陵,岂在多杀伤!""古人重守边,今人重高勋",主将为了立功邀宠,使地位益崇,所以才挑动战争,而"边人不敢议,议者死路衢",都与"安史之乱"的史实相符。"三吏"、"三别"、《羌村三首》都是乱后作品,诗人通过一个个具有典型意义的故事、对话、人物形象来描述战争的残酷、战后农村的破败,以及强迫兵役的骚扰,从而反映了作者的思想感情,也代表了广大人民的反战情绪与和平愿望,都是现实主义的伟大史诗。

和战争联系的是统治阶级对人民的严重剥削,杜甫反战诗歌往往同时描述了人民遭受压榨的情况,并表示了他对统治阶级痛恨、反抗的情绪,《兵车行》就是如此。《遭遇》云:

> 石间采蕨女,鬻菜输官曹。丈夫死百役,暮返空村号。闻见事略同,刻剥及锥刀。贵人岂不仁,视汝如莠蒿。索钱多门户,丧乱纷嗷嗷。奈何黠吏徒,渔夺成逋逃!

《岁晏行》写当时湖南的压榨情况更惨:米贵缺食,米贱伤农,高官厌酒肉,人民受饥寒,卖男鬻女,完纳租赋。杜甫希望的是"安得壮士挽天河,净洗甲兵长不用"(《洗兵马》),他认为只有"销兵铸农器",让"锋镝供锄犁",使"冗官各复业,土著还力农"(《往在》),然后"今古岁方宁"。他以为只有停止战争,恢复生产,社会才能安定,租税也就减轻了,所以说:"安得务农息战斗,普天无吏横索钱!"事实上,"天下郡国向万城,无有一城无甲兵"(《蚕谷行》),因此,他的愿望永难实现。

杜甫对统治阶级的荒淫腐朽生活及其昏庸无能、暗无天日的政治,都曾深刻地给以揭露,并尖锐地予以抨击或讽刺。《丽人行》以杨贵妃姊妹游宴曲江之事为题材,极意铺张,而讽刺之意,即寓其中。《病橘》指责杨贵妃要吃荔枝而致贡使驰驿奔走,"百马死山谷"。《解闷》第九、十、十一、十二诸首也是就这件事发挥其意见的。

在国家遭遇危难之时,杜甫抱着强烈的爱国主义思想,结合着同情人民的热肠,希望能早日光复故国,重整河山,因而对统治阶级的昏庸无能十分痛恨,而予以猛烈的抨击。例如《潼关吏》就鄙视了他向所钦重的哥舒翰,主要因为他在安史之乱的初期,以二十万大军守潼关,却表现得十分无能,桃林一役,士卒坠河死者数万人。他写道:"哀哉桃林战,百万化为鱼。请嘱防

关将,慎勿学哥舒!"《释闷》写吐蕃兵入长安,代宗李豫逃往陕州事,他对统治者的怯懦无能愤懑已极,指责道:

> 四海十年不解兵,犬戎也复临咸京。失道非关出襄野,扬鞭忽
> 是过胡城。豺狼塞路人断绝,烽火照夜尸纵横。天子亦应厌奔走,
> 群公固合思升平。但恐诛求不改辙,闻道携孥能全生。江边老翁
> 错料事,眼暗不见风尘清。

杜甫固然反对战争,热爱和平,然而他反对的是侵略性的非正义战争,反对因争权夺利而造成的战争,反对危害人民压制人民的战争,而不是一般地反对战争。对于保卫民族独立,反抗侵略,抵御外侮的正义战争,他是慷慨激昂热情支持的。他的忧国忧民正是爱国思想的具体表现,而在祖国被侵时的渴望胜利的心情也正和他爱国、爱民、爱和平的思想精神是完全一致的。

安史乱后的杜诗绝大多数都带有爱国主义情感。他对于官军的失利,表示忧虑、不安;对于将帅的庸懦无能,表示鄙夷、气愤;对于敌人的猖狂残暴,表示极大的仇恨;对于人民遭受蹂躏,表示无限同情;而对于胜利的一点希望或者疑信参半的传闻,他都表示十分兴奋。《悲陈陶》"都人回面向北啼,日夜更望官军至"就是有血有泪,能够反映人民的思想愿望的。后来,官军连败,胡气正胜,诗人虽悲伤焦虑,却不主张急于反攻,而在《悲青坂》中提出坚守之策:"焉得附书与我军,忍待明年莫仓卒。"此时,他正陷敌手,却忘记自身安危,日夜注视国家的胜败。他为了最后的胜利,极具卓见地提出隐忍持重,且待明年敌人疲惫再行反攻,不要仓猝从事。他的《塞芦子》一诗更具有战略上的意义。

《春望》和《哀江头》都是诗人在被俘陷贼时所作,其爱国忧时之情,不觉溢于言表:

> 国破山河在,城春草木深。感时花溅泪,恨别鸟惊心。烽火连
> 三月,家书抵万金。白头搔更短,浑欲不胜簪。(《春望》)

《哀江头》更有故国黍离之感,中间回忆过去,对玄宗、贵妃当年游乐加以讽刺,尤见其思想性之深刻。以后,《北征》、《恨别》、《宿江边阁》,以至临死以前的绝笔《风疾舟中伏枕书怀》,都念念不忘国家前途,对外患一直保持着高度的警惕。肃宗平安禄山,曾借兵回纥,诗人对这种引狼入室的做法,自始就持异议,《北征》中便表示"此辈少为贵",深恐将来难于控制,致贻后患。《洗兵马》里已描述这些客兵骄纵不可制的情况说:"京师皆骑汗血马,回纥

馁肉葡萄宫。"而在《留花门》一篇则更明白地提出:"胡为倾国至,出入暗金阙?"说"胡尘蹋太行,杂种抵京室",表示不满。后来在《遣愤》中,诗人又说这些花门将"蜂虿终怀毒",要求政府"雷霆可振威",并提醒当局"莫令鞭血地,再湿汉臣衣",可谓恺切之至了。

杜甫忧心国事,常有戚苦之情,而一闻少许胜利的消息,便兴奋起来。《喜闻官军已临贼境二十韵》说:"喜觉都城动,悲怜子女号。家家卖钗钏,只待献香醪。"虽写的是整个的人民群众,实际也是在写他自己的激动心情。诗人在晚年漂泊西南,虽居处稍安,而客怀凄楚,仍多故国之思。"安史之乱"初定,官军收复河南、河北,他听到消息,高兴得跳起来了,写了一首七言律诗,一气呵成,情感真朴已极:

> 剑外忽传收蓟北,初闻涕泪满衣裳。却看妻子愁何在,漫卷诗书喜欲狂。白日放歌须纵酒,青春作伴好还乡。即从巴峡穿巫峡,便下襄阳向洛阳。

在长期乱离之中,忽然听到胜利的消息,心情激动,悲喜交集,触起还乡之念,所以末尾三句,连绵而下,不假思索,便把回家的行程都安排定了。这正是每个因战争而流亡在外的普通人民所共有的思想感情。这首诗之所以动人便在于此。这首诗通过诗人外表行动的细节描写,准确而逼真地刻画了他内心的情感变化,至今读来,还能感到这位诗人当时欣喜若狂的生动形象,于是作者的激情便通过作品而传达给读者,引起共鸣了。

杜甫对于贫苦劳动人民的感情是非常真诚而深厚的。在诗歌中,他不只表现了对劳动者和被压迫者的深切同情,还表现了对他们淳朴而高贵品质的喜爱和赞美。可见他已突破自己原阶级的局限而转向或开始转向被压迫被剥削阶级方面了。"三吏"、"三别"的成功处主要在于诗人不是以恩赐同情的旁观者地位,而是以与自己有血肉联系的代表人的立场发出来的呼吁和控诉。举《新安吏》来看:

> 客行新安道,喧呼闻点兵。借问新安吏,县小更无丁。府帖昨夜下,次选中男行。中男绝短小,何以守王城?肥男有母送,瘦男独伶俜。白水暮东流,青山犹哭声。莫自使眼枯,收汝泪纵横。眼枯即见骨,天地终无情!我军取相州,日夕望其平。岂意贼难料,归军星散营。就粮近故垒,练卒依旧京。掘壕不到水,牧马役亦轻。况乃王师顺,抚养甚分明。送行勿泣血,仆射如父兄。

前半叙客吏对话，凡客所说几乎就使人感到那是谈自己的遭遇，然而又是有普遍性的，所以说"白水暮东流，青山犹哭声"。下边叹息苦恨朝廷无情，是劝人也是自劝道：不必哭，哭干了眼，露出骨头，也是枉然，无情的统治者是不会怜悯你的。后半篇在叙述战局中，表达了人们渴望太平而不可得，所以只好希冀这次兵役不至太苦，带兵的能够有点人心，将来还有生还之望。从表面上看，似乎在劝慰被征者和送行人，要他们都不必哭，但人们的长期经验告诉大家这种送行等于送死，说这次兵役轻，说将领仁慈，显然与从经验中取得的认识不合，因而诗人只好再度劝慰"送行勿泣血"，没有别的话好说了。这诗表面上是"慰"，是"哀"，实质是"刺"，是"责"，是通过无可奈何的慰、哀，进行对统治者的讽刺、谴责，是人民的控诉。如此，诗人的心便是人民的心，人民的怨愤也便是诗人的怨愤。

杜甫同情贫苦的劳动人民，表现了他的阶级感情，非常亲切感人。如他将离开草堂时，写给接住这所房子的亲戚的那首《又呈吴郎》：

> 堂前扑枣任西邻，无食无儿一妇人。不为困穷宁有此，只缘恐惧转须亲。即防远客虽多事，便插疏篱却甚真。已诉征求贫到骨，正思戎马泪沾巾。

已经要走了，还念念不忘西邻这个贫苦的妇人，要吴郎允许她去打枣，不要让她害怕，也不必插篱笆限制出入。诗人说：人们实在被统治阶级剥削得穷到骨头，而战乱未已，生活将愈益困难，真叫人想起就流泪。

他对劳动人民淳朴、率真、浑厚、爽朗的品质非常赞赏，而且和他们在思想感情以至生活上都能毫无界限地打成一片。《遭田父泥饮美严中丞》是一首风格奇特，内容真朴，语言通俗，形象鲜明的作品，体现他的这种精神也特别深刻：

> 步屧随春风，村村自花柳。田翁逼社日，邀我尝春酒。酒酣夸新尹，"畜眼未见有"。回头指大男："渠是弓弩手。名在飞骑籍，长番岁时久。前日放营农，辛苦救衰朽。差科死则已，誓不举家走。今年大作社，拾遗能住否？"叫妇开大瓶，"盆中为吾取"。感此气扬扬，须知风化首。语多虽杂乱，说尹终在口。朝来偶然出，自卯将及酉。久客惜人情，如何拒邻叟。高声索果栗，欲起时被肘。指挥过无礼，未觉村野丑。月出遮我留，仍嗔问升斗。

诗人是多么欣赏这个田父的朴野而诚实的高贵品质啊！如果不是和他们相

处得亲密无间，又怎能得到这样的亲近与款待呢？

第三节　杜甫诗歌的艺术成就

杜甫在《遭田父泥饮美严中丞》里塑造了多么生动、深刻而且具有典型意义的人物形象。在其他篇里，他还塑造了更多而又更出色的遭受苦难的劳动人民的形象。这些典型形象的塑造说明了杜甫的创作方法是现实主义的。在《咏怀五百字》和《北征》以前，他也写过一些具有浪漫主义精神的诗篇，并以浪漫主义情调塑造这样一些人物形象，如《饮中八仙歌》便是。不过，就其主要倾向说，就其全部作品的大多数看，尤其就他平生最重要的中年以后的诗来看，他是一个伟大的现实主义诗人。

杜甫描写的人物是各色各样的，主要是可爱的正面人物，但也写过令人痛恨的反面形象。他善于用人物自白或对话的形式刻画他们的声音笑貌，叙述他们的生活遭遇，从而揭示其内心世界的复杂变化，突出其阶级特征和个性特征。《石壕吏》的老妇在"吏呼一何怒"的情况下，一开口便说："听妇前致词……"尽管其遭遇极为悲惨，但在吏的面前并没有一点乞怜的意思，只说"存者且偷生，死者长已矣"，然后表示"老妪力虽衰，请从吏夜归，急应河阳役，犹得备晨炊"，索性挺身而出，跟他前去，因为知道军营里不会长期留她这样一个老太婆，自找累赘。这有多么自然，多么合乎情理！同时也表现了老妇的内心痛苦和态度的从容与机智。这是劳动妇女的光辉形象，有她的阶级属性，也有她自己生活环境和具体条件所赋予的个性特征。

杜甫也善于以其敏锐的洞察力将所得到的认识很准确地反映出来，这就表现了他是具有深刻的认识能力与高度的概括能力的。"三吏"、"三别"综合地表现了他的这些才能；《塞芦子》、《留花门》证明了他有明敏的观察力与判断力；《秋兴八首》则通过对客观事物的描绘体现了他的忧时之思。就他的时代来说，能认识到社会矛盾的本质而用"朱门酒肉臭，路有冻死骨"那样简单、准确、具体、形象的十个字概括出来，其成就确是远远超过同时代的一切诗人的。

杜甫的许多诗把叙事、抒情和写景完全融合在一起，如《新安吏》"白水暮东流，青山犹哭声"一段便是。有些篇则采取夹叙夹议的手法，在叙述事件告一段落时加进抒情或述志的带有倾向性的语句，作为整篇诗的一个有机组成部分,补充并加深了诗的思想内容,如《北征》、《留花门》都属此类。总之,他惯用的方法是以叙事为主,结合抒情,融入写景,或更加入述志部分,总要表现出诗人的倾向性来。

杜甫也从古代乐府民歌中学习了以生动的细节描写来突出人物的典型性格、形象,并加强作品所写人物事件的真实性。《彭衙行》中写"痴女饥咬我,啼畏虎狼闻。怀中掩其口,反侧声愈嗔。小儿强解事,故索苦李飧",就不仅情事逼真,而且突出了当时旅途上饥饿的儿童形象。

杜甫在诗里不仅写了时代、社会,也写了他自己,通过自己的生活遭遇的叙写,深刻而系统地表达了诗人自身的思想感情与政治抱负和见解。他不用枯燥无味、教条化、概念化的语言在诗里发挥议论,而是用充满了激情的诗的语言,借自然景物烘托出他的认识和意见,真正达到了情景交融的地步。如《春望》的"感时花溅泪,恨别鸟惊心",如《登高》的"无边落木萧萧下,不尽长江滚滚来",如《白帝》的"戎马不如归马逸,千家今有百家存"。这种例子,随手可得。

杜甫也有不少纯粹的抒情诗,文字含蓄,而情感真实,深切动人。如居长安时怀念他留在鄜州的妻儿时写的《月夜》:

> 今夜鄜州月,闺中只独看。遥怜小儿女,未解忆长安。香雾云鬟湿,清辉玉臂寒。何时倚虚幌,双照泪痕干!

便是非常曲折细密的抒情之作。《梦李白二首》表现诗人笃于友情,怀念不已,以至形于梦寐。《赠卫八处士》叙写友情,只从见面以后的琐细情节来说,愈家常就愈亲切,语言朴素已极,而感情之浑厚也达到顶点,尤为成功。

杜甫诗的感情由于时代的变化,和生活经验的逐渐丰富,其前后期就颇不相同。前期作品比较激昂雄放,意气飞扬;后期则变为沉郁顿挫,感慨悲壮。这表现了他的感情,也表现了他的诗的风格。但无论在什么时候,他的诗都经常由周围环境的叙写而联想到国家政事。即使有感慨,有悲愤,但诗的音调始终是苍凉而不凄楚、顿挫而不颓唐的,所以并不令人感觉丧气失志。老年流落蜀、楚,有志莫伸,不无恨憾,心情自觉沉重,而作起诗来,仍是在悲苦之中具有浩瀚之气,如《登高》、《宿府》,均可为例。

杜甫诗中善用讽刺,也是他的重要成就之一。他讽刺的方面很多,采取的方法也是多样的:正面的、反面的,旁敲侧击的、象征隐喻的。有的是不贬之贬,以严肃的面孔说辛辣的语言;有的则嬉笑怒骂,情见乎辞,但他并不用刺目的词句,而讽意自见,如《覆舟》二首便是。

杜甫在语言艺术上的巨大成就是和他努力学习分不开的。他学习古人的文学遗产,《戏为六绝句》之六说:"未及前贤更勿疑,递相祖述复先谁?别裁伪体亲风雅,转益多师是汝师。"他学习《诗经》,学习《楚辞》,学习汉魏乐府民歌,学习二谢(灵运、朓)阴(铿)何(逊)。他不仅"爱古人",也"不薄今人",只要谁有"清词丽句",就向谁学习,并无门户之见。对于时人,他称赞李白、高适、孟浩然,取其所长,丰富了自己,从而完成了他独具的风格与更高的诗艺。

杜甫学习民歌语言和当时人民的口语最有成绩,他的诗歌的生动性、通俗性与朴素性更增强了其人民性。他的最好的诗篇往往是用最通俗浅明的语言写的,"三吏"、"三别"便是。他的诗中有许多民间口语词汇,一经使用,都成好句,并不显得鄙俗。他是把用词问题看成与整个表现手法有密切关系的,而不是单纯地为了通俗而这样用的。有些通俗词汇如换成同义的"雅词",就会破坏原诗的艺术真实感。

杜甫又是最讲究锤炼诗歌语言的诗人。他非常认真地对待诗中每个词以至每个字,所以能以极少的字表达极复杂又极深曲的思想感情,做到惊人的准确与生动的地步。后世许多"诗话"研究了他的一些名句,还记载了关于他炼词、改诗的一些传说故事,都可以说明这一问题。而他自己所说的"新诗改罢自长吟",也正是夫子自道。

杜甫是兼擅各种诗歌体裁的,无论五言、七言、古风、近体,无论律诗、绝句,乃至长篇歌行、排律,他都有很高的成就,写下了不少名篇。他的律诗格律谨严,对仗工稳,句法变化多,用典使事极其自然恰当,成为后人学习的典范作品。但若求其形式与内容统一,风格高迈,气魄雄伟,则以五言古风和七言歌行最为杰出。

然而,杜甫在中国文学史上特别是诗歌史上的重要地位,主要决定于他对于现实主义创作方法的完成做了巨大的贡献。他的诗反映了整个时代的精神面貌,而且全面深入,具有广泛深刻的社会内容,他的思想感情与劳动人民是相通的、一致的,证明他的世界观有了一定程度的转变,虽然他自己未必意识到这一点。他学习并发展了过去文学遗产中和当时人民诗歌中的现实主义表现方法,运用了高度概括与典型化的手法来写作,从而把现实主义创作方法提高到相当完美的程度,并具体体现在他的许多杰作中。这些便是他的主要贡献,也是他对后世影响最大的方面。

第六章　中唐诗歌

第一节　新乐府运动前的进步诗人元结、
　　　　顾况和李益

安史之乱以后,社会矛盾并未解决,而政治污浊,社会凋敝,矛盾反而加深,人民生活愈益痛苦,反映这种时代生活的现实主义精神在杜甫作品中得到进一步发展,成为唐代乃至此后一千多年古典诗歌的顶峰。与杜甫并世的诗人很多,但其成就都远不及他和李白,直至杜甫死后的半个世纪,才有白居易出来领导新乐府运动,扭转了那个形势。

虽然如此,在杜甫稍后一点的时代,也还有一些诗人继承杜甫对现实社会的批判精神,写些人民性较强的诗歌,成为后来新乐府运动的先驱,如元结、顾况、鲍防、戎昱、孟云卿等,他们都是中唐前期值得注意的进步诗人。其中有的人时代较早,有人列入盛唐,但就其在诗坛上的主要活动时期也就他们作品的风格来看,还是放在中唐较为相宜。

元结(公元719—772年),字次山,自号猗玕子,又号浪士、漫郎、漫叟、聱叟,河南(今河南洛阳)人。他生于小官僚家庭,少聪悟偬傥。天宝十二年(公元753年)进士,官至道州刺史,有政绩,进容管经略使,罢还京师,病卒。

他是一个关心人民和国家,具有政治远见和才能的诗人。安史之乱以前,他就写过《闵荒诗》和《系乐府》十二首,反映人民生活疾苦,具有极强的现实意义。前者是天宝五载(公元746年)写的,借隋炀帝开运河,穷奢极侈,耗伤民力,以讽刺当时的朝政,有云:

> ……荒娱未央极,始到沧海头。忽见海门山,思作望海楼。不知新都城,已为征战丘。当时有遗歌,歌曲太冤愁。四海非天狱,何为非天囚。天囚正凶忍,为我万姓雠。……自得隋人歌,每为隋君羞。欲歌当阳春,似觉天下秋。更歌曲未终,如有怨气浮。奈何

昏王心，不觉此怨尤。遂令一夫唱，四海欣提矛。……

天宝十载（公元751年）写的《系乐府》十二篇，序中说"可以上感于上，下化于下"。其中《贫妇词》、《去乡悲》、《农臣怨》等反映人民在统治阶级残酷剥削下的痛苦生活，都很深刻。此外，《贱士吟》、《欸乃曲》、《下客谣》也都揭露了现实社会某一方面的本质，达到一定深度。《贫妇词》云：

> 谁知苦贫夫，家有愁怨妻。请君听其词，能不为酸凄！所怜抱中儿，不如山下麑。空念庭前地，化为人吏蹊。出门望山泽，回头心复迷。何时见府主，长跪向之啼。

贫妇之苦，从"所怜抱中儿，不如山下麑"两句可见。而这苦之来，诗人虽未明说，但从"空念庭前地，化为人吏蹊"便可证明完全是统治阶级压榨的结果。人民生活不下去了，只有纷纷逃亡。《去乡悲》说："日行见孤老，羸弱相提将。"诗人寄以极大的同情，但也毫无办法，所以结尾说："念之何可说，独立为凄伤。"

安史乱后，代宗李豫广德元年（公元763年），元结任道州刺史，时瑶族"西原蛮"新服，地方残破，民户逃亡，而征敛无已。他到任后，"为民营舍，给田，免徭役，流亡归者万余"。这时期，他写了著名的《舂陵行》和《贼退示官吏》，为杜甫称赞。《舂陵行》原序自述作诗本旨甚详："道州旧四万余户，经贼以来，不满四千，大半不胜赋税。到官未五十日，承诸使征求符牒二百余封，皆曰失其限者罪至贬削。於戏！若悉应其命，则州县破乱，刺史欲焉逃罪？若不应命，又即获罪戾，必不免也。吾将守官，静以安人，待罪而已。此州是舂陵故地，故作《舂陵行》，以达下情。"作者先综述这里在乱亡以后，征敛之酷，以致"遗人实困疲"，其生活之惨是"朝飧是草根，暮食仍木皮；出言气欲绝，意速行步迟"。诗人觉得"追呼尚不忍，况乃鞭扑之"！然而，上边却不管这些：

> 邮亭传急符，来往迹相追。更无宽大恩，但有迫促期。欲令鬻儿女，言发恐乱随。悉使索其家，而又无生资。听彼道路言，怨伤谁复知！

《贼退示官吏》序云："癸卯岁，西原贼入道州，焚烧杀掠，几尽而去。明年，贼又攻永破邵，不犯此州边鄙而退。岂力能制敌欤？盖蒙其伤怜而已。诸使何为忍苦征敛？故作诗一篇，以示官吏。"诸使竟不如"贼"对人民还有所伤怜。诗曰：

> 昔岁逢太平，山林二十年。泉源在庭户，洞壑当门前。井税有常期，日晏犹得眠。忽然遭世变，数岁亲戎旃。今来典斯郡，山夷又纷然。城小贼不屠，人贫伤可怜。是以陷邻境，此州独见全。使臣将王命，岂不如贼焉！今彼征敛者，迫之如火煎。谁能绝人命，以作时世贤？思欲委符节，引竿自刺船。将家就鱼麦，归老江湖边。

诗人不肯以断绝人民生命来换取自己的名位，在应付不了上边的逼迫时，自己就想引退，决不愿违心去做这害民的帮凶。杜甫在夔州看到这两首诗非常钦佩元结，作了一篇《同元使君春陵行》，序曰：

> 览道州元使君结《春陵行》，兼《贼退后示官吏作》二首，志之曰："当天子分忧之地，效汉官良吏之目。今盗贼未息，知民疾苦，得结辈十数公，落落然参错天下为邦伯，万物吐气，天下少安可得矣。不意复见比兴体制，微婉顿挫之词。……"

杜甫不仅盛称元结之为人，同时也赞赏这两首诗：

> ……吾人诗家秀，博采世上名。粲粲元道州，前圣畏后生。观乎"春陵"作，欻见俊哲情。复览"贼退"篇，结也实国桢。贾谊昔流恸，匡衡常引经。道州忧黎庶，词气浩纵横。两章对秋月，一字偕华星。致君唐虞际，纯朴忆大庭。何时降玺书，用尔为丹青。狱讼永衰息，岂唯偃甲兵。凄恻念诛求，薄敛近休明。乃知正人意，不苟飞长缨。……

此外，还有不少诗暴露现实并表达元结自己的态度，如《舂陵引》、《酬孟武昌苦雪》、《喻旧部曲》、《喻常吾直》等，都是揭露并批判现实的，文字朴素，语言简古，为新乐府运动的先驱。他的集里今仅存诗九十余首，几乎全部是古风，从中已可见出他对诗的主张。他又编选过《箧中集》，其自序云：

> 风雅不兴，几及千岁，溺于时者，世无人哉！呜呼！有名位不显，年寿不将，独无知音，不见称显；死而已矣，谁云无之？近世作者，更相沿袭，拘限声病，喜尚形似，且以流易为辞，不知丧于雅正。然哉！彼则指咏时物，会谐丝竹，与歌儿舞女生污惑之声于私室可矣。若令方直之士，大雅君子，听而诵之，则未见其可矣。

他主张提倡风雅,反对声病之论,也反对形式的模仿,尤指斥流易卑靡之音。他要"变时俗之淫靡,为后生之规范",要"赋诗言怀",要"道达情性";也要求文学反映政治社会现实,述民疾苦,指责理乱,寓讽谏之义。他的《箧中集》共只七人,诗二十四首,计沈千运四首,王季友二首,于逖二首,孟云卿五首,张彪四首,赵微(一作"徵")明三首,元季川四首。这些人"皆以正直而无禄位,皆以忠信而久贫贱,皆以仁让而至丧亡",他们的诗自然都不是粉饰太平、歌颂淫侈生活的了。

《箧中集》七人中最重要的是孟云卿。杜甫《解闷》十二首之五说:"李陵苏武是吾师,孟子论文更不疑。一饭未曾留俗客,数篇今见古人诗。"原注:"校书郎孟云卿。"杜甫把他比之于李陵、苏武,是言其诗上追西汉,独得古人遗意,其称道可谓极矣。孟云卿,平昌(今分属山东陵县、临邑、商河等县)人。生于公元725(或726)年,卒年不详。其诗多悲苦之音,能大胆暴露现实,显然继承陈子昂,如《伤时》(或题《宋郊》)云:

> 徘徊宋郊上,不见平生亲。独立正伤心,悲风来孟津。大方载群物,生死有常伦。虎豹不相食,哀哉人食人!岂伊逢世运,天道亮云云。

像这样指斥现实的诗,自王粲《七哀》以来,实不多见。《悲哉行》写人民贫贱漂流之苦,与《伤时》之旨略同:

> 孤儿去慈亲,远客丧主人。莫吟辛苦曲,此曲谁忍闻?可闻不可见,去去无形迹。行人念前程,不待参辰没。朝亦常苦饥,暮亦常苦饥。飘飘万余里,贫贱多是非。少年莫远游,远游多不归。

"朝亦常苦饥"以下六句,皆为当代推服,至今读之,也会受到感动。《古别离》、《今别离》等篇,无论思想内容和风格情调都有意识地追踪汉、魏,没有一点六朝浮靡之气。他虽无高位,却有忧时济世之心,在诗歌中表示其对于人吃人的现实社会的无比痛恨,严加斥责,毫无畏忌。韦应物《过广陵遇孟云卿》云:"高文激颓波,四海靡不传。"元结说:"云卿名声满天下。"杜甫比之于李陵、苏武,均非溢美之论。

《箧中集》所收其余六人的诗,大都能直抒感情,不假雕饰,更不肯拘限声病,思想内容也能直接或间接反映社会现实的某一方面。但是他们这些人多半因不得志而消极颓废,缺乏积极反抗的热情,其诗也没有很大的社会意义。此外,与元结同时,较重要的现实主义作家,还有顾况。

顾况(公元 727—815 年左右),字逋翁,苏州海盐(今浙江海盐县)人。善为歌诗,性诙谐,好戏侮王公显贵,一生不得志,晚年隐于茅山。其诗亦狂傲,不只什么话都敢说,而且什么字都敢用,不避俗,不忌尖刻,故幽默、新奇,极其自然。其《悲歌》之三云:

> 我欲升天天隔霄,我欲渡水水无桥。我欲上山山路险,我欲汲
> 井井泉遥。

《行路难》所反映的思想感情更为凄凉:

> 君不见担雪塞井空用力,炊砂作饭岂堪食! 一生肝胆向人尽,
> 相识不如不相识。冬青树上挂凌霄,岁晏花凋树不凋。凡物各自
> 有根本,种禾终不生豆苗。行路难,行路难。何处是平道? 中心无
> 事当富贵,今日看君颜色好。

他也写了不少反映社会现实表现同情人民疾苦的诗篇。如其学习周代民歌写的《上古之什补亡训传十三章》,不仅注意了农民生活的艰苦,也看到了当时日益尖锐的阶级矛盾。如:

> 采采者蜡,于泉谷兮。煌煌中堂,列华烛兮。新歌善舞,弦柱
> 促兮。荒岩之人,自取其毒兮。

他把采蜡的劳动者和以蜡为烛来使用的享乐者,从生活上作鲜明的对比,说这些采蜡的"荒岩之人"是"自取其毒",正是把这样明显的道理故意从反面摆出来给读者自己去下结论,以激起读者的强烈的仇恨与愤怒。这篇有小序,云:"采蜡,怨奢也。"不仅是继承《诗经》,也为后来的新乐府运动奠定了初基。其中最沉痛的《囝》那一小序说:"囝,哀闽也。"据《青箱杂记》云唐世多取闽童为阉奴,故况陈其苦以讽:

> 囝生闽方,闽吏得之,乃绝其阳。为臧为获,致金满屋;为髡
> 为钳,如视草木。"天道无知,我罹其毒;神道无知,彼受其福。"郎
> 罢(父)别囝(子):"吾悔生汝。及汝既生,人劝不举;不从人言,果
> 获是苦。"囝别郎罢,心摧血下:隔地绝天,及至黄泉,不得在郎
> 罢前。

这诗反映当时闽童所遭遇的非人道的惨酷残害,描写父子"生离作死别"时抢地呼天的悲痛情景,充满了人民的血泪,贯注了作者的深衷。即事直书,

是循着现实主义道路发展的,其内容也具有很高的典型意义。

他还有《公子行》和《弃妇词》,也都是反映现实的优秀作品。《弃妇词》完全学南朝完成的建安末年的民歌《孔雀东南飞》,因情事不同,故立言亦异,但同样合情合理。此外,《露青竹杖歌》对于统治阶级的讽刺已颇明显;而《八月五日歌》更直接从正面指责朝廷,显得尤为大胆;都是值得注意的。当他晚年弃官归隐以后,写了一些抒情写景的诗,往往专以自娱,现实意义就很少了。

他在形式上最突出的贡献是用了别人不敢用的语言、词汇,以诙谐玩世的态度进行严肃认真的创作。但他绝不是信笔写作,而是下了很大苦功的。

鲍防(公元 722—790 年),字子慎,襄阳人,官至河东节度使,福建、江西观察使,封东海公,算是政治上比较得意的人物。但他的诗也好"讥切时弊",为当时所称,所以也是新乐府运动的先驱者之一。白居易《与元九书》说:"唐兴二百年,其间诗人不可胜数,所可举者,陈子昂有《感遇诗》二十首(实三十八首),鲍防有《感兴诗》十五首。"可见白居易对他是很推重的。惜其诗已佚,不能得其真貌。今尚能见到的《杂感诗》云:

> 汉家海内承平久,万国戎王皆稽首。天马常衔苜蓿花,胡人岁献葡萄酒。五月荔枝初破颜,朝离象郡夕函关。雁飞不到桂阳岭,马走皆从林邑山。甘泉御果垂仙阁,日暮无人香自落。远物皆重近皆轻,鸡虽有德不如鹤。

以七言诗讽刺时主,与白居易所倡导的新乐府有同样意义,对于元、白自有一定影响。

还有戴叔伦、戎昱,也写了一些新题乐府,其他诗亦多具有鲜明的现实主义色彩。

戴叔伦(公元 732—789 年),字幼公,润州金坛(今江苏金坛县)人。所作《女耕田行》、《屯田词》、《边城曲》都表明了他对人民生活的痛苦是关怀的,而且也反映得比较深刻。他最为后人传诵的《除夜宿石头驿》云:

> 旅馆谁相问,寒灯独可亲。一年将尽夜,万里未归人。寥落悲前事,支离笑此身。愁颜与衰鬓,明日又逢春。

旅人在途,岁暮未归,虽写个人情绪,而在那个动乱流离的时代,也是有普遍性的,所以感人力量很大,可惜情调未免低沉,有点令人难以为怀。

戎昱(公元 735?—790? 年),荆南(具体地方可能是今湖北江陵一带)

人。他有过一些军旅生活,所写的边塞从军诗,反映那一方面的现实,与盛唐高适、岑参等风格相似,《塞下曲六首》(一作《塞上曲》)便是此类。《苦哉行》五首写安史乱后,回纥以"援唐有功",按原先约定的"土地士民归唐,金帛妇女归回纥",于是许多妇女遭回纥劫掠,备受凌辱。这五首所写正与杜甫在《留花门》和《即事》等篇所写过的是同一回事。但杜甫还不及见这些具体事实,而别的诗人又不敢大胆写出,戎昱却反映得极真实。第一首云:

> 彼鼠侵我厨,纵狸授粱肉。鼠虽为君却,狸食自须足。冀雪大
> 国耻,翻是大国辱。膻腥逼绮罗,砖瓦杂珠玉。登楼非骋望,目笑
> 是心哭。何意天乐中,至今奏胡曲!

第二首写一个被掳走的妇女哭诉道:

> 官军收洛阳,家住洛阳里。夫婿与兄弟,目前见伤死。吞声不
> 许哭,还遣衣罗绮。上马随匈奴,数秋黄尘里。生为名家女,死作
> 塞垣鬼。乡国无还期,天津哭流水。

名家女犹且不免被掳,一般妇女更不必说了。第四首写得更凄惨:

> 妾家清河边,七叶承貂蝉。身为最小女,偏得浑家怜。亲戚不
> 相识,幽闺十五年。有时最远出,只到中门前。

这样一个关在封建贵族家庭里养了十五年的小姑娘遭安史之乱,几乎难以身免,但庆幸地竟得生全,不料这回反而落到虎口里:

> 前年狂胡来,惧死翻生全。今秋官军至,岂意遭戈铤!匈奴为
> 先锋,长鼻黄发拳。弯弓猎生人,百步牛羊膻。脱身落虎口,不及
> 归黄泉。苦哉难重陈,暗哭苍苍天!

人民盼望官军来收复失地,拯救他们脱离水火,而官军来了却同时带来更大的灾难,带来不下于胡人残暴的回纥,并且是皇帝答应的"合法掳掠",这就无可告诉,只好"暗哭苍苍天","叫天天不闻"了。肃宗李亨也控制不了回纥,在无可奈何时,恬不知耻地把幼女宁国公主遣去和亲。戎昱早就写过一首《咏史》对这种辱国政策加以讽刺:

> 汉家青史上,计拙是和亲。社稷依明主,安危托妇人。岂能将
> 玉貌,便拟静胡尘!地下千年骨,谁为辅佐臣?

他的诗多半是以当时政事为题材的,"不亏政化",实属可贵。他虽没有直接

影响后来的新乐府运动,而其诗却与新乐府运动所走的现实主义道路在精神上完全一致。

在这些诗人之外,中唐前期还有一位以从军边塞诗著名的诗人李益,也是与新乐府运动无直接关系,但基本上是走现实主义道路而具有强烈的浪漫主义色彩的作家。他曾以其诗歌振起萎靡的中唐诗风,因而也是一位进步的大诗人。

李益(公元 748—829? 年),字君虞,姑臧(今甘肃武威)人。大历四年(公元 769 年)进士,调郑县尉,久不得志,郁郁去燕、赵间,为幽州节度从事。在边塞十年,写下不少有名的诗篇,为乐工采以被乐,传唱一时。

他少年意气甚盛,有些豪放之作是把自己的功名和报国壮志紧紧地结合起来的,如《塞下曲》:

> 伏波唯愿裹尸还,定远何须生入关? 莫遣双轮归海窟,仍留一
> 箭射天山。

《拂云堆》、《赴邠宁留别》、《送辽阳使还军》等篇均表现了诗人的豪情壮志,而且可以证明他是把个人功名和报国联系在一起的。

但诗人也并非一味歌颂对外战争,他也希望早日结束战争,恢复和平生活。他对年年征战也表示厌倦,如《题太原落漠驿西堠》、《征人歌》(一作《暖川》)、《五城道中》诸篇均有这种感情。后来他对朝廷所采的边策越发不满,因而厌战的情绪也越深,如《上汝州郡楼》中云:"黄昏鼓角似边州,三十年前上此楼。今日山川对垂泪,伤心不独为悲秋。"这显与其当初意气风发、激扬壮志的《暮过回乐峰》完全不同。那首说:"烽火高飞百尺台,黄昏遥自碛南来。昔年征战回应乐,今日从军乐未回。"其实李益最有名也最成功的边塞诗还是他后期厌战思乡的作品,如《夜上受降城闻笛》:

> 回乐峰前沙似雪,受降城外月如霜。不知何处吹芦管,一夜征
> 人尽望乡。

他的诗往往都是像这样地通过他所描绘的情景、形象,构成一个新颖明快的意境,而作者的思想感情,也就是诗的内容,便含蕴在里边了。《从军北征》便是如此:"天山雪后海风寒,横笛偏吹行路难。碛里征人三十万,一时回首月中看。"不但形象情景明快,而且语言朴素,音节响亮,也创造了显豁明畅的意境。

李益是中唐乃至整个唐代一位重要的边塞诗人,但其成就并不限于这

一方面,他也同时写一些成功的宫怨、闺思等题材的诗歌,正和王昌龄一样。如《宫怨》:

> 露湿晴花春殿香,月明歌吹在昭阳。似将海水添宫漏,共滴长门一夜长。

他也善于抒情,如《江南词》就是语浅情真,颇似南朝民歌:

> 嫁得瞿唐贾,朝朝误妾期。早知潮有信,嫁与弄潮儿。

《喜见外弟又言别》写久别乍逢的感情,极其深刻,中唐所罕见:

> 十年离乱后,长大一相逢。问姓惊初见,称名忆旧容。别来沧海事,语罢暮天钟。明日巴陵道,秋山又几重。

第二节　刘长卿、韦应物和大历诗人

活动于代宗李豫大历和德宗李适贞元(公元766年—804年)之际的诗人,除上举者外,还有一批诗人,或专写闲适淡远的山水田园诗,或浮沉仕途,对社会现实熟视无睹,而有渐趋绮靡婉丽的倾向。这些都表现了脱离实际生活,没有什么可取的思想内容,只求所谓冲淡浑朴或只追求艺术技巧,争一句之工,走的都不是现实主义的道路。在这些人中,成就比较高的是韦应物和刘长卿,其余作家如号称为"大历十才子"之辈,则大抵体貌相似,造诣不深,且与韦、刘所作在形式上和内容上都有相近之处。

韦、刘二人,韦比刘成就较高,人们也特别推崇他,而称为"韦、刘",虽然刘年岁较长,诗名也早著于世。刘在开元、天宝间在诗坛上已享盛名,只因风格稍靡,学"王、孟"而无其魄力,已启中唐词胜意窄的诗风,遂被人们拉到迟达二十七年的韦应物一起,并放在韦之后,甚至置于大历十才子钱起、郎士元之下。

刘长卿(公元709?—780?年),字文房,河间(今河北河间县)人。二十四岁中进士,开始做官,曾被诬下狱,遭贬,后得白,复入仕,终随州刺史。今存诗十卷。

他的诗多半只限于做官失意,发抒个人牢骚,没有多少社会意义。甚而当他遭到诬陷时,也不曾大胆地发出反抗的声音,而仅止委屈自己,透露一点愤懑不平之气而已。他既不能充分发挥想象,故创造性不强,只好在字句上尽量炼饰,所以高仲武说他"大抵十首以上,语意稍同,于落句尤甚,思锐才窄也"(见《中兴间气集》)。

他的《负谪后登干越亭作》写自己负冤远谪,应该有"直道不容身"之叹,但一转又说:"得罪风霜苦,全生天地仁。"把怨气藏到心里,反而感激圣德仁慈了。下边越发衰飒道:"青山数行泪,沧海一穷鳞。牢落机心尽,惟怜鸥鸟亲。"这样地"伤而不怨",实在太不痛快了。他以年岁论,比杜甫还长三岁,而单就诗风论,却和老杜的现实主义精神根本无法比拟,而落后一个时代,成为中唐的了。

他也写有六首《从军》,且举其第一、第六两首来看:

> 回首虏骑合,城下汉兵稀。白刃两相向,黄云愁不飞。手中无尺铁,徒欲穿重围。

> 草枯秋塞上,望见渔阳郭。胡马嘶一声,汉兵泪双落。谁为吮疮者?此事今人薄。

这远不是盛唐边塞从军时的豪壮气概了,至若"手中无尺铁","胡马嘶一声,汉兵泪双落",更显示了唐帝国声威已衰,诗人也为之气沮,再没有奔腾向上的奋发精神了。《平番曲三首》虽表现了胜利的欢乐,但没有什么关于边事的高明见解,与杜甫同类诗比起来,显然大有区别。《疲兵篇》算是反映现实的作品,但如与高适《燕歌行》和岑参《白雪歌》对照来看,就会感到他是杂凑一些边塞战争事物而成的,缺乏实际生活体验,所以感情就不深厚,而且也没有形象,使读者难于捉摸。《穆陵关北逢人归渔阳》反映当时战乱比较具体:

> 逢君穆陵路,匹马向桑干。楚国苍山古,幽州白日寒。城池百战后,耆旧几家残。处处蓬蒿遍,归人掩泪看。

在刘长卿的诗里这是写得最深刻的,但比起同时代的元结、顾况,就差得远了。中唐诗大抵以选意取胜,注意工巧,故气格偏于收敛而不完足,刘长卿的诗正坐此病。只有《送李中丞之襄州》一首最为悲感苍凉,但题材较狭,无普遍意义:

> 流落征南将,曾驱十万师。罢归无旧业,老去恋明时。独立三边静,轻生一剑知。茫茫江汉上,日暮欲何之?

《岳阳馆中望洞庭湖》写景也比较宏阔：

> 万古巴丘戍，平湖北望长。问人何淼淼，愁暮更苍苍。叠浪浮
> 元气，中流没太阳。孤舟有归客，早晚达潇湘。

胸襟还是不够开朗。五六两句虽似气象稍大，但近比不上杜甫的"吴楚东南坼，乾坤日夜浮"，远比不上孟浩然的"气蒸云梦泽，波撼岳阳城"，无怪人们把他列为中唐诗人了。

他在现实中到处碰壁，精神郁结，又无冲破罗网的勇气，所以就向自然景物中求寄托。他的诗有很大部分属于此类，如《寻南溪常道士》：

> 一路经行处，莓苔见屐痕。白云依静渚，芳草闭闲门。过雨看
> 松色，随山到水源。溪花与禅意，相对亦忘言。

但刘长卿写山水景物确有其独到之处，为"大历十才子"所不及，不能放在一起。他既长于炼饰，所以能在短章中描绘出极其鲜明的形象。他的这种捕捉形象的能力与高度概括的技巧，充分表现在许多律绝句中。如：

> 日暮苍山远，天寒白屋贫。柴门闻犬吠，风雪夜归人。（《逢雪
> 宿芙蓉山主人》）
> 苍苍竹林寺，杳杳钟声晚。荷笠带斜阳，青山独归远。（《送灵
> 澈上人》）
> 空洲夕烟敛，望月秋江里。历历沙上人，月中孤渡水。（《江中
> 对月》）

这些诗就是一幅幅淡远的天然图画，表明了作者对五言绝句有很高的艺术成就。其五言律诗尤精炼，当世称为"五言长城"。如《余干旅舍》：

> 摇落暮天迥，青枫霜叶稀。孤城向水闭，独鸟背人飞。渡口月
> 初上，邻家渔未归。乡心正欲绝，何处捣寒衣？

七律也极工秀，但无复盛唐浑厚兀奡之气，而显示其中唐特征，如：

> 春风倚棹阖闾城，水国春寒阴复晴。细雨湿衣看不见，闲花落
> 地听无声。日斜江上孤帆影，草绿湖南万里程。东道若逢相识问，
> 青袍今已误儒生。（《送郎士元》）

他刻画物情细致入微，如这里"细雨湿衣"一联者还多，大抵清隽可喜，表现了他描写景物的高超技巧。

　　韦应物(公元737—790年前后),京兆长安(今陕西西安)人。新旧《唐书》均无传,故其生平事迹多不可考。他少尚侠,豪纵不羁,以三卫郎事玄宗,玄宗死后,他才悔悟,折节读书。公元765年任洛阳丞,迁京兆府功曹,后官至苏州刺史。晚寓苏台永定精舍,性高洁,惟顾况、刘长卿等得厕宾列,与之唱酬。他的诗古人评为"闲淡简远",比之陶渊明,称为"陶、韦",或比之王维,而称为"王、韦"。

　　韦应物与刘长卿同为中唐最有名的闲适诗人,学陶渊明、王维、孟浩然,造诣颇高,他在诗坛上活动期间主要在贞元和元和之间(公元785—820年)。这时社会上虽无如安史之乱那样的大动乱,但残破凋敝,始终并未恢复。他和刘长卿一样没有面对现实、进行斗争的勇气,所以就退缩自全,以山水自娱,以闲适自高,其诗也专向这方面发展。不过,他学陶能得其精神,有时也带有建安的风骨,所以某些作品还流露出一定的现实主义精神。如《京师叛乱寄诸弟》:

　　　弱冠遭世难,二纪犹未平。羁离官远郡,虎豹满西京。上怀犬马恋,下有骨肉情。归去在何时?流泪忽沾缨。忧来上北楼,左右但军营。函谷行人绝,淮南春草生。鸟鸣野田间,思忆故园行。何当四海晏,甘与齐民耕。

《岁日寄京师诸季端武等》也说:"部曲多已散,车马不复全。……为政无异术,当责岂望迁!终理来时装,归凿杜陵田。"这种思想的深处还隐含着他那坚贞不屈正直不阿的性格,是很可贵的。《任洛阳丞请告》表现最为明白:

　　　方凿不受圆,直木不为轮。揉材各有用,反性生苦辛。折腰非吾事,饮水非吾贫。休告卧空馆,养病绝嚣尘。游鱼自成族,野鸟亦有群。家园杜陵下,千岁心氤氲。天晴嵩山高,雪后河洛春。乔木犹未芳,百草日已新。著书复何为?当去东皋耘。

同样的思想在别的诗中也有,如《高陵书情寄三原卢少府》就说:"直方难为进,守此微贱班……日夕思自退,出门望故山。"他既不堪吏职,不愿折腰,与陶渊明一样,而要退归田里,这就应该说是有志气的诗人清高可贵的感情,不能完全看作消极的。

　　他对时代创痛也有深痛的感叹,如《睢阳感怀》说:"豺虎犯天纲,昇平无内备。长驱阴山卒,略践三河地。……甘从锋刃毙,莫夺坚贞志。宿将降贼庭,儒生独全义。空城唯白骨,同往无贱贵。哀哉岂独今,千载当歔欷。"《广德中洛阳作》一篇反映现实更为全面,但不这样具体。

韦应物看不惯官场贪贿赂遗的腐化情况,早萌退志。但他不像有些人故示清高,只是如陶渊明一样,想归耕田里。他不要远离人世,过空寂的生活;他虽有一些道家思想,而仍以儒家入世求实精神为立身要道;他所想的不是虚幻渺茫的神仙世界,而是和人民一起劳动生产的生活愿望:这些都是和陶渊明相同处。所不同者,他没有如陶那样坚决立刻弃官,还长期沉于仕途,至老方得摆脱,故其诗中仍有应酬显贵的庸俗之作;另一方面,他没有陶渊明那样的雄浑朴厚,他的诗毕竟是唐人的,在力求质朴自然之中,仍不能不有意地修饰字句,以期表现其高雅闲淡的风格。

韦应物在唐代山水、田园、隐居、闲适一派诗人中是比较接近劳动人民的,主要因为他学了陶渊明的直接参加生产劳动。自然,他归田较晚,而且对于田间劳动也不如陶的专心与经常化,但到底还肯干一些,就与其他诗人不同了。正是因此,他的诗和中唐别的闲适诗人包括刘长卿在内的作品比起来,就更有社会意义,成就也更高一些。

他少年好侠,长事玄宗为侍卫,直至玄宗死后,才折节读书,所以这种豪侠精神长期地潜伏在他的思想中,一遇机会就要透露出来。如当他听到诗人畅当以子弟被召从军时,便写一首鼓励的诗《寄畅当》,末后说:“丈夫当为国,破敌如摧山。何必事州府,坐使鬓毛斑!”可见他心中如何激动了。《始建射侯》也说:“男子本悬弧,有志在四方”,“一朝愿投笔,世难激中肠。”此外,《送常侍御却使西蕃》,也表示了远征报国的雄心壮志,与少年时代豪情无异:

> 归奏圣朝行万里,却衔天诏报蕃臣。本是诸生守文墨,今将匹马静烟尘。旅宿关河逢暮雨,春耕亭障识遗民。此去多应收故地,宁辞沙塞往来频。

李益赴幽州作幕,他送之以诗,也有“司徒拥精甲,誓将除国氛;儒生幸持斧,可以佐功勋”的语句,表示赞同与鼓励。可见他虽到后来,还时常流露其少年意气,如陶之“猛志固常在”一样。

韦应物对当时政治和战乱也非常焦虑。《经函谷关》吊古伤今,感慨悲凉,表明他对现实并未忘情,如云:“圣朝及天宝,豺虎起东北。下沉战死魂,上结穷冤色。古今虽共守,成败良可识。蕃屏无俊贤,金汤独何力?驻车一登眺,感慨中自恻。”《经武功旧宅》和《登高望洛城作》也都触景伤情,感怀今昔,表示诗人忧时伤乱之意。这些作品确远高于大历诸家。

他的歌行,今存四十四篇,不仅表现"才丽",而且"颇近兴讽"。如《长安道》和《贵游行》都是借汉家的奢靡骄纵来讽刺当时的,而且有些地方分明带有批判的意味。《汉武帝杂歌三首》讽刺汉武好神仙的愚蠢,也显然是暗指唐代几个皇帝。《温泉行》、《骊山行》则直接讽咏唐代时事,无所回避。《夏冰歌》和《采玉行》更是以劳动人民被剥削、被压迫的一些具体事实,来反映阶级矛盾并表示了诗人对于他们的深切同情。这种揭露社会矛盾的作品不限于歌行,如《杂题五首》之三:

> 春罗双鸳鸯,出自寒夜女。心精烟雾色,指历千万绪。长安贵豪家,妖艳不可数。裁此百日功,唯将一朝舞。舞罢复裁新,岂思劳者苦?

《观田家》中也有"仓廪无宿储,徭役犹未已。方惭不耕者,禄食出闾里"的话,都是很有意义的。

不可否认,韦应物的五百多首诗中,并非都是这样现实主义的,其中还有很大一部分是以高雅闲淡为特色的山水田园诗和与朋友酬答送别的抒情诗,没有太大的现实意义,但情感真实,景物具体形象,在艺术上应予以肯定,如《滁州西涧》,就是不可多得的写景抒情的佳作:

> 独怜幽草涧边生,上有黄鹂深树鸣。春潮带雨晚来急,野渡无人舟自横。

其寄友怀人之作,也颇具深情,而出之淡远,给人以回味的余地,如:

> 怀君属秋夜,散步咏凉天。山空松子落,幽人应未眠。(《秋夜寄丘二十二员外》)

他的悼亡伤逝诗十余首,流露了真挚深沉的哀思,也是可取的。但是,在赠答和山水诗中,间有逃避现实,借禅理求解脱的,思想消极,应予批判,虽然不多,却应指出。

韦应物的诗歌艺术主要特点是凝炼、疏淡、朴实、自然、闲远、凄清。他长于抒写微渺易逝的情思,也善于刻画细致悠远的境界。他对于捕捉形象,具有高度的敏感,其诗笔有如精妙的画笔一样,又能很自然地把它描绘出来。他的语言纯真而自然,无一字造作。自晋、宋以来,学陶渊明而最有成就的当以韦应物为第一。

　　这时期有所谓大历十才子者,十人是哪几个,说者不一,但不外卢纶、吉中孚、韩翃、钱起、司空曙、苗发、崔峒、耿沣、夏侯审、李端、李嘉祐、郎士元、皇甫曾、冷朝阳、吉顼。不管怎样,总是因为他们的诗风有某些方面相同或相近似,所以才捏合起来而贯以总名,我们只认为他们是"大历诗人"就够了。

　　大历诗人的作品,一般说,思想内容极平庸,很少反映现实社会矛盾;相反的,他们往往依附权贵,粉饰太平,文字技巧较高,注意精炼,并以追求前期高亢的格调相尚,但才力与胸襟均不足以副之,所以显得空虚造作。在体裁上,专诣五言;在题材上,擅长钱送;此外,很少大篇巨制,更没有反映现实的史诗,至于抒情之作,也因应酬点缀,多着重炼辞造意,真实情感既少,自难有什么特出的佳作。

　　在这一群平庸的才子中,钱起较有成就。钱起(生卒年不详,大致当在公元 720—780 年之间),字仲文,吴兴人,天宝十载(公元 751 年)进士,官校书郎,终尚书考功郎中。生处乱世,仕途又不得意,其诗多凄苦之情。少与王维、裴迪为友,颇受影响,高仲武在《中兴间气集》里许他为王维后成就最高的,其实也未见得。他的诗稍涉现实生活的如《冬夜题旅馆》:

　　　　退飞忆林薮,乐业美黎庶。四海尽穷途,一枝无宿处。严冬北风急,中夜哀鸿去。孤烛思何深,寒窗坐难曙。劳歌待明发,惆怅盈百虑。

实际只是咏个人穷途无归,对人民他是不了解的,甚至误认"黎庶"还能"乐业",值得羡慕,才要退居林下。《过故洛城》还比较动人,虽不够深刻,但已是可喜的了:

　　　　故城门外春日斜,故城门里无人家。市朝欲认不知处,漠漠野田空草花。

还有一篇《秋霖曲》和一首七言四句的《校猎曲》,寓意讽刺,算是较好的,如后者云:

　　　　长杨杀气连云飞,汉主秋畋正掩围。重门日晏红尘出,数骑胡人猎兽归。

在长杨宫苑里汉主秋猎,杀气连云,已令人不满,而最后竟从在重门深掩的禁苑中跑出胡骑带着猎物,自更增人愤怒。可惜这类有意义的作品实在太少；其余皆刻镂山水，只供贵族宴饮歌咏，无裨政治。就艺术论，他观察景物极细，锻炼语言极精，如"鸟道挂疏雨，人家残夕阳"之类不可胜举。他最为后人传诵之作多是五、七言绝句，如：

> 燕赵悲歌士，相逢剧孟家。寸心言不尽，前路日将斜。（《逢侠者》）

> 咫尺愁风雨，匡庐不可登。只疑云雾窟，犹有六朝僧。（《江行无题一百首》之一）

> 潇湘何事等闲回？水碧沙明两岸苔。二十五弦弹夜月，不胜清怨却飞来。（《归雁》）

其实这些诗只是表面地刻画景物，隐含一些士大夫阶层的无名哀怨，并不是什么深厚的人民感情，所以没有普遍意义。

卢纶是大历十才子中最值得注意的一位。卢纶（约公元737—798年间），字允言，河中蒲人。存诗五百余篇，以朋友赠答送别为多，而往往情意纯挚，不无可取。他曾做过河中元帅判官，有一段军旅生活，因而所写边塞诗遂为大历诸子之冠。《塞下曲》（"和张仆射"）六首，其第二、三两首最好：

> 林暗草惊风，将军夜引弓。平明寻白羽，没在石棱中。

> 月黑雁飞高，单于夜遁逃。欲将轻骑逐，大雪满弓刀。

《赠李果毅》的艺术手段也很新很妙：

> 向日磨金镞，当风著锦衣。上城邀贼语，走马截雕飞。

以四句写一个人的四件事，有四种形象，通过这些就描摹出他的性格形象，不言勇而勇自见。

此外，耿沣写战争的诗篇较多，也较成功。与钱起齐名的郎士元，在当时颇享盛名，但也与钱起一样，他的诗有突出的佳句而多无深意。韩翃诗兴致繁富，一篇一咏都为朝野所珍，多数篇章也是送行赠别之作。仅有几首例外，便成为时人传唱的名作，如《寒食》：

> 春城无处不飞花，寒食东风御柳斜。日暮汉宫传蜡烛，轻烟散入五侯家。

有所讽谕，其比兴自深于并世诸家，但此种作品少得可怜。

总之，大历诗人的诗，思想内容都比较贫乏，气象狭隘，规模不大，缺乏创造性；在艺术上也仅仅牢守已成的格律，密针细镂，以工巧为尚，不敢大胆放笔唱出浑厚宏阔、激昂慷慨的调子，所以也没有作者独具的风格。他们的成就还在刘长卿之下，更比不上韦应物，而所走的道路却颇相近似。

第三节　从韩愈到李贺的艰险诗风

诗歌到中唐，在体制和格律上已发展到了尽头，作者只有因袭，毫无创造。主要原因是诗人的生活完全依靠上层统治阶级，思想僵化，感情麻木，不能与人民相通，诗歌遂成为统治阶级游宴娱乐和士大夫间酬赠交际的工具，脱离现实生活，自然越来越陈腐、庸俗、油滑、卑靡，走上消极颓废，甚至有返回绮靡华丽老路的趋势。就在这样情况下产生了以韩愈为首的"孟、韩诗派"，用艰险的作风主要从诗歌形式上扭转前期的滥调。稍后，又产生了以白居易为首的"元、白诗派"，用新乐府的现实主义精神主要从诗歌内容方面纠正前期的空洞、庸俗和虚伪。这两派都是直接继承陈子昂、李白、杜甫的成就，沿着他们的道路而前进的。他们分途走向诗歌的变革，取得了胜利，但在斗争过程中与胜利后并未合流，仍各独立成派。只是白居易的新乐府运动声势大些，影响更为深远，而韩愈一派则只影响了上层的一些诗人。显然，他们或着重在思想内容，或只看到形式问题，所以结果就不同了。这里先介绍韩、孟，把白居易留在下边专章论述。

孟、韩诗派的领袖应是韩愈，他是古文运动的主帅，在那方面成就更大，遂掩其诗名。孟郊比韩愈长十七岁，诗名亦高，两人交谊颇厚，为韩所推服。此外，贾岛、卢仝，都与韩愈唱和，受到韩的奖藉与影响。刘叉、刘言史诗风也颇与之接近。更重要的则是青年诗人李贺，他影响晚唐温、李、杜牧等甚巨，虽不能以孟、韩诗派范围住他，但他的诗风确曾受过韩的影响，也可以在此叙述。

孟郊(公元751—814年)，字东野，湖州武康(今浙江武康)人，生于崑山。少隐嵩山，称处士，性耿介，少谐和，韩愈一见，为忘形交。四十一岁赴长安应试，两次落第。四十六才中进士，又四年，方为溧阳县尉，郁郁不乐，日惟徘徊赋诗，曹务多废，令以假尉分其半俸，遂毅然辞去。到五十八岁，才以韩愈、李翱的推荐，为河南尹判官，试协律都尉。

他的诗多穷苦语，自然是他的时代和一生遭遇所决定的。他生在安史之乱发生前四年,此后即未过一天太平日子,处在这样的时代,面对着残酷的现实,他有了较深的认识,故对人民也表示真切的同情。他的诗通过艰险怪奇的语言风格,表达了鲜明正确的思想观点和真诚抑郁的情感,便形成他所独具的诗风,如韩愈所说的"东野动惊俗,天葩吐奇芬","横空盘硬语,妥帖力排奡"。那么,他的诗吐奇惊俗之处表现在哪里呢? 且看他的《伤时》一篇:

> 常闻贫贱士之常,草木富者莫相笑。男儿得路即荣名,邂逅失途成不调。古人结交而重义,今人结交而重利。劝人一种种桃李,种亦直须遍天地。一生不爱嘱人事,嘱即直须为生死。我亦不美季伦富,我亦不笑原宪贫。有财有势即相识,无财无势同路人。因知世事皆如此,却向东溪卧白云。

这里的奇显然不在语言,而在于这些话的思想是时人不曾说也不敢说的愤激绝俗的话。他大胆地用通俗浅近的语言写出便非常稳恰,使读者感到是见所未见闻所未闻的盘空硬语了。

韩愈的生平当在另章介绍,这里不说,只谈其诗。他于文主张"惟陈言之务去",于诗也是要发挥独创精神,反对因袭。正因为这样,他的诗只要是写得明白的,就一定是用人民所熟悉的浅近语言,故其结果有时变成"文从字顺"、平易如话的好诗,如《醉赠张秘书》:

> 人皆劝我酒,我若耳不闻。今日到君家,呼酒持劝君。为此座上客,及余各能文。……所以欲得酒,为文俟其醺……此诚得酒意,余外徒缤纷。长安众富儿,盘馔罗膻荤。不解文字饮,惟能醉红裙。虽得一饷乐,有如聚飞蚊。今我及数子,固无菟与薰。险语破鬼胆,高词媲皇坟。至宝不雕琢,神功谢锄耘。……

这篇诗就证明了作者虽颇思奇诡,但写来却明白晓畅。他所要求的"险语"、"高词",终因"不雕琢"与"谢锄耘"而变成自然平易的了。他的诗类此者甚多,如有名的《山石》开头说:"山石荦确行径微,黄昏到寺蝙蝠飞。升堂坐阶新雨足,芭蕉叶大栀子肥。僧言古壁佛画好,以火照来所见稀。"这样通俗而质朴自然的好诗也是于无意中得到的。

上述的自是一个方面,我们也应该看到他们的诗的另一个方面,即他们两人确也都写过一些奇诡险怪的盘空硬语。孟郊的《秋怀》十五首第一首云:

　　　　孤骨夜难卧，吟虫相唧唧。老泣无涕洟，秋露为滴沥。去壮暂
　　如翦，来衰纷似织。触绪无新心，丛悲有余忆。讵忍逐南帆，江山
　　践往昔。

这已经够不顺畅了，韩愈的险怪诗则更甚。如《南山》诗连用五十多个"或"字，以描绘南山石的形态；全篇一百零二韵，一韵到底，把极险僻的韵都押完了，有些字只有在韵书中才可以查到。这样做，实在只能说是炫博，此外毫无意义。押韵如此，诗句又怎能不险怪呢？《陆浑山火和皇甫湜用其韵》全篇半数以上的诗句是生僻得难以读下去的。我们完全有理由去否定它的价值。作者在搜索生僻，与形式主义者雕琢辞藻有何区别？这还能反映什么现实？有什么真实感情？这种文字游戏又如何能感染读者呢？他们为纠正大历诗风的颓靡圆熟而故意矫枉过正，固然有情可原，但不能认为这样做是正确的，更不能认为这样的作品是好诗。

　　他们作品的价值不在此，而在于另一些反映了社会现实的诗里。韩愈反映了当时整个时代的重大事件与各次大动乱，孟郊则暴露了社会矛盾的许多方面，特别是中下层知识分子的遭遇和人民的疾苦。孟郊生活圈子较狭，政治眼光不及韩愈，感慨虽深，气魄不大；韩愈所感受的社会矛盾深度不及孟郊，但气魄却阔大得多。

　　孟郊对社会上许多不平的事情和不合理的现象都给予严厉的批判和辛辣的讽刺。如《择友》说："兽中有人性，形异遭人隔。人中有兽心，几人能真识。古人形似兽，皆有大圣德。今人表似人，兽心安可测！虽笑未必和，虽哭未必戚。面结口头交，肚里生荆棘。"这就是他从自己生活经验中体验到的真实。《伤春》对于十年征战给人民带来的苦难作了形象的描绘，并向统治者表示了严正的抗议：

　　　　两河春草海水清，十年征战城郭腥。乱兵杀儿将女去，二月三
　　月花冥冥。千里无人旋风起，莺啼燕语荒城里。春色不拣墓旁枝，
　　红颜皓色逐春去。……

从其他角度来写这同一主题的还有《吊国殇》和《征妇怨》，都非常真实动人。他也嘲讽了豪门世家并对被压迫者给予极大的同情，如《长安早春》、《寒地百姓吟》、《织女辞》等篇。他自己一生艰苦，而且接近劳苦大众，所以便能推己及人理解到这些苦楚，加深了对统治阶级的憎恨，因而在诗歌中也表现得非常鲜明。当然，他也常写自己的穷愁。如《秋怀十五首》之三："秋至老更

贫,破屋无门扉。一片月落床,四壁风入衣。"便非常真实。《借车》云:"借车载家具,家具少于车。"《答友人赠炭》云:"驱却座上千重寒……暖得曲身成直身。"诸如此类,若非有真实生活,亲身体验,绝不可能写出这样句子。我们不但从中看到诗人自己的性格形象,并可借以理解整个时代和社会的真实面貌。

韩愈也有不少反映人民疾苦的诗,特别在被贬潮州以后,接近下层,了解较深,感情便容易相通,写来便更为亲切。较早的《赴江陵途中寄三学士》叙述两年前关中旱饥情况说:"传闻闾里间,赤子弃渠沟。持男易斗粟,掉臂莫肯酬。"他曾"亲逢道边死",以致"归舍不能食,有如鱼中钩"。后来在贬潮中所写《宿曾江口示侄孙湘二首》之一描写农村受水灾的惨状,也极深切。不仅止此,对于当时政治上社会上较重大的问题,他几乎都涉及过。《归彭城》写了人民遭受天灾人祸,水旱兵燹,他要为民请命,表示将"刳肝以为纸,沥血以书辞"。《丰陵行》记述葬顺宗李诵的侈靡,并抨击在陵宫设殡姬的不人道的制度。更多的是通过抒发个人抑郁,反映社会现实的作品,因为他是把个人的出处进退和国家政治人民疾苦结合在一起的。

他以"尚奇险"纠正大历以来的平庸,是他的贡献;但因此而写得艰深晦涩,难于理解,却是缺点。其风格的另一特点是"以文为诗",也就是诗歌散文化。如《嗟哉董生行》除前头几句以外,下边几乎就是散文:"寿州属县有安丰,唐贞元时,县人董生召南,隐居行义于其中。刺史不能荐,天子不闻名声……嗟哉董生无与俦。"《忽忽》是短篇,整个用散体。到宋代诗歌散文化运动便是沿着韩愈所开创的道路而发展的。

韩愈的诗继承了杜甫的现实主义,也接受了李白的积极浪漫主义精神,而具有豪迈恢宏的气概,使读者感到诗人奇崛兀傲的人格。如《八月十五夜赠张功曹》便是。

他也写过一些极可爱的明畅、饱满、健康的小诗,用极简单极平常的几个字突出地描写出眼前的事物形象。如:

五月榴花照眼明,枝间时见子初成。可怜此地无车马,颠倒青苔落绛英。(《榴花》)

天街小雨润如酥,草色遥看近却无。最是一年春好处,绝胜烟柳满皇都。(《早春呈水部张十八员外二首》之一)

孟郊善于用白描的手法、形象化的比拟和经过苦吟而得出来的唯一最适当的字句,来夸张地突出他所要描写的对象。他不喜用典,而好以通俗的语言表达思想,刻画事物。他具有丰富的想象,真挚的感情,现实的生活经验和呕心沥血的构思。他虽有一些奇险的语言,但绝大部分还是明白易懂的,不像韩愈诗那样诘屈聱牙,奥涩难晓。许多小诗如:

> 慈母手中线,游子身上衣。临行密密缝,意恐迟迟归。谁言寸草心,报得三春晖!(《游子吟》)

> 欲别牵郎衣,郎今到何处? 不恨归来迟,莫向临邛去!(《古别离》)

> 青山临黄河,下有长安道。世上名利人,相逢不知老。(《送柳淳》)

这些诗完全由作者肺腑中出,故感染力大。当时李观、韩愈、李翱对他的诗都给予很高的评价,至比于建安诸子,或以李、杜相期。他好作五言古风和古乐府,少写近体。时人或以"孟诗韩笔"并称,可见其为世所重了。

以"郊寒岛瘦"为世所称的贾岛也确有与孟郊相近处。贾岛(公元779—843年),字阆仙,范阳(今北京附近)人。初因穷困为僧,工诗,为韩愈所重,教以文,遂去浮屠,举进士,做过长江主簿,后迁普州司仓参军。一生穷困不下孟郊,而苦吟过之。"两句三年得,一吟双泪流",正说明了他下的工夫之深。但他的苦吟主要用在炼字造句上,不大注重思想内容。他早岁出家,还俗后专意作诗,社会经验不深不广,诗也只是抒写个人遭遇,发泄牢骚,从未涉及社会政治,故往往有好句而难得完整深刻的好诗。他多自述穷苦,如"鬓边虽有丝,不堪织寒衣",如"坐闻西床琴,冻折两三弦",概皆写实,不应笑其寒酸。他多写五言律,不似孟、韩之多作古风,此亦证明他讲求对仗,导致后世趋向形式主义。其较好的作品多是不大经意的小诗,往往出语自然流露真情。如:"十年磨一剑,霜刃未曾试。今朝把似君,谁有不平事?"(《剑客》)又:"松下问童子,言师采药去。只在此山中,云深不知处。"(《寻隐者不遇》)可惜此类作品不是很多。

此外,卢仝,号玉川子,以《月蚀诗》为韩愈所赏识,但这首诗的特色只是充满了奇怪的色彩及形式上的散文化,在内容上并无多大意义。卢仝与贾岛为友。仝之友马异和孟郊之友刘言史等均喜逞奇求怪,立异为高,不足称数。

大约即在此时,一位造诣很高的青年诗人李贺虽诗亦奇险,但其成就则非韩愈所能局限。

李贺(公元791—817年),字长吉,唐宗室,家在福昌县(今河南宜阳县地)。幼年,即表现有诗歌天才。元和初(公元808年)入京应进士举,或以其父名"晋肃"与"进士"同音,犯父讳,不宜应考,虽韩愈为作《讳辨》,终未能扭转别人对他的攻击,竟不得不放弃考试。后官奉礼郎及协律郎,郁郁不得志,遂以二十七岁而终。

李贺也是一个苦吟诗人。现存诗约二百四十篇,多乐府古风,律绝诗极少,盛行当世的七律则一篇未作,与孟郊几乎一样。他大致采取楚辞体、古乐府体和齐梁体三种。他独创的风格是糅合古代乐府歌谣的朴茂与齐梁的浓艳,以抒发自己的牢骚哀苦之思。

他着重造意炼词,务为奇峭、怪巧。由于出身贵族,涉世较浅,社会生活经验不多,故其诗思想内容不够丰富。他怀才不遇,心情苦闷,诗亦多以此为主题,这在当时士大夫中自也有普遍意义。《浩歌》说"世上英雄本无主",说"买丝绣作平原君,有酒唯浇赵州土",正是这种思想的表露。至若《春归昌谷》则更是自伤身世,发泄郁闷之作。其他作品,也无不流露其愤怨不平之气。至于《南园十三首》中的四、五、六、七各首,则表示要弃文修武,投笔从戎,且举两首为例:

> 男儿何不带吴钩,收取关山五十州。请君暂上凌烟阁,若个书生万户侯?(其五)
> 寻章摘句老雕虫,晓月当帘挂玉弓。不见年年辽海上,文章何处哭秋风?(其六)

《雁门太守行》也是借别人慷慨赴敌,不惜捐躯报国的情事,来表达自己同样的思想。这些都是具有一定的现实意义的。

他的《感讽六首》,其三是讥刺当时用太监统军,其四是讥诮世家子弟以父荫得官的骄纵情况,其五是同情幽弃的妃嫔,其六则是讽刺富贵人家的奢侈豪纵的。另有《感讽五首》,其第一首反映当时统治阶级对贫苦劳动人民的残酷压榨和凌虐,非常真实,也非常形象。《老夫采玉歌》和韦应物《采玉行》写同一题材,但这首更为锋利,感情也更为激越。这些都是具有现实意义的。但他的诗,一般多感伤情调,则由于他那没落贵族家庭出身所致,是有他的阶级局限的,必须予以批判、剔除。如《将进酒》说"劝君终日酩酊醉,酒不到刘伶坟上土",就是颓废思想的表现。

李贺的艺术成就很高,贡献也很大,宋人评为"鬼才",就因为他作诗"务去陈言","只字片语,必新必奇",一切出于独创。他有异常丰富的想象力,能驱遣一切天人万物、古往今来,创造出种种神奇瑰丽的诗的境界,表现他对于美好理想世界的向往与追求。《金铜仙人辞汉歌》《天上谣》《李凭箜篌引》都在不同题材上,发展了新奇有趣的联想、幻想,以精巧的构思,奇特的语言,新颖的风格,浪漫主义的创作方法,苦心孤诣,戛戛独造而写出来的。必须指出,他的浪漫主义中也有不少消极的成分,如颓废、感伤、阴郁、神秘、玩世不恭、歌颂死亡和灵鬼,等等,这些都会使人消沉,而不能鼓舞人积极向上。他有些诗因过分要求奇险,就不免雕琢,显得堆砌辞藻,意义晦涩,表现有唯美主义和象征主义的倾向,因而也导致了形式主义。他的这种风格有好的一面,也有坏的一面,对晚唐某些诗人起着很大很深的影响。

第四节　刘禹锡、柳宗元和姚合

与韩愈为友的诗人而兼散文家的,尚有刘禹锡和柳宗元。两人都是德宗李适贞元九年(公元793年)进士,又都登博学宏词科,并且都是唐代朴素的唯物论者。

刘禹锡(公元772—842年),字梦得,洛阳(今河南洛阳市)人。柳宗元(公元773—819年),字子厚,河东(今山西永济)人。两人在政治上都参加了当时较进步的王叔文集团。王失败后,刘禹锡贬连州刺史,未至,又改朗州司马。在朗州十年,才召还,以作诗讥讽,又出为播州刺史,再连州,再徙夔州、和州。后征入为主客郎中,又以诗为当道所忌,出分司东都,后又为苏州刺史,徙汝州、同州。晚年迁太子宾客,加检校礼部尚书。柳宗元于王叔文败后,贬邵州刺史,未至,改永州司马。久之,徙柳州刺史,多惠政,死后百姓为之立祠。

论其诗,两人均善五言,但刘多近体,柳多古风。他们同是长期被贬到边荒地区,生活痛苦,精神郁愤,作诗多以虫鸟比兴,隐讽朝政。刘的《飞鸢操》《聚蚊谣》,柳的《跂乌词》《笼鹰词》便是。刘虽好写五言体,但其许多好诗还是七言近体;柳的五古自甚有名,却也有很好的七言近体。

刘禹锡怀古、吊古,借古喻今,感慨悲凉,多深刻之作,如:

山围故国周遭在,潮打空城寂寞回。淮水东边旧时月,夜深还

过女墙来。（《金陵五题——石头城》）

朱雀桥边野草花，乌衣巷口夕阳斜。旧时王谢堂前燕，飞入寻常百姓家。（《金陵五题——乌衣巷》）

西晋楼船下益州，金陵王气黯然收。千寻铁锁沉江底，一片降幡出石头。人世几回伤往事，山形依旧枕江流。从今四海为家日，故垒萧萧芦荻秋。（《西塞山怀古》）

他还写了不少乐府歌行，咏述边地人民生活习俗。他不用旧曲调，而是按照自己的艺术形式写成五言或七言四句，或其他多种形式，变化自如，长短随意，而各尽其妙。最值得注意的是他学习民间歌谣而加以摹拟与发展，创作出一些民歌体的小诗。如《竹枝词》、《杨柳枝词》、《浪淘沙词》和《竞渡曲》、《采菱行》、《踏歌词》、《纥那曲词》等是。这是他的巨大贡献，也表现了他如何重视向民间文学吸取营养，用以更新文人的创作。他被贬朗州达十年，地近夜郎，俗信巫鬼，多作夷曲，那时便开始学习仿制。后迁连州、夔州，仍是蛮荒之区，他落魄不自聊，因依骚人之旨，倚当地俗歌巫曲之声，作了许多民歌体新曲词，充满南国情调，富有特殊意趣。《竹枝词》九首有序云：

四方之歌，异音而同乐。岁正月，余来建平，里中儿联歌"竹枝"，吹短笛，击鼓以赴节。歌者扬袂睢舞，以曲多为贤。聆其音，中黄钟之羽，卒章激讦如吴声。虽伧伫不可分，而含思宛转，有淇澳之艳。昔屈原居沅湘间，其民迎神，词多鄙陋，乃为作《九歌》，到于今，荆楚鼓舞之。故余亦作《竹枝词九篇》，俾善歌者飏之，附于末。后之聆巴歈，知变风之自焉。

且举两首为例：

白帝城头春草生，白盐山下蜀江清。南人上来歌一曲，北人陌上动乡情。（《竹枝词九首》之一）

杨柳青青江水平，闻郎江上唱歌声。东边日出西边雨，道是无晴却有晴。（《竹枝词二首》之一）

《杨柳枝词》形式与《竹枝词》相同，但似以抒离情别绪为多，不用来描述风土；《浪淘沙词》也是七言四句，内容似与调名有些联系。此外《潇湘神》则把第一句的七言变成三、三；《抛毬乐词》则是五言六句诗；《纥那曲词》则是五言四句，《踏歌词》如《竹枝》一样，七言四句，这些都不离词调本义。刘禹锡创造了这些形式,写了不少民歌体新诗,声调和谐,感情健康,语言活泼,色彩鲜明,最能表现边地人民生活。

他的诗歌有很多是关心人民生活,同情农民疾苦的,如《畲田行》和《插田歌》都流露出诗人对农村生活和农民品质的喜爱。《贾客词》描述大商人的豪富,结交权贵,享有特权,而农夫则辛苦耕种,受其剥削。《调瑟词》叙述里中富翁自奉极丰,而役使奴仆甚苛。《武夫词》讥武人倚势骄横,坐取侯王。这些都是极有意义的作品。

柳宗元的诗深切沉郁,辞意简古,与韩愈的奇险晦涩迥异。他被贬边荒,并一直留在柳州,故其诗也多边地色彩,并且不免渗透着他对人生的感慨、郁愤和不平之气。《别舍弟宗一》最为沉痛:

> 零落残魂倍黯然,双垂别泪越江边。一身去国六千里,万死投荒十二年。桂岭瘴来云似墨,洞庭春尽水如天。欲知此后相思梦,长在荆门郢树烟。

他曾以跛乌自拟,写出被欺凌被迫害的可怜形象(《跛乌词》);也如笼中鹰一样,遭受困辱摧残,痛感"草中狸鼠足为患"(《笼鹰词》);他希望能"破笼展翅"而远去(《放鹧鸪词》),然而一切都是不可能的,所以诗就特别凄怆。

在长期贬谪中,他颇能接近人民,因而同情人民疾苦,揭露阶级矛盾的作品也很多。《田家三首》就是非常具体而深刻的。《首春逢耕者》写他和田父的亲切谈话,感情也很真实,没有一点虚伪造作的地方。他的山水诗和他的山水游记一样清峭峻拔。他善于以简炼的几笔勾勒出千变万化的一整幅江山景色。他不是什么都写,而是捕捉最有特征的一刹那间的自然景象,加以突出的刻画,所以特别富有诗情与画意。《渔翁》:

> 渔翁夜傍西岩宿,晓汲清湘燃楚竹。烟消日出不见人,欸乃一声山水绿。回看天际下中流,岩上无心云相逐。

写江上日出前后,烟波浩渺,渔舟疾发时的声光景象,不仅构思隽美,形象鲜明,而且韵清气爽,读之令人神快。他的《江雪》仅二十字,然而却描出一幅长卷,成为千古绝唱:

> 千山鸟飞绝,万径人踪灭。孤舟蓑笠翁,独钓寒江雪。

又如《柳州二月榕叶落尽偶题》云:

> 宦情羁思共凄凄,春半如秋意转迷。山城过雨百花尽,榕叶满

　　庭莺乱啼。

这些都是在隽峭之中寓有诗人积极活动的人生态度,而不是像王维诗那样静寂得如死水一般。应该承认,柳宗元和刘禹锡的诗歌都属于现实主义作品的范畴,并值得我们很好继承学习的。

　　附带提到姚合,他的诗没有突出成就,而在当时及宋代曾发生较大影响。姚合(公元775—854年以后),陕州峡石(今河南陕县南)人。他与贾岛有交谊,诗亦并称,号为"姚、贾"。他曾选唐人诗二十一家共百首,为《极玄集》,从中可以看出他所欣赏的主要是大历十才子和其他中唐诗人之作,早一时期的只有王维、祖咏。他的诗风也可知矣。他的某些诗颇具幽峭之趣,刻意苦吟,务求古人体貌所未到,因此,他曾成为后一期诗人们的一个中心,而到南宋时,"永嘉四灵"就标榜着以姚合、贾岛为宗,说作诗要"冶择淬炼,字字玉响"。他写过《杨柳枝词五首》,试举一首与刘禹锡之作对照,便知其毫无民歌意味:

　　　黄金丝挂粉墙头,动似颠狂静似愁。游客见时心自醉,无因得
见谢家楼。

在他的全部诗集里也找不出一篇在思想内容上能和刘、柳相比拟的,只在诗的艺术风格上间有幽峭之趣,略似柳宗元,而有时刻意炼句,故求奇僻,则又稍近贾岛,遂为一部分规模狭隘的诗人所师效,而成为一时的中心了。

第七章　白居易和新乐府运动

第一节　张籍和王建

中唐后期以白居易为首的新乐府运动是唐代诗歌一个新高峰,它不仅丰富了唐代诗坛,增加了新的光彩,而且总结了自《诗经》以来的现实主义文学创作经验,丰富并提高了我国现实主义文学理论,推动了现实主义文学的进一步发展,使之进入一个更自觉的阶段。白居易无疑是这一运动的杰出领导者。而与他同时或比他还早一点,也有不少人热心于新乐府诗歌的创作,提供了很多具体成就,形成了风气,也对这个运动的成功产生过重要影响。张籍和王建就是这类作家的代表。他们是继承杜甫的现实主义传统,在元结、顾况以后,写作现实主义乐府诗最多而贡献又最大的过渡诗人。

张籍(约公元 765—830 年),字文昌,原籍苏州,后迁和州乌江(今安徽和县乌江镇),遂为和州人。他中进士后,任太常寺太祝,迁秘书郎,为韩愈所赏识,荐为国子博士。后为水部员外郎,卒于国子司业。

他作诗学杜甫,主要学其爱祖国爱人民的思想及其现实主义创作方法,今存诗四百余首,乐府歌行达八十余首。他的作品是以生动朴素的语言,反映当时社会的真实情况,揭露了统治者的罪恶,倾吐了劳动人民对苦痛生活的血泪控诉。白居易《读张籍古乐府》说:"风雅比兴外,未尝著空文。"而其作用则是:"上可裨教化,舒之济万民。下可理情性,卷之善一身。"他对文学持有非常严肃的态度,自己主张:"君子发言举足,不远于理,未尝闻以驳杂无实之说为戏也。"就是这种态度,才能产生富有现实意义的许多诗篇。

他的诗反映了当时严重的边患和人民在战争中遭受的沉重苦难。《西州》便是写这个主题的,而《陇头行》写得尤为痛切:

> 陇头路断人不行,胡骑已入凉州城。汉兵处处格斗死,一朝尽
> 没陇西地。驱我边人胡中去,恣放牛羊食禾黍。去年中国养子孙,

今着毡裘学胡语。谁能更使李轻车,重取凉州入汉家。

在这样"万里关山"、"年年战骨"(《关山月》)的情况下,不仅"边人杀尽唯空山"(《塞下曲》),"胡儿杀尽阴碛暮,扰扰唯有牛羊声",两败俱伤,只有"幕府独奏将军功"(《将军行》),人民还要负担徭役和重税,《筑城词》、《董逃行》、《促促词》、《山头鹿》都是主要涉及这些方面的。《野老歌》(一作《山农词》)写道:

> 老农家贫在山住,耕种山田三四亩。苗疏税多不得食,输入官仓化为土。岁暮锄犁傍空室,呼儿登山收橡实。西江贾客珠百斛,船中养犬长食肉。

结到商贾豪奢,以肉喂狗,两两对比,深刻已极。而在《贾客乐》中则得出同样的结论,一面是"年年逐利西复东,姓名不在县籍中",另一面却是"农夫税多长辛苦,弃业宁为贩宝翁"。

张籍热爱劳动人民,并有丰富的生活体验,故其乐府诗的内容都是从实际生活中得来。他从古今乐府民歌学习语言,故能以通俗的诗句朴素而形象地刻画出劳动人民的形象,如《采莲曲》写的"白练束腰袖半卷,不插玉钗妆梳浅",就是很鲜明的采莲女的形象。的确,他这种自然清新的诗句,"看似寻常最奇崛,成如容易却艰辛"(王安石《题张司业集》),是有很高艺术成就的。

王建是张籍的好友,其诗也与之齐名,被后人称为"张、王乐府"。他的乐府诗同样以强烈的正义感和批判精神,站在新乐府运动的前列。他们在政治上都不居高位,作诗就无须多所回避、婉微讽谕,而可以直截了当地进行控诉。

王建(公元 768?—830 年?)字仲初,颍川(今河南许昌)人。中进士后,为渭南尉,后曾为陕州司马,从军塞上,数年,归咸阳。他也列韩愈门墙,为忘年之友,与张籍交谊甚厚,唱答尤多。他的乐府诗多与张籍写同类主题,即:边塞从军之苦和征人厌战思乡之情;征妇闺怨;异族骄横;统治阶级对农民的重税剥削以及强迫劳役。他的近体抒情诗大多是"征戍、迁谪、行旅、离别、幽居、官况之作,俱能感动神思,道人所不能道"(见辛元房《唐才子传》),但不免有自伤穷困,消极颓废的情绪,思想内容远不如其乐府诗之深刻。

他写征人厌战的作品很多,如《辽东行》、《渡辽水》、《陇头水》、《饮马长城窟》，都写得很深切，而征妇之情自更悲苦。《送衣曲》云：

> 去秋送衣渡黄河，今秋送衣上陇坂。妇人不知道径处，但闻新
> 移军近远。半年著道经雨湿，开笼见风衣领急。旧来十月初点衣，
> 与郎著向营中集。絮时厚厚绵纂纂，贵欲征人身上暖。愿身莫著
> 裹尸归，愿妾不死长送衣！

最后结语最为惨痛。这个征妇违反常情地愿意自己活着永远给丈夫送寒衣，而不愿看到他尸裹寒衣归来！

《田家行》描写田家含着眼泪的欢乐。前边是"男声欣欣女颜悦，人家不怨言语别。五月虽热麦风清，簼头索索缲车鸣"。这欢欣不为别的，而是因为"麦收上场绢在轴，的知输得官家足"；他们"不望入口复上身"，只要免得卖牛完税就好，"田家衣食无厚薄，不见县门身即乐"。《簼蚕辞》、《当窗织》所反映的也是同样思想。《织锦曲》写织锦户"名在县家供进簿"，就得昼夜不息地织，"锦江水涸贡转多，宫中尽著单丝罗"，于是更苦了织锦户了。他的《水运行》、《水夫谣》则语言质朴，尤为动人。

王建的乐府诗可与张籍媲美，但世多因其另有《宫词》百首，遂掩盖了他乐府诗的成就：喜爱《宫词》的认为"特妙千古"；不喜爱的又认为无裨风教，从而否定其全部作品。实则应该分别评价，未可混同。他的《宫词》毕竟内容贫乏，只是铺陈，故思想性不强。他对统治者的淫侈没有谴责，对宫女的长期幽禁又未从封建制度的本质和宫女的精神生活作深入的揭示，所以不能算是精华，但它毕竟还有认识作用，故也不应视为糟粕。

第二节 元稹、白居易的文学主张与新乐府运动

自汉末至中唐，文人所作乐府诗，有几种不同情况：

一、拟赋古题，仍基本上按照古义，如鲍照的《拟行路难》和李白的《行路难》。

二、借古题咏时事，如曹操的《薤露》、《蒿里》。

三、依当时流行的民歌体拟作，如鲍照的《采菱歌》、《梅花落》之类。

四、即事名篇，自创新调，如曹植的《名都篇》、《美女篇》，王维的《老将

行》,李白的《秋浦歌》,岑参的《轮台歌》。

上述的第四种,到杜甫而大盛。其后,元结、顾况都作了一些探索。盖因安史乱后,现实生活中矛盾更为复杂尖锐,需要诗人作更深刻的揭露,而即事名篇,直接反映现实的作品也就更符合当时的要求,于是张、王乐府便应时而生,并为人们所迅速传播了。

稍后,元稹、白居易、李绅更有意识地宣传提倡这种新体乐府,有理论、有实践,有领导、也有群众,因而便形成一个很重要的文学运动,影响深远。元稹在《乐府古题序》里就表示他不满于沿袭古题重复制作;对于寓意古题,刺美时事的,他认为好一些;而最好还是要如杜甫那样的歌行“即事名篇,无复倚傍”。因此,他“少时与友人乐天(白居易)、李公垂(李绅)辈,谓是为当,遂不复拟赋古题”。还有刘猛、李余,也曾各赋古乐府数十首,或“虽用古题,全无古义”,或“颇同古义,全创新词”。总之,这些“咸有新意”的乐府诗是元稹和他的朋友们所大力提倡的。

这个新乐府运动在当时进步文人中得到很快的发展,许多诗人按照这个标准进行创作实践,惟元、白在创作外还宣传他们的文学主张。尤其白居易年寿较长,政治地位虽高,却不处要津,有优裕的时间从事创作,遂成为这个运动中杰出的领导者。他的主张也就成为新乐府运动的理论根据,其要义是:文学应该而且必须反映现实生活,文学应该而且必须发挥积极的教育和战斗作用,文学应该有助于社会的进步和发展。他们强调文学的思想性,因此便坚决反对唯美主义、形式主义的文学。元稹的主张散见于《乐府古题序》、《白氏长庆集序》、《唐故检校工部员外郎杜君墓系铭并序》、《叙诗寄乐天书》、《上令狐相公诗启》及《进诗状》等文。白居易则更系统地把他的主张集中在他那篇有名的《与元九书》中,此外,《新乐府序》也概括地叙述了他的见解。

白居易从认识诗的本质而进一步给诗下了一个比较全面而确切的定义,“诗者,根情、苗言、华声、实义”,而总之以“感人心”,故曰:“感人心者,莫先乎情,莫始乎言,莫切乎声,莫深乎义。”(《与元九书》)这就是说:诗首先要有感情,然后通过诗歌特有的语言、声调,表达出作者的思想。

他认为文学应该与政治时事紧密结合,应该是用来“泄导人情”,“补察时政”的;创作要有目的,要“不虚为文”。所以,他自序其新乐府诗是“为君、为臣、为民、为物、为事而作,不为文而作也”。而《与元九书》说得更明确:“自登朝来,年齿渐长,阅事渐多,每与人言,多询时务,每读书史,多求理道。始知文章合为时而著,歌诗合为事而作。"这是他在参加实际政治斗争中体会到并总结出的理论:文学要为时为事,不能为文而作,即反对"为艺术而艺术"。

白居易在《寄唐生》中说:"非求宫律高,不务文字奇,惟歌生民病,愿得天子知。"直率地表示他作诗是要反映人民疾苦,而不是为统治阶级歌功颂德的。他的《秦中吟》就是"但伤民病痛,不识时忌讳"的。元稹《和李校书新题乐府十二首序》说:"雅有所谓,不虚为文。予取其病时之尤急者,列而和之。"都说明了他们是利用了文学的社会功能来作政治斗争的。

他们认为诗歌必须反映现实,有感而发,不应作无病呻吟。他们自己正是实践了这一原则的。元稹《进诗状》说:"凡所为文,多因感激。"白居易说他写新乐府也是由于"不能发声哭,转作乐府诗"(《寄唐生》),因此才能做到"篇篇无空文,句句必尽规"。

他们强调诗歌的战斗作用,强调内容与形式的统一。白居易的《新乐府》五十篇,"篇无定句,句无定字,系于意,不系于文",这就是说内容决定形式,形式为内容服务,故两者是统一的。他要求:"其辞质而径,欲见之者易谕也;其言直而切,欲闻之者深诫也;其事核而实,使采之者传信也;其体顺而律,可以播于乐章歌曲也。"这样,作品才能发挥它的政治斗争作用。

他们对于文学批评,也都是把政治标准放在第一位的。白居易说:"古之为文者,上以纽王教,系国风,下以存炯戒,通讽谕。故惩劝善恶之柄,执于文士褒贬之际焉;补察得失之端,操于诗人美刺之间焉。"不如此,"虽雕章镂句,将焉用之"?所以他主张对于"辞赋合炯戒讽谕者,虽质虽野,采而奖之;碑诔有虚美愧辞者,虽华虽丽,禁而绝之"(《策林》六十八)。

第三节　白居易的生平

白居易(公元772—846年),字乐天,其先太原人,后移籍同州,又迁下邽(今陕西渭南),而他本人则生于郑州新郑县。他幼年时,家中生活比较寒苦,常是"衣食不充,冻馁并至"。值藩镇割据,中原大乱,他家由新郑迁到徐州符离(今安徽宿县北),后又随父到江南,往来于浙、皖、赣间,直到二十岁,才又回符离。

贞元十五年(公元799年),他二十八岁,在宣城应乡试;明年入都应进士试,以第四人及第。又三年(即贞元十九年,公元 803 年),复应吏部试,以"书判拔萃"登科,授秘书省校书郎,留居长安。在他三十二岁以前,一直过着贫困的漂泊生活,接近了人民,这对于他的人道主义精神的形成有直接的影响。

他与元稹同年及第,同登拔萃科,同为校书郎,朝夕相处达三年之久,对于他们的诗歌理论的形成和一致,对于新乐府运动的思想酝酿,自然都有很大帮助。宪宗李纯元和元年(公元 806 年),开制科,策试举人,白居易和元稹都应"才识兼茂明于体用科",结果,依等授官,元稹为左拾遗,白居易做了盩厔县尉。自此以后,虽事务烦琐,却也接近了一些新朋友,并写了不少有名的作品,如《观刈麦》、《长恨歌》等。

元和二年(公元 807 年),为府试官,又授翰林学士,掌内制;明年,改授左拾遗。自此,他屡次上书言事,直接参加了对宦官集团的政治斗争,表现了他的进步思想与人道主义精神。他耿直刚介的品德和他的进步思想也反映到他的诗歌创作上。《秦中吟》和《新乐府》便是他从元和元年到六年间(公元 806—811 年)所创作的。

元和六年,他母亲去世,自己又不断生病,退居渭上,和农民接触更多,也更亲密。元和九年(公元 814 年)入朝,授左赞善大夫,是一个冷官。十年,被陷,贬江州司马,时年四十四岁。次年,他写了著名的《琵琶行》。十三年,除忠州刺史,十四年到任。十五年(公元 820 年),召为司门员外郎,未几,除主客郎中,知制诰。在此以前的十年间,他遭到贬斥的严重打击,思想上不免滋生了消极情绪。到忠州后,创作上比较突出的是他写了一些拟民歌的《竹枝词》。

入朝后,几次上书言事,未被采纳,已自消极,而看到竞争剧烈,尤为失望,遂自请除杭州刺史,这是穆宗李恒长庆二年(公元 822 年)的事。这时他写了不少闲适诗,并云:"只拟江湖上,吟哦过一生。"但长庆四年又被征还京师,到洛阳,不想进京,自请分司东都,遂留下来。他第一次把过去所作诗结集为五十卷,凡二千一百九十一首,题曰《白氏长庆集》。次年,改授苏州刺史,时年五十四岁。他以职繁体衰,于宝历二年(公元 826 年)长期告病,准备退休。文宗李昂太和元年(公元 827 年)回洛阳,调为秘书监,次年改刑部侍郎,又次年(太和三年,公元 829 年)再引退,以太子宾客分司东都,永别长安。

到洛阳后,又于太和四年(公元 830 年)除河南尹,太和八年罢职,再授太子宾客，分司东都。翌年，重整所作诗凡三千二百五十五首，为六十五卷。到开成四年(公元839年)，第三次编集，凡三千四百八十七首，合六十七卷。到武宗李炎会昌二年(公元842年)，他七十一岁，罢太子少傅分司，改以刑部尚书致仕。会昌六年(公元846年)八月，卒于洛阳，年七十五岁。

白居易自元和十五年(公元820年)以后，二十多年间，思想转入消极，其诗只是闲适酣乐，“苦辞无一字，忧叹无一声”，与现实逐渐脱离，和前期判若两人。如评价他的诗歌，就必须分别创作时代，并就具体作品而论，不可笼统地概予肯定或否定，也不能把前后期等量齐观。

第四节　白居易诗歌的思想内容

白居易的诗文集，今本共七十一卷，凡诗三千六百八十八首。按照他《与元九书》所说的分类法，“凡所遇所感，关于美刺兴比者”，谓之“讽谕诗”，这是最主要的，共得一百七十二首。其余即分属“闲适”、“感伤”、“杂律”三类。他的这些现实主义诗篇全面而深刻地反映了当时的社会生活，也表现了诗人的政治理想和人道主义精神。他反映现实的深度和广度为当时一切诗人所不及，甚至有的比杜甫还大胆还突出。

第一，他暴露了统治阶级的穷奢极欲，荒淫无耻，指出其生活来源则完全靠残酷的剥削和公开掠夺。诗人常把统治阶级的奢靡和劳动人民的穷苦，分别选择最突出的事例，并列起来，显示给读者，那样就更加鲜明。《伤宅》写朱门甲第，丰屋栉比，栋宇相连，“一堂费百万，郁郁起青烟”，主人“十载为大官”，家中“厨有臭败肉，库有贯朽钱”。诗人说，一般穷人自然得不到他的帮助，就只“问尔骨肉间，岂无贫贱者，忍不救饥寒”？统治阶级普遍都是如此，而皇帝尤甚，“中人之产数百家，未足充君一日费”(《骊宫高》)。内臣的骄奢也是惊人的，《轻肥》写他们“樽罍盈九酝，水陆罗八珍。果擘洞庭橘，脍切天池鳞”，然而与之对比的是“是岁江南旱，衢州人食人”！《买花》写京都贵家以牡丹相尚，其价之高是“一丛深色花，十户中人赋”。而《缭绫》写织者的越溪寒女与衣者的汉宫舞姬，一面是“丝细缲多女手疼，扎扎千声不盈尺”，另一面是“汗沾粉污不再著，曳土蹋泥无惜心”。《卖炭翁》写“黄衣使者”“口称敕”的公差把卖炭翁千余斤一车的炭白白抢走，仅仅给了毫无用处的半匹红纱和一丈绫当作炭价，挂在牛角上，扬长而去。

第二，他以极大的同情心描写了人民所遭受的苦难。这和统治阶级的骄奢是一件事情的两面。白居易看到社会上阶级矛盾的尖锐，站到被压迫者的方面，代人民提出控诉。《观刈麦》描述农民生活之苦道："妇姑荷箪食，童稚携壶浆。相随饷田去，丁壮在南岗。足蒸暑土气，背灼炎天光。力尽不知热，但惜夏日长。"接着又插入一个苦难者的典型形象："复有贫妇人，抱子在其旁。右手秉遗穗，左臂悬敝筐。听其相顾言，闻者为悲伤：'家田输税尽，拾此充饥肠。'"可见一切苦难都是统治阶级所造成的。《采地黄者》更鲜明地描写了阶级的对立。他说农民到了"岁晏无口食"的时候，"田中采地黄"，"持以易馂粮"。"凌晨荷锄去，薄暮不盈筐。携来朱门家，卖与白面郎"，说："与君啖肥马，可使照地光。愿易马残粟，救此苦饥肠。"这是何等鲜明的对比！可是诗人用的还只是这一件事。此外，《村居苦寒》、《重赋》、《杜陵叟》等都是写得很深刻的。

第三，他也反映了人民在战争中遭受的更大的苦难：除掉战争的直接杀伤与破坏外，还加上因战争而产生的繁重徭役。这些诗，着重地指斥了统治阶级的昏庸无能与玩忽边事，坐视领土主权丧失，也表现了诗人的爱国主义思想。如《西凉伎》刺封疆之臣，说："凉州陷来四十年，河陇侵将七千里。平时安西万里疆，今日边防在凤翔。缘边空屯十万卒，饱食温衣闲过日。遗民肠断在凉州，将卒相看无意收。"《城盐州》说得更露骨，他明白指出边将"相看养寇为身谋，各握强兵固恩泽"。《阴山道》、《缚戎人》、《新丰折臂翁》也都是从不同角度来写这同一主题而取得很大成就的名作。

第四，白居易的诗歌中也有一部分是关于妇女问题的。诗人以同情的态度为封建时代妇女的悲惨命运鸣不平。《上阳白发人》和《陵园妾》都是写帝王宫廷中对于宫女幽闭一生的惨绝人寰的情事。前者说，"入时十六今六十"，"一生遂向空房宿"，四十多年了，"莺归燕去长悄然"，"唯向深宫望明月"，多么凄凉！而后一篇则更为悲惨，以颜色如花的青年女子，竟活活地配奉陵寝，"山宫一闭无开日，未死此身不令出"！《妇人苦》反映的是："妇人一丧夫，终身守孤子。有如林中竹，忽被风吹折。一折不重生，枯死犹抱节。"诗人说："男子若丧妇，能不暂伤情？应似门前柳，逢春易发荣。风吹一枝折，还有一枝生。"这就把封建礼教对待寡妇和对待男子丧妻的不平，用竹和柳的比喻，作了鲜明的对照。诗人站在妇女这方面，主持正义，诉说不平，是多么伟大的声音！《母别子》严厉地斥责了一个新策勋归来的将军，因为他迎得如花的新人，便把已经生了两个儿子的旧妇弃逐出去。《议婚》指出议婚论贫富的恶风,并为"贫家女难嫁","寂寞二十余"者鸣不平。

此外,白居易的诗歌还反映了多方面的社会问题,并广泛地揭露和批判了社会现实的黑暗。他对一切遭遇不幸的人们,无论古人、今人,知识分子或劳动人民,都寄予深切的同情。如《新制布裘诗》:"安得万里裘,盖裹周四垠。稳暖皆如我,天下无寒人!"又《新制绫袄成感而有咏》说:"争得大裘长万丈,与君都盖洛阳城。"这是与杜甫《茅屋为秋风所破歌》结语同一思想感情的,可见他也是有所继承的。

总之,他所反映的现实非常广泛,其思想内容有强烈的人民性,有深厚的人道主义精神,也具有正义感和爱国思想。他的晚年作品往往脱离现实,趋于消极,甚或流于庸俗,未免失掉前期的光辉。但就他的一生和全部作品来看,尤其就他的诗歌理论和他所大力提倡的新乐府运动的成就来看,我们不能湮没他的功绩,更不应否定其在中国诗史上的巨大贡献。

第五节　白居易诗歌的艺术成就

白居易的诗歌有很高的艺术成就,主要表现为:

第一,自觉地、有意识地走现实主义道路。他为了"救济人病,裨补时阙",所以要反映现实。为此,便尽可能从现实中选取最典型的事件,抓住事物的本质,用高度的概括力,进行创作。《陵园妾》、《新丰折臂翁》便是例子。

第二,他刻画人物形象,不仅描摹其外貌,也通过外貌刻画了内心,所以形象特别鲜明。如《上阳白发人》便结合她所处的具体环境,分析并描摹了她的心理状态,所以就特别真实、动人。《卖炭翁》写夜来大雪,老翁衣单,但他竟"心忧炭价愿天寒",这个矛盾的心理既细致而又真实,并加深了读者对他的同情。

第三,他在塑造典型形象时经常运用鲜明的对比,因而将社会上阶级矛盾形象化地表现出来,产生极大的战斗作用,如前举《轻肥》、《采地黄者》都是如此。当他完成了典型形象的塑造时,感情也激动到了顶点,便情不自禁地爆发出自己的愤怒情绪,以"卒章显志"的方法作出结论,结束全诗,如《红线毯》"地不知寒人要暖,少夺人衣作地衣",正是明显的例子。

第四,他的诗歌语言,是最平易浅近、通俗易懂的,但语浅而意切,又极流利、生动,为人民所喜爱。如《赋得古原草送别》:"离离原上草,一岁一枯荣,野火烧不尽,春风吹又生。"就是用极平易的口语表达出人人心目中所要说的话。这是他努力学习民间文学和人民语言的结果,而这也就由于他认识到文学必须为政治服务,所以才竭力使自己的作品的语言适合人民群众的口味。

白居易流传最广的两篇诗《长恨歌》与《琵琶行》,主要正在于它们在艺术上的巨大成就,其中很多动人的诗句被传诵着,而那两篇的故事情节也因此被后世的戏剧作者用来作为题材,反复写出了不少优秀的作品。这两篇虽不属于新乐府的范围,但在论述白居易诗歌时却是不可忽视的。

《长恨歌》和《琵琶行》这两篇七言歌行,白居易自己都认为是"感伤诗",我们也应该这样看。《琵琶行》写自己在贬谪时所遇的琵琶女,其为感伤,自易理解。《长恨歌》写唐明皇与杨贵妃的悲欢离合故事,表面上似无诗人自己的感伤,其实不然,作者正是通过自己丰富的情感和想象,对历史人物李、杨的生死别离进行了创造和渲染,从而反映了诗人对人世间同类事件的感伤情怀。也正因为这样,这诗才使千百年来读者产生感叹、怜悯与同情。李、杨之间能否有那样坚贞不渝的爱情,无论从理论上和从事实上都可以肯定地说:不能有。但人们读了《长恨歌》,却仍然会受它感动,这就是抛开了主人公的阶级地位,而把他和她只作为"人"来看待的缘故。诗的开头对李、杨都进行了讽刺和批判,这本来是不必要的。好在它只是作为故事的引子写的,很快就进入了两人内心情爱的刻画,生者如此,死者也如此,引导读者随着主人公思想感情的发展变化而深入进去,谁也不会考虑到像"孤灯挑尽未成眠"那样的描写并不合于一个帝王或太上皇的身份,而只会被"悠悠生死别经年,魂魄不曾来入梦"这类深情所吸引。"忽闻海上有仙山"以下,运用了浪漫主义的幻想手法,虚构了杨贵妃在蓬莱宫中会见汉宫使者鸿都客及回忆当年"七月七日长生殿,夜半无人私语时"的故事,尤能引人入胜。这样的叙事而又兼抒情的长篇故事诗,确是前人所从未有的。而尤其值得注意的,是作者使用的语言极其明丽谐美,不用典故,自然流畅,借景抒情,情随事宜,故篇幅虽长,而无滞涩之弊。

《琵琶行》是白居易另一篇叙事抒情诗的代表作,感伤意味更为浓厚。它是诗人在政治上遭受打击被贬为江州司马的次年写的。秋夜浔阳江头闻船上琵琶之声,邀出相见,得知那位演奏者恰如自己,"同是天涯沦落人",因而引起了内心的创痛与伤感。接着,那位妇女弹奏了非常哀怨的曲子,时而有如"急雨",时而又若"私语";一阵是"间关莺语",一阵是"幽咽泉流";或则"银瓶乍破水浆迸",或则"铁骑突出刀枪鸣",……在这音乐的变化中,完全可以听得出弹奏者的"有情"与"不得志";她心中的"无限事"也完全与诗人自己年来的遭遇是一样的令人感觉着凄凉惆怅,于是感叹道:"相逢何必曾相识!"请她"莫辞更坐弹一曲",以便"为君翻作《琵琶行》"。这一曲弦急声凄,满座掩泣,诗人亦为之青衫泪湿。此诗叙写极有层次,人物形象亦颇鲜明,感情真实,与景事互相映带,形成一幅非常萧疏的画面。中间写琵琶一段,尤为古来描述音乐的妙品。

白居易的闲适诗,在艺术上自然也同他的讽谕和感伤之作一样,善于体物写意,浅而不俗,流利稳适,声调和谐。然而,正如他在《序洛诗》中所说的:"闲适有余,酣乐不暇,苦词无一句,忧叹无一声。本之于省分知足,济之以家给身闲,文之以觞咏弦歌,饰之以山水风月。"是则与早年"篇篇无空文,句句必尽规"(《寄唐生》)的新乐府恰好相反,终是不可取的,虽多亦奚以为!

第六节　元稹和李绅

元稹(公元779—831年),字微之,河南河内(今洛阳)人。他和白居易唱和最多,早期过从最密,故世称"元、白",而在新乐府运动中,他也是最重要的创始人。关于他的文艺思想,前已叙述过了,这里不再重复。他写《唐故检校工部员外郎杜君墓系铭序》是在元和八年(公元813年),文中对诗歌的作用和唐代以前诗歌的发展,都有一些看法,而对于杜甫则推崇备至。这比白居易所写的《与元九书》还早两年,可见他的文学见解对白居易还起过一定的影响。

他在早期也写了许多现实主义诗篇,特别是和李余、刘猛的《乐府古题》及和李绅的《新乐府题》,均系"雅有所谓,不虚为文"之作。他提出了许多深刻的社会问题,有揭露社会黑暗的,有反映人民疾苦的,有反对穷兵黩武的侵略性战争的,也有写商人投机取巧、唯利是图的。他的这些作品一般不如白居易的同类作品动人,因为结构较为松弛,形象不够突出,艺术水平也不那么高。惟《田家词》和《织妇词》比较深刻。

他的《连昌宫词》是值得一提的。诗人借宫旁老翁叙述此宫兴废变化之迹,反映了"安史之乱"前后的社会变迁情况,所以连昌宫便成为大唐帝国由盛到衰的一个缩影。最后作者借老翁的话,提出"努力庙谟休用兵"的劝告。

它的思想内容是较为深刻而有积极意义的。就其细节描写来说,诗中也有不少鲜明的形象与细致的刻画,充分表现了诗人的艺术才能,它是可以与白居易的《长恨歌》媲美的。

此外,他的悼亡、伤子等伤悼诗,都很真挚,是较好的抒情诗。他的传奇文《莺莺传》(一名《会真记》)对后世文学影响极大,容在另一章里叙述。

李绅(公元772—846年),字公垂,润州无锡(今江苏无锡县)人。他曾写过《新乐府》二十首,惜已失传,但由元稹《和李校书新题乐府十二首》便可知他写的是些什么题材。后来白居易也以同类题材写过新乐府诗。总之,他在新乐府运动中是起了积极作用的。

他今存有《悯农诗》二首(《全唐诗》作《古风二首》),可称为新乐府运动中最成功的作品:

> 春种一粒粟,秋收万颗子。四海无闲田,农夫犹饿死。
>
> 锄禾日当午,汗滴禾下土。谁知盘中餐,粒粒皆辛苦。

这两首小诗确能道出农民稼穑之艰难,它充满了劳动人民的血泪,表现了诗人的深切同情。它语言浅显而深刻有力,千余年来一直为人们所传诵,确是杰出的现实主义诗篇。

第八章　晚唐五代诗歌

第一节　时代与诗风

所谓晚唐时期，一般指公元 836—公元 907 年，即唐文宗李昂开成元年到唐代最后灭亡时的唐哀帝李柷天祐四年，共七十年。也有人把五代的五十几年称作闰唐，与晚唐合起来称为"晚唐五代时期"，那就到了公元 960 年，共计一百二十五年了。

中唐以后，唐帝国走了下坡路，内而藩镇割据，外而西北各族如吐蕃、回纥等时时兴兵进扰，朝廷毫无对付之策。穆宗李恒即位（公元 821 年）以后，唐帝国便一直处在苟延残喘、朝不保夕的境地。晚唐时期，政治越发腐败，阶级矛盾愈益尖锐，农民大起义的风暴随时可能爆发。事实上自公元 859 年裘甫在浙东领导农民起义以后，类似的动乱便不断发生，终于在公元 874 年底王仙芝和黄巢所领导的全国性农民大起义爆发了。在这个时代里，一部分比较清醒的知识分子能够认识社会现实的本质，同情苦难的人民，继承新乐府运动的精神，唱出富有战斗性的反抗的歌声，有的作者甚至参加了起义，直接从事革命斗争。这个伟大的起义虽然最后是失败了，但火种已经到处埋下来，随时燃烧蔓延，最终把唐帝国毁灭了。

五代十国更是纷乱的社会，有志气的文学家便到江南、吴越，乃至西蜀、荆南等地，远离中原，逃避世难。在朝的文人成就都不高。五代诗人稍有成就的大抵是晚唐社会所培养出来的，此外便只有几个诗僧，如齐己、贯休诸人，尚为人所称道而已。

晚唐诗人中，如杜牧、李商隐、温庭筠、段成式、韦庄、韩偓等，继承李贺的诗风，虽也原属现实主义的，但只在诗的格律上求工，着重在富丽高华的文词之美，渐趋于形式主义、唯美主义和象征主义。尤其他们的后辈追随者，更多半只发挥了他们的这些消极方面，而形成了脱离现实的流派，完全放弃了他们的某些现实主义精神。这虽不能归咎于他们,但根子总是在他们这里。

另外,也有一些进步诗人,沿着白居易所走过来的现实主义道路继续创作,虽没有什么新的发展,但在晚唐诗坛上却是极可贵的声音,阻止了唯美主义诗歌的泛滥。皮日休、聂夷中、杜荀鹤、于濆等及主要成就在散文方面的陆龟蒙和罗隐等,就是这种现实主义诗人的代表。

第二节　皮日休、聂夷中、杜荀鹤等 现实主义诗人

皮日休(公元 834?—883? 年),字逸少,后改袭美,湖北襄阳人。少年隐居鹿门山,后曾外出漫游,到过湖北、湖南、江西、安徽、河南。到了长安,以文章谒见当道,欲求进身之阶。咸通八年(公元 867 年)进士及第后,归吴中,与陆龟蒙唱和,中间曾到京做过太常博士。王仙芝起义后,他又回吴中,并于公元 877 年参加了黄巢起义军,做了黄巢的翰林学士,巢败,他也被害。他在晚唐社会阶级矛盾尖锐化的情况下,以一个中过进士的学士大夫竟能毅然献身于农民起义,其思想之进步确是很惊人的。他的诗今存三百余首,其中可称为现实主义诗篇的,是《皮子文薮》十卷所收的《三羞诗》三首、《七爱诗》七首、《正乐府》十首和其他《杂古诗》十六首,共约三十余首。

他的思想自然是与那个时代有密切关系的。但他的家庭经济生活极贫困,也使他能够更多地接近并同情农民。他的《文薮·鹿门隐书》表现了极大胆的进步思想,如说:"古之置吏也,将以逐盗;今之置吏也,将以为盗。"又说:"古之取天下也以民心,今之取天下也以民命。"(《读司马法》)这些都是多么警辟的议论!他以这种观点看现实政治,所以就能认识"贪官"和"真吏"的本质差别。《贪官怨》(《正乐府》之三,见《文薮》卷十)云:

> 素来不知书,岂能精吏理? 大者或宰邑,小者皆尉史。愚者若
> 混沌,毒者如雄虺。伤哉尧舜民,肉袒受鞭箠!

对于廉吏,他就尽情地予以歌颂,如《七爱诗》中《元鲁山》便是颂扬玄宗时有名的廉吏元德秀的。

他的《正乐府》和《三羞诗》的第二、三两首,都是站在人民的立场,反映

人民的疾苦的。如后者一篇是叙述许州兵士战殁交趾的悲惨情境；一篇是写咸通七年淮右旱蝗为灾，人民流离饿死，而朝廷坐视不救。这两篇不但暴露现实，极为深刻，而且他都联系到自己，把自己和遭受苦难的贫苦劳动人民对比，而自感惭愧，直与杜甫、白居易等具有同样的胸怀。如《三羞诗》其三云：

> ……夫妇相顾亡，弃却抱中儿。兄弟各自散，出门如大痴。一金易芦菔，一缣换免毗。……儿童齧草根，倚桑空羸羸。斑白死路旁，枕上皆离离。……粤吾何为人，……一家欢复嬉。朝食有麦饘，晨起有布衣。一身既饱暖，一家无怨咨。家虽有畎亩，手不秉耒基。岁虽有札瘥，庖不废晨炊。……抚己愧颖民，……尽日空涕洟。

《正乐府》中《橡媪叹》一篇反映现实社会是有典型意义的：

> 秋深橡子熟，散落榛芜冈。伛伛黄发媪，拾之践晨霜。移时始盈掬，尽日方满筐。几曝复几蒸，用作三冬粮。山前有熟稻，紫穗袭人香。细获又精舂，粒粒如玉珰。持之纳于官，私室无仓箱。如何一石余，只作五斗量！狡吏不畏刑，贪官不避赃。农时作私债，农毕归官仓。自冬及于春，橡实诳饥肠。吾闻田成子，诈仁犹自王。吁嗟逢橡媪，不觉泪沾裳。

他反对形式主义地专门追求音律辞藻之美，而主张文学要反映现实，为政治服务。他要文章都能"剥远非"、"补近失"、"非空言"。而所谓"非空言"，即"欲以知国之利病，民之休戚"："诗之美也，闻之足以观乎功；诗之刺也，闻之足以戒乎政"（见其《文薮自序》和《正乐府序》）。

聂夷中（公元 837—907? 年），字坦之，河东（今山西永济）人。他也是咸通十二年（公元 871 年）进士，在长安候官很久，才得一个华阴县尉。其诗今仅存三十七首，其中还有一部分和孟郊、李绅等重出，不能断定果为谁作。但即就此仅存之诗中，也可看出他的思想，特别是反映农民疾苦的，如《伤田家》：

> 二月卖新丝，五月粜新谷。医得眼前疮，剜却心头肉。我愿君王心，化作光明烛，不照绮罗筵，只照逃亡屋。

《田家二首》，除第二首"锄田当日午"或作李绅诗外，另一首是：

　　父耕原上田，子劚山下荒。六月禾未秀，官家已修仓。

　　他对统治阶级骄纵奢靡也作了尽情的揭露，如《公子行》二首便是。其第一首写贵公子走马踏死人，街吏不敢问，任他驰去。他们过着荒淫生活，无分昼夜，歌舞不休。第二首云：

　　花树出墙头，花里谁家楼？一行书不读，身封万户侯。美人楼
上歌，不是古凉州！

真的，不读书照样可以封侯，这社会还有什么公道？另外《公子家》（一作《长安花》）更写得深刻：

　　种花满西园，花发青楼道。花下一禾生，去之为恶草。

公子的花园中满都种上了花，花下偶然旅生出一棵庄稼，却被当作恶草赶紧拔掉。这与农民到处都种上庄稼作了鲜明的对比，是多么好的讽谕诗！

　　此外，《大垂手》讽刺统治阶级侮弄女性；《古别离》、《乌夜啼》等乐府题则刻画妇女们的内心生活；《胡无人行》是歌颂爱国思想和民族气节的，都结合了现实，非徒托空言。

　　杜荀鹤（公元846—907年），字彦之，池州石埭（在今安徽石埭县）人。他出身微贱，而早有诗名，四十六岁才中进士，故一生不得志。诗有《唐风集》，存三百余篇，全面地反映了黄巢起义以后的社会面貌，描绘了当时劳动人民所遭受的灾难和痛苦。《旅泊遇郡中叛乱示同志》：

　　握手相看谁敢言？军家刀剑在腰边。遍搜宝货无藏处，乱杀
平人不怕天。古寺拆为修寨木，荒坟开作甃城砖。郡侯逐出浑闲
事，正是銮舆幸蜀年。

在这全国糜乱的时代，人民苟延残喘于刀剑之下，随时有生命危险。然而，农村景象虽然萧条已极，但征敛并不为之稍减，统治阶级剥削甚且更形加剧。《山中寡妇》是很典型的：

　　夫因兵死守蓬茅，麻苎衣衫鬓发焦。桑柘废来犹纳税，田园荒
尽尚征苗。时挑野菜和根煮，旋斫生柴带叶烧。任是深山更深处，
也应无计避征徭。

同样的作品还有《乱后逢村叟》和《伤硖石县病叟》。这时，到处是杀伐，没有一片干净土地，人们逃难简直是盲目地乱窜，"他乡终日忆吾乡，及到吾乡值

乱荒"(《自江西归九华》),随地看到的是"农夫背上题军号,贾客船头插战旗"(《赠秋浦张明甫》)。诗人对官吏作了严厉的谴责:

> 家随兵尽屋空存,税额宁容减一分!衣食旋营犹可过,赋输长急不堪闻。蚕无夏织桑充寨,田废春耕牧劳军。如此数州谁会得,杀民将尽更邀勋。(《题所居村舍》)
> 去岁曾经此县城,县民无口不冤声。今来县宰加朱绂,便是生灵血染成。(《再经胡城县》)

"杀民邀勋","血染朱绂",这是多么深刻有力的斥责!

他的诗既是反映现实,替人民说话的,又是采用通俗浅近的人民口语,所以人民性更强。他写社会现实问题却没有用古风或乐府体,而全是用律诗绝句等近体,这可以说是他在创作形式上的一个特色。他的思想中也有落后的一面,那就是他很热中于功名,而在失意之后又表现了消极颓废,所以作品中也有阿谀奉承的献诗和人生如梦转眼皆空的幻灭的悲哀情绪,但主要的成就却还是这些具有高度人民性的现实主义诗篇。

此外,于濆、邵谒、刘驾、曹邺等也都是一反晚唐诗坛颓弊之风的作家,并都有一些值得称赞的优秀作品。

和这些诗人风格不同但也并非完全脱离现实的,还有陆龟蒙。他在散文上成就远较其诗为高,而与之并列的罗隐,则是诗与散文俱为晚唐五代不可多得的作家。

陆龟蒙(?—公元881年),字鲁望,苏州人。幼年即善属文。举进士不中,后辟苏、湖二郡从事,退隐松江之甫里,多所撰著,有《甫里先生文集》二十卷。他比皮日休年岁略迟,而交情甚笃,故唱和之作,多称"袭美先辈"。他们的主要成就都在小品散文。尤其他的散文成就大大超过了他的诗歌。如《记稻鼠》一文,言农民遭受严重旱灾之后,又继以鼠害,鼠食稻谷,"若官督户责,不食者有刑"。而在此时,"赋索愈急,棘械束榜、箠木肌体者,无壮老"。作者慨然叹道:"况乎上掎其财,下啮其食,率一民而当二鼠,不流浪转徙,聚而为盗,何哉!"他已看清并明白指出农民起义的必然性了。其他如《野庙碑》和《招野龙对》都是辛辣的讽刺小品。

陆龟蒙并非纯粹为逃世而隐居的人,所以他的诗虽主要是唱酬之作,也还能在一定程度上暴露现实或抒发个人对现实的一些批判意见。《杂讽九首》就是很突出的讽刺诗,于嘲讽指斥社会黑暗龌龊以后,唱道:"朝为壮士歌,暮为壮士歌。壮士心独苦,傍人谓之何!古铁久不快,倚天无处磨。将来易水上,犹足生寒波。"而世事既然如此,他终于只有"幽忧废长剑,憔悴惭清镜。……既不务人知,空余乐天命"。所以,他决定"归来事耕稼"。他归隐以后,并不忘情农民,还要替他们说话:"伊人著《农道》,我亦赋《田舍》。所悲劳者苦,敢用词为诧!只效刍牧言,谁防轻薄骂!"他对当时政治社会局面的暴露还是很深刻的,如《奉酬袭美前辈吴中苦雨一百韵》就说:"此时淮海波,半是生人血。霜戈驱少壮,败屋弃羸羸。践蹋比尘埃,焚烧同稿秸。"《村夜二首》之二说:"万户膏血穷,一筵歌舞价。"他自谓"岂无致君术","岂无活国方",但"蛟龙任干死,云雨终不借",无可凭依,故有力难施,只得"长吟倚清瑟,孤愤生遥夜",自叹为遗贤了。像这类好诗也还不只这几首,但若要求他的作品像白居易新乐府那样明白显豁,直讽时事,毕竟是不多的,就比之皮日休的《正乐府》之类,也是不可得的。可是,尽管他的诗不及散文那样尖锐有力,却也并未因为是一个隐士便完全脱离现实而走上形式主义的道路。

罗隐(生于公元827至835年间—卒约在公元907年前后),字昭谏,杭州人。他也是一个小品讽刺散文作家,《说天鸡》、《辨害》等都是直刺唐末统治者的。他的讽刺诗尤有成就。他喜用俗语,故诗多传诵于民间,成为一个真正的人民诗人。他在唐末曾投书时任镇海节度使的吴越王钱镠,镠遂辟掌书记,爱其才,表迁节度判官,著作佐郎,转司勋郎中。他是晚唐讽刺诗人中成就最高的。

《十国春秋》载,钱镠时,令西湖日纳鱼数斤,号"使宅鱼"。会召隐题《磻溪垂钓图》,他便借诗寓意进行讽谏道:

> 吕望当年展庙谟,直钩钓国更何如?若教生在西湖上,也是须
> 供使宅鱼。

钱镠竟由此废除那个进鱼的陋规。此外也还有其他讽刺时政的诗,为时传诵,如《感弄猴人赐朱绂》便是。最有名的《蜂》云:

> 不论平地与山尖,无限风光尽被占。采得百花成蜜后,为谁辛
> 苦为谁甜?

他和杜荀鹤一样,多用俗语,如:"西施若解亡人国,越国亡来又是谁?""今宵有酒今宵醉,明日愁来明日愁。""只知事逐眼前去,不觉老从头上来。"他的许多诗句竟成为民间的日常用语,可见其受到人民的喜爱了。

第三节　杜牧、李商隐、温庭筠及其流裔

继中唐后期李贺之后,循着他的道路而偏于绮艳的诗人,有杜牧、李商隐、温庭筠、段成式等。他们的作品也反映了一些现实,但过多地追求形式之美,着重在辞藻声律、艺术技巧方面,遂使作品的思想内容趋于隐晦,不易为读者所了解,因而,成为晚唐唯美主义、形式主义潮流的导源。

在杜、李、温三人中,杜牧的诗风较为俊爽,李商隐则艺术技巧特精,温庭筠之诗乃愈趋绮靡纤弱。自余以下,如段成式、韩偓、李群玉、司空图、张祜、吴融、唐彦谦、马戴、许浑、朱庆余、陈陶、方干、李咸用等,大抵均属这一流裔。

杜牧(公元 803—852 年),字牧之,京兆万年(今陕西西安)人,大史学家杜佑之孙,至他的时代,家世却已衰落了。他二十六岁中进士后,历官黄州、池州、睦州刺史,以考功郎中知制诰,迁中书舍人,卒。为人刚直,有气节,敢论列大事,指陈利弊,是晚唐一个比较进步的上层知识分子,对政治有自己的见解,对人民抱很大的同情。诗情豪迈,圆快奋急,也有他自己的风格,与枯瘦奇险一路不同,也与繁缛藻丽一派殊异,他杂糅了李、杜、元、白、韩愈等的特点,间也有风流蕴藉、词采华茂,近似李商隐处。

他的阶级出身限制了他,不能认识到当时阶级矛盾的尖锐,但却认识到政权的巩固要依赖于人民的拥护,而人民是否拥护则决定于统治者本身的表现,所以他的作品极力指斥统治阶级上层特别是最高统治者的骄奢荒淫。《阿房宫赋》集中地表现了他的这种思想。《过华清宫绝句三首》和《华清宫三十韵》都是以玄宗李隆基的事来讽刺现实的,如云:

> 长安回望绣成堆,山顶千门次第开。一骑红尘妃子笑,无人知是荔枝来。
> 新丰绿树起黄埃,数骑渔阳探使回。霓裳一曲千峰上,舞破中原始下来。
> 万国笙歌醉太平,倚天楼殿月分明。云中乱拍禄山舞,风过重峦下笑声。

杜牧往往用比兴手法表达其忧国忧时之思,含蓄深婉,有时不易于体会,但

不能不说是好诗,如:

> 清时有味是无能,闲爱孤云静爱僧。欲把一麾江海去,乐游原
> 上望昭陵。(《将赴吴兴登乐游原一绝》)

这是以空灵的笔墨,比兴的手法,暗寓对时政不满之意的。

杜牧感觉自己有志不伸,忧郁愤懑,除写过一些沉雄激壮的诗篇外,也写过不少消极感伤放纵浪漫的作品。他的没落贵族阶级地位和意识,使他看不到下层人民的实际生活,认识不到黑暗社会中的真正矛盾所在,只看到上层统治阶级的腐朽没落,虽欲挽救而无能为力,这种内心的苦痛无法解决,于是便由抑郁而消极感伤,有时又故作旷达,走上浪漫自纵的道路。他在放荡中结识了不少妓女,在诗中或表现对她们的同情,渗入自己的人生感慨,或表达了对她们的真诚的爱情。所有上述这些方面,都反映在他的作品里,形成了他的独特风格。如:

> 落魄江南载酒行,楚腰肠断掌中轻。十年一觉扬州梦,赢得青
> 楼薄幸名。(《遣怀》)
> 多情却似总无情,惟觉樽前笑不成。蜡烛有心还惜别,替人垂
> 泪到天明。(《赠别》)
> 青山隐隐水迢迢,秋尽江南草木凋。二十四桥明月夜,玉人何
> 处教吹箫?(《寄扬州韩绰判官》)
> 折戟沉沙铁未销,自将磨洗认前朝。东风不与周郎便,铜雀春
> 深锁二乔。(《赤壁》)

不管是爱情诗也好,抒情诗也好,山水诗也好,咏史诗也好,都极有风神,极其俊丽,充分表现了作者的才华与感情。在晚唐诗人中,他的风格独异:不是卑靡的,而是高华的;不是晦涩的,而是明朗的,在艺术上作出了卓越的贡献。他于唐人诗文最推崇李、杜、韩、柳,大约诗尊杜而文宗韩,但要求自己很严,所以并不妨碍他发挥其独创性。他的许多七言律绝诗都表现了他能以极精炼明畅的语言表达丰富深远的意境和情感,使情景交融、文与境合,达到思想与艺术、形式与内容的完满统一。如:

> 千里莺啼绿映红,水村山郭酒旗风。南朝四百八十寺,多少楼
> 台烟雨中!(《江南春绝句》)
> 烟笼寒水月笼沙,夜泊秦淮近酒家。商女不知亡国恨,隔江犹

唱《后庭花》。（《泊秦淮》）

　　远上寒山石径斜，白云深处有人家。停车坐爱枫林晚，霜叶红于二月花。（《山行》）

这些流传极广的诗表现出作者具有极强的概括力，能以短小的绝句描述整幅风景画，又能抒写出深曲的情感，因此，语言明爽，诗意悠长，而音调铿锵，容易上口，情词感人，久久难忘。至于他的消极放荡的诗，或流连妓馆，纵情声色，或对酒当歌，及时行乐，或且以美丽轻巧的诗句，掩盖其猥鄙轻佻的内容，则是应加排斥的糟粕，不能概予同样的评价。

　　李商隐（公元813—858年），字义山，怀州河内（今河南沁阳）人。他出身没落贵族的小官僚家庭。少有才华，善古文，二十五岁中进士，为集贤校理，后以牵入"牛、李党争"被排挤，在官场上一直不得意，遂抑郁而终。他是一个颇有政治抱负的人，其思想态度自不能不反映到作品里，但因其写诗善用典故，绮密瑰妍，遂致辞意深晦，难于理解。他也有采用赋体的篇章，如《行次西郊作一百韵》叙述当时战乱及政局纷扰、民生疾苦，就能够充分表达其忧国忧民的深厚激切之情。尤其诗的后段说："我听此言罢，冤愤如相焚。……我愿为此事，君前剖心肝。叩头出鲜血，滂沱污紫宸。"然而"九重黯已隔，涕泗空沾唇"。这个世界是："使典作尚书，厮养为将军，慎勿道此言，此言未忍闻。"这与杜甫《咏怀五百字》及《北征》极相似，无怪后人说唐代学杜者惟李商隐一人，盖指此类。

　　他自伤不遇，无力回天，但对政治是有他的见解的，他认为国家的治乱，"在人不在天"。《咏史》说："历览前贤国与家，成由勤俭破由奢。"由这一认识出发，所以对统治阶级的荒嬉生活，极端痛恨。他写了不少政治讽刺诗，都是有进步意义的，《马嵬》一篇尤其精炼概括，意义深刻：

　　海外徒闻更九州，他生未卜此生休。空闻虎旅传宵柝，无复鸡人报晓筹。此日六军同驻马，当时七夕笑牵牛。如何四纪为天子，不及卢家有莫愁！

此外，《富平少侯》、《日高》、《隋宫》、《南朝》、《华清宫》、《贾生》等，或指斥现实，或借古讽今，都是好作品。

　　但当他受到打击，长期失意之后，就不免消沉软弱，丧失斗志，反映在诗里也多是彷徨惆怅无可奈何的情绪，如：

　　一岁林花即日休，江间亭下怅淹留。重吟细把真无奈，已落犹

开未放愁。……(《即日》)

　　寻芳不觉醉流霞,倚树沉眠日已斜。客散酒醒深夜后,更持红
烛赏残花。(《花下醉》)

这样没落情绪,正是唐帝国衰微在诗人思想上的反映。他的《登乐游原》便
是一个具体的说明:

　　向晚意不适,驱车登古原。夕阳无限好,只是近黄昏。

　　李商隐的爱情诗在他的集子中占很大比重,而且也是他最好的一部分
作品。《夜雨寄北》是怀念妻子的:

　　君问归期未有期,巴山夜雨涨秋池。何当共剪西窗烛,却话巴
山夜雨时。

一往情深,与杜甫在鄜州所写的《月夜》,同是有名的"忆内"诗。他结婚十二
年,妻子死去,先后写了很多"悼亡"诗,极凄楚动人,如《房中曲》便是。而
《锦瑟》诗向被人认为难解,现在多数人的意见也肯定是悼亡之作,看来是
对的:

　　锦瑟无端五十弦,一弦一柱思华年。庄生晓梦迷蝴蝶,望帝春
心托杜鹃。沧海月明珠有泪,蓝田日暖玉生烟。此情可待成追忆,
只是当时已惘然。

他的爱情诗往往以《无题》标题,写出男女恋爱中的复杂微妙心理,感情真
实,刻画细致,至今为人传诵,如:

　　来是空言去绝踪,月斜楼上五更钟。梦为远别啼难唤,书被催
成墨未浓。蜡照半笼金翡翠,麝熏微度绣芙蓉。刘郎已恨蓬山远,
更隔蓬山一万重。(《无题四首》之一)

　　相见时难别亦难,东风无力百花残。春蚕到死丝方尽,蜡炬成
灰泪始干。晓镜但愁云鬓改,夜吟应觉月光寒。蓬山此去无多路,
青鸟殷勤为探看。(《无题》)

在封建社会里,他对于一些受鄙薄受侮辱的女子,能够以比较平等的身份,
表示自己的热烈感情,应该说是大胆的,是对封建礼教的无视,具有一定的
叛逆性。但也必须指出,他的这种感情,完全是士大夫阶层的,带有很大的
色情成分,是建筑在一夫多妻制的基础上的,是他没落贵族的阶级地位的反

映，不是很健康的。同时，也要看到，他的爱情诗，有些并非实有其事，或者并非实有其人，只不过自己暴露其对于爱情的理想或幻想而已，《无题二首》《楚宫二首》之一，都是此类。过去很长时期，有许多研究者都把他的这类"无题"或以诗首两字为题（如《锦瑟》）的诗认为是继承屈原，以美人香草寄托政治感情，认为是政治诗，如他在《谢河东公和诗启》里所说的："为芳草以怨王孙，借美人以喻君子。"我们则认为有些可能是，如"万里风波一叶舟"，如"何处哀筝随急管"等；而有些则分明就是写爱情的，如上举各首。如果硬要仔细推敲，甚或强加附会，都说是有政治寄托，则实极牵强，反而更难理解。相反的，还是就作为爱情诗来看，倒确实是极细密、极深刻、极巧妙的好诗。

李商隐的浪漫主义创作方法在爱情诗中表现得最为明显。有时他写得过于隐晦，使人不能捉摸到他的真意所在，那是因为他喜欢用典和采取象征的手法。这两种手法都不是不可用的，但用典过多过僻，以致"语工而意不及"，就难免导致形式主义；象征如止于比兴，当然便是好的，但若过于迷离，成为难解的谜语，却又是毛病了。这两个方面，都不能说不是他的诗歌艺术的缺点，给后人带来很坏的影响。虽大部分应由学之者自己负责，而追溯来源，他毕竟是开创这种风气的人。

和李商隐并称为"温、李"的温庭筠，在诗上远不及"小李、杜"（晚唐李、杜，指李商隐和杜牧），但他以"词"对晚唐五代发生了重大影响。这里先介绍他的诗歌。

温庭筠（公元812—870年），本名岐，后改庭筠，或作庭云，字飞卿，太原祁（今山西祁县）人。祖彦博，曾拜相，所以他是贵族家庭出身。少敏悟，精音乐，"能逐弦吹之音，为恻艳之词"。史称其"士行尘杂"。他数举不第，颇抑郁，遂任意讥讽权贵，以是屡遭贬黜，以致困顿终身。

他的诗大抵皆绚烂绮丽，毫无时代气息，更未反映现实，是一个严重地脱离现实的唯美主义诗人。略有可取的是那些自述身世的抒情诗和吊古伤今的作品，感情还比较真实，写景也有独到之处，如《商山早行》：

晨起动征铎，客行悲故乡。鸡声茅店月，人迹板桥霜。槲叶落山路，枳花明驿墙。因思杜陵梦，凫雁满回塘。

实在说来，就像这样比较为人们所称赏的作品，也只有个别佳句，如"鸡声茅店月，人迹板桥霜"，而全篇却并不相称。尤其意境衰飒，情调低沉，令人感到萎靡不振。其他大抵类是。《烧歌》一篇算是仅有的反映现实的作品，但其中也颇多与现实无关的单纯描写景物的诗句，因而削弱了现实意义，不能算成功的作品。

韦庄（公元836—910年），字端己，京兆杜陵（今陕西长安县）人，玄宗时宰相韦见素之后，诗人韦应物四世孙。他虽出身世家，但已没落，少年丧父，家业贫寒。黄巢起义时，他已四十岁，后来他曾写一篇《秦妇吟》，述起义军占领长安时的情景，长达一千六百余言。公元883年开始游江南，以后就到处漂泊，直到五十八岁，又入京应试，落第，次年（公元894年）再试，始及第。后以中原多故，入蜀依王建。唐亡之后，他已七十二岁，劝王建称帝，是为前蜀，自己做了宰相，定开国制度，越三年而死。《浣花集》今本存诗三百二十三首，词五十五首。

他的诗对唐末社会情况多有反映，但他站在反动统治阶级立场，对农民起义军肆意诬蔑，不免歪曲事实，作错误的叙述。最主要的长篇叙事诗《秦妇吟》基本观点是极其反动的，但从中也可以看到起义军对统治阶级仇恨之深与唐王朝崩溃时的一些实况。他以"陷贼"（指黄巢起义军）三年的一个秦妇为全诗故事的主人公。无论作者怎样痛恨义军，向往反动统治的唐王朝，但事实毕竟不能全部抹杀，所以其中也还有反映了现实的，如："仍闻汴洛舟中绝，又道彭门自相杀。野色徒销战士魂，河津半是冤人血。"他自己当时就把这篇诗从集子里删掉，只是近年在敦煌石室中才发现了它。他的诗集里也还有少数较有现实意义的好诗，但他总的立场却是反人民的，不能给予很高的评价。而在晚唐五代这个时期中，他的诗语言洗炼，形象鲜明，还得算是一个较重要的诗人。

除上述的以外，晚唐五代诗人较著名的，有接近杜牧的张祜，接近温、李的韩偓、吴融和唐彦谦，还有以骈文著名的段成式及在诗评上以《诗品》为世所重的司空图。其余作者，李群玉、马戴、许浑、项斯、朱庆余、李咸用、陈陶、方干、郑谷，也各有少数可传的作品，但成就均尚不及杜、李、温、韦。至若五代诗僧贯休有《禅月集》，齐己有《白莲集》，其诗全是出世的，清苦之趣多，现实意义少，我们不能予以太高的评价，这里就不一一介绍了。

第九章　唐代民间文学

第一节　唐代民间歌谣

唐代民间文学形式多,作品数量大,反映的社会面非常深广,对文人作品影响极巨,值得特立专章来研究。

首先是民歌民谣。和历代一样,这些民间口头流传的歌谣往往深刻地反映现实,直接地斥责或委婉地讽刺统治阶级,遂为他们所不喜,因而有意识地加以禁止、销毁或窜改,或者根本不予重视,未能记录下来,遂大部分失传或失掉本来面目。但是尽管如此,我们还可以从这仅存的一小部分中看出民间歌谣的原型和它们所含蕴的丰富内容与真实情感。这些东西比后起的以市民文学为主的民间新文体更有现实意义。

较早期的,如高宗李治晚年欲行"封禅",夸耀"功德",曾于调露年间(公元 679 年)准备封中岳,而突厥叛;后又计划,复值吐蕃入侵,两次均未实现。永淳年间(公元 682 年),又幸嵩岳,才到山下,未及行礼,得病而还,甫抵宫就死了。史谓先有童谣云:

> 嵩山凡几层,不畏登不得,只畏不得登。三度征兵马,傍道打腾腾。

这分明是嘲笑李治,而伪托事先就有此童谣,以免官府说老百姓诽君谤上而遭到迫害。这时中书令李敬玄为元帅,讨吐蕃,闻前军败,便狼狈而走,其他将领王杲、曹怀舜等也都惊退逃回。老百姓有歌谣嘲骂他们道:

> 洮河李阿婆,鄯州王伯母。见贼不敢斗,总由曹新妇。

完全是民间语言,老百姓的口吻,毫无文人造作的痕迹。也是永淳这年夏,洛阳一带大雨为灾,河水泛滥,人多饿死,童谣反映当时人民苦难极深刻而全面:

　　　　新禾不入箱,新麦不登场。迨及八九月,狗吠空垣墙。

　　武则天时,选举太滥,官僚机构庞杂,到处吮吸人民膏血,有歌谣云:

　　　　补阙连车载,拾遗平斗量。把推侍御史,盌脱校书郎。

有一个举人名沈全交,又给续了四句道:

　　　　评事不读律,博士不寻章。糊心宣抚使,眯目圣神皇。

续的四句,只说这些官不懂本行业务,用非其人,与原谣主要讽刺官多而滥
不尽相同,但竟遭到忌恨,被御史纪先知奏了一本,劾其诽谤朝廷之罪,可见
这种嘲讽实在刺痛了统治阶级。同样的《选人歌》专嘲讽“眼不识字,手不解
书,滥掌铨衡,曾无分别”的姜侍郎晦:

　　　　今年选数恰相当,都由座主无文章。案后一腔冻猪肉,所以名
　　为姜侍郎。

这比喻真是形象极了,极尽嬉笑怒骂之能事,虽指名嘲弄这个具体人物,其
实也批评了当时负责整个选举制度的铨选的朝廷。

　　人民对昏庸贪墨滥施刑罚的官吏痛恨已极。泽州都督府法曹王熊断案
视贿赂多寡为轻重,百姓作歌云:

　　　　前得尹佛子,后得王癞獭。判事驴咬瓜,唤人牛嚼沫。见钱满
　　面喜,无镪从头喝。常逢饿夜叉,百姓不可活。

这样刻画贪官污吏,既尖锐,又逼真,既形象,又幽默,确是很高妙的。

　　唐玄宗宠善斗鸡的小儿贾昌,昌父死于泰山下,县官为置葬器丧车,并
派人从泰山挽丧车送到雍州归葬。当时人称昌为“神鸡童”,并作歌谣唱道:

　　　　生男不用识文字,斗鸡走马胜读书。贾家小儿年十三,富贵荣
　　华代不如。能令金距期胜负,白罗绣衫随软舆。父死长安千里外,
　　差夫侍道挽丧车。

　　到唐末僖宗李儇时,帝国已濒崩溃,统治者还要征兵,打算以武力挽回
颓势,民间有童谣云:

　　　　八月无霜塞草青,将军骑马出空城。汉家天子西巡狩,犹向江
　　东更索兵。

人民已看清大局,这里乃以讥讽的口吻,表示他们拒绝应征,并谓天子西巡,

将军出走,还向江东索兵,谁理会你们!

第二节　唐代民间辞赋

敦煌千佛洞所藏的民间文学作品中,有民间俚曲小调、长篇叙事诗和长篇民间赋,这里归纳为"民间辞赋"。

俚曲小调如《五更转》《十二时》《百岁篇》之类,篇数虽近三百,分析起来,实只三调,而可统名为"定格联章"。此类大抵为劝人信佛之词,可能是和尚们利用民间曲调所作。这里也杂有对于现实生活的反映或关于处世道理的劝诫。也有与佛道毫无关系的,如写征人不归,思妇怀念的《五更转》,其感情便十分缠绵,试举一段:

> 一更初夜坐调琴,欲奏相思伤妾心。每恨狂夫薄行迹,一过抛
> 人年月深。君自去来经几春,不传书信绝知闻。愿妾变作天边雁,
> 万里悲鸣寻访君。

《十二时》也有写"天下传孝"、"发愤读书"等题材的。即题为"普劝四众,依教修行"的,其中也有反映现实的段落,如:

> 鸡鸣丑,曙色才能分户牖。富者高眠醉梦中,贫人已向尘埃
> 走。或城隍,或村薮,矻矻波波各营构。……

《百岁篇》有《丈夫百岁篇》、《女人百岁篇》,根本就不是宣扬佛教的。此外,还有《十恩德》和《十二月相思》,也是"定格联章",但曲调又与上三种不同。一般说,这类"定格联章"词本是以同一格调的若干章联缀在一起,咏同一题目的几个段落,如《五更转》的五章和《十二时》的十二章便是。但似乎也有变体,其各章格律不尽相同,甚至变化很大,那就不知道是否另属一类,或者是"定格联章"的进步形式了。

其次,长篇叙事诗存者有《太子赞》、《董永行孝》及《大汉三年季布骂阵词文》。有人不把这些作品当作长篇叙事诗,而把《太子赞》当作《太子五更转》,把其他两篇当作"变文"。其实,民间俗文学形式变化很大也很自由,相似处很多,本难于严格划分。《董永行孝》本事最早见于汉刘向《孝子传》,后来晋干宝《搜神记》卷一也有一段记述,流传很广。敦煌所出句道兴撰《搜神记》一卷,也载此条,文字略同,但有些地方已改为浅近的口语。至于这篇叙

事诗则很像近代的大鼓词,通篇以七言为主,间有衬字,故事内容也与前举本事不尽相同,略有增改,如它在篇末说仙女为董永生下小儿,名叫董仲。董仲七岁寻母,经卜者孙宾指引,终于找到了,但到天上后,又放他下凡,给他一个金瓶,竟把孙宾的天书烧掉,以致此后人间永远不能知道天上事。这便与后世以同一题材写的小说戏剧很相近,可见它的影响之大了。

最好的一篇长篇叙事诗是《季布骂阵词文》,它全用七言韵语,没有说白,所以有人认为本是变文而省掉说白的。季布事见《史记·季布栾布列传》。这篇诗把季布"数窘汉王",夸张地描述成骂阵,然后叙汉王定天下,搜捕季布,季布设计不但救出自己的生命,而且得到富贵。全篇曲折尽致,层层深入,布局紧严,无懈可击。此外,还有一篇题曰《季布诗咏》,其形式似乎介于长篇叙事诗与变文之间,但明是写张良事,不知何以题为"季布诗咏"。这类体裁也有变化,有的先写引词,跟着是一大段诗歌,然后又接一小段叙述,再接上一大段诗歌,恐怕就更接近后来的变文了。

敦煌文献中还有三篇民间赋,是一种长篇叙事的幽默和机警的小品韵文,是民间利用文人赋体写的游戏文章,实际上正是以轻松的笔调、通俗的语言,对现实进行严肃认真的讽刺。这三篇赋是《韩朋赋》、《晏子赋》和《燕子赋》。

《韩朋赋》是把民间流传并早在晋干宝《搜神记》中就已写过的韩凭夫妇故事发挥衍化而成,情节曲折,比故事原形已大有发展,而处处合情合理,极为动人。开篇叙少年韩朋将远游做官,恐老母无人陪伴,遂娶贞夫为妻。贞夫美慧,两人情感极笃,相誓终身。第二节叙韩朋出仕于宋,六年不归,贞夫寄书,写得非常缠绵,韩朋得信,意感心悲,三日不食。其书云:

> 浩浩白水,回波如流,皎皎明月,浮云映之。青青之水,冬夏有时,失时不种,禾豆不滋。万物吐化,不违天时,久不相见,心中在思。百年相守,竟好一时。君不忆亲,老母心悲。妻独单弱,夜常孤栖,常怀大忧。盖闻百鸟失伴,其声哀哀,日暮独宿,夜长栖栖(凄凄)。太山初生,高下崔嵬,上有双鸟,下有神龟,昼夜游戏,恒则同皈(归)。妾今何罪,独无光晖?海水荡荡,无风自波,成人者少,破人者多。南山有鸟,北山张罗,鸟自高飞,罗当奈何?君但平安,妾亦无他。

韩朋打算回家,还没得机会,因"怀书不谨,遗失殿前,宋王得之,甚爱其言",

于是悬赏征求能取得韩朋妻者。梁伯应征,用诈术去迎接贞夫,使者说是韩朋之友,有根有据,阿婆相信了,贞夫却有点怀疑,但不敢指破,怕婆母不信,故此先说昨夜做了一个恶梦,然后才说:"客从远来,终不可信,巧言利语,诈作朋书。"并请婆母回答来客,说妇病在床,不能远去。使者对曰:"妇闻夫书,何故不喜?必有他情,在于邻里。"把贞夫气得"面目变青变黄",只好辞别婆母,跟着使者上道。第四节写贞夫被骗入宫,憔悴不乐,卧病不起,严正地表示:"妾是庶人之妻,不乐宋王之妇。"宋王无法,梁伯又出坏主意,恶毒地残害韩朋,打掉他两个门牙,令作苦役。"贞夫闻之,痛切肝肠,无时不思",请于宋王,要去观看,看后裂裙帛,取齿血,作书射给韩朋。韩朋自杀了。下葬时,贞夫跳入圹穴同殉。最后,宋王在墓中得青白二石,令埋于道之东西,东生桂树,西生梧桐。宋王伐之,三日三夜,血流汪汪,变成一双鸳鸯,高飞还其本乡。落下一根羽毛,宋王拾来拂衣,大有光彩,又用来拂颈,头即落下。"未至三年,宋国灭亡;梁伯父子,配在边疆。"这样结局,是我国古典文学中浪漫主义的处理方法,最能表现韩朋夫妇也就是普通人民强烈的斗争性与反抗强暴的战斗精神。全篇突出地刻画了贞夫的坚强不屈,忠于爱情的纯洁、善良、真挚、聪明而机智的形象,并给予热情的歌颂;对宋王及梁伯的残暴丑恶,则予以严厉的鞭挞,给予应得的下场,都是符合人民的愿望的。

《晏子赋》是一篇寓言故事,也很令人喜爱。《晏子赋》写晏子使梁的一些机警辞令,故事不出一书,但作者竟能集合在一起,写得非常巧妙自然,也是很难得的作品。与此相类的赋体文还有《齖䶗书》一卷,与宋人话本《快嘴李翠莲记》内容相似,写得不怎么好,却也反映了民间婚姻制度的不合理,有一定现实意义。

第三节　唐代变文

敦煌石室中发现很多篇久已失传的文体——变文写成的作品,和后代的弹词类似,一般是有说有唱的说唱体,而内容则多数取材于佛经,后来也有不少取材于民间传说和历史故事,甚而有取材于现实社会生活的。

变文这种说唱文学早在齐梁时代就产生了,而盛行于唐,因此,它是从4世纪起到10世纪末这六百多年间流传于民间的文学形式。最初是僧徒在寺院的"乐招会"(带有游艺场性质的庙会)中宣传佛教教义,而利用艺人的生动感人的说唱内容与技艺招揽听众。梁时僧人有"转经"、"唱导"二科,都以"化俗"为务。俗讲变文有说有唱,基本上就是这两种的混合发展。至于变文的渊源,在南朝清乐中即有所谓变歌及以"变"命名的"子夜"、"欢闻"、"长史"诸曲,其篇章的组织结构相当复杂,往往多至数百言,非普通乐歌所能仿佛。唐代变文既亦可以配乐,则其最初或即出于清商乐中变歌之一类。如此推测可以成立,则变文这种文体显然不是从什么外国移植来的,而是在中国已有的民间文学形式的基础上,受到佛教宣传文学的一些影响,发展变化而形成的。

现存变文多是佛经故事,但重点放在故事上,而并不在乎经义,故其中有些作品带有浓厚的生活气息,故事情节、人物形象,皆生动有趣。但其思想毕竟是宗教的,充满了因果报应、地狱轮回,以及人生无常等消极迷信的东西。较好的如《目连救母》中的目连这个人物一直在后来很多文艺作品中被刻画着、流传着,受到广大人民的喜爱。其他如《降魔变文》和《维摩诘经变文》也都很曲折动人。

变文中真正是民间文学作品的,还是它经过发展演变后,完全脱离佛经,而向教外文史书传、民间传说、现实社会寻求题材所编写成的。现在所见的敦煌变文,有说《列国志》《汉书》的讲史;有说《唐太宗入冥记》的灵怪小说;有说唐末西北地区名将张义潮和张淮深的铁马金戈传闻。这些形式,显然是宋元说话人各种家数的话本的前身了。

唐代变文,就现存资料看,都是散韵夹杂、唱白并用的,所以我们认为它是说唱文学。有的先用散文叙述整个故事,再用韵文从头歌唱,如《降魔变文》是;有的韵散交杂使用,成为混合形式,不可分割,如《伍子胥变文》是;有的只用散文作全篇或一大段的引子,而主要情节则是以韵文详细叙述,歌唱到底,或唱完这一大段,如《大目乾连冥间救母变文》是;有的纯用散体,没有韵文唱词,如《秋胡变文》是。变文中的韵语以七言为主,可加衬字,其中也偶有夹杂三、五、六言句的;散文部分也有时杂以骈俪句。而总的说来,无论唱词或说白,其语言一般都是接近口语的。

从思想内容看,以历史故事或民间传说为题材的,价值最高,也最受人民欢迎,因为它们的现实性和战斗性都很强。如《伍子胥变文》写伍子胥英雄的一生,也正是反映了人民群众不屈不挠的反抗意志。作者把伍子胥的仇恨当作人民的仇恨看待,所以天地江山均为感泣,兵众、士庶咸表凄怆。

显然,这对于广大人民是有很大的鼓舞作用的。《孟姜女变文》是以民间传说的孟姜女万里寻夫、哭倒长城的故事为题材,而加以渲染创作出来的,也深刻地反映了封建统治所强加于人民的残酷徭役,从而借孟姜女责骂秦始皇的语言来向唐朝的统治者进行控诉。《秋胡变文》残本,除一首五言六句诗外,别无韵语,可能原来就是只说不唱的,与《舜子变》、《庐山远公话》及《唐太宗入冥记》等相同,完全类似宋元的话本。秋胡故事始见于刘向《列女传》,但民间传说已改变了很多。这篇更作了很大的渲染:不但故事曲折复杂,深刻得多,而且把秋胡和其妻这两个人物形象塑造得更为鲜明,更加典型化了。秋胡妻对秋胡指责两大罪状——于家不孝,于国不忠,充分表现她和他之间在道德品质上的尖锐对立,也正是鲜明地表达人民大众的爱憎感情和平等的夫妇关系。《张义潮变文》和《张淮深变文》都是歌颂当代政治人物,反映现实社会生活的,在这些作品里,人们对于自己所敬爱的英雄,给予了热情的歌颂,因为他们保护了人民的利益。

变文不只结构宏伟、巧妙,情节复杂而且合理,还有另一个突出的特点,即想象力特别丰富。不论什么题材,它都能就原故事作高度的演化,增添许多动人的细节,使人物性格更为突出,因而反映主题也更加深刻。变文以使用人民大众的口语为主,间也于经变中采用佛曲词汇,故语言通俗、丰富、亲切,富有生活气息,令人感到清新、自然。又因它是说唱文学,故音乐性强,声调流畅,琅琅上口。它对当时及后世许多作家都有很大影响,对千余年来民间文学的各种体裁也都起了开路先锋的作用,即对于文人作品的小说、戏曲等,也在形式上和内容上给予了极重要的启示。

第四节　唐代民间歌词、曲词和敦煌曲子词

唐代民歌曲词,各地不同,而不同性质的劳动也各有其惯唱的曲调,并且随时创造有新的曲词,流播传唱。刘禹锡《竹枝词序》说:"四方之歌,异音而同乐。"正可见其变化之多。此外,农人有《田中歌》,舟人有《欸乃曲》,《杨柳枝》本有"古歌旧曲",《何满子》则是满子临刑时所新制。可见旧曲继续传唱,新曲又不断产生。这些民歌和俚曲,随着都市繁荣及市民阶层的需要而进入城市,为歌妓娼女所习唱,并加以发展,注入城市的血液和市民生活的某些色彩,于是更加繁荣了。

今所见唐代民间曲辞只有在敦煌石室中所发现的敦煌曲子词。据王重民辑《敦煌曲子词集》，从敦煌所出三十二个残卷中共录得曲子词二百十三首，相互校补，除去重复，定著为一百六十二首。而任二北《敦煌曲初探》则收得名辞俱存者，调五十六，辞五百十一首，再加上辞存名佚者十调，三十四首，共得五百四十五首，其中普通杂曲二百二十七首，"定格联章"二百九十八首，及"大曲"二十首。据《初探》所得，他认为作辞之时代大概可考者约八十三首，其中盛唐五十四首，是最多的，中唐十一首，晚唐十首，五代八首。又辞有作者主名的五人，其他盖"普遍于当时社会之各阶层、各职业，各方面同时分别写作，自由发抒，蔚成民间里巷之音乐文艺，……非任何一种人所能包办代作。乐工歌妓则于此中采撷运用而已。……文人于此，亦仍以民间立场，有相当努力"（《敦煌曲初探·撮要》）。所以敦煌曲子作风，各派皆备，其内容则"富有社会之实际性，与《尊前》、《花间》恰如其名，为有闲阶级之享乐文艺者，显然有别"（同上）。它们反映了民间疾苦、怨思、别离、羁旅、感慨、隐逸、爱情、妓情、闲情、志愿、豪侠、勇武、颂扬等等，也有一些反对战争的曲词。

反映战争给人民带来痛苦，因而产生怨怒之情，如：

> 十四十五上战场，手执长枪，低头泪落悔吃粮，步步近刀枪。
> 昨夜马惊辔断，惆怅无人遮拦。（下缺）……（失调名）

这词与盛唐以来反战诗篇同样有力，而质朴、生动尤有过之。《捣练子》四首演孟姜女送寒衣的故事，虽是反对劳役的，实也与统治阶级开疆拓土的野心有关，反苦役正是反战争的另一表现：

> 孟姜女，杞梁妻，一去燕山更不归。造得寒衣无人送，不免自家送征衣。
>
> 长城路，实难行，乳酪山下雪纷纷。吃酒只为隔饭病，愿身强健早还归。
>
> 堂前立，拜辞娘，不觉眼中泪千行。劝你耶娘少怅望，为吃他官家重衣粮。
>
> 辞父娘了，入妻房，莫将生分向耶娘。君去前程但努力，不敢放慢向公婆。

三、四两首是儿子服役辞别时的情况，应在一、二两首之前。这些词与前所引录的一首同是抓住一个最突出的场面来描写的。它们通过人物的言语行动,刻画其反对战争、怨恨统治阶级的感情与心理,真实确切,文字通俗,故尔显得特别生动。《洞仙歌》两首写闺中思妇"恨征人久镇边夷"。《恭怨春》(即《献忠心》调)则完全描写闺怨,而丈夫却是"萧郎好武,累岁长征,向沙场里抡宝剑,定榫枪"。《雀踏枝》风格新颖,完全借喜鹊报喜作为线索,以表达思妇的心理状态:

> "叵耐灵鹊多瞒语,送喜何曾有凭据? 几度飞来活捉取,锁上
> 金笼休共语!" "比拟好心来送喜,谁知锁我在金笼里。愿他征夫
> 早归来,腾身却放我向青云里。"

这首词极幽默、生动,用汉乐府民歌的拟人法,让思妇和灵鹊一问一答,语言活泼,想象力强,实非文人作品所有。表达思妇闺怨之情的,还有《风归云》两首,写得也极其深透。《菩萨蛮》写一个"老尚逐经才"的儒生,忧伤战争,渴望和平。另一首《雀踏枝》(雀或作鹊)写征人思乡,虽未说明他为什么做了他邦客,但看来确是被迫,而非出于自愿,也表明了他对时代的怨愤不满。

另一方面,敦煌民间曲子词中,也有反映人民的爱国热情的。西北地区,外族不断入侵,蹂躏中国领土和人民,因此有些曲词歌颂英勇善战的卫国健儿;除此以外,也还有通过别的题材表现爱国思想的。《菩萨蛮》:

> 敦煌古往出神将,感得诸蕃遥钦仰。效节望龙庭,麟台早有
> 名。　　只恨隔蕃部,情恳难申吐。早晚灭狼蕃,一齐拜圣颜。

这反映了中唐以后因吐蕃势力扩张而与内地隔绝的敦煌人民向往故国的热情。《剑器词》第二首塑造了一个英勇善战的英雄形象,鲜明如画,语言亦极通俗:

> 丈夫气力全,一个拟当千,猛气冲心出,昔(视)死亦如眠。
> 率率(常常)不离手,恒日在阵前,譬如鹘打雁,左右悉皆穿。

《望远行》对为国立功的少年将军大加歌颂。《生查子》二首,也是歌颂为国尽忠的英雄,都写得很明快。

还有一些嘲讽儒士只知攻书学剑,而一遇敌人入侵,却束手无策,如《定风波》二首之一"攻书学剑能几何"便是。它说:"四塞忽闻狼烟起,问儒士,谁人敢去定风波。"这直与高适《塞下曲》"大笑向文士,一经何足穷",及李白《少年行》"衣冠半是征战士,穷儒浪作林泉民",有异曲同工之妙。也有替儒士辩护的,如《定风波》二首之二"征战倭儸未足多"及《浣溪沙》(一作《浪涛

沙》》"却挂绿襕用笔章",都是。还有表现士不得志,愤懑退隐的词,如《浣溪沙》"捲却诗书上钓船"即是。

唐代商业发达,作客江西的大小商人很多,反映他们背井离乡的生活,有苦有乐,亦各不相同,如《长相思》三首,分别描写"富不归"、"贫不归"和"穷不归",虽境况不同,但都不正常,又都是符合现实的。如第二首:

> 作客在江西,寂寞自家知。尘土满面上,终日被人欺。朝朝立
> 在市门西,风吹泪点双垂。遥望家乡长短,此是贫不归。

这是多么悲凉的境况啊!

民间词中更多写男女恋情,如《菩萨蛮》表现爱情专一,信誓旦旦,手法与汉乐府《上邪》完全相同:

> 枕前发尽千般愿,要休且待青山烂,水面上秤锤(锤)浮,直待
> 黄河彻底枯。　白日参辰现,北斗回南面,休即未能休,且待三更
> 见日头。

它用自然界根本不可能有的现象作比拟,表示自己永不变心。上片提出三件,下片又提出三件,说除非天地都变了,自己的爱情是不能转移,不能罢休的。写法与《上邪》也完全相同,可见这确是民间文学一脉相承的传统的表现手法。《望江南》表现女子盼望丈夫归来,而恨其在外别寻所欢,对自己负心:

> 天上月,遥望似一团银。夜久更阑风渐紧,为奴吹散月边云,
> 照见负心人!

另一首《望江南》描写妓女的悲哀和愤激心情:

> 莫攀我,攀我太心偏。我是曲江临池柳,者(这)人折了那人
> 攀,恩爱一时间。

这是妓女沉痛的自怨,也是对那个封建社会的有力的控诉。这样认识是受了长期折磨以后才取得的。《抛球乐》说,"当初姊妹分明道,莫把真心过与他",自己不听,落得今天"珠泪纷纷湿绮罗",方信"少年公子负恩多","仔细思量",还是"淡薄"一些为妙。她们明白了以后,悔之不及,竟不知流了多少眼泪。《天仙子》说:"泪珠若得似真珠,拈不散,知何限,串向红丝应百万!"

由上所述,可见民间曲子词题材广泛,远不似这时的文人词只限于写男

女艳情。但这些作品主要是市民阶层的,故所反映的也多属于这方面人物的生活现实。从艺术技巧上看,它们富于天真的想象,善于用夸张的手法,所以多带有乐观的浪漫主义色彩。《浣溪沙》写撑船时的感觉,说:"看山恰似走来迎,仔细看山山不动,是船行。"构思多么细腻,又多么真实、自然!曲子词语言朴素、清新,韵律也不像文人作品那样拘束,既可用地方口语声韵,又可酌加必要的衬字,与元明以后的南北曲及俚曲民歌一样,所以称它为曲子词是非常恰当的。它被文人看上了以后,袭取拟作,遂成为唐、五代词,再经演变,遂成为宋代文人作品主要形式的宋词,其影响之大可以概见。

第十章　唐五代文人词

第一节　词的起源和唐代早期的文人词

　　词是广义的诗的一体,是乐府诗的一种,是曲子的词,一般以曲谱为依据,按一定曲调制辞,也就是按谱填词。词这种体裁并非文人所创造,而是起源于民间的。如果抛开民间俗曲来研究词,就不可能找出它的真正渊源。

　　最初,乐曲歌辞本是一事,词与曲是一件事物的两个方面。自从词这个名称专用来指文学的一种体裁以后,词渐脱离它本来的音乐关系,单独成为案头文学,而不再是人们配合音乐歌唱的曲子的歌辞了。自有曲子词时起,词曲本是不能分的,如宋翔凤在《乐府余论》中所说,直到"宋元之间,词与曲一也",只是"以文写之则为词,以声度之则为曲"。刘熙载在《艺概》里说得更明白:"词曲本不相离,惟词以文言,曲以声言耳";"其实辞即曲之辞,曲即辞之曲也"。

　　词与诗是否有区别,其区别是否即如一般所认为的前者是长短句,而后者是齐言体呢?从词的起源来看,并不如此。古今乐曲歌辞向来都齐言与杂言并用,没有词以前的乐府诗固然多五、七言体,但也有长短句体;词体兴起之初,虽多系长短句,但齐言的也并不少,《尊前集》共收二百八十九首词,其中齐言的即有一百三十五首,将近半数;《花间集》五百首中也有齐言体作品一百零八首之多。于此可见,唐五代早期的词与乐府歌行有关。在形式上,诗、词并无区别,区别只在于有声无声,歌与不歌,合乐与不合乐而已。

　　唐代燕乐承隋之后继续发展,所以唐代乐曲歌辞自当与隋代乐歌有渊源关系,故此,说词源出于乐府并不算附会。齐、梁清乐曲辞已多长短句,至隋而益形成熟。《碧鸡漫志》说"盖隋以来,今之所谓曲子者渐兴",就是指曲子词而言。可以说:"词起于唐人,而六代已滥觞也。"

唐代音乐受外来影响最深,这时胡乐夷曲不只"大盛于闾阎",而且早已进入宫廷,代替了国乐的楚汉旧声,乐曲比前代丰富多了。但至盛唐之时,民间歌者还多歌五七言体的诗,甚至到中晚唐时期,齐言体的曲子词仍与杂言的长短句并行而为乐曲歌辞。而敦煌曲子词的牌调也多六朝旧曲,或为隋代及初盛唐所制的新调,无论齐言或杂言,均不自中唐才产生。过去学者谓长短句词盛唐未尝有,或谓盛唐文人未尝采用,并指张志和的《渔歌子》,刘禹锡、白居易的《忆江南》,为长短句词之创始,实在是错误的。我们以敦煌诸曲多有盛唐作品证之,其说可不攻自破。只是初盛唐时,文人还未敢公开写作词曲;偶有所作,皆付与乐工歌伎,流传民间。大约他们限于礼俗,不敢自承,凡所为词均未收在诗集中,因而也未被选家注意编选,或选而不传,以致将词的历史无形中缩短了二百年。

昔人或谓"词者,诗之余也",认为词是由诗变来的,所以说,填实了诗的"和声"或"泛声",便成为词。其实这看法并不正确,诗与词的关系并非如此。以文言,词也是诗,以声言,凡入乐配曲而可歌的诗,无论齐言或杂言,无论古乐府体或唐代的五、七言近体诗,都应该认作乐曲歌辞,与词为同等的。所以"词"应该是唐代可歌的新声的总称。

唐代之词与里巷之曲关系极密,这从敦煌曲子词便可以得到有力的证据,它说明了文人词确实渊源于民间的曲子。刘禹锡、白居易、贺知章、顾况等所作《竹枝》,明言摹拟民歌;元结《欸乃曲》学的是船夫号子,张志和的《渔歌子》学的是渔歌,这都是十分明显,不待考据的。

唐词较早的作品,除上述外,还有韦应物的《三台》二首,皆六言四句。他又有《调笑》二首(亦名《转应曲》),与戴叔伦的同调词一首,均为最早以词体写边塞生活的:

　　胡马,胡马,远放燕支山下。跑沙跑雪独嘶,东望西望路迷。
迷路,迷路,边草无穷日暮。(韦应物)
　　河汉,河汉,晓挂秋城漫漫。愁人起望相思,江南塞北别离。
离别,离别,河汉虽同路绝。(同上)
　　边草,边草,边草尽来兵老。山南山北雪晴,千里万里月明。
明月,明月,胡笳一声愁绝。(戴叔伦)

更后一点,王建有《宫中三台》二首和《江南三台》四首,则是以《三台》令曲写宫中和江南情事景物的。另外,他还有《宫中调笑》四首,以《调笑令》写宫怨，与其《宫词》为同一内容（惟第四首似写商人妇，稍异），这些都是依旧曲填词的。

唐词早期也有自创曲调的，如大历诗人韩翃和柳氏寄答之词，调名《章台柳》，句式为"三、三、七、七、七"便是。而早在天宝十五载（公元756年，即安史之乱次年），玄宗李隆基逃蜀途中，在路谷下马望秦川，呜咽流涕，然后上马索长笛吹一曲，从官录出，名为《谪仙怨》，后来传到江南，大历中，江南人遂盛为此曲。刘长卿由随州贬睦州司马，在离筵中依此调撰词，吹之为曲。后窦弘余亦以此曲本事另撰《广谪仙怨》。

从上述看来，唐代早期词题材比较广泛，与晚唐之限于男女爱情及离愁别恨者不同。其风格、语言、意境也与乐府民歌及敦煌曲子词极相似，证明了它们之间的渊源继承关系。

到中唐后期，白居易、刘禹锡写词较多，但词调仍限于几种小令，其中以齐言的民歌体为主。这些词大抵是抒写他们对自然景物的眷恋，对美好事物的追求，虽也写过离情别绪，但意境比较清新，形象也还鲜明，而语言活泼自然，都可看出作者学习民歌的巨大成就。如刘禹锡的《潇湘神》之一云：

> 湘水流，湘水流，九疑云物至今愁。若问二妃何处所，零陵芳草露中秋。

又白居易《忆江南》三首之一云：

> 江南好，风景旧曾谙：日出江花红胜火，春来江水绿如蓝。能不忆江南！

他的《花非花》和《长相思》，更是情文相生，为前人所不及：

> 花非花，雾非雾；夜半来，天明去。来如春梦几多时，去似朝云无觅处。（《花非花》）

> 汴水流，泗水流，流到瓜洲古渡头，吴山点点愁。　思悠悠，恨悠悠，恨到归时方始休，月明人倚楼。（《长相思》二首之二）

刘、白的这些词虽然已写得很好，但就词的艺术而言，却还与诗接近，变化并不太大，显然尚未达到成熟期的地步。但它们对文人填词起了很大的促进作用，这是刘、白词的主要贡献。

除以上诸家外，还有更早的相传为李白所作的《菩萨蛮》和《忆秦娥》，艺术成就确实很高。原词如下：

平林漠漠烟如织,寒山一带伤心碧。暝色入高楼,有人楼上愁。　玉阶空伫立,宿鸟归飞急。何处是归程?长亭更短亭。(《菩萨蛮》)

箫声咽,秦娥梦断秦楼月。秦楼月,年年柳色,灞陵伤别。乐游原上清秋节,咸阳古道音尘绝。音尘绝,西风残照,汉家陵阙。(《忆秦娥》)

前一首写游子思归的迫切心情,后一首写即景伤时的忧愤,都十分深刻。而两词声情悲壮,意境苍凉,思绪愤激,韵调高古。它们或通过寒山归鸟、暝色高楼,衬托出游子思乡的情绪,或通过咸阳古道、灞陵垂柳,而引起志士忧国伤时之思,都是极有气概的。自明胡应麟以来,即开始疑其非李白所作,而指为温庭筠或韦庄的作品,说"其气韵不类太白"。我们则以为这气韵正非太白不能有,尤其与温、韦等晚唐五代词人的华艳绮靡风格毫无相同之处。

第二节　温庭筠、韦庄与晚唐五代的"花间"词人

晚唐人传世的词作不多,现在知道的只有:崔怀宝的《筝词》,调寄《忆江南》,情调颇似南朝《子夜》、《读曲》之类;段成式等三人的《闲中好》,亦尚清隽可喜;杜牧有一首《八六子》的艳词,为唐代文人写作慢词之祖。此外,皇甫松、司空图、韩偓、唐昭宗李杰等则是值得特别提出的词人。

皇甫松(一作嵩),字子奇,皇甫湜之子,牛僧孺之甥,生平不详,存词二十二首。其中《梦江南》二首,其一意境颇高,设想亦奇,确为晚唐不可多得之作:

兰烬落,屏上暗红蕉。闲梦江南梅熟日,夜船吹笛雨潇潇,人语驿边桥。

他的《采莲子》二首,写采莲少女天真活泼,憨态可掬,细致尽情,艳而无邪:

菡萏香连十顷陂,小姑贪戏采莲迟。晚来弄水船头湿,更脱红裙裹鸭儿。

船动湖光滟滟秋,贪看年少信船流。无端隔水抛莲子,遥被人知半日羞。

司空图有《杨柳枝》二十首,但已不似刘、白所作那样接近民歌,而显示出文人借此抒情,完全是普通的七言绝句诗了。他只有一首《酒泉子》写其晚年退休后的心境,颇为真实,格调亦高,艺术性强,惟思想消极,美中不足:

买得杏花,十载归来方始坼,假山西畔药栏东,满枝红。　旋开旋落旋成空。白发多情人更惜,黄昏把酒祝东风,且从容。

以"香奁体"诗为世诟病的韩偓存词五首,皆五、七言体的词调,《生查子》二首描写艳情细致生动,刻画心理最为精到,但写的是贵妇人的娇淫,不能算是健康的。另外有《浣溪沙》二首,《木兰花》一首,均属此类,不复列举。

唐末一个遭遇悲惨的皇帝昭宗李杰(后改名晔),存词四首。其《巫山一段云》二首略嫌华艳,《菩萨蛮》二首则感伤家国,备极哀怨,就他的身世地位来说,感情是真实的,因而也比较动人:

登楼遥望秦宫殿,茫茫只见双飞燕。渭水一条流,千山与万丘。　远烟笼碧树,陌上行人去。安得有英雄,迎归大内中。

飘飘且在三峰下,秋风往往堪沾酒。肠断忆仙宫,朦胧烟雾中。　思梦时时睡,不语长如醉。早晚是归期,苍穹知不知?

这些词人的作品题材、艺术,较前期已有显著的进步,但作品都不算多,还不能称为当代词家的代表。真正可认为是晚唐词人代表的则是温庭筠。

温庭筠原有《握兰》、《金荃》二词集,均已亡佚。现在根据可靠的资料整理《全唐诗》及《花间集》等书所存录的温词,尚可得七十篇,为"花间"词人存词最多的。他以晚唐人,而被五代时后蜀赵崇祚在所编辑的《花间集》列为十八家的第一位,并在全集五百首词中选他的作品最多,竟达六十六首,可见五代时一般文人学者便已认为他的词可以作为晚唐五代词的代表,并且其余诸家作品也都是在他的词风的直接影响下产生的。他既是晚唐五代词的代表作家,更是"花间派"的领袖,故研究晚唐五代词,不能不研究《花间集》,并且应该首先研究温庭筠。

他的词是以华艳的辞藻写绮腻的情态与思致,一般并无语言以外的比兴和寄托。若强为附会,反失其真。他的词题材较窄,大抵限于离情别绪,无可奈何的轻喟,不可捉摸的愁闷,与其诗同以恻艳绮靡为尚,而若明若昧,朦胧迷离,较其诗为尤甚。他精于音律,故词作声调特别婉转流美,而香泽馥郁,色彩浓艳,益使其绚烂照人,显示出远离民间曲子词的文人词作风。他是词人中首创"镂玉雕琼"、"裁花剪叶"词风的人。试看:

> 小山重叠金明灭,鬓云欲度香腮雪。懒起画蛾眉,弄妆梳洗迟。　照花前后镜,花面交相映。新帖绣罗襦,双双金鹧鸪。(《菩萨蛮》)
>
> 水晶帘里玻璃枕,暖香惹梦鸳鸯锦。江上柳如烟,雁飞残月天。　藕丝秋色浅,人胜参差剪。双鬓隔香红,玉钗头上风。(同上)

这里用了多少富丽的辞藻!他正是把这些事物罗列起来,使他们在读者眼中和心中组织配合成一个五彩缤纷的画面,从而造成一个境界,烘托出某种情景与思绪。这是他的主要表现手法。

他也有一些抒情比较明朗的作品,如:

> 玉楼明月长相忆,柳丝袅娜春无力。门外草萋萋。送君闻马嘶。　画罗金翡翠,香烛消成泪。花落子规啼,绿窗残梦迷。(《菩萨蛮》)
>
> 玉炉香,红蜡泪,偏照画堂秋思。眉翠薄,鬓云残,夜长衾枕寒。　梧桐树,三更雨,不道离情正苦。一叶叶,一声声,空阶滴到明。(《更漏子》)

另外,还有比较朴素的小词,抒情写景,鲜明清新,形象突出,又能表达出微妙的感情,如:

> 梳洗罢,独倚望江楼。过尽千帆皆不是,斜晖脉脉水悠悠,肠断白蘋洲。(《梦江南》)

温庭筠大力写词,把这种体裁的独立地位确定下来,使它脱离了诗而取得自己的生命与存在,这是他在文学史上的重要贡献。他的词风并不为我们所喜欢,我们甚至也不同意。但他代表了"花间派"、乃至整个晚唐五代词人,其影响后世尤大。他的词的这种隐晦与华艳的特色,几乎成为后世词的正宗风格,一直到北宋初期始终未变。

花间词人除温庭筠、皇甫松为晚唐人,和凝一直仕于中原,孙光宪仕于荆南以外,其余或为蜀人,或仕于蜀,均与蜀有密切关系,故《花间集》可谓五代时西蜀词的总集。

西蜀的前蜀王衍和后蜀孟昶均有少数轻薄浮艳之词流传下来,实与花间派为一类,不必细述。这里只介绍温庭筠以外几个重要的花间词人。

首先是韦庄,其《浣花词》已佚,今辑得五十五首。他的词风虽疏淡秀雅,一变温词的浓艳,成为西蜀词坛重镇,但题材也以写婉娈离情为多。他是"花间派"的完成者,故世并称"温、韦"。试看:

> 人人尽说江南好,游人只合江南老。春水碧于天,画船听雨眠。 垆边人似月,皓腕凝霜雪。未老莫还乡,还乡须断肠。(《菩萨蛮》)

> 空相忆,无计得传消息。天上嫦娥人不识,寄书何处觅? 新睡觉来无力,不忍把伊书迹。满院落花春寂寂,断肠芳草碧。(《谒金门》)

> 四月十七,正是去年今日,别君时。忍泪佯低面,含羞半敛眉。不知魂已断,空有梦相随。除却天边月,没人知。(《女冠子》)

这些都是念往怀来,忆旧伤今,写失恋,写欢情,写离愁别恨,缠绵曲折,悒怏凄怨,而语言通俗质朴,没有浓艳的辞藻,但并不妨碍其为清丽。他用白描手法,也与温词之含蓄隐晦不同,还有学习民间曲子词的遗痕。但这只是表现方法上的差异,所以并称为"花间派"之二祖。他们所反映的内容,都不外以"绮筵公子",为"绣幌佳人"写写"清绝之词,用助娇娆之态",庶乎"家家之香径春风","处处之红楼夜月",都能借以"资羽盖之欢"。(上引语均见欧阳炯《花间集序》)

牛峤,字松卿,一字延峰,陇西人,牛僧孺之后。其词传于今者仅《花间集》所收的三十二首。其侄希济,亦工词,《花间集》收十一首,又《词林万选》多《生查子》三首。他们的作品有与温、韦相类的,也有比较蕴藉的。

此外,薛昭蕴存词十九首。张泌、毛文锡、魏承班、尹鹗、阎选、毛熙震等皆无特殊风格。略异者,惟有欧阳炯(公元896—971年),益州华阳(今四川成都)人,仕前、后蜀,后降宋,曾任翰林学士。作词善于刻画小儿女情态,为温、韦后"花间派"一大作家。鹿虔扆(籍里、生卒不详),事后蜀为检校太尉,加太保,国亡不仕,多感慨之音。他存词虽仅六首,但其《临江仙》反映了那个动荡乱离时代诗人词客忧心家国的情怀,悲感凄凉,在《花间集》中是仅见的:

> 金锁重门荒苑静,绮窗愁对秋空。翠华一去寂无踪。玉楼歌吹,声断已随风。 烟月不知人事改,夜阑还照深宫。藕花相向野塘中,暗伤亡国,清露泣香红。

另一个反映了现实的作家，是写了两首《巫山一段云》的李珣。珣（约公元855—930年?）字德润，其先波斯人，他生于中国，为前蜀秀才，其妹李舜弦为王衍的昭仪。衍亡，他即不仕。这两首有名的作品是：

> 有客经巫峡，停桡向水湄。楚王曾此梦瑶姬，一梦无期。　尘暗珠帘卷，香销翠幄垂。西风回首不胜悲，暮雨洒空祠。

> 古庙依青嶂，行宫枕碧流。水声山色锁妆楼，往事思悠悠。
> 云雨朝还暮，烟花春复秋。啼猿何必近孤舟，行客自多愁。

《花间集》收了他的词三十七首，再加《尊前集》所收，共得五十四首，在此时期，也是存词较多的。他有《南乡子》十七首，欧阳炯也有《南乡子》八首，调名同，内容也同，都是写南国风物的，语言风格又均浅近自然，音词流畅，可谓词的竹枝体。但他们所写的词字句多寡，略有差异，盖所谓同调而异体者。且各举一首为例：

> 渔市散，渡船稀，越南云树望中微。行客待潮天欲暮，迷春浦，
> 愁听猩猩啼瘴雨。（李珣《南乡子》十首之八）

> 路入南中，桄榔叶暗蓼花红。两岸人家微雨后，收红豆，树底
> 纤纤抬素手。（欧阳炯《南乡子》八首之六）

但是，他们也并非完全脱离了"花间派"，所以也有绮靡之词，如欧阳炯的《浣溪沙》"落絮残莺半日天"，李珣的《虞美人》"金笼鹦报天将曙"都是。鹿虔扆的《思越人》"翠屏欹"也是此类。

《花间集》中收有两个与西蜀无关的词人之作，一个是和凝，一个是孙光宪。和凝（公元898—955年），字成绩，郓州须昌（今山东平阴、汶上一带）人，历仕后唐、后晋、后汉及后周。好为曲子词，在后晋时入相，契丹至称他为"曲子相公"。今存词二十九首，语言质素，犹有民间曲子词遗风，如《何满子》等是。但他之列入"花间派"，也并非不妥，如其《薄命女》"天欲晓"及《山花子》"莺锦蝉縠馥麝脐"等，尤其《尊前集》中所收《江城子》"初夜含娇入洞房"等五首，更是艳冶已极的，若放在《花间》里，并无不调和之感。孙光宪（公元900?—968年），字孟文，贵平（今四川仁寿县东北）人。唐末高季兴据荆南，署为从事，后归宋，官黄州刺史。他一生始终与蜀无关，但其词的风格却与温、韦并驾，颇多相同。《花间集》收其词六十一首，仅少于温；若并《尊前集》所录，共达八十四首之多，为《花间》词人存词最多的第一人。他的《定西番》二首写调名本题，颇具边塞诗意味。《酒泉子》情调亦复相类。但

他之所以能列入"花间派",还是因为他写有如：

> 小庭花落无人扫,疏香满地东风老。春晚信沉沉,天涯何处寻? 晓堂屏六扇,眉共湘山远。争奈别离心,近来尤不禁。(《菩萨蛮》)

> 愁肠欲断,正是青春半。连理分枝鸳失伴,又是一场离散。
> 掩镜无语眉低,思随芳草凄凄。凭仗东风吹梦,与郎终日东西。
> (《清平乐》)

虽然如此,他的词毕竟和"花间"不尽相同,风格较高,也不那么浓艳,已与南唐词有些接近了。

第三节 李煜与南唐词人

晚唐五代,中原战乱相继,惟西蜀与江南比较安定,加以这些地方自然条件较好,长期成为中国经济中心,成都、金陵、扬州等都成为重要都市。因而,西蜀和江南遂为五代时中国两个文化、文学中心,中原文人也多逃难到那里,并有些创作活动。《花间》便是西蜀文人词的结集。南唐是在《花间》结集后才发展起来的,南唐二主也是此后才即位的(《花间集》编定于公元940年,南唐中主李璟于公元943年即位,后主李煜于公元961年才嗣位),所以《花间》不可能收到南唐的词。

南唐自李昪建国(公元937年)至李煜降宋亡国(公元975年),共三十九年。这期间内传有词作的仅二主(中主李璟和后主李煜)及冯延巳和成彦雄寥寥数人。但就中最有名的是冯延巳和后主李煜,这两个人的词已足使南唐成为五代词坛甚至整个文坛最重要的一个中心。

他们的词大抵以"娱宾而遣兴"为目的,尤其亡国以前之作,并未反映什么社会现实,只是描述宫廷贵族荒淫享乐的生活,至多抒发一些没落贵族的感伤情绪而已。

冯延巳较二主均长,但既长期事中主为臣,周旋于宫廷游宴之中,自不能不沾染或摹效二主的词风,受到一定影响。至于二主虽生活环境不同,情感有所区别,但南唐小朝廷早在中主时已有很大的危机,所以也已置身于荒淫享乐之中,借求一时的解脱,故其父子之词风基本上还是一致的。不过愈是晚出的,其艺术风格也愈益成熟,所谓后来居上罢了。

冯延巳(公元 903—960 年),字正中,一名延嗣,广陵(今江苏扬州)人。在中主李璟朝,作了宰相,罢而复起,数掌政柄。他死的翌年,中主才死,所以他并未在李煜朝做过官。他的政治品德极不足取,但词的艺术成就却使他成为五代最重要作家之一。他的词今存一百二十余首,可靠的约近百首,为整个唐、五代词人中存词最多的。他的词"思深词丽,韵逸调新",虽也是言情之作,尤其多写男女间的离情别恨,完全表现士大夫文人的生活情趣,而"尚饶蕴藉,堪与李氏齐驱"。有名的如:

> 风乍起,吹皱一池春水。闲引鸳鸯香径里,手按红杏蕊。　斗鸭阑干独倚,碧玉搔头斜坠。终日望君君不至,举头闻鹊喜。(《谒金门》)

> 马嘶人语春风岸,芳草绵锦,杨柳桥边,落日高楼酒旆悬。旧愁新恨知多少,目断遥天,独立花前,更听笙歌满画船。(《采桑子》)

这些其实都是表现贵族阶级男女恋情中的相思相忆、闲愁闲恨的,没有多少现实意义,不过它们所表达的感情还是真实的,刻画细微,语言浅近,而文字则极为清新。他还有更通俗、更口语化,也更易为人所接受的,如:

> 春日宴,绿酒一杯歌一遍。再拜陈三愿:　一愿郎君千岁,二愿妾身长健,三愿如同梁上燕,岁岁长相见。(《长命女》,一作《薄命妾》)

冯延巳确是一个善于运用语言,驱遣文字的能手。他与"花间"词人不同处即在于:他比韦庄更多地使用白描手法,但写情却更曲折、深入,又更含蓄;他远不像温庭筠那样只用辞藻铺陈,令人感觉词意朦胧,不易捉摸。他的词对于北宋前期的晏殊、晏几道父子以及欧阳修等均有深刻的影响。

南唐中主李璟,李昪长子,初名景通,后改璟,字伯玉,他性格优柔,即位后,用人多不当,政治日坏。时后周强大,深受威胁,不得已于公元 958 年上表,去帝号,自居附庸,改称南唐国主。在位十九年而卒。时公元 961 年,宋已建国,为赵匡胤建隆二年。他存词只四首,最可靠并有代表性的是《摊破浣溪沙》两首:

> 菡萏香销翠叶残,西风愁起绿波间,还与韶光共憔悴。不堪

看！　细雨梦回鸡塞远，小楼吹彻玉笙寒。多少泪珠何限恨，倚阑干。

手卷真珠上玉钩，依前春恨锁重楼。风里落花谁是主？思悠悠。　青鸟不传云外信，丁香空结雨中愁。回首绿波三楚暮，接天流。

他是一个皇帝，不可能写出劳动人民的思想感情，所写的作品思想性不强，没有多少社会意义，这是肯定的。但他把自己处境的一切苦楚，都反映在作品里，故其词情调悲怆，真实动人。他的词风是一扫华艳，脱尽雕镂，而转折较多，思想跳荡，文字毫不晦涩。他概括力强，每句均自有其意境，而全篇又统一在一个主题之下。这些词所反映的哀伤情绪是"花间派"所不可能有的，就因为那些作者没有他的生活与性格。他的词虽不多，但对后世，尤其对于他的儿子李煜影响是很大的。

李煜为李璟第六子，初名从嘉，字重光，号钟隐，一号莲峰居士。他善属文，工书画，读书很博，又喜佛教，洞晓音律，擅诗词乐府。他在十八岁时娶周宗女娥皇，后来称为大周后，夫妇感情极好，他早期许多诗词是为她而作的。二十八岁时，娥皇死，又立其妹为小周后。他对家人兄弟情感极深挚，也表现在诗词中。二十五岁，即南唐国主位。是时，北方赵匡胤已建宋帝国，正在扫灭群雄。他的南唐小朝廷当然不能长此苟延。故在位十五年，一直是忍辱含垢，但求免死而已。公元974年，宋遣曹彬南下，于翌年冬围金陵，城陷。他乃迎降，并率子弟家人随宋兵北上，于公元976年到汴京，受封为违命侯，国亡。这时他整四十岁，在汴京过了两年多"终日以泪洗面"的俘虏生活，于公元978年七月七日他四十二岁生日时被害。

李煜著作颇多，大抵均已散失，诗存十余首，词亦三四十首，不尽可靠。

他的词由于生活的变化，前后风格不同。大约他即位后十年内（约为公元961—970年）所作，表现了娱情声色，没有愁恨，只有豪奢与快乐。自此以后，南唐外患日亟，他便感到现实生活的威胁，忧虑较多，文学修养也深了，故作品感情也较前深广。到四十岁，亡国之痛使他的词风产生了剧变，当为另一个时期。

他前期的词反映他在小朝廷里的声色享乐生活，艺术虽高，思想极坏，大部分是糟粕，应该批判摈弃，如《玉楼春》"晚妆初了明肌雪"便是。《浣溪沙》可以作为此期作品的代表：

> 红日已高三丈透,金炉次第添香兽,红锦地衣随步皱。　佳人
> 舞点金钗溜,酒恶时拈花蕊嗅,别殿遥闻箫鼓奏。

从内容上看,是没有一点价值的,但这些词也表现了作者观察事物的细致,能把握人物情感中最本质的东西来塑造形象。他的这些作品,在写作技巧上颇为后人所摹拟。又如:

> 花明月暗笼轻雾,今宵好向郎边去。刬袜步香阶,手提金缕
> 鞋。　画堂南畔见,一向偎人颤。奴为出来难,教郎恣意怜。(《菩
> 萨蛮》)

刻画心理,深透细微,有很高的艺术技巧。

在他入京以前的五六年间,宋势日强,威逼日甚,兄弟入质,生离死别,痛伤怀抱,颇写了一些情感较深、意境较高的作品,如《捣练子令》:

> 深院静,小庭空,断续寒砧断续风。无奈夜长人不寐,数声和
> 月到帘栊。

通首只一句"无奈夜长人不寐"是直接抒写主人公的思想情态,其余便都是以周围景物来烘托这一感情,因而就能引起读者的类似心情,而产生共鸣。《阮郎归》"呈郑王十二弟":

> 东风吹水日衔山,春来长是闲。落花狼藉酒阑珊,笙歌醉梦
> 间。　佩声悄,晚妆残,凭谁整翠鬟?留连光景惜朱颜。黄昏独倚
> 阑。

这首就是忆念其使宋被留的弟弟从善的,写自己独居寡欢的生活和心情,非常真切。而另一首《清平乐》写同一主题,手法尤高:

> 别来春半,触目柔肠断。砌下落梅如雪乱,拂了一身还满。
> 雁来音信无凭,路遥归梦难成。离恨恰如春草,更行更远还生。

此外,《采桑子》"辘轳金井梧桐晚"写秋愁,《乌夜啼》"昨夜风兼雨"写秋夜风雨,大约均是作俘虏以前的作品,与第一期所作显然不同。

李煜后期两年多生活剧变,遭遇凄苦,于是便以极度悲伤的情调唱出其内心的惨痛。大约在他携全家北徙之时,或者稍后一点,以追忆之情写的《破阵子》云:

> 四十年来家国,三千里地山河。凤阙龙楼连霄汉,玉树琼枝作

烟萝。几曾识干戈？ 一旦归为臣虏,沈腰潘鬓销磨。最是仓皇
辞庙日,教坊犹奏别离歌,垂泪对宫娥!

这里很鲜明地表现了作者的个性和作风,并直述其事,非有此生活是不可能
写出的。有人怀疑它的真伪,是没有根据的。他后期在痛苦绝望之中所写
的作品,有极为哀伤而又极能感人的,如:

林花谢了春红,太匆匆! 无奈朝来寒雨晚来风。 胭脂泪,留
人醉,几时重? 自是人生长恨水长东。(《乌夜啼》)

春花秋月何时了? 往事知多少! 小楼昨夜又东风,故国不堪
回首月明中! 雕阑玉砌应犹在,只是朱颜改。问君能有几多愁?
恰似一江春水向东流!(《虞美人》)

帘外雨潺潺,春意阑珊,罗衾不耐五更寒。梦里不知身是客,
一晌贪欢。 独自莫凭阑,无限江山,别时容易见时难。流水落花
春去也,天上人间!(《浪淘沙令》)

这些词往往为后世流浪失意的知识分子所欣赏吟诵,正是由于它们表现了
深切的哀怨与凄凉怅惘的情绪。尤其当国破家亡流浪异乡时,人们会与这
些词里所表现的情感起共鸣。尽管他所怀的家国、江山与一般人的国家具
有不同的意义,但从词面上并没有清楚地表现出来,所以人们便可借这些艺
术性强、概括力大的词句,来发泄自己的类似情感。必须指出,他所留恋的
过去是如其《望江南》所清楚地写出来的"凤笙"、"游上苑"、"车如流水马如
龙",与读者所想的毫不相同。

李煜词的艺术性首先表现在他能深入人物的心灵,刻画心理活动,塑造
出生动的人物形象。其次,他善于通过环境景物的描写,烘托人物的思想感
情。再次,他能用最概括的比喻,真实而具体地描写抽象的感情。最后,他
打破了《花间》作家的狭小题材,抒写多方面的内容。在词的发展上,他是有
重要贡献的。但其作品本身,除艺术性强以外,其思想感情是低沉、没落、哀
伤、沮丧的,殊不足取。

第十一章　隋唐五代散文

第一节　隋及唐代前期的散文

六朝文章浮艳,注重形式、辞藻、声律之美,"竞一韵之奇,争一字之巧",自必影响思想内容的深刻具体。作为六朝文学代表形式的,正是盛极一时的骈俪文。当时反对这种卑靡文风的,并非无人。刘勰《文心雕龙》、钟嵘《诗品》以及梁裴子野《雕虫论》都表示反对专讲声病不切实用的淫文,但因骈文风气正盛,反对者力量还很微弱,甚至自己的作品也沾染浓厚的骈体习气,所以效果不大。

北朝的西魏和北周都曾以政府命令,提倡恢复三代之古文,欲以代替华丽的骈体,但那是倒退的复古主义,与文学发展规律不合,实际是行不通的。

隋代统一之后,文帝杨坚曾于开皇四年(公元 584 年)下令严禁文表虚华,要求"天下公私文翰,并宜实录",甚至泗州刺史司马幼之竟因文表华丽,"付有司治罪"。但政治力量毕竟不可能扭转文风。当时,既没有根本否定了骈文,也没有创造出或指出另一种可以代替它的形式,故效果更微。

隋唐之际,讲学河汾的文中子王通首先对南朝文学进行总攻击,并提出了建立教化实用文学的主张,成为唐代古文运动的先声。他对当时文学作了总的批评说:"古之文也约以达,今之文也繁以塞。"因此提出文学复古的主张说:"学者,博诵云乎哉? 必也贯乎道。文者,苟作云乎哉? 必也济乎义。"他解释"道"说:"言文而不及理,是天下无文也,王道何从而兴乎?"他的意见正与后来"文以载道"的观念基本上一致。但他的主张及其作品(主要是《中说》一书)在当世影响并不大,真正发生一些作用还是在中唐以后。这时,李德林、卢思道、薛道衡等人都还摹拟南朝文体,以骈偶相尚,而由南朝入隋的文人,如许善心、王胄、江总、虞世基等,更无论了。

唐初所修前代史书,如晋、梁、陈、北齐、北周、隋各书,其《文苑》或《文学》传的"序"、"论"，也都认为六朝文风淫靡，并欲以复古纠正其偏向，可见史家论文已有文学改革的呼声。史论家刘知幾在《史通》里，也主张史宜实录，反对藻饰，不但纪事文不宜用骈俪，即论赞也不可流宕忘返，偏重俪辞。这主张对于古文运动也有一定影响。

唐初散文犹存齐、梁遗风，"四杰"虽反对淫巧，但未从根本上反对骈俪，王勃的《滕王阁序》和骆宾王的《讨武氏檄》都是长期为人传诵的骈文。六朝虽重骈体，但只用来写美文，并不以之写应用文。而到了唐初，连朝廷公文章奏，也都要用骈体写作，甚至"四六文"竟成为公文书写的专用程式与专门名词。民间说唱文学的某些变文也受其影响，而在散文部分采用骈俪排偶。

唐代首倡复古，号召文学革命的，是初唐末期大诗人陈子昂。他高唱"汉魏风骨"，反对齐、梁靡靡之音，第一个用古文进行创作，"始变雅正"。他的成就与影响自然主要在诗歌方面，但他所写的书疏之类的散文也是颇近于古的。只因这时骈俪积习已久，余势犹盛，他又以其主要力量放在诗歌改革上，所以还不能马上掀起一个散文革新运动。

盛唐是诗的黄金时代，散文在文学上不占重要地位，但也有萧颖士、李华、元结及稍后的贾至、独孤及、梁肃、柳冕等提倡古体，成绩卓著。可惜他们多只努力于自己的写作实践，并未举起古文运动的旗帜，未作宣传号召，仍不能形成风气。这些人中，萧、李齐名，主张文章必须"宗经"、"载道"、"尚简"。独孤及为李华的门人，梁肃又出独孤及之门，他们的主张，亦继承萧、李。柳冕最后出，更强调尊圣宗经之旨，要以儒家学说指导文学，而以艺术技巧为枝叶，后来韩愈便本此主张而有所发挥，高唱"文以载道"的口号。这是中国封建社会千余年来首创道统文学理论的，故特别值得注意。元结所作散文，高古淳朴，一代鲜有能及之者，但惜不与韩愈同时，没有成为古文运动的领导者。

第二节　古文运动主帅韩愈及其散文

唐代古文运动的形成主要是在贞元（德宗李适年号）、元和（宪宗李纯年号）之际，即公元785年至公元820年之间。一方面是过去百余年间文学革新运动积蓄的巨大势力，这时候已经到了成熟奔放的时期，故一举而成其摧枯拉朽之功；另一方面也恰好出了像韩愈那样的古文运动的杰出领袖与宣传家,他们作了主观的努力。

韩愈,字退之,南阳人,生于代宗李豫大历三年(公元 768 年),父亲作过县令,所以是小官僚家庭出身。幼孤苦,由嫂扶养,少好学,言出成文。二十五岁中进士,开始做官。元和十四年(公元 819 年)以谏宪宗迎佛骨事,被贬为潮州刺史。穆宗李恒立(公元 821 年),召为国子祭酒,后又调京兆尹,转吏部侍郎。长庆(穆宗年号)四年(公元 824 年)卒。在世五十七年。他有集四十卷,又外集十卷,今存。

韩愈之提倡古文,反对骈体,是从他的思想上要复兴儒学,继承道统,排斥佛老的目的出发的。在《答李秀才书》中说:"愈之所志于古文者,不惟其辞之好,好其道焉耳。"在《题欧阳生哀辞后》中也有同样的表白。可见他之为古文,不过欲借此以宣传古道,也就是要"以文贯道"或说"文以载道"。他《答李翊书》云:"道德之归也有日矣,况其外之文乎?"显然是以道为内,以文为外,内归而外随之,故道是文的根本。"养其根而竢其实,加其膏而希其光;根之茂者其实遂,膏之沃者其光晔。仁义之人,其言蔼如也。"正为如此,他反对空洞而不载道的骈文,要求文章与政治紧密结合为教化服务,也就是要载儒道并为封建统治服务。他不是只要内容不要形式,而是要二者兼顾,并且肯定内容重于形式,所以说:"文字暧昧,虽有美实,其谁观之?"(《进撰平淮西碑文表》)

韩愈的文学主张并非首创于他,早在他的前驱者梁肃、柳冕便已提出了。柳冕讲"言而不能文,非君子之儒也;文而不知道,亦非君子之儒也",又说"文章之道,不根教化,别是一技耳"。这与韩愈的"文以载道"意义是相同的。梁肃的主张传到柳冕,便形成其以教化为文学中心的主张。他们的某些主张较韩愈还彻底,但对于艺术却不免过于轻视,甚至认为屈、宋之文都"亡于比兴,失古义矣",则未免所见太偏。加以他们的创作实践成就不高,故号召力也不大。古文运动轰轰烈烈地展开,并从而取得巨大胜利,便只有等待韩愈来领导了。

必须知道:韩愈所倡导的古文运动虽以复古为号召,而实质上有很大成分是以此口号作为开展文学革新运动的手段,他并非单纯地为了复古。他反对骈文的形式主义作风,才抬出古文来作运动的招牌,而其真实目的则是在继承古文的基础上进行革新与创造。他志在古道,又好其言辞,但并不以雕琢为工;他学古人,只是"师其意,不师其辞"。他说:"圣人之道,不用文则已,用则必尚其能者。能者非他,能自树立,不因循者是也。"他学古文,是

"志乎古不遗乎今",所以要"惟陈言之务去",反对剽窃古人之词,反对因袭古人、千篇一律,而要求不蹈袭前人一言一句。他主张"因事陈辞","辞事相称",使文章与事相侔。他虽提倡学古文,却反对故为艰深,他要"文从字顺各识职",而他的散文确实写得既不袭古,又极明畅易懂。

韩愈对于古文运动持着非常积极的态度,又能坚持不懈,尽力鼓吹宣传,表现了毫不妥协的战斗精神。他自信心强,喜欢自己标榜,又肯于汲引后进,在那个举世耻相师效的时代,竟而作《师说》,"抗颜而为师",广收门徒,大交文士,于是许多有名的作者都赞成他的主张,亟力拥护,这对于这一运动的成功是有决定性意义的。

韩愈在古文运动上既是个理论家、宣传家,又是一个古文创作的大作家,有理论,有实践,又有毅力,所以成为运动的坚强领导者。其胜利之取得就是靠这些条件的。

韩愈的散文作品,一般说,思想内容并不太高,有些篇内容还是相当平庸的,甚至有些思想更是腐朽落后而应予批判的。他基本上站在统治阶级的立场,鼓吹儒家"正统"思想,因而,不可能自觉地有意识地反映社会现实生活的本质矛盾,更不可能代表劳动人民,替被压迫者说话。当然,也不应一概抹杀。他也有一些文章反映了一定的现实。但这类进步的作品,大抵都是针对统治阶级与劳动人民利益比较一致的问题,而并非从人民立场出发的。他的成就主要表现在艺术方面,他的功绩则产生于反形式主义的斗争中。

他的说理文中,《原道》虽为儒者所盛称,实际上其根本思想是很平庸甚至很陈腐的;《原性》一篇,也没有多大道理,见解并不高明。《原毁》对社会现象的观察、分析却还相当深刻,如说:"今之君子则不然,其责人也详,其待己也廉;详,故人难于为善,廉,故自取也少。"又说:"怠者不能修,而忌者畏人修。"都是封建社会中的普遍现象。他的《谏迎佛骨表》以辟佛卫道的目的,作直刺统治者愚蠢蠹民的尖锐指责,义正词严,确是好文章。其中说:"况其身死已久,枯朽之骨,凶秽之余,岂宜令入宫禁?……今无故取朽秽之物,亲临观之……群臣不言其非,御史不举其失,臣实耻之。乞以此骨付之有司,投诸水火,永绝根本,断天下之疑,绝后代之惑。……佛如有灵,能作祸祟,凡有殃咎,宜加臣身。上天鉴临,臣不怨悔。"这的确表现得很坚决很敢言,毫无回避。后来,他终于因此遭到贬斥,窜流潮州。

《张中丞传后叙》写了三个抵抗胡人的爱国英雄张巡、许远和南霁云的事迹,刻画人物性格形象生动深刻,感人极深。文中为许远就房辩白,极合逻辑,而许远人格的伟大与可敬便完全体现出来了。这篇写南霁云的英雄形象,尤其令人起敬。至于写张巡,则往往以一两句话突出其性格,也是值得学习的。如敌人将杀害他时:

> 巡呼云曰:“南八,男儿死耳,不可为不义屈!”

大义凛然,视死如归,而语言又多么简洁通俗!

他的赠序与祭文往往是感情特别真挚而意义又十分深广。《祭十二郎文》写他对于亡侄的沉痛哀悼,回肠荡气,曲折尽意,千古无两!《送李愿归盘谷序》对当时达官贵人的骄蹇和奔竞小人的丑态,都刻画得非常细致,从而表达了他对这些人的鄙视;在另一方面,他对怀才不遇品德高洁的知识分子如李愿者作了很热烈的赞扬并寄予深切的同情。此文词采精妙,文笔锋利,声调铿锵,气势充沛,宋代苏轼至称为唐代第一篇文章,不为无因。

他也用各种不同的体裁写过很多其他成功的作品。刻画一个特出人物形象的,如《柳子厚墓志铭》;描写一些具体事物的,如《画记》;寓言性的传奇文,如《毛颖传》。而尤其值得特别提出的是他所写的短小精悍、寓意深远的《杂说》四篇和其他一些杂文,如《师说》、《进学解》、《送穷文》、《获麟解》等。这些都是以轻快的笔调,揭露并讽刺社会上某些不合理现象的,文章尖锐、大胆、犀利、幽默,为其成就最高的作品。有名的《马说》(“杂说四”)和《师说》,以及《进学解》、《送穷文》都是作者自喻,不只文字“拔地倚天,句句欲活”,而且思想性都很强,并能表现作者坚决、顽强、不枉己、不妥协的精神。

韩愈散文语言精炼有力,善于向古人学习,也善于吸收民间口语,同时又能自铸新辞,把学来的语言作创造性的运用,真是一个古今少有的语言大师。他的词汇非常丰富,在他的文章中,有很多精妙的语句直到今天还活在人们的口头上,成为人民习用的成语,如“俯首帖耳”,“摇尾乞怜”,“同工异曲”,“动辄得咎”,“不平则鸣”,“杂乱无章”,“面目可憎”,“语言无味”,“反眼若不相识”,“落井下石”等,不胜枚举。

第三节　柳宗元及韩门诸子的散文

“韩、柳”并称的柳宗元是韩愈的朋友,是古文运动的大力支持者和宣传者,但自谓"才能勇敢不如韩退之,故又不为人师",所以他的宣传力量不像韩愈那样大和广。他主要是以其散文创作的成就支持了韩愈所倡导的古文运动。

柳宗元生于代宗李豫大历八年(公元773年)。在唐顺宗李诵永贞年(只一年,即公元805年)参加当时比较进步的王叔文政治集团,共同实行了一些政治改良措施,但为时不过八个月,即遭到宦官及贵族官僚集团的反击而失败了。同时八人均被贬为边州的司马,柳宗元也远放永州,十年后,复改为柳州刺史,不及五年而卒,时在宪宗李纯元和十四年(公元819年),年仅四十七岁。

他的文学主张与其长期被窜斥在边荒之区有重要关系。他遭遇困厄,满腔郁愤,发而为文,感慨自多。他身居边地,接近人民,对现实了解较深,故作品也多讽刺当道、同情人民的现实内容。

他主张文行相顾,说"文以行为本,在先诚其中"。他主张"文者以明道",认为"圣人之言,期以明道",所以"学者务求诸道而遗其辞",盖"道假辞而明,辞假书而传,要之,之道而已耳"。至于学古文之道,他认为要"先读六经,次《论语》、孟轲书,皆经言;左氏《国语》,庄周、屈原之辞,稍采取之;《穀梁子》、《太史公》甚峻洁,可以出入;余书俟文成,异日讨也。其归在不出孔子"(柳宗元《报袁君陈秀才避师名书》)。归根到底还是以儒家孔孟之道为归。这些意见实际与韩愈是一致的。所不尽相同的,是他比韩愈重文,其意似乎只是以文"羽翼夫道",不像韩愈要求"沉潜于道"。而更不同的是韩只宗儒,力辟佛老,柳则好佛,并谓佛与圣人合,故其所谓道的内容与范围就不相同了。他也不反对刑名、纵横、杨、墨诸家。这是韩愈所不同意的,并曾远道写信屡次责难他,但他仍坚持自己的意见,并不改变。他对圣人之道并不那么执著,他从六艺中取道之原,实际上已超出道的范围以外,而兼学其文。他"有意穷文章",只是不作"炳炳烺烺,务采色、夸声音"之文而已。他论文偏重在文,而非偏重于道,并指广义的文,包括韵散两种,也不似韩愈只指散文。

他的说理文表现了对客观事物的朴素的唯物主义观点,辨析事理,不盲从古人,而能冷静地作出客观的推理和判断,思想远比韩愈为高,故其作品也具有强烈的现实主义精神。其说理文中有属于哲学思想的,如《天说》、《蜡说》、《封建论》、《断刑论》都发挥这种唯物论的思想;《非国语》六十七篇也是以此观点来批判《国语》的记载的。

　　他的记叙文是最成功的,而山水游记尤为出色。文集中共有记山水之文十一篇,除两篇写于柳州外,余九篇均是在永州所作,就中除《游黄溪记》一篇外,其余八篇便是世所盛称的"永州八记"。这些文章都写得非常精妙简净,逸趣横生。其特点是篇幅短,不用任何不适当的夸张,而能突出景物的特殊意态,引人入胜。尽管是极平常的一丘一壑,由于作者善于捕捉这些幽僻境界的特征,进行鲜明的刻画与点染,便能使读者产生真实感。他继承了郦道元《水经注》现实主义写景手法的优秀传统,加以发展,把游记文带到一个新的高峰。他观察细密,体验深刻,选择精审,而语言准确,故写出来的山水形象鲜明,成就极高,我们应该很好地学习。这些文章也表现了他的精神状态,他借这些幽僻的丘潭比拟自己的远谪异地,不为世人所重。《钴鉧潭西小丘记》和《小石城山记》的后半段都表露了这种意思。从文字表面看,似乎作者颇为闲适旷达,以优游山水为乐,实则只是暂时的遣怀,其心灵深处正怀着无限的悲苦忧愤,而游记则不过借自然景物吐胸中抑郁之情而已。他的《对贺者》一文说:"嘻笑之怒,甚乎裂眦;长歌之哀,过乎恸哭。庸讵知吾之浩浩非戚戚之尤者乎?"这些话用来说明他的山水游记是很恰当的,我们可以此为基础去研读体会。与其山水游记相似的还有不少送序、诗序、记官署、记亭池、记祠庙的文章,内容不同,笔法却有相通之处,可以互相参证。

　　他的记叙文中还有一些极好的人物传记,如《宋清传》、《种树郭橐驼传》、《童区寄传》、《梓人传》、《李赤传》、《河间传》以及《筝郭师墓志》和《段太尉逸事状》等。这些人物多是普通劳动人民,或者不为人所重视甚至是被轻蔑被贱视的小人物。他写出他们的生活、思想、行为、人生态度、处世机智和其他优良品质,给予深切的同情和很高的评价。他之对于这些被人们所遗弃的人物加以认识,重新评价,正如他对于永州被忽视的山水景物的美的赞赏一样,是结合自己的身世感慨而发的。例如《宋清传》所写的宋清,卖药长安,不论贫富贵贱,一概售予好药,欠钱不追,而生意好,终于发了财。最后,作者说:"吾观今之交乎人者,炎而附,寒而弃,鲜有能类清之为者。"他并感叹宋清"居市不为市之道。然而,居朝廷、居官府、居庠塾乡党,以士大夫自居者,反争为之不已",认为是可悲的现象。其他各篇也都从不同方面描写不同人物的优良品质,加以表彰,同时寄托了自己的感慨。

　　柳宗元还写了不少杂文,性质是讽刺小品,对社会上一些黑暗落后的现象给以深刻的揭露与抨击。《捕蛇者说》借一个捕蛇者蒋氏的自述,痛斥当时的"苛政猛于虎",其害有甚于毒蛇。虽然他的祖与父均死于蛇,自己在十二年中也"几死者数矣",然而他仍以能捕蛇为幸,因为"斯役之不幸,未若复吾赋不幸之甚也"。作者又以形象的语言写出人民不堪沉重的赋役,说他们"触风雨,犯寒暑,呼嘘毒疠,往往而死者相藉也"。吏役的横暴则是"叫嚣乎东西,隳突乎南北,哗然而骇者,虽鸡狗不得宁焉"。最后,作者写道:"呜呼!孰知赋敛之毒有甚是蛇者乎? 故为之说,以俟夫观人风者得焉。"他在这里替人民向统治阶级提出了抗议与呼吁,具有强烈的现实主义和人道主义精神。《蝜蝂传》以生动幽默的笔调,描写贪得无厌、不顾性命的蝜蝂小虫的形象,借以讽刺那些爱财不要命的统治阶级人物,文章虽短,而极尽嬉笑怒骂之能事。此外,他的这种寓言文章还有《三戒》三篇,即《临江之麋》、《黔之驴》和《永某氏之鼠》。又有《鞭贾》、《乞巧文》、《骂尸虫文》、《憎王孙文》等,也是以物喻人,以小喻大,以寻常事物寓政治社会现象,揭发现实的黑暗,暴露丑恶与罪行的讽刺小品。

　　柳宗元的散文成就极高。与韩愈比起来:他们的遭遇不同,柳始终被压抑、被迫害,比较更多地接近人民,所以对社会矛盾本质看得深刻、清楚,文章更符合人民的观点;韩的世界观基本上是唯心主义的,虽也有一定的民主精神,但基本上是站在统治阶级的反人民的立场的。至于具体作品,柳文思想内容远较韩文深入,而艺术技巧又足以表达出来。在韩文中,却还有许多思想陈腐落后的作品。两两相较,柳文就更值得推重了。

　　在韩、柳以外,还有一批追随者对古文运动也作出一定的贡献,那就是韩愈的门人或友生,如李翱、张籍、皇甫湜、沈亚之、樊宗师,及柳宗元的好友刘禹锡、吕温等人。他们的成就自不及韩、柳,但就散文而论,李翱(字习之,韩愈的侄婿)成就较高,传播了韩愈的文学主张,扩大了影响。皇甫湜(字持正)也有一定造诣,并传其道于来无择,再传于古文家孙樵(字可之)。沈亚之(字下贤)主要表现在写传奇文。樊宗师是韩愈的朋友,文章奇僻,似无足取。张籍虽亦学文于韩,但更以诗名。刘禹锡与柳宗元为诗友,也是一位朴素唯物论者,散文多有可观。吕温无论在诗在文方面,成就都略差一些,但在当时也算是一位古文作者。

第四节　晚唐、五代散文

　　自韩柳古文运动取得胜利以后,古文便成为散文文学的唯一主要形式,对骈文来说,它已取得压倒的优势。晚唐大诗人杜牧、李商隐虽还以"四六"文著称,但大抵为应世而作,他们的古文也都有相当高的造诣。

晚唐五代,社会混乱,民生困苦,许多作家应时代需要写下很多讽刺小品,沿韩柳所开辟的现实主义道路继续前进,揭露矛盾,批判现实,嘲讽丑恶与黑暗,发挥了很大的战斗作用。

罗隐《谗书》、皮日休《文薮》和陆龟蒙的《笠泽丛书》,或直接对现实抗争,表示愤激之情;或隐然示意,成为"一塌糊涂的泥塘里的光彩和锋芒"(鲁迅:《小品文的危机》,见《南腔北调集》)。诚如鲁迅所赞扬的,这三人的小品文为此期文坛生色不少。

皮日休《文薮》中颇有一些散篇短章写得极为精到,能针对现实,揭示生活的本质,足以发人深思。如《十原》中的《原宝》说:"或问或者曰:物至贵者金玉焉,人至急者粟帛焉。夫一民之饥,须粟以饱之;一民之寒,须帛以暖之。未闻黄金能疗饥,白玉能免寒也。民不反是贵而贵金石也,何哉?曰:金玉者,古圣王之所贵也。"这是很透彻的见解。《原谤》说:"呜呼!尧舜大圣也,民且谤之。后之王天下,有不为尧舜之行者,则民扼其吭,捽其首,辱而逐之,折而族之,不为甚矣。"这又是多么大胆而带有革命性的论调!这里充满了民主思想与叛逆精神,道前人所未曾道且不敢道。《读司马法》云:"古之取天下也,以民心,今之取天下也,以民命。"《鹿门隐书六十篇》对后世之取天下者的不仁、不义、不礼、不智、不信,明白地予以指责,加以嘲讽,并从大量史实总结出本质现象,用极简明的公式表达出来说:"古之杀人也以怒,今之杀人也以笑","古之用贤也为国,今之用贤也为家","古之置吏也,将以逐盗,今之置吏也,将以为盗。"真的,这些如匕首、如投枪的语言,都是极精锐的,有所讽刺的,绝非个人消闲文章所可比拟。

陆龟蒙的《甫里先生文集》里有《野庙碑》一文,把官僚比作土偶,借神讽人,淋漓尽致。它写了贪官污吏鱼肉人民的行径,然后说一遇国家有事,便都急急投降,简直就是能说话的木雕泥塑,真恰当至极,也痛快极了。此外,《祀灶解》、《招野龙对》、《禽暴》、《蟹志》、《记稻鼠》等,也都是讽刺小品的佳作。至于《杂说》、《冶家子言》、《江湖散人传》等更与韩、柳的"杂说"相似,均颇成功。

罗隐于五代时仕吴越,所著《谗书》,寓意多讽,颇抒愤郁之气。《说天鸡》以鸡喻官,以狙氏子喻帝王,有诅咒,也有感叹。《英雄之言》说:"夫盗,亦人也,冠履焉,衣服焉。"指出以英雄自命的统治者实即强盗,所以说:"视玉帛而取者,则曰'牵于饥寒';视国家而取者,则曰'救彼涂炭'。"说法不同,本质则一,如说是强盗,便都是强盗,并无例外。这书确乎全是抗争激愤之谈,可谓现实主义的散文小品集。

南唐徐铉《骑省集》散文成就不高,他的《稽神录》六卷也无足观。但他已算五代的大作家,自他以下就更不足数了。

第十二章　唐代传奇小说

第一节　唐代传奇文的产生和发展

　　唐代中期产生了以散文写作的传奇小说,给文学开辟了更广阔的道路,进入更瑰奇的境界,创作出更光辉的新形式的许多作品。它的产生,有其历史的渊源,也有它的现实社会生活基础,主要是唐代从开国以来社会经济发展的实际所要求的。

　　唐兴百余年间,经济恢复,交通发达,内外贸易活跃,许多新城市出现了,市民阶层也逐渐形成。市民生活有他们的特殊要求:要求个人自由,特别是在爱情生活上,他们要求新的解放与满足;在经济上,希望冒险远征,带有较大的浪漫意味与幻想。诸如此类的新的社会意识便成为市民文学的基础。曲子词和变文以及由此演变而成的流裔,都是在这一社会基础上出现的。传奇小说也是这类文学样式的改造加工,是从市民阶层的文学素材中演化发展而成的。它的主题已不再是六朝志怪小说那样单纯,而是反映复杂的社会生活;新的社会意识影响了作家的思想感情,使他们具有较明显的反封建礼教的倾向。为了适应市民阶层文化娱乐的需要,篇幅较长,情节较繁,故事也较曲折奇诡。唐代其他文体也给它以深刻影响:诗歌给它以现实主义精神,民间文学的形式和内容给它以重要启示;尤其重要的是唐代古文运动的成就,给它以极其自由的语言工具,使它能写得明畅、浅近、准确、深入、细致,很好地叙事、状物和言情。此外,唐代科举制度要求文人写传奇文作为练习并作为"行卷"之用,对它的发展也大有关系。当然,最重要的还是由历史上继承下来的一些文学传统,其中尤以六朝志怪小说为主要的前导。它源自志怪,但又大有发展,而"甚异其趣"。志怪只是"传鬼神,明因果",传奇则主要"在文采与意识",其"叙述宛转,文辞华艳",表示唐人始

"有意为小说"而重在"意想"。唐人有意识地运用想象虚构写传奇小说,此其与六朝不同之处。"但六朝人也并非不能想象和描写,不过他不用于小说,这类文章那时也不谓之小说。例如阮籍的《大人先生传》,陶潜的《桃花源记》,其实倒和后来的唐代传奇文相近;就是嵇康的《圣贤高士传赞》,葛洪的《神仙传》,也可以看作唐人传奇文的祖师的。"(鲁迅语)

这时,唐代传奇才开始具有相当完整的短篇小说形式,由片断的杂记式的"丛残小语"变为洋洋大篇的文章,有故事情节,有人物形象,以社会生活为题材而不再限于搜神志怪,它出于作家的丰富想象和虚构,而不仅是简单的历史传说或遗闻逸事了。从此,小说与史、子、杂记脱离,而独成一体,渐为文人所重视。古文运动开展以后,它更得到进一步的发展:一方面由于叙述散文成熟了,给写作传奇者以很大的便利;一方面也因为古文运动主将韩愈和柳宗元都写了像《毛颖传》、《河间传》等近于传奇的文章,有一定倡导作用。同时,文学名家如沈亚之、元稹、陈鸿、白行简、李公佐等都写过传奇小说,流传于世,遂成风气。到中唐大历、元和之际,传奇已发展成熟,与诗歌同为唐代主要文学体裁了。

传奇约始于隋末唐初,今存王度《古镜记》和同时或略后的《补江总白猿传》,作品本身显示了它们还是志怪到传奇的过渡。稍后,武则天执政时,有张鷟(字文成)的《游仙窟》,篇幅较长,文近骈俪,杂以诗歌韵语及其他通俗的东西,说明它深受当代民间文学的影响。这时,传奇还未到定型阶段,与后来传奇文仍有一定距离。这个时期延续很久,直到诗歌的"盛唐"时期,传奇文并未得到相应的发展,仍很寂寞。《古镜记》叙述了大小十二段故事,仍有六朝遗意,但作者却把它们联贯到一起,成为首尾俱全的一篇文章,总算比志怪小说进步了。它仍以志怪为主,并非描述人的生活,没有刻画人物形象与人的精神面貌;所不同于志怪者,乃在于作者对这些怪物赋予人的心理状态和人类所有的感情活动。《补江总白猿传》的主角白猿仍是物怪,但全篇写一个完整故事,内中刻画了人物的心理活动,对白猿也予以人格化。文章结构谨严、描写景物事态均极生动,只是内容并无社会现实意义,不脱六朝志怪精神。《游仙窟》作者张文成是高宗李治时的进士,所作《朝野金载》六卷今存。这篇自叙其奉使河源,道经积石山,夜投一宅,遇崔氏十娘、五嫂二人,作了一夕的宴乐。文章结构松弛,故事简单,似是作者写其在妓院里的一夕调情,而故意借此奇遇来掩盖而已。

第二期便是传奇小说创作的全盛时期,时在中唐代宗李豫的大历到宪宗李纯的元和之际,亦即公元 766 年到 820 年大约四五十年之间,也正是古文运动取得辉煌胜利之时。

这时期第一个传奇作家是沈既济,他的《枕中记》写卢生在邯郸旅店借得吕翁仙枕,梦寐中忽历一生,诡幻动人。李肇《国史补》以之与韩愈《毛颖传》并举,称其"真良史才也"。他的另一篇曰《任氏传》则叙一妖狐幻化,终于守志殉人,也是讽世之作。这篇虽不及《枕中记》,但作者在这里第一次写出有鲜明性格的艺术形象,在我国短篇小说的写作技巧上是一大进步,特别值得重视。

此后,作者益多,作品益盛:陈玄祐有《离魂记》,许尧佐有《柳氏传》,李景亮有《李章武传》,都很成功。至于作品较多的作家,如李公佐有《南柯太守传》、《谢小娥传》、《庐江冯媪传》及《古岳渎经》等四篇;沈亚之有《湘中怨辞》、《异梦录》、《秦梦记》及《冯燕传》等四篇。陈鸿有《长恨歌传》、《东城老父传》及《开元升平源》等三篇。此外,李朝威仅有《柳毅传》一篇,蒋防仅有《霍小玉传》,元稹仅有《莺莺传》,白行简仅有《李娃传》和《三梦记》两篇。但柳毅、霍小玉、莺莺和李娃的故事和形象都已深印在千百年来人民的心中,所以这几篇传奇便也成为唐代的名作。

陈玄祐的《离魂记》叙张镒女倩娘与王宙相恋,镒以女别嫁,倩娘之魂在病中随王宙同居,生二子,及归,两身合而为一。这故事被元郑德辉取为题材写出有名的《倩女离魂》杂剧,明代大戏剧家汤显祖也是受到它的启发写了《牡丹亭》,其影响可知。李公佐的《南柯太守传》写淳于梦梦入古槐穴中,为大槐国王驸马,拜南柯太守,享尽荣华,后来公主死,王送之归,则"斜日未隐于西垣",情节与《枕中记》相似,而描写更为细致。《谢小娥传》写小娥变男子服刺杀仇人事,可能实有其人其事作为蓝本。陈鸿,字大亮,元稹、白居易之友。其《长恨歌传》作于元和初,追述开元中杨贵妃入宫以至死于马嵬的本末,与白居易《长恨歌》为相联系的作品。沈亚之,字下贤,元和十年进士,以文词得名,常游韩愈之门,有集十二卷,今存。他的四篇传奇,就小说论,无大成就,但可由此证明古文运动对传奇小说发展的影响。李朝威,陇西人,生平不详,其《柳毅传》为唐人传奇小说中少有的佳篇。大致写柳毅下第,遇龙女,为之传书洞庭,后竟结成姻眷。元尚仲贤《柳毅传书》杂剧本此。这篇传奇情节动人,思想性强,布局巧妙,结构谨严,起伏变幻,极富戏剧性。蒋防《霍小玉传》写诗人李益对都中名妓霍小玉负心事,情绪激楚,读之酸心,汤显祖《紫箫记》和《紫钗记》即由此衍出。元稹的《莺莺传》写崔张故事,是后人所熟知的。其影响后世之巨,直前所未有。白行简,字知退,一云字退之,居易之弟。这篇《李娃传》是他早年所作,写荥阳公子某生恋长安名妓李娃,金尽,为所弃,流落街头。其父为显宦,见而大怒,鞭之几死,弃于路旁。旋为邻人救起,复遇李娃,娃念旧情,自赎以养,并劝他读书成名。无论在思想上、艺术上都已达到唐人传奇的最高成就。

第三个时期的创作比以前尤盛,作家多,作品数量更大,但质量并无提高,甚或不如前期。这个时代就是晚唐、五代了。这时,作家个人有传奇集的,如牛僧孺《玄怪录》,李复言《续玄怪录》,牛肃《纪闻》,薛用弱《集异记》,袁郊《甘泽谣》,裴铏《传奇》,皇甫枚《三水小牍》等。今虽均已散佚,原书不复可见,但《太平广记》和其他类书里还保存其一部分篇章,可以辑录出来,供我们研究。此外还有薛渔思《河东记》、张读《宣室志》、段成式《酉阳杂俎》、苏鹗《杜阳杂编》、范摅《云溪友议》、康骈《剧谈录》、孙棨《北里志》、温庭筠《干臊子》等,或存或佚,或为杂俎性质而收有传奇文(如《酉阳杂俎》即是),或近于传奇而不免偏于某一方面(如《北里志》),也应在此提到,因为它们也都属于小说或近似小说一类。至于单篇传奇小说最著名的有杜光庭《虬髯客传》,薛调《无双传》,房千里《杨娟传》,柳珵《上清传》及无名氏《郑德璘传》和《冥音录》。这些著者已有入五代的,如杜光庭便是。

杜光庭,字宾至,处州缙云(今浙江缙云县)人,先学道于五台山,后仕唐为内供奉。避难入蜀,事王建,官至户部侍郎。晚年归隐青城山。其《虬髯客传》记隋末杨素妓人之执红拂者识李靖于布衣时,相约遁去。道中,逢虬髯客,知其不凡,与之结识。客欲逐鹿中原,争夺天下,因李靖得见李世民,认为是真命天子,于是放弃初志,推资财与李靖,并授以兵法,使佐李世民兴唐,而自己则逃往海外。后入扶余国,杀其主,自立为王。后世以此本事写成戏剧的有明张凤翼《红拂记》、凌濛初《虬髯翁》和冯梦龙《女丈夫》,京剧也有《红拂传》。薛调《无双传》写的是王仙客与刘无双婚事已有成约,时朱泚作乱,无双父刘震受伪职,乱平被杀,无双没入官。仙客得知,托侠士古洪设法救出,得以团圆。情节曲折生动,为晚唐传奇中少有的作品。明陆采作《明珠记》,本此。此外,袁郊《甘泽谣》九篇,故事多怪诞不经,有浓厚的迷信色彩。惟其《红线》一篇写女剑侠红线有道术,为潞州节度使薛嵩侍婢,能于深夜进入魏郡节度使田承嗣卧室,盗取床头金盒而回,翌日,薛以原物送还,遂使田不敢发动攻潞的战争。文中穿插一些抒情诗句,描绘故事情节和人物心理,产生很好的艺术效果。皇甫枚唐末入梁不仕,其《三水小牍》中《步飞烟》、《绿翘》和《却要》,揭露并反对封建恶势力的残暴无耻,表现了高度的人道主义精神,与同时作家的传奇小说相比,最有批判现实意义。裴铏《传奇》是这时期艺术性最高的传奇集,原书三卷已佚,《太平广记》中载二十九篇,而《昆仑奴》、《聂隐娘》、《裴航》最佳。前两篇都带有不同程度的离奇和神秘色彩,代表这时期作家对现实生活不满所产生的内心苦闷,因而把希望寄托于幻想,便创作了一些充满超现实的想象的作品。

这时期的传奇小说确如其名称的表面含义,渐趋于传述离奇故事,而现实意义则渐形薄弱。有的表现了宗教迷信,有的具有较浓厚的浪漫主义精神。这当然是这个时代社会生活所决定的。人们处于战乱的环境中,生命没有保障,把希望寄托在幻想中,以求心灵的解脱,所以相信佛道等宗教迷信。至于文章表式,也和它们述异志怪的内容上的特点有一致性。而随着晚唐五代文学上唯美主义的重新抬头,某些作品的语言也有趋于骈偶藻饰的倾向,已不似前期传奇文大抵采用纯熟的古文了。

第二节　唐传奇的思想内容和艺术成就

唐代传奇既与唐代诗歌媲美,其成就自必表现在内容和形式,思想和艺术两方面的统一上。首先就它的内容看,可分为讽喻、爱情、豪侠和历史四类。

讽谕小说当以《枕中记》和《南柯太守传》为代表,都是讽刺那些追求功名富贵的读书人的。作者在那个政治腐败、官僚集团互相倾轧的时代,头脑比较清醒,视做官有如一场幻梦,写出这类作品对当时名利场中人是极大的讽刺,具有警悟觉醒作用。但可惜作者并未能指出更积极而有意义的生活态度,相反的,却教人倒退,向后看,走向消极的独善其身的小天地里。它们表现了佛道思想的深刻影响,对人生和社会都采取虚无主义的悲观厌世态度,这是不好的。在艺术上,它们表现了高度的概括力,把人生的实质简明地描绘出来,所以故事虽是虚构的,有如神话或寓言,却并不离奇荒唐,不会把读者引入神秘的歧途。《南柯太守传》更完全把幻想和现实紧密结合在一起,梦中固是现实的变相,醒后仍似幻想的继续,尤能增强故事的真实感,发人深思。《任氏传》则是对另一种社会现实进行讽喻的,并非单纯的言神志怪。后期作品中也有讽谕小说,但宗教迷信或老庄思想已成为中心,讽谕意味渐少,意义就不大了。

爱情小说在传奇中占极大比重,尤其传奇成熟期此类作品最多。封建社会男女爱情受到礼教的严格限制,人们要求解放,而新兴市民阶层对这要求更为迫切,他们也更有勇气来突破旧的桎梏,文人受这种思想意识的影响,把它反映到传奇里是很自然的事。《莺莺传》创造了一个在封建礼教重压下觉醒了的女性,为了追求幸福的爱情生活而敢于打破礼教枷锁,与封建制度进行斗争。千百年来的读者对于莺莺的悲剧结局,表示莫大的同情。后世许多文学家迎合广大人民群众这种合理的思想愿望,在以这个故事为题材写作任何形式的作品时,便都给莺莺以美满的结局,使她与张生结成眷属。自然,这种改窜是完全符合读者要求的。但就元稹那个时代的社会情况说,原作对于莺莺的处理却也完全符合事件发展的自然规律,因而也就能够反映现实,并起了对封建制度进行严厉控诉的客观效果。莺莺的性格形象极真实,也极典型。她有一般少女追求爱情的内心要求,又有长期被压抑不敢坦白表露的犹豫心理。经过几次周折,她终于决心委身于张生。待到发现自己将被抛弃时,又只有怅恨自怜,一任命运的摆布。但是,她的性格毕竟不是那么软弱无力,否则,就不可能为了爱情而冲破礼教的大防。所以,最后她还是拒绝了与张生相见,这正表现了她作为一个相国女儿那种由衷的委婉的反抗精神,真实合理,没有一点虚构捏造的情况。张生的行径及其对莺莺前后态度的不同,固然决定于作者是在写自己的经历,不免有为自己辩护的因素与形迹,但处于那个封建社会,像张生那样贪图富贵、利禄熏心的读书人,为个人"前程"而宁肯牺牲爱情,也是合于事件发展规律的。他对莺莺始乱终弃,诚然令人愤恨,作者说他"善补过",不为"尤物所惑",也是使读者发生极大反感的。然而,正为如此,也就在客观上起了批判作用,产生了控诉那个社会制度的罪恶的效果。总之,莺莺的悲剧主要是封建礼教和社会制度所造成的,作者通过莺莺和张生的性格、形象将全部故事表现出来。

《霍小玉传》和《李娃传》都是以一个娼妓为女主人公而描写的爱情故事,但其性格形象则并不一样,故事情节及主题也颇不相同。前者揭示了那个社会矛盾的实质,写出了被侮辱、被损害的妇女奋起反抗的光辉形象。后者暴露了封建制度的残酷与封建礼法的虚伪。

后期的《杨娼传》、《无双传》和《步飞烟》也都是写男女爱情的,并都具有现实内容。

《柳毅传》写的是龙女与人的爱情故事，虽似志怪，实则借神鬼物怪的幻化，歌颂人类的爱情生活，所以也具有深刻的现实意义，并在创作上采用了更多的积极浪漫主义的手法，带有浓厚的浪漫色彩。这一篇写人物性格极其生动、典型，而故事情节曲折变化，布局结构巧妙谨严，语言文字精炼活泼，取得了唐代传奇中少有的成就。与此同类故事的传奇小说很多，都是以积极浪漫主义的精神，通过幻想，追求自由和幸福的爱情生活。虽然用的是狐精、仙鬼，却赋予了人的性格，善良、纯真、勇敢、机智，能大胆地冲破封建势力，达到自己的理想，其实正是表现了人民的真实意愿的。

　　豪侠小说的产生主要是由于唐末五代社会混乱，阶级矛盾复杂。市民阶层兴起以后，他们的生命财产往往遭到意想不到的损害，因此便采取个人的自卫或报复手段，反抗暴力的压迫。而在力有不逮之时，便幻想出有能扶危济倾的豪侠之士出来仗义相助，抱打不平。在后期神仙方术之说大盛，人们便赋予这些豪侠人物以超现实的奇技异术，使他们在除暴安良的斗争中更易取得决定性的胜利。豪侠小说便是在这样的社会现实中产生并发展起来的。它们虽以侠客的义烈行为为主要情节，但其所反映的内容则以政治斗争或爱情追求为线索，不过借侠客来解决主人公所无力解决的困难而已。早期作品《柳氏传》中的许俊和后来《霍小玉传》中的黄衫客便是这种豪侠人物的典型，但都还不是故事的主角，所以这两篇作品都不能列入豪侠小说之中。《无双传》中的古押衙地位相对重要得多了，但主题思想不在于表现他的豪侠精神，所以也不应列在这个范围之内。到袁郊的《红线》、裴铏的《昆仑奴》和《聂隐娘》，则以她（他）们的豪侠精神为主题，才完全是豪侠小说。尤其有名的是唐末五代时杜光庭的《虬髯客传》。所写情节以新的英雄出现、统一天下、再致太平为中心，这在一定程度上是符合晚唐、五代时期的人民愿望的。不过，作者宣扬了唐王朝正统的合法性，甘心把中原让给"真命天子"李世民，并力劝李靖佐太宗唐，从而证明李唐是天命所归，任何人不能妄图侵犯，这种宿命论思想不免阻碍了人民的反抗力量，对唐末农民起义显然采取反对态度，其思想却是反动的，至少不能算是进步的。在艺术上，这篇小说无论情节、结构、塑造人物、运用语言，都是非常成功的。豪侠小说最易流于离奇怪诞，荒唐无稽，但这篇却无此毛病，一切都合乎情理，毫不突兀，情节穿插也有根有据，使人信服，所以成为此类作品中最杰出的。

　　历史小说的产生，盖由于安史乱后，唐王朝由盛而衰，急转直下，人们抚今追昔，感慨往事，颇有引为殷鉴之意。许多传奇作品都是写这个阶段的人物、事迹的,其中最有名的是陈鸿所写的《长恨歌传》和《东城老父传》两篇,其思想内容与艺术技巧都比较高。

总之,唐代传奇小说无论属于哪一类,都有其共同之点,即:一、故事性强,情节复杂,首尾俱全,怪异物类人格化。二、作者受史传文学的叙述方法的影响,一般都采取正面叙述和正面说教的方法,并在结尾处由作者发挥议论,直接表示他对事件的态度,向读者进行说教。三、许多传奇在文内夹杂诗歌,与唐诗及变文的繁荣有关。四、与民间文学有密切联系,有些传奇故事的取材可能就来源于当时的说唱文学,或已广泛在民间流传的口头创作。

唐人传奇小说成就很大,主要在于:一、把六朝志怪小说向前推进一大步,文人开始有意识地写小说,并已具备短篇小说的完整形式。二、反映现实、批判现实,达到相当的高度与深度,反映面颇广;有的还表现了人民的理想愿望,成为现实主义与积极浪漫主义相结合的范例。三、艺术上注重结构和布局,有意识地刻画人物性格形象,创造了曲折的情节和绚烂的画面。四、学习并运用人民的口语,也吸取古文运动所取得的散文文学语言的成就,表达力强,为人民群众所喜闻乐见,易于接受。

第三节　唐传奇的影响

唐传奇成就很高,在文学史上占有重要地位,首先是它把我国小说推到一个新的独立的成熟阶段。

它对后代文学的影响很大,尤其在小说和戏剧方面。宋代话本小说的出现以及明代以后章回小说的形成与发展,都是渊源于它的。唐传奇的故事情节与布局结构也给后来的戏剧以重要影响。

唐传奇中许多故事成为后代小说的本事,或作为改编的基础。明代冯梦龙编的《三言》(《喻世明言》、《醒世恒言》及《警世通言》)和凌濛初编的《二拍》(初刻及二刻《拍案惊奇》)中有许多篇都是根据唐人传奇改写的。无疑的,传奇的一切成就都已为后世小说所继承而有了新的发展与提高,特别是它的现实主义与积极浪漫主义相结合的创作方法。

就连后世的诗、词、散曲的作者,也常以传奇故事为题材,进行歌咏。晚唐司空图的《冯燕歌》,北宋曾布的《水调七遍》大曲,都是根据沈亚之《冯燕传》的。至于诗人借用传奇典故的,更随处可见。散曲中,写崔张故事的尤多，自然又是以元稹《莺莺传》为根据的。

唐人传奇不仅对中国千余年来的文学发展有深刻影响，它们也影响过日本文坛，《游仙窟》在作者生时就已传入日本，影响其古代读书界。其他如《章台柳》（即《柳氏传》）、《长恨歌传》、《霍小玉传》等，据说也都为日本《枕草纸》、《伊势物语》、《源氏物语》等古代文学名著所摹拟。于此更可见唐传奇影响之远了。

中國文學史綱要

姜書閣

浙江大学出版社
ZHEJIANG UNIVERSITY PRESS

目　　录

下　　卷

第六篇　明清文学

第七篇　晚清民初文学

第 五 篇

宋（辽 金）元文学

第一章　宋元文学概述

第一节　社会概况

以阶级观点来分析宋元社会,这两个朝代都是统治阶级最残酷地剥削人民的时期,其间并无区别。即使从民族矛盾来看,两宋三百多年也一直受着北方几个少数民族的侵略,汉族政权萎靡已极,和元代之完全由异族统治仅有程度上之不同。至于社会经济发展情况,中国自唐代"安史之乱"以后,经过五代到北宋末期,大体上是一致的;南宋至元,南方社会经济比以前更有新的发展,而整个中国则大体上是封建经济的后期,工商业较前愈为繁荣,都市兴起得更多,也更加蓬勃。因此,无论从政治上抑或从经济上来说,这两个王朝是可以而且应该作为一个历史阶段来讲的。

宋太祖赵匡胤和太宗赵匡义在二百多年的长期分裂的局面以后,为了巩固其所夺取的政权,先后采取了统一集中政权和军权的种种措施,特别是把兵权集中于中央,由皇帝直接掌握,对以后有很大影响。这样做的结果,遂使将不知兵,兵不知将,军队骄惰,丧失战斗力,造成宋代积弱,不能抵抗异族的侵略。

至于政治上,宋代为避免大臣专权,所有中央或地方各级官员均由中央任命,并经常调动。宋代发展了唐代科举制度,增加进士录取名额,每三年一次,往往多至数百人,使较多的中等阶层知识分子进入仕途,以致机构庞大,冗员日多,坐享高俸,势必加重对广大劳动人民的剥削,使阶级矛盾益趋尖锐化。

宋初和历代开国之初一样,也曾采取一些有利于农业恢复和发展的措施,如招诱逃户复业,遣放士兵归农,实行"均田法",号召人民垦荒,官不取租等项,这就满足了一部分农民的土地要求,增加了大量自耕农。而由于仁宗赵祯实行营田和屯田的制度,也产生了不少小土地所有者。再加上自宋初以来百余年间提倡植桑、凿井、垦田、水利,设置"农师",讲求农业技术,就使农业经济在比较安定的社会环境下得到迅速恢复与发展。但这只是短时期的表面现象,而实质上,获得更大利益的,则是官僚、豪绅、大地主阶级。他们残酷地剥削和压迫农民,大肆兼并,不纳税,也不服任何徭役。庄园制度便是这种情况的具体表现。到英宗赵曙的时候(公元1064—1067年),统治集团从皇帝起都是庄园主,占有全国垦地面积达六分之五以上,而全部负担却落到占有少数垦地的广大农民(包括佃农和自耕农)和一部分中小地主身上。农民不堪压迫,相率流亡,聚结在山谷沼泽之中,形成一股股反抗力量,发起无数次武装起义。北宋初期的王小波、李顺、王伦、王则等起义,起势已甚浩大,而到末年,则有宋江、方腊等起义,更如火如荼,动摇了整个王朝。

北宋的手工业和商业也随着农业生产的发展而有所发展。火药铳炮的制造,罗盘针、活字印刷术、金属分析等的发明或改进,以及这些部门熟练工人和技师的产生,都表现了手工业技术和生产力发展的程度,表现了我国人民无比的智慧与巨大的创造力。有些官府的手工业作坊、作场,如军器制造、铸钱、印钞、采矿、冶铁、采茶、煮盐、印刷、造船、纺织、造纸等,往往使用成千上万的雇佣工人。这都是经济高涨下的直接产物。商业方面,大城市更加繁荣,除国内市场增多外,还有广州、泉州、明州(宁波)、杭州等对外贸易的港口。这些城市聚集了千千万万户的工商业者和居民,形成庞大的市民阶层,而行会组织也极其普遍而益形健全。应他们生活要求的茶坊、酒肆、瓦舍、勾栏,以至妓馆、歌楼等也应运而生。

由上所述,可见北宋社会矛盾重重,而主要矛盾则是大地主阶级的统治集团与农民间的矛盾。与此同时,大地主官僚集团与中小地主等中间阶层的矛盾也有所发展,于是便产生了王安石的变法运动。新法是针对当时社会主要矛盾而制定的改良方案,其基本意义在于限制大地主阶级的某些特权,如土地免役之类。它可以缓和农民与地主阶级间的矛盾,这是适应中间阶层的要求的,特别符合中小地主的经济利益,也反映了自由商人和手工业者的一点要求。对于整个社会和国家,它也是有利的,因为这些措施可以促进生产的发展,可以增加国家财政收入,对挽救北宋社会危机起了一定的作用。然而,它触犯了大地主阶级的特权,遭到了所谓旧党的猛烈反对,所以实行不久便被全部推翻,北宋后期的党争便成为单纯的统治阶级内部争权夺利的斗争。人民反而受着更凶狠的压榨,社会矛盾也随之重新扩大。

宋、元两朝是中国历史上民族矛盾最尖锐、斗争也最激烈的时期。北宋初期，统治集团削弱了地方武力，不得抵御外侮，已开始执行其屈辱的外交政策，处处妥协求和，使北方的契丹得以发展强大，积极南进，到了真宗赵恒的景德元年(公元1004年)，宋王朝竟与辽(契丹建国称辽)订立了屈辱可耻的"澶渊之盟"，以兄弟相称，并岁"赠"辽以银十万两，绢二十万匹。虽名为"赠"，实质上则是被迫的献纳。到仁宗赵祯庆历二年(公元1042年)，又岁增银绢各十万，并改"赠"为"纳"，连表面上的平等关系也不存在了，宋廷遂成为辽的附庸。对西北地区的西夏，宋朝也一直采取岁赐金帛的办法。后来徽宗赵佶时，女真族突起于东北，政和五年(公元1115年)，建立金国。十年后，金灭辽，继遂长驱南下，宋更无力抵抗。这时，北方人民自动起来组织义军，与金人死战，金宣称可以议和退兵，宋乃禁止军民抵抗，坚持投降路线，妄冀金人退兵。事实上，这不过是一种缓兵之计，从宋帝国内部来瓦解其抵抗力量。金人终于在靖康二年(公元1127年)掳去宋徽宗(赵佶)和钦宗(赵桓)以及他们的后妃贵族三千人北去，而北宋遂亡。

公元1127年五月，康王赵构(后来称为高宗)在商丘(称南京)称帝，继又被迫迁至杭州(称临安府)，这就是南宋了。

南宋建国初期，由北方南来的腐败官僚又重新形成一个对金力主屈辱投降的政治集团，那就是以秦桧为首的卖国求荣的当权派。他们只图保持偏安的附庸地位，不惜坐视河山破碎，民族危亡，而要尽力反对甚至陷害以李纲、宗泽和抗金名将岳飞等为首的主战派。他们派大军进攻和剿杀了反金的义军，又排斥了内部的主战派，从而给志在灭宋的侵略者清除了道路。金兵继续南进，宋朝在投降派的主张下两度与之议和，称臣、称侄，受金帝册封，割地、献币、纳贡，成为中国历史上统一王朝中最可耻的一个朝代。

南宋后期，金与宋的统治集团同趋衰敝，惟蒙古族崛起塞北，于公元1206年由成吉思汗(元太祖)建立蒙古汗国，不及二十年，大举攻金，灭之，时为公元1234年(宋理宗赵昀端平元年)。北方的汉人、金(女真)人和契丹人纷纷起义，此时如果南宋能乘机改革内政，整军经武，团结国内外人民及义军，很有可能收复过去为金所侵占的土地。但它没有这样做，反而于公元1232年与蒙古缔结共同灭金的盟约，而金亡以后，蒙古统治者便以其新胜之军继续南下，终于在公元1276年攻陷临安，迫使播迁到最后的宋帝赵昺投海而死，南宋遂于公元1279年灭亡。

南宋偏安时期，江南成了宋王朝政治、经济和文化的中心，经济有了新的发展,而发展最快的却是像临安这样的消费都市,人口剧增,度宗赵禥(公元1265—1274年)时,已达三十九万户之多。城市人口膨胀,相应的也要求有更多的工商服务行业,因而市场繁荣,自不待言。加以统治阶级穷奢极欲,浪费无度,复借对外军需岁贡之名,大量向人民逼索。百姓负担益重,社会矛盾也愈加尖锐。在政治制度上,南宋并无多少新的设施,大致一仍北宋之旧。在文化上,自北宋起,印刷术的进步使刻版书籍广泛流通,为多数人学习文化创造了条件,而且书院学校普遍设立,私人讲学之风甚盛,产生了提高社会文化和扩大教育事业的效果。

宋亡以后,元朝统治者不仅对汉族及中国其他各族人民采取极其残酷的压迫乃至屠杀的政策,而且推行民族歧视政策,把各族人民分为四等,即蒙古人、色目人、汉人和南人,使受到完全不同的待遇。它惧怕汉人反抗,禁止人民集会、结社、田猎、习武和收藏武器;又设里甲制度,监视人民的行动,而以蒙古人或色目人为甲长,对汉族人民可以随意奸淫劫掠。他们和汉族地主阶级相勾结,压迫广大的汉族劳动人民,这就把民族矛盾与阶级矛盾纠缠到一起,使社会矛盾更加复杂化了。

蒙古贵族开始大量圈地为牧场,破坏了已经有相当高度发展的农业经济。后来圈地的浪潮虽然停止了,但广大农民在他们奴隶式的榨取之下,就使得已遭严重破坏的农业生产长期不得恢复,全国农村完全破产,人民死亡载道。

元朝统治者为了满足他们奴隶主式的豪华生活的需要,集中全国各种工匠到大都(今之北京),给他们生产消费品。加以他们征服了西亚广大地区,打通了欧亚交通,扩大了国际贸易,因而更造成了大城市的畸形发展与繁荣,而市民阶层也随之不断壮大。

就是在这样民族矛盾与阶级矛盾错综复杂的情况下,人民的起义斗争此伏彼兴,亘百年未曾停止。而野蛮的元朝统治者镇压愈力,被统治的各族劳动人民反抗也愈烈,终于在公元1368年,以朱元璋为首的农民起义军最后把元帝国的统治者驱出北京,推翻了它的野蛮统治。

第二节　文学概况

宋、元文学在中国文学史上占有极重要的地位,它一面继承了唐以前的各种文学形式及其成就，并作进一步的发展，一面又创造了一些新的体裁，以适应壮大了的市民阶层的文化生活需要。

宋代诗歌继唐代以后，又有了新的变化发展，另具其独特的时代特点与艺术特征。宋词不仅继承了唐、五代词的传统，而且在广大的文人作家中普遍地流行着，大有取五、七言古近体诗而代之的趋势。两宋产生了不少优秀的词家和词作。它也为元代散曲的产生、繁荣与发展准备了条件，所以词在宋代文学史上意义十分重大。

宋代散文作家继承并完成了中唐以来韩愈、柳宗元等所领导的古文运动，树立了以"唐宋八大家"为代表的新的散文风格。其中除掉政论性和哲理性散文外，也有不少抒情、叙事的作品。前者良莠不齐；后者却大部分是比较可取的，对散文的发展起了良好的作用。就是他们的政论性文章，也不乏说理清晰、文笔犀利、语言明快、词句简洁的优秀作品。尤其可取的是，宋人政论文章往往气势充沛，布局谨严而多变化，具有较强的战斗力量，在政治斗争中成为强有力的文字工具。

在中国文学史上，现实主义和反现实主义文学流派的斗争比较明显的是宋代，而这一斗争正是那个时代尖锐的阶级矛盾在文学领域里的反映。大地主阶级的糜烂生活是各种反现实主义逆流滋长的温床，而中下层人民所过的被剥削、被压迫的惨痛生活则是产生现实主义文学的源泉。

宋初，粉饰太平的台阁体的典型诗文流派西昆体，专在使事、用典、遣词、造句等技巧方面下工夫，实在没有什么现实意义，因而也不能说有多大价值，其主要倡导人物杨亿、刘筠、钱惟演等凭借其政治地位，大肆鼓吹，风靡一时，遂成宋初三四十年文坛上的统治势力。晏殊、晏几道父子和欧阳修的词也基本上继承"花间"和南唐的风格，顺流而作，没有什么新的变革，虽不能说是反现实主义的，但其思想内容及音调格律则仍未脱五代余风，对宋代词坛的健康发展也有一定的不良影响。

与此相反，一部分由科举出身的中小地主阶级及其他中间阶层的文人则不能不反映他们的思想、观点与政治要求，于是宋初的柳开、穆修、石介、王禹偁等便上继风、骚，远述汉、魏，而近承李、杜、韩、白等的优秀传统，反对晚唐、五代的颓风，其中的石介则明白地抨击了西昆体，而创作了一些质朴清新的现实主义作品。开始时，新兴势力还比较单薄，未能形成流派，直到梅尧臣、苏舜钦、欧阳修出来，有意识地从事文学革新运动，才击溃西昆派反现实主义逆流，涤荡了晚唐五代的不良影响，使宋代诗文呈现出崭新的面貌,跨进了一个新的阶段;到苏轼、王安石时,这一运动便获得彻底的胜利。但文学上两条道路的斗争并没有停止。苏轼之后,形式主义倾向又渐渐抬头,有时还占据了统治地位。诗坛上黄庭坚及其江西诗派,词坛上以周邦彦为代表的大晟词人及其他格律词派都曾盛极一时,对宋代后期诗词发生过重大影响。而辛弃疾、陈亮、陆游以至杨万里、范成大等则走着真正反映现实生活的正确道路。两宋文坛正是在这种曲折复杂的矛盾斗争中不断发展的。

一般说来,宋代作家在散文方面应用范围比以前为广,题材涉及到社会生活的各个方面。至于诗词,其思想内容虽然也都比唐代作家有所发展,但其描写对象到底还嫌狭窄,与人民仍有相当距离。在艺术上,无论诗、词、散文,都趋于朴素、明畅、自由、开阔,确有进步意义,尤其在反对形式主义和唯美主义的斗争中,它的表现方法是正确的,发展是健康的。

元代文人作家的诗、词、散文都没有什么新的发展和成就,这几十年间的主要文学成就在于散曲、剧曲和话本小说,而这些体裁的出现几乎都始于宋代,而发展并完成或革新于元代。它们的原始,基本上都是民间文学,或者更确切点说,它们都是适应宋、元市民阶层壮大的特殊需要而产生的市民文学。

话本小说广泛地表现了宋、元的社会生活,从市民的思想感情出发,深刻地揭露了黑暗的现实,反映了阶级斗争和民族斗争的历史,成功地塑造了一系列下层人民的艺术形象,具有丰富的思想性与强烈的人民性。它对我国后代的文学、特别是小说的发展,有着极其深刻的影响。

宋代已有广泛的戏剧表演,民间的傀儡戏、影戏以及鼓子词、诸宫调等讲唱文学,也为元代戏曲发展打下了基础。元杂剧和戏文就是在北宋杂剧、金院本和南宋戏文的基础上进一步发展而成的。关汉卿和王实甫等杰出的剧作家的作品反映了极广阔的社会现实,无论在思想上和艺术上都有很高的成就,创作了为人民所喜爱并至今还活在舞台上的许多作品。

至于元代的散曲则是诗歌的一种新的体裁,许多剧作家和文艺作者都用它来创作,抒写个人情感。它也是从民间歌曲发展而来的。

第二章　宋初文坛上的斗争

第一节　西昆派与北宋初期文坛面貌

宋初社会比起晚唐、五代百余年来的混乱局面,表面上安定得多,广大人民辛勤劳动,努力生产,使经济得到迅速恢复与发展。统治阶级为了巩固其统治,便大量剥削,以其所得的物质财富来宠养前朝的降王、降臣和庞大的官僚地主集团,优予俸禄,厚加赏赐。这些人志得意满,过着骄奢淫佚的豪华生活,陶醉于歌舞升平之中。反映到文学上,便是那时的宫体诗歌和空虚无实、专意文词的唯美主义、形式主义的文风,而西昆体就在这样的情况下产生了。

西昆派是以杨亿所编包括刘筠、钱惟演、丁谓和他本人在内的十七个贵族文人和御用词臣所作专以歌功颂德粉饰太平为旨的《西昆酬唱集》而得名。他们差不多都有很高的政治地位,因此,便有意无意地散布其影响,并吸收或诱惑了多数中下层文人,遂使这一流派的作风弥漫文坛三十余年。其影响主要在诗,也包括了文和赋,并也渗入了词坛,后来虽在斗争中为革新派所打倒,但其残余势力却一直贯串了整个宋代,随时有借尸还魂、死灰复燃的趋势。它确是宋初文坛逆流中的代表。

西昆诗人以杨、刘、钱为主脑,《西昆酬唱集》所选的诗也以这三人为多,其余诸人只是附和者罢了。他们以追踪晚唐诗人李商隐、唐彦谦诸家为极则。他们才俱不高,所作只能猎取李商隐的艳丽雕镂的形式技巧,并不曾吸取其现实主义和浪漫主义的精神,故思想内容极为空虚,成为台阁体的典型。此集约编于公元1004年至1007年之间,作品只是限于文人交游、诗酒唱和,没有更多的意义,所以谈不上什么深刻的思想内容,只不过是一种消遣品罢了。他们的作品"务故实,而语意轻浅",但"组织华丽,对偶森严",故其上者亦不过辞藻华艳、声律婉谐而已,既不可能反映社会现实生活,也不会抒发什么真实情感,简直可以说是一种文字游戏。所以尽管这些人的作品中间也有艺术技巧比较精美、不无些许可取之处的,但总的说来,究竟只能是时代的逆流,应予批判摈弃。这个集子是诗集,故一般谈西昆体主要指他们的这种诗风。他们也喜欢作骈文和赋,其内容与风格正与他们的诗一样,所以西昆体乃是兼指这一派的诗和文而言的。

杨亿(公元974—1020年),字大年,建州浦城(今福建浦城县)人。真宗赵恒时,历官知制诰,后拜工部侍郎、翰林学士兼史馆修撰。刘筠(生卒年无考),字子仪,大名(今河北大名县)人,官至翰林学士承旨,兼龙图阁直学士。他初为杨亿所识拔,后与之齐名,时号"杨、刘"。钱惟演(生卒年无考),字希圣,吴越王钱俶之子,归宋后,官至保大节度使,知河阳;入朝,加同中书门下平章事。他们的生平及活动约在宋代开国后四十年到七十年间,可见西昆体在文坛上盛行的时期主要是在公元1004到1034年的三十年内,从而也证明了这种文风的盛行是与他们的政治地位有关的。

就在宋初七八十年间,也还有些作者在文坛上名望不大,也不曾大力宣传自己的文学主张,但却以严肃的态度写作跟西昆体完全不同风格的作品,如王禹偁、范仲淹、柳开等人的古文,寇准、林逋、魏野、王禹偁和较早的"九僧"等人的诗,都是清浅平淡、质朴无华的,能够表现出作者的真情实感,没有西昆体的富贵气与浮艳气。他们虽还未提出文学革新的口号,而这种消极不合作的态度与认真写作的精神,实已成为西昆派的对立面,并为后来的文学革新运动开了先路。

第二节　王禹偁和石介等的文学革新

北宋初期在文学革新中最早而又最有实绩的有两个人:王禹偁表现在创作实践上,石介表现在理论上。至于理论与实践并举,把文学革新运动向前推进、深入发展并取得基本胜利的,则是11世纪中期的欧阳修;若夫运动的彻底而全面的胜利,则有待于11世纪末期的苏轼了。

王禹偁(公元954—1001年),字元之,济州钜野(今山东巨野县)人。他本生活在西昆结集以前,但西昆作风早在晚唐、五代就发展起来了,他首先提倡文学革新,反对卑靡浮艳的文风,而以其创作实践取得了很大成就。后来反对西昆派的斗争正是这一革新运动的继续,只是一个有明显的斗争对手,一个只有斗争的对立面罢了。

王禹偁提倡韩、柳用以载道和明道的古文,也推崇杜甫反映现实的诗歌,他自己的诗文创作便是以此为方向而努力的,所以能够做到清真淡雅,一反五代的卑靡之风。《五哀诗》第二篇云:"文自咸通后,流散不复雅。因仍历五代,秉笔多艳冶。高公在紫微(按:指高锡,后汉乾祐进士,仕周;宋初,任著作佐郎,后拜左拾遗,知制诰,宋属中书省,即唐之紫微省也),滥觞诱学者。自此遂彬彬,不荡亦不野。"在《荐丁谓与薛太保书》里说:"其道师于六经,泛于群史而斥乎诸子。其文类韩柳,其诗类杜甫,其性孤特,其行介洁,亦三贤之俦也。"从这些话就可以看出他反对文章流散艳冶,而要宗韩、柳之文和杜甫之诗。《答张扶书》说:"夫文,传道而明心也,古圣人不得已而为之也。"他主张"远师六经,近师吏部"(按:指韩愈),并要求"使句之易道,义之易晓,又辅之以学,助之以气",可见这就是他学习古文的道路了。《赠朱严》云:"谁怜所好还同我,韩柳文章李杜诗。"这里李白只是陪衬,他主张诗学杜甫,也喜爱白居易,所以他曾经说过:"本与乐天为后进,敢期子美是前身。"他之学韩、柳,学杜、白,完全是有意识的,是选定了他们所走过的这条创作道路的。他的文学见解确是"独开有宋风气",而后来的欧阳修则是追踪他的步武而"承流接响",继续他的文学革新事业的。

王禹偁学杜、白,写出很多朴实无华近于白描的诗篇,一面反映了人民疾苦,一面也揭露了统治阶级的罪恶,表达了诗人自己的爱憎,是颇具批判现实主义精神的。《感流亡》:

> ……门临商於路,有客憩檐前。老翁与病妪,头鬓皆皤然。呱呱三儿泣,茕茕一夫鳏。遗粮无斗粟,路费无百钱。聚头未有食,颜色颇饥寒。试问何许人,答云家长安。去年关辅旱,逐熟入穰川。妇死埋异乡,客贫思故园。故园虽孔迩,秦岭隔蓝关。山深号六里,路峻名七盘。襁负且乞丐,冻馁复险难。惟愁天雨雪,僵死山谷间。我闻斯人语,倚户独长叹。尔为流亡客,我为冗散官。在官无俸禄,奉亲乏甘鲜。因思筮仕来,倏忽过十年。峨冠蠹黔首,旅进长素餐。文翰皆徒尔,放逐故宜然。家贫与亲老,睹尔聊自宽。

写流亡者的痛苦情景极深刻,反映了统治阶级蠹害人民的本质。后段反身自思,认为虽遭贬谪,比起人民还好得多,甚且对过去的"旅进长素餐"感到惭愧。《对雪》并未写什么故事，也没有人物和情节，但诗人自己的思想感情却跃然纸上，显示出他对于一切遭受苦难的人们都寄予深切的同情，而且也在后段作了自我反省。诗人每一看到贫苦老百姓，便要和自己的生活对照一下；同样，每感到自己穷困时，便也想起受难的人民，因而也就深自惭悚，作一番检查。《对雪示嘉祐》也是如此。他在许多诗里，不仅表示同情人民，并且还鞭挞了统治阶级，斥责了剥削者。如《十月二十日作》（原注："是日甚寒，始有冰"）说："重衾又重茵，盖复衰懒身……凌旦骑马出，溪冰薄潾潾。路旁饥冻者，颜色颇悲辛。饱暖我不觉，羞见黄州民……"这种思想感情岂是一般统治阶级所能有！他对饱食终日、残民以逞的剥削者是非常痛恨的，往往效白居易"新乐府"的形式，写一些极锋利的讽谕诗，如《竹鼬》云：

> ……惟此竹间鼬，琅玕长满腹。暖戏绿丛阴，举头傲鸿鹄。不知商山民，爱尔身上肉。有锸利其锋，有锥钴于镞。开穴窖于囚，洞胸声自哭。膏血尚淋漓，携来入市鬻。竹也比贤良，鼠分类盲俗。

这指的什么已很明显，诗人在最后又直接写出本意道：

> 吁嗟狡小人，乘时窃君禄。贵依社树神，俸盗太仓粟。笙簧佞舌鸣，药石嘉言伏。朝见秉大权，夕闻罹显戮。

这当然是表示诗人的愿望，事实上未必都得恶报，其意只在以篇末结语大声警告："彼狡勿害贤，彼鼠无食竹！"这正如白居易新乐府的"卒章言志"。其《鸟啄疮驴歌》也是此类。

王禹偁的散文也和诗一样具有现实主义精神。有名的《待漏院记》以贤相君和奸佞者作对比，最后得出结论道："是知一国之政，万人之命，悬于宰相，可不慎欤！"而对于那些"无毁无誉，旅进旅退，窃位而苟禄，备员而全身者"，则认为"亦无所取焉"，由这里就可以看出他是一个多么正直的人，而在政治上则是一个经常关心人民和国家的正直官吏。他的《吊税人场文》把统治者剥削人民的重税比做虎之搏人，而且尤为酷烈。他说："虎之搏人也，止于充肠；官之税人也，几于败俗。……斯场也，大于六合；斯虎也，害于比屋。虽有黄公之力莫得而戮；虽有卞庄之戟，岂得而逐！"这样的韵文，以前是不多见的。

他的理想社会则见于《录海人书》，托为"秦末有海岛夷人上书诣阙者"所叙的。那是一个没有阶级的社会，没有如人世间的赋税、徭役等剥削压迫。人们都自己劳动、生产,自己享受,过着自由幸福的生活。他所写的大致与陶渊明的《桃花源记》相同,虽不及其周密曲折,但也可以从中看到作者的理想愿望。

他的《唐河店妪传》叙述一个老妇用计把一个契丹侵略兵推坠井中的智勇故事。这篇文章主要在表达作者的爱国思想与抗敌主张,所以写故事不及全篇三分之一,而重点则在借题发挥,盖欲"因一妪之勇,总录边事,贻于有位者"。

总之,王禹偁的作品,无论所反映的社会现实、思想内容,还是作品的艺术方法,都是与宋初文坛上的形式主义文风完全不同的。他有意识地用理论特别是用创作实践来提倡文学革新,而且也确实取得了很大成绩,为宋代诗文创立了新的风格,引其走上现实主义的创作道路,给文学革新的斗争打下了基础。

石介(公元1005—1045年),字守道,兖州奉符(今山东泰安县)人。他本是一个理学家。在宋初的文学革新运动中,他是首先从理论上反对西昆体而且斗争很坚决的一个人。在他之前或同时,也还有柳开(公元947—1000年,原名肩愈,字绍先,后改名开,字仲涂。今河北大名人)、孙复(公元992—1057年,字明复,今山西平阳人)、穆修(公元979—1032年,字伯长,今山东东平人)、尹洙(公元1001—1047年,字师鲁,今河南洛阳人)等人主张继承韩愈,把道与文结合起来,而以道为主体,反对浮艳文风。他们都是理学家或道学家,其论文的出发点也都在于明儒家的道。惟石介虽亦以道为主体,论文主张明道、致用、尊韩,但他与别人不同的是,他明白地提出反对西昆体的口号,大声疾呼,毫不妥协地与之进行顽强的斗争,显示了冲锋陷阵的威力,在文学革新运动中起了先锋作用。最早的柳开表面上似乎是提倡古文,而骨子里却是尊崇道学,其《应责》说:"吾若从世之文也,安可垂教于民哉?亦自愧于心矣。欲行古人之道,反类今人之文,譬乎游于海者乘之以骥,可乎哉?苟不可,则吾从于古文。"可见他的作古文完全是为了要行道。石介的主张固亦类是,但他的《怪说》却直截了当地对西昆体进行了猛烈的攻击,简直成为讨伐西昆体的檄文。不论其目的如何,实际上确已收到反对西昆体的斗争效果。他说:"今杨亿穷妍极态,缀风月,弄花草,淫巧侈丽,浮华纂组,刬锼圣人之经,破碎圣人之言,离析圣人之意,蠹伤圣人之道。"《与君贶学士书》则说:"自翰林杨公倡淫词哇声,变天下正音四十余年,眩迷盲惑,天下聩聩晦晦,不闻有雅声。尝谓流俗益弊,斯文遂丧。"这些话都是很明白而且很激烈的。这时,反对西昆体提倡古文的人已经很多,其中也有斗争性很强的,但西昆体仍在文坛上占着优势,为世俗文人所摹效。其原因,便由于这些反对者毕竟都是道学家,重道轻文,其主张的本身已不适合于进行文艺斗争,甚且对文学革新运动的健康发展起着阻碍作用。另一个原因,则是他们自己的作品缺乏艺术性,多是生硬晦涩的散文,或为语录式的片断,或者是一些毫无艺术价值的哲理诗,不可能以其作品战胜西昆体诗文,取而代之,以占领当时的诗文阵地,也不可能以自己创作的作品引起广大士子的喜爱与模仿。所以他们的斗争实绩并不很大,只是对西昆体开了第一炮,提出文学革新运动这一号召与战斗宣言而已。

在这些道学家中,石介的诗文算是比较好的,间有一些慷慨愤激、朴素有力、富于战斗性的作品。《汴渠》一首大胆地直刺皇帝,指责他为了一人口腹享受,不惜竭尽民力,进行无比残酷的剥削,并代表人民的愿望提出自己的意见。《西北》和《偶作》也表现了他的爱国思想。散文中,《责臣》、《责素餐》、《录微者言》等,也都是爱憎分明、思想性很强的。他的战斗精神是可嘉的。但就诗论,艺术性不高,感染力不强,而且以卫道者自居,道学气很浓,也削弱了文学的激发教育作用。当然,他还未能集结更多的人成为一个强有力的集体,共同战斗,故气势虽猛,毕竟只能表现为一个先锋的战士,而不能取得更大的战果。

第三章 欧阳修、王安石等文学革新运动的成就

第一节 欧阳修和他的前辈范仲淹

欧阳修是北宋文学革新运动的主帅,其地位与唐代的韩愈有些相似。但在叙述他的成就以前,有必要先介绍作为他的前辈而政治上又为他所同情并热烈拥护的范仲淹。范仲淹是政治改良派,与当时保守派的旧官僚集团首脑吕夷简进行过长期而顽强的斗争,当然是以政治才能见称的。但他在文学上也有相当高的造诣,并且也是提倡古文,反对西昆体的。范、欧在文学上所进行的斗争,正与其在政治上的斗争是一件事的两个方面,因为前者是在后者的影响下产生的,而后者则是为前者服务的。

范仲淹(公元 989—1052 年),字希文,苏州吴县(今江苏苏州市)人。西夏元昊侵宋,他奉命负责西北边防,颇有转危为安之功。仁宗赵祯庆历(公元 1041—1048 年)间,调回中枢,曾提出革新政治的主张凡十事,虽为巩固王朝统治而发,但客观上也符合人民的愿望,具有一定进步意义。他的主张不免侵犯贵族旧臣的既得权益,因此便引起他们的不满,被攻击而遭到迁谪,这一政治改良运动也随而失败。

范仲淹在《奏上时务书》中,首先提倡改革文风,认为"国之文章,应于风化,风俗厚薄,见乎文章",故"览南朝之文,足以知衰靡之化"。因此,他痛惜当时"不追三代之高,而尚六朝之细",要采取有力措施,以"救斯文之弊"。这其实与古文运动的动机和目的完全一致。他所留下的散文,一般也有比较丰富而深刻的内容,能在一定程度上透过社会表面现象看到一些本质。有名的《岳阳楼记》以抒情的笔调,充沛的气势,晓畅而优美的语言,描绘周围的景色和它所引起各种登临人物的不同的感兴。文章最后提出"先天下

之忧而忧，后天下之乐而乐"的名言，表示他阔达的胸襟与宏伟的抱负，也激发了后世一切进步的知识分子为国家为人民而献身的积极精神。这是一千年来少有的一篇优秀散文作品，迄今为习文者所讽诵。

范仲淹的诗词虽留下的不多，但无论其思想还是艺术，都达到了一定的高度，并与其文学见解完全相符。如《江上渔者》：

> 江上往来人，但爱鲈鱼美。君看一叶舟，出没风波里！

又如《农诗》，其思想见地也是有一定分量的：

> 伤哉田桑人，常悲大弦急。一夫耕几垄，游堕如云集。一蚕吐
> 几丝，罗绮如山入。太平不自存，凶荒亦何及！

其悲天悯人之情，不觉溢于言表。他也是北宋早期很有独特风格的词人之一。他的词仅存六首，而写边塞秋思与羁旅情怀的《渔家傲》、《苏幕遮》、《御街行》等三首却都极苍凉沉郁之致，成为不朽的词作，不仅在当时独树一帜，并亦开后来苏、辛豪放一派的先河。其《渔家傲》云：

> 塞下秋来风景异，衡阳雁去无留意。四面边声连角起，千嶂
> 里，长烟落日孤城闭。　　浊酒一杯家万里，燕然未勒归无计。羌管
> 悠悠霜满地，人不寐，将军白发征夫泪。

但范仲淹到底是以政治军事的功绩，特别是在西北的防边工作上，取得了为世所重的勋劳，他不可能用更多的力量来从事文学创作活动。因此，文学革新运动的领导任务，就落在了他的后辈欧阳修的身上了。

欧阳修（公元 1007—1072 年），字永叔，江西庐陵（今江西吉安）人。幼孤贫，母郑氏教他读书识字，二十四岁中进士。历任中央和地方许多官职，始终倾向于改良派范仲淹，被吕夷简等反对派集团诬与范为朋党，并和范一同被贬过。

在文学上，他紧接着柳开、石介等人，继承中唐韩、柳古文运动的遗踪，领导着在北宋出现的中国文学史上第二次古文运动，实质上就是宋代的文学革新运动。他不像那些道学家以文为道的附庸，而是给予文以相对的独立地位，并从理论上大声疾呼，号召文坛反对西昆体的诗赋和形式主义的骈偶时文。他也在创作实践上以其清新明畅、平易近人的散文和散文化的诗歌，建立了新的诗文风格，提供了革新的典范。仁宗赵祯嘉祐二年（公元 1057 年），他知贡举，与梅尧臣等奉命主持礼部试，他有意识地黜落那些好

写险怪奇涩之文的士子,虽然遭到他们的叫嚣反对,但自此以后,文风竟有了一些转变。他的文章受到当时人的"师尊",尤其由于他喜欢"奖引后进",而在他"赏识之下"的士子,后来竟"率为闻人","曾巩、王安石、苏洵、洵子轼、辙,布衣屏处,未为人知,修即游其声誉,谓必显于世",这些人差不多都是出于他的门下,并对他所领导的文学革新运动大力支持,促进它的发展,终至取得根本的胜利。《宋史·文苑传序》叙述得颇为简明:"国初,杨亿、刘筠犹袭唐人声律之体;柳开、穆修志欲变古,而力弗逮;庐陵欧阳修出,以古文倡,临川王安石、眉山苏轼、南丰曾巩起而和之,宋文日趋于古矣。"这大体是符合历史实际的。

欧阳修的文学活动对当时历史确实起了一定的进步作用。但作为地主阶级政治家和文学家,他仍不能脱离士大夫的阶级立场,尤其在他做官通显以后,对于以忻州王伦和贝州王则为首的农民起义,不免抱敌视态度,甚至予以诬蔑和诅咒,并希望宋王朝对他们"务速剪除",从而暴露了他为统治阶级服务不惜扼杀人民革命萌芽的反动本质。因此,他的某些作品便缺乏现实性和人民性,而只能是士大夫阶级的文学。尤其到了晚年,地位愈高,愈脱离人民群众,生活中渐渐失掉奋发的英气,反映在作品里便多是些安分知足和伤时嗟老等不健康的情绪。

他的文学革新理论基本上与石介等相同,主张文章以明道、致用为目的,但他与石介等不同的是比较重视文,没有把它看作道的附庸,并且他所说的道也不是空洞抽象的,而是比较能接触到具体问题的。他不是重道轻文,而是主张"充道以为文";不是以文为道的工具,而是以文为道的手段,故认为道即是文人修养的基本工夫。《答祖择之书》说得最清楚:"学者当师经,师经必先求其意。意得则心定,心定则道纯,道纯则充于中者实,中充实则发为文者辉光。"可见他是要用道以充文,并非重道而废文。他虽强调道在文先,但对文已给予相当的重视,认为有相对的独立性。他要求文章要有事实,有内容,要有实用价值。他还要求写文章要有个性,反对千篇一律、没有特色。这都是他在文学理论上的重要贡献,对当时文风的转变及后世文学的发展起了一定的好影响。

欧阳修的散文创作虽学韩愈,却仍有他自己的独特风格。他宗韩,取其"文从字顺",而不师其奇险古奥,故易为一般人所接受,作用更大。他的政论性文章大抵都简明平实,语言畅达,说理委婉曲折,深刻细致,并且结构谨严,逻辑性强,故颇有说服力。如《朋党论》和《与高司谏书》都显示了这样一些特点。尤其是后者,不仅可以看出他的政论文艺术,也可以看出他那种奋不顾身,为正义而坚决斗争的勇气,虽因此得罪于高若讷而被贬,亦所不辞。他在《与尹师鲁书》中便说:"当与高书时,盖已知其非君子,发于极愤而切责之,非以朋友待之也。"这种正直不阿,罔顾个人利害得失的精神是极可佩服的。而以这种精神写出来的文章,自然就气充辞沛,可以传诸久远。

他的记叙文多有抒情诗的味道,一般特点是:委婉清新,层次分明,音调优美,词句简洁,不以波澜壮阔为尚,但求澄静平和之美。这也是他的任何散文的风格,与韩愈之文大不相同。《醉翁亭记》与《丰乐亭记》为此类作品的代表。

此外,他的《泷冈阡表》文章淳朴,感情深切,是墓志一类中最成功的。《秋声赋》改变了过去严格的律赋,创造性地运用散文形式来写,为他的后辈苏轼写《赤壁赋》、《黜鼠赋》等树立了榜样。

总之,欧阳修的散文宗韩而不为韩所范围,简炼流畅而无诘屈聱牙之弊,深入浅出而不流于奇险艰涩,其成就在后来的苏轼之上,并为之先导。他提倡古文于天下不讲之时,竟在他的手中取得了完全的胜利,这是他的功绩。

欧阳修的诗与其诗论也是他所领导的文学革新运动的重要组成部分,不可不述。

他对诗也推崇韩愈。至于对杜甫,他固亦表示尊重,但认为杜诗非后人所易到,故不甚提倡。他说韩诗"横空盘硬语,妥帖力排奡",出于险怪,以豪气胜,能独创风格,足以纠正卑靡无骨的形式主义唯美主义诗风,对北宋前期诗坛的转变是有一定作用的。他对西昆体不满,如云:"盖自杨、刘唱和,西昆集行,后进学者争效之,风雅一变,谓之昆体。由是唐贤诸诗集,几废而不行。"他认为"退之笔力,无施不可",并且"不可拘以常格……而因难见巧,愈险愈奇"。他要求诗"本人情,状风物,英华雅正,变态百出","使人读之可以喜,可以悲,陶畅酣适,不知手足之将鼓舞也"。他还说,作诗要"能状难写之景如在目前,含不尽之意见于言外";而反对"义理虽通,语涉浅俗而可笑者"。他主张作诗要有功力,主张于冥搜力索中求得平淡。这些意见都与西昆体诗的整丽精工,时伤晦僻,刻削未融,筋骨太露,专讲用事对偶者,大不相同。他的诗作也确是"始矫昆体",并有意学韩愈的。但他虽"专学昌黎,然意言之外,犹存余地",故虽"专以气格为主",而多"平易疏畅",不那么险怪,遂不至"失于快直",如"倾囷倒廪,无复余地"。总的看来,他的诗继承了韩愈的议论化、散文化,却避免了诘屈聱牙、艰涩难解的毛病,有些更是浅明如话,接近白居易。他就是这样纠正了西昆体的缺点,开了宋诗的新风格。但他的诗往往说理过多,诗味不厚,故成就不及其散文之高。他以散文语式写诗,使诗歌散文化,较诸他所推崇的韩愈,犹有过之,这不能说是优点,例如:

> 忆昨滁山之人赠我玉兔子,粤明年春玉兔死。日阳昼出月夜明,世言兔子望月生。谓此莹然而白者,譬夫水之为雪而为冰,皆得一阴凝结之纯精……(《答圣俞白鹦鹉杂言》)

说理诗如:

> 自古天下事,及时难必成。为谋于未然,聪者或莫听。患至而后图,智者有不能。未远前日悔,可为来者铭。……(《送张洞推官赴永兴经略司》)

这些诗无论从形式上、韵律上,或从其思想内容上来说,都说不上是好诗,甚至根本没有诗意,够不上称之为诗。但他的诗集中并非都是此类,此类作品也不是主流。他的诗歌主流也还是清通的,其中也还有些思想较好,反映现实,并对现实有所批判的,《食糟民》最为突出:

> 田家种糯官酿酒,榷利秋毫升与斗。酒沽得钱糟弃物,大屋经年堆欲朽。酒酣瀡瀡如沸汤,东风来吹酒瓮香。累累罂与瓶,惟恐不得尝。官沽味酸村酒薄,日饮官酒诚可乐。不见田中种糯人,釜无糜粥度冬春。还来就官买糟食,官吏散糟以为德。嗟彼官吏者,其职称长民。衣食不蚕耕,所学义与仁。仁当养人义适宜,言可闻达力可施。上不能宽国之利,下不能饱尔之饥。我饮酒,尔食糟,尔虽不我责,我责何由逃!

同样反映现实,揭露社会矛盾的,还有《答杨辟喜雨长句》。表现他关心人民疾苦的,则有《答朱寀捕蝗诗》和《南獠》诸篇。至于为后世所盛称的《明妃曲和王介甫》及《再和明妃曲》,艺术技巧虽高,意却不大,仅仅是对王昭君寄予同情,并对统治阶级的昏庸加以谴责而已。其他唱和之作,更少接触政治社会问题。小诗中倒还颇有清丽含蓄,韵味隽永,发人深思的,如《画眉鸟》云:

> 百啭千声随意移,山花红紫树高低。始知锁向金笼听,不及林间自在啼。

写出了诗人向往自由解放的心情。

欧阳修的词可为北宋第一期的代表。大抵北宋初期词坛还较为寂寞，由五代十国入宋的老词人张泌、潘阆等人完全因袭晚唐五代遗风，没有新的成就，略后的范仲淹、晏殊等出来，词坛才渐有生气。范作兼具婉约与豪迈两种风格，对后来词境的开拓与发展有一定影响，可惜作品不多，影响不大。作品多而以词名世，为宋初领袖的，首先是晏殊。

晏殊（公元991—1055年），字同叔，江西临川（今江西抚州）人。他官至集贤殿学士、同平章事兼枢密使，这在宋代便是宰相了。他平居好贤，当时知名之士多出其门，范仲淹即是其一。及为相，韩琦、富弼、欧阳修等皆获进用。他自己的一生，在宦途上没有受过什么挫折，故作品充满了封建统治阶级上层的富贵气，没有忧苦愤怨，更少反映现实社会，所以没有什么人民性。西昆体盛行时，他位居台阁，多应制唱和，故亦不免沾染昆体习气，虽有集二百四十卷之多，今仅残存遗文一卷（另补编三卷）而已。他的成就较高的是《珠玉词》一卷，一百三十一首。他的词完全继承"花间"和南唐，尤接近冯延巳。其佳者不过是些艳体，写他个人一刹那间情感上的细微波动，风调娴雅，和婉明丽，个别句子或造词显得新鲜、温润、秀洁，但思想内容却并无可取，有的甚且极不健康，反映出消极、颓废、没落、黯淡的情绪。前人多称道他的一首《浣溪沙》和一首《蝶恋花》，且看：

　　　　一曲新词酒一杯，去年天气旧亭台，夕阳西下几时回？　　无可奈何花落去，似曾相识燕归来，小园香径独徘徊。（《浣溪沙》）

虽在词的意境上和遣词造语上都颇细微精妙，受到历代词人的称赞与讽诵，引为宋词上品，而夷考其实，像这种回顾过去，叹往伤逝的没落情调，除了令人消沉悲观以外，不能起任何积极作用。《蝶恋花》（"槛菊愁烟兰泣露"）则是抒写有闲阶级淡淡的惆怅。其他如《浣溪沙》（"酒筵歌席莫辞频"）之类，更只是描绘并赞叹大官僚腐朽享乐、醉生梦死的生活，自尤卑靡不足道了。较好的如《破阵子》（"燕子来时新社"）写清明时节青年女子踏青的欢乐，不失为清新健康的作品；《山亭柳》（"家住西秦"）写赠一个歌妓，代她倾吐身世的悲哀和内心的苦痛，表达了词人对她的同情，这些在《珠玉词》中便都是凤毛麟角的了。

欧阳修词与晏殊并称为"晏、欧"，其词风也基本上相同，他的词更接近冯延巳，所以他们的作品往往互相阑入，莫辨谁作。欧词也多艳情之作，故思想性并不很强,这就成为他的词的主要缺点,并说明他在文学创作实践上是不够彻底的。

欧词写艳情很真挚,很亲切,很大胆,较之他的诗更能表现其人的诗人气质。他的词中没有什么道学先生的迂腐气味,故比晏殊还高一筹,即在艺术技巧方面也较晏为胜,主要在于活泼而多变化,能创造性地描绘人物性格、形象,善于比喻,肯于接受民间歌词天真、坦率、泼辣、自由的风格特征。他的词集有《六一居士词》和《醉翁琴趣外篇》两种,前者较庄重,后者多艳冶。在后一集子里,可能杂入了别人的作品,或有为他人所伪造的,但不会完全是出于他人之手的。一般说来,欧词的代表作如:

> 候馆梅残,溪桥柳细,草薰风暖摇征辔,离愁渐远渐无穷,迢迢不断如春水。　寸寸柔肠,盈盈粉泪,楼高莫近危栏倚。平芜尽处是春山,行人更在春山外。(《踏莎行》)

这里思想感情倒很平常,突出的是它的技巧。它那深远而含蓄的表现手法,它的比喻的新颖别致,给人以清新之感,发展了南唐词人的艺术技巧,在晏词里是不易见的。

他也写了一些描绘民间少女天真形象的词,如《渔家傲》("一夜越溪秋水满"),摆脱了过去作家的传统主题;也写了一些以自己的生活为中心的抒情词,如《采桑子》("画船载酒西湖好"),对后来苏轼的词风不无一定影响。无论如何,总的看来,他的词继承前人者多,独创性毕竟很少,虽在晏殊之上,却未超出晚唐、五代的范围,所以没有开创一个新局面,没有造成新风气。因此,欧阳修虽然在传统的文人文学领域里领导了宋代的诗文革新运动,而且及身取得了决定性的胜利,但他对于这进入文人文学领域不过百年左右的曲子词,却完全是一仍旧贯,没有进行任何革新。

第二节　欧阳修的诗友和战友——
梅尧臣、苏舜钦等

欧阳修所领导的文学革新运动颇得一些诗人的拥护,其中最有力的是他的诗友和战友梅尧臣、苏舜钦以及死得较早的石延年。

石延年(公元994—1041年),字曼卿,其先幽州人,后徙家宋城(今河南商丘县）。他"为人跌宕任气节，读书通大略，为文劲健，于诗最工"。欧阳修对他极爱重，比其诗于唐之卢仝，说他"时时出险语，意外研精粗。穷奇变云烟，搜怪蟠蛟鱼"。他作诗甚多，当时颇已散佚，存者才四百余篇，而到现在就更少了。但就可见者而论，其诗风确能矫昆体的藻丽，而颇近于韩、孟幽深险怪一路。

梅尧臣（公元 1002—1060 年），字圣俞，宣城（今安徽宣城县）人。他工为诗，以"深远古淡为意，间出奇巧"，欧阳修与为诗友，自谓不及，其《宛陵集》六十卷，即欧所选录，并为之序。他在仕途上始终不得志，故以全力投入诗歌写作；又由于他生活比较清苦，能接近下层，故对社会认识较深刻，作品也往往能反映现实，盖所谓诗"愈穷而愈工"也。

他反对专以文字工巧为高的诗风，主张因事因物、有美有刺，继承风、雅、《离骚》的现实主义精神。他的《田家语》和《汝坟贫女》两篇都是反映社会现实的，对人民痛苦表深切同情，而对残害人民的官吏则给予无情的鞭挞。在后一首中，他借着汝坟贫家女的语言，以一个有典型意义的故事描绘一个极其悲惨的典型形象，有血有泪，读之如亲见其事，亲闻这个贫女之声，是对封建统治阶级的残暴行为最强有力的控诉。其诗云：

> 汝坟贫家女，行哭音凄怆。自言有老父，孤独无丁壮。郡吏来何暴，县官不敢抗。督遣勿稽留，龙钟去携杖。勤勤嘱四邻：幸愿相依傍。适闻闾里归，问讯疑犹强。果然寒雨中，僵死壤河上。弱质无以托，横尸无以葬。生女不如男，虽存何所当？拊膺呼苍天，生死将奈向！

原题下注云："时再点弓手，老幼俱集，大雨甚寒，道死者百余人。自壤河至昆阳老牛陂，僵尸相继。"这篇便是写这次征役的。至于写贫富对立，揭露社会阶级矛盾现实的，则有《陶者》那样尖锐的小诗：

> 陶尽门前土，屋上无片瓦。十指不沾泥，鳞鳞居大厦。

《田家》描写农民生活的困苦云：

> 南山尝种豆，碎荚落风雨。空收一束萁，无物充煎釜。

此外，《岸贫》写一个没有土地的贫苦渔户，《小村》叹息淮河洲上残破小村中人民之苦，《逢牧》写养国马的牧卒对人民的敲剥，皆极为真实，表现了诗人对现实的认识与批判。

他于诗反对昆体的浅薄堆砌、以错镂为尚；他主张"作诗无古今,惟造平淡难"。他的某些作品确极通俗,实践了他自己的主张。他也有散文化的诗,如《来梦》云:"忽来梦我于水之左,不语而坐；忽来梦余于山之隅,不语而居。水果水乎？不见其逝。山果山乎？不见其涂。尔果尔乎？不见其徂。觉而无物,泣涕涟如。是欤？非欤？"他的诗集里有些精切清新之作,如《鲁山山行》便是刻画细致的好诗。当然,失败的作品也不是没有的,因为他有意识地反西昆派的空洞晦涩、专讲辞藻,故力求平淡,结果反而弄得干枯笨拙,没有力量,也减损了诗意。不过,总的看来,他的成就还是较大的,尤其在诗歌革新运动上作出了不少的贡献。

苏舜钦(公元 1008—1048 年),字子美,与梅尧臣齐名,同为欧阳修所领导的诗文革新运动的羽翼。其先梓州铜山(今四川中江县南)人,后徙家开封,遂为开封人。他早期就与穆修等提倡古文,其时还在欧阳修之前,后来虽以诗名,但散文成就确也很大,今《苏学士集》十六卷中还有七卷是散文,并多可传之作,如《沧浪亭记》和《石曼卿诗集叙》等都是很难得的。他的文章具有个性,并时时发挥他的政治见解,"议论侃侃,慷慨切直,皆有关于社稷民生之故,能言人所不敢言"。《上范公参政书》附"咨目"七事,以及《论西事状》均属此类。他曾任大理评事,旋经范仲淹荐为集贤校理、监进奏院。时其岳父同平章事兼枢密使杜衍对政事有所整饬,他也屡次上书陈时政得失,无所回避,群小为之侧目。因此,忌之者思欲以一弹击两鸟,通过倾陷舜钦以打击杜衍,便被他们借小故排挤"除名"。他不得已乃退居苏州,终于不能再起,愤懑而死。

苏舜钦的诗愤懑豪放,感情激昂,与梅、欧风格不同,其特点是奔放、雄健、明朗、畅达,其豪气足令举世惊骇。他的诗也以济世泽物为目的,必归于道义,而"不敢雕琢以害正",故其所作皆"警时鼓众,未尝徒役"。这显与形式主义的西昆派针锋相对。他的诗歌有两个重要的主题:一是关心国家安危,有破敌立功的英雄抱负,为南宋爱国诗人的先驱；另一个是揭露统治阶级的荒淫、腐败和残暴,表达了诗人同情人民的感情,具有强烈的批判现实主义精神。前者如《庆州败》、《蜀士》、《览照》、《吾闻》等；后者如《城南感怀呈永叔》、《吴越大旱》等。此外也有触景生情,因事寓感,发抒自己抱负的作品,更是激昂奋发,富有感染力与教育作用,如《舟中感怀寄馆中诸君》便是。他的《己卯冬大寒有感》可为代表:

延川未撤警,夕烽照冰雪。穷边苦寒地,兵气相缠结。主将初临戎，猛思风前发。朝箛吹余哀，叠鼓暮不绝。淹留未见敌，愁端密如发。予闻古烈士，自誓立壮节。丸泥封函关，长缨系南越。本为朝廷羞，宁计身命活。功名非与期，册书岂磨灭！然由在遇专，丑类易剪伐。训士无他才，赏罚在果决。近闻边方奏，中覆多沉没。罪者既稽诛，功者不见阅。虽使颇牧生，勇智当坐竭。或云庙堂上，与彼势相戛，恐其立异勋，欷然自超拔。不知百万师，寒刮肤革裂。关中困诛敛，农产半匮竭。我欲叫上帝，愿帝下明罚。早令黠虏亡，无为生民孽！

作者并不是以旁观者说风凉话，而是要献身报国的。《蜀士》说："愿以微贱躯，一得至上前，掉舌灭西寇，画地收幽燕。"即使在他遭遇不幸，含愤退隐以后，也始终未忘怀国事，《览照》一诗自述平生心志，云：

铁面苍髯目有棱，世间儿女见须惊。心曾许国终平虏，命未逢时合退耕。不称好文亲翰墨，自嗟多病足风情。一生肝胆如星斗，嗟尔顽铜岂见明！

其《城南感怀呈永叔》则反映了社会现实，揭露了阶级矛盾的实质，并表示他对贫苦人民所遭遇的灾难的同情与悲愤。类似的作品还很多，确是他诗集里最可宝贵的，也最能代表其思想的。

他隐居苏州后，也写了一些闲适清俊的写景抒情小诗，虽亦清新可喜，但不能算是他的主要成就，只可看作他诗风的另一面，如：

别院深深夏簟清，石榴开遍透帘明。树阴满地日当午，梦觉流莺时一声。（《夏意》）

春阴垂野草青青，时有幽花一树明。晚泊孤舟古祠下，满川风雨看潮生。（《淮中晚泊犊头》）

第三节　曾巩、王安石和王令在文学上的成就

继欧阳修之后的古文家有曾巩、王安石和眉山苏氏三父子（洵及其二子轼、辙），与唐代韩、柳，合在一起，被明代古文选家称为"唐宋八大家"。

曾巩（公元1019—1083年）出于欧阳修之门，字子固，建昌南丰（今江西南丰县）人。其诗文集曰《元丰类稿》，共五十卷，现存。他的古文本之六经，

追踪韩愈,与欧阳修同是讲究文以明道的。他的作品通畅稳妥,不像韩之波澜壮阔,也不像欧之敷腴温润,但其反对雕饰,一洗时文之镂刻骈偶,则与韩、欧同。论者多以"欧、曾"并称,其相似处,主要在于平易,而其平易又均由艰辛中得来,本之学问,故与轻率空疏者不同。他工于叙跋,所作校书目录叙文都很有条理,"衍裕雅重,自成一家"。是其文不但能穷尽事理,而且意蕴深厚,颇似其为人。他的诗不多,亦尚清隽可喜,惟既不以诗名家,故成就亦不及散文之高,后人遂往往不知其有诗,论者亦多遗之。

与曾巩同时且真正可以称为文学家的,首先应数王安石,虽然他更为人所知的还在于实际政治方面。

王安石(公元1021—1086年),字介甫,江西临川(今江西抚州市)人,有《临川文集》一百卷,现存。安石少年好读书,能文章,动笔如飞,友生曾巩携以示欧阳修,修为之延誉,二十二岁擢进士第。后来历任南方州县官达十七年,亲见豪强兼并,官吏剥削,人民备受压迫,认识到社会阶级矛盾的具体内容,也写过一些现实性极强的诗歌,如《桃源行》、《兼并》、《省兵》、《发廪》等篇。公元1058年被召入京,《上仁宗皇帝言事书》指陈时事,辨析毫芒,已表示其变法之志;1067年,又上神宗赵顼《本朝百年无事札子》,以应皇帝的征询,次年遂任为相。执政后,拟定各种新法,主要是关于理财和整军的。在当时阶级矛盾和外族入侵的严重危机同时袭击着中国人民的情况下,新法尽管只是在旧制度的基础上进行的一些改革,只不过是不彻底的改良主义政策或措施,而在那个历史时期毕竟是具有很大进步意义的。它们代表了中小地主阶级及社会上其他中间阶层的利益,而在一定程度上限制了大官僚、大地主、大商人的特权,因而便引起了他们和朝廷上保守势力的坚决反对,终于在公元1076年被迫退休,闲居江宁,度过他一生最后的十年。

王安石是一个有抱负、有见解、有才能、又有倔强性格的政治家,而这就决定了他的文学作品的政论性、思想性和战斗性。他主张文应"有补于世",也就是归于"礼教治政",即其所说的"文章合用世",故此,文章以辞能达意为止,不以"刻镂绘画"为先,这与欧阳修的反对西昆体的主旨基本上是一致的。

他在散文方面,是继承韩、欧古文的形式,而特别强调文章的思想内容,更强调直接为政治服务这一点。他的《上仁宗皇帝言事书》就是内容丰富、见解卓越的政论文,不但逻辑性强,而且气势磅礴,笔力刚健,专就文章说,也是少有的佳作。其他许多上书和上执政书及与同辈讨论时政的文章,也都能做到这样。他的《答司马谏议书》便是一例。他对自己的变法主张和一切政治措施都尽力维护,毫不动摇,至于文章之简洁精炼,显豁痛快,又其余事。其他各类散文,无论为记、为叙、为墓志、为祭吊、为论议,乃至杂著,都有文辞精妙、立论谨严的篇章。

王安石的诗也具有浓厚的政治色彩,既反映了社会现实,也表明了他自己的一些见解与希望。《感事》可为代表:

> 贱子昔在野,心哀此黔首:丰年不饱食,水旱尚何有? 虽无剽盗起,万一且不久。特愁吏之为,十室灾八九。原田败粟麦,欲诉嗟无赇;间关幸见省,笞扑随其后。况是交冬春,老弱就僵仆。州家闭仓庾,县吏鞭租负。乡邻铢两征,坐逮空南亩。取赀官一毫,奸桀已云富。彼昏方怡然,自谓民父母。羁来佐荒郡,懔懔常惭疚。昔之心所哀,今也执其咎。乘田圣所勉,况乃余之陋。内讼敢不勤,同忧在僚友。

他的这类诗相当多,主要都是早期的作品,并多是五言古风,《兼并》、《收盐》、《省兵》、《发廪》、《和吴御史汴渠》、《酬王詹叔奉使江南访茶利害》等篇,虽然题材不同,思想倾向都是从各个方面表示同情人民疾苦,而提出一些改革意见的,具有很大进步意义,现实性和人民性都较强。

王安石晚年罢政以后,退居金陵。由于生活变化,日与山水相接,心境也衰老一些,思想渐趋淡泊,所作诗歌多是描写湖山,刻画自然景物,缺乏政治社会现实意义的。但此时的诗,一般都风格清新,词句工丽,造意精绝,艺术性强。所用体裁多五七言近体,而最为后人所称道的则是其绝句,并被认为是他晚年风格变化后造诣达到高峰的表现,如:

> 茅檐长扫静无苔,花木成畦手自栽。一水护田将绿绕,两山排闼送青来。(《书湖阴先生壁》)

> 京口瓜洲一水间,钟山只隔数重山。春风又绿江南岸,明月何时照我还?(《泊船瓜洲》)

> 南浦随花去,回舟路已迷。暗香无觅处,日落画桥西。(《南浦》)

过去许多学者批评家都认为他晚年诗律尤精严,造诣最高,显然是单纯从艺术角度来欣赏,而忽视了作品的主要东西——思想内容。后期作品艺术性虽强,但思想内容却不如前期的深广。不过,这也不是绝对的,事实上即使

到晚年,他也没有完全改变其倔强性格,而且有时也吐露其关心民瘼的思想,如:

> 一陂春水绕花身,花影妖娆各占春。纵被春风吹作雪,绝胜南陌碾成尘。(《北陂杏花》)

> 柔桑采尽绿阴稀,芦箔蚕成密茧肥。聊向村家问风俗,如何勤苦尚凶饥?(《郊行》)

王安石的诗是有明显的进步性的,基本上是现实主义的,应该予以肯定,当然也必须看到他的阶级局限性,所以进行改革的思想并不彻底,而表现为一个改良主义者。他的诗歌艺术是学杜甫的,在宋则推崇欧阳修,但因学问渊博,故不能为欧所限。晚年颇喜搬弄典故,讲究造词,有少数篇章过分注重雕琢,则是缺点。

王安石存词不多,但有他的特殊风格,并认为词中应寄托作者的思想感情,反对当时倚声填词,单纯地把词看作娱乐品。他的《桂枝香》("金陵怀古")寄慨遥深,就与前人迥乎不同:

> 登临送目,正故国晚秋,天气初肃。千里澄江似练,翠峰如簇。归帆去棹残阳里,背西风酒旗斜矗。彩舟云淡,星河鹭起,画图难足。　念往昔、繁华竞逐,叹门外楼头,悲恨相续。千古凭高,对此漫嗟荣辱。六朝旧事随流水,但寒烟芳草凝绿。至今商女、时时犹唱后庭遗曲。

另外,《浪淘沙令》也是好的:

> 伊吕两衰翁,历遍穷通,一为钓叟一耕佣。若使当时身不遇,老了英雄。　汤武偶相逢,风虎云龙,兴王只在笑谈中。直至如今千载后,谁与争功!

这种作品已为苏轼转变词风打下了初步基础。

王安石的朋友王令(公元 1032—1059 年),仅活了二十八岁,是一个成就相当高的短命作家。他字逢原,广陵(今江苏扬州)人,今存有《广陵先生文集》二十卷,就中各体诗四百八十余首。王令生活穷困,志节清高,而胸怀阔大,文学、才智、行义皆高过常人。他的诗有魄力,有气概,有深刻的思想内容,能揭露社会现实的本质。《梦蝗》、《原蝗》、《良农》、《和洪与权〈逃民〉》、《饿者行》、《寄洪与权》、《感愤》等都是很成功的。而《暑旱苦热》、《龙池》、《西园月夜醉》、《暑热思风》等,则有昂首天外的气概和浪漫主义的风格,在宋人诗中是很少见到的。他的诗在艺术风格上是学韩愈、孟郊的奇险冷峭的,正如他自己所说:"努力排韩门,屈拜媚孟灶。惟此二公才,百牛饱怀抱。"(《答束徽之索诗》)尤其王令生计窘困,身世颇同孟郊,故诗亦如之,如云:"门闭市无人,灶冷烟不爨"(《雪中闻鸠》);"蒿藜入墙屋,尘垢变几架";"家无田仓储,雀鼠非我仇"(均见《暨阳居》四首之一、二)。可惜他生年太短,未能达到更成熟的阶段。

第四章　宋代文学革新的完成者
——苏　轼

第一节　苏轼前初变宋词的张先和柳永

　　北宋前期词坛上占统治地位的一直是继承晚唐、五代的"艳科"，很少积极意义；在艺术上则以婉约不露为旨，甚或只求形式音律之美，根本不论内容，自然更与现实无关。而这种词却被千百年来词人视为正宗，并以宋初的晏殊为成就最高的作家。范仲淹稍变其风，成为宋词转变的先导。但其同时的欧阳修则仍袭冯延巳的传统衣钵，创造性很少，虽词艺颇高，却并无新风。王安石所作自有其独具的特殊风格，为苏轼转变词风打下了基础，而所作甚少，在当时影响不大。这时的晏幾道却以词名家，继其父晏殊之后，写了二百余首《小山词》，仍发扬了"花间"的遗绪，竟长期为"正统派"所推崇。他以贵家子弟日事歌舞宴乐，缺乏实际生活体验，其词自不能不是淫靡空虚，脱离社会现实的，至多只能在艺术技巧上表达深婉、微曲、曼妙的内心情感和外界景物而已。其《鹧鸪天》里的"舞低杨柳楼心月，歌尽桃花扇底风"便是这类名句之一例。他晚年遭遇许多挫折，生活穷迫，地位下降，但词风已经确立，不可能改变，只增加一些凄楚哀婉的情调，乃更近于李煜，如《临江仙》：

　　　　梦后楼台高锁，酒醒帘幕低垂。去年春恨却来时。落花人独立，微雨燕双飞。　记得小蘋初见，两重心字罗衣。琵琶弦上说相思。当时明月在，曾照彩云归。

　　但是，与晏幾道相后先，或者还略早些的张先，却已透露了词风转变的第一个消息。虽然他也写艳词，而境界则已渐有不同。

张先(公元990—1078年),字子野,乌程(今浙江湖州市南)人。他本早于欧阳修、王安石,而与晏殊为同辈,因年寿长,故又与欧、王及苏轼并世。他早期的词尚有不少"花间"和南唐之风,与晏、欧相近,形式上仍是小令词,后期渐有适应都市复杂生活内容的长调慢词,对词体解放起了一定的开创作用。他是一个比较平稳而气魄不大的艳词作家,不能大胆地扩大词的领域,在词风转变上只能是承先启后的桥梁。就其词的内容说,与前人并无异致,但在形式上开始大量采用慢词长调,而这也就多少与时代内容的要求有关。他的名作《天仙子》在写作技巧上是较高的,它微妙地捕捉了极难描绘的形象,而且极为新颖清丽,但整个词的思想内容仍不过是淡淡的春愁,未离以前文人词的旧套:

> 水调数声持酒听,午醉醒来愁未醒。送春春去几时回?临晚镜,伤流景,往事后期空记省。 沙上并禽池上暝,云破月来花弄影。重重帘幕密遮灯,风不定,人初静,明日落红应满径。

这里被人们所欣赏的其实不过是"云破月来花弄影"这一个极其轻灵的写景妙语而已。

如果说真正改变词风,打破五代旧形式和旧内容的第一人,还应首推柳永。

柳永(公元985?—1053?年),字耆卿,初名三变,福建崇安人。他少年"喜作小词,然薄于操行",为仁宗所贬抑,未能登第,后改名永,始成进士,而年已老,官仅至屯田员外郎。他遭遇不偶,故能接近下层,所作词无论形式或内容均有显著的民间色彩,因此也改变了过去的文人词风。他少年纨绔,又长期游冶于繁华的汴都,故好作淫冶之曲,遂致不为统治者所容。他由此更养成其放荡不羁的性格,愈不得志,愈表现倔强,其《鹤冲天》云:

> 黄金榜上,偶失龙头望。明代暂遗贤,如何向?未遂风云便,争不恣游狂荡!何须论得丧?才子词人,自是白衣卿相。 烟花巷陌,依约丹青屏障。幸有意中人,堪寻访。且恁偎红倚翠,风流事,平生畅。青春都一饷,忍把浮名,换了浅斟低唱!

他要求个性自由,在被贬抑黜落以后,更加放纵颓废。老了虽然做官,但地位不高,未能得志,仍怀才不遇,遂多旅途行役,穷愁潦倒之作;而追叙旧游,感伤离别,尤为他所特长。这些都是超出"花间"壁垒的。他写得很大胆,情思所至,笔即随之,倾吐衷曲,无所掩饰。他又工于音律,常为教坊乐工制辞，故在内容上既能描述当时市民阶层的男女爱情生活，在语言上又"多近俚俗"，并"杂以鄙语"，显然他是向民间作品学习来的。他之好为长调慢词，也是由这样的内容与民间风格所决定的。论者谓慢词始于柳永，这话并不正确，晚唐杜牧已有《八六子》，后来聂冠卿有《多丽》，而张先慢词更多；至于民间曲子词，尤多长调。不过柳永所作独多，遂归功于他罢了。他吸取"里巷之曲"，"骩骳从俗"，从而解放了词体，转向民众化与音乐化，这是他的重要贡献，虽大遭时人讥评，而此后词人却深受影响，宋词为之初变。

柳永词题材有两大类：一是描写狭邪生活与放浪情绪的；一是抒写旅况游踪和抑郁穷愁的。这些都是从他自己的实际生活中得来。前者如《昼夜乐》：

> 洞房记得初相遇，便只合长相聚。何期小会幽欢，变作别离情绪。况值阑珊春色暮，对满目乱花狂絮。直恐好风光，尽随伊归去。　一场寂寞凭谁诉？算前言，总轻负。早知恁地难拚，悔不当初留住。其奈风流端正外，更别有系人心处。一日不思量，也攒眉千度。

他所描写的对象多是被人侮辱践踏的歌妓娼女，并能以平等的关系相待，与一般达官贵人和士大夫们玩弄妓女完全当作消遣品者有所不同。他同情她们，体贴入微，态度认真，没有什么虚伪，所以很能感人。自然，他也写了不少庸俗色情而颇近于猥亵的词，必须作为糟粕予以排斥。

他的最好的作品是那些抒写羁旅情怀的，其中自亦与眷恋妓女伤离惜别融合在一起，如有名的《雨霖铃》：

> 寒蝉凄切，对长亭晚，骤雨初歇。都门帐饮无绪，方留恋处，兰舟催发。执手相看泪眼，竟无语凝噎。念去去千里烟波，暮霭沉沉楚天阔。　多情自古伤离别，更那堪冷落清秋节。今宵酒醒何处？杨柳岸，晓风残月。此去经年，应是良辰好景虚设。便纵有千种风情，更与何人说！

这里以自己的语言，用白描的手法，把眼前景物和个人亲身体验融合一起，写出来既通俗又深远，而音律之妙，更能以低沉哀怨的音节和短促的入声韵脚，表达其凄凉萧索的情怀。这首和《八声甘州》，艺术性都极强，感情真挚，反映了当时寒士落拓寂苦的心情，有一定的代表性。然而，感伤情调太浓，消极成分较多，颓废放纵，缺乏激扬振奋的气象，也充分暴露了作者没落士大夫的阶级本性。

柳词也描写了北宋初期南北各大都市的繁荣富庶与市民阶层的欢乐奢侈生活,从而也给读者以认识当时社会的具体材料。这是以前词人所没有写过的,可见他确已把词的题材扩大了很多。《望海潮》描绘杭州的繁华,有声有色:

> 东南形胜,三吴都会,钱塘自古繁华。烟柳画桥,风帘翠幕,参差十万人家。云树绕堤沙,怒涛卷霜雪,天堑无涯。市列珠玑,户盈罗绮,竞豪奢。 重湖叠巘清嘉,有三秋桂子,十里荷花。羌管弄晴,菱歌泛夜,嬉嬉钓叟莲娃。千骑拥高牙,乘醉听箫鼓,吟赏烟霞。异日图将好景,归去凤池夸。

可谓善于"状难状之景,达难达之情,而出之以自然"。

由以上所述,可见柳永改变词风,主要表现是:一、扩大了词的意境与题材;二、学习民间曲子词,而有所发展;三、大量制作慢词长调,用以适应当时社会生活的要求;四,大胆运用民间口语,纯洁而生动。他为苏轼的大变词风开了先路,而苏轼的词正也受了他的影响。

第二节　苏轼及其在文学革新上的
成就与贡献

苏轼继欧阳修之后,完成文学革新运动的伟绩,主要不在于他的诗和文的成就,因为在诗文领域中,欧阳修已取得决定性的胜利。苏轼的重要贡献在于他把词这种体裁提到与诗文并列的地位,扩大了词的内容与境界,改变了词的风格,打破了所谓正宗的婉约艳情之作,而走上恢廓、畅达、明快、昂扬的新境界。

苏轼(公元 1037—1101 年),字子瞻,号东坡居士,四川眉山人,与父洵、弟辙同被明清文人列入"唐宋古文八大家"之内,世称"三苏"。他在诗、词、文以及书法、绘画、音乐等方面均有很高造诣,显示了极大的艺术才能。他对政治也有相当精辟的见解,故自二十一岁中进士后,即走入仕途,并卷入当时新旧党争的政治漩涡中。他出仕以后,正值北宋建国百年,内部阶级矛盾和异族侵略均已逐渐激化,大有一触即发之势。他也意识到了,并明白指出道:"国家无大兵革几百年矣。天下有治平之名,而无治平之实,有可忧之势,而无可忧之形,此其有未测者也。"他对于辽和西夏的连年侵扰,也认为"二虏之大忧未去,而天下之治终不可为也",所以"其势必至于战",虽迟速远近不可知,"而要以不能免也"。王安石的变法便是针对这些政治现实而提出的一系列改革措施。可惜苏轼站在反对派的立场,成为旧党的一员,反对王安石的新法,不能不说是阻碍进步的。他的政治观点基本上属于儒家,而杂以道家之术,表现有"无为而治"和"无为而无不为"的色彩。他之坚决反对新法,正是和道家的站在大地主阶级的保守派的反动立场是一致的。他要"结人心,厚风俗,存纪纲",也就是因循旧制,不触犯大地主、大官僚的既得利益,所以对新法做全面而笼统的否定。他的文章波澜起伏,变化驰骤,健拔雄厉之至,故能震撼人心,煽动力强,以这样的文笔来写作反对新法的政论,故影响社会舆论,尤其影响士大夫文人最深,这就对新法起了相当大的抵制乃至破坏作用。

他因反对新法被贬摄开封府推官,后又历移杭州、密州、徐州、黄州、汝州。到神宗赵顼卒,哲宗赵煦即位,才因起用旧党而被召还朝,做到翰林学士,知制诰。旋又出知杭州、颍州、扬州。召还,复出知定州,贬英州、惠州、琼州、廉州、舒州、永州。徽宗赵佶时,始得召还,渡岭北归。到真州,大病,止于常州,遂卒。在哲宗朝,他被起用时,已不似以前那样对新法作全盘否定,甚而与旧党领袖司马光也进行了不同意见的争论,显然是由于他在下边了解社会实务以后而有所悔悟,这就表明了他有了进一步的认识,并开始承认他当初对新法持"异同之论"是出于"偏见",以致"所言差谬,少有中理者"了。

他的政治主张虽是偏颇不彻底的改良主义,但若与当时保守派人物比起来,却是大胆而且锋利得多的。如在《策别》第十七篇(共二十二篇)中所写的就是敢于揭露现实,批判现实,并能同情人民,在一定程度上为人民利益着想的。无论如何,他的任何观点,任何思想,都不能不反映到他的文学作品里,尤其不能不反映在他所特别擅长的纵横驰骤、汪洋恣肆的散文特别是政论性文章之中。

他的思想也受了道家乃至佛家的影响而有消极的一面,但那并不是主要的。他的世界观极其复杂,释、道两家的消极退隐、淡泊自足,甚至出世厌世思想,往往和他所承受于儒家的思想发生深刻的矛盾。他有时以出世思想否定功名,有时又以儒家的政治观点来否定某些老庄思想,这些既反映在他的出处进退上,也反映在他的某些文学作品里,如表现乐观、旷达和傲岸不屈的态度便是。一般地说,他的基本思想是儒家的,只有在政治上受到严重打击时,才借释道学说以自慰解,使他不至因外界对他的迫害而困惑丧气。他一生受了很多挫折,而终于能以游戏人间的态度毫不在乎地逆来顺受度过来了,并未丧失斗志。他的儒家思想和释道思想就是在这样情况下,才得到矛盾的统一的。

苏轼留下的作品很多,《苏东坡集》里除许多政论文章、奏议、内外制及艺术散文外,还有诗二千六百余首,词三百多首。

苏轼很重视文学的社会作用,认为文章要为政治服务,所以非常推崇唐代陆贽的奏议。他主张写议论文要"酌古以驭今,有意于济世之用,而不志于耳目之观美"。因此,他反对那些"多空文而少实用"的文章。他提出"文章以华采为末,而以体用为本";要"使天下知文章诚可以致治,知声律不足以入官"。即对于诗,他也主张"托事以讽,庶几有补于国"。他自己的诗和文固然有些是符合这样标准的,但也并非全部如此,这就因为他有些诗是在其释道思想影响下写出来的。

苏诗有一些是直接反映人民疾苦的,表示了他对人民所受灾难的深切同情,如《吴中田妇叹》:

> 今年粳稻熟苦迟,庶见霜风来几时。霜风来时雨如泻,把头出菌镰生衣。眼枯泪尽雨不尽,忍见黄穗卧青泥! 茆苦一月垅上宿,天晴获稻随车归。汗流肩赪载入市,价贱乞与如糠秕。卖牛纳税拆屋炊,虑浅不及明年饥。官今要钱不要米,西北万里招羌儿。龚黄满朝人更苦,不如却作河伯妇!

他的诗有时反映了阶级对立的关系,说明他还能看到一些社会问题的实质,但他不是站在人民的立场看待这些问题,而是自叹穷苦,生不逢时,或者以一种居高临下的"君子"的身份,对群众表示悲悯。虽然如此,在当时诗人中能这样也是不多见的,所以还有可取,如《馈岁》云:

> 农功各已收,岁事得相佐。为欢恐无具,假物不论货。山川随出产,贫富称小大。置盘巨鲤横,发笼双兔卧。富人事华靡,彩绣光翻座。贫者愧不能,微赞出春磨。官居故人少,里巷佳节过。亦欲举乡风,独倡无人和。

前边只是客观的叙述,而末尾则自怜自叹,因而削弱了中间四句的现实意义。又如《和子由蚕市》：

> 蜀人衣食常苦艰，蜀人游乐不知还。千人耕种万人食，一年辛
> 苦一春闲。闲时尚以蚕为市，共忘辛苦逐欣欢。去年霜降斫秋获，
> 今年箔积如连山，破瓢为轮土为釜，争买不翅金与纨。

确也写出了劳动人民辛勤劳动供养剥削阶级的实际，似乎有同情人民的意
思，但下边却表现了他是站在劳动人民以外的旁观者立场，只对他们的处境
表示微微的怜悯道：

> 忆昔与子皆童卝，年年废书走市观。市人争夸斗智巧，野人喑
> 哑遭欺谩。诗来使我感旧事，不悲去国悲流年。

可见他的这类诗并不是以反映人民疾苦为主题，所以也不是自觉地替人民
说话。他另外还有一些同情人民，站在统治阶级立场，希望为人民做些好
事，帮助人民的诗，虽也有同样的局限性，还是应该给予肯定的。《立秋日祷
雨宿灵隐寺同周徐二令》及《和李邦直沂山祈雨有应》都很好。后者尤其能
引人民疾苦以自责，态度严肃认真，可以看出诗人的真实情感。《和孔郎中
荆林马上见寄》也是如此。事实上，他在做官时确曾做过些对人民有利的工
作，并已反映在诗里，如《捕蝗至浮云岭山行疲苦有怀子由弟二首》之一，《和
赵郎中捕蝗见寄次韵》、《次韵章传道喜雨》、《除夜大雪留潍州》以及《石炭》
等都是。

反映现实更深刻、更全面，而艺术性较高的，则有借古喻今的《荔枝叹》：

> 十里一置飞尘灰，五里一堠兵火催。颠坑仆谷相枕藉，知是荔
> 枝龙眼来。飞车跨山鹘横海，风枝露叶如新采。宫中美人一破颜，
> 惊尘溅血流千载。永元荔枝来交州，天宝岁贡取之涪。至今欲食
> 林甫肉，无人举觞酹伯游。我愿天公怜赤子，莫生尤物为疮痏。雨
> 顺风调百谷登，民不饥寒为上瑞。君不见：武夷溪边粟粒芽，前丁
> 后蔡相笼加。争新买宠各出意，今年斗品充官茶。吾君所乏岂此
> 物，致养口体何陋耶！洛阳相君忠孝家，可怜亦进姚黄花！

这里借唐玄宗李隆基为了杨贵妃的口腹享受而使得无数人遭到惨死，来指
斥当时达官贵人"争新买宠"进粟粒芽（茶）和姚黄花（牡丹），有讽刺，有愤
怒，代表了劳动人民的情感。《李氏园》一诗也属同类作品，抨击历史人物，
实以讽喻现实，态度都是极严正的。

他对于"县吏催钱夜打门"的情景表示痛恨,并且因为自己充当了统治者剥削压迫的工具,感到愧耻。《戏子由》说:

> 平生所惭今不耻,坐对疲氓更鞭箠。道逢阳虎呼与言,心知其非口诺唯。居高忘下真何益,气节消缩今无几。

这是真诚的自我谴责,对他居官莅民起着一定的约束作用。在另一方面,他对于比较能接近人民和关心人民而受到爱戴的官吏,则予以热烈的赞颂。《赠王庆源》云:

> 青衫半作霜叶枯,遇民如儿吏如奴。吏民莫作官长看,我是识字耕田夫。妻啼儿号刺史怒,时有野人来挽须。拂衣自注下下考,芋魁饭豆吾岂无?

他自己的作风也有些类似这样,贬黄州时,曾躬耕东坡,参加过一定的农业劳动,与农民接触较多,有一定感情,并学到一些农业知识。他感激地说:"农夫告我言:勿使苗叶昌。君欲富饼饵,要须纵牛羊。再拜谢苦言,得饱不敢忘。"(《东坡八首》之五)这时期,他深入生活,理解社会更为深刻,写出的作品也更能反映现实,如《鱼蛮子》说:"江淮水为田,舟楫为室居。鱼虾以为粮,不耕自有余。"他们"连排入江住","于焉长子孙",过着"戚施且侏儒"似人非人的獭与狙的生活。但对比起来,"人间行路难,踏地出赋租",还"不如鱼蛮子,驾浪浮空虚",倒自由些。可是鱼蛮子的"空虚未可知","会当算舟车",似乎只在早晚之间,于是"蛮子叩头泣",哀求他"勿语桑大夫",这就更尖锐而沉痛了。

苏诗中也反映了他的爱国思想,虽然不多,却是不可忽视的。《九月二十日微雪怀子由弟二首》之一说"近买貂裘堪出塞,忽思乘传问西暆",其二说"未成报国惭书剑,岂不怀归畏友朋",都透露了从戎报国的意思。《和子由苦寒见寄》写得更为慷慨激昂,诗的后半说:

> 丈夫重出处,不退要当前。西羌解仇隙,猛士忧塞壖。庙谟虽不战,虏意久欺天。山西良家子,锦缘貂裘鲜。千金买骏马,百宝妆刀环。何时逐汝去,与虏试周旋。

意气飞扬,显示了青年诗人御侮报国的热肠。《阳关词》三首之一"赠张继愿"也同样热血沸腾,振奋人心:

> 受降城下紫髯郎,戏马台南古战场。恨君不取契丹首,金甲牙

旗归故乡。

四十多岁出守密州时写的《祭常山回小猎》也引起他"圣朝若用西凉簿,白羽犹能效一挥"的豪情。《谢陈季常惠一揞巾》也联想到"好带黄金双得胜",而事与愿违,"可怜白纻一生酸",最后慨叹道:"臂弓腰箭何时去,直上阴山取可汗。"仍不忘从军卫国。此外,《送子由使契丹》、《和王晋卿》、《和答庞参军》都有类似的感情。而《闻洮西捷报》一首由于听到边防胜利,便更为兴奋:

> 汉家将军一丈佛,诏赐天池八尺龙。露布朝驰玉关塞,捷书夜到甘泉宫。似闻指挥筑上郡,已觉谈笑无西戎。牧臣不见天颜喜,但惊草木放春容。

这类诗和反映人民疾苦的作品同为苏诗的精华,值得特加珍视。

然而,苏诗中如上述者并不占很大比重,真正数量较多并为后人所熟诵的,却是那些一般的叙事、抒情、写景、咏物、赠答、送别、次韵、唱和之类的应酬诗。那当中内容很复杂,自然不应毫无分析地概予否定或肯定,但其意义终是不太大的,则无疑义。其纯然表现消极虚无思想的,往往杂以释道两家逃禅、避世、清净、无为等庸俗肤浅的说理,没有什么积极意义。有一些朋友唱酬之作,同样价值不大。至于单纯写景、记游、咏物的诗,在刻画物情上表现了新颖奇妙的艺术技巧,可以见出诗人驱遣文字之精。除此之外,他的抒情诗、写景诗乃至部分咏物诗中,有些是通过景物,寄托了诗人的思想感情的,既有生活基础,又是有感而发,就不能看作无病呻吟的了。他在长期被迫害中,产生了苦闷、失望的感情,那是可以理解的,但他永远没有屈服,一直坚持着精神的反抗,怀着当时所绝不可能实现的理想,以豪放的歌声来表示其对于现实的不满和蔑视,或在无可奈何时暂以旷达的胸襟聊自慰藉,也是可贵的,不能就认为是消极的。《韩子华石淙庄》就是这类好诗之一。他的蔑视权贵的傲岸态度可从《天目山上不闻雷震》一首七绝得到有力的证明:

> 已外浮名更外身,区区雷电若为神?山头只作婴儿看,无限人间失箸人。

他的某些山水诗也充满着反抗精神,如《和蔡准郎中见邀游西湖三首》之一便是富有战斗意义的:

夏潦涨湖深更幽,西风落木芙蓉秋。飞雪闹天云拂地,新蒲出水柳映洲。湖上四时看不足,惟有人生飘若浮。解颜一笑岂易得,主人有酒君应留。君不见钱塘游宦客,朝推囚,暮决狱,不因人唤何时休?

全诗几乎都是写景物的,但一看结语,便知道诗人的真实思想所在了。正是在这种思想基础上,他才能于颠沛中保持乐观,继续战斗,永不颓废。至于说他热爱生活、热爱祖国山川,从而能以其生动的画笔描绘出祖国雄伟奇丽的自然景物,启发后人的爱国热情,就更不待说了。

苏诗的艺术成就标志着宋诗革新运动的完成,并创立了代表宋诗的一切特征。他的诗有清婉的,有奇丽的,有流畅自然的,有宏肆奔放的,有直抒胸臆、坦率豪爽的,也有刻画精微、细入毫芒的。总之,他的诗充分表现出一个语言艺术家的高度天才,最主要的是他的开朗高旷的精神面貌,通过他对于唐代李白、杜甫、白居易等伟大诗人现实主义和浪漫主义创作方法的学习、继承与发扬、运用,在反对宋初西昆体的斗争中,构成并树立了他自己的充满浪漫气息的诗风。这无疑是他在诗史上的功绩。

苏诗语言平易,表达自然,既生动清新,又气势流畅,不受前人和现成的规范所拘束。有些篇的散文化又是李、杜、韩、欧的传统的发展,而表现在七言诗中尤为显著。正因为他能自由运用古今一切活的语言,不避浅俗,所以抒写情感,反映现实,便都特别准确,毫无隔阂牵强之弊,并能使具有高度思想性的诗获得它应有的生命力而吸引读者。

苏诗的艺术特色,也表现在善用比喻。这些比喻大抵都新鲜、贴切,平易近人,可发读者深思。如"欲把西湖比西子,淡妆浓抹总相宜"(《饮湖上初晴后雨》),如"微风万顷靴纹细,断霞半空鱼尾赤"(《游金山寺》),都是非常精妙而警辟的。他想象力强,善于夸张,故作品色泽鲜明,气势飘忽。无疑的,是他继承了祖国过去的文学遗产,吸取了民间文学的营养,加上他的生活经历的磨炼,才得以达到这样高的艺术成就,并非单纯靠他个人的天才。

但他的诗歌艺术也还是有缺点的,因为他的思想有一定的局限性,这就不能不给他的艺术也带来一定的局限性。他认识现实不是那么正确、深刻,反抗现实也不那么坚决、彻底。因此,他的艺术也不可能达到那个时代现实主义和浪漫主义精神应有的高度。他还有时逞才炫博,好铺排典故,对后世诗人也产生了不好的影响。

苏轼在文学上最大的贡献,更在于他对词的革新,而这是欧阳修所没有做的。如前所述,在他以前,或略早于他,范仲淹、张先、柳永、王安石都对词风的改变做出了一些成绩,但即使是号称大家的柳永,对于词的革新也只是透露了一个消息,还不能和诗文革新的步调相适应。只有到了苏轼,才有力地突破了"婉约派"的题材、思想、内容、感情、风格、韵律的局限,"一洗绮罗香泽之态,摆脱绸缪宛转之度"。他在作词方面,确是"指出向上一路,新天下耳目"。他创立了被后世称之为"豪放派"的新词风,遂开南宋辛弃疾等爱国词人的先路。

苏词在内容上极其广阔,不再限于儿女艳情,而内容决定形式,题材要求改变作品风格:他的词往往凄凉感旧,慷慨怀古,既触景生情,也因物喻志;有时记游述事,或杂以说理与议论,一任情之所至,笔亦随之,无不挥洒如意,形成"挟海上风涛之气"的格调。除掉爽朗、明快、开阔、雄健之外,他也写了几篇表现爱国激情和反映农村生活的词,更是前人所未曾有的。

苏词以写情为主,而大抵从描绘客观景象着手,因而使人读来感到他对于一切事物莫不有情,发生非常巨大深刻的感染力。《念奴娇》("赤壁怀古")最能表现豪放风格,并是借物抒情之作:

> 大江东去,浪淘尽千古风流人物。故垒西边,人道是三国周郎赤壁。乱石穿空,惊涛拍岸,卷起千堆雪。江山如画,一时多少豪杰。　遥想公瑾当年,小乔初嫁了,雄姿英发。羽扇纶巾,谈笑间,强虏灰飞烟灭。故国神游,多情应笑我,早生华发。人生如梦,一樽还酹江月。

从这里既可看到诗人笔下祖国山川的壮丽图画,也能感受到诗人对这河山的热爱;既能见到诗人所塑造的古代英雄周瑜的形象,也完全可以体会到作者渴望实现其理想的激情,以及因不能施展抱负而愤懑不平的悲恨。虽然字里行间也流露出他的感伤、消极的情绪,而其全篇的总精神还是乐观的、雄壮的、发扬的,因而也是健康的,并不会给人以颓丧之感。

苏词往往有丰富的想象和浪漫主义的色彩。《水调歌头》("丙辰中秋,欢饮达旦,大醉,作此篇,兼怀子由")云:

> 明月几时有?把酒问青天。不知天上宫阙,今夕是何年?我欲乘风归去,又恐琼楼玉宇,高处不胜寒。起舞弄清影,何似在人间。　转朱阁,低绮户,照无眠。不应有恨,何事长向别时圆?人有悲欢离合,月有阴晴圆缺,此事古难全。但愿人长久,千里

共婵娟。

不待解释,这里驰骋了诗人的幻想,而且总结了他的生活经验,表达了他对兄弟的深切的友情与思念,手法是极高妙的。

苏轼的抒情词有《江城子》("乙卯正月二十日夜记梦")是追念他亡故十年的妻子王氏的,情感真实而深厚,写得也很自然,很细致,不用典故,不讲辞藻,而直抒胸臆。《临江仙》("夜归临皋"),虽有消极情绪,却也表现了放达的诗人形象。试看:

> 夜饮东坡醒复醉,归来仿佛三更。家童鼻息已雷鸣,敲门都不应,倚杖听江声。　长恨此身非我有,何时忘却营营?夜阑风静縠纹平。小舟从此逝,江海寄余生。

苏轼的写景词充分表现出他对自然的喜悦,对生活的热爱,以及对祖国壮丽江山的深厚感情。《南乡子》("黄州临皋亭作")、《画堂春》("寄子由")、《南歌子》("湖州作")等,皆有声有色,雄奇可喜,而想象之新颖,刻画之精确,如"一江明月碧琉璃","北固山前三面水,碧琼梳拥青螺髻"等句,读之令人神魂飞越,产生无比的思慕。

此外,他也写过反映农村生活的词,如《浣溪沙》("徐门石潭谢雨,道上作五首……"),为词开辟了新的题材领域。他还写过激昂奋发,表现爱国热情的词,如《江城子》("密州出猎")。虽都不多,但有开拓词境的重要意义。且看:

> 老夫聊发少年狂,左牵黄,右擎苍,锦帽貂裘,千骑卷平冈。为报倾城随太守,亲射虎,看孙郎。　酒酣胸胆尚开张,鬓微霜,又何妨?持节云中,何日遣冯唐?会挽雕弓如满月,西北望,射天狼。

苏轼词的艺术成就极高,贡献最大,对于宋代词风的根本转变起了自我作始,自我完成的巨大作用。他的词表明他多情多感,而他之豪放则正是这种多情多感的另一种表达形式,盖借此宣泄其抑郁之情耳。他对词的创造性的变革,便是与这一思想感情的放纵奔流的特点密切联系而不可分的。

从结构上看,苏词"波澜浩大,变化不测",是跳跃式的发展,真如古人所谓"横放杰出,自是曲子内缚不住者"。他想到哪里,写到哪里,似无系统,而通篇读过,又感到脉络分明,完全可以剪接成为整体,给人以清楚的印象。他善于比兴,工于借喻,以是有的篇章竟被后人随意附会,妄加曲解,实属穿凿,并不符合他创作时的本意。他的词语言通俗明快,流利畅达,不重藻饰,而自然凝炼。他善于白描,喜用口语俗谚,既明白如话,又琅琅上口,如《阮郎归》:

> 一年三度过苏台,清尊长是开。佳人相问苦相猜:"这回来不来?" 情未尽,老先催,人生真可咍。他年桃李阿谁栽? 刘郎双鬓衰。

就是他的许多名作,如《卜算子》、《蝶恋花》等篇,也都不假雕饰而自然精妙:

> 缺月挂疏桐,漏断人初定,时见幽人独往来,缥缈孤鸿影。惊起却回头,有恨无人省,拣尽寒枝不肯栖,寂寞沙洲冷。(《卜算子》)

> 花褪残红青杏小,燕子飞时,绿水人家绕。枝上柳绵吹又少,天涯何处无芳草。　墙里秋千墙外道,墙外行人,墙里佳人笑,笑渐不闻声渐悄,多情却被无情恼。(《蝶恋花·春景》)

不用典故,不堆辞藻,而意境新颖,语言流畅。有时他也用些经史古籍中语,但能融化无迹,使人只觉其恰当,"若自其口出"。这是他填词语言艺术最成功的地方。

他突破了过去词调格律的束缚,把词解放了,变"填词"为"作词",把音乐的歌辞发展为可以脱离曲子而独立的文学体裁。前人或议其词不谐音律,说"不入腔",说是"句读不葺之诗",其实是不公平的。他本是懂得音律的,但不愿为旧格律所限而损害其思想感情和风格。他对词进行了创造性的改变,是大胆的尝试,是给词开拓一条广阔的道路,是使词脱离乐谱而成为独立的文学体裁,是文人词一个巨大的发展,延续了它的生命。总之,他对词的贡献是北宋文学改革运动中最后最大的成就。词经过这一改革,才适合于反映当时已变得复杂的现实生活,才能作为诗人进行政治斗争的工具。南宋许多爱国词人能用它写出一些激昂雄壮,充满义愤的作品,实应归功于苏轼的创始。

苏轼的艺术性散文,完全不同于求深、务奇、怪僻而不可读者。他要求平易,要求辞达而已;他要如行云流水,要有触于衷不得已而作。如此,故其文活泼生动,意态横生,形象鲜明,流畅自然。《赤壁赋》就是通过开阔清幽的自然景象的描写,抒发他当时的心情感受,俯仰今昔,而引起消极悲观的情绪的。但他对于人生的态度又不允许这种思想占上风,所以便产生了矛盾,斗争的结果仍是他一贯的超脱旷达的胸襟得到胜利,以物我两适、情景交融的艺术手法表现了出来。《纪承天寺夜游》通过疏朗简约的文字,绘出极其清幽的夜景,固然表现了他高超的艺术手段,但在这里同时也就突出地表现了他那逃避现实、随缘自适的乐天思想。他的杂文《筼筜谷偃竹记》一篇短短的文字,有记叙,有议论,有对事件的风趣的描写,也有对故友的深切的悼念,真是做到生动、流利,而又极其自然,极有意味。此外,他的书札小启更多精湛的抒情小品。

总括他在文学方面的全部成就,在有宋三百多年中,无人可与比拟。他的诗文创作实践是继前人革新运动之后而完成并发展了诗文新风的。不仅如此,他又把反形式主义、唯美主义的精神扩展到欧阳修所没有涉及的词的领域,创造了后人所谓的"豪放词派",延续了词的生命,并成为南宋爱国词人的先驱。

第三节　苏洵和苏辙

苏轼的父亲苏洵和弟弟苏辙同为"唐宋古文八大家"中人物,世称他们父子三人为"三苏"。虽然他父亲和弟弟的成就都远不及他,但也不能不承认他们父子兄弟之间的相互影响是很大的。

苏洵(公元1009—1066年),字明允。他读书较晚,但极用功。他写古文虽也近于用以载道,但着重在文,把一切思想、感情、见解、主张都用文章表达出来,而不是着重在明道,所以他是为文而学文,不是为道学文。在评论文章时,他也着重在"出言用意"的方法技巧方面,主要论其风格与气魄,而不着重在内容是否明道或载道。这种主张就深深影响了儿子,与后来苏轼的"吾所为文必与道俱"的说法是言异实同的,不过苏轼的说法比较含蓄,容易为古文家和道学家所接受罢了。苏洵的《嘉祐集》今存,共十五卷,主要是些议论文,尤多政论性的文章,诗仅二十六首,多古风而少近体,并不见得很高明,故世亦很少称论。但他的文章却是简切约整,肆而不流,足与欧、曾、王并驾而无愧的。

苏辙(公元1039—1112年),字子由,与兄轼同科中进士,时年仅十九岁。在政治上,他和苏轼同样反对王安石的新法。他们兄弟友情甚笃,在文学上互相标榜,也互相学习,但他才不及兄,成就也差得多,在"唐宋八大家"中当是最后一个。他论文稍异于其父与兄,而提出"气"字,"以为文者气之所形,然,文不可以学而能,气可以养而致"。并举孟子和司马迁,说他们"岂尝执笔学为如此之文哉？其气充乎其中,而溢乎其貌,动乎其言,而见乎其文,而不自知也"。他这些意见,正与其兄轼所说"昔之为文者,非能为之为工,乃不能不为之为工也",是同出于老苏的。他才短,不能如兄之"万斛泉涌,不择地而出",但生好为文,所以就要借江山人物等客观事物的激发,使气能充乎其中,然后益治其文,则文章自能得江山之助,而流溢于外,欲不作亦不可得,那时便不求工而自工了。他的诗殊不出色,尚不及其文,自不能与苏轼比,但较苏洵所作为多,并且也较为清丽。他的《栾城集》五十卷,《后集》二十四卷,《三集》十卷,又《栾城应诏集》十二卷,今俱存。

第五章 江西诗派及北宋末期的
婉约词派

第一节 黄庭坚、陈师道和江西诗派

北宋后期,政治腐化已极,内外矛盾尖锐,而统治阶级上层因为害怕人民起来反抗,便极力压制一切反对派的言论,甚至排挤贬斥,多方迫害。因此,稍有正义感的士大夫阶级知识分子便多持明哲保身、避害远祸的原则,置黑暗现实于不问,不敢在文学里坚持走现实主义创作道路,无论作诗填词就只好从形式方面着眼,讲求格律,重视技巧,并以此掩盖其贫乏的内容和帮闲的本质,于是就形成了形式主义的一股逆流。诗以黄庭坚、陈师道为首的"江西诗派",词以周邦彦为首的"大晟词人"及南宋姜夔、吴文英等格律词派,都是势力很大而影响很深远的。

苏轼承前人反对西昆形式主义初步成功之后,以其天才的文笔写作诗文,如行云流水,随意驰骋,豪迈俊爽,具有发扬向上的气象,虽也有些自适其趣近于消极的作品,而总的倾向则是积极的,并不脱离现实,尤其他的词更有独创的进步意义。但是到了"苏门四学士"(黄庭坚、秦观、晁补之、张耒),情况却完全不同了。他们各有其特殊风格,并都有相当高的造诣,因而也不肯限于苏轼的范围。黄庭坚和陈师道("苏门六君子"中除上述四学士外,还有陈师道和李廌)在诗坛上另立门户,后人称为"江西诗派"。秦观则在词坛上走婉约一路,讲究音律,以工丽见称,开周邦彦格律派的先声。他们本身的作品还不能算反现实主义,但已有很大成分趋向于形式,其影响是不好的。

黄庭坚(公元1045—1105年),字鲁直,号山谷,江西洪州分宁(今江西修水县)人。中进士后,名不显,苏轼见其诗文,盛加称誉,声名始震。其政治见解略同于苏轼,但无多建白,而屡遭贬谪,一生殊不得意。

黄诗特为时人及后世所重,甚至有人以为他在苏轼之上,至少也把他与苏并列,而称为"苏、黄"。他自谓诗学杜甫,但他的学法是只从表面的形式上或字句技巧上用功。他要求锤炼,要求"无一字无来处",这就完全失掉杜甫的现实主义精神,与杜甫的创作道路毫无共同之处了。他说:"诗者,人之情性也,非强谏争于廷,怨愤诟于道,怒邻骂座之为也。"这样抽掉诗的社会作用,必然逃避现实,片面追求艺术形式之巧。所以他的意见是:"自作语最难。老杜作诗,退之作文,无一字无来处。盖后人读书少,故谓韩、杜自作此语耳。古之能为文章者,真能陶冶万物,虽取古人之陈言,入于翰墨,如灵丹一粒,点铁成金也。"这种"点铁成金"的手法,说穿了,就是剽窃,就是他所认为独创的"夺胎换骨",而在他的诗中,这种剽窃古人佳句的地方,实在到处皆是,不烦例举。他正是诬蔑了老杜,何尝是真向杜甫学习!

他作诗又喜用拗律,押险韵,造硬语,主张去陈反俗,好奇尚怪,这也与杜甫诗的雄健精炼,浑然天成,毫无相同之处。他故意把五言诗的上二下三句式写成上一下四如"吞五湖三江",使它奇涩险怪,完全谈不到什么新的创造,简直是走入魔道,以此掩盖其思想贫乏与剽窃摹拟而已。至于造硬语,用僻典,"专以补缀奇字"成诗,或"专求古人一二未使之事成诗",据说是要"用昆体功夫,而造老杜浑全之境",更是南辕北辙,不可能把这两个矛盾的对立面统一起来的。正由于他过分求奇,有时竟至不通,令人难于索解,如《和文潜赠无咎》云"本心如日月,利欲食之既",就是此类。而这却成了"江西诗派"的原则之一,表现为他和他的追随者作品的特点。他也喜欢在诗中说教,以古典成语发表迂腐平凡的议论,给人以模糊晦涩的印象。这和西昆所宗尚的李商隐好用典故讲求辞藻相同,而其用意与效果则不相同。

宋诗异于唐诗者,除其反映的社会生活不同,情调本自相异外,还在于宋诗多议论,言理不言情,尚理而病于意;讲求对偶雕琢之工,而缺乏天真自然之兴;诗体散文化,以文为诗,浅露俚俗,无多余味。但这些特点都是为了矫正晚唐、五代诗弊而逐渐产生的,有些可以说是进步的,是优点,只是做得过火了,才成为缺点。这趋势到黄庭坚达到完成阶段,而必然另有变化。后世一提到宋诗的风格,往往所实指的正是黄庭坚及其"江西诗派"的一些理论与特点,因为正是他把上述特点发展到尽头的。

黄庭坚作诗就本着他的理论而实践,所以好诗实在不多,但他毕竟还是大家,也还有一部分写得比较好的,而那就是在一定程度上摆脱他自己的诗法的作品了。如《劳坑入前城》和《上大蒙笼》都是反映人民生活在贪婪的官吏压榨下的痛苦呼声的,表现了作者对贫苦劳动人民的同情。后一首以乡农的口吻喊出"穷乡有米无食盐,今日有盐无食米。但愿官清不爱钱,长养儿孙听驱使",确实非常沉痛,而且语言也通俗朴素,口语化,丝毫未受他自己所定的清规戒律的限制,成为他所作的仅有的人民性较强的好诗。《老杜浣花溪图引》写出杜甫的伟大人民诗人的形象,也极概括而深刻。此外,他和答或寄赠他哥哥黄大临(字元明,也是个诗人)的诗,情感比较真实,如《新喻道中寄元明》:

> 中年畏病不举酒,辜负东来数百觞。唤客煎茶山店远,看人秧稻午风凉。但知家里俱无恙,不用书来细作行。一百八盘携手上,至今犹梦绕羊肠。

他有少数描绘山川景物的诗,也还明畅、俊爽,如《登快阁》:

> 痴儿了却公家事,快阁东西倚晚晴。落木千山天远大,澄江一道月分明。朱弦已为佳人绝,青眼聊因美酒横。万里归船弄长笛,此心吾与白鸥盟。

《雨中登岳阳楼望君山》二首,也还清丽可读:

> 投荒万死鬓毛斑,生入瞿塘滟滪关。未到江南先一笑,岳阳楼上对君山。

> 满川风雨独凭阑,绾结湘娥十二鬟。可惜不当湖水面,银山堆里看青山。

这些诗比较成功,但不能算是黄庭坚或江西诗派的代表作,它们都未突出表现作者的特有风格。

"江西诗派"这一名称是黄庭坚死后,他的追随者所造的。因他是江西人,故以为名,此后对于学他的风格的诗人也都列入了。南宋吕本中作《江西诗社宗派图》,集黄庭坚以后若干人的诗为《江西宗派诗集》一百十五卷,于是"江西诗派"即因而得名。杨万里《江西宗派诗序》说:"江西宗派诗者,诗江西也,人非皆江西也。而诗曰江西者何?系之也。系之者何?以味不以形也。"吕本中《宗派图》列二十五人,但实际受黄的影响而所作亦具江西风格的还不止此,尤其在黄死后还有不少人成为他的"私淑"弟子,作品中显然在不同程度上有黄派的痕迹。吕本中是一个理学家,由于他的鼓吹,就使得黄庭坚的诗歌理论在文人中间盛行起来,他的作品也成为许多人学习的范本,其影响至南宋而未已。但南宋以后,新时代给予人们一些启发,所谓"江西诗派"中人也不尽是黄诗的真正传人。其实即黄庭坚尚在世的时候,自陈师道起,便感到黄庭坚的理论的流弊,而有意识地加以纠正,在不同程度上能够突破他的戒律,而自成体格。后来更有些进步作家还能用通俗朴素的语言,抒写自己的思想感情,反映现实,取得新的成就。宋末元初方回编撰《瀛奎律髓》,也以江西诗派为归,又创"一祖三宗"之说,以杜甫为江西诗派之祖,而以黄庭坚、陈师道和陈与义为三宗。方回和刘辰翁两人在宋末江西派衰歇之际,又重新起来倡导,并把江西诗风带到元朝。此后,断断续续,一直延至清末,又为陈三立等人所提起,大倡黄诗,可见其余波传播之远了。

　　陈师道是黄庭坚的朋友,对黄最为倾倒,也是最早发觉黄诗的缺点而第一个突破其藩篱的人。陈师道(公元1053—1102年),字无己,又字履常,号后山,彭城(今江苏徐州)人。他在"江西诗派"中是仅次于黄而为年辈最长、声望最高的。他少从曾巩学文,颇受赞许,中年以苏轼等的推荐,为徐州教授,除太学博士。旋以"苏党"之故,改颍州教授,罢归,调彭泽令,不赴。久之,召为秘书省正字,而卒。有集二十卷,今存。他的文学主张与黄庭坚相近,他说:"宁拙毋巧,宁朴毋华,宁粗毋弱,宁僻毋俗,诗文皆然。"他是一个有名的苦吟诗人,与唐贾岛、孟郊相似,可见他对艺术是极认真的。但他生活枯寂,孤芳自赏,作品题材狭窄,思想内容比较贫乏,苦吟结果只表现在字句韵律等艺术技巧的精奇上,而无救于诗作本身的瘦瘠。他为生活经验所限,自不能写出丰满充实的作品。他在后期已认识到黄诗只是"作意好奇",不像杜甫的"遇物而奇,譬大海无风,而波涛自涌",奇得自然,毫不勉强,毫无造作。于是,他开始对黄诗不满,转学杜甫。他的某些作品在一定程度上突破了江西派的戒律,不似黄诗的生硬拗折,故能以较通畅的语言反映自己穷困的生活与悲苦情怀,如《舟中二首》之一:

　　　　恶风横江江卷浪,黄流湍猛风用壮。疾如万骑千里来,气压三
　　江五湖上。岸上空荒火夜明,舟中坐起待残更。少年行路今头白,
　　　　不尽还家去国情。

这种感情是真实的,而且在那时也有其普遍性与代表意义,但情绪凄怆,调子低沉,不是激扬奋发的。《除夜》一首,情调与此相同。其《别三子》和《示

三子》则写得更为真挚,朴实感人。然而,真能代表他的诗风的,却是些思想比较枯瘠、陈旧、消极落后的,如:

> 书当快意读易尽,客有可人期不来。世事相违每如此,好怀百岁几回开。(《绝句》)

他喜用俚语,而用得稳恰,与其诗融合无间,这是值得学习的,如"昔日剜疮今补肉,百孔千疮容一罅","巧手莫为无面饼","惊鸡透篱犬升屋",都很明白自然。

他和黄庭坚一样,是学杜甫而未得其真髓,至多只在表面上错误地"以险瘦生涩为杜",如有所得,"所得惟粗强耳"。不过,平心而论,他仍"不失为北宋巨手",在苏轼以后,他确是"江西诗派"中可与黄庭坚并称的大家,其余诸子就相去很远了。

陈与义(公元1090—1139年),字去非,号简斋,洛阳人。他的诗高华豪放,不似黄庭坚、陈师道之瘦硬,而且他渊源甚广,不能为江西戒律所限。他早期的诗虽有黄、陈的影响,但并不以此自足,而更向上精进。他的诗流畅响亮,词句明快,绝无诘屈聱牙之弊,可以独立成家,与黄、陈江西风貌并不相同。他对江西派是有批判的,也从不自认为江西诗人,只是方回错误地拉他为江西"三宗"之一。他生在宋室南渡之际,时时流露其眷怀故国,忧伤世事的情绪,所为诗也效法杜甫安史乱后诸作,慷慨悲壮,感情深厚,富有现实意义。如《感事》云:

> 丧乱那堪说,干戈竟未休。公卿危左衽,江汉故东流。风断黄龙府,云移白鹭洲。云何舒国步?持底副君忧?世事非难料,吾生本自浮。菊花纷四野,作意为谁秋?

此类作品尚多,如《发商水道中》、《巴丘书事》、《再登岳阳楼感慨赋诗》等都是。他有些绝句小诗,意新词雅,能以朴素的语言表达深曲的情感,而又结合了忧国伤时之心,其思想艺术都非"江西诗派"包括黄庭坚、陈师道在内的一切作家所能及,更不能为他们所范围了。如《送人归京师》云:

> 门外子规啼未休,山村日落梦悠悠。故园便是无兵马,犹有归时一段愁。

又如《牡丹》:

> 一自胡尘入汉关,十年伊洛路漫漫。青墩溪畔龙钟客,独立东

风看牡丹。

说陈与义是南渡前后最杰出的诗人，也不为过。

"江西诗派"的理论和戒律，在黄、陈也并不曾严格遵守，后来的追随者却奉为金科玉律，以此要求作者，遂形成一股极有害的反现实主义的形式主义逆流，其影响实在很坏也很大，但这不能归咎或不应完全归咎于黄、陈诸子，因为他们初无创立宗派之意。这责任实应更多地由吕本中，尤其宋末元初的方回来负。

第二节　周邦彦及其他婉约派词人

词到苏轼是一大变革，这一变革给它开辟出一条广阔的大道，使它得到新的生命，一直延续了将近千年之久。但"正统派"以婉约为宗的词风积重难返，仍有许多人遵循留恋，不肯放弃，以"花间"温、韦等"绮罗香泽之态"，或前期晏、欧等旖旎婉约之词为摹效的标准。即使号称"苏门四学士"的黄庭坚、秦观、晁补之、张耒等都有词作，却又都远离苏轼豪放的词风，而写着浮艳的或婉约的甚至近乎柳永的词。继"四学士"而进入"苏门六君子"行列中的陈师道，则对苏词大加非议，说苏轼"以诗为词，如教坊雷大使之舞，虽极天下之工，要非本色"（见《后山诗话》）。此外，最接近东坡的毛滂、贺铸，也大致是走正统词人的路，很少继承发扬苏轼的词风。直到北宋末至南宋初年，辛弃疾和其他爱国词人才吸取并发展苏轼豪放一派的词风，而取得空前的成就。

在苏轼变革词风之后，一时继起乏人，和那时的诗坛一样，词坛上也出现注重格律，着意炼辞，极力模仿"花间"、南唐的许多作家。到北宋将亡之时，周邦彦更以其精于音乐，身为乐官，大倡格律词，并以其颓废狭邪的生活为主要题材，大写其恋情和咏物的精巧细腻的所谓婉约词，于是开辟了南宋初年姜夔及以后的更严格的格律词派，把词导向形式主义。但在苏轼门下和其他并世词人如秦观、贺铸等，其作风也还与正统派及后来的格律派不尽相同，而且也还写过不少比较可取的作品，不应完全否定。

秦观（公元1049—1100年），字少游，一字太虚，扬州高邮人。少有文名，数应试不第，后为苏轼所激赏，介于王安石，安石称其诗清新似鲍、谢。成进士后，以苏轼荐，除太学博士，秘书省正字，后坐元祐党籍，出通判杭州，贬处、郴、横、雷各州。徽宗赵佶立，放还，至藤州而卒。他有《淮海集》四十卷，词今存者，共得一百零五首。他在结识苏轼以前，即工诗词，风格初步确立，后虽因与苏轼游而受到一些影响，毕竟作用不大，仍基本上保持他独自的风格和情调，而有较高的成就。

秦观的词多婉约清丽之作，比较接近柳永，而为苏轼所不满。如《河传》：

> 恨眉醉眼，甚轻轻觑着，神魂迷乱。常记那回，小曲阑干西畔，鬓云松，罗袜划。 丁香笑吐娇无限，语软声低，道我何曾惯。云雨未谐，早被东风吹散，闷损人，天不管。

有些地方艳冶而至于淫亵，几乎是连柳永词中都少见的，其中描绘竟颇类似李煜早期的作品。他的词不仅情调与柳永相近，甚至在运用语言上和铺叙方法上，也都极近柳词。《满园花》使用许多俗语，如"苦捆就"、"软顽"、"罗皂丑"、"孛罗"，等等，今天都很难解释，而当时却必是常用的口语。甚至全词都是使用着口语，如"甚捻著脉子，倒把人来僝僽"，如"怎掩得众人口"，如"从今后，休道共我，梦见也不能得勾"等都是。至于铺叙景物，则细腻已极，几乎每首都如此。

秦词也有少数气宇比较开阔，声调激越，题材涉及较广，意境风格超出其通常面貌的，但毕竟哀怨凄厉的情绪很重，不像苏轼的豪放旷达。如《踏莎行》（"郴州旅舍"）：

> 雾失楼台，月迷津渡，桃源望断无寻处。可堪孤馆闭春寒，杜鹃声里斜阳暮。 驿寄梅花，鱼传尺素，砌成此恨无重数。郴江幸自绕郴山，为谁流下潇湘去？

又如《千秋岁》"谪虔州日作"和《好事近》"梦中作"等都是这类较好的作品。其中有个别片断的意境和句子略具苏词气格，而总的风调气魄却还是他独具的，不属苏轼一派。

秦观词思想感情一般是比较真实的，能反映他的身世遭遇。他屡遭贬斥，放逐奔波，孤馆凄凉，离情万种，不能直抒胸怀，只好寄情于男女别离，抒发一些个人生活上的哀愁，而实质上他的悲苦更远比这些深远，而更有社会内容。词中几乎为愁云所弥漫，真是如他的名句"飞红万点愁如海"所形容的一样。《江城子》是写他的愁怀最集中的一首：

西城杨柳弄春柔，动离忧，泪难收。犹记多情，曾为系归舟。碧野朱桥当日事，人不见，水空流。　韶华不为少年留，恨悠悠，几时休！飞絮落花，时候一登楼。便做春江都是泪，流不尽，许多愁。

其语言、构思、艺术技巧都很高，但感情过于悲苦，调子过于低沉，读来使人悲观，沮丧。他抒写真实情感是好的，但软弱颓唐，不思自拔，给予读者的影响不是激扬向上，而是消极落后的。可以肯定，这样的词基本上还是"花间"、南唐、晏、欧一路，只因时代不同，生活不同，所以便能博观约取，锻炼较深，技巧精熟，故风韵更婉约，音调更和谐，词句更工丽。他虽能在词风词艺上自成一家，终无多少独创性的发展，故对后世影响并不太大，不能与苏轼等量齐观。重要的是他远祖"花间"，近开周邦彦格律词派，成为承前启后的桥梁或线索，在词史上自有一定地位。

以词而论，秦观远较黄庭坚为高，但时人或以秦、黄并称，其实是不正确的。黄庭坚的《山谷词》现存一百八十余首，都贯穿着他的诗论，带着江西派的特色，奇涩难懂，或用其所谓"夺胎换骨"法，公然点化古人的词，窃为己作，如《浣溪沙》把张志和《渔父》中的名句全用上了：

西塞山边白鹭飞，散花洲外片帆微，桃花流水鳜鱼肥。　自庇一身青箬笠，相随到处绿蓑衣，斜风细雨不须归。

还有一首《鹧鸪天》是他"晚年悔前作之未工"，"乃另以此调足前后数句而成"，其实都是剽窃，把神奇化为腐朽，仍是不工。类此之作，不一而足。而《西江月》起头两句"断送一生唯有，破除万事无过"，则以歇后语的形式截取韩愈的诗，而删其尾上的"酒"字，竟变成不通的了。还有"两同心"则是字谜，以"女边着子"代"好"，以"门里挑心"代"闷"，更是文字游戏。至于淫亵猥鄙，不堪入目的更多，实在不能算作文学作品。他更喜好用俚俗怪字，几乎无人认得，欲借以掩蔽其淫秽的内容，则尤不足取。只有个别篇章，虽意境不高，而气韵尚有传统风格，或者偶尔写出几个峭健的句子，为时传诵，如《念奴娇》"断虹霁雨"一阕和《忆帝京》"银烛生花如红豆"一阕，然而，也多不是通篇可观的。

除秦、黄外，有晁补之（公元1053—1110年），字无咎，济州钜野（今山东巨野县）人，有《鸡肋词》（或名《晁氏琴趣外篇》）凡六卷，连辑佚，共得一百六十七首；张耒（公元1054—1114年），字文潜，楚州淮阴（今江苏淮阴县）人，存词不过十首；陈师道，有《后山长短句》，虽颇自负，但外人并不赞许。这些人的词成就均不大,也不能算做苏轼词派。

自秦观以后,作者虽多,但大都无特殊风格,惟不能忽视贺铸,因他是由秦观过渡到周邦彦的中间桥梁,在词的发展上有一定影响。贺铸(公元1052—1125 年),字方回,号庆湖遗老,卫州(今河南汲县)人。其人任侠尚气,终身未得高官,颇悒悒,晚年退居苏杭,在镜湖之滨,贫困颓废,往往情见乎词。他的《东山乐府》传播颇广,苏门诸子亦多爱赏。他身世近乎晏几道,所写情词,亦颇似之。他的豪爽狂放性格使他后期能写出少数比较开阔而悲凉的作品,略近苏轼,但感伤情调过重,缺乏激扬向上之情。加以他精于音律,着意炼辞,故有雕琢之痕,不似苏词那样自然明快。总之,他的词风主要是工丽、谨严,以浓艳华赡的长调情词为代表,故近于后来的周邦彦,如《薄倖》、《石州慢》、《望湘人》等是。而最知名的则是《青玉案》:

> 凌波不过横塘路,但目送,芳尘去。锦瑟华年谁与度?月桥花榭,琐窗朱户,惟有春知处。　碧云冉冉蘅皋暮,彩笔新题断肠句。试问闲愁都几许?一川烟草,满城风絮,梅子黄时雨。

他的艺术特点是:语言精新,融景入情,而特显秾丽,但思想内容不够充实,并多消极、颓废的没落情绪,所以风格虽略近于苏轼,却终至导向周邦彦格律词派的形式主义,是很可惜的。

周邦彦(公元 1056—1121 年),字美成,浙江钱塘(今杭州)人,徽宗时,他以徽猷阁待制提举大晟府,掌朝廷音乐,精于音律,能自度曲,所著《清真居士集》已佚,今存《片玉词》二卷,另补遗一卷,共得词近二百首。他号称北宋词之集大成者,至此,词的格律已完全定型了,而他便是这个总结时期“正统”派的领袖和代表。词至北宋末在形式上以慢词为主,并产生了许多新调。又由于乐府的搜集、审订、整理,曲词合一,音乐与诗歌一致了,故所有词家的作品便几乎都能入乐。词的意境和情调几乎已不能较前人有所增益,于是作者便只好在音律上严格要求,走向格律词派;同时又在遣词造句和拟摹物态上用功,因而形成工丽婉曲的风格。

周邦彦在提举大晟府时,和许多词曲名流朝夕讨论唱和,词律益精,雕琢愈细,于是便吸取前人之长,熔铸成一种富艳圆美的婉约的格律词风。他继承“花间”、南唐、晏、欧以至柳永、秦观、贺铸等人的艺术技巧,从柳永的慢词中取得长于铺叙的骨干和结构,从贺铸学得艳丽的造词手法,从秦观吸取了柔媚的情调,同时又兼采《花间》、《尊前》和晏、欧等的神味。

周邦彦的词题材狭窄，大抵不外男女恋情、伤离惜别和一些摹写物态的咏物之作，连写羁旅行役和凭吊今古的都很少。他的许多被后人奉为典范的作品，也都是艺术技巧较高，而思想意境很平庸的。著名的《瑞龙吟》：

> 章台路，还见褪粉梅梢，试华桃树。愔愔坊陌人家，定巢燕子，归来旧处。　黯凝伫，因记个人痴小，乍窥门户。侵晨浅约宫黄，障风映袖，盈盈笑语。　前度刘郎重到，访邻寻里。同时歌舞，惟有旧家秋娘，声价如故。吟笺赋笔，犹记燕台句。知谁伴，名园露饮，东城闲步？事与孤鸿去，探春尽是、伤离意绪。官柳低金缕。归骑晚，纤纤池塘飞雨。断肠院落，一帘风絮。

写伤离意绪而从眼前景物着笔，迂回反复，有沉郁顿挫之致。末后还是以官柳、归骑、飞雨、空院、风絮等景物烘托主人公的情绪，寓情于景，借景抒情，益令人黯然伤怀，离愁邈邈。其风格意境显然是从柳永脱胎而来。至于造语之工丽、婉媚，则又兼秦观、贺铸之长。而铺叙事情，层次井然，也是吸取柳永的特点的。

他工于描写景物，许多词的片断都像一幅幅风景画，连续陈列在读者眼前似的。他还善于运用想象，描绘比较微妙难状及不易捉摸的抽象事物，如《六丑》"蔷薇谢后作"说，"愿春暂留，春归如过翼，一去无迹"，便是很好的例子。然而，不管他的抒情词、咏物词或写景词，艺术技巧虽很高，但思想内容都较枯瘠，所以便只能在意境、结构、描画、造辞等文字方面"旧曲翻新"，而仔细咀嚼起来，就会感到千篇一律，并无多少新的东西，更没有深厚真挚的感情。因此，尽管他善于想象，工于刻镂，并永远以比较严肃认真的态度，用极大的功力，从事写作，但所写出的作品却不能不是辞藻缤纷、字句华艳、组织严整、声律婉和，如装饰得十分精致的玩偶，而缺乏充实饱满、生动活泼的精神气魄。

他的词可以说是纯粹的文人词了，这就极易引导后来学者追求格律，无病呻吟，走上形式主义的道路，其影响是不够好的。但就他的作品本身来说，也不应一概抹杀，上举各点都说明了他在艺术上确有很高的造诣，足资后人学习，就连南宋大词家辛弃疾的用典、用事、造句、铸辞方面也多少受了他的影响。因此后世论词者往往对他推崇备至，甚或拟之为词家的杜甫。然而，在我们看来，重要的是，他的词既缺乏进步的思想内容与深厚的情感，则其所集大成者便只能集唯美主义大成，实开南宋形式主义词人纤巧琐碎、机械庸滥的恶风。他的一生决定了他只能写出苍白无力、平庸肤浅、内容空虚、思想性弱的作品,成为一个典型的唯美主义、形式主义、婉约派、格律派的词人,不应给予过高的评价。

第三节　南渡词人李清照和朱敦儒

李清照是北宋末年一个大诗人,是宋代最杰出的一位女诗人,即在中国文学史上也是少有的一位最重要的女诗人。她在文学方面,无论诗、词、散文、骈文都有相当高的造诣,而最突出的却是词。《漱玉集》原有五卷或六卷,因已散失,经近人辑录,得四十三首,大致可信。其他作品,据说有文集七卷,今皆不存,现在可见者仅有诗、赋、散文十余篇。

李清照(公元 1084—约 1150 年左右),山东济南人,北宋末有名的学者李格非之女,自号易安居士。其母为王拱辰的孙女,亦能文。她因自幼受家庭教育,有很高的文化和文学修养,决定了她后来成为一个杰出的女作家。二十一岁同当时曾做过宰相的赵挺之的儿子太学生赵明诚结婚。夫妻皆好学能文,记览甚博,喜收藏金石书画,后曾合著一部《金石录》共三十卷,与早年欧阳修的《稽古录》并称于世。她晚年值金人南侵,汴京覆没,与其夫向南方转徙,到处流离,所藏金石古物与行装家资几乎全部丧失,明诚也于中途病死。从此以后,她便漂泊在杭州、金华一带,过着颠沛穷困的生活。在饱经世变,境遇萧条的情况下,她感怀旧事,抚今追昔,往往形诸诗词,故所作多悲苦之音。

她的词前后两期截然不同,但都能真实地反映她当时的生活与思想感情。由于阶级、历史和她自己生活的局限,也由于作为封建时代一个上层社会的妇女,受着礼教的拘束和环境的教育与限制,她所写的作品无论前期或后期,都很难要求其具有重大的思想意义和社会意义。但也不能就粗率地完全否定她的词的思想性和现实意义,虽然表面上确看不出有多少。就其仅存的诗来看,她是一个有思想、有感情,能反映现实,肯暴露黑暗,对时代敢于进行大胆批判的作家,因此也可以证明在她的词里也不会丝毫没有现实内容。但她的词确实不像苏轼或同代爱国词人那样明白地反映现实,又是为什么呢?这主要由于她对词持着传统的观点,认为它"别是一家",在作用上应该与诗有严格的界限。为了"尊体",她不肯甚而反对用词来反映社会现实,而坚持用它来抒写个人的生活感情的"正统"派的主张。她的见解见于她早年所作的一篇词论。她在那里对宋代过去各家的词都表示不满,从中可以看出她的基本观点,正是把词与诗严格划分开,认为各有职能,不可相互代替。概括地说,她认为:词与诗不同,别是一家,有其固定的性能,也有其特殊的传统风格,违背了这些,就成为不可歌也不可读的令人绝倒的东西。词不应随时代发展而有适合新要求的相应改变。最重要的是协乐,是恪守已成的格律,不得变通;其次是高雅、典重;再次是浑成、铺叙,是妍丽多情而出语委婉,有故实,不可直爽痛快地发出阔大激切的声音。这些限制自然决定了词的题材、内容、思想、感情必须以男女爱情、生活琐事为范围,而不能反映社会政治等重大问题。她的词就多少是遵循这样标准写的,而尤以其在南渡以前所作为然。

但评论李清照,不应该只就她的词的表面意义便作出结论,也不应该忽视她残存的十几首五、七言诗和残句,必须结合她的生活和思想把现存的全部作品综合起来做深入的分析、审慎的研究才行。

就词论词,她前期所作诚然仅限于表现深闺少女的狭隘感情,没有反映社会现实,思想意义不大,但对九百年前一个封建社会的妇女也不应如此苛求。何况她的早期作品所写的情爱又是多么真挚、纯洁、深刻、清新!那与其他作家所写同题材的词比起来,实在是很高的艺术。如《如梦令》:

> 昨夜雨疏风骤,浓睡不消残酒。试问卷帘人,却道海棠依旧。
>
> 知否? 知否? 应是绿肥红瘦。

对美好事物的惜恋与爱情生活的惆怅,写得多么细腻而清隽;应该承认它是一首极好的爱情词。又如《一剪梅》的"花自飘零水自流,一种相思,两处闲愁。此情无计可消除,才下眉头,却上心头",以及《凤凰台上忆吹箫》的"生怕离怀别苦,多少事欲说还休。新来瘦,非干病酒,不是悲秋。……惟有楼前流水,应念我终日凝眸。凝眸处,从今又添一段新愁",虽都是一般离愁、别恨、伤春、悲秋的题材,而在她写来,却又那么深切,那么新颖,自有其与前人不同的意境和情态,富有强烈的感人力量。她尤其善写少妇思夫之情,脱却世俗蹊径,大胆、坦率、热情地倾吐着内心的真情实话,细腻熨帖,健康无邪,但又并不扭捏隐晦,故作娇羞。同样,她描写少女少妇的生活感情,从而塑造出非常生动活泼的形象,在整个宋词中也不多见,如《点绛唇》:

> 蹴罢秋千,起来慵整纤纤手。露浓花瘦,薄汗轻衣透。见有人

来,袜刬金钗溜。和羞走,倚门回首,却把青梅嗅。

写一个少女的憨态,多么传神,又多么健康、明媚、天真、自然!当然,她的情词也有些受当时词风的熏染,露出略近柳永、周邦彦等慢词情调的,有些则在修辞、造句或创造意境方面,显得工巧,如《壶中天慢》的"宠柳娇花"、"清露晨流,新桐初引"和《醉花阴》的"莫道不销魂,帘卷西风,人比黄花瘦",都是被誉为清俊、新丽、词意并工的。不可否认,的确是如此,但这里看不到鲜明的人物形象,也觉察不到深刻新颖的性格与情感的刻画,所以也不如前首词那么健康爽朗。

在北宋覆亡以后,丈夫病死,她独自流离江南,过着穷困寂苦的孀妇生活,精神上遭受极大的痛苦,物质生活也很困难,思想感情发生了剧烈变化,所有这些,都不能不反映在她的作品里。诚然,她的词并没有直接而明显地描写那个苦难动荡时代的重大问题,但不能说她在词里没有透露她对于这个时代所感到的痛苦、愤懑和哀愁。尤其结合她的诗来看,就更可以了解她这时期的思想感情和认识,从而也才能比较全面而正确地理解她的词的时代意义和现实意义。这里且举两首诗来作证:

> 想见皇华过二京,壶浆夹道万人迎。连昌宫里桃应在,华萼楼头鹊定惊。但说帝心怜赤子,须知天意念苍生。圣君大信明如日,长乱何须在屡盟!(《上韩诗》,按:系上给绍兴三年使金的韩肖胄的)

> ……闾阎嫠妇亦何知,沥血投书干记室。夷虏从来性虎狼,不虞预备庸何伤?……巧匠何曾弃樗栎,刍荛之言或有益。不乞隋珠与和璧,只乞乡关新信息。灵光虽在应萧萧,草中翁仲今何若?遗氓岂尚种桑麻?残虏如闻保城郭。嫠家父祖生齐鲁,位下名高人比数。……子孙南渡今几年,漂流遂与流人伍。欲将血泪寄山河,去洒青州一抔土。(《上胡松年》,按:胡是与韩肖胄一同奉命出使金国,任副使者)

而其所遗断句中也有"南来犹怯吴江冷,北狩应知易水寒","南渡衣冠少王导,北来消息欠刘琨",都明白地表达了她关心国事和对世局的忧愤。《夏日绝句》说:"生当作人杰,死亦为鬼雄。至今思项羽,不肯过江东。"慷慨激昂,直刺统治者的逃亡主义。这些诗的思想内容比之并世的爱国诗人之作,毫无逊色,即其咏史吊古之作的《浯溪中兴颂碑和张文潜韵》也是用来讽喻北宋末期统治集团内部的丑恶与黑暗,严斥其腐朽无能招致外侮的。如果拿她晚年所写的几首著名的词如《武陵春》、《声声慢》、《御街行》、《浪淘沙》、《永遇乐》等和这些诗篇联系起来看,就不难认识她后期的许多词所反映的悲愁,并非单纯限于个人情感,而是具有相当深刻的时代意义的。《武陵春》云:

> 风住尘香花已尽,日晚倦梳头。物是人非事事休,欲语泪先流。 闻说双溪春尚好,也拟泛轻舟。只恐双溪舴艋舟,载不动,许多愁!

这不是与广大人民的痛苦相通的吗?又《声声慢》云:

> 寻寻觅觅,冷冷清清,凄凄惨惨戚戚。乍暖还寒时候,最难将息。三杯两盏淡酒,怎敌他晚来风急!雁过也,正伤心,却是旧时相识。 满地黄花堆积,憔悴损,如今有谁堪摘?守着窗儿,独自怎生得黑!梧桐更兼细雨,到黄昏点点滴滴。这次第怎一个愁字了得!

这复杂的愁绪显然是多方原因所造成的,"雁过也,正伤心,却是旧时相识",其中便清楚地表明有时代因素,所以,全词反映了现实,自是不容怀疑的。《永遇乐》写得更明显多了:

> 落日熔金,暮云合璧,人在何处?染柳烟浓,吹梅笛怨,春意知几许!元宵佳节,融和天气,次第岂无风雨!来相召,香车宝马,谢他酒朋诗侣。 中州盛日,闺门多暇,记得偏重三五。铺翠冠儿,捻金雪柳,簇带争济楚。如今憔悴,风鬟雾鬓,怕见夜间出去。不如向帘儿底下,听人笑语。

这是今昔对比。诗人忧患余生,饱经世变,哪里还有心在流离异乡的时候来嬉游赏玩呢?

我们对她的词不能轻予贬低,更不应列入反现实主义作品之中,当然也不应给予不适当的过高评价,夸大她的成就。她的主要成就是在艺术方面:善于用具体事物形象地表达抽象的感情;善于用通俗浅近,但又是纯洁的语言,描绘出工巧细腻的画面;善于用创造性的凝炼语言,以巨大概括力写出情景交融的境界;善于运用口语,纯熟自然,毫不生硬,具有她自己的清新风格。

宋室南渡后,还有被称为放达颓废的朱敦儒,对当时和后代词人都有一定影响。

朱敦儒(公元 1080—1175? 年),字希真,洛阳人。少时,以布衣负重名。靖康间,召至京师,将处以学官,固辞还山。南渡后,召之,又辞。绍兴二年(公元 1132 年)以后,才就秘书省正字。时秦桧当国,除鸿胪少卿,桧死,遂废。他少年工诗及乐府。词集名《樵歌》,凡三卷,二百五十余首,还有散佚。他的词间有表现一些思念故国的情感的,如《雨中花》"岭南作",《水调歌头》"淮阴作",《苏武慢》,《减字木兰花》"听琵琶",《临江仙》"梦回辽海北",《浪淘沙》"圆月又中秋",等等。然而,它们虽然也多少唱出了时代悲凉的心声,但调子却是十分低沉,表现了绝望的情绪,毫无激扬愤发、慷慨向上的气味。老年更是故作放达、旷逸,而实则没落到了极点,写的词更为颓废消极。受他影响的如苏庠、向子諲乃至范成大、杨万里等,都在词上染着这种庸俗、空虚、不问时事而托迹旷放的色彩,所以无大可取,不复一一具论。

第六章　爱国诗人陆游及南宋其他诗人

第一节　陆游的生平

公元 1125 年，金人灭辽，继续南侵，从此成为北宋的更大威胁，逼得宋人不得不渡江而南。南宋暂都临安，仍不得长期安定地与北方之金和平共处，一直受着金人的压迫。陆游的一生便是在这样环境中度过的，而这个时代环境就决定他成为一个伟大的爱国诗人。

陆游（公元 1125—1210 年），字务观，越州山阴（今浙江绍兴）人，中年入蜀，又自号放翁，后人便以此称他。他父亲陆宰是一个具有爱国思想的知识分子，陆游出生时，正任京畿转输饷军的运粮官，携家在去开封的淮水游船上。翌年年底，开封为金人攻陷。正当时局紧急的时候，他父亲又被劾免官，移居寿春（今安徽寿县）。以后，他便随父逃往东阳（今浙江金华）。九岁时，高宗赵构才定都临安（今杭州），他家也因而转回故乡山阴，从此便开始读书。在他童年时期，和他父亲经常往来的多是一些关心国事的贤士大夫，每一谈及大局，往往痛哭流涕，给予陆游以极深的影响，因而也在他心中播下了杀敌报国的爱国主义思想种子。这时期的抗金英雄李纲、宗泽、岳飞、韩世忠诸人的英勇事迹，也鼓舞了他，对他的思想感情的形成起着十分重要的作用。

他家藏书很多，又勤于攻读，故十二岁时他的诗文已颇有可观。接着便入乡校受业，得到学问渊博而风骨嶙峋的韩有功、陆彦远等老师的教导，数年之间，学问大进。十六岁入都应试，虽未及第，但在西湖上与一些世家子弟日夕往还，结成密友，丰富了他的生活，对其后来诗歌创作产生了不小影响。回家后，仍继续努力学习，不仅攻读诗文，也经常研究兵书，尚武学剑，与师友及江湖侠士往来，讨论恢复中原的计划。

南宋高宗赵构绍兴二十三年（公元 1153 年），陆游二十九岁，到杭州应进士试,以第一名及第,但因居秦桧的孙子秦埙之前(秦埙列第二),遂惹怒了这个卖国贼。次年礼部复试,陆游仍居前茅,但又因"喜论恢复",名震京华,为秦桧所忌,竟被罢黜,除了名籍,退还故里。这是他遭受的第一次严重打击。他并未灰心丧气,又回故乡继续致力于诗歌,钻研兵书和剑术,待机杀敌。秦桧死后,直到他三十四岁才被任为福建宁德县主簿,自然与他的志愿不合。后来又由别人的保荐,被召到京,补敕令所删定官,数调至枢密院编修官,才得接近皇帝。他乘机提出过很多重要建议,但昏庸的赵构不能采纳,终于因直言被弃,于绍兴末年(公元1162年)罢去。

孝宗赵眘继位后,朝廷似有振作恢复之意,也相应地想要整顿军政,登用人才,抗战派势力稍见抬头,于是他也以"善辞章,谙典故"被起用。他又提出许多有关政治军事的主张,如简化机构,整饬吏治;选任北人,收纳民心;游击鲁皖,渐次北进。其后抗金宿将张浚被起用为右丞相,准备北伐,陆游曾积极支持,大力为之宣传,但北伐竟然失败,于是投降派又复得势,再度求和。陆游又被外调,任建康通判,后调京口(镇江)、隆兴(南昌)。适张浚在沿江驻防,因志同道合,时相过从,商讨大计。以此又为投降派所借口,在张浚死后,以"交结台谏,鼓唱是非"的罪名,于孝宗乾道二年(公元1166年)被免职归里,从此一直闲居了五年。

乾道六年(公元1170年),他四十六岁,才到夔州(四川奉节)任通判。将满三年,适川陕宣抚使王炎邀他到南郑幕府中做"干办公事",直接从军,使他非常兴奋。这段生活虽仅八个月,但他经常往来各地,调查实际情况,对北方形势和民气都有深切了解,认为人心思汉,民情可用,曾郑重地向王炎提出进取中原的战略方针和施行计划。他在《晓叹》一诗说的正是这个意思。

> 幽并从古多烈士,悒悒可令长失职!王师入秦驻一月,传檄足
> 定河南北。安得扬鞭出散关,下令一变旌旗色?

这时南宋王朝正由投降派把持,一意求和,早已绝意恢复,他的计划无论如何是不可能被采纳的。

大约在乾道八年(公元1172年),陆游便离开南郑,被调到成都,先后做过蜀州、嘉州、荣州等地方摄理政务之职。他一生最豪迈奔放的爱国诗篇多数是在这段时期写的。淳熙二年(公元1175年),诗人范成大为成都府路安抚使兼四川制置使,陆游被邀去做了参议官,公余之暇,主客之间便以文字

相交,不拘礼法,饮酒赋诗,相与唱和。士大夫们颇讥其恃酒颓放,他便也以"放翁"自号。

淳熙五年(公元 1178 年),陆游被召东归,时年五十四岁。到临安见了孝宗赵昚,仍未获得重用,又派往福建建安(今建瓯)去做通判,后调江西"提举常平茶盐公事"。次年江西水灾,人民流离,他亲督吏卒,开仓运粮,救济难民。他竟因此被斥为"擅权",召回免官。于是他自淳熙八年(公元 1181年)起,又被迫在故乡山阴隐居了五年。直到淳熙十三年(公元 1186 年),他六十二岁了,才再被召见,任为严州(浙江建德)知府,虽做了些直接有利于人民的事,但他意在中枢,襄赞战和大计,所以仍与素志不合。淳熙十五年,任满,卸职还乡。不久,被起用为军器少监,翌年改礼部郎中兼实录院检讨官,这时,他已六十四岁了。他一再上书陈述其治国、安邦、救民、平虏的主张,又触怒了权贵,竟以"嘲咏风月"的罪名再被免官。为此,他回家后,索性把自己的小轩名为"风月轩",对统治者予以嘲讽。

从光宗赵惇绍熙元年(公元 1190 年)起,到宁宗赵扩嘉定三年(公元 1210 年),整整二十年之中,陆游绝大部分时间是在农村中过着贫困而宁静的生活,这使他和农民接近,并发生了深厚的感情,也从而了解他们的疾苦,对他后期诗歌的现实主义精神有很大影响。

在这最后二十年中,他写过不少似乎闲适的田园诗,但他的思想感情一直是关怀着祖国命运的,并坚定不移地热盼国家驱逐金兵,恢复中原。因此,当公元 1202 年,即韩侂胄当权的第七年,陆游以素主抗金负有时誉,因而被起用到杭州做了修国史的工作,后来看到北伐大计不能实现,便于一年之后告退了。公元 1210 年(宁宗赵扩嘉定三年),病卒于家,时年八十六岁。

第二节　陆游的创作道路

陆游作诗极多,现存者尚有九千三百余首,是中国文学史上遗留诗歌最多的一个作家,如果加上散失的,至少当在万首以上。他也是个出色的散文作家,包括骈体文和史传文(所撰《南唐书》十八卷便是极有名的)在内;另外,他还有《放翁词》二卷,一百三十余首。

他的作品全面反映了那个时代的民族矛盾和阶级矛盾,而尤其突出的是表现了对金兵入侵的激昂反抗的爱国热情,因而形成了他的诗歌的最显著的特色。自屈原、杜甫以后，陆游是我国历史上最伟大的爱国诗人。他以诗歌为武器，坚持对敌斗争，至死不衰。在揭发与斥责金人的野蛮与残暴的同时，他也讽刺并鞭挞了南宋王朝统治者的怯懦与无耻；在另一方面，又热情地歌颂了人民英勇抗战的气魄与事迹，表达了自己对取得胜利恢复中原的愿望与信心。

他是怎样取得这种伟大成就的呢？首先，幼年时代在家庭就受到生动的爱国主义教育，深深地种下了报国复仇的思想种子。在文学上，他很喜欢岑参、王维的作品，对他的诗歌创作打下了基础。少年时期，陆游曾受江西诗派的影响，因为他曾跟江西派大家曾幾受业，但在初学阶段，沾染不深，所以后来还能跳出那个圈子，并未受其束缚。同时，也要看到，曾幾主张抗战，是南宋著名的爱国人士，陆游从这里也受到了深刻的爱国主义教育。他"少年志欲扫胡尘"，具有"上马击狂胡，下马草军书"的雄心壮志，所以"少鄙章句学，所慕在经世"，并认为"战死士所有，耻复守妻孥"。现存他的早期诗歌仅一百六七十首，其中却都贯串着这种爱国主义精神，与江西派显然有别。后来年龄增长，生活经验丰富，参加了实际的政治斗争，作品里的这种思想就越发强烈了。

其次，自公元1170年他入蜀以后，二十年中游历了蜀中的雄奇山水，也领受了大散关的铁马秋风，参加过一段极有意义的南郑军旅生活，到过关中、陇右等边防前线，看到的、了解的和经历的实际政治斗争极其复杂丰富，不仅充实了诗料，也提高了思想，扩大了眼界，开拓了心胸，更增强了报国复仇的决心与信心。在南郑时期的诗，言恢复者十之五六，在创作上得到了飞跃的进展，风力较以前顿然不同，正如诗人自己所说，"地胜顿惊诗律壮"。他的现实主义创作方法和创作实践的高度成就，便是此时在如此情况下取得的。

再次，公元1178年，他离蜀以后，虽有几年宦游，也有几年家居，生活自与在蜀时不同，但思想情感还属于他的创作中期，没有失掉他那昂扬愤激的倾向。但是自公元1190年他六十五岁以后，一直二十年长期住在故乡，过着农村隐居生活，环境变化过大，诗情也起了新的变化，直到二十年后死时，算是他的创作晚期。一般认为他晚期诗歌的特征是"绚烂之极，归于平淡"。他自己也说："入蜀还吴迹已陈，兰亭道上又逢春。诸君试取吾诗看，何异前身与后身？"这又是为什么呢？自然是由于生活改变，环境不同，题材要求这种宁静平淡的诗风。但也要知道：一方面，他这时期的诗虽渐趋平淡，明白如话,然"浅中有深,平中有奇",正是"于易处见工,便觉亲切有味",正是艺术上达到了更纯熟自然的境地;而另一方面,他的创作思想也还有其一贯性,即使在老年,除了田园、闲适诗外,仍写过不少有关爱国复仇的作品,可见这种思想并未与他绝缘,仍潜藏在心灵深处,随时待机而发。临终《示儿》说:

> 死去元知万事空,但悲不见九州同。王师北定中原日,家祭无
> 忘告乃翁。

这就是很好的证明。至于这时期所写关于阶级矛盾的作品则更多,也足见其关心社会,始终未曾脱离现实。

陆游的全部诗歌都贯穿着爱国主义思想,但并非千篇一律,只唱一个调子,而是变化多端,从不同方面来表达的。

他对异族侵略的仇恨主要是因为入侵者贪残害民,故其抗敌救国的主张也就与他同情人民和拯救人民的思想是一致的。《感兴》说:"群胡本无政,剽夺常自如。民穷诉苍天,日夜思来苏。"他认为那个落后的少数民族,进入中原,污秽了中国的语言和文化,这是他所深感痛心的,因而便成为他的爱国思想的基本内容。《送范舍人还朝》说:"东都儿童作胡语,常时念此气生瘿。"北方遗民日夜盼望王师北伐,诗人的心情也是如此,他多次表示要亲自从军,"靖扫胡尘"。一则说"遗民泪尽胡尘里,南望王师又一年"(《秋夜将晓出篱门迎凉有感》);再则说"慷慨欲忘身",要"手枭逆贼清旧京";而《投梁参政》、《书事》、《蜀州大阅》、《题阳关图》等篇,也都明白地表示了这种愿望。这类思想虽始终未能实现,但他至老犹念念不忘。《秋声》说:"我亦奋迅起衰病,唾手便有擒胡兴……草罢捷书重上马,却从銮驾下辽东。"甚至梦中都不曾忘记,如《十一月四日风雨大作》云:"僵卧孤村不自哀,尚思为国戍轮台。夜阑卧听风吹雨,铁马冰河入梦来。"他日夜幻想官军渡河击胡的雄快欢乐的场面,《书愤》最能表现这种心情。

> 早岁那知世事艰,中原北望气如山。楼船夜雪瓜洲渡,铁马秋
> 风大散关。塞上长城空自许,镜中衰鬓已先斑。《出师》一表真名
> 世,千载谁堪伯仲间!

他了解敌情,对胜利充满信心,所以坚决主战,反对输币求和,更不赞成"和亲"的可耻政策。他认为"小胡宁远略,……外狼中已慑",实不足畏;认为陷区人民忠义可用,说"楚虽三户能亡秦,岂有堂堂中国空无人"!可痛心的

是统治者无耻卖国,一意求和,置遗民的痛苦于不顾,甚至不惜排斥忠义,陷害良臣良将。这类诗很多,而《关山月》最为沉痛:

> 和戎诏下十五年,将军不战空临边。朱门沉沉按歌舞,厩马肥死弓断弦。戍楼刁斗催落月,三十从军今白发。笛里谁知壮士心?沙头空照征人骨。中原干戈古亦闻,岂有逆胡传子孙?遗民忍死望恢复,几处今宵垂泪痕!

《追感往事》《客从城中来》《感愤》《醉歌》《陇头水》《北望感怀》,都写这类思想。到他五十岁以后,属于他创作的中期,表达爱国热情的诗尤多,但他已清楚地了解自己没有杀敌报国的机会了,于是所作的诗也特别愤慨。《长歌行》就是写他这时期的怀抱,有句云:"国仇未报壮士老,匣中宝剑夜有声。"其跃跃欲试之情,仍不稍减。到了老年,他还说:"壮心未与年俱老,死去犹能作鬼雄。"但自恨:"关河自古无穷事,谁料如今袖手看!"这时他已七十多岁了。《太息》四首也说:"白头不试平戎策,虚向江湖过此生",说"书生忠义与谁论,骨朽犹应此念存"。总之,他的爱国主义诗篇表现了他有一种倔强到底、至老不衰的一贯精神,是中华民族最优秀的传统之一。屈原如此,杜甫也如此,而陆游表现得最为明显。这是第一点。第二,他这种思想表明了他对国家的理解是着眼于民族而不仅忠于赵宋王朝的一家一姓。第三,他要亲自参加抗敌事业,而不是只有一种爱国的理想愿望,只希望别人去前线,自己却躲在后方呐喊,甚至说风凉话。第四,他对北方国土丧失的悲愤是跟他对沦陷区人民被蹂躏践踏的关怀与同情密切联系着的。第五,他对金人污秽、破坏乃至毁灭祖国民族文化感到特别痛恨,因为汉族文化将亡,便真有灭种之忧了。第六,他虽坚持北伐,收复失地,却不主张民族报复,这说明他没有大汉族主义和压迫其他少数民族的思想与侵略野心,这在他的许多诗篇中都有明白的表露,如《斯道》说"乾坤均一气,夷狄亦吾人",便是一例。第七,他的爱国思想完全从国家民族的利益出发,并不掺杂个人的恩怨得失,所以说"功名自是英豪事,不用君王万户侯",说"细仇何足问,大耻同愤切",真是光明磊落,当时少有。

陆游作为一个爱国诗人,不能不同时也是一个热爱人民、热爱生活的人,所以他的诗的另一主题便是同情人民,反对统治阶级的严酷压迫与剥削。晚年退居农村以后,与农民接触较多,此类作品也更多,举不胜举。《悲秋》《秋获歌》《农家叹》《僧庐》等篇都是继承杜甫和白居易的现实主义史诗的优良传统而可以与之后先媲美的佳作。

他的闲适诗、田园诗和山水诗，或描绘农村生活，或抒写个人情趣，或摹画祖国山川风土，都充分表现了诗人热爱生活、热爱自然、热爱祖国和劳动农民，具有乐观主义精神和浓厚的生活气息，与一般纯自然主义和脱离现实的形式主义作品毫无共同之处；有些还结合了现实政治社会情况，就更非单纯的闲适、田园、山水诗可比了。他的这类小诗，有的流传极广，颇负盛名，且举两首为例：

> 莫笑农家腊酒浑，丰年留客足鸡豚。山重水复疑无路，柳暗花明又一村。箫鼓追随春社近，衣冠简朴古风存。从今若许闲乘月，拄杖无时夜叩门。（《游山西村》）

> 世味年来薄似纱，谁令骑马客京华。小楼一夜听春雨，深巷明朝卖杏花。矮纸斜行闲作草，晴窗细乳戏分茶。素衣莫起风尘叹，犹及清明可到家。（《临安春雨初霁》）

陆游生活经验极其丰富，反映在作品里的社会生活与自然景象也是多方面的。在他看来，人世间可写的事物多得很，真所谓"村村皆画本，处处有诗材"。加以诗人感觉敏锐，善于捕捉对象，又有高度的艺术概括力，故信手拈来，都成妙趣。因此，他写的任何内容的诗，都非常成功，虽万首不厌其多。但他的主要成就毕竟还是那些激扬踔厉的爱国主义诗篇，而闲适诗则不能视为他的代表作。这些作品中间有叹老嗟卑的感伤情绪，自更不能认为是他的诗的精华。

陆游的词远少于诗，但其内容与诗一样，也有不少是抒写其爱国思想的，尤其晚年所写，更为悲愤，如：

> 当年万里觅封侯，匹马戍梁州。关河梦断何处？尘暗旧貂裘。
> 胡未灭，鬓先秋，泪空流。此生谁料，心在天山，身老沧州。（《诉衷情》）

《夜游宫》"记梦，寄师伯浑"，《桃源忆故人》"题华山图"，《谢池春》等，都充满了"烈士暮年，壮心未已"的气概。此外，还有很多首也具有这种情感。而最能表现他的爱国思想的，则是他中期所写的《水调歌头》"多景楼"和《汉宫春》"初自南郑来成都作"。姑录其一：

> 江左占形胜，最数古徐州。连山如画佳处，缥缈著危楼。鼓角

临风悲壮,烽火连空明灭。往事忆孙、刘,千里曜戈甲,万灶宿貔
貅。 露霑草,风落木,岁方秋。使君宏放谈笑,洗尽古今愁。不
见襄阳登览,磨灭游人无数,遗恨黯难收。叔子独千载,名与汉江
流。(《水调歌头》"多景楼")

还有写去国离乡之思的,如《鹊桥仙》"夜闻杜鹃",寂寞凄凉,愁绪万端。《渔
家傲》"寄仲高",叙兄弟别离的思念,也极真挚。他笃于至情,相传少年时前
妻唐琬不见容于陆母,被迫离弃,唐已别嫁,十年后相遇于沈园,唐氏赠之以
酒,他感赋《钗头凤》,情深意切,哀婉动人:

红酥手,黄縢酒,满城春色宫墙柳。东风恶,欢情薄,一怀愁
绪,几年离索。错,错,错! 春如旧,人空瘦,泪痕红浥鲛绡透。
桃花落,闲池阁,山盟虽在,锦书难托。莫,莫,莫!

他在七十五岁时还有与前妻分离四十年后触景伤情的两首七绝《沈园》,与
此咏同一情事,为千载所传诵,并录于次:

城上斜阳画角哀,沈园非复旧池台。伤心桥下春波绿,曾是惊
鸿照影来。
梦断香销四十年,沈园柳老不吹绵。此身行作稽山土,犹吊遗
踪一泫然。

以陆词而论,也有少数轻倩旖旎之作,如《乌夜啼》"金鸭余香尚暖",怕是受
了传统的"正统"词人的影响而写的,不是步武苏轼的豪放一派了。他认为
词之倚声,"起于唐之季世",其变愈薄,殊可叹惋,显然不大看重这一体裁,
所以少时"颇有所为,晚而悔之",这大约正是他写词较少留存不多的原因。

陆游也写有不少各种体裁与题材的散文,虽无突出的成就,却也都贯穿
着他的爱国主义思想,并且学习韩愈,而近似曾巩,所作结构整饬,语言准
确,清空雅健,明白如话,在南宋也是不多见的。他撰著的《南唐书》为研究
南唐李氏政权的重要历史资料。《老学庵笔记》记当代掌故轶闻,间有类似
志怪小说的神鬼灵异和写其对诗歌的见解近于诗话的,为宋人笔记的名作。

第三节　陆游作品的艺术特色

陆游作品的艺术成就之高,在宋代作家中是少有的。我们知道,作品的

思想性必须通过高度的艺术性才能充分表达出来。作家只有对祖国忠诚，对人民热爱，有才能，有教养，有丰富的生活经验，有高度的美学理想，才能获得艺术性的一切条件。陆游正是具备了这些条件的作家，所以他的作品才是思想性与艺术性高度结合的。

陆游的创作方法基本上是现实主义的。他的诗主要是继承杜甫的优秀传统的。同时，由于气魄雄伟，热情洋溢，想象丰富，因而也给他的作品带来不少浪漫主义色彩。这就证明他也继承了屈原和李白的浪漫主义传统。

陆游的作品具体而形象地反映了那个时代的面貌。他观察事物敏锐深刻，故能抓到具有特征、带有典型意义的细节，作准确、精致、细密、生动的描写。他的诗词中主要塑造了一个坚强不屈的伟大爱国主义战士的形象，那便是诗人自己。这个典型形象也综合了当时一切爱国志士和中华民族亘古以来一切爱国家爱民族的人们的形象。如《楼上醉书》：

> 丈夫不虚生世间，本意灭虏收河山。岂知蹭蹬不称意，八年梁
> 益凋朱颜。三更抚枕忽大叫，梦中夺得松亭关。

通过梦中欢喜大叫的细节描写，就形象地刻画出诗人热爱祖国的感情，既真实又富想象，既具体又极生动。

陆游诗的风格是豪放雄健的，主要由于他热爱生活，感受深切，情思泉涌，一泻千里，有如长江大河，不可阻拦。《胡无人》《出塞曲》都写得淋漓酣畅，气壮山河，读之令人振奋。不仅这种大题目是如此，就连普通题材，只要是诗人热情所托，就都显得意气飞扬，给人以巨大的感染，如《草书歌》云：

> 倾家酿酒三千石，闲愁万斛酒不敌。今朝醉眼烂岩电，提笔四
> 顾天地窄。忽然挥扫不自知，风云入怀天借力。神龙战野昏雾腥，
> 奇鬼摧山太阴黑。此时驱尽胸中愁，椎床大叫狂堕帻。吴笺蜀素
> 不快人，付于高堂三丈壁。

他本是一个书家，对此有很深的造诣与体会，所以写这首诗便也与其草书同样奔放雄健。

由这些诗也可看出他的诗因具有丰富的想象而带来的浓厚的浪漫主义色彩。《胡无人》说："群阴伏，太阳升。胡无人，宋中兴。"当然并非现实，但这愿望也并非不可能实现的幻想。另一首诗托于梦中所见的胜利情景云："筑城绝塞进新图，排仗行宫宣大赦……凉州女儿满高楼，梳头已学京都样。"这情节又是多么真切可信，然而，它却并非事实，而只是他的幻想。有

时他运用神话抒写胸臆,更为瑰丽动人,如《江楼吹笛饮酒大醉中作》便是通过浪漫主义的手法,以其奇妙的想象渗入古代的神话,灵活地表现他在现实社会所感到的苦闷与所怀的理想,寻求安慰与解脱。

陆游善于用非常形象生动的比喻,如"归思恰如重酝酒,欢情略似欲残棋",如"船上急滩如退鹢,人缘绝壁似飞猱",就是明喻。暗喻(或隐喻)就更多,他尤其喜欢用宝剑良马来自拟,表现他的杀敌报国的英雄志愿。

他描写景物也好用夸张的手法,如说奇峰"拔地青苍五千仞",说愁思使人"一夕绿发成秋霜",以及"引杯快似黄河泻,落笔声如白雨来"等都是。

他的诗歌语言极精炼而平易近人,这主要由于他善于向古人和民间学习。他用口语极自然,如"洗脚上床真一快"、"门前唤担买犁头"。他善用古典,工于对偶,但妥帖自然,不落纤巧,与一般寻章摘句、堆砌典实者大不相同。

总的看来,有宋以来,要数他的诗取得的成就最高,就连北宋大家苏轼,虽才与名均高于他,而其诗歌创作无论思想、艺术,却都不及陆游。即在中国全部诗史上,他也能以其爱国主义诗篇进入屈原、李白、杜甫、白居易等最伟大的现实主义作家的行列而无愧。当然,他的诗作太多了,其中自难免有少数比较轻率粗糙的作品。他有时也因阶级局限和人民有一定距离,以致某些作品反映现实不够十分深刻。又因其年寿较长,作诗太多,间有句法和意思重复之处。这些缺点虽不足影响他的总成就、总倾向,但也应该指出来。至于某些诗纯系发抒个人情感,并无太大的现实意义,那倒不能算是什么大缺点,因为任何诗人都会写些此类抒情诗的。

第四节　陆游诗的影响及南宋其他爱国诗人

陆游的诗具有高度的思想性和艺术性,特别是他的爱国主义和现实主义精神对当时的民族斗争和阶级斗争都起了巨大的鼓舞与激励作用,对后世诗人也产生了深远的影响。自南宋以后,任何时代都有不少诗人学习他的作品,跟着他的创作道路而取得成就。

他对后世诗人的影响主要是产生于他的那些爱国主义和现实主义诗篇,至于他的闲适诗虽也有其独具的风格,但学者往往从这里只学到他的"和粹",反而遗其主要精神,效果不是很好。过去很多评者都说他的诗如何清新、细腻、隽永、淡雅,甚至对他的善于组绣、藻绘、对偶、博闻等技巧特加赞叹,于是便给千百年来许多文人以陆游是个"老清客"的错误印象。这种错误观念应该纠正,必须认识到他的诗的精华或主流是爱国诗,如梁启超在《读陆放翁诗》里所写的:"集中什九从军乐,亘古男儿一放翁。"我们对陆游的诗给予很高的评价,也正是主要着眼于此的。

与陆游同时曾受到他的影响,却又不属于爱国诗人的,有杨万里和范成大。在陆游以后,南宋末年还有许多爱国诗人,虽在诗的流派上并非专学陆游,但其以诗歌抒发自己的悲愤忠爱之情,表现伟大的民族气节,则与陆游的精神一脉相通,并无异致,如文天祥、谢翱、汪元量、林景熙、郑思肖、谢枋得等都是。

杨万里(公元 1127—1206 年),字廷秀,号诚斋,江西吉水(今江西吉安市)人。他为人刚正,品格颇高,晚年因不满于韩侂胄的盲目用兵,忧愤而死。其诗与陆游、范成大、尤袤等齐名,号称南宋四家。他作诗极多,据说共有二万余首,今存者尚四千余首。他是南宋诗歌转变的主要枢纽人物。以前诗人多与江西派有深切渊源,好用典使事,到他手里才力矫此风,务求平易浅近,故大量吸收俚俗之语入诗,后人称之为"诚斋体"。但他也不是与江西诗派完全无关的,他初亦学江西,后乃转变,而自为机杼。其风格的特点是:题材主要是自然界大小事物的景色,一般写得清新巧妙,刻画入微;其次是他的诗充满幽默诙谐的风趣,读来使人感到他写得聪明、省力,但意味不深,有的还显得草率;再则是善于捕捉自然景色微细的特征,并用自己的语言表现出来,几乎完全不受古人诗句的限制,而更多的是用民歌形式,肯于以口语、俚语、谣谚入诗。且举两首为例:

> 峭壁呀呀虎擘口,恶滩汹汹雷出吼。沂流更着打头风,如撑铁船上牛斗。"风伯劝尔一杯酒,何须恶剧惊诗叟! 端能为我霁威否?"岸柳掉头荻摇手。(《檄风伯》)

> 莫言下岭更无难,赚得行人错喜欢。正入万山圈子里,一山放出一山拦。(《过松源晨炊漆公店》)

他的《竹枝歌》更是檃栝舟子和牵夫的讴歌而成的:

> 月子弯弯照九州,几家欢乐几家愁。愁杀人来关月事,得休休处且休休。

的确有民歌淳朴自然的情调,说明他是学习有得的。他也有关心国事、反映现实的作品,但比重不大,所以不成为他的诗的主流。他的《初入淮河》四绝句和《悯农》、《白纻歌舞四时词》、《插秧歌》等算是这些方面的代表作。

范成大(公元 1126—1193 年),字致能,晚年自号石湖居士,今江苏吴县人。绍兴进士,官至参知政事。早年曾出使赴金,慷慨陈词,威武不屈,表现为有爱国热情的人。他的诗的题材和思想内容正和他平生经历相应,有反映现实、揭露阶级矛盾的,也有表现爱国思想的,而最突出的却是写农村生活的"田园诗"。他的田园诗写了前人所不曾写过的内容,都是他亲身体验的,既细致具体,又活泼自然,风格轻巧,语言通俗,毫不着力,而诗句妥适。也有些带有地主阶级的闲适心情,甚至还有消极情绪,那是应该批判的。在艺术上,他有时好用僻典,则是习染了江西派恶风还未洗尽所致。他的爱国诗主要写于使金之时,颇多佳作,如《州桥》:

> 州桥南北是天街,父老年年等驾回。忍泪失声询使者,几时真
> 有六军来?

又如《会同馆》:

> 万里孤臣致命秋,此身何止一沤浮?提携汉节同生死,休问羝
> 羊解乳不。

《清远店》写了民族矛盾和阶级矛盾混在一起,更为惨痛,令人愤恨不止。原注序明故事:"定兴县中客邸前,有婢两颊刺'逃走'二字,云是主家私自黥涅,虽杀之不禁。"诗云:

> 女僮流汗逐毡轺,云在淮乡有父兄。屠婢杀奴官不问,大书黥
> 面罚犹轻。

范成大所写反映人民疾苦的诗最有名的是《催租行》和《后催租行》,而后者尤为深刻:

> 老父田荒秋雨里,旧时高岸今江水。佣耕犹自抱长饥,的知无
> 力输租米。自从乡官新上来,黄纸放尽白纸催。卖衣得钱都纳却,
> 病骨虽寒聊免缚。去年衣尽到家口,大女临岐两分首。今年次女
> 已行媒,亦复驱将换升斗。室中更有第三女,明年不怕催租苦。

体现范成大诗歌突出成就的是他的田园诗。其田园诗之可贵,在于既写了农民被剥削之酷,具有现实意义,也描绘并赞赏了农民勤劳、乐观、淳朴

可爱的美好品质,洋溢着他们热爱生活的情操与依靠自己劳动谋求幸福的高度自豪感。因此,他的田园诗就带有泥土气和劳动人民的血汗气息,实为前人所未曾全面反映过的。姑举两首为例:

> 采菱辛苦废犁锄,血指流丹鬼质枯。无力买田聊种水,近来湖面亦收租。

> 昼出耘田夜绩麻,村庄儿女各当家。童孙未解供耕织,也傍桑阴学种瓜。

他的诗集共存诗一千九百余首,大抵都是思想清新,语言平易淡雅的作品,表现了"石湖体"的独特风格,与白居易等中唐现实主义诗家有相近似处。大致说,他也是出自江西派而能跳出其范围,自立门户,独成一家的。

以下简介南宋末年几位著名的爱国诗人。

文天祥(公元1236—1283年),字宋瑞,又字履善,自号文山,江西吉水(今江西吉安市)人。为官忠直敢言,屡次被斥。元兵渡江,他便在家乡举兵,有众万人,不能敌。后奉使北军,被拘,未几即遁归福州。后复出兵江西。至公元1278年,败而被执,囚于燕京。敌人千方百计诱逼他投降,他始终坚贞不屈,终于在宋亡后第四年(公元1283年)就义,充分表现了中国人民伟大的民族气节。他在狱中写了震古烁今的《正气歌》,发扬了天地正气,万古长存。他的《文山先生全集》中,绝大部分表现其爱国激情的诗歌都收在《指南录》、《指南后录》和《吟啸集》中。其主要思想就是"臣心一片磁针石,不指南方不肯休"(《渡扬子江》)。他的诗最有名的是七绝《过零丁洋》,其尾联——最后结语已成千古名句。全诗云:

> 辛苦遭逢起一经,干戈寥落四周星。山河破碎风飘絮,身世浮沉雨打萍。惶恐滩头说惶恐,零丁洋里叹零丁。人生自古谁无死,留取丹心照汗青。

其他如《南安军》、《安庆府》、《有感》、《过淮》、《金陵驿》、《早秋》、《端午》等篇,都是感慨苍凉,充满血泪,思想感情和艺术表现都很高的,这里就不一一分析了。

汪元量,字大有,号水云,钱塘人,生卒年无考。他本是供奉内廷的琴师,元兵灭宋,他随被俘的宋帝三宫北去,把亡国之痛尽纪于诗,情事真实,语言朴素,感染力强。《水云集》和《湖山类稿》堪称亡宋诗史。其《湖州歌》是宋代遗民叙述亡国的诗歌中规模最大的组诗,共包括九十八首七绝。另

外还有以二十首七绝组成的《越州歌》和以十七首七绝组成的《醉歌》,都是反映南宋将亡时情况的。以下姑各举一首,以示其例:

> 涌金门外雨晴初,多少红船上下趋。龙管凤笙无韵调,却挝战
> 鼓下西湖。(《醉歌》)
> 师相平章误我朝,千秋万古恨难消。萧墙祸起非今日,不赏军
> 功在断桥。(《越州歌》)
> 北望燕云不尽头,大江东去水悠悠。夕阳一片寒鸦外,目断东
> 西四百州。(《湖州歌》)

还有《钱塘歌》也是同一主题,如:

> 西塞山边日落处,北关门外雨来天。南人堕泪北人笑,臣甫低
> 头拜杜鹃。

至于他的《浮丘道人招魂歌》,则是他在文天祥就义后所写的哀挽诗,以民歌的风格,抒发真挚的感情,尤为深切沉痛。

南宋亡国后还有些遗民诗人,虽志节不屈,而恢复无望,只得将内心的悲哀寄之于诗,往往感情激越,声韵凄怆,伤时忧世,故不暇在辞章格律上多所推敲。谢翱(公元1249—1295年)和他的朋友林景熙便是这时期最著名的爱国诗人。谢翱,字皋羽,福建长溪(今福建霞浦县南)人。元兵破宋,他率乡兵投文天祥,为咨议参军。文被执,他乃变姓名逃亡,所至感慨痛哭。登严陵钓台,设奠祭文天祥,著《西台恸哭记》。其《西台哭所思》收在《晞发集》中,即亡国以后所作:

> 残年哭知己,白日下荒台。泪落吴江水,随潮到海回。故衣犹
> 染碧,后土不怜才。未老山中客,惟应赋《八哀》。

余如《书文山卷后》、《过杭州故宫》、《重过》诸篇,也均是此类内容的佳作。

林景熙(公元1242—1310年),字德阳,号霁山,温州平阳(今浙江平阳县)人,今存《霁山集》五卷,其中《白石樵唱》三卷,文集《白石稿》二卷。他在宋曾做过官,但地位并不高,宋亡,弃官不仕,隐居故乡。晚年漫游吴越,诗文多寄以故国之思,对入侵者表示无比愤恨。明知国家覆亡,自己无能为力,但并不就此放弃其救国的希望。《精卫》表达了这种思想:

> 形微意良苦,前身葬长鲸。天高不可诉,宿愤何时平?欲填东
> 海深,能使西山倾。山倾海仍深,日夜空悲鸣。情知力不任,誓将

毕此生。

其《读文山集》对文天祥这位坚强忠贞的民族斗士作了极高的赞扬与深沉的悲悼。此外,他的诗也表彰了岳飞、谢枋得、陆秀夫等忠臣烈士,都说明他是以极大的爱国激情来歌颂他们的。

此外,遗民爱国诗人还多。郑思肖(公元1241—1318年),字忆翁,今福建连江人,宋亡,隐居苏州,自号所南,有《心史》为其诗文集。谢枋得(公元1226—1289年),字君直,号叠山,今江西弋阳人,宋亡前,曾知信州,率兵抗元。元朝既建,迫其出仕,送往大都(今北京),乃绝食而死。后人辑其遗作为《叠山集》。他们均是极坚强的民族诗家。元初隐士杜本编集《谷音》二卷,作者三十人,收诗一百零一首,虽非有大名的诗人,但其爱国思想与民族节操都是值得敬重的。

第五节　南宋后期的"永嘉四灵"和 "江湖诗派"

自北宋中期黄庭坚的"江西诗派"大行于世以来,诗坛为江西派统治了百余年,到南宋初期,因世局剧变,人思奋励,江西派逃避现实的诗风和生硬、拗涩、险怪、乖戾的艺术形式,已渐为世人所厌弃,许多大家都在另创新风,努力清除江西派对自己的影响。杨万里就是最明显的一个,但他却不肯断绝其与江西派的联系,直到晚年,还为江西派的总集作序,还要增补吕本中的《宗派图》,搞个"江西续派"。只有到南宋后期,"永嘉四灵"和"江湖诗派"出来,才公开反对江西派,但他们的成就都不是太高的。

所谓"永嘉四灵",是因为四个永嘉诗人的名字或别号中都有个"灵"字,而且在诗坛上都是同道好友。他们是:徐照(?—公元1211年),字道晖,一字灵晖;徐玑(公元1162—1214年),字文渊,号灵渊;翁卷(生卒无考),字续古,一字灵舒;赵师秀(生卒无考),字紫芝,号灵秀。他们都出于南宋杰出的唯物主义思想家叶适之门,为诗学晚唐贾岛、姚合,"以浮声切响,单字只句计工拙",专喜近体,而尤好五律。所作皆识浅而境狭,琐屑而僻陋,虽纠正江西派"资书以为诗",但排斥杜甫的现实主义题材与思想。叶适对他们的诗,极口称道,并吹嘘说他们在学唐人,其实他们只是学贾、姚,而成就则非常低,可读的篇章甚少。但既经叶适为之吹捧,遂成为当时的标准风格,影响很大。

在"四灵"影响下,继之便出现了与江西派对立的"江湖派"。此派中除戴复古、刘克庄、方岳以外,多系落拓文人,流转四方,游食江湖,生活仰给于达官豪绅。"江湖派"之得名,盖由于杭州书商刻印当代许多诗人的作品,合称为《江湖集》。集中个别诗人对南宋王朝表示不满,个别作品对当权者有过讽刺,致兴文字之狱。后来其中有些诗人虽做了官,但诗风与之相同,故仍视为江湖诗人。

南宋的诗人无论前期或后期,几乎都在不同方面、不同程度地受了陆游的影响。戴复古(公元 1167—? 年),字式之,号石屏,今浙江黄岩人,为江湖派名家,其诗往往指斥朝政,讥评国事,显然是继承了陆游的。刘克庄(公元 1187—1269 年),字潜夫,号后村居士,今福建莆田人,也是江湖派最有成就的大诗人,并是南宋末年比较重要的爱国词人之一。他虽未曾亲自受业于陆游,但在诗歌创作上却深受他的影响。他认为陆游是南渡以后的一大宗,有意模仿,故作诗"务为放翁体"。《有感》说:"忧时原是诗人职,莫怪吟中感慨多。"这种见解已显示他是继承陆游的。就他的作品看,《北来人》、《筑城行》、《开壕行》、《运粮行》、《苦寒行》、《军中乐》、《国殇行》等都具有较高的现实性,很容易觉察到它们渊源所自。所不同的是,他只站在一旁,对现实作客观的叙述或同情,不像陆游置身事内,处处表现诗人自己的激昂情绪,因而他的诗里没有诗人的形象,而陆游诗中的主人翁便是诗人自己,形象性格都十分鲜明。

戴、刘生在以程、朱理学为统治思想的时期,又都出于理学家真德秀之门,并且极其崇拜朱熹,故他们在诗中常发迂腐的议论,流露俗儒的"头巾气",表现了宋诗末流学究说教的坏倾向。虽然如此,在江湖派中他们还是出类拔萃的佼佼者,还写过一些较好的诗,其余诸人则更不足数了。

第七章　爱国词人辛弃疾和南宋其他词人

第一节　辛弃疾以前的爱国词人

在北宋末期的大动乱中,爱国的人民纷起斗争,前仆后继,其意气之激昂,实为前所罕见。就是在这样的社会环境里,从暴风雨中成长起来的新的文学作家,由于时代生活的锻炼和人民群众的教育,便纷纷高举爱国主义的旗帜,为拯救国家民族危亡而攘臂奋起,写出了大量的以爱国思想为基调的现实主义作品。诗人如此,词人也是如此。文坛上的这一变化,在北宋末年已经露头,北宋覆亡以后更加发展,一直到南宋灭亡都代有其人。在词的方面,成就最高、影响最大的爱国词人是辛弃疾。但在他以前和与他同时的还有不少。这里将以辛弃疾为主来进行介绍。

赵鼎(公元1085—1147年),字元镇,号得全居士,解州闻喜(山西闻喜县)人。绍兴年间为尚书右仆射,同中书门下平章事。他是南宋名臣,与李纲、张浚先后居相位,共图兴复,以御金人,因与秦桧等议不合,贬岭南,忧愤不食而死。他的《得全居士词》多河山故主之思,惟意绪凄楚,读之令人气沮,如《鹧鸪天》"建康上元作",情绪哀伤,缺乏激昂愤发之气:

> 客路那知岁序移,忽惊春到小桃枝。天涯海角悲凉地,记得当年全盛时。　花弄影,月流辉,水晶宫殿五云飞。分明一觉华胥梦,回首东风泪满衣。

与赵鼎同时的青年名将、抗金英雄岳飞的词却是另一种气概了。岳飞(公元1103—1142年),字鹏举,相州汤阴(今河南汤阴县)人,他起身行伍,累立战功。后隶宗泽部下,与金人战,所向皆捷。累官至太尉,加少保,为河南北招讨使,复大破金兵,至朱仙镇。时秦桧力主议和,尽弃淮北地,召飞还,诬以罪,死于大理寺狱,年仅三十九岁。他是中国历史上汉民族最壮烈的英雄,千百年来,家喻户晓,为人民所崇敬。他在文学创作上也很有成就,《满江红》一词气壮山河,传诵至今,一直教育着和感染着人民,成为激励后代保卫祖国、抵抗外侮的有力文学武器,虽近年有人认为此词后出,非岳飞作,疑系他人伪托,但多数研究者还是把它归之于飞。词云:

> 怒发冲冠,凭栏处,潇潇雨歇。抬望眼,仰天长啸,壮怀激烈。
> 三十功名尘与土,八千里路云和月。莫等闲,白了少年头,空悲切!
> 靖康耻,犹未雪;臣子恨,何时灭?驾长车踏破、贺兰山缺。壮
> 志饥餐胡虏肉,笑谈渴饮匈奴血。待从头、收拾旧山河,朝天阙。

词中"壮志"、"笑谈"两句,写得太粗鲁野蛮,大有"食其肉、寝其皮"之势,殊为白璧之瑕,在今天看来,不免会引起少数民族的反感,即在当时,亦无必要写这样血淋淋的残忍行为的词句。另外还有《小重山》一首,现存。虽仅只此,已足使他在我们的爱国文学中占极重要的一页了。他存诗也不多,但如《送紫岩张先生北伐》一首五律,也和这首词同样反映了作者杀敌救国的英雄气概。那是写给抗金将领张浚的:

> 号令风霆迅,天声动北陬。长驱渡河洛,直捣向燕幽。马蹀阏
> 氏血,旗枭可汗头。归来报明主,恢复旧神州。

他的《五岳祠盟题记》是一篇短小精炼的散文,叙述自己抗敌的历史,也表明了誓扫金兵恢复中原的决心,充满了昂扬的斗志和乐观的精神,同样是充满爱国主义思想的优秀作品。

张元幹(公元1091—1160年),字仲宗,号芦川居士,福建长乐人。秦桧专政,使王伦入金求盟。时胡铨(字邦衡)为枢密院编修,上书请杀秦桧等人,以谢天下,被贬福州,后再贬新州,是时元幹作《贺新郎》送行,又以同调写寄主战派首领李纲(字伯纪),为桧所闻,遂借他事削籍除名。这两词均悲愤激昂,充满爱国热情:

> 梦绕神州路,怅秋风,连营画角,故宫离黍。底事昆仑倾砥柱,
> 九地黄流乱注。聚万落千村狐兔。天意从来高难问,况人情老易
> 悲难诉(一作"如许")。更南浦,送君去。 凉生岸柳催残暑,耿斜
> 河、疏星淡月,断云微度。万里江山知何处?回首对床夜语。雁不

到，书成谁与？目尽青天怀今古，肯儿曹恩怨相尔汝？举大白，听
《金缕》。（"送胡邦衡待制赴新州"）

> 曳杖危楼去，斗垂天，沧波万顷，月流烟渚。扫尽浮云风不定，
未放扁舟夜渡。宿雁落、寒芦深处。怅望关河空吊影，正人间鼻息
鸣鼍鼓。谁伴我，醉中舞？　十年一梦扬州路，倚高寒、愁生故国，
气吞骄虏。要斩楼兰三尺剑，遗恨琵琶旧语。谩暗拭（一作"涩"）、
铜华尘土，唤取谪仙平章看，过苕溪尚许垂纶否？风浩荡，欲飞举。
（"寄李伯纪丞相"）

他的《芦川词》中像这样悲愤豪壮的词还不止此，如《石州慢》（"己酉秋吴兴
舟中"）、《水调歌头》（"追和"）及同调（"送吕居仁赴行在所"）和《陇头泉》
（"少年时"）等，都是写当时国家政治现实的，气豪语壮，一洗绮丽婉媚之习，
而胸襟开阔，充满爱国热情，更能给读者以莫大的鼓舞。

张孝祥（公元1132—1169年），字安国，号于湖，历阳乌江（今安徽和县
乌江镇）人。绍兴二十四年（公元1154年），廷试第一名及第（状元），官至荆
南湖北路安抚使。其《于湖词》现存一百八十首，多骏发踔厉、迈往凌云之
气。其风格显然继承苏轼；而其爱国思想则与他所处的时代有关。他曾在
建康留守席上赋《六州歌头》一阕，激昂悲壮，义愤填膺，致使在座的抗金老
将张浚"罢席而入"。试看：

> 长淮望断，关塞莽然平。征尘暗，霜风劲，悄边声，黯销凝。追
想当年事，殆天数，非人力。洙泗上，弦歌地，亦膻腥。隔水毡乡，
落日牛羊下，区脱纵横。看名王宵猎，骑火一川明，笳鼓悲鸣，遣人
惊。　念腰间箭，匣中剑，空埃蠹，竟何成！时易失，心徒壮，岁将
零。渺神京，干羽方怀远，静烽燧，且休兵。冠盖使，纷驰骛，若为
情？闻道中原遗老，常南望翠葆霓旌。使行人到此，忠愤气填膺，
有泪如倾。

上半阕主要写其对异族侵略者的愤怒与仇恨，下半阕则是斥责那些无耻的
当道者。同样的爱国词还有《满江红》（"玩鞭亭"）、《木兰花》（"送张魏公"）、
《雨中花》（"一舸临风"）、《浣溪沙》（"只倚精忠"）、《水调歌头》（"凯歌"及"闻
采石战胜"），等等。即其他作品虽非写爱国主题者，也皆不作儿女态，而多
是气魄雄健、感情激越的。他的词除长调外，还写了不少精妙的小令，其内
容大抵是随生活变化和情感的波动而信手拈来，初不经意，却冷然洒然，无

一毫浮靡之气,颇似苏轼,如《西江月》("丹阳湖")一首:

> 问讯湖边柳色,重来又是三年。春风吹我过湖船,杨柳丝丝拂面。 世路如今已惯,此心到处悠然。寒光亭下水连天,飞起沙鸥一片。

他有的词清幽流畅,一气呵成,已开辛弃疾的风格了。

与二张同时,还有些人虽不以词名家,却也留下一些反映爱国思想的词作,如洪皓的《临江仙》、胡铨的《好事近》、李纲的《苏武令》、袁去华的《定王台》,以及与辛弃疾同时而生卒均早十四年的田园诗人范成大也写过《水调歌头》"燕山九月作"等篇,至今为谈南北宋之际的爱国词者所推重。

第二节　辛弃疾的生平

辛弃疾,字幼安,晚年自号稼轩,山东历城(济南)人。他生于宋高宗赵构绍兴十年(公元1140年)。时北方已为金人侵占,并立了汉奸刘豫为伪齐傀儡皇帝,而济南正在敌人统治之下。他的祖父辛赞是一个地主阶级知识分子,因家口众多,为了苟安谋生,一直留在沦陷区,并先后做过谯县和开封等地的守令。辛弃疾幼随祖父生活,并受命到亳州受学于当时有名的田园诗人刘瞻。十八岁和二十一岁,曾两度奉祖父命,到金人的大都燕京应试,从而了解沦陷区的政治军事情况与人民疾苦,播下驱逐金人、报国复仇的思想种子。他的祖父并不是毫无民族思想的人,也并未忘怀祖国,所以时常教育自己的孙子要做一个光复失地的抗敌英雄。绍兴三十一年(公元1161年),金主完颜亮开始准备南犯,一面迁都汴京,一面使人向宋求淮汉之地,于是引起整个华北地区人民的坚决反抗,到处兴起义军。济南农民耿京聚集了二十多万人,声势浩大,先后收复了兖州和郓州。辛弃疾二十二岁,也组织了两千多人投归耿京,被委为掌书记,曾因追杀了叛徒义端和尚立下大功,得耿京的重视。后来金主完颜雍(即金世宗)入燕京,与宋议和,将以全力扫平华北,耿京首当其冲。辛弃疾劝他归附南宋,以便遥相配合,耿乃派他去建康见宋高宗赵构,适耿为其下叛徒张安国所杀,他回程中得此消息,乃率五十轻骑,直入敌营,捉到叛徒。从此耿京义军瓦解,他只好把希望寄托于南京,自二十三岁起便开始到江阴做了签判。

　　自绍兴三十二年(公元1162年)起,辛弃疾一直在苏、皖、赣和两湖等地做地方官,未获参预军事工作,但报国救亡之志并未稍衰。他曾写《御戎十论》名曰《美芹》,于乾道元年(公元1165年)进呈孝宗赵昚,冀以唤起统治者的抗敌情绪与信心。他的意见切实具体,一切为了主动地出兵攻敌,而反对坐待敌人之攻;他要进而战于敌人境内,不要退而战于自己土地,但他也主张避免"浪战"。可惜这《十论》并未受到重视。五年之后,他任建康通判时,曾被召对,又将其恢复大计写成《九议》,送交宰相虞允文,其内容包括《十论》的主要之点,而更成熟、更深刻、更坚决而恳切,可惜也未被接受,未能付诸实行。继此,他还曾两次上疏,对抗敌防敌有所建议,也均未被采纳。

　　乾道八年(公元1172年),辛弃疾被派作滁州知州,这是当时宋金边界上战略地位重要的地方。他到任后,实行了很多兴复的措施,收到很大效果。三年后,任满离滁。淳熙二年(公元1175年)被调到江南西路任提点刑狱公事,"节制诸军,讨捕茶寇",受统治阶级利用,镇压了茶民的暴动事件,但从此他深刻认识到官逼民反的现实。后来他曾分析当代历次武装暴动的"盗贼"产生的原因,说"民者,国之根本,而贪浊之吏更迫使为盗",可谓一针见血,道出本原。淳熙六年(公元1179年),他知潭州兼荆湖南路安抚使,几年间做过许多利国利民的事,并建置湖南"飞虎军",在以后三十年中,一直成为沿江的一支强有力的国防力量,为金人所畏惮。淳熙十六年(公元1189年),他被诬"奸贪凶暴"而罢职,时年四十二岁。自此,一直过了十年的闲退生活。

　　他从淳熙八年(公元1181年)起,在上饶城北经营了一所退隐的田园,取名"带湖",辟一区稻田,把面临稻田的平房名为"稼轩",并以自号。这时他的抑郁悲壮的感情更为强烈,于是便完全写到诗词里,成为极其豪放的作品。他这时和农民有了接触,也写了一些反映农村生活的词。当然,他闲退多年,也产生了一些消极享乐的情绪,但并未在思想中生根,不占主要地位。

　　带湖十年闲居之后,他复于光宗绍熙二年(公元1191年)被起用,但于绍熙四年又被罢官而去。这时,他与朱熹及陈亮颇有往还,彼此在思想上互相影响甚大。从此,又闲退十年,中间因带湖房屋被毁,而迁往铅山。

　　宁宗嘉泰三年(公元1203年),辛弃疾已六十四岁。韩侂胄作相,曾起用一些主战派人物,他也因此做了浙江东路安抚使,半年又派任镇江知府,一年后复调为隆兴府知府,未及启行,撤回新命,只得返回铅山。是时,韩侂胄轻举妄动,无备出师,一战而溃,只得向金乞和,辛弃疾的一切希望遂彻底破灭。开禧三年(公元 1207 年)九月,辛弃疾怀着满腔悲愤与世长辞。

第三节　辛弃疾词的思想内容

辛弃疾生活丰富,学问渊博,思想超迈,感情深至,而且文学天才高,修养厚,其诗文均为南宋所少有,而词尤为杰出。所著《稼轩集》已佚,其诗文今辑存者仅为原作的极少一部分,计文三十六篇,诗一百三十七首,惟《稼轩长短句》尚有六百余首,比较完备。他对当时的贡献,主要在于言论事功,但对后世的影响却更多的是在文学方面,尤其集中在他的词作上。可是,辛词既以反映现实的爱国主义思想为主,因而也就和他的一切言论事功统一起来了。

辛词所反映的社会生活及思想感情极为丰富,又极为复杂而深刻,远远超过前此的一切词人,连完成宋词革新、被认为豪放派之祖的苏轼也不及他。他的时代是民族矛盾和阶级矛盾都非常尖锐而且交织在一起的最艰苦时期,是汉民族生死存亡的关键时期。但在那封建统治阶级腐朽透顶的时候,他们只管沉湎享乐,苟安偷活,永远不能也不曾想和人民一道组织对外;相反地,却以对外为借口,加重其对劳动人民的剥削压榨。这时矛盾的两个对立面实际上就表现为南宋政府的当权派和广大的爱国人民之间的尖锐斗争。辛弃疾虽做了二十年的官,但在这个复杂的矛盾斗争中,却始终站在人民这一方面,从未动摇过。他的词既反映这个时代的面貌,就不能不主要写这个矛盾,不能不以抗敌报国为主题,而同时也不能不触及阶级矛盾,反映人民的苦难。他的词的最高成就正在于此。

辛弃疾这位爱国词人在许多作品中都洋溢着豪壮雄健、积极进取的精神,表示了他的“杀敌灭虏”,誓复中原的渴望与决心。如最早的一首《水调歌头》“寿赵漕介庵”便提出“要挽银河仙浪,西北洗胡沙”的宏愿。但是被卖国的当权派所压抑,他长期不得施展抱负,心情非常悲愤,《水龙吟》“登建康赏心亭”集中地表现了这种心情:

> 楚天千里清秋,水随天去秋无际。遥岑远目,献愁供恨,玉簪螺髻。落日楼头,断鸿声里,江南游子,把吴钩看了,栏干拍遍,无人会,登临意。　休说鲈鱼堪脍,尽西风,季鹰归未?求田问舍,怕应羞见,刘郎才气。可惜流年,忧愁风雨,树犹如此!倩何人唤取,

红巾翠袖，揾英雄泪？

他的这种心情在当时的广大爱国知识分子中是有普遍意义的，所以他所写的虽是自己的感慨，实际也就抒发了大多数知识分子的共同情怀。因此，这首词颇为时人传诵，并且至今仍对我们有所感发。他的《菩萨蛮》"书江西造口壁"是一首四十余字的小令，并未写得那么具体，但通过景物，也抒写了作者极其复杂的爱国忧民的思想情绪，艺术手法也极其高妙：

郁孤台下清江水，中间多少行人泪。西北望长安，可怜无数山。　青山遮不住，毕竟东流去。江晚正愁余，山深闻鹧鸪。

他南归以后，一直未得杀敌报国的机会，而行年老大，一事无成，不胜愤怨，于是偶然发出退隐田园的念头，这完全是可以理解的，但不能说他真是要出世。他被一种不能解脱的苦闷烦恼着，不满于现实的情绪越来越强烈了。《摸鱼儿》词意婉转，音调凄怆，便是表现这种深曲激愤的情感最著名的作品：

更能消、几番风雨？匆匆春又归去。惜春长怕花开早，何况落红无数。春且住！见说道，天涯芳草无归路。怨春不语，算只有殷勤画檐蛛网，尽日惹飞絮。　长门事，准拟佳期又误。蛾眉曾有人妒。千金纵买相如赋，脉脉此情谁诉？君莫舞，君不见玉环飞燕皆尘土！闲愁最苦。休去倚危栏，斜阳正在、烟柳断肠处。

他这种无用武之地的痛苦，经常在为知己送别时抒发出来，所以这类词既是送人也是写自己，是与同志共勉。如《水龙吟》"甲辰岁寿韩南涧尚书"说："待他年整顿乾坤事了，为先生寿。"就是要把救国大业放在自己和同志的肩上，而对于清谈误国的士大夫则加以斥责道："渡江天马南来，几人真是经纶手？长安父老，新亭风景，可怜依旧。夷甫诸人，神州沉陆，几曾回首！算平戎万里，功名本是真儒事，君知否？"他与陈亮（同甫）唱酬之作，更为激昂，如《贺新郎》"同甫见和，再用韵答之"云："我最怜君中宵舞，道'男儿到死心如铁'。看试手，补天裂。"其《破阵子》"为陈同甫赋壮词以寄之"写得尤为豪壮：

醉里挑灯看剑，梦回吹角连营。八百里分麾下炙，五十弦翻塞外声，沙场秋点兵。　马作的卢飞快，弓如霹雳弦惊。了却君王天下事，赢得生前身后名，可怜白发生。

老年追怀往事,感慨今昔,仍不忘故国河山,而事业未就,被迫闲退,所以写得十分悲愤。如《鹧鸪天》"有客慨然谈功名,因追念少年时事,戏作",就是他六十岁在铅山闲退时所作,结句云:"却将万字平戎策,换得东家种树书!"而《贺新郎》"别茂嘉十二弟"也有同样感情,其下半阕云:

> 将军百战身名裂。向河梁回头万里,故人长绝。易水萧萧西风冷,满座衣冠似雪。正壮士悲歌未彻。啼鸟还知如许恨,料不啼清泪长啼血。谁共我,醉明月?

而当他于六十四岁的晚年被派往镇江做知府时,一生志愿都成泡影,心情郁苦,不问可知。他登京口北固亭,凭高吊古,感慨生悲,写下了晚年的代表作《永遇乐》("京口北固亭怀古"):

> 千古江山,英雄无觅、孙仲谋处。舞榭歌台,风流总被雨打风吹去。斜阳草树,寻常巷陌,人道寄奴曾住。想当年、金戈铁马,气吞万里如虎。　元嘉草草,封狼居胥,赢得仓皇北顾。四十三年,望中犹记,烽火扬州路。可堪回首,佛狸祠下,一片神鸦社鼓。凭谁问:廉颇老矣,尚能饭否?

这里表示年虽已老,壮志未灰,可惜连一个了解自己的人都没有,徒唤奈何而已。同年所写的《南乡子》"登京口北固亭有怀"也是同一思想,同样具有较强的战斗性。

他闲退时期写的农村景色,内容清新,朴素可爱。他以白描手法,不加雕饰,如实反映出来,既富有生活气息,又赋以作者自己的感情,所以一切都在动,都显现了作者的精神面貌,因而也更能感人。如《清平乐》:

> 茅檐低小,溪上青青草。醉里吴音相媚好,白发谁家翁媪。
> 大儿锄豆溪东,中儿正织鸡笼,最喜小儿无赖,溪头卧剥莲蓬。

他也常以幽默的笔调写眼前风物,其中往往含有深刻的讽刺意味,如《玉楼春》云:"青山不解乘云去,怕有愚公惊著汝。人间踏地出租钱,借使移将无著处。"这就是很锋利的揭露现实黑暗的作品。他的许多闲适词往往都是愤怨之作,因为他把慷慨悲歌隐隐写入山水草木、花鸟禽鱼及日常生活琐事之中,并非完全消极的。如《贺新郎》("独坐停云,作此,庶几仿佛渊明思亲友之意云"):

> 甚矣吾衰矣!怅平生交游零落,只今余几?白发空垂三千丈,

一笑人间万事。问何物能令公喜？我见青山多妩媚,料青山见我
应如是。情与貌,略相似。　一尊搔首东窗里,想渊明《停云》诗
就,此时风味。江左沉酣求名者,岂识浊醪妙理？回首叫、云飞风
起。不恨古人吾不见,恨古人不见吾狂耳。知我者,二三子。

不过,也不能不承认,处在那样的社会,遭受那许多压抑,辛弃疾以一个士大
夫阶级中的人物是难免逐渐滋生一些消极情绪的。他的《鹤鸣亭绝句》说:

饱饭闲游绕小溪,却将往事细寻思。有时思到难思处,拍碎栏
干人不知!

他没有生活在人民群众之中,看不到人民的力量,得不到鼓舞。恨人莫己
知,长期只身奋斗,便自然感到孤独、困惑、迷惘,因此,最后只有悲愤与沮
丧。在无可慰解之时,就不免作退一步想,流露出消极苦闷的情绪了,如《洞
仙歌》:"人生行乐耳。身后虚名,何似生前一杯酒?"这种及时行乐的思想当
然不能算是健康的。

　　然而,从辛弃疾一生的奋斗史和他全部作品来看,其总的精神是慷慨奋
发,激昂向上,充满爱国热情,富有战斗性与积极意义的。他的词不仅对当
时、对南宋以来八百年中的祖国人民有极大的教育作用,就是在今后的长时
期内,也将永远鼓舞我们对一切侵略者和反动势力进行顽强的斗争。

第四节　辛弃疾词的艺术成就

　　辛弃疾词的成就首先决定于其思想,决定于其世界观。他的追随者范
开在《稼轩词序》里说得好:"公一世之豪,以气节自负,以功业自许,方将敛
藏其用以事清旷,果何意于歌词哉？直陶写之具耳。"盖"意不在于作词,而
其气之所充,蓄之所发,词自不能不尔也"。辛弃疾与苏轼并称为豪放派的
两个领袖,世号为"苏、辛词"。以风格论,这是对的;但若以成就的大小而
论,辛实高于苏。苏轼在扩大词的题材,改变词的风格上,确已奠定了牢固
的基础,初步取得文人的承认。但苏词的思想内容还有较多的消极成分,也
有敷衍应付的作品,所以连他的门下士也还不尽赞成他的词风,未能及身得
到很多的拥护者与追随者。只有到了辛弃疾,这个词派才得到更大的发展,
主要因为辛词的思想内容远较苏词为积极、健康,感情也更为豪放激越。他

负高世之才,不可羁勒,故能于唐、宋诸大家外,别树一帜,当世的韩元吉、陈亮、刘过以及后来的刘克庄等爱国词人都追随他的足迹,成为豪放词派的中坚与后劲。于此可见他的成就和影响尚有为苏轼所不及处。

辛词中表现了一个鲜明而光辉的英雄形象,那就是词人自己。他的形象带有鲜明的时代精神,所以也具有广泛的典型意义。他是个"壮岁旌旗拥万夫"的爱国志士,时刻以杀敌为念,"醉里挑灯看剑",充分刻画出他的英武气概;他不仅企慕"天下英雄谁敌手"的孙权,也赞叹"气吞万里如虎"的刘裕;他悲愤地唱着"将军百战身名裂"和"易水萧萧西风冷"的沉痛词句。这些词句都是活生生的,有血有肉的,令人体会到词人的思想、感情和性格,并清楚地看到这个光辉的伟大爱国主义者形象。

辛词有极丰富的想象,极新颖的比喻,极奇突的夸张,因此也有极浓厚的浪漫主义色彩。例如写山势的起伏雄伟,他说:"叠嶂西驰,万马回旋,众山欲东。"(《沁园春》)在这里词人也表现了自己的豪放思想与性格。而《水调歌头》的"要挽银河仙浪,西北洗胡沙,回首日边去,云里识飞车"则更为奇警,显示了词人的雄豪气概。《太常引》"建康中秋夜为吕叔潜赋",通首驰骋着作者的艺术幻想,尤奇妙而细致:

> 一轮秋影转金波,飞镜又重磨。把酒问姮娥:"被白发欺人奈何?" 乘风好去,长空万里,直下看山河。斫去桂婆娑,人道是清光更多。

这正是和屈原在《离骚》里所用的浪漫主义手法一样,既写出了词人眷念故国的深情,又丝毫无脱离现实超绝人世的意思。《木兰花慢》更仿效屈原《天问》对月亮提出了似痴实奇的许多问题,王国维至谓其中"是别有人间,那边才见,光景东头"的句子说:"词人想象,直悟月轮绕地之理,与科学家密合,可谓神悟。"他的丰富的想象力不但使作品的浪漫主义色彩越发浓厚,也使他的热情更能充分地表达出来。

辛词中的奇突想象也使他这些作品增加幽默风趣,如《洞仙歌》"开南溪初成赋",似游戏文章,实寓不平之气。《夜游客》"苦俗客"一首则不用想象,直接嘲讽,也极幽默,其特点是驱遣了清新质朴的口语和俗语。的确,辛弃疾的语言不仅精炼、生动,更突出的是色彩鲜明,形象性强,富于表现力。他能写警辟奇突的庄语,也善写准确浅明的俚语。他具有运用通俗化和口语化的语言的特殊才能,如《南乡子》"赠妓"云:

好个主人家,不问因由便去嗏。病得那人妆晃子,巴巴,系上
裙儿稳也哪。　别泪没些些,海誓山盟总是赊。今日新欢须记取,
孩儿,更过十年也似他。

不仅解放了词的这种文学形式,而且也给作品带了新的情趣,使它更接近人
民,为群众所易理解而乐于吟诵。他也喜欢运用散文语法和古典词句,甚至
有些词竟散文化了,如《水龙吟》:"人不堪忧,一瓢自乐,贤哉回也。料当年
曾问,饭蔬饮水,何为是栖栖者?"其他用古文成语的,还有很多,这对词的解
放是具积极意义的,但如用得过多,也是不好的。此外,他运用古典和历史
故事来抒写自己的情绪,也是他词的成功处,如《永遇乐》"京口北固亭怀古"
便是。其有感慨不深,内容简单,而强借典实来填塞成篇的作品,那就效果
不好,难免有"掉书袋"之讥了。

　　辛词也善用各种方式烘托气氛,使感情在适当的景物的衬托下更抒发
得深透而显豁,这正是传统的情景交融的表现方法。《清平乐》"独宿博山王
氏庵"云:

绕床饥鼠,蝙蝠翻灯舞。屋上松风吹急雨,破纸窗间自语。
平生塞北江南,归来华发苍颜。布被秋宵梦觉,眼前万里江山。

前半阕写周围景物,正是为后半阕的抒情而设,如此,才使其所抒之情因而
深化。

第五节　南宋其他爱国词人

　　南宋词人中颇有些受了辛弃疾的影响,而成为豪放的爱国词人的,他们
不但在思想上同时也在艺术上附和、学习或者继承了辛词。

　　首先是辛弃疾的朋友陈亮。陈亮(公元 1143—1194 年),字同甫,婺州
永康(今浙江永康市)人。他才气超迈,喜谈兵,所著《龙川文集》今存。《龙
川词》存于今者,共七十余首,多抒写他的爱国热情,与文集同。他的思想已
具有朴素的民主主义因素,在宋代是极先进的。他不同意殷周的"家天下",
便是其先进思想的一例。他主张"王霸可以杂用,天理人欲可以并行",这种
功利主义思想,在当时也有极大的进步意义。他与辛弃疾唱和诸词,无论情
调风格,均颇相似。他的《水调歌头》"送章德茂大卿使虏"和《念奴娇》"登多

景楼"都表现了爱国热情,虽就词艺而论,格调不算很高,但直抒胸臆,极见豪放爽健之情。姑举《水调歌头》为例:

> 不见南师久,漫说北群空。当场只手,毕竟还我万夫雄。自笑堂堂汉使,得似洋洋河水,依旧只流东。且复穹庐拜,会向藁街逢。
>
> 尧之都,舜之壤,禹之封,于中应有、一个半个耻臣戎。万里腥膻如许,千古英灵安在?磅礴几时通?胡运何须问,赫日自当中。

韩元吉(公元 1118—1189 年),字无咎,号南涧,许昌(今河南许昌)人。有《好事近》"汴京赐宴"一首,存在《南涧词》中,是他奉使入金贺"万春节"时所作,颇有故宫离黍之思,虽表现一些爱国感情,但过于悲楚,不能起振奋人心作用。

刘过(公元 1154—1206 年),字改之,号龙洲道人,吉州太和(今江西泰和县)人。他曾为辛弃疾幕客,词也学辛,但无其高妙。《龙洲词》里有些猥下纤巧的作品,也有抒发爱国热情的词章,如《西江月》便有可取:

> 堂上谋臣樽俎,边头将士干戈。天时地利与人和。"燕可伐欤?"曰:"可"。　今日楼台鼎鼐,明年带砺山河。大家齐唱《大风歌》,同日四方来贺。

晚于辛弃疾的爱国词人尚有岳珂,字肃之,岳飞之孙,其词壮烈,颇有祖风。如《祝英台近》"咏北固亭",有"漫登览,极目万里沙场,事业频看剑"之句,便表现了作者从军报国的壮志,颇为豪迈感人。陈经国,字伯夫,潮州海阳人,其《沁园春》"丁酉岁感事"一首有愤世之情与杀敌之愿,如下半阕云:"说和说战都难算,未必江沱堪宴安。叹封侯心在,鳣鲸失水;平戎策就,虎豹当关。渠自无谋,事犹可做。更剔残灯抽剑看。麒麟阁,岂中兴人物,不尽儒冠。"显然有辛词遗风。文及翁,字时学,号本心,绵州人,官至参知政事。宋亡,元世祖忽必烈累征不起,也可算做南宋遗老。其词亦多豪壮悲愤之作,如《贺新郎》"游西湖有感"下半阕云:"余生自负澄清志,更有谁磻溪未遇,傅岩未起?国事如今谁倚仗?衣带一江而已!便都道:江神堪恃。借问孤山林处士,但掉头笑指梅花蕊。天下事,可知矣!"充分表现了词人对当时上层人物的认识与愤恨。

此外,刘克庄不仅是南宋后期一个重要的爱国诗人,同时也是一个继承辛弃疾豪放词风的重要爱国词人。他的《玉楼春》说"男儿西北有神州,莫洒水西桥畔泪",已是辛词情调;而《满江红》"夜雨凉甚,忽动从戎之兴"及《贺

新郎》"送陈子华知真州"，均感激豪宕，雄健质直，可以立懦。又《沁园春》
"梦方孚若"后半阕云"叹年光过尽，功名未立，书生老矣，机会方来。使李将
军遇高皇帝，万户侯何足道哉！推衣起，但凄凉感旧，慷慨生哀"，则自恨壮
志未遂，而英雄已老，其悲怆之情，亦与辛弃疾晚年所作同调。冯煦曾说：
"后村（按即克庄）词与放翁、稼轩，犹鼎三足也。"评价极高，就其词风论，也
自有一定道理。与刘克庄同时，诗名也相伯仲的方岳，字巨山，号秋崖，有
《秋崖先生小稿》四卷存世，也算南宋末年一个较重要的词家。他的《水调歌
头》云："莫倚阑干北，天际是神州。"深寓爱国之思。另一首同调写"平山堂
用东坡韵"，尤能表现生逢末季，国家贴危，士大夫的慷慨悲凉的情怀。如
云："醉眼渺河洛，遗恨夕阳中。"又如："不见当时杨柳，只是从前烟雨，磨灭
几英雄。天地一孤啸，匹马又西风。"均极怆凉。

宋亡前后，有些爱国作家，或杀身殉国，或隐居不仕，其词往往哀怨凄
伤，表现一种无可奈何的情绪，但那种不忘故国与誓死不辱的精神也足以代
表民族气节，堪称时代的挽歌。文天祥词虽不多，但其伟大的民族本色正与
其诗所表现的一样，足以振奋人心。如《大江东去》"驿中言别友人"可
为代表：

> 水天空阔，恨东风、不借世间英物。蜀鸟吴花，残照里、忍见荒
> 城颓壁。铜雀春情，金人秋泪，此恨凭谁雪！堂堂剑气，斗牛空认
> 奇杰。　那信江海余生，南行万里，送扁舟齐发。正为鸥盟，留醉
> 眼、细看涛生云灭。睨柱吞赢，回旗走懿，千古冲冠发。伴人无寐，
> 秦淮应是孤月。

刘辰翁，字会孟，庐陵人，宋亡后还过了近二十年的遗民隐居生活。他
是宋末一个大作家，诗、文、词均有相当成就。《须溪集》附词一卷，清灵豪
健，兼苏、辛之长，而多丧亡感慨之音，如《宝鼎现》"丁酉元夕"说"父老犹记
宣和事，抱铜仙，清泪如水……便当日亲见霓裳，天上人间梦里"，表现了追
念故国，无限凄凉之情。此外，《兰陵王》"送春"，更为沉痛；而《柳梢青》则
尤能体现出遗民的亡国之痛与绝望的心情，如说："那堪独坐青灯。想故国
高台月明，辇下风光；山中岁月，海上心情。"汪元量的《水云词》凄恻哀怨，
为宋亡名作；《莺啼序》"重过金陵"，历述兴亡之迹，触景伤情，百感交集，令
人不忍卒读；《六州歌头》也有同样情绪，而进一步分析亡国原因，痛斥了那
些荒淫无耻的统治阶级人物，更为深刻。此外，还有一些名位不高或不知姓

名的作家作品,如陈参政的《木兰花慢》"送陈石泉北归",德祐太学生的《百字令》、《祝英台近》,徐君宝妻的《满庭芳》等,也都反映了宋亡前后的现实,并具作者的深情。

第六节　南宋的格律派词人

与辛弃疾同时的词人还有走着与之相反的形式主义道路,专讲格律,追求婉约,与北宋后期周邦彦的大晟词人同调,而形成格律词派的,那就是以姜夔为首的风雅派。他们在国家民族危亡的时候,没有勇气面对现实,不敢在词中有所反映,所以写出来的作品内容贫乏,思想性弱,只好在形式上要求精细完美,讲究格律、声调,追求词采俊丽,而笔致务须含蓄。因此,他们注意用典使事,使得词意隐晦,境界朦胧。他们要在词中有所寄托,不许直抒胸臆,这就愈令读者难于体会其真实思想感情。他们过于重视协律,因而不免忽视内容,不能以适当的口语和通俗字句表达,牵强铸造,反致生硬,而词乃愈形晦涩。作品愈着重形式,就愈脱离社会生活,脱离现实斗争。当然,这正是他们的意愿,因为他们本来就要逃避现实,本来就缺乏斗争意志和勇气。姜夔是这一派最早的倡导者,有理论,有创作,为当时和后世的追随者所宗仰,而史达祖、吴文英、王沂孙、周密、张炎等为之后劲,一直把这种词风带到元代。

姜夔(公元 1155—1221 年),字尧章,自号白石道人,系江西鄱阳(今江西波阳县)人。他一生以布衣终,而多与名士游,或为人幕客,往来湖湘淮左,漫游山水,可谓典型的清客式作家。他的诗与范成大、杨万里等略近,最初也学江西派,后始自创风格,并转以江西诗派的特点施之于词,而成为南宋格律词的风雅派之泰斗。南宋以词人而攻诗的,他是最有名的一个。他精于音律,对旧谱多所厘订,也创制不少新曲,至今他的《白石道人歌曲》中还留下十七个自创的新词调,不仅注明宫调,而且词旁加列乐谱,成为我国音乐史上极宝贵的资料。

但姜夔的词却是没有或者很少反映现实而缺乏时代精神的。他的灰色人生观,潇洒风流似清高而实颓废的"雅人"生活,更空虚无聊,使作品色彩暗淡,调子低沉。这些词对当时和后代都没有什么好处,甚至还起了很坏的作用。在思想上把人带到消极颓废的道路上,在文学上则引入形式主义的浊流,不能因为他的艺术成就很高而忽视了这一主要之点。

姜夔生活在宋室南渡以后,朝野上下,苟安已非一日,他面对河山破碎的局面,自亦不能毫无感发,但他不能像陆游、辛弃疾等爱国词人那样激昂悲愤,唱出豪壮的歌声,只能用凄恻哀怨、低沉苦闷的音调,吐出一点空虚落寞之思而已。被人们认为具有爱国思想的一首以自制曲写的《扬州慢》,是他二十二岁时的早期作品,细看来,也没有多少家国之痛:

> 淮左名都,竹西佳处,解鞍少驻初程。过春风十里,尽荠麦青青。自胡马窥江去后,废池乔木,犹厌言兵。渐黄昏、清角吹寒,都在空城。　杜郎俊赏,算而今、重到须惊。纵豆蔻词工,青楼梦好,难赋深情。二十四桥仍在,波心荡、冷月无声。念桥边红药,年年知为谁生!

这里分明有反对对外战争的"厌兵"思想,已不是从国家民族存亡出发的了,何况他所写的扬州竟是那么荒凉,使人只有悲伤叹气,更不会产生一点敌忾之情。其他歌词的题材更多是咏物、抒情,远离现实的,连这样关涉到政治社会的内容都没有,便只得在语言技巧格调声律上用功夫了。后人称赏他的词而向他学习的,正是这些方面,故其影响愈大,消极作用也愈强。他的诗在南宋也很有名,但那只是就其诗的语言艺术等形式方面的成就而论的,若谈思想内容,实亦与其词无异,故不复具论。

姜夔创立南宋格律词派的有力助手是史达祖。他字邦卿,号梅溪,今河南开封人。与姜夔生年相同,而早卒一年。其词以轻盈绰约,尽态极妍为能,修辞工丽,刻画细微,词中颇多秀句,这种作风遂益开姜派词人专重辞藻的恶习。他的《满江红》"书怀"和"出京怀古"两首,或感情真实,或涉及边事,算是比较可取的好词。

吴文英(公元1212?—1272?年),字君特,号梦窗,四明(今浙江鄞县)人,为南宋后期的姜派大词人,明清评者至比之北宋的周邦彦。但他过重格律辞藻,有些作品至难索解,论者亦多贬辞,即格律词派的张炎都说他的作品如"七宝楼台,眩人眼目,拆碎下来,不成片段",可见形式主义之严重了。

王沂孙(公元1240?—1270?年),字圣与,号碧山,会稽(今浙江绍兴)人。生于宋末,后又入元,历经沧桑,不能无故国之思。但其词承姜夔遗风,多用含蓄隐曲的手法,即有故国河山之思,也只是在吟风弄月之中隐隐约约地透露出来,虽凄婉哀怨,也还感人,但不能激发读者的斗志,如《眉妩》写新月,下半阕就是寄寓亡国遗恨的:"千古盈亏休问,叹慢磨玉斧,难补金镜。太液池犹在,凄凉处、何人重赋清景?故山夜永!试待他、窥户端正,看云外山河,还老尽桂花影。"

周密(公元1232—1298年),字公谨,号草窗,原籍济南,流寓吴兴,居弁山,自号弁阳啸翁。他著述甚富,词集名《蘋洲渔笛谱》,又编《绝妙好词》七卷,为宋人词选之最精的本子。其他笔记等文艺史料,如《齐东野语》、《癸辛杂识》、《武林旧事》等,皆可珍视。在宋曾做义乌县令,宋亡不仕,常与张炎游唱,词风亦颇相近。

张炎(公元1248—1324?年),字叔夏,号玉田,又号乐笑翁,世居临安(今浙江杭州),但自称为西秦人。三十二岁时,宋亡,故入元后犹能忆及故国兴废和临安当日盛况。其词集曰《山中白云》,几乎全是入元以后的作品,故近年亦有人主张将他列为元代词人。他的词以幽畅旷逸为高,感时抚事,往往凄恻冷隽,与周密并为由宋入元两大家,也是结束宋词的作家。他的词情调低沉,只是亡国哀音,缺乏反抗斗争精神,对后世没有多少好影响。他最重要的贡献在《词源》一书,后世讲词律者奉为圭臬,我们也可从中得到词学基础知识。

第八章 宋代的文论和诗话

第一节 宋代的文论

早在先秦诸子中,便已有片言只语在讲论一些有关为文之事的主张,其中较多的是关于诗的。两千多年以来,文论——包括文学理论和文学批评也跟文学本身一样,随着时代而不断地发展,到齐、梁之时,便产生了刘勰的系统而全面的文论专著《文心雕龙》。但不能说自此以后,很长时期没有新的文论专著,就认为文论停滞不前,没有发展。历代史书的《文苑》传论、各文学家的书启、诗文集序、文人传记等,往往都有论文和论诗的篇章或段落,有的就某一方面、某一体裁和某一派、某一家,作了很精湛的剖析与阐述,如白居易的《与元九书》便属此例。

宋代文人多好议论前代文章得失,尤其那些在文学上颇有成就,能自树立者,更常讥评前人,甚或互相论争,各持所见,虽文论的专著不多,而论文的精细则较前益进,这不能说不是发展。北宋之末,吕本中的《童蒙训》和南宋陈骙的《文则》是宋代文论专著的代表;而欧阳修首创《诗话》,更成为中国论诗的一种新的体制。

宋初,文与道的关系之论,以柳开为代表,仍与韩愈的主张完全一致,他说:"吾之道,孔子、孟轲、扬雄、韩愈之道;吾之文,孔子、孟轲、扬雄、韩愈之文也。"(《河东集·应责》)其后,孙复、石介亦复如是。他们的主张,可以说是:一、文以明道;二、文必宗韩。这种论调一直到欧阳修倡导诗文革新运动时,基本精神仍然未变。

北宋道学家周敦颐首创"文以载道"之说,他在《通书·文辞》云:"文所以载道也。……文辞,艺也;道德,实也。笃其实,而艺者书之;美则爱,爱则传焉。"他虽说"不知务道德而第以文辞为能者,艺焉而已",显有重道轻文之意;但既云"笃其实,而艺者书之;美则爱,爱则传焉",总还认为"饰"艺是不可废的。

到了程颢(公元 1032—1085 年,字伯淳,学者称明道先生,河南洛阳人)、程颐(公元 1033—1107 年,字正叔,世称伊川先生)兄弟,则认为"有德者必有言",但若"以博闻强记,巧文丽辞为工,荣华其言",却是"鲜有至于道者",所以人问"作文害道否",他们的答语是"害也"。

但是,欧阳修、苏轼等古文家则是循着韩愈的主张而进行其文学革新运动的,无论说法如何,实质上则是"由文以至道"的。关于他们的论点,已在以前有关章节中讲过,此不复赘。

南宋道学家权威朱熹在文学批评理论上有很重要的地位,应特予叙述。

朱熹(公元 1130—1200 年),字元晦,婺源(今江西婺源县)人,侨居建州(今福建建瓯县)。他是宋代道学的集大成者,也是宋代道学家讲文学批评理论的集大成者。他的文论与二程基本一致,亦言文能害道,如云:"学者之害莫大于时文,……然论其极,则古文之与时文,其使学者弃本逐末,为害等尔。"(《答徐载叔书》)这就是朱熹论文的基本观点。

第二节　宋代的诗话

在中国文学批评史中,评诗的文章、著作最早而且最多,采用的形式也很复杂,如唐代大诗人杜甫就用绝句论诗而写了有名的《戏为六绝句》,后世效者纷纷,遂成为一种专体。但在各种体裁的诗论、诗评中,最有影响的则是以笔记小说体写的诗话。诗话初见于北宋,迅速发达而成为传统的诗评论著里的主要形式,至今则更扩大范围而有词话、曲话、赋话……真是繁衍绵延,琳琅满目,而继起者犹未已也。

"诗话"一名之用,最先始于欧阳修。他的《六一诗话》原是"居士退居汝阴,而集以资闲谈也",其前身本是《杂书》,且其《试笔》及《归田录》两种"笔记"之作中,也颇有与此书相近似的论诗的条目,故知欧阳修当初创为"诗话"时,原与"笔记"并无严格界限。欧氏《诗话》,原亦只名"诗话",并无"六一"、"六一居士"这类字样,后世以各家诗话愈出愈多,恐滋混淆,遂代为加此限制之词。

其实早在唐代即已有数种讲诗法的专书,如《诗格》、《诗式》、《诗例》之类;也有杂记诗家轶事的笔记如《本事诗》者;甚至在欧氏以前也还有用笔记体论诗的著作,如潘若同《郡阁雅言》(《宋史·艺文志》作潘若冲《郡阁雅谈》)之类。但"诗话"之称,则始于欧氏,即诗话之体亦可谓创自欧氏。

宋许顗《彦周诗话》首言:"诗话者,辨句法,备古今,纪盛德,录异事,正讹误也。"可见诗话的内容很复杂,有关诗的任何问题,不论巨细,无不可入,而皆是以"资闲谈",它不需要有什么标准,也不需要板起面孔来说话,大可信手拈来,不受拘束,写来自由,读来轻松。这样,人们就可以在闲谈消遣中得到学诗、评诗、论诗的好处。

宋人诗话今尚流传者,据郭绍虞考证尚有四十二种。至于部分流传,或本无其书而由他人纂辑成之者,或有其名而无其书,或知其目而失其文,以及有佚文而未及辑者,尚近百种,可谓繁富已极了。

在这百余种诗话中,其论诗最有条贯、最具独识,且对后世最有影响的,当推南宋末严羽的《沧浪诗话》。这里就专介绍此书。

严羽(生卒不详),字仪卿,号沧浪逋客,今福建邵武人。宋末隐居不仕,而好结交江湖间名士。诗有《沧浪吟卷》(即《沧浪诗集》)四卷。其《沧浪诗话》一卷,分《诗辨》、《诗体》、《诗法》、《诗评》、《考证》(一作《诗证》)五部分,卷末附《与吴景仙论诗书》。严羽的这本书讲诗的理论,最有系统,迥异于他家诗话论诗的丛杂琐碎、不易得其要领。

《诗辨》一部分最为重要,它阐述了古今诗的艺术风格及学诗和作诗等问题,而特标"以盛唐为法"的鹄的。他首先提出以禅喻诗,认为诗道与禅道同样"惟在妙悟",而他的所谓"悟",则包括认识和实践两个方面,即读和作两方面。在前者,他主张"以汉、魏、晋、盛唐为师,不作开元、天宝以下人物"。具体做法是从《楚辞》、汉魏古诗、乐府,再到李白、杜甫以及盛唐其他名家,熟读酝酿,"久之自然悟入"。至于作诗呢,他认为透彻之悟(即妙悟),实为作诗者不易达到而又必须达到的境界。他说:

> 夫诗有别材,非关书也;诗有别趣,非关理也。而古人未尝不读书,不穷理。所谓不涉理路、不落言筌者,上也。诗者,吟咏情性也。盛唐诸人惟在兴趣,羚羊挂角,无迹可求。故其妙处透彻玲珑,不可凑泊,如空中之音,相中之色,水中之月,镜中之象,言有尽而意无穷。

正因为他认识到诗是吟咏性情的,应该"不涉理路,不落言筌",所以反对"近代诸公"的"以文字为诗,以才学为诗,以议论为诗"。但他把这要求说成与禅道一样,则是并不恰当的,因为佛家禅宗提倡"得无师之智",不仅否认妙悟会从师古得来,还认为学习经典会产生教条,妨碍妙悟。这个以禅说诗的方法也不自严羽始,唐人固已有之,即司空图《诗品》中所一再强调的"象外之象,景外之景",其实也已同斯旨。而且诗是否只靠妙悟呢?这本身就有问题。诗本来首先是要反映现实社会生活的本质,盛唐李、杜莫不皆然,虽王维晚期的某些诗是出于"兴趣",出于"妙悟",但那不能概王维之全,更不能概盛唐之全,岂可以此为作诗的极则呢?

但是从诗的艺术特征来说,严羽所提的"妙悟",确也与陆机《文赋》中所提的"应感"和刘勰《文心雕龙》所提的"神思"有相通之处;他所要求的"言有尽而意无穷",确也与刘勰所谓的"隐秀"和司空图所强调的"韵外之致"有相类似的意思,因而他的诗论的中心也还是不无可取的,至少是较诸宋代其他诗家的理论为深入一步,对当时及后代都有一定的影响。

必须指出,严羽的诗论主要是针对宋诗,特别是针对黄庭坚的"江西诗派"的诗风而发,因此,为了补偏救弊而提出一些严峻的批评意见,也是可以理解的。他指出苏、黄"以文字为诗,以才学为诗,以议论为诗",虽工,"终非古人之诗",盖他们"多务使事,不问兴致;用字必有来历,押韵必有出处",于是"唐人之风变矣",倒也是说得对的。他们的诗,尤其明显的是黄庭坚及其江西末流的诗,果然是"于一唱三叹之音有所歉焉"。可惜,他只看到"江西诗派"在诗歌艺术风格上的缺点,而没有看到更重要的问题还在于其思想内容的空虚贫乏,严重脱离现实。这样,就不是只靠学习盛唐"妙悟"就能转变好的;相反,还会引向另一个错误的道路上去。事实正是如此,明代前后"七子"的复古——"诗必盛唐",结果是出现一些假古董,无疑是受严羽诗论的影响所致。而清初王士祯所倡的"神韵"说,显然也是由严羽"妙悟"之说变化而来,其结果也是引向另一条空虚贫乏的道路。

第九章　宋元民间文学及小说戏曲的发展

第一节　宋元民间歌谣

　　宋、元四百年间是汉民族挣扎于外力压迫之下求生不得的时代。中间虽也有过短期的安定和局部的繁荣,但统治阶级又肆行贪残、压迫和剥削,致使民不聊生,怨声载道,这时阶级矛盾又与民族矛盾交织在一起,在这双重压迫之下,人民所直接感受到的乃是统治阶级(包括本民族的和异族的统治者)的各种迫害,故其强烈的愤恨便多是对着一切不合理的社会制度与黑暗的政治措施而发。反映在各种形式的民间文学中的,就是这些巨大的社会历史内容和人民的昂扬斗志与反抗精神。

　　首先便是作为社会斗争直接产物,同时又是鼓舞并推动这些斗争向前发展的民间歌谣。从宋、元人所著各种笔记中所偶然摘录的一些民歌民谣,就可以推想那个时代产生的这类作品是很多也很精彩,确能反映社会现实的。但剥削阶级是不允许这些具有强大反抗性的作品流传开来并长期保存下来的,所以我们今天只能在一些笔记或小说中散见极少的一部分,从而约略看出当时歌谣的思想内容与艺术形式的一斑。

　　大致说来,宋代歌谣以反映阶级矛盾者较多,元代的便以反映民族矛盾的更为突出。有的则寓阶级仇恨于民族仇恨之中,二者交织着,不能分其轻重。

　　北宋人民受压榨过甚,对统治者痛恨无比,往往在歌谣中指名道姓地咒骂,这在过去的历史上是少见的,如:

　　　　二蔡一惇,必定灭门。籍没家财,禁锢子孙。
　　　　大惇小惇,入地无门。大蔡小蔡,还他命债。

在北宋末期,人民对蔡京、蔡卞、章惇、安惇之流的典型奸臣,是怀着深仇大恨的,因为人民认识到自己所受的痛苦与残害都是他们给带来的。然而,人们还不知道最根本的原因,乃在于那种社会政治制度,所以便简单地认为铲除某些贪官污吏就可以过上好生活,如《宣和民谣》说:

> 打破筒(谐"童",指童贯),泼了菜(谐"蔡",指蔡京),便是人间好世界。

这就表现了人民的反抗精神,它没有隐讳人民的真实情感与想法。虽然还不曾见到事情的本质,但这一把怒火却已经燃烧起来,迅速遍及全国,在京师,在各州县地方,都可以听到号召杀灭奸臣、权相、贪官、酷吏的歌谣,如:

> 杀了穜蒿(指童贯)割了菜(指蔡京),吃了羔儿(指高俅)荷叶(指何执中)在。(《京师童谣》)
>
> 宁逢暴虎,不逢韩玉汝(指州官韩缜)。
>
> 宁逢黑煞(谓凶神),莫逢稷、察(指李稷、李察)。(以上两首皆《秦人语》)

同时,人民对攀附于官僚统治阶级的恶霸、豪绅,也同样痛恨,作了许多歌谣,予以斥责。

人民对社会上人与人之间的不平等关系看得很清楚。反映这种阶级矛盾的有南宋著名的"月子弯弯"一首:

> 月子弯弯照九州,几家欢乐几家愁。几家夫妻同罗帐,几家飘散在外头。

这首歌谣当时流传很广也很久,直到明代还为冯梦龙收在他所编辑的《山歌》里,即在今天,人们也还在传唱着。它不只反映了那个时代,传达了人民的感情愿望,而且把个人的痛苦和广大的外部世界以及更广阔的人生联系起来,又抒发得那么真切自然,所以连有高度艺术修养的诗人如杨万里都为之感动,从中吸取创作力量,甚至直接袭用,作为自己的诗歌语言材料与思想内容(在讲杨万里的诗歌时已经引录过)。

《水浒》的作者借白胜的口唱出这样一首表现阶级对比的民歌:

> 赤日炎炎似火烧,田野禾稻半枯焦。农夫心里如汤煮,公子王孙把扇摇。

这样揭露现实生活的本质矛盾的作品,在那时是有着极大的启发觉醒与鼓动反抗的作用的。

元代的异族官吏施行野蛮统治,横行霸道,毫无顾忌,人民恨之入骨。至正年间,福建一带人民以歌谣讽刺散散、王士宏等的贪婪行为道:

> 九重丹诏颁恩至,万两黄金奉使回。

> 奉使来时惊天动地,奉使去时乌天黑地。官吏都欢天喜地,百姓却啼天哭地。

> 官吏黑漆皮灯笼,奉使来时添一重。

这些都写得非常形象而深刻。人民总是爱好和平的,但到忍无可忍时,也一定会起来反抗的。陶宗仪《辍耕录》载当时有《醉太平》小令一首,"自京师以至江南,人人能道之",其言皆"切中时病",实与里巷歌谣无异:

> 堂堂大元,奸佞专权。开河变钞祸根源,惹红巾万千。官法滥,刑法重,黎民怨。人吃人,钞买钞,何曾见?贼做官,官做贼,混愚贤。哀哉可怜!

天下事既然如此,老百姓怎能不起来参加红巾军进行反抗呢?所以"杀不平"的口号便假借迷信的《扶箕诗》而作为革命的战歌被唱开了:

> 天遣魔军杀不平,不平人杀不平人。不平人杀不平者,杀尽不平方太平。(见《辍耕录》卷二十七"扶箕诗"条)

于是许多预言式的歌谣如"石人一只眼,挑动黄河天下反"和"休道石人一只眼,此物一出天下反"之类,就由农民起义领袖韩山童、刘福通等预制下来,作为策动起义的宣传工具,不胫而走,燃起了大起义的熊熊烈火,由颍州开头,不久便蔓延了大半个中国。元朝也因而很快地土崩瓦解,走向灭亡了。与此同时,红巾军的胜利也得到广大人民的欢呼:

> 满城都是火,官府四散躲。城里无一人,红军府上坐。(《至正丙申松江民谣》)

充分表现了人民对红巾军的拥护,以及他们扬眉吐气的快乐心情。

人民是反对统治阶级所发动的反对人民的战争的,而对于反压迫、反侵略的战争却是歌颂的,宋、元歌谣都可证明这一点。宋淳熙末《莎衣道人歌》:"胡孙死,闹啾啾,也须还我一百州。"元至正三年彰德民谣:"天雨线,民起怨；中原地，事必变。"这类表现反异族侵略或反异族统治的爱国主义歌谣，在宋、元两代都很多，一般都有较高的战斗性和较强的思想性，这里就不多举了。

第二节　宋代的说话人与宋元话本

唐代俗讲已很盛行，但尚多在佛寺僧舍或私人宅中讲唱俗变以及传奇故事。这风气传到宋代，由于市民阶层的兴起，城市社会的繁荣，产生了瓦舍勾栏，说话人便以瓦舍为专门说书的娱乐场所。其所说的"话"的范围也大大扩充，成为许多独立的家数，每家各专一艺，在北宋汴京已经形成，到南宋临安更为兴盛。当时说话人出身于社会各种不同的阶层与不同的职业，如落魄文人、和尚、尼姑、小贩……他们组织"书会"、"雄辩社"等团体，"以磨炼其技艺"。说话虽由说话人各运匠心，随时生发，而仍有底本以作凭依，是为"话本"。其中"讲史"之体，在历叙史实而杂以虚词；"小说"之体，在说一故事而"立知结局"。说话人的技艺不能完全表现在话本里，话本一般只能是个提纲，提示故事线索或梗概，以供说话艺人参考。书贾或取说话人所说的材料刻成书本，就是传下来的某种平话。总之，今所存，大抵都还很粗糙，并不完整，有些艺术也比较拙劣。但话本文学的体制、特点，及其由变文演进而来的遗迹，还可由此得到清楚的了解。也有些是在刊印时经过文人整理加工的，有些更是长期以来经过不少大作家或高明的编辑者根据许多传本综合修改、反复厘订而成的，所以最后就达到小说艺术的很高水平。长篇章回小说如《水浒》和《三国演义》之类，短篇话本集如"三言"、"二拍"等都是由宋、元话本长期演进而成的。

由于"说话"这种技艺在宋代特别兴盛，主要是在比较有长时期安定而物阜民丰、工商业发达，成为当时中国政治、经济、文化中心的北宋汴京和南宋临安，所以开封和杭州就形成了说话艺术与话本小说产生、成长和繁荣发展的两大基地了。

宋代话本与后世小说有嫡亲关系的，是小说、讲史和说经三类。当时作品都很丰富，但流传至今的却极少。现在所能见到的宋、元话本，属于小说类的计有《京本通俗小说》，包括八篇；《清平山堂话本》，包括完整的二十七篇；明冯梦龙编的"三言"（即《喻世明言》——《古今小说》、《警世通言》和

《醒世恒言》)中收录的约二十余篇；明万历年间熊龙峰刊行的《熊龙峰四种小说》。此外，有目无书的就不计了。属于讲史类的计有：《全相平话五种》（《武王伐纣平话》、《七国春秋平话》、《秦并六国平话》、《前汉书平话》和《三国志平话》)及《五代史平话》和《大宋宣和遗事》；而《梁公九谏词》则是经过后人整理和修改过的。属于说经类的，现在只存有一本《大唐三藏取经诗话》比较完整。总的看来，三类之中，以小说话本最多，成就也最高，后来就发展为短篇小说；而讲史话本则逐渐演变成为章回体的长篇历史演义小说，影响也很大；至于说经话本，当时可能还不少，但传下来的却只有一种，后来发展为《西游记》写唐僧取经故事。

这时的小说话本所说的故事，发生时代多在南宋之初，北宋故事已少，更不要说汉、唐以前了。可见小说取材须在近时，虽也可以谈古，却只是作为引证及装点之用，并非小说本文；至于专门演说古事的，就属于讲史范围了。这是宋人小说话本特点之一。其次，宋市人小说话本绝大多数须有"得胜头回"作为"入话"，这"入话"一词在后来的拟话本中标示得更为明白。大约"得胜头回"约有四种方法：1.以略相关涉的诗词引起本文；2.以相类之事引起本文；3.以较逊之事引起本文；4.以相反之事引起本文。第三是通俗小说每篇无不引证诗词，或在篇首，或在本文中间，或在临末，均可随时征引。其诗词或为古人作品，或为作者所创作，或是通俗流传的。唐传奇及变文多半有诗及韵语，显为话本的渊源所自；而且说话人利用诗词韵语，大约也正是便于讲唱的。

南宋亡后，说话技艺不复流行，但话本还多有存者，后人遂仿拟其体而从事写作。小说话本有《拍案惊奇》、《醉醒石》等，讲史有《列国演义》、《隋唐演义》等，人们已不再加以区别，而统称之为小说了。

宋、元话本小说题材比较广泛，而主要是写市民阶层的生活，人物多以手工业者和商人为主，所反映的社会问题也大抵是市民阶层与封建统治阶级间的矛盾斗争。讲史话本虽主要以历史为根据，但也通过人民自己的观点对历史人物进行评价，体现了市民阶层的爱憎感情。在小说中，说话人对当时社会的黑暗腐朽作了大胆的揭露、批判与控诉，同时还提出了自己对美好生活的向往与要求。这是它具有人民性、进步性与现实主义倾向的一面。但另一方面，说话人也受封建统治阶级的思想影响，受到历史条件的局限，不可避免地又带有封建迷信的宿命论与因果报应之类的思想意识。这又是它的落后一面。它们塑造了不少真实、生动而又各有自己的音容笑貌、独特性格与生活道路的人物形象,其中尤其鲜明的是那些被压迫的下层人物和处于封建社会最底层的妇女形象。因此,尽管其思想内容不全是进步的,而从总的倾向来看,却还是比较健康的,所以基本上应予肯定。

宋代话本小说的题材内容包括有灵怪、烟粉、传奇、公案、朴刀、杆棒、神仙、妖术等方面。后来的拟话本如《三言》、《二拍》和其他作家所作的散篇,也不外这些内容。

在现存的宋、元话本小说中,思想性较强的有《碾玉观音》、《错斩崔宁》、《郑意娘传》、《拗相公》等篇。它们都肯定了被损害的人物的反抗精神和生活理想。还有些篇以宣扬统治阶级正派人物的事迹为主,虽现实性不及上述各篇,但也还是较好的。另外的则多属反映社会现实的某一个方面,如《快嘴李翠莲记》、《简帖和尚》、《志诚张主管》、《报山亭儿》、《合同文字记》等是。至于像《金主亮荒淫》、《五戒禅师红莲记》、《洛阳三怪记》、《柳耆卿诗酒玩江楼》等篇,或描写腐俗色情,或宣扬因果报应,或鼓吹封建道德,其中消极落后的因素较重,糟粕也较多,就不应无条件地一概予以肯定了。

讲史话本虽以历史为依据,却又多所生发,自亦不同于正史。它们在一定程度上反映了人民大众的思想,对坏人坏事特别是统治阶级中奸贪残暴之辈,则予以严厉的谴责与鞭挞;对好人好事,则予以肯定和赞扬;对农民起义以及反抗强暴的人物事迹,则多少表示了赞赏、同情和拥护。它们比较能真实地反映现实,所以还是可取的。但说话人和纪录者、编辑者、刊行者毕竟不是自觉的革命者,他们必然受封建时代"正史"的"正统"思想的深刻影响。其观点不可能完全站在人民群众方面,其是非善恶的标准也不免有所偏倚,甚而是错误的。有时作者完全采取旁观者的"客观主义"态度,对所叙事件不表示态度,缺乏正确的倾向性,也是不够好的。

话本的前身既是变文,故在形式上还保存唐代讲唱文学的特点,伴着乐器,有说有唱,所以属于讲唱文学的说书一类。小说话本的正文已完全是散体的白话,便于说话人用口语宣讲,但似乎为了可以吟唱,在篇中尤其在首尾处更有意识地夹杂许多诗、词、韵语,这就更和中晚唐的变文相近了。讲史话本中也有"诗曰"的韵语。但现存的"平话"大抵只是说话人学习时使用的故事提纲,而非详细的底本或纪录,缺乏说话人的艺术语言细节。因此,当时的讲史形式究竟如何还难完全肯定。一般似乎并无与小说话本相同的"入话",其余可能和小说话本差不多。

话本的艺术特色在很大程度上决定了它作为说话底本这一性质。至于话本的艺术成就则主要表现在：

一、它运用极朴素又极生动而精炼的口语，为广大人民群众所熟悉、喜闻乐见，既能吸引听众，留下深刻印象，又能以较少的语言把人物性格形象鲜明地刻画出来。

二、情节离奇曲折，故事首尾俱全，结构完整，条理清楚，头绪虽繁，而铺叙井然，线索分明，能使读者一步步地紧跟说话人的叙述而同其忧喜爱憎。

三、虽然具有中国古典小说故事性强的特点，但其事其情皆由作者亲自体验的现实生活中提炼而来，有深厚的现实基础，并非捏造，故事虽偶合，却又非常真实可信。

四、通过人物自身的行动与对话，塑造了极为生动而真实的人物形象，也展开了故事情节，并从而完成了人物性格的发展，突出了其形象。这一手法从此便成为中国一切古典小说所独有的民族特色之一。

讲史话本作为元、明以后长篇演义小说的先驱，赋予若干历史人物以新的生命和新的形象，这是值得肯定的。但它的艺术成就远不如小说话本之高，往往只是一些故事素材的堆积，对于正史上或传说中的原始材料缺乏适当的剪裁加工，语言也显得杂乱，不够精炼，因而许多人物形象不够鲜明、生动、饱满。当然，也不能一笔抹杀，其中还有比较好的个别章节、片断和比较生动的人物形象，只是缺乏完整的篇章而已。

宋、元话本在中国文学史上的重要地位，首先是由于它开始了中国的白话小说，给中国小说开辟了新的道路。话本是中国文学第一次以下层人民为主人翁，描写下层社会生活，反映市民阶层的思想感情，揭露他们与统治阶级的矛盾斗争。并且因为主要是为下层人民而写的，所以不能不采用为他们所熟悉的语言和形式。这就给中国文学打下了深入群众的坚实基础，并给白话小说、章回小说，尤其历史演义小说的蓬勃发展开了先路。它所表现的许多艺术特色（如上所述）也都对后来的章回体小说的作者产生重大影响，而成为传统的民族的文学特色。宋、元话本中许多故事都为以后小说家、说唱家、戏曲家乃至诗歌散曲作家所取材，反复利用并加以发展变化，至今还活在人民口中和舞台上，也可见其影响之深远了。

第三节　鼓子词、诸宫调及其他说唱
文学的发展

　　唐代讲唱变文到宋代虽已不可见了，但讲唱文学却不仅未消亡，反而有了发展，散体的话本即是其一。变文还有另一个发展系统，那就是着重在歌唱的韵文方面，后来演变成戏曲。这类文学体裁在宋代有鼓子词、赚词和诸宫调等。

　　在乐曲系的讲唱文学中，由于所用的乐曲和乐调的不同，又可分为两类：一类是用唐、宋词调的，如宋代的鼓子词、赚词和诸宫调；另一类是用宋、元以来的南北曲调和民间乐曲写成的长篇，如金代董解元的《西厢记诸宫调》和元代王伯成的《天宝遗事诸宫调》。以下把它们在文学发展史上的意义分别加以叙述。

　　北宋初期已有鼓子词，其得名是由于歌唱时要用小鼓伴奏。鼓子词是以同一个词调连续重叠，以咏叙一件或一类事物。或以若干首分咏同类的若干事物，如欧阳修《十二月鼓子词》以十二首《渔家傲》分咏十二月景物便是；或以若干首咏叙一个故事的前后始末，如赵令畤的《元微之崔莺莺商调蝶恋花》鼓子词，节取元稹《会真记》（即《莺莺传》）原文或概括其内容，作为散文，叙述故事梗概，共十二段，每段之后，继以作者自撰的《蝶恋花》词共十二首。前者是士大夫在筵会上用以娱乐的伎艺，后者则主要供市民在勾栏中演唱娱乐之用。后者在每首词之前都有"奉劳歌伴，先定格调，后听芜词"或"奉劳歌伴，再和前声"的套语。

　　同为叙事歌曲，和鼓子词相类似的，还有"转踏"。"转踏"也是以同一词调若干首组成的，但没有散文叙述部分，而代之以七言八句诗。这大约因转踏本是歌舞节目，其歌唱之词必须能与舞蹈的节奏相配合，势不容杂以说白，故易散叙为韵语之诗。也正因为是歌舞节目，故每篇之前必冠以"致语"，篇后又有"放队"，完全采取宋代演"杂剧"（有杂耍性质）时的习惯程式。大抵每一诗一曲叙写一件事物，而全篇则连续叙述性质相同的若干事物，间亦有合若干首歌曲连咏一个故事的。这也和早期的鼓子词相似，所以转踏大约主要还是为士大夫阶级娱乐用的。因它所用的词调多是《调笑令》，故亦称为《调笑转踏》。如郑仅的《调笑转踏》分咏罗敷、莫愁、文君等十二事，便是一例。

　　盛行于南宋的"赚词"是由鼓子词过渡到诸宫调的一种乐曲系的讲唱文学体裁。它的创制者或完成者是南宋杭州说唱艺人张五牛。其音节盖兼收各种乐曲及民间曲调而成，故非常动听，而词句又通俗易懂，最为一般市民所欢迎。其歌唱时所用乐器以鼓、笛、拍板为主，配合弦乐，唱者自击鼓和拍板，类似现在说唱大鼓书的情形。它不是以若干同牌曲子和七言八句诗反复歌唱，毫无变化的，而是"取一宫调之曲若干，合之以成一全体"的，故较鼓子词、转踏为进步得多，也复杂得多，而为"诸宫调"开辟了道路。现存的只有南宋人咏蹴鞠的一套《圆社市语》，用中吕宫的《紫苏丸》、《缕缕金》、《好女儿》、《大夫娘》、《好孩儿》、《赚》、《越恁好》、《鹘打兔》、《尾声》九首，一韵到底，乃是"遏云社"描述圆市蹴鞠情形的唱词。它的出现与存在，全部历史不过二百年。南宋亡后，赚词早已绝迹，其体制与演奏方法今已不能详考。但它在乐曲发展上，地位却极为重要，是它第一次把同宫调中若干支曲组成联套，打破唐宋以来乐曲的单调，因而进一步产生了诸宫调，其功最著。

　　诸宫调也是有曲有白，韵散合组的，但它所用的曲调颇繁，在每一段散文讲说之后，都要接唱某一宫调的联套曲子。这些曲调不但自成首尾，而且诸般宫调里的曲牌都被采用了，这就和鼓子词之同为一个词牌不同；即和赚词之仅为同一宫调的联套比起来，也扩大了许多。简言之，诸宫调乃是联合不同宫调的只曲成为许多联套，再组成为一个整体的。

　　诸宫调大约创始于 11 世纪的北宋末期汴京瓦肆勾栏中的著名艺人孔三传，他根据旧乐曲改变为新乐曲，既受到市民阶层欢迎，也为士大夫所传诵、摹习。诸宫调的流行则在南宋，故宋代的诸宫调可称为南诸宫调，对南戏影响很大。

　　宋代诸宫调的本子现已无存，但在南宋，它确已在临安及江南其他都市流行，一直到南宋灭亡，所以便替元代南诸宫调播下了种子。当宋室南渡之际，初传唱于汴京的诸宫调即已在那里及北方各地扎下了根，有些艺人或更迁徙于西陲，继续在金人统治的广大地区演唱，由此影响便产生了另一系统的北诸宫调，于是遂留下了像董解元《西厢记诸宫调》等杰出作品。

　　诸宫调仍是讲唱文学的一种。其散文部分用的是当代口语，与以前的变文、鼓子词等用骈俪文堆砌而成者全异；其韵文部分则是从唐宋大曲、赚词、各种词调以及民间流行的曲调中吸取而成为一种新声，变化很多，极其悦耳。它的联套方式很多，大别之为：（一）组织两个同样的只曲以成者；

(二)组织两个或两个以上的只曲,并附以"尾声"者;(三)组织数个不同样的只曲并附以"尾声"者。诸宫调作品篇幅宏伟,一般有乐曲百余套。全书既长,故分成许多"则",每一则即相当于其他书的一卷、一章或一回,也和后来杂剧、传奇的"折"或"出"相当。

诸宫调的作者往往于故事情节的紧张关头,出人意外地以惊人之笔别生枝节,使读者或听者急于要知道这个情节发展的结果或这个问题的答案。可见诸宫调本来是实际说唱的材料,所以才采取此种刺激听众注意的结构方式。

诸宫调对宋代南戏和元代杂剧的产生起了决定性的作用,最显著的是它组曲的联套方式为宋、元戏剧所直接继承,如果没有这个创造,戏剧之作为长篇的繁复多变化的曲子(歌剧),就不可能成立。

第四节　中国戏剧的形成与其初期的演进

中国戏剧的完全形成应是在宋、元时期。其民族特色,主要表现为歌、乐、舞合一的歌舞剧,就中最为重要的因素是音乐。中国古典戏剧实包罗了歌曲、音乐、舞蹈、武术、杂技、说话、表演等各项艺术在内,因此,它的孕育成长就必然与相关艺术的发展有密不可分的联系。

周、秦之世,在各国的宫廷里,专业的或专职的俳优与倡优已经存在,他们多是侏儒,以滑稽幽默的表演和诙谐嘲讽的语言对世主进行讽谏,这大约是中国戏剧最早的胚胎或雏形。汉代的倡优包括在当时所谓"散乐"的百戏里,见于记载的"总会仙倡"、"东海黄公"和较后的"辽东妖妇",已近似戏剧的表演。到了唐代,歌舞形式的戏剧大大发扬了,那时有从六朝传下来的"代面"、"钵头"、"苏郎中"等节目,都是故事的表演,可以认作歌舞戏的最初形式。而与宋代以后"杂剧"的形成有直接关系的,则是唐代的"参军戏"——"弄参军"。参军戏大抵是两个俳优,一个做参军,一个叫苍鹘。两个角色在问答之间,彼此适相对待,有如两人演相声,一为逗哏,一为捧哏相似。表演时有歌唱和音乐的伴奏。这是滑稽戏和讽刺戏的早期雏形,与宋以后戏剧关系最密。

在乐曲方面,大曲与法曲和戏剧的关系最密。唐大曲尚为五、七言诗或五、七言间错运用,后来才有长短句词体出现,使音乐的遍段也成了长短句,所以宋代大曲较唐进步多了。大曲的遍段已启南北曲套数的先声。这时舞曲的动作与音调已兼绘影绘声之妙,对后来戏剧的歌舞表演也有一定影响。后来的曲子,则是曲子词,不仅用长短句,而且可以随意增加衬字,所以特别适于配乐歌唱。南曲的形成实是南戏唱词的应用,其曲调多沿词体,甚至完全未变,如《点绛唇》、《忆秦娥》、《声声慢》、《河传》、《洞仙歌》、《浣溪沙》等便是。南戏使用曲牌,原本不限宫调,只是把词体的牌调直接移用到戏剧上,作为唱词。而且初期的南曲剧词也很少加用衬字,几乎与词无法分别。后来受了北曲及南诸宫调等多方面的影响,才也讲究宫调。北曲虽也源出于词,却是先经过"诸宫调"把各个词牌归隶于各个宫调,然后才就这种既成形式而转用于戏曲。

北宋初期,教坊便已有"杂剧"的表演,夹在百戏中为节目之一种,未曾独立,故仍有杂耍的意义。至于表演故事的杂剧,乃是从唐代参军戏发展而来,内容主于嘲讽,形式偏重念诵、对白,实质上与政治有密切关系,并非单纯为了娱乐。这时角色已不限于参军和苍鹘两人,而可以更多,并开始用"砌末"(即道具)。在民间,也继续唐代以前的"踏摇娘"(即"苏郎中")一类,逐渐形成有歌、乐、舞,有诙谐取笑,甚至有武术、杂技等穿插其中,与近代的京剧、秦剧、豫剧、川剧及众多的地方剧种无大差别了。

到了南宋,杂剧一词包括范围更广,许多并非扮演故事。留在北方的演员则仍聚在大都(燕京)以旧风格继续演奏"院本"杂剧。这时,无论南北,均都有表演历史故事或民间传说故事之类的杂剧,同时,都有"书会"组织,吸收文人编写脚本,这对杂剧的发展起了重要作用。

南渡后,北来的人渐由临安向各水路交通港口转移,一部分"路歧人"(当时杂剧演员的名称)也随着到这些地方谋生。温州(永嘉)原有一些故事性的歌谣、小曲,路歧人来了之后,便以当地这些唱腔和杂剧形式结合起来,创造了"温州杂剧",以其与因题设事的简短杂剧不同,而另称之为"戏文",或因其产生于南方而称为"南戏"。又因其以地方俚曲小调为主,不限宫调,遂成早期南戏的特点。后来的发展虽渐趋文雅,取材亦渐广,但这些特点仍未完全消失,因而也与元杂剧(即北曲杂剧)显然有别。北杂剧由诸宫调演进的痕迹较深,所以也保留其由一角色唱到底的特点,而南戏则否。南戏在元代并未绝迹,但因北曲杂剧产生以后,北方的作者较多而成就也较大,相形之下,南戏便显得寂寞了。现在所知道的早期南戏(温州杂剧)名目已非常之少。《永乐大典》保存的戏文三种《张协状元》、《小孙屠》和《宦门子弟错立身》中,《张协状元》可能是那时期南戏的范例,其余均较迟了。至于宋、元南戏佚曲,现存还颇不少;总计戏目,犹可得百余种,足见当时南戏之盛了。

元杂剧的故事表演仍源于北宋时《目莲救母》一类的杂剧。其声调则用金人统治已久北方早已形成的北曲系统,一部分可能直接取之于"诸宫调",一部分则采自先已存在的"散曲"。元杂剧的形成,主要还是以金院本为基础而改编为这种新的体制。元杂剧的体制,一般为四折加一个楔子。而所谓"折",则是一个宫调的套数,故四折就是四个北曲套数;楔子则是用来提示剧情或发展剧情,以补救四折所不能充分贯串的缺点。元杂剧当时的繁荣极为惊人,在短短的八九十年中,作家如林,现在知道姓名的至少有一百七八十人,而见于记载的剧目也达七百三四十种,现存剧本也还有一百四十五种。

南戏所用角色,通常为末、外、生、旦、贴、净、丑等七种,元杂剧则更加繁细,除末、旦、净还有很多正、副、冲等区分外,另有孤、细酸、孛老等特殊角色。

南戏和元杂剧均有曲(唱)、白(说)、介(做),体制全备。演员上场,说、唱、表演全由自己担任,与各种说唱文学之为叙述体者不同,这已是真正代言体的戏剧了。

无论南戏或杂剧,其故事取材多是就历史或民间传说而加以剪裁、敷衍,改编而成,很少是作意虚构,凭空编造的。南戏所演故事多偏于写男女爱情,且多为男子负心或女子薄命。元杂剧的题材则较为广泛,内容也更为丰富,但大抵均有历史传说为依据,完全出于创造的也很少。

戏曲发展到元代,可谓极盛,其原因约有四点:

一、蒙古统治者贱视"汉人"(北方人),尤贱视"南人"(南宋统治下的中国人),列在蒙古人和西域色目人之下,备加凌辱和欺侮,限制极严。汉族人民反抗蒙古族统治者的斗争一直在激烈地进行着。进步的民间艺术家就利用杂剧作为文化斗争的武器,既借以表达其对异族及一切反动统治阶级的仇恨,也借以歌颂和鼓舞一切被压迫被奴役的人们的英勇反抗精神。就是在这些斗争的推动下,杂剧便蓬勃地发展起来了。

二、元代长期未举行科举考试,以致汉族读书人没有进身之阶,而且据说那时读书人被列为第九等,在娼妓之下,而仅高于乞丐,被践踏得几乎不当人看。因此,士流中人或隐迹山林,或潜身于市井及社会底层,走向勾栏行院,与城市劳动人民及民间艺人相结合,成立所谓"书会",为民间剧团和艺人编写剧本、话本,相互观摩,交流经验,从而获得精神上及物质上的支援,对繁荣剧本创作,也起了一定作用。

三、元代主要城市如大都、汴梁、杭州等地比较安定,人口集中,经济繁荣,市民阶层扩大,文化娱乐的需要也随而增加,人们要求更多的新剧本,并要求有表现他们自己的生活、思想、感情和愿望而为他们所喜闻乐见的新的文娱节目。

四、南北统一,文化广泛交流,各种艺术的不同形式与风格相互影响,也呈现了崭新的局面。这时,南戏和金院本均已成熟,宋、金又都有许多不同风格的音乐、歌曲、舞蹈及种种杂扮伎艺,更给北曲杂剧的成长和发展提供了很多材料,作为借鉴或营养,使它得以越发完美兴盛。

第十章　辽金文学

第一节　辽代文学概述

在 10 世纪之初,原居在我国北方的潢河(即辽河上游西拉木伦河)和土河(老哈河)一带(即今辽宁省西北部的昭乌达盟地方)的契丹族,由于长期和汉族及北方其他少数民族频繁接触,已迅速由氏族社会进入了奴隶制社会。至公元 916 年,契丹部酋长耶律亿(即阿保机,《辽史》说他讳亿,字阿保机)遂建立了奴隶制国家辽。这年正是唐末朱全忠篡唐称梁,亦即唐亡与五代开始之前一年。五十四年之后的公元 960 年,赵匡胤篡后周建宋,在辽则为穆宗耶律璟(阿保机之孙)的应历十年,辽的势力已达到今之河北、山西,而与宋对峙。在宋太宗赵匡义的时代,辽主则为圣宗耶律隆绪,任用了汉人韩德让等为佐,进行了许多改革,对内建立了封建制度,对外则三次率兵南下,先后打败了宋将曹彬、擒杨业,进据乐寿、遂城、泰州、祁州、洺州,而至澶渊,迫使宋请和结盟,割让燕云十六州之地,并岁输银十万两、绢二十万匹。这时,辽朝已发展到极盛时期了。自此,历兴宗耶律宗真及道宗耶律洪基,共七十二年。而至天祚帝耶律延禧,辽朝内部因夺权斗争,矛盾重重;加以境内农民起义军此伏彼起,虽多被镇压而失败,但亦沉重地打击了辽朝的封建统治。对外,则东北黑龙、松花两江流域的女真族已经兴起,逐渐强大。至公元 1115 年(辽天祚帝天庆五年),女真族酋长阿骨打建立了金国,称大金皇帝(即金太祖),多次击溃了辽军,终至俘虏了天祚帝于应州,辽朝遂亡,时为公元 1125 年。辽皇族耶律大石乃率部西去,在中国的西陲(西北)重建西辽,又延续了八十八年。

辽自阿保机建国后,才先后创制了契丹大字和小字,但只在贵族文人中使用,范围很窄。辽文化主要仍以汉字为工具而得到传播发展。

辽建国后,受到汉族文化的影响,许多契丹贵族多有学作汉文诗、赋者。

而其所用汉官,自亦皆能诗文,故《辽史》卷一〇三至卷一〇四有文学传二卷,入传者包括了萧韩家奴、李瀚、王鼎、耶律昭、刘辉、耶律孟简、耶律谷欲等,其中既有契丹人,也有汉人。

太祖阿保机长子东丹王倍为其弟所猜忌,渡海奔唐,作《海上诗》曰:

> 小山压大山,大山全无力。羞见故乡人,从此投外国。

清人赵翼赞其诗:"情文凄婉,言短意长,深有合于风人之旨。"东丹王倍尝市书至万卷,藏于医巫闾山绝顶之望海堂。其子隆先亦聪明博学,有《阆苑集》行世,今佚不见。又,萧柳作诗千篇,编为《岁寒集》,耶律良有《庆会集》,虽均以平庸不传,但其人皆颇好文能诗,可知。

辽历代帝后亦多习诗文。圣宗耶律隆绪"幼喜书翰,十岁能诗"。即位后,尝"出题诏宰相以下赋诗。诗成,进御,一一读之,优者赐金带"。又御制五百余首;又亲以契丹大字译白居易《讽谏集》(按:即《白氏讽谏》),诏诸臣读之,并尝题句云:"乐天诗集是吾师。"兴宗耶律宗真好儒术,通音律,常赋诗赐臣下。道宗耶律洪基尝题宰相李俨《黄菊赋》后曰:

> 昨日得卿黄菊赋,碎剪金英堪作句(一作"作佳句")。袖中犹
> 觉有余香,冷落西风吹不去。

他还宠赐京西紫金寺僧法均诗,有句云:"行高峰顶松千尺,戒净天心月一轮。"亦颇有气魄。道宗懿德皇后,小字观音,工诗,能词,王鼎《焚椒录》载有她的应制诗两篇,不足称;另存其失宠后所作《回心院词》十首,深寓望幸之意,颇似唐人宫怨诗,如:

> 扫深殿,闭久金铺暗。游丝络网尘作堆,积岁青苔厚阶面。扫
> 深殿,待君宴。(其一)
> 装绣帐,金钩未敢上。解却四角夜光珠,不教照见愁模样。装
> 绣帐,待君贶。(其五)
> 张鸣筝,恰恰语娇莺。一从弹作房中曲,常和窗前风雨声。张
> 鸣筝,待君听。(其十)

她后因被诬赐自尽,欲"乞更面可汗一言而死,不许,乃望帝所而拜"。作《绝命词》,极为悲怆:

> 嗟薄祜兮多幸,羌作俪兮皇家。承昊穹兮下覆,近日月兮分
> 华。托后钧兮凝位,忽前星兮启耀。虽衅累兮黄床,庶无罪兮宗

庙。欲贯鱼兮上进，乘阳德兮天飞。岂祸生兮无朕，蒙秽恶兮宫闱。将剖心兮自陈，冀回照兮白日。宁庶女兮多惭，遇飞霜兮下击！顾子女兮哀顿，对左右兮摧伤。共西曜兮将坠，忽吾去兮椒房。呼天地兮惨悴，恨今古兮安极！知吾生兮必死，又焉爱兮旦夕！

天祚帝耶律延禧的文妃，小字瑟瑟，渤海人，少工文墨，入宫后，每以歌诗讽谏，讥切不避权贵。如：

> 莫嗟塞上兮暗红尘，勿伤多难兮畏夷人（一作"强邻"）。不如塞奸邪之路兮、选取贤臣。直须卧薪而尝胆兮、激壮士之捐身，便可以朝清漠北兮、夕枕燕云。（《讽谏歌》）

> 丞相来朝剑佩鸣，千官侧目寂无声。养成外患嗟何及，祸尽忠良罚不明。亲戚并居藩屏位，私门潜蓄爪牙兵。可怜往代秦天子，枉（一作"犹"）向宫中望太平。（《咏史》）

此外，若《辽史·文学传》诸家，则虽有诗文及其他著作，大抵今皆不存，偶有零篇断简，若以士大夫文人之作比之，其成就均甚低，不值缕述。惟有一点可说，即唐人白居易及宋人苏轼的诗在北方的辽国（有时也称契丹）流传甚广，影响极大，看上述诗歌及辽人所遗断句，大多是明白如话的，即可知辽诗的一般风格了。

第二节　南宋时期北方文学概况

金人起于东北，为女真族，自阿骨打于北宋末年建国称帝（公元1115年，宋徽宗赵佶政和五年）后，首先灭了契丹所建的辽国，然后专力对付已经衰弱的北宋王朝。公元1127年，金人掳去徽宗和钦宗（赵桓），迫使宋室南迁，夺取了整个北方疆土，成为南宋唯一大敌。百余年后，它才为宋、元合力围攻而亡，时为公元1234年，即南宋理宗端平元年，这时南宋也濒临结束时期了。

女真族的金人兴起以后，很快就灭辽驱宋，占据中国北部及中原广大地区，与宋对峙，它所占据的燕京和汴京随之而成为北方的政治和文化中心。汉族政治中心南迁后，仍有不少遗民和文物留在北方，文化继续发展，并未随北宋王朝灭亡而彻底衰歇,因此,金代文学虽不及唐、宋各代繁荣,但也颇有足述者。

金代之初还没有文字,灭辽和宋以后,乃竭力罗致辽、宋文人,使为之用。及伐宋,始取汴京图籍,并留下一些宋士。女真统治者认识到"文治有补于人之家国",所以颇崇儒术,兼及于文,百年之间,"儒者虽无专门名家之学,然而朝廷典策,邻国书命,粲然有可观者矣"。朝廷既已崇文,文学不受限制,就有发展的可能。民间文学中的诸宫调自北宋末年艺人孔三传创制后,士大夫颇喜传诵,大约很快就流入金国。宋南渡后,金人据汴京,诸宫调便成为最流行也最光辉的文学体裁,人民爱好,成就极高,现存董解元《西厢记诸宫调》可为代表。金代院本则是元杂剧的前身,今存院本名目数百种,虽作品皆不传,无从知其体制之详,但元代大戏曲作家关汉卿、王实甫却都是由金入元的,显然都曾受到金院本的深刻影响。

金代文人诗歌和散文也有可观。这些文人中,早期作家多是北宋亡后留在北方的遗民或降官,有些是南宋奉使至金,被留不遣的,真正生长于北方而成为金国的文学作家,则并不多,并且大抵是中期(公元 1161 年起)以后的人了。降官苟且偷生,其志节原不足取,但精神上也不能没有苦闷,也不能没有一些怀念故国的心情,反映在诗歌中往往有曲折复杂的情感。金、宋隔江分治以后,金国统治者习于荒淫,加重对人民的剥削,阶级矛盾更为突出,北国土生土长的诗人们便多有写这方面的题材而具有现实主义精神。金末,蒙古族不断南侵,首当其冲的是金,战乱频仍,社会动荡,人民流徙,生产凋敝,统治者荒淫愈甚,剥削压榨也愈烈,终为蒙古族统治者所建立的元朝所灭。这些都成为金代后期诗人们的重要题材,其情感也更为真实。这时的代表作家便是金代第一个大诗人元好问。

第三节　金代诗人吴激、蔡松年、王若虚等

金代文人可与历代著名作家并列而无愧者首推元好问。但在他以前,对金代文坛有一定贡献的诗人也还不少,元好问所编《中州集》十卷中著录的作者可为代表。至于散文,却没有什么重要作家,清人所辑《金文雅》等书中的作品,实无多大成就。金代文学自以诗、词为主,而在作家名单中,更当以元好问为重点。但为着了解整个一代文学发展的过程,对他以前的诗人

也应约略予以介绍。

在论述金初文人诗词以前,有必要先介绍一下那个有名的叱咤一世的金主完颜亮,因为他是真正的女真贵族上层而能诗词者。

完颜亮(公元 1122—1161 年)即金废帝。他本名迪古(或译作迭古乃),字元功,为金开国之君太祖完颜阿骨打之孙(阿骨打的长子辽王完颜宗干第二子)。熙宗完颜亶时,亮任丞相(平章政事)。熙宗皇统九年(公元 1149年),他杀了完颜亶而篡位为帝,改元天德。又四年(公元 1153 年),改元贞元,迁都燕京,称为中都。复三年(公元 1156 年),改元正隆。正隆六年(公元 1161 年),他强征境内各族人民,大举攻宋。完颜雍乃乘机在辽阳自立,即后日庙号为世宗之金世宗。是时,完颜亮在江苏采石为宋将虞允文所败,东走瓜洲,被其部下叛将完颜元宜等杀死。世宗完颜雍乃降封他为海陵郡王,谥曰炀,继又废为海陵庶人。

史载完颜亮"颇知书,好为诗词,语出辄倔强慭慭,有不为人下之意"。居位时,好文辞犹不辍。向者,宋人孙何帅钱塘(今杭州),柳永作《望湖潮》词赠之,极称钱塘繁华富庶,景色优美,有"三秋桂子,十里荷花"之句。其词流播北方,金主亮"闻歌,欣然有慕,遂起投鞭渡江之志"。适遣施宜生南下贺宋天申节(按:南宋高宗赵构生于大观元年五月二十一日,即位后,宰臣等上言,请以是日为"天申节"。故贺宋天申节,即贺宋高宗赵构诞辰也),隐令画工图临安(即杭州)城邑及吴山西湖之胜以归,亮见图大喜,益增其垂涎杭越之想,乃于画中吴山绝顶处貌己之状,策马而立,并自题诗云:

> 万里车书尽会同,江南岂有别疆封。屯(一作"提")兵百万西湖上,立马吴山第一峰。(《题西湖图》,一作《南征到维扬望江左》)

论者谓其诗"意气不浅"。此外,世尚传有他的小词,也是同样口吻、同一机杼:

> 停杯不举,停歌不发,等候银蟾出海。不知何处片云来,做许大通天障碍! 虬髯撚断,星眸睁裂。惟恨剑锋不快。一挥截断紫云腰,仔细看嫦娥体态。(《鹊桥仙》"待月")

> 昨日樵村渔浦,今日琼川银渚。山色卷帘看,老峰峦。 锦帐美人贪睡,不觉天孙剪水。惊问是杨花,是芦花?(《昭君怨》"雪")

宋严有翼《艺苑雌黄》称"其'待月'《鹊桥仙》云云,俚而实豪;其'咏雪'《昭君怨》云云,则又诡而有致矣",可谓评得其当。

金初以乐府词著称的吴激和蔡松年,都是由宋入金并为金国文学首开风气的人物,时号"吴蔡体"。

吴激(? —公元1141年),字彦高,建州人,宋宰臣拭之子,名书画家米芾之婿,工诗能文,其字与画亦得岳父之传。他奉命使金,以知名被留,官翰林待制,出知深州,三日而卒。他有《东山集》十卷,并有乐府行于世。吴激出使被留,有似庾信,其诗词亦多忆国怀乡之作。《人月圆》"宴张侍御家有感"即借流落在北地的宋宣和殿小宫姬写出自己的伤感:

> 南朝千古伤心事,犹唱后庭花。旧时王谢、堂前燕子,飞向谁家? 恍然一梦,仙肌胜雪,宫髻堆鸦。江州司马,青衫泪湿,同是天涯。

其《青草碧》被列为"近世十大曲"之一(见陶宗仪《南村辍耕录》卷二十七所引《燕南芝庵先生唱论》条),也是写同样情绪的:

> 几番风雨西城陌,不见海棠红,梨花白。底事胜赏匆匆,正自天付酒肠窄。更笑老东君,人间客。 赖有玉管新翻,罗襟醉墨。望中倚阑人,如曾识。旧梦回首何堪! 故苑春光又陈迹,落尽后庭花,春草碧。

此外,《春从天上来》、《风流子》均是感旧之作,悲凉凄恻,可谓佳篇。元好问尤盛称其《诉衷情》("夜寒茅店不成眠")、《满庭芳》("谁挽银河")和前引的《人月圆》等篇,谓为金朝"第一手"。他的诗亦颇清丽,如《宿湖城簿厅》:

> 日迟风暖燕飞飞,古柳高槐面翠微。卷上疏帘无一事,满池春水照蔷薇。

但就诗的思想内容看,却不及其词之高。

蔡松年(公元1107—1159年),字伯坚,真定(今河北正定)人,其父靖于宋宣和末守燕山,他随之同来。后其父降金,为翰林学士,他遂为令史,旋除真定府判官,遂为真定人。后拜金右丞相,封卫国公。有《萧闲公集》六卷。他最得意的《大江东去》一词思想消极,殊不足取,而被称为"近世十大曲"之一的《石州慢》("高丽使还日作"),虽意义不大,而文字瑰丽,音调铿锵,比较可喜:

> 云海蓬莱,风雾鬓鬓,不假梳掠。仙衣卷尽云霓,方见宫腰纤弱。心期得处,世间言语非真。海犀一点通寥廓,无物比情浓,觅

> 无情相博。　离索,晓来一枕余香,酒病赖花医却。滟滟金尊,收
> 拾新愁重酌。片帆云影,载将无际关山。梦魂应被杨花觉,梅子雨
> 丝丝,满江干楼阁。

其诗多半是抒发那种"急流勇退"、"明哲保身"的感情,并无新意。他虽为金朝重用,有时也不免受到疑忌,因而感到彷徨失据,这种矛盾心情自然就反映在诗里,如《漫成》、《淮南道中》等都是。他在《初卜潭西新居》中慨叹道:"故国兴亡树如此,他年声利蔓难图。"似有今昔之感,但完全是从个人进退着想,并非真有故国之思,故无多可取。

还有宇文虚中(公元 1079—1146 年),字叔通,成都华阳人。仕宋至资政殿大学士。高宗赵构建炎二年使金被留,掌词命,数转至翰林承旨,礼部尚书。后来金疑其谋反,被杀。他初入金时,未必就有意投降,但守志不固,遂终于失节;他的诗常有回忆故乡、怀念故国的作品,那倒是真实的感情,但往往以苏武自比,却是不恰当的虚饰。初入京时所写的《在金日作》云:

> 遥夜沉沉满幕霜,有时归梦到家乡。传闻已筑西河馆,自许能
> 肥北海羊。回首两朝俱草莽,驰心万里绝农桑,人生一死浑闲事,
> 裂眦穿胸不汝忘。

留金既久,亦渐安之,但乡思自所不免,时时流露诗中。这种情况连对金朝非常驯服的高士谈也有,其他降臣之诗均所时见。如高士谈的"可怜风雨胼胝苦,后世河山属外人"(《题禹庙》),"泪眼倚南斗,难忘故国情"(《不眠》);刘著的"燕巢幕上终非计,雉畜樊中政可怜"(《至日》),"汉家陵阙今何在,洛水嵩山满夕阳"(《题御城寺壁》);施宜生的"梦里江河依旧是,眼前阡陌似疑非"(《盛春诗》),"男儿未老中原在,寄语鹧鸪莫浪啼"(《阙题》)。这些"南朝词客北朝臣"丧失民族气节的人所作的诗,自无什么可贵的思想内容可言,故不多举。

在金开国以后,迟于上述诸人而以文学名于时的,首先当推蔡松年的儿子蔡珪,与之并世或略后的则有党怀英、王庭筠、赵秉文、杨云翼、王若虚等,是为金代文学的全盛时期。

蔡珪(公元? —1174 年),字正甫,真定(今河北正定)人,蔡松年之子,博物多识,为金代第一。元好问谓以金朝文派论之,蔡珪为正传之宗。的确,在他之前,皆借才宋、辽;自他以后,才有金代的文学。他的诗已多精心雕镂的写景之作,很少反映社会现实,在金代比较承平时代的诗,大抵如此。

但他们所写的幽燕景物,亦自有其特色。他的《医巫闾》七古和《闾山》七绝都是,后者云:

> 西风绝境抚孤松,千里川原四望通。但怪林梢看鸟背,不知身到碧云中。

又如《出居庸》云:

> 乱石妨车毂,深沙困马蹄。天分斗南北,人问日东西;侧脚柴荆短,平头土舍低。山花两三树,笑杀武陵溪。

他也写些艳绮小诗,风格殊卑,如《画眉曲》七首中的第一首云:

> 楼外春山几点螺,楼头望处染双娥。不知深浅随宜否,却倩菱花问眼波。

党怀英(公元 1134—1211 年),字世杰,其先冯翊(今陕西大荔)人,后迁泰安州奉符县(今山东泰安)。少与辛弃疾同学,尝试东府,得第一名。辛南归,为抗金英雄,其词亦为南宋之冠,自成一家。而他却留在北方,为金人做官,终翰林学士承旨。他的古文似欧阳修,为金代之冠;其诗虽企慕陶、谢,但并无似处,实与蔡珪同流,写景之作间有较淡雅者,然而也都非常平庸,了无新意。《奉使行高邮道中》二首之一云:

> 野雪来无际,风樯岸转迷。潮吞淮泽小,云抱楚天低。蹭蹬船鸣浪,联翩路牵泥。林乌亦惊起,夜半傍人啼。

写景虽好,意境不高,其他更无足论。

王庭筠(公元 1156—1202 年),字子端,熊岳(今辽宁盖县)人,一曰河东人,恐非。大定进士,官至翰林修撰。尝卜居彰德,读书黄华山寺,因自号黄华山主、黄华老人。有集名《黄华集》。他的诗文有师法,高出时辈。绝句小诗有清隽可喜的,如:

> 梨叶成阴杏子青,榴花相映可怜生。林深不见人家住,道上唯闻打麦声。(《河阴道中》二首之一)
> 南北湖亭竞采莲,吴娃娇小得人怜。临行折得新荷叶,却障斜阳入画船。(《采莲曲》)

赵秉文(公元 1159—1232 年),字周臣,磁州滏阳(今河北磁县)人,自号闲闲居士、闲闲老人。他成进士后,官至礼部尚书,有《滏水文集》三十卷,今存。他是继党怀英之后，与杨云翼代掌文柄者，故为金代末期重要文人。元好问谓："大概公之文出于义理之学，故长于辨析，极所欲言者而止，不以绳墨自拘。"他的诗，古风多拟作，而以拟陶渊明者为最多。这类诗直类抄袭，根本没有什么意义，如《仿摩诘"独坐幽篁里"》，亦是随前人脚步并字句而剽窃之者：

> 独坐幽林下，谈玄复观易。西日半衔峰，返照林间石。石上多古苔，山花间红碧。花落人不知，山空水流出。

至于拟陶诸作更毫无陶诗气味。倒是他的近体律绝，确还有其自己的意境与功力，试举几首为例：

> 因寻射雕垒，偶到杀狐川。卤地牛羊瘦，边沙草木膻。废城余井臼，古戍断烽烟。自说无征战，经今六十年。（《塞上》四首之二）
> 春水三山度，斜阳八字堤。河淤树身短，沙截草痕齐。地纳黄流大，天啣浚泽低。故人不见我，愁思使人迷。（《三山渡口》）
> 天垂旷野初疑合，地转深岩忽似穷。偶向高崖闻笑语，寒春一带夕阳中。（《赵桥》）
> 几家篱落枕江边，树外秋明水底天。日暮沙禽忽惊起，一痕冲破浪花圆。（《辽东》）

他的七言歌行写景纪游，气势奔放，有独到处，如《游箭山》：

> 天风吹雪下平田，纷纷逐马银杯翻。马亦喜风摇玉环，兴来不觉过青山。青山可望不可攀，长河镜里开烟鬟。浮云不见山顶相，想是落日孤云间。箭山峰头望碣石，东南海水不可极。六龙宾日半海红，长鲸驾浪掀天白。万峰回合处，九折十三盘。一溪初入山百转，万壑度尽松声寒。老苔万古带石色，枯松倒植苍苔裂。石门划断一峰开，犹向云端眺青壁。不见长安许道宁，披麻谁绘倚天青。又无天上谪仙金銮客，削瓜咏此晴岚碧。眼前安得此突兀，想象造化初开辟。诗人以来几人到，只说终南与嵩少。他年骑鹤归蓬莱，仰天却笑箭山小。

虽无突出的描写，而从各方面用比拟来刻画千山万壑的幽深奇险，也颇见工力。此外，游太宁山、冠山寺、北岳、华山，均属此类，而《游华山》最为宏肆，为时所称，诗长不录。

杨云翼（公元1170—1228年），字之美，乐平（今山西昔阳县西南）人。宋室南渡后二十年，他与赵秉文代掌金朝文柄，时号"杨、赵"。金宣宗完颜珣频年南伐，他直言极谏，虽不见听，论者以为无愧于王猛之谏苻坚伐晋。他在金末与赵秉文同为最有声望的文臣，但主要似在论议政事，诗文殊平平，尚不及赵秉文。

稍后于赵、杨的王若虚（公元1174—1243年，卒时金亡已九年）是金代一位文学批评家。他字从之，藁城（在今河北省）人。少师其舅周昂（字德卿），得其议论为多。他博学强记，诵古诗至万余首，他文称是。有《滹南遗老集》四十五卷，《续集》一卷，今存。他是金末最有根柢的学者，长于经史考证之学。其文集亦名为《滹南辨惑》，除辨经、史、杂事外，最重要的是《文辨》四卷，《诗话》三卷，足以见其文学思想。此外，杂文五卷（又续附一卷），就中只存诗四十一首。他不以诗名，且存者不多，但自有真性情，如《贫士叹》云：

　　甑生尘，瓶之粟，北风萧萧吹破屋。入门两眼何悲凉，稚子低
　　眉老妻哭。世无鲁子敬、蔡明远之真丈夫，故应饿死填沟谷。苍天
　　生我亦何意？盖世虚名食不足。试将短刺谒朱门，甲第纷纷
　　厌粱肉！

王若虚论文本于其舅周昂（见《金史·文艺传下》），主旨在"以意为之主，字语为之役"。他说："凡为文章，须是典实过于浮华，平易多于奇险，始为知本。"他于诗，最推服白居易和苏轼，而极不满于黄庭坚的江西诗派，其四绝句中有云："文章自得方为贵，衣钵相传岂是真？已觉祖师低一著，纷纷法嗣复何人！"而其赞颂苏轼则云："信手拈来世已惊，三江滚滚笔头倾。莫将险语夸勍敌，公自无劳与若争。"对于白居易则云："百斛明珠一一圆，丝毫无恨彻中边。从渠屡受群儿谤，不害三光万古悬。"在《诗话》中说："鲁直论诗，有'夺胎换骨、点铁成金'之喻，世以为名言；以余观之，特剽窃之黠者耳。"他说："古之诗人虽趣尚不同，体制不一，要皆出于自得。至其词达理顺，皆足以名家，何尝有以句法绳人哉？"所以特别反对黄庭坚"开口论句法"。他的最高明处是不崇古，不贱今，但求有以自立，则后人未必不如前人，故反对模仿。他说："世间万变皆与古不同，何独文章而可以一律限之乎？就使后人所作可到《三百篇》，亦不肯悉安于是矣。"他也注意文法、修辞，并进而辨文体，建文例，开后世文法学、修辞学、文章学的先声。总之，王若虚的文学理论大体是：尚平实，非奇险；重自得，恶模仿；主真是，不崇

古；要辞达理顺,斥雕镂浮华。

综上所述,金代诗人作品思想意境都不高,盖以那个时代的国家观念与民族观念而论,原为宋人或宋官而屈节降金事敌,为异国异族统治者效劳,其品格已低,自更不能也不肯写反映现实的作品,而只好在刻画景物等技巧方面下功夫了。

第四节　金代大诗人元好问

金末元初,真正够得上一个大诗人的只有元好问。他字裕之,号遗山,生于公元 1190 年,卒于 1257 年,时金已灭亡二十四年。他系出拓拔魏,故姓元氏,其血统实亦为少数民族,太原秀容(今山西忻县西北)人。他的一生正是金朝由盛而衰以至灭亡的后期。统治者日益腐化,争权夺利,互相残杀,其内部矛盾已十分尖锐;而人民所受压迫则更为残酷,故阶级矛盾尤为尖锐。对外,金朝一面与南宋对抗,屡次南侵;一面又值蒙古起于北方,向它进逼,腹背受敌,民族斗争也异常激烈。元好问在豪族的欺凌下,过着非常痛苦的生活,眼看人民遭受比自己更悲惨的命运,便产生同情和关切,因而反映在其作品中,成为这个时代的现实主义大诗人了。

元好问生父德明,号东嵓,有集三卷,已佚,今存诗四十首于《中州集》。好问生一岁,即出继于其叔,后即随叔官于冀州。十四岁,叔为陵川令,乃从陵川郝天挺(字晋卿)受学,专肆经传百家,不习时文,六年业成。乃下太行,渡大河,为《箕山》《琴台》等诗。赵秉文见之,称赏为"杜甫以来无此作",招至京师,名大震,时目为"元才子"。公元 1221 年举进士及第,不愿做官,往来箕、颍间,写了不少诗,为人传诵,比于苏、黄。自公元 1226 年为镇平令,后调内乡、南阳;最后入翰林,知制诰。未几金亡,年才四十五岁,遂不仕,直到六十八岁,过了二十三年的遗老生活而死。著作甚富,今存《遗山先生文集》四十卷,其中文二十六卷,诗十四卷,一千二百八十首(加续采补者共一千三百六十二首),另有词集《遗山乐府》三卷。此外,他所编选的《中州集》十卷,收录金代诗人的主要诗词,为研究金代文学的重要文献。

元好问古文学韩、欧,明达而无纤巧晦涩之语。其诗成就较文为高。郝经说:"汴梁亡,故老皆尽,先生遂为一代宗匠,以文章独步几三十年。"认为他是 13 世纪前半期(金末元初)北中国唯一最大诗人,实不为过。

元好问生活在蒙古和金源民族矛盾最尖锐的时期,金国屡遭挫败,一再迁徙,人民惨遭屠掠,经济凋敝,田野荒芜,他同人民一起经历国亡家破颠沛流离的痛苦,所以便能比较集中而深刻地把这种现实反映在诗歌里,为其前辈诗人所未曾有。

当金哀宗完颜守绪在位的最后几年,金国土地已被蒙古族建国二十余年的元朝侵占得几乎没有了。在此种政治形势下,元好问写了许多伤痛亡国的名作,如《岐阳三首》,其二云:

> 百二关河草不横,十年戎马暗秦京。岐阳西望无来信,陇水东
> 流闻哭声。野蔓有情萦战骨,残阳何意照空城?从谁细向苍苍问,
> 争遣蚩尤作五兵!

他在反映现实中,也表示了自己的愤怒,如《岐阳三首》之一说"穷途老阮无奇策,空望岐阳泪满衣",其三也说"三十六峰长剑在,倚天仙掌惜空闲"。在汴京被围时,他自己也受到极大困苦,甚至经常挨饿。但他所关心的主要还在:"焦头无客知移突,曳足何人与共船?"伤心的是"白骨又多兵死鬼",而痛恨的则是:"只知灞上真儿戏,谁谓神州遂陆沉!"在"九死余生气息存"之时,惟有愤恨地唱道:"秋风一掬孤臣泪,叫断苍梧日暮云。"公元1234年(甲午)正月,金亡。是岁腊月除夕,他写《甲午除夜》,还悲凉地幻想这个王朝能够恢复:

> 暗中人事忽推迁,坐守寒灰望复燃。已恨太官余曲饼,争教汉
> 水入胶船。神功圣德三千牍,大定明昌五十年。甲子两周今日尽,
> 空将衰泪洒吴天。

从此以后,他便只有黍离麦秀、无可奈何之感了。

他亲见蒙古兵屠戮人民、焚烧抢掠的种种行径,极为愤怒,诗中反映得最为全面,同情也最深。《癸巳五月三日北渡三首》是写得最具体而深刻的:

> 道旁僵卧满累囚,过去旃车似水流。红粉哭随回鹘马,为谁一
> 步一回头?
> 随营木佛贱于柴,大乐编钟满市排。虏掠几何君莫问,大船浑
> 载汴京来。
> 白骨纵横似乱麻,几年桑梓变龙沙。只知河朔生灵尽,破屋疏
> 烟却数家。

《续小娘歌十首》中,有些写蒙古军劫掳平民为奴,惨受虐待,求死不得,情形极为凄惨,如说"愿得一身随水去,直到海底不回头",可谓极矣。

元好问的诗也有不少是暴露和抨击统治阶级压榨人民的,最早的《箕山》诗已透露了他的不平,说:"人间黄屋贵,物外只自洁。……干戈几蛮触,宇宙日流血。"《宿菊潭》则表示关心人民疾苦,详细征询民隐。《宛丘叹》则专写官府逼索租赋之惨与人民希望有好官来拯救他们的心情。《雁门道中书所见》则以目睹的事实,通过生动形象的描绘,集中地反映人民遭受压榨之苦,显示了作者崇高的人道主义精神。其后半云:"食禾有百螣,择肉非一虎。呼天天不闻,感讽复何补?单衣者谁子?贩籴就南府。倾身营一饱,岂乐远服贾。盘盘雁门道,雪涧深以阻。半岭逢驱车,人牛一何苦!"比官之残民如虎。在《虎害》和《寄赵宜之》两诗里,写得更淋漓尽致。

元好问早期所写的这类反映阶级矛盾的诗,态度往往是纯客观的,写得也就不够十分深刻。中期正当蒙古入侵,他身为金民,深感家国沦亡之痛,所以写了一些激愤哀感颇为动人的作品,但缺乏坚强的反抗精神,表现了无可奈何的忧闷悲伤情绪,只能令人消沉、流泪,而不能激励士气。至于到他的后期,金亡元兴,虽未出仕,却也没有抗敌复国的念头,又不曾决心远引,隐居没世,所以便寄情山水,并时与新朝新贵往来唱酬,苟全残生,这时作品自亦逐渐减少了现实意义。因此,他晚年的作品便多是一些清隽的抒情写景近体小诗,有如王维晚期所作,艺术技巧虽高,而思想性却差得多了。

元好问早在二十八岁时还写过《论诗绝句三十首》,从汉、魏起,直到宋代的重要诗人,他都作了评述。这是自杜甫论诗六绝句后,系统地以诗歌形式论述诗歌的重要作品,从中可以看出他对于诗歌创作的现实主义态度。大致说来,他的主张是:一、好诗要有风骨,要慷慨激越,具清刚之气;反对浮靡雕琢儿女柔情之作。二、作诗要自然,要清新,既反对过于注重声律,也不赞成苦吟和多用典故。三、对宋人,他推崇欧阳修、梅尧臣,尤重苏轼,而反对江西诗派。但他对黄庭坚,也还给予了一定的评价。就他的议论看,也说明他是继承了中国历史上文学的现实主义传统,是具有进步思想的文学理论家与批评家。

元好问的词大致是学苏辛一派,而以吟咏情性为主的。《遗山自题乐府引》云:"乐府以来,东坡为第一,以后便到辛稼轩。"可见他的推崇所在。金亡以前,他的词有风云豪壮的,如《水调歌头》"赋三门津",也有情意缠绵的,如《迈陂塘》("问莲根,有丝多少");金亡后,他的词风有了转变,或为慷慨悲凉,如《木兰花慢》"游三台",或为消沉颓废,如《鹧鸪天》"隆德故宫同希颜、钦叔、知幾诸人赋"等。张炎尝谓:"遗山词深于用事,精于炼句,风流酝藉处,不减周、秦。"比元好问于周邦彦、秦观,似颇不伦,但他晚年少数绮艳之作,如《小圣乐》"绿叶阴浓",亦略近之。然而,无论如何,他的主要成就在于诗,而不在于词,虽然他的词在金元之际也是大家,毕竟没有新的突出成就,故不多述。

大约与元好问同时或略晚一些的北方诗人的作品,还有房祺编的《河汾诸老诗集》八卷,录有麻革、陈赓、陈庚、房皞、段克己、段成己、曹之谦、张宇等八位金朝遗老的五七言古近体诗,共一百九十八首。他们抗节林泉,人品既高,诗亦超然拔俗,大抵对亡国之痛都发出了苍凉沉郁的感喟或慷慨激昂的歌声,"绝无突梯脂韦之习,纤靡弛弱之句"。

第五节 董解元《西厢记诸宫调》

北宋末年产生了诸宫调这种讲唱文学的话本,它有曲,有白,能说,能唱,上承变文,下开弹词,为金、元北曲的先驱。诸宫调一出现就得到广大人民的爱好,宋、金、元时期极为盛行,但不为统治阶级士大夫文人所重视,故宋代的这种话本就完全失传了;而金、元两代,也只有《董西厢》尚属完整,《刘知远》近年仅发现一个残本,《天宝遗事》则只能看到若干佚曲了。

诸宫调在发展过程中,以用曲、押韵,特别是因伴奏的乐器不同,而形成南北异途,以后便也分别对南北曲有了不同的影响。过去学者不知道诸宫调这种文学体制,对《董西厢》颇多误解,给了一些不恰当的名称,如《西厢挢弹词》及《弦索西厢》之类,直到王国维才考证明确,定为"诸宫调",今称为《董解元西厢记诸宫调》。

《西厢记诸宫调》的作者董解元的生平几乎全不可考。大约他活动于金章宗完颜璟时代(公元 1190—1208 年),其名或谓"朗"(或"琅"),但并无确据。至于"解元",则是金元时代对读书人的尊称,并非名字,也不见得是会试中了举首的称号,而因此说他是金章宗时学士,更系附会。不过就其在这作品的"引辞"所说,还可约略了解他的生活和思想情况。他是一个放荡疏狂,不受封建礼法拘束的文人,经常醉歌狂舞,出入秦楼谢馆,与歌妓浪儿厮混,赋诗选曲,尤长于诸宫调,为众所推服。他最喜编撰爱情歌曲,不好朴刀杆棒、长枪大马之类的题材。他写这部崔张故事的诸宫调,自己相信它会有极大的艺术魅力。

金章宗时,南北有三十年的和平局面,北方社会生产恢复,都市繁荣,随着市民阶层所爱好的各种文学体裁的发展,便要求有文学修养的作者替他们编写话本歌曲,所以这类作品便产生了很多。各地举子到京应试的往往在功名不遂、生活艰苦时,就灰心仕途,而转向瓦肆勾栏讨生活,并参加了"书会",董解元也可能便是在这种情况下走上这条创作道路的一个讲唱文学作家。由于他长期和市民阶层生活在一起,他所写的这部作品无论形式、内容,便都能符合当时市民阶层的思想、感情、愿望和要求,与过去许多文人所写同一故事的各种体裁的作品大不相同。

《西厢记诸宫调》是一部长达五万字的说唱作品。说的部分用浅近散文作故事情节的叙述。唱的部分是用同一宫调的两支以上的曲子(其中必有一支曲子是"尾声")组成套数,再联合其他各个宫调的许多套数而成为一个整体的长篇。它刻画人物、性格,是用第三人称的叙述体而非第一人称的代言体。故此,它还只是由变文演进的说唱系统的"说话"技艺的话本,而不是戏剧文学的剧(曲)本。它的故事虽以元稹的《莺莺传》为本,却不受其限制,而是从生活中吸取了丰富的素材,进行组织、改变、发展、加工,具有极大创造性。因此,不论人物形象的塑造,故事情节的穿插,矛盾冲突的处理,乃至主题思想的体现,就都与元稹《莺莺传》的故事原型迥异。

《莺莺传》的故事内容和元稹对它的处理,这里无须复述。《董西厢》根本推翻了那种封建伦理观点的反动思想,把故事改成有情人终成眷属的美满结局。作者塑造了为追求美满的爱情生活而大胆地向封建礼教挑战的张生,使他和莺莺站在矛盾的同一方面,共同向代表封建势力的老夫人进行斗争,终于取得胜利。为使故事更合理,情节更曲折,矛盾更突出,更好地反映斗争的重要意义,作者着意地刻画了红娘,并加入了法聪这一有正义感且肯于舍己为人的形象,另外还创造了郑恒这个反面人物。至于塑造了法本、孙飞虎和白马将军杜确等形象,也大有助于情节的穿插与矛盾的展开。这些重要的改变,基本上已确定了较后的王实甫《西厢记》杂剧的轮廓,所以是《董西厢》的巨大成就所在。

作者在崔张圆满结合前,还让他们遇到许多挫折,这也是符合那个时代男女恋爱不自由的实际情况的,所以更显得真实,更能引起读者和听者的同情,增强反封建的斗争意志;而他们在最后终于取得胜利,也足以鼓舞并教育人们。至于根据人物的环境与性格,在原传的故事情节的基础上作了其他的修改与补充,如佛殿奇逢,月下联吟,普救解围,老夫人赖婚等等,也都是必要的,而且是合乎逻辑与事理人情的。

《董西厢》的艺术成就极高,主要表现在它所有的人物、事件、情节、场景都为主题思想服务,使整个作品的艺术性与思想性紧密结合,和谐统一。它通过矛盾斗争塑造了许多真实的、个性鲜明的人物形象,又通过这些形象及其相互关系,而显示了反封建礼教的进步思想。人物性格切合其各自的身世、经历和在具体事件中的地位与思想发展,所以,他们是有典型意义的,毫无公式化、概念化的毛病。

另一特点是抒情与叙事的有机结合。它虽是叙事诗,而抒情性很强,故能增强其感染力。有些叙事部分本身就洋溢着浓郁的抒情气息,如郑恒抢婚时,张生住在法聪处追思往事那一段就是。有时在叙事部分中,夹入纯粹抒情的插曲,使事与情、白与唱、韵与散紧密结合,融洽无间。如"长亭送别"中《玉蝉翼》一曲:

> 雨儿乍歇,向晚风如溧冽,那闻得衰柳蝉鸣凄切。未知今日别后,何时重见也。衫袖上盈盈,揾泪不绝,幽恨眉峰暗结。好难割舍,纵有千种风情何处说!〔尾〕莫道男儿心如铁,君不见满川红叶,尽是离人眼中血!

这些都能准确细致地表达人物心理和感情的变化。

还有,它充分运用了烘托和夸张的手法,尤其善于用景物和细节的描写来叙事抒情,使情、景、事有机结合,为主题思想服务。例如:"赖简"之后张生思念莺莺,"送别"之后莺莺思念张生,都有极好的写景的曲子。而烘托和夸张,更是中国古代作家特有的传统艺术手法,这部书里也用得最多、最好。如"闹道场"一段,通过众僧俗为莺莺的美貌所吸引而颠倒如狂的描写,极度夸张地烘托出莺莺姿容的美丽。只从僧众所表现的神态来描写,便使读者如亲眼看到美貌的莺莺一样。

它的曲词在语言上有惊人的艺术成就,其特点是:既生动婉曲,富有艺术魅力,又通俗晓畅,使读者或听者易于理解,受到感染。至其描摹人情物态,更是非常细致,恰合人物的身份与其所处的环境。如"送别"时三个套曲的〔尾〕都是。且举其一为例:

> 《大石调》〔尾〕满酌离杯,长出口儿气。比及道得个"我儿将

息",一盏酒里,白泠泠的滴够半盏儿泪。

作者有意识地向民间文学和口语学习了富有生命的语言,通过加工,创造了丰富、美丽、通俗易懂、沁人心脾的妙文。后来王实甫便是在这部杰作的基础上再行加工,而写出很多益臻美妙的动人曲辞的。有些王曲竟还不及董作哩。

这部作品成就极高,为金代第一大文,即在整个中国文学史上也是稀有的瑰宝,但不能说它完美无疵。孙飞虎兵围普救寺到白马解围,写得太长,未免过于烦琐。赖简之后,莺莺走了,张生竟向红娘说"如今待欲去,又关了门户,不如咱两个权作妻夫",未免近于胡闹,破坏了张生这个形象。其他小缺点也还有,但毕竟瑕不掩瑜,不能贬损整部作品的巨大意义和艺术成就。

与《董西厢》同时而略早的《刘知远诸宫调》残本是七十年前才发现,五十年前才被认识,二十多年前才影印出来,使我们得以对诸宫调作进一步的研究。它现存四十二页,约为原作的三分之一。它的作者也是和董解元同样不平凡的具有伟大诗才的人物,但竟连姓名也没有留下。它具有浑朴刚健的民间文学风格,用本色的俗语方言来讲唱五代时后汉刘知远由贫穷无依到处流浪的雇工,"发迹变泰"当了皇帝的故事,和《五代史平话》以及元末明初"四大传奇"中的《白兔记》所述是同样的内容,主要写刘知远和他妻子李三娘的悲欢离合。这是宋代以来民间流行的讲唱题材中,长久受到人民群众喜爱的历史故事。

诸宫调在金代中期以后最为流行,到元朝初期似乎就已为杂剧所代替,今所见的元人诸宫调只有王伯成《天宝遗事》佚曲五十四套,那已不属于金代文学的范围了。

金代还有所谓"院本"的"杂剧",似为范围较广的杂耍,也广泛地流传着并为人民所喜爱。它与后来元人北曲杂剧有密切关系,但今已完全不存,无从知道它的体制,更不能探讨其文学成就了。

第十一章　大戏剧家关汉卿及其剧作

第一节　元杂剧的兴起

在以前已经论述过的元代的历史条件下，文学出现了一个新的局面，乃是必然的发展。这时期，所有的传统文学形式，无论诗、词、古文，都失掉了它们的重要地位，不但作家少，作品不多，成就也很小，没有特色，没有光辉。代之而兴的，乃是在民间文学的土壤上成长壮大起来的元曲，尤其作为元曲的主干的元人杂剧，更是大放异彩，成为元代文学的灵魂，并在反抗民族压迫与阶级压迫中，起了揭露现实、鼓舞斗志的巨大作用。

元杂剧的形式来源于民间，是在我国丰富的古代文化基础上，综合了前代词、曲、歌、舞和各种讲唱文学的成就，经过民间长期的酝酿，又直接吸收了宋杂剧，特别是金院本的舞台艺术成果，而逐渐演化改造，丰富提高，成熟起来的。

唐代的参军戏，至宋发展为滑稽戏，专为讽谕之用，角色由两个增至五种以上，内容也较前曲折丰富，题材多样，逐渐形成完整的戏剧形式。南宋的"官本杂剧"虽然很多，但其实多为大曲、法曲和杂曲组成，甚至尚有杂耍，实际还不是后来的戏曲，当然更与元人"杂剧"有别。不过它已包含了把歌舞、戏曲和叙事结合在一起的歌舞戏在内，并成为元杂剧所由演进的雏形，在乐曲、角色及表演技法等方面对元杂剧有一定影响。北方的金院本则与杂剧的关系更为直接。这时，舞台技术已相当成熟，舞台设置和角色分工也都比南宋更加完备，故此，对于后来在大都兴起的真正戏曲的元杂剧，便更有直接而巨大的影响了。

就声律言，元杂剧的兴起，也便是北曲的兴起。所谓北曲，一部分是金朝统治下中国北方一带地区民间的俚歌小调，一部分是南宋所辖地区流传到北方的词曲。宋与辽、金分治，交通阻隔，各有其一种或多种流行的曲调，而由于方音之不同,有时同一曲调易地便发生腔调的变化,故南北曲的区分并非专看曲调的使用。实际上,无论南曲或北曲,都使用了唐、宋词及大曲,也都采用了诸宫调的曲子(当然,北曲与诸宫调为近亲,渊源较深,北杂剧所采用的曲调来自诸宫调者较南曲为多);所不同者,只在其各自通行的民间曲调,因此,区别亦主要在此。

宋杂剧既尚是以诙嘲为主的文艺杂要,故虽有人物的装扮,并表演一些情节,毕竟还很简单。只有出现了诸宫调,有曲有文,用以说唱大型故事,其唱词并有明显的代言体倾向,惟缺少角色和完备的代言性科白,才更接近了真正的戏曲。蒙古灭金后,这一体裁便被利用于表演复杂的故事,继金院本、南宋官本杂剧及温州杂剧而发展成为元代的真正戏曲的杂剧,完成了戏剧形式。于此可见,元杂剧是综合了以前各种文学艺术的成就,尤其是以民间文艺为主,在金院本的直接影响下,经教坊、行院、伶人、乐师及"书会才人"共同努力改进并创造出来的,是有歌、乐、舞、说白、对话、动作及完整的故事情节的一种综合性的舞台艺术。

元杂剧一般为四折和一个楔子,五折的和没有楔子及有两个楔子的是例外。一折如后世之一幕或一出,以一个宫调中的若干曲子(有引曲、有尾声)而组成的一个套曲。就我们今天所能见到的一百四十余本元人杂剧来看,每套曲调最多不曾有超过二十六支的,最少不会少于三支。楔子篇幅较小,一般只用一两支小曲子,并非长套,而大部分是宾白,其地位多用于开场,往往是全剧的要点或主脑,间也有用在折与折间,作为过场,联系剧情,埋伏线索,表明原因,成为一剧的脉络,有补助四折不足之义,但不尽如是。也偶有剧情复杂,故事较繁,非四折、五折所能尽的,则多至六折;或另写一本,甚至多到五本、六本,但每本仍保持四折,最多五折的惯例。

元杂剧是歌舞剧,是以唱为主的戏曲,通例一本戏由一个角色(正末或正旦)唱到底,即由一种角色主唱。偶然也有例外,才由其他角色配唱,但这种例外极少。因此,正末主唱的叫做末本,而正旦主唱的便称为旦本。正末与正旦是杂剧的主角,其余很多角色名目,便都是配角。

戏剧这时已经完全成熟,不但形式完备,而且出现了大批戏剧作家和很多优秀作品。据钟嗣成《录鬼簿》所著录,杂剧作家八十余人,作品四百五十八本,可谓盛矣。现存的还有一百几十本,虽只是当时作品的极少一部分,但已可从中看到元人在戏剧方面的巨大成就,为中国文学史增添了很多的光彩。

第二节　大戏剧家关汉卿的生平

关汉卿是元杂剧的主要奠基人，是整个这一时代戏曲运动的领导者，也是我国历史上第一个伟大的现实主义剧作家。他在 13 世纪后期继承宋、金的戏剧传统，创造了具备戏剧一切条件的新体戏剧——北曲杂剧，并以其毕生的劳动创造了丰富而光辉的作品，给后世留下了永不磨灭的文学遗产。可惜他生在那个野蛮统治下的封建社会，戏剧又是不为"正统文人"所珍视的民间艺术花朵，其作者就更不为统治阶级所尊重，甚至还受到鄙视与排斥、摈弃，以致关于他的生平几乎没有任何直接材料可供研究。连他的生卒年代、家世出身、居处活动，我们都难弄清，更不可能写出详细传记了。

据钟嗣成《录鬼簿》卷上所载"前辈已死名公才人有所编传奇行于世者"，五十六人中第一个人便是关汉卿。小传说："关汉卿，大都人，太医院尹，号已斋叟。"根据这现存唯一最早而比较可靠的材料，再参以其他侧面资料，可以综合出下述的轮廓：

关汉卿姓关，名（或字）汉卿，号已斋，或以同音而作一斋，自称已斋叟。原籍山西解州（金代为河东南路），流寓河北祁州（金代为河北西路，今为安国县）任仁村，祁州旧称蒲阴，元属中书省，而中书所属即可称大都，故关汉卿为燕人，一般也说他是大都人，大都即今北京市。他生于金末公元 1210年以后（金宣宗完颜珣贞祐年间至金哀宗完颜守绪的正大年间），故到元灭宋时，他已是近七十岁的人，到元成宗铁穆耳大德年间（公元 1297—1307年），他还活着，年近九十。他是由金入元的，金亡时，他已二十岁，可以称为金朝遗民。他可能是元代的医户，归太医院管，也许做过太医院的令史一类的小官，但不是在金代，而是在元朝。这种挂名的小官不会妨碍他搞戏剧活动的。在元代，医被列为第五等人，地位低于僧、道，兼以他是汉人，本是受着民族歧视与阶级压迫的。他在元初即有戏曲创作活动，一生写了六十种以上的杂剧，并且常自编、自导，甚至自己参加演出，可见他对元杂剧的兴起和繁荣是尽过极大力量的。和他经常往来的剧作家，知名的有杨显之、梁进之、费君祥、王和卿等，王实甫也很可能与他有一定的过从。后辈作家高文秀则深受他的影响。他的夫人也能作诗作曲。他和当时以善演杂剧闻名的女艺人朱帘秀有过往来。大约他一生多半是在大都的杂剧场和书会中借编演杂剧与黑暗政治作斗争的。晚年,当元灭宋将近二十年时,他曾到过杭州。他性格坚强,博学多能,对各种文艺无不精通,且爱艺如命,终身不肯放弃,故能写出那么丰富而多样的戏剧作品,并被后世称为元曲四大家(另有白朴、庾吉甫、马致远,或无庾而有后一辈的郑光祖)中的第一人。

关汉卿的性格与处世态度,可以从他的《不伏老》〔南吕一枝花〕散套里得到清楚的认识。〔梁州第七〕说:"我是个普天下郎君领袖,盖世界浪子班头。……我是个锦阵花营都帅头,曾玩府游州。"〔隔尾〕说:"我是个经笼罩、受索网、苍翎毛老野鸡,踏踏的阵马儿熟。经了些窝弓冷箭镚枪头,不曾落人后。恰不道人到中年万事休,我怎肯虚度了春秋!"而〔黄钟尾〕则是更明白、更真实、毫无掩饰的自叙:

> 我是个蒸不烂、煮不熟、槌不匾、炒不爆,响珰珰一粒铜豌豆。恁子弟每,谁教你钻入他锄不断、斫不下、解不开、顿不脱、慢腾腾千层锦套头。我玩的是梁园月,饮的是东京酒,赏的是洛阳花,攀的是章台柳。我也会围棋、会蹴鞠、会打围、会插科,会歌舞、会吹弹、会咽作、会吟诗、会双陆。你便是落了我牙,歪了我嘴,瘸了我腿,折了我手,天赐与我这几般儿歹症候,尚兀自不肯休。
> 〔尾声〕则除是阎王亲自唤,神鬼自来勾,三魂归地府,七魄丧冥幽。天哪!那其间才不向烟花路儿上走!

这一面既说明了他自己的生活趣味与生活情况,一面也表白了他的"偶优倡而不辞",实决心以此终身。结合他现存的其他散曲,如《大石调·青杏子》、《越调·斗鹌鹑》、《南吕·四块玉》等篇,可以证明他的这一切行径都是为了解除苦闷,求得心身的自由解放,并不能因此就误认他是一个醉生梦死、贪花迷柳的"风流浪子"或"浪漫才人"。他其实是以浪漫行径来掩盖他反抗现实的真实思想,借此避免统治阶级的注意。他一生写过六十多部杂剧,单就这样丰富伟大的创作成绩来看,已可证明他绝不是一个真正颓废的人。何况那些剧本的思想内容又是那么严肃、认真,具有重大的政治意义与坚强的斗争精神,就更可证明其作者是怎样一个不屈服于黑暗现实的人物了。

关汉卿一生所写杂剧到底有多少种?据天一阁抄本《录鬼簿》所载共有六十二种。另据曹寅楝亭本《录鬼簿》及其他有关资料,去同存异,又多出五种,共得六十七种。又相传王实甫《西厢记》杂剧,其第五本是关汉卿所续成的。这话不可靠,但他和王实甫是相识的好友,合作一部杂剧也是有可能的事,只是这本《张君瑞庆团圆》却并不像出于关的手笔。在这六十多本中现存的还有十八种,学者认为其中《尉迟恭单鞭夺槊》不是关作,而《刘夫人庆赏五侯宴》和《包待制智斩鲁斋郎》也有人怀疑。一般可以肯定的还有十五种,即:《单刀会》、《西蜀梦》、《玉镜台》、《裴度还带》、《哭存孝》、《陈母教子》、《蝴蝶梦》、《谢天香》、《绯衣梦》、《救风尘》、《诈妮子》、《拜月亭》、《望江亭》、《金线池》、《窦娥冤》。此外还有三本存有一部分佚曲。这十五种中仍还有少数剧本曾有人怀疑,但多数是无可置疑的。就中旦本约占三分之二,末本仅三分之一。可见他最长于写女性,故以妇女为其剧本中心人物的特别多,但她们的流品不同,性格类型各异,内容极其丰富,揭露和批判现实也因而非常深刻。

第三节　关汉卿杂剧的思想和艺术

就现存的被指为关汉卿所作的十八种杂剧而论,最成功、最优秀的代表作首推《感天动地窦娥冤》。这大约是作者晚年的作品。它有巨大的感人力量,因为它揭露的矛盾最为深刻,而在封建社会则是具有典型意义的。这一本杂剧是中国戏剧史上最著名的悲剧,几百年来一直在舞台上以各个时代各个地方的多种戏曲形式上演,鼓励着并教育着被欺侮、被压迫的广大善良的妇女和劳动人民。即使到现在,也还在许多地方剧种中,作为保留剧目,不时地上演,对今天和今后的人民至少还有认识作用。

除开这本《窦娥冤》,其余十七种,就题材分类,计有:

一、写男女关系的,其中有 1. 写妓女生活的,如《救风尘》、《金线池》、《谢天香》;2. 写其他女性生活的,如《望江亭》、《诈妮子》、《拜月亭》、《玉镜台》。

二、写官场黑暗和社会矛盾的,如《蝴蝶梦》、《绯衣梦》、《鲁斋郎》。

三、写历史故事的,如《单刀会》、《西蜀梦》、《哭存孝》、《裴度还带》、《陈母教子》。

这样分类并不科学,譬如《救风尘》和《望江亭》的主题也都是反映社会矛盾的。其实任何戏剧都不能不是反映社会矛盾的,只是方面不同,重点不同,问题大小不同,挖掘深度不同,表现方法不同,人物阶级阶层不同,事件性质不同而已。

关汉卿的杂剧多是以妇女为主角的,而娼妓、婢妾、童养媳及其他被压迫、被污辱、被损害、被践踏最甚的妇女更是他写的重点对象。关汉卿不只熟悉她们的生活,对她们的遭遇寄予最大的同情,而且他对这些挣扎在社会下层的妇女的看法,也是与一般人不同的。他总是以肯定的态度,把她们作为正面人物处理,极力写她们的智慧、勇敢、坚强与反抗精神,特别是写她们的正义感。《窦娥冤》是以原为童养媳的青年寡妇为中心人物的大悲剧,而《救风尘》则是以妓女为中心人物的最成功的喜剧,两者相互辉映,成为关汉卿两部不同方面的代表作。

《窦娥冤》写楚州一个穷秀才窦天章因欠下蔡婆高利贷款五两银子,把唯一的弱女窦娥送去做童养媳抵债,那就是这剧的主角。窦娥十五岁与蔡婆的儿子成亲,不到两年,年轻的丈夫死了,又成了小寡妇,和老寡妇婆母蔡婆过着寂苦的生活。后因蔡婆向赛卢医讨债,几被勒死,恰为凶恶的无赖张驴儿父子撞见救下,他们竟乘机进到蔡婆家中,要挟她婆媳招他们父子为赘婿,窦娥坚词拒绝了。张驴儿打算找机会药死蔡婆,强占窦娥,不料竟药死了自己的父亲。他又借机威胁窦娥,又被坚拒。张驴儿便到官府诬告窦娥毒死公公。窦娥虽被严刑拷打,终不招认,后因不忍蔡婆受刑,才屈招了。谁知竟被贪昏的太守桃杌判处死刑。临刑,窦娥发下三大誓愿:一要丈二白练悬在旗枪上,刀过头落,颈血飞上白练;二要在这六月天降大雪遮盖尸首;三要在她死后这楚州大旱三年。三愿后皆应验。这时,她父亲窦天章已做了肃政廉访使,来楚州审查旧案,她以鬼魂出现,向父控诉,终获平反,使全案有关的贪官与凶犯都受到应得的惩罚。

剧本故事虽以《说苑》“东海孝妇”及《搜神记》的记载为依据,但完全未受故事原型的限制,而是由作者根据主题的需要,大大加以改造。它通过窦娥对张驴儿父子和贪官的斗争,一面深刻地揭露了当时政治的黑暗和由此所造成的社会混乱,一面塑造了一个十分善良而又具有强烈反抗精神的窦娥的英雄形象,表现了中国人民对黑暗统治势力坚决不屈的斗争。除掉这些主要的为剧本集中表现的问题以外,它还广泛地触及了另外一些方面的社会矛盾与罪恶,如依附于这种反动、野蛮、残暴的异族政权下,活动于这种社会之中,与贪官污吏互相勾结、利用、欺压善良人民的流氓、恶霸等黑暗势力,以及极其苛刻的高利贷剥削等等。而随着对这些罪恶的暴露,作品也塑造了另一批鲜明的反面人物形象,如张驴儿、赛卢医等。

《窦娥冤》是在元代那样阶级矛盾和民族矛盾纠结在一起,统治者残酷压榨人民的社会情况下产生的。它所描写的正是这样的现实,所以是一部富有时代精神的伟大作品。剧本的主人公窦娥就是被作者放在那样一个混乱的社会里,生活着、斗争着,并完成了她的性格的发展的。这样的形象乃是对封建统治者及社会恶势力坚决反抗、勇敢不屈、顽强到底的典型,完全可以代表中华民族传统的反抗强暴不屈不挠的顽强精神。

窦娥是一个出身于书香门第的少女,自幼做了人家的童养媳,性格非常善良,本来就会在虽然寂苦却是"正常"的"和平"生活下度过她寡妇的一生的,忽然撞进了张驴儿,于是通过以后的斗争,便发展并成长了蕴藏在她的精神中的那种正直、刚强、坚决、勇敢的反抗性格。她的短短的一生是苦难的一生,她的命运代表了封建社会中千千万万被压迫的妇女的悲惨命运;她的斗争道路也是旧中国妇女所应该选择的道路。戏剧的结局是个悲剧,也完全符合那样社会的现实。所有这一切,都是具有典型意义的,因而也是现实主义的。然而,如果到此为止,这个剧的作用就仅只限于揭露和鞭挞黑暗的恶势力,而缺少鼓励人民斗志的力量。因此,在最后一折作者又用浪漫主义的手法,表现窦娥直到死后还顽强地与黑暗势力进行斗争,终于用自己的力量雪冤复仇,这是完全符合人民的愿望的。在窦娥身上,我们看到了中国人民的善良品质和巨大力量,特别是看到了中下层被压迫者的觉醒。这是十分可贵的。

窦娥死了丈夫,给了她严重打击。虽然封建礼教使她想不到改嫁,但现实生活的痛苦也给了她一点觉醒的因素,尽管是极微弱的萌芽,毕竟不能不承认它是使她反抗现实的开始。第一折〔仙吕·点绛唇〕说:"满腹闲愁,数年禁受,天知否? 天若是知我情由,怕不待和天瘦。"她自叹道:"长则是急煎煎按不住意中焦,闷沉沉展不彻眉尖皱,越觉的情怀冗冗,心绪悠悠。"(〔混江龙〕)真的,"似这等忧愁,不知几时是了也呵"。她只能归结到自己的"八字儿"不好,或者"前世里烧香不到头",所以"今生招祸尤",无法改变,也只得安心忍受,"早将来世修",于是决心"将这婆侍养","将这服孝守"。这既表现了她的痛苦,也表现了她的善良和坚定,而这正是中国封建社会一切被压迫的妇女的典型形象。

黑暗的现实不允许她这样活下去,还有更大的灾祸向她袭击,于是她又在接受这些新的苦难中不断提高了反抗与斗争的决心,并且逐步地却又是很快地觉醒了。她的性格便在这一系列斗争中,得到锻炼,迅速地发展、成熟了。

张驴儿父子闯进她的生活中,当她的婆婆要她屈服于暴力之下时,严重的矛盾完全落在她一个人头上了,不容她犹豫回避,她必须立即决定:屈服还是斗争?面临这个紧要关头,她一下就从忧愁苦闷中振作起来了。她没有向突然袭来的灾难低头,而是勇敢地站起来,向威逼着她的一切敌人和恶势力,进行坚决不屈的斗争。

她先是劝说婆婆不要嫁给张驴儿的父亲,后来当蔡婆反过来说"不若连你也招了女婿吧"的时候,她却斩钉截铁,词气严峻地答道:"你要招,你自招,我并然不要女婿!"对张驴儿,她只做不理,还严斥道:"兀那厮,靠后!"凛若冰霜,毫不可犯。她表现得十分清醒,又十分坚强,已经开始显示她的性格特征。在第二折里,当张老中毒而死时,蔡婆慌得哭道:"孩儿,这事怎了也?"她却冷淡地道:"我其实不关心,无半点恓惶泪。"并劝婆婆说:"休得要心如醉,意似痴,魂飞,手慌脚乱,哭哭啼啼。"多么镇定、刚强!她的性格正是在反抗恶势力的斗争中成长起来的,冲突愈剧烈,矛盾愈尖锐,她斗争愈勇敢,性格便愈坚强。事件的主要矛盾在于张驴儿要强娶窦娥,窦娥则坚决不嫁。一个是泼皮半生的流氓,一个是刚强勇敢的典型妇女,矛盾越来越尖锐了。

张驴儿意外地药死了自己的老子,便借机诬陷窦娥,但窦娥不是可以吓唬的,她一口堵住道:"自药死亲爷,待要唬吓谁!"于是诡计不遂,张驴儿便要借官府来逼她就范,要她答应"早些与我做了老婆我便饶了你"。岂知窦娥更理直气壮地回绝道:"我又不曾药死你老子,我心上无事,情愿和你见官去!"她这种反抗横暴的性格确是坚强极了,但长期在封建社会的压迫桎梏中生活的人,她的彻底觉醒还有待于经过一些实际的教训。她这时对统治阶级的官府还毫无认识,竟幻想官府能主持正义,使自己得伸冤。她想的完全错了,那个楚州太守桃杌恰是昏庸贪鄙的官吏的典型,竟使出残酷的手段来对付她,以无情的大棍子三次把她打昏,真是"一杖下,一道血,一层皮",直打得"肉都飞,血淋漓,魂魄散",但她仍然不肯屈招。最后,她的善良使她为了免除婆婆被屈打,而自己诬招了毒死张老的罪行,她明知因此将要做个"衔冤负屈没头鬼"。她这时已经认识到官府黑暗、官吏昏贪的现实,要公道只好靠天,认为"冤枉事天地知",但从自己的"没来由犯王法,葫芦提遭刑宪",就连天地也怀疑、抱怨起来了!"叫声屈、动地惊天。怎不将天地也生埋怨!天也,你不与人为方便!"她真正彻底觉醒了,对天地和宇宙间的一切都否定了,因怨愤而予以咒骂:

〔滚绣球〕有日月朝暮悬，有鬼神掌着生死权，天地也，只合把清浊分辨，可怎生糊突了盗跖、颜渊。为善的受贫穷，更命短；造恶的，享富贵，又寿延。天地也，做得个怕硬欺软，却原来也这般顺水推船。地也，你不分好歹何为地？天也，你错勘贤愚枉做天！哎！只落得两泪涟涟！

这种态度实际是对于现实黑暗社会的全面而彻底的否定，这觉醒与怒吼已成为窦娥对黑暗现实和反动统治阶级最有力的抗议和最强烈的鞭挞。

窦娥的觉醒是彻底的，所以她的反抗也是坚强到底的。临刑前，她发下了三个誓愿，并不是寄望于"湛湛青天"，而是表明了她相信人力可以回天。所以她说："若没些儿灵圣与世人传，也不见得湛湛青天。"这灵圣正是她自己的精神力量所化成，是她"定要"以自己的怨气感动上天，使一切事物突破常理、常规。她说："你道是天公不可期，人心不可怜，不知皇天也肯从人愿。"分明说天也要受人的支配，服从她的愿望。

作者还以浪漫主义的手法，按照广大人民群众的愿望，把故事发展到窦娥死后，使她的灵魂继续与反动黑暗势力进行不懈的斗争，直到正义得伸、大仇已报，才结束。她向已做了两淮提刑肃政廉访使并来到这楚州"审囚刷卷，体察滥官污吏"的父亲窦天章自诉冤屈，揭露现实，并表示对恶棍的深仇大恨。她还说："衙门从古向南开，就中无个不冤哉。"仍是否定一切的态度。她还嘱咐父亲要"将滥官污吏都杀坏"，好为"万民除害"，可见她的斗争是代表广大人民的，而非仅从个人仇恨出发，也增加了这个形象的光辉。

这本剧之所以被称为中国古典遗产中最优秀的代表作，就是因为它完成了一个能够代表中国人民优秀善良品质及英勇反抗精神的窦娥的伟大形象，而这个高贵的灵魂又长期地鼓舞着中国人民，向一切残暴的恶势力及民族的敌人进行不屈不挠的斗争，并坚定其胜利的信心。它之所以能够达到这样高的成就，主要是作品的思想性强，而且艺术水平也能与之相应的缘故。

《赵盼儿风月救风尘》描写被侮辱与被损害的年轻幼稚的妓女宋引章受了花花公子周舍的欺骗，抛开了真心爱她的书生安秀实，不顾自己的结义姐姐赵盼儿的忠告，而嫁了周舍。周舍百般虐待她，她只得求救于赵盼儿。盼儿以自己的美丽和机智巧妙地赚过了周舍，救出了引章。剧本通过赵、周两人的斗争，生动而曲折地展开了剧情，最后盼儿取得了胜利。全剧充满了轻松、活泼的气氛，以极幽默的情节和语言嘲讽了统治阶级的愚蠢，否定了表面强大、实际衰朽的黑暗势力。作者在剧中主要写赵盼儿,塑造了一个机智、老练、侠义而勇敢的女性形象。她虽长期过着行院生活,但并没有因为自己是个妓女便丧失正义感与勇于斗争的优秀品质;相反的,痛苦的生活经历使她深刻地认识到黑暗社会中反动统治阶级的真实面貌,并能保持经常的警惕,也锻炼了她应付一切复杂局面的斗争能力,使她既有深谋远虑,又能随机应变,毫不慌张。

作者笔下的赵盼儿形象非常真实,符合她的环境和经历。她曾热烈地向往着自由幸福的生活,想找个知心的爱人,托以终身;但事实教训了她,这只是永远要失望的幻想。当她知道年轻不懂事的宋引章受周舍诱骗时,曾劝道:

> 你道这子弟情肠甜似蜜,但娶到他家里,多无半载周年相弃掷。早努牙突嘴,拳椎脚踢,打得你哭啼啼。(〔胜葫芦〕)

那时,"船到江心补漏迟",最好"事要前思免后悔"。但宋引章不听。果然嫁过门以后,被周舍先打了五十杀威棒,直打得"看看至死,不久身亡"。后来,引章因"朝打暮骂,禁持不过",才求救于盼儿,盼儿恨她先不听劝,本想不管,但一想到姊妹们的共同命运和她们之间的义气时,就触动了她的正义感,挺身而出,设计搭救引章。作者写赵盼儿与周舍的斗争,热情地歌颂了盼儿的机智和老练,歌颂了她的计谋的巧妙,安排的周密,处变的镇定,以及取得胜利的欢欣。盼儿用周舍的欺骗手段制服了周舍,使他处处陷入自己的圈套中,最后落得个"尖担两头脱"。这种"即以其人之道还治其人之身"的方法,就盼儿来说,也是完全符合现实生活的逻辑的。

周舍的性格非常复杂:他虚伪、狡诈、残忍,正是一个统治阶级中花花公子的典型。为了骗取宋引章的欢心,他可以夏天替她打扇,冬天为她温席,为她"提领系、整钗环"。而一旦骗到手之后,便先打了五十杀威棒,并表示"我手里有打杀的,无有买休卖休的",甚至说"丈夫打杀老婆,不该偿命",立刻暴露了他的阶级本性。他是一个花天酒地惯熟的流氓,有丰富的市侩经验和狡诈手段,所以又是极不好惹的。作者就在这些地方深入地刻画了他的性格。但不管他怎样厉害,要比起赵盼儿,却还是斗不过的,因为正义的力量是必然要取得胜利的。赵盼儿首先抓住他好色的弱点,沉着机警,终于斗倒了他。

这个剧本一面深刻地揭露了统治阶级的虚伪和残忍,一面歌颂了向来存在于被压迫阶级中间的同情和义气及下层人民的善良、机智与勇敢的可爱性格。剧本虽是一个喜剧，充满幽默气氛，但在笑声中却潜存着严肃的主题，写出了极其重大的现实内容。

关汉卿这位伟大戏剧作家不仅善于写妇女，也一样地能写其他种种人物，而且都写得非常出色。他写了勇猛无比的壮士，也写了正直无私、善恶分明的清官等等。

《关大王单刀会》写关羽这个英雄人物就极其威武，豪迈惊人；而《关张双赴西蜀梦》则入情入理，凄楚感人。《单刀会》里，关羽唱的几段抒情歌词最为雄壮，如〔双调新水令〕：

> 大江东去浪千叠。引着这数十人，驾着这小舟一叶。又不比九重龙凤阙，可正是千丈虎狼穴。大丈夫心别，我觑这单刀会似赛村社。

关汉卿的杂剧具有高度的思想性，是伟大的现实主义作品。作为时代的镜子，这些剧本反映了当时广阔的社会生活面貌，不论是什么题材，写什么内容，也不论以什么人物为主角，都无不反映那个时代的社会现实。它们的思想性就表现在其现实性、人民性和战斗性上。他的任何一本杂剧都突出地表现了反对黑暗的社会制度的主题。作者的深邃的观察力使他在作品中触及了当时的社会生活中许多根本性的问题，并能在一定程度上揭露其本质。

作者长期生活在社会底层，与广大被压迫的群众一道受着民族和阶级的双重压迫，所以能认识现实，从而便能深刻地暴露并彻底地批判现实。他塑造了许多反面的典型形象，包括贪官、污吏、地主、恶霸、流氓、无赖、地痞、淫棍。对于他们，他都给予无情的嘲讽、斥责、咒骂和鞭挞。

与此同时，他对广大人民，尤其对一切被压迫在社会下层的受难者则寄予深切的同情，并歌颂他们公正、善良、坚强、勇敢的优秀品质和顽强的反抗精神，表现了作者强烈的人道主义和初期的民主思想。对于正面人物，如窦娥和盼儿，他极力加以歌颂；而对于反面人物，如张驴儿、桃杌、周舍，则给予无情的嘲弄或更严厉的处置，以至被铲除、被消灭，完全符合人民的愿望。他也塑造了像关羽那样英雄的形象，表彰了他们的大无畏精神与高贵的坚贞志节，寄托了作者自己的理想，也鼓舞了人民的斗志。另一方面，他也批评了那些怯懦妥协的人，如《窦娥冤》中的蔡婆便是。

关汉卿杂剧的巨大成就,不仅表现在其高度的思想性上,也表现在完美的艺术形式和卓越的艺术技巧上,而更重要的是两者的紧密结合与高度统一。他的许多剧本都带有浓厚的浪漫主义色彩。《窦娥冤》后半部许多情节都是现实生活中不可能出现的。然而,谁会怀疑那些事情的真实性呢?谁会反对故事情节那样发展呢?无疑的,那是完全符合人民的愿望的,因而,那样发展不但是可以允许的,而且是完全应该的,合情合理、深刻动人的。

他所塑造的各种人物形象都是很典型的,既具有其阶级属性,也各有其鲜明的个性。他善于通过剧情冲突刻画人物性格,反映社会矛盾。代表对立的阶级的正反面人物在情节冲突中一步一步地形成了各自的性格,所以这种个性就与当时的社会关系有着不可分割的联系,而不至于流为公式化、概念化。他也随时从对比中,从不同人物对于同一事物的不同感受、不同理解和不同反应中,来表现人物的性格特征。在他的杂剧中,人物的多样化达到惊人的程度,每种人的阶级本性虽或相同,品质也大致一样,但读者却绝对不会把人物混淆,这就是人物个性不同的具体证明。

他的杂剧都是戏剧性极强的,所以适于上演。它们一般是剧情曲折、变化大,往往很奇突地出人意外地出现一个大转变,但又非常合情合理,并不违背事物发展的客观规律。而且剧本结构谨严,穿插得当,所以精炼紧凑,无支离零乱之弊。他善于用烘托的手法刻画人物,而不完全靠对人物自身的正面描写。此外,戏剧所特有的插科打诨的手法本是戏剧的漫画,既轻松、幽默,又严肃、辛辣,也产生了显著的舞台效果。而作为杂剧的主要条件的唱词,也因作者通晓音律,所以更能掌握曲调,配合剧情,制造适当的气氛。

关汉卿确实是一位语言艺术巨匠。他运用口语极其纯熟,字字本色。在他的杂剧里,无论曲词或说白,都极朴素、明朗、新鲜、活泼,而且通俗易懂,富于表现力。他把口头语言作了适当的加工提炼,但毫无雕琢之痕。在加工过程中,他也吸收了古典文学语言中有生命的东西,来丰富并增强作品的色泽和韵味。他的曲词有雄壮的,也有艳丽的,还有十分清雅俊逸的,一切均按照剧情和人物性格的需要而定。既不勉强做作,也不草率敷衍,可谓恰到好处。

关汉卿对我国戏剧作出了杰出的贡献。他是早期杂剧创始人之一,杂剧到他手里才完全成熟、定型。他以惊人的毅力,毕生从事剧作,共写出六十多种剧本,前无古人,后无来者,至今尚没有第二个人有这样多的剧作;

至于质量,也很少有人能和他并列。他的许多作品,不仅当时受人民群众欢迎,还流传到后世,长期在舞台上演出,得到人们的喜爱,给人以强烈的美的享受,也给人以多方面的启发、教育和鼓舞。他的作品是我国文学史上尤其戏剧史中的瑰宝,是后世剧作家吸取营养的永远不竭的清泉,我们必须很好地学习、继承,并予以发扬、光大,以丰富我们的社会主义文学。

第十二章　王实甫和他的《西厢记》

第一节　王实甫的生平及其作品

　　和关汉卿同为元初杂剧大作家的王实甫是传诵千古、妇孺皆知的《西厢记》的作者，其生平事迹也与关汉卿相似，几乎全无可考。据天一阁明抄本《录鬼簿》云："王实甫名德信，大都人。"此外就再没有更详细的记载了。近人据苏天爵《滋溪文稿·元故资正大夫中书左丞知经筵事王公行状》所载"父德信"的话，以为王德信就是元代名臣王结之父，因而说王实甫名德信，是王结的父亲，易州定兴人，徙家中山（即今定县），曾做过县令，后拜陕西行台监察御史，与台臣议不合，四十余即弃官不复仕。累封中奉大夫，河南行省参知政事，护军，太原郡公。至元三年，他还在世，至少应为八十岁。由此推算，其生年当为公元 1257 年以前，即金亡后二十五年左右，距元之灭宋统一中国约二十年。然而，这材料是否可确认为就是关于《西厢记》作者王实甫的，尚不敢断定，所以他的生卒年还不能由此确定。不过，就《西厢记》的文字中考订起来，这书的写成正是元人杂剧的黄金时代大德年间，假如王实甫就是王结的父亲德信，这时年岁也当在四五十之间，与上引"行状"所说"年四十余即弃官不复仕"相合。在那样年岁，他正可安心创作，编写剧本。明初贾仲明续编《录鬼簿》时，曾做一首《凌波仙》挽词云：

　　　　风月营、密匝匝列旌旗，莺花寨、明飚飚排剑戟，翠红乡、雄纠纠施谋智。作词章风韵美，士林中等辈伏低。新杂剧，旧传奇，《西厢记》天下夺魁。

这里的"风月营"、"莺花寨"、"翠红乡"等都是元代官妓聚集的地方，王实甫既在这些地方活动，可见他非常熟悉妓女和伶妇们的勾栏生活，与关汉卿同样是"书会才人"，而《西厢记》杂剧在当时就已为士林推服，名满天下了。

　　王实甫所作杂剧,据曹楝亭本《录鬼簿》著录为十四种,别的本子和《太和正音谱》均缺《娇红记》,而为十三种。在这十三种或十四种剧本中,现存的除《西厢记》(全名《崔莺莺待月西厢记》)一种为五本外,还有《四丞相高会丽春堂》和《吕蒙正风雪破窑记》,共三种。另外,还可看到《韩彩云丝竹芙蓉亭》的遗曲〔仙吕〕一套及《苏小卿月夜泛茶船》的遗曲〔中吕〕一套,大约各为杂剧的一折,而缺其科白。其余尚有七种可以考知其本事,另一两种则连本事也不得而知。《丽春堂》演金代宰相乐善与统军李圭释怨会饮丽春堂事,这故事本无史实可据,两人名字亦不见《金史》,内容也无大意义,但曲辞有可取处。《破窑记》写吕蒙正未达时居破窑中娶刘员外仲实之女月娥,及白马寺赶斋,为刘员外所不礼,后应试得中,翁婿间经过解释,言归于好。这是宋元以来残曲和说唱文学传统的故事题材。它描写封建社会中嫌穷爱富的世俗及月娥坚持与吕蒙正过艰苦生活,不肯屈服,都是很好的;但它把吕蒙正的获得上进,归功于刘员外的有意帮助,却是非常牵强的。这剧本对后世影响很大,明代《彩楼记》传奇和今尚流行的川剧、湘剧都有搬演同一故事情节的戏,显然均是以它为祖本的。

第二节　《西厢记》的人物形象与进步思想

　　《西厢记》是杂剧中罕见的大型作品,共五本,二十一折。第一本,一个楔子、四折;第二本,五折;第三本至第五本,亦皆一个楔子,四折。它不仅是王实甫的代表作,是元人杂剧的杰出成就,也是我国文学史上一部戏剧名著。除掉它打破了杂剧通常以四折一个楔子为定格,在形式上是突出的以外,它的思想内容也是进步的,而艺术的成就尤为卓越。因此,它对后世有着广泛而深远的影响,成为元杂剧的第一名作。

　　《西厢记》的故事虽出于唐元稹的《莺莺传》(或名为《会真记》),并自唐至宋早为世所熟悉,又经民间及文人以各种讲唱体裁和各种诗文写成很多作品,但到金代董解元《西厢记诸宫调》才把它大大发展了,甚至改变了主要情节,把悲剧的结局改成团圆的喜剧结局,其主题思想遂与原作大不相同,因而加强了作品的现实意义。王实甫的这部杂剧实以《董西厢》为蓝本,但它把第三人称的叙述体说唱文学改编成了第一人称的代言体戏剧。此外,他也补充了更多的细节,修改了董作中还不够合理的地方,使故事达到完全成熟圆满的地步。这是继董作之后又一次总结性的继承和发展,也是对崔张爱情故事更大的创造性的加工。

不仅如此,王实甫《西厢记》的人物较诸元、董作品更为真实而典型,在性格的塑造上有了更多的加工,所以形象就愈为鲜明、清楚,特别是突出了红娘,她的活动几乎是掌握全局的。在这里,莺莺的能够冲破封建藩篱,大胆地进行斗争,在很大程度上是依靠红娘的鼓励与帮助的。还有由普救寺突围给白马将军寄书的惠明和尚,见义勇为,临难不惧,也是王著所精心刻画而得到极大成功的,亦为《董西厢》中法聪所不及的。

这部杂剧是以歌颂反封建的爱情婚姻为主题的。它通过崔、张爱情婚姻的故事揭开了封建社会中的主要矛盾,其对立面是站在统治地位的剥削阶级封建压迫者和坚持反抗、反对封建礼教制度的新生的青年一代。作者怀着鲜明的爱憎,站在新生力量这方面,热情地歌颂了他们反抗斗争的胜利。它鼓舞了当时和后代千百万青年男女为争取自己的幸福生活而斗争。可以肯定,这剧本的基本主题是反封建的。而这一具有现实意义与进步思想的主题,是通过其全部故事情节和出色的人物形象的描写与塑造而表现出来的。

《西厢记》中的人物,一面是代表封建势力的老夫人;一面是代表青年一代而争取爱情婚姻自由的反封建势力的莺莺和张生及其同情者与帮助者红娘与惠明等。作者根据人物性格内在发展的逻辑来描写人物,根据人物在事件发展中的内心冲突来刻画性格,塑造形象,而不是静止地描写人物。人物性格是在不同的社会环境中逐步形成的,由此便引起了故事的矛盾发展;反过来,通过故事的矛盾发展又能深刻地刻画人物的不同性格。在相互影响与促进之下,矛盾展开了,情节发展了,人物性格深刻化了,形象也随之鲜明起来了。思想性就是这样自然地表现的,所以产生了巨大的感染力。

莺莺是相国小姐,长期关在封建牢笼的闺房里,虽有追求爱情和自由的炽热的愿望,却不能轻易地表达出来。但是,埋在灵魂深处的幼苗一遇到适当的雨露和土壤,就会很快地滋长,这就是剧情发展的必然性因素。作者写她美貌是与她内心的美丽统一的,所以她的形象就更能显示出巨大的艺术效果。作者写莺莺的美,首先是用传统的衬托手法,写别人为她所吸引以至于痴呆,然后从张生眼里写她的容貌、妆饰、态度和行动。由间接形容进入正面描写,再从形貌的美转到精神品质的美;两者互相渗透,密切结合,而达到统一,于是使读者更感到她的完美可爱。"寺警"一折写莺莺在孙飞虎围寺时提出"五便三计",不但分析问题精细透辟,显出了她的才识,而且为了一家老小的安全,也为了保全僧众与佛殿,她情愿牺牲自己,更突出其舍己为人的崇高品质。

藏在莺莺心灵深处的爱情根苗,既是任何力量都不能长期压制住的,所以一切内在的和外在的冲突便终究要产生,而她的叛逆性格便自然一步一步地显示出来,并逐渐滋长与成熟。她对张生的爱不是偶然的捏合,而是必然的发展。以一个封锁在相府里的多情多才、聪明美丽的少女,对于才貌双全而又淳朴真诚的青年,自然易于钟情,何况这个张生又曾仗义救过她全家的性命并且自己母亲有诺言在先。一种正义的感激及崇敬更增加了她对张生的爱。她"自见了那生,便觉心事不宁","不由人口儿里作念,心儿里印",显然她的爱情根苗已开始冲破封建礼教的罗网,从内心里爱上了张生。她还有更进一步的大胆想法:"谁肯把针儿将线引,向东邻通个殷勤?"其后,"赖婚"的愤慨,"琴心"的幽怨,"闹简"的狡黠,都说明了她内心里充满了矛盾,也说明了她的反抗意识正在滋长,而旧的封建礼教的影响还在暗地作祟,阻挠她走上彻底的叛逆道路。她多次的彷徨、犹豫,多次的后悔、反复,也正是封建道德和高贵门第约束下少女恋爱所必然有的复杂矛盾心理,是以反抗的姿态为自己的理想和幸福作斗争的具体表现。这一切都是随着情节的发展而曲折细致地表达出来的。要她一下子摆脱旧的长期影响而毫无顾忌地向反动势力进行冲击,那是不尽情理的,所以在斗争中表现一些动摇和软弱,反而是必然的,合理的,也是更为真实可信的。她一面既关心张生,盼望能与他"早效鸾凤",一面却又躲躲闪闪,故作姿态,这似乎虚伪,而实则最为真实,不如此就不成其为相国小姐了。在红娘的善意嘲讽、批评和帮助下,她终于战胜了犹豫、动摇,突破了礼教,违抗母命,私与张生结合,这是正面人物间内部矛盾斗争的结果。她对张生的爱情,早从月下联吟时便已种下根苗,但限于身份和环境,一直在矜持羞怯的含蓄状态下活动着、发展着,到长亭送别和草桥惊梦便一起涌现出来了。尤其"惊梦"一折,把莺莺的性格发展到更高更深的地步,虽然作者采取的是浪漫主义手法,而写出来的却完全是莺莺性格中所实际存在的东西。她出现在张生的梦中道:"长亭畔别了张生,好生放不下。老夫人和梅香都睡了,我私奔出城,赶上和他同去。"这是多么勇敢而大胆!果然,历尽艰难走尽荒郊旷野,不避艰苦,下下高高,道路曲折,终于赶上了。她对张生说:"不恋豪杰,不羡骄奢,自愿的生则同衾,死则同穴。"又多么真实!这是作者想象的升华,也是莺莺性格在作者最准确而细致的笔触下的最后完成。

张生的父亲虽也曾拜过礼部尚书,但去世已久,张生在剧中完全是以一个穷秀才身份出现的。他具有忠厚、老实、天真、淳朴而富有正义感的浓厚的书生气,甚至有时表现出书呆子的傻气。正是这种性格,有时使人觉得特别可爱,引人同情。也正是这种性格,才使他既大胆,又坚贞,敢于跟一切阻碍他的自由、幸福的封建势力进行不懈的斗争,从而发展了这部杂剧的曲折复杂情节。

张生对莺莺的爱始终如一,未曾有过动摇,为了赢得莺莺的爱情,他不惜牺牲一切,包括封建时代读书人唯一重要的功名前途。这是他的性格的最主要的一面。但另一面,他也不可避免地有封建社会任何书生所存在的软弱性,表现在遇到困难时就束手无策,一筹莫展,也表现在在强大的封建势力面前的气馁和退缩。的确有如莺莺说的"秀才每从来懦"和红娘所比喻的"花木瓜"或"银样镴枪头"。但这样的性格也并不与他对莺莺的爱情坚贞专一有什么矛盾,相反的,还由这些似乎傻里傻气的语言行动里,更能显出他的浪漫天真和谨愿志诚的一面。这些都是根据他的阶级、身份、教养和具体环境决定的,完全入情入理。

红娘的形象写得最为出色。她虽是个丫头,在剧里并非主角,但她是剧情发展的主要线索,是崔张爱情婚姻的牵线人与撮合人,也是两个主角的反抗性格与斗争意志的鼓励者与培护者。她天真、机智、勇敢、果断、热情、爽直,有办法又富有正义感。作者把她放在老夫人与莺莺和张生之间的矛盾斗争中,放在莺莺与张生之间的关系中,给予一个极重要的主导地位,并且处理得非常恰当,所以她的形象就更显得鲜明、生动而丰满。在总的斗争中,她站在莺莺和张生这面,反对老夫人;而在次要矛盾中,她也与莺莺、张生有许多冲突,通过每次冲突都由她的帮助使他们更清醒、更坚定而勇敢地斗争,一步一步地接近胜利。她的性格发展,在剧中也是逐步完成的。开始,她对张生并无好感,还拿他当作笑料。"寺警"以前,她一直是站在老夫人那边,以莺莺的"行监坐守"的侍婢身份出现,莺莺和张生都感到她在妨碍他们之间的爱情关系。白马解围之后,崔张婚事似已顺利成功之时,她还没有关心他们的事。但当她看到老夫人不守信义而赖婚时,她的正义感使她立刻改变了态度,坚决站到反封建压迫的正面人物方面,表现了她的公正、热诚、勇敢、镇定、机智的性格,无论事态如何严重复杂,她都表现得从容不迫,胸有成竹。她也喜欢以善意的幽默来讽刺张生和莺莺,帮助他们,坚定其斗争意志。红娘之帮助他们,完全是出于正义和同情,尽管忍气受罪乃至挨打挨骂,都从无反悔,更无怨言,也丝毫没有任何个人打算。她的心地光明,性行磊落,在"拷红"里表现得最为明白、充分。红娘的形象更通过对莺莺和张生的软弱性及对莺莺的犹豫、顾虑和矜持乃至虚伪作斗争,而越发明朗、光辉。当莺莺几度反复,表现虚伪无义时,她都是以善意的嘲讽讥诮与之进行斗争,揭穿其虚伪和软弱,支持并鼓励她勇敢前进。她对莺莺的心事摸得透熟,所以对她的任何虚伪矜持,她都看得清楚、准确,因此才能在适当的时机,给予适当的批评,打中要害,使莺莺无处躲闪。总之,红娘的形象是非常光辉的,在她身上体现了劳动人民的许多优秀品质。

老夫人这个反面人物是封建统治势力的代表,她顽固、自私、无信、不义,对人冷酷无情,而又极端虚伪,爱封建面子,所以一贯用其统治地位压制新生力量。在剧本里,她虽是唯一主要的反面人物,但不是个主唱角色,没有她很多戏。作品主要通过别的人物的反映,使读者在每一情节中都感到有这个封建势力的代表的存在。因此,她的性格便通过整个剧情的发展和其他角色的语言行动,也就是通过全剧中一切次要矛盾与主要矛盾的紧密结合而展开、显现并鲜明起来。所以,尽管正面刻画老夫人的笔墨不多,而从侧面却足已充分反映出她的形象、性格。

此外,作为陪衬人物的惠明,也写得很有光彩,这里不去详细分析了。作者在塑造所有这些人物形象时,也表示了他自己分明的爱或憎,有热情的歌颂,有善意的批评,有无情的揭露、抨击、斥责与鞭挞,而这一切都是为了帮助新生的、进步的力量,反对腐朽的、专制的一方。因此,也就显示了作者思想的进步和作品的现实性、战斗性和人民性了。

第三节　《西厢记》的艺术成就和它的巨大影响

王实甫《西厢记》杂剧的艺术成就,首先在于它塑造了几个令人难忘的典型形象,上节已详细分析,兹不再述。这些人物本是《董西厢》所已有的,经王实甫的创造性的发展,使他们的性格更为鲜明突出。莺莺的反封建在这里一开始就露了苗头,而且多半是处于主动地位,这就给张生的追求减少了难于克服的困难。这剧写张生的书生气更重,表现了他对莺莺的爱情更为志诚与专一,使他与普通风流才子有本质的区别。老夫人也更能代表封建统治的反动性与顽固性,尤其这剧本把张生应试写成是老夫人阻挠他与莺莺结合的手段,从而产生送别和惊梦的情节,就更显得深刻,不像董作里由张生自己提出要赴京应试,大大影响其性格的完整统一。这都说明王实甫在继承《董西厢》的成就的基础上,又大大地发展了一步。这些成就是怎样取得的呢?第一,他有无比丰富的生活经验和对封建礼法制度的深刻认识与深恶痛绝的思想感情。第二,他是在人物的行动中和情节的发展中刻画他们的性格形象的,不是死板的或静止的,所以他们性格的成长变化都是自然的,合情合理的。第三,他把人物放在一定的时代环境中描写,都具有极大的现实意义,他们都是典型的,并非出于捏造与虚构。第四,他从有关的人物对于另一人物的反映中来描写,这就把人物间的关系通过情节而自然交代出来,不必多费笔墨去专门刻画人物。第五,作者善于从特殊景物的氛围中描写人物,从而衬托出其形象与心理状态和性格特征。第六,他也善于从特征性的行动中描写人物的心理活动,揭示其性格。

《西厢记》在运用语言方面也有卓越的成就。它的曲辞是被朱权在《太和正音谱》里比做"花间美人"的,其风格自然是属于华美秀丽的"文采派"的。这种风格正适于写旖旎的爱情故事。它的语言特点主要有:第一,个性化和形象化。戏曲是代言体,人物都要以曲和白来表现他们自己,这就要求各人都有自己的声口,也就是要有个性。莺莺和张生都是有传统的文学修养的青年,他们自然可以使用华丽的语言;别的角色就不同,所以在剧中并非都说唱同样华丽的白和曲。譬如红娘的语言,就比较近于通俗,而且机智、幽默、泼辣,合乎她的身份和性格;老夫人的语言也表现了她的顽固、冷酷和严峻。其他人物也都说着合于自己身份、性格的话,闻其声如见其人。莺莺和张生虽都有文采,却又因其地位与性格之不同,语言也显有区别:一个表现深沉、隐秘;一个则表现志诚和愿谨。第二,把当时口语和古典诗词乃至经书中的书面语言糅合为一,运用自如,直有化腐朽为神奇的绝顶造诣。第三,这里的曲辞最工于描写景物。第四本第三折长亭送别一场〔正宫·端正好〕"碧云天,黄花地,西风紧,北雁南飞,晓来谁染霜林醉?总是离人泪"一曲,就是千古绝唱的寓情于景的杰作,其他例子更不必举了。

这部杂剧在形式上打破元人杂剧一本四折和由一个角色主唱的通例,也表现了作者的大胆独创精神,丝毫不受成规的限制,已开明代传奇一本多"出"的先声。而结构谨严、情节集中,也克服了《董西厢》某些结构松散、矛盾不集中的缺点，这就使它适合于舞台演出。

　　至于这部作品的影响，在当时已是"天下夺魁"，流传极广，对于反封建礼教、争取自由幸福的青年必然产生很大的鼓舞与激发作用；即对于近七百年来的后世，也同样为进步的在斗争中的青年男女及一切有反抗精神的人们所爱好，起着同样的教育作用。

　　它对后世文学，特别对戏剧和说唱文学，影响尤大。模仿它的，元代便有白朴的《东墙记》和郑光祖的《㑇梅香》两杂剧。由它改编而成的，有明清人的《南西厢》、《新西厢》、《翻西厢》、《续西厢》、《锦西厢》、《后西厢》、《西厢印》等。明清两代也有不少大作家评点过这部作品，其中包括徐渭、李贽、汤显祖、陈继儒、唐寅、毛奇龄、金圣叹等人，不下数十家，可见它是多么为人们所深爱了。

第十三章　元代前期重要剧作家与作品

第一节　元杂剧的分期

　　元代杂剧作家如何分期,本无定论,有主张分为三期的,大致以钟嗣成《录鬼簿》所分为依据,即:第一期或称为"蒙古时代",钟氏所录的"前辈已死名公才人,有所编传奇行于世者";第二期或称为"一统时代",钟氏所录的"方今已亡名公才人余相知者";第三期或称"至正时代",钟氏所录的"方今才人相知者"和"方今才人闻名而不相知者"。这三期也有名为初、中、末期的。另一说则为近年许多学者所主张的,仅分为两期:第一期或称前期,大致指元剧从初成到极盛时期,而第二期或后期则指此后的衰微时期而言,即约略包括钟氏所录的第二三两期的一切作家。我们也赞同后说,盖钟氏此书成于至顺(文宗图帖睦尔年号)元年(公元 1330 年),则"方今已亡名公才人"必系卒于至顺元年以前者,而"方今才人"相知或不相知者当系此时尚生存在世的。这两类作家的时代当与钟氏本人差不多(钟氏生于公元 1279 年左右),就其作品论,应属同一时期,不宜强划为二。元剧极盛时约在元贞、大德间(假定主要是公元 1295—1307 年间),是时前期作家已过中年,达到创作成熟的年龄,后期作家方露头角,故作家如林,作品繁兴,堪称元剧达到高峰的时期。因此,大致以公元 1300 年为分界线,从金末元初的关汉卿起到公元 1300 年止为第一期或前期,即是元剧鼎盛时期;而从公元 1300 年起到元末止为第二期或后期,也就是元剧衰微时期,应该算很适当的。

　　文学现象一般是较难截然分期的,如果要求把作家完全按年代硬性划分时期,事实上每不可能。有些作家在世年代不可考;有些作家的代表作不知成于何时;有些作家以年岁论属于此期,而以作品风格论却又属于彼期;有些作家出生虽迟而早熟早卒,自只能归于前期;而另一些作家出生在先,年寿又长,而成就较晚,自当划入后期;类此错综情况极多,所以文学史上对于作家的分期,只能按照其作品的年代和整个文学发展情况参酌来作一个大致的划分,使读者借此能约略了解其思想内容与艺术风格的时代精神就是了。

就现在有作品流传下来的元代杂剧作家而论,大约属于前期的约三十人,属于后期的约二十人。前期作家人多、作品多,思想艺术性也较高,成就较大;后期不仅作家较少,作品尤少,而且思想内容一般较差,艺术性也不够高,往往流于追求词曲声律之美,有严重的形式主义倾向,成就远不及前期之大。这当然也是就前期和后期总的情况比较而言,并非说前期的每个作家每个剧本都好,更不是说后期就没有一个成就很大的作家或一本可与前期媲美的作品。

第二节　无名氏《陈州粜米》及其他公案戏

元代社会黑暗,天灾频仍,人民苦难深重,无可告诉,希望有清正廉明不畏权势的官吏出来,替他们主持公道,乃是必然的要求。在那时候,这当然是一种绝对不能实现的幻想,于是公案戏便为满足人们的这种愿望而产生了。

公案戏的特点是:写一个比较重大的冤案,往往涉及极其复杂的人命案,由于社会的黑暗、政治的腐败和官吏的昏庸与贪残,便造成了冤狱,最后总是借助于一个主持正义的清廉刚正而智勇兼备的大官,通过艰难曲折的斗争,终于使案情真相大白,平反了冤狱,使坏人受到惩罚,好人得到胜利。作为正义的象征、人民理想的化身的清官,在历史上实在找不到那样的标准人物,元代杂剧作家只能在其近代的宋朝找一个可以作为虚拟根据的人物,于是包拯便被用作原型,而加以丰富与美化,赋予他所不具备和不充分具备的理想品质。现存的一百余种元杂剧中,公案戏占十五种,而以包拯为正义的象征人物者就有十种,无怪有人竟称公案戏为包公戏了。

在关汉卿的剧目中就有三种公案戏,写得都非常成功。此外,还有无名氏的《包待制陈州粜米》一剧,其思想性艺术性也都很高,堪为这类作品中的代表。这里就论述此剧。

剧情大致是:陈州亢旱三年,黎民饥荒,朝廷要派人去开仓救济。刘衙内乘机推荐他的儿子小衙内刘得中和女婿杨金吾承担这个任务,以便借机贪污。他们到陈州后,就按照刘衙内的主意,抬高米价,克扣赈粮,因而激起人民的愤怒和反抗。小衙内并行凶打死灾民张撇古。小撇古进京告状,终经包公查明案情,秉公审判,处死小衙内,为人民报了仇。

作品首先揭露了刘衙内父子贪残的阶级本性:刘衙内自报他是"权豪势要之家",打死人不要偿命;小衙内也自夸他仗着乃父的"虎威",专门"拿粗挟细,放刁撒泼",见了人家的财宝就白拿、白要、白抢、白夺。接着,刘衙内便指示儿子小衙内到陈州去,"因公干私",如何抬高米价并掺土掺杂,又向朝廷请到了敕赐紫金锤,"若陈州百姓刁顽呵","打死勿论"。这样,戏剧一开始,就把他们贪鄙的本性赤裸裸地揭露无余了。

另一面,作品也写出人民对统治阶级这种贪婪所产生的愤怒情绪与反抗精神,其代表人物便是老汉张撇古。张老汉不是一个软弱可欺的人,他具有坚决反抗的性格,而且是觉醒了的被剥削者与被压迫者,不甘心受吮吸和掠夺,所以他的反抗是预定的,有意识的。在他未到仓之前,就已经决定:"他假公济私,我怎肯和他干罢了也呵!"当他去称银子量米时,果然"银子秤得高","米又量的不平",这老汉真的"无分晓",骂起仓官了:

〔金盏儿〕你道你奉官行,我道你奉私行。俺看承的一合米,
关着八九个人的命。又不比山麋野鹿众人争。你正是饿狼口里夺
脆骨,乞儿碗底觅残羹。我能可折升不折斗,你怎也图利不图名?

他指着小衙内和杨金吾骂道:"你这两个害民贼,于民有损,为国无益!"于是他竟被用紫金锤活活打死。直到死前,他毫不屈服,还表示要"和你这粜米的也不干净",并叫儿子去告状,使那贪官终"有一日受法餐刀正典刑"。他要儿子层层上告,直到去击登闻鼓,告到皇帝那里。然而他不知道打死自己的凶器正是皇帝敕赐的紫金锤,所以告到那里也未必有公道,但他决心即使到幽冥里也要上告神灵,要求偿命,否则死不瞑目。这的确代表了人民坚决反抗的光辉形象。而最可贵的是,他对现实有比较清楚的认识,他是一个觉醒了的反抗者。他一上场的四句诗就已唱出了阶级对立的现实本质,预示了他将进行一场惨烈的斗争:"穷民百补破衣裳,污吏春衫拂地长。稼穑不知谁坏却,可教风雨损农桑!"

作品按照人民的理想,也就是张撇古所设想的,塑造了一个"清耿耿、明朗朗"、"铁面没人情"的"官人"包龙图的形象。

这里的包公没有被神化,也不是概念化的人物,而是一个有血有肉、有

真实情感、丝毫不违背常情常理的活生生的人的形象。一上场,他说"把那为官事都参透",可见他并非是不懂世路而横冲直撞的人,他乃是按照自己的良心做事。他知道在那样黑暗的社会,清官不好做,于是内心里也有矛盾,想要致仕退隐。这是很合乎情理的,不能因此便说他动摇。所以,一听到小懒古喊冤,他马上就发了火,慨然要为人民伸冤,与权豪们做"敌头"。他比权豪为"打家的强贼",而自己甘做"看家的恶狗",因此,"他待要些钱和物,怎当的这狗儿紧追逐"。当他接受了到陈州考察安抚的任务时,则说:"我偏和那有势力的官人每卯酉。"他并对刘衙内坚决表示:"你虽是一人为害,我与那陈州百姓每分忧。"果然,他到了陈州,就私访民间,了解案情,然后叫被小衙内打死的张懒古的儿子小懒古同样用紫金锤打死刘小衙内,等刘衙内带着皇帝赦书来时,说"只赦活的,不赦死的",倒把小懒古赦了,"这一番颠倒把别人贷","总见的个天理明白"。这"天理"正是写出了人民的愿望;否则,"手报亲仇"就法律来说,是不可能的事。

这个剧完全反映了元代政治社会的现实,包公虽是宋代实有的人物,却是作为人民理想的官吏化身而出现的。这本杂剧艺术性也很强,表现手法高妙,其主要特点是:情节紧凑集中,并有生动的穿插,绝非仅只有干枯的根干而枝叶稀疏的;语言质朴无华,而富有表现力;所塑造的人物形象,无论正面的、反面的,都极真实生动而各具特征,有着不可磨灭的典型意义。

公案戏中还有李行道(绛州人,生卒年及其生平均无可考)的《灰阑记》和武汉臣(济南人,余无可考)的《生金阁》,也都是比较好而各具特色的。此外,王仲文(大都人)有《救孝子贤母不认尸》,情节复杂,清官先出场,全剧宾白远多于唱词,结构上与别的杂剧不同;又,孟汉卿(亳州人)的《魔合罗》和李仲章(或作孙仲章,大都人)的《勘头巾》,则均是以开封府一个小孔目张鼎代替包公为判案的清官戏。这些都反映了元代社会政治的真实情况,具有揭露和批判现实的作用,所以都是批判现实主义的作品。

第三节　康进之《李逵负荆》及其他水浒戏

元代杂剧存目中有二十余种是以水浒人物故事为题材的,一般称为"水浒戏",现存六种,都写得不错,而以康进之的《梁山泊黑旋风负荆》尤为出色。

以"水浒戏"著名的杂剧作家,首先是高文秀,东平府学生员,早卒,山东东平人,都下号"小汉卿"。他是一个早熟早卒而且多产的杂剧作家。他自负甚高,对前辈剧作者只佩服关汉卿,其余均不在眼里。他写杂剧也模仿汉卿,才情又相近,故作品存目竟达三十四种之多,其题材也极广泛,但水浒戏就有八种,并均是写黑旋风李逵的,大约因为他特别喜欢这个人物吧。他的作品现存五种,其中之一就是水浒戏《黑旋风双献功》。这里所写的李逵与《水浒》上所写的性格不同,他不只是勇猛率直,而且谨慎机智,粗中有细,智勇双全;作品歌颂他不避艰险救人于危困之中的侠义精神与高贵品质,意义很好。高文秀的作品风格属于关汉卿的本色派,文字浑朴,差不多完全不用什么典故辞藻,故宾白多于曲辞。

李文蔚,真定人,江州路瑞昌县尹。他有杂剧十二种,其中水浒戏两种。现存的有《同乐院燕青博鱼》和其他杂剧两种。《燕青博鱼》一剧主要写燕青等梁山好汉的恩怨分明与高昂的反抗和复仇情绪,也反映了梁山起义军和人民之间的亲密关系。梁山英雄关心广大人民群众的痛苦,专打不平来拯救他们,所以人民群众也尊敬他们,并真诚地向往着梁山。

此外,李致远(籍里生平均不可考)有《大妇小妻还牢末》一剧。还有无名氏的《争报恩三虎下山》和《鲁智深喜赏黄花峪》两本,思想艺术都还比较好。

最后,介绍康进之的《李逵负荆》。康是棣州(今山东惠民县)人,生平事迹不详。他的杂剧除这现存的一种外,还有《黑旋风老收心》,已佚。而这仅存的却是我们今天所能见到的元人最杰出的水浒戏。

故事写的是:三月三日,宋江放众兄弟下山扫墓,李逵喝了酒,在王林酒家听说王林的女儿满堂娇被两个恶棍自称为宋江和鲁智深的给抢走了。他不知他们是山寨近旁的宋刚和鲁智恩所假冒的,一听此事便愤怒回山,向宋江和鲁智深问罪。后经一同下山对证,弄清真相,李逵大惊,乃上山向先回寨的宋江请罪。适王林报信,已将那两个恶棍灌醉,宋江便命李逵和鲁智深去把他们捉来杀掉。

剧本通过李逵这一典型形象的刻画,表现了梁山义军一心维护人民利益,在群众中享有极高威信。作者抓住了李逵性格的本质特征,他鲜明坚定的人民立场,也是这个革命集体的最高原则,使他为了维护集体荣誉而肯于牺牲一切,包括他和所敬爱的领袖宋江间的友情以及自己的生命。作为一个农民起义军英雄的典型人物,李逵还有他的独特性格:天真、淳朴、率直、鲁莽,但又极其诚实,勇于认错,同时也表现了他的坦荡、乐观的心情。李逵一上场所唱数曲,先透出他游玩山水的喜悦,表现其热爱自己的革命根据地的自然景色。曲辞虽似过于文雅,不像李逵的声口,但情味并不使人感到不真实,如:

> 〔混江龙〕可正是清明时候,却言风雨替花愁。和风渐起,暮雨初收。俺则见杨柳半藏沽酒市,桃花深映钓鱼舟。更和这碧粼粼春水波纹绉,有往来社燕,远近沙鸥。(云)人道我梁山泊无有景致,俺打那厮的嘴。

接着,写了他的天真的欢喜表情,竟和孩子一般用大黑指头掐了桃花瓣儿,放进流水里,然后自己跟着赶,赶到草桥店,垂杨渡口,怕误了哥哥的将令,本要回山,却又被酒旗迤逗得非喝几杯不可,写得丝毫不损坏他的性格。虽然他喝得烂醉,但一听到王林的女儿被"贼汉"夺去,而那"贼汉"又是他平素所敬爱的人,就立刻暴怒起来,毫不考虑,更不分析,一路奔回山寨,见到宋江,便给一顿辛辣的讽刺,对鲁智深则破口大骂起来。他火气愈凶,认为"元来个梁山泊有天无日",于是拔斧要砍倒作为起义标志的山寨杏黄旗。这时,他所想的只是人民的利益和革命集体的荣誉,而他的粗鲁莽撞正突出了这一点。最后,宋江和他赌誓下山对质,他更理直气壮,咬牙切齿地说,要证实之后,割宋江的头,塞宋江的嘴,竟对宋江也无礼了。下山以后,许多描写更突出他的憨直和认真。然而,等一证明了完全是误会时,他气得打了王林,还说要烧他房子。回程中,又羞愧得要跳涧自杀。回到山寨,他毫不掩饰错误,勇于承认,并背着荆杖去宋江面前请罪。宋江为了维持集体的纪律,声称定要杀他,他便向宋江借剑要自刎,并无一点怨恨。这都是使人感到非常真诚可爱的。

　　李逵的急躁粗莽是他性格中的缺点,但他的忠义、诚朴、坦率,及一切只为人民为革命着想的精神,又使人们原谅他的缺点并饶恕他所犯的错误。宋江这个起义军领袖本具有公正、宽厚的性格和民主、平等的思想,对李逵了解极深,爱护备至,当然舍不得杀他。恰好王林有信来报,宋江便借机下台,要他去擒拿贼人,立功赎罪。

　　王林的形象代表了善良朴实的人民,听说来的是山寨上的宋公明,便非常亲切地招待,甚至令其十八岁的女儿满堂娇出来劝酒。这不仅表现出人民对义军的敬爱,也反映了梁山泊纪律严明,得到人民的完全信任。

这个剧本思想艺术俱高:结构谨严,矛盾突出,情节紧张,毫无松懈脱节的地方;人物性格形象极其鲜明真实,李逵的个性尤为突出可爱;而语言形象生动,曲词更为隽美,在现存全部元杂剧中也是不可多得的。

第四节　纪君祥《赵氏孤儿》及其他历史戏

纪君祥,大都人,《录鬼簿》著录他的杂剧六种,今只存其《赵氏孤儿大报仇》于《元曲选》中,余均佚。

《赵氏孤儿》是个历史剧,事见《史记·赵世家》和刘向《新序》、《说苑》两书。这个剧本主要根据《新序·节士》篇(卷七)加以改编,集中地表现了受迫害者的复仇主义精神,成为元杂剧中有名的悲剧作品。

春秋晋灵公时,晋国武将屠岸贾专权跋扈,与文臣赵盾不和,谋害了赵盾一家三百口,只剩赵朔的妻子,因是晋国公主,未致被杀。赵朔遗腹子——赵氏唯一的孤儿出生之后,不满一月,被屠岸贾知道了,也要斩草除根。屠岸贾命军士把守公主府门,搜查一切出府的人,如有盗出孤儿者,全家处斩,九族不留。"草泽医人"程婴向在赵家走动,这时每日与公主传茶送饭,便仗义将孤儿放在药箱里,背出府来。守门的屠岸贾部将韩厥富有正义感,当搜出孤儿时,便对程婴说:"我韩厥是一个顶天立地的男儿,怎肯做这般勾当!"他不肯为自己一身的富贵,"立这样没眼的功勋",所以决定放程婴带孤儿逃命,自己也自刎而死。屠岸贾闻知,又诈传灵公命令:"把晋国内但是半岁以下,一月之上,都与我拘刷将来,见一个剁三剑,其中必有赵氏孤儿。"程婴逃出城后,听到这个消息,便慌忙跑到太平庄上,去找已罢官归老的公孙杵臼,请他掩藏赵氏孤儿。他说:"念程婴年近四旬有五,所生一子,未经满月,待假装做赵氏孤儿,等老宰辅告首与屠岸贾去,只说程婴藏着婴儿,把俺父子二人一处身死,老宰辅慢慢的抬举的孤儿成人长大,与他父母报仇,可不好也!"公孙杵臼原为中大夫,与赵盾同事晋灵公,最相交厚,这时一听到程婴的计划,就义愤地挺身而起,要以自己的老命换取这个孤儿的生存。他对程婴说:"程婴,你肯舍的你孩儿,倒将来交付与我,你自首告屠岸贾处,说道太平庄上公孙杵臼藏着赵氏孤儿,那屠岸贾领兵校来,拿住我和你亲儿一处而死。你将的赵氏孤儿抬举成人,与他父母报仇,方才是个长策。"就这样,公孙杵臼同程婴的儿子一起牺牲,拯救了赵氏孤儿和全晋国的小儿。程婴因此得到屠岸贾的宠任,并将其抚养的赵氏孤儿——取名程勃,过继给屠岸贾为子,又改名屠成。二十年后,屠成长大,程婴才设计向他说明他的身世,他(屠成即赵氏孤儿)在愤怒之下,奏明晋君,捉着屠岸贾杀了。

作品以程婴为中心,紧紧抓住赵氏孤儿的遭遇,发展故事,揭开一个又一个的矛盾,从而显示了正义与非正义间的激烈斗争。在描写斗争中刻画了屠岸贾的狡猾阴狠与程婴的沉着、勇敢和机智。公孙杵臼和韩厥在剧中虽然都不是主角,但其见义勇为不怕牺牲的精神,也都完全表现出来了。这故事所反映的本是统治阶级内部的矛盾,而为了正义,为了帮助被迫害的弱者,为了支持好人反抗强暴,这种复仇精神是符合人民愿望的。作者写程婴、公孙杵臼、韩厥,都给予极大的赞扬、歌颂,显然站在正义方面,所以作品里便流露出异常悲壮的情感,对读者有很大激发作用,教育人们对统治者或侵略者要敢于誓死反抗,无所畏惧。

这个剧本结构紧密,层次井然,故事复杂而不乱,矛盾层出而一直保持情节的紧张,能吸引住读者或观众。人物形象鲜明生动,而各具个性,绝不雷同。语言质朴,简炼有力,符合这个壮烈的悲剧的要求。全剧五折加一个楔子,也是破例的;作者又按照剧情的需要,每折由不同的人担任主角主唱,并非全剧由一人主唱到底,这都是元人杂剧前所罕见的新例。

《赵氏孤儿》在我国文学史上占很重要的地位,至今还经常在舞台上演出(如京剧的《搜孤救孤》)。18 世纪,它就流传到欧洲,在伦敦甚至发生抢译的现象,至于欧洲文学界据此改编的剧本也很多,仅 18 世纪中期(40 年代到 80 年代)就有四五种,可见它对世界文学也有很大影响。

元人历史剧很多,明人臧晋叔编的《元曲选》中就存录了不少,如李寿卿的《说专诸伍员吹箫》,尚仲贤的《汉高皇濯足气英布》,孔文卿的《秦太师东窗事犯》,无名氏的《隋何赚风魔蒯通》,都是比较优秀的。写历史剧如果采取现实主义创作方法,就会在历史故事中反映出作者对现实的认识,会歌颂忠臣义士,鞭笞奸臣民贼,主持正义,同情被迫害者,反对一切黑暗的反动势力。这就能帮助人们认识社会,认识事物的本质,从历史中得到教训,鼓励人们向所有的黑暗、落后和丑恶的现象作斗争,并加强其争取胜利的勇气与信心。许多作家有意识地借古喻今,以历史题材反映元代的社会现实,其为现实主义作品,自不待言。当然,也有借历史题材逃避现实的,也有专为统治阶级歌功颂德的,甚而有对历史人物或事件作违反人民愿望的描述的,那就都是应该严加批判的反现实主义作品了。

第五节 白朴的《墙头马上》和马致远的
《汉宫秋》及其他爱情戏

　　元代前期杂剧有很多爱情戏,除王实甫的《西厢记》、关汉卿的《拜月亭》等外,还有白朴的《裴少俊墙头马上》、《唐明皇秋夜梧桐雨》和马致远的《破幽梦孤雁汉宫秋》都是有名的佳作;而石君宝的《鲁大夫秋胡戏妻》和《李亚仙花酒曲江池》,李好古的《沙门岛张生煮海》,尚仲贤的《洞庭湖柳毅传书》以及石子章的《秦脩然竹坞听琴》也是比较有成就的。

　　这些爱情戏多半是歌颂爱情自由,批判封建礼教,反对包办婚姻制度及一切不合理的门第观念、道德标准的。在封建社会,妇女处在最痛苦、最悲惨和受压迫最严重的地位,所以她们要求解放最切,也最值得同情。一些进步作家首先注意她们,并以她们为戏剧主角,刻画她们对爱情追求的热烈、真诚、迫切与坚决,这些当然都是好的,很值得称赞。不过写得多了之后,就不免有因袭雷同之弊,于是千篇一律,往往形成滥套,不惟情节简单,而且思想庸俗、空虚,甚至腐化、落后,艺术性也自然不强。前期之末已出现此种现象,到了后期便更显著了。

　　首先介绍时代早、成就大,被称为元曲"四大家"或"六大家"之一的白朴及其爱情戏《墙头马上》。

　　白朴字仁甫,后改字太素,号兰谷。其父华为金枢密院判,《金史》本传说是陕州(今山西河曲县东北)人,《录鬼簿》谓朴为真定人,或因他们后来定居于滹阳之故。他几乎是元初唯一可以准确考知其时代的杂剧作家。他生于金哀宗完颜守绪正大三年(公元1226年),卒年不详。元世祖忽必烈灭宋统一中国时(公元1279年)他已五十四岁,翌年还徙家金陵,纵情诗酒,大约年寿较长,有人考定他活到八十七岁,那就到了元仁宗爱育黎拔力八达皇庆元年(公元1312年)了。无论如何,他是由金入元的早期戏曲家之一,与关汉卿、王实甫同时而略后。幼时,金国首都汴京被攻,他仓皇失母,便由他父亲的好友金代大诗人元好问带他北渡,抚育教养,故其读书为学,颇得元好问的指导。金亡后,不欲仕元,"便屈降志,玩世滑稽","放浪形骸,期于适意"。后"徙家金陵,从诸遗老放情山水间,日以诗酒优游,用示雅志,以忘天下"。他工词曲,有词名《天籁集》二卷,今存。其词清隽婉逸,音恢韵谐,论者谓可与张炎《玉田词》相匹,但以曲掩其词名。他后期所作往往有故宫黍离之悲,如《石州慢》云:"少陵野老,杖藜潜步江头,几回饮恨吞声哭,岁暮意何如!"即颇具哀怨之思。

白朴有杂剧十六种,今存三种:《唐明皇秋夜梧桐雨》、《裴少俊墙头马上》和《董秀英花月东墙记》。《东墙记》写董秀英和马文辅的爱情故事,几乎完全是模拟《西厢记》的,而只有五折,情节变化未免突兀,不够自然。就其所存三剧论,最好的当数《墙头马上》,这里首先加以介绍。

《墙头马上》写裴尚书行俭子少俊过洛阳李世杰园,在马上隔墙望见李女名千金,甚美,作诗投入,女亦答诗,约于夜月相会。至时,少俊如约逾墙而入,适为千金的老嬷嬷撞破。老嬷嬷劝千金或者等裴郎有了功名正式娶她,或者当夜一起私奔。千金选择了后者,于是双双逃往长安,秘密藏在裴府后花园内。同居七年,生了一儿一女,忽为裴父行俭发现,迫令少俊休了千金而留其儿女。后来少俊中了进士,做洛阳令,要迎娶千金,重为夫妇。她想起往日被逐之耻,坚决不肯,并责问了少俊和他父亲。但最后因亲生的一双儿女的啼哭,动了她母子之爱,才软化了,答应裴少俊重为夫妇。

李千金虽是一个大家闺秀,被严锁在封建礼教的深闺之中,但对于幸福的爱情生活的渴望是怎样也限制不住的。三月上巳,良辰佳节,春色撩人,她触景生情,不禁自叹"谁管我衾单枕独数更长",因而害了"不疼不痛难医治"的春情相思的病。当她带着梅香到花园里去时,恰好隔墙看到风流俊雅的裴少俊,如何叫她不爱呢?本来她从思想上先已冲破了封建罗网,大胆地自吐过心中的愿望。这时就不止于"转星眸,上下窥",简直"恨不得倚香腮,左右偎,便锦被翻红浪,罗裙作地席",与他作了夫妻。她已全身心地爱上了少俊,并把灵魂交付与他。她主动约少俊夜间相会,比《西厢记》中莺莺要大胆得多,没有那种内心积极表面矜持的虚伪掩饰。这夜,两人初会,正在房中情话,却被老嬷嬷发现,骂了一顿,并声言要将少俊拖到官中,"教官司问去"。千金毫不畏惧,反而侃侃答道:龙虎神仙也要谈恋爱,自己为什么不可以?她认为这本是天经地义、毫无可疑的正事。少俊情急智生,说嬷嬷为了要他的银子,叫梅香唤他来的,情愿和她见官去;梅香也如此说,要和她见夫人去。嬷嬷看事不妙,转了口锋,提出两条路任千金选择。千金肯定地说"只是走的好",便毅然抛弃了家庭,与少俊出走。这时,除了爱情,什么都不在她心里,封建礼法对她再也不起任何作用了。七年的秘密同居,给她带来多少精神痛苦,自不待言;但为了爱情,她宁愿过这前途茫茫的自我禁闭生活,希望将来会有一天,"成就了一天锦绣佳风月"。一旦被少俊的父亲发现了,她突然感到惊惧羞怯,自是必然的。然而,略一镇定下来,她认为自己的行为原是光明正大,没有什么不可说的,便干脆承认"妾身是少俊的妻室"。封建礼教的代表者裴尚书的怒骂丝毫不能屈服她。老相公骂她淫情私奔,败坏风俗,女嫁三夫,要送官"打下你下半截来";她却说自己不是下贱之人,并不是风尘烟月,说"我则是裴少俊一个",说"这姻缘也是天赐的"。然而,在封建势力占统治地位的社会,"丈夫又软揣些些",她最后只得自动提出"情愿写与休书便了"。于是在这个思想落后的丈夫的牺牲下,被留下儿女,赶回娘家去了。至少俊做了官,要求与她重做夫妇时,她想起当初裴尚书骂她的话,一字不忘,积愤难平,坚拒了少俊,并说出很多质问嘲讽的话,甚至说:今天"待要做眷属",岂不"枉坏了少俊前程,辱没了你裴家上祖"。骂得多么痛快! 直待裴尚书老夫妇亲来相恳,承认了错误,"一径的来替你陪话",她还不答应。最后终于因儿女啼哭,"断不了子母肠肚",才勉强接受道:"罢、罢、罢! 我认了罢!"可一直还是"不由我不想起当初",说"又怕似赶我归家去"。她的叛逆性格与反抗精神在元杂剧人物中是少有的,比《西厢记》的崔莺莺还有过之而无不及。至其斗争之勇敢坚决,终始如一,则更说明其认识之深与信心之强。

作者白朴热情地歌颂了李千金对爱情的坚贞,赞扬她争取自由幸福的大胆,也表彰了她的叛逆精神。而对于封建礼教,则给予严厉的批判和沉重的打击。这都是非常可贵的进步思想。至其艺术,则除掉情节、结构、人物形象都符合戏剧演出的要求外,在曲词上和语言上,这剧里虽比较偏于本色,但白朴本工文采,故就中也多俊语,如第一折,李千金所唱〔寄生草〕和〔幺篇〕都极精美,景物与千金的怀春之情和谐交融,显示了作者高明的语言技巧,且看:

〔寄生草〕柳暗青烟密,花残红雨飞。这人人和柳浑相类。花心吹得人心碎,柳眉不转蛾眉系,为甚西园陡恁景狼藉? 正是东君不管人憔悴。

〔幺篇〕榆散青钱乱,梅攒翠豆肥。轻轻风趁蝴蝶队,霏霏雨过蜻蜓戏,融融沙暖鸳鸯睡。落红踏践马蹄尘,残花酝酿蜂儿蜜。

白朴的《梧桐雨》为过去论曲者所激赏,正是就其曲词的艺术成就而言的,至于思想内容乃至戏剧结构与人物形象却都不见得有什么突出的成就。它写唐明皇和杨贵妃的爱情故事,大致是以陈鸿的《长恨歌传》为依据的,但只叙到贵妃死后,明皇思念,于梦中相见,忽为梧桐雨声所惊醒,这剧便在悲叹中结束了。这个剧本在揭露政治现实方面有一定成就。在刻画人物方面只有部分的成功。作者对于杨贵妃,一面既写她热爱明皇,似出至诚,一面却又写她私通安禄山,缠绵不舍,显得她对明皇的爱又不够忠实,因而破坏了这个形象的完整统一。其原因主要由于作者受了传统的"女子是祸水"的思想影响,而没有摆脱"杨妃误国"的旧论调。因此,它也不免有主题模糊,倾向不明,矛盾欠集中以及结构有些松散等缺点。这剧之所以常被认为是白朴的代表作,乃是由于它有许多片段突出地显示了曲词之美。如第一折〔忆王孙〕、〔胜葫芦〕写七夕,第二折〔粉蝶儿〕写秋来风物,〔普天乐〕写决定幸蜀,第三折〔新水令〕和〔驻马听〕写幸蜀途中等,都是有名的曲子。而最工巧的莫过于第四折写明皇回銮后,在寂寞深宫中追忆杨妃,适值萧瑟秋风,梧桐夜雨,即景生情,情与景会,深刻细腻,凄婉已极。曲辞之美自能增强作品的诗歌感染作用,但同时这诗情也不免掩盖了剧情。其中最好的几支曲子如〔笑和尚〕、〔蛮姑儿〕、〔叨叨令〕、〔倘秀才〕、〔黄钟煞〕,都是绝唱。词多不录。

和白朴的《梧桐雨》相类似,也写宫廷中皇帝与妃嫔间爱情悲剧的,有马致远的《破幽梦孤雁汉宫秋》,其成就却高于《梧桐雨》,过去甚至有许多论者把它推为元杂剧第一。

马致远,号东篱,大都人。贾仲明在续编《录鬼簿》时写的挽词说他"共庾、白、关老齐肩",可见元人就以他为早期"四大曲家"之一,和关汉卿、庾吉甫、白朴并称。他尝任"江浙省务提举",原亦有意于功名,但所志不遂,情绪低落,便退而隐居。在元贞中(元成宗时代,公元1295—1296年),他与文人李时仲及杂剧艺人李花郎、红字李二等合组"元贞书会",并合写《开坛阐教黄粱梦》一剧。大约他生于公元1250年前后,即金亡十五年左右。

《汉宫秋》写汉元帝时"昭君和番"事,题材初见于《汉书·匈奴传》及《后汉书·南匈奴传》,但那些史书所载均是历史事实。后来《西京杂记》才加进诛画工毛延寿等六人的情节,可能是传说或渲染。马剧又运用想象,创造一些新的情节,以增强其戏剧性,并突出了王昭君的爱国思想,更丰富了剧本的意义,使昭君形象也更加光辉。

王昭君以农家女子被选入宫,因拒绝御用画工毛延寿索贿,被点破影图,不曾见幸而退居永巷,一开始就表现了她的独立自守、坚定不阿的性格。后因夜弹琵琶为元帝召见,封为明妃。元帝欲斩毛延寿,毛遂逃往番邦,适呼韩单于求汉和亲不得,正待起兵南侵,毛乃怂恿他指名索取昭君。她处在这国家危急之时,没有贪恋宫廷富贵生活,毅然表示"情愿和番,以息刀兵",确是表现了她只"为国家大计",并无个人打算。灞陵送别时,她又表现了对故国的深深依恋;行至番汉交界的黑龙江畔,乃把酒望南浇奠,长辞汉家,但也终于不肯入番,便投江而死,表现了热爱祖国及不肯屈辱苟活的崇高气节。这一切情节均非历史事实,而是作家为创作剧本所虚构的,正表现了马致远作为一个剧作家的艺术才能。

作者在剧中揭露并批判了元帝的昏庸荒淫,招致了异族的威胁,竟不得不牺牲一个女子,企图挽救危机。对于文武大臣的腐朽无能,则借元帝之口予以严厉的斥责:"太平时卖你宰相功劳,有事处把俺佳人递流。你们干请了皇家俸,着甚的分破帝王忧?"骂他们"只会文武班头,山呼万岁,舞蹈扬尘,道那声诚惶顿首",又特别指着尚书骂道:"您但提起刀枪,却早小鹿儿心头撞。今日央及煞娘娘,怎做的男儿当自强!"这里也成功地塑造了一个卖国汉奸毛延寿的形象:先是为了贪污不遂,不惜颠倒是非美丑;待至奸谋暴露,便投敌卖国。这样就把剧中两个矛盾——王、毛矛盾和汉、番矛盾,通过他而贯穿起来,使昭君形象更增光辉,也更有力地揭露了并批判了一切反动势力。

《汉宫秋》曲辞之美可与《梧桐雨》媲美,有些并在白曲之上。第三折"送别"后的〔梅花酒〕和〔收江南〕两曲尤为精妙,为千古所称:

> 〔梅花酒〕呀,俺向着这迥野悲凉,草已添黄,色早迎霜。犬褪得毛苍,人搠起缨枪,马负着行装,车运着粮粮,打猎起围场。他、他、他,伤心辞汉主;我、我、我,携手上河梁。他部从入穷荒,我銮舆返咸阳。返咸阳,过宫墙;过宫墙,绕回廊;绕回廊,近椒房;近椒房,月昏黄;月昏黄,夜生凉;夜生凉,泣寒螿;泣寒螿,绿纱窗;绿纱窗,不思量。

> 〔收江南〕呀,不思量,除是铁心肠;铁心肠也愁泪滴千行。美人图今夜挂昭阳,我那里供养,便是我高烧银烛照红妆。

这里运用"顶真续麻"体,循环衔接,蝉联不绝,使声情摇曳,迂曲回荡,显示了情思的缠绵。而音节短促,凄怨顿挫,真有泣诉幽咽、歌不成声之致。递到后一支曲,又转为长句,以舒其郁结之气,于是百转千回,翻为一泻千里、急待倾吐之势。这都与主人公汉元帝此时此地的情怀恰相符合。至于用辞,则不引书,不用典,完全以白描的手法,深入人物的内心,借外界景物烘托出其真实而细腻的心理状态,确是抒情的妙品。

马致远现存的爱情剧还有《江州司马青衫泪》,乃就白居易《琵琶行》一诗演撰而成,也还不坏。

此外,前期爱情戏还有石君宝(平阳人,生平不详)的《秋胡戏妻》、《曲江池》和《诸宫调风月紫云亭》,均是较好的作品;石子章(大都人)存有《竹坞听琴》一剧,为明代高濂《玉簪记》传奇打下了基础,其思想内容也较有进步意义。而最可注意的是李好古的《张生煮海》和尚仲贤的《柳毅传书》,则都是神话形式的爱情剧,既充满了浪漫主义色彩,又皆具有牢固的现实基础,所以也都是很成功的适于舞台演出的好剧本,至今还为各地方剧种所时时上演,受到广大观众的喜爱。

第六节　杨显之《潇湘夜雨》及其他家庭戏

以家庭生活、夫妇离合、贫富兴衰和一切家庭内人物事件的种种关系为题材的剧本,我们姑名之为家庭戏。其实这类题材往往涉及社会的各方面,而中国封建社会原以家庭为中心,家庭实即社会的缩影,所以这些剧也还是社会剧,只因其重点在于写家庭纠纷,便专列这一类。

杨显之,大都人,"关汉卿莫逆之交,凡有文辞,与公较之,号杨补丁是也"。他有杂剧八种,今仅存《临江驿潇湘夜雨》和《郑孔目风雪酷寒亭》两种,都有一定成就,而前者尤为优秀。

《潇湘夜雨》也称《临江驿》,民间流传甚广。它写的是:张天觉有女翠鸾,在他上任途中,过淮河时,因覆船以致父女失散。翠鸾为渔翁崔文远救起,认做义女,后许配其侄崔通。通正进京赶考,立即答应,并发誓决不负约。不料他考过之后,眼看要中状元,试官问他如尚未婚,便招他为婿;否则,就放做秦川知县。他想不可坐失机会,于是回答:"小生实未娶妻。"便和试官的女儿结了婚,带同上任了。翠鸾前去寻访,他不但不认,反诬她为偷了东西私逃的奴婢,毒打一顿,在脸上刺"逃奴"二字,押解到沙门岛上,并将中途加害。适因避雨临江驿,遇其父天觉,这时天觉做了天下提刑廉访使,诉知前事,天觉闻之大怒。于是翠鸾在父亲的支持下,亲自率人捉了崔通及其新妻,要"杀坏"他们。因崔老说情和她自己的软化,才饶了崔通,重作夫妇,并迫令崔通休了新妻,让她改做梅香。

剧中写翠鸾的反抗性格最为动人,写崔通的反面形象也很典型,颇能揭露统治阶级代表人物的本质。作者通过这两人的矛盾,完全把那个社会的黑暗污浊具体形象地描绘出来了。第三折("带柳走雨")和第四折("驿站夜哭")真实生动地把翠鸾的痛苦哀伤情绪与风雨交加、道途泥泞的环境气氛融在一起,产生极大的感人力量。有关的许多曲词也极本色,极精炼,达到很高的艺术水平。遗憾的是,作品对崔通没有给以应得的惩罚,显得爱憎不够分明,尤其以"不嫁二夫"的封建伦理观念限制了翠鸾,使她终于饶恕了崔通,与之重为夫妇,落进团圆结局的俗套,又大大损坏翠鸾的坚决反抗的性格与斗争到底的精神,这就是受作者世界观的局限所致。至于把试官的女儿改为"梅香"(丫环)的处理,也实在没有道理,她也是封建婚姻制度下的牺牲者,有何罪过而得此结果?

此外,郑廷玉(彰德人)有杂剧二十四种,现存六种,其中有家庭戏《看钱奴买冤家债主》,是个因果剧,主题思想无甚可取。但剧中刻画了贾仁的悭吝狠毒,是很鲜明的守财奴形象,也暴露了社会上贫富对立的阶级矛盾,因而使剧本具有普遍的社会意义,突破了作家的世界观与主观意图,是它的成功处。但作者的世界观毕竟是比较落后的,不能自觉地认识到社会矛盾的本质,所以因果报应的思想支配了剧本的主题,使其成为一个不完善的作品。

第七节　前期杂剧中反现实主义逆流的出现

元代前期杂剧以现实主义作品占绝对优势,成为那时戏曲的主流,但统治阶级看到这一文艺体裁对人民能起极大的影响,自然也要利用它(杂剧)来为其反动政治服务,宣传反动、腐朽、落后的思想,借以消灭或削弱人民的斗争意志。因此,当时必然会有一些出身于统治阶级的文人写些反现实主义作品;也有不属于统治阶级的作家,但因受了那个社会统治思想的影响,而无意中写出带有消极情绪或反动意识的作品。加以元代民族矛盾和社会矛盾均极深刻,知识分子精神极度痛苦,其中自有一些人缺乏面对现实、坚决反抗的勇气,因而采取消极态度,隐居遁世,逃避现实,或以神道迷信麻痹自己,便写出一些神仙道化剧,在客观上对人民思想起了坏作用。这股反现实主义逆流在前期已经萌芽,随着时代推移而潜滋暗长,到元代中期开始发生重大影响,至元杂剧后期竟占了主要地位,把杂剧推向衰微而走了下坡路。

　　这股逆流表现在:一、宣扬因果报应的宿命观点,如郑廷玉的《看钱奴》,就其主题思想而言,便属于反现实主义的因果剧。马致远的《雷轰荐福碑》和武汉臣的《天赐老生儿》也是这种,而影响更大,毒害也更深。二、神仙道化剧认为现实的黑暗是不可避免的必然现象,因而就只有逃出现实以外,走向虚无幻化的神仙世界,显然也是极有害的消极作品。马致远的《岳阳楼》、《任风子》和与人合作的《黄粱梦》均属此类。

第十四章　元代后期杂剧的衰微

第一节　元代后期杂剧衰微情况及其原因

元灭宋后，政治军事势力都急剧南下，北方的杂剧也随而由北南移。《录鬼簿》所载一百十一个剧作家中，前期全是北人，而以大都为中心，最接近南方的皖北亳州只有一人；后期作家，除籍里不明者外，绝大多数是江浙人，北方只有五人，也都是旅居南方的，而杂剧中心则在杭州。

本来在南宋末年，南方民间已有"戏文"流行，元初杂剧南下后，戏文还未消灭，但其统治地位已渐由杂剧取而代之。元末夏庭芝《青楼集》载有女伶名妓八十人，其中三十三人以杂剧著称，但也还有三人以南戏（即演唱戏文者）名于时，可见即使到了元末，南戏也并未绝迹于剧场。至于杂剧作家中，如著名的萧德祥便是兼作南曲戏文的一个，亦明载于《录鬼簿》中。

当然，杂剧南移后，南方的剧作家也群趋于杂剧的创作，而戏文的创作便已逐渐少了，南方通常演唱的也渐多杂剧。特别在杭州那样的大城市，北籍客居及政府官吏士兵较多，习惯观听用北方汉语和北方曲调演唱的杂剧。戏曲界为了适应他们的需要，而以杂剧的演出代替南戏戏文的搬演，自是必然的事。因此，元代中叶以后，杂剧便取得绝对优势地位了。

后期作家既均为南人或北籍南迁之士，便易使人误认此时北方已经是杂剧绝迹或者衰落到极点的时期，在北方已经完全没有新的杂剧作家和新的杂剧剧本了。假如是这样，难道北方这个政治中心的大都就没有戏曲这种文艺了吗？或者说当时大都上演的戏曲就全是前期的保留剧目吗？这都是不可想象的。可以断言，北方必然还有一些即使是第二流的新作家或者数量较少、质量较差的新作品，只是没有流传下来，不为我们所知道而已。这也正如元代南戏戏文本与杂剧并存，但过去学者一直误认为杂剧盛行以后，南戏戏文已完全绝迹是一样的道理。而实际上即就近人辑佚所得的一百五十种左右的宋、元戏文来看,其中主要还是元代的作品。

后期作者,据《录鬼簿》所载,还有五十余家,自然不会是全部,但人数已与前期相埒。但就作品数量而言,却显示出杂剧已大大衰落了。至于它们的成就,当然更比不上前期,这容后详论。前期著录杂剧达三百余种,后期则仅有一百五十余种,已少了一半。以作家个人而论,前期的关汉卿一个人就创作了六十几个剧本,早卒的"小汉卿"高文秀有三十四种,郑廷玉有二十三种;后期作家写剧最多的郑光祖,却只有十七种。

杂剧南移的过程,也是杂剧发展走向衰微的过程。前期作者或由金入元,或在元代统一前就已达到中年,到大德年间(公元1300年左右),便是创作旺盛时期。自元代中期以后,老成渐就凋谢,在南方新成长的杂剧作家才开始露头,他们缺乏像前期作家所经历的社会生活经验,故其作品也不可能具有前期的光彩,而社会现实又往往会使他们走向消极的道路,因而他们的作品也不免带上浓厚的消极落后的思想情绪了。他们已完全是元代政治社会培养出来的知识分子,在一定程度上脱离人民群众,脱离现实斗争,所以写出来的作品就不复具有强烈的人民性、战斗性,从而也缺乏现实主义精神;有的甚至完全成为为统治阶级服务的作家,竟宣传起反动的封建思想了。就连那些北籍南下的作家中,也有人写一些反现实主义的消极、落后甚至有反动倾向的剧本。他们或因本已靠拢统治阶级,所以来到南方做官;或为逃避现实斗争,而迁往南方去过寓居生活;或虽对现实不满,但因物质生活条件较好,不愿做官,而到南方游山玩水,流连风景。总之,这些人眼里都没有人民群众,当然也写不出富有人民性和战斗性的作品来。而当其南下以后,又与南宋文艺界所遗留下来的形式主义、唯美主义词风结合起来,就更形成其思想贫乏、单纯追求音律辞藻之美而很少现实意义的作风了。另外,还由于元代统治者所加于剧作家的巨大控制力量,也逼使后期杂剧迅速衰落。蒙古族统治者已渐渐学会用宗教和儒家封建礼法加强对汉族知识分子的笼络与控制,不似初期那样对文化思想放任不闻。因此,剧作家或者逃避,或者屈服;否则,便要遭到迫害。逃避就是以虚无缥缈的神仙道化代替现实的内容,或者干脆不写或少写;屈服则是尽力符合统治者的要求,为他们宣扬封建礼教与道德观念。杂剧就这样由衰微而没落,终于被断送了。

杂剧被士大夫作家送上绝路以后,民间却不能没有他们所爱好的戏曲。因此,南曲戏文便由奄奄一息转而逐渐抬头,而复兴,终至于代替了杂剧,在元末便又占据了剧坛。杂剧这种文学形式,其本身的矛盾也已经发展到不可克服的地步,必须来一个新的大变革。杂剧限于四折,由一个角色主唱到底,容量小,拘束大,不能充分地铺叙社会发展后越来越复杂的社会生活内容。四折杂剧,高明的大作家还可运用其巧妙的手法,精于剪裁,删繁就简,突出矛盾;而一般作家就往往感于场地狭小,容量有限,难于措手,以致许多作品显得粗略疏漏,枯槁零散,支离破碎,不能深刻全面地表达其所欲发的主题思想。前期作家已有人开始打破这些规格的限制,一本或写五折、六折,一剧或扩大为两本乃至五本、六本,一本甚或一折便由两个以上的角色分唱。而到元末,南戏复兴,就更不受这类限制,而可以灵活掌握,自由运用形式,为剧情和主题思想服务了。南戏虽是继承宋、元戏文的传统而发展的,但并非没有变化;它乃是在过去戏文的基础上,吸取了北曲杂剧的成熟经验而发展丰富起来的。

第二节　元代后期杂剧主要作家及其作品

一般地说,元代后期杂剧衰微,作家作品少,思想性较弱,但也不能把这个评定过于绝对化,竟认为后期没有可取的优秀或较优秀的作品。后期著名作家有郑光祖、宫天挺、乔吉、秦简夫、金仁杰、萧德祥等,也留下了一些可传的杂剧。

郑光祖,字德辉,平阳襄陵(山西襄陵县)人,以儒补杭州路史。为人正直,不妄交,“善作曲,名闻天下,声彻闺阁,伶伦辈称‘郑老先生’,皆知其为德辉”。他有杂剧十七种,为后期作品最多的剧作家。今存七种,其中爱情剧两种,历史剧五种,而《迷青琐倩女离魂》是他的代表作,也是后期杂剧的最杰出者。

昔人或以郑光祖与关汉卿、白朴、马致远并列称为“元曲四大家”,或再加上王实甫和乔吉而称为“六大家”。他和乔吉可以代表后期作者,而他尤为元后期曲家的翘楚。前人多称赞他的《㑇梅香骗翰林风月》,大概因为其曲词情意独至,蕴藉有趣,但是那个剧本的剧情不过如一本小《西厢》,全出模拟,毫无创造,殊不足道。至于《倩女离魂》虽是根据唐陈玄祐的传奇小说《离魂记》改写的,却并非全出抄袭,而是经过加工改造的。

《倩女离魂》写:张倩女和王文举是指腹订婚的。文举上京应试,先拜辞岳母,岳母因他还是“白衣秀士”,只令这一对青年男女以兄妹之礼相见。但二人一见之下,情意相投,倩女自此便朝思暮想,神魂颠倒。文举启程,倩女送别,又给她很大的刺激,以致得病不起。她思念文举,灵魂离开肉体,追上文举,一道进京。文举中了状元,作家书报喜,并说要同夫人一起回家。这时,卧病的倩女一听这个消息,便异常悲痛。三年之后,文举果与倩女的灵魂同归,见了岳母还请罪不已。岳母以女儿久病未起,不信其言。谁知倩女之魂到家后,自向内房而去,便与床上病倩女合为一体,病也好了。真相既明,二人乃欢宴成亲。

剧本主要刻画了一个争取婚姻自由,对爱情坚贞不渝的倩女的形象,歌颂了勇于斗争,终得成功的坚定精神。通过这一离奇故事,它也写出封建礼教和一切传统思想对人天性的压抑。倩女的倔强性格经作者以浪漫主义手法,分别写她的离魂不怕一切艰苦与非议,孤身跋涉,始终追随,大胆地爱;同时又写她的正身因刻骨相思而病倒在床,日渐消瘦,使人感到她的心笃志坚,非任何力量所能阻挠。文举表现了较浓厚的封建礼教观念,成为倩女斗争的阻力,从而更加突出了她的倔强性格与坚决意志,使我们认识到她以孤身无援而坚持斗争、终于取得胜利的不易与可贵。

剧中有细腻的心理描写,也有极其美妙的抒情曲辞,这都增强了剧本的感染力。第三折中有两支曲子,最能代表作者刻画心理活动的微妙细致:

〔迎仙客〕日长也,愁更长;红稀也,信尤稀;春归也,奄然人未归。我则道相别也数十年,我则道相隔着几万里。为数归期,则那竹院里刻遍琅玕翠。

〔红绣鞋〕去时节,杨柳西风秋日,如今又过了梨花暮雨寒食。则兀那龟儿卦无定准,枉央及。喜蛛儿难凭信,灵鹊儿不诚实,灯花儿何太喜!

至于以景物烘托人物思想情感的丽句,更随手可举。如第一折的:

〔仙吕·点绛唇〕捱彻凉宵,飒然惊觉,纱窗晓。落叶萧萧,满地无人扫。

〔上马娇〕竹窗外,响翠梢,苔砌下,深绿草。书舍顿萧条,故园悄悄无人到。恨怎消?此际最难熬。

〔游四门〕抵多少彩云声断紫鸾箫,今夕何处系兰桡?片帆休遮,西风恶,雪卷浪淘淘,岸影高,千里水云飘。

有些曲子清丽流便,并不算过于浓郁,与王实甫《西厢记》"长亭送别"一样,如第一折的〔柳叶儿〕便是绝妙好词,而寓情于景,并无多余之感。

他现存的其他各剧,《智勇定齐》和《三战吕布》两种是比较好的。前者歌颂了有勇有谋的女英雄钟离春,有一定的现实意义;后者刻画了刘、关、张三个英雄人物的形象,在艺术上颇有成就。

元代后期另一位列入六大家的乔吉是与郑光祖同时的重要杂剧作家。乔吉,名一作吉甫,字梦符,一作孟符,号笙鹤翁,又号惺惺道人,太原人。他善词章,博学多能,尤以乐府为世所称。中年以后,居杭州,所作散曲益多,至今尚存小令二百余首,套数十套,为元人中除张可久以外存小令最多的曲家。生年不详,卒于元惠宗至正五年(公元 1345 年)。有杂剧十一种,今存其三,均是写才子佳人的爱情剧,或者就说是风情戏更确切。这些题材陈旧,情节简单,大抵均落俗套的作品,本无足取,惟因他的曲词华艳,所以颇为人所爱赏。就中《两世姻缘》较好,但若与故事情节颇相类似的郑光祖的《倩女离魂》比起来,其思想艺术都有所不及,更无论与前期的作家作品相比了。

《两世姻缘》故事出于唐范摅《云溪友议》中一篇传奇小说《玉箫化》:书生韦皋和洛阳歌妓韩玉箫相爱。皋赴京应举,约定三年归来,但一去数年,竟无音信。玉箫想念致死。死前自画一像,托人去京寻找韦皋。韦皋中了状元,奉命西征,十八年后,官至镇西大元帅。一日,在荆州节度使张延赏家里宴会,见张的义女玉箫很像他从前的情人,而且同名,他便向延赏求亲,致延赏大怒,几乎相杀。幸玉箫拦住,未闹成大事。韦皋乃将此事颠末奏知皇上,适前玉箫之母韩氏携其画像赶到,延赏见画中的前韩玉箫和今张玉箫容貌完全相同,知道韦皋与其义女玉箫乃是两世姻缘,遂奉旨成亲。剧本通过玉箫这个人物写出妓女的痛苦生活,有一定的现实意义。而更可取的是,它写了她对韦皋的爱情生死不渝,那种坚贞性格竟出于一个妓女,尤其难得。剧中曲词有极工的,如第二折中的〔商调·集贤宾〕、〔尚京马〕、〔后庭花〕,便是。但这些曲子意简辞繁,铺陈浓艳,虽于刻画人物的内心情感不无衬托渲染的作用,而雕琢过甚,毕竟不免单纯追求辞藻而削弱其思想感情的抒发,较郑光祖《倩女离魂》似逊一筹,兹不举录。

宫天挺,字大用,大名开州(今河北大名)人,除钓台书院山长,卒于常州。有杂剧六种,现存其《生死交范张鸡黍》一剧。故事本于《后汉书》:范巨卿与张元伯为生死交。巨卿与元伯约定某年、月、日去访他。至期,元伯请母亲备好鸡黍,候巨卿到来同餐,巨卿果然如约从千里外赶到了。后来元伯病死,临终,嘱家人待巨卿来主丧下葬。时巨卿忽梦元伯谓他已死,巨卿便急速素衣前往吊丧。他未到时,元伯的灵柩经许多人都挽不动,他一到后,灵车才动了。太傅第五伦深重其义,奏请赐巨卿以官。这本剧写书生重信义,生死不变,对元代社会显然有很大现实教育意义。

曾瑞卿,名瑞,大兴人,南下居杭,不仕,自号褐夫,有散曲《诗酒余音》行于世。所撰杂剧仅《王月英元夜留鞋记》一种,现存。这是后期比较好的爱情戏之一。

秦简夫,大都人,后亦曾寓居杭州。他是时代较迟的一个重要作家,其作品为衰微后的杂剧的代表。原有五种,今存其三,一般都是宣扬封建道德的,思想性不强,即其最好的《东堂老劝破家子弟》,情节也很平常,意义并不太大,但尚能写出旧家庭旧社会的黑暗,揭露富贵生活和遗产制度的影响,有一定的现实意义。曲词质朴自然,生动本色,在后期算是一个有力的作品。

萧德祥,杭州人,以医为业,号复斋,有杂剧五种。今存《杨氏女杀狗劝夫》是个家庭剧,文辞俚俗,在民间很流行,后来有名的南戏《杀狗记》便是同一题材的作品。

此外,杨梓(海盐人)作《豫让吞炭》、《霍光鬼谏》、《敬德不伏老》,今皆存。金仁杰,字志甫,杭州人,作剧七种,今存《萧何月夜追韩信》一剧。这些人成就都不高,有些作品还是消极的,殊无足取。惟无名氏的《风雨象生货郎旦》,现实性更强些,但不易断定它是否为后期的作品。

第十五章　元代散曲

第一节　散曲的源流及其发展

　　元曲一词本应包括两个部分：一是杂剧，一为散曲。杂剧是元代的歌剧，其歌词便是曲；散曲则是元代的新体诗。这在当时是两种并列的文学体裁，虽都可以笼统地称为元曲，却各有其独立的生命。不过散曲同时又是构成元杂剧的主要部分。

　　散曲是流行于元代以来的民间歌曲的总称，是继"词"之后可唱的诗体的总称。唐、宋以来，文人诗词发展到了高峰，渐趋衰微，走上形式主义的绝路，便又从民间歌曲吸取新的格调，逐渐发展，就成了这种新的形式，代替词作为抒情的乐府，配乐清唱。它不像杂剧的曲辞用于表演故事情节，配以科、白，节以锣鼓，成为歌剧的组成部分，所以对戏曲而言，也称散曲为清曲。

　　散曲的音律和结构都很接近于词，有些曲牌也确是从词调因袭或演化而来，有些是从词中解放出来而独立成为曲调的，有的显然是出于民间俗曲而受到词的影响的。过去有很多人说曲为"词之余"，认为"都是从词演化出来的"，却不符合事实，并也有违文体发展的规律。唐、宋词本来也是从民间学来的曲子，其先原叫做曲子词的，后来经过文人制作，渐渐定出了许多限制，不复为人民所歌唱，便成了文人案头的书面文学，这形式遂因而僵死。但是人民永远不会闭口停止他们的歌声的；他们需要歌唱，以抒发自己的感情。因此，民间俗歌、俚曲，随时都有变化，随时都有新的东西产生，并不受文人作品形式的任何拘束。都市歌女、伶工也要求用人民群众所喜闻乐见的形式来演唱，要求变化旧有的歌唱形式，这就不能不从新起于民间的时曲小调中吸取营养。于是"曲"这种东西便在民族民间乐曲歌诗的基础上，推陈出新，慢慢地产生了。

　　近人研究结果，元剧乐曲牌调出于唐宋词、宋大曲、宋金诸宫调以及其他宋元旧曲的，不下一半；还有的是出于番曲，出自市物叫声，出于舞队，乃至出自影戏、说话、僧道经忏声、花词、灯词、棹歌、渔歌、挽歌，以及各地民谣等，真是来源复杂，而且是多方面的。但分析起来，其曲调主要还是直接或间接从民间乐调来的，正如词的初起时是一样的。

就现存的三种诸宫调中较早期的《刘知远》和《董西厢》看来，它们实在是由一些初期的小令和套数连接而成的。到12世纪南宋时期，早年的词人沈瀛的《野庵曲》便已是散曲的体裁，只不过未标明曲调而已。13世纪前期，名曲家杨果、杜仁杰、商正叔等便已写作散曲，可见散曲到此时已有长时间的酝酿，早在宋、金两代就已萌芽并且生根了。

散曲形式活泼自由，与诗、词的格式固定和语言干瘪，不适合音乐与口语的发展者大不相同。它字句长短变化多，必要时还可以加衬字，所用韵脚又是平、上、去三声互叶，入声则派入三声，格律上解放了，对表情达意就有较大的回旋余地。因此，散曲产生以后，很快就流行并兴盛起来了。

散曲和杂剧所用曲调多数是相同的，但若把散曲理解为是杂剧的曲调拆散来使用的，并说它产生于杂剧之后，却是错误的。应该说，散曲和杂剧的曲调同时出于唐宋词、曲及宋金元民间俚歌、俗曲、小调。散曲本包括小令及套曲两种形式。元杂剧唱词所用的北曲，一部分是金朝统治的北方地区民间流行的民歌小调，一部分是南宋所辖地区流行的词曲传到北方的。其成为有宫调的套数，乃是通过散曲或小令的撰制阶段，才结成首尾相连、一气贯串的大套。套数一名散套，就是因为套数已经用作杂剧的唱词，为区别于剧词的联套，故另名为散套。元人把宋、金民间诸宫调的联套方法，由抒情、写景、叙事的散套，移用来编写故事情节，遂成为杂剧的曲调。可见，元曲之由小令到套数、大套、联套，是合乎一切文学体裁由简而繁，由短章而长篇的发展规律的。所以，可以这样说，杂剧唱词所用的曲调乃是从过去的和民间的各种零散支曲中取用组合的；元代散曲的来源也是如此，故杂剧唱辞之曲与散曲之曲，二者实乃同源。

散曲也有南北之别：北曲流行于金、元及明初，南曲起源似乎较早，而流行却较晚，元末明初才有专写南曲的作家出现。北散曲似出现于杂剧之前，南散曲则在戏文产生之后才为文人所使用。讲元代散曲，大抵专指北散曲而言，尤其前期，还没有南散曲可言。

散曲小令和词一样，以一首为一篇，每支曲有一个牌名，以代表其谱式，如《天净沙》、《人月圆》、《山坡羊》等是。小令是单一的简短的抒情歌曲，最初固然都是以一个曲牌为一首,但后来发展了,也有例外:(一)北曲有由两个或三个同一宫调中音节谐调的曲牌接合成的"双调"或"带过曲",如《雁儿落带过得胜令》、《骂玉郎带感皇恩采茶歌》等是。(二)南曲有把各曲中零句组合起来成一新调的"集曲",如摘合《香罗带》、《皂罗袍》、《一江风》三调中的好句(指音调)而成为《罗江怨》便是。(三)以若干首同调小令咏歌一件连续的或同类的景色或故事者曰"重头",如元人常以四首小令咏四时景,或以若干首小令咏《西厢》故事,便是。各首并不同韵。散曲套数是由小令进一步扩大组合而成的,是两个以上同宫调的小令曲牌结合起来组成的套曲,亦名散套、大令。套数的要求是:(一)同属一个宫调;(二)全套一韵到底;(三)有"尾声"以示首尾完整及音乐的结束。南曲套数至少必须有"引子"、"过曲"及"尾声"三个不同曲牌,始成一套;北曲至少须有一"正曲"一"尾声"组成。套数最长的有包括三十多支曲的,而一般总有五六个以上的曲牌。元末才开始有南北合套的新调出现,则是以南曲牌调和北曲牌调混合组成的套数。

元人散曲大抵以口语方言写作,有如"市井所唱小曲",清新活泼,通俗明畅,最能表达复杂深曲的社会生活和微妙细致的内心情感,而且反映现实,嘲骂反动黑暗的统治阶级,尤为深刻尖锐。早期作品最具这种特点,所以富有人民性和战斗性,如睢景臣的《高祖还乡》便是。有的描绘山水田园,刻画日常生活中的琐细事物,也具有一定的美学价值。当然也有咏物的、诙谐的,其内容没有多大现实意义,或更近于文字游戏,乃至带有消极没落情绪,则逐渐把散曲引向后期形式主义的衰微绝路上了。

元代散曲的盛衰和杂剧并不一致。姑以公元 1300—1307 年的"大德年间"为分野,前期还不脱草创时代的特色:戏曲作家兼写散曲,贵族官僚及士大夫也开始用它抒怀遣兴,或为歌妓作演唱用的曲子。到后期才有较多专写散曲的作家,他们全力创作散曲,造成了散曲的黄金时代。就题材内容论,前后期都有现实性强的,也有现实性弱或反现实主义的作品。所不同者,前期不像后期那样讲究辞藻,追求文字华美。所以后期散曲虽盛,其价值毕竟不如前期之大,显然已渐趋衰落了。

元代散曲风格主要有两派,即以马致远为首的豪放派和以张可久为首的清丽派。但二者并无绝对的界限,并且不能从风格上判断作品的思想内容和艺术成就的高低。

元代散曲家可考者达二百二十七人,另外还有很多佚名作家和作品。

作者不只是汉人,也有蒙古人(如阿鲁威等),有高车人(如不忽时用等),有
畏吾尔人(如贯云石等);其成分,则有达官贵人,有一般官吏,有士大夫文
人,有宋、金遗民,也有娼优妓女(如黑老五、行院王氏、朱帘秀等)。可见它
是各阶级、各阶层都喜爱,并能掌握,也乐于使用的诗歌体裁;其盛行的情
况远非当时已经僵化了的诗、词只为文人所专用者可比。后期文人竞新斗
艳,乃渐趋雕琢,而到了明代的梁辰鱼、沈璟等,号称大曲家,便专尚文雅,务
求工丽,又特重音律,遂无复元人萧爽苍茫的境界了。于是散曲便被带到末
路,而民歌俗曲又代之而兴。

第二节 元代前期散曲重要作家和作品

　　元代前期散曲作家中,关汉卿也占很重要的地位。他的散曲风格是深
刻细腻,浅而不俗,深而不晦,故为雅俗共赏。现存的有套数十四,小令五十
七,其代表作是〔南吕·一枝花〕"不伏老"套,曲辞自然本色,比喻生动,趣味
横生。其他许多散曲,或写男女爱情,或写离愁别恨,或写小儿女的意态,或
写无可奈何的叹息,或写称心快意的满足,都极成功。尤长于刻画人物的心
理状态,如〔双调·新水令〕套就是,且摘引几支曲子:

　　〔乔牌儿〕款将花径踏,独立在纱窗下,颤钦钦把不定心头怕。
不敢将小名呼,咱则索等候他。

　　〔雁儿落〕怕别人瞧见咱,掩映在荼蘼架。等多时不见来,只
索独立在花荫下。

　　〔挂答钩〕等候多时不见他,这的是约下佳期话。莫不是贪睡
人儿忘了那、伏塚在蓝桥下? 意懊恼却待将他骂,听得呀的门开,
蓦见如花。

　　……

　　〔尾〕整乌云欲把金莲厌,扭回身再说些儿话:你明夜个早些
儿来,我专听着纱窗外,芭蕉叶儿上打。

在他这类题材的曲子中也有很婉丽的,如〔黄钟·侍香金童〕:

　　春闺院宇,柳絮飘香雪。帘幕轻寒雨乍歇,东风落花迷粉蝶。
芍药初开,海棠才谢。

〔么篇〕柔肠脉脉，新愁千万叠。偶记年前人乍别，秦台玉箫声断绝。雁底关河，马头明月。

〔出队子〕听子规啼血，又西楼角韵咽。半帘花影自横斜，画檐间丁当风弄铁，纱窗外琅玕敲瘦节。

他描写景物的散曲喜用白描的手法抽取景物的特征来直接描画，不似后期作家多借山水风物抒发消极闲退的情绪。如〔南吕·一枝花〕"杭州景"便是这样直写杭州市井繁华、湖山秀丽的。其〔尾声〕总括全局，尤见妙处："家家掩映渠流水，楼阁峥嵘出翠微。遥望西湖暮山势，看了这壁，觑了那壁，纵有丹青下不得笔。"

他的小令曲中有很清丽的抒情诗，如〔正宫·白鹤子〕四首之三：

鸟啼花影里，人立粉墙头。春意两丝牵，秋水双波溜。

有些也流露出元曲家普遍的闲适、消极思想，当然是不够健康的，未可概予肯定。就是写爱情的，也间有涉于猥亵的，甚至近于色情的描写，必须视为糟粕，但在他是不太多的，并非主流。

总的看来，关汉卿的散曲以思想内容而论，不及其杂剧的成就高，战斗性和现实性不那么强，但艺术上却同样具备通俗易懂，形象鲜明，语言生动泼辣，富有浓厚的民间气息等特色。

元代前期与关汉卿时代差不多的白朴，虽也是一个杂剧名家，但其散曲成就似更高于其戏曲。他的散曲表现得才华俊逸，词采清新，而抒情写景的小令尤为出色。《天净沙》四首中写秋的一首就是一幅绘影绘声的图画：

孤村落日残霞，轻烟老树寒鸦，一点飞鸿影下。青山绿水，白草红叶黄花。

色调鲜明，殊不下于长期为论者所称诵的马致远的"枯藤老树昏鸦"一首（见后），而写作技巧也颇相似。

他的《阳春曲》"知几"四首，悲哀深婉，表现出他内心的苦痛，殊有无可奈何之感，如其第一、二首：

知荣知辱牢缄口，谁是谁非暗点头。诗书丛里且淹留。闲袖手，贫煞也风流。

今朝有酒今朝醉，且尽樽前有限杯。回头沧海又尘飞。日月疾，白发故人稀。

按照他的身世，自有深重的隐痛，当其无力自拔之时，遂亦不免产生悲观厌世思想，因而写出一些消极或闲适的作品。如深入作者的精神世界去探索，便可看出这类作品的里面，实在也隐藏着他对现实的不满。然而，作品的客观影响却是不好的，因为不健康的思想毕竟不能引人积极向上，相反的，只能使人消沉退缩。《沉醉东风》"渔父词"、《寄生草》"劝饮"以及《双调·乔木查》"对景"套，均是此类，虽文词工巧，艺术性很强，却不应给予很高的评价。

从他的杂剧看，就可知其善作情语，《阳春曲》"题情"四首就写得很细腻。其第三首云：

> 笑将红袖遮银烛，不放才郎夜看书。相偎相抱取欢娱。止不
> 过迷应举，及第待何如？

这里的思想也比较大胆自由，没有一般士大夫的扭捏作态，也没有那种酸腐气。

稍后一点的散曲大家马致远，前已说过，大约生于 13 世纪 50 年代到 60 年代之间，元贞间（元成宗时，公元 1295—1296 年），大约已四十岁左右，还在"书会"中与杂剧艺人花李郎、红字李二等编写《黄粱梦》等杂剧。他年寿较长，14 世纪初期还活着，并继续写作到公元 1321—1323 年间，故为前期之末的大曲家。他的杂剧除《汉宫秋》外，其余都不算好；但在散曲方面，他的成就却在关汉卿、白朴之上，而且影响最大，为整个元代散曲作家的领袖。他是第一个把自己的思想毫无保留地写进散曲里的。他发牢骚、厌世、故意作超脱语，这些都明白地表现在他的散曲中。从他以后，散曲便渐由民间文学转为文人文学，成为文人专用来发泄自己苦闷的文学体裁了。元代散曲一般以反映士大夫阶级厌世、玩世、出世等消极没落思想情绪为主，恐怕与许多早期作家的处世态度和作品风格有很大关系，尤其受马致远的影响为最深。这当然是时代所决定的，但不可否认，领袖作家也起了一定的示范作用。

马致远青年时代迷恋功名，但一直未能得志，在失望之余，不得已而退隐林下，牢骚满腹，啸傲风月，寄情诗酒。《金字经》"失题"三首写得很明显：

> 絮飞飘白雪，鲊香荷叶风，且向江头作钓翁。穷，男儿未济中。
> 风波梦，一场幻化中。
>
> 担挑山头月，斧磨石上苔，且做樵夫隐去来。柴，买臣安在哉？
> 空岩外，老了栋梁材。

夜来西风里,九天雕鹗飞,困煞中原一布衣。悲,故人知未知?

登楼意,恨无上天梯。

〔般涉调〕"哨遍"套写得也很坦率。他归隐并非本心,实出于不得已,所以归田以后,愤怨无已,并未死心。他认为"天之美禄谁不喜"(《清江引》"野兴"八首之四),但自己半世蹉跎,一事无成,只好承认自己"本是个懒散人,又无甚经济才",不如"归去来"(《四块玉》"恬退"四首之四),而退隐之后,却感到还是一样有风波:"绿蓑衣,紫罗袍,谁是主?两件儿都无济。便作钓鱼人,也在风波里。"现实是逃避不了的,进退都会遇到风波,只要你对这世界还有所需求,总是有阻碍的。于是他说:"则不如寻个稳便处闲坐地。"(《清江引》"野兴"八首之二)他由极端个人主义者进而变成极端享乐主义者了。他看看古往今来的英雄豪杰最后都"寿与心违","不如醉还醒,醒而醉"(《庆东原》),所以决定"跳出红尘恶风波","离了名利场,攒入安乐窝",去寻求"闲快活"了。"人间宠辱都参破"的他,不争贤愚,不论是非,失掉对一切事物的热忱,一天到晚只念念于"良辰美景休空过",在"琉璃钟,琥珀浓,细腰舞,皓齿歌"的生活中混日子,堕落得多么可怕!对于后世失节文人找借口来给自己的丑恶行径作解释,这种思想实在起了很大的作用。

〔双调·夜行船〕"秋思"套是马致远散曲中成就最高、传诵最广的代表作,词长不录。那里也表现了他逃避现实,超然物外的心情,仍是消极的;但其中也由于他对现实的不满而揭露并批判了统治阶级的种种腐朽行为与丑恶面目,具有一定的现实意义。论者或谓他的这类作品颇似词中苏轼,豪放、清逸、萧爽。我们认为不然:苏词可谓豪放、清逸;马曲则是旷放,而萧爽之气更多于清逸,这篇尤其显然。这里消极情绪很浓,不似苏词如"大江东去"纯以豪放激壮之音表达积极向上的感情。至于语言,马曲也是很精炼而本色的,音调高爽,艺术性自亦很强。

马致远有许多描写自然景色的小令,如千古绝唱的《天净沙》"秋思",最能代表其散曲风格:

枯藤老树昏鸦,小桥流水人家,古道西风瘦马。夕阳西下,断肠人在天涯。

这与白朴那首写秋的同调在写作方法上具有同一特点,而马作尤为突出。它以十八字写九种足以反映秋思的景色、事物,形象鲜明地罗列在一起,贯注了诗情画意,使它们形成一个不可分割的整体,从而在读者面前呈现出一幅色泽鲜明、情景交融的诗画,给读者以强烈的感受。这样,就不需要用一个动词,而能得到精心刻画诗人内心情感的效果。在散曲创作中,他所采用的艺术手法是多样的、变化无穷的,而且都是很高妙的,不但表现力强,构思也很新颖,造词精炼,却并不过于绮丽。

关于马致远和马致远这首堪称千古绝唱的《天净沙》"秋思",近世学者尚有异说:(一)王国维谓:有二马致远,"一大都人,即东篱;一金陵人,马琬文璧之父"(《录曲余谈》)。(二)叶德均引元人王恽《文通先生墓表、附碑阴〈先友记〉》云:"马寅,字致远,许州人,性雅重,嗜古学,恬于仕进。"又加上这个金元间人名寅字致远的第三个马致远。(三)最近又有人疑这首散曲作者是"马寅的可能性要大些"。我们并不认为如此,因为没有任何文献可以证明这个马寅是个大曲家。

马致远也写情词,语皆谐俗易解,情意深而不亵,如《寿阳曲》多首,均是深入细致而明白如话的:

云笼月,风弄铁,两般儿助人凄切。剔银灯欲将心事写,长吁气一声吹灭。

心间事,说与他,动不动早言两罢。罢字儿碜可可你道是耍,我心里怕那不怕!

实心儿待,休做谎话儿猜。不信道为伊曾害。害时节有谁曾见来?瞒不过主腰胸带。

的确,意新语浅,曲折尽致,为雅俗所共赏。

马致远也写过个别篇章,以讽刺之笔暴露社会丑恶现实,如《耍孩儿》"借马"套便是以严肃的态度写诙谐的内容。这就表明他不是在写游戏文章,而是借一个小小的幽默喜剧,对整个社会的某一方面进行批判,意义是比较大的。这篇写一个悭吝人新买一匹马,朋友来借,他虽舍不得,又不好不借;借给时,反复叮咛;借去后,时时悬挂,盼望早还。通过一系列的语言、动作、表情,极生动而个性化地表现这个人的吝啬性格与心理活动。这样的作品在散曲中很少见,故既有一定思想性,而艺术性尤强。

马致远的散曲现有《东篱乐府》辑本,共得小令一百零四篇,套数十七,在前期是最多的,影响也最大。他扩大了散曲的题材范围,提高了散曲的意境,把这种体裁运用得更纯熟、自由,语言优美而不纤巧,精炼准确而又甚为浅显通俗,具有鲜明的形象与色泽。也有它坏的一面,那就是过多地写归隐、闲适、道情等消极题材。以他的高妙的艺术把后来作者引向这一路上，使散曲成为专写消极情绪的东西，从此以后就变为远离人民的文人抒情体裁，渐走下坡路，进入作者盛而成就低的后期了。

从关汉卿到马致远，前期的散曲已完全成熟，与马同时和以后的作家便多追随他，写着同类的散曲，以隐居、闲适、放浪山水为主要题材。马致远这样写还有他的身世经历为根据，别人就往往只是像小儿学语一样，虚伪、抄袭，其作品就成为陈腔滥调了。

张养浩因写过"自舍资财拯救民"和"路逢饿莩须亲问，道遇流民必细询"这类并无诗意，而纯为自我表扬的句子，而被近来某些论者认为是具有人民性和斗争性的现实主义散曲作家。其实，他除掉有一首《山坡羊》"潼关怀古"还算是凭今吊古、感慨深沉的作品外，其余不但艺术性不及马致远，就连思想也并未超出马作的范围，感情尤不免虚矫做作。张养浩（公元1270—1329年），字希孟，号云庄，济南人。一生做过监察御史、翰林待制、礼部侍郎、礼部尚书，参议中书省事，"以劳瘁卒"，是一个得到异族统治者信任而在政治上获得高位的汉族文人政客。他也极端忠于元朝皇帝，并非政治上的失意者。他的《普天乐》"辞参议还家"道：

> 昨日尚书，今朝参议。荣华休恋，归去来兮。远是非，绝名利，盖座团茅松阴内，更稳似新筑沙堤。有青山劝酒，白云伴睡，明月催诗。

这与归隐有何相似处？如他自己所说，"海来阔风波内，山般高尘土中，整做了三个十年梦"，一生中"用了无穷的气力，使了无穷的见识，费了无限的心机"（《庆东原》），只因降了官，怕"犯笞、杖、徒、流罪"，才"把功名富贵皆参破"，而以此自比渊明，真是拟于不伦，未免羞煞人也！现在竟说他"力图改革黑暗政治"，说他"始终为实现开明政治而斗争"，实在把他估计得太高了，并非实事求是合乎实际的。的确，他只有一首《山坡羊》"潼关怀古"值得介绍：

> 峰峦如聚，波涛如怒，山河表里潼关路。望西都，意踟蹰，伤心秦汉经行处，宫阙万间都做了土。兴，百姓苦；亡，百姓苦！

与张养浩时代相近的刘致和睢景臣二人，却是有突出成就、值得重视的曲家。

刘致（？—约1324年以后），字时中，号逋斋，石州宁乡（今山西省离石县)人。他做过翰林待制、浙江行省都事等官。他的文章很受当时古文家姚燧的赏识,其散曲现存小令六十余首,套数三。小令有极清丽的,如《山坡羊》"侍牧庵先生西湖夜饮":

> 微风不定,幽香成径,红云十里波千顷。绮罗馨,管弦清,兰舟直入空明镜。碧天夜凉秋月冷。天,湖外影;湖,天上景。

又如《清江引》"失题"和《双调·雁儿落带得胜令》"送别"写得均美,但已完全文人化了,与宋词相似,无复早期曲家本色语。他最有成就的是具有创造性的两篇长套《端正好》"上高监司",在散曲中前无古人、后无来者。它不仅篇幅最长——前套十五支曲,过去已属罕见,后套更长达三十四调,尤为古今所未有;而且两套同题,其内容也与一般散曲不同,竟是写社会现实的大题目。前套写南昌大旱灾,描述人民疾苦,极沉痛;后套写当时库藏积弊,吏役弄奸,暴露黑暗也很深刻。作者以极大的愤慨,揭露并斥责统治阶级、剥削阶级,同时以深切的同情给予被压迫的贫苦老百姓,充满高度的人道主义精神。他的文字也明白如话,而描写极为细致,富有形象性。它的艺术手段与思想内容同是很高的。他的第三篇套曲《新水令》"代马诉冤"也是很好的现实主义作品,不过借马喻人,抒发自己对黑暗现实的强烈不满与痛恨,并非滑稽诙谐的游戏文章。刘致是第一个以散曲为人民呼号,与统治阶级进行斗争的作家。他把散曲作为叙事、说理的诗体说帖,作为"陈言"的工具,作品表现了强烈的人民性、斗争性和现实性。但后人或以为作此两篇《端正好》"上高监司"的作者是古洪(今江西南昌)人刘时中,而非这位山西人刘致字时中,未知然否?南昌刘时中生平无考。

睢景臣(一作舜臣),字嘉贤(一作"后字景贤"),扬州人。他原属后期杂剧作家,但其三种杂剧均已不存,现在仅有几首散曲,其中最成功的现实主义作品《般涉调·哨遍》"高祖还乡"套作于大德七年(公元 1303 年)以前,应该属于前期末的作品,故在这里介绍。全文见《朝野新声太平乐府》,词长不录。这篇散套对于煊赫一世名传千载的历代最高统治者代表人物的汉高祖刘邦作了辛辣无比的讽刺和嘲骂,既历数了他的家底,又抖露了他当初的流氓无赖行为,从而扯碎他的假脸,否定其皇帝的尊严。曲子里说:你今天装模作样称为汉高祖,其实就是当年人民所鄙视、所讨厌的那个无赖刘三。而且,在人民眼里,即使是不认识他的,也只看成为"那大汉",并不如官吏们传示的什么"銮舆"、"车驾"那样神圣不可侵犯;而一经识破之后,简直令人气破肚皮。这是具有强烈反抗性的作品,反封建压迫,更着重在反封建的传统等级观念。这篇散曲真是一幕讽刺喜剧,人物形象生动已极,有代表人民的作品主人公,心直嘴快,朴实幽默,大胆地蔑视一切地位和权势;有乡里的土豪、绅士如社长、王乡老、赵忙郎一类的乔男女,趋炎赴势,装作了不起的人物;更有刘邦这个流氓皇帝的丑恶形象。这里不但有人物,有语言和动作,也有排场,并且戏剧性很强。无论形式、内容,它都是奇特的、独创的,其成就达到了前所未有的高度。它把历史人物典型化了,正是借此反映了现实,也歌颂了广大人民对于统治者的蔑视与反抗的精神。

此外,前期重要散曲作家还有:杜仁杰,字仲梁,济南长清人。有《耍孩儿》套"庄家不识构阑",写作技巧颇似睢景臣的《高祖还乡》,但思想意义却有问题,因为他几乎完全是嘲笑了农民。但作为元代剧场实况的资料来看,还是有用的。白贲,字无咎,以所作《黑漆弩》(《鹦鹉曲》)有名于时,冯子振曾和了他三十几首。其曲辞炼意美,艺术技巧很高,而内容不过是闲适道情之类,并无多少现实意义。他的《百字折桂令》写秋景以寓秋思,则与马致远《天净沙》颇为近似。胡祇遹,号紫山,官至宣慰使,《元史》有传,其小曲颇有逸趣。冯子振,字海粟,散曲萧爽似白贲,和《鹦鹉曲》写汴、吴、上都等地风景,多隽美之作。贯云石,一名小云石海涯,字酸斋,维吾尔族人。卢挚,字处道,号疏斋,涿州人。也都是与冯子振同时的有名散曲作家,风格也有相近处,而卢作朴素自然,成就较高。所有这些作家的散曲,都不过是文人消闲之作,无论思想意境还是艺术风格,都没有超出以前各家,即没有什么新的成就,故不一一论列。

第三节　元代后期散曲重要作家和作品

散曲发展到 14 世纪之初,已经完全成熟,开始进入讲格律,拘韵度,重工巧,追求形式,趋向"典雅"一路。到此时期,这种体裁便逐渐僵化,作品生产愈多,辞句雕镂益甚,思想内容愈形空虚,远离人民,降低其现实性和人民性,也失掉其初期朴素、爽快、生动、活泼的特色了。而曲学批评以及曲律研究的著作也应运而生。周德清的《中原音韵》中的《作词十法》已讨论了知韵、造语、用事、用字、入声作平声、阴阳、务头、对偶、末句和定格等形式技巧问题,而并非只讲曲韵,但对曲的思想内容问题则根本不曾提到。此后,曲坛更热闹了：有杂剧作家兼作散曲，也有专写散曲的作家，还有从事编录散曲总集或选集的作家。各阶层中从事各种职业的一般知识分子也写一些散曲，但成就却大不如前了。后期主要作家有张可久、乔吉、徐再思、郑光祖、周德清、钟嗣成、杨朝英等，风格虽不尽相同，但都趋于典丽，讲求格律。

张可久（约公元1270—1348年以后），字小山，浙江庆元（按：庆元路治在今浙江宁波）人，做官不大得意，故作品常有牢骚语。他生活于13世纪晚期和14世纪前期，而创作活动则主要在14世纪。他晚年曾久居西湖，好游览山水，到过金陵、金华、扬州、长沙等地，游过江南许多名胜，故曲中写景独多。他是元代专写散曲的作家，毕生用力于此，故作品最晶莹工丽，颇享盛誉，被以后作者奉为师法。其现存的《小山乐府》，虽是近人辑录的，并非原本，却还有小令七百五十一首，套数七篇，数量为元代第一。

他的作品也缺乏反抗精神，而专以山水声色自娱，并无现实内容，至多只有吊古伤今的轻喟浅叹，殊无深刻的思想意义，如《卖花声》"怀古"已算仅见的了：

> 美人自刎乌江岸，战火曾烧赤壁山，将军空老玉门关。伤心秦汉，生民涂炭，读书人一声长叹。

他对社会问题并未深入一步去想，他认为历史是过去的，一切都"不堪回首"，而年年春来春暮，野花开，"东风还又"，自己却"十年落魄"，"男儿未遇"，于是觉得"百代功名，年年志节"，都不过是"半霎南柯，一梦蝴蝶"，值不得考虑，最好还是"乐乐跎跎"，快活一天，得一天便宜。而他对于古往今来的态度，则是"兴亡遗恨，一丘黄土，千古青山"，是"孔林乔木，吴宫蔓草，楚庙寒鸦"。这种消极情绪几乎反映在他的一切作品中。

他最好的作品是写景而略抒淡雅闲适之情或稍带一点轻微的哀愁，如：

> 远水晴天明落霞，古岸渔村横钓槎。翠帘沽酒家，画桥吹柳花。（《凭阑人》"湖上"）
> 萋萋芳草春云乱，愁在夕阳中。短亭别酒，平湖画舫，垂柳骄骢。一声啼鸟，一番夜雨，一阵东风。桃花吹尽，佳人何在？门掩残红。（《人月圆》"春晚"）

这些在艺术上"清而且丽，华而不艳"的曲子，以骚雅蕴藉为最高境界，实已近似宋词，并无曲子的特色了。至于他的套曲本不多，好的更少，可不必谈。

乔吉的散曲在元代可与张可久并称。由于身世飘零，穷愁潦倒，他的曲有消极情绪,与张可久相同。至于风格,他们有同处,也有异处。同的是均走骚雅典则的路;所不同者,张一味骚雅,全无本色语,乔则雅俗并用,有时俗得好,比张大胆自由,有时雅得过分,显得浓艳刻镂,又不如张的稳中求工了。姑举几例:

> 不占龙头选,不入名贤传。时时酒圣,处处诗禅。烟霞状元,江湖醉仙,笑谈便是编修院。留连,批风抹月四十年。(《绿么遍》"自述")

> 朝三暮四,昨非今是,痴儿不解荣枯事。攒家私,宠花枝,黄金壮起荒淫志。千百锭买张招状纸。身,已至此;心,犹未死。(《山坡羊》"冬日写怀")

> 垂杨翠丝千万缕,惹住闲情绪。和泪送春归,倩水将愁去。是溪边落红昨夜雨。(《清江引》"即景")

徐再思,字德可,好食甘饴,自号甜斋。为嘉兴路吏,与张可久为同时人。散曲现存约百首,多与乔吉同赋,风格亦相似。后人把他和前期贯云石(酸斋)并称,合编两人集曰《酸甜乐府》,或亦有代表其风格之意。他多写情咏物之作,对仗工整,字句尖新,形式华美,内容贫乏,与张、乔同。如:

> 紫燕寻旧垒,翠鸳栖暖沙,一处处绿杨堪系马。他,问前村沽酒家。秋千下,粉墙边,红杏花。(《阅金经》"春")

> 平生不曾相思,才会相思,便害相思。身似浮云,心如飞絮,气若游丝。空一缕余香在此,盼千金游子何之?症候来时,正是何时?灯半昏时,月半明时。(《蟾宫曲》"春情")

也有个别曲子较为本色,但不多,其内容还是题情,如:

> 一自多才间阔,几时盼得成合。今日个猛见他门前过,待唤着怕人瞧科。我这里高唱当时《水调歌》,要识得声音是我。(《沉醉东风》"春情")

曾被称为元曲四大家之一的郑光祖,不但杂剧远不能与关汉卿相比,其散曲则去白朴、马致远两位前辈更远。但他在当时却极负盛名。他的曲子现存不多,而思想艺术也差。风格正与其杂剧相同,喜雕琢,往往盗窃古人成语,缺乏创造性。而这就为后学开了方便之门,故影响很不好。

《录鬼簿》的著者钟嗣成,字继先,号丑斋,汴梁人。《中原音韵》的著者周德清,号挺斋,江右人,宋代大词人周邦彦之后。《阳春白雪》和《太平乐府》两个散曲总集的编者杨朝英,号澹斋,青城人。这些人也都是后期的散曲作家,有一定的成就,而比起以前的大曲家,则均有逊色。他们的主要贡献在于以这些著作给后世提供曲学基本知识和参考资料。其他作者,更不足数了。

第十六章　元代诗、词、散文

第一节　元代的诗词

　　元代民间诗歌保存下来的不多,但仅存的少数歌谣中也还有思想性和艺术性都达到较高水平的。如:

　　　　一阵黄风一阵沙,千里万里无人家。回头雪消不堪看,三眼和
　　尚弄瞎马。(至正十五年京师童谣)

写人民遭受兵燹之后广大地区的荒凉景象,就很概括。至元丁丑(公元1337年)夏,民间传说"朝廷将采集童男女,以授鞑靼为奴婢",民间凡十二三岁的孩子都赶紧结婚,民歌云:

　　　　一封丹诏未为真,三杯淡酒便成亲。夜来明月楼头望,惟有姮
　　娥不嫁人!

多么幽默而又深刻的讽刺! 至于元代中叶民间的"不平诗"(第九章第一节已经引录过,可参看),更有号召群众起义的巨大意义,自尤非封建文人所敢写。

　　但是元代文人处于蒙古族统治阶级野蛮残酷的压迫之下,凡是有良心的和有一点民族气节的人,也不能没有悲愤感慨,因此,元人诗词虽一般成就不高,作者却也不少。有些诗人的诗无论思想上、艺术上,都还表现了一些幽峭之趣,似有意于纠正宋诗末流骋奇斗丽、粗率生硬之弊。元代没有什么大诗人,但具有一定成就的诗词作家却也不可尽忽。

　　刘因(公元1249—1293年),字梦吉,保定容城(今河北省容城县)人。有诗五卷,号《丁亥集》,又《静修文集》十五卷,词集名《樵庵词》,存三十五首。他的诗没有深刻地反映现实,成就不高。《黄金台》怀古之作,可代表其思想之一面:

燕山不改色，易水无新声。谁知数尺台，中有万古情。区区后世人，犹爱黄金名。黄金亦何物，能为贤重轻？德辉照九仞，凤鸟才一鸣。伊谁腐鼠弃，坐见饥鸢争！周道日东渐，二老皆西行。养民以致贤，王业自此成。黄金与山平，不救兵纵横。落日下荒台，山水有余清。

他这样的诗并不多，主要还是些写景或闲适之作，佳者不过如：

望中孤鸟入销沉，云带离愁结暮阴。万国河山有燕、赵，百年风气尚辽、金。物华暗与秋光老，杯酒不随人意深。无限霜松动岩壑，天教摇落助秋吟。（《易台》）

刘因的词也多是写隐士思想或及时行乐的，如《风中柳》"饮山亭留宿"便是：

我本渔樵，不是白驹空谷，对西山、悠然自足。北窗疏竹，南窗丛菊，爱村居、数间茅屋。　风烟草屦，满意一川平绿。问前溪、今朝酒熟？幽禽歌曲，清泉琴筑。欲归来，故人留宿。

他的诗词间有批评宋朝政治的，如《白沟》云：

……赵普元无四方志，澶渊堪笑百年功。白沟移向江淮去，止罪宣和恐未公。

有人说这是他"激于亡国之痛"，恐未必然，因为他并不见得承认自己是宋人，可能还自居于金之遗民哩。

元初诗人方回（公元1227—1307年）还写过一些反映现实、揭露矛盾的作品，如《苦雨行》中所说的便是。迺贤（公元1309—？年）《新乡媪》则反映了人民在苛税杂役压榨下的痛苦生活，与范成大《后催租行》颇相近似，具有更大的现实意义。其诗曰：

……棉花织布供军钱，借人辗谷输公田。县里公人要供给，布衫剥去遭笞鞭。……大儿运木起官府，小儿担土填河决。茅檐雨雪灯半昏，豪家索债频敲门。囊中无钱瓮无粟，眼前只有扶床孙。明朝领孙入城卖，可怜索价旁人怪。骨肉分离岂足论，且图偿却门前债！……

赵孟頫（公元1254—1322年），字子昂，宋宗室，其《松雪斋集》诗颇圆熟。但因丧失了民族气节，在元做过翰林学士承旨的高官，故思想中不能毫

无羞惭,诗中便也会有自我谴责的意思,不能认为都是"故作痛苦,聊以解嘲"。如:

> 鄂王坟上草离离,秋色荒凉石兽危。南渡君臣轻社稷,中原父
> 老望旌旗。英雄已死嗟何及,天下中分遂不支。莫向西湖歌此曲,
> 水光山色不胜悲。(《过岳武穆王墓》)

这里写的思想感情是比较真实的。至于像"中原人物思王猛,江左功名愧谢安","北来风俗犹存古,南渡衣冠不及前"等句,便多敷衍成章,缺乏真实感情。他做了元朝的官,留居北方,不免有"笼中鸟"的悲哀,完全是可以理解的,写诗表现内心苦痛并不足以为自己解除耻辱,所以认为"故作痛苦"既无理由,认为"聊以解嘲"也说不过去。他的诗没有风骨,气格卑弱,主要由于思想性不强,只能求字句清俊而已。他的词亦如其诗,有黍离之悲,如《浪淘沙》:

> 今古几齐州? 华屋山丘。杖藜徐步立芳洲。无主桃花开又
> 落,空使人愁。 波上往来舟,万事悠悠。春风曾见昔人游。惟有
> 石桥桥下水,依旧东流!

元人诗到虞集、杨载、范梈、揭傒斯"四大家"算达到了高峰。但他们只是摹拟前人,并无什么独创性。虞集(公元 1272—1348 年),字伯生,号邵庵,祖籍四川仁寿,后迁江西崇仁。官至翰林直学士兼国子祭酒。有《道园学古录》五十卷,今存。杨载(公元 1271—1323? 年),字仲弘,其先福建浦城人,后迁杭,为杭州人,官至宁国路总管府推官。范梈(公元 1272—1330年),字亨父,一字德机,清江(今湖北恩施)人,官至湖南岭北廉访司经历。揭傒斯(公元 1274—1344 年),字曼硕,龙兴富州(今江西丰城)人,官至翰林侍讲学士。他们都是古文家兼诗人,而以虞为领袖,继元好问为诗坛盟主。观其所作,或唱和,或观山玩水,很少反映现实,与一般"正统"文人一样。

与这些人同时的诗人有:张雨(生卒不详),一名天雨,号贞居子,钱塘人,是个道士,著有《句曲外史集》。萨都剌(约公元 1272? —? 年),字天锡,号直斋,本答失蛮氏,蒙古人,因祖父留镇云、代,遂居雁门(今山西代县),为雁门人。官到河北廉访司经历,有《雁门集》。张翥(公元 1287—1368 年),字仲举,云南晋宁人,官至翰林学士承旨,有《蜕庵集》。三人均是诗人而兼词人。其作品风格,张雨清逸,萨都剌豪迈,张翥则流丽工稳,词尤宛曲,惜过重形式,意境不高,更无论其思想内容了。

元人诗歌成就较高的还是末叶诸家:杨维桢、倪瓒、戴良、王冕等人。

杨维桢(公元 1296—1370 年),字廉夫,号铁崖,浙江诸暨人,晚居松江,遂为江苏松江人。他官至江西儒学提举,有《东维子文集》、《铁崖古乐府》等集行世。他诗名甚盛,时号铁崖体,盖学刘禹锡、李贺、温庭筠、韩渥,而兼四家之长者。有时因过于绮靡,遂成艳丽隐晦之作。《续香奁八咏》,精工刻骨,为"古今绮辞之极"。他的绝句小诗,如《西湖》、《海乡竹枝歌》等,多用俗语,风致清新,是元人诗中不可多得的,如:

> 潮来潮退白洋沙,白洋女儿把锄耙。苦海熬干是何日?免得侬来爬雪沙。(《海乡竹枝歌》)

倪瓒(公元 1301—1374 年),字元镇,号云林,无锡人,自称懒瓒,亦曰倪迂。为人清高,一生不仕,工诗善画,有洁癖。朱元璋定天下后,他"黄冠野服,混迹编氓"。传说朱元璋闻其有洁癖,故意投于厕中以死。他是个山水画家,诗亦清隽绝俗,有《清闷阁集》(诗文)传世。其诗如:

> 松陵第四桥前水,风急犹须贮一瓢。敲火煮茶歌《白苎》,怒涛翻雪小停桡。(《绝句》)

他的词也是同此风格,最好的为《人月圆》二首,其一云:

> 伤心莫问前朝事,重上越王台。鹧鸪啼处,东风草绿,残照花开。　怅然孤啸,青山故国,乔木苍苔。当时明月,依依素影,何处飞来?

大抵写隐居生活及山水田园景物者多,表示其对现实看法的很少。惟有这两首"述怀",表达他对富贵是看不起的,这态度虽是消极的,却也暗寓着反抗当时现实社会之意,比随波逐流、与世浮沉的人总要好些。

戴良(公元 1317—1383 年),字叔能,今浙江浦江人,曾于至正间任儒学提举,朱元璋定天下后,变姓名隐四明山。洪武十五年召至京,固辞官,不就,翌年自杀。有《九灵山房集》存世。他于元亡后,不忘故主,其思想与当时士大夫异,诗艺原不甚高,无足贵者,很难说有什么突出的成就。

王冕(公元 1287—1359 年),字元章,今浙江诸暨人,自号煮石山农,为元末高士。幼家贫,牧牛,后依僧寺,好学,屡举进士,不第,遂弃去。以天下将乱,携妻孥隐居会稽九里山,树梅千株,又自号梅花屋主。善画梅,以此易米;又种豆粟,引水养鱼,维持生活。朱元璋下婺州,物色得之,授咨议参

军,一夕暴卒。他的《墨梅》诗表现了他的傲骨:

> 我家洗砚池头树,个个花开淡墨痕。不要人夸好颜色,只留清
> 气满乾坤。

他原有济世之志,《雪中次韵答刘提举》云"平生自有澄清志,要使齐民无秽
埯",便表示得很明白;但生逢乱世,既不肯降志辱身,便只好隐居没世。他
的《竹斋诗集》现存,其中《悲苦行》、《伤亭户》、《花驴儿》诸篇,都与中、晚唐
新乐府诸家之作相似,反映了当时人民生活的痛苦,对被压迫者表示深切同
情,也就鞭笞了统治者,而语言质朴,不事雕饰,也似元、白作品。在艺术上,
他也能写清隽的作品,如《梅花》一诗就是很淡雅的:

> 三月东风吹雪消,湖南山色翠如浇。一声羌管无人见,无数梅
> 花落野桥。

除上述外,还有不少较有成就并为后世所推重的诗人和词人。但就整
个诗坛说,元人这方面的成就却并不高,诗不能比唐,词不能比宋,只有曲
(包括杂剧和散曲)才使它在中国文学史上占有极为光辉的篇章。

第二节　元代的散文

元代散文作家继宋代古文运动之后,仍推崇韩、柳古文,没有任何其他
散文形式可与这种唐、宋古文抗衡。元初散文,仍以由金入元的元好问为大
家,而他正是推崇韩愈,继承欧、苏的。此外,许衡、刘因、姚燧都是当时儒学
领袖,为时推重。他们在文学上受南方影响颇深,便都以韩、欧古文为正宗,
用来宣传儒家学说,并得到蒙古统治者的支持与尊重,力量更大,无人敢于
公开反对。这时,儒家讲理学的还有金履祥、吴澄、戴表元、袁桷、马祖常、黄
潜、柳贯等,也都颇有文名。元代散文家最有名的是虞集,影响也最大。与
之齐名的,尚有杨载、范梈和揭傒斯,号为"元代古文四大家"。他又和揭傒
斯、黄潜、柳贯并称为"儒林四杰",当然也都是儒家而兼为文学的。因此,他
们的文章无论思想艺术都必然和唐、宋古文家一样,不敢也不可能有所创
造。元好问的弟子郝经在元初是一个比较重要的文学批评家,他的主张就
是:"至韩、柳、欧、苏氏作为文章,而有文章之法,皆以理为辞,而文法自具:
篇篇有法,句句有法,字字有法,所以为百世之师也。"这正是元代散文家的

道路。也就说明了元代文人在这方面是不会有什么新成就的了。

　　元代散文有值得注意的新文风出现，那就要看看元代的讲史与英雄传奇等小说方面了。元人小说，今存者有属于讲史的《全相平话五种》共十五卷，即《武王伐纣》三卷，《乐毅图齐七国春秋后集》三卷，《秦并六国秦始皇传》三卷，《吕后斩韩信前汉书续集》三卷，《三国志平话》三卷。这五种平话并非一人所作，但都是文字不大通顺的，显见其纯系民间作品，未曾经过文人润饰，可能就是说话人讲史的底本。其重要意义有：（一）情节结构比历史原型大有增加，是文学上的创作。（二）文字纯用当时口语。（三）为施耐庵、罗贯中整理民间讲史话本，写成《三国志通俗演义》、《水浒》、《平妖传》等英雄传奇小说的基础与引线。

　　罗贯中，太原人，号湖海散人，是个戏曲家，而更重要的是他和相传为他的老师的施耐庵编撰了许多长篇演义小说。他和施耐庵的生平事迹已无可考，他们的时代约在元末明初。元亡时，他们都已是三四十岁的人了。今存的上述各书均经过明人修订增改，非施氏、罗氏原本，故无从据以评定他们的文学成就，但他们对于这些书及对于演义小说的创制和完成有极大贡献，却是可以肯定的。至于对白话散文的成熟，他们更是有巨大功绩的。有些问题留在下篇《明清文学》有关章节再加论述。

第十七章　元末南戏的复兴

——从《琵琶记》到"荆""刘""拜"
"杀"四大传奇

第一节　南戏复兴简况

过去学者多认为先有元杂剧,后有明传奇,好像北曲产生在南曲之前,宋元还没有南戏,只是到元末明初,南戏才由北杂剧变化产生出来。其实,南宋早已出现了戏文,其时代远在元杂剧出现以前。这一问题直到公元1915年王国维《宋元戏曲考》(即《宋元戏曲史》)出版,才得到初次纠正。五年之后,《永乐大典》戏文三种才被发现,至1931年影印出来,国人方得见宋元戏文真貌。近年学者又从故籍中辑录了宋、元戏文,得到名目一百六十七本,其中有传本者十六,全佚者三十二,有部分曲文者一百十九,大抵多是元代作品。这就完全证明了过去曾长期存在的"《琵琶》为南戏之祖"的论断是错误的了。

如前所说,南戏在元杂剧全盛时代并未灭绝,但在北方曾暂时为新兴的杂剧所掩,似乎颇为沉寂。南戏体制,本自有其优点,不可能长期衰没,所以到元代后期,无论撰作、演出,以及观众爱好,均逐渐由杂剧转向南戏这方面来了。尤其在南方,杂剧也不免渐受南戏的影响而冲破其本身体制的严格限制。后期有些杂剧作家如萧德祥也兼作南曲戏文;有的人如范居中(见《录鬼簿》),便"有乐府及南北腔行于世";而沈和则开始"以南北调合腔";还有不少杂剧如《单刀会》、《西厢记》等也被改编为南戏。显然,自元代中叶以后,杂剧与南戏互相渗透,界限已不似初期严格,南戏的复兴已有基础,其发展自是必然趋势。现在所知的一百五六十种宋、元南戏名目和佚文、佚曲,大部分当是元代后期的文献。至于明代之把南戏戏文改称传奇,也仅是宋、元南戏的延续,并非新创的体制。

今天还完整地存在的宋、元三种戏文《张协状元》、《宦门子弟错立身》和《遭盆吊没兴小孙屠》作者均无可考，只署"九山书会编撰"、"古杭书会编撰"，或题"古杭才人新编"。从有关材料看来，它们都是来自民间，而非文人作家的作品。这三本戏文虽不能作为宋、元南戏的代表作，却也表现了南戏的某些特点：题材和故事多是民间流传的，并赋有人民的爱憎感情；形式长短自由，并无一定的限制；曲调多采里巷歌谣，可以独唱、对唱或合唱。此外，南戏开头有词调，概括介绍全剧情节，而明传奇正是如此，也可见其间的传承关系了。

第二节　高明和他的《琵琶记》

南戏与元杂剧在体制上最显著的区别，便在于宫调的有无，其次是篇幅的长短。高明《琵琶记》"副末开场"有"也不寻宫数调"之语，过去学者在没有发现比它更早的南戏时，便以为这"不寻宫数调"是高明所首创的。不知这本是南戏原有的体制，并非高明独异，盖南戏本无宫调的限制。《琵琶记》分四十二出，篇幅较元杂剧长，但过去戏文已是长篇，《张协状元》就比以四折为准的杂剧长得多，可见也非自高明开始。不仅如此，连《琵琶记》所采用的本事，也早有南戏为根据。徐渭在其《南词叙录》中云："南戏始于宋光宗朝，永嘉人所作《赵贞女》、《王魁》二种实首之。"这故事早为民间熟悉的传说，并已编入民间戏剧，演唱流传，而高明的故乡永嘉本是南戏起源地，他根据"里俗妄作"的《蔡二郎赵贞女》改编成《琵琶记》，乃是极自然的事，不足为异。

高明，字则诚，自号菜根道人，浙江瑞安市（原属温州，一名永嘉）人。大约生于元大德九年（公元 1305 年），卒于明洪武三年（公元 1370 年）左右。早年有短期隐居生活，后登元顺帝至正五年（公元 1345 年）进士第，做过约十年的元朝官。自至正十六年（公元 1356 年）起，隐居宁波城东的栎社，以词曲自娱，《琵琶记》大约即此时所写。朱元璋称帝后，曾召他到南京修《元史》，以老病辞，不久便死于宁海。他的《柔克斋集》二十卷已佚，今存诗文五十余篇。戏曲除《琵琶记》外，还有《闵子骞单衣记》，亦佚。

《琵琶记》的故事是借东汉末年历史人物蔡邕（字伯喈）的名字另创的，并非历史剧；它也与传统的南戏情节不同，把民间传说的"不忠不孝"的人物描写成"全忠全孝"的合于标准封建道德伦理观念的人，而结局则是以大团圆代替了"贤慧的五娘遭马踹,到后来五雷轰顶是那蔡伯喈"的悲剧情节。

因为做了翻案文章,作者只好改变原来的情节,借以开脱这个反面人物的罪过,但原来的关目本是一个整体,经他这样一改,反而产生许多明显的矛盾,可见《琵琶记》在故事的构成上和布局上是很粗率的。作者以维护封建制度和伦理观念的目的,来改变这已成的民间故事,又没有细密考虑,另行安排其情节,结果就必然造成人物性格的概念化、不真实,以及与实际生活矛盾的现象,同时也就跟读者的思想感情相违反。从总的方面看,不能不认为他的创作方法是反现实主义的。而在另一方面,他为了解决某些不合理的情节,又不能不按照实际生活来写,于是就必然有些地方是符合社会现实的,因而真实地暴露了封建社会的一些黑暗面,客观上使作品具有了若干现实主义的成分,并产生了亲切感人的力量。如第二十出"勉食姑嫜",就不仅写出当时社会上残破凄惨的景象,也刻画出赵五娘个人处境的困难。又如第二十七出"感格坟成"写赵五娘的艰难贞烈,无意中也就表明了造成她的苦痛的主要原因是丈夫为了求取功名而辞亲远游,一去不返。《五更转》一曲就等于是对这个狂热地追求功名富贵的蔡伯喈给予极其尖锐的讽刺,也是对士大夫阶级的封建思想的普遍批评。还有许多地方,作者从维护封建礼教的愿望出发,而实际却得到否定它、摧毁它的结果。这就不能不说是在对现实生活的忠实描写下所客观达到的违背自己意愿的结论了。

蔡伯喈的形象被写成全忠全孝的封建道德的化身,这种说教和现实生活相违反,是虚伪的,不能令人信服,因而他的形象就有严重的概念化的缺点。但由于作者对封建社会这一类型的知识分子有较深的了解,所以在一定程度上也还刻画了他的性格的复杂性,如:怯懦、动摇、平庸、功名心重等典型性格特征。所以这个人物形象还不至于是彻底的虚伪和概念化。

赵五娘的形象则鲜明、生动、丰满得多。她是封建社会千万个被压迫的妇女的温顺善良性格的典型。她是封建礼教的牺牲品,对现实有反抗,但那是牢守着封建礼法来反抗封建制度的,所以只有失败。大团圆的结局也不能弥补她精神上的创伤,她并没有赢得真正完整的爱情。最感人的是,她在荒年中,尽管自己过着非人的生活,却一直尽最大的可能,关怀并侍奉与自己共命运的公婆。这种淳厚、善良、克己为人的高尚品德,是十分令人钦敬的,因而她所受的苦难就更引人同情。可惜作者写她进京寻夫以后的种种,尤其最后对丈夫的宽恕,使她在长期苦难中成长起来的斗争性格受到严重损害,冲淡了矛盾,削弱了对虚伪的封建礼教的打击力量。

其他人物形象显得抽象,不具体,概念化,没有生命。而剧中的牛氏,则是写得最坏的,没有血肉,没有自己的思想感情,完全受作者的封建礼教观念所驱遣。

《琵琶记》描写人物心理,有极细致、极深刻、极真实的地方,如"糟糠自厌"中《孝顺歌》两曲,采取极好的比喻手法,写赵五娘复杂的心理活动,不但生动、形象,而且能够突出她的性格,这是最成功又最有名的曲子:

> 呕得我肝肠痛,珠泪垂,喉咙尚兀自牢嗄住。糠那,你遭砻被舂杵,筛你,簸扬你,吃尽控持,好似奴家身狼狈,千辛万苦皆经历。苦人吃着苦味,两苦相逢,可知道欲吞不去。

> 糠和米本是相依倚,谁人簸扬作两处飞? 一贱与一贵,好似奴家与夫婿,终无见期。丈夫,你便是米呵,米在他方没寻处。奴家恰便似糠呵,怎的把糠来救得人饥馁? 好似儿夫出去,怎的教奴供膳得公婆甘旨?

作品的语言精炼美丽,有不少地方能切合人物的身份与性格,如第十出中公婆的对话便是。作者也善于运用民间成语,这就易为人民群众所理解而取得多数人的喜爱,并适于演出。它也有堆砌辞藻无谓的铺写,庸俗的打诨的地方,但不甚严重。

这部作品在南戏的发展上有很重要的意义,它是南戏从民间转到文人手上的转折点,是南戏从比较沉寂到复兴繁荣的开端和推动力量,思想内容虽有严重的封建说教,艺术上却有其不可磨灭的成就。对于这部作品,应依"吸取精华,剔除糟粕"的原则,仔细研究,分别对待,不能笼统地概予肯定或否定。

第三节　"荆""刘""拜""杀"四大传奇

《荆钗记》、《白兔记》(刘知远故事)、《拜月记》、《杀狗记》被人称为明初"四大传奇",或简称为"荆、刘、拜、杀"。其实它们都是根据"宋元旧篇"修改或改编而成,皆由元末南戏改称,与《琵琶记》同为过渡时期的作品。这五种都不能算作明初的传奇,而应视为元末的南戏。

《荆钗记》今本四十八出,历来以为元人柯丹丘作,王国维又考订为明初朱权作,其实都不可靠,我们认为它绝不是一人的创作,而是经过多人改编的,不过当初在民间流行的原本可能是"吴门学究敬仙书会柯丹丘著",后经许多人加工,特别是经明宁献王朱权的润色,便失去了它原来的许多特色,只保留原故事的梗概,而加进很多封建说教,成为替封建统治阶级服务的东西了。

此剧写王十朋和钱玉莲的爱情婚姻故事,而以表扬"义夫节妇"为主题思想,所以封建意识非常浓厚。王十朋少年家贫,以荆钗聘娶钱玉莲。后以赴考相别,奸人孙汝权捏造十朋别娶,勾结玉莲继母勒逼玉莲改嫁给他。玉莲不从,投江自尽,为钱安抚所救。时十朋中了状元,也为万俟丞相逼欲招为赘婿,他拒绝了,被调为潮阳金判。后又经过若干曲折,终获团圆。两个主角身上封建色彩都非常浓重,钱玉莲更为概念化,完全为封建道德的化身。继母对她虐待,不惟毫无怨言,反而说"蒙教养成人,恩同昊天",岂非虚伪?她坚拒继母逼嫁时所持的理由是要保持"贞洁"、"守节"、"不违妇道",没有自己的感情反映,这就成为用来说教的工具了。王十朋也是作为义夫的"义"的化身来写的,但还有一定的爱情,不是完全虚伪的。他坚决反抗万俟丞相对他的逼婚,这是符合当时人民的愿望的。他和钱玉莲最后的团圆是和恶势力的一些代表人物进行了坚持不懈地斗争的结果,比《琵琶记》以蔡伯喈的动摇妥协和赵五娘的温顺容忍作为团圆的前提进步多了。这剧本也抨击了黑暗的社会现实,揭露了阶级的对立与善恶邪正的矛盾,强烈地反对了门当户对的封建婚姻制度,谴责了嫌贫爱富、趋炎附势的思想。这些都是应该肯定的。但它总的倾向却是宣扬封建道德的,并以这种思想贯串在每个正面人物的言行和整个故事情节之中,起着麻痹人民思想、巩固封建制度的作用,其缺点是十分严重的。这剧本的语言比较呆板,多半公式化、概念化,并有与人物性格和情节气氛不相吻合的地方,庸俗的插科打诨以及猥亵的描写也损害了作品。至于结构松弛,情节不够集中也是很显然的。

《白兔记》三十二出,作者不详,写五代时刘知远和李三娘的故事,是继承宋、元以来许多有关作品而改编成的。故事叙述当初刘知远穷困潦倒,妻舅逼他从军,因而入赘了岳帅府。其妻李三娘在家备受兄嫂虐待,白天挑水,夜间推磨,就在磨房里生下了儿子咬脐郎,托人送交刘知远处抚养。十五年后,儿子因猎兔见母,方得全家团圆。三娘形象很动人,质朴坚贞,始终不屈,也未因受到非人的折磨而丧失生活的勇气。作品对三娘是歌颂的,而对于遗弃者刘知远则给予严厉的斥责,主要是通过三娘的说唱,同时也以刘知远自己的话反映了他的卑鄙思想。对李洪一夫妇的残忍狠毒的本质,也写得很成功,因此就更显出三娘的善良性格。这个剧本的情节也有缺点,如刘知远既是个没有情义的卑鄙人物,最后竟把三娘接回去,说些"衷心话",似乎又不是一个忘恩负义到底的人,剧中对这种前后变化并没有交代清转变的过程,因而也不能看出作者对这个人物到底是肯定的,还是否定的。诸如此类,还有不少。但总的看来,还是比较成功的,其基本倾向是积极的。它也保存了很浓厚的民间文学气息和特色;它的语言是朴素的;人物形象鲜明,有丰富的感情。

《拜月亭》实指《幽闺记》而言,过去多谓元人施惠(字君美)所作,尚有争论,但作者必为元代高手,则无可疑。今本《幽闺记》与南戏《拜月亭》也有很多不同处,可见它是从古本南戏来的,又经过明人增删修改而成。

此戏故事来源也很早,但题材的时代背景是金末,故不可能是宋代的南戏。关汉卿写过一本杂剧,今存;王实甫也写过,已佚。古本《蒋世隆拜月亭》和列在四大传奇中被指为施惠所撰的这部《幽闺记》,都是根据关汉卿所作杂剧改编的。

这部戏共四十出,是四大传奇中思想艺术成就最高的。故事有原作"开场始末"的《沁园春》可以概括:"蒋氏世隆,中都贡士,妹子瑞莲。遇兴福逃生,结为兄弟。瑞兰王女,失母为随迁。荒村寻妹,频呼小字,音韵相同事偶然。应声处,佳人才子,旅馆就良缘。岳翁瞥见生嗔怒,拆散鸳鸯最可怜。叹幽闺寂寞,亭前拜月,几多心事,分付与婵娟。兄中文科,弟登武举,恩赐尚书赘状元。当此际,夫妻重会,百岁永团圆。"作者写蒋世隆和王瑞兰的爱情结合很自然合理。蒋世隆一见王瑞兰,就不顾封建礼教的拘束,大胆追求;王瑞兰出身贵族家庭,开头不免犹豫、顾虑,表现一定的软弱。但两人爱情成熟,结了婚,便都表现得忠贞,生死不渝。不管封建势力怎样严重地压迫着他们,他们都仍旧坚持执著,决不放弃重圆的努力。一个和最高统治者的皇帝进行斗争,拒绝入赘尚书之家;一个则对家庭中最高权力者的父亲表示坚决反抗。剧本对反面人物的刻画,也同样很深刻。至于通过故事,反映当时社会在兵燹之中的残破混乱,人民流离,更具有现实意义。

《幽闺记》有很多的心理刻画与抒情描写,文字优美,语言生动,写景处融情于物,密合无间,尤为感人。如第二十一出"子母途穷"中的〔羽调·排歌〕:

(老旦)黯黯云迷,寒天暮景,驱驰水涉山登。萧萧黄叶舞风轻,这样愁烦不惯经。不忍听,不美听,听得胡笳野外两三声。
(合)风力劲,天气冷,一程分作两程行。

　　〔前腔〕(小旦)只见数点寒鸦,投林乱鸣,晚烟宿雾冥冥。迢
　　迢古岸水澄澄,野渡无人舟自横。不忍听,不美听,听得孤鸿天外
　　两三声。(合前)……

个别地方也有显得结构不够谨严的,如第十六出以前未免过于冗长累赘;
也有某些情节语言与人物性格不相称的,如蒋、王初会旷野,他竟说"眼见得
落便宜",并要"唬他一唬",便显得轻薄无赖,与他的诚朴性格不合。

　　《杀狗记》三十六出,相传是明初徐畛所作,后经冯梦龙修改润饰过的。
故事与元萧德祥《杀狗劝夫》杂剧同,其渊源早在南宋戏文中已数见之。这
个传奇在四大传奇中是艺术性最低的,思想又是宣扬封建道德的,说教意味
很浓,无甚足取。但它也客观地暴露了封建伦理的伪善本质和地主阶级内
部的矛盾,在民间流传很广。

　　此外,元末明初的传奇,有认为是"宋元旧篇"改编本的,还有《金印记》、
《牧羊记》等,都影响不大,故不缕述。

第 六 篇

明 清 文 学

第一章　明清文学概述

第一节　社会概况

中国封建社会发展到明代,已濒临它的总崩溃的阶段,资本主义经济因素开始萌芽,并逐渐发展。到清代以后,海外交通益繁,西洋的社会政治经济制度和科学文化思想迅速输入,就更促使中国社会发生剧烈变革,遂开近代史的新局面。所以,自明代初期到清代中叶鸦片战争这四百多年,实是中国封建社会末期向资本主义过渡的酝酿时期,旧的传统力量表面上还很强大,甚至表现得比过去的王朝还巩固,但新的力量已在潜滋暗长,开始向腐朽衰老的旧堤防冲击,动摇着它的基础,瓦解着它的体系。封建势力为维护其自身的存在和利益,也要做垂死挣扎,顽强抗拒,极力排斥并压迫新生事物,主要表现在统治者对一切带有早期民主主义色彩的人和事都特别反对,施加残酷的迫害;而压迫愈重,反抗也愈力,因此,便形成新旧势力之间的激烈斗争。

公元 1368 年,朱元璋建立了统一的中央集权的强大的明帝国。自宋以来,延续四百年的尖锐的民族矛盾基本上得到了暂时的解决;但经过长期的战乱,社会凋敝,经济萧条,国家和民族的危机依然存在,统治者不能不为此担心。为巩固其统治地位,开国的君臣便采取一些安定社会、发展经济、恢复生产、缓和阶级矛盾的开明措施,诸如:移民垦荒,减免赋税,赈济灾区,兴修水利,奖励植播桑棉;解放工奴使变为自由工匠,准其自由经营,独立开业;精简税务机构,明令减免商税,从而扶持了工商业。通过这些措施,明代初期的社会经济才得到一定程度的恢复和发展。从 14 世纪后期到 15 世纪前期,不但农业生产一直缓慢地上升,也给工业和商业的扩大与繁荣打下了基础。

明代初期解放工奴之后,手工业工人的生产积极性提高了,他们本掌握一定的技术,有些又用机器进行操作,生产的组织与规模也有很大的改进,这都促进了工业的发展。纺织、制茶、煮盐、烧瓷、炼铁、造船、印刷等方面都获得很高的成就。这样,资本主义经济因素的萌芽便首先在经济发达的东南地区出现。手工业工场有官办的,而更多的则是民营的,它们拥有雄厚的资本和大批的雇佣劳动力。

随着农业与手工业的发展,商业市场的扩大,国内商业得以日益繁荣,自不待言。这时海外贸易也因海上交通的频繁而大盛,因而出现了较前代更多的大中工商业城市:北京、太原、南京、杭州、苏州、扬州、成都等地成为国内商品经济的中心;而沿海的广州、泉州、福州、宁波等地更成为南洋及西欧各国与中国往来贸易的重要商港。

工商业发达,城市繁荣的结果,使市民阶层扩大了,力量增强了,市民意识也抬头了:他们在经济上与封建的自给自足经济发生冲突,在政治上也开始和代表封建地主利益的官僚贵族发生矛盾;他们在思想意识上也由于资本主义因素的萌芽而产生平等、自由、民主与个性解放的朦胧要求。

农业生产的发展,在商品经济中起着很大的推动作用,同时商品经济的发展又促使农村更多的农产品商品化,这就刺激了官僚、地主们的贪欲,而加紧对土地的掠夺与兼并,迅速造成土地的高度集中,使广大农民沦为佃户。

明代自英宗朱祁镇正统年间(公元 1436—1449 年)以后,统治阶级已经相当腐化,生活极度淫侈,压榨人民日甚,对农村和城市都进行了疯狂的掠夺。阶级矛盾越来越尖锐,不仅农民起义此伏彼起,不断爆发,市民的暴动也多次出现,显示了它的强大力量。如万历二十七年(公元 1599 年),宦官陈奉到湖北荆州一带征收商税,就激起自武昌沿江而上到荆州的各地市民的堵截、包围,人数多至万余。其他各地,如汉口、襄阳、湘潭,以至临清、苏州等大、中、小城市,北自陕西,南至云南……都相继而起,先后发生了不下百起的市民暴动。

在政治上,明初统治者实行高度的中央集权,废除了两千年的宰相制和唐代以来的中书、门下、尚书三省,改由皇帝直接领导六部,总揽大权,并加强对地方的控制。事实上,一人的控制力量是不够的,势必依靠亲信,于是皇亲、外戚和宦官的专权便成为不可避免的政治现象。自明成祖永乐年间以后,王振、汪直、刘瑾、魏忠贤等先后擅权,政治昏暗已达极点。他们一面直接下到各省征收矿税,苛酷搜刮,一面以锦衣卫及东、西厂,加强特务统治,对全国上下施行恐怖政策。至于统治阶级内部的腐朽与矛盾,更为前古所少见:世宗朱厚熜和神宗朱翊钧都是多年不上朝的,一切由宦官、奸相等任意处理;而这些又引起一部分代表中小地主利益的官僚士大夫的不满,在明末便产生了东林党与阉党的激烈斗争。

在文化思想方面,明代统治者施行了严酷的控制:一面是积极地提倡程朱理学和八股文,把知识分子的思想束缚在他们所制定的框框里;一面又大兴文字狱,对有进步思想的人予以迫害残杀,对"违碍"的书籍则屡次查禁,销毁。他们也极力搜罗文人编纂类书、丛书,诱导他们脱离现实和政治斗争,分化其中的一部分成为他们的爪牙、奴仆和御用文人。这些做法不仅在明朝实行了,后来清代统治者也沿用了,并且变本加厉,做得更严,影响更大。

明代的民族矛盾,在开国之初只不过是边防问题,到 15 世纪中期以后就成为国家民族存亡的严重问题了。倭寇骚扰沿海各省,祸患已极深重。而到了明末,满族起自东北,逐渐强大,进关以后,迅速南下,如疾风扫落叶一般,很快夺取了全中国的政权,明代遂亡。清代统一中国后,国内的民族矛盾表面上似乎暂时得到控制,但潜在的敌对情绪一遇机会就会爆发成为对抗性的激烈斗争,所以终清一代,这种民族矛盾的动乱也是从未稍息的。而西方资本主义国家又开始大力向东方发展,对外的民族矛盾又逐渐滋长扩大,变成为反对帝国主义的斗争,于是中国历史就进入鸦片战争以后的旧民主主义革命时期了。

清统治者在开国之初也同样采取一些恢复经济、安定社会的措施,康熙、雍正、乾隆三朝农业和城市工商业都有很大的发展。资本主义萌芽变得活跃起来。自乾隆以后,统治者渐趋腐化,奢侈享乐,诛求无度。他们圈占民田,成为"官庄",地主阶级也乘机兼并,于是土地所有权很快集中到封建统治阶级手里,农民又贫困得不能生活了。在工商业方面,自乾隆以后也受到很大的限制,政府垄断,或增设关卡,大量掠夺,又阻碍了它的发展。

无论明代或清代,尽管统治阶级采取种种方法,企图控制思想,但人们的思想是不可能被窒息的。由于明清这个时期社会急剧变革,启蒙的民主思想已经萌芽。明代后期的王守仁首先以他的主观唯心主义的"心学"攻击程朱理学,强调"致良知"而反对盲目崇拜古代圣人的教条。后来王学的左派王艮与李贽等更以积极态度反对传统思想,要求个性解放,并进而反对阶级压迫,反对专制制度,主张人类平等,不自觉地把问题引到阶级斗争的道路上,也就孕育并滋长了民主启蒙思想。而到明末清初的大动乱时代,就出现了黄宗羲、顾炎武和王夫之等杰出的思想家,成为中国近代史上最早的启蒙主义者,对后来资产阶级民主主义思想的进一步发展有很大影响。

第二节　文学概况

明代文学继元之后,形成民间文学和戏曲、小说等特别繁荣的时代;而文人的作品,无论诗歌或散文却都没有什么成就,一直比较沉寂。这个总的情况和趋势到清代也没有太大的变化。

自明代初期起,在民间文学方面不仅产生了大量的民间歌曲,而且出现了在宋、元话本的基础上发展起来的长篇小说,如《三国演义》、《水浒》、《西游记》等,也产生了反映市民生活的短篇小说集,如"三言"、"二拍"等。这就引起后来文人的长篇小说创作和拟话本小说的产生,明代的《金瓶梅》,清代的《儒林外史》和《红楼梦》,以及《照世杯》、《醉醒石》、《石点头》和《聊斋志异》等作品就是具体的例子。

戏曲方面,明初南戏承元末遗绪,产生了不少为人民所喜爱的作品,因为它们多是就长期在民间流传的戏剧或故事情节的原有基础上加工改编而成的。这时的杂剧也受南戏的影响,在形式上突破固有的限制,形成一种短剧,到后期有徐渭的《四声猿》成就最大。传奇也在明代后期分为以沈璟为代表的吴江派(格律派)和以汤显祖为代表的临川派。汤显祖的《牡丹亭》是整个明代文学的最光辉的成就,不但文采高妙,而且思想进步,与明末的现实主义作家李玉能真实反映时代精神面貌的《清忠谱》同为传奇中的优秀作品。到了清代,便有洪昇的《长生殿》和孔尚任的《桃花扇》,继续走着这种进步的道路,取得了巨大成就。自明代后期的嘉靖到清代乾隆年间,南方戏曲的温州、海盐、余姚、弋阳和昆山五大腔调先后兴盛,都具有深厚的群众基础,而昆山腔的昆曲则是最为流行,遍于南北,达到它的黄金时代。同时,这些戏曲又为了适应现实的要求,得到不断的改革,新的剧种也陆续产生,因而有许多地方戏曲代表着各地不同的特色。这虽是唱腔上的问题,但适应新的唱腔的要求,也必然产生很多新的剧本,于是明清两代的地方戏剧文学的繁荣就成为这时代民间文学的突出成就,而其创作者绝大部分正是全国各地的民间艺人。到乾隆末年,秦腔首先传入北京,受到市民的极大欢迎,其他地方戏也相继而来。徽班又把"皮黄戏"带入首都，吸引了广大的市民，于是昆曲便衰落了，京剧就糅合这些地方戏的各种优点而逐渐形成，从此占据了整个北京剧坛，成为全国地方戏中最有广泛影响的新剧种。

明、清民间歌曲也是明清文学的一个重要组成部分，体裁多，变化大，作品数量惊人，其内容更富于战斗性，在反封建运动中起着极大的宣传鼓动作用，与文人的诗、词、曲比起来，更能显示出它们热烈、质朴、新鲜的风格。而这也就引起了许多进步文人的欣赏与模拟，如明人陈铎、冯惟敏、王磐等的散曲，很多都是模仿民歌的形式写出的。而自明末冯梦龙编辑了《挂枝儿》和《山歌》两个民歌专集以后，至清末乃至民国初年，便有更多的文人采集、整理、编辑、刻印一些民间时调歌曲。

讲唱文学在这两代也有新的发展，品种多，作品繁，流行广远，题材多样，尤有深入社会下层的力量。宝卷、鼓词、弹词……都有内容深刻艺术高妙的优秀作品流传下来。

和这些民间文学、通俗文学对照起来，明代士大夫文人以传统形式写的诗歌、散文就大为逊色。明代前期，在开国之初的少数作家如刘基、宋濂、高启等人都还有些多少能反映现实并具爽健风格的作品，但他们都受到过不同程度的迫害，不能有所发展，也不能在文坛上起主导作用。于是在最高统治者的引导与逼迫下，文学就走上歌功颂德、粉饰太平的道路，形成了明初的台阁体。继之而起的则是提倡复古主义的前后七子，他们的主张是"文必秦汉，诗必盛唐"，桎梏了诗、文的创作，同时影响也及于词、曲、戏剧，出现了追求形式的一批作家。后期渐有进步作家出来反对他们。而到了晚期，以袁宏道为代表的公安派掀起以反复古主义为中心的文学改良运动，提出"独抒性灵"和"不拘格套"的主张，使旧体诗文出现了一些新气象。

清初，启蒙民主主义大师们写出一些富有爱国思想和民族意识的诗文，在他们的影响下，产生一些比较有成就的作家作品。但稍后一点，占据文坛的文人们在诗歌创作上则提倡"尊唐"或"崇宋"，模仿古人；在散文写作上，则出现了以唐宋八家为指归的桐城派，于是形式主义、脱离现实的文风弥漫了一百多年。从嘉庆、道光开始，随着社会的发展和文学本身的演进，才开始出现一个新的转变，于是到鸦片战争时期，文学便也进入了近代的剧变之中。

第二章　明清的民间文学

第一节　明清民间歌谣、时曲、小调

　　明清是阶级斗争空前激烈的时代,市民意识抬头,反对封建统治,争取自由解放,自然会反映到他们所创制的歌谣当中。自明代中叶的嘉靖(公元1522—1566年)、隆庆(公元1567—1572年)间,兴起了《闹五更》、《寄生草》、《罗江怨》、《哭皇天》、《干荷叶》、《粉红莲》、《桐城歌》、《纽银丝》之类的歌谣。"自两淮以至江南,渐与词曲相远。……又有《打枣竿》、《挂枝儿》二曲,其腔调约略相似,则不问南北,不问男女,不问老幼良贱,人人习之,亦人人喜听之,以至刊布成帙,举世传诵"(见沈德符《万历野获编》卷二十五)。由此可见其传布之广,影响之深。

　　这些民歌开始引人注意,即经采集整理,"刊布成帙",所以至今我们还可以看到不少。文人中对这项工作最有贡献的是明代末年的冯梦龙,他编辑的《山歌》和《挂枝儿》,至今尚存(不全)。其他民歌选辑、专辑,如《摘锦奇音》、《四季五更驻云飞》之类还有不少;而明代曲选和杂书中,如《盛世新声》、《词林摘艳》等曲选中,也收录了一些民歌。

　　清代民歌之丰富,较明代尤有过之。流传下来的比较重要的民歌集,有《霓裳续谱》、《白雪遗音》等多种;至于单行的民歌小册子,据刘复、李家瑞所编的《中国俗曲总目稿》所收,即达六千余种,其中虽多鸦片战争以后的东西,但前期流传下来的旧本也不在少数。

　　民歌的流传也还是受着统治阶级的严格限制的。清朝广西东兰州的州官,曾把几个喜欢民间戏曲的少女捉来,在脸上涂漆,"以示惩戒"。但当地民歌并未因此而销声匿迹;相反地,人民仍以歌声对统治阶级进行强烈的抗议:

　　　　天上大星管小星,地上抚台管军门。只有知府管知县,那能管得唱歌人！

明清民歌的思想内容,就其题材来说,最多的是关于爱情的。而另一类则是反映阶级矛盾,为现实斗争服务的。现存的这后一类民歌虽不多,但涉及的方面却很广,暴露深刻,反抗性强,故最有现实意义。

明代李开先《一笑散》中记录了一首《醉太平》的民歌,集中概括地而且非常形象地写出剥削阶级的贪残的本质:

> 夺泥燕口,削铁针头,刮金佛面细搜求,无中觅有。鹌鹑嗉里
> 寻豌豆,鹭鸶腿上劈精肉,蚊子腹内刳脂油,亏老先生下手！

人民处在这样严重苛刻的剥削之下,苦难深重,要想求活,便只有起来反抗,于是一次又一次的农民起义就到处爆发了。官军借讨"贼"为名,蹂躏人民,人民恨之入骨,倒是对那被斥为"盗"为"贼"的起义军反而有了好感,希望他们到来。两两比较,可见人民的爱憎是最分明的。如明代后期四川、山东、江西等地就有这样几支歌谣:

> 强贼放火,官军抢火；贼来梳我,军来篦我。
>
> 贼如梳,军如篦,士兵如剃。
>
> 土贼犹可,士兵杀我。

明末李自成、张献忠的起义,更是人民希望所托,简直被视为唯一的救星而迫切地等待着,准备开门迎接:

> 朝求升,暮求合,近来贫汉难存活。早早开门拜闯王,管教大
> 小都喜悦。
> 吃他娘,穿他娘,开了大门迎闯王。闯王来时不纳粮。
> 吃他娘,着他娘,吃着不尽有闯王。不当差,不纳粮。
> 金江山,银江山,闯王江山不纳捐。
> 盼星星,盼月亮,盼着闯王出主张。

清代也有很多揭露现实矛盾的民歌,且举一首为例:

> 大雪纷纷下,柴米都涨价,乌鸦满地飞；板凳当柴烧,吓得床
> 儿怕。

在现存明、清民歌中,情歌、恋歌占了绝大的多数,内容丰富极了,一般都是朴素、健康、极其真挚的。有的歌颂了劳动人民纯真的爱情,如:

　　俏哥哥进门来,就在稻草铺上坐,咱两个要说说。袖筒儿取出两个冷窝窝,还有个红萝卜。你一个,我一个,咱两个吃完馍,烧上一点热水喝。佳人止不住泪如梭,叫声"情郎小哥哥,有句话儿向你说:只要你待奴好,要这些东西做什么;只要你想着我,情意儿也不薄"。

青年女子这时候对封建的婚姻制度有了认识,她们坚决反抗,不顾一切,尤其对于有钱有势的剥削者,她们是看不起的:

　　富贵荣华,奴奴身躯错配他。有色金银价,惹的旁人骂。嗏,红粉牡丹花,绿叶青枝又被严霜打,便做尼姑不嫁他。

她们对于爱情的执著,也表现得和汉、唐乐府民歌中所写的一样坚定不移,内容相同,而语言各有特色:

　　要分离,除非天做了地! 要分离,除非东做了西! 要分离,除非是官做了吏! 你要分时分不得我,我要离时离不得你。就死在黄泉,也做不得分离鬼!

妇女们在为争取爱情自由的斗争中,表现得特别勇敢,毫不畏缩。她们有着担当一切苦难的决心,甚至超过了男子:

　　结识私情勿要慌,捉着了奸情奴自去当。拼得到官双膝馒头跪了从实说,咬钉嚼铁我偷郎。

　　清代时调小曲中这类真挚热烈的情歌更多。但是不可否认,有些也带有市民阶层庸俗无聊气味,甚至更有一些不堪入目的色情之作,必须严加识别,剔除糟粕,不能认为凡是民间的东西就概予肯定。

　　明清民歌在艺术上也和以前各个时期的民歌一样,是朴素、健康,感情热烈,大胆泼辣的。最突出的特点是:(一)善于用比喻,从比喻中可以看出人民的智慧,看出那想象力之丰富与其对事物认识的深透,如:

　　比你做水花儿,聚了还散;比你做蜘蛛网,到处粘拈;比你做锦缆儿,与你暂牵绊;比你做风筝儿,断了线;比你做扁担儿,挑不起,莫要担;比你做正月半的花灯也,你也亮不上三四晚。

把爱情不专的情人用许多比喻刻画他的容易变化的性格,极为形象化。(二)风格的多样化,而都能写得感人,主要因为它们都是情真意切,并无矫饰。所以北方的豪健直爽和江南的婉约含蓄并存,均不失其为真实淳厚。《桐城时兴歌·素帕》就大有南朝民歌的味道,所不同者只是化五言为七言而已:

> 不写情词不写诗,一方素帕寄心知。心知接了颠倒看:横也丝
> 来竖也丝,这般心事有谁知。

(三)明清民歌很多是富有浓厚的浪漫主义色彩的,所以感染力强,艺术效果特别显著。《南宫词纪》中收有《锁南枝·风情》一歌是众所熟知的好例:

> 傻俊角,我的哥,和块黄泥儿捏咱两个。捏一个儿你,捏一个
> 儿我。捏的来一似活托,捏的来同床上歇卧。将泥人儿摔破,着水
> 儿重和过。再捏一个你,再捏一个我。哥哥身上也有妹妹,妹妹身
> 上也有哥哥。

(四)明清民歌诗句多是七言的,但也并不固定,不受字数限制,长短变化,随意所之,节奏鲜明,自然和谐,多与音乐密切结合。总之,民歌艺术发展到这时期,已经达到更成熟更辉煌的阶段。它对文人文学也有很大影响,许多进步作家由于向民歌学习而写出很优秀的俗曲,容另章详述。

第二节　地方戏的繁荣和京剧的兴起

在明代后期,南方各地的戏曲腔调就已经产生,自然相应的也有各种地方戏的剧本。它们的出现,有的较南曲之演变为昆曲还要早些,一般都可追溯到明神宗朱翊钧万历(公元 1573—1620 年)以前。如弋阳腔、余姚腔、高腔便是如此。而温州腔和海盐腔则早在明代以前就已产生了。继昆山腔后,又有江西的乐平腔、宜黄腔,安徽的徽州腔、青阳腔、太平腔、四平腔,浙江的义乌腔和越调等。当然,北方的秦腔各派和南方的川剧、湘剧、汉剧、楚剧、闽剧、粤剧等等,也都在此后的两个世纪内先后形成了。到 18 世纪(清代康、雍、乾、嘉)时,各种地方戏渐盛,集中到当时的戏剧中心北京和扬州,总称为"花部"(或曰"乱弹"),与被称为"雅部"的昆曲相对峙。

地方戏的产生和发展,是时代变化的必然结果。社会经济发展,国内出现了一些新都市,不同地区的市民要求以他们所喜闻乐见的语言、风格、题材、内容、思想感情编演戏剧,供他们娱乐,自是合理的;而昆曲由于掌握在

文人的手中,其内容与形式已渐僵化,脱离人民群众,也不足以适应新时代各个不同地区人的口味,不能为多数人所接受,自更不能得到他们的欣赏与爱好。所以地方戏种就纷纷出现,迅速繁荣而代替了昆曲。但可惜由于封建阶级及士大夫文人的鄙视,明、清两代数量庞大的各种地方戏剧当时就不可能全部被记录下来;而年代久远,后来又有很大变化,不再演唱,于是艺人所用的底本也多已失传,留下的仅是极小一部分断简残编而已。

就仅存的资料来看,明清地方剧题材内容很广泛,艺术形式也是多样化的,显示了各个地方的特色。它们所表演的有很大一部分是在民间流传的历史故事或传说故事。前者如《昭君和番》、《苏武牧羊》、《敬德装疯》。而三国戏如《叔嫂降曹》、《单刀赴会》,水浒戏如《李逵下山》、《计赚林冲》,也都是各地所普遍欢迎的。后者如《同窗记》演梁祝故事,如《长城记》演孟姜女送寒衣,以及《打金枝》、《秦香莲》、《赵五娘》、《白蛇传》、《牛郎织女》,乃至《秋胡戏妻》、《槐荫分别》(董永遇仙)、《姑阻佳期》(潘必正与陈妙常故事)等,都是很优秀的作品。地方戏中也有搬演现实生活题材的,当然更富现实教育意义和战斗作用。

京剧现在虽然成为全国性的戏剧形式,但当初产生时也是地方性质的,由于它吸收多种戏剧的精华,发展较快,较完美,流行很广,所以就成为压倒一切传统戏剧和各种地方戏的统治全国剧坛的剧种了。京剧就腔调言就是"皮黄剧",它虽以西皮、二黄为其总称,事实上乃是博采众长,无所不有。如:弋阳腔、昆山腔、西秦腔、梆子腔、徽调、汉调,都同台演唱;甚至也吸收了南罗、花鼓、小曲、秧歌等在内。声腔虽杂,但并不妨碍演出的完整,有时且因错杂相间而更觉新鲜。它把各种声腔吸收来,都多少加以改变,并非原样,如西皮调是由秦腔变化而成,二黄则脱胎于徽调。西皮中可演山西梆子、河北梆子;二黄中也能加入汉调、吹腔;至于直接来自民间的小曲、秧歌之类,则更是大众所喜闻乐见的,更没有什么窒碍。而它之继承昆曲的规律,更是从纵的方面"改昆为乱","改雅为俗"的。的确,它的形成是根据"杂"和"变"两个字来的,它的发展与流行,也正是从这两个字得到的。因此,说京剧自乾、嘉之际开始出现,或者说到道光年间才完全形成,都是有它的道理的。因为秦腔未入京前,京腔应是京剧的基础,而秦腔入京以后,继以徽班,京剧又吸收了许多地方剧的腔调内容和风格,一直是在迅速变化之中的。就是近百年来,它也无日不在丰富、发展、演化、进步之中。我们确实可借用周扬在《改革和发展民族戏曲艺术》中所说的话作为结论:京剧"在清代中叶开始形成和发展的时候,就是综合了当时的二黄、秦腔等几种出色的地方戏曲,并吸收了昆曲的精华而成的;它在内容上、语言上和声乐上都比昆曲更接近人民,因而就代替了昆剧的地位而统治了剧坛,在中国近代戏曲史上完成了一个重要的进步变革"。

京剧的故事取材,大抵都是循着昆曲的旧有路线,非历史即小说,甚至大部分剧本是从宋以来的杂剧、传奇等古剧改编的,完全出于创作的,可说极少。但是,以杂剧、传奇等古剧直接改成皮黄,自有许多地方是不合条件的;同时,那些词句也过于文雅,不合大众的要求,不能不改。而更主要的是,时代变了,社会意识不同了,观众的思想感情要求反映新的东西,所以有许多剧已和原来古剧的故事情节大大不同,甚至是翻了案的。而促成这种改变的直接原因和动力自然是观众的反应,而间接的却是随时而异的一般社会生活和社会意识。

京剧中有很多优秀剧本,至今为人民所喜爱,这正是它在长期演出中不断吸收观众的反应而据以修改进步的结果。如《打渔杀家》就是现在还经常上演的优秀剧目,它原为全本《庆顶珠》的一出,山西梆子、湘剧、汉剧都有,而京剧则似从徽班旧本改编的。按这剧的故事情节,本是根据《后水浒》的,萧恩当是混江龙李俊;但剧中另有李俊、倪荣出场,所以又有人认为萧恩是阮小五,或谓是阮小七的化名。全剧写萧恩与女儿桂英反抗土豪丁员外的英勇斗争。桂英与花逢春订婚,以庆顶珠为证物,故以名剧。它早在19世纪初期就已流传很广,以后经过许多演唱实践的修改、加工,便成为在思想上和艺术上成就都很高的剧本,与其原型大不相同。山西梆子作萧恩为官兵所围,乃掩护桂英先逃,终为官兵追及,萧恩遂自刎。湘剧和汉剧则作萧恩被擒下狱,桂英流落江湖,卖艺为生,嗣遇其未婚夫花逢春,乃共邀朋友劫狱,救出萧恩。今京剧《打渔杀家》已成独立的单出戏,情节比前更为曲折而丰富,反抗封建统治阶级剥削的主题也更为突出而鲜明。萧恩在梁山泊起义失败后,隐身在渔船中,与女儿桂英打渔谋生。土豪丁员外多次向他追讨鱼税,又派教师爷用武力压迫他,他一再容让还是不行,终于奋起反抗,打了教师爷。后来他向县里自首,反被毒打,并限令他向丁员外赔礼谢罪。他忍无可忍,便杀了丁家满门。剧本从情节发展中,逐渐让萧恩的反抗性格明确起来,显现出来,层层深入,真实感人。这个剧反映了封建社会善良人民的悲惨遭遇,控诉了封建统治阶级的罪恶,并指出只有被压迫者起来反抗,坚持斗争,才能求得自己的解放。京剧在鸦片战争以前已经形成了,并广泛流行在全国很多地方，到下一时期（鸦片战争以后）就有更大的发展和变化，才取得了后来的成就。

第三节　说唱文学

说唱文学也继承宋元遗绪，在民间有很大的发展。唐代变文到宋初已经衰歇，代之而起的有许多相似而又不尽相同的其他各种讲唱文学形式，并仍不断演化，历南宋、金、元以至明、清，先后产生了宝卷、涯词、陶真、词话、弹词、鼓词、子弟书等等，其实都是直接或间接从变文来的。明、清两代最盛行的是宝卷、弹词、鼓词和子弟书，兹分别述其产生与发展的简史于下。

宝卷当即北宋说经的别名，和变文没有什么区别，其所讲唱的内容也以因果报应及佛道故事为主，至近代南方尚有"宣卷"（即宣讲宝卷）一家，带有浓厚的宗教迷信色彩，与一般讲唱弹词不同。大约因此，它便被过去的文人归到劝善书一类，从不看作文学作品。其实，宝卷也和变文一样，并且正是由变文这一系统传衍下来的，其内容也基本上是相同的：有宣扬佛教的，也有与佛教无关的。前者之中，除劝世经文外，还有讲佛教故事的；而后者则包括神道故事与民间故事两种，以及游戏文章或仅资博识的杂卷。它的形式，也是有韵有散、又唱又说的，韵文部分变化较大，有长短句，包括三言、四言、五言、七言以至十言句；有叙事体，也有代言体。

宣扬佛教的宝卷和讲道教故事的宝卷自然多有宗教迷信内容，而且写得比较拙劣，一般不能算文学作品。但其中也有在思想上和艺术上都比较可取的，如《土地宝卷》（一名《先天原始土地宝卷》），就是写一个土地神大闹天宫与玉皇大帝及天上诸佛、诸神斗法的故事，颇有积极意义，说它既是现实主义作品又是积极浪漫主义作品，似亦不为太过。宝卷写的土地神是大地的化身，佛也不能不承认："三千界，万物都从土出身。"土地神自己也说："土地功德多……普覆大地及山河。生万物，生万物，先有土地、后有佛。"他为了追求自己的理想，到处寻找。在和玉帝斗争中，表现了英勇无畏和不可战胜的威力。最后才被佛祖制伏，掳到灵山，投入炉火中烧死。但是，他的肉体虽然死了，灵魂却是永生的，无往而不在。无论穷乡僻壤，大家小户，都建立起土地庙与土地神位来纪念他。这里揭示了天上的最高统治者及其追随者都是蛮横无理的，对于善良的土地公公极其凶暴残虐。他们貌似神圣，实极贪鄙；貌似强大，实则腐朽无能，不堪一击。而真正的英雄，则是永远得到人民群众爱戴的土地公公。表面上写的虽是天上的神佛，实际上正是反映了人世间的现实。

民间故事在宝卷里也占很大比重，其中有的虽还带些劝化的色彩，但有的则完全是在说故事，离开宝卷劝善的本质已很远。如《珍珠塔》、《梁山伯宝卷》，以及写赵五娘的《赵氏贤孝宝卷》和写"窦娥冤"的《金锁宝卷》等，都是很不错的，完全可以列入民间文学最佳作品的行列里。

流行在南方诸省的弹词也是明、清以来民间讲唱文学的重要形式。最早的弹词起于何时，已不可考，但至迟在元末明初已经出现了，而在明清两代已甚风行。

弹词也是从变文蜕化出来的，其句法至今还和变文相近，唱词以七言为主，间有加以三言的衬字或将七言句变成两个三言的。散文叙述完全采用第三人称。只有到清嘉庆以后，"吴音弹词"里才有代言体的生白、旦白……生唱、旦唱之类，而另以表白、表唱代表讲唱者的叙事口气。而除吴音弹词以外的一般弹词却仍保持全部讲唱者的口气。弹词的结构，一般是在每回开始和全书结尾处以诗词概括大旨；每回包括若干弹唱段落，一个段落称为一个"篇子"；必要的地方插进"赞"与"套数"，或歌谣、乐府之类。

弹词的形式灵活自由，不受格律拘束，语言也很活泼，俗谚、成语、隐语、歇后语、幽默语随处可用，增加了它的民间气息和表现力量。弹词有国音的（即用普通话写的），也有土音的（即用各地方言写的，主要的如苏州的吴音弹词、福建的"评话"与广东的"木鱼书"，都属此类）。

今所见弹词，最早的为明末正德、嘉靖间杨慎写的《二十一史弹词》和崇祯间民间传抄的《白蛇传》。现存的国音弹词大约均是清代乾隆以后的作品，大部头的有以《安邦志》、《定国志》、《凤凰山》这三种连续起来组成的三部曲，共达七十余册。另外还有一些女作家所写的，如陶贞怀的《天雨花》四十册，有陈端生著梁德绳续的《再生缘》二十卷，邱心如的《笔生花》等。而陈端生之作最为出色，近年许多学者（如已故的陈寅恪先生）已经或正在发掘研究这部长诗体的文学作品，并已有了不少收获。关于这位杰出女作家的身世，也有了初步了解。

吴音的弹词今传者以《玉蜻蜓》、《珍珠塔》及《三笑姻缘》为最著。而《三笑姻缘》中保存了无数方言俗语，但不似其他有些弹词那样专工科诨，以淫秽亵狎为主，所以它是一部比较好的别开生面之作。

弹词话本可供演唱，也可供阅读，文字比较通俗，在形式上比诗歌、小说都更大众化些，除艺人创作的以外，也有一部分出于比较接近下层社会的知识分子之手。尤值注意的是，许多在政治上没有地位的妇女参加了弹词话本的写作，这就构成了弹词文学在思想性和艺术性上有一个独具的女性特色。从弹词作品的总的倾向说，往往是精华和糟粕杂糅的。它们的民主性，一般表现为反对专制压迫，揭露奸佞贪暴，支持正义斗争，肯定男女恋爱、婚姻自由，歌颂妇女解放等等。陈端生的《再生缘》就是一部具有代表性的作品，但也不免带有浓厚的封建意识，宣扬忠孝节义的封建道德和功名富贵的个人幻想。弹词最主要的艺术特色是描写细腻，叙事周密。不论在说唱实践中，或在话本编写中，都不能不突出这一特点；尤其在刻画人物内心世界的细微活动方面，它更有其独到之处。因此，作家对于其所熟悉的生活和人物，就往往能写得非常真实，具有很大艺术魅力。但很多作家，尤其旧时代的女作家，生活面比较狭窄，于是写这种长篇作品，在主题思想中和根本情节上就不免多出于假想或幻想，使题材处理上表现出一定的局限性。虽然个别细节的描写非常真实，却不能和其根本情节的假想性或幻想性统一，以致细节上的现实主义因素常与整个故事的浪漫主义倾向相矛盾，因而在解决矛盾时就走上宿命论或其他神仙幻化的错误道路上去了。然而，这里确也有很好的东西，值得我们研究继承，从中吸取营养。

流行在北方的鼓词，也是明、清讲唱文学中极其重要而为广大人民所喜爱的。它起源很早，宋代便已有了，直到元代，它一直是极流行的。明代的鼓词传本，现在只能见到很少几种，并且多是明末的，如《大明兴隆传》及《乱柴沟》之类。大约早期的篇幅较长，而且所叙述的大都为金戈铁马、国家兴亡的故事，而于战争的场面、兵将的对垒，描写特别着力，也最为出色。从明末到清初，大规模讲唱战争的鼓词很多，如《三国志》、《北唐传》、《杨家将》、《平妖传》、《忠义水浒传》之类，每部都在五十册以上。也有二本到十本的小规模的鼓词，其内容大都是讲唱风月故事的，间也有讽刺故事、民间流行故事以及讲唱时事的。到清代中叶以后，大规模的鼓词，讲唱全书者渐少，摘唱的风气渐盛，因而便有人专写短篇，以供艺人演唱之需。自此以后，长篇渐少而短篇遂多。后来流行到现在的大鼓书，其实就是鼓词变短了或为长篇鼓词的零段，并不是讲唱文学的另外一个新品种。而清代流行于北京及东北地区的"子弟书"也正是从鼓词脱变出来的大鼓书之一种，为满洲八旗子弟所创造，当然也是鼓词的一个支流了。

鼓词也是韵白相间的。韵文以七言为主,也有不少十言的三、四、三句式,或三、三、四句式;甚至还有四言和五言的句子,所以以句式论,鼓词较弹词更为灵活。大鼓书很少加入说白,因为体制短小,所以容纳不下讲说的部分,于是说白逐渐被淘汰;但每次讲唱时,唱的人是仍要来一段开场白的。子弟书的组织也和鼓词很相像,虽无说白,却还可看出其渊源关系。子弟书句式更自由了,虽也以七言为主,但变化很多,可以从七言一直扩展到十四言,因而表现力强,作者思想丝毫不受文字的拘束。子弟书虽也有比较典雅的,但一般都通俗易懂,与用浅近口语写的差不太多。

鼓词后期的大鼓书和子弟书的内容,大抵取材于明、清两代的通俗小说,或渊源于元、明、清三代的杂剧、传奇,而更直接的则是采取当时北京剧场上最流行的京剧题材编制而成,也有描写当时北京社会情况以及风土人情的。子弟书的作者主要是满族的八旗子弟和民间艺人,大都没有署名。现在所知道的子弟书作家只有罗松窗、韩小窗二人,前者是东城调或"东韵"的大作家,后者则是西城调或"西韵"的代表作家。他们都留有一些精彩的作品,如罗的《鹊窗密誓》、韩的《得钞傲妻》,而韩小窗《黛玉悲秋》、《宝钗探病》更是长期被演唱而为群众所喜爱的。大鼓也因唱调和流行地区不同而有许多不同的名称,如山东梨花大鼓、奉天大鼓、天津大鼓、西河大鼓、京东大鼓之类。这些市民文学既产生于封建社会,作者自不能不受封建思想的影响,作品中含有封建糟粕也是难免的,而市民阶层的庸俗的一面也必然会反映在书中,这当然都应该严加批判。但其总的倾向是值得肯定的,无论思想艺术都还有很多可取之处,应当很好地做些分析研究工作,分别加以去取。

第三章　明清文人的散曲和俗曲

第一节　明清两代文人散曲

元代散曲有如北宋的词,正在日丽中天的鼎盛时期。到了明代,作者虽盛,却正如词在南宋,渐趋于工巧妍丽、重格调声律之美,走上了形式主义的下坡路。北曲如此,南曲则稍有不同,因为南散曲兴起未久,还能表现一些清新活泼气象,延长了一百多年的生命。尤其有些进步的散曲作家,由于认真学习了当时极为丰富的优秀民歌小曲,从中得到新鲜的滋养,因而散曲这一诗歌形式便在弘治、正德间(明孝宗朱祐樘年号弘治,公元 1488—1505年;明武宗朱厚照年号正德,公元 1506—1521 年)再度活跃于南方曲坛,继续发挥了战斗作用。然而散曲在明代,无论北曲或南曲,毕竟已到它的发展的最后阶段,不能再有更大的成就,到了清代,便已盛极而衰,纵有作者,殊少创造,已成强弩之末了。

由元入明的北曲作家多见于贾仲明的《续录鬼簿》,最著名者有汪元亨、汤舜民、贾仲明、朱有燉等人。汪元亨作品今见《雍熙乐府》者不下百篇,总不离马致远、张养浩的闲适气味,没有什么积极意义。汤舜民乐府极多,圆稳老到,固是能手,但思想平庸,艺术也不太高。贾仲明虽有名,但其《云水遗音》等散曲集今多佚失,流传甚少。朱有燉是宣德到成化年间(公元 1426—1487 年)散曲沉寂时期唯一的大曲家,他的散曲集《诚斋乐府》全部留存至今,但是看来也不怎样高明,而多是陈旧的思想和陈腐的套语,殊少新意。

明代中叶以后,北散曲作家又多了,康海、王九思、陈铎、常伦、王磐都是颇有成就的,并均超过前期那些作家。但是,北曲此时毕竟已经走下坡路,离开民间而变成文人案头的作品,故无复元人的自然豪健风格,至多是认真写作,清隽秀丽而已。康海(公元 1475—1540 年),字德涵,号对山,又号沜东渔父,陕西武功人。为明代"前七子"之一。他有《沜东乐府》。王九思(公元 1468—1551 年),字敬夫,号渼陂,陕西鄠县人,为"前七子"之一。他有《碧山乐府》。陈铎(公元 1488？—1521？年),字大声,号秋碧,江苏邳县人,家居南京。他有《秋碧乐府》。常伦(公元 1493—1526 年),字明卿,号楼居子,山西沁水人。他有《写情集》。王磐(约公元 1470—1530 年),字鸿渐,江苏高邮人。他有《西楼乐府》。这些都是佼佼出众的,而王磐所作算是最能够"材料取诸眼前,句调得诸口头",虽若不经意,实甚精炼,其有名的《朝天子》"咏喇叭"云:

> 喇叭,锁哪,曲儿小,腔儿大。官船来往乱如麻,全仗你抬声价。军听了军愁,民听了民怕,那里去辨甚么真共假？眼见的吹翻了这家,吹伤了那家,只吹的水尽鹅飞罢！

以此讽刺当时阉宦往来河下耀武扬威,确是难得的。

南散曲作家在中叶以后较北曲尤盛。唐寅、祝允明、文徵明,皆以南曲著称,而是时许多写北曲的作家也兼写南曲,陈铎便是其一,就连康海、王九思、常伦也偶作南曲。

明末,杨慎及其妻黄峨均作散曲。此外,则有金銮、李开先、刘效祖、冯惟敏、凌濛初、赵南星等亦均有散曲集存世。直到清代,还有尤侗、朱彝尊、蒋士铨、刘熙载等也都有散曲的创作。然而,都不免流于形式主义了。

第二节　明代文人创作的俗曲

就在这散曲渐趋衰落的时代,民间俗曲却产生了许多新形式、新曲调,并以新风格写新的思想内容,反映社会现实,成为民歌的辉煌时期。这些惊人的成就也影响了当时进步的文人作家,吸引他们进行学习和拟作,并写出了不少内容和形式都很优秀的俗曲(或名小曲),值得专门介绍。

在很早的时候就有金銮、刘效祖、赵南星等以俗曲创作了。

金銮字在衡,号白屿,甘肃陇西人,居南京,善填词,嘲讽小曲极妙。他写小曲能灵活地运用群众语言,内容大都是嘲笑对爱情全无志诚的人,写得极生动活泼。他的散曲集《萧爽斋乐府》有《南锁南枝》集常言写"风情"的八首,几无一语不自然,无一首不好,如:

面不是面,油不是油,鸭蛋里还来寻骨头。瘦杀的羔儿,他是块真羊肉。见面的情,背地里口,不听升,不听斗。

心肠儿窄,性气儿粗,听的风来就是雨。尚兀自拨火挑灯,一密里添盐加醋。前怕狼,后怕虎,筛破的锣,擂破的鼓。

刘效祖,字仲修,号念庵,山东滨州人,居北京。明嘉靖庚戌(公元1550年)进士。他做官不得意,常寄情词曲,以舒愁思。他写了很多通俗歌曲,都是从民间作品中学习来的新声,《词脔》是他的后人集其残存歌曲编成的,其中已有《挂枝儿》、《双叠翠》等俗调,而且运用俗白口语那么自然巧妙,如《挂枝儿》:

俏冤家但见我就要我叫,一会家不叫你,你就心焦。我疼你那在乎叫与不叫。叫是提在口,痛是心想着。我若有你的真心也,就不叫也是好。

又如现存的《锁南枝》十六首,也无一首不是绝妙好辞,且看:

伤心事,诉与谁?一半儿思情,一半儿追悔。想着你要和我分离,平白地起上个孤堆。用了场心,竹篮儿打水。虽然是你的情绝,也是我缘法上不对。胡昧了良心,分明是鬼。几时和你嚷上一场,再不信你巧话儿相陪。

他的《尧民歌》"拜年"有云:"一个说,现成热酒饮三杯;一个说,看经吃素刚初一。"写市井风俗,浅率真切,口吻逼肖,如见其人,如闻其声。

赵南星(公元1550—1627年),字梦白,号侪鹤,别号清都散客,河北高邑(今元氏县)人,万历二年进士,为官正直,数遭贬斥,世人把他与邹元标、顾宪成比为汉代的"三君"。天启初,任吏部尚书,终以触怒阉宦魏忠贤被削职。他是东林党中人,代表当时统治阶级内部的进步势力。他的《芳茹园乐府》中有很多是用民间时曲小调写成的,杂取歌谣、里谚、耍弄、打诨,以泄其抗脏不平之气,如《一口气》"有感于梁别驾之事":

朝入衙门,夜寻红粉,行动之间威凛凛。唬的妓者们似猴仔,呼唤一声跑得紧。先儿们,纵然有王孙公子,公子王孙,沥丁拉丁,都不如恁先儿们。

《锁南枝带过罗江怨》"丁未苦雨",写另一方面的题材;

将天问,要怎么? 旱时节盼雨闸定法。没情雨破着工夫下溜街。忽流忽剌涮房屋,扑提扑塌湿漉漉。逃命何方逃? 阎王殿挤坏了功曹,古佛堂推倒了那吒。神灵说:"我也淋的怕。"哭啼啼哀告天爷:肯将人尽做鱼虾? 句(够)咧、句咧,饶了罢!

明代曲家偶然写俗曲的很多,连沈仕、梁辰鱼、王骥德、施绍莘等都写过《锁南枝》、《打枣竿》之类,可不列举。惟陈铎的《滑稽余韵》、冯惟敏的《海浮山堂词稿》(包括《归田小令》和《击节余音》)、朱载堉的《醒世词》,特别是薛论道的《林石逸兴》,却深有得于民间小曲,不可不述。

陈铎(上已介绍过)是一位世袭的指挥,但无意政治,而熟悉音律,擅长歌曲创作。他的北曲、南曲虽都写得好,但那时曲已僵化,形成文人作品,不易有所创造。独其《滑稽余韵》是用口头语写成的小曲,共一百三十六首,刻画当时社会上各行各业以及各种不同生活方式的人,不但看出他生活面广,而且表明了他的思想认识。他尖锐地讽刺了那些封建社会的渣滓,同情并歌颂了劳动人民。且举几首为例:

当官侍立公堂,归家欺侮街坊,仗势浑如虎狼。军牢名项,一生那到监房!(《天净沙》"牢子")

小词讼三钟薄酒,大官司一个猪头。催促欠税粮,剖判闲争斗,在乡权一股平收。卖富差贫任自由,怕甚么强甲首!(《沉醉东风》"里长")

寻龙倒水费殷勤,取向金穴无定准,藏风聚气胡谈论。告山人须自忖,拣一山葬你先人。寿又长,身又旺,官又高,财又稳,不强如干谒侯门?(《水仙子》"葬士")

东家壁土恰涂交,西舍厅堂初宽了,南邻屋宇重修造。弄泥浆直到老,数十年用尽勤劳。金张第游麋鹿,王谢宅长野蒿,都不如手镘坚牢。(《水仙子》"瓦匠")

麻绳是知己,匾担是相识。一年三百六十回,不曾闲一日。担头上讨了些儿利,酒房中买了一场醉,肩头上去了几层皮,常少柴没米。(《醉太平》"挑担")

锋芒在手高,锻炼由心妙。衡钢煨的软,生铁搏的燥。彻夜与通宵,今日又明朝。两手何曾住,三伏不定交。到处里锤敲,无一个嫌聒噪。八九个炉烧,看见的热晕了。(《雁儿落带过得胜令》

"铁匠")

冯惟敏(公元1511—1580？年)字汝行,号海浮,山东临朐人。中了举后,曾任知县、教授、通判等官。对当时政治黑暗很不满,后辞官归田,与农民生活在一起,对农民了解较深。有《海浮山堂词稿》四卷:《大令》、《归田小令》、《击节余音》、《附录》各一卷。其中歌曲反映现实颇为深刻,至于形式则如其自己所说的"间以近调自寓,取足目前意兴而止",可见也是有不少俗曲的。

他熟悉农民和农村的社会情况,所以作品有深刻的思想内容,能反映社会矛盾的现实,而且风格豪健,胸襟开阔,气势奔腾,与专写柔靡纤细的抒情诗的曲家完全不同。就不同题材选几首为例:

> 乌纱帽,满京城日日抢,全不在贤愚上。新人换旧人,后浪催前浪,谁是谁非不用讲。(《清江引》"八不用"之一)

> 大雨时行日日晴,荒旱天之命。难医眼前疮,又抱心头病,为均输倒加粮二顷。(《清江引》"东村作"二十首之一)

> 八十岁老庄家,几曾见今年麦!又无颗粒又无柴。三百日旱灾,二千里放开。偏俺这卧牛城,四下里忒毒害。(《胡十八》"刈麦有感"四首之一)

> 穿和吃不索愁,愁的是遭官棒。五月半间便开仓,里正哥过堂,花户每比粮。卖田宅无买的,典儿女陪不上。(同上)

> 老妖精爱钱,小猢狲弄权,不认的生人面。痴心莫使出头船,风浪登时变。扭曲为直,胡褒乱贬,望君门天样远。幸身名保全,窜山林苟延,守本分甘贫贱。(《朝天子》"解官至舍")

朱载堉(公元1536—1610？年)字伯勤,号句曲山人,是明宗室郑王朱厚烷的儿子,笃学有至性,父死不愿承袭王位,专究音律,发现十二等律,完成了七音的学说。他的《醒世词》在河南、山西一带民间流传很广,为人民所喜爱。他的作品揭露剥削阶级的卑鄙与丑恶嘴脸极其痛快,《山坡羊》"钱是好汉"、"叹人敬富"、"富不可交",都是这一类的,而《黄莺儿》"骂钱"尤其骂得淋漓尽致:

> 孔圣人怒气冲,骂钱财:狗畜生!朝廷王法被你弄,纲常伦理被你坏,杀人仗你不偿命。有理事儿你反复,无理词讼赢上风。俱是你钱财当军令,吾门弟子受你压伏,忠良贤才没你不用。财帛神

当道,任你们胡行,公道事儿你灭净。思想起,把钱财刀剁,斧砍,油煎,笼蒸!

他的《山坡羊》"十不足"写剥削阶级对生活享乐和地位权势无止境的追求,完全是真实的,后半段写道:"……一铨铨到知县位,又说官小势位卑;一攀攀到阁老位,每日思想要登基;一日南面坐天下,又想神仙下象棋;洞宾与他把棋下,又问那是上天梯。上天梯子未做下,阎王发牌鬼来催。若非此人大限到,上到天上还嫌低。"同调的"大想头"和"做好梦"也都是写类此的内容的。

薛论道(公元 1531? —1600? 年) 字谈德,别号莲溪居士,河北定兴县人。他好读兵书,自负甚高,从军三十年,做到副将。值明末阉宦弄权,怀才不遇,辞职返乡,以慷慨激昂之笔猛烈地抨击了封建社会的反动统治阶级,是明末一位大歌曲作家。其《林石逸兴》散曲集共十卷,每卷百首,总计千首,不仅数量多,而且涉及的方面也广。且举几首来看:

壮怀激烈,把丹心乾坤照彻。谁不待扫灭狼烟? 谁不待荡尽胡儿? 燕台多少水山隔,说起教人气欲咽。(《玉抱肚》"壮怀")

晓空飞镜,照山城森森柳营。听胡儿画角声残,看将军宝剑霜凝。玉轮踏碎满天星,皎皎垂波独自明。(同上调"塞月")

三十年卷破长江浪,身老才何壮? 四海一空囊,而今可谓羲皇上。不得柱石臣,且做诗坛将。(《步步娇》"述怀")

腥膻未静,心常耿耿。谁怜百战无成,自叹一生有命。大丈夫立名,岂图侥倖! 雕弓日敝,玉羽凋零。一身报国何惜死,两鬓逢人不再青。(《桂枝香》"宿将自悲")

贪婪的乔迁叠转,清廉的积谤丛怨。忠良的个个嫌,奸佞的人人美。竟不知造物何缘? 空有天公不肯言,任旁人胡褒乱贬。(《沉醉东风》"四反")

不读书善文,有才学道村,镶枪锋、青萍钝。时年依假不依真,鱼目把明珠混。驽马金鞍,绝尘盐困,寂寞杀、谁来问? 乱匈匈几群,死把定要津,说起来教人闷。(《朝天子》"不平")

这些都是具有现实意义的作品,应该肯定的。但是,和同时代别的散曲作家一样,他也有其阶级局限性。他不满现实主要是从他的士大夫阶级的观点,从他个人的进退出发较多,还不是也不可能从广大人民的立场出发。然而,无论如何,这类作品毕竟比单纯写山水风月、闲适道情要现实得多,比"题情"也更具积极意义。

除上述这些作家外,还有不少人写了俗曲,因影响不大,所以也不一一介绍。但是明末编辑《山歌》《挂枝儿》的大文学家冯梦龙(以后将另详介绍)据记载也创作过《宛转歌》散曲集,今已佚,但仍可在别处看到一小部分运用民歌形式写的朴实、生动的小曲,如《江儿水》"偶述":

> 郎莫开船者! 西风又大了些,不如依旧还奴舍。郎要东西和奴说,郎身若冷奴身热,且受用而今这一夜。明日风和,便去也奴心安贴。

第三节　清代文人创作的俗曲

清代文人学习民歌俗曲的人不多,作品自亦较明代为少,但也有比较突出的,如归庄、蒲松龄等是。

归庄(公元 1613—1673 年),字玄恭,号恒轩,江苏昆山人。他是明代诸生,博涉群籍,工诗,善书,喜画墨竹。明亡,与复社同人组织武装反抗,失败后,亡命隐居,野服终身,往来湖山间,远近谈忠义者多归之。晚年寄食僧舍,非素交,虽厚赠弗纳。他性好奇,为诸生时,尝改名祚明,其心可知,后或自号为归藏、归乎来,或字悬弓、园公,普明头陀、鏖鏊钜山人。生平最善顾炎武,以博雅独行相推许,时有"归奇顾怪"之目。他在明亡后写《万古愁》一个长篇套曲,除首尾两首七绝外,共用曲二十只,凡二千余言,在歌曲中是少有的长篇。这篇作品从盘古开天叙起,把中国历史以简炼的笔法,直叙到清兵南下,金陵陷落。对于历代帝王将相及圣贤都加以辛辣的嘲讽,独对明代,则以充沛的民族自豪感歌颂了它的开创大业,又以痛哭流涕的慷慨悲歌揭露并批判了明末的政治现实。他所用的曲子并非传统的牌调,而是他自制的,如"曼声引"、"入拍"、"放拍"、"换拍"、"合拍"、"变拍"、"凯声奏"、"钧天奏"、"龙吟尾"、"蛟龙泣"、"龙吟怨"、"风雨大江清"、"归山早"、"鲛人珠"、"大拍遍"等是,而前有"起诗",后有"结诗",既与套曲不同,也与以前的说唱文学各种形式有异。有些是从传统曲体继承来的,有些则是学习民间俗曲时调而加以运用变化、创造出来的。至于内容,则大胆痛快,瑰玮恣肆,可谓千古奇文。有的传本,称此套曲为《击筑余音》,而以另一篇写同此内容但无任何牌调名的长曲为《万古愁》。不管怎样,这两篇都一样的是归庄的大胆创造。下边且就《击筑余音》摘录几支最难得的曲子。

〔变拍〕最可笑那弄笔头的老尼山,把二百四十年死骷髅,提得他没颠没倒。更可怪那爱斗口的老峄山,把五帝三王的大头巾,磕得人没头没脑。还有那骑青牛、说玄道妙,跨鹏鸟汗漫逍遥,也记不得许多鸦鸣蝉噪。秦关楚峤,兰卿鬼老,都只是扯虚牌,斩不尽的葛藤,骗矮人、弄猢狲的圈套。(另本《万古愁》相当于此曲的是:笑,笑,笑!笑那喜弄笔的老尼山,把二百四十年死骷髅弄得七颠八倒。笑,笑,笑!笑那好斗口的老峄山,把五帝三皇束的宽头巾说得没头没脑。更有那骑青牛,谈玄妙;梦蝴蝶,汗漫逍遥。还提不起许多秦关楚峤,灵潭鬼笑,蛙鸣蝉噪,长言短调。大都是扯宽皮、斩不了的葛藤,骗呆人、弄猢狲的圈套。)

〔钧天奏〕只有那芥亭长唱《大风》一套,遂做了汉家天子压群豪。更有那晋阳守醉隋宫一觉,便做了唐家天子拥神皋。还有那香孩儿,结相知几老,便向那陈桥古驿换黄袍。当日的将相萧、曹,文学虞、姚,草诏仪、陶,共道是金瓯无缺,玉烛长调。谁知那丑巨君早摹揭下金滕稿,小曹瞒套写定了山阳表,渔阳鼓惊破了霓裳调,砀山贼凿开了九龙沼,五国城预图着双昏赵,皋亭山明欺着孤儿薨。试看那未央春老,华清秋早,六陵树香,一抹子兔迹狐踪,荒烟蔓草,何处觅前朝?(这以下的各个曲子,在另本《万古愁》中,也都有相应的曲词,大致相同,不一一录载)

〔重调〕惟有我大明……定鼎金陵早。驱貔虎,礼英豪,东征西讨,雾散烟消。将一片不见天日的山前山后,净洗得风清月皎;将一番极龌龊不堪的胡言胡服,生劈开做中华夷獠。真个是南冲瘴海标铜柱,北碎冰崖试宝刀。……

〔变调〕金陵福王兴……夸定策,推翊戴,铁券儿晃耀。招狐群,聚狗党,蜩蚑般喧噪。那掌大的两淮,供不得群狼抄;便半壁的江南,也下不得诸公钓。反让那晋刘渊做了哭义帝的汉高皇,军容素缟;可怜那猛将军做了绝救兵的李都尉,辫发胡帽。兀的不闷杀人也么哥,兀的不痛杀人也么哥!尚敢贪天功,向秦淮渡口把威权召。

〔前调〕乱哄哄闹一回,痴迷迷涸几朝。献不迭歌喉舞腰,选不迭花容月貌,终日里醉酡酡,喝烧刀,御量千钟少。更传闻圣躬坚巨赛救曹,却亏了蟾蜍秘药方儿妙。没来由羽书未达甘泉报,翠华先上了潼关道。一霎时南人胆摇,北人志骄,长江水臊,钟山气消,已不是汉人年号。

〔前调〕宫廷瓦砾抛,陵寝松楸倒。但听得忽刺刺一天胡哨,车儿上满载着琼瑶,马儿上斜搂着妖娆,打粮处处把脾儿燥。急得那些杀不尽的蛮子们,一样的金线鼠绦,红缨狗帽,恨不得把大鼻子的巴都们,便做个亲爷叫!

这部曲子确实写得深刻有力,明末清初文章家魏禧和大思想家顾炎武都尝极口叹赏,可见其在当时给予读者印象之深了。清末有隐名自号貌芦的曾作过一首《新万古愁》,也写得很悲壮、很痛快,其中有"痛只痛那卖国奴没知道那覆巢完卵终难保! 招狐群、树狗党、黑夜里胡揪,吹牛皮、拍马屁、白日里招摇,醉心的是金钱鹰爪,眩眼的是红缨狗帽,便见了一般太监们,也值得把他做个亲爹叫,更对着一般洋人们,都大家没计较,霎时心胆摇……"与归庄的风格语言都很相近,也更证明归作影响之深远了。

其次应该谈同是明末清初人的贾应宠。他字思退,亦字晋蕃,明末山东曲阜人,号凫西,别号木皮子、木皮散人。在明朝做到刑部郎中,明亡后乃归休,感怀家国,每端坐市坊,击鼓敲板,狂啸痛歌,闻者歊歔。他生卒年约在公元1592—1674年间。清初大戏剧作家孔尚任曾有《木皮散客传》,说他"喜说稗官鼓词",并谓:"木皮者,鼓板也,嬉笑怒骂之具也。"他对"经史帝王师相,别有评驳,与诸儒不同,闻者咋舌,以为怪物",可见他的鼓词内容与归庄极为相似。他的《木皮词》在清代少为人知,仅在山东私相传授,而公开则遭到禁止。其《哀江南词》,为孔尚任全部录入《桃花扇》的《余韵》中,可见孔尚任对他的作品是多么欣赏和重视了。《木皮词》这篇鼓词极尽嬉笑怒骂之能事,现在仅存"开场",所叙全是历史上帝王事迹的泛论,并不是某一故事的讲唱,末尾有"览罢开言归正传"的话,可见原来还有"正传",惜已不存。这里录他这篇鼓词尾上一段唱词,便可约略得其思想与艺术的梗概了:

忠臣孝子是冤家,杀人放火的天怕他。仓鼠偷生得宿饱,耕牛使死把皮剥。河里游鱼犯了何罪? 刮了鲜鳞还嫌刺扎! 那老虎生前修下几般福? 生嚼人肉不怕塞牙。野鸡兔子不敢惹祸,剁成肉酱又加上葱花。古剑杀人还称至宝,垫脚的草鞋丢在山洼。吴起杀妻挂了帅印,顶灯的裴瑾倒捱些耳瓜!……

他说:"人只道俺是'口角雌黄,张长李短',可那里晓得俺是'皮里春秋,扶弱抑强'!"的确不错,它的思想性确是很强的。

清初还有一位大作家蒲松龄(公元 1640—1715 年)也是肯于向民间文学学习、并写过不少通俗歌曲的文人。他字留仙,号柳泉,山东淄川人。其短篇小说集《聊斋志异》容以后专论,这里只介绍他所写的鼓词之类的通俗歌曲。他有《问天词》、《学究自嘲》,多愤慨不平、反映现实的段落,颇可注意。另外尚有《逃学传》等。而写故事的,则有《东郭外传》,以《孟子》中《齐人有一妻一妾》章为根据,加以穿插说唱,颇为通俗有趣。且看他写那齐人怎样乞讨人家上坟祭奠的酒食一段唱词:

> 这齐人一见喜的似疯魔,来了那五脏庙里救命佛。喜的他目不转睛往那里瞅,那口里泻涎流出两拖罗。拾了块石灰抹了个瓜黎脸,头顶里插上茅弓一大窝。只见他逗逗着肩膀往前凑,到近前咕咚就是一路膊。拍打着手掌当鼓板,时兴的曲子顺口歌:头一个唱的《放四姐》一段,又帮上个"莲花落"。随后又改了《寄生草》,杂腔小调唱了许多。唱罢又把头来叩,叫了声"大爷大叔看顾我,使的我口又干来舌又涩,给我钟酒儿解解渴!"那些人看不上他乜下贱样,赏给他一钟黄酒两馍馍。这齐人满口顿腮尽着俺,好不待气煞他那酸俏婆!

借这个形象骂了现实中的丑恶现象,多么逼真!《问天词》把"老天爷"严加责问,说它报应多错,一切打算和人们的看法不一般,说:"你不必照顾偏照顾,该周全的不周全!"说:"你不管就该全不管,为甚么一半清白一半憨?"愤懑不平之气,溢于言表,有多么痛切!

蒲松龄所作通俗曲艺,样式极多,并不限于鼓词,但多是用小曲联套体制叙写故事,这可说是他曲艺作品独创的特点。

在此以后,用民间歌曲形式来创作具有民间文学的现实主义精神的作家就不多了。有之,便要说到嘉庆、道光年间的戴全德和招子庸了。

戴全德沈阳人,旗籍,曾官九江,著有《浔阳诗稿》,其中便收有他的《西调小曲》。他原不通汉文,学了二十年才学会,所以其中有一部分还是满汉文合璧的。

招子庸字铭山,别号明珊,广东南海人。嘉庆时举于乡,大挑一等,以山东潍县知县用,道光时任青州知府,后罢官归。他有《粤讴》一卷,存曲一百二十余首,除三数首外,几乎全是情歌。这些歌曲形式自由,韵律不严,文字通俗,并夹杂许多广东方言,显系学习地方民歌俗曲而有得的。但内容思想性不强,感情未免有些哀伤,以至近于颓废,故意义不大。

至于十七八世纪间,金农自制歌曲五十余首,郑燮作《道情》十首,徐大椿又写了《洄溪道情》三十余首,虽皆受有俗曲的影响,但其内容和形式均显示其为文人闲适或劝世之作,并没有多少积极意义,故不备述。

第四章　明代诗文

第一节　明初诗文

元代文人的诗文风格卑弱,最好的也不过是平通无疵,并没有什么新的成就。明初文人还是继承元末遗风,大抵只是"师友讲贯,学有本原",也看不出有多少新气象。但具有一定人民性和现实意义的诗文,在当时社会那样曲折复杂的斗争环境中,也不是绝对找不到的。而"较之唐之韩、杜,宋之欧、苏,金之遗山,元之牧庵、道园,尚有所未逮。……若成就以名一家,……有明固未尝有其一人也"。这是黄宗羲在《明文案序》里评整个明代诗文的话。整个有明一代,尚且如此,更何况明初呢?

所谓明初,主要指明代开国后的洪武(公元 1368—1398 年),历建文(公元 1399—1402 年),至永乐(公元 1403—1424 年)的五十多年,继此而下,直至成化(公元 1465—1487 年),也就是从 14 世纪后期到 15 世纪后期,共约百年左右。

明代文坛上文学思想长时期提倡的是复古主义,或者更准确点说,就是拟古主义,当然同时也便有它的对立面的反拟古主义运动,而比较占统治地位的是拟古的风气。这种文风经弘治、正德间(公元 1488—1521 年)的前后七子李梦阳、何景明等竭力提倡,公然形成了一个有很大影响的派别。但这一思想和文风却并非自他们开始,而是明初诸家便已露了苗头的。

不可否认,明代灭元统一后,由前朝遗留下来的许多知识分子,以开国勋臣的英风豪气,用创作实践倡导了一种比较豪放朴实的新风格,引导当时多数作家努力学习古人,对改变元代卑弱文风起了一定的积极作用,但同时也确实为后来的复古主义理论与文风播下了种子,产生了不好的影响。

元末明初的诗文家中,最重要的有刘基、宋濂、高启、方孝孺、袁凯;而自永乐到正统(公元 1403—1449 年)前后,则是创立"台阁体"的"三杨"。

刘基(公元 1311—1375 年),字伯温,浙江青田人,元末进士,做过官,后因意见不合,罢职归田。朱元璋兴起,被聘出山,成为佐命元勋,封诚意伯,有集二十卷行世。他处在社会动乱的时代,政治经历又深,反映在作品里的思想内容也比较复杂。他在元末写的寓言体散文集名《郁离子》。其中有些篇幅对黑暗现实多所讽刺,具有较强的人民性;但不是篇篇都好,也有些反人民的糟粕,不能一律看待。他的文集中也有较好的散文,思想艺术都很高,如许多选家经常选录的《卖柑者言》,就是讽刺统治阶级"金玉其外,败絮其中"的腐朽本质的,颇有现实意义。他的诗也写得整炼,思想性也较强,在明代是不多见的。如《古戍》云:

> 古戍连山火,新城殷地笳。九州犹虎豹,四海未桑麻。天迥云垂草,江空雪覆沙。野梅烧不尽,时见两三花。

沈德潜说:"元季诗都尚辞华,文成(按:正德中追谥刘基为文成公)独标高格,时欲追逐杜、韩,故超然独胜,允为一代之冠。"上举一首,可以略见。至于写词,明初人本来不多,他的《写情集》秾纤有致,尤为明初独步。但他的词主要在于有些"妙丽入神"的佳句,而整篇则论者谓"去宋尚隔一尘"。如《小重山》,算是最好的了:

> 月满江城秋夜长,西风吹不断,桂花香。碧天如水露华凉。人难见,有泪在罗裳。 何许雁南翔,堪怜一片影,落潇湘。百年身世费思量。空回首,故国渺苍茫。

他的佳句如《谒金门》:"风袅袅,吹绿一庭春草";《踏莎行》:"愁如溪水暂时平,雨声一夜依然满";《山鬼谣》:"离魂常在郊树,月深星暗苍梧远,化作杜鹃归去"……皆清新有思致,为时传诵。

宋濂(公元 1310—1381 年),字景濂,本浙江金华潜溪人,故自号潜溪,后迁浦江,遂又为浦江人。元末被荐为翰林院编修,辞不受。明初应朱元璋之聘,任纂修《元史》总裁,官至翰林学士,为开国文臣之首。他的《宋学士文集》七十五卷,今存。其中有些传记是比较出色的,如《秦士录》就是刻画人物形象极生动,极传神,令人敬爱的。《王冕传》不但提供了元末这样一个奇士的生平史料,而且也写出了他高洁孤傲的性格,表现了作者的艺术才能。但作者的思想却较为陈腐,水平不高。对政治、社会,他完全墨守儒家的封建礼法;对文学,他也口口声声不离"圣人之道",大倡"宗经""师古"之文,认为"六经之理无不具,六经之言无不谈,六经所以笔吾心之理",因而,他的文学复古论就大为明初许多封建正统文人所推崇,产生了不好的影响。他的诗很少,也无足取,故不论。

　　高启(公元 1336—1374 年),字季迪,长洲(今江苏苏州)人。元末避乱于松江的青丘,自号青丘子。洪武初,以翰林院国史编修被召纂修《元史》,三年,擢户部右侍郎,固辞,放归,后被借故腰斩,年仅三十九岁。他有《大全集》十八卷《青丘诗集》十八卷,文则有《凫藻集》五卷,词曰《青丘扣舷集》,存三十二首。他是明初第一个大诗人,才情甚高,但作诗过重摹拟,其意以为这样便可"师兼众长",等到"时至心融,浑然自成",便"可以名大方而免夫偏执之弊矣"(见《独庵集序》)。然而,正如《四库提要》所说的,他"行世太早,殒折太速,未能镕铸变化,自为一家,故备有古人之格,而反不能名启为何格"。不过,他"在模仿古调之中,自有精神意象存乎其间",有些诗还是比较可读的。他之拟古,尚能"拟汉、魏,似汉、魏;拟六朝,似六朝;拟唐,似唐;拟宋,似宋",不专主一代一家,所以所受拘束还不严重,也还有自己的思想感情。而其如此摹古,在当时还能"振元末纤秾缛丽之习,而返之于古",也有一定的力量。他隐居时期曾多少接近了人民,而写了一些描写农民生活的乐府诗,对农民的勤劳贫困表示同情,而对官府的勒索压榨则给予讽刺。如《牧牛词》:

　　　　尔牛角弯环,我牛尾秃速。共拈短笛与长鞭,南陇东冈去相逐。日斜草远牛行迟,牛劳牛饥惟我知。牛上唱歌牛下坐,夜归还向牛边卧。长年牧牛百不忧,但恐输租卖我牛。

《养蚕词》、《伐木词》、《打麦词》、《采茶词》、《卖花词》、《田家行》都是比较好的。但是他也止于对农村劳动人民痛苦生活作一般的反映与同情,并没有深刻地反映元、明之际混乱的特定历史时代的社会现实,所以这些作品的拟古痕迹还是很明显的,因而价值也就不太高了。明、清评论家往往对他作过高的评价,是不能令人同意的。但他的艺术概括力很强,手法亦自有独到之处,也是应予肯定的。如《送沈左司从汪参政分省陕西,汪由御史中丞出》一首:

　　　　重臣分陕去台端,宾从威仪尽汉官。四塞河山归版籍,百年父老见衣冠。函关月落听鸡度,华岳云开立马看。知尔西行定回首,如今江左是长安。

不仅表现了很高的艺术概括才能,而且"音节气味,格律词华,无不入妙",堪称《青丘诗集》中最佳之作。

方孝孺(公元 1357—1402 年),字希直,又字希古,浙江宁海人。为宋濂弟子,惠帝建文年间任侍讲学士。燕王朱棣(即成祖)兵入南京,令其草登基诏书,坚拒不肯,乃被杀,并夷十族,死者达八百七十余人。有《逊志斋集》二十四卷,其中二卷为诗,成就不高,但较其师宋濂所作为多,一般充满迂儒气。《谈诗五首》不无见解,但亦难免此弊,如:

> 举世皆宗李杜诗,不知李杜更宗谁?能探风雅无穷意,始是乾坤绝妙词。(其一)

> 发挥道德乃成文,枝叶何曾离本根?末俗竞工繁缛体,千秋精意与谁论!(其三)

稍后一点,有袁凯(字景文,华亭——今上海市松江县人)和号称"闽中十才子"的林鸿(字子羽,今福建福清人),高棅(公元 1350—1423 年,字彦恢,后名廷礼,号漫士,今福建长乐人)等闽派诗人,都专学唐人,极力摹拟,不但效法其字句,并其题目亦皆效之。"开卷骤视,宛若旧本,然细味之,求其流出肺腑,卓尔自立者,指不能一再屈也"(李东阳《怀麓堂诗话》语)。林鸿当时有盛名,论诗主张以盛唐为楷式,但其所学的只是形式而不是精神。高棅更编《唐诗品汇》百卷,建立"诗必盛唐"的轨则,以张大林鸿之说。其书盛行于时,影响明诗甚大。《明史·文苑传》说"终明之世,馆阁宗之",便可见了。

明自成祖朱棣永乐(公元 1403—1424 年)以后的几十年间,文学上出现了完全以歌功颂德为事的台阁体,其领导人物实为当时的统治阶级上层(以大学士辅政,在明代为宰相之职)的"三杨":杨士奇(公元 1365—1444 年),名寓,江西太和人,以字行,官至华盖殿大学士,著有《东里全集》;杨荣(公元 1371—1440 年),字勉仁,今福建建瓯人,官至文渊阁大学士,著有《杨文敏集》;杨溥(公元 1372—1446 年),字弘济,今湖北石首人,官至武英殿大学士。他们的诗文都是从容闲雅,毫无思想内容的作品,于是形成风气,遂至"啴缓冗沓,千篇一律",即后来崛起的"茶陵诗派"的李东阳(公元 1447—1516 年,字宾之,号西涯,湖南茶陵人,著有《怀麓堂集》)领袖文坛,虽欲以深厚雄浑之体纠正台阁之习,但其作品也还是台阁体,平庸萎弱,没有什么生气,反而成为拟古主义的"前七子"的先驱了。

第二节　前后"七子"的拟古主义

"茶陵诗派"的领袖李东阳继宋濂、高启后,"以台阁耆宿,主持文柄,其论诗主于法度音调,而极论剽窃摹拟之非,当时奉以为宗。至李、何既出,始变其体,然赝古之病,适中其所诋诃"。所以王世贞说:"东阳之于李、何,犹陈涉之启汉高也。"他之于诗文,虽稍变台阁体冗沓之习,但也启"七子"句摹字窃、矜才使气之习。

继此之后,正式提出反对当时盛行的台阁体的号召而自成派别的,则是以李梦阳、何景明为首的"前七子",他们挑起了拟古运动。到嘉靖间,以李攀龙、王世贞为首的"后七子"继之,这拟古运动简直弥漫了整个明代文坛,其影响之大,概可想见。

前七子李梦阳(公元 1472—1529 年),字献吉,自号空同子,甘肃庆阳人,有《空同集》。何景明(公元 1483—1521 年),字仲默,号大复,河南信阳人,有《大复集》。另外便是徐祯卿(公元 1479—1511 年,字昌谷,一字昌国,江苏吴县人,有《迪工集》)、边贡(公元 1476—1532 年,字廷实,山东历城人,有《华泉集》)、王廷相(生卒年不详,字子衡,今河南开封人)、康海和王九思(康、王二人已见上章)。后七子李攀龙(公元 1514—1570 年),字于麟,号沧溟,山东历城人,有《沧溟集》。王世贞(公元 1526—1590 年),字元美,号凤洲,又自号弇州山人,江苏太仓人,有《弇州山人四部稿》。其余五人便是谢榛(公元 1495—1575 年,字茂秦,号四溟山人,山东临清人,有《四溟集》及《四溟诗话》)、宗臣(公元 1525—1560 年,字子相,江苏兴化人,有《宗子相集》)、梁有誉、徐中行(?—1578 年,字子舆,号龙湾、天目山人,浙江长兴人,有《天目山堂集》、《青萝馆诗》)和吴国伦。他们的口号是"文必秦汉,诗必盛唐",反对华而不实的台阁体,在明代弘治、正德以后,尤其嘉靖以后,文坛上附和的人非常之多,真是天下景从,声势浩大,至以李、何、李、王为四大家,而争效其体。

前、后"七子"的文学主张是从所谓永远不变的"心"出发的,这样,文学就完全可以而且应该以古为准,不必独创,也不可能独创出比古人更好的东西,所以也就谈不到反映时代、反映现实了。李梦阳说:"夫天下百虑而一致,故人不必同,同于心;言不必同,同于情。故心者所为欢者也,情者所为言者也……是故其为言也,直婉区,忧乐殊,同境而异途,均感而各应之矣,至其情则无不同也。何也? 出诸心者一也。"他主张学古人的格调、法式,而这也就是法自然,因为他认为"文必有法式",古人用的法式,"非自作之,实天生之也",所以"今人法式古人,非法式古人也,实物之自则也"。何景明之说虽似小异,而实则大同。他说:"仆尝谓诗文有不可易之法者,辞断而意属,联类而比物也。上考古圣立言,中征秦、汉绪论,下采魏、晋声诗,莫之有易也。"后七子自然也不全同于前七子,但其论诗主格调,以盛唐为宗;论文重法,以秦、汉为顶峰。实质上言"取法乎上",即使反对剽窃,而归根到底还是不免摹拟古人,效其步趋。谢榛就认为:"夫万物一我也,千古一心也",所以他要"纵横于古人众迹之中,及乎成家,如蜂采百花为蜜,其味自别,使人莫之辨也"。这非剽窃而何? 汪道昆曾谓李攀龙"于古为徒","其书非先秦、两汉不读,其言非古昔先王不称"。王世贞也自谓他相信李梦阳"勿读唐以后文"的主张,并且认为应把秦、汉的文章"熟读涵咏之,令其渐渍汪洋。遇有操觚,一师心匠,气从意畅,神与境合,分途策驭,默受指挥"。总之,前、后七子的文学观点在总的倾向上是一致的,就是复古、拟古,主要是追求形式上的拟古或近古,其甚者则"句摹字拟,食古不化"以致"故作聱牙,以艰深文其浅易"。至于他们十四人之中也间有不同之处,则只是在拟古的程度上的差别,或对个别问题上的所持略异而已。

前、后七子拟古主义的文学思想之所以能风行一时,自有其原因与功绩:一、台阁体空洞无实,早为人所厌弃。二、明代科举以八股文要求读书人,限制綦严,于是知识分子眼界狭隘,除时文和经书外,不知有古籍,他们提倡读古书,也确有振起衰敝之功。三、开国以来,前辈作者已倡复古之端,给他们引了路,使他们继续前进。但他们远离人民和现实,不能向秦、汉之文、盛唐之诗学其现实主义的思想内容,而只在形式技巧上摹拟,便走上了形式主义的道路,与唐、宋两次古文运动的复古,都显有本质不同,所以他们的声势越大,影响就越坏;即其在创作上的成就,也远远不能与唐、宋人相比。

不过,也不能把他们的创作一笔抹杀,更不应把这些人完全等量齐观。一般说来,这些人还是封建统治阶级中的正直之士。尽管他们的世界观和文学观都有很大的阶级局限性,甚至某些方面可以说是反动的,但也还有他们对当时政治上最凶恶残暴的权奸、巨珰如刘瑾、魏忠贤之流进行激烈斗争的进步的一面。所以在他们的作品中,也还有思想内容较好的,如李梦阳的

《代韩尚书上孝宗皇帝书》、宗臣的《报刘一丈书》、何景明的《岁晏行》等。至若康海、王九思之曲,王世贞、谢榛之诗文评论,更都各有其成就与贡献,未可一概而论。

第三节　唐宋派的反拟古主义斗争

在明弘治、正德间(公元 1488—1521 年),前七子拟古主义的文风正在流行的时候,就有吴中诗人唐寅、祝允明、文徵明等,以他们大胆自由的笔调、平易浅近的语言,写出具有真实感情的诗文,与之对抗。他们都是具备诗、文、书、画等多方面文艺天才的风流士人,虽其为文缺乏严肃的态度,但正因为接近人民,所以才敢于这样以游戏态度随意挥洒,把贵族们视为高文典册而长期垄断的诗文写成妇人孺子都能理解并可以欣赏的极平常的东西,未始不是他们有益的贡献。与后七子同时的徐渭和汤显祖,则除以其戏曲等为文化斗争武器,取得极辉煌的成就外,也写些与拟古主义者毫无相同之处的诗文,表现另一种清新的风格。与前七子同时的马中锡并没有受他们多少影响,而能自成一家,其《东田集》中的《中山狼传》是一篇很优秀的长篇寓言体散文,继承其前辈刘基《郁离子》的传统,取得了很好的成就。

自拟古主义兴起以后,其能以理论也以自己的创作与前、后七子展开斗争而卓然有以自立的,则是几位唐宋派的古文家:前有王慎中和唐顺之,后有归有光和茅坤。

王慎中(公元 1509—1559 年),字道思,别号遵岩居士,福建晋江人,有《遵岩集》。唐顺之(公元 1507—1560 年),字应德,号荆川,江苏武进人,有《荆川集》。慎中初亦趋附李、何,专法秦、汉,后悟欧阳修、曾巩作文之法,而尤向往于曾,遂转而排斥"七子"之艰涩,而改写"文从字顺"的唐、宋文,唐顺之也从而效之,时号"王、唐"。他们虽也主张学古人,但要学唐、宋人的写作方法,以自己的语言抒发自己的思想感情,比"七子"的名为"上师秦汉",实际只能剽窃古人陈言者,要进步多了。尤其唐顺之论文,主张"直据胸臆,信手写出",要有"真精神"与"千古不可磨灭之见",而反对"影响剿说,盖头窃尾"、毫无己见的"下格"文章,更为深刻犀利,故其作品成就也比较高。

归有光(公元 1507—1571 年),字熙甫,号震川,江苏昆山人,时称震川先生。他屡试进士不第,退居安亭江上,讲学二十余年,从者甚众。六十岁始中进士,授长兴知县。他有《震川文集》三十卷,又别集十卷。茅坤(公元1512—1601年),字顺甫,号鹿门,浙江归安(今吴兴)人,有《茅鹿门文集》行世。他论文最心折唐顺之,而所作则不及其同时的归有光,但长于评选。他所选的唐韩、柳及宋欧、曾、王、三苏之文为《唐宋八大家文钞》,即全据唐顺之的绪论而为之者,影响后世甚大,"唐宋八家"之说,盖自此始。归有光反对前、后"七子"最为有力。在散文的创作上,他也是明代成就最高的一个,应该特加叙述。

归有光对于拟古主义者的攻击,主要以"后七子"的领袖之一王世贞为对手。他在《项思尧文集序》中说:

> 盖今世之所谓文者,难言矣。未始为古人之学,而苟得一二妄庸人为之巨子,争附和之,以诋诽前人。韩文公云:"李、杜文章在,光焰万丈长。不知群儿愚,那用故谤伤。蚍蜉撼大树,可笑不自量。"文章至于宋、元诸名家,其力足以追数千载之上,而与之颉颃,而世直以蚍蜉撼之,可悲也。无乃一二妄庸人为之巨子以倡道之欤?

这里所说的"妄庸巨子"即指王世贞。世贞闻而笑曰:"妄诚有之,庸则未敢闻命。"归有光反驳说:"唯庸故妄,未有妄而不庸者也。"他说:"余好为古文辞,然不与世之为古文者合。"其不同处何在呢? 在于"不事雕饰而自有风味",故能超然名家(这是王世贞晚年所作《归有光像赞》语,盖是时王于归已颇心折,所以能给予正确的评价);而"今世相尚以琢句为工,自谓欲追秦、汉,然不过剽窃齐、梁之余,而海内宗之,翕然成风"(归有光《与沈敬甫》)。

归有光的散文艺术成就很高,有名的《项脊轩志》、《先妣事略》都是从家庭琐事中捕捉一些最能代表人的关系和感情的情节,以清淡简净之笔、朴实浅近的语言写出,所以往往"无意于感人,而欢愉惨恻之思,溢于言语之外"。《寒花葬志》极简短,但能以细节描写出死去的娇痴小婢的形象,体现了作者对她的悼念,也深深地感动了读者:

> 婢,魏孺人媵也。嘉靖丁酉五月四日死,葬墟丘。事我而不卒,命也夫! 婢初媵时,年十岁,垂双鬟,曳深绿布裳。一日,天寒,爇火煮荸荠熟,婢削之盈瓯;余入自外,取食之,婢持去不与。魏孺人笑之。孺人每令婢倚几旁饭,即饭,目眶冉冉动。孺人又指余以为笑。回思是时,奄忽便已十年。吁! 可悲也已!

絮絮道家常琐细情节,不避俚俗,在唐、宋八家文中也不多见。如《项脊轩记》中的:"三五之夜,明月半墙";"妪又曰:'汝姊在吾怀,呱呱而泣,娘以指扣门扉曰:儿寒乎? 欲食乎? 吾从板外相为应答'";"一日,大母过余曰:'吾儿,久不见若影,何竟日默默在此,大类女郎也!'""吾妻归宁,述诸小妹语曰:'闻姊家有阁子,且何谓阁子也?'"都是极通俗的语言,有似唐、宋人写的传奇文。而正为如此,才越能娓娓动人,产生很好的艺术效果。但也要看到,他的散文,思想内容一般并不高,而反映时代现实的作品尤少,相反的,还有不少文章带有八股时文的气息,那就不如唐、宋时代韩、欧等古文家的作品精醇了。

归有光不以诗著,其成就自逊于他的散文,但风格同样是淳朴真挚,不刻意求工,而自然感人。如《海上纪事》十四首写明代后期倭寇骚扰沿海,政府束手无策,人民遭受苦难,不但反映了现实,而且表现了诗人的爱国主义精神。其第二首云:

　　二百年来只养兵,不教一骑出围城。民兵杀尽州官走,又下民间点壮丁。

《郓州行寄友人》则是以散文化的歌行体写山东人民遭受水灾以后,流离饥寒的惨痛生活,令人不忍卒读,确是写得极其深刻。此外,如《甲寅十月纪事》二首也颇有现实意义,值得注意。

第四节　公安派的文学改良运动

继王、唐、归之后反对前、后七子的拟古主义,而创造相反的文风,建立相反理论的,是明末的公安派。公安派所倡导的文学改良运动,声势浩大,进攻勇猛,影响广泛,比王、唐、归、茅还要彻底而深刻。它的产生,是在明代中叶以后,资本主义因素有了萌芽,市民阶层迫切要求个性解放的社会经济基础上出现的。思想界也有王守仁学派动摇了长期作为统治思想的程朱理学。而在他以后,其弟子王艮的泰州学派更进一步成为反封建思想的王学左派。再传而为更左、更狂、更猛的李贽。李贽和他的朋友焦竑的学术思想便成为公安派文学思想的渊源所自了。同时,戏曲家、散曲和俗曲作者、小说作家和整理者,以及一切民间文学的编辑者与摹拟者,也都取得了很大成绩。这些人把这种打破传统文学格式的新作品送给了广大人民,也深深地影响了其他进步的文人。徐渭和汤显祖等大作家成绩最著,影响也最深。

就反拟古主义的公安派之兴起来看,如果没有作为其先驱的李贽、焦竑的思想为之开路,也不可能达到这样迅猛的程度。所以王学,特别是王学左派之功,实不可没。王学本以悟性为宗,思想自由解放,很容易把学者引上狂的道路。王守仁曾大胆地说过:"夫学贵得之心。求之于心而非也,虽其言之出于孔子,不敢以为是也。"这种不崇古的独立自由精神反映在文学上,就成为革新运动的思想基础。王守仁本是前七子同时的人,也和李梦阳等相过从,但他的诗文却非常整炼,不求工而自工,丝毫不受李、何影响。这种思想经过泰州学派的改造提高,传到李贽,就更加积极。李贽自谓"平生不爱属人管",而"是非又大忤昔人",他之反传统观念较王守仁更为明显。他说:"夫天生一人,自有一人之用,不待取给于孔子而后足也。若必待取足于孔子,则千古以前无孔子,终不得为人乎?"他这种反对崇拜古圣而主张自由探讨真理的进步思想,也表现在他的反拟古主义的文学思想上。在他的《童心说》中有云:"天下之至文,未有不出于童心焉者也。""苟童心常存,则道理不行,闻见不立,无时不文,无人不文,无一样创制体格文字而非文者。"他又说:"诗何必古选,文何必先秦!降而为六朝,变而为近体,又变而为传奇,变而为院本,为杂剧,为《西厢曲》,为《水浒传》,为今之举子业,大贤言,圣人之道,皆古今至文,不可得而时势先后论也。"这正是和公安派最痛快的论调完全一致的。李贽于宋人中最倾服苏轼,认为苏轼为人能够卓然自立,所以"其文章自然惊天动地"。焦竑之思想出于王学左派,而又笃信李贽,他论文也最崇拜苏轼,于当时文坛则攻击七子之摹拟剽窃,正与公安派相同。所以,李贽、焦竑便是公安派的先驱。

李贽(公元1527—1602年),字卓吾,号宏甫,福建晋江(今福建泉州市)人。中举后不再应进士试,做官至姚安太守,后被劾罢官,遂至麻城龙潭湖上祝发为僧。所著《焚书》,论古代人物历史,立意新奇。人以为妖,下通州狱,勒还原籍,时年已七十六,遂自刎而死。其书尝二次被焚毁,清代亦列为禁书;然至今犹传,可见禁毁都是没有用的。他的著作对当时及后世思想界影响很大。他具有初步民主主义因素的平等思想。他认为不只在社会地位上人们应该一律平等,同时这种平等必然反映在人们的智慧与是非之辨上。所以他说:"天下之人,本与仁者一般。圣人不曾高,众人不曾低。"至于他的诗,成就虽不高,但天真自然,不受任何拘束,不怕俗,不忌诙谐,什么话都敢说,所以对公安派影响尤大。公安派的"三袁"就是他的弟子,就是继承他的思想而用之于文学革新斗争中的。

焦竑字弱侯,江苏江宁人,自号澹园,著有《澹园集》和《续集》及《焦氏笔乘》,是明末一个重要学者。他论学宗旨颇近李贽,"三袁"既师事李贽,亦相当敬佩焦竑。竑乃学者而非诗人,故论诗论文有不尽与文人而非学者的"三袁"相一致处,然而,"三袁"深受其影响却是肯定的。

戏曲家徐渭(公元 1521—1593 年),字文长,号天池山人、青藤道士,山阴(今浙江绍兴)人。他天才超逸,诗文皆有奇气,不屑摹拟古人,而喜以俗语、俗物入诗,意奇语新,为时传诵,已开公安派的先声。公安领袖袁宏道对徐渭亟加称道。而他最大的成就则在其《四声猿》杂剧,详容在以后有关章节介绍。至于汤显祖,则与"三袁"同时,更是有明第一大戏曲家,并为"三袁"所推重。他的文学见解也颇有影响公安派处。汤的成就自当另述。

所谓公安派,即指这次反拟古主义的文学革新运动中以湖北公安人袁宗道、袁宏道、袁中道三兄弟(世称"三袁")为领导的文学派别。袁宗道(字伯修,公元 1560—1600 年)是公安派文学思想的开创者,于诗最服膺唐之白居易和宋之苏轼,故自名其斋曰"白苏",而所著也称为《白苏斋集》。他的成就不甚高,但立意要由假返真,由临摹而趋自然,已标揭出反拟古主义的宗旨。袁宏道(公元 1568—1610 年),字中郎,号石公,是公安派的主要领导者,有《袁中郎全集》。他十六岁"为诸生,即结社城南,为之长",可见他少年时代便已参加文学活动了。后来在实际反七子的文学斗争中,他表现得尤为勇猛激烈,诚如他自己在《答李元善》的信里所说:"至于扫时文之陋习,为末季之先驱,辩欧、韩之极冤,捣钝贼之巢穴,自我而前,未见有先发者,亦弟得意事也。"袁中道(公元 1570—1623 年),字小修,有《珂雪斋文集》,他卒年较迟,对于公安末流之弊,看得清楚一些。所以有修正乃兄的文论之处。总之,"三袁"中以宏道为主,其兄宗道与弟中道却也都有与之切磋补正之功,这样,才形成为整个公安派的文学主张。

公安派的文学主张可概括为下列几条:

一、文学有时代性,随时代的发展而发展。袁宏道在《雪涛阁集序》里说:"文之不能不古而今也,时使之也。……夫古有古之时,今有今之时。袭古人语言之迹,而冒以为古,是处严冬而袭夏之葛也。"在《叙小修诗》中也说:"唯夫代有升降,而法不相沿,各极其变,各穷其趣,所以可贵,原不可以优劣论也。"可见文学必有其时代特征,今古不能相袭,崇古非今,就是昧于文学的发展规律,忽视文学的时代性。至若"今人读古书不即通晓,辄谓古文奇奥,今人下笔不宜平易",当然更是错误的。因为"时有古今,语言亦有古今,今人所诧谓奇字奥句,安知非古之街谈巷语耶?"(袁宗道《论文上》)因此,"古不可优,后不可劣"(袁宏道《与江进之》),反对一切"贵古贱今"的不正确观点,这就正针对七子"文必秦汉,诗必盛唐"的口号,而给予有力的批判了。

二、反对复古说的摹拟剽窃。袁宏道指斥近代文人始为复古之说,道:"夫复古是已。然,至以剿袭为复古,句比字拟,务为牵合,弃目前之景,摭腐滥之辞",其结果是"有才者诎于法,而不敢自伸其才,无之者拾一二浮泛之语,帮凑成诗。智者牵于习,而愚者乐其易",如此,"诗文至近代而卑极矣。文则必欲准秦、汉,诗则必欲准盛唐,剿袭模拟,影响步趋",作品如何能好!他认为"文章新奇,无定格式,只要发人所不能发,句法、字法、调法,一一从自己胸中流出,此真新奇也"。所以"善为诗者,师森罗万象,不师先辈。法李唐者,岂谓其机格与字句哉?法其不为汉,不为魏,不为六朝之心而已,是真法者也"。真的"秦汉而学六经,岂复有秦、汉之文?盛唐而学汉、魏,岂复有盛唐之诗?"正因为不复古,不摹拟,写自己的时代和自己的思想感情,才能显示出各个人自己的文章特色,文学也才能有不断的发展。

三、文章要独抒性灵,不拘格套。他们主张写文章要"信腕信口,皆成律度,其言今人之所不能言与其所不敢言者",这就是独抒性灵。袁宏道在《小修集序》所说的话就可以代表他弟兄的总意见:"大都抒性灵,不拘格套,非从自己胸臆流出,不肯下笔。有时情与境会,顷刻千言……其间有佳处,亦有疵处。佳处自不必言,即疵处亦多本色独造语。"他们反对因袭古人现成的格套,而要创造自己独特的东西,所以说:"且夫天下之物,孤行则必不可无;必不可无,虽欲废焉而不能;雷同则可以不有;可以不有,则虽欲存而不能。"他们多么重视文学的独创性!

四、最突出的是,他们打破传统观念,极力推崇当时的民间文学和通俗文学。这种高出前人的见解始于李贽,到袁宏道,才能给小说、戏曲、民歌等向被封建文人轻视的体裁与作品以很高的评价。他视《金瓶梅》、《水浒传》为逸典,与"六经"、《离骚》、《史记》相提并论。他甚至认为《金瓶梅》"云霞满纸,胜于枚生《七发》多矣",而于《劈破玉》、《打枣竿》、《银纽丝》、《挂枝儿》之类的民歌俗曲,则认为是可喜的"真声"。这对于后来通俗文学的发展是起了一定作用的。

他们的这些文学主张无疑是进步的,在反对前后七子的拟古主义的斗争中取得了"荡涤摹拟涂饰之病"的辉煌战果,创立了文学革新运动的伟大功绩。但就创作实践来说,"三袁"及公安派的附和者与追随者一般成就却不太高。他们过分强调性灵,而不能与现实结合起来,所写作品多是寄情山水、朋友酬答、抒发个人感情,虽有正义感,却又不敢面对现实,向丑恶黑暗进行冲击,因而也还没有彻底摆脱形式主义的枷锁。这就是他们作为地主阶级的进步文人的阶级局限性所必然带有的消极因素的结果。我们在肯定他们的功绩的同时,必须特别指出来。但要完全否定他们创作中所取得的成就,也是不对的。如袁宏道的《猛虎行》、《竹枝词》、《摘发巨奸疏》、《满井游记》、《虎丘》等都是在不同方面可以肯定的较好作品。其兄与弟以及公安派中别的作家也不是没有可取的诗文的。

第五节　竟陵派的流弊

与"公安派"时代差不多而略后的"竟陵派",可以说是从"公安派"派生出来的支流。它开始时也是和公安派的三袁一样反对拟古主义的传统思想,而主张独抒性灵,不拘格套。但由于他们看到公安派后来由清真而趋于浮浅庸俗的流弊,欲加矫正,而又空疏无学,只能在文字中讨生活,便走上以"幽深孤峭"追求性灵的形式主义道路,产生另一种却又更严重的缺点。竟陵派的主要人物是竟陵(今湖北省天门县)人钟惺和谭元春。他们以自己的观点共同编选了《古诗归》和《唐诗归》,风行一时,世称"钟谭",并称其风格为"竟陵体"。《明史·文苑传》说:"自宏道矫王、李之弊,倡以清真;惺复矫其弊,变而为幽深孤峭",大致还是正确表述了其间的渊源和异同的。

钟惺(公元 1572—1624 年),字伯敬,号退谷,有《隐秀轩集》。谭元春(公元 1586—1637 年),字友夏,有《岳归堂集》、《谭子诗归》等(或将其诗文编为《谭友夏合集》)。他们反对七子拟古,主张独抒性灵,是追随公安派的。但他们要"引古人之精神以接后人之心目",要在古人诗中求性灵,而并非真正抒发自己的性灵,所以也就有了歧异。他们也反对公安派的浅俗,而纠正之道,则是强调古人的精神,一面又不肯深钻古人的文与学,所以就形成奇僻奥涩甚至不可理解,其流弊乃甚于公安派。钱谦益说钟惺:"当其创获之初,亦尝覃思苦心,寻味古人之微言奥旨,少有一知半解,掠影希光,以求绝出于时俗。"正说得允当。也正由于此,他们就专求"造语森秀,思路崎岖",单纯追求字句的孤、奇、僻、怪,而忘记诗文的主要之点乃在于它的思想内容。钟、谭于此求之不得,便只有用奇字,押险韵,造怪句,以艰晦怪僻代替新奇独创,遂一变公安之浅俗而为竟陵之幽峭,形成了另一种形式主义之极端,因而遭到当时和以后很多人的攻击。

钟、谭的作品,除钟惺还有少数作品比较清隽外,其余多晦涩而至于不通的地步,人们常举谭元春的《夏夜》一诗为例,的确是"识堕于魔","趣沉于鬼":

> 此处果星月,南方闻薄雷。安知今夜雨,不过一村来。案帙慎
> 新漏,溪苗危昨栽。良非山可比,天意幸加栽。

谁能懂他在这里想说些什么,更不要谈受到感染了。钱谦益评谭云:"以俚率为清真,以僻涩为幽峭;作似了不了之语,以为意表之言,不知求深而弥浅;写可解不解之景,以为物外之象,不知求新而转陈。无字不哑,无句不谜,无一篇章不破碎断落;一言之内,意义违反,如隔燕、吴;数行之中,词旨蒙晦,莫辨阡陌。"虽似攻讦过甚,而基本上得其窾要,可以说确能指出竟陵派末流之弊。

第六节　晚明的散文作家

晚明散文方面,在万历以后出现一批作家,成就远较以前为高,但主要还在于抒情小品的清新风格与幽默自然的笔调,其思想内容并不怎样高。近代有些提倡晚明小品文的人竟把他们和他们的作品给予过高评价,也是不够恰当的。

晚明的抒情散文无疑是公安派文学革新运动的直接产物。许多文人不满于这个末季的黑暗政治,因而寄情山水,写些独抒性灵、不拘格套的怡情悦性的小品文,其中固然也有感慨,而往往为其景物描写与诙谐风趣所掩,社会意义毕竟不大。

这里除前已专节讲过的三袁、钟、谭不再复述外,再介绍几个影响比较大的作家。

陈继儒(公元 1558—1639 年),字仲醇,号眉公,松江华亭(今上海市松

江)人。二十九岁就弃儒冠隐居昆山之阳,一生以布衣游公卿市井间,成为一个以卖文为生的名士的代表,甚至坊肆刻书往往借他的名字刻于书端,作为宣传,因而颇受学士大夫的鄙薄。其实他所作短翰小词,亦确有可喜者。王思任(公元1574—1646年),字季重,号谑庵,山阴(今浙江绍兴)人。做官不得志,罢归山中。其人好谐谑,矢口放言,略无忌惮,正统派文人多恨之。弘光(福王朱由崧)败走时,马士英称皇太后制,逃往浙江,季重写信痛骂之,时人称快。明亡,他誓不剃发,不入城,表现了对故国旧朝的忠贞。晚年放浪山水,写过不少游记,见者谓其"笔悍而胆怒,眼俊而舌尖,恣意描绘,尽情刻画",是很好的散文。刘侗(约公元1594—约1637年),字同人,号格庵,湖北麻城人。与谭元春友善,文章风格也属意竟陵一派。他取燕人于奕正所抄集的燕京景物掌故资料,写成一本散文小品集《帝京景物略》,虽也有些怪僻,但并未用什么难字,还算较好的文章。

被近人盛称的张岱,可以说是晚明写抒情小品散文的代表作家。张岱(公元1597—1679年),字宗子,一字石公,别号陶庵,山阴(浙江绍兴)人。明亡,披发入山,安贫著书,是富有爱国思想的明代遗民。著作甚多,但今存者只有《陶庵梦忆》、《西湖梦寻》和《琅嬛山馆文集》等数种而已。前两书是亡国后追忆昔游之作,故意绪苍凉,有如梦境。但他的心境虽苦,而体现在作品里的,却只是"活泼清丽","情趣曜然",艺术成就较高。它给予读者的主要是美学的感受,并不见得有多少现实意义,因而也不应该评价得过高。《西湖七月半》写西湖夜月景色,不只清新,而且真实生动;《金山夜戏》、《柳敬亭说书》等,摹写人物活动,如闻其声,如见其人,更是小品散文的绝技。

与上述诸人颇异的另一位大作家徐宏祖,是不可忽视的地理学家,专写山水游记。徐宏祖(公元1587—1641年),字振之,别号霞客,江苏江阴人。他生当明末,不慕仕进而好旅游,足迹纵横数万里,多前人所未到。所著《徐霞客游记》今编十卷,的确是古今来最忠实、最科学的记游之作。文笔清峭出俗,不求工而自工。钱谦益称为"世间真文字、大文字、奇文字",为"千古奇书",实不为过。

第七节　明末爱国诗人与爱国社团

明末有些英雄志士以其生命保卫祖国和人民,也有些知识分子悚于国家危亡而团结在一起,欲以讲求古学为名,作政治革新的活动。这些英雄志士往往在战斗生活中写些慨慷激愤的真挚的诗篇,为晚明文学增添了很大的光辉。这些人如抗倭名将戚继光、俞大猷,如幾社的陈子龙、夏允彝及其子完淳,复社的张溥、张采以及瞿式耜、张煌言等都是光辉的爱国诗人。至于明、清之际的大思想家黄宗羲、顾炎武、王夫之和文学家侯方域、屈大均等人,虽也具有高度的国家民族思想,但其后期生活时代多在清初,其影响于清代文人者也至巨,所以就留在下章叙述。

明代中叶,蒙古族瓦剌南侵,明军大败,英宗朱祁镇被俘,史称"土木之变"。这时于谦在京坚主抗敌,瓦剌进犯,他负责保卫首都,亲身督战,终于击退敌人,转危为安。后来英宗复辟,竟听信谗言,把他杀害。他是继宋文天祥以后最早的一个抗敌爱国诗人,虽时代不在明末,但其精神实对明末的一些英雄诗人有很大的影响,所以不能不先予介绍。

于谦(公元 1398 年—1457 年),字廷益,号节庵,浙江钱塘(今杭州)人。他少年留心史学,仰慕苏武、文天祥等古代英雄人物,"慨然有天下己任之志"。中进士后,历任巡抚、御史等官,勤廉清正,深受人民爱戴。"土木之变",他担任龙门提督,从兵部侍郎升任兵部尚书,负责保卫北京,击退了瓦剌军,挽救了祖国,并写出了充满爱国激情的诗篇,如《昼夜长短》、《立春后寒甚》、《夜坐念边事》、《塞上即景》、《题苏武忠节图六首》等,虽不尽是此时所作,但其思想情感则是相同的。最能突出其爱国热情的《出塞》云:

> 健儿马上吹胡笳,旌旗五色如云霞。紫髯将军挂金印,意气平吞瓦剌家。瓦剌穷胡真犬豕,敢向边疆挠赤子。狼贪鼠窃去复来,不解偷生求速死。将军出塞整戎行,十万戈矛映雪霜。左将才看收部落,前军又报缚戎王。羽书奏捷上神州,喜动天颜宠数优。不愿千金万户侯,凯歌但愿早回头。

他的诗本来很多,包括各种体裁与题材,可惜在他被诬以"谋逆罪"而被害时都散佚了,现存的《于忠肃公集》中尚有六百余首,仅为其全部诗歌的十分之一二。其中有不少是反映现实,同情人民疾苦的,值得注意。当然也有一些敷衍应酬之作,并无很大价值。总的看来,他的诗能不受当时台阁体的范围,而独树一帜,有强烈的思想性与高度的艺术性,确是令人佩服的。《四库提要》说:"其诗风格遒上,兴象深远。虽志存开济,未尝于吟咏求工,而品格乃转出文士之上。"实为公论。据说他十二岁时写的一首七绝《咏石灰》:

　　千锤万凿出深山,烈火焚烧若等闲。粉骨碎身浑不怕,要留清
白在人间。

就已经表现了他那种不怕艰险勇于献身的高尚志节。另一首五律《荒村》写
农村破产,人民苦难,而地方官不报灾请赈,语浅意深,也是好诗:

　　村落甚荒凉,年年苦旱蝗。老翁佣纳债,稚子卖输粮。壁破风
生屋,梁颓月堕床。那知牧民者,不肯报灾伤。

　　戚继光(公元1528—1587年),字元敬,号南塘,山东蓬莱人。他出身贫
寒,由武举起家,在平倭战争中立了辉煌的战功,后来又到北方守边,过了一
生戎马生活。他虽是武夫,却自幼即好读书,能诗文,有《止止堂集》存世,其
中诗一卷,二百余首,表现了他一生的雄心壮志、豪迈情怀,使我们可以从中
看到他的英雄爱国思想与事迹。如果不相信他的诗歌艺术,请先看一首《出
塞》,不加解释,便不由你不惊叹了:

　　郁葱千里绿阴肥,涧水萦纡一径微。鱼未惊钩闻鼓动,鸟因幽
谷傍人飞。江南塞北何相似,并郡桑干总未归。惆怅十年成底事,
独将羸马立斜晖。

　　戚继光的抗倭战友俞大猷也是一个能诗的英雄,其诗与戚诗同样贯穿
着爱国忧民的思想。俞大猷(公元1504—1580年),字志辅,号虚江,福建晋
江人。一生转战南北,几无日不在军中,而于击溃倭寇入侵东南沿海的战争
中,尤著功勋。读他的《正气堂集》使我们感到他的英风豪气,千古常存,而
拯民济世之心,实为他的思想主体。试举两首,以概其余:

　　仗剑东溟势独雄,扶桑今在指挥中。岛头云霁须臾净,天外旌
旗上下翀。队火光摇河汉影,歌声气压虬龙宫。夕阳景里归篷近,
背水阵奇将士功。(《舟师》)
　　溪涨巨鱼出,山幽好鸟鸣。丈夫不逆旅,何以济苍生?(《秋日
山行》)

　　戚、俞的诗在艺术上还另有一个特点就是善于学习民歌,语言通俗清
新,富于想象,并善于运用浪漫主义手法,确能形成一种新的风格,还不只是
慷慨雄壮而已。

　　陈子龙(公元1608—1647年),字人中,又字卧子,号轶符,又号大樽,松
江华亭(今上海市松江)人。早岁与同乡夏允彝、徐孚远等组织几社,与复社

同以文学为名,进行政治活动,两相呼应,成为明末有名的知识分子的爱国社团。他中崇祯十年进士,任职京师,清兵入关后,又从福王于南京,数谏不纳,遂罢去。公元 1647 年,曾结太湖兵欲起义,事露被捕,乘间投水殉国。他才华甚高,诗、词、散文在明末均有杰出的成就,其《陈忠裕公集》,现存。他在文学上是赞同王、李七子的主张的,但他有他所处的现实社会为基础,不可能全摹古人,因而写出的作品就不是形式主义的,而具有强烈的现实性。《小车行》和《卖儿行》描写了农民逃荒和卖子的惨状,充分表现了作者的正义感与同情心,可能是他早期的作品。明亡以后所写的作品,则更多反映他的悲愤之情,如《秋日杂感》中就有:

> 双阙三山六代看,龙蟠虎踞旧长安。江陵文武牙签尽,建业风流玉树残。青盖血飞天日暗,黄旗气掩斗牛寒。翩翩入雒群公在,剩有孤臣泪未干。

他的词也继承辛弃疾、陈亮的遗风,而有《点绛唇》"春日风雨有感"那样表现爱国思想的作品:

> 满眼龙华,东风惯是吹红去。几番烟雾,只有花难护。 梦里相思,故国王孙路。春无主,杜鹃啼处,泪染胭脂雨。

与陈子龙同组幾社的夏允彝,字彝仲,也是华亭人,崇祯十年进士。他闻北都陷,谒史可法,谋兴复,南京既陷,乃投深渊以死,遗集散佚。他的词《千秋岁引》"丽谯"也颇有忧国之情:

> 泽国微茫,海滨寥廓,万堞孤城逼天角。云外龙车碧树悬,霜前雁字当窗落。苣城花,秦山月,都萧索。 刺史风流携琴鹤,暇日高吟倚轩阁,酾酒新亭几忘却。三泖沙明绕郡楼,九峰岚翠扶城郭。铜壶响,晓更催,宛如昨。

重要的是他的儿子完淳(公元 1631—1647 年),一生只活了十七岁,便殉国而死。但他的爱国忠贞与文学造诣,在历史上都有着永远不能磨灭的光辉。他幼承父训,又随陈子龙受学,很早就接受了爱国教育,后来也和同辈少俊组织"西南得朋会",成为"幾社"的后继。明亡后,他和父亲参加了吴志葵的义军,失败后,父子避往曹溪,允彝决心殉国,自沉松塘。1646 年,完淳与陈子龙等上书鲁王,被遥授为中书舍人,又再谋起事,翌年被捕,解到南京,慷慨就义。他有遗集八卷,今存。他在明亡以后的作品,大抵都充满了爱国复仇思想,表现其忠贞无畏的英雄气概。他拟庾信《哀江南赋》写《大哀赋》,述明亡原因,激愤之情溢于言表。他的《狱中上母书》及《遗夫人书》,情深意切,而语壮言豪,毫无悲哀气息,而充满乐观精神,是极好的散文。他的散曲《仙吕·傍妆楼》"自叙"套和《仙吕·甘州歌》"感怀"套大约都是狱中所写,感叹着"可怜天地无家客,湖海未归魂",也非常沉痛。而最好的还是他的一些诗、词。《细林野哭》是哀悼他老师陈子龙的,其悲恸自不待言。到他被捕后所写的,就更为哀而不伤,悲而益愤了,如《由丹阳入京》:

> 万里河山拱旧京,楚囚西去泪如倾。斜风衰柳丹阳郭,细雨孤
> 帆白下城。残梦忽惊三殿报,新愁翻觉一身轻。从军未遂平生志,
> 遗恨千秋愧请缨。

他的词虽均未系年,不能断定写作时间,但一些亡国之后所作都表现了他内心的凄凉,如《一剪梅》"咏柳":

> 无限伤心夕照中,故国凄凉,剩粉余红,金沟御水自西东。昨
> 岁陈宫,今岁隋宫。　往事思量一晌空,飞絮无情,依旧烟笼。长
> 条短叶翠濛濛。才过西风,又过东风。

张溥(公元 1602—1641 年),字天如,江苏太仓人。与同里张采(字受先)齐名,时称"娄东二张"。崇祯间,集邑中诸名士倡为"复社",很快就发展起来,成为全国性的文学团体,其宗旨虽标揭着"期与四方多士共兴复古学",而真正目的则是"将使异日者务为有用",显然是有志于现实政治的。他们的实际行动也确是表现为反对贵族权势,尤其攻击阉党,不遗余力,而对于人民利益及民族危机也都很关心,乐于出力,因此颇得群众的拥护。明亡以后,他们或挺身而出,参加抗清斗争,壮烈殉国;或遁迹山林,不与异族合作,表现了崇高的民族气节。后来的"幾社"也并入了"复社",益壮大其声势。在文学上,他们的主张实可以陈子龙为代表。在创作实践上,除原"幾社"诸子外,"复社"领袖张溥的《五人墓碑记》最为出色。它热情地描写并歌颂了当时知识分子和市民阶层结合起来反对宦官特务统治的斗争,而对于殉难烈士的正义行为则给予很高的赞扬。无论在思想上、艺术上,都是非常成功的。至于他编的《汉魏六朝百三名家集》,虽目的在于以古学为号召,而实际则收到辑录古书之效,对于后人作研究的参考,还是有不小贡献的。

瞿式耜(公元 1590—1650 年),字起田,号稼轩,江苏常熟人。万历四十四年进士,任户科给事中,疏劾魏忠贤余党,抨击甚力,为敌所忌,被诬下狱。

福王朱由崧立,起用为金都御史。福王败,他乃与何腾蛟等立桂王朱由榔即帝位于广东肇庆。他以文渊阁大学士兼兵部尚书,与何腾蛟合作领导抗清。后不幸被俘,就义。他被俘入狱,多与同难张同敞唱和互勉,忠肝义胆,照耀千古。其《十七日临难,赋绝命词》云:

> 从容待死与城亡,千古忠臣自主张。三百年来恩泽久,头丝犹带满天香。

虽在就义之前,犹于壮烈中充满乐观主义精神。他从不把自己的生死放在心里,所忧的只是国家和人民。朝无忠正之臣,边无守土之将,国困民穷,哀鸿遍野。诗人说:"边将几拚酬国剑,朝官争办买山钱。"说:"酒肉朱门臭欲熏,骷骸盈阜谁知咎。"说:"郊原寂寂无青草……何来牛种问耕田。"说:"年年索赋养边臣,曾见登陴有一人!上爵满门皆紫绶,荒村无处不青燐。仅存皮骨民堪畏,乐尔妻孥国已贫。"这都是多么深刻沉痛的啊!他的《瞿忠宣公集》今存。

张煌言(公元 1620—1664 年),字玄著,号苍水,浙江鄞县人。在明末,他是与郑成功联合抗清的东南沿海义师领袖,坚持斗争达十七年,最后被捕殉国。他的诗文集在清代悬为厉禁,仅有手抄本,流传不广,清末第一次刊印,对当时的民族革命的意识觉醒起过积极作用。今本《张苍水集》共四编:即一、《冰槎集》,二、《奇零草》,三、《采薇吟》和四、《乡荐经义》及《北征录》。他的诗文慷慨悲壮,意气飞扬,充分显示他的忠义志节与英雄气概:

> 十载冰霜誓枕戈,岂应歧路转风波。和戎魏绛终当谬,结客燕丹恐亦讹。剖竹已非秦郡县,分茅可是汉山河?孤臣独有干将在,紫云青炅自不磨。(《即事柬定西侯》二首之二)

> 国亡家破欲何之?西子湖头有我师。日月双悬于氏墓,乾坤半壁岳家祠。惭将赤手分三席,拟为丹心借一枝。他日素车东浙路,怒涛岂必属鸱夷。(《甲辰八月辞故里》二首之二)

的确,他的心正如他最后在狱中所写的《放歌》一样:"予生则中华兮,死则大明,寸心为重兮,七尺为轻。"他要把"浩气""化为风霆",把"精魂""化为日星",其志节与文天祥《正气歌》所表现的完全相同,真足以"垂节义于千龄"!

第五章　清代诗文

第一节　明清之际的爱国主义诗文作家

　　明末、清初之际,国内民族矛盾极其尖锐,广大汉族人民群众痛心异族官兵的残暴、国家的危亡,纷纷起来,抗敌卫国,与新朝统治者和无耻汉奸们作顽强的斗争。士大夫阶级中不少爱国分子参加了或者领导了各地的反清起义,有不少人壮烈牺牲了,上章已择要叙述。还有些爱国志士,士大夫文人,生当末季,在斗争失败后,仍潜踪于山野,或逃亡各地,结纳志士,徐图恢复。迨清朝统治逐渐巩固,他们虽知恢复无望,而坚贞的民族气节并未稍有丧失,乃从事学问,期以此教育人民,为故国留下未来的希望。有些人便成为清初的启蒙思想家,如黄宗羲、顾炎武、王夫之;有的则以其刚直的反抗精神照耀史册,永为世法,如屈大均、归庄;有的则更多地以其文章垂教后世,也起了一定的作用,如侯方域、魏禧等。这些人生活在明、清之际,对清初学术思想及文学发展影响较大,所以便只好写在清代文学史中。其实他们和前章末节所写的那些人如陈子龙、夏允彝、夏完淳、张煌言等都是同时代的,不过那些人为明朝牺牲殉节了,而这些人则在清初仍还活着,并以其学术思想垂教后世罢了。

　　黄宗羲(公元 1610—1695 年),字太冲,号梨洲,明末天启(熹宗朱由校年号,公元 1621—1627 年)中以劾魏忠贤及客氏被害的御史黄尊素的长子,浙江余姚人。他早年就参加了反对阉党的斗争,为父复仇;明亡,又参加了人民的抗清斗争,历经危难,濒于死者不知有多少次。就在这样惨酷的阶级斗争和民族斗争中,锻炼出他的坚贞不屈的性格,也完成了他的具有极大进步意义的民主主义启蒙政治思想与学术思想,使他成为清初三大师的第一人。他的学问很广博,著作也非常繁富,涉及到许多方面。而《明夷待访录》一书虽仅二十一篇,但于几千年的封建君主统治的黑暗社会,却能洞见其本源,发出大胆的议论,在三百多年以前确有如一声春雷震惊大地之势。他的这些思想,在清末的资产阶级民主革命运动中曾经起过很大的宣传鼓动作用,并非无因。他的文论,力斥台阁体,反对世俗应酬之作。所选《明文案》也以一往情深者为主,只要求具有真挚的思想感情,而不论其作者是什么地位或什么阶层的人。他自己的作品也多用来表彰忠臣、义士、可歌可泣的人物。他自编的《南雷文定》,前集十一卷,后集四卷,三集三卷;又《南雷诗历》四卷,合共二十二卷,现存。

靳志荆序《南雷文定》说:"今观先生之文,有褒讥予夺、显微阐幽者,……有痛哭流涕、感动激发者,……有研析精微、发挥宏巨者,……要皆有实际可循,而非徒工鏧幽者所得而埒也。"的确是如此。他自己的"凡例四则"也说:"余多叙事之文。……余草野穷民,不得名公巨卿之事以述之,所载多亡国之大夫,……其有裨于史氏之缺文,一也。"这话很真实。他写的墓志铭很多,但并无几个达官贵人,而大抵是明末的爱国志士,如陈贞慧、万斯大、陆周明、王征南(来咸)、谈迁等;所写人物传记也多世所不甚注意的奇士,如历算的周述学、医学的张景岳、堆塑家的张涟以及说书的柳敬亭和女诗画家李因,而且都写得各有特色,能引人爱敬。他的论文颇有独见,如云:"文以理为主,然而情不至,则亦理之郛廓耳。……古今自有一种文章不可磨灭,真是'天若有情天亦老'者。而世不乏堂堂之阵,正正之旗,皆以大文目之,顾其中无可以移人之情者,所谓剟然无物者也。"在手法上,他也主张写细节的真实,他说:"叙事须有风韵,不可担板(按:今谓"呆板"),今人见此,遂以为小说家伎俩。不观《晋书》、《南北史》列传,每写一二无关系之事,使其人之精神生动,此颊上三毫也。"他认为文必须写自己所熟悉的事物,实际就是生活体会,否则,若只"劬劳憔悴于章句之间,不过枝叶耳,无所附之而生",因此,"古今来不必文人始有至文,凡九流百家以其所明者沛然随地涌出,便是至文"(以上见《论文管见》)。他选文与创作也就本着这一标准,所以只要是一往情深,便都有可取,不论今古,不分派别。盖以"今古之情无尽,而一人之情有至有不至。凡情之至者,其文未有不至者也。则天地间街谈巷语,邪许呻吟,无一非文,而游女、田夫、波臣、戍客,无一非文人也"(见《明文案序上》)。

他的《明夷待访录》"条具为治大法",其中《原君》、《原臣》、《原法》,都是独创之见,发前人所未发,如说:

> 今也以君为主,天下为客,凡天下之无地而得安宁者,为君也。

是以其未得之也,屠毒天下之肝脑,离散天下之子女,以博我一人之产业,曾不惨然,曰:我固为子孙创业也。其既得之也,敲剥天下之骨髓,离散天下之子女,以奉我一人之淫乐,视为当然,曰:此我产业之花息也。然则为天下之大害者,君而已矣。(《原君》)

缘夫天下之大,非一人之所能治,而分治之以群工,故我之出而仕也,为天下,非为君也;为万民,非为一姓也。……盖天下之治乱,不在一姓之兴亡,而在万民之忧乐。……又岂知臣之与君,名异而实同耶?……君臣之名,从天下而有之者也。吾无天下之责,则吾在君为路人。出而仕于君也,不以天下为事,则君之仆妾也;以天下为事,则君之师友也。(《原臣》)

后世之法,藏天下于筐箧者也。利不欲其遗于下,福必欲其敛于上。用一人焉,则疑其自私,而又用一人以制其私;行一事焉,则虑其可欺,而又设一事以防其欺。天下之人共知其筐箧之所在,吾亦鳃鳃然日唯筐箧之是虞,故其法不得不密。法愈密,而天下之乱即生于法之中,所谓非法之法也。……论者谓有治人,无治法;吾以谓有治法而后有治人。……(《原法》)

这些都是与封建传统观念不同,甚而相反的见解,具有鲜明的民主主义色彩。以这种思想贯串在作品中,所以他的散文才是思想性强内容丰富的大文章。

他不以诗著,但他认为诗之道至大,可以千变万化,而各有成就,不必出于一途,所以反对明前、后"七子"的"诗必盛唐"之说,而认为"论诗者但当辨其真伪,不当拘以家数"。他的诗四卷,二百余篇,"横身苦趣,淋漓纸上",可谓逼真,所以也颇有一些好诗。如《三月十九日闻杜鹃》便是伤悼甲申之变的。他的诗虽不见得直接写现实,但情感真挚,反映了他的爱国热情与慷慨悲愤之思,也显示了他的艰苦奋斗的生活与性格。这是从他任何题材的作品中都可以看得出的,如《钓台》写"江上愁心丝百尺,平生奇险浪千堆",就分明有诗人自己的形象。

顾炎武(公元1613—1682年),初名绛,明亡后改名炎武,字宁人,学者称亭林先生,亭林盖其别号。他是江苏昆山人。幼年读书甚勤,为诸生,以社会混乱,遂不应科举,专力于经世致用之学。明末,参加了当时士大夫所组织的政治性学术团体"复社",注意时事政治。从二十七岁起,开始博览群书,搜集历代有关经济和自然环境的材料,为后来写成《天下郡国利病书》准备了丰富的资料,也奠定一生学问的雄厚基础。公元 1644 年,清兵入关,这时他三十二岁,次年清兵继续南下,他先后参加了苏州起义和保卫他的家乡昆山的战斗。失败后,决定离开江南,长期出游。一在结纳天下英雄,共谋恢复,一在考察各处山川形势,预作筹划,进行深入的、隐蔽的恢复工作。公元 1657 年,他开始向山东出发,以后又到过河北、辽宁、山西、陕西、甘肃、河南许多冲要地方。他的行动经常受到清政府的监视和迫害,并曾于公元1668 年 3 月因苏州黄诗培的文字狱牵连下济南狱,10 月,被释。清廷也曾千方百计要牢笼并利诱他,邀他应"博学鸿词"科,聘他修"明史",他都没有动摇,未曾应征,甚至还拒绝了他在清廷做大官的外甥徐乾学给他在江南购置的别业。他并曾在山东章丘和山西雁门开垦荒地,亲自劳动,也曾在山西开过钱庄,创了票号,流通金融,便于活动。到六十七岁,才定居陕西华阴,置田五十亩,躬耕自给。过两年后,病卒。他平生游踪所至,都载许多书籍,随时研读,务求切合实际。他的《日知录》三十二卷,就是这样勤奋钻研的具体成就。

顾炎武的政治思想与学术思想都可从《日知录》一书中见到。他平生治学,最重明体致用,而又博极群书,于天文、历算、舆地、音韵、金石、考古等学问都有极深湛的研究,故为清代"朴学"的开山之祖。他和黄宗羲有很好的友谊,思想也非常进步,世称他们和王夫之三人为明末清初三大师。他的著述极富,除《天下郡国利病书》、《日知录》最为知名外,还有《音学五书》共三十五卷,考订古音韵极为精湛。其诗文则有诗集五卷、文集六卷、别集一卷,具见其文学成就之高。

他对于文学,主张创造,反对摹拟因袭。他认为一时代有一时代的文学,"用一代之体,则必似一代之文,而后为合格"。他认为文学要反映现实,要用来"明道"和"纪政事",要"为时而著","为事而作"。他的诗虽只存有四百首左右,却都是反映现实的作品:或暴露统治阶级的腐朽;或揭露社会的黑暗;或描述人民所遭受的苦难;或歌咏历史人物,凭吊山川名胜;或抒发自己热爱祖国的感情。总之,他的诗歌是继承屈原、杜甫、白居易、陆游等伟大诗人的爱国主义与现实主义优秀传统的。他在诗歌方面也是我国诗史中一位杰出作家,有其重要地位。

顾炎武的诗几乎全都是写家国兴亡之痛,寄其感慨忧愤之思的,很少有应酬敷衍写景咏物之作。像这样诗集,在清代没有,即在唐、宋大家中也是不可多得的。《京口即事》二首云:

白羽出扬州,黄旗下石头。六双归雁落,千里射蛟浮。河上三军合,关中一战收。祖生多意气,击楫正中流。

大将临江日,中原望捷时。两河通诏旨,三辅急王师。转战收铜马,还兵饮月氏。从军无限乐,早赋仲宣诗。

《海上》四首最为悲怆,其第一首有"十年天地干戈老,四海苍生吊哭深";第二首有"名王白马江东去,故国降幡海上来";第三首结句云"愁绝王师看不到,寒涛东起日西斜";第四首全篇抒愤,尤为深刻:

长看白日下芜城,又见孤云海上生。感慨河山追失计,艰难戎马发深情。埋轮拗镞周千亩,蔓草枯杨汉二京。今日大梁非旧国,夷门愁杀老侯嬴。

他并非只是悲哀,也不因为恢复无望而放弃斗争,他怀着极大的信心,坚持不懈地要斗争到底。《精卫》云:

万事有不平,尔何空自苦?长将一寸身,衔木到终古。我愿平东海,身沉心不改。大海无平期,我心无绝时。呜呼!君不见西山衔木众鸟多,鹊来燕去自成窠!

这里不仅充满了百折不挠的英雄气概,而且具有十分饱满的乐观主义精神。《秋山》两首则是对当时江阴、嘉定、昆山等县人民和殉国烈士们在反清斗争中的英勇事迹的热烈赞扬,具体生动地反映了那一段史实。第一首云:

秋山复秋山,秋雨连山般。昨日战江口,今日战山边。已闻右甄溃,复见左拒残。旌旗埋地中,梯冲舞城端。一朝长平败,伏尸遍冈峦。北去三百舸,舸舸好容颜。吴口拥橐驼,鸣笳入燕关。昔时鄗邬人,犹在城南间。

顾炎武的诗歌艺术,思想感情上刚健雄迈,文字语言上凝炼准确,用典使事无不妥恰,毫无逞才炫博的毛病,显然是学杜甫而得其神,非如明代前后"七子"的所谓"诗必盛唐",仅从形式上进行摹拟,结果连貌似也不可得。

王夫之(公元 1619—1692 年),字而农,号姜斋,湖南衡阳人,明举人。张献忠军陷衡州,执其父,他亲往救出。清兵下湖南,他举义失败,走桂林,助桂王图恢复。最后乃隐居衡阳石船山,并以船山自号。清既统一,下令剃发,他誓死不从,转徙苗瑶山洞中,窜伏四十余年。在这样难苦环境中,更锻炼了他的坚贞性格,形成了他的进步思想,写了很多著作。《楚辞通释》、《读通鉴论》、《宋论》均具卓识。至于疏经之作,则有《周易稗疏》、《书经稗疏》、《诗经稗疏》、《春秋稗疏》、《春秋家说》等。诗文有《姜斋文集》十卷,《姜斋诗集》四卷,另《夕堂戏墨》六卷,《岳馀集》一卷。词则有《鼓棹初集》及二集和《潇湘怨词》(《夕堂戏墨》卷七)。《五十自定稿》中的《即事有赠》云:

> 青门绿野两情忘,柳宅桃津一径长。四海交穷怜白发,双星夜
> 永看珠光。梅香早透胧胧月,酒坐寒侵欵欵霜。咏史已惊开竹素,
> 挑灯无事话沧桑。

《六十自定稿》中的《遣怀》四首有句云:"田畴死记卢龙塞,司马生惭瑞兽符";"尽有风光相假借,无妨孤棹试中流";"天地龙蛇消一泪,河山乌鹊且孤翔";"匣有宝刀随老病,无劳董士淬龙渊。"从这些诗句就可以看出他怀抱壮志而始终抑郁不伸的痛苦情绪。《七十自定稿》里的《为家兄作传略已示从子敞》写了他的一生心事:

> 无穷消一泪,墨外渍痕汪。故国人今尽,先君道已亡。蒙头降
> 吏走,抱哭老兵狂。正可忘言说,将心告烈皇。

他也写了不少拟古、和人、写景、咏物的作品,虽亦清丽,意义却不那么大。

他的词极自然亦极有情致,往往清新可喜,如《鹧鸪天》"刘思肯画史为余写小像,虽不尽肖,聊为题之"云:

> 把镜相看认不来,问人云此是姜斋。龟于朽后随人卜,梦未圆
> 时莫浪猜。　谁笔仗,此形骸。闲愁输汝两眉开。铅华未落君还
> 在,我自从天乞活埋。(按:词末自注云:"观生居旧题壁云:'六经
> 责我开生面;七尺从天乞活埋。'")

《菩萨蛮》"述怀"抒写他的耿耿孤忠:

> 万心抛付孤心冷,镜花开落原无影。只有一丝牵,齐州万点
> 烟。　苍烟飞不起,花落随流水。石烂海还枯,孤心一点孤。

类此者尚多,如《满江红》"直述",又"写怨",都渗透着他的故国之思。(按:《鹧鸪天》、《菩萨蛮》均见《鼓棹初集》,《满江红》二首则见《鼓棹二集》)

王夫之的《姜斋诗话》论诗尤有卓见。如云:"无论诗歌与长行文字,俱以意为主。意犹帅也,无帅之兵,谓之乌合。"又说:"情景名为二,而实不可离。神于诗者妙合无垠,巧者则有情中景,景中情。""景以情合,情以景生,

初不相离,唯意所适；截分两橛,则情不足兴,而景非其景。"这都是深于诗者的见解,是值得我们很好继承的文学理论遗产。

归庄是明末一个奇人,与顾炎武为同学又是抗清的同志,昆山起义失败后,他变了僧装,亡命在外,而顾炎武则浪迹北方,成为清初的启蒙民主主义思想家。归庄本是大散文家归有光的曾孙,诗古文辞都有很高的成就,可惜清初文网严苛,没有人敢于刻印,遂致散佚,今存者仅有《归玄恭遗著》一书,计文七十九篇,诗二百二十七首,另《归玄恭文续钞》六卷而已。近年,经过多方搜访,颇有增益,共得诗五百三十余首,词二首,曲二篇(即《万古愁》和《击筑余音》,实为一个内容的两种形式与文字都差不多的作品),文(包括题跋、杂著)约三百篇,都十卷,题为《归庄集》(中华书局 1962 年版),可供研究。他的散文无论叙事说理,都极绵密有情,并无奇僻怪异不近人情之语,如《送顾宁人北游序》、《与季沧苇侍御书》、《答王苕文民部书》、《再答王苕文》、《与叶嵋初》等篇,都是析理精微、委曲尽意的佳作。他的诗,多写家国之痛,与顾炎武相似,但语言较为浅易。晚年所作,便多愤懑郁结,无以自遣之情,《卜居》二首,《古意》十二首,《落花诗》原十二首,又四首,虽风格不尽相同,而思想情绪则大抵相似。各举一首,可概其余:

> 鸿雁随秋阳,翩翩云中下。蟋蟀饮寒露,唧唧吟凉夜。斯人困蓬累,茫茫焉税驾！未能判死生,空尔谈王霸。问天天无言,中心独悲咤。(《卜居》)

> 王业总万方,王臣尽亿姓。委赘同一体,大义存亡并。奈何士大夫,平昔诵孔孟。一遇兴亡际,方寸失其柄！鲁连耻帝秦,东海宁殒命。薛方不仕莽,诡辞未失正。非有故主恩,迁愚自天性。中华壮男子,忍见兵戈横！苟活亦何为？拟续西山咏。(《古意》)

> 庭中野外乱飞翻,哀怨无穷总不言。带雨堕阶苔溅泪,随风贴水荇招魂。玉箫尽出新篁馆,画舫多移绿树村。时过不辞就消歇,尚余芳气在乾坤。(《落花诗》)

屈大均(公元 1630—1696 年),字翁山,广东番禺人。明亡时,他还在少年；清兵陷广州后,他首从桂王屡次起兵,终未成功,乃去西湖出家为僧,三十七岁才还俗完婚,但一直不曾仕清。为了逃避清政府的迫害,他一生都在到处流亡,先后到过山东、河北、山西、陕西等地,就这样在奔走逃亡之中郁郁而死。他的遗著有《翁山文外》、《翁山诗外》、《翁山文钞》和近人辑得的

《翁山佚文辑》。他的诗文均表现了很浓厚的爱国思想,对屈原、文天祥、谢翱等伟大的爱国主义诗人及忠勇之士表示无限的景仰,所以不仅在思想上节操上是得之于这些古人的传统,就连作品风格也受了屈原、辛弃疾、刘克庄等的影响。他的《髻人说》最能代表他反清抗敌的精神,而《粤谢翱先生墓表》则表现他对前代爱国诗人的敬慕。他的诗当时非常有名,北上太原时会见了顾炎武,炎武曾赠以诗,句称"弱冠诗名动九州"。的确,他以现实主义的创作方法,深刻地揭露清初统治者对中原人民的血腥罪行,读之令人激愤,如《大同感叹》:

> 杀气满天地,日月难为光。嗟尔苦寒子,结发在战场。为谁饥与渴,葛屦践严霜。朝辞大同城,暮宿青燐傍。花门多暴虐,人命如牛羊。膏血溢槽中,马饮毛生光。鞍上一红颜,琵琶声惨伤。肌肉苦无多,何以充君粮! 踟蹰赴刀俎,自惜凝脂香。

他的词也是这样的,如《长亭怨》"与李天生冬夜宿雁门关作":

> 记烧烛,雁门高处,积雪封城,冻云迷路。添尽香煤,紫貂相拥夜深语。苦寒如许! 难和尔,凄凉句。一片望乡愁,饮不醉,垆头驼乳。 无处问长城旧主,但见武灵遗墓。沙飞似箭,乱穿向草中狐兔。那能使口北关南,更重作并州门户? 且莫吊沙场,收拾秦弓归去。

他一生到处流离,"所历残墟遗垒,重关古戍,有可慨于中者,徘徊凭吊,长歌当哭",都是有所寄托的。

明末清初以散文著称的爱国主义作家,还有号称"清初古文三大家"中的侯方域和魏禧,至于汪琬文虽不下于侯、魏,但没有表现什么民族气节,故当另叙。

侯方域(公元 1618—1655 年),字朝宗,河南商丘人。其父侯恂为明末东林党人,官至户部尚书,抨击魏忠贤等阉党,致系狱数年。他是明末有名的"四公子"(方以智、陈贞慧、冒襄及侯方域)之一。少年在家读书,即与里中诸子创"雪苑社",与四方志士声气相应和。二十二岁赴金陵应试,加入了"复社",并与陈贞慧、吴次尾及其他名士定交,开始向奸党进行斗争。这时候,魏党余孽阮大铖躲在金陵,曾设计拉拢他,企图向清流投机,遭到他的拒绝。清兵入关,阮大铖与马士英等在南京迎立福王,声势赫赫,迫害复社诸子,侯方域只得逃亡。临行前写《癸未去金陵日与阮光禄书》,义正词严地谴责了阮大铖,因此几致杀身之祸,可见其战斗性之强了。南明亡后,曾被迫应清廷的河南省试,不无微玷,而从此更加抑郁,不久病死。他有自编的《壮悔堂文集》十卷,另"遗稿"十篇;自编《四忆堂诗集》六卷,另"遗诗"八篇。

他论文主《史》、《汉》、"八家",认为"运骨于气","最擅其胜",说"韩、欧诸子""独嵯峨于中流",反对明之前后"七子",指李梦阳为"蹶其趾者",说他们"舍八家,跨史、汉,而趋先秦,则是不筏而问津,无羽翼而思飞举"(见《与任王谷论文书》)。论诗也反对摹拟,他说古人身在其间,所以铺张赓歌,便有郊庙铙歌,"今无其事,而辄摹拟之,即工,亦优孟衣冠而已。若不求尽似其音节,又何必其题?白香山尝有《新乐府》,得风人之旨,不可以其生盛唐后,轻非之也"。所以他极菲薄钟、谭的"竟陵派"(见《与陈定生论诗书》)。从这里可以看出他对诗、古文的见解都是比较正确的。

他自己的散文有《李姬传》,写李香君和他的关系,曲折动人,为孔尚任《桃花扇》传奇故事情节的蓝本。《任源邃传》写一个宜兴布衣在抗清斗争中被执时慷慨不屈,文简意酣,读之令人振奋;而对于当时在位者之屈辱投降,则给予严厉的斥责。他说:"乙酉师南下时,江西四大藩镇,其三解甲降,二藩更随豫王为前导,江南将相握兵者亦或窜或降,而江阴尉阎应元独固守城八十日,不屈死。源邃以宜兴布衣起与相继云。"是民族气节不在上层而反在下层,所以他最后的论断就更为有力:"呜呼!源邃功不成,节乃见矣。故明养士三百年,或得其报,或否,岂在贵贱哉!"最有名的一篇《马伶传》,写马伶与李伶俱演《鸣凤记》中的严嵩,李伶所演得到观众的赞叹。马伶惭而遁去者三年,然后回来重演这个戏,饰同一角色,艺尤精绝,观者以为远过李伶。一问,才知道他去到京师,做了今相国顾秉谦的门卒,"察其举止,聆其语言,久乃得之",而"顾秉谦者,严相国侪也"。他正是从现实生活中体验得来,可见文艺不向实际生活学习是不能得到更高的成就的。此外,《郭老仆墓志铭》及《祭吴次尾文》也都是淋漓尽情、最为感人的文章。

他的诗也多是写现实抗清斗争的,一般都与时事有关。《哀辞九章》分别哀悼倪元璐、周凤翔、练国事、史可法、张溥、夏允彝、吴应箕、陈子龙、李雯,均为明末殉国的烈士。诚哉,"哲人既萎,情见乎词"。

魏禧(公元 1624—1681 年),字冰叔,一字叔子,号勺庭,江西宁都人。他是明末诸生,明亡,遂隐于乡。四十岁后,历游各地,广结明之遗民。康熙开博学鸿词科,他被征,力辞不赴试。他的《魏叔子文集》中有几篇传记文,表扬亡国死难的爱国人物,颇为生动,如《江天一传》便是很难得的文字。

《吾庐记》与《大铁椎传》更为精彩。后者写一个身怀绝技的侠客,神出鬼没,奕奕有生气,颇得《史记》记传文刻画人物叙述事件的笔法。

第二节　清代诗人与各派诗论

清代诗人确实很多,作品也不少,但大抵非"尊唐",即"崇宋",一般缺乏独创精神,所以成就不高,因为他们只在古人现成的风格流派中兜圈子,总不外是形式主义地摹拟,自然不会超出前代已经取得的成就。加以清代文网甚密,诗人也不敢大胆抒发思想,以致思想内容往往陈腐空虚,更写不出好诗。在诗论方面,倒是颇有一些总结性的理论,由一些名诗人提出来互相争辩。他们或主"神韵",或主"格调",或主"性灵",都在不同程度上有脱离现实的倾向,于推动诗歌文学的进步都难起到很好的作用。真正在诗歌创作上有些成就的,反而是不讲或不多讲创作理论的另一些诗人。

清初诗坛上居领导地位的是钱谦益、吴伟业和王士禛。

钱谦益(公元 1582—1664 年),字受之,号牧斋,江苏常熟人。他在明末诗坛上已享高名,但品格卑下,依附马士英、阮大铖,后又降清,做了礼部右侍郎,为世诟病。所著《初学集》及《有学集》,多叹老嗟卑、自伤自怜之作,很少反映现实及抒写亡国之痛的,思想内容既无足取,便已没有很大价值了。他提倡宋、元诗,推崇苏轼、元好问,而极力反对明"七子""诗必盛唐"之说,这一点颇近"公安派"。从他起,清人遂有"崇宋"一派,这影响是不小的。

吴伟业(公元 1609—1672 年),字骏公,号梅村,江苏太仓人。他是明末举人,参加过复社。明亡,隐居十年,也是具有一定民族思想的。但晚节不卒,为清廷所逼,竟事二朝,未免有缺。他的诗名早著,有《梅村集》,才高词艳,艺术成就较高,兼以身经丧乱,生事艰虞,反映社会现实比较广泛,又多激楚苍凉之音,所以颇有感人力量。他的诗作著名的有《圆圆曲》、《永和宫词》、《楚两生行》,对明亡之际的人物事迹有所批判与颂扬,从中可以看出他爱憎分明,有一定的现实意义。他的新乐府诗如《直溪吏》、《临顿儿》、《芦州行》、《捉船行》、《马草行》、《董山儿》、《临淮老妓行》、《打冰词》、《再观打冰词》、《织妇词》等具体地反映了清兵入关后对广大人民的种种残酷压榨与迫害。《四库提要》说他对于"歌行一体,尤所擅长。格律本乎四杰,而情韵为深;叙述类乎香山,而风华为胜。韵协宫商,感均顽艳,一时尤称绝调",评得很对。《圆圆曲》中的"全家白骨成灰土，一代红妆照汗青"，固是警譬的名句，但若比起这些新乐府，还是不如的。试看《捉船行》：

> 官差捉船为载兵，大船买脱中船行。中船芦港且潜避，小船无知唱歌去。郡符昨下吏如虎，快桨追风急摇橹。村人露肘捉头来，背似土牛耐鞭苦。苦辞"船小要何用"，争执汹汹路人拥。前头船见不敢行，晓事篙师敛钱送。船户家家坏十千，官司查点候如年。发回仍索常行费，另派门摊云雇船。君不见官舫鹭峩无用处，打鼓插旗马头住。

接着钱、吴，应即介绍清初一位杰出的大诗论家叶燮和他的诗歌理论名著《原诗》。叶燮（公元 1627—1703 年），字星期，号己畦，浙江嘉兴人，晚年寓居吴县之横山，时称横山先生。康熙九年进士，选授宝应县令，旋罢归。性喜山水，纵游海内名胜略遍。寓吴时，以吴中称诗多猎范（成大）、陆（游）皮毛而遗其实，遂著《原诗》内外篇四卷，力破其非；论述"数千年诗之正变、盛衰之所以然"，及诗歌创作各方面的问题，自成一家之言。吴士初而非议，久乃更从其说。燮有《己畦文集》、《己畦诗集》各十卷，《原诗》主要推究了诗歌创作的本原，认为诗不仅仅如明前、后七子所主张的"诗本性情之发"，也不似公安、竟陵所主张的"独抒性灵"，而是要表现客观现实中的理、事、情（"此三言者，足以穷尽万有之变态"），这就要求诗人具备才、胆、识、力（"此四言者，所以穷尽此心之神明"）。他反对复古，反对只要"正"，不要"变"；只要"沿"，不要"革"；只要"因"，不要"创"。他认为："诗之为道，未尝一日不相续、相禅，而或息者也"，其势总是"踵事增华，因时递变"，这是历史证明了的。他的这些论点，多为其弟子薛雪（公元 1681—1763 年?）所接受，在《一瓢诗话》中加以阐发；但其另一个弟子沈德潜却只吸取其枝节遗其总的精神，别创为"格调说"，成为"宗唐派"的一个巨流，容下另述。

王士祯（公元 1634—1711 年），字贻上，号阮亭，又号渔洋山人，山东新城（今桓台）人，官至刑部尚书。其诗集名《渔洋精华录》。论诗尊崇盛唐，而特标"神韵"之说，要求如司空图所说的"不着一字，尽得风流"，或如严羽所说的"羚羊挂角，无迹可求"。这种诗实如"镜花水月，空中之象"，不在现实生活中找具体的诗材，而向所谓"妙悟"的"兴会"中去觅取超脱的境界，显然是纯然唯心主义的，其结果必然导向形式主义的文学。这对当时诗坛上注重修饰，喜用典事和好发空论的诗风有一定纠正作用，但既不着意于反映社会生活,又无真实情感,而要用神来之笔写出许多超妙的作品,还是只有用典,只有纤巧,只有走上拟古的形式主义道路。他的诗以七绝较好,也最能体现他的诗论,如:

> 吴头楚尾路如何,烟雨秋深暗白波。晚趁寒潮渡江去,满林黄叶雁声多。(《江上》)
>
> 江干多是钓人居,柳陌菱塘一带疏。好是日斜风定后,半江红树卖鲈鱼。(《真州绝句》)

在他还能显示一些清新蕴藉的风致,但意境已很朦胧,难于捉摸其所谓言外之意与味外之味,至于跟着他走的后辈就每况愈下,其诗完全成为空洞无物的了。

在清代初期,由钱谦益的"崇宋"及王士禛的"尊唐",便开始形成了"宗唐"、"宗宋"两派,或同时并驾,或此盛彼衰,清代诗坛就是由这两派占据着,一直到近代,到清末。而在清初与钱、王同时或稍后,"宗唐"的名诗人则有施闰章(公元1618—1683年),字尚白,号愚山,安徽宣城人,有《愚山诗集》;宋琬(公元1614—1674年),字玉叔,号荔裳,山东莱阳人,有《安雅堂集》;朱彝尊(公元1629—1709年),字锡鬯,号竹垞,浙江秀水(今嘉兴)人,有《曝书亭集》;赵执信(公元1662—1744年),字伸符,号秋谷,又号饴山,山东益都人,有《饴山堂集》。但他们的诗风与对诗的见解,却和王士禛并不完全一样。"宗宋"的名诗人则有宋荦(公元1634—1713年),字牧仲,号漫堂,河南商丘人,有《西陂类稿》;查慎行(公元1650—1727年),字悔余,号初白,浙江海宁人,有《敬业堂集》;厉鹗(公元1692—1752年),字太鸿,号樊榭,浙江钱塘入,有《樊榭山房集》。他们的作品也不是同样风格,并也不与钱谦益相同。

"宗唐派"中的沈德潜把复古主义又挑起来了,他的"格调说"在乾隆年间影响诗坛最大。沈德潜(公元1673—1769年),字确士,号归愚,江苏长洲(今苏州)人,有《归愚诗集》及论诗的《说诗晬语》,又编选了《古诗源》、《唐诗别裁》、《明诗别裁》及《国朝诗别裁》,就中也有一些评诗的意见,并可从编选标准中看出他的观点。他的"格调说"主张诗"以声为用","其微妙在抑扬抗坠之间",故"从之游者,类皆摩取声调,讲求格律,而真意渐漓"。他论诗主盛唐,要写得含蓄委婉,故主张温柔敦厚,必须"微而婉,和而庄,庶几合一焉",才够上"古人"的标准,这与明代"七子"实无根本的歧异。

　　稍后倡"肌理论"的翁方纲（公元 1733—1818 年），也是宗唐派而更接近于王士禛的。他字正三，号覃溪，河北大兴（今属北京市）人，有《复初斋诗集》及《石洲诗话》。他是一个经史考据学家，喜谈金石，做过大官。他喜"神韵说"，而病其流于肤浅，所以想用学问做肌骨来充实诗的实质，遂开后来一些朴学家作诗喜谈学问的风气，成为宗唐派中的一支。

　　反对王士禛和沈德潜的"神韵说"和"格调说"的是提出"性灵说"的袁枚（公元 1716—1798 年）。他字子才，号简斋，晚号随园老人，浙江钱塘（今杭州）人，著有《小仓山房集》，论诗则有《随园诗话》。他有些论诗意见是比较进步的：一、诗"有工拙而无今古"，古人未必皆工，今人未必皆拙，所以说："即《三百篇》中颇有未工、不必学者，不徒汉、晋、唐、宋也；今人诗有极工极宜学者，亦不徒汉、晋、唐、宋也。"所以他反对不顾时代而袭古人之面貌，受古人之拘束，不"宗唐"，也不"宗宋"。二、反对"格调派"的拟古与雕琢，主张诗歌要有个性与真实情感。他认为只有"天分低劣之人，好谈格调，而不解风趣"。因为格调是空架子，而风趣专写"性灵"。他所谓"性灵"，也要得之于"目之所瞻，身之所到"，并非"勉强为之"的。他还要求"暴生平得失于天下"，要使"天下明明然可指而按，而后求其真"。他认为自《诗经》三百篇以至唐、宋，诗从来就没有"定格"，"但多一分格调，必损一分性情，故不为也"。三、反对诗中用书卷典事充塞炫博，而写诗只有靠灵犀一点的灵感，并善于运用寻常的事物，就可以得到好的作品。他自己的作品也是尽量按照自己的理论写的，但由于他的放浪闲适生活，就只能写出空洞无聊、肤浅庸俗的东西，毫无现实内容，成就是并不很高的。赞同和追随他的人却不少。与他同时的赵翼（公元 1727—1814 年）就是不满"神韵说"而盛赞袁枚的诗作的。翼字云崧，号瓯北，江苏阳湖（今常州）人，有《瓯北诗集》，并不标榜唐、宋，但其作品却比较接近宋诗。

　　此外，清代诗人也有接近"性灵诗派"的，在袁枚前的郑燮、黄景仁已开其端；至于张问陶（公元 1764—1814 年，字仲冶，号船山，四川遂宁人，有《船山诗草》）则是继承袁枚的。乾、嘉以后以迄道光，还有一些较有名的诗人，如蒋士铨（公元 1725—1785 年，字心馀，号藏园，江西铅山人，有《忠雅堂诗文集》）、舒位（公元 1765—1815 年，字立人，号铁云，大兴——今北京市人，有《瓶水斋诗集》）、王昙（公元 1759—1816 年，又名良士，字仲瞿，浙江秀水——今嘉兴人，有《烟霞万古楼集》）等均是。

　　郑燮（公元 1693—1765 年），字克柔，号板桥，江苏兴化人，有《板桥集》。

他是个书画家,诗、词和小品、散文俱有一定成就。论诗近"公安派",主张有真性情,不做伪学者或假名士。他的作品既能独抒胸臆,又富有同情人民的人道主义精神,最喜运用通俗浅近的口语,故无论诗文都平易真挚,成为清代中叶少有的现实主义杰出作家。他的《私刑恶》、《逃荒行》、《思归行》等新乐府诗表现了他思想的进步性。

黄景仁(公元 1749—1783 年),字汉镛,一字仲则,江苏武进人。家世清寒,一生贫苦,而怀才不遇,落拓江湖,故其诗也多愁善感,哀怨凄恻,不免有过多的消极颓废情调。《两当轩集》中的《都门秋思》以"全家都在秋风里,九月衣裳未剪裁"之句,传诵一时。

第三节　清代词人与各派词论

清代词人很多,但一般内容比较空虚,多致力于声律修辞方面,所以没有什么突出成就。如果说这一时期是词的中兴,大约只可从词学研究及词集整理刊行等工作来看。

清初词人当首推纳兰性德,其次为陈维崧、朱彝尊。中叶以后,则以朱彝尊为首的"浙西词派"先后有厉鹗、项鸿祚等;而后来以张惠言为首的"常州词派"则有周济、张琦、恽敬、李兆洛等人。除其词论外,这些人的作品则殊少可观。

纳兰性德(公元 1655—1685 年),原名成德,字容若,太傅明珠长子,满洲正黄旗人。他出身贵族,聪敏好学。十七岁补诸生,贡入太学,时徐元文为祭酒,颇加器重。十八岁,举顺天乡试,徐乾学为主考,大得赏誉,遂成师弟。二十二岁成进士,官侍卫,常从康熙帝玄烨到关外及江淮各地,开扩了眼界,并结交了很多文人名士。后尝出使塞外,有功。未几病死。有《饮水词》,颇多写景抒情之作,哀感顽艳,似南唐后主。他工小令,不着意于声律,不多用典故,往往直抒胸臆而自然缠绵,流露真情,遂颇动人。如:

　　山一程,水一程,身向榆关那畔行,夜深千帐灯。　风一更,雪一更,聒碎乡心梦不成,故园无此声。(《长相思》)
　　问君何事轻离别?一年能几团圞月?杨柳乍如丝,故园春尽时。　春归归未得,两桨松花隔。旧事逐寒潮,啼鹃恨未消。(《菩萨蛮》)

他的作品以写塞外风光及悼亡、忆友诸作为最好。王国维《人间词话》论词主"境界"，认为"有境界则自成高格，自有名句"。谓"求之于词，唯纳兰容若塞上之作，如《长相思》之'夜深千帐灯'，《如梦令》之'万帐穹庐人醉，星影摇摇欲坠'差近之"。他甚至称赞纳兰词"北宋以来，一人而已"。可见王氏对他评价之高了。

陈维崧（公元1625—1682年），字其年，号迦陵，江苏宜兴人。有《湖海楼词集》三十卷。他博学高才，气魄豪健，词效苏、辛，成就之大，在清代罕有其匹。但因写得太多，有的未免粗率。因此，当时虽与朱彝尊齐名，而论者每以其非正统而加以贬抑。实则他的作品，诚如近人吴梅所说"波澜壮阔，气象万千，即苏、辛复生，犹将视为畏友"，确有其不可及处。如：

> 落日古郯城，一望秃碑苍黑。怪底蜗黄蚕紫，更苔痕斜织。
> 我来怀古对西风，歇马小亭侧。惆怅共谁倾盖？只野花相识。
> （《好事近》"郯城南倾盖亭下作"）

> 晴髻离离，太行山势如蝌蚪。稗花盈亩，一寸霜皮厚。　赵、魏、燕、韩，历历堪回首。悲风吼，临洺驿口，黄叶中原走。（《点绛唇》"夜宿临洺驿"）

朱彝尊与陈维崧齐名，而论词特重格律，于宋最崇姜夔、张炎。他辑《词综》一书，标榜南宋，谓"词至南宋始极其工，至宋季始极其变"，于是浙西填词者人人以南宋为归，遂成一派。他的词集有《静志居琴趣》等四种，格律谨严，功力深厚，为清词形式主义作家的代表。追随其后的厉鹗（生卒籍里等见前）有《樊榭山房词》，项鸿祚（字莲生，亦杭州人）有《忆云词》，不过变本加厉，更重格律辞藻，以求工丽而已。

浙派末流，格调萎靡益盛，于是到了嘉庆年间便有"常州派"出来提倡"意内而言外"之词。首先是张惠言（公元1761—1802年），字皋文，江苏武进人，辑《词选》一书，标揭他的理论，而示以规范。他的主张是以比兴寄托为主，又要有含蓄，尚婉约，讲求格调。他的《茗柯词》便是依这精神写作的。另一个重要的常州词人便是他的后辈周济（公元1781—1839年，字保绪，一字介存，号止庵，荆溪——今江苏宜兴人），选辑周邦彦、辛弃疾、吴文英、王沂孙四家及其同风格的词为《宋四家词选》，著《介存斋论词杂著》，以昌大常州派的理论。他的词集名《止庵词》，也是讲究格律的，而高唱比兴寄托的结果，反使词旨隐晦，至不可解。

到了晚清，常州词派益盛，但成就却愈低，其他无论矣。就是这时期最有名的庄棫（字中白，丹徒人，有《蒿庵词》）和谭献（字仲修，号复堂，有《复堂词》），也都没有思想性强、艺术性高的作品可供欣赏。这时他们倒都有些论词的著作，如《蒿庵词话》、《复堂词话》，及陈廷焯《白雨斋词话》，代表了常州词派的理论。

整个清代，从清初到清末以至民国初年，作词者虽代不乏人，但词这种文学体裁毕竟早已趋于僵化，故词的创作遂日益衰微。但词学研究及词籍整理却是比较有成绩的。清初万树，康熙时人，字红友，江苏宜兴人，编有《词律》二十卷，专讲词的格律，为填词者所重视。他也是一个戏曲作家，有杂剧、传奇二十余种。清末王国维的《人间词话》，以及朱孝臧的《彊村丛书》也是这方面最突出的。

第四节　清代散文作家与各派文论

清初号称三大家的散文作者侯方域、魏禧和汪琬，都是继明代唐顺之、归有光而上承宋代欧、曾之绪的。他们的文学主张虽不同于前后"七子"，也有异于"公安三袁"和"竟陵钟、谭"，但在创作实践上还是带有复古倾向的，到了方苞、刘大櫆、姚鼐出来，逐渐建立一套古文理论，于是"桐城派"遂成为清代散文的主要派别。

侯、魏及早期爱国主义作家前已讲过，不再重述，这里只补提一下汪琬。汪琬（公元 1624—1691 年），字苕文，号钝翁，晚号尧峰，江苏吴县人。著有《尧峰诗文钞》。他是顺治进士，又举康熙博学鸿词科，授翰林院编修。他虽也是明代遗民，但一直仕清，没有表现什么爱国思想。他与侯方域、魏禧、顾炎武、归庄都有书札往还，但意见颇不合，可见思想上大有差别。《四库提要》对侯、魏的古文都认为"未归于纯粹"或"涉于浮夸"，"惟琬学术既深，轨辙复正"，视为高过侯、魏。论者谓善于叙事，大致是正确的。他的《申甫传》、《乙邦才传》、《邵宗元传》都有法度，而《江天一传》与魏禧所写同人而异其内容，确也各有千秋。其他文章或内容空洞，或思想迂腐，所以影响也不够大。他论文主张明于辞义，合乎经旨，这就给后来散文家开了一条继承唐、宋文风的道路了。

方苞（公元 1668—1749 年），字凤九，号灵皋，晚号望溪，安徽桐城人。

他的作品,后人名为《方望溪先生全集》。他一生努力于古文复兴运动,并开始建立了"桐城派"的古文理论。继方而起的是刘大櫆(公元 1698—1779年),字耕南,又字才甫,号海峰,也是桐城人,著有《海峰文集》。再后是姚鼐(公元 1732—1815 年),字姬传,号惜抱,亦桐城人,并从大櫆学古文,最后确立了桐城义法,著有《惜抱轩文集》。他编选了《古文辞类纂》,作为古文范本,宣扬他们的古文标准。

方苞的文学主张实与唐、宋古文运动所提出的"文以明道"基本相同,但认为只是通经明道还不够,"盖古文所从来远矣,六经、《语》、《孟》,其根源也。得其枝流而义法最精者,莫如《左传》、《史记》",故又强调"义法"。他所谓"义法",从字面讲,就是要求"言有物"与"言有序",包括了文章的思想内容与表现形式方面的结构、条理。但他的"义"实指经术、圣道而言,所以他主张"非阐道翼教,有关人伦风化不苟作",因此,"义"已被固定为封建伦理道德等腐朽的内容了,剩下的便只有"法"。于是这个"义法"就不能不是形式主义的东西。他的"法",限制尤严,他要求"雅洁",于是文章语言便只能用经、子和一部分史书的成语,而最反对"杂小说语","入语录中语,魏晋、六朝人藻丽俳语,汉赋中板重字法,诗歌中隽语,《南北史》佻巧语,佛氏语"。

刘大櫆本人在理论上没有提出更多的东西,但他的学生姚鼐却把方苞的理论发展了,或者说确立下来了。他说古文要有义理、考据、词章三方面,缺一不可。他说"所以为文者"有八,即神、理、气、味、格、律、声、色,而前四者为"文之精",后四者为"文之粗"。以我们的理解,他的所谓"精""粗",实际就是内容与形式。姚鼐晚年主讲钟山书院,弟子很多,加以友好的随声附和,散布其主张于全国各地,于是"桐城文派"便成为当时散文的唯一统治势力。其弟子中,管同、梅曾亮、方东树等是最有名的。后来因为这些作者毕竟都空疏无学,故其势亦渐衰。到了晚清,大官僚曾国藩又大倡其"桐城派"中兴运动,一时文人向风披靡,影响直至清末,便充分显示出它的势力,后人或称之为"湘乡派"。

方苞、姚鼐也还是写出了一些比较优秀的好文章。方苞的《狱中杂记》、《左忠毅公逸事》、《万季野墓表》,姚鼐的《登泰山记》、《袁随园君墓志铭》,都是语言精炼,结构谨严,立意明确,形象突出的。

同出于刘大櫆之门的王悔生和钱鲁斯又传桐城文于阳湖(江苏常州、武进一带)张惠言,张惠言及其友恽敬皆习古文,世称为阳湖派。其实阳湖派与桐城派本属嫡系,但他们兼作骈文,又取法子、史、杂家,而兼通禅理,文笔较为开展,不那样受"义法"的拘束,所以只能认为是桐城派的支流。

第六章 《三言》《二拍》和明清其他拟话本

第一节 冯梦龙及其《三言》

　　明代中叶以后,短篇的白话小说开始盛行起来。它是在宋、元"小说"家说话人的说话底本即话本的基础上发展起来的。大约明代先有人注意到搜集、整理和研究宋、元以来作为说话人敷演时参考的节本和原始资料,使它渐渐脱离粗糙的提纲或草稿、备忘录等形式而书篇化和书本化,因而扩大了它的流传和影响,引起了文人的兴趣和爱好,由整理、印行,进而摹拟、创作。于是一面有话本专集和总集不断出现,一面又有许多文人的拟话本小说产生,到了明代末期就形成这种短篇白话小说的繁荣。这时,资本主义的萌芽有了进一步的滋长,长篇小说也由出现而成熟,能够更好地反映日益复杂的社会生活,于是这种拟话本便又在繁荣的顶点迅速趋于衰落,到清初就渐渐无人拟作而终至于绝迹了。

　　最早的话本集大约是明嘉靖年间清平山堂主人洪楩所搜集、编印的包括六个集子共六十篇的《清平山堂话本》;稍后则有《京本通俗小说》,现在都已残缺不全了。至于话本编印工作成绩最大、影响最深的时段是天启、崇祯年间。

　　冯梦龙(公元1574—1646年),字犹龙,一字子犹,别署龙子犹,号墨憨斋主人,江苏吴县人。他一生潦倒不得志。崇祯三年(公元1630年),他已五十七岁,才补上贡生,充当了学官。六十一岁,在做福建寿宁县知县时明亡。他曾编有《甲申纪事》等书,并奔走各地,进行抗清宣传,终于无成,忧愤而死。他原是一个风流放荡、不拘局于封建礼法及传统思想的人,又生长在当时号称全国工商业最发达的大都市之一的苏州,接触市民阶层较多,了解他们的生活和思想,所以也最容易接受这种进步的文化思想。反映在他的文学观点上,就表现为极其重视通俗文学。他认为通俗文学"谐乎里耳",无艰深的说理,无藻绘的修辞,而刻画细致,形象鲜明,故感人既"捷且深"。他认为文人诗文既"假且滥",而民间作品则是真情的凝结,如民间歌曲,便是"性情之响"。他也认为文学的发展变化的源泉是民间文学,一切文学的进步都是从民间作品首创的,所以也主张向民间文学吸取新的滋养。在这种种认识和主张之下,他便大力地从事民间文学和通俗文学的搜集、整理、研究、改写和编印等工作,竭毕生之力以赴之。他的知识广博,兴趣也是多方面的,所以他的工作范围就很宽,而贡献也是很大的。在民间文学方面,他编刻过《挂枝儿》和《山歌》两个民间歌曲总集;增删过《平妖传》和《新列国志》,更重要的是他纂辑并保存、流传了话本小说总集《三言》,给我们留下了一百二十篇宋、元、明最好的或较好的短篇白话小说。

《三言》是指《喻世明言》、《警世通言》和《醒世恒言》。《喻世明言》原名《古今小说》,大约刊行于公元 1620 年(泰昌庚申年);《警世通言》刊行于公元 1624 年(天启四年,甲子);《醒世恒言》刊行于公元 1627 年(天启七年,丁卯)。每种各四十篇。《古今小说》中包括较多的宋、元话本,但也有《蒋兴哥重会珍珠衫》等十余篇明显是明代作品。《警世通言》里则可肯定为明代作品的也有十余篇。至于最后刊行的《醒世恒言》,除少数几篇或为宋、元话本外,绝大部分都是明代的,甚而就是冯梦龙自己的拟话本作品;就是其中属于宋、元话本的各篇,也必然在流传过程中经过许多修改、润色,使它丰富、完整,实际已不是原来的面貌;而在冯梦龙纂辑过程中,自更经过他的选择、整理、增删、修改、加工。因此,这些作品虽产生于宋、元,却也不能不在一定程度上染着明代的时代色彩,体现明代的社会现实生活。

《三言》的内容极为丰富,尽管各篇所反映的深广程度不同,方面也不能统一,但它们都是从各个不同的角度,真实地反映了现实的。因此,也就可以借着这些作品来勾勒出一幅活生生的明代社会的真实图景,从而认识它的全貌和本质。

《三言》所写的主题大致包括下述几个方面:

第一,爱情故事的主题,在任何体裁的小说中都是占很大比重的,明代话本小说自不例外。《三言》中写爱情的作品不同于以前的是,它们主要反映了市民阶层或代表市民阶层思想的反封建桎梏与压迫。其中心人物的地位是多种多样的,但都在生活中沾染了不同程度的市民阶层的思想意识的特色。有的写妓女,如《杜十娘怒沉百宝箱》,如《卖油郎独占花魁》;有的写城市妇女,如《宋小官团圆破毡笠》;有的写贵族大家的小姐,如《王娇鸾百年长恨》。这些故事虽都写青年男女爱情和婚姻的问题,而写法不同,结局不同:或者写出斗争胜利的幸福与欢乐,或者写出终于被封建制度野蛮地扼杀而牺牲。所采取的态度,则或给予同情赞助,或对恶势力进行控诉与谴责,或对丑恶现象给以辛辣的嘲讽。总之,作品都是站在被压迫者方面,同情弱者,帮助新生力量,鼓舞他们的斗志,扶持他们的成长,促起他们的觉醒与反抗。不论表现的是喜剧或悲剧的结局,同样都是对反动的封建制度的严重打击。

第二,暴露封建社会的黑暗腐朽,揭露统治阶级内部的矛盾,写出统治集团间互相倾轧、不择手段的丑恶本质。而在这些矛盾斗争当中,人民也受到更多的掠夺与灾难,因而引起了莫大的愤怒,燃起了复仇的烈火。如《沈小霞相会出师表》、《木绵庵郑虎臣报冤》、《卢太学诗酒傲公侯》等都是。前两篇写了忠臣与奸臣间的斗争,表现了人民对辱国害民的奸贪者的痛恨与鞭挞;另一方面也表现了人民对爱国利民的忠耿正直的人的赞扬,虽然他们也还属于统治阶级。后一篇写得罪了县令的卢柟被诬几死的故事,也是很有意义的。

第三,反映封建道德和封建礼教的虚伪和自相矛盾,反映封建制度的腐朽与罪恶。如《滕大尹鬼断家私》、《陈御史巧勘金钗钿》,便是揭露封建道德的虚伪的。而《三言》中揭露封建科举制度的毒害尤为深刻,如《老门生三世报恩》便是。

第四,反映被压迫者的痛苦遭遇及其反抗精神。这类思想内容的作品当然最多,因为一切题材都可以而且往往是反映这种思想的。不过,像《灌园叟晚逢仙女》和《沈小霞相会出师表》,却更明显地以此为主题思想。

第五,反映商品经济繁荣、资本主义因素萌芽后,城市手工业者和商人的生活及其精神面貌。这类作品有《施润泽滩阙遇友》、《徐老仆义愤成家》、《蒋兴哥重会珍珠衫》等都是。

第六,也有些作品歌颂了忠诚信义誓死不渝的友情和肯于在危难中互相救助、富有侠义精神的人物,如《羊角哀舍命全交》、《俞伯牙摔琴谢知音》、《李汧公穷邸遇侠客》,以及在民间流传很广的《赵太祖千里送京娘》之类都是。

《三言》的题材广泛,不是简单几项可以完全包括尽了的。它所写的主题思想也是很复杂的,涉及面很广,而且各篇所表现的往往不是单一的主题,而是围绕一个中心又反映了其他次要的主题,形成相互交错、带有全面性的整个时代的社会意识。总的看来,这些小说的作者是站在市民阶层的立场去透视生活,分析社会,并处理一切重大问题的。因此,封建意识淡薄了,市民意识浓厚了,反抗精神强烈了,民主、平等、自由、解放的要求与愿望成为作品鼓吹歌颂的对象,市民阶层的人道主义精神和乐观主义情绪也体现在作品里了。作为市民文学,《三言》也有它的缺点,如反映市民阶层思想和生活中庸俗和落后的一面,即爱情故事中露骨的色情描写,小市民的低级趣味,涉及单纯的淫秽;在写反抗礼教的故事中,竟站在维护旧的反动观点的立场上,极力宣扬封建道德和礼教;也有的篇章充满了因果报应、生死轮回等宗教迷信;有的还描写了求仙访道等荒诞不经的故事。诸如此类的落后意识,还时时在较进步的思想中夹杂着,都会产生不良影响,妨碍对封建社会本质的更深刻的暴露,损伤作品的进步性。当然,在《三言》中,进步思想是主要的,落后思想并不占主要地位,而且透过这些消极成分,我们仍然可以看出它的积极、进步的因素。但是,作为文学遗产来接受,就必须分清精华与糟粕,不能毫无批判地概予继承。

　　《三言》的成就是很值得重视的,它是资本主义迅速萌长、市民意识逐渐觉醒时期所产生的市民文学,反映了封建社会没落时期的社会面貌,反映了广大人民,特别是市民阶层的积极乐观精神和要求自由、平等、解放的反封建的民主主义精神。不止于此,它在艺术上也取得了很大的成就。它具有话本的一般艺术特点:故事完整,首尾俱全;情节曲折,线索清楚;结构谨严,穿插细密;语言通俗,朴素生动;人物性格主要是通过人物自身的行动和对话来发展完成的。它也有超过话本的进一步的艺术成就:细致地刻画了人物的内心活动,运用环境气氛烘托人物情绪,借以揭示其性格;完全取材于现实生活,使人物的语言行动和故事的情节发展都更真实、更合身份,也更具个性;采取传统的善恶、美丑、正反对比的手法,使人物形象更鲜明、更典型化,从而也显示了作者的爱憎,并给予读者以明白而深刻的感染。这些成就是主要的,是使它能够高踞中国古代白话小说的高峰的基本因素。至于其中某些篇的某些艺术技巧上的缺陷,如形象的概念化,情节的陈旧老套,故事情节的偶然性,不必要的诗句填塞,语言和叙写的杂乱与粗陋,则只是个别现象或并不突出,因而也不足以妨碍它之成为优秀的古代短篇小说集。

第二节　凌濛初及其《二拍》

　　继《三言》之后出现了《二拍》，就是凌濛初所编著的拟话本小说集《初刻拍案惊奇》和《二刻拍案惊奇》的简称。

　　凌濛初（公元 1580—1644 年），字玄房，号初成，别号即空观主人，浙江乌程（今吴兴县）人。初以副贡授上海县丞，擢徐州通判，后于崇祯十七年（公元 1644 年，即明亡之年）在徐州房村镇参加了镇压李自成所领导的农民起义。他坚持顽抗，最后为起义军所困，呕血而死。凌濛初生平著作甚多，除《二拍》外，还有研究《诗经》的《言诗翼》、《诗经人物考》及戏曲著作等多种。

　　《初刻拍案惊奇》收短篇小说四十篇，与冯梦龙的《三言》最后一种《醒世恒言》同年（就是天启七年，公元 1627 年）刊行。这就可以证明他是受冯梦龙的影响，开始这一编著工作的。而从他自己所写的《初刻》序里，也更能证明这一点。他很明白地写出他写作的动机与写作方法：一、他说："独龙子犹氏所辑《喻世》等书，……肆中人见其行世颇捷，意余当别有秘本图书而衡之。"可见他是受冯梦龙《三言》的影响，受书贾的邀请，应合读者的需要而写。二、他说："因取古今来杂碎事，可新听睹、佐谈谐者，演而畅之。"可见他是从古今杂书中搜集材料，加以敷演改编，并非从现实生活中直接取材的。三、他说："其事之真与饰，名之实与赝，各参半。文不足征，意殊有属。……总以言之者无罪，闻之者足以为戒，……"可见他所写的东西原不在于反映现实，其目的只在"新听睹、佐谈谐"，能吸引读者作为无聊的消遣，而作者的本意所属则在于"存劝戒"，也可无形渗透进去。

　　正由于以上所说的原因，加以作者思想本来就比较反动，所以《二拍》的基本倾向就不能不是落后的。作品中多半都有些迎合市民庸俗低级趣味的色情描写，实在是"非荒诞不足信，则亵秽不忍闻"的。但作者又要以其虚伪的封建道德的假面具，把这丑恶本质掩盖过去，所以又添上一些封建说教的尾巴，作为"存劝戒"的标志，形成极不调和的两橛。

　　《初刻》刊行以后，自然投合了市人的庸鄙心理，销路甚广，于是促起他赶写《二刻》，于崇祯五年（公元 1632 年）也刊行问世了。这里也有四十篇作品，其中短篇小说三十九篇，末后一篇则是他的《宋公明闹元宵》杂剧一出。

《二拍》在思想内容上远逊于《三言》,主要在于作者的世界观是反动的,是坚决站在封建地主阶级的立场来维护封建制度,反对人民的反抗斗争的。他对农民起义是抱着仇视的态度的。在李自成领导的农民革命汹涌澎湃之时,他曾向徐淮兵备何腾蛟献过《剿寇十策》,并亲自参加了对起义军的血腥镇压;甚至在他顽抗而死时还说什么"生不能保障,死当为厉鬼杀贼"。这种观点就反映在作品里了,如《初刻》中的《何道士因术成奸》,就把明代农民起义女英雄唐赛儿描写成一个淫乱的妖妇,不但歪曲和丑化其形象,还给"判处了死刑",并由作者直接出面教训读者说谋反的事是做不得的,在卷首就引诗云:"天命从来自有真,岂容奸术恣纷纭?黄巾张角徒生乱,大宝何曾到彼人。"《二拍》中严重地表现了神鬼迷信、因果报应、宿命轮回等极有毒害作用的消极落后思想,散布着"万事前生定,浮生空自忙",以及"命里有时终须有,命里无时莫强求"之类的麻痹人民斗争意志、削弱人民反抗精神的反动说教。至于作者把封建统治阶级的荒淫、残暴行为加以美化,则更是明显地站在反动立场说话的了。

《二拍》中也有一些作品反映了现实生活中的某些情况,在客观上揭发了丑恶,赞扬了善良,起了较好的作用。

第一,对官吏的阴险、贪婪、残酷、卑鄙的行径,作了具体的描写,塑造了一批比较鲜明的反面形象。《二刻》中的《青楼市探人踪》的杨巡道,《进香客莽看金刚经》的柳太守,《硬勘案大儒争闲气》的朱熹,都在某些方面被作者给以无情的鞭挞或斥责。像这类人,无论在《二拍》中或现实生活中都是随处可以见到的。

第二,对于官吏审案断狱不分皂白,不论曲直,只凭"三推六问"严刑逼供,表示极大的不满,从而揭露了"法制"的虚伪,展示了封建政治的黑暗现实。《二拍》中很有一些曲折动人的公案故事,虽由于作者观点的局限,认识不彻底,批判不深刻,但他对这些贪酷枉法的官吏的憎恶,使他能够尽情地予以揭露,因而也就加深了人民对统治者的认识。如《许察院感梦擒僧》一篇所写的就很能反映现实。

第三,在男女爱情和婚姻问题上,作者表现了进步的观点:一面既有对打破"父母之命,媒妁之言"的封建礼教的人物的歌颂,如《李将军错认舅》中的刘翠翠,《错调情贾母詈女》中的贾闰娘,《宣徽院士女秋千会》中的速哥失里,都是;一面对男子的负心,则加以严厉的谴责,如对于《满少卿饥附饱扬》中的满少卿便是。

第四,反映了商人利欲熏心的自私本质,描写了高利贷者的狠毒。如《转运汉巧遇洞庭红》、《卫朝奉狠心盘贵产》、《叠居奇程客得助》等篇均是此类。在资本主义萌芽时期的明代社会,描写了这类人物,概括了初期商业资本家的本质特征,是具有相当大的现实意义的。

《二拍》中所接触到的社会问题相当多,涉及的市民生活与思想意识也比较广,对于那个时代的人情世态描绘的也还细致。其所以能够如此,主要是由于作者有较丰富的生活经验,因而作品的故事情节便有一定的现实基础。作品的表现方法,也显示了它的拟话本的艺术特色,很能吸引小市民阶层的读者,故影响很大。而正为如此,它的影响愈大,其所含的反动的和不健康的毒素,对广大读者产生的毒害也愈深,就更应该从它的总的倾向上予以分析批判。我们并非说它的艺术技巧就算很高了,其实它比起冯梦龙的《三言》来,还是有所不及的,如:《二拍》中有较多的文人笔调,和整个小说的语言不尽协调;它的民间文学的气味已经少了很多,有的则是庸俗下流的低级趣味,而非淳朴自然的人民群众的语言艺术风格;有些篇的故事情节更趋于公式化,因而人物性格形象也更显得概念化。

第三节　明清的其他拟话本

《三言》和《二拍》都是在明亡前不久先后出世的,这时期可能还有其他同类作品总集或专集现已失传,这说明当时话本形式的短篇白话小说是颇为流行的。这些东西自然会引起更多的文人的注意,掀起他们摹拟这种体裁进行创作的热潮。自明末至清代乾隆年间,先后出现了不少文人创作的拟话本小说专集,直到乾隆以后,才渐趋衰落,终至绝迹。

这些拟话本小说专集,今存者有明代的《石点头》、《醉醒石》、《西湖二集》、《人中画》等;可能是明末的作品,还有《幻影》,又名《三刻拍案惊奇》。清代则有《照世杯》、《豆棚闲话》、《西湖佳话》、《十二楼》(又名《觉世名言》)、《娱目醒心编》等。作者多用别号或笔名,不易确考其姓名,自亦不能明其身世。这些作品虽然也反映了一些社会现实,含有一些进步思想,取得一些艺术成就,但一般说来,这时期话本小说已过了它的繁荣时期,走了下坡路。长篇的章回体小说就比它更适合时代的需要,它的地位已被别的形式的小说取而代之了,所以无论在思想上或艺术上,这些拟话本的水平都是不很高的。

明崇祯年间出现了抱瓮老人编选的《今古奇观》，是三百多年来最受欢迎的话本选集，它确实包括了《三言》、《二拍》中最好的四十篇小说。清代还有其他话本选集相继而起，编选不精，价值远逊于《今古奇观》，自亦不必一一提及。

第七章 《聊斋志异》和明清文言短篇小说

第一节 明代的文言短篇小说

　　唐人传奇小说盛极一时,到了宋代,这种文言短篇小说也还很多,但成就已不如唐。宋代传奇小说,较之于唐,并没有什么变化,在形式上只是因袭唐人之旧,这时话本小说已经出现,遂夺其席而占了重要位置。到了明初,才又有较好的文言短篇小说出现,特为时人所喜,其代表作便是元末明初人瞿佑的《剪灯新话》。中间经过朝廷禁止,其风稍衰。在明代后期,乃复兴盛,起着承前启后的作用,给清初蒲松龄写作《聊斋志异》开辟了道路。

　　瞿佑(公元 1341—1427 年)是生于元末、活动于明初五十年间的人物。他字宗吉,浙江钱塘(今杭州)人。他很早就有诗名。洪武中,做仁和、临安、宜阳训导;永乐间,下诏狱,谪戍保安十年,后放归。他的著作很多,现在存的只有《归田诗话》、《咏物诗》和《剪灯新话》。

　　《剪灯新话》四卷,每卷五篇,共二十篇。"其事皆可喜可悲,可惊可怪者",来源则是"好事者每以近事相闻,远不出百年,近只在数载"。如第一篇《水宫庆会录》开头就说"至正甲申岁",便是元末至正四年;第二篇《三山福地志》提到"时陈有定据守福建"及"达丞相被拘"云云,也说明它是元末时事;第三篇《华亭逢故人记》也说"至正末"和"洪武四年",则时代便是元末、明初了。它的文章"则传奇之流",时人比之于唐陈鸿的《长恨歌传》、《东城老父传》和牛僧孺的《幽怪录》以及宋刘斧的《青琐集》(按:指《青琐高议》)。"其意则子氏之寓言",如他自序所云:"自以为涉于语怪,近于诲淫","虽于世教民彝,莫之或补,而劝善惩恶,哀穷悼屈,其亦庶乎言者无罪,闻者足以戒"。鲁迅曾说这部书:"文题意境,并撅唐人,而文笔殊冗弱不相副,然以粉饰闺情,拈掇艳语,故特为时流所喜,仿效者纷起。"嘉靖以后,"文人虽素与小说无缘者,亦每为异人、侠客、童奴以至虎、狗、虫、蚁作传,置之集中。盖传奇风韵,明末实弥漫天下,至易代不改也"。仿效的作品有李昌祺(公元1376—1452年,名祯,以字行,江西庐陵人)的《剪灯余话》亦四卷,二十篇,另多一篇《至正妓人行》是一首诗,附在第四卷之末;此外还有一篇《贾云华还魂记》较长,单独成为第五卷。《余话》完全模仿《新话》,故事取材也差不多,但作者好炫才逞学,故作品中往往插进许多与正文无关的诗词,以致篇幅较长。至明末万历年间又有邵景詹(生平事迹不详),也续《新话》写成二卷八篇的《觅灯因话》。其书文笔较为朴实,很少辞藻点缀。

　　这些作品本身成就不高,但对明代后期的话本小说和戏曲却有相当影响,冯梦龙、凌濛初都曾在这三部书中撷取题材,有些也经戏曲作家改编为传奇,拿到舞台上表演。如《新话》中《三山福地志》就被改写入《二刻拍案惊奇》第二十四卷《庵内看恶鬼善神,井中谈前因后果》,《金凤钗记》则改写入二十三卷《大姊魂游完宿愿,小姨病起续前缘》。戏曲家沈璟也曾以此故事为题材,写成《坠钗记》传奇。就连《因话》中的《桂迁梦感录》,也被冯梦龙改写为《桂员外途穷忏悔》,列入《警世通言》第二十五卷;《唐义士传》则被周清原改写成《会稽道中义士》,列入《西湖二集》第二十六卷。当然,还有一条表明了它们在文学史中的地位,那就是这些作品成为沟通唐、宋传奇小说与清初《聊斋志异》之间的桥梁,从而把文言短篇小说带上新的繁荣与新的高峰。

第二节　蒲松龄的生平及其创作

　　《聊斋志异》这部杰出的文言短篇小说集的作者蒲松龄(公元1640—1715年),字留仙,一字剑臣,号柳泉,山东淄川(今淄博县)人。他出生于一个破落的"书香门第",到父亲时,已经以穷儒而转学商贾。他从小就受到很好的"正统教育",但在科举上却非常不利。自十九岁应童子试,补上了博士弟子员以后,屡试不售,一直到七十一岁,才得到一个贡生(依王洪谋《柳泉居士行略》及蒲箬《柳泉公行述》,均谓"庚寅贡于乡","庚寅岁贡"。按:庚寅为康熙四十九年,公元1710年,先生七十一岁。惟《淄川县志》言"辛卯岁贡",迟一年,先生七十二岁,不可从)。他这样科场不遇,在生活上和功名上当然都会遭受很大的困难与刺激。但这却在另一方面迫使他转而致力于著作，取得了创作上极其光辉的成就，尤其《聊斋志异》一书，正是在这样的生活条件下长期努力的结果。

他在三十一岁的时候，因家贫不足自给，曾应朋友的邀聘，到江苏的宝应、高邮给知县当了一年多的幕宾，这是他平生仅有的一次远游。此外的岁月，他都是在家乡以塾师度过的，生活之贫苦，自不待言。七十一岁补上岁贡，生活才稍有好转，但已到暮年，五年以后，七十六岁，便逝世了。

他生在明末清初民族矛盾和阶级矛盾都非常尖锐的时代，对这些情况不能没有较深的认识。由于终身贫困，长期住在乡村，接触农民，了解他们的疾苦，对他们有了深厚的感情，也想尽到自己的力量，在文化知识方面，对农民进行一些帮助，给他们编写一些通俗读物，解决一些生活上的实际问题。

他一生著述非常丰富，除《聊斋志异》这部文言短篇小说集八卷（通行本作十六卷）共四百三十一篇外，还有文集四卷，诗集六卷，杂著五种（《省身录》、《怀刑录》、《历字文》、《日用俗字》、《农桑经》）和《药崇书》、《农民子弟婚嫁全书》、《小学节要》等，另外有词若干首，戏三出（《钟妹庆寿》、《闹馆》、《闹窘》附[南吕·九转货郎儿]"考试"）。他还写了《墙头记》、《姑妇曲》、《穷汉词》、《磨难曲》、《禳妒咒》等十四种长篇俚曲，及其他通俗曲艺作品（包括许多形式），如《草木传》（又名《药性梆子腔》）、《逃学传》、《学究自嘲》、《除日祭穷神文》等多种，说明他是一位极重视通俗文学的作家。

还有长达一百回约百余万言的长篇小说《醒世姻缘传》，原题"西周生辑著"，就其书的语言、文字及故事情节来看，其作者很可能如某些人所说的就是蒲松龄的化名。虽也有很多人不同意，但那个作者确实是淄川、章丘一带的。在未证明是另一人之前，也只好列入蒲氏著作目录之中。

蒲松龄生长在明末、清初那个社会大变乱的时代，自己又处于穷愁潦倒、郁郁不得志的痛苦环境中，看到政治社会的种种黑暗的现实，结合了自身的痛苦与愤懑，于是激发了他的良心和正义感，便写成《聊斋志异》这样一部借鬼狐妖魅来表现自己爱憎感情的寄托孤愤之作。这书之成，据书前《聊斋自志》所署是"康熙己未春日"（康熙十八年，公元 1679 年），作者整四十岁，后来可能还有很多修订，可见其用力之勤，并花费了很多的时间。

故事的主要来源，也是作者自己说过的："才非干宝，雅爱搜神；情类黄州，喜人谈鬼；闻则命笔，遂以成编。久之，四方同人又以邮筒相寄，因而物以好聚,所积益夥。"可见故事大部分是来自民间,经过他多方面搜集、整理、加工,而后形成这部书的。其中自必有许多故事渗透着他的思想,加进了他的想象、虚构,而完全变成了他自己的创作。有些篇分明是根据前人的材料加以演化而成的,鲁迅就指出过《凤阳士人》、《续黄粱》之出于唐人传奇。其实借古小说为素材的还不只几篇,邹弢《三借庐笔谈》载:"相传先生居乡里,落拓无偶,性尤怪僻,为村中童子师,食贫自给,不求于人。作此书时,每临晨,携一大磁罂,中贮苦茗,具淡巴菰一包,置行人大道旁,下陈芦衬,坐于上,烟茗置身畔。见行道者过,强执与语,搜奇说异,随人所知。渴则饮以茗,或奉以烟,必令畅谈乃已。偶闻一事,归而粉饰之。如是二十余寒暑,此书方告成。"此说不过委巷之谈,未足征信,但也可见他是有意识地搜集民间传说故事,然后加以提炼作成此书的。

作者的写作也是有目的的,并非无聊的消遣。他自己比之于"披萝带荔,三闾氏感而为骚;牛鬼蛇神,长爪郎吟而成癖",又说"遄飞逸兴,狂固难辞;永托旷怀,痴且不讳",说"放纵之言,有未可概以人废者",说"集腋为裘,妄续幽冥之录;浮白载笔,仅成孤愤之书:寄托如此,亦足悲矣"。盖已明白地说此书是寄托自己的孤愤,有如屈原的《离骚》,李贺的诗歌,虽似涉怪奇,易为人所误会,而自己的"旷怀"得有所托,放纵之言自不可废,只有任人指斥为狂为痴了。

第三节 《聊斋志异》的思想内容

《聊斋志异》一书内容丰富,广泛地反映了清初的社会现实,思想性是比较强的。主要的有下列几方面:

第一,暴露和批判当时封建政治的黑暗。作者讽刺和抨击的对象是很广泛的,凡属封建统治阶级的人物,自地主、豪绅、下级胥吏、各级官府,一直到最高统治者,他都没有放过,而中心思想则是揭发封建政治制度的残酷、弊害,而予以有力的鞭挞。《促织》一篇就是写为了一个小小的虫儿——作为玩物的蟋蟀,害得一个普通人家家败人亡,惨痛达于极点的事。作者指出这种情形产生于"天子偶用一物",虽然他毫不在乎,甚或"过此已忘",却早种下祸根,"奉行者即为定例",于是"官贪吏虐",而人民则深受其殃,"贩妇卖儿,更无休止"了。《席方平》写"阴曹之暗昧,尤甚于阳间",实则正是当时政治社会漆黑一团的写照:官吏豪绅互相勾结,凌虐良民,在阴曹也表现为城隍、郡司、冥王,官官相护,只顾贪婪,并无公理。作者在《梦狼》里说:"天下之官虎而吏狼者,比比也。即官不为虎,而吏且将为狼,况有猛于虎者耶!"在《伍秋月》里,作者主张定律:"凡杀公役者,罪减平人三等,盖此辈无有不可杀者也。"可见他对于胥吏痛恨之深了。

第二,揭发科举制度的弊害,并予以尖锐的嘲讽和严厉的批判。这类主题的作品在《聊斋志异》中是比较多的。有些篇指出一般考官无才无学,因而评卷不明,高下颠倒。而更可恨的是考官不但不明,而且不公,私通关节,竟成常事。在这样制度之下,就造成一般秀才的种种丑态,可怜亦复可笑。《司文郎》、《三生》、《考弊司》、《于去恶》、《叶生》、《贾奉雉》、《王子安》等篇,都是写得很出色的。他在《王子安》篇末发挥议论,以"异史氏曰"言"秀才入闱,有七似焉":入场时似丐,唱名时似囚,归号舍时似秋末冷蜂,出场时似出笼病鸟,望报时似被絷之猱,闻报不中时似钳毒之蝇,日久气平决意再考时似破卵之鸠——真是刻画得惟妙惟肖。《叶生》写叶生困于名场,抑郁而终,还要以其生平所作,借学生中举,使世人了解他自己一生不中的委屈。《司文郎》写宋生不得志于场屋,死后还不忘情于科举,希望借朋友中举,一快平生之愿,但终于朋友也未中,而使他更加痛苦。《三生》写一些因落榜愤懑而卒的名士,要求阎罗王把主司和房官"掘睛"、"剖心",以为不识文之报,结果竟被"褫去袍服,以白刃劙胸",更达到愤慨的顶峰。

第三,更多的是写男女爱情的故事,作者歌颂了纯洁坚贞的爱情,赞扬了反抗封建礼教的斗争精神,同时也塑造了许多心灵高贵既美且慧的女性形象,表现了作者对她们的赞叹。《红玉》、《莲香》、《娇娜》、《青凤》、《辛十四娘》、《鸦头》都是非常成功的作品,不但思想性强,人物形象也非常可爱,令人难忘。这些作品虽还由于作者的世界观的局限,而有某些落后或反抗不够彻底的地方,但就他的时代看来,能有这样鲜明的反封建礼教的思想倾向,却已是很难得的,我们不能不给予较高的评价。

第四,这部书里也透露了作者的一些民族意识,是无可怀疑的。《林氏》、《野狗》、《公孙九娘》等篇,就是借鬼怪故事从侧面反映清兵的残酷;《林四娘》、《阎罗》、《乱离》等篇,也有反清情绪;《库将军》、《秦桧》、《三朝元老》对汉奸更明白地加以痛斥。尤其在《三朝元老》中,作者对降清的洪承畴直接责骂,完全是笔记小说的性质,原文云:

　　某中堂者,故明相也,曾降流寇,士论非之。老归林下。享堂

落成,数人值宿其中。天明,见堂上一匾云:"三朝元老。"一联云:
"一二三四五六七;孝弟忠信礼义廉。"不知何时所悬,怪之,不解
其义。或测之云:"首句隐'忘八',次句隐'无耻'也。"似之。

作者犹恐读者不尽知"某中堂"为谁,于是继附一则,述另一感人的故事云:

> 洪经略南征,凯旋,至金陵,醮荐阵亡将士。有旧门人谒见,拜
> 已,即呈文艺。洪久厌文事,辞以昏眊,其人云:"但烦坐听,容某颂
> 达上闻。"遂探袖出文,抗声朗读。乃故明思宗御制《祭洪辽阳死难
> 文》也。读毕,大哭而去。

难道这还不是作者民族意识与追怀故国的思想表现吗?这对大汉奸洪承畴
的谴责还不够严厉吗?有些认为蒲松龄在《聊斋志异》中没有民族意识的说
法,显然是毫无根据的。

这部书也有它消极落后的一面,反映了作者的时代局限与阶级局限。
作为一个封建时代的知识分子,受儒家思想影响很深,他不免时时夹杂一些
封建说教,宣扬忠、孝、节、义等封建思想,甚至在歌颂真挚的爱情的同时,却
又强调了贞操观念。他对科举制度的弊害,虽给予无情的揭露与批判,但对
它又抱有很多幻想,并未给以彻底的否定。对封建统治者也一样的存着幻
想,常常歌颂清官和善人,似乎他们就是社会正义的代表。至若神道迷信、
因果报应、生死轮回、宿命天定等落后思想,更是比较普遍的。无疑的,作者
思想矛盾是很多、很复杂的,这原无足怪。我们若要求三百多年前的作家成
为一个彻底的觉醒的革命者,那倒是不实际的,也不合乎历史观点。他能够
认识当时阶级间的矛盾,并基本上站在被压迫者的立场暴露黑暗,批判现
实,是非清楚,爱憎分明,表现了同情弱者反抗强暴的正义感与斗争精神,便
是应该给予肯定的。

第四节 《聊斋志异》的艺术技巧

《聊斋志异》的艺术手段十分高明,成就很高。作者潦倒科场,乃致力于
古文辞,"而蕴结未尽,则又搜抉奇怪,著有《志异》一书"(张元:《柳泉蒲先生
墓表》)。可见他以高度的古文修养从事于小说的创作,既从古人手里接受
了文学遗产,特别是创作方法与写作技巧,又向民间文学学习了它的思想精

神,吸取了故事题材,从而创立了文言短篇小说的完美的形式,树立了优秀的典范。

作者有丰富的生活体验和想象力,所以就能根据自己对于当时社会人物的细心观察、研究、分析,把从民间搜集来的传说故事,予以细致的加工,尽情刻画,塑造典型,并运用想象,进行必要的文学夸张,把自己的理想、认识渗透到自己所创造的人物的精神世界中去,这样才能够写成优美曲折、复杂奇妙、瑰丽多采的作品,既是现实主义的,又具有积极浪漫主义的精神。作者写的虽是些花妖狐魅、怪诞不经的事物,但又"多具人情,和易可亲,忘为异类",所以都是以现实为基础,反映现实生活的。

作者吸取了古代文言小说的一切优良传统,镕铸加工,创造出他自己的形式与风格。析其体貌,有古代神话、先秦寓言、汉代杂史、六朝志怪、唐宋传奇笔记,宋元话本小说,特别是直接继承了志怪和传奇的传统。鲁迅说:"描写委曲,叙次井然,用传奇法,而以志怪,变幻之状,如在目前;又或易调改弦,别叙畸人异行,出于幻域,顿入人间;偶述琐闻,亦多简洁,故读者耳目,为之一新。"的确是不错的。

作者有高度的艺术概括力,他善于抓住事物的本质特征,或者主要的内在的东西,用细节的描写和人物的心理活动,塑造典型形象。作者特别掌握了中国古代短篇小说传统的特点:情节曲折,摇曳多姿,而叙事清晰,层次井然,疏密有度,变而不乱,保存了民间口头传说故事的特色,而又加以发展,形成了自己所独有的风格。

这部书的语言极为精炼,虽是古文,却把文言词语写活了。他善于在对话中大量采用民间的口语,加强作品的艺术效果,因为这样就更生动、更活泼、更能真实地突出人物身份和性格。他成功地运用了文言文,创造出比较通俗、清新、善于表情达意的新的语言和文体,不同于清初的典重板滞的古文,而有他自己的独特风格。当然,这时用白话写小说已经很普通了,蒲松龄却还使用文言,毕竟给广大劳动人民以阅读上的困难,使这部书不能获得更多的下层读者,发挥更大的鼓动作用,也是应该指出的。

第五节　清代其他文言短篇小说

《聊斋志异》的影响确实很大,用这些故事改编的戏剧就不少,而改编成或敷演为鼓词、子弟书、大鼓、时调俗曲等说唱文学的,尤其多得不可胜数。更值得注意的是,它的出世给文言小说作了一个总结,树立了文言短篇小说的典范,启发了以后许多文人摹拟其形式,大量进行创作,实际上可说是仿作,因而便掀起一个文言短篇小说创作的高潮。但是摹拟者多没有蒲松龄的才华,特别是缺乏他那样的严肃认真的态度,更无如他的生活经历与思想感情,所以就不能产生成就较高的作品,艺术上也缺少新的创建。

在《聊斋志异》以后,文言短篇小说中影响较大的有纪昀的《阅微草堂笔记》,但其性质已是接近笔记的了,并无多少小说气味,根本不能与《聊斋志异》相提并论。这主要决定于作者的身世、立场与观点。纪昀(公元1724—1805年),字晓岚,河北献县人。三十一岁中进士,官至侍读学士。后来总纂《四库全书》,以十三年精力,尽瘁于斯,得到乾隆皇帝弘历的嘉赏,累迁至礼部尚书,宦途得意,远非穷塾师所能想望。他很非议《聊斋》,认为"非著书者之笔"。他要以简朴的形式,写"有益于劝惩"的著作,"大旨期不乖于风教",自然不会像《聊斋》那样取法传奇和志怪的曲折动人了。《阅微草堂笔记》是纪昀晚年之作,包括《滦阳消夏录》、《滦阳续录》、《如是我闻》、《槐西杂志》、《姑妄听之》,共五种,分二十卷。其中往往多封建说教,偏于议论;且末流所及,更常堕为因果报应之谈。所叙故事多凭想象臆造,不尽是来自民间,故缺乏真实性,自亦没有像《聊斋》那么大的现实意义。但"纪昀本长文笔,多见秘书,又襟怀夷旷,故凡测鬼神之情状,发人间之幽微,托狐鬼以抒己见者,隽思妙语,时足解颐;间杂考辨,亦有灼见。叙述复雍容淡雅,天趣盎然,故后来无人能夺其席"(鲁迅语),所以也还多少有他的长处,后来效之者纷起,当然连他的水平都达不到,更无论乎蒲松龄了。

有人认为这时可与《聊斋》、《阅微》并称,鼎足而三的,是诗人袁枚的《新齐谐》(原名《子不语》)二十四卷及续书十卷。他的书略早于纪昀的《阅微草堂笔记》,意在于消遣,"妄言妄听,……非有所感",故虽文字流利,而思想艺术均谈不到。

除上述三种以外,后起者或仿《聊斋》,或承《阅微》,或学《齐谐》,或兼学二种,产生了很多这类摹拟的作品,既无实际生活内容,又没有较高的文学修养,辗转抄袭,取貌遗神,每况愈下,更没有什么成就,连书名也不必提了。

第八章 《三国演义》和其他演义小说

第一节 《三国演义》的演化及其作者

小说是明代文学的最高成就之一,其繁荣可与传奇戏曲并列,但其在中国小说发展史上的地位,则较明代传奇在中国戏曲发展史上的地位还要重要。小说之于明代,无论短篇的拟话本或长篇的历史小说或其他写英雄、写神魔、写社会的小说,都是第一次达到发展成熟的极高阶段,而传奇则是继元代杂剧繁荣之后,承宋、金、元戏文之余绪而复兴的,已经是戏曲形成后又一次复兴的阶段了。明代长篇小说最早而又最为人民所喜爱的,是我国流行最广又最优秀的历史小说《三国演义》。

《三国演义》叙述了从东汉灵帝(刘宏)中平元年(公元 184 年)到晋武帝(司马炎)太康元年(公元 280 年)约一百年间的历史故事。这是一个农民起义及军阀混战的社会动乱时期,广大人民遭受了空前未有的长期而严重的灾难,给人们留下深刻难忘的创痛,千百年间,代代传述。每当一个动乱时期,就会引起人们的联想,讲今比古,以古喻今,对历史的沉痛记忆也便加深一层。而在辗转传述的过程中,也必然按照人民群众自己的观点,对于人物事件加以渲染、改造,逐渐丰富。《三国演义》的故事情节和人物形象,就是这样慢慢地形成起来,终于最后成书的。

三国故事远在六朝时即已流传,裴松之《三国志注》所引的杂史和刘义庆的《世说新语》都记录了许多三国人物的轶闻逸事和有趣的传说。到了唐代,三国故事的传说和讲史便已经很兴盛了。晚唐诗人李商隐的《骄儿诗》里说"或谑张飞胡,或笑邓艾吃",这是尽人皆知的。苏轼《东坡志林》载:"王彭尝云:涂巷中小儿薄劣,其家所厌苦,辄与钱,令聚坐听说古话。至说三国事,闻刘玄德败,颦蹙,有出涕者;闻曹操败,即喜唱快。以是知君子小人之泽,百世不斩。"可知三国故事在北宋已深入民间,并已形成了尊刘贬曹的鲜明倾向。孟元老《东京梦华录》也载北宋瓦舍众伎中的说话人已有专门"说三分"的讲史家如霍四究之流。高承《事物纪原》也记载宋仁宗时影戏已扮演"魏、蜀、吴三分战争"了。金院本和元杂剧中,三国故事的剧目更多。陶宗仪《辍耕录》著录的金、元人院本名目中,便有《赤壁鏖兵》、《刺董卓》、《大刘备》、《襄阳会》和《骂吕布》。钟嗣成《录鬼簿》和朱权《太和正音谱》著录的三国剧目,则更多至三十余种,并且和《三国演义》所述情节基本相同。可见三国故事在金、元时的舞台上已系统地、完整地演唱了。

元英宗至治年间(公元 1321—1323 年)"新安虞氏"书坊刊印《全相三国志平话》,当是现存的关于三国故事最早的话本,虽只是说话人的讲史提纲,但还保存了元代以前民间流传的三国故事的基本面貌。全书约八万余字,分上、中、下三卷。从桃园结义起,到晋王朝统一终,故事内容和人物形象已相当丰富、完整、成熟,并具有显著的民间文学特色,故事性强,爱憎分明,结构宏伟,形象突出;但文字技巧不高,并有不少因果报应、荒诞不经的情节,可能是出于说话人之手,或是文化水平不高的人如实记录下来的原话。它的重要意义,在于给《三国演义》的创作打下了坚实的基础。

《三国演义》是在晚唐到元末的五百年间,人民用自己的艺术才能和美学理想创作出来人物和故事的基础上,由罗贯中以《平话》为蓝本,整理、编纂、加工创制而成的。

罗贯中名本(一说名贯),字贯中,别号湖海散人,山西太原人,或谓东原(似指山东东平)人,或谓钱塘(今浙江杭州人),或谓庐陵(今江西吉安)人。相传他是施耐庵的学生。据贾仲明《录鬼簿续编》所载,他"与人寡合,乐府隐语,极为清新。与余为忘年交,遭时多故,天各一方。至正甲辰复会,别来又六十余年,竟不知所终"。由这仅有的资料约略可以推知他生于元末,死于明初,在世时期大致为公元 1330—1400 年。参考其他书的零星记载,我们知道他在元末民族革命的高潮中,曾参加过起义活动,与起义领袖之一的张士诚有过某些关系,并是"有志图王者"。他在政治上不得意,到处流浪,遂移其精力于文学创作。他擅长词曲,风格"极为清新",有杂剧三种:《赵太祖龙虎风云会》、《三平章死哭蜚虎子》和《忠正孝子连环谏》。他既落落寡合,自不肯与一般统治阶级人物同流合污;而参加人民革命,就能够更多地接近人民,熟悉民间情况,了解人民的思想感情;他也热爱民间文学及传说故事,对于《三国志通俗演义》的编著,就说明了这一点。除这部家喻户晓、妇孺皆知的小说外,相传他还编写有《隋唐志传》、《残唐五代史演义》、《北宋三遂平妖传》等;他也参与了《水浒传》的编撰工作。

罗贯中的这部《三国》小说就是在人民集体创造的丰富雄厚的传说故事基础上,参考了历史家和文人的记载写作而成的。它之所以能有现在这样辉煌的成就,显然与罗贯中的天才和努力分不开,他的功绩是不可抹杀的。现在能看到的最早的本子是明弘治甲寅年(公元1494年)序刊的《三国志通俗演义》,题"晋平阳侯陈寿史传,后学罗本贯中编次",这大概是比较接近罗著原本的。这个本子分二十四卷,每卷十节,共二百四十节,每节前以一个七言句标目,成为后来章回小说"回目"的早期形式,而这一特征也正说明了它作为初期长篇小说与宋、元话本的血缘关系。它与《三国志平话》不同处主要在:增加篇幅将近十倍;改正文字,提高了语言艺术水平;增加史料,丰富了故事情节;修订润饰,重新塑造了人物,使他们的性格形象更加鲜明突出;还增添了正史材料和诗、词、书、表,增强了历史性,并加强了以西蜀(刘备的蜀汉)为正统的观念。这部书经他创造性地修编,就成为"文不甚深,言不甚俗",受广大读者欢迎的小说,代替《平话》而流传开了。

自此以后,新刊本纷纷出现,至明末已有几十种,但都只是增加些音释、插图、评语,或作些文字、回目、卷数的增减,并无大的改动。明末李贽的评本把原书二百四十节并为一百二十回,另为撰制回目,不限于原来的七言句。到清康熙年间,毛纶(字声山,江苏吴县人)才和他儿子宗岗(字序始)对这部书进行修改,大约康熙十八年(公元1679年)才主要在毛宗岗手里完成其最后的加工,也就是今天流行的被称为"第一才子书"的一百二十回毛本《三国演义》。毛氏对罗本的修改可用鲁迅的话概括为:

> 一曰改,如旧本第百五十九回《废献帝曹丕篡汉》本言曹后助兄斥献帝,毛本则云助汉而斥丕。二曰增,如第百六十七回《先主夜走白帝城》本不涉孙夫人,毛本则云"夫人在吴闻猇亭兵败,讹传先主死于军中,遂驱车至江边,望西遥哭,投江而死"。三曰削,如第二百五回《孔明火烧木栅寨》本有孔明烧司马懿于上方谷时,欲并烧魏延,第二百三十四回《诸葛瞻大战邓艾》有艾贻书劝降,瞻览毕狐疑,其子尚诘责之,乃决死战,而毛本皆无有。其余小节,则一者整顿回目,二者修正文辞,三者削除论赞,四者增删琐事,五者改换诗文而已。

经过毛氏的修改,使全书更加紧凑和完整,大体上说,是有益于原本的。从此,《三国演义》便完全定型了。必须承认,这部书的主要编著者是罗贯中而非毛宗岗,因为毛本只有细节的更动,全书绝大部分还保留了罗本原文。

第二节 《三国演义》的思想内容

《三国演义》的全部内容是用生动的形象,深刻而真实地描写了东汉末年到晋司马氏灭了魏、蜀、吴,统一中国,先后将近百年中尖锐复杂的不同统治集团之间的斗争。通过这种错综复杂的关系和斗争,揭示了封建社会中统治集团内部的本质,暴露了当时社会生活的全部腐朽内容,从而反映了广大人民对封建社会的认识与态度;同时,通过这种揭示和暴露,也反映了人民在那个动乱的时代所过的颠沛流离、饥寒困厄的悲惨生活,以及人民对政治人物的褒、贬、爱、憎和反对战争分裂、要求和平统一与安定生活的愿望。它所演述的虽是三国时代的故事,却反映了它在民间创作流传的各个混乱时期——晚唐、五代以及宋、元、明几百年中生活于残酷的民族与阶级压迫下的人民的精神和情绪。

《三国演义》创造并描写了当时三个主要政治集团中的许多人物,给予这许多人物以不同的地位、性格,加以褒贬,从而揭露了封建统治阶级虚伪、阴毒、残暴的本质,并给以严厉的谴责和彻底的否定。

首先,通过对曹操、董卓等罪恶滔天的暴虐统治者的形象的暴露和批判,反映了当时人民的悲惨生活及其对统治阶级不共戴天的仇恨。他们对待人民残忍透顶,毫无人道。如第四回:

> 卓……尝引军出城,行到阳城地方。时当二月,村民社赛,男女皆集。卓命军士围住,尽皆杀之。掠妇女财物,装载车上,悬头千余颗于车下,连轸还都,扬言杀贼大胜而回。于城门下焚烧人头,以妇女财物分散众军。

这小说中的曹操(当然不是历史上的曹操,不必给他翻案,正如《琵琶记》中的蔡伯喈不等于是历史上的蔡伯喈一样)虽满口仁义道德,打着“扶持王室,拯救黎民”的旗帜,而残暴殊不下于董卓。他一面厚颜无耻地声称:“吾替天行道,安忍杀戮人民!”(第四十七回)一面却下令军士:“但得城池,将城中百姓,尽皆屠戮。”(第十回)至于杀孔融、华佗、荀彧、荀攸、刘馥、杨修等,都是非常不得人心的。人民完全可以透过他那虚伪的假仁假义的羊皮,看到他凶恶的豺狼面目。《三国演义》出色地塑造了一系列罪恶的统治人物的典型,除曹操、董卓外,还有很多不同性格的可憎人物,如袁绍、孙皓、曹丕,以及十常侍、李傕、郭汜、张济、樊稠等人,都给读者以极深的印象,加深了人们对统治阶级的仇恨心理与反抗情绪,起着极大的鼓动作用。

第二,《三国演义》也用相当大的篇幅,热情地歌颂了站在以曹操为首的奸邪罪恶人物的对立面的刘备、关羽、张飞、赵云、诸葛亮等人,肯定并支持他们的正直思想,支持他们与奸雄进行斗争的正义行动,反映了人民的实际愿望以及斗争艺术和斗争力量。对刘、关、张、赵等,则赞扬他们的紧密团结;对诸葛亮,则极力颂扬他勤劳忠贞的品德与聪敏奇妙的智慧和谋略,使他成为人民智慧的化身;而对刘备,则特别突出其对人民群众的仁厚惠爱。正是这些能代表人民理想的英雄人物及其事业,构成了《三国演义》的中心内容,并赋予本书以强大的思想力量。书中对刘备的歌颂确是多极了,也明显极了。无疑的,这确实是符合人民的理想愿望的。刘备待人仁慈,爱民如子,故到处受到人民的拥戴。第二回写刘备初到安喜县当县尉时,就"与民秋毫无犯,民皆感化"(第二回);"路过徐州,百姓焚香遮道,请留刘使君为牧"(第二十四回);到新野,军民皆喜,政治一新。当其在当阳长坂坡被曹操追迫之时,竟仍然不忍抛弃"扶老携幼相随"的"数十万赴义之民",而"日行十里,不思进取江陵,甘与同败"(第四十三回),写得更为动人,令人感到这样一位"仁慈宽厚,有长者风"的领袖形象,乃是乱世人民理想所寄托。当然,像小说中所描写的"好皇帝"刘备那样人物,在历史上是没有的,在现实生活里也是根本不可能存在的。那是人民用自己的理想创造出来的,代表了封建时代广大人民的殷切希望,所以,他身上的许多美德,乃是人民的道德观念的体现。因此,刘备这个人物一直是人民所喜欢的与拥护的形象。

小说中的诸葛亮是忠贞和智慧的化身。他与刘备具有共同的崇高政治动机和政治理想,并愿以"鞠躬尽瘁,死而后已"的忠贞为这一共同理想而奋斗,这是人民所希望于每一个正直可敬的人物的。作品中对这个人物用了很多的笔墨来描绘他,歌颂他。他从出场一直到死,都表现了稀有的政治才能(包括文治、武功,对内、对外,用人、治事各个方面)与明敏机智,尤其他善于观人论事,分析错综复杂的势力集团间的关系与形势,并能预见未来,制定出完全有胜利把握的周密战略、策略和施行计划。书中所写的隆中决策、舌战群儒、草船借箭、火烧赤壁、借荆州、气周瑜等事迹,数百年来一直成为民间美谈。通过这些,便突出了诸葛亮的完整形象,使人仰慕。而更重要的是,这些奇才智谋和他忠贞性格结合在一起,才更引人敬爱。他受刘备托孤后,竭忠尽智,扶助后主,于是七擒孟获,六出祁山,忧国忧民,抗曹到底,谦恭谨慎,永不骄矜,甚至"扶病理事,吐血不止"。这都是封建时代人民所希望于一个在位掌权的大臣应具的品质。

第三,小说还刻画了许多其他典型形象,如具有崇高感情世界的神武英雄关羽,如粗豪坦率、疾恶如仇、最富正义感和斗争性的农民英雄的典型张飞,乃至智勇忠诚的赵云,才高量狭的周瑜,以及黄忠、马超、鲁肃、姜维等人都写得很成功,不同程度地概括了一定的社会人物典型,表现了人民的愿望。

《三国演义》就是通过多种多样的正面和反面人物形象的塑造,以及对他们之间的复杂关系的描写,给读者展示出一幅封建社会特定历史阶段包罗万象、惊心动魄的图画。它反映了封建社会政治制度的黑暗和反动统治阶级的贪暴,也同时反映了人民忍受不了这样的苦痛而起来反抗斗争和他们所怀抱的美好理想与愿望。它是具有深刻的现实主义精神和高度的人民性的光辉作品。

它在思想内容上有些缺点也是很自然的,因为它是以千百年来民间传说的故事为依据的,故事创作受了时代的限制;而编撰者也不能不有其阶级局限性。如作品对于伟大的黄巾起义就错误地采取否定的态度,肆意污蔑,称之为贼;而对镇压起义的军阀,却一般地视为英雄。它也流露出宿命论的观点和因果报应的思想,甚至还有些描写迷信、叙述妖异的文字。这些都是消极落后的东西,不能与健康的积极浪漫主义的想象混为一谈。然而,此类缺点毕竟不是主要的,而且在全书中比重也很小,不能因此而否定全书总的思想倾向,更不应该忽视历史条件,而以现代的思想水平要求几百年前的作者,任意贬低这部伟大作品的思想价值。

第三节 《三国演义》的艺术技巧

《三国演义》的原型是长时间内广大人民集体口头创作的,后来虽经罗贯中重加编写,又经毛宗岗最后整理加工,但其基本内容还保持《平话》的某些特色,所以也可以说是取材于人民的口头创作,直接吸取人民创作的题材、思想、形象和语言,又经过文人加工创造而成的。它在艺术表现上的卓越成就之取得,应该归功于编作者和修订者,但也不能忘记人民群众,特别是参加创作《平话》的早期说话人。的确,这是作家天才和人民智慧相结合而创造出来的最好范例。正为如此,它不但具有丰富的人民性内容,还具有优美的艺术形式与技巧,表现了它的突出的艺术特色。

第一,它是一部现实主义和积极浪漫主义相结合的优秀作品。这些人物和故事大部分有历史根据,但又不拘泥于历史记录,而是以现实为基础加以补充加工创作,使人物形象更为典型、具体、丰满,故事情节也更加曲折、复杂,合乎情理,能够很好地反映封建时代尖锐复杂的社会斗争,因此,它的现实主义精神是不待言的。然而,还不止此,这些故事和人物,又都闪耀着理想的光辉,充满了传奇的浪漫色彩;人物和事件都体现了人民群众的美好理想和英雄气概,而这些又都是通过作者神奇的幻想与夸张的手法表达出来的。作为一部主要描写战争的历史小说,所有人物性格自然多是通过战争来展示的。作者以其丰富的生活经验和军事知识真实地描写了一切军事部署与战斗过程,同时又运用自己的神思增加许多奇妙的幻想与虚构,把人物性格更加理想化了,使他们的英雄色彩更浓厚,形象更典型、更突出,远远高于现实。而这就更能满足人民的艺术要求,成为最为人民所喜爱的优秀艺术作品。

第二,它创造了大量的令人难忘的具有高度典型性的人物形象,至今被人们用来说明某种人物的性格,概括着赞美或谴责的意义,如诸葛亮、曹操、关羽、张飞、赵云、周瑜、鲁肃、黄忠、黄盖、刘备、阿斗、董卓、吕布,等等,真是数不胜数。作者塑造人物形象,发展其性格的艺术方法,是通过最有特性、最典型的环境和引人入胜的情节,用对比、夸张、烘托的手法,在矛盾斗争中来完成的。例如在赤壁之战这段最精彩的文字中,就是通过孙权、刘备和曹操之间的主要矛盾和孙权刘备之间的次要矛盾,把诸葛亮、周瑜、曹操三人的不同典型性格突出地刻画出来的。他们三个军事统帅代表三个集团,都是足智多谋的人物,但又都处在各自不同的地位,具有完全不同的性格特征。孙、刘联合以后,周瑜几次要杀诸葛亮,表现了他的心胸狭隘,而诸葛亮则一再忍让,顾全大体,突出了他的眼光远大,气度恢宏。通过对周瑜用反间计、苦肉计、连环计成功过程的描述,写出了他的聪明才干,也同时说明曹操的怀疑与精细,但毕竟敌不过周瑜。然而双方的一切计谋,在诸葛亮眼中,又都是清清楚楚、可以预见的,这就显示了诸葛亮比他们更高一筹。作者对于次要人物,也都作了细致的刻画,于类型中抽取个性,并不雷同:同为良将,赵云不同于马超;同具韬略,吕蒙、陆逊也面貌各异。

第三,它善于描写战争,既长于正面描写它的宏伟紧张局面,又能用抒情的笔调从侧面去反映战争的种种细微变化;并且通过战争的描写,揭示出封建社会中的复杂矛盾。整个一部《三国演义》,自始至终都在描写战争,但读者越看越着迷,越看越想看,并不觉得厌烦,就是因为这些大大小小的千百次战役各有各的特点。作者的写法,也是千变万化,毫无相同之处的,不但引人兴趣,而且增人智慧。各种矛盾汇合一起,此兴彼伏,波澜壮阔,每个战役也是大小矛盾层出不穷,而终归以一个主要矛盾的解决结束那一次战争的全局。作者往往在描写紧张的战斗之后,来个轻松的插曲,既增加文章的变化,舒缓读者的情绪,又不是孤立地专为读者兴趣着想,所有这些穿插又都是为深入刻画人物性格及展开故事服务的。赤壁之战中,曹操横槊赋诗与孔明饮酒借箭,都是在紧张的战斗前后出现的抒情笔墨,然而这些何尝不是与这整个战役血肉相连的组成部分?何尝与战争完全无关而成为游离的赘疣?何况通过这些似无关系的抒情描写,岂不更能突出曹操一生的英雄抱负与自豪心理,也突出诸葛亮的悠闲自适并胸有成竹的特质,而且这些原都是情节发展所必然产生的,虽是穿插,却并非无关的闲笔墨。在战争中描写人物,更能使战争故事与英雄人物紧密结合,两臻其妙。许褚裸衣斗马超,写许褚争强斗胜的勇武性格,多么形象!有不少抒情插曲不仅刻画了人物性格,突出其形象,也反映了人物的心理状态;通过这些心理活动的矛盾变化,也揭示了整个社会中各种复杂的矛盾变化。

第四,它的规模十分宏伟,结构上也表现了作者高度的组织力。全书包括四百多个人物,时间长达百年,内容涉及那个社会的各个方面;故事情节曲折变化,复杂万端,一件未完又接上一件,衔接紧密而发展自然;人物一个一个出现,又往往同时上场,谁主谁从,线索分明。作者叙述方法并不呆板,或虚或实,或详或略,或正或侧,灵活变化。大的方面固然是按照历史时代的顺序来叙写故事,但文章的运用,则不限于直叙、正叙,作者也往往采用插叙、补叙、倒叙、转叙等不同方法。

第五,它的语言是文白相杂的,文言语句也比较简净浅明,并不难懂,起了从文言过渡到白话的桥梁作用。而总的语言艺术则表现出简炼生动,有个性,能传神,予人以鲜明深刻的印象。

在艺术技巧上也不是毫无缺点的,如对某些人物夸张过度,反而显得不真实；人物性格虽有发展，但很不够，有定型化的现象；对心理变化分析不够深刻细致；情节发展遇到困难时，间或不能耐心地寻找必要的合理道路来处理，而简单地借助神鬼予以解决，也是不够好的。但这些都仅是个别的、次要的问题，只能说是白璧的微瑕，并不影响它的巨大成就。

这部小说的影响非常深远。就社会影响说，它表现在很多方面，而最显著的是对人民政治思想的影响，它使人知忠奸邪正之辨，产生了潜移默化之功。作品中存在着大量的历史知识、政治策略、军事技术以及论辩方法等等。人民从这里学到了如何与统治阶级进行斗争，对明以后的历次农民起义起了重大作用，张献忠、李自成，甚至连太平天国的洪秀全等都从这部书中学到了战略、战术。即使桃园结义的忠义思想在封建社会里所造成的巨大影响，也基本上是好的，因为它教导了农民起义军用这种精神和形式团结内部，结成了比较坚强的战斗组织。当然，也不能说它就没有坏影响，如统治阶级也从中学到了镇压人民的政治策略与军事技术，他们还利用其中所强调的忠和义，抽掉它的阶级内容，予以歪曲并大力鼓吹，也产生了一些不好的影响，等等。

至于它在文学艺术方面所起的影响，那就更明显了。它的创作方法对后代小说、戏剧和讲唱文学起着先导作用。它的故事情节更为各种体裁的文艺创作提供了无比丰富的题材，只要看看京戏和各种地方戏中《三国》剧目之多，就可以证明这一点。

第四节　其他历史演义小说

自《三国演义》出现以后，明、清以来的文人模仿创作的历史演义小说便如雨后春笋大量地产生了。《三国演义》既是我国历史小说繁荣的起点，也是长篇章回体小说形式巩固和发展的坚实基础。就中国全部历史朝代说，以三国为基点，往上一直补到《开辟演义》，往下一直写到《清宫演义》、《民国演义》，另外还有带总括性的《二十四史通俗演义》。就中比较好的是明余邵鱼（字畏斋，福建建阳人）编的《列国志》，经冯梦龙改编为《新列国志》，又经清乾隆时蔡元放（名㮣，别号七都梦夫、野云主人）批评、整理、润饰，改为《东周列国志》，流传极广，影响颇大。再就是冒题为"罗贯中本编辑"、"卓吾李贽批评"的《残唐五代史演义传》，其中有一部分还写得详尽可观，而一般地说，文字却还比较粗糙，内容也不够充实。其他各代的历史演义，就更无多可取之处了。

有些文人则搜集民间流传的历史传说故事和民间艺人的此类作品，参考史实，编成历史演义小说，其性质多是英雄传奇，长期以来在广大人民中间流传，颇受欢迎。如《封神演义》、《隋唐演义》、《说唐》、《杨家将演义》、《说岳全传》等，都是家喻户晓，为人民群众所熟悉的。它们的兴盛与明、清时代民族矛盾尖锐化有密切关系，而当时阶级压迫的残酷，也是它们产生的原因。所以，这些英雄传奇式的演义小说一般具有下列的特点：一、具有英雄的爱国主义精神，反映了人们对异族侵略者的坚强不屈的斗争，如《杨家将》和《说岳全传》。二、具有强烈的反抗贪残暴虐的统治阶级的斗争精神，如《隋唐演义》和《说唐》。三、在艺术上常常融会了人民的积极浪漫主义的理想和创造，保留着浓厚的民间文学的离奇变幻的特色，如《封神演义》和《三遂平妖传》。四、保持着通俗自然的民间文学风格，没有故意雕饰的地方，在上举各书中大都能表现出这一点。这些演义小说发迹于民间文学，经过文人的整理改编，无论在思想倾向、故事情节以至艺术表现上，都有可取的优点，但也难免有一些缺点，尤其在思想内容方面不免杂有许多迷信、落后、消极的东西，所以价值的高低大小也不一样。

《封神演义》是明代后期隆庆、万历年间（公元 1567—1619 年）人许仲琳（南京人，号钟山逸叟）根据《武王伐纣平话》一类的讲史话本及民间有关"商周神异之谈"而作的。他以浪漫主义的手法写周武王经过许多激烈的斗争，歼灭了殷商末年的诸侯，最后才彻底击溃了荒淫残暴的殷纣王，消灭了他的黑暗统治。书里掺杂了大量的神怪故事，历史只作为敷衍其神怪故事的线索，主要内容都是那些虚构的人物和情节。一切正义的神都是支持周王战胜反动势力的，表现了作者是歌颂周武王吊民伐罪的反暴政斗争的，所以其总的倾向是健康的、积极的、进步的。艺术方面，其主要成就表现在想象极其丰富，故事生动有趣，情节曲折离奇，而大部分则是来自民间，为人民所熟悉的。最大的缺点是写战斗千篇一律，神魔法术虽有不同，而破阵取胜的过程则很少变化，写人物形象也有些公式化。

《三遂平妖传》是冯梦龙根据罗贯中初编的原本补写的，采用了一些民间流行的故事，并在文字上作了很大的加工。故事是宋代王则和胡永儿起义及其失败的全过程，但小说里增加了很多神奇怪异的情节。它反映了那个时代封建统治阶级的罪恶政治和人民的痛苦生活，从而激起人民的反抗与起义,思想内容是有很大现实意义的。文字也写得很流畅,情节生动,许多神怪故事也有巨大的魅力,故能引人入胜。

《隋唐演义》是清康熙年间吴县人褚人获(字稼轩,号石农)根据罗贯中《隋唐志传》,参考正史及唐、宋人传奇小说编写而成的,所以故事情节多有来历,颇少虚构。它述隋、唐两代故事,始于隋主伐陈,止于唐明皇求杨贵妃的魂,揭露并批判了封建统治集团的荒淫无耻,而歌颂了一些有义气的英雄人物。作品内容繁富,结构谨严,文字顺畅,人物生动;但过多地写帝王的爱情生活,冲淡了对统治阶级的仇恨,以致思想性较差,价值也就低了。

《说唐》是清乾隆时姑苏莲如居士根据罗贯中《说唐全传》扩大改编的,今本六十八回只是前半部,也称为《说唐前传》。它从隋文帝统一写到隋末农民起义、唐太宗登极。它暴露了隋炀帝的荒淫暴虐,肯定了隋末的农民大起义,歌颂了人民对腐朽的隋朝的反抗斗争。在艺术上,它创造了程咬金、秦琼、单雄信等英雄形象,给读者以极深刻的印象。最大的缺点是,作者以封建正统观念,把李世民写成"真命天子",使一切英雄都屈服于他,做他的忠实奴才。至于被称为《说唐后传》的《薛仁贵征东》、《罗通扫北》和《说唐征西传》,也都是写得很成功,为人民所熟悉的。

《杨家将》是明万历年间福建建阳人熊大木(号钟谷)根据南宋说话人一些有关的话本及元明杂剧中的同类作品写成的。它叙述北宋初年杨业家三代男女老幼英雄献身于抗击契丹、保卫祖国的壮烈事迹,歌颂了这些英雄的爱国行为与忠勇不屈的高尚人格,同时也鞭挞了卖国求荣的汉奸。它思想性很强,也富有现实意义,但艺术上成就不大,缺点较多,人物形象的塑造比较简单化,神鬼迷信的成分较多,组织结构也欠严密,文白并用,不够明畅。

《说岳全传》是清代浙江仁和(今杭州)人钱彩(字锦文)写的,通过岳飞率兵抗金,一直到被害和伸冤雪恨的全部故事,刻画了岳飞本人及牛皋、高宠、杨再兴等一系列的英雄形象,充满了爱国主义与战斗精神,也刻画了以秦桧为首的一系列卖国贼的丑恶形象,更能激起人们的愤怒与仇恨,它基本上是成功的。可惜它歪曲了农民起义领袖杨幺的形象,而又歌颂了叛徒伍尚志等人的罪恶行为,表现了作者思想中反动的一面。它又把岳飞与秦桧的矛盾归结为因果报应的宿命论,都是比较重大的缺陷。但它的总倾向却是值得赞扬的。

第九章　《水浒传》与《水浒后传》

第一节　《水浒传》的成书过程及其作者

　　《水浒传》是自北宋末年一直到元末明初的二百五十年间(自 12 世纪初到 14 世纪中期),在广大人民群众集体的,主要是口头创作的基础上,经过许多作家不断整理加工创造出来的,描写北宋末年宋江在山东郓城以梁山泊为根据地的农民起义军的英雄事迹的一部长篇小说。如果承认这样的表述,那么,关于它的成书过程及其作者,就没有从故纸堆里作过于繁琐的考证的必要,更不必向历史中去搜求关于这些人物的未必可靠的片语只句来证明他们的身世了。我们只从这部作品的人物和故事情节在人民群众中一步一步地创造、发展、丰富而最后形成,被作者搜集起来,编写为现存的本子,这样来讲述也就够了。

　　关于它的本事,《宋史》上有几条记载,最主要的两条是:

　　　　宣和三年……二月,……淮南盗宋江等犯淮阳军,遣将讨捕。
　　　　又犯京东、江北,入楚海州界,命知州张叔夜降之。(《徽宗本纪》)
　　　　宋江起河朔,转略十郡,官兵莫敢撄其锋。(《张叔夜传》)

起义军的活动地区很广,大约包括了现在的河北、山东、河南、江苏等省。因此,他们的英雄事迹当时便已给这些地方的人民留下深刻的记忆,并迅速传播开了。在流传时,人们自然要加以生动的描绘和渲染。到南宋时期,流传得更广泛,也更为有声有色。龚开的《宋江三十六人赞并序》说:"宋江事见于街谈巷语,不足采著……"可见它已被人民增饰了很多。这时人民受着民族矛盾和阶级矛盾的双重压迫,苦难重重,对于这些"扶危济困"、"劫富济贫"的草泽英雄,自然寄予很大的希望,乐于讲述,也喜欢听闻。于是民间艺人便取为"说话"的题材,而经过他们的艺术加工,它也愈来愈丰富、曲折,更加动人了。《宣和遗事》便是这些说话纪录的提纲,其中水浒故事也便是《水浒》最早的蓝本。它虽还简略,但水浒的主要人物和情节,却已初步定型了。今所知的宋、元话本目录中,还有不少描写梁山英雄的。此外,元人杂剧中写水浒戏的更多至二十余种,也都给这些英雄刻画出更鲜明的形象,给故事增添了生动的情节,为后来文人创作打下了坚实的基础。

到了元末明初,完整的《水浒传》经过作家整理、加工、编写成书了。它的作者是谁呢? 现在所能看见的最早的本子是明嘉靖(公元 1522—1566年)和万历己丑(公元 1589 年)的,都题署为"施耐庵集传,罗贯中纂修",嘉靖时高儒的《百川书志》和郎瑛的《七修类稿》则说他们看见的本子题署为"施耐庵的本,罗贯中编次"。总之,历来都认为《水浒》的作者实际就是最后加工成书的人,当是施耐庵,而罗贯中又是参与编修的。现在学者大都一致承认施耐庵是对《水浒》的成书最有功绩的人。

关于施耐庵其人,我们知道的材料很少。大致说,他是元末明初人,有人考订他生于元成宗元贞二年(公元 1296 年),卒于明初洪武三年(公元1370 年)。据说他名子安,原名耳,字耐庵,原籍钱塘(今浙江杭州),或谓祖籍苏州,后迁淮安,为江苏兴化县人。三十五岁时,中了元朝至顺元年进士,曾在钱塘做过两年官,因"不合当道权贵",辞归,居苏州阊门,后又迁居苏北兴化的白驹镇。但这些材料实亦未必确凿。

在施作问世后,又经过一些文人再三修改补充,出现许多不同的本子,如郭勋的一百回本,杨定见的一百二十回本,到清代顺治年间又有文人金人瑞(字圣叹)腰斩《水浒》,删去后半,只留前七十一回,并以第一回与第二回的一部分合起来改为楔子,成了现在通行的七十回本。

第二节 《水浒传》的思想内容

《水浒》这部作品写的虽是北宋的宋江所领导的农民起义,但它确实反映了我国古代农民起义的全部丰富内容。它写出了在封建社会里受尽欺凌和压榨的广大人民群众为自己的生存和解放所进行的决死斗争。创作者既是人民自己,所以其思想感情也完全是古代人民本来所具有的、真实的并发自内心的,而编写者的文人作家施耐庵,又能忠实地接受人民的立场、观点,对人民、对书中主人公,不像其他任何文人作品,只是同情,而是和人民站在一起,同欢同苦,思其所思,感其所感。因此,这部书所反映的思想内容,也就是起义的农民的真实思想,代表了广大人民自己的意志。

它描写了农民起义从发生、发展,直到失败的全部过程。它的题材是,在北宋末期徽宗宣和年间这个特定的历史时期,以宋江等三十六人为首的农民起义的特定人物和事件。但由于它的高度的艺术真实性与典型性概括了二千多年的同类革命事件,所以它实质上是写了中国封建时代每次农民起义的本质与必然的发展和必致的结果。它具体而深刻地揭示了农民起义的社会根源,从而肯定了起义的正义性与真理性,对起义的英雄自然应该歌颂,对反动官吏和地主豪绅,也必然要予以鞭挞。它描写了农民革命的发展过程由小到大、星火燎原的必然性,从单枪匹马的斗争到集体反抗的发展规律,热烈地歌颂了在这过程中所诞生的人民英雄,揭示了只有团结起来才能形成强大的力量,给反动统治阶级以致命的打击。它也真实地、客观地、毫不隐讳地写出农民革命运动失败的悲剧,揭示了这样的起义的局限性与失败的必然性。这就是这部伟大作品的全部思想内容。

首先,封建社会的根本矛盾是封建地主阶级和它的代理人反动统治者与被剥削、被压迫的农民之间的阶级矛盾。历史上无数次的农民起义都证明了这一真理:当被压迫阶级忍受不了那样残酷的压迫时,就必然被迫走上反抗的道路。《水浒》所作的"官逼民反"、"逼上梁山"的结论,正说明了这个道理,说明了封建社会农民起义的根本原因。《水浒》一开头就从"浮浪破落户子弟"高俅的发迹写起,刻画了作为起义军斗争对象的由贪官污吏兼恶霸地主组成的剥削压榨人民的集体及其主要代表的丑恶面目。就是他们,压迫得人民透不过气,被逼得走投无路,只得挺身起来反抗。作者深刻而全面地揭露出整个统治集团的本来面目:上起皇帝,下至官僚、胥吏、恶霸、衙役,乃至地痞流氓、淫僧淫道,无不一一给以鞭挞。就是这些统治阶级人物及其走狗帮凶的大结合,形成统治人民、压迫人民的黑暗势力,逼得人民不能不起来与之斗争。在作者笔下,宋徽宗赵佶是昏庸无能、荒淫无度的皇帝,国家大权由蔡京、童贯、高俅、杨戬等四大奸臣来掌握。高俅更是作者用为贪残害民的反动统治者的代表来揭露大官僚的滔天罪行的人物,所以对他作了集中的、典型的描写。他卖官鬻爵,搜刮民财,残害无辜,作恶多端。第八回通过孙孔目的口,揭发他:"谁不知高太尉当权,倚势豪强,更兼他府里无般不做,但有人小小触犯,便发来开封府,要杀便杀,要剐便剐,却不是他家官府!"当这个高俅镇压梁山起义时,"于路上纵容军士,尽去村中纵横掳掠,黎民受害非止一端"。他对待士兵则是,"无银两使用者,都充头哨,出阵交锋;有银两者,留在军中,虚功滥报"。次焉者,如梁中书、高衙内、蔡德章、贺太守、程万里等人,则是依附四大奸臣而作恶的。梁中书给岳父蔡京上寿,一次送礼十万贯。还有统治阶级的爪牙,如张都监、张团练等中下级军官,西门庆、蒋门神、镇关西等恶霸土豪,祝家三虎、毛太公等地主劣绅,乃至胥吏、衙役如董超、薛霸之流,还有淫僧淫道如裴如海、飞天蜈蚣道人等,无一不是客观上配合统治阶级为害人民的帮凶。《水浒》里写了许多善良老百姓受这些人的欺压陷于极悲惨的境地。阮小五对吴用说:"如今那官司一处处动掸便害百姓,但一声下乡村来,倒先把好百姓家养的猪、羊、鸡、鹅尽都吃了,又要盘缠打发他;如今也好教这伙人奈何,那捕盗官司的人那里敢下乡村来。若是那上司官员差他们辑捕人来,都吓得屎尿齐流,怎敢正眼儿看他。"揭露得非常真实。人们被逼"落草",奔上梁山,实在是出于不得已,是官逼民反,这在林冲身上,表现得最为突出。本书头十回中林冲的故事,标志着纯粹由个人单独起来反抗的高潮。高衙内要霸占林冲的妻子,因林冲是武艺高强、全国闻名的八十万禁军教头,开始还有些顾虑;林冲也因为自己有较满意的职务,生活宽裕,安于现状,眼看妻子受人侮辱,而怯于反抗。后来高太尉和他儿子高衙内一再用计诬陷他,把他刺配沧州,又多次要置之死地。就这样,一个本无反抗之意的人,终于在步步紧逼、无地容身的情况下,认清了敌人,激发了仇恨,克服了怯懦动摇,决心反抗,走上了梁山。类此或更甚的不平事,在当时是到处都有的,因此,也就到处存在着反抗,而被逼上梁山的便越来越多了。最多的是劳动人民出身的,如李逵、阮氏兄弟、解珍、解宝等都是。但也不限于此,就连身任统治集团里的小官小吏,如鲁智深、武松、林冲、宋江、晁盖等人,只要是正直、善良的,就都会遭到迫害。它实质上揭示出这样一条真理:在这样的社会,一切被压迫者只有反抗,才是出路;而委曲求全,则永远要受欺压。这条真理教育了各阶层各种不同职业的人,从而逼使他们,包括农民、渔夫、猎人、铁匠、樵夫、裁缝、马贩、医生、秀才、小官……乃至刽子手与小偷都被迫参加了梁山义军。

其次,这些人民英雄从安分守己,隐忍偷生,到上山"落草",参加义军,中间要有一段复杂的转变过程,也是人民认识能力提高的过程。最初,他们多半只是为了个人复仇而进行单独的反抗斗争,要他们上山参加起义是不肯的,他们没有那种认识,也就不能下那样大的决心。《水浒》细致地描写了众英雄们都是怎样经过错综复杂的过程,逐步提高了认识,才参加了起义军,使梁山泊"十分兴旺"地发展壮大起来,成为各种反抗力量的大汇合,成为兵多将广、势力雄厚的农民革命基地,以这个伟大的集体的力量,对封建统治阶级进行有统一意志和目的的斗争。

在第十六回写的"智取生辰纲"之后,英雄们作了梁山的主人,开始了初步的团结。继而林冲和鲁智深上山了,武松也投奔来了。接着,复仇者不断地参加进来,斗争如火如荼,起义军几次与官兵发生正面的大规模的交战,都获得胜利,到第七十一回,英雄排座次,梁山起义军便达到兴旺的顶点。

通过一系列的斗争,作品真实地表现了波澜壮阔的农民革命运动,反映了它的伟大斗争力量,并以极大的热情歌颂了人民英雄们的崇高品质,也歌颂了他们的反抗性格和相互间亲如手足的兄弟关系。他们有共同的要求、共同的思想和共同的命运,这就使得他们能够高度团结,成为一个强有力的战斗集体。他们的口号是"替天行道,保境安民";他们的内部是"八方共域,异姓一家",彼此"死生相托,患难相扶",兄弟相称,不分贵贱,衣食与共,一律平等。他们对阶级兄弟最重"义气",对敌人则是强烈地仇恨,爱憎分明,决不含糊。而其爱憎之辨,乃是以人民的利益为标准的,并非单纯的私人友谊。他们对群众非常关心,所以极得人民的拥护。每次攻破城镇,都要出榜安民,灭火救灾,赈济百姓;而经常打击的对象则是"上任官员"和"害民的大户"。因此,"所过州县","乡村百姓,扶老挈幼","烧香罗拜迎接"。充分表现它是一支人民自己的子弟兵。在军事斗争中,他们也能做到知己知彼,注意分化敌人,争取起义军官,扩大自己队伍,从而充实自己的力量,攻城破阵,所向无敌。每一个参加进来的新人,都能受到这个革命基地的团结气氛和正义精神的笼罩与感染,很快地放弃他们各自过去的习性,而成为起义军的一分子,把个人融进在这个革命集体里。起义的人如此广泛,团结如此坚固,斗争如此激烈,都说明了农民革命队伍的不断壮大与统治者的衰弱而濒于崩溃是必然的。

还有,《水浒传》作者也正确地但又是不自觉地反映了农民起义的历史局限性,他真实地写出他们在实力雄厚、屡次打败官军,证明起义军有足够的力量推翻反动政权的时候,却终于接受了招安。这是一个悲剧性的结局,当然令人惋惜,令人痛心。然而,这样的结局却正是符合封建社会中农民革命运动的客观规律的。农民起义没有先进阶级的领导,总是要失败的:不是被消灭,就是受招安,结果都一样的是封建统治阶级政权的复辟。

宋江为梁山泊起义军的辉煌的战斗事业立下了不朽的功勋,也对它最后的失败负有主要责任。由于出身关系,他对赵宋王朝自始就存着幻想,自始就没有彻底革命、推翻封建统治的意图。相反的,他在江州造反走上梁山时,就一直未曾放弃过忠君报国的念头,所以接受招安,归顺朝廷,弄到个"封妻荫子",乃是在他心里始终活动着的暗影,也是他经常提起,念念不忘的。在他看来,起义是为了反抗黑暗政治,而政治之所以黑暗,只是由于奸臣当道,贪官污吏、恶霸土豪横行无忌所致。因此,他仇恨的对象也只是这些人物,而对于封建社会最高统治者的皇帝,则认为不过是远在京师,受了欺蒙,不明下情,本质仍是好的,应该对他效忠。至于推翻封建制度这样最根本的问题,当然更不是那个时代的宋江所能想到的。虽然起义军阵营内也有像李逵、鲁智深、武松等坚持"造反"反对招安的,但比较起来力量不大。集体内本来就有相当多的一部分人具有这种忠君的意识,加上宋江的错误指导思想的影响,于是梁山泊专等招安的人便日益增多,终于走上了这条不可避免的失败道路。"他们反对地主,可是拥护好皇帝",封建社会里任何农民起义都无法超越这种历史局限性,梁山泊这支声势浩大的起义军便是如此悲惨地被消灭了。这个结局是总结了一切农民起义的经验,给后人留下的一个惨痛教训:对阶级敌人只有斗争到底,不能存任何幻想;否则,便要遭到欺骗、暗算,给革命造成永世不能弥补的损失。

第三节 《水浒传》的艺术成就

《水浒传》的艺术特色,首先表现在它继承了民间文学"话本"的优秀传统,把浪漫主义与现实主义的创作方法紧密地结合起来。无论刻画人物或描叙事件,都是按照其本质所具有的特色作真实的反映;同时又常常按照人民的理想愿望,对这些人物或事件,以强烈的爱憎感情作极度的夸张、渲染,集中地体现了人民自己的反抗精神、力量、智慧和高尚的道德情操。

其次,《水浒传》人物形象的典型塑造是它在艺术上最大的成就之一。一百单八将,个个是英雄,但没有一个人物与其他人相同,也没有一个不是形象鲜明如实际活动在读者面前的。他们各自的性格都是和他们的出身与经历密切关联着的,这就更加使人感到真实可信。它描写人物很少作孤立静止的叙述,主要都是通过故事情节的发展,人物本身的语言、行动来刻画的,这就使人觉得如见其面,如闻其声。写李逵如此,写鲁智深、林冲以及其他任何人物,莫不如此。《水浒传》刻画人物形象确实做到了典型与个性的高度统一。

《水浒传》中情节的描写与人物性格的刻画是相互为用的。它把人物放在最紧张、最尖锐的矛盾斗争中来刻画,这样,他的气质、品格、习性和才能便自然呈现出来了。跟着情节的发展,人物性格也随之变化成长。《水浒》中每个情节的全部发展过程,都像一幕短小精悍的折子戏,精彩、紧凑,并有异常鲜明的戏剧形象,这就说明了为什么自元以来水浒戏那么发达。

《水浒传》的结构比较特殊,但又非常适合其内容的需要,并不别扭。就整部书说,它是个庞大的有机体,内部联系紧密,毫不松懈。但又因为人物众多,事件复杂,一面要照顾故事情节有条不紊地展开,一面又要照顾人物性格形象的鲜明突出,不致模糊不清,所以便采取分段发展、重点突出的方法。因此,合起来是一个整体,而分开来便可变成若干个独立的故事,各自成篇。这主要是作品的广泛题材和复杂的思想内容所决定的,而"说话"艺术的结构特点,对此书也有一定的影响。

《水浒》的语言是真正大众化的人民语言,但不是直录,而是宋、元以来经过很多人加工提炼的最精粹的民间文学语言,具有洗炼、简净、明快、准确、生动的特点,故用来描写人物往往落墨不多,却极传神,不仅有声有色,而且意味隽妙,达到前所未有的高度。它写人物的对话尤为出色,既是典型化的,又是个性化的,故尤有助于传神。

这样优秀的作品,自然对后世产生了极其深远的影响。在数百年来的封建社会里,它直接地或间接地影响着并推动了中国人民的反封建统治的斗争;千百次领导农民起义的英雄们,大多数都从它学到了斗争方法,取得了力量与智慧。这些英雄的名字往往用来象征农民革命的特点和力量,成为学习的榜样。一直到今天,人民还把他们的名字作为在革命和建设中英勇顽强战胜困难的代名词。至于它在文学上的影响,只要看看自元以后各个剧种水浒戏之多,并一直受到广大观众的欢迎,也就完全可以明白了。

第四节　《水浒后传》及其他续书

由于《水浒》这部伟大的文学著作已在民间广泛流行并成为农民革命的教科书,遂引起封建统治者的嫉视,斥为"诲盗",或加篡改,或下令严加禁毁。从晚明到清代康熙、雍正、乾隆、嘉庆,都曾严令禁止刊行;然而,这都不能阻止它在民间的流传。统治阶级终于明白了:这种禁令虽严,"而卒不能禁止者","盖禁之于其售者之人,而未尝禁之于其阅者之人";即使其"能禁之于阅者之人,而未能禁之于阅者之人之心"。于是道光年间统治阶级的御用文人俞万春就以二十年的时间,写成一部最反动的《荡寇志》,企图用来抵制《水浒》,妄想"并其心而禁之",以达到以"此不禁之禁,正所以严其禁"的目的。它是道光六年(公元1826年)着手写的,咸丰三年(公元1853年)刊于苏州,而太平天国十年(公元1860年)太平军占领苏州时,就把它的版片给烧毁了。这个以牙还牙、针锋相对的处置,当时真是大快人心的事。

在《水浒传》问世之后,先后出现了不少续作,除反动的之外,其余的在思想和艺术上也都很低。惟有明末清初陈忱所续的《水浒后传》比较好,值得一提。陈忱,乌程(浙江吴兴)人,大约生在明末万历年间,经历了明末亡国之痛,不肯做官,隐居乡间,从事著作,依卖卜为生。清初顺治年间,他曾和明末遗民在苏州组织过"惊隐诗社",顾炎武、归庄等都参加在内。有句云:"故国栖迟遗老在,新亭慷慨几人知!"可见其追怀故国的心情。他除写诗外,还为书坊编写一些通俗的说唱作品和小说。说唱的东西已佚,仅知有《续廿一史弹词》和《痴世界曲本》。只有小说《水浒后传》流传下来,受到后代读者的喜爱。

这部书托名"古宋遗民著"据此已可见其具有强烈的民族意识。书的第一回开场有一首长歌,说的是"宋朝得国之始,败国之由",实际就是全书的序诗,其结句云:"六陵冬青叫杜鹃,行人回首望断烟,千秋万世恨无极,白发孤灯续旧编。"显然这书是作者晚年所写的。它是接着《水浒全传》而写的,内容是留下来的英雄们在黑暗的统治和严重的外患下,再度起义,不仅符合原书的基本精神,而且作了进一步的发挥。它说:"即如梁山泊一百八人,虽在绿林,都是心怀忠义,正直无私,皆为官私逼迫,势不得已,避居水泊。"就是申明"官逼民反"的原意。它又说:"宋江一片忠义之心,策功建名,不得令终,负屈而死。那些亡过之人,已是不能起死回生,但还有存在的许多肝胆义士,岂可不阐扬一番,为后世有志者劝!"由此可见,作者的态度是同情农民革命的,他揭露了封建统治的罪恶,也斥责了清朝的统治者,故作品中充满了对故国的怅望和对英雄的怀念。第一回就说:"楚州百姓受宋江恩惠的,墓边经过,无不堕泪,春秋常来祭奠。可见公道原在人心。有诗为证:'戴渊昔日出南塘,入洛能殉社稷亡。今日忠心同类此,空悲父老奠壶浆。'"

全书共四十回,故事和人物主要沿着原书的线索,精神也是一致的。但后半部写英雄们到海外另创基业,表现了作者有"适彼乐土"的幻想。虽然也反映了他对现实的新朝统治的深恶痛绝,但这毕竟表现了逃避和脱离现实斗争的思想倾向,因而也冲淡了原书一贯的阶级斗争的主题。它无论在思想上、艺术上,虽均不及原著,却总算是一部比较好的续书,基本上应予肯定。

第十章 《西游记》与《金瓶梅》

第一节 《西游记》的成书过程及其作者

《西游记》这一部伟大的积极浪漫主义神魔小说,是明代后期作家吴承恩在长期流传于民间的有关唐僧取经的神话故事的基础上,以其巨大的天才进行了整理、加工和再创造才完成的辉煌作品。没有人民的长期传说,这部小说就不可能有这样丰富的内容、曲折的情节和强烈的人民性;同样,没有这位天才作家的辛勤创作,它也不可能有这样完整的、高度的艺术成就。

《西游记》的故事最早当溯源于唐代。太宗李世民贞观三年(公元 629年),玄奘只身赴天竺(印度)求取佛经,历尽千辛万苦,度过多少艰险,终于到达目的地,历时十七年,取得佛教经典六百五十七部回国,又亲自主持翻译,直到死时为止。由他自己述说所历诸国风土,经辩机编成为十二卷的《大唐西域记》,和他的弟子慧立为他写的《大唐慈恩寺三藏法师传》,便得到当时许多人的欣慕、爱好,钦敬他的勇毅与艰辛卓绝的精神。慧立的作品已略带宗教的神秘色彩。这个事迹,再经过佛教徒的传播,流入民间,人民更从自己的艺术兴趣出发,按照自己的理想,运用自己的艺术才能,改变它,丰富它,发展它,这整个故事便离开原来的实事越远也越神奇了。

宋、元之际的说话人先创作了《大唐三藏取经诗话》的话本,其中已有神通广大、号称"花果山紫云洞八万四千铜头铁额猕猴王"的猴行者,作为唐僧玄奘的唯一保驾弟子,在途中战胜种种妖魔和灾难,保护师父安全到达目的地。这是现存最早的唐僧取经事迹神话化的小说。至于已佚的,尚有《芭蕉扇》见于罗晔《醉翁谈录》所著录的宋人小说(见卷一《小说开辟》条,"灵怪类")。以后又搬上舞台的,金院本中有《唐三藏》的剧目,宋、元戏文中有《陈光蕊江流和尚》,元杂剧有吴昌龄的《唐三藏西天取经》(似已佚,今存的《西游记》杂剧六本二十四折或系元末明初杨景言所撰)。无论如何,至迟到明代初年,唐僧取经故事已较《取经诗话》大大丰富了,人物形象和故事情节也有很大发展,并已具备了现行本《西游记》小说的轮廓。在残存的《永乐大典》中有《梦斩泾河龙》一节,虽只有一千二百字,但注明引自《西游记》,可以证明元末明初已先有一种古本《西游记》,其故事情节超出《取经诗话》、《取经杂剧》等,作品语言也是熟练的白话,并可推见全书规模已是很不小的。吴承恩便是创造性地总结数百年来民间传说和"诗话"、"杂剧"、"小说"等作品而写成这部《西游记》的。

吴承恩(约为公元 1500—1582 年),字汝忠,号射阳山人,他是明淮安府山阳县(今江苏淮安县)人。他的曾祖和祖父两世相继为学官。他父亲虽好读书,却已沦为小商人。他性敏慧,少有文才,但屡困场屋,至四十五岁(嘉靖 23 年,公元 1544 年),才成岁贡生,以后还两应乡试,皆未中。五十岁左右,曾去南京谋事,未成,遂流寓不归,卖文度日。六十七岁就长兴县丞,未几,因与长官不洽,拂袖去。后又为荆王府"纪善",约三四年,乃辞归。又过了十多年的晚岁退休生活,以诗文自娱,《西游记》即此时所作。就现在所知,他中年还写过一部志怪小说《禹鼎志》,已佚。其他著作当亦不少,多已失传,今仅存其《西游记》共一百回和《射阳先生存稿》四卷,已以《吴承恩诗文集》的书名出版。

他自幼好奇闻,喜读志怪小说;既壮,"旁求曲致,几贮满胸中矣"。这样注意搜求民间文学资料,就为后来创作《西游记》打下了深固的基础。

他处于明代后期,宦官当权,朝政腐败,阶级矛盾异常尖锐,他自己的身世遭遇又极痛苦,因此,对现实怀着强烈的不满,乃是必然的事。于是他便把一辈子济世匡时的雄心和锄暴安良的热情,用他所熟悉的神话故事,运之以久贮胸中的奇闻幻想,写出了这部光怪陆离的神魔小说《西游记》。

第二节 《西游记》的思想内容

《西游记》是一部以幻想的形式,借神魔故事曲折地反映现实,揭露封建统治者的丑恶本质,歌颂人民不畏强暴,敢于对一切反动势力进行反抗斗争,并充满了胜利信心的积极浪漫主义的伟大作品。

它的深刻的思想性主要是通过孙悟空这个神话英雄形象及其全部行动表现出来的。孙悟空从不承认统治者的任何权威,只相信自己的力量。他的坚强的斗争意志与毫不妥协的反抗精神,表明了他是一个典型的反抗者与叛逆者。他把神圣不可侵犯的神的王国"天宫"闹得天翻地覆,戳穿了它的虚伪的庄严,暴露其腐朽的本质,实际也就是反映了人间社会的封建王朝的本质。而他自己则是被统治者中敢于反抗、勇于斗争的英雄的象征,相信最终必能战胜一切反动与丑恶的势力。大闹天宫是作品的主要内容,是作者思想最光辉的表现,具有极深刻的现实意义。它说明了在被统治者一旦能认识敌人,藐视敌人,相信自己的力量,敢于起来"造反"的时候,尽管统治者貌似强大,故作虚言,实际上是不堪一击的。孙悟空对天上一切统治者从来是不看在眼里,经常在嘲笑他们,打趣他们,甚至对弥勒佛、如来佛也毫不客气,无怪玉皇大帝也被他闹得惊慌失措了。当他知道小雷音寺的黄眉大王是弥勒佛前的司磬童儿,便责问弥勒:"好个笑和尚,你走了这个童儿,教他诳称佛祖,陷害老孙,未免有个家法不谨之过。"当如来说孙悟空认得狮陀山的妖精时,他便说:"如来,我听见人讲说,那妖精与你有亲哩。"当如来承认与三怪大鹏金翅雕有亲戚关系时,他就问道:"亲是父党?母党?"并奚落道:"若这般比论,你还是妖精的外甥哩!"作者完全把地上的人物性格和人事关系加在神魔身上,使他们具有统治阶级的本质特性,要读者从他们的行为认识到统治阶级对人民所犯的罪恶。作者歌颂孙悟空"无法无天"的反抗精神真是热情极了,有个别地方甚至不加回避地、直接而正面地揭露并讽刺人间的最高统治者——皇帝。如第十一回写唐太宗被泾河鬼龙在森罗殿上控告了"许救反诛"之罪,阎王把他的魂勾到地府,顺街而走,"只见那街旁边有先主李渊,先兄建成,故弟元吉,上前道:'世民来了!世民来了!'那建成、元吉就来揪打索命。……幸有崔判官唤一青面獠牙鬼使,喝退建成、元吉,太宗方得脱身而去"。后来他游地府,到了枉死城,"只听哄哄人嚷,分明说:'李世民来了!李世民来了!'太宗听叫,心惊胆战,见一伙拖腰折臂,有足无头的鬼魅,上前拦住,都叫道:'还我命来!还我命来!'……判官道:'陛下,那些人都是那六十四处烟尘,七十二处草寇,众王子、众头目的鬼魂,尽是枉死的冤业……'"这分明是代替一切被统治者迫害冤死的人们向人世间的最高统治者皇帝进行的严厉控诉,体现了人民反抗压迫、改变现实的要求与决心,也反映了作者支持一切被损害的人民的民主思想。

孙悟空是坚决否定统治阶级所宣传的一切传统观念的,他否定封建势力,否定封建秩序,否定封建特权,否定封建统治阶级的命定论,他要自己决定并安排自己的命运。当他的灵魂被阴界冥王拘去时,他竟执着如意捧,登上森罗殿,命判官取出生死簿,勾掉了死籍,道:"了帐,了帐,今番不服你管了。"后来他大闹天宫,根本打破了"等级"观念的约束,玉帝竟也无法,只得请西天的如来佛来救驾。可是他更理直气壮地对如来说:"他虽年纪修长,也不应久占在此。常言道:'皇帝轮流做,明年到我家。'只教他搬出去,将天宫让与我,便罢了;若还不让,定要搅攘,永不清平!"这不分明是人民反正统、反等级、反特权、反封建制度的思想反映吗?

孙悟空在任何艰苦的斗争局面下,都表现得勇敢、顽强、自信和乐观,从不灰心丧气,不向困难低头,即使在失败的时候,他也不曾屈服、放弃斗争,仍积极想办法战胜困难,改变失败的形势,一有机会,又复投入战斗。他是勇敢和智慧的化身,以其大智、大勇,反抗三界所有的反动统治势力,而且最后总是取得胜利。所以,孙悟空是作者用积极浪漫主义手法塑造出来的最光辉的英雄形象,完全符合广大人民的理想与愿望。

无论孙悟空与神仙的斗争也好,与妖魔的斗争也好,都是为了谁呢?难道说就是为他自己吗?不是的,他乃是为了正义而与这些统治阶级展开斗争的。他的见义勇为的豪侠性格使他一看到不平就激起无比的愤怒,要为受欺凌被压迫者打抱不平。因此,他的斗争往往是基于为广大人民群众除害,所以是具有深厚的现实意义与人民性的。第四十四回明白宣称:"齐天大圣神通广大,专秉忠良之心,与人间报不平之事,济困扶危,恤孤念寡。"事实也确是如此:在比丘国击败了白鹿精,一次就救了一千一百一十一个孩子;在驼罗庄杀死了吃牲畜的蛇精,便使五百户人家得到安宁;在火焰山降伏了牛魔王与罗刹女,逼出芭蕉扇,熄灭了火焰,使周围几百里的人民不再受牛魔王苛刻的剥削……诸如此类的正义性的斗争还多得很,说明了他是随时随地都在为群众解除痛苦,替人民谋取福利,不惜牺牲自己与凶狠强大的恶势力进行你死我活的斗争。人民就是孙悟空广大神通和力量的源泉;孙悟空便是人民理想愿望和斗争力量的化身。在斗争中,最后的胜利永远归于孙悟空。因此,就作者在本书所反映的思想来说,孙悟空的胜利也就是人民的胜利。

孙悟空这个形象实是《西游记》整个故事的中心人物,他的性格和行动就代表了整个这部作品的基本思想。了解了作品中关于这个人物描写的深度与广度,也就了解了《西游记》所具有的深厚而广阔的现实意义了。

《西游记》中也成功地塑造了代表小私有者性格特征的猪八戒的形象和作为取经主角的唐僧的坚定不移、心地善良但又软弱无能,善恶不清,具有浓厚封建思想的典型性格。此外,还有沙僧、诸仙,及与唐僧师徒对立的一切反面人物的形象,虽然都写得很精彩、鲜明、突出,给人以深刻印象,但在作品中,都不是孤立存在的,他们与孙悟空有着既矛盾又统一的关系。作者对其他这几个正面人物的态度有褒有贬,有肯定也有否定,显然,是带有批判意味的。

《西游记》虽是一部积极浪漫主义的神魔小说,但其基本思想与其所提出的内容,在那个时代的社会生活中完全有现实根据,所以它同时也是具有深刻现实意义的。

第三节 《西游记》的艺术特色

《西游记》的思想内容是通过它的高度艺术手法表达出来的。它的艺术手法有同于《三国演义》和《水浒传》的地方,但也有它独具的特色。

首先是它的积极浪漫主义的手法。它通过幻想虚构出极其光怪陆离的人物形象和故事情节,来反映现实世界中形形色色的人物性格、生活面貌和行动变化。它借着浪漫主义的虚构,以现实中萌芽状态的新兴事物和新生力量为基础,运用自己的进步思想加以丰富提高,创造出现实生活中暂时还不能有和不能普遍做到的人物和事情,诱导人民大胆地向前看,具有强烈的战斗意义与鼓动作用。

第二,它表现了作者具有极其丰富的想象力,故事情节奇妙莫测,往往出人意表,而矛盾之产生、发展与解决又都是那么惬人心意,丝毫没有处理不当之感。深深植根于现实生活的想象,永远是越丰富就越令人喜爱;也对读者越有启发作用。

第三,它成功地塑造许多生动的人物形象,孙悟空自然是每个读者甚至民间的每个妇人孺子都喜爱的形象,就连猪八戒、唐僧等也都是有其典型意义的。作者采用了浪漫主义的手法来刻画,许多人物虽然均非现实世界所能有,但在作者所幻想的神话环境中和他所创造的神化了的故事中,却是和谐的,因而也是合乎逻辑的。这些人物又完全是现实社会中人的影子,所以就不令人感到陌生。

第四,它处处都含有讽刺诙谐的意味,但不是为了逗趣,不是庸俗的滑稽或文字的佻巧,而是在嬉笑怒骂中深寓着严峻的批判。无论它表面上嘲弄的是神佛还是妖魔,实际上所指的却都是人间的反动统治阶级,是黑暗丑恶的封建势力。

第五,作品继承了民间说话的形式特点,有说有唱,韵散相间,但又有机地统一起来,成为一个和谐的整体。许多故事既各有其独立性,而从整个作品看,又都以孙悟空的护卫唐僧取经为主线,紧密相连,成为一个宏伟的结构。

第六,《西游记》基本上是运用了经过提炼加工的活的口语写成的。无论作者的叙述或人物的对话,都写得非常精炼,对话的语言更做到个性化。这里也有很多诗、词、歌、赋、偈、颂之类的传统的"文言",多用于描写自然景色、人物形貌,或讲玄说道,虽有时显得呆板,但它是从民间说话人处继承来的讲唱文学形式,为一般人民所习惯。作者的叙述部分,语言简短有力,并富于幽默诙谐情调。

这部杰作总的方面是成就极高的,但也并非毫无缺点。如孙悟空的战斗性与反抗精神被象征佛法威力的紧箍咒所限制,使他不能发挥更大更彻底的反抗斗争力量,而终于不能不"皈依正法"。又如这里也宣扬了宿命论,有严重的封建迷信思想。这都是作者世界观的局限性的反映。

《西游记》对以后的神魔小说有很大影响,续书便有《续西游记》、《后西游记》及《西游补》。其中以明末董说(公元 1620—1686 年)的《西游补》较好。他字若雨,号侨庵,浙江乌程(今吴兴)人,学问广博,著作极富,明亡后,削发为僧,具有崇高的民族气节与爱国思想。这部《西游补》也有些地方寓有指斥明末政治、反映现实之意,但作者不是按照民间传说故事那样的思想风格写的,他没有吴承恩的关于这方面的学养,所以只能以其文人之才写成文人的作品,只能如鲁迅所评的:"其造事遣辞则丰赡多姿,恍忽善幻,奇突之处,时足惊人,间以俳谐,亦常俊绝,殊非同时作手所敢望也。"此外,《封神演义》的写作,也受有《西游记》的影响,至于《西游记》的故事改编成京戏和其他地方戏,更是非常多而且极受群众的欢迎,那就更可证明这部作品深入人心而且影响深远了。

第四节 《金瓶梅》及其续书

《金瓶梅》是中国第一部文人独创的长篇小说。它的故事是从《水浒传》

"武松杀嫂"的情节衍生出来的,以恶霸西门庆为全书中心人物,而以其发迹暴亡和家业兴替为主干,以其罪恶和兽性生活为描写的主要内容。

这部书最早的刊本,题为《金瓶梅词话》,大约产生于万历乙巳(公元1605年)以前。作者署为"兰陵笑笑生",不知其真实姓名。有人据明末沈德符《万历野获编》所传闻的"此为嘉靖间大名士手笔",而推测为王世贞。但王是江苏太仓人,而此书却大量运用山东方言,兰陵又在山东峄县,作者显然当是山东人,故谓作者为王世贞之说,殊不可信。

《金瓶梅》早为明末进步文人所重视,李贽、袁宏道等均极推崇,宏道至以此书与《水浒传》、《西游记》并称为"三大奇书"。

这部书对封建社会末期市井无赖恶霸豪强的家庭,作了全面深刻的解剖,从而揭露了那时代整个封建社会的腐朽糜乱,也鞭笞了封建统治阶级的荒淫无耻的罪恶行为。

书中描写的罪恶人物,主要是作为封建豪强兼商业资本主义及高利贷者三位一体的西门庆。作者写西门庆的狂热与冷酷,奸诈与蠢笨,凶残与卑怯,以及狂淫狠毒,无耻纵欲,等等,都深刻地暴露了统治阶级及其制度的丑恶污秽的本质。书中描写的潘金莲、春梅等妇女,也是比较重要的人物,她们虽然本是被奸占骗卖、受欺凌、受侮辱的,但毫无自觉,竟甘心屈辱,甚至得宠而骄,反养成其残忍、阴毒、堕落、无耻的奴性,从她们身上又反映了当时社会的黑暗与罪恶。这就构成了当时封建社会的全部腐朽画面。这种毫无顾忌的彻底暴露,是具有很大的认识价值和反封建意义的,值得肯定。

然而,这部书的作者是以消极的客观主义的态度对待他所写的这种腐烂的社会现实的,他的立场和观点也似乎与那些人物本身没有什么大的差别,他只作了淋漓尽致的描绘,没有批判,更没有表现任何提高一步的理想,因而它就不可能对读者起它所应有的教育作用,只能引导人去欣赏和艳羡这种庸俗的低级趣味。尤其他对被损害、被侮辱的人民,包括下层妇女遭受了极悲惨的蹂躏在内,都没有表示一点同情,反而加以嘲笑,更缺乏一个现实主义作家最起码的条件,因此这部作品就必然会陷入严重的自然主义泥坑里。尤为可鄙的是,连篇累牍、触目皆是的色情描写,淫词浪语,肮脏污秽,达到少有的下流程度。

总的看来,这部作品表现出作者具有很高的艺术才能,也暴露了他的反动的立场与庸俗的思想,成就与失败各居一半。对于一般读者,对于后世社会,它所起的作用,坏的方面更多于好的方面;而对于有较高的分析批判能力的文学研究者来说,则不应对它概予否定。它固然不是现实主义的优秀作品,但也不就是反现实主义的。它的这些严重缺点之产生,当然有其时代原因。然而,必须承认,决定它的思想倾向与成就大小的,主要还在于作者的立场和世界观,我们不能以时代风气或社会习尚为作者解脱责任。

作为《金瓶梅》的续书的《玉娇李》,原本早已失传,虽据时人记载,说它"秽黩百端,背伦蔑理",似乎淫俗尤过于原书,"然笔锋恣横酣畅,似尤胜《金瓶梅》"。后来流行的同名小说,则人物故事均与原作无关,而笔墨更为恶劣,显是另一冒作。

清初有丁野鹤编《续金瓶梅》,还有丁耀亢(山东诸城人)以"紫阳道人"的匿名编了后本《金瓶梅》,题作《隔帘花影》,都是等而下之的东西,毫无价值。

此外,类似性质的才子佳人小说,尚有《平山冷燕》、《玉娇梨》、《好逑传》,都不是什么成功的作品,不再逐一论述。

第十一章 《儒林外史》与《镜花缘》

第一节 吴敬梓的生平

《儒林外史》的作者吴敬梓(公元1701—1754年)是清初康熙、乾隆年间人。他字敏轩,又字文木,安徽全椒人。他先世行医,曾祖始做官,家门遂盛,至敬梓,已趋没落。他父亲霖起,出身拔贡,耿介不慕荣利,只做过一任江苏赣榆县教谕,便退归乡里。父亲的学品,对他有一定影响。

吴敬梓幼聪慧,善记诵,才高学博,文思敏捷,二十三岁为秀才时父亲死了。他性喜交游,不治生产,而用度豪纵,家产迅速花尽,乃离开故乡迁到南京,这时他三十三岁。三十六岁,安徽巡抚荐他应博学鸿词试,称病不赴。从此亦绝意仕进,居南京二十年,惟恃卖文为生,间亦"闭门种菜,偕佣保杂作"。生活贫苦,有时竟至断炊,但他坚决不肯应科举,亦不出仕,惟与好友唱和,并时得朋友的经济支援。这段时期,他时常出游,到过淮安、扬州、芜湖、宁国、宣城、溧水,到达太湖沿岸城市如苏州等地,晚年游历了杭州一带,最后死于扬州。他的著作有《诗说》七卷,已佚,《文木山房诗文集》十二卷,今流传者仅四卷。这部成就很高的《儒林外史》大约是他晚年的作品,写作时期当在公元1745到1749年间。原本五十回;在他死后十年,由其友金兆燕初刻于扬州,作五十五回;后来刊印,又被人加了一回,作五十六回。显然末回不是他的原作,应予删除。

吴敬梓所处的时代是清王朝统治势力已经巩固,思想控制也最严酷的时期。清朝统治者不仅用文字狱来残酷地镇压人民的反抗,也用科举制度来诱致读书人为它做奴才,思想受到严重的束缚。清初顾、黄、王等初期民主主义思想的大师所传播的以反清复明为号召的民族思想已渐趋淡薄,一般读书人多已钻入高头讲章里,把精力完全埋葬于八股时艺里了。但是,大师们的思想影响并未完全消灭,"汉学"或称为"朴学"已经很盛,而颜(元)李

（堺）学派讲求身体力行的实践也已兴起，其内容也是反八股，反传统，反程朱理学的，在南方流传得特别广，影响较大。吴敬梓以贵公子出身，在很短的不到十年之间竟一贫如洗，降为一个穷苦的书生。他的亲身体验使他认识到人情冷暖、世态炎凉，更使他对士大夫阶级庸俗卑劣的精神面貌深感厌憎，从而也更深刻地认识到封建统治，特别是控制和腐化读书人思想的封建科举制度的罪恶影响。社会生活淬励了他，使他的思想更清醒，眼光更敏锐，意志更坚强，反映到他的《儒林外史》里，就是以他这种初步民主主义思想为基础的对于当时整个社会的剖析，而主要集中在他所最熟悉的士大夫阶级和他所深恶痛绝的科举制度上。

　　他的思想的形成，主要由于下列这些因素：（一）他父亲一生蔑视功名富贵的生活态度对他的教育和影响，早已植根于他的少年时期。（二）明末清初诸大师的启蒙民主思想这时还有潜伏的力量，影响及于有一定民主思想基础的读书人，而他正是这类人。（三）他的好友程廷祚就是具有初期民主主义思想的颜李学派李塨的学生，其他如樊南仲、程晋芳等也都和他经常往来，互相淬励，在思想上给他一定的影响，从而否定功名富贵，蔑弃科举，憎厌程朱的道学，反对八股时艺。（四）更重要的因素，还是他的后期生活体验，从中得到实际教育；对上层人物的鄙俗庸劣觉得特别可厌可耻，对贫寒的下层人则感到另有其可贵的品质，因而是可亲可敬，应该向他们看齐的。当然，他对"士林"最为熟悉，而对于科举制度也有深刻的体会。因此，他便以反科举为中心，写出这一部名为《儒林外史》的社会小说，全面地揭露并批判了当时的官僚政治制度、封建道德伦理观念，以及儒家礼法、社会风气与普遍存在于士大夫阶级的生活、风俗、习惯等等。所有这一切，就使读者能借以认识当时封建社会的全部丑恶面貌。

第二节　《儒林外史》的现实内容

　　作为一部批判现实主义的小说杰作《儒林外史》，自然是全面而深刻地揭露和批判了作者所处的行将崩溃的腐朽黑暗的封建社会的现实，其人物和故事都是真实的，但不应该把小说里典型化了的人物形象和故事情节都指实为某个具体的历史人物和他的生平行事，即不应该把作品人物和他们的原型（模特儿）混为一谈。那样做，实质上是贬低了作品的艺术创造的成就。

作者在书里实际写的是在清王朝统治下的 18 世纪的中国封建社会,但为了避免清朝统治者的疑忌与迫害,他把故事假托为明朝中叶 15 世纪末期的事。他所写的人物可能都有一个具体的模特儿,甚至很多都十分近似其原型,但绝对不等于给那些原型人物写传记或画像,而是作者按照自己的意图另外创造了这一系列的典型人物,所以它才成为更真实、更集中、更概括地反映现实的作品,而不是纯自然主义的客观的照相式的描摹人像和世情。

作品所写的人物以封建社会的知识分子为主,是封建社会的儒林败类的百丑图,但它所揭露和批判的对象,则是封建社会制度的本质。它攻击最厉害的是科举制度,这无论在故事发生的时代,或者作者所处的时代,确也都是一个能揭露社会本质的主要问题,所以以此为反映现实的主题是恰当的,何况这也正是作者最熟悉的社会生活方面。他对此感受最深,痛恨最切,写来既能探本,又能深入而具有广泛的现实意义。

它一开头就指出功名富贵是一切罪恶的渊薮,并借鄙薄名位、反对科举的王冕之口,指摘科举制度道:"这个法却定的不好,将来读书人既有此一条荣身之路,把那文行出处都看得轻了。"接着就描写两个受八股科举毒害最深的典型人物,周进和范进,通过他们的遭遇,揭示这个制度怎样把本来还比较忠厚老实的人,从物质到精神方面都给予残酷的毒害和创伤,改变其本性,折磨得成为畸形变态,成为渣滓废物;否则就把好人逼成坏人,甘做统治阶级的爪牙,再回头来毒害社会。周进考到六十岁,还没有入学,受到社会的冷遇和嘲笑,连做一个穷塾师都被赶走。他见到贡院里的号板,引起几十年对科举的梦想与失败的悲哀,竟长叹一声,一头撞上,不省人事,醒后大哭,口吐鲜血,直到别人答应凑钱给他捐个监生进场应考,才爬下磕头,表示要变驴变马报答人家。后来他中了进士,所有从前不喜欢他的人却都来送礼贺喜;既做了官,奉承的人更多了。不但写出科举制度对知识分子的巨大支配力,左右其思想、感情,毒害其身心,变化其气质,也深刻地反映了整个社会的人情世态。范进也进了二十多次考场,直到五十四岁还没有进学,受到的凌辱也是不一而足的。后来考中了举人,看到报帖,"看了一遍,又念了一遍,……往后一交跌倒,牙关咬紧,不省人事";母亲把他救活,"爬将起来,又拍着大腿笑道:'噫!好!我中了!'笑着,不由分说,就往门外跑。……"他高兴得发疯了。后来叫平日他所害怕的胡屠户来,打了他一个嘴巴,说他并不曾中,才吓醒过来。这都深刻地刻画了他们的心理状态和科举制度怎样败坏了整个社会的风气。

许多人受了科举考试的毒害却一直执迷不悟,成为这个腐朽制度的俘虏,迂腐到可怜可笑的地步。马二先生、匡超人以及罕接世事的鲁编修的小姐都是。作者对匡超人更写他得到功名以后,一天一天堕落下来,后来竟成为一个专门吹牛说谎、忘恩负义、不知羞耻的无赖,指出这条"荣宗耀祖"的科举道路实际是引人堕落的途径。

科举为什么有这样大的诱惑力呢?很简单,就是它可以给你官做,可以使你富贵,可以让你骑在人民头上作威作福,享有一切特权。换句话说,就是可以通过它爬上统治地位,任意胡行。科举制度把许多知识分子通过师生、同年等关系与官府勾结起来,形成一个新旧地主阶级的反动集团,连封建道德的假面具都会最后抛掉,赤裸裸地显露其残酷的凶相。

科举制度本身弊窦百出,黑幕重重,作者对此也有深刻的揭露。周进、范进、匡超人都干了一些科场舞弊的事,这样取录的人还能谈到人才吗?二十六回有一段描写:

> ……安庆七学共考三场。见那些童生,也有代笔的,也有传递的,大家丢纸团,掠砖头,挤眉弄眼,无所不为。到了抢粉汤包子的时候,大家推成一团,跌成一块……有一个童生,推着出恭,走到察院土墙跟前,把土墙挖个洞,伸手要到外头去接文章……

就这考场的丑态已够我们恶心的了,还谈什么制度!

作者也揭露和讽刺了官僚、地主及其帮闲者的种种丑态,而大抵是采取辛辣的讽刺的笔调。如写广东高要汤知县为了向上司表示自己的"清廉",在禁宰耕牛时,竟将牛肉放在来行贿的老师傅的枷上,活活把人枷死。讽刺严监生的悭吝,尤为生动:

> 严监生临死之时,伸着两个指头,总不肯断气;几个侄儿和些家人都来讧乱着问……纷纷不一,只管摇头不是。赵氏分开众人,走上前道:"爷,只有我能知道你的心事,你是为那灯盏里点的是两茎灯草,不放心,恐费了油。我如今挑掉一茎就是了。"说罢,忙走去挑掉一茎。众人看严监生时,点一点头,把手垂下,登时就没了气。

虽不见得真会有这类事,但这又多么令人相信!多么真实!他的哥哥严贡生更是个典型的恶霸,圈人的猪,夺人的田,霸占二房的财产,做假药讹诈人,还要送人到县衙门打板子。

至于作品里讽刺封建社会统治阶级假道学的虚伪和封建伦理道德本身的虚伪,更是多得很。如做了三十年秀才的王玉辉鼓励女儿为丈夫殉节,女儿果然活活饿死,他故意仰天大笑道:"死得好! 死得好!"但当大家送他女儿到烈女祠举行公祭时,他却"转觉心伤,辞了不肯来"。后来走到外地去排遣,一路上看着水色山光,仍然"悲悼女儿,凄凄惶惶",甚至心里哽咽,滚出热泪。这一面痛斥封建礼教的残酷,一面也表现这个人物的内心矛盾,揭露了封建礼教的虚伪。

作者也通过他所描写的正面人物——作为他自己的化身的杜少卿,体现了他进步的初步的民主主义思想,即要求个性解放的思想。他有猎取功名的一切条件,但却不愿去,他"乡试也不应,岁科也不考,逍遥自在,作些自己的事"。他讨厌一切世俗逢迎的常礼,他被时人看成呆子、叛徒,成天对"和尚、道士、工匠、花子,都拉着相与,却不肯相与一个正经人"。他对于人们的指责非议是悍然不顾的。作者也通过杜少卿热烈地赞扬了叛逆的女性沈琼枝,她敢于否定礼教、法律、官府,也能置一切来自外界的侮慢迫害于不顾,坚决向封建势力进行斗争,并打破对男子的依赖而自食其力,以刺绣卖文为生。不仅如此,作者还对自食其力的下层市民表示他的同情与尊敬;第一回就刻画了一个自食其力的知识分子王冕;在最后一回又正面肯定了裁缝荆元、写字的季遐年、卖火纸筒的王太、开茶馆的盖宽、灌园的于老者……这说明了他已注意到并寄其希望于下层民众了。

吴敬梓的思想,在当时是很进步的,具有一定的民主主义因素,这是无可置疑的,但不能说他已越出封建社会的思想范畴。他的思想中仍有远离人民、脱离实际的成分。即如这部小说中的正面人物如杜少卿等所提出来的正面的东西,包括他们的理想和行动,也还是有些迂腐不切实际,软弱无力,不彻底,因而也无结果,甚至连作者所塑造的被肯定的小市民形象也带着浓厚的士大夫气息。但从总的倾向看,这部书所反映的现实和所表达的理想,还是具有很大进步意义,并对后世起了积极作用的。

第三节 《儒林外史》的艺术特色

《儒林外史》的艺术特色主要表现在它的讽刺笔法,这讽刺不是作者随笔点染的笑料,也不是为了给文章增添一点风趣,更不是要提起读者的兴味,只供茶余酒后作为谈资,它是从作者鲜明而强烈的对是非善恶的爱憎感情出发,具有极其严肃的揭露和批判现实黑暗的深刻意义的。唯其如此,所以他的讽刺不是滥用的,而是根据人物的具体情况有选择地运用的。对正面人物当然只有歌颂赞扬,不会反而加以讽刺;对于极反动的罪恶人物,则给予严厉的斥责,无情的鞭挞,用讽刺则不厌辛辣尖刻;对某些可怜的愚蠢者,则在讽刺中仍含有一定的同情;对某些有缺点的正面人物,则虽有批判,而基本上却是予以赞扬或歌颂的,自亦少用讽刺。作者掌握着一定的分寸,通过讽刺,表达他对于每个人物的态度与评价,这样的成就当然取决于他对社会观察、体验之深刻,同时也取决于他所具备的特别突出的艺术表现能力。可以说,在我国古典小说中,《儒林外史》是第一部最出色的讽刺小说。

作者的讽刺艺术是以不脱离现实生活的夸张为基础的,所以虽然是夸张,但又是从其对日常生活现实的深刻观察中抓到事物的本质矛盾而予以揭露的,故令人有真实感,相信它,然后它才有力量。作家对于人物的批判,是通过对其前后言行的矛盾的揭露而表现出来的,这样自然就显示了那人物本身的虚伪,而起了讽刺的作用,并不需要作者直接出面来评述。鲁迅说吴敬梓的这部书"无一贬辞而情伪毕露,诚微辞之妙选,亦狙击之辣手矣",正是说得正确。作者尤善于通过对浮华人物意想不到的遭遇,嘲笑这些人物腐臭的灵魂,表面上像是一些喜剧性的情节穿插,实则作者在这里是有意识地用以表明他的爱憎的。

这部小说在塑造形象方面也表现了它的特色:首先是它善于通过社会环境的描写,发展故事情节并刻画人物性格,也就是融人物、故事于具体环境之中,而不是孤立地、静止地写环境,写故事或写人物。作品也表现了作者善于突出地刻画人物形象的本质特征,所以人物虽多,而人各异貌,不至于雷同,能够给读者以深刻、鲜明的印象。还有,它继承了中国古典小说的传统艺术手法,善于以人物的对话和行动来表现其性格,因此,情节不断发展,人物性格也就随之而突现出来了。

关于《儒林外史》的结构,过去颇有不同意见,如鲁迅就曾指出它"全书无主干,仅驱使各种人物行列而来,事与其来俱起,亦与其去俱讫,虽云长篇,颇同短制",意思说它等于若干个独立的短篇联成一个长篇,在结构上是松弛的。的确,它与其他长篇小说不同,它没有一线到底的人物与情节,每个主要人物至多集中在六七回中就发展完成,那个故事也基本上告一段落了,于是又转到另一个中心人物身上。虽然如此,却也不能说它便没有主干。贯彻在这部书中的反封建科举制度的主题就是,一切人物故事都围绕着它而向前发展。作者打破过去长篇小说的传统结构形式,至少是一个大胆的创造,何况用这方法来对广阔的社会生活作全面而深刻的反映,它基本上是成功的,也不见得就是一个很大的缺点。当然,不用这个方法也不是完全不可能的。但作者如此写了,而且取得了一定的成就,可就给晚清小说家开辟了一条新路,李伯元、吴趼人等便踏着这条路而写出了他们的著名的社会谴责小说。

《儒林外史》的语言也独具特色:无论叙述、对话,都自然通俗,既是浅近的口语,又是精炼的艺术语言,虽似平淡无奇,而确有准确、鲜明的效果,足当"白话之正宗"而无愧。至于人物对话,尤切合每个人的身份、性格,音声逼肖,语妙天下,是我国文学语言的重要财富,应该从中学习很多的宝贵东西。

第四节　李汝珍及其《镜花缘》

清代中期还有一部较好的小说值得在这里附带介绍,那就是《镜花缘》。这部书共一百回,前半部写海外几十个幻想中的奇国,虽有古籍的记载作为引子,而实是借此发端用以抒发作者自己对社会的批判与理想;后半部则着重在介绍古代游艺的花色,作一些文字、音韵的游戏,有如万宝全书,仅为知识的罗列,比起前半部,思想、艺术都差得多了。

这部书的作者是李汝珍(约生活在公元1763年以后—1830年以前,生卒年还不能确切考定),字松石,今北京市大兴县人。他生性豪爽,"读书不屑于章句帖括之学",故于科举功名,一无所染,一生似乎只做过一次河南县丞。他少时曾从凌廷堪学,涉猎经史百家,而多才多艺,尤精于音韵之学,也通达医学,对于水利、治河更有理论知识与实际体验。他的著作,除《镜花缘》外,还有《李氏音鉴》五卷、《字母五声图》一卷及所编围棋谱一书名《受子谱》等。所写诗文无专集刊行,多已散失。

《镜花缘》一书以妇女为主角,但又不是写爱情主题的,这就突出地表现了作者在妇女问题上具有民主主义的思想因素。书中写了一大批女性,个个都是聪明能干、博雅多才的；而这些才女都应了女皇帝武则天的一场女试，赞扬了那一自古未有的旷典。作者反对男尊女卑的封建观点，提出男女平等的思想，主张设女学，与男子同受教育，应科举，又主张设养媪院、育女堂，改变妇女所受的虐待，在作品中特别表现他反对女子缠足，并对男子纳妾的制度加以痛切的攻击。诸如此类，都是作者思想中进步的一面。但是他对妇女问题的看法，仍受其阶级与历史时代的局限，而表现出很多不彻底的缺点。如他对妇女参政问题就不是完全肯定的，女儿国王和则天皇帝都不是完全当作正面人物写的，开女试也不是吸收她们从政，而至多只能做内廷供奉，陪侍女皇帝。对于妇女婚姻问题，则保留更多的封建遗毒。除妇女问题是个主要的中心外，作品还揭露和讽刺了当时社会其他许多不合理的现象，当然也是有进步意义的。

作为一个学者，李汝珍在作品里也对当时陈腐沉闷的学术空气予以猛烈攻击，还表示了他对八股取士的不满。

君子国的描写表明了作者的正面思想，有矫枉过正、不够真实之弊，但可以说明它在一定程度上反映了封建社会末期人民渴望改变现实的愿望。

就艺术表现来看，这部书采取的是积极的浪漫主义创作方法，它充满了荒唐有趣的奇闻、奇事、奇人、奇物。但他又把现实的内容渗透到幻想的故事中去，使之成为更有意义的讽谕劝世、批判现实乃至理想地改变现实的作品。虽然效果不见得好，但这愿望是可嘉的。它的语言具有讽刺文学的特点：生动流畅，幽默有趣，表现了作者的才能。然而，它的主要缺点则是刻画人物缺乏个性。尤其应该指出的是作者往往借人物的语言直接批判现实或说明问题，这就未免太简单，太粗糙，太不艺术了。

以上还是主要就它的前半部来说的，如果谈到它的后半部，那就更为芜杂冗赘，至多只是学术笔记的变体，不能视为文学作品了。后半部写作的失败，破坏了这书的完整性，并有损于前半部已取得的一些艺术成就。

第十二章 《红楼梦》

第一节 《红楼梦》的作者曹雪芹

在 18 世纪 70 年代到 80 年代,中国文学出现了一部空前未有的光辉巨著——《红楼梦》,这不但是中国文学史上的大事,也给世界文学宝库增添了稀有的瑰宝。这部光芒四射的杰作的作者曹雪芹出现于列夫·托尔斯泰那位世界驰名的大作家出生前一百年,这部《红楼梦》所反映的中国封建社会之广泛,批判的深刻以及其对于自由与光明的热烈追求,无论在深度上、广度上乃至理想的高度上,比之托尔斯泰的《战争与和平》、《安娜·卡列尼娜》,都可并驾齐驱而毫无逊色。至于结构之奇伟,艺术之成熟,更达到极高的水平,尤其具有中国文学的优秀传统与民族风格,把中国小说艺术带进一个新的阶段,构成中国和世界现实主义文学的一个突出的高峰。

遗憾的是,关于这位空前伟大作家的生平,我们知道的很少,甚至于连他的籍里生卒都还是研究者长期争论的问题。我们在这里只能根据现在所掌握到的材料及近年学者研究的成果,给以简略的介绍。

曹雪芹名霑,字梦阮,号雪芹,又号芹圃、芹溪。他的祖先原是汉族人,世居沈阳,很早就归隶于清(当时号"后金")军籍,成为满洲正白旗"包衣"(满语"奴仆"),而为满洲旗籍,所以他应为满人。清入关后,罢前明宦官之制,设内务府,以"包衣"代执其事。曹氏世为清朝皇室内务府"包衣",得到皇帝宠幸,遂成为显赫的世家。远在清世祖福临进驻北京不久的顺治七年(公元 1650 年),曹雪芹的高祖曹振彦就被任为山西平阳府吉州知州,后来做到两浙都转运使司盐法道。康熙二年(公元 1663 年),清朝始置江宁织造,专为皇帝采办宫廷的衣服、装饰及日常用品,官阶不高,而职务最便于发财致富,且以宫廷近幸兼充皇帝耳目,所以实际是一个有钱有势的要职。第一任监督就是曹雪芹的曾祖父曹玺,在任达二十二年之久,可见其被倚任之专了。曹玺的妻子孙氏是康熙帝（清圣祖玄烨）的保姆，所以更受到重视。自此以后，继以曹雪芹的祖父曹寅、伯父曹颙、父亲曹頫，都担任此职，几同世袭，先后达六十五年之久，遂成为一个标准的剥削世家。曹寅一代值曹家全盛时期。寅字子清，号楝亭，自幼在康熙帝身边当差。曹玺死后，继任苏州、江宁织造，几达三十年，末期又兼两淮盐漕监察御史，晋级通政使司通政使，成为"九卿"之一，位三品。两个女儿都是王妃，许多亲眷也都是贵族权门，声势煊赫。康熙帝玄烨五次南巡，都以江宁织造署为行宫，后四次并均在曹寅任内。曹寅亲自负责承办了"接驾大典"，其与清廷关系之密可知。曹寅爱才好士，博学能文，是当时有名的鉴藏家，并热心校刊精本古书。他死后，其子颙、頫相次继任。雍正朝，皇室内部互相倾轧，株连极广，到雍正五年（公元 1727 年），曹雪芹之父曹頫因事获罪落职，家产抄没，便与此事有关。次年，全家从江南回到北京，曹家这个百年望族，从此遂衰。到雪芹时，他的家境已非常零落贫困了。

关于曹雪芹的生卒年，研究者意见分歧，迄无定论，我们认为他生于雍正二年（公元 1724 年），卒于乾隆二十八年（癸未，公元 1763 年），得年四十一岁。他的出身，或谓举人，或谓贡生，均无确据。他是否做过官亦不可考，但可以断言，他至多只以其为满族世家子弟的关系，曾在内务府应过差，职位很低，没有做过较高的职事官。

曹雪芹写《红楼梦》是在曹家衰落之后，他流落在北京西郊之时。这是他生命的后期，全家过着极其贫苦的生活，往往"举家食粥"。有时向亲友告贷，经常受到难堪的冷遇。他多才多艺，工诗善画，卖画可能是他生命后期家庭生活来源之一。他好酒，喜欢交朋友，但对世俗人则颇为鄙视。后期既贫居西郊，著书自遣，有时便行散于林泉之间，有时休憩于废寺之内，有时访问僧徒，寻诗论道，有时也进城看望知心的朋友。他所交往的多是一些闲散不得志的宗室子弟，如经常和他诗酒唱和的敦敏、敦诚兄弟便是。他写这部小说时，原稿未完就常在这些朋友间传阅，他们成为最初的忠实读者。

《红楼梦》第一回说过："曹雪芹于悼红轩中披阅十载，增删五次"，而到他逝世时，他的写作计划还没有全部完成，只有已经整理好的八十回流传下来。据此推知，这书开始写作当在他三十岁以后，即乾隆十八年（公元 1753年）左右。他经过长期的辛勤劳动，反复修改，创作态度确是十分严肃的。

他逝世后不久，他的未完成的杰作便以手抄本广泛流传开了。到了乾隆五十六年（公元 1791 年），即作者死后约三十年，才出现第一次以活字排印的一百二十回本,题为《红楼梦》,一般研究者大都认为其后四十回乃是出版者程伟元的朋友高鹗补完的。这位补作者高鹗同时也把前八十回作了一些技术上的修订,使它故事情节完整如一,应该承认他是有功于这部巨作的。

高鹗字兰墅,一字兰史,别署红楼外史,属汉军镶黄旗。他是乾隆五十三年(戊申,公元 1788 年)顺天乡试举人,六十年(乙卯,公元 1795 年)三甲第一名进士,授内阁中书,擢侍读,考选江南道御史、刑科给事中。他续《红楼梦》,大约完成于乾隆五十六年(辛亥,公元 1791 年),即曹雪芹死后二十八年。

第二节 《红楼梦》对封建社会末期现实的反映与批判

《红楼梦》这部伟大的现实主义作品全面地反映了 18 世纪中叶作为封建社会总崩溃前夕的清王朝盛极而衰的本质与总的形势。它是那个社会现实的一面镜子。在表面上,这个时代还承清初百余年间休养生息、恢复生产所取得的成绩,呈现着安定繁荣的景象。但是,由于统治阶级长期处于晏安的和平状态,享乐逸豫,内部已现空虚,发生裂痕,封建制度本身长期累积的历史沉渣沉重地压在社会生活的上面,加以由这个封建社会内部萌芽出来的资本主义因素正在迅速滋长,要求挣脱封建主义的桎梏而与其母体发生剧烈的冲突,激荡出它的腐烂霉臭的气息。这个社会已暴露出它的种种缺陷、衰朽和裂痕。《红楼梦》就反映了这样一个历史时代的本质,揭示了这个时代封建制度的全部腐朽性和它的不可克服的内在矛盾,从而指出了这个制度灭亡的必然性。

本书以贾宝玉和林黛玉的恋爱悲剧为主要线索,描写一个具有典型意义的封建贵族家庭——贾府的没落,通过它揭露了封建统治阶级的丑恶和腐败,封建主义的残酷和虚伪以及封建社会男女的不平等。这部作品向读者展示了中国封建社会的全面图景,成为那个社会的一部百科全书。通过这些现象的描述,也就对封建主义的社会制度作了深入彻底的全面分析和批判。不仅如此,作者还描写了衰朽不堪、濒于崩溃、但尚暂时居于统治地位的封建主义制度和虽还处于萌芽状态、但已表现富有蓬勃朝气的初步民主主义思想之间的新旧力量的矛盾斗争。

《红楼梦》所反映的社会生活既是非常广阔的,所描写的矛盾斗争又是非常错综复杂的,人物多至四百余个,而对这些人物和事件却都分别地表示了作者的观点、态度,体现了作者的强烈爱憎感情。这就说明了作品的思想性、现实性与人民性很强。

作者在书中以极大的热情赞美封建社会的叛逆者和奴隶们的反抗,同情并支持他们为争取个性解放,争取自由幸福生活,反对旧礼教、旧制度、旧秩序所作的斗争,主要是通过贾宝玉和林黛玉这一对叛逆的青年男女及其爱情而表现出来的。站在这方面的还有大观园里大多数的丫环们和姑娘们。

贾宝玉是作者最着力描写的正面人物,是这部小说的男主人公,在他身上体现了作者对新生力量所设想的一切特征与希望:他否定旧制度和陈腐的传统观念;他的行动完全越出封建道德的范围;他渴望自由的生活;他要按照自己的理想探索新的人生道路。封建统治阶级用尽一切力量阻碍他甚至禁止他这样做,并企图按照他们的旧型培养他成为本阶级的忠臣孝子,但这个"呆子"却偏偏违反阶级意愿,不要功名利禄,并对他们鼓吹的那些东西加以嘲笑和攻击。他说"我最厌恶这些道学话";他说八股文章若"拿它诓功名,混饭吃,也罢了","还要说代圣贤立言"!更可笑的,是"东拉西扯,弄得牛鬼蛇神,还自以为奥博"!他指出"峨冠礼服"的官场人物是"国贼禄蠹";他把关于"仕途经济"的话,斥之为"混账话";他嘲笑封建道德的"愚忠愚孝";他揭穿"文死谏"、"武死战"的实质是沽名钓誉。他对于封建等级制度的主仆君臣界限完全不重视,在他眼里一切人都是平等的,不论丫环或奴仆,他都一律看待,"没上没下";他交接朋友,只要情投意合,不问身份,甚至表示:"我便为这些人死了,也是情愿的。"他反对封建社会的男尊女卑的观念,对纯洁天真的少女表现得特别尊重和热爱,实质上就反映了他对自己的阶级以及这个阶级所培育出来的人物感到憎恶和绝望,所以才把自己的整个心灵与希望都寄托到受封建思想影响较小的纯真少女身上。

贾宝玉反封建的叛逆性格,在他和林黛玉的恋爱悲剧中表现得更加深刻、完整。他们之间的爱情是建立在思想一致的基础上的,而不是只倾心于她的容貌,因为就容貌上说,他毋宁更喜欢薛宝钗,这是书中许多地方都已明白地或暗示地告诉给读者的。但他从一开始就选定了黛玉,至死不渝,这就是因为黛玉的思想和他一样是叛逆的,不像宝钗那样信奉封建教条。而这也就决定了在那个封建社会他和黛玉之间爱情悲剧的必然性,在爱情问题上,宝玉和封建社会的矛盾更集中而突出了。随着黛玉的死亡,宝玉的一切生活憧憬便完全幻灭了。他终于同封建社会,也就是同自己的本阶级作彻底决裂,最后完成了自己的叛逆性格。

在贾宝玉身上,我们清楚地看到了一系列具有全新意义的新东西:他的性格带有18世纪资本主义萌芽时期初步民主主义思想的因素,这个时代封建统治阶级更加紧了对广大人民的迫害,因而引起人民更剧烈的反抗,这一社会也就赋予了宝玉以要求自由解放和对现实强烈不满的叛逆性格。

贾宝玉的思想与性格,也同时受着时代和阶级的局限而显示出许多弱点和矛盾。他对封建势力的不妥协还是有一定限度的,如对最高统治者还有保留,对父权还有一定的尊重。在斗争没有出路时,他苦闷彷徨,常有不如死了的想法。对弱小者只能给以无可奈何的同情,而拿不出具体的对策;即使在自己的恋爱问题上,也只有消极的反抗。作者和宝玉同样是不可能找到出路的,这样,就使得宝玉性格中有一定的虚无主义和宿命论的色彩。他生活在那样一个封建贵族的大家庭里,也不可能不掺有许多属于本阶级的消极的杂质:贵族的生活情调,公子哥儿的柔弱纤细的感情,对寄生生活的留恋等等。虽然随着叛逆性格的发展,这些阶级烙印越来越淡薄了,但是,他最后只能以出家当和尚作为对封建社会的坚决反抗,到底不能算是积极的行动或表现。这当然是那个特定的历史时代的反映,同时也正表明了作家思想的局限性。尽管有这些局限,却并不足以影响贾宝玉作为正面典型人物的光辉形象。

林黛玉是这个悲剧中另一个主人公,是《红楼梦》里另一个叛逆者,在她身上体现了封建社会妇女的觉醒,敢于反对封建的旧秩序,追求理想,渴望自由,要求个性解放。她的孤苦的寄居生活使她养成悲凄忧郁的气质,也使她特别矜持自重,孤高绝尘,而命运对她的沉重桎梏亦不能使她屈服。她和宝玉一样,坚持反抗,到死方休。她蔑视功名富贵,痛恨那个恶浊的社会及其中的"臭男人";她反对封建社会的人情世故,只信从自己的感情,如她所说的"我为的是我的心";她敢于对丑恶的现实发出尖锐的嘲笑。她不会委屈自己去讨好权势,而只是按照自己的性情直道处世,既不乞求别人的帮助,也不希冀外来的怜悯。她就是这样顽强地战斗着,虽明知必然失败,也至死不悔。最后她终于以自己的生命向这黑暗的封建社会作了最严厉的抗议。

　　也是这个恋爱悲剧中的牺牲者的薛宝钗,无论在思想上或在斗争中,她都是和宝玉、黛玉处于对立地位的。她是作品中的"正统"人物,是封建正统思想的拥护者与代表者。然而,尽管她具有封建统治阶级的一切本领,也取得了当权者的特别优宠与敬重,凭借封建势力,爬上了"青云";然而,她的结局却也并不美妙。这就不仅反映了封建势力的终于失败,而且也揭露了封建礼教不但吃掉反抗者,同时也淹死了驯服者。她是个看似温柔敦厚、随分从时的得人称赞的封建女性的典型。她善于奉承人,善于讨好权势;她以豁达掩饰其虚伪,以厚重隐藏其机诈,言似诚挚,中多计谋。作者以深入细致的笔触,刻画出她在美丽外衣下隐藏着的封建主义的种种丑恶本质。她奉承迎合贾府里当权派的老祖宗贾母,那是不用说的了。她对于其他的人也都是面面光,圆滑虚伪,尽量博得大家的喜欢。但虚伪毕竟是虚伪的,没有真诚的感情,那里隐藏着心计,也隐藏着残忍、冷酷的本性。如金钏儿投井惨死,她却跑去安慰王夫人道:"据我看来,她并不是赌气投井,多半她(是)下去住着,或是在井旁边儿玩,失了脚掉下去的。……岂有这样大气的理?纵有这样大气,也不过是个糊涂人,也不为可惜。"这就表现了封建道德本身的虚伪和残忍。她对宝玉的爱情以至婚姻的成功,正说明了她的封建思想是根深蒂固不可动摇的:她爱慕宝玉,但却故意躲着,装作不觉,表示冷漠,而暗中却在那些有决定这件婚姻大事的权力者身边下工夫。她由于取得了贾府主子们的赏识,登上了"宝二奶奶的宝座"。在形式上是胜利了,但并没有得到真正的幸福,也没赢得宝玉的爱情;相反的,却成为封建制度的牺牲品。这就说明了封建统治阶级对自己的没落是无能为力的,对新生的民主力量也是无论如何都压制不住的。

　　晴雯和袭人是丫头中作为黛玉和宝钗的影子而出现的,但根据她们的身世与地位,又表现了她们性格中的必然特点。晴雯具有与黛玉一样的热情、骄傲、纯洁与美丽,但比黛玉更大胆、更勇敢而坚决。她性格中的烈气表现在语言行动上就是敢说、敢骂、敢于冷嘲热讽,予阴险诡计的人以正面的打击;她横冲直撞,行其所是,毫无顾忌,与封建势力进行尖锐的斗争。在那样的社会,她的悲惨命运是注定了的。袭人也与宝钗一样,经常装出道学家的面孔,好像是个正派人物,但她隐藏在心中的企图却是要巴结主人,取得当权派的赏识,一面又要用感情征服宝玉,达到她分得爱情一杯羹,做个小老婆的卑鄙目的。

　　在《红楼梦》所写的反面人物中,王熙凤是剥削阶级的代表,集中了流氓、市侩、贪婪、奸诈、阴险、狠毒等一切特征于其身。她"模样又极标致,言谈又爽利,心机又极深细,竟是个男人万不及一的"。她在铁槛寺为了三千两银子,仗贾府权势和官府勾结,害死了张金哥一对未婚夫妻,自此胆子愈大,所作所为,诸如此类,不可胜数。她放高利贷,爱财如命;设下圈套害死贾瑞;借秋桐的手害死尤二姐;最狠的是用"偷梁换柱"的诡计,强行捏合了宝玉和宝钗的婚事,因而害了黛玉。她是"嘴甜心苦,两面三刀;上头笑着,脚底下就使绊子;明是一盆火,暗是一把刀,她都占全了",通过对这样一条美女蛇的形象描绘,就彻底揭示了统治阶级刽子手的血腥罪恶。

在这乌烟瘴气、漆黑一团的恶浊社会中,劳动人民却有着完全不同的精神面貌。刘姥姥是《红楼梦》中少有的劳动妇女的形象,但有了她就能更多对照出封建统治阶级的腐朽透顶的丑恶现实。她靠几亩薄田度日,"每年每月,春夏秋冬,风里雨里"地劳动,连"坐着的空儿"也没有。她和务农为业的女婿王狗儿住在一起。王狗儿的祖上曾做过小小的京官,与王熙凤的祖父联过宗,刘姥姥便借这一点关系走进了大观园,去要求给一点帮助,解决生活的贫困。她幽默而有风趣,贾府上下都捉弄她,拿她取笑。她心里面明白,表面却装着笑脸,故意凑趣。从这位穷亲戚的忠厚和辛酸中,我们看到她一生苦难的遭遇,也听到她对贾府豪侈的赞叹,从而更认识当时社会上贫富的悬殊与阶级的对立。然而,封建统治阶级的好景不长,刘姥姥三次进大观园,她亲眼看见这个封建贵族家庭的没落,成为贾府由盛而衰的见证人。

《红楼梦》从侧面深刻地揭露了封建社会统治阶级的昏庸暴虐,营私舞弊,诛求无厌的种种罪恶。贾赦为了夺几把扇子,勾结官吏,把石呆子害得家破人亡,就是很典型的事例。书中也写了戴权、夏太监等宦官弄权势的事情,写了贾雨村贪污受贿的案件,也写了贾政不受贿而引起了他周围的人鼓噪闹事,都说明封建政治已腐朽到顶点了。在这个社会里的统治阶级人材枯竭,个个都是庸陋、昏愚的废物,只会奢靡、淫侈,剥削人民。他们的精神是极度空虚的,贾府的生活内容几乎只有做寿、省亲、过节,讲吃、讲穿、讲玩,"把银子花得像淌水似的"。秦可卿出殡的豪华不用说了,就连家奴赖大的儿子做了县官,也要大摆筵席,唱戏三天。这样的生活靠什么呢?除了间接剥削来的所谓皇帝的赏赐以外,便靠地租和高利贷,都是直接剥削劳动人民而来的,如贾珍向黑山庄庄头乌进孝所说的:"府里这几年添了许多花钱的事……不问你们要,找谁去?"贾府抄家时抄出整箱整箱的借券,则说明了高利贷的事实。至于这一窝子的荒淫污秽,更是丑恶到了极点。儿孙满堂的贾赦还逼着母亲房里的丫头鸳鸯作妾,鸳鸯誓死不从,他还说出许多没有人性的无耻的话,并花五百两银子买了一个十几岁的女孩子供他玩乐。其他如贾珍、贾琏、贾蓉更都是嫖娼宿奸、淫滥无度的流氓。柳湘莲说的确是实在话:这个贾府"除了那两头石狮子干净罢了"!还不止此,这个集团内部的矛盾斗争更是层出不穷,永无已时,人与人之间的关系只有争权夺利,没有丝毫情义,封建伦理道德完全破产了,封建秩序早已毁坏无余,根本不可能维系它的朽烂的空架子。婆媳间、妻妾间、兄弟间、妯娌间、长幼间、亲戚间,乃至丫头间、奴才间,为了财富、地位、生活、享乐,整天争吵,闹个不休。探春痛苦地说出了封建统治阶级人与人之间的关系的真理:"一个个都像乌眼鸡似的,恨不得你吃了我,我吃了你。"这样的腐朽生活虽是他们每一个人都积极追求的,并求而得之,却没有使他们幸福,正说明了他们的精神方面是多么空虚!这个社会确已从内部产生了它自己根本无法解决的矛盾,而濒临最后的崩溃了。

曹雪芹在《红楼梦》里所反映的社会面是非常广阔的,其思想内容包括了肯定的方面和批判的方面,有赞扬与歌颂,也有谴责与鞭挞,表现了他的思想的进步性。但由于时代和阶级的局限,他对于封建制度没落的必然性认识不足,他认为过分的浪费和子弟的无能是其衰败的症结,而对于探春的"治家有方"则表示赞扬,寄以希望。其次,他虽歌颂了叛逆者和奴隶们的反抗,但新生力量并未达到壮大成熟的地步,旧势力还很强大,暂时不会退出历史舞台,因此,找不到出路,便产生了虚无主义及宿命论的思想,如书中写宝玉的悲观厌世,终于出家,黛玉的愁怨凄苦,含恨以殁,都是作者这种情绪的表现。在那个时代,这些描写虽不违反社会的真实,但对生活的理解毕竟有些消极。

第三节 《红楼梦》的艺术成就

《红楼梦》的巨大成就,不仅表现在它的深刻而广泛的思想内容,还在于它的完美的艺术形式和丰富饱满、真实生动的表现力。

首先是它塑造了为数众多的个性鲜明的人物形象。书中共计写了四百四十八个人物,其中有妃子、王爷、兵丁、太太、小姐、丫环、小厮、老爷、少爷、仆人、仆妇、村女、村姑、娼妓、道婆、尼姑、道士、和尚……形形色色,包括社会上各阶层、各行业的人，通过这些人物的塑造，表明了它的巨大深刻的主题思想。这当中令人难忘的典型形象，如贾宝玉、林黛玉、薛宝钗、王熙凤、袭人、晴雯、刘姥姥、尤三姐、探春、史湘云、妙玉、贾政、贾琏等等都已在人民群众中广泛流传，成为具有高度概括意义的普通名词。他们的思想性格都是在这复杂的社会关系中逐步发展，愈来愈鲜明愈清楚的。他们都带有其所属的阶级的烙印，又依其身世、生活的不同而各有其独特的个性，不但真实可信，而且完全可以理解。作者通过许多日常生活细节的细腻逼真的描写，刻画了不同性格的人物形象。他也通过周围的景物气氛来烘托人物性格，绝对不空写景物，也没有任何景色的描绘不是与情节密切联系共同为突出人物性格服务的。潇湘馆的"湘帘垂地，悄无人声"、"竹影参差，苔痕浓淡"是衬托它的主人的高洁绝俗的，在这样景色的陪衬下，林黛玉的性格就更加明显。作者深知人物越是生活在冲突的漩涡中，越能表现他们的思想品质和精神面貌，所以他笔下的许多人物性格就在这些情节中判然区别开了。在抄检大观园的事件中，王熙凤装作很冷漠的旁观态度，骨子里却玩弄伎俩，表现出她的阴险狠毒；王善宝家的则充分显现了她的奴才相；袭人胸有成竹，泰然接受检查；晴雯则采取坚决抗拒的态度；探春怒愤满胸，形于颜色，早有准备，稍一冲撞，便立即爆发，显示其严正刚烈之性，不可侵侮；惜春却胆小怕事，只想洁身避祸，唯恐有所牵累。在类此的复杂矛盾斗争场合，作者从未放过机会来深入刻画人物，而每一次也都取得了很好的效果。作者在这些地方也是用人物自己的语言和行动来表现性格的，至于用分析人物内心活动的手法来挖掘隐藏于社会上层人物的心灵深处的细微曲折感情，尤为作者所长，写黛玉，写宝玉，表现得最为突出，成就也最大。

《红楼梦》的庞大结构本来是很难凑手的，但作者的艺术才能却把那么众多的人物和复杂的情节，都完全按照生活的必然联系组织在一起，纵横交错，脉络贯通，有条不紊，次序井然，不单调又不杂乱，事事有交代，件件不脱节。全部书成为一个首尾贯串，紧密而不可分的有机的整体。

《红楼梦》的语言艺术确实达到高度纯熟的地步，具有极充分的表现力，在语言运用上给我们留下了光辉的典范。它继承了以前白话小说的语言艺术，但它以北京话为主，却比前人作品更接近人民的口语。它也吸收了不少古代汉语中有生命力的语汇和民间的谚语、成语，使得作品的语言，无论叙事、写景、对话都非常准确、鲜明、生动。它不是单纯地继承或采用古语和口语，而是经过选择、提炼、加工、创造，发展了并丰富了它们。它的语言因此

便自然流利、准确精炼,既生动形象,带有浓厚的生活气息,又多彩多姿,具有华美绚烂的色调。且举几段为例:

> 湘云说:"你们知道什么?'是真名士自风流',你们都是假清高,最可厌的,我们这会子腥的膻的大吃大嚼,回来却是锦心绣口。"

这是用成语的。至于用俗语的,更随处可见,如:

> 再说别的,咱们白刀子进去,红刀子出来。
> 瘦死的骆驼比马还大呢,凭他怎样,你老拔一根寒毛比我们腰还壮哩!
> 但凡家庭之事,不是东风压了西风,便是西风压了东风。

这种语言出自不同人物的口中,就带有鲜明的个性。即使是性格极其相似的人,语言也极不相同。薛宝钗和袭人说着不同的话,后者要更和顺一些,林黛玉与晴雯语言同为锋利尖刻,但晴雯却更泼辣,更直截了当,毫不含蓄,一冲而出。就是书中的一些诗、词、文章,也各肖其人,不可挪移假借,任何读者都会看得出黛玉的作品绝不同于宝钗的,探春的口气迥异于惜春、迎春;就连刘姥姥说的酒令,也自有其庄稼人的本色,非他人所能出。

第四节 《红楼梦》的影响与评价

《红楼梦》以其丰富的思想内容和巨大的艺术成就影响了二百多年来的读者,包括了广大的人民群众和文人学者,包括了它的社会教育作用和在文学艺术方面的作用。

自这部书出现以后,续作和拟作之多,超过了以前任何古典小说,但除掉高鹗的后四十回已与曹雪芹前八十回基本上融为一体外,再没有一种可取的。其名目诸如:《后红楼梦》、《续红楼梦》、《补红楼梦》、《增补红楼梦》、《红楼复梦》、《红楼圆梦》、《红楼梦补》、《红楼幻梦》、《红楼梦影》、《绮楼重梦》……大抵都是从封建阶级立场出发,根本与曹雪芹的原作思想相违,写作艺术更谈不上,可谓狗尾续貂,一无是处。

历来文人学士研究这部书的人很多,旧时代的"索隐派"专门用烦琐的考证去追求作品的本事和人物的原型,荒谬地指实它是写明珠家事,写顺治皇帝与董小宛事，或附会为写汉、满之间的斗争。诸如此类，都是荒唐无稽之谈，愈说愈不能得到作者的本意，更无从认识其价值了。

以胡适为首的"新红学派"，对它更横加歪曲，肆意贬低其人民性、思想性及社会意义，把这部伟大的现实主义杰作说成是"平淡无奇的自然主义"的作品。直到全国解放初期，还有人继承其衣钵，说它是没有倾向性的表现"色空"，"怨而不怒"，没有现实主义内容的。自1954年冬起，全国文学界，也扩大到整个学术界，展开了对这些资产阶级的错误观点的深入彻底的批判，才把《红楼梦》从旧时代的种种歪曲与错误理解中解放出来。自是以后，人们才开始用马克思列宁主义的观点和文艺理论对它进行分析、研究、评价，取得不少成绩。但是，任何学术领域的研究总是曲折地前进的，近二十多年来的"红学"也还是忽东忽西，时左时右，甚至又有些人走着另一条考证的道路，专门追索曹氏家谱，调查曹雪芹的祖宗八代，或"发现"曹雪芹的什么遗著、遗物、遗像，或寻觅贾府的遗址、大观园的故地……诸如此类，连篇累牍，牵强附会，终与《红楼梦》的文学研究并无多少关系。这虽不是近年"红学"的主流，但他们的影响还是不小的。必须清楚地认识到这不是研究这部伟大的现实主义文学作品的正确道路。

第十三章　明清杂剧

第一节　明代前期的杂剧

就整个戏曲的发展来说,元代前期是戏曲的第一次繁荣时期,形式是元人杂剧,但杂剧到元代后期便日趋衰落了。到了明代,戏曲又一次繁荣,但不是北曲杂剧的复兴,而是从宋、金"戏文"演化出来的"传奇"的兴起,虽然这时元代创建的杂剧仍然还在流传,却已是强弩之末了。

明初剧坛是由封建统治阶级控制着的,其内容几乎完全限于庆贺祝寿,点缀升平,或宣传忠、孝、节、义等封建道德,或以神仙道化为题材,仅供宫廷贵族娱乐消遣而已。所以,明初杂剧虽短期间还在流行,但其作者多半是由元入明的旧有作家,殊少新人。其原因:一、明永乐初,朝廷下令"禁演违碍之剧"。《大明律》也有《禁止搬做杂剧律令》:"凡乐人搬做杂剧、戏文,不许妆扮历代帝王后妃、忠臣节烈、先圣先贤像,违者杖一百;官民之家,容妆扮者与同罪;其神仙道扮及义夫节妇、孝子顺孙,劝人为善者,不在禁限。"二、"传奇"兴起,已造成非数十出不得称为一本戏剧的风气,杂剧的体制显然不合这个条件。三、北曲音调渐渐失传,作家能掌握杂剧格律者渐少。到了弘治、正德以后,戏剧撰作,才渐有开展,直到明代后期,始重形蓬勃,但这时的杂剧在形式上已与前此大有不同,亦有新的变化,成为杂剧发展的一个新的阶段。

明初占据剧坛的是以周宪王朱有燉为首的御用文人集团,在他周围的还有王子一、刘东生、杨景言、谷子敬、贾仲名(一作"明")及汤舜民、杨文奎等人。这些人除朱有燉是明宗室外,其余都是由元入明者,而活动于明太祖朱元璋的洪武年间,至迟也不会超出成祖朱棣永乐的二十二年间。杂剧之衰微,于此可见。

朱有燉(公元 1379—1439 年)是周定王橚的长子,明初皇族文人,创作杂剧达三十余种,风行一时,总称为《诚斋乐府》,至今尚存。这些杂剧正是以美人名士、神仙道化、忠孝节义、风花雪月为题材的,其写作动机不过是消遣娱乐,舞文炫才而已。他也写有水浒戏《豹子和尚自还俗》,把鲁智深这位农民起义英雄的形象歪曲成一个动摇分子,而且是个无故杀害平民的坏人,剧中并对整个农民起义抱敌视态度,诬蔑谩骂,令人不能容忍。在《黑旋风仗义疏财》中虽然描写了李逵好的一面,但原本以招安平蛮作结,把李逵的坚决革命的性格改变成思想上的变节分子,要"改过从新","首做良民","愿从军,报深恩","向南闽,敌蛮人","建功勋","做官人",并且发誓"从今后贼见贼不相饶","活擒方腊见明君",其用心也是不可问的。这就暴露出作者自己还是站在封建统治阶级立场的。

与朱有燉同时的人杂剧作品本来不多,存的更属寥寥,其思想内容与朱有燉的也差不多,均无足称。在格律上,这时期已不似元杂剧那样谨严。朱有燉及刘东生均有不循元人规矩的地方,如朱的《曲江池》有五折两楔子,各折并非一个角色主唱到底,一、二两折都是由两个角色分唱的;《牡丹园》中,至有十个美人"同唱"的。刘东生《娇红记》以八折分作上下两卷,其上卷楔子即以金童玉女合唱《仙吕》"赏花时"。贾仲明《神仙梦》全剧四折,皆用"南北合套";朱的《吕洞宾花月神仙会》第一、二、三折,均由末扮吕洞宾化名双生唱北曲,而由旦扮张珍奴唱南曲。第四折皆北曲,但八仙及张珍奴各有唱词。这些地方都打破了北杂剧旧有体制,并把南戏格律用到杂剧里,给后来的"南杂剧"(即杂剧南曲化)开辟了道路,显然是一种进步。但在题材上和思想内容上既是反现实主义的,在形式上纵然有所解放,仍不能改变其僵死的后果。

到了明代中期,王九思和康海(两人的生卒、字号、籍里,前已介绍过,不再重复)以其《杜甫游春》与《中山狼》两剧打破了前此杂剧剧坛的冷寂空气,而使弘治、嘉靖间的剧坛耳目为之一新。两人都是陕西人,并都名列"前七子"中,在文坛上享有盛名,但真正有成就有贡献的倒是这两本杂剧。

《杜甫游春》一名《杜子美沽酒游春》,王九思作,写杜甫春日游曲江沽酒感时,抒发其对奸邪当道、政治黑暗的不满,表示不愿与统治阶级同流合污而隐遁起来。剧中没有什么情节,戏剧性不强,只由杜甫自述感慨,颇似一篇抒情诗,这就渐次把杂剧变成案头文学了。但这本杂剧思想性较强,文词亦精。如其揭发时政的曲子《调笑令》云:"……问苍穹,为着那平地里起风波,损了英雄。三三两两厮搬弄,管什么皂白青红,把一个商伯夷,生扭做虞四凶。兀的不笑杀了懵懂,怒杀了天公!"又说:"自古道聪明却贫穷,昏迷的做三公,棘针丛,怎宿丹山凤?"作者确是把统治集团内部的混乱,写得很透彻。当时论者谓此剧虽"金、元人犹当北面,何况近代"!对这剧给以极高的评价,虽专指其文词,但借古讽今,其现实意义也是值得称道的。

　　《中山狼》杂剧有两种,一种是王九思的作品,只有一折,大约因此便称为"院本",而不名杂剧。其实,它所用曲调,却为北曲《双调·新水令》套,且卷末有题目、正名,终场以生扮东郭先生唱,其形式正是"杂剧"而与"院本"不类。王九思此剧,当为别创一格,即称院本,或即以院本的篇幅作杂剧的措置,或者当时院本体裁也有唱全套北曲之例。无论如何,它比朱有燉之打破元杂剧的旧规更进一步,而为以后的单折短剧树立了一个榜样,这是不可忽视的。另一种是与王九思同官、同里、同被贬的康海,其所作《中山狼》杂剧,牢守元剧规格,四折,无楔子,由末扮东郭先生一人主唱,题目、正名为"东郭先生误救中山狼,杖藜老子智杀负心兽",纯依元剧形式,毫无逾越。王、康两人为好友,俱精于戏曲,他们同作一个题材,可能含有互相争胜之意。王之作为单折短剧,大约是为了不愿落于同一窠臼。《中山狼》的故事本之他们的老师马中锡所撰《中山狼传》长篇寓言,而宋人已有同一题目的短篇文言小说,题宋谢良撰,文词较简。其实这类故事,本是世界各民族所共有的,中国民间也早有同类故事的流传。王、康所写杂剧则是根据马中锡的文章,借题发挥而成的。在这里,作者用诙谐的笔调,讽刺了迂腐的知识分子东郭先生的温情主义,同时也谴责了贪暴者的凶恶无义的本质,并教育人们:对敌人要坚决彻底地打击,不能存一点温情,像对待中山狼那样,其后果必然落得个你不打死它,它就要吃掉你。这就说明了对敌人的仁慈,就是对自己(对人民)的残忍的真理。剧中写温情主义者东郭先生救了在危急中的贪暴的中山狼,事后这个狼反过来要把他吃掉。他却吓得呼天叫地,束手无策,幸遇杖藜老人设计缚狼,将欲杀死。这时愚蠢的东郭先生却又发了"慈悲",表示不忍,可谓迂腐之极。康作结构完整,情节集中,词、曲、科、白流畅自然,绝无雕琢之弊,在当时是很难得的。

第二节　明代后期的杂剧

　　明自嘉靖以后,杂剧受到传奇的影响,也受到了王九思《中山狼》杂剧的启发,在形式上起了很大变化,主要是篇幅短了,形成后人所称的短剧。被指为杨慎(字用修,号升庵,四川新都人)所作而实系靖州人许潮(字时泉)的作品《太和记》即以一折谱一事,成为最早的"杂剧式的传奇"。这类戏曲也有以许多折衍许多故事而合为一本的,虽其篇幅长短和杂剧没有什么分别,但就元代严格的杂剧格律说,却是一种新形式、新风气,显然也含有传奇的模样。这时,杂剧和传奇的界限已渐模糊,甚至完全泯除了,无疑是戏剧体制上的解放与进步。

明代后期杂剧这个新变化,具体表现在:每剧多是一折或几出,如汪道昆的《高唐梦》、《洛水悲》等四剧皆为一折,而徐渭的《四声猿》则为一、二、五出不等的四个短剧,合成十出,衍四个故事。其曲调或南或北亦无一定,有时照北曲的套数,有时自出机杼,而大都是南北混杂,成为南北合套。曲调组织顺序也颇自由,实为北散曲前此所未有,即在北杂剧里也是别开生面的。剧中每个角色都可派定唱词,甚至几个人共唱一曲,或同声合唱。这些变化都说明了后期的杂剧完全是另外一个体制,可以称之为"南杂剧"了。

后期杂剧题材多是取自古代故事或文坛佳话,借以抒发文人作者自己的胸臆。故形式拘束虽已被打破,杂剧作家和作品大批涌现,但这样缺乏现实意义的题材内容,远离人民生活,自亦难于为人民群众所爱好,不适于舞台演出,于是杂剧遂从明初的贵族宫廷中走进文人的书斋里,成为案头文学了。这时期比较有成就的杂剧作家,首先当推徐渭。

徐渭(公元1521—1593年)原字文清,改字文长,号天池山人,别号青藤道士,浙江山阴(今绍兴)人。他是嘉靖诸生,才高而狂傲。知兵好奇计,客总督胡宗宪幕,出谋擒了徐海,诱获王直。后宗宪下狱,他惧祸自戕,不死,得狂疾,误杀其妻,系狱,被救出。他的杂剧《四声猿》,衍四个故事,实为折数不等的四个短剧,其包举全剧的四句题目正名也改成为一句一事的:

> 狂鼓史渔阳三弄 (一出,写祢衡骂曹)
>
> 玉禅师翠乡一梦 (二出,写月明度柳翠)
>
> 雌木兰替父从军 (二出,写木兰从军)
>
> 女状元辞凰得凤 (五出,写黄崇嘏事)

这些都是写历史题材,借古喻今,攻击当时社会的丑恶阴暗的。《狂鼓史》以浪漫主义手法写祢衡在阴司遇见曹操,再度击鼓责骂这个奸贼,后来曹操下了地狱,祢衡却升了天。这里作者揭露了统治阶级的罪恶行为,表现了作者的强烈憎恨。《玉禅师》取材民间传说故事（也见诸话本小说），通过和尚犯色戒的故事，揭穿了佛道的虚伪，讽刺了宗教，也联系了现实，具有反封建礼教的倾向。《雌木兰》和《女状元》都突出了作者提倡男女平等、妇女解放的民主思想。前者是家喻户晓的故事，后者则是写黄崇嘏女扮男装，考中了状元，做了大官，主题思想与前者基本相同。除此以外，他还有《歌代啸》一剧，是从内容到形式都来自民间的滑稽剧，其精神主要在于揭露官府的腐败、官吏的昏庸、毫无公理，是一本愤世之作。他的这些作品都是以民间喜闻乐见的题材和形式，通俗流畅的语言，毫无拘束地写成的，思想内容反映并批判了现实，具有较强的战斗性。不足之处在于戏中所写的反抗多是消极的，祢衡也只是痛骂，此外并无更有效的行动。某些地方表现了积极浪漫主义的精神，但也有些杂有浓厚的因果报应色彩。故事简单，语言也还精炼，但仍有冗长令人厌烦之处。

除徐渭外，王衡（公元1564—1607年）字辰玉，江苏太仓人，有《郁轮袍》、《真傀儡》，都是短剧中比较优秀的。前者借王维的故事对科举制度加以攻击，人物形象生动鲜明，语言明朗朴素，艺术效果极佳。后者是一个滑稽剧，从傀儡戏演出的台上台下，揭露了官场的黑暗，颇富风趣。又孟称舜字子若，一字子塞，浙江山阴人。有以崔护谒浆故事为题材写成的爱情剧《桃花人面》，感情真挚，形象生动，词曲特别优美，具有很强的感人力量。他还有《残唐再创》一剧，写黄巢起义的故事，对这个正面人物的反抗事迹予以大胆的歌颂，而对其革命的失败则给予深厚的同情，是那个时代从所未有的现实主义作品。再则有徐复祚（江苏常熟人）的《一文钱》，是一个很出色的讽刺剧，全力刻画一个悭吝的富人卢员外的形象，用夸张的手法进行泼辣的讽刺，极其淋漓尽致。可惜它以表扬佛教的了悟为旨，没有从现实中找到真正的社会原因，所以收场显得松懈，不免削弱了作品的社会意义。

在徐渭以前和以后，还有另一些南杂剧作者与作品，艺术性虽然也较高，但思想性都比较差，如杨慎（公元1488—1559年）的《宴清都洞天玄记》，李开先的《园林午梦》，汪道昆（字伯玉，号南溟，安徽歙县人）的《大雅堂杂剧》四种（《楚襄王阳台入梦》、《陶朱公五湖泛舟》、《陈思王悲生洛水》和《张京兆戏作远山》），梁辰鱼的《红线女》及《红绡》，沈璟的《十笑记》与《博笑记》，梅鼎祚的《昆仑奴》，陈与郊的《昭君出塞》、《文姬入塞》及《袁氏义犬》，叶宪祖的《易水寒》等九种，王骥德的《男王后》，车任远的《四梦记》（今仅存其中之一的《蕉鹿梦》），王澹的《樱桃园》等等，数量很多，似甚繁荣，但成就既不甚高,思想性又不够强,也就不必一一介绍了。

第三节　清代杂剧

　　杂剧到明末已完全改变了元人规制,并渐成为纯然的文人案头文字。这一风气便为清代剧作家所继承,大抵都仿写明代后期的单折短剧,尤其突出的是在内容上更少反映和批判现实,而大抵是在古书中找些文人风流韵事作为题材。比较好的,只是极少数。

　　吴伟业这个由明入清的诗人,多才多艺,具有一定的爱国主义思想,也是一个戏曲作家,有传奇《秣陵春》,也有杂剧《临春阁》和《通天台》,都反映了作者的故国之思,斥责了统治阶级的荒淫误国,虽是写历史故事,却具有一定的现实意义。而以一个名诗人写作戏曲,故词采精妙,能曲折地表达出其内心里的凄凉隐衷。

　　尤侗(公元 1618—1704 年)字同人,一字展成,号西堂,又号悔庵、艮斋,江苏长洲(吴县)人。他诗文均负盛名,有杂剧《读离骚》、《吊琵琶》、《桃花源》、《黑白卫》和《李白登科记》(一名《清平调》)五种。前两种较富积极意义,尤其表现了民族气节,最为可贵。《读离骚》借屈原之口,用屈原的辞赋,抒发自己的郁愤,自易理解;《吊琵琶》则写昭君出塞故事,情节与马致远《汉宫秋》相近,惟剧末由蔡文姬出祭,颂扬昭君崇高的民族气节,暗示作者的反清思想,更为突出。

　　蒋士铨(生卒、字号、籍里,前已介绍过,不赘)有《忠雅堂集》存世。他也是个戏曲家,杂剧有《四弦秋》、《一片石》、《第二碑》三种,与其所撰《冬青树》等六种传奇合称《藏园九种曲》。他的作品在思想上多是宣扬封建道德的,没有太大价值,惟传奇《临川梦》与杂剧《四弦秋》则摆脱了这一观念的束缚。这本《四弦秋》以白居易的《琵琶行》所写故事为本事,组织居易本传及唐宪宗时事,绝无如前人《青衫记》所虚构而增添的那类情节,而自具波澜,文学情趣很高。其"送客"一折最脍炙人口,实则"秋梦"一折亦多妙词,如:

　　〔霜天晓角〕空船自守,别恨年年有。最苦寒江似酒,将人醉过深秋。

　　〔小桃红〕曾记得"一江春水向东流",忽忽的伤春后也。我去来江边,怎比他"闺中少妇不知愁"? 才眼底,又心头。推不过夜潮

生,暮帆收,雁声来趁着虫声逗也,靠牙床数遍更筹。难道是我教
他,教他去觅封侯?

这里融合诗词,自然稳恰,情文兼至,不仅低声咽诉而已。

杨潮观(公元 1712—1791 年)又名潮,字宏度,号笠湖,江苏无锡人。他是乾隆元年举人,做邛州知州时,筑吟风阁于官廨之西,所作杂剧三十二种,即名为《吟风阁杂剧》,皆一折一事的短剧。每种都有所寄托,均见于各篇的小序。他的这种短剧形式最适合当时的舞台演出,事实上也确有几种思想意义和艺术成就均较高,在当时颇为流行,如《罢宴》便是。其他如《骂财神》(《阮籍醉骂财神》,一作《财神庙》)和《发仓》也都很有现实意义。焦循《剧说》云:"吟风阁杂剧中,有《寇莱公罢宴》一折,淋漓慷慨,音能感人。阮大中丞(按:指阮元)巡抚浙江,偶演此剧,中丞痛哭,时亦为之罢宴。……"足证此剧情词恳挚,句句从血性中来,所以具有深切感人的力量。它教导人们崇俭戒奢,虽没有深刻道理,但确也于社会有益。《骂财神》借题发挥,最为痛快,如[鹊踏枝]一曲云:"偏是那市儿胎,鄙夫才,一任将宝藏龙宫,添得他锦上花开。更逼拶出贫人的卖儿钱债,输与那权门内,去供他酒肉池台。"作者显然表示同情劳苦人民,谴责了剥削阶级。《发仓》写河南大灾,朝廷不急于救济,却热心于派专人勘访商贾的火灾。皇使路过灾区,贾天香勇敢地逼他立即设法赈济灾民,对话犀利,使皇使理屈辞穷。当她提出开仓救民的办法时,皇使怕因此获罪,她说得更为严正有为:"即使获罪,你把一人的命,换了四万人之命,也不亏负了你!"终于逼得他不得不开了官仓,救了饥民。这样的剧本在那时作家作品中是颇少有的。

此外,桂馥(公元 1736—1805 年)的《后四声猿》每种长不过二千言,短的只数百字,集中一个场面,写出一个完整的故事,而生动活泼,寓意深远,耐人寻味,虽不适于演出,而视为书面文学却有抒情小诗的特点,也未始不是一个有意义的创造。

除掉上述诸家,还可举出不少作者,如邹式金、徐石麒、洪昇、孔广森、张韬、舒位、石韫玉等,都有一些杂剧,大抵均写才子佳人的恋情,或写富贵官绅的闲情,要不就是宣扬封建道德伦理,至少也是思想意义不大的,无庸特予介绍。其实,这时期在剧坛上占主要地位的,早已不是杂剧而是传奇了;甚至到清代中叶以后,地方戏蓬勃发展,连传奇都为所掩,更无论于杂剧。自那时以后,偶有写作杂剧者也只是作为文人抒发个人情感的文学体裁,供其消遣或发泄而已。

第十四章 明清传奇

第一节 明初传奇

明代的传奇,在剧坛上的地位颇似元代的杂剧,但其繁荣却主要在后期而不在前期。明初承元代杂剧衰微之后,戏曲作者已开始改变旧风,学习宋、金、元长期在民间流行的"戏文",撰制新型的"南戏",写杂剧的极少。但由于统治者的严格控制和多数作者是由元入明依附新政权的人物,他们所写的南戏便只能按照统治者的要求,歌功颂德,宣扬封建道德,或以神仙道化、男女爱情、文人逸事等远离现实的历史故事为题材,而不敢反映和批判现实,所以前期很少有较好的作品。直到嘉靖、隆庆时,南戏才出现了一个重要的改革,产生了昆腔。音乐形式变了,相应地也要求新的内容,南戏便发展成为传奇了。传奇是宋、元"南戏"的继承与发展。在昆腔形成以前,一般称为"南戏",曲调混杂不一;昆腔形成以后,一般称之为"传奇",形成空前繁盛的局面,大作家陆续出现,遂成为它的黄金时代。

明初朱有燉等人垄断剧坛,杂剧曾有过一个短暂的繁荣,那时南戏还不算多,但既已产生,便能以其规模、体制、音律的优越性得到市民阶层的爱好,进而取代杂剧的统治地位而占据剧坛。就内容说,它所宣扬的货色与当时的杂剧并无区别;但就形式看,却较杂剧大有改进,出多而剧长,能容纳更多的内容,可以写更复杂曲折的情节;而曲调自由,限制极少,又多取自民间,为人民喜闻乐见,这就使它比僵化了的杂剧易得群众的欢迎了。

早在成化、弘治年间(公元 1465—1505 年),首先出现了邱浚(公元1421—1495 年)的五部传奇:《龙泉记》、《投笔记》、《举鼎记》、《罗囊记》和《五伦全备记》。它们都是内容腐烂、艺术低劣的。邱氏字仲深,广东琼山县人,景泰年间进士,弘治时升为文渊阁大学士,便是实际的宰相。他站在统治阶级上层立场来写教化人民的剧本,其思想内容如此,自是必然的。这五种除《龙泉》、《罗囊》外，余者皆存，而以《五伦记》为其代表。开首有诗记其作剧宗旨云："书会谁将杂曲传？南腔北曲两皆全。若于伦理无关紧，纵是新奇不足传。"竟和《琵琶记》开首"不关风化体，纵好也徒然"完全一样。还有一首《西江月》说得更为明白，其后半云："这本《五伦全备记》分明假托扬传。一场戏里五伦全，备他时世曲，寓我圣贤言。"他凭空杜撰出五伦全这个人物来代圣人立言，完全是违反现实、专为说教的，较《琵琶记》更为脱离现实，其陈腐臭烂，令人呕哕！与此同一类型的，还有邵璨的《香囊记》。邵氏字文明，江苏宜兴人。这部传奇衍张九成事，以宋室南渡为背景，并及徽、钦二帝被掳，岳飞勤王，理应写得较有爱国主义思想，但其作剧宗旨，完全是教忠教孝，并及所谓节义，而其遣词又务为藻丽，专学《琵琶记》的"赏荷""赏月"等出，却又无高则诚之才华，遂使剧本无论内容或形式都显得非常落后，给后之作者带来极恶劣的影响。

这时期，也有与此不同的少数作品，如苏复之的《金印记》，衍苏秦说合六国事；王济的《连环记》，衍王允计诛董卓事，皆另辟蹊径，别具风格；此外，则《精忠记》、《双忠记》、《跃鲤记》、《寻亲记》内容虽也是教忠教孝，但关目较为生动，情节也还曲折，而文词质朴，接近人情，在舞台上尚能取得一时地位。但到明中叶以后，这种情况已渐有转变，如嘉靖间（公元1522—1566年）李开先的《林冲宝剑记》便大不相同了。李开先（公元1502—1568年）字伯华，号中麓，山东章丘县人。他工词曲，所作极多，时称"词山曲海"。他的传奇有《登坛记》写韩信事，《断发记》写李德武之妻裴叔英事，及《宝剑记》写林冲事。今惟此《宝剑记》存世。

《宝剑记》所写林冲故事，与《水浒》所叙不尽相同，它把林冲与高俅的矛盾提到政治斗争上，而不完全是为了高衙内要强夺其妻张贞娘；林之劾高，是因为朝廷听信高俅，"遣朱缅等大兴土木，采办花石，骚动江南黎庶，招致塞上干戈，……不管闾阎涂炭"，更完全是为人民说话。这就比《水浒》更有社会意义，战斗性也更强了。作者在这里也显然概括了当时的现实，而不只是写宋代故事，所以现实性也很强。有人指责作品写林冲上山以后，还期望招安，认为是作者的局限性，需要批判。其实也不能那样看。林冲之上梁山，原是被统治阶级所逼，出于不得已，他根本没有推翻宋王朝的企图。他既志在铲除奸党，则无论上山或招安，都只是为了达到这一目的。这个剧本的主题也就在此，并非如《水浒》主要在于描写"反抗性"。"夜奔"一出云，"一朝诤谏触权豪，百战勋名做草莽"，说"救国难谁诛正卯，掌刑法难得皋陶",正指出本剧中林冲的思想。作品文词工巧典雅,但无雕琢气,故有些地方写得还很生动,"夜奔"尤为出色。在昆腔形成以前,《宝剑记》是最有成就的了。

第二节　昆腔形成时期的传奇作家与作品

在昆山腔形成以前,旧日凡唱南调者,皆曰海盐。海盐腔不振,始唱昆山腔。可见昆山腔主要是变海盐腔而成的。但是海盐腔盛时,它也并未独占南调,与之同时,还有弋阳腔,出于江西,南北两京、湖南、福建、广东用之;有余姚腔,出会稽(绍兴),流行于江、浙两省的常州、润州、池州、泰州、扬州、徐州;有海盐腔,则盛行于嘉兴、湖州、温州、台州。这时本已有昆山旧腔,但止用于吴中,所以不能普遍者,自由于它本身还有种种缺点,不及其他诸腔,尤不如海盐腔之盛行。由此可见,"昆山腔"未改进形成后来的"昆腔"以前,南戏的音律是颇为混乱的,各地各自采取其习惯用的一种。那时,唱腔既不统一,所用乐器自亦互异,虽大抵均以箫管为主,但弋阳腔以鼓为节,海盐腔则以拍为节,亦自有不同。因此,明人称南戏为"乱弹",自非无故。

嘉靖、隆庆间(公元 1522—1572 年),江西人音乐家魏良辅流寓昆山,"初习北音,绌于北人王友山。退而镂心南曲,足迹不下楼者十年。当是时,南曲率平直无意致。良辅转喉押调,度为新声,疾徐高下,清浊之数,一依本宫。取字齿唇间,跌换巧掇,恒以深邃助其凄唳,吴中老曲师如袁髯、尤驼辈,皆瞠乎自以为不及也"(见余怀《寄畅园闻歌记》)。魏良辅虽于昆腔之改革形成有最大功绩,但不能说昆山腔是他首创和独创的。他是在原有昆山地方土戏旧腔的基础上,掺合其他腔调,如弋阳、海盐、余姚等,而改造成此更加宛转曲折的新昆山腔。参加这一改进的研究者,尚有许多民间艺人、音乐家及文人学者,今所知者有过云适、郑思笠、唐小虞、陈棋泉、张野塘、张小泉、季敬坡、戴梅川、包郎郎、周梦山、张梅谷、谢林泉,以及上述的袁髯、尤驼等老曲师,魏良辅的成功是和这些艺术家的共同努力分不开的。

魏良辅改进声腔,大部分在于清唱散曲,初非专为一种戏剧声腔而在舞台演出者。他改进旧有昆山腔的地方,主要在于唱腔和伴奏的乐器。在唱腔上,如前所述,并且"愤南曲之讹陋也,尽洗乖声,别开堂奥。……声则平、上、去、入之婉协,字则头、腹、尾、首之毕匀。功深镕琢,气无烟火,启口轻圆,收音纯细"(见沈宠绥《度曲须知》)。在乐器上,以前南曲"只用弦索官腔",至魏良辅,"乃渐改旧习,始备众乐器,而剧场大成"。他把海盐腔的弦索(如筝、琶之类),昆山腔原有的月琴等合在一起,又加上管乐(如箫、笛之类),如徐渭《南词叙录》所说:"今昆山以笛、管、笙、琶为节,而唱南曲,字虽不应,颇相谐和,殊为可听,亦吴俗敏妙之事。"足见有些乐器是原来所不备,而为魏良辅等所后加的。

改革后的昆山腔,得到广大人民的喜爱,迅速流传到全国各地,压倒了其他旧有腔调,并于传到北方以后,逐渐代替了北曲。沈德符《顾曲杂言》说:"自吴人重南曲,皆祖昆山魏良辅;而北词几废。"盖北曲与南曲之分,到昆山腔出,就渐不如前此之悬绝:一面它吸收了北曲的某些优点,一面也排斥了北曲,独霸剧坛。在音律形式上,北曲字多而调促,南曲字少而调缓;北则辞情多而声情少,南则辞情少而声情多;北力在弦,南力在板;北宜和歌,南宜独奏;北气宜粗,南气宜弱。这是王世贞论曲三昧语,魏良辅曲律并从其说。可见他的改革也注意了这些差别,而进行一些调和,所以昆山腔就比较地既适于南,也适于北,很快得到了广泛的爱好。

在昆山腔的改革形成中,著名戏曲作家梁辰鱼也有很大的贡献。张大复《梅花草堂笔谈》说:"梁伯龙……起而效之。考订元剧,自翻新调,作《江东白苎》、《浣纱》诸曲;又与郑思笠精研音理,唐小虞、陈棋泉五七辈,杂转之,金石铿然。谱传藩邸、戚畹、金紫熠爚之家,而取声必宗伯龙氏,谓之'昆腔'。"他对昆腔至少起了很重要的传播与发扬光大的作用。他的《浣纱记》是首先用改革后的昆腔写的传奇剧本,在音曲上成为一部最流行最典范的作品。

梁辰鱼(公元 1520—1590? 年),字少白,号伯龙,昆山人,是明代有名的戏曲家,所著除《浣纱记》传奇外,还有杂剧《红线女》和《红绡》及散曲《江东白苎》等。

《浣纱记》亦名《吴越春秋》,以范蠡和西施的爱情故事为线索,写春秋末期吴、越战争及其兴亡。作者热情地歌颂了为祖国利益而牺牲个人幸福的西施与范蠡,特别是西施,不惜献出自己的身躯与青春,使吴王沉湎酒色,对灭吴起了一定的作用。作者对荒淫骄奢、昏庸腐朽的吴王和卑鄙卖国的伯嚭,给予了无情的鞭挞;同时,对忍辱负重、报仇雪耻的越王及其臣下,则加以肯定与赞扬。剧本集中表现了越国君臣的团结和他们艰苦复国的毅力,批判了吴国君臣的骄纵腐败终致国家败亡。作品正是从正反两方面表达了较强烈的爱国主义思想。

西施的形象写得比较生动,她爱范蠡,更爱祖国,所以为了祖国便决定牺牲爱情,勉强地"亲承受"吴王的"宠幸";在恢复了越国以后,才和范蠡重新团圆,获得个人的幸福。《思忆》一出写她当时的心理活动极其细致、真实,能够突出地表现她的精神面貌:

〔二犯渔家傲〕堪羞,岁月迟留,竟病心凄楚,整日见添憔瘦。停花滞柳,怎知道日渐成拖逗。问君,早邻国被幽;问臣,早他邦被囚;问城池,早半荒丘。多掣肘,孤身遂尔漂流。姻亲谁知挂两头:那壁厢,认咱是个路途间霎时的闲相识;这壁厢,认咱是个绣帐内百年的鸾凤俦。

〔二犯渔家灯〕今投异国仇雠,明知勉强也要亲承受。乍掩鸳帏,疑卧虎帐,但带鸾冠,如罩兜鍪。溪纱在手,那人何处?空锁翠眉依旧。只为那三年故主亲出丑,落得两点春山不断愁!

〔喜渔灯〕几回暗里做成机彀,一心要迎新送旧,专等待时候。又还愁,夜寒无鱼,满船月明空下钩。赢得云山万叠家何在?况满目败荷衰柳,教我怎上危楼!他这里、穷兵北渡中原马,何日得报怨南飞湖上舟?

〔锦缠道〕谩回首,这场功终须要收,但促急未能酬。笑迁延、羞睹织女牵牛,断魂寻行春匹俦,飞梦绕浣纱溪口。俺这里自追求,正是归心一似钱塘水,终到西陵古渡头。

"通嚭"一出写伯嚭的贪婪、自私,把那种丑恶本质,揭露得淋漓尽致,表现作者对他的深切痛恨,也是很好的一段。

《浣纱记》语言虽颇华丽,但无堆砌辞藻典事之弊,许多地方都写得很流畅,有些曲辞还颇有诗情画意,委婉动人,如最后一出的"泛湖"便是。

它的主要缺点是结构不紧凑。一方面琐碎情节穿插过多,缺乏剪裁;另一方面,在一些重要关目上并没有特予显示,冲突不够集中,看不出全剧的高峰。

稍后一点出现的另一部值得重视的作品是相传为王世贞作的《鸣凤记》。它以当时或略早于写作时的嘉、隆间的现实政治斗争为题材,猛烈地攻击了权奸严嵩父子,颂扬了一批忧国忧民的正直官吏,表达了广大人民分明的爱憎感情。这在当时是具有重要意义的作品。戏中不少人物是用真名实姓的,如果确是王世贞或其同时人写的,则在演出时有些人物还是活着的。所以在那么黑暗的封建统治时代里,它就愈为难得,比起当时流行的以恋爱为题材的作品,就更有鲜明的倾向性,即比之一般借古讽今的戏,也是更直接、更警醒的。

这部《鸣凤记》写的是:奸相严嵩大权独揽,儿子世蕃也身居高位,父子贪污成性,与各级官吏勾结,鱼肉人民,残害忠良。戏里把当时的民族矛盾和阶级矛盾结合在一起,使得正邪两种势力的斗争更加复杂而有意义。严嵩与仇鸾勾结,杀害了力主驱逐鞑靼恢复河套的夏言和曾铣;杨继盛也因劾仇鸾而被贬,后遇赦还京,又弹劾严嵩,卒致被杀,夫妇死节;邹应龙、林润也是坚决与严等对立的,他们最后终于斗倒敌人,严嵩与其走狗赵文华以罪免职,严世蕃处死。

作品刻画严嵩父子及赵文华等奸臣恶吏的形象,都很鲜明,而写赵文华这个奸邪小人尤为成功。他趋炎附势,卑鄙下贱,至不惜为严嵩吮疮舐痔,当干儿子,送七宝溺器,跪在严府门外等候接见。派他讨倭,他对沿途将官或接见,或发遣军前听调,一依送礼多少为准。他又为了冒功邀赏,竟至杀死残疾的老百姓,取其首级。"文华祭海"一出,通过和尚的口,揭露现实最为彻底。

作者基本上站在人民的立场,热烈地歌颂了前仆后继与严氏父子作斗争的忠臣义士,写了不少有声有色壮烈动人的场面,塑造了一系列可敬可爱的正面形象。"灯前修本"和"夫妇死节"两出,不但生动地描写了杨继盛为国除奸的自我牺牲的大无畏精神,而且还着力地描写了他的妻子,塑造出一个非常有见识有德操的妇女形象。这些忠臣义士的斗争,不是靠广大人民的力量,而是靠个人的忠谏和死节,与奸邪硬拼,自然说明了他们和作者的思想认识还有很大的局限性,但作品对于他们的英勇行为的颂扬,还是具有很大教育意义的。

这部作品语言喜用排偶,是其缺点,不过多数段落还是生动自然,比较流畅的。结构上,由于人物较多,情节复杂,头绪纷繁,全剧不免显得松懈枝蔓。

在这个时期,还有一些作家写了不少现实意义不强的作品,如李日华把王实甫的《西厢记》翻为《南西厢》,至今犹为昆曲戏班所演唱。但就剧本文学论,它只是"借实甫语,翻为南曲",全是因袭,并无创作,不能算有什么大的成就。后来陆采认为不满意,又另翻了一部《南西厢》,结果也无所改进,流传还不及李作之广。他的《明珠记》，写唐人传奇《无双传》的本事，却是这时期同类作品的代表。郑若庸有《玉玦记》则与邵灿《香囊记》同是专求词采典雅的。张凤翼的《红拂记》写唐人《虬髯客传》故事，《虎符记》写花云抗陈友谅事，文笔与郑若庸相近。稍后，屠隆有《昙花记》和《彩毫记》等。前者写木清泰信道求佛，终于成仙，显然是反现实主义的代表落后思想的作品；后者写李白遭遇，也没有很大价值。总之，这时传奇作品数量已大有增加，但除掉《浣纱》、《鸣凤》和前期之末的《宝剑》三种外，一般都是思想性差、艺术成就也不高的平庸之作。

第三节　昆曲鼎盛时期的传奇作家与作品

昆曲到了万历年间达到它的极盛时期，以大戏曲家汤显祖为首的"临川派"及以沈璟为首的"吴江派"都是最活跃的，容后专立章节来叙述。这里只讲几个不属于那两派的代表作家与作品。

与汤显祖同时或稍后一点的传奇作家比较突出的，首先当推高濂和孙仁孺，前者有《玉簪记》，后者有《东郭记》。

高濂字深甫，号瑞南，钱塘（今杭州）人。他的生卒无考，但据吕天成《曲谱》推测，其活动年代当在万历年间。他的传奇，除《玉簪记》外，还有《节孝记》，现存。

《玉簪记》写陈妙常和潘必正的恋爱故事。陈妙常是女贞观的一个女道姑，但她不顾封建礼教的约束和观主潘道姑法成的阻挠，大胆地和潘道姑的侄儿潘必正相爱，终于先后逃走，自由结合，取得了反抗斗争的胜利。

作者通过陈妙常由谨守清规到热烈追求爱情生活的转变，反映了当时人们要求自由解放，摆脱封建束缚的精神，也揭示了男女青年对封建婚姻制度与寺院清规的不满。作品深刻地揭露了封建礼教与宗教戒律虚伪凶狠的面目与本质，也写出青年男女真挚高尚的爱情生活与坚贞性格，具有很大的反抗意义与战斗作用。

剧本的艺术成就也是值得称赞的。从整个戏看，情节安排合理、可信，故事是个喜剧，但不流于猥俗。至今还活跃在舞台上的"秋江"就是此剧的一出，极为广大观众所喜爱。作品基本上按照生活的逻辑发展来展开戏剧矛盾，从矛盾发展中展示出人物的性格。陈妙常的心理活动是很复杂的，在

作品中表现得非常细腻真实,如"琴挑"中的一曲:

〔朝元歌〕你是个天生后生,曾占风流性。无情有情,只看你
笑脸来相问。我也心里聪明,脸儿假狠,口儿里装做硬。待要应
承,这羞惭,怎应他那一声! 我见了他,假惺惺,别了他,常挂心。
我看这花阴月影,凄凄冷冷,照他孤另,照奴孤另!

她爱上了潘必正,但不敢明白表示,心里热烈地追求着,表面上却因少女的
羞怯而故意装模作样,自己也感到这是个矛盾,但只好忍受孤零。

《玉簪记》在情节上先安排了陈、潘二人曾由父母指腹为婚,证明他们的
恋爱是合法的,这就削弱了他们的反封建礼教的斗争意义,说明作者思想上
还有一定的局限性。在艺术上,作者没有受到当时格律派讲求音律辞藻的
过大影响,基本上是自然的、本色的,语言简炼清新。所以有人专从格律上
严格地要求它,而不免指责其用韵太杂,并有音律失协的毛病,其实那是不
必要的,只要它基本上合律可以演唱就行了。

孙仁孺原名钟龄,别号峨眉子,生卒籍里不详,大约是万历、崇祯年间一
个郁郁失志的知识分子,可能是四川人。他的作品除《东郭记》外,还有一部
《醉乡记》留传下来。

《东郭记》的故事取材于《孟子·齐人有一妻一妾》章,而加以扩展变化,
增添情节,演成一幅当时官场现状的漫画,对丑恶现实进行了辛辣的讽刺。
作者的态度极为鲜明,憎恶统治阶级及其走狗与帮闲者,揭露他们的贪谄奸
诈的丑行,赞扬清高廉洁的隐士,表彰他们的首阳之风。它是针对明末朝政
及社会风习的现实而写的,广泛地讽刺了社会上各种丑恶人物,包括了书
生、官人、朝臣、乡闾。它指"官人"为"民贼",以立朝为可耻,并在第十三出
的宾白中说出"做官的便是圣人,有钱的便是贤者"那样又概括又深刻的批
判现实的话。"齐人"是全剧的中心人物,他装扮成一个叫化子,在东郭坟地
里向人乞食,回家蒙骗妻妾,大吹大擂,被识破后,还厚颜无耻地说是"玩世
之意"。后来竟得到友人淳于髡的提携做了官。王骥本在东郭氏处学唱,沿
门乞求,因得利不多,改做穿窬之贼,积累了钱财,向贪贿的田大人戴(姓田
名戴)买了个官做。淳于髡则是把自己训练成一个可耻可怜的小丑,献媚取
宠于统治者而获居高位。这般无耻之徒做了官后,为争夺地位,互相倾轧。
所有这一切情况都与当时统治者的普遍行径完全无二。

在另一方面,作品还写了一个清高正直的陈仲子,他自食其力,不肯与

那些卑鄙丑恶的人同流合污,但他却只能独善其身,而于世无补,显得非常迂阔。作者既赞美他的清高,同时也批判其消极的一面。

作品的讽刺性很强,语言与剧情相应,故夸张而不失其真实。作者以嬉笑怒骂之笔,写这样一个严肃的主题,借古讽今,既现实,又典型,艺术上也取得了很大的成就。

此外,万历期间传奇作家尚多,作品也是十分繁荣的,但能追及上述这两种的却还没有,当然更无从与汤显祖的名作相提并论了。梅鼎祚的《玉合记》最为时人所尚,"然宾白尽用骈语,饾饤太繁;其曲半使故事及成语,正如设色骷髅,粉捏化生,欲博人宠爱,难矣"(沈德符《顾曲杂言》)。汪廷讷所作传奇甚富,而以喜剧《狮吼记》较有名,但不过供人捧腹而已,无甚意义,价值自亦不高。至若徐复祚的《红梨记》、许自昌的《水浒记》、陈与郊的《灵宝刀》、周朝俊的《红梅记》、朱鼎的《玉镜台记》、王玉峰的《焚香记》,以及无名氏的《古城记》、《草庐记》、《白袍记》、《彩楼记》,真是多得不可胜数,其中虽也有较好的,或流传较广的,但都不突出,故不一一介绍。

第四节　沈璟和吴江派的形式主义

当汤显祖以其《牡丹亭》等进步作品驰誉剧坛之时,以沈璟为首的格律派剧作家也大扇其形式主义的作风,声势浩大,影响不好,时号"吴江派"。

沈璟(公元 1553?—1610)字伯英,号宁庵,又号词隐,江苏吴江人。他是万历二年(公元 1574 年)进士,壮年即辞官归家,放情词曲,精心考索者三十年,所著甚富,有传奇十七种,总名《属玉堂传奇》,今存有《红蕖记》、《义侠记》等数种。当时剧作家最推许《红蕖记》的文词,但舞台上最流行的则为其《义侠记》。前者取材于唐人传奇小说《郑德璘传》,而另加头绪;后者则写《水浒》中武松故事,而歪曲其形象。他在曲学上,最重格律,曾著有《南九宫谱》二十一卷,定下了戏曲的格调框子,要求写传奇必须严守韵律,而轻视其思想内容。他还辑了《南词韵选》十九卷,著《论词六则》、《唱曲当知》、《正吴编》和《考定琵琶记》等书。他认为汤显祖的《牡丹亭》不合音律,改作《同梦记》,或名《串本还魂记》,谓必须改作始能串演,但汤显祖却大不谓然。他的《南九宫谱》详细地说明了南曲的唱法,整理了传统曲调,被后来曲家奉为金科玉律,尤其被格律派曲家认作是"吴江派"的创作准绳。

不过，沈璟本人却还认为他的《红蕖记》不够本色，可见他老年已有一些悔悟，故对于世所最推崇的绮丽典雅的作品，反以为有所不足了。他后来的一些作品，常有"更韵更调"的情形，显然他自己并不把格律看作一成不变的东西。这一点却又是"吴江派"后生所认识不到的了。

但他的主张，无论前期或后期，毕竟是与汤显祖对立的：沈璟认为"宁协律而不工，读之不成句，而讴之始协，是为曲中之工巧"；汤显祖却完全相反地以为"余意所至，不妨拗折天下人嗓子"。这是何等的不同！而仅从这一点我们也可以看出当时剧坛上两个对立的流派斗争之激烈了。

沈璟以后，受其影响而随其步趋的"吴江派"有：吕天成，著《曲品》一书，从形式上品评元末以来的南戏，观点上就错了，但保存了一些戏曲材料，可供后人研究。卜世臣作品甚多，流传至今者仅《冬青记》一种，音律精工，但成就殊低。王骥德（字伯良，今浙江绍兴人），虽是徐渭的门生，但并未继承其风格，所著关于戏曲理论的《曲律》一书是"格律派"理论上的代表作，涉及范围甚广，提出了许许多多的清规戒律，影响很大。还有，顾大典著《清音阁四种》传奇，惟《青衫记》较有名；叶宪祖的《金锁记》把关汉卿《窦娥冤》改写成大团圆的结局，远不及原作之深刻、富现实意义，惟守韵调甚严，证明他是"吴江派"的中坚而已。

梅鼎祚的《玉合记》是自《香囊记》以来"骈俪派"的高峰，沈璟的"吴江派"则是专讲格律的顶点，二者虽所重不同，却都是属于形式主义的。

明末阮大铖、吴炳等虽似学汤显祖，但只注重其词采，在格律上却是学"吴江派"的。因此，他们实是集"骈俪派"与"格律派"之大成的唯美主义形式主义者，不能妄自附会于"临川派"或"玉茗堂派"。阮是个由明入清的汉奸，其人品已不足道。他所作的传奇，以《燕子笺》、《春灯谜》为最著。吴炳作品五种，以《画中人》、《疗妒羹》为有名。

此外，明亡前后，尚有通俗文学倡导者和搜辑者冯梦龙，也写传奇，但多改编前人之作；袁于令是叶宪祖的弟子；沈自晋和范文若也各有若干作品，大抵均属"吴江派"或沾染有浓厚的吴江风气。惟这时期朱素臣有作品十八种，其《十五贯》最为成功，至今尚多演唱，为群众所欢迎。还有朱佐朝，作品多至三十种，较著名的有《渔家乐》。他们多从现实取材，剧情和语言均适合演出，深得群众喜爱，与当时形式主义者的作品大异其趣。

第五节　清代传奇及戏曲理论

　　传奇至明末清初之际,已渐趋于格律严谨、辞藻精美,走上形式主义道路,阮大铖辈人品污下,更不敢反映现实,而有意识地写些儿女之情的作品,以为娱宾遣兴之用。到了清初,这种趋势更加严重,遂把传奇带到末路,只有洪昇的《长生殿》和孔尚任《桃花扇》不同凡响,容专章分论。这里只把传奇戏曲发展史尾声中的少数较有成就的作家作品略述一二,以便了解一代剧坛的概貌。

　　吴伟业虽晚节不终,而衷心抑郁,究竟与阮大铖之流的甘心事敌、毫无民族观念者迥乎不同。他除写有《通天台》等杂剧,颇寓亡国之哀外,还作有《秣陵春》(又名《双影记》)传奇,也是"借古人之歌呼笑骂,以陶写我之抑郁牢骚"的戏剧。这部传奇写北宋末抗金殉国的徐适与黄展娘的爱情故事,但有意识地把时代移至宋初,并以先朝遗物玉环和宝镜为两人爱情的媒介,显然是以金之侵宋比清之侵明,表达作者对先朝灭亡的感叹悲伤。就戏曲言,文辞典雅,不够通俗,而故事离奇,头绪纷繁,结构松散,矛盾也不够集中,故成就不大。

　　另一剧作家尤侗的《钧天乐》传奇,以浪漫主义手法写科举制度的虚伪腐败,也暴露了社会的黑暗与不合理现象,而设想出天界会有公正的考试甄才办法,使有才有学的不致受屈。"哭庙"一出借主人公沈子虚之口,倾泻出作者胸中的愤懑不平之气,认为在现实社会才智之士没有出路,只好上天申诉,于是进而描写天界的幸福快乐,也正是对照人间的黑暗阴郁。

　　蒋士铨的传奇有《临川梦》、《冬青树》等六种。《冬青树》写南宋灭亡时文天祥、谢枋得等忠义爱国之士的故事,颇有现实意义。其中有些部分写得激昂慷慨,有些情节则悲凉凄怆,词意俱佳。但全剧结构冗杂,枝节过多,是其缺点。其他五种,虽均无突出成就,而作者诗才迥出时辈,故剧中词曲颇多佳作,在当时固为一杰出的传奇剧作家。

　　此后作者尚多,如夏纶、董榕、黄燮清等,实均无多少成就,表明这时候传奇已进入最后衰亡的阶段了。

　　清代传奇衰歇,而论曲之作及曲律曲谱等工具书却比较兴盛。康熙时的《钦定曲谱》尚甚粗略,乾隆六年开"律吕正义馆",广集乐工,审定音律,汇取前此各书精萃,编为《九宫大成南北词宫谱》,实为自有曲谱以来第一巨制。但南北曲的规律既明,而知音者却一天天少了,这类书只能供我们研究之用,对清代传奇戏曲创作的兴衰实无多少影响。

这时期内有一位大戏曲理论家值得特加介绍,那就是李渔(公元1611—1680年)。李渔字笠翁,浙江兰溪人。著有《闲情偶寄》(见《李笠翁一家言》),分"词曲"和"演习"两部分,对戏剧编演,均有独到的见解。它主要从舞台演出的效果出发,着重结构,如立主脑,减头绪,密针线,申虚实,戒讽刺(反对借写剧本发泄私人恩怨)。对于戏剧语言,主张"贵浅不贵深",因为"戏文做与读书人与不读书人同看,又与不读书之妇人小儿同看",只有通俗浅显才能产生好的舞台效果。他更提出"语求肖似",也就是要表现人物的个性,说张三要像张三,不能把张三融于李四,形成浮泛雷同(就是概念化和一般化),而方法则必须是"欲代此人立言,先宜代此人立心",其实就是根据人物的生活、地位,充分掌握其性格的必然发展与特征。他要求语言尖新,有机趣,反对板腐粗俗;要求文词洁净,忌浮泛、填塞。这些都是很有意义的见解,对我们今天的剧本创作仍有参考吸取的价值。

李渔的传奇创作有《奈何天》、《风筝误》、《凰求凤》、《意中缘》等十种,合称《笠翁十种曲》,都是风情剧或滑稽剧,现实意义自然是不强的。比起他的戏剧理论来,这些创作也是成就不高,价值较低的。

到了鸦片战争以后,在舞台上,传奇戏早为京戏及各种地方戏所代替,传奇剧作家几乎绝迹;间有作者,也不过是利用这种形式写为案头文学,借以抒发其一时的思想情感,无论在文坛或剧坛上,都没有什么地位了。

第十五章　汤显祖和他的《牡丹亭》

第一节　汤显祖的生平及其思想

汤显祖是明代后期一位大戏剧作家,与吴江格律派领袖沈璟同时,但能以其辉煌的现实主义与积极浪漫主义相结合的剧作与之对峙,扭转了空虚的形式主义的风气。

汤显祖字义仍,号海若,自署清远道人,亦号海若士,一称若士,晚年又号茧翁,江西临川人。他生于明世宗朱厚熜嘉靖二十九年(公元 1550 年),卒于明神宗朱翊钧万历四十四年(公元 1616 年),时六十七岁。他于隆庆四年(公元 1570 年)二十一岁时中了举人;万历十一年(公元 1583 年)三十四岁成进士。明年,除南京太常博士。朝廷将征为吏部郎,上书辞免。稍迁南祠郎。后以抗疏论劾政府信私人、塞言路,被贬为广东徐闻典史,又迁知浙江遂昌县。这时他因政清刑简,每五天办公一次,以余暇与生员讨论学问。他曾把囚犯放出过年,看花灯,致招上司不满。他看当时朝政腐败,官场黑暗,写过不少指斥的文章,抒发自己的愤怨。最后,遂于万历二十六年(公元 1598 年)向吏部告归,里居二十年,不复出仕。

汤显祖处在明代后期朝政日趋腐败的时代。东林党代表了具有进步思想的士大夫,与当时朝廷权贵进行了激烈的斗争。东林领袖邹元标是他的同乡,顾宪成是他的朋友。他在政治上的见解和他们一致,虽不是东林党人,却是互通声气,站在进步一方面的。

从学术思想的发展来说,这个时代在历史上也是一个具有革命意义的大时代。泰州学派首创人王艮建立了反对程朱理学的王学左派,主张"百姓日用即道",形成了自由解放、打破传统道学与自由讲学论道的新风气。汤显祖自幼即曾受学于王学左派的罗汝芳,受其思想影响很深,后来更极尊崇李贽(卓吾)这位明代大思想家,则其思想之进步,自不待言。另外,他和公安派领袖袁宏道有深厚友谊,文艺思想也极接近。他与佛家紫柏禅师也有密切往还,自亦接受了禅宗思想,故其晚年曾组织过"栖贤莲社"的佛会,说明他后期思想中消极因素是有渊源的。

他所处的时代,正是文坛上复古主义者缺点毕露,盛极而衰,但天下滔滔,比比皆是,独有公安派起而抗之,大声疾呼,反对因袭,反对保守,反对虚伪的假古董而主张"独抒性灵";他也正是主张文章要有灵性、有至情的,可见他的文学见解与公安派大体上一致。但他却不像袁宏道等大讲理论,形成运动;他只是以其创作来实践其文学主张,用具体作品影响文坛。然其推动文学向前发展的作用,也还是很大的。

他正是在戏曲文学或者说在传奇这一文艺形式方面,实践了自己的文学主张,即重视作品的现实主义内容,坚决反对格律派的形式主义。他虽不像他的对立面吴江派沈璟那样著书立说,提出并宣传其系统的文学主张,但他的杰出的剧本却在反格律、反形式主义方面获得了巨大的战绩,使反对者也不得不承认其"前无作者,后鲜来哲,二百年来,一人而已"的卓越成就与历史地位。无疑的,这样成就的取得,主要来之于他的思想的进步。

第二节 汤显祖的文学创作

汤显祖是有明一代最伟大的戏剧作家,也是一位有名的诗文家。他的《玉茗堂集》有文十六卷,诗十八卷,赋六卷,尺牍六卷,共四十六卷。另有《红泉逸草》和《问棘邮草》为其中年以前所作,尚不在内。前者收诗七十五首,后者收赋三首,赞七首,诗一百四十二首。综合计算,他有文五百余篇,诗一千余首,数量相当可观。诗多应酬之作,间有抒发性灵者,但究未脱时人习尚,成就不算太高,文较诗尤差。虽然如此,从这些诗文中也还是可以看到作者的思想与态度,并能借以了解其文学见解,不失为研究这位大戏剧作家的重要资料。何况他既是一个现实主义大作家,无论用什么体裁写出的作品都必然反映他这种创作精神,所以在诗文中也不能没有一些可取的作品。如在遂昌县令任内写的一首五古《疫》和另一首《寄问三吴长吏》,便都是反映现实,代表人民向统治者提出控诉的;《感事》一首,讽刺明末派宦官四出采矿,勒索人民,更是佳作:"中涓凿空山河尽,圣主求金日夜劳;赖是年来稀骏骨,黄金应与筑台高。"所有这类作品,都是值得肯定的。

汤显祖的主要成就自然还在他的戏剧创作《玉茗堂四梦》:《紫钗记》、

《还魂记》(一名《牡丹亭》)、《邯郸记》和《南柯记》,亦称为《临川四梦》。另外还有早期不成熟的作品《紫箫记》,即后来改写为《四梦》中的第一本《紫钗记》者。除他的代表巨作《还魂记》留待下节专叙外,这里先把其他"三梦"简略介绍一下,并由此了解他创作的道路与取得的总的成就。

《紫箫记》是他在万历五年秋至七年秋的两年间(公元 1577—1579 年)的处女作,时年二十八岁至三十岁。作品尚未完成时,因"曲中有所讥托,为部长吏抑止不行",盖才写及半,"而是非蜂起,讹言四方",指为讽"当时秉国首揆"张居正,不得已,遂放弃了。后来,任南太常博士时,又乘闲暇,"更为删润讫,名《紫钗》"。所以,述《紫箫》本事也就是介绍《紫钗》故事,而论《紫箫》未完的残稿不如迳论这部"删润讫"的《紫钗》。并且玉茗堂实只有"四梦",不应认作有五部传奇。

这部《紫钗记》取材于唐人传奇《霍小玉传》,在原稿《紫箫记》中,平铺直叙,而特重辞藻,到了这部重作的本子,虽仍重词曲,不重科白,保持其典丽的风格,为"案头之作,非台上之本",但思想内容和艺术技巧都有了很大提高,已足显示出作者的才能。而且即就情节言,两者虽均根据《霍小玉传》,然《紫箫》多出于作者的想象,突出表现其为文人之笔,《紫钗》则除团圆的结尾外,可以说完全是唐人小说的改编。霍小玉的形象很生动,她出身寒微,却不畏权势,以死来保障其纯洁的爱情,真实动人,最能引起读者和观众的同情。这里已有影射时事并加以讽刺的内容了,如写男主角李益因中了状元不去参见卢太尉,竟被派到边疆去做军职,就是作者因他自己触忤权相张居正而不得中进士,便把那种愤懑不平的情绪创为剧中情节,加到李益身上的。

《南柯记》作于万历二十八年(公元 1600 年),《邯郸记》作于次年,这时作者已过五十岁了,并且已经是完成《还魂记》那部伟大作品之后,在创作上完全成熟了,所以在思想上和艺术上都高于《紫钗》,更为《紫箫》所不及。这二梦也都取材于唐人小说,前者根据李公佐的《南柯太守传》,后者则是根据沈既济的《枕中记》。它们都是在神仙道佛和变化倏忽的梦境背后,对当时政治的黑暗进行猛烈的抨击。但其中也流露出作者晚年受佛家思想影响而有人生无常,富贵如梦,超尘出世的消极情绪,因而也削弱了它们的积极战斗作用。就这两部作品比较来看,《南柯记》远不如《邯郸记》,它在思想上被佛家完全控制住了,语言上也有堆砌典实、讲究辞藻的毛病,与《紫箫》、《紫钗》相近,不似《邯郸记》那样深刻而明畅,朴素而自然。

《邯郸记》通过卢生的梦境,首先攻击了当时败坏已极的科举制度,"赠试"、"夺元"两出就是反映这一方面的。崔氏劝他到长安要先到身在要津的亲戚的门下,并嘱咐他要用钱来相帮引进,那么"取状元如反掌耳",要是"少了他呵,紫阁金门路渺茫"。这些情节和语言显然是对封建社会作露骨的揭发和尖锐的讽刺。它也描写了朝廷和地方各层官僚统治集团争权夺利、互相倾轧的种种事实与他们在生活方面的污秽、荒淫,从而揭露整个这一阶级的丑恶本质。作品也通过卢生的梦境,刻画出一个热衷功名、利欲熏心、患得患失的封建文人的典型形象,还以浪漫主义的手法,刻画出一个阴险毒辣、卑鄙嫉忌的典型小人的形象宇文融,都是具有深刻的社会意义的。在语言运用上,这个剧本的曲、白都精炼生动,自然本色。在结构上,它有叙述,有穿插,紧凑而曲折,情节虽繁而线索清楚,明代传奇中少有能及之者。但这里的虚无主义思想却大大降低了它的积极作用,那就不及《牡丹亭》远甚了。

第三节 《牡丹亭》的巨大成就

汤显祖的五十五出《牡丹亭还魂记》是他的代表作,在明代传奇中成就最高,其全剧情节结构可以用开头的一首词《汉宫春》来概括说明:

　　杜宝黄堂,生丽娘小姐,爱踏春阳。感梦书生折柳,竟为情伤。
写真留记,葬梅花道院凄凉。三年上,有梦梅柳子,于此赴高唐。
果尔回生定配,赴临安取试,寇起淮阳。正把杜公围困,小姐惊惶。
教柳郎行探,反遭疑、激恼平章。风流况,施行正苦,报中状元郎。

还魂之事,古来传记、小说中很多。汤显祖自为此剧"题词"云:"传杜太守事者,仿佛晋武都守李仲文、广州守冯孝将儿女事。予稍为更而演之。至于杜守收拷柳生,亦如汉睢阳王收拷谈生也。"可见他是有一点古代传说的因依,并非完全出自杜撰的。《法苑珠林》中李仲文、冯孝将事和《太平广记》引《列异传》的谈生事,在故事情节上给了作者一些启发,但并不相同。元人的《碧桃花》和《倩女离魂》二杂剧所写与汤作极相似了。又《睽车志》载:"士人寓三衢佛寺,有女子与合,其后发棺复生,遁去。达书于父母。父以涉怪,忌见之。"其故事与这个剧本所写尤相合。然而,故事取材虽有根据,却并不等于改编,因为作者在剧本中的写法,着重在对这个女主角杜丽娘的叛逆性格和斗争精神的刻画,和对封建社会宗法家长制度及封建伦理道德的虚伪和残酷的揭露与批判。

杜丽娘的形象在剧本中是最光辉的,也是最真实的。主要表现在她的蕴藏在心灵深处的要求解放的激情与理想以及她的坚决反抗精神,不是一开始就能冲破环境所给予她的长期桎梏而爆发出来,乃是通过内在的力量与外在的条件展开矛盾斗争逐渐成长和发展起来的,而她的性格也越来越明显,形象也越来越光辉了。

杜丽娘是太守的小姐,自幼受着封建的家庭教育,要培养成"大家闺秀",并由老学究陈最良为老师,教以"三从四德",以便进一步把她培养成正统的贤妻良母型的封建女性。然而,刚一学了《诗经》的《关雎》,就被"讲动情肠",到"后花园要把春愁漾",她的青春开始觉醒了。在剧中,从《训女》、《闺塾》到《惊梦》、《寻梦》,再到《圆驾》的情节变化过程,也就是杜丽娘从闺秀到反封建斗士的发展过程。这样层层深入,步步提高,便使得人物真实生动,使得她的反封建礼教的战斗坚实有力,使得她的反抗性格逐步成长,合理可信。在"游园、惊梦"的过程中,她先是对自然美的赞叹,继而联想到自己的处境,伤感着"如花美眷,似水流年",不满于关在笼子里头的囚徒生活,继而是大胆冲破礼教的行动,性格发展毫不勉强、突然。

《惊梦》揭示杜丽娘性格发展的必然性:开始怀着少女的羞怯,有些犹豫,既而接触到自然的美,便唤醒了她的青春,于是脱口而出地自白道:"可知我常一生儿爱好是天然",对过去闺阁生活表示不满而要求解放,遂产生了"惊梦",然后进一步发展到"寻梦",对理想进行大胆的追求,再进而见之于行动,为理想而斗争。

杜丽娘之死,表明了封建势力还很强大,不允许叛逆者的存在。但是反动力量虽然能摧残她的生命,却不能屈服她的精神,她的鬼魂更大胆地与柳梦梅结合了。她不仅与柳梦梅私订了"生同室,死同穴",永做夫妻的海誓山盟,而且毫不羞愧地承认自己是一个"情鬼",承认无媒自嫁,并否定了封建婚姻制度的"门当户对"。最令人赞佩的是她那坚定的决心:"叫俺回杜家,趱了柳衙,便作你杜鹃花,也叫不转子规红泪洒。"作者在"题词"中所说的正是这个形象的伟大所在,也是这个作品的生命所在:"如丽娘者,乃可谓之有情人耳。情不知所起,一往而深。生者可以死,死者可以生。生而不可与死,死而不可复生者,皆非情之至也。"这种至情正是推动她坚决斗争、反抗封建压迫的精神力量的源泉。

男主角柳梦梅的形象也是非常可爱的:他正直热情,敢于大胆反抗封建礼法,敢于否定权势;他对爱情无比忠诚,当他知道杜丽娘是个鬼魂时,并没有害怕而减低对她的爱,相反地却积极使她还魂,结为夫妇,也说明了他的爱是生死不渝的。

反面人物杜宝是封建礼教的代表,作者极力刻画了他的虚伪、残忍、顽固、愚蠢与无能的阶级特征。《硬拷》的吊打柳梦梅就因为梦梅和他还魂了的女儿成了婚,乱了他的伦常;《圆驾》的骂丽娘,则因为她没有凭媒成亲,败坏了他"清白"的门风,不但视女儿为妖孽,告到皇帝跟前,还要逼女儿"离开柳梦梅,回去认你"。这都是揭露其顽固、愚蠢和凶残的本性的。

作者之所以把这个故事写得如此离奇,不但不是单纯的幻想虚构,而是完全有其现实基础的:在封建礼教那么严厉的管束之下,杜丽娘只有在梦中才可能与柳梦梅接触、相爱,以至于结合;也只有在毁灭了自身以后,才可能以鬼魂冲破封建的罗网,以完全摆脱了人世的礼教束缚的鬼魂去与柳梦梅结为夫妇,享受爱情的欢乐;然后再通过还魂,恢复人的地位,进一步向封建制度大胆冲击,取得最后的完全胜利。这不但符合故事情节的必然发展规律,也充分体现了广大人民的理想和愿望。这是想象与真实交织在一起而不可分的,不仅没有脱离现实,而正是巧妙地、深刻地反映了现实。

就艺术成就而论,《牡丹亭》是我国古典戏曲中把积极浪漫主义与现实主义紧密结合在一起的典范。作者用大胆的想象和夸张的手法,把事件按照理想的道路合情合理地发展起来,虽不见容于现实社会,却完全符合人民的愿望,并且这一理想在未来的社会中可能会实现。他也依此要求刻画出理想人物的理想性格,特别是反映在杜丽娘身上的性格特征,似乎是不可能有的,但读了之后,绝对不会感到有什么不真实;相反的,你会认为这形象是活的与实有的。作者在大胆想象之下,从不忽视细节的真实描写,尤其注意了人物的感情变化与心理活动,这就使它具有典型性与个性而成为一个活生生的人了。

作者塑造人物不是作静止的描写,而是在斗争中、在事件演变的进程中,揭示其性格的发展的。如此,则性格发展又促成新的情节的产生,相互推动,情节愈变化,形象愈清楚。通过情节的变化,也展示了社会环境的图画,以环境烘托人物,以人物斗争揭露社会本质。如此,则既突出了人物性格,也反映了社会的本质。

《牡丹亭》的曲词最为优美动人。写景则描摹生动,明媚如画;写情则深婉曲折,沁人心脾。而尤以景不虚写,情不空谈,两者互相为用,真正做到了情景相生,情景交融。有名的《惊梦》一折中的〔步步娇〕和〔皂罗袍〕两只曲子,都是最好的例子:

> 〔步步娇〕袅晴丝吹来闲庭院,摇漾春如线。停半晌,整花钿。没揣菱花,偷人半面,迤(按:音拖)逗的彩云偏,步香闺怎便把全身现!
>
> 〔皂罗袍〕原来姹紫嫣红开遍,似这般都付与断井颓垣。良辰美景奈何天,赏心乐事谁家院!朝飞暮卷,云霞翠轩,雨丝风片,烟波画船。锦屏人忒看的这韶光贱!

说白也很精彩,与曲词配合得非常恰当,都是符合人物身份、地位,代表人物思想面貌,充分地个性化了的。论者谓这部曲子"婉丽妖冶,语动刺骨",所以它一出来后,"家传户诵,几令《西厢》减价",但又责其"字句平仄,多逸工尺",说他"不谙曲谱,用韵多任意处"。其实他何尝不懂曲律,只是为了重在艺术生命,不愿受格律束缚而已。他自己说:"……自谓知曲意者,笔懒韵落,时时有之,正不妨拗折天下人嗓子。"他不但自信甚强,而且表明了他的创作正是反形式主义格律派的实践的结晶。

这部作品虽也有缺点:如部分庸俗的描写;如后半部拖得太长,有蛇足之嫌;如杜宝被写成良吏,而加以肯定,削弱其作为反面形象的代表人物的作用;如词曲间有过于典丽,不够通俗等等。但这些都是枝节问题,并不足以掩其整个思想内容与艺术表现的巨大成就。无怪当时此书一出,就轰动了许多读者,产生了巨大的影响,尤其在妇女中竟有为读此曲,"断肠而死"和"伤心而亡"的;至于曲家,无论赞同他还是反对他的,都一致承认它的成就而加以推崇。

第十六章　李玉和他的《清忠谱》

第一节　李玉的生平及其创作

李玉是明末清初一位现实主义大戏剧作家,他的作品无论在质量、数量上都是杰出的。关于他的生平,我们知道的很少,由于材料的缺乏,连简单的轮廓都难于确切地勾勒出来。大致可述的是:

李玉字玄玉,别号苏门啸侣,又号一笠庵主人,江苏吴县人。吴伟业在给他的《北词广正九宫谱》作的《序》中说:"李子元玉(按:清人避康熙讳"玄"字书作"元"),好奇学古士也。其才足以上下千载,其学足以囊括艺林,而连厄于有司。晚几得之,仍中副车。甲申以后,绝意仕进。以十郎之才调,效耆卿之填词。所著传奇数十种,即当场之歌呼笑骂,以寓显微阐幽之旨。"从这里可以推知他是明末清初人,时代可能与阮大铖相后先,假定是在公元1590—1660年间。他一生在科举上很不得意,晚年才考中一个贡生。明亡后,决心不做清朝的官,而以其全副精力填词作曲。今所知者,他写的传奇多至数十种,可靠的至少当在三十本左右。另有《北词广正九宫谱》一书,则为曲谱性质,也可证明他的曲学知识确是很渊博的。又清焦循《剧说》云:"玄玉系申相国家人,为申公子所抑,不得应科举,因著传奇,以抒其愤。"结合吴伟业提供的材料,并参考他的著作来看,大致可说他出身寒微,不得参与科举;晚年才有机会,但也只得到一个贡生。适明亡,他遂不做官,而专心写戏曲,作品很多,往往寓有爱国思想。他接触民间艺人很多,互相商讨,使他的作品更通俗,也更符合人民的要求。他可能还是某些剧团的职业编剧人。

他的传奇,据《曲录》著录三十三种,总名《一笠庵传奇》,其中不尽可靠;《剧说》著录了二十九种,似更可信。今所传者十二本:《一捧雪》、《人兽关》、《永团圆》、《占花魁》、《清忠谱》、《千钟禄》、《万里圆》、《两须眉》、《牛头山》、《麒麟阁》、《眉山秀》、《太平钱》。就中以世所谓"一、人、永、占"(即上所列举的第一至第四种剧名的简称)最为有名,传唱也最盛,而成就最高的则是《清忠谱》和《千钟禄》两种。但有人认为《清忠谱》是李玉与朱𩰚及毕万侯合撰的,也有人指《千钟禄》非李玉作(既非李玉的《千忠会》,也不是他的《玻璃塔》)而列为无名氏的作品。但我们则认为这两种成就极高的作品与李玉的"一、人、永、占"有异曲同工之妙,非大作家如李玉者不能作,所以相信是他的作品无疑。

他的作品题材非常广泛:有直接描写明末政治斗争的,如《清忠谱》、《一捧雪》;有反映明末亡国史实的,如《千钟禄》、《万里圆》;有描写社会生活和人情事态的,如《太平钱》、《占花魁》;也有反映历史上农民起义的,如《麒麟阁》;有写古人遗闻逸事的,如《眉山秀》。总之,他的传奇,反映社会生活面较广,而且挖掘也较深,塑造人物形象也颇为成功。特别重要的是:在当时戏曲形式主义的颓风中,他以这许多优秀作品,上承《鸣凤记》、《浣纱记》等作品的现实主义传统,继汤显祖的巨大成就之后,冲破了戏曲界的阴云,使我国戏曲继续朝现实主义道路发展,为后来《桃花扇》的出现作了准备,是最值得大笔特书的。

第二节 《清忠谱》

《清忠谱》以明末天启年间东林党人周顺昌和淳朴而有正义感的苏州市民领袖颜佩韦等反对阉党魏忠贤的斗争历史为题材,广泛而深刻地反映了当时政治的黑暗,鞭挞了以魏阉为首的反动统治阶级的专横残暴,并热烈地歌颂了以周顺昌为首的东林党人的正义斗争,也歌颂了人民群众及其英雄领袖颜佩韦等的高贵品质。这也就表现了人民对邪恶奸党的痛恨与对清明政治的渴望。

周顺昌的形象是人民理想中的清官和忠臣,他"劲骨钢坚,天赋冰霜颜面。守齑盐,穷通不变。微官敝屣,只留得清风如剪。忧怀千缕,忠肝一片"(第一折"傲雪"[黄钟引子·传言玉女])。周顺昌的这些话并非自吹自擂,而是用自己的行动来做证明,用生命来做保证的。他为奸党所不容,削职回里,但他并没有忘记对国事的关心,所以当他听说阉党的种种罪行时,便愤怒得"槌胸岸帻"。当魏大中被捕过吴时,他前去诀别,主动把女儿许给魏家,还对押解的校尉说:"你回去就说与那阉狗知道,我周顺昌不是怕死的人。"当魏忠贤的爪牙庆贺其生祠落成时,他走到祠堂痛骂一番。这都说明了他是不怕权势,不惜牺牲的人。果然,他终于被奸党逮捕,下了刑狱。虽遭酷刑,却毫不屈服。公堂受审时,他不肯下跪,并且踢翻案桌,痛击审他的两个奸党。他虽被敲掉两个门牙,但仍含血喷奸贼之面,大骂不止。最后被害死于狱,给我们留下了深刻的印象。他是一个不畏强暴、嫉恶如仇、具有崇高气节和斗争精神的英雄,是封建社会正直刚强的知识分子的典型。他在斗争中毫不考虑自己,完全是为了国家和人民。因此,他就能够始终不屈,表现得无比英勇,而这个形象也就能获得人民的尊崇敬爱。这个形象的更真实而可贵处,还在于他不是作为单纯效忠的偶像而存在的,他具有与常人一样的伦理感情,对自己的亲朋妻子都有深厚的爱和热诚的关怀。这突出地表现在他临就义前与儿子相见那一刻,其悲壮惨烈的情景与形象,实在感人肺腑,永不磨灭。

另一个鲜明生动的正面人物形象是作为领导群众斗争的人民领袖颜佩韦。他光明磊落,敢作敢为,重义气,有见识,藐视官府,粗豪而天真。他"生平任侠,意气粗豪,闪烁目光,不受尘埃半点;淋漓血性,颇知忠义三分"。他"年年花酒阊阛城,不爱身躯不爱名。说到人间无义事,槌胸裂眥骂荆卿"(《书闹》)。他和周文元、马杰、沈扬、杨念如等五人都是"一生落拓,半世粗豪,不读诗书,自守着孩提真性;略知礼义,偏厌那学究斯文"的市井人物。他尤其突出的是豪侠好义:"路见不平,即便拔刀相助;片言不合,那肯佛眼相看? 怪的是不忠不孝,不义之财毫不取;敬的是有仁有义,有些肝胆便投机。"(《义愤》)他曾因听说书人讲到童贯陷害忠良而引起不平,踢翻书案,要打说书人。他"肝肠慷慨","不贪着过斗钱财,也不恋如花女色,单只是见弱兴怀,猛可也逢凶作怪"。他"蓦听得清官被逮,缇骑南来",料想"都应是阉党私差",于是立即激起他的怒火,要"广聚同侪,直入官阶,说个明白",于是便纠集了无数的人,冲进城中,"呼群鼓噪闹官衙,圣旨公然不怕";于是打死官差,展开了轰轰烈烈的反对阉党的斗争。他最坚决,对那些软弱的人所采取的恳求态度表示不满,说:"求他什么! 他若放了周乡官罢了;若弗肯放,我们苏州人,一窝蜂,待我们几个领了头,做出一件烈烈轰轰、惊天动地的事来。众兄弟不可缩头缩脑,大家并力同心便好!"他们搏斗的结果,"使奸党寒心,缇骑不敢肆出"。最后他们五人慷慨就义,在刑场上表示早把生死置之度外,因为"打死校尉,万民称快"。作者还用浪漫主义的表现手法描写他们死后阴魂不散,仍念念不忘报仇雪恨,要飞渡长江,去击杀魏忠贤,更加突出了人民对奸党的仇恨。把市民的英雄形象写到作品里,反映他们的政治态度,集中地表现他们的反抗精神,予以歌颂赞扬,这是过去戏曲中所没有的。《清忠谱》的重大意义,这也是其一。

《清忠谱》正是通过对周顺昌、颜佩韦等的反抗斗争事迹的描绘,揭露、控诉并鞭笞了明末以魏忠贤为代表的宦官专政时期统治阶级的暴虐残忍和现实社会的黑暗混浊,从而揭示了封建社会崩溃前夕的实质。

《清忠谱》的高度艺术成就表明它的作者李玉是一个很有才能的作家。作者很善于写群众轰轰烈烈的大场面。作者这一本领,的确是前此作家所未有的。剧中写颜佩韦第一次号召群众请愿,要求释放周顺昌,竟把社会上各色人等都集合起来,连和尚都敲着梆子参加,蜂拥前进,声势浩大,十分紧张:

> [丑拿香奔上]浑身汗,走穿鞋,各处人声沸闹咳咳,要救周乡宦,捧香奔快,一人一炷喊声哀……
>
> [末]好了,好了,周家兄弟拿了许多香来了……
>
> [末丑]自然自然,快去快去!(共奔介)
>
> [净复奔上]老师父,有许多人去了?
>
> [副]颜老爷,小僧到处敲梆叫喊,有无数的人入城去了。
>
> [末奔上]颜大哥,快去快去,众人都在那里等你!
>
> [净]走,走,走!(走介)

第二次"毁祠"一场,描写魏阉倒台后,群众从四面八方起来捣毁祠像。

> 〔香柳娘〕[净、外、旦扮各色人,奔上]列位啊,走啊,走啊!向山塘急奔,向山塘急奔。冲天公愤,今朝始泄心头闷。……
>
> [二杂同喊介]上塘,下塘,南濠,北濠,众朋友,都到半塘拆祠堂去!
>
> [内应介]来了,来了。……
>
> [丑、生、贴扮各色人,又作一路奔唱上](合)急传呼万民,急传呼万民。千万共成群,拆毁如斋粉。……
>
> [丑]我们许多人在这里,就是杀阵也去得的了。
>
> [共奔介](合)似行兵摆阵,似行兵摆阵,好似天将天神,下临苏郡。……

作者写人民群众的集体行动,气魄雄伟,有声有色。这还只是两个例子,其他如"闹诏"、"戮义",都有群众出场,虽写法不同,但都合于生活的真实,因而也产生了巨大的艺术效果。有时群众并不出场,只通过在场人物的对话和后台群众制造出喧闹的效果,也完全能使读者和观众感到群众的威力。如"闹诏"一折就不断出现了:[内众声喧喊介]、[内众乱喊介]、[大哭介]、[内众又喊介]、[内齐声号哭介]……这些群众动作,都给我们以强烈的感染。

作者继承过去戏曲文学的特点,善于通过曲词咏叹抒写人物的内心活动和细微的感情变化,也善于通过对白和细节描写,通过各种场面、环境和情节来刻画人物性格。如周顺昌的性格便是通过"述珰"、"缔姻"、"骂像"、"叱勘"、"囊首"等出的情节而逐渐得到完整塑造的。他就逮时给和尚留书"小云栖"的题匾,以白酒、生腐招待作了县官的门生,因无钱坐轿子和轿夫的一场对白等细节,都具体描绘了周顺昌的性格特点。

作品里也善于运用讽刺,嘲骂那些人民的敌人及其走狗。如祠堂建成,阉党群小为魏阉像加冠,发现头大冠小,要把头像削去一些,李太监竟伤心地哭道:"咱的爷爷啊,头疼啊!了不得,了不得!"是多么逼真的一副奴才相的漫画!

这个剧本情节复杂,规模宏伟,但作者写得非常紧凑,穿插结构,脉络贯通,组织严谨,没有拖沓松懈的毛病,在舞台演出时效果一定是很好的。

剧本的语言简炼、质朴,曲白协调一致,语言、行动和性格也完全密合无间,与当时形式主义者专讲辞藻的作品截然相反。

这里也不是毫无缺点的,如"闺训"一折,便有点多余,大可删除;个别句子还艰涩难懂,不够通俗。但这些都只是很小的毛病,并不影响全剧的光辉成就。

第三节　《千钟禄》《一捧雪》和《占花魁》

李玉的《千钟禄》规模宏伟,声调雄壮,叙英雄穷途之哭,家国覆亡之痛,悲感凄凉,血泪交流,非身丁亡国之戚而又具有高妙的戏曲艺术才能者不能作。过去和现在都有人认为它的作者已不可考,而列为无名氏的作品。但也有人认为它就是李玉剧目的《千忠会》,因抄本《千钟禄》的"钟"也作"忠"而"禄"或作"戮"。我们同意后一看法,定为李玉的杰作之一。

这本戏描写明初燕王朱棣起兵,赶走建文帝,夺取皇位,以致建文乔装和尚,逃亡各地的故事。有人说这和李玉的爱国感情问题隔了一层,似乎牵连不上。其实不然。作者不过借燕王兵陷南京,火烧宫苑,文武逃散,皇后自尽,建文与少数忠臣化装逃亡的悲惨遭遇,抒发其亲身经历的明亡时南明小朝廷的迁徙流亡之惨痛而已。这种借古喻今,原不必情事完全符合一致,只不过作个因由,用以抒写情怀,所以也不能认为"牵连不上"。试看它所写的:

〔刷子芙蓉〕颈血溅干将,尸骸零落,暴露堪伤。又首级纷纷,驱驰枭示他方。……凄凉!叹魂魄空飘天际,叹骸骨谁埋土壤。……

〔锦芙蓉〕裂肝肠,痛诛夷,盈朝丧亡,郊野血汤汤,好头颅如山,车载奔忙……添悲怆,泣忠魂飘扬,羞杀我、犹存一息泣斜阳。

〔倾杯玉芙蓉〕收拾起大地山河一担装,四大皆空相。历尽了渺渺程途,漠漠平林,叠叠高山,滚滚长江。但见那寒云惨雾和愁织,受不尽苦雨凄风带怨长!雄城壮,看江山无恙,谁识我一瓢一笠到襄阳!

显然,这是注入了作者自己哀伤亡国的血泪,才能写得这样悲感苍凉。

《一捧雪》写严世蕃为了夺取一只玉杯(一捧雪,玉杯名)而迫害了莫怀古,并牵累了抗倭名将戚继光,也使其遭到迫害。作品通过这一典型形象,揭露出权贵的贪婪残暴:他和父亲严嵩"炎炎权势觉天低","父居相国,身为侍郎,富堪敌国,力可回天。文武官僚,尽供驱使,生杀予夺,俱属操持";他们"世握乾纲,咳唾百僚惊仰,问谁敢批鳞强项"?他们卖官鬻爵,一个两广军门的位置,卖了八千两银子,严世蕃还叹息少卖了两千;丧军失地的武将罪当斩首,送了世蕃赤金元宝十筒,走盘珠一千颗,五色宝石二百粒,汉玉杯一只,竟得逍遥无事。而莫怀古却因家藏这一只玉杯"一捧雪"不肯献出,便被害得家破人亡。

剧中写奸险、狠毒、忘恩负义的小人汤勤最为成功。他落魄时受到莫怀古的救济,但当他巴结上严世蕃之后,立即决心出卖恩人,换取自己的富贵。他说:"如今一搜搜将出来,区区不惟无罪,而且有功,这督府的官儿又好超升了。老莫,老莫,我那里顾得你死活哩!"这是怎样凶狠阴险忘恩负义的一副嘴脸!

而与严、汤相对的,则是可敬可爱的雪艳娘美丽、正直、勇敢、机智的正面形象。她随丈夫莫怀古上京,就和全家一起受到迫害。被捕后,她亲眼看到严世蕃的残狠，认识了汤勤的奸险；及至莫怀古临刑，莫诚替死，她就决心自我牺牲誓欲复仇。后来案件牵连了戚继光，她便机智地假意应允和汤勤成亲，开脱了戚继光。最后，她以自己的生命和敌人作了殊死斗争，刺死了汤勤，为全家报仇，自己便同归于尽，自刎而死。她是作者理想中正义的化身，死得光荣、壮烈，赢得人们的无限同情与歌颂。

《占花魁》是根据《醒世恒言》第五卷《卖油郎独占花魁》改编的，是长期以来为人民群众所熟悉的故事，也是人们所喜欢的一部名剧本。

这本戏主要写名妓女王美娘（花魁）和卖油小贩秦钟之间真挚纯洁的爱情和他们所具有的高贵品质。秦钟热烈而真诚地爱慕美娘，尊重她，并体贴她，毫无轻狂地占有她的美的淫欲之念。美娘也深能体会这种诚实忠厚的美德的可贵，而以平等态度相交，并不鄙视他的出身与社会地位。作者对他们和他们之间的爱情给予热情的赞颂，表现了初步的民主思想。

剧本通过这一爱情故事，反映了社会生活的许多方面：它描写了妓女的屈辱痛苦生活；描写了北宋亡国、金人入侵、人民所遭遇的流徙逃亡之惨状；描写了统治集团卖国投机的无耻面貌；也描写了贵族子弟游荡享乐的骄淫。至于剧中所刻画的人物形象则包括甚多，而每个都很生动、很鲜明。

《一捧雪》和《占花魁》是李玉的四部名剧"一、人、永、占"中最好的作品，其《人兽关》和《永团圆》两本，无论思想、艺术，都远不及此。《人兽关》故事取材于《警世通言》卷二十五《桂员外途穷忏悔》，叙桂薪受施济厚恩，不想报答，后家人变狗，才憬然大悟，有一定典型意义。但作者发展了小说中因果报应的唯心观点，反映了他的世界观的落后一面，不能算是成功的作品。《永团圆》叙蔡文英和江兰芳已缔婚约，为亲所逼，讼于官，经判准团圆事，其中糟粕更多，如把反抗官府的英雄写成强盗，而把统治阶级人物则当为代表"高谊"的理想的化身，都是很不妥当的。

总括看来，李玉确是明末清初一位最有成就的大戏剧作家，他继承了汤显祖传奇中的现实主义优秀传统，而其在战斗性与反映现实的深度和广度上，又有了进一步的发展，《清忠谱》、《千钟禄》是如此，《一捧雪》和《占花魁》也是如此。他的作品给萧条寂寞弥漫着形式主义恶风的晚明剧坛，送来一股强烈的激昂悲壮、朴实纯厚的新气息，也给生活在那样阴暗凄苦时代的人们，带来了光明和温暖。李玉和他的作品把现实主义大旗又重新插上晚明、清初的剧坛，给清初洪昇和孔尚任的作品准备了阵地。

第十七章　洪昇和他的《长生殿》

第一节　洪昇的生平及其思想

洪昇字昉思，号稗畦，浙江钱塘（杭州）人。世为望族，家多藏书。他生于公元 1645 年（清顺治二年），这时他母亲正在逃避兵乱，临时借居在一个农家里。在他十七岁以前，汉民族反抗清朝统治者的武装斗争还在东南一带继续进行，郑成功和张煌言的联军曾经沿长江一直攻到南京。在西南各省继续反抗的永历帝，到公元 1661 年才被清朝最后消灭。这对于少年时代的洪昇，不能没有很深刻的思想影响。大约二十五岁以前，他便已到了北京，做了二十年的太学生，不曾得过一官半职。公元 1689 年（康熙二十八年），他四十五岁了，因在佟皇后丧期内演唱了他的戏曲《长生殿》，而受到迫害。当时被劾的主要人物是他的诗友赵执信，但他也竟因此被革去监生，回到浙江原籍。到康熙四十三年（公元 1704 年），洪昇不幸在浙西落水而死。

他曾受学于当时的知名文人、学者毛先舒及骈文作家陆繁弨，这不但对于他后来的戏曲创作起了重要作用（毛先舒是一个音韵学家，对词韵、曲韵极有研究，并与戏曲家袁于令、李渔、陆圻相友善；骈文与戏曲文词关系也很密切），而且也必然影响他的思想，因为毛、陆在明亡以后都没有做过清朝的官，表现他们在思想上和行动上都是忠于故国的。洪昇到北京后，又师事当代名诗人王士禛、施闰章，而所与唱和的则有朱彝尊、毛奇龄、查慎行、吴雯、赵执信等。因此，他虽一直不得志，而交游的却都是当时文学界的名人。

他的诗名很高，诗集有《稗畦集》和《稗畦续集》，今存。他的戏曲有传奇七种：《长生殿》、《回龙院》、《锦绣图》、《闹高唐》、《节孝坊》、《天涯泪》、《青衫湿》；杂剧二种：《四婵娟》和《回文锦》。今仅存《长生殿》与《四婵娟》二种。另有《长虹桥》一种，见姚燮《今乐考证》，但原作已佚，不知是杂剧，抑为传奇。这部《长生殿》最初创作早在公元 1679 年以前就开始了。其第一个稿本是以李白的遭遇为中心的,名《沉香亭传奇》;后来又以李泌辅肃宗中兴为题材,写成第二个稿本,名《舞霓裳》;而现存的《长生殿》则是第三次稿本或定本。这个改写工作,至迟始于公元 1679 年,而完成于公元 1688 年(康熙二十七年)。可见这书确是"经十余年三易稿而成"的。

他的诗自然是最能反映其生平思想的,所以应该从这里看一看。一首"阙题"的五古残篇就首先写他家遭时乱、骨肉离别之悲:"咫尺且不离,何况隔山川;朝夕且不违,何况逾岁年!"在《伴城书所见》里则写清朝军队送大炮到福建去镇压反抗的义军,而对人民的痛苦写得极其悲楚:

> ……忽逢羽林军,人马多骁雄。……借问往何方,送炮之闽中。回忆闽中地,三年剧兵戎。笳鼓沸海水,烽燧明鲛宫。钓台堆白骨,剑津流血红。荆棘万家长,鸡犬千村空。昨岁竖降旗,仙霞路才通。渐闻甲兵休,中泽归哀鸣。胡为复蠢动,输此充火攻?哀哉濒海民,丧乱安所穷!

《感怀》则从自身的遭遇写起,但又何曾只是个人的问题!

> 坎壈何时尽,飘零转自伤。一身还故国,八口寄他乡。疲马愁危坂,啼鸟恋夕阳。徘徊荒野外,洒泣向穹苍。

而《京东有感》则意尤分明:

> 荒野迷游骑,长堤走骆驼。尘沙春色少,菽粟晓风多。欢笑安陵调,悲凉《敕勒歌》。停鞭问关吏,咫尺白狼河。

这些都反映了诗人感于乱离,怀念故国的忧愤。他处在民族矛盾极其尖锐的时代,自己遭遇了家难、国愁,一生不得志,作为一个具有民族意识的爱国主义者,他怎能在自己以十余年的精力三次易稿然后写成的作品中竟会单纯写古代帝王的爱情生活而丝毫不反映现实呢?我们必须先了解作者的生平思想,然后结合他的具体作品来探讨,才有可能看得准确,得到它的真实的主题思想。

第二节 《长生殿》故事的来源与发展

《长生殿》写的是唐明皇李隆基和他的贵妃杨玉环的爱情故事,时代背景是"安史之乱"。正因为在这样一个政治社会历史条件下,故事才有那么多的曲折;否则,若只是一个简单的爱情故事,它就不会那样动人了。

陈鸿的《长恨传》和白居易的《长恨歌》无论作为两个独立的作品或作为两个人合写的一个作品的两个互相联系而不可分的作品来看,都是这个故事的最早的形式,也是洪昇《长生殿》所依据的最早的本事。白居易时代正是唐人传奇小说盛行的时代,他写《长恨歌》,又和陈鸿合写《长恨传》,其写作动机原和一般传奇的写作相近或者相同,所以这篇作品实际上是具有浓厚传奇色彩的叙事诗。它并不是为了"言志"或"载道",连作者自己也从未把它与自己的讽谕诗同样看待。《长恨歌》和《长恨传》一样,作者以最大的努力,追求故事本身的优美动人,如果说有根据,其根据只能是民间传说,而加以用他的"出世之才润色之",绝大部分的情节都缺乏历史根据,作者只是在写故事,在借这两个人物来写具有广泛意义的生死不渝的爱情。李、杨已不是历史上真实的帝王和后妃,而是作者就传说人物创造出来的传奇故事的主角,是经过作家美化了的传奇人物。因此,那传与歌并未把安史之乱归罪于杨贵妃,如史书上的传统看法那样。它不是在写历史,不是在反映"安史之乱"的客观现实,不是史诗,更不是讽谕诗。当然也不能否认,作品中含有某种讽刺因素,但那并不是歌和传的主题思想或者写作目的。

自此以后,唐人笔记如《明皇杂录》、《安禄山事迹》、《开元天宝遗事》、《酉阳杂俎》、《国史补》等又把李、杨故事加以渲染,增添一些新的情节,到宋代的乐史便以"长恨歌、传"为主,参考这些笔记或笔记小说,把有关的故事编排在一起,写成《杨太真外传》两卷,其情节便成为后来戏曲创作的根据了。

这个故事在宋、金时已搬上舞台,南宋戏文《宦门子弟错立身》已提到戏曲《马践杨妃》;元末陶宗仪《辍耕录》也提到《梅妃》院本;元代杂剧则有关汉卿的《哭香囊》,白朴的《梧桐雨》和《游月宫》,岳伯川的《罗光远梦断杨贵妃》,庾天锡的《杨太真霓裳怨》和《杨太真华清宫》等,但大抵均已失传,仅《梧桐雨》还完整地留传了下来。《梧桐雨》也和"长恨歌、传"一样,侧重在描写李、杨爱情,所不同的是:(一)以"安史之乱"为中心的历史背景使戏曲具有较大的历史真实性;(二)更明显地同情李隆基,以讽刺加于文武百官,写他的爱情更为真挚,增强了悲剧气氛;(三)人物形象更为完整,个性更为鲜明突出;(四)美中不足的是在说白中泄漏了杨贵妃和安禄山的私情,这种暧昧关系有损于李、杨故事的爱情主题。元代杂剧作家王伯成还有一本《天宝遗事诸宫调》,全本已佚,但尚可辑得很大一部分佚曲。它对李、杨爱情作了更多的损害,一面夸张杨贵妃和安禄山的私通,一面对贵妃作了不适当的色情描画。

　　明代传奇有吴世美的《惊鸿记》,不分主次地并写了杨妃和梅妃的故事,又夹入李泌辅肃宗中兴,……主题分散、情节庞杂,对李、杨故事的处理不但没有新的发展,而且和《天宝遗事》颇为同调。后来屠隆的《彩毫记》以及清初尤侗与张韬的两种《清平调》杂剧,则是以李白为主要人物,并非专写李、杨的故事。

　　很显然,以前诗歌、小说、戏曲对于李、杨故事的态度有两种:一种是《长恨歌》和《梧桐雨》,极力赞扬他们之间生死不渝的爱情,给予莫大的同情;另一种是《天宝遗事》和《惊鸿记》,着重写他们的荒淫宫廷生活,对杨妃形象予以丑化。洪昇的《长生殿》主要继承《长恨歌、传》和《梧桐雨》的传统,对于李、杨爱情是肯定的、同情的、歌颂的,但又作了很大的发展:(一)它剔除了足以损害李、杨爱情的一切描写,根本不提她和寿王、安禄山的关系,对内容的完整性是一个进步;(二)上半部描写杨氏一家所得到的宠幸,对他们所代表的上层统治集团的奢靡丑恶生活,作了相当的揭露与批判,但作者谨慎地肯定了李、杨的爱情传说,丝毫没有损伤;(三)"埋玉"一出把杨、李诀别时难舍难离的感情作了具体的补充;四、对杨贵妃和唐明皇都作了更细致的描写,突出他们之间的爱情是真挚的;五、场面比《梧桐雨》更加宏伟,内容也更加复杂。

第三节　《长生殿》的思想内容

　　《长生殿》的主题是李、杨爱情故事,这是丝毫不容置疑的,但这个悲剧是放在"安史之乱"那样一个历史背景中来写的,它就不能不对当时的阶级矛盾和民族矛盾有所反映,同时也必然会表示作者的看法,所以就显得这部作品的思想内容十分复杂。但必须知道,"安史之乱"只是作为故事情节产生的背景来写的,它只能是为这个爱情主题服务的,只居于从属地位,并非全剧的主题。若就个别一出或几出来看,自然会有以揭露阶级矛盾,揭露统治阶级荒淫腐朽生活,揭露权奸边将明争暗斗、互相倾轧的混乱现象,以及描述异族侵略者的进逼为主要内容的,从而也就反映了作者的民族意识、爱国精神以及同情人民、反对暴政的思想感情与态度。但无论如何,这些既都不是全剧的中心主题,自亦不能认为是《长生殿》的主要思想所在。

作为封建社会的最高统治者的帝王,与后妃会不会有真正诚挚的爱情,这是历史问题。作者不是把李、杨完全当作历史人物来写的,而是更多地照民间传说故事,把他们当作有普遍意义的传奇主角来写的,但作者既把这个故事的背景写成真实的历史剧的规模,这个历史主题和传说故事之间就必然存在着不可调和的矛盾。这一点,洪昇自己有深切的体会。他在自序里说:"因断章取义,借天宝遗事缀成此剧",显然并非完全按照历史事实来写,而只是借题借事,另行创作的。他在《例言》中更明白地说:"念情之所钟;在帝王家罕有。"并指出"马嵬之变,已违凤誓",可见他们之间的爱情,毕竟不如民间男女对爱情那样生死不渝的坚贞。为了解决这个矛盾,他想到"唐人有玉妃归蓬莱仙院、明皇游月宫之说,因合用之,专写钗合情缘",使这个宫廷爱情故事脱离人间的阶级地位,以浪漫主义手法,把他们之间的爱情变得更为真挚深刻,而带有广泛意义。有了这些,人们虽然对他们作为唐帝国的最高统治者所做的一切危害人民的事情深为痛恨,不能不予以批判、谴责,但对于他们的爱情悲剧和他们所表现的真挚的爱情,还是给予很大同情与颂扬的。作者的朋友徐麟的序文说他"或用虚笔,或用反笔,或用侧笔、闲笔,错落出之,以写两人生死深情,各极其致",的确是得作者的本旨的。全剧主题就是要极力写出李、杨两人的生死深情,而其余无论虚笔、反笔、侧笔、闲笔,都是为这个中心主题服务的。剧本第一出《传概》开头第一支曲词[满江红]说:"今古情场,问谁个真心到底?但果有精诚不散,终成连理。万里何愁南共北,两心那论生和死。笑人间儿女怅缘悭,无情耳。"说明它只是要写今古人间普遍的爱情,颂扬那些真心到底、精诚不散、无间生死的情,并不是为了写李、杨关系,而只是借《太真外传》"谱新词",其主旨在于"情"而已。

作品写杨贵妃这个人物采取极其慎重的态度,极力避免损害她的对于唐明皇的真挚的爱,也纠正过去文人通常的"窒乱阶"的观点。如《禊游》写杨氏姊妹的骄宠和奢靡,自然也含有对杨贵妃的批判意义,但并没有提到她,而且表现手法比较含蓄,这样就可以免掉把"安史之乱"归咎于贵妃一人而视之为"祸水"。《幸恩》写唐明皇勾搭上虢国夫人,贵妃搞得他们不欢,被赶出宫,这就不像其他书里所载的因"妒悍忤旨"和"窃宁王紫玉笛吹",行为失检,咎由自取,所以也就值得同情。尤其在《埋玉》一出,写她对生命的留恋和对唐明皇难舍难离的情感,表现她内心的深刻矛盾,但并无一点怨恨唐明皇之意,她说:"是前生事已定,薄命应折罚。望吾皇急切抛奴罢,只一句伤心话……"说"痛生生怎地舍官家!"说"百年离别在须臾,一代红颜为君尽"。最后一句话还是:"我一命儿便死在黄泉下,一灵儿只傍着黄旗下。"这是多么坚贞的爱! 是多么可怜而又令人同情的爱!

作品写唐明皇的形象也是很成功的。作者对他的政治是有批判的,但对他真挚的不可抑制的爱情却是赞扬的。在古代一夫多妻的宗法社会里,最初唐明皇对虢国夫人的勾搭以及和梅妃的幽会,只能表明他对杨贵妃的爱情还比较浮浅,后来在贵妃的深情感动下,才渐趋专一,终于成长为坚贞的,生死不渝的。《密誓》一出,他与贵妃订下海誓山盟:"双星在上,我李隆基与杨玉环,情重恩深,愿世世生生,共为夫妇,永不相离。有渝此盟,双星鉴之。"他们的爱情将是"天长地久有时尽,此誓绵绵无绝期"。马嵬变后,失去了爱人,但唐明皇的爱情却通过他对贵妃的悼念而愈益深刻化了。后半部《长生殿》主要都是写他对死后的杨贵妃的入骨思念,以传说而不是以历史为主要依据,所以更显示出作者的创造性成就主要是体现在描写唐明皇对杨贵妃的爱情上。

《长生殿》虽然主要在写李、杨爱情,但围绕着这个爱情悲剧,也成功地表现出它所反映的那个历史时期的统治集团内部矛盾,以及宫廷贵族的荒淫腐化和人民苦难的尖锐对比。尤其作者对安禄山事件强调了它是一个民族问题,在安禄山身上,他发泄了对于异族侵略者的仇恨,显然是当时汉、满民族矛盾尖锐化的反映。虽不能认为作者是以安禄山影射清朝统治者,却很难说他不是在这里借题发挥。

作者对统治集团的内部矛盾,主要是通过安禄山与杨国忠的内争来揭露的:《贿权》写他们关系的开始,《禊游》写这一对政敌的初次非正式的接触,《权讧》是正面写他们水火不相容的倾轧,《侦报》则是暗写。

作者也写了阶级矛盾,《疑谶》中"朱甍碧瓦,总是血膏涂",便透露了他的深刻认识。《进果》一出,更正面地代农民向统治阶级提出控诉道:"田家耕作多辛苦,愁旱又愁雨。一年靠这几茎苗,收来半要偿官赋,可怜能得几粒到肚!"接着,它写了进荔枝的驿使用马踏坏庄稼和踏死人的惨状,与前边《禊游》、《偷曲》和后边的《舞盘》所描写的宫廷贵族的佚乐,成了鲜明的对比。

《弹词》中写的兴亡之恨,显然表现了作者自己的故国之思。《骂贼》一出写乐工雷海青在安禄山的筵会上的坚贞忠勇、正气凛然的形象,非常动人。他一出台的上场诗开口便是:"武将文官总旧僚,恨他反面事新朝。"分明就是骂当时靦颜事清的汉奸。[元和令]说:"恨只恨泼腥膻莽将龙座淹,癞蛤蟆妄想天鹅啖……"[上马娇]骂得更露骨、更痛快:"平日价张着口将忠孝谈,到临危翻着脸把富贵贪。早一齐儿摇尾受新衔,把一个君亲仇敌当作恩人感。咱,只问你蒙面可羞惭?"这正是骂那些投降异族的汉奸和洪承畴之流的。而与此相反,像郭子仪那样的爱国英雄,作者则给予热情的赞扬,写他"作一个顶天立地的男儿,干一桩定国安邦的事业",是一个"壮怀磊落"的人物。在《剿寇》和《收京》两出里,集中地表现了他反抗异族侵略的英勇事迹和收复旧京的伟大功勋。

总的看来,《长生殿》的中心主题是写唐明皇和杨贵妃的爱情故事,对这个传统题材作了创造性的发展,使它具有社会普遍意义;同时,作者也在这故事的历史背景的述写中,从侧面表达了自己的故国兴亡之感,也反映了当时政治上的黑暗现实与阶级矛盾,涉及的范围是非常广阔的。

第四节 《长生殿》的艺术成就

《长生殿》全剧共五十出,分上下两卷,上卷主要结合历史的现实,写李、杨的爱情生活,揭露政治社会的矛盾,批判封建统治阶级者较多,基本上是采取批判现实主义的方法;下卷则主要是以浪漫主义的方法,写李、杨爱情悲剧发生后在两人的精神上或灵魂里的变幻与升华,以表现其坚贞不渝。作者的态度基本上是同情和赞扬的,这样结构很像白居易的《长恨歌》,前半重在写实,后半重在抒情,但前后融为一体,并非截然两橛,因为后半正是从前半发展出来的。这本剧的结构是相当谨严的,不能任意删减,但写成五十出,毕竟太长了,尤其后半部写得有点拖沓冗赘,似有故意凑成二十五出,与上卷勉强对称之嫌。这一点,作者自己似乎也是承认的。在《例言》里,他说:"今《长生殿》行世,伶人苦于繁长难演,竟为伧辈妄加节改,关目都废。吴子(按:指吴仪一字舒凫,洪昇的友人,曾评点他的《闹高唐》、《孝节坊》诸剧)愤之,效《墨憨十四种》,更定二十八折,而以虢国、梅妃别为饶戏两剧,确当不易。且全本得其论文,发予意所涵蕴者实多。分两日唱演殊快。取简便当觅吴本教习,勿为伧误可耳。"可见他也认为"繁长",而如要"简便",就唱演吴氏更定的二十八折本,也是"确当不易"的,并且更为畅快。

剧本中塑造了不少具有典型意义的人物形象,如唐明皇、杨贵妃、安禄山、杨国忠,乃至着笔不多的郭子仪、雷海青等都是,非常生动,表现了他们的性格特征。其所以能做到这个地步,主要是因为作者对生活有深刻的体验,对社会有细密的观察与分析,能够抓住含蕴在事物内部的本质,并能以其丰富的想象力把它反映出来。他写人物性格是从发展中逐渐明显、成长起来的,发展通过生活中的矛盾展现,所以真实而具体。杨贵妃和唐明皇在爱情关系上,就是由定情到破裂,到复召重圆,由浮泛的爱到专宠,再进而至于生死不渝,因而他们的性格也就一步步成长了。特别是杨贵妃嫉妒、疑虑的特点,都在她与梅妃及虢国夫人的矛盾斗争中显露得清清楚楚,但这并不损害她的可爱,因为作者并未把这些责任完全归之于她,并且为了取得明皇的爱情,她和自己的情敌进行斗争,也是可以理解的。

作者刻画人物性格,也注意到人物的心理活动和自然景物的衬托,在下卷各出如《闻铃》、《雨梦》等,都是情景交融的最优秀的抒情诗,把唐明皇的心情曲折细微地通过景物的陪衬表现出来了。

《长生殿》的曲辞绮丽流畅,哀怨凄绝,充满诗意,音律之美尤为前所罕有。《弹词》的悲凉,《闻铃》的凄怨,《见月》、《雨梦》的缠绵婉转,《骂贼》、《收京》的激昂痛快,都是很突出的,表现了作者曲辞艺术的最高成就。

洪昇深通音律,他写这个剧本又经过与专家反复商订,所以舞台效果特别好。他在《例言》中说:"姑苏徐灵昭氏为今之周郎,尝论撰《九宫新谱》,予与之审音协律,无一字不慎也。"因此被誉为"近代第一曲"。王季烈评论洪昇此剧云:"务使离合悲欢,错综参伍,搬演者无劳逸不均之虑,观听者觉层出不穷之妙,自来传奇排场之胜,无过于此。"其艺术效果之大,可以概见。

第十八章　孔尚任和他的《桃花扇》

第一节　孔尚任的生平及其思想

　　孔尚任字季重,又字聘之,号东塘,别号岸堂,自号云亭山人,公元1648年(清顺治五年)生于山东曲阜县,是孔子的六十四代孙。公元1718年(康熙五十七年)卒,年七十一岁。他少年时代即精研音律,并博采遗闻,准备写一本反映南明一代兴亡的戏曲,成为"信史",可说是他写作《桃花扇》传奇的思想酝酿时期。他曾访过明末爱国诗人、俗曲大作家贾应宠(凫西),得到贾的爱重,说他是"慧异凡儿",并云:"吾老矣,或有须汝处,非念汝故人子也。"临别,贾为之讲《论语》数则,皆翻案语。后来,他曾为贾写《木皮散客传》,称其"喜说稗官鼓词",称其"嬉笑怒骂,有愤心矣",称其以快论发"天道浑沦,圣人蕴藉",称其为"狂狷"、为"圣人之徒",备极赞扬,显然对他少年时代思想影响很深,也成为他采取通俗文艺形式来反映南明兴亡的鼓舞力量。后来《桃花扇》第一出《听稗》中的五段鼓词就是采用贾氏《木皮子鼓词》的《太师挚适齐》的;其续四十出《余韵》中的《哀江南》散套原也见于《木皮子鼓词》中,一般认为贾氏所作,但这篇散曲也见于孔尚任的朋友戏曲家徐旭旦(字浴咸,号西泠,杭州人)的《世经堂诗钞》第三十卷中,可能并非贾作。无论如何,可以看出孔尚任在少年时代就受这位爱国诗人的思想艺术的深刻影响。他的父亲孔贞璠本是明末举人,明亡隐居不仕,是一个有民族气节的人,对他自然影响更大。

　　康熙十七年(公元1678年),孔尚任已三十一岁。这年正月,康熙帝玄烨为了引诱、网罗前朝一些遗老、学者、隐逸之士出来为清朝服务,下诏开"博学鸿词"科。孔尚任在这年秋后便入石门山隐居读书,以示避拒。康熙二十一年(公元1682年)冬,玄烨第二次南巡,为利用孔子这副招牌麻痹人心,在回京途中,特意绕道曲阜去"朝圣",孔尚任以孔子后裔被推荐在御前讲经,颇受"赏识",令随从大臣"不拘定例,额外议用"。于是他受了迷惑,于翌年(公元 1683 年,他三十六岁)到北京做了国子监博士,开始了仕宦生涯。作为一个封建时代地主阶级出身的知识分子,本身又未经过亡国之痛,虽有一定的民族意识,毕竟不是那么坚定,由于一时的冲动而走上仕途,是完全可以理解的。但他的思想深处,并不是没有矛盾,他在歌功颂德、感激"皇恩"的《出山异数记》里说:"但梦寐之间,不忘故山。未卜何年重抚松桂。石门有灵,其绝我耶? 其招我耶?"可见他并不一定就死心塌地去做官,而不想到退路。

公元 1686 年(康熙二十五年)秋,他随工部侍郎孙在丰到淮阳下河一带治水灾,历时三载,使他看清楚了清朝大员荒淫无度、互相倾轧的统治阶级内部矛盾的尖锐,也看到他们漠视人民疾苦、根本无心治水。于是思想上发生了变化,对现实感到失望,产生忧愤。在南方,他游历过南京、扬州等明末政治军事要地,接触了明朝遗老如冒辟疆、邓孝威等人,并从他们那里获得极丰富的关于南明的遗闻史料;他也凭吊过梅花岭史可法的衣冠冢,游过明故宫,拜过明孝陵。所有这些,都对他的民族意识有所激发,对他创作《桃花扇》在构思上有很大帮助。他回京以后,继续任国子监博士。他与友人顾彩(字天石)合作《小忽雷》传奇,于公元 1694 年(康熙三十三年)问世。这是他从事戏剧创作的第一次成就。接着,他迁官户部主事,又五年,升任户部广东司员外郎,这是公元 1699 年(康熙三十八,己卯)的事。就在这年六月,他完成了十余年苦心经营的名著《桃花扇》传奇,这时他年已五十二岁了。

这部戏曲一出世,立即引起广大读者的注意,并经常在舞台上演出,遂为内廷所知,索稿审阅,引起统治者的不满。这年秋天,他便被免官,抑郁无聊,留京年余,始于公元 1701 年(康熙四十年)春回曲阜石门山老家,一直住了十八年,老死故乡。

他的遗著,除《桃花扇》传奇共四十出外,还有《湖海集》十三卷,其中诗七卷,文六卷;另外还有《石门山集》,收了他的遗文五篇,又有《岸堂稿》及《长留集》等。虽诗文成就不如其《桃花扇》,但也可以从中明了作者的生平思想,而且那些诗文本身也还有一定的现实意义。

第二节　《桃花扇》的思想内容

《桃花扇》作者孔尚任在清代与《长生殿》作者洪昇并称,时号"南洪北孔"。就这两部蜚声于世的戏曲而言,它们都是刚一出世,便风行一时,到处争先上演。在昆腔已经衰歇的时候,能如此受到群众的欢迎,实不仅因其取材、布局、关目、排场、音调、声律、文章、曲词在舞台上有其特长,它的思想内容也必有符合当时观众的要求而特别受到感动之处。

这部《桃花扇》的内容是通过明末复社文人侯方域与秦淮名妓李香君的爱情故事来反映南明一代兴亡的历史。孔尚任在这里是要以舞台艺术形象揭示南明王朝没落的必然性,从而使观者感慨涕零,收到惩创人心的社会效果。他在《桃花扇小引》里说:"《桃花扇》一剧皆南朝新事,父老犹有存者。场上歌舞,局外指点:知三百年之基业,隳于何人,败于何事,消于何年,歇于何地。不独令观者感慨涕零,亦可惩创人心,为末世之一救。"正是明白表示了作者的意图。他为此在未出仕时,就"博采遗闻",作长期的准备工作,然后花费十余年的时间,细针密线地组织历史事实,精雕细琢地刻画人物形象,既有编史的审慎精神,又辅以传奇的艺术手法,严肃认真,前所未有。在〔试一出〕《先声》(相当于一般南戏的"副末开场"或"家门终始")里,他自比于孔子的"作春秋"、"正雅颂"。若比其写作态度言之,实亦并不为过。他在这里,凡一出目,语必有征,事必求实,虽极细微之事,亦有所本,并非出自作者杜撰。试看他的《桃花扇考据》,就可知道他所依据的史料梗概,而看他的《桃花扇本末》,更可见其点染所自:"族兄方训公,崇祯末为南部曹;予舅翁秦光仪先生,其姻娅也。避乱依之,羁栖三载,得弘光遗事甚悉,旋里后数数为予言之。证以诸家稗记,无弗同者,盖实录也。独香姬面血溅扇,杨龙友以画笔点之,此则龙友小史言于方训公者。虽不见诸别籍,其事则新奇可传,《桃花扇》一剧感此而作也。南朝兴亡,遂系之桃花扇底。"《先声》又说:"……《桃花扇》,就是明朝末年南京近事。借离合之情,写兴亡之感,实事实人,有凭有据。"正是这本戏的特点。

尽管它写的都是实人实事,但既是文学,是戏剧,它就绝对不同于历史教科书,所以就需要通过剧中男女主角的悲欢离合,把这时代的兴亡贯串起来,演给观众看。正为它是如此,所以这个剧本的主题就不仅仅限于写侯、李的爱情故事,而是有更广泛、更深刻的社会内容,并且在写亡国之痛中,也抒发了作者崇高的民族意识和爱国主义思想感情。

这本剧首叙金陵歌舞之盛,继写北京破灭,臣民南逃,福王(朱由崧)被奸党拥立为南明皇帝。这些拥立者马士英、阮大铖等与各地边将不和,彼此倾轧,所以清兵南下,势如破竹,金陵很快就沦陷了,叛将田雄背负弘光帝

（即福王）降了清。剧末以清廷征求隐逸作结。整个剧本中历史梗概就是如此。至于侯、李爱情则只是作戏剧线索用的，所以在全剧正文四十出（上本首《试一出》，末《闰二十出》，下本首《加二十一出》，末《续四十出》除外）中，与侯、李爱情故事有关的只有十五出：《听稗》、《传歌》、《访翠》、《眠香》、《却奁》、《闹榭》、《辞院》、《拒媒》、《守楼》、《寄扇》、《骂筵》、《逢舟》、《题画》、《栖真》、《入道》。其他二十五出便都是叙述弘光朝的亡国痛史的，这部传奇简直可说是一部"弘光小史"了。

剧本开头就写复社文人陈定生、吴次尾、侯朝宗等人对阉党余孽阮大铖的斗争。这实际上是万历以来东林党对权奸阉宦斗争的继续，有其进步的一面，但他们在这国事危急之时，依然征歌选舞，也说明了他们没有挽救危机的力量。

接着是统治集团内部在迎立问题上的斗争：一面是阉党余孽马士英、阮大铖勾结江北四镇阴谋迎立福王；另一方面是为复社文人所拥护的史可法、左良玉等表示反对，但没有成功。福王即位后，马、阮当权，只图享乐荒淫，不顾国家大事，并极力迫害东林、复社党人。这时，史可法开府扬州，准备北伐，但江北四镇争位内讧，终为马、阮所乘，先后调离，或被消灭，或被利用，以致河淮一带，千里空虚。清兵南下，史可法孤守扬州，壮烈殉国，南明王朝也随即覆亡。

在这些反面人物中，最丑恶的要算阮大铖了。在失意时，摇尾乞怜，作出一副狼狈相。他企图收买侯朝宗，拉拢复社党人，以便掩护自己，待机复起。《侦戏》充分暴露出他的狰狞面目："若是天道好还，死灰有复燃之日，我阮胡子呵，也顾不得名节，索性要倒行逆施了。"后来崇祯一死，他就抓住机会，讨好福王，迎立为帝，爬上政治舞台，做下卖国害民的种种罪行。作者在《逃难》一出里，描写他和同伙马士英一样，被乱民捶伤腰臂，分了他们压榨积累下的金帛细软，劫下他们抢掠蹂躏过的少女娇娆；他还被剥掉衣服，哀号道："叹十分狼狈，叹十分狼狈，村拳共挨，鸡肋同坏。"然后两个人叠骑在一匹马上，逃出城去。这就给他们以极其辛辣的嘲弄与毫不留情的鞭挞。对弘光这个昏君也给予辛辣的嘲弄。被拥立后，他只想到"独享帝王之尊，无多声色之奉，端居高拱，好不闷也"，专心淫乐，及至清兵打来，他便半夜赚开城门，携带妃子，满载珠宝逃跑。《劫宝》一出写他"潜泣江头，乞食村庄"，"炎天赤日，瘦马独行"，这时"宫监嫔妃，渐渐失散"，投奔黄得功，"只望他容留收养"，并说："寡人只要苟全性命，那皇帝一席，也不愿再做了。"最后竟被田雄当作"宝贝""送与北朝",用"皇帝一枚奉送"的嘲讽结束了他的帝位。对于那骄横跋扈的四镇将领,在《争位》一出描写他们"国忧犹可恕,私恨最难消"的丑态,并借史可法的口,谴责他们:"没见阵上逞威风,早已窝里相争闹,笑中兴封了一伙小儿曹。"在《劫宝》中,对于这个南明王朝所有投降清朝的文武官僚则借黄得功之口痛骂道:"望风便生降,望风便生降,好似波斯样。职贡朝天,思将奇货擎双掌。倒戈劫君,争功邀赏。顿丧心,全反面,真贼党。"

作者在另一方面则歌颂了对祖国忠心耿耿的抗敌英雄,塑造了史可法的不朽形象,表彰他忠诚的爱国精神与坚贞的民族气节。他处在马、阮的排挤与四镇将领争位内讧、不听调度的困难情况下,坚持抗敌,死守扬州,最后到了"归无路,进又难前"的地步。眼望"那滚滚雪浪拍天,流不尽湘累怨",真的"累死英雄,到此日看江山换主,无可留恋!"这"满腔愤恨向谁言!"慷慨殉国,千秋壮烈,"一霎时忠魂不见"。然而,作者却热烈地歌颂道:"精魂显,《大招》声逐海天远。"(《沉江》)史可法是永垂不朽的。

作为剧中男主角的侯方域是进步的政治集团复社的代表人物,在和逆党斗争中,他能团结自己的人,形成反抗力量,当然是进步的,应该肯定。他也有士大夫阶级的一些弱点,如在国家多难之时,他还致意寻访佳丽,留连山水;误信杨龙友的巧言,几乎接受阮大铖的利诱,表现了政治上的动摇。但作者毕竟还是把他作为正面人物而予以典型化了的,抛开他的原则性的错误不谈(如后来变节应举),而将某些不是他的功劳都加在他头上,使他集中了复社文人的优秀品质。他不仅接受李香君的劝告,立即与阮大铖决绝,以后更积极参加了南明王朝建立前后的各种政治活动,而且修书劝阻左良玉移兵东下,以固国防,又在史可法幕中参与军机,二次调停四镇;后又前往辅佐高杰,不能见用,只得告辞归乡;还描写了他受阮大铖的迫害,被捕入狱,并描述其英勇无畏的精神:"不用拿,我们都在这里,有谁说来!"这样,他的形象就成为完全可以反映当时一般爱国知识分子的典型形象了。

李香君是作者着意塑造的一个极其鲜明的可爱形象。她是剧中女主角,在她身上体现了封建社会下层妇女、特别是为士大夫阶级所鄙视的歌妓的忠义坚贞和爱国主义精神,从而予以热情的歌颂。她是一个有坚定政治立场和正直刚强性格的人,有见识,机智,而爱憎分明。《却奁》一出充分证明了她的这一些优秀品质。从此以后,她不但成为侯生的畏友,同时还赢得复社文人普遍的尊敬,于是也就参加到当时政治斗争中了。当时南明王朝的上层统治阶级所追求的,就是荒淫无耻的生活,李香君名气愈大,他们就愈想夺来做为玩物。她为了复社,也为了自己,自然要坚守妆楼,等待侯生,拒绝他们的追求。这样,她为自身幸福所进行的斗争就跟当时的政治斗争紧密结合起来了。故事说阮大铖得势后,对她进行迫害,首先陷害她倾心相爱的侯公子,逼侯避祸远离,然后怂恿马士英强迫她嫁给南朝新用的同党官僚田仰。在《拒媒》、《守楼》中,她用生命来抗拒到田仰府中去,保持自己的理想,坚持对侯方域爱情的忠贞和进步的政治见解。她誓死不嫁田仰,用侯公子与她定情时所赠的诗扇殴打逼嫁的人,最后更不惜撞破额头,血溅扇面,以死守楼。结果,她胜利了,保持住自己的对侯公子的爱情,并挫折了阮大铖对复社文人进行报复的卑鄙企图。作者以诗扇作为全剧的主要线索,并以"桃花扇"作剧名,用意是深刻的,是对香君的品质与斗争精神的最高评价。后来,她借着马、阮叫歌妓侑酒的机会,不顾自身危险,冒名为她的假母李贞丽前往侍候,当筵痛骂道:

> 堂堂列公,半边南朝,望你峥嵘。出身希贵宠,创业选声容,《后庭花》又添几种。把俺胡撮弄,对寒风雪海冰山,苦陪觞咏。
>
> 东林伯仲,俺青楼皆知敬重。干儿义子重新用,绝不了魏家种。冰肌雪肠原自同,铁心石腹何愁冻。吐不尽鹃血满胸,吐不尽鹃血满胸。

以一个"娼女之贱"对比着"丞相之尊",可谓"天地悬绝",竟敢如此大骂,骂得他们丑相毕露,表现了她在这个政治斗争局面中的鲜明态度和英勇精神,她是代表当时广大人民对权奸进行有力的鞭挞。这个人物确是中国文学史上最光辉的妇女英雄形象之一,而且是使《桃花扇》成为不朽名著的主要原因。

作者在剧本里也塑造了几个封建社会底层人物的可敬形象,表示了对他们的优美品质的赞颂。首先是民间说书老艺人柳敬亭的形象,其次是唱曲的苏昆山,另外还有当清客、歌伎的丁继之等。受压迫、受欺侮的下层人物,在《桃花扇》里都是具有崇高民族气节与强烈爱国情感值得尊敬的正面人物。

柳敬亭和苏昆生原都曾在阮大铖门下当清客,但当他们看到"留都防乱揭帖",知道阮是阉党余孽时,就立刻脱身走出舒适的阮家。敬亭宁愿"闲坐街坊吃冷茶",以说书为武器,褒善制邪,宣扬公道;昆生则到妓院教李香君歌曲。他们都是深明大义、有强烈的国家民族观念的人,痛恨奸邪,嫉恶如仇。在《修札》里,侯方域修书劝阻左良玉领兵东下,以固国防,而挽大局,需人前去送信时,柳敬亭虽已年迈,老态龙钟,却毅然自告奋勇,承担这个任务。于是"一双空手"凭着三寸不烂之舌,去阻止了左良玉的轻举妄动,还以他的豪迈气概与雄辩才能得到这位跋扈将军的敬重。苏昆生也在阮大铖挑起党祸之时,奔走营救复社文人,并请求借左良玉的力量消除党祸,扼制马、阮的气焰。他们二人都是最讲义气、肯于舍己为人的:柳敬亭和侯方域一起逃难,苏昆生带着李香君走遍天涯寻找侯公子,这种真诚待人,都是很难得的。尤可贵的是,南明覆亡后,许多上层士大夫投降了,文人名士也出来"应征"了,可是这两位老艺人却退隐江湖,靠自己的劳动过活,保存了民族气节。《余韵》一出,从柳敬亭和苏昆生的口中,唱出亡国以后的民族情绪,这正可以看出作者对他们给予多么崇高的评价。

第三节 《桃花扇》的艺术成就

《桃花扇》是思想性和艺术性高度统一的优秀古典戏曲,它不仅忠于客观历史事实,而且有强烈的、分明的爱憎感情,成功地刻画了正面的和反面的人物形象,给人以深刻的印象与巨大的感染。

这个剧本情节复杂,人物众多(三十多个),但作者以其高度的艺术概括力和组织力将它们穿插起来,统一在四十出的剧本中,结构十分紧凑而完整,真有一气呵成之势。全剧以侯、李爱情为中心线索,并以此联系其他副线,展开南明兴亡的历史。作者在人物处理上,首先根据"借离合之情,写兴亡之感"这一主题,分清人物之间的不同态度与主次关系。如以侯方域为主,组织了陈定生、吴次尾和柳敬亭等;以李香君为主,组织了李贞丽、苏昆生和杨龙友等,表现剧中男女主角的离合之情。又以史可法为中心,描写了左良玉、黄得功等;以阮大铖为中心,描写了马士英、弘光帝等。而在这样反映了南明一代兴亡之感的剧情中,也写了田雄、刘良佐、刘泽清等卖国小人。作者以此手法集中人物、减少头绪。同时,作者还在这些少数已经集中了的人物中,选择最有代表性的个别人物作为主角,进行重点突出的描写。在这样繁杂的情节中,要想使结构谨严,滴水不漏,不但要分清主次,重点突出,而且还必须善于穿插,前后联系,预置伏线,首尾照应,才能形成一个细针密线、毫无破绽的完整作品。这一点在本书表现得最为精密。

作者塑造人物,对于正面的或反面的,除描写其共同特征外,彼此之间又有差异,那就是根据每个人物特定的生活环境和在事件中所处的地位来决定他们各不相同的性格特征。掌握了这个不同的分寸,才得到塑造舞台艺术形象成功的关键。阮大铖和马士英同为南明王朝最腐朽的统治阶级上层人物。马权高势大,喜人趋奉,但才能平庸;阮虽权位较低,而才足以济其奸,是个大阴谋家。因此,马无阮的摆布,不能有所作为;阮无马的凭借,也无以施其谋。作者正根据这样一些特点,刻画这两个荒淫丑恶的人物。作者也善于从斗争中来发展人物的性格特点,李香君的性格正是这样通过《却奁》、《守楼》、《拒媒》,直到《骂筵》的一次又一次尖锐斗争,才发展成长起来,也鲜明起来的。作者还善于通过人物自己的语言行动,来显示其性格形象,而不是借他人的口吻予以描述,同时就在人物自己的语言行动中,表现了作者对他们的褒贬爱憎。《桃花扇》中刻画人物心理也极其细致。如《却奁》写李香君因杨龙友为她办了许多妆奁,一定要"问个明白,以便图报",因她出身青楼,知道老爷们不会无目的地"轻掷金钱来填烟花之窟";侯方域是个豪华公子,不重视这些,就只说:"承情过厚,也觉不安。"表示稍异,就揭出了他们的不同心理状态。

就语言论,曲词写得"词意明亮"。本来曲文、说白,各有职司:凡描摹人物的环境和眼前景物与内心活动时用词曲;而于一般事实的说明,情节的交代,则用说白。因此,"词曲皆非浪填";而从舞台扮演出发,更特别重视宾白的作用。作者注意曲文风格与剧情的一致性,也注意曲词切合人物声口,尽量符合其身份与性格。《传歌》、《访翠》、《眠香》等出,写儿女风情,其曲文也缠绵细腻,秀艳温柔;《哭主》、《誓师》、《沉江》等出,写政治大事,其曲文也激昂慷慨,沉痛悲凉;《听稗》中侯方域唱的《恋芳春》,《投辕》里柳敬亭唱的《新水令》,《骂筵》里阮大铖唱的《缕缕金》,……都是肖其唱者之声口,使人"如闻其声,如见其人"。但作者在语言运用上,也有缺点,他主张"宁不通俗,不肯伤雅",主张在词曲中用典要"信手拈来,不露饾饤堆砌之痕",还不是从人民口头语言中提炼运用,而多从书本上用功夫。以是之故遂不免使许多净、丑的宾白丧失应有的泼辣,而整部作品在语言上也显得华美典雅,有些案头戏曲的痕迹。这虽是明清之间文人剧作的共同现象,并非《桃花扇》所独有的特征,但作为一部成就极高、影响最大的作品,这一点也是白璧微瑕,应该指出的。

　　《桃花扇》一出现,读者演者就都表现了极大的兴趣,说明它的受群众欢迎与影响之深。《桃花扇本末》记载:"王公缙绅,莫不借抄,时有纸贵之誉";"长安之演《桃花扇》者,岁无虚日,独寄园一席,最为繁盛。名公巨卿,墨客骚人,骈集者座不容膝。"这就使衰微将绝的昆腔亦得因以延续生命,再度繁荣一时,其影响之巨可知。在人们思想意识上,它也起着"惩创人心"的作用,故臣遗老观剧多有掩袂唏嘘者,良以其中实寓深厚的讽谕。如《余韵》中"开国元勋留狗尾,换朝遗老缩龟头"之句,实为极大胆、极明显的对于清政府征求隐逸的嘲骂。作者于书成后不过几个月就被罢官,终身不起,可以从这里得到一点消息。

第 七 篇

晚清民初文学

第一章 晚清民初文学概述

第一节 社会概况

  19世纪初期,英国首先完成了产业革命,成为第一号资本主义先进强国,法、德、美、意等国也先后完成工业化,与之竞争。到19世纪中叶以后,这些西方主要资本主义国家都渐渐向帝国主义阶段发展,强烈地要求开辟新的商品市场,它们贪婪地望着地大物博的中国,尤其英、美两个帝国主义国家便开始向中国进行侵略活动。这时,中国虽已有资本主义经济的萌芽,但基本上还是一个封建的自给自足的国家,清政府为了保护封建经济,维持它的封建统治地位,严格地实行"闭关"政策,限制外国人在沿海通商。英美侵略者急于打开中国的大门,就采取走私的手段,进行它们可耻的鸦片贸易。公元1839年,林则徐受清政府之命到了广州,主持禁烟。预料英商不服,势必制造纠纷,进行挑衅,所以在海防上早已作了比较充分的准备,尤注意激发群众爱国热情,组织乡勇,以便依靠人民力量抵抗外来侵略。1840年英国政府为了维持它在中国可耻的鸦片贸易,果然派遣侵略军攻打中国,首先在广州被林则徐用人民的力量击退,它不得已就沿海北上攻厦门,陷定海,到天津,威胁清廷。清廷中投降派分子力主撤掉林则徐,与英军议和。到1842年,丧权辱国的《南京条约》签订了,从此帝国主义开始用不平等条约束缚并奴役中国,使独立的中国变成了一个半殖民地的中国。同时,外国资本主义的侵入,对于中国延续了长达两千年的封建社会的基础也起了分解作用,"促使中国发生了资本主义因素,把一个封建社会变成了一个半封建的社会"(《毛泽东选集》第二卷第二版第624页)。

  自从鸦片战争打开了中国的大门以后,东西帝国主义相继而来,1856年—1860年的英法联军进攻中国的第二次鸦片战争,1884年的中法战争,1894年的中日战争,1900年的八国联军对中国的战争,导致了一系列不平等条约的签订。随着外国经济势力的侵入,中国城乡工业和家庭手工业受到严重破坏。这时,中国的资本主义经济,在外国资本的刺激下,有逐渐发展的趋势。但列强入侵的目的不是为了把中国变成资本主义国家,而是要变为他们的殖民地。帝国主义与中国封建地主阶级勾结在一起,施行反动统治,共同压迫中国人民,使中国的资本主义经济又受到了阻碍,始终得不到充分的发展。于是帝国主义和中华民族的矛盾,封建主义与人民大众的矛盾,成为这一时期中国社会的主要矛盾。推翻帝国主义和封建势力的统治,成为中国人民的革命任务。"帝国主义和中国封建主义相结合,把中国变为半殖民地和殖民地的过程,也就是中国人民反抗帝国主义及其走狗的过程"(《毛泽东选集》第二卷第 626 页)。从帝国主义侵入那天起,中国人民就没有停止过反抗斗争;广州三元里的反英运动和北方广大地区爆发的义和团运动,都使一切帝国主义侵略者胆战心惊。这就是中国人民光荣的革命传统。

但是,不同阶级的反抗所表现的精神也不相同。人民大众(主要是农民)受害最直接、最具体,他们的反抗也最坚决、最彻底,如义和团运动,就是最突出的事例。具有爱国思想对帝国主义有一定仇恨的某些统治阶级进步政治家,在人民反帝要求推动下,也会支持或参加人民的反抗斗争,如林则徐在鸦片战争中的表现就是。而在鸦片战争之后,紧跟着爆发了太平天国运动,则是在半殖民地、半封建社会的条件下产生的新型农民革命运动,是属于旧民主主义革命范畴的坚决的革命运动。农民以自己的武装力量夺取了在全国很大范围内的政权,并且坚持了十四年之久。再后的义和团运动虽因被清王朝利用,有些变质,但其反帝性质却一直未变,而且日益发展,其顽强勇猛的精神,使敌人为之震慑。与此同时,中国的资产阶级由于帝国主义的排挤和中国封建统治阶级对它的压迫,为了自身的发展,也在某种程度上起来进行了斗争,这就是"戊戌变法"和"辛亥革命"。这两次斗争都是以资产阶级和小资产阶级为领导力量的;而辛亥革命则是在比较更完全的意义上进行的资产阶级民主革命。从反帝反封建这一点上讲,中国资产阶级与人民,在某一特定的历史条件下,是一致的。也正因如此,他们的斗争在历史上才起了一定的作用。但是,中国资产阶级由于其先天的软弱性和妥协性,他们不能解决反帝反封建的问题,甚至没有彻底反帝、反封建的勇气,所以他们的斗争也是不坚决的。"戊戌变法"的妥协性尤为显明,它主要是资产阶级上层的改良运动,参加变法的资产阶级人物大都由地主官僚转化而来,只是为了求得参加政权,才发起这改良运动的。这个运动在初期还起了一定的启蒙作用,对封建专制进行了抨击。但失败之后,一些代表人物就堕入保皇、立宪的反动泥坑,反而成了革命的障碍。辛亥革命虽然推翻了帝制,似比戊戌变法的改良运动彻底得多,但也只是程度的差别,并无根本性质的不同。当时的革命派无力保卫革命的成果,不久就被袁世凯领导的反动派篡夺了国家的权力。从此,中国人民仍在帝国主义与封建主义的统治压迫下,过着那半封建半殖民地的痛苦生活。

然而,革命的火焰并未熄灭,也永远不会熄灭,中国人民仍继续在黑暗中探索着前进的道路。公元 1917 年,俄国十月革命的一声炮响,开辟了人类历史的新纪元,也给中国人民送来了马克思列宁主义这个放之四海而皆准的真理。当初,随着资本主义的产生,与资产阶级同时出现的无产阶级,到此时也已经经历过它的幼儿时期,逐渐成熟。到公元 1919 年,在马克思列宁主义真理指引下,中国无产阶级以革命领导者的姿态出现在历史舞台之上,领导起伟大的彻底反帝反封建的五四运动。它标志着中国革命进入一个新的阶段,即脱离了旧民主主义革命的范畴,成为无产阶级领导的新民主主义革命,而为世界无产阶级革命的一部分了。

在文化思想方面,这个时期也是很复杂的。鸦片战争时期,林则徐、魏源等进步人物便已开始注意西方,研究世界,启蒙学者也已具有一定的民主思想。太平天国时期,农民革命的民主思想,已发展为较完整的体系,并且付之于行动。当然,他们的思想还只是空想的大同主义,是没有明确的阶级观点的,但在当时,对于反阶级压迫确有一定的战斗意义。太平天国主张废除私有财产,主张男女平等自由,都是极其卓越的思想。19 世纪 70 年代,清政府设立同文馆,专门培养翻译和外交人才,也译了一些外文书籍,对介绍西方文化起了一定的作用。后来严复所译的赫胥黎《天演论》、孟德斯鸠《法意》、亚当·斯密《原富》等书,在近代思想界都发生了巨大影响,起了很大的启蒙作用。自戊戌变法时起,中国开办了新式学校,封建科举制度逐渐被资产阶级的新学所代替。资产阶级改良派和革命派都意识到报刊的作用,纷纷创办,大量发行,以便宣传自己的政治主张。与此同时,开设了一些书局,编印发行许多新知识书刊和宣传小册,开创了资本主义文化繁荣的局面,也形成了像上海那样一个最重要的出版中心与新文化中心。而所有这些政治、经济、社会、文化思想的变化发展,便都直接影响了这八十年间的文学。

第二节　文学概况

　　"一定的文化是一定社会的政治和经济在观念形态上的反映"(《毛泽东选集》第二卷第 688 页)。中国近代文学的发展,自然也是晚清社会的政治和经济在文学上的反映。毛泽东曾做过这样的论述:"中国自从发生了资本主义经济以来,中国社会就逐渐改变了性质,它不是完全的封建社会了,变成了半封建社会,虽然封建经济还是占优势。这种资本主义经济,对于封建经济说来,它是新经济。同这种资本主义新经济同时发生和发展着的新政治力量,就是资产阶级、小资产阶级和无产阶级的政治力量。而在观念形态上作为这种新的经济力量和新的政治力量之反映并为它们服务的东西,就是新文化。"(同上)与这种替新政治新经济服务的新文化相对立的,是替帝国主义和封建阶级服务的反动的旧文化,其中有帝国主义的文化,又有半封建文化。它们"是非常亲热的两兄弟,它们结成文化上的反动同盟,反对中国的新文化"(同上)。因此,"在'五四'以前,中国文化战线上的斗争,是资产阶级的新文化和封建阶级的旧文化的斗争"(同上书,第 689 页),这种分析也完全适用于这个时代的文学。近代(即自 1840 年鸦片战争至 1919 年五四运动前止)八十年间文学发展的基本特点是:资产阶级文学的兴起和它对帝国主义、封建主义文学的斗争。"可是,因为中国资产阶级的无力和世界已经进到帝国主义时代,这种资产阶级思想只能上阵打几个回合,就被外国帝国主义的奴化思想和中国封建主义的复古思想的反动同盟所打退了。……旧的资产阶级民主主义文化,在帝国主义时代,已经腐化,已经无力了,它的失败是必然的"(同上书,第 690 页)。反映在近代的文学上,正是如此。当时作家作品所表现的反帝反封建思想是不彻底的,因而随着每次运动的失败而衰退,等下一次运动兴起,它也跟着抬头,最后到辛亥革命失败时,文学的反帝、反封建思想也逐渐衰落了。直至五四运动以后,无产阶级才建立起真正彻底的反帝反封建文学。但是,尽管这一时期的资产阶级文学有它的不彻底性,但它毕竟猛烈地揭露和抨击了当时黑暗的现实,反映了当时中国社会的面貌和中国人民的反帝、反封建斗争。我们对于这种具有新的性质的文学在近代起过的进步作用,应当给予适当的评价。何况如前所说,革命运动有起伏,文学发展也有兴衰;而且不同阶级阶层、不同思想的人,也写出了不同成就的文学作品,在整个这段时期内,也还是有很多丰硕的成果的。

中国近代文学发展的基本特点是:人民文学和新兴的资产阶级文学一致地反映了中国人民的反帝、反封建斗争,充满了爱国主义与民主主义精神,也表现了这两种文学力量对代表帝国主义与封建势力的反动文学的斗争。近代文学是从反对帝国主义侵略开始的。一开头,人民的文学就显示了很大的威力,进步作家也以其文学密切配合当时全国人民所进行的社会政治斗争。因此,在内容方面,暴露和谴责帝国主义穷凶极恶的侵略政策和封建统治阶级的黑暗统治,以及宣传民族主义、民主主义、爱国主义思想,要求平等、自由、解放,要求改良和革命,就成为近代文学的主流。

这时期的民间文学种类多、数量大、战斗性强,真实地反映了人民的生活和斗争,反映了人民的情感和愿望,是文学史上最宝贵的遗产,但没有被很好地搜集记录下来。我们今天所能看到的已经远不是全部,或者还只是极少的一小部分,而且大都没有经过整理,研究起来还有很大困难,这是亟待解决的。

至于文人文学,主要是一些进步作家所创作的文学作品,留下的却还不少,但艺术水平不高,更没有成就突出的。所可注意的是它的新趋势、新风格、新内容、新精神。鸦片战争时期就有爱国诗人龚自珍、魏源等人与当时封建守旧思想进行了斗争。继此而来的复古主义文学,如宋诗的提倡和桐城派文学的中兴,都表明封建文学的回光反照。到 19 世纪 90 年代,资产阶级文学开始走上文坛,反对复古主义,产生了广泛的文学革命运动,包括“诗界革命”、“新文体运动”和“小说界革命”等。与此相应的,也出现了 20 世纪初期资产阶级文学的普遍繁荣:新派诗、谴责小说、京戏和地方戏剧本、各种曲艺,都产生不少优秀作品。但不久,辛亥革命失败,资产阶级文学也走上衰落的道路了。

近代约八十年间的文学,具有以下这样一些主要特点:

一、文学题材空前扩大,而以反映人民群众普遍觉醒,进入有意识的反帝、反封建斗争,为这一时期的进步文学的基本主题。同时,为适应创作这种革命内容的文学作品的需要,也产生了很多新的文学样式和艺术形式,其丰富繁荣确实是空前的。

二、文学的战斗性大大加强了,故其社会影响与实际作用也随而增巨;相应的,专为统治阶级服务的,抒写其闲情逸致的,乃至歌功颂德的作品,便大大减少了,也不为广大人民所喜爱。

三、文学创作方法也是多样的,而且对传统的创作方法也均有所发展。无论诗歌、小说、戏剧、散文,无不表现了这一特点。

四、文学发展呈现了过渡性质。在内容上,封建主义文学虽已衰落,成为强弩之末,但尚未消灭,仍在苟延残喘,继续挣扎;新的资产阶级民主主义文学虽已萌兴,但还非常软弱,并未健康成长。在形式上,文言古文和旧体诗词仍未退出文坛,还在与新文体和新体诗以及白话新小说争夺主导权和统治地位。

五、这时期,小说空前繁荣,戏剧也有新的发展,不但形式和艺术多有改进,其内容亦均具有鲜明的时代色彩,特别为广大人民群众所爱好,故社会教育意义亦大。

六、这时期,一面有充满战斗精神的反帝反封建的进步文学,一面还存在着为帝国主义、封建主义服务的反动文学,形成对立,诗歌、散文、小说都是如此。

总之,这一阶段的文学,在中国文学发展史上虽也有其贡献,但成就不大,艺术水平不高,主要是作为从鸦片战争以前的旧文学逐渐发展到"五四"以后的新文学的一个准备阶段,故具有一种不成熟也不稳定的过渡性质。

第二章　近代民间文学

第一节　反帝反封建的民间歌谣

与帝国主义疯狂入侵的同时,也就出现了广大人民对帝国主义的坚决而顽强的反抗斗争,并伴随着产生了以反抗帝国主义侵略为主题的丰富多彩的民间文学,其中最多的是民间歌谣,也有很多俗曲、弹词、传说故事以及谣谚、笑话等等。帝国主义在中国进行侵略又是勾结封建统治阶级的,人民于反对帝国主义的同时,也同样表示其对封建统治阶级的反抗。因此,反帝、反封建就成为这一时期民间文学的主要内容。

鸦片战争时期,林则徐以我国近代最早反抗帝国主义的一位民族英雄深为人民所敬爱,当时广东有许多民歌对他禁鸦片、抗英军作了真实的描述和热烈的歌颂,从而也谴责了卖国投降的清朝政府,并嘲笑了英军的无能。《有个林则徐》的民歌唱道:

> 有个林则徐,下令禁鸦片,烧掉洋人鸦片烟,弄得洋人大动气。气死英国人,就此滚洋兵。炸弹大炮满兵轮,攻打虎门城。林则徐到了前敌,就下攻击令。他的本事大得不得了,打得英军叫救命。洋人打勿进,眼睛就瞪清;打了一仗败一仗,没得法子去喊救兵。救兵没中用,怎也不能动。抛掉虎门打吴淞,大炮开得轰隆隆。打到下关镇,又要往北行。这下惊动了北京城,皇帝老子出宫廷。两江牛总督,讲和把钱偿,割出租界、五口又通商,这件国耻把心伤!

这就真实地记叙了鸦片战争的史实,也表达了人民对整个这段史实的态度。人民用民歌歌颂林则徐的还多,如:

> 林则徐,禁鸦片;焚烟土,在海边;开大炮,打洋船,吓得鬼子一溜烟。

在这次波澜壮阔的反英斗争中,各地人民纷纷自动组织起来抗击侵略者,而公元 1841 年五月,广东三元里人民所组织的平英团,实为首举义旗、反抗帝国主义侵略的开端,而且获得了光辉的战绩,第一次显示了中国人民保卫国家民族的义勇和力量。一首《三元里民歌》就是当时许多充满战斗精神的民歌中的一首:

> 一声炮响,义律埋城。三元里被围,四方炮台打烂。伍子垣顶上(按:英军占据的四方炮台,被三元里平英团打得粉碎。但清政府昏聩无能,反而向英人屈膝投降,派奕山与英军议和,答应赔款六百万,因无钱只好拿鸦片商伍子垣的不义之财顶上),六百万讲和。七七礼拜,八千斤未烧(按:虎门炮台上设有八千斤的大炮,未曾打过一响,未发挥其威力,便自动认输)。九九打下(九九是广东土语,是不时的意思,言官兵无能,不敢正式抵抗,只偶尔放一下),十足输晒(即输光)。

这首歌短短十句便把英军入侵,人民抵抗,清廷投降,如实地叙清,既反映了三元里人民英勇杀敌的事迹,写出了侵略者的凶恶和狼狈,写出了清政府屈膝求和的可耻可恨,又鲜明地表达了当时人民的态度。它具有民歌的许多特色:数字作头,便于记忆和流传,字数不拘,韵律自由,运用方言,等等。另一首言浅意深、简洁概括的广东民歌说"百姓怕官,官怕洋人,洋人怕百姓",尤其能说出当时帝国主义和封建统治阶级的凶狠而又怯懦的虚弱本质。

这时期还有《外国洋人叹十声》,从一声起到十声止,每声四句为一段,共十段。这篇民间小曲以洋人自嘲的口吻讽刺了洋人的丑陋和愚蠢,谴责他们的罪恶行为,揭穿他们的阴谋诡计,并充分体现了中国人民热爱自己的生活,有强烈的民族自信心与民族自豪感,如第一、二、六段:

> 洋鬼子进了中国叹了头一声,看一看中国人目秀眉清。体态、人情、衣冠齐整,外国人、中国人大不相同。
> 洋鬼子照镜子叹了二声,瞧一瞧自己好不伤情。黄发卷毛眼珠儿绿,手拿着哭丧棒好似个猴精。
> 洋鬼子要传教,叹了六声,实指望中国人随他一样行。那晓得中国人什么事全懂,孔圣人家门口别卖《三字经》。

公元 1851 年,太平天国农民革命运动爆发了,它揭开了旧民主主义革命的序幕。这次运动席卷了半个中国,摇撼了清政府的统治基础,对于当时及以后历次的旧民主主义革命运动都有深远的影响。太平军转战十四年,足迹遍于南中国,后太平军又坚持了四年,到处受到广大人民(特别是农民)的拥护,主要因为它从一开始就带有反封建的性质。伴随着农民起义而产生的农民自己的民歌创作,既是歌颂人民自己的军队、政权,也是表现他们的反封建思想感情的。

当太平军占领了南京时,人民歌唱道:

> 红包头,进南京,当官的要了命。有钱人心事重,穷人一身轻。

不但热情饱满,调子轻松,而且把太平军对待不同阶级的政策写得多么明确:对有钱有势的统治阶级是仇恨,坚决斗争,分别罪恶大小,给以不同的惩处;对本阶级的人则是深切地同情和亲密地团结,使他们得到解放而感到轻松愉快。民歌中表现的爱憎是多么分明!有些民歌还反映了人民踊跃参军,既说明了他们对敌人的仇恨,也表达了他们对自己队伍的热爱。如:

> 满街红头走,骑马跟后头。阔老关门闭户,穷人抢扎红头。

这不只是真实的描写,热情的歌颂,也有人民的积极行动。

太平军为什么能得到人民如此的拥护呢?那就是因为它有明确的目的与政策,它代表了人民的利益,保护人民生命财产的安全与自由,纪律严明,说到做到,使人民认识到它是自己的部队,所以热情地欢迎革命军的到来。山东一带流传的民歌有:

> 四月里石榴火样红,南徐州发来了"长毛兵"。是天兵,哎咳哟,杀富济贫救百姓。

人民称赞它"杀富济贫救百姓",与统治阶级诬蔑太平军为"匪寇"、"杀人放火",完全是两种立场,两样看法。有一首民歌说"'长毛'杀人千千万,不抢穷人一颗粮",就是明证。另一首说:

> 日出东方,满街是枪。各走各的,"长毛"不管。

还有溧阳的一首民歌说:

> 长毛杀进溧阳,官兵抱头鼠窜。红旗插在树头,门牌挂在门上。

这一切难道不是完全符合人民的愿望吗?

人民对于太平军是非常拥护的,对于自己的军队和自己的领袖,表示非常敬爱,因为他们的来到就是自己可以抬头的日子。忠王李秀成于公元1860年四月克复苏州时,清朝官僚和春、张国梁的官兵从常州溃败下来,到处抢劫,到了苏州,曾借守城必须烧尽城外民房为名,在苏州阊门、胥门外放火烧了三昼夜,又趁火打劫。居民恨之入骨,至在所有店铺民房门首贴出"同心杀尽张和贼"的标语。苏、常一带当时流传四首歌咏忠王的民歌,其一云:

> 青竹竿,白竹台,欢迎忠王到苏州来。杀脱(掉)张、和两强盗,
> 我伲(们)农民好把头抬。

还有一篇写忠王怎样领导农民斗争土豪、恶霸、地主,分了土地,农民那股欢乐情绪洋溢字里行间,读之令人感奋兴起:

> 毛竹笋,两头黄,农民领袖李忠王。地主见了他,像见阎王,农
> 民见了他,赛过亲娘。
> 黄秧叶子绿油油,忠王是个好领袖。地主见了他两脚抖,农民
> 见了他点点头。
> 农民领袖李秀成,是我伲(们)农民大恩人。杀了土豪和恶霸,
> 领导我伲(们)把田分。

太平军的领袖和军士都以平等态度对待农民,而以敌人对待地主,《忠王府》一首就鲜明地表现了这种阶级感情,语言明快,形象非常生动:

> 苏州城,忠王府,赛过农民县和府。地主跑进忠王府,眼泪鼻
> 涕往下拖;农民跑进忠王府,眉开眼笑坐一坐。地主跑进忠王府,
> 口口声声叫冤苦;农民跑进忠王府,谢谢忠王恩情大。地主跑进
> 忠王府,两手捆得像猪猡;农民跑进忠王府,太平军个个叫大哥。
> 地主跑进忠王府,永生永世是死路;农民跑进忠王府,子子孙孙不
> 受苦。

人民对太平军的热爱,往往表现为对一些突出的领袖人物的爱戴与歌颂,地不分南、北、东、西,民不分汉、彝、苗、壮,都是如此,并不只限于东南各省人民之对忠王。如:

> 苗家救星是翼王,枯苗得雨喜若狂。从今耕耘齐落力,为保太
> 平把兵当。(苗家山歌)

> 翼王派兵到我家，问声粮米差不差。缺粮给谷并银两，牵来牛
> 马又有耙。财主老心乱似麻，穷老心里正开花。自耕自种自得吃，
> 大家齐唱太平歌。（壮族山歌）

> 传言"长毛"把穷人欺，这话说来很可疑。"长毛"官军皆穷汉，
> 他怎会把穷人欺？（《彝族民歌》）。

> 竹叶青，竹叶香，太平军路过瓜洲塘。打开坛子翻开瓮，家中
> 没有一粒粮。太平军，恩难忘，烧杯清茶敬遵王。（江北民歌）

由于太平军和人民建立了亲密关系，感情深厚，所以当他们离去的时
候，人民便像想念自己的亲人似地怀念着他们。公元 1862 年（太平天国十
二年），忠王李秀成奉命带兵回救天京（南京），苏州人民唱着依依不舍的歌
送别道：

> 长江里水向东流，我伲（们）日夜都发愁。千愁万愁不愁别，只
> 愁你一去不回头。

公元 1864 年，太平军失败了，七月，天王洪秀全病逝，天京沦陷，忠王保幼主
突围未成，被俘，真的"一去不回头"了。在他被拘期间，苏州一带农民唱一
首怀念的民歌道：

> 麻雀麻雀好自由，飞东飞西不发愁。你到天京托件事，看看忠
> 王瘦不瘦。

淳朴真挚，亲切自然，"瘦不瘦"一语包含多么丰富的内容！人民对于太平军
的感情还不只是对个别的领袖，《想念太平军》一篇组诗就把太平军作为一
个情人，用女子的口吻唱出她对这个伟大革命集体的怀念：

> 豌豆花开花蕊红，太平军哥哥一去无影踪。我做件新衣等他
> 穿，我砌间新屋留他用。只见雁儿往南飞，不见我哥哥回家中！

> 豌豆花开花蕊红，太平军哥哥一去无影踪。我早上等到黄昏
> 后，我三春天守到腊月中。只见雁儿往南飞，不见我哥哥回家中！

> 豌豆花开花蕊红，太平军哥哥一去无影踪。老年的母亲哭得
> 头发白，年轻的姐姐哭得眼儿红。只见雁儿往南飞，不见我哥哥回
> 家中！

> 豌豆花开花蕊红，豌豆结荚好留种。来年种下小豌豆，开满了
> 鲜花到处红。"太平军哥哥"五个字，永远记在人心中！

象征性的比喻,朴素真挚的语言,反复咏叹的笔调,都说明它是艺术性很高的纯粹民歌。它的气氛很悲壮,但同时也很乐观,表现了人民对于斗争必胜的信心。

在太平军影响下,同时和稍后,在全国各地爆发了不少次农民起义,各地也产生了不少反映这些革命斗争的民歌。鲁西宋景诗领导的黑旗军起义,就为当地人民以《十三个月》的民歌歌颂道:"宋景诗造反人喜欢。"一首讽刺清朝统治者、歌颂农民英雄的《僧王领旨出北京》,叙述了黑旗军和僧格林沁斗争的经过,突出地表现了人民坚决乐观的革命斗争精神。

此外,西北、西南一些少数民族为了反抗清政府对他们的残酷压迫,在这个阶段内也爆发过多次起义,也产生了许多英雄史诗。如自公元1854年起,坚持了十八年之久的贵州苗民起义,有《张秀眉颂》长篇史诗歌颂起义领袖张秀眉,其基调是号召反抗的。全诗由《官逼民反》、《宣誓》、《出征》、《审问》、《苗家的想念》五章组成。每一句都是响亮的战斗号召,雄健明快,生动有力,如:

> 来哟,抽出你的雪亮的马刀,扛起你的土炮,跟着张秀眉一道。
> 给点颜色给官兵看看,是红的还是绿的,苗家是不好欺侮的!……

《随天军》是一首反映壮族人民斗争的史诗。它写壮族人民在太平天国革命时代风起云涌地投入这个伟大斗争。它写道:"……幸得天军来,人人遂开颜,官逼民造反,齐去随天军。……卖牛来买刀,卖马来买枪,打天下四方,力争要自由。"表示得很大胆,很积极。《歌唱英雄白彦虎》则是反映公元1862年西北回民起义的一首长达287行的长篇史诗,至今还流传在伊犁回族人民中间。

自从太平天国革命失败以后,帝国主义和清王朝进一步地紧密勾结,压迫中国人民,于是人民便把反帝同反封建结合起来,人民的歌谣也包括这两方面的内容,而以当时最突出的问题为主题者尤多。如张家口的反天主教的两首歌谣:

> 毛驴长尖角,骆驼吃蒸饺。小狗生须乱糟糟,教堂说话不正道。
> 你骂我,不反口;你打我,不还手;你抢我,不叫留;你害我,不报仇:想得好呀想得妙,没人信你天主教!

公元1900年,北中国发生了历史上空前的一次反帝爱国运动,那就是

义和团的起义。起义中出现了不少民间歌谣,都具有强烈的战斗精神,其锋芒首先是对准外国侵略者的,如:

> 掀铁路,拔线杆,看看洋人难不难!

> 还我江山还我权,刀山火海爷敢钻。那怕皇上服了外,不杀洋人誓不还。

北京的民歌以"吃面"起兴,赞扬义和团攻打外国使馆和教堂说:

> 吃面不搁酱,炮打交民巷。吃面不搁卤,炮打英国府。吃面不搁醋,炮打西什库。

人民把妇女的解放与义和团的反帝斗争结合起来,表现妇女在这一斗争中的作用:

> 妇女不梳头,打破洋人头。妇女不裹足,杀尽洋人笑呵呵。

人民对于洋人痛恨已极,而且相信自己的力量,鄙视敌人:

> 不要瞧你们人多,一打一败仗。不要瞧我们人少,后头有给养。

说明敌人并不可怕,而义和团则有后方广大人民的支持,实际力量是非常强大的。

人民在反帝斗争中,不但未得到清政府的实际支持,还受到统治者更加严重的压榨。他们只知向外人献媚屈膝,向人民要钱要粮,因此,人民就在反对帝国主义的同时,还要反对封建统治者以及洋人的走狗们:

> 前门开,后门开,前门引进虎,后门又进狼。不管虎与狼,朝廷终日铛铛铛。(言演戏奏乐歌舞升平)

> 皇上向我们要粮,鬼子向我们要宝。就凭我们的大刀,粮宝倒有全不交。

> 二毛爷(按:即指借洋人势力欺压百姓的教徒、通事之类的帝国主义走狗),二毛爷,只认洋人不认爹。通风报信还不算,侍候洋人团团转。

人民认识到,必须把帝国主义和反动统治阶级一起打倒,自己才能获得自由幸福的生活,所以反帝和反封建是联系在一起,同时进行,互相配合的:

> 大师兄,砍洋头;二师姐,杀官兽。打倒洋和官,百姓有盼头。

义和团运动是农民和手工业者自发的反帝爱国运动,它带着一些宗教迷信成分,是不可避免地要表现出一定的局限性。作为当时宣传工具的揭帖、乩语、歌谣往往在宗教迷信的外衣下,反映了这一运动的某些本质,揭露了帝国主义的罪状,表达了人民的爱国精神。如:

> 只因四十余年内,中国洋人到处行。三月之内都杀尽,中原不准有洋人。

> 四海风云驾海潮,争权争教又争朝。西风未尽东风起,兵火相连野火烧。

> 天下各省谁为主?满天星斗与妖孽。生灵到底归何处,只见明灯路一条。

此外还有不少时调、小曲,演唱八国联军进北京,演唱日、俄进东北等,描述帝国主义的疯狂侵略和清政府的屈辱投降,反映了人民对国耻的痛伤。也有一些民歌深刻地揭露这个行将崩溃的封建王朝,如《酒税不平歌》、《反对贪官歌》之类,都是反映辛亥革命前的社会现实的。还有许多民歌反迷信,反缠足,反对男人留发辫,要求妇女解放和进学堂,及反对封建婚姻制度,以至反映劳动人民痛苦生活的,都是有一定现实内容与社会意义的。

到辛亥革命失败以后,就产生了不少嘲骂和讽刺袁世凯这个独吞革命果实又要做皇帝的民奸的歌谣:

> 大总统,洪宪年,正月十五卖"汤圆"。
> 五色旗,没有边儿,袁世凯,没几天儿。

从民歌对这样一个人物的嘲笑和诅咒,也就看出人民对他是怎样的仇视与痛恨了。

第二节　鸦片战争时期人民的揭帖

鸦片战争爆发了,广东人民纷起向帝国主义进行斗争,除直接参加武装反抗外,也运用了文字这一武器,作为揭露、讽刺、打击敌人的宣传工具,当时称为揭帖。这些揭帖,其内容主要是反对英国帝国主义者的侵略,痛斥其罪行,真像锋利的匕首一样,直刺敌人的胸膛。这种文章,以明朗响亮的语言表现了人民的英勇奋发、扬眉吐气的高度民族自豪感。它是记载我国人民反帝斗争的史诗,充分显示了中国人民的反抗精神与伟大力量。如《粤各乡居民示谕英夷》及《三元里等乡痛骂鬼子词》都是思想性很强,文字也非常爽朗痛快,富有战斗性的。虽有些可能是读书人执笔的,多少带些雅气,但还能保持人民磅礴的气魄,绝非文人文学所能比。《粤各乡居民示谕英夷》中有云:

> 尔等抗拒天兵,阗进内河,擅张伪示,邀结民心,目无法纪。
> ……我纵乡曲小民……惜身家亦惜土地,终怀父母之心;保土地
> 即保身家,愿作干城之寄。同仇共愤,何烦官长操戈;振臂一呼,
> 自足歼诸丑类!目下尔等诡行诈术,妄肆鸱张,占香港则取钱粮,
> 踞定海则奸淫妇女,种种不法,罪恶贯盈。我等兆民,岂能坐视?
> 其所以隐忍未发者,盖由仓卒之际,众志未联,迨后集众同盟,又阻
> 于官师之和议,故暂退以俟……自谕之后,尔等倘敢仍循故辙,执
> 迷不悟,当即修我戈矛,整我义兵,壮夫尽力,智士尽谋。举手则江
> 海可平,埋伏则神鬼莫测。务期追扫净尽,使尔等片帆不返,方足
> 彰大义于寰区,复我众黎之仇恨。……

这是对侵略者的有力示威,也表示了人民的真实意志。人民在痛斥帝国主义的同时,也知道压在他们身上的还有卖国无耻的清朝统治者,对于这座大山,他们也并没有放过,如《官府辱国殃民帖》就写得非常痛快,毫不留情:

> 近日官府作事,全无道理,每令人心不平。……不料这个耆
> 英,系夷人奴才,竟遵夷人指使……今(花旗国医生)乃依恃官势押
> 逼,横行强租,不守和约。此事甚不公平,兼无道理。……兹故布
> 闻,四方君子,庶几共悉夷人放肆,无恶不作,皆由官无血性,恬不
> 识羞,以致辱国殃民,为中华所痛恨,受外夷耻笑焉。受害人谨白。

这种以受害人身份写的揭帖,明白指出官夷勾结、压迫人民的事实,可见人民完全能够认识清政府的怯懦媚外的本质,并未对统治阶级寄予什么幻想。

在那个时期,像这样的揭帖是很多的,如《全粤义士义民公檄》、《阖省心理同人公启》、《为烖夷肆扰帖》、《博各国一笑帖》等都洋溢着昂扬的斗志,成为战胜一切侵略者的基础。文章形式非常灵活,有较整齐的散文,也有顺口

溜式的通俗诗歌(如《博各国一笑帖》),而总的说来,都是文白夹杂,信笔直书,不假修饰,极其明白,接近口语的。

第三节　民间传说故事

这一时期,随着人民的觉醒,参加反帝、反封建斗争,也产生了很多歌颂人民英勇斗争的传说故事。在鸦片战争时期,有歌颂林则徐和人民群众智勇的《尿壶阵》,辛辣地嘲讽了英国侵略者的无能。在太平天国时期,有表现人民对太平军的阶级友爱和热烈感情的《地主告状》、《十三棵大树》、《忠王名字永不忘》、《好和尚》、《马四娘》等更多的故事流传下来,虽然未经很好地整理,却都能表现出人民对太平军的热爱和支持,体现太平军的革命本质及其与农民的血肉相连的亲密关系。在上述两个时期(鸦片战争和太平天国)的二十多年间,一定有很多的民间传说故事,还保存在某些地方性资料或口耳相传中,亟待搜集整理,使这些珍贵的民间文学资料能永远鼓舞我祖国人民,发扬其光辉。

义和团运动是北中国人民在近代最广泛而深刻的一次反帝爱国运动,在民间也产生了很多的传说故事,最主要的是流传在义和团运动最早爆发地的河北省。1958 年发表了由张士杰在河北安次、武清等县的老人口中搜集并加以整理的二十几篇,虽然搜集者进行了加工、润色乃至再创造,不是纯粹的民间创作的原来面目,但它们的素材来自民间,其中的英雄形象和故事情节原是在民间长期流传的。这些传说故事,有的偏重于事实的叙述,现实性较强;有的则是近似童话式的幻想故事。但其基本主题都是反帝,都是反映当时人民在那次伟大斗争中的愤怒情绪与英勇精神的,所以都具有极其丰富深刻的思想性,也有极其光辉动人的人物形象。《红缨大刀》、《托塔李天王》、《宗老路》、《洪大海》、《铁金刚》等故事,都直接描绘了人民同仇敌忾、视死如归的英勇战斗的壮烈场面,其中的李大良、黄老三、刘老爹、宗老路、洪大海、刘黑塔、铁二愣子、白莲等不朽的形象,都表现了中国人民强烈的爱国意识和崇高的民族气节。

在反帝的普遍性主题中,有的着重在揭露外国侵略者种种野蛮横暴的罪行,有的还结合着揭露清朝统治阶级各色人物的无能与无耻,所以这些传说故事的反封建主题也是很明显的。

　　传说故事往往是写实的,它是人民用口头创作编写自己的历史,艺术地再现人民的斗争史。但是人民并不满足于仅仅写实的创作方法,还经常运用丰富的想象,适当的夸张,运用浪漫主义的手法,寄托着他们的激情、理想和愿望,使其所歌颂的人物形象更加光辉、丰满,令人向往、起敬。

　　总之,整个这一时期的民间传说故事是我国近代文学的一个重要宝藏,还有待我们大力搜集、发掘,使它再放光芒,发挥力量。这类民间创作各地都有,现在所发表的还仅是其中的极小一部分。人民往往会在各个时期的社会政治斗争中,创造出一些反映现实,具有强烈战斗精神的英雄故事,用以鼓舞和激励正在斗争着的人们。这些故事有真人真事做它的原型,但更多的也更重要的是,在辗转传述过程中,经过群众的修饰润色,丰富加工,不断修改、提高,而赋予它以更高、更美、更深刻的思想性与艺术性,值得我们很好地从中吸取精华,加以继承、借鉴。

第三章　鸦片战争时期的文学

第一节　鸦片战争前的爱国诗人龚自珍

鸦片战争前，西方资本主义思潮已经蔓延国内，资本主义列强也纷纷向中国伸张它们的势力，有识之士便预感暴风雨即将到来，为垂危的封建制度担忧。他们从维护旧东西的目的出发，也受了西方资产阶级民主思想的一些影响或启发，便形成了他们早期的朦胧的改良主义维新思想，成为后来的改良主义运动及在政治上要求变法维新的先驱。

这些启蒙思想家大抵都在鸦片战争前就已开始活动，并已大体上形成了他们的思想；有些时代较迟的，则经过鸦片战争的刺激而猛醒过来，头脑也更加清醒了一些。他们在文学创作实践中，也反映了一定的维新思想与进步倾向，宣扬了他们的政治见解与主张。而在这民族危机日益深重的时代，他们也时时发抒自己的民族意识与爱国思想。这些都是应当肯定的，具有现实主义精神的。属于这一类的主要作家则有龚自珍、林则徐、魏源、张维屏和朱琦等。其中尤以龚自珍这位爱国诗人和优秀思想家在文学方面成就较高，影响较大。

龚自珍（公元 1792—1841 年），字璱人，号定庵，又名易简，字伯定，浙江仁和（今杭州）人。他出生于世代书香的官僚家庭，幼而聪敏，受到较深的文化教养，接触的学问很广，但鄙薄时文，轻视举业，以致屡试不第，二十七岁中举，三十八岁进士及第。后来在仕途上也因为他的进步思想不容于世，未能得志。故十年之久，仅由内阁中书做到礼部祠祭司行走、主客司主事等卑微的职位。他终于在四十八岁那年（公元 1839 年）毅然辞官南归。两年后，暴卒于丹阳书院，年只五十岁。

龚自珍的核心思想是从分析批判清王朝的现实政治出发，而触及到整个的封建制度。因此，他所提出的主张或对策，虽是改良主义的，但已涉及到一些社会基本问题,或者是近于本质的问题,如废科举,解放人才,以及分配土地等。这些在今天看来似乎没有什么,但在那个时代却都是从来无人提出的大胆见解。这一方面表明他对清朝腐朽统治的绝望,一方面也表现了他是具有远见卓识并有理想追求的。与此相联系的,就是追求个性自由解放,厌恶卑污的世俗,要求保持人的尊严,带有鲜明的民主主义色彩。他有些关于政治、社会、经济、外交等方面的具体主张,除上述的废科举以外,还有:严禁鸦片,吸食者杀;提倡人人平等,反对妇女缠足,主张废除跪拜;建议对农民按等授田。对外,则主张坚决反抗外国侵略,严禁鸦片输入,和外国进行平等贸易,等等。

作为一个近代杰出的文学家,龚自珍有诗,有词,有散文。其作品多已散佚,后人辑成的《龚定庵全集》尚非其全部著作。这里收有他辞官南归沿途及 1839 年一年内所写的《己亥杂诗》七言绝句三百一十五首,内容丰富,代表了他的全部思想,也概括了他的身世与生活,可以看作是诗人自叙传式的组诗。

他的诗文首先是正面地揭露和批判那个黑暗社会,表示他对于清王朝现实政治的极端不满,也反映了在暴风雨前夕的封建社会的腐朽面貌。《咏史》是他在公元 1826 年写的:

> 金粉东南十五州,万重恩怨属名流。牢盆狎客操全算,团扇才人踞上游。避席畏闻文字狱,著书都为稻粱谋。田横五百人安在,难道归来尽列侯?

这是借古讽今,指斥清朝文字狱的残酷思想统制政策,认为它限制了人们的思想,致使一般知识分子都走上消极畏缩、保全性命的庸俗道路,造成整个社会的沉闷堕落。

诗人对于劳动人民的苦难,也表示了极大的同情,这些苦难正是统治阶级进行残酷剥削的结果。《己亥杂诗两首》:

> 只筹一缆十夫多,细算千艘渡此河。我亦曾糜太仓粟,夜闻邪许泪滂沱。
>
> 不论盐铁不筹河,独倚东南涕泪多。国赋三升民一斗,屠牛那不胜栽禾!

像这类的诗还不止此,他看出那个社会的真正危机在于封建制度所造成的整个国家的衰微与民生的凋敝。《自春徂秋,偶有所触,拉杂书之,漫不

诠次,得十五首》,其二云:

> 黔首本骨肉,天地本比邻。一发不可牵,牵之动全身。圣者胞
> 与言,夫岂夸大陈!四海变秋气,一室难为春。宗周若蠢蠢,婪纬
> 烧为尘。所以慷慨士,不得不悲辛。看花忆黄河,对月思西秦。贵
> 官勿三思,以我为杞人。

他对外国资本主义的侵略,也是非常痛恨的,在《送钦差大臣侯官林公
序》里就鼓励林则徐严禁鸦片,与英人作坚决的斗争。他对鸦片的流毒作过
深刻的描写,并把鸦片和帝国主义侵略及中国的危机与统治阶级的腐朽联
系起来。《己亥杂诗》有两首:

> 鬼灯队队散秋萤,落魄参军泪眼荧。何不专城花县去,春眠寒
> 食未曾醒。
>
> 津梁条约遍东南,谁遣藏春深坞逢。不枉人呼莲幕客,碧纱橱
> 护阿芙蓉。

他在《西域置行省议》里把当时社会的萧条黑暗写得非常透彻,确能道
出其真正症结:

> 自乾隆末年以来,官吏士民狼艰狈蹶,不士、不农、不工、不商
> 之人十将五六。又或飨烟草,习邪教,取诛戮,或冻馁以死,终不肯
> 治一寸之丝、一粒之饭以益人。承乾隆六十载太平之盛,人心惯于
> 泰侈,风俗习于游荡,京师其尤甚者。自京师始,概乎四方,大抵富
> 户变贫户,贫户变饿者……各省大局岌岌乎皆不可支月日,奚暇问
> 年岁!

他还进一步揭露了贫富悬殊、阶级对立的现实,并指出其原因完全由于官僚
地主阶级肆行土地兼并所造成。在《平均篇》里就提出了这样看法,具有资
产阶级初步的民主平等思想:

> 有如贫相轧,富相耀,贫者阽,富者安,贫者日愈倾,富者日愈
> 壅。或以羡慕,或以愤怨,或以骄汰,或以啬吝。浇漓诡异之俗,百
> 出不可止。至极不祥之气,郁于天地之间,郁之久,乃必发为兵燹、
> 为疫疠。生民噍类,靡有孑遗。人畜悲痛,鬼神思变置,其始不过
> 贫富不相齐之为之尔。小不相齐,渐至大不相齐,大不相齐,即至
> 丧天下。

　　龚自珍的作品的另一个重要的思想内容便是追求个性解放。他表现了强烈的反抗压迫的叛逆性格，代表了萌芽时期的进步思想正在冲破旧的封建传统的束缚。诗人愤世嫉俗，傲岸不群，对上层社会人物是看不起的，他要特立独行，决不同流合污。他有一首《能令公少年行》其中有词云：

　　　　十年不见王与公，亦不见九州名流一刺通。其南邻北舍，谁与相过从？病瘿丈人石户农，嵚崎楚客，窈窕吴侬。敲门借书者钓翁，探碑学拓者溪僮。

他这样高洁、孤傲、寂寞，会使统治阶级忌恨的。事实正是如此，《十月二十夜大风不寐起而书怀》，后段有云：

　　　　贵人一夕下飞语，绝似风伯骄无垠。平生进退两颠簸，诘屈内讼知缘因。侧身天地本孤绝，矧乃气悍心肝淳。欹斜谲浪震四座，即此难免群公瞋。

不管"贵人"们"下飞语"，也不管世俗的"群公瞋"，自己"气悍"而"心肝淳"，立身"孤绝"，"欹斜谲浪"是不能改变的，虽"进退颠簸"，亦在所不计。他要保持"童心"，而保持童心也就是不受封建礼法的束缚，任性自然，这便是心灵的解放。《己亥杂诗》有：

　　　　少年哀乐过于人，歌泣无端字字真。既壮周旋杂痴黠，童心来复梦中身。

壮年在与世俗周旋中，沾染了污秽，痴中杂黠，不复是率真的童心，这是可哀的，所以要童心来复。这在当时社会是不能不受到打击和压抑的，在忧郁寂寞中，他唱出反抗的歌声，《己亥杂诗》云：

　　　　少年击剑更吹箫，剑气箫心一例消。谁分苍凉归棹后，万千哀乐集今朝。

　　　　颓波难挽挽颓心，壮岁曾为九牧箴。钟簴苍凉行色晚，狂言重起廿年瘖。

他要力挽颓波，求得心灵的解放。在《病梅馆记》一文中，作者借梅喻人，谓种梅者为迎合文人画士的怪癖，残害梅花的自由生长，遏抑梅花的生气，竟使江浙之梅皆病。对此，他感到非常痛愤，决心以疗梅为己任，实际就是说他要纠正社会的风气，要以坚决的战斗精神为个性的自由解放而努力。

正因为他对黑暗的现实不满,要求个性解放,所以他对未来是有自己的理想的。他希望冲破现实的沉闷,创造出一个生气勃勃的新世界来,而这是他已经预感到很快就会来临的,但在第一声雄鸡未唱之前,黎明还未到来,那黑暗实在闷得人透不过气。《己亥杂诗》云:

> 九州生气恃风雷,万马齐瘖究可哀。我劝天公重抖擞,不拘一
> 格降人才。

他这理想、这气魄,实在是不愧为一个启蒙时期的伟大思想家。

龚自珍的文学创作主要成就在诗。他的创作方法基本上是现实主义的,但同时还具有浓厚的积极浪漫主义色彩。他深刻地理解现实,反映现实,揭露其黑暗,批判其腐朽,感慨深沉,讽刺尖锐,表现了作者强烈的反抗精神。他还代表人民、代表先进的知识分子,提出自己的理想,并为实现这些理想而呼号、而奋斗。他的思想是进步的,感情是深厚的,性格是高洁孤傲、不为世屈的。他的诗的精神是从庄子、屈原、李白那里继承来的。他的语言号称"情深",实也有些艰涩,并非他不能写通俗一些的诗,而竟写成如此古奥晦涩者,实因处在当时的文化统制下,不得不隐晦其辞,苦涩其言,如其自己所说的:"第一欲言者,古来难明言。故将谲言之,未言声又吞",只好"东云露一鳞,西云露一爪",久而久之,遂形成这样的风格:"欲为平易近人诗,下笔情深难自持。"他不得已而出此,与当时的复古主义者毫无共同之处,他乃是反对复古的改良派。

他的思想和创作在晚清有很大影响。梁启超说:"光绪间所谓新学家者,大率人人皆经过崇拜龚氏之一时期。"他的诗歌则被清末革命派南社诗人领袖柳亚子誉为"三百年来第一流,飞仙剑客古无俦",而其作品也显然深受龚诗的影响。

第二节　林则徐、魏源等诗人

在鸦片战争前后的重要诗人,除龚自珍外,还有以下几位:

林则徐(公元 1785—1850 年),字元抚,一字少穆,福建侯官(今福州)人,嘉庆进士。他是清代著名的民族英雄,又是具有远大眼光的政治家。在维新运动中,他还是最重要的先驱者。人们对他在鸦片战争中的表现,一直

是敬佩的,他之所以能有那样的远见,与他之了解外国,具有一定的世界知识,是分不开的。在 19 世纪中期,中国封建社会开始崩溃,他适于此时受命到粤查禁鸦片输入,就主持译著了《四洲志》一书,介绍西洋各国地理、历史社会、政治、经济,为国人打开了眼界,说明他是肯于正视现实世界,并要唤醒一切蒙瞳的人睁开眼睛的第一个先进人物。他是当时统治阶级中少数开明知识分子的代表和领袖。

他一生的主要成就自然在于政治事功,所以他的遗书被名为《林文忠公政书》,确是名实相副的。他不以诗名,也不曾以诗为表现其思想见解的工具,而主要是以诗为抒情和酬答之用,但在鸦片战争前后,他的诗却于现实也有所反映,并透露了他的思想感情。他的《赴戍登程口占示家人》二首之一云:

> 力微任重久神疲,再竭衰庸定不支。苟利国家生死以,岂因祸福避趋之?谪居正是君恩厚,养拙刚于戍卒宜。戏与山妻谈故事,试吟断送老头皮。

三、四两联是他常自吟讽的得意之句,显示他的忠贞耿介,一心为国,不避祸难的精神,也表明了他忠顺清王朝的封建社会知识分子思想的局限性。

他在对外作战时,志气昂扬,但并不骄矜;而在罢职被贬以后,仍念念不忘国事夷情,一直并未气馁,既保持其忧国之情,又具有必胜之心。《中秋嶰筠尚书招余及关滋圃军门天培饮沙角炮台眺月有作》中写道:

> ……炮声裂山杂鼓角,樯影蘸水扬旌斿。……军中欢宴岂儿戏,此际正复参机谋。……森森寒芒动星斗,光射龙穴龙为愁。蛮烟一扫海如镜,清气长此留炎州。

《次韵和嶰筠前辈》也是这样的:

> 蛮烟一扫众魔降,说法凭公树法幢。域外贪狼犹帖耳,肯教狂噬纵村尨?

到兰州后,他写的《程玉樵方伯德润饯予于兰州藩廨之若己有园,次韵奉酬》二首之一云:

> 我无长策靖蛮氛,愧说楼船练水军。闻道狼贪今渐戢,须防蚕食念犹纷,白头合对天山雪,赤手谁摩岭海云?多谢新诗赠珠玉,难禁伤别杜司勋。

这里虽写得含蓄,但已流露出对现实的指责。至于《出嘉峪关感赋》及《戏为塞外绝句》等,则更显示了他始终不衰的昂扬奋发的英雄气概,如前者四首之一云:

> 严关百尺界天西,万里征人驻马蹄。飞阁遥连秦树直,缭垣斜压陇云低。天山巉削摩肩立,瀚海苍茫入望迷。谁道殽函千古险,回看只见一丸泥。

魏源(公元 1794—1857 年),字默深,亦作墨生,湖南邵阳人,著有《古微堂集》(内集、外集、诗集)。他的《海国图志》是在林则徐《四洲志》的基础上,搜集了更多更翔实的材料编成的最早又最完整的世界地理书。他是这时期重要的启蒙思想家之一。他主张向西方学习,提出“师夷长技以制夷”的口号,《海国图志》六十卷就是在这种精神支配下并为此目的而写成的。

魏源的诗明畅通达,人民性较强,有揭露社会黑暗的,有描写人民疾苦的,有讽刺或直斥封建统治阶级的,有反对帝国主义侵略、深刻地表达其爱国思想的。他的新乐府诗如《都中吟十三章》“效白香山体”,写出清朝统治者只顾自己享乐,不管人民疾苦;《江南吟十章》则写江南人民在苛捐杂税的严重剥削下的痛苦生活;《寰海十章》(实十一首)和《寰海后十章》则反映了人民英勇抗敌的事迹;著名的《阿芙蓉》更以沉痛的心情有力地控诉了鸦片给中国人民带来的毒害,并指出文武臣僚的因循苟且,其害与鸦片相同,而那些情况则正是鸦片所以不能禁绝的根本原因:

> 阿芙蓉,阿芙蓉,产海西,来海东。不知何国香风过,醉我士女如醇酎。夜不见月与星兮,昼不见白日,自成长夜逍遥国。长夜国,莫愁湖,销金锅里乾坤无。溷六合,迷九有,上朱邸,下黔首。彼昏自痼何足言,藩决膏殚付谁守!语君勿咎阿芙蓉,有形无形瘾则同。边臣之瘾曰养痈,枢臣之瘾曰中庸。儒臣鹦鹉巧学舌,库臣阳虎能窃弓。中朝但断大官瘾,阿芙蓉烟可立尽。(按:此为《江南吟》的第八首)

他的《前史感》和《后史感》(按:即《寰海》前、后二十首)都是咏三元里人民抗英事迹的,直接对清统治者加以抨击,最为人所传诵。其中确也含有极其沉痛的感情,如《前史感》云:“已闻狐鼠凭城社,安望鲸鲵戮场疆?”“从来御寇须门外,谁溃藩篱错六州。”“同仇敌忾士心齐,呼市俄闻十万师。几获雄狐来庆郑,谁开柙兕祸周遗?前时但说民通寇,此日翻看吏纵夷。早用

《秦风》修甲戟,条支海上哭鲸鲕。"《后史感》云:"频频士气骄夷气,翻使江防瓯海防。""几回白土山头望,曾记元戎退岛师。"他的诗思想性颇强,语言古质明畅,虽不事雕琢,而自然可喜,确实是效白居易而又有自己的成就的。

张维屏(公元1780—1859年),字子树,一字南山,广东番禺人。他是这个时期著名的诗家,著有《松心诗集》,其中最光辉的作品是那些以反对帝国主义侵略为主题的爱国诗篇,如《三元里》便是最杰出的代表作,而《三将军歌》、《越台》、《江海书愤》也都属于此类。《三元里》:

> 三元里前声若雷,千众万众同时来。因义生愤愤生勇,乡民合力强徒摧。家室田庐须保卫,不待鼓声群作气。妇女齐心亦健儿,犁锄在手皆兵器。乡分远近旗斑斓,什队百队沿溪山。众夷相视忽变色,黑旗死仗难生还。夷兵所恃惟枪炮,人心合处天心到。晴空骤雨忽倾盆,凶夷无所施其暴。岂特火器无所施,夷足不惯行滑泥。下者田塍苦踯躅,高者冈阜愁颠挤。中有夷酋貌尤丑,象皮作甲裹身厚。一戈已舂长狄喉,十日尤愚郅支首。纷然欲遁无双翅,歼厥渠魁真易事。不解何由巨网开,枯鱼竟得悠然逝。魏绛和戎且解忧。风人慷慨赋《同仇》。如何全盛金瓯日,却类金缯岁币谋?

这诗既是人民抗敌的赞歌,又是对统治者昏庸怯懦的严厉诘责,把叙事和议论结合在一起,把思想和感情融而为一,可谓慷慨激昂,淋漓尽致。

他的文学观点是不仅反对拟古,也反对雕镂。其诗则清新质朴,语言流利,与他所说的"顺其自然耳,且人之文即人之言也"的主张是完全一致的。

朱琦(公元1803—1861年),字伯韩,又字濂甫,广西临桂(今桂林)人。与张维屏同时,并有深厚的友谊,其文学见解亦完全相同。著有《怡志堂诗集》。他的作品具有高度的现实主义精神,其内容或写民生疾苦,或抒爱国热情,而尤以后一类中的几篇专写鸦片战争的叙事诗,最能表现诗人慷慨激愤的感情。如《感事》云:

> ……擅割香港地,要盟受欺绐。况闻浙以西,丑虏陷定海,焚掠为一空,腥臊未湔洗。……开门盗谁揖,一误那可悔。……昨览檄夷书,疾声恣丑诋。忠义乃在民,苟禄亦可耻。古人重召募,乡团良足倚。剿抚协机宜,猖獗胡至此!我朝况全盛,幅员二万里。岛夷至么麽,沧海眇稀米。庙堂肯用兵,终当扫糠秕。微臣愤所切,陈义愧青史。苍茫望岭峤,抚剑独流涕。

严厉地谴责了清政府的丧权辱国,并指出如果政府肯用兵抗敌,英国侵略军是可以击退的。

此外,《老兵叹》、《定海纪哀》、《吴淞老将歌》、《王刚节公家传书后》、《关将军挽歌》、《朱副将战殁,他镇遂溃。诗以哀之》、《狼兵收宁波失利,书愤》等,都是比较好的。它们或歌颂抗敌英雄,或斥责临阵脱逃及纳款求和的文武官将,都是描写鸦片战争中几次重要战役实况的。

除上述诸家,这时还有几个现实主义诗人。最值得提出介绍的是姚燮(公元 1805—1864 年)。他字梅伯,号复庄,浙江镇海人。早年中过举人,后屡应试不第,遂以书生终老,贫困一生。他写诗极多,早期多抒个人身世之悲,发泄其愤懑不平之气。因为他长期生活在人民中间,对人民疾苦了解较深,所以写了不少批判现实的作品,如《哀雁》、《卖菜妇》及《南辕杂诗一百八首》都是。诗人在鸦片战争时期又把注意力移到这一反帝斗争上,并写了很多具有爱国热情的诗篇,《闻定海警感作三章》、《归途杂占九绝句》、《速速去去五解》等可为代表。诗人在这时期,根据自己的亲身见闻,揭露了敌人的种种暴行,尤能激发读者敌忾同仇之心,如《兵巡街》写英国鬼子到处敲剥勒索,至云:"尔不随我还无钱,尔不见邻儿背受五百鞭,血肉狼藉城根眠!"多么令人切齿痛恨!《捉夫谣》写得尤其具体:"城鬼捉夫如捉囚,手裂大布蒙夫头。银铛锁禁钉室幽,铁钉插壁夫难逃。板床尘腻牛血腥……鬼来捉夫要钱赎。朝出担水三千斤,暮缚囚床一杯粥。夫家无钱来赎夫,囚门顿首号妻孥。"读到这里,真令人按捺不下内心的愤怒。

鸦片战争期间的诗人,还有徐时栋、黄燮清、孙鼎臣、张景祁、贝青乔、陆嵩,均有一定的成就。

第三节　反映鸦片战争的小说

反映鸦片战争的小说远不如诗歌丰富,成就也差得多。正面反映这一历史事件,而且有一定价值的,只有《罂粟花》和《消闲演义》,可以一提。

《罂粟花》是一部通俗历史小说,作者署名"观秋斋主人",不知其真实姓名。书有"弁言",说明写作动机云:"《罂粟花》一书,于当日文忠运筹,庸臣误事,以及英人贻祸中国,无理要求,详述始末,纤细无遗。欲令读是书者,触目惊心,痛恨洋烟之为祸,则此后之禁烟,各宜加之实力,庶中国尚有万一之可救,此则著者之苦衷焉。"可见作者是要借此来激发读者的觉悟。

作品讽刺统治阶级的惧敌媚外非常深刻,如第五回说:"京城里总理衙门怕外国人如同老虎一般,无论外省一个教士,一个洋商,一些事情,打一个电报到总理衙门,立刻照办。官场中见了外国人案情,知县摇头,知府不管,道台不敢响,臬台不敢说。藩台说声外国人是,抚台说声外国人不错:就此好了,了结;不好了,也巴不得含糊了结。"作品在另一方面也歌颂了林则徐、关天培等爱国英雄。尤其可注意的是,它还歌颂了三元里人民群众的爱国主义精神和坚强不屈的斗志。这就说明了作者爱憎分明,感情深厚。但这部小说艺术性不强,写得也比较粗糙,成就是不高的。

《消闲演义》作者程道一。这部小说从第三十二回到四十四回是写鸦片战争的,主题与《罂粟花》相近,但艺术上较为成熟,描写也更细致具体一些,在一定程度上注意了人物刻画。它写琦善的贪生怕死,惧怕洋人,那一副虚伪、卑鄙、丑恶的嘴脸,在当时官僚中间是有代表性的。这书写关天培壮烈牺牲的场面,非常动人;写人民群众憎恨以刘知府为代表的统治阶级,也是痛快淋漓,有声有色的。可惜作者对农民起义不能理解,甚至怀有敌意,称之为"匪",而对皇帝却还寄以惩奸救国的希望,则其立场和世界观显然还是错误的,甚至是反动的。

第四章　太平天国革命时期的文学

第一节　太平天国的文学主张

公元 1851 年爆发的太平天国革命运动是我国近代史上最伟大的一次农民革命。它以推翻清朝的封建统治为号召,就明显地表明了它的反封建的性质。事实上,它也确实对封建制度的各个方面都进行了有力的扫荡,动摇了封建统治的基础。没有它,辛亥革命的推翻清王朝是不可想象的。

太平天国在文艺战线上也提出了它自己的一套主张,显示了它在文学上的反封建的进步理论和革命力量,打击了封建文化,促进了革命发展。这些文学主张首先表现在太平天国的一些文告及其领袖人物的言论写作中。而这些有关文学方面的文件,多出自洪仁玕之手,虽基本主张与洪秀全相一致,足以代表整个太平天国这个农民革命政权的文学观点与文艺政策,但其成为体系则大抵是洪仁玕的功绩。我们在这里就作为太平天国的文学主张来叙述,无法指出某些部分是洪仁玕个人的思想。下边讲洪仁玕的文学思想时就只就他的思想的形成作概括的叙述,不再多加重复。

太平天国的文学主张是这个革命运动的必然产物,开始由洪秀全提出,后来经洪仁玕的发展而渐趋完善,成为一套系统的理论。张汝南在《金陵省难纪略》里记述洪秀全的事迹说:“其批示皆以韵句,或四言数句如箴颂,或五言数句如歌谣,或七言数句,短者如绝句,长者如古风。惟纯以俗语,不用故实。故实谓之妖语,悉禁之。”可见太平天国的文学基本观点和基本主张实发自洪秀全,并且由他实践,作为倡导的。最完整的一篇有关文艺政策的文告是公元 1861 年洪仁玕以干王名义和别的高级负责人一起发布的《戒浮文巧言谕》,这里较全面地提出了它的文学主张。与此相同的,还有《钦定军次实录》中的《谕天下读书士子》一文。综合两个文告的要义,可以看出:

“文以纪实,浮文在所必删,言贵从心,巧言由来当禁。”它要“施行正道,存真去伪，一洗颓风"，要把"一切文契书籍不合天情者，概从删除"；要"亟于弃伪从真，去浮存实，使人人共知虚文之不足尚"。过去"文墨之士，……喜骋雄谈，……甚至舞文弄笔"，以致"一语也，而抑扬其词，则低昂遂判；一事也，而参差其说，则曲直难分……可见用浮文者不惟无益于事，而且有害于事也"。它要求写文书要"语语确凿，不得一词娇艳，毋庸半字虚浮，……不须古典之言"。它反对"吟花咏柳之句，六代故习，空言无补"；它认为写的文章"与其读之而令人拘文牵义，不如不读尤有义法焉"。"盖读书不在日摹书卷……仰视俯察之间，定有活泼天机来往胸中，非古箧中所有者。诚以书中所载之理，亦不外乎宇宙间所著现者，岂天地外复有所谓精理名言乎哉？"它要文章本乎天性，"以洗从前花柳陋习"。洪仁玕曾说："读书不在多采佳句，惟在寻求书之气骨暗合于天性者，自有大学问者出乎其中，岂必八股六韵乃为读书乎？"在《钦定士阶条例》里说得更清楚："文艺虽微，实关品学，一字一句之末，要必绝乎邪说淫词，而确切于天教真理，以阐发乎新天新地之大观。"它还明文规定："不得用龙德、龙颜及百灵承运、社稷宗庙等妖魔字样。"在洪秀全的改定诗诏中还说："将其中一切鬼话、怪话、妖话、邪话，一概删除净尽，只留真话、正话。"归纳起来：（一）文学要为政治服务；（二）文学作品要有真实的思想内容；（三）文学要用大众化的语言形式；（四）清除文学上一切封建制度和封建文化的遗迹。

这些文学思想都反映着资产阶级民主主义在文学上的要求，反映着一种新的美学理想的萌芽，后来辛亥革命前后的文学改良运动就跟它有密切关系，即"五四"文学革命也跟它有一定的联系。而对于太平天国革命运动本身来说，这种坚决反对封建主义的文学政策是符合革命要求的，是加强革命政权与广大革命人民群众密切联系的重要手段，对太平天国开展革命事业起了重要作用的。

第二节　太平天国的文学创作实践

太平天国的领导人物出身于不同阶层，其文化程度与阶级意识也不尽相同，他们在总的文学思想指导下，写出不少优秀作品。这些作品均有其相同的政治倾向性，也有其各自的特色。一般说来，这些革命领袖的文学作品既是在革命斗争中产生的，便都具有较高的革命战斗精神和较强的现实意义。就形式来说,风格清新,语言质朴,感情真挚,不假虚饰,是其通具的特征。以下分别介绍几个主要作者。

洪秀全(公元 1814—1864),广东花县人。他出身于一个中农家庭,幼读诗书,十六岁因家贫失学,在家帮父兄耕田,也做过本村塾师。他曾几次应举,均未考中。那时中国社会正处在极度黑暗的时期,内而阶级矛盾非常尖锐,外而帝国主义侵略日亟;鸦片战争结束后,《南京条约》束缚了中国人的手脚,更陷入危亡无日的境地。这些黑暗的现实,就推动了处在广东的洪秀全走上反抗的道路。他青年时代第一次到广州应试时,得到一部基督教传教书《劝世良言》,于是便采取其中教义,创立上帝会,纠合同志,进行宣传活动。以后又去广西传教,组织群众,并于公元 1851 年一月在广西桂平金田村宣布起义,建立太平天国,自称天王,很快就得到农民群众的热烈拥护,纷纷参加。第二年,打到长江中游,攻克武昌;1853 年二月,便到了长江下游,取了南京,并定都于此。

洪秀全是太平天国的革命领导者,也是太平天国革命文学的倡导者与实践者。他初创上帝会不久,便写了《原道救世歌》和《原道醒世训》,后又作《原道觉世训》,这三个文件便奠定了太平天国革命的理论基础。此外,还有《百正歌》、《改邪归正》等。这些自然都是论文性质,主要在借宗教宣传其政治主张,从中可以看出他的思想。而就文章说,则条理清楚,语言顺畅,富有感情,故宣传力大。其以歌名者,则因为都是用歌行体写的,有韵律,有节奏,琅琅上口,便于广大群众接受、记忆、歌咏和传播。

他还写有《诛妖歌》、《永安破围诏》、《打服阎罗妖诗》等诗篇,虽然不是纯粹的文学作品,但文学意味却是比较浓厚一些。如《诛妖歌》:

> 真神能造山、河、海,任那妖魔一面来。天罗地网重围住,尔们
> 兵将把心开。日夜巡逻严预备,运筹设策夜衔枚。岳飞五百破十
> 万,何况妖魔灭绝该!

这是革命初期在广西桂平作战时,正值军中无盐,又多伤员,遇到很多困难,他便写了这首歌,以宋代抗金英雄岳飞的故事鼓励大家,使群众认识到自己是正义的,因而增加勇气,看到希望。《永安破围歌》云:

> 任那妖魔千万算,难走天父真手段。……同心放胆同杀妖,金
> 宝包袱在所缓。脱尽凡情顶高天,金砖金屋光焕焕。高天享福极
> 威风,最小最卑尽绸缎。男着龙袍女插花,各做忠臣劳马汗。

这是起义第二年在永安被围六个月突围前两天写的,具有动员群众,鼓舞士气的作用。《打服阎罗妖诗》云:

> 阎罗妖鬼都难飞,打得服服畏天威。天父天兄手段高,阎妖低
> 头钻地龟。

用夸张的手法,形象的描写,通俗的语言,写这类鼓动力强的短诗,确是对人民群众宣传的有效方法。

洪秀全的一篇《吟剑歌》则是思想艺术都较好的诗:

> 手持三尺定山河,四海为家共饮和。擒尽妖邪归地网,收残奸
> 完落天罗。东西南北敦皇极,日月星辰奏凯歌。虎啸龙吟光世界,
> 太平一统乐如何!

这篇的好处,首先在它的强烈的政治内容,在它所体现的斗争精神,在诗人以天下为己任的伟大抱负。这里,作者从现实出发,瞻望未来,信心十足,充满革命乐观主义精神,并以带有浪漫色调的语言抒发激昂向上的豪放情绪,会给人以为了美好的理想而进行坚持不懈的斗争的力量。

洪仁玕(公元 1822—1864 年)是洪秀全的族弟,金田起义时,因避祸在外,未能参加。他自幼学习经史,曾在香港传教士处教书,后又在上海洋馆中学习天文历数等近代科学知识。公元 1859 年,他才赶到天京,参加革命队伍,洪秀全封他为"开朝精忠军师、顶天扶朝纲干王",总理全国政事,成为太平天国后期的领袖之一。1864 年战败被俘,就义于南昌。他是太平天国里受西方资本主义思想影响较深的知识分子,文学修养也较其他领导人为高。在 1859 年他向洪秀全所奏上的《资政新篇》里,就提出了发展资本主义的施政纲领。他的纲领主旨在于走富国强兵的道路,具有一定的进步意义。这条道路要把中国建成一个资本主义国家,在当时自然是行不通的,但其主张与后来君主立宪派的改良主义道路却并不相同,因为他是坚持革命的。这里也反映了他反对封建文学的民主主义文学思想。他的文学活动比太平天国其他领袖要多些,他较系统地建立了太平天国的文学理论,并按此理论进行创作。

洪仁玕的《英杰归真》是一篇有名的文艺性论文,其中心思想是反封建迷信和封建文化,充满了革命精神。这篇作品的论证具有较强的逻辑性,并有艺术的描写,二者结合起来就产生了感人的力量。

他从上海返香港时,曾写过一首充满革命浪漫主义幻想的七律,表现他

对火热斗争的渴望：

> 船帆如箭斗狂涛，风力相随志更豪。海作疆场波列阵，浪翻星
> 月影麾旌。雄驱岛屿飞千里，怒战貔貅走六鳌。回日凯旋欣奏绩，
> 军声十万尚嘈嘈。（《回港舟中》）

又《二月下浣军次遂安城北吟于行府》，也有同样英雄气概：

> 鲅秽腥闻北斗昏，谁新天地转乾坤？丈夫不下英雄泪，壮士无
> 忘漂母飧。志顶江山心欲奋，胸罗宇宙气潜吞。吊民伐罪归来日，
> 草木咸歌雨露恩。

他不只是太平天国的一个革命领袖，还是整个时代反帝反封建的革命文学的一面旗帜。

出身于烧炭工人的杨秀清（公元 1823—1856 年）也是一个杰出的领导者，智勇兼备，又具有组织能力。定都南京后，他实际领导了革命工作，建立了许多新制度。他文化不高，所作诗歌具有农民歌谣风格，如：

> 我们弟妹果然忠，胜比常山赵子龙。起义破关千百万，直到天
> 京最英雄。（《果然忠勇》）
> 争先恐后各称雄，直破铜关百万重。露宿风餐真耐苦，纲常顶
> 起立奇功。（《果然坚耐》）

李秀成（公元 1823—1864 年）广西藤县人，雇农出身，家境贫苦，洪秀全到广西秘密宣传革命时，他全家参加了拜上帝会。金田起义后，他便参加了太平军，当一个普通战士，由于勤劳、忠勇，长期锻炼，终于成为一个杰出的革命军事家，被封为忠王，在太平天国后期与英王陈玉成合作，在极端困难的情况下支撑大局。天京失陷后不久，他也被俘，从容就义。他一生忠于革命，爱护人民，对帝国主义始终保持警惕。他留下的一些书信，都是情理兼至的优秀散文。在就义前写的一篇自述，忠实地写出太平天国的革命历史，沉痛地总结了这次革命失败的原因，也是非常珍贵的史料。他的诗格调雄壮，如云：

> 鼙鼓声声动未休，关心楚尾与吴头。岂知剑气升腾日，犹是胡
> 尘扰攘秋。

石达开（公元 1831—1863 年），广西贵县北山里客家人。据说他是地主

阶级出身的举人,因对清王朝不满,变卖家产,参加了革命,封为翼王,是太平军杰出的军事家之一。杨秀清和韦昌辉内讧之后,他因受洪秀全的猜疑,率领自己部下十万人远征不返,走上分裂路线,最后终被敌人各个消灭。在太平天国,他最以诗名。但传世的二十五首,研究者多认为全是伪造的,惟广西宜山县白龙洞壁上至今还留有他的一首《白龙洞题壁》,最为可靠:

> 挺身登峻岭,举目照遥空。毁佛崇天地,移民复古风。临军称将勇,玩洞美诗雄。剑气冲星斗,文光射日红。

虽气魄很大,但集中地夸耀了个人的才勇,看不见这个革命集体的力量,显然是个人英雄主义的表现。以地主阶级出身的人物从事革命,其心胸表现也不能不如此,无足为怪。

在此还要附带提到与洪秀全同时以"反清复明"为口号的"天地会"领袖洪大全(湖南人),他自幼读书作文,亦因应试失败而转向革命,被俘后写的一首《临江仙》云:

> 寄身虎口运筹工,贼徒不识英雄。妄将金锁缚飞鸿。几时舒羽翼,万里逐长风。　一事无成人渐老,壮怀要问天公。六韬三略恨都空。哥哥行不得,泪洒杜鹃红。

激昂悲壮,怀着无限雄心,独恨事业未就,遗憾就义,而崇高的革命志节则与此词长留天壤,永世不磨。

第三节　同光体诗人与桐城文派余孽

在太平天国兴起以后,清朝统治政权辖区以内,诗坛上出现了学习宋诗的潮流,形成所谓"宋诗运动"。早期的代表是郑珍、何绍基、金和,后期则是陈三立、陈衍、王闿运。本来明前后"七子"提出"诗必盛唐",极力摹古,但缺乏生活,便已走向形式主义的绝路,清代前期诗人虽多方寻找出路,却同样写不出有现实内容的作品,于是便向书卷里找诗材,而走黄庭坚"江西诗派"的道路。其时,曾国藩更专主宗黄,从者益众,这就形成了普遍的宋诗运动。到了同治、光绪年间,更趋于末流,形式主义愈为严重,人们称之为"同光体",实际上就是清末的宋诗派。

郑珍(公元 1806—1864 年),字子尹,贵州遵义人,有《巢经巢诗文集》,

其中文集六卷,诗集九卷,后集四卷,又遗诗一卷。他的诗多赠答及写个人闲情逸致,或山水纪游,没有多少思想内容。间有反映人民疾苦具一定现实意义的,如《江边老叟诗》、《自大容塘越岭快至茅洞》、《捕豺行》、《抽厘哀》、《南乡哀》、《经死哀》、《绅刑哀》等,但不太多,也不怎样深刻。其他可喜的只是一些写景抒情小诗,语言平淡自然,如《子午山杂咏十八首》等是。他诗学杜、韩,尚非宋诗,但已有单纯追求形式的倾向。

何绍基(公元 1799—1873 年),字子贞,湖南道县人,有《东洲草堂诗集》三十卷。他的诗也主要是唱和酬酢、咏物、题识、写景,几乎完全不曾涉及现实斗争。风格学李、杜、韩、苏,但只能从形式上模仿,并没有唐宋大家的思想感情,因此,便成为"同光体"的先驱。如果说他的诗还有可取处,那就是他写了一些比较清新活泼的山水诗,因为他确实把精力完全放在这些方面了。

金和(公元 1818—1885 年),字弓叔,号亚匏,江苏上元(今南京市)人,著有《秋蟪吟馆诗钞》。他的世界观是反动的,完全站在衰朽的封建立场,对太平天国革命运动一直采取敌视态度,写了不少仇恨太平起义军和歌颂反革命刽子手的诗歌。但是处于清王朝后期的黑暗残暴的统治下,他的思想也不能不受到波动,因而也在不自觉中写出一些客观上暴露现实真实面目的诗篇,如《兰陵女儿行》、《双拜冈记战》之类,尤其像《烈女行》"纪黄婉梨事"写清朝官兵奸淫烧杀的惨状,同时也反映了太平军纪律严明,起着较好的作用。

到了同、光之际,曾国藩更提倡复古,于诗独宗黄庭坚,对当时诗坛影响甚大,更进一步形成了宋诗运动的独占形势,而清末的"同光体"实为这股恶风的代表。

曾国藩的主要影响在于所谓"桐城文派的中兴",这留在下边叙述。比他稍后一点的重要诗人王闿运是清末主张拟古的形式主义者的代表,虽非专主宋诗,但其作风则与"同光体"并无二致,影响极大。王闿运(公元 1832—1916 年),字壬秋,号湘绮,湖南湘潭人,著有《湘绮楼集》,其中文集八卷,诗集十四卷,又别集三卷。他的作品,无论诗、文,都是模拟汉、魏、六朝的。这一点,他不但不否认,而且公开承认,认为是对的,可以"通于大道","超然尘埃",显然是有意地借此逃避现实,麻醉自己,与玩古董的名士完全一样,根本谈不到诗的意境。

至于"同光体"的代表人物则有号称清末"三杰"的陈三立、陈衍和郑孝胥。郑孝胥是个彻头彻尾的汉奸、卖国贼,品格尤低,不必介绍。这里只提出二陈来叙述一下。

陈三立(公元 1852—1937 年),字伯严,江西修水人,有《散原精舍诗》二卷、续集三卷。他曾参加过"戊戌变法"运动,具有改良主义思想。变法失败后,长期隐居,诗作多是这以后的。辛亥革命前,他的诗还有些现实的感慨,但这种情绪越来越随着他脱离政治而消沉下去。到辛亥革命时期,他便走向敌视革命的彻底反动方面。辛亥以后,更以清朝遗老自居,完全给亡清唱挽歌,不复有一点积极意义了。他的诗只学苏、黄,反对浅俗,喜作艰深生涩语,因此,往往令人不解,这就不只是怪僻,而是他的阶级本质的具体表现了。他学宋诗,虽提出苏、黄,实际是不曾学苏,只学黄的僻涩而已。他的诗风确是"同光体"的最典型的代表,影响最坏。

陈衍(公元 1856—1937 年),字叔伊,号石遗,福建闽侯(今福州)人,著有《石遗室诗集》和《石遗室诗话》,是"同光体"的诗人兼诗评家。他论诗原主"自家意思,自家言说",反对摹拟古人,也反对僻涩苦碎,这就和陈三立的诗风大不相同,所以他虽是"同光派"诗人,但对宋诗也有疵议,尤不喜陈三立,并谓三立"诗甚僻涩,有似其性情",说他的诗"可传诵者不多",这些是他的进步处。他自己的诗,确也文从字顺,比较清利可诵,然而所异于陈三立之流者,也仅止于此。其内容之空虚,思想之平庸,还是相同的。所以,归根结底还是形式主义的作品。

与此同时的散文的复古主义运动,其反动性尤为明显。曾国藩于用军事镇压太平天国的农民革命的同时,又大倡其文学复古运动以配合其政治活动。他的主要力量尤放在"桐城派"古文的提倡上。曾国藩(公元 1811—1872 年)字伯涵,号涤生,湖南湘乡人。当太平天国军事力量正在旺盛之时,他眼看清政权摇摇欲坠,认为这正是他封侯拜相、攫取高位的好机会,于是不惜出卖国家民族利益,组织地主武装的湘军,勾结外国侵略者,对太平天国进行残酷的镇压。这一卑劣企图同样也表现在他的文学活动上。他看到太平天国的文学革命已经有力地摧毁了封建反动文学的基础,也看到自鸦片战争以后不少进步文人摆脱过去文学形式的束缚,大胆地运用比较自由的文体与风格,反映现实,为新兴的势力服务,这使他感觉恐慌。于是抬出已经衰竭的依附唐宋八家的"桐城派",想引导文人走上这条远离现实的形式主义道路。他以其政治地位,号召幕客、门生,一时趋炎附势之徒从者甚众,形成了桐城余孽的"湘乡派"。

"湘乡派"古文持论本诸桐城姚鼐,以义理、考据、词章三者为不可偏废。义理是程朱的封建礼数;考据是导人入于故纸堆中的汉学;词章则是桐城家的神、理、气、味、格、律、声、色。这些所谓"义法",本来就是些空洞抽象、难于捉摸的东西,他们自己也从来不曾说清楚过,实际正是用这些似通非通的空话引人进入永无底止的迷阵陷阱之中。总而言之,这一倡导只有一个作用,那就是把知识分子拖进虚空的古代躯壳里,叫他们在黑暗中东钻西撞,永远接触不到现实,从而迷惑其心灵,汩没其真性,彻底消灭其民族意识与斗争意志。在形式上,桐城文实是变相的八股,而末流为尤甚。"桐城义法"专重"雅洁",这就是明代秦汉派摹拟古人语言的另一说法。他们不许用小说、语录、诗话、时文、尺牍中语,当然就因为这些作品里多有民间俗语、口语或接近口语,与古奥的标准不合。在"湘乡派"所继承的桐城义法之中,这些自然是最主要的一个方面。他们所以大力提倡的也正是太平天国所要打倒的"古典之言",如"龙德"、"龙颜"之类。曾国藩的追随者,有吴汝纶、黎庶昌等,皆不足道。至清末民初,其余孽大抵如游魂一般,在文坛上时隐时现,但丝毫不能阻碍文学的改革;在"五四"前后的白话文运动中,其后辈如林纾等少数人,犹抱着死者的灵牌,作一些无力哀鸣,但最终这一复古运动还是被埋葬到坟墓里去了。

第四节　光绪年间产生的侠义小说和娼优小说

太平天国失败后,中国社会又陷入黑暗之中:一面是阶级矛盾更加尖锐,上自皇亲贵戚,达官贵人,下至地主恶霸,土豪劣绅,都有权对广大农民和市民施加政治、经济压迫,进行残酷迫害;一面又在半封建半殖民地的社会经济制度下,形成了若干大商埠如上海、天津、广州之类的城市的畸形繁荣,其中便隐藏着多少荒淫污秽与悲惨痛苦的黑暗生活景象。前者是娼优小说创作的基础,后者则是侠义小说产生的根源。

公元1879年(光绪五年)出现的《三侠五义》是当时北京说书艺人石玉昆的说书底本,后经清末学者俞樾就原本序行,易名为《七侠五义》。石玉昆字振之,天津人,咸丰、同治时,久在北京卖唱,以说包公案轰动一时。他大约死在同治末年,到光绪初年,才有听书的以他的名字编印成《龙图公案》、

《龙图耳录》。后来有署名问竹主人者,改《龙图耳录》为《三侠五义》,而俞樾则把《三侠五义》又改成《七侠五义》,但除第一回外,其余均无更动。这部小说在一定程度上反映了当时社会的矛盾,也表达了人民的心声。其中写了残害人民的反面人物,也写了灾难深重的被压迫者。"狸猫换太子"一段则是揭露统治阶级内部矛盾的。包拯是书中所着重描写的公案主角清官,寄托了人民的理想,是刚直公正的典型,而许多侠义之士则体现了广大人民不满现实,要求革新的积极愿望。这部小说的总的倾向是值得肯定的,但缺点还是很多,甚至是很严重的。如这许多江湖侠士最后都被统治阶级赏识,变成忠实的奴才,甘为走狗而不辞,就连其中反抗性最强的白玉堂都终于做了"四品带刀护卫","心平气和,惟有俯首谢恩"。这不但破坏了这些义侠人物性格的完整,而且也歪曲了现实。

《海上花列传》是专写上海妓院情形的一部较好的小说,比这时期的同类小说《品花宝鉴》(陈森作)、《花月痕》(魏子安作)、《青楼梦》(俞达作),和稍后的《海上繁华梦》(孙玉声作)、《海天鸿雪记》(李伯元作)、《九尾龟》(张春帆作)等,都要好些。作者是松江韩庆邦,字子云,号太仙,本书署名"花也怜侬"。书中全用吴语,苏州人读来最为亲切。作者对妓院生活非常熟悉,故写狎妓者的荒淫与卖笑者的悲惨,均极动人,而通过人物间的关系揭露当时上海的腐朽糜乱生活,也有其社会意义。其书刻画人物也能突出性格,形象鲜明,表现了作者的艺术才能。

第五章　戊戌变法前后的文学

第一节　"诗界革命"与黄遵宪

太平天国革命运动失败以后,帝国主义和封建势力进一步勾结起来,建立起半封建半殖民地的残酷统治,阻碍了已经萌芽并有初步发展的民族资本的成长,因而资产阶级一时也不可能形成。到了19世纪80年代,由于外国资本的输入,帝国主义的经济侵略与政治、军事侵略同时向腐朽衰敝的中国封建社会进袭,民族矛盾和阶级矛盾同臻尖锐,于是封建统治阶级内部的一些受西方资本主义思想影响的知识分子,受了新形势的刺激,才逐渐有些觉醒,从中分化出来,慢慢集中,形成了资产阶级的代表。他们不满意清王朝的一切落后措施,正式提出自己的见解、主张和政治要求,他们要求向西方学习,希望统治者能够进行一些政治革新,要求自上而下励精图治,改变过去的落后状态,发愤图强,把中国建成一个富强的资本主义国家。这种改良主义的思潮,到80年代以后才逐渐形成一股政治力量,它所代表的资产阶级在国家政治生活中才起一定的作用。公元1898年的"戊戌变法"就是这种改良主义运动的高潮,它标志着中国资产阶级的形成,并开始正式担负起旧民主主义革命的领导任务。在19世纪80年代以前,领导反帝、反封建斗争的,主要是农民力量,是农民革命。那时,出身于剥削阶级的开明人士,只有单独的个别的人以个人身份,于民族矛盾尖锐时站到爱国势力的一边,作为次要力量或从属关系而参加,并非居于领导地位。80年代以后,特别是到19世纪最后几年,这情形就完全不同了。然而,由于资产阶级本身的软弱性与不彻底性,他们对人民革命运动是敌视的,对于统治者则存有幻想,他们的改良主义运动终于在顽固派的强力反击下失败了,只得退出政治舞台,或者前进一步成为革命派,或者倒退而成为保守派。

资产阶级改良主义在展开政治运动的同时,也需要相应的文学改革,使旧的文学形式在一定的改变下能够更好地为新的政治内容服务。因此,伴随着政治运动,也先后产生了文学改良运动:"诗界革命"、新文体的倡导和小说界的革命都是。它们要求封建时代的旧文学从内容到形式的革新,使文学的社会作用大大提高。政治运动中许多领导人物和中坚分子往往就是文学革新运动的倡导者、宣传者和创作实践者,黄遵宪、康有为、谭嗣同、梁启超便是。他们的文学主张及文学创作,一方面反映了他们在历史上的进步性,另一方面也反映了他们的阶级局限性。

首先是"诗界革命"运动的提出与开展。诗歌到晚清时代已濒临绝境,王闿运的拟古主义和"同光派"的形式主义正是旧诗派在封建社会崩溃期的产物,它必然要随封建社会的萎靡而萎靡。诗歌本身的发展要求新的变革。同时,中国社会在鸦片战争以后,特别是太平天国革命运动以后,有了很大的变化,民族矛盾和社会矛盾更加剧烈,社会生活日形复杂,资产阶级的形成和改良运动的发展更加强了这种要求。资产阶级知识分子的思想面貌也有了变化,眼界扩大了,也需要用诗歌来抒发其复杂的新思想与新感受,需要用它批判旧文化,宣传并鼓吹新东西,还要用这个武器进行反帝救亡等爱国活动。所有这一切,就是"诗界革命"产生的原因。

"诗界革命"运动的提出与提倡,是公元1896—1897年间的事。梁启超《饮冰室诗话》说:"当时所谓新诗者,颇喜挦扯新名词以自表异。丙申、丁酉间,吾党数子皆好作此体。提倡之者为夏穗卿(曾佑),而复生(谭嗣同)亦綦嗜之。"但实际上这时"所谓新诗者"显然已经存在,并不自谭、夏二人始。最早写此新体诗的,则是近代名诗人黄遵宪。

黄遵宪(公元1848—1905年)字公度,别署甚多,如东海公、布袋和尚、公之它等,广东嘉应州(今梅县)人。他出身封建官僚家庭,二十九岁中举后,历任清朝的驻日、美、英等国外交官达二十余年,到过二十多个国家。他认识到中国在世界上地位的低下,并广泛地接触了资本主义的政治、经济和文化,因而加强了他的爱国思想和民主思想。回国后,康有为创办"强学会",他就参加了。1896年(光绪二十二年)三月,他邀梁启超到上海共同创办中国第一种杂志——《时务报》,宣传他们的改良主义主张。1898年"戊戌变法",他也参加了,失败后,被免官,回乡过隐居生活。他并未摆脱他的地主资产阶级的阶级局限,对光绪帝还抱有幻想,对革命则持对立态度。但由于生活环境,也由于在世时间不长,他的思想没有像康有为那样发展为反对革命的保皇派。

黄遵宪自十五六岁时,即学为诗,今其《人境庐诗草》十一卷中,所存最早的一篇《感怀》便是十七岁那年的作品。他二十一岁写的《杂感》已经说出他对诗的见解,成为新体诗的第一篇宣言,开"诗界革命"的先声。在那里,他也对封建文化和封建文学作了很中肯的批判。他说:"俗儒好尊古,日日故纸研,六经字所无,不敢入诗篇。古人弃糟粕,见之口流涎,沿习甘剿盗,妄造丛罪愆。黄土同抟人,今古何愚贤? 即今忽已古,断自何代前? ……我手写吾口,古岂能拘牵? 即今流俗语,我若登简编,五千年后人,惊为古斓斑。"他在光绪十七年(公元 1891 年)写的《人境庐诗草》的《自序》里说:"仆尝以为诗之外有事,诗之中有人。今之世异于古,今之人亦何必与古人同? 尝于胸中设一诗境:一曰复古人比兴之体;一曰以单行之神,运排偶之体;一曰取《离骚》、'乐府'之神理而不袭其貌;一曰用古文家伸缩离合之法以入诗。其取材也,自群经三史,逮于周、秦诸子之书;许、郑诸家之注,凡事名、物名切于今者,皆采取而假借之。其述事也,举今日之官书、会典、方言、俗谚,以及古人未有之物,未辟之境,耳目所历,皆笔而书之。其炼格也,自曹、鲍、陶、谢、李、杜、韩、苏,讫于晚近小家,不名一格,不专一体,要不失乎为我之诗。诚如是,未必遽跻古人,其亦足以自立矣。"综合起来看他的"新派诗"的主张是:一、批判地学习古人,"弃去古人之糟粕,而不为古人所束缚";二、不崇古薄今,认为"今之世异于古,今之人亦何必与古人同"? 三、学古人的精神,而不袭其貌,使古人的有用的东西能为今用;四、以"我手写吾口",运用方言、俗谚写"古人未有之物,未辟之境";五、"不名一格,不专一体,要不失乎为我之诗"。此外,他还注意向民歌学习,二十二岁时就曾写过淳朴、通俗、口语化的《山歌》九首,后来还不断写口语化、大众化的诗歌,如《军歌》二十四首、《幼稚园上学歌》、《小学生相和歌》等明白如话、能反映新生活的通俗歌诗。总之,从他对诗歌的主张上看,真不愧为"诗界革命"的开山祖。而就他的诗歌创作来看,尤其可以称得起是近代最杰出的新派诗人。

黄遵宪是一个资产阶级改良主义者,是一个热心于政治的资产阶级政治家,他论诗"以言志为体,以感人为用",所以他完全是"余事作诗人",要用诗来感化别人,宣传他的政治见解和理想。因此,密切结合现实,反映当前的重大事件,积极为政治服务,便成为他的诗的最大特色。在他生活的 19世纪下半期,发生了许多次外国帝国主义侵略中国的战争,尤其在他晚年发生的中日战争,更使他痛恨统治者之昏庸与将帅之怯懦无能,而悲国家之危亡,写出了很多篇充满爱国主义精神的诗篇。反帝爱国成了他诗歌中最重要的主题。

他十岁时,英、法联军侵占广州;十三岁时,联军又进占北京,清政府丧权辱国,割地赔款。他在《题潘兰史独立图》中,曾抒发过自己的愤慨。1870年,他在《香港感怀》中,对于帝国主义者在这块被割让的土地上的横行无忌,也表示非常愤恨。他在许多诗里,都表现了对帝国主义的仇恨和对祖国前途的担忧,甚至提出要亲自参加对敌的军事斗争。《书愤》五首云:

> 一自珠崖弃,纷纷各效尤。瓜分惟客听,薪尽向予求。秦楚纵横日,幽燕十六州。未闻南北海,处处扼咽喉。(其一)
>
> 岂欲亲豺虎,联交约近攻。如何盟白马,无故卖卢龙?一着棋全败,连环结不穷。四邻墙有耳,言早泄诸戎。(其二)
>
> 弱肉供强食,人人虎口危。无边画瓯脱,有地尽华离。争问三分鼎,横张十字旗。波兰与天竺,后患更谁知!(其五)

《将应顺天试仍用前韵呈霭人樵野丈》四首,一则曰"一第区区何足道,频番缘木妄求鱼",再则曰"若论稽古荣车服,久已临渊不羡鱼",表示对应试求官,不感兴趣,而"平生揽辔澄清志"则在于"简练阴符夜半书"。这是他二十九岁时所作,时在光绪二年(公元1876年)。他在第三首中表示得更为激昂:

> 旁午军书议出车,沿边鹅鹳列为同。眼看虎落环瓯脱,心冀燕仇复望诸。四海同袍征士气,频年赠策故人书。荷戈亦是男儿事,何必河鲂始食鱼!

《述怀再呈霭人樵野丈》三首,第一首就说:"小丑一窃发,外患纷钩连。但辨口击贼,天下同拘挛。"第二首则有:

> ……如何他人睡,犹鼾卧榻侧!……东南鬼侯来,昼伏夜伺隙。含沙射人影,鬼蜮不可测。虎威狐辄假,鸱视鼠每吓。今年问周鼎,明年索赵璧。恫疑与虚喝,悉索无不力。……普天同王臣,咸愿修矛戟。荷戈当一兵,吾亦从杀贼。

他的诗全面地反映了19世纪末期中国历史上一切重大事变,梁启超称之为"诗史",实足当之无愧。公元1884年,中法谅山之役,冯子材以七十高龄大败法军于广西镇南关外,诗人在《冯将军歌》中热情地歌颂道:

> ……将军气涌高于山，看我长驱出玉关。平生蓄养敢死士，不斩楼兰今不还。……奋梃大呼从如云，同拼一死随将军。……将军一叱人马惊，从而往者五千人。五千人马排墙进，绵绵延延相击应。轰雷巨炮欲发声，既戟交胸刀在颈。敌军披靡鼓声死，万头窜窜纷如蚁。十荡十决无当前，一日横驰三百里。吁嗟乎，马江一败军心慑，龙州拓地贼氛压。闪闪龙旗天上翻，道咸以来无此捷。得如将军十数人，制梃能挞虎狼秦。能兴灭国柔强邻，呜呼安得如将军！

诗人所写反映中法战争的诗共有八篇，这篇最为雄健有力，洋溢着乐观、自豪的气氛。

公元 1894 年中日战争爆发，诗人从新加坡解任回国，注视战争的变化，眼看国家危亡，悲愤无极。两年之间，写下很多不朽的爱国诗篇，歌颂了保卫祖国的战将，也斥责了懦夫的畏缩败退，当然更多的是记叙战争的发展经过，讽刺了清廷的昏庸腐朽与无能。这里有《悲平壤》、《东沟行》、《哀旅顺》、《哭威海》、《降将军歌》、《渡辽将军歌》以至《马关纪事》等。

《悲平壤》写平壤之役的战斗情况，对爱国将领左宝贵的英勇牺牲给予肯定，而对于负直接责任的主将叶志超的无能溃逃，则加以讽刺与斥责。

《哀旅顺》全篇极写旅顺天险，表明这是国防上最可恃的保障，最后只用两句急转直下，说出它竟轻易地失守了，不明言斥责清军而清军之罪已明，手法最为高妙：

> 海水一泓烟九点，壮哉此地实天险。炮台屹立如虎阚，红衣大将威望俨。下有洼池列巨舰，晴天雷轰夜电闪。最高峰头纵远览，龙旗百丈迎风飐。长城万里此为堑，鲸鹏相摩图一啖。昂头侧睨何眈眈，伸手欲攫终不敢。谓海可填山易撼，万鬼聚谋无此胆。一朝瓦解成劫灰，闻道敌军蹈背来。

《哭威海》是一首长篇的三言诗，在形式上是很特别的。

《渡辽将军歌》是一首突出的讽刺诗，写狂妄自大而怯懦无能的吴大澂，刻画其形象极为逼真。开头就写："闻鸡夜半投袂起，檄告东人我来矣。此行领取万户侯，岂谓区区不余畀？"就像一揭开剧幕，便看到这个角色的全副精神面貌一样，对他有了很明确的认识了。而他此行的个人打算则是："将军慷慨来度辽，挥鞭跃马夸人豪……人言骨相应封侯，恨不遇时逢一战。"这样人物的气概是很可观的。试看：

> 岁朝大会召诸将，铜炉银烛围红毡。酒酣举白再行酒，拔刀亲割生彘肩。自言平生习枪法，炼目炼臂十五年。目光紫电闪不动，袒臂示客如铁坚。淮河将帅巾帼耳，萧娘吕姥殊可怜。看余上马快杀贼，左盘右辟谁当前！鸭绿之江碧蹄馆，坐令万里销烽烟。坐中黄、曾大手笔，为我勒碑铭燕然。么麽鼠子乃敢尔，是何鸡狗何虫豸！会逢天幸遽贪功，它它籍籍来赴死。能降免死跪此牌，敢抗颜行聊一试。待彼三战三北余，试我七纵七擒计。

如此大吹大擂，好像真有什么了不起的本事，而其实只是骄横虚矫，并无一点真本领。战斗开始了，果然纸老虎一戳即穿：

> 两军相接战甫交，纷纷鸟散空营逃。弃冠脱剑无人惜，只幸腰间印未失。将军终是察吏才，湘中一官复归来。八千子弟半摧折，白衣迎拜悲风哀。幕僚步卒皆云散，将军归来犹善饭……

真是写尽了这个人物的丑态！以此表达了诗人对他的讽刺与鞭挞，也抒发了无比的愤怒的心情，给予读者以强烈的感染。

《马关条约》签订后，台湾割让给日本了，诗人还写了一篇很成功的《台湾行》：

> 城头逢逢擂大鼓，苍天苍天泪如雨。倭人竟割台湾去！当初版图入天府，天威远及日出处。我高我曾我祖父，艾杀蓬蒿来此土。……天胡弃我天何怒？取我脂膏供仇虏！眈眈无厌彼硕鼠，民则何辜罹此苦！亡秦者谁三户楚，何况闽粤百万户！成败利钝非所睹，人人效死誓死拒，万众一心谁敢侮！

下边接着写唐景崧接受丘逢甲的建议，宣布独立：

> 一声拔剑起击柱，今日之事无他语：有不从者手刃汝！堂堂蓝旗立黄虎……直将总统呼巡抚，今日之政民为主。台南台北固吾圉，不许雷池越一步。

这非常令人振奋。然而，敌人来了，兵多将广，船坚炮利，"当辄披靡血杵漂"，人民是英勇无前的，而官绅却无耻地向敌人投降：

> 一轮红日当空高，千家白旗随风飘。缙绅耆老相招邀，夹跪道

> 旁俯折腰。红缨竹冠盘锦縧,青丝辫发垂云鬐。跪捧银盘茶与糕,
> 绿沉之瓜紫蒲桃。"将军远来无乃劳,降民敬为将军犒。"

真无耻极了。他们更谄谀地向敌人说:"呜呼将军非天骄,王师威德无不包。我辈生死将军操,敢不归依明圣朝?"最后,诗人慨叹地谴责道:"悲呼哉,汝全台! 昨何忠勇今何怯? 万事反复随转睫。平时战守无豫备,曰忠曰义何所恃!"

黄遵宪的诗歌不仅反映了重大的历史事件,也有写民生疾苦的,也有写资产阶级民主的虚伪的,还有写一般社会生活和风俗习惯的,又有写自然景色的,包括中国的和外国的。更值得注意的是,他晚年所写的《病中纪梦述寄梁任父》,时在死前一年,从中可以略窥其后来思想的变化:

> ……人言廿世纪,无复容帝制。举世趋大同,度势有必至。怀
> 刺久磨灭,惜哉吾老矣。日去不可追,河清究难俟。倘见德化成,
> 愿缓须史死。

他当时对推翻帝制,实行民主,有怀疑,也有希望,并非坚决反对而像康有为等顽固的保皇党那样。假如他不是次年春便死了,他的思想将会怎样变化,实在很难说。

黄遵宪到底是个资产阶级的改良主义者,不能没有其局限性,他的思想中必然还有消极乃至反动的一面,反映在他的诗歌中,如:他以资产阶级改良主义者的立场,只能同情人民的疾苦,却不能站到反抗阶级压迫、积极展开斗争这一方面来。他一直反对甚而敌视人民革命,所以诗中就有一些咒骂太平天国和反对义和团运动的诗,而对镇压人民革命事业的汉奸刽子手们,则加以推崇与歌颂,显然是和人民立于反对地位的。

他的诗歌艺术成就很高,在新派诗体的创立上也有很多的贡献。他写的诗固然在形式上还多为旧体,但又与过去的旧体大不相同:他的作品"疏于持律","选韵尤宽",更大胆的是,运用新名词入诗,在旧形式内融入新的理想、事物、境界。他善于用细致的笔触刻画人物和景色,并在叙述中插入自己的见解和态度。他的诗多长篇叙事作品,由于知识广博,观察深刻,内容充实,气势充沛,故风格也多变化,能适应不同内容的要求。所不足的是,他还没有打破旧的形式,不能创立新诗,所以还是改良主义的过渡性的诗体。然而,在当时他已站在时代的前列,并给诗界乃至整个文学界开辟了前进的道路,他的贡献是应该得到很高评价的。

第二节　康有为和谭嗣同

康有为(公元 1858—1927 年),字广厦,号长素,广东南海人。光绪二十四年(公元 1898 年)"戊戌政变"前,他曾七次上书清廷,建言变法,这次变法就是他领导的。运动失败后,逃往国外,进行保皇活动,思想日趋反动,在政治上不复有一点进步作用了。

他前期(1898 年以前)的诗歌也表现了"向西方寻找真理"的"先进的中国人"的进步倾向,忧心国事,具有饱满的政治热情和丰富的社会内容。自"戊戌变法"以后,他的诗歌也随着他在政治上的堕落倒退,而表现出其反动的思想倾向,违反国家民族利益,这就毫不足取了。

公元 1888 年,他上书清廷,遭到守旧派的阻遏与攻击,心中极表愤懑,有《出都门留别诸公》五首,深刻地反映了他的理想和现实的矛盾,是他这一时期的代表作,而第二首尤为突出:

> 天龙作骑万灵从,独立飞来缥缈峰。怀抱芳馨兰一握,纵横宇合雾千重。眼中战国成争鹿,海内人才孰卧龙? 抚剑长号归去也,千山风雨啸青峰。

他前期的诗,也和黄遵宪一样,有不少反映当时重大历史事件的爱国诗篇,而《东事战败,联十八省举人三千人上书》,写中日战后,清廷屈辱求和,激起全国人民的反对,充满了激昂的情绪与战斗的精神:

> 海东龙泣舰沉波,上相辎轩出议和。辽台肮肮割山河,抗章伏阙公车多。连名三千毂相摩,联轸五里塞巷过。台人号泣秦桧歌,九城谣谍遍网罗。扛棺摩拳,击鼓三挝。桧避不朝,辞位畏呵。美使田贝,惊士气则那! 索稿传抄,天下墨争磨! 呜呼,椎秦不成奈若何!

显然,这样一些诗与龚自珍的作品是一脉相承的,具有渴望解放、追求理想的精神,而表现形式也是瑰丽奇特、热情恣肆的。他是晚清新派诗人之一,以旧形式写新内容,有丰富的学识,有强烈的感情,不受旧格的束缚,不受语言的限制,形成其自己的独特风格。

谭嗣同(公元 1865—1898 年),字复生,号壮飞,湖南浏阳人。少有大志,能文章,好任侠,善剑术。又喜远游,常来往于河北、新疆、甘肃、陕西、河南、湖南、湖北、江苏、安徽、浙江、台湾各地,察视风土,物色豪杰。1895年中日战后,发愤提倡新学,后又至上海、北京,参加康、梁等所组织的"强学会",学识益进。后归湖南,设"南学会",每周集众讲学,演说时事政治,听者常至千人。1898年"戊戌变法",他以四品卿衔军机章京参预新政,欲大行改良运动,不久,失败,从容待死。事前有人曾劝他出走。他说:"各国变法,无不从流血而成。吾中国数千年来,未闻有因变法而流血者,此国之所以不昌也。有之,请自嗣同始。"遂就义。他著有《仁学》二卷,阐发他的社会政治思想和哲学观点。此外,还有《寥天一阁文》二卷、《莽苍苍斋诗》二卷。

他的诗留至现在的共约一百二十余首,后期所写特别表现了他的爱国思想和慷慨之情,思想性和艺术性都比较高,在中日战后,清政府被迫签订卖国的《马关条约》,诗人对国家的命运感到无限的忧虑,《有感一章》云:

> 世间无物抵春愁,合向苍冥一哭休。四万万人齐下泪,天涯何处是神州!

他的绝笔《狱中题壁》更表现了他那种大无畏的自我牺牲精神,是他的诗中最有力的一篇:

> 望门投止思张俭,忍死须臾待杜根。我自横刀向天笑,去留肝胆两昆仑。

据说他的狱中题壁诗不只这一首,但可惜其余均已不传了。不过,即此一篇亦足以窥见其人之性格。

谭嗣同早期的诗也有写景物的和写社会现实生活的,都能反映作者的思想感情,如《崆峒》便是写景而兼寓述怀的:

> 斗星高被众峰吞,莽荡山河剑气昏。隔断尘寰云似海,划开天路岭为门。松擎霄汉来龙斗,石负苔衣挟兽奔。四望桃花红满谷,不应仍问武陵源。

《六盘山转饷谣》便是直接反映现实、讽刺官府的:

> 马足蹷,车轴折,人蹉跌,山岌嶪,朔雁一声天雨雪。舆夫舆夫尔勿嗔,官仅用尔力,尔胡不肯竭?尔不思车中累累物,东南万户之膏血。呜呼!车中累累物,东南万户之膏血!

此外,《儿缆船》和《罂粟米囊谣》都是很好的现实主义诗篇。

第三节　梁启超的文学活动

梁启超(公元 1873—1929 年),字卓如,号任公,别号饮冰室主人,广东新会人。他是资产阶级改良主义派中在"戊戌政变"时期倡导变法维新最重要的人物,尤其在宣传改良主义的政治思想方面,他出了最多的力量,影响也最为深远。

梁启超十八岁就学于康有为的万木草堂,接受了变法思想。公元 1895 年入京会试,正值中日战后,马关条约订立,痛心于国势陵替,与康有为公车上书,并组织"强学会",担任书记。翌年,应黄遵宪之邀,到上海负责办《时务报》,鼓吹变法维新,风靡海内,举国趋之若狂。从此,他便成为有名的大政论家。他倡导"新民"与"民权",在当时起了启蒙作用,有进步意义。1898 年,他与康有为一起领导"戊戌变法",失败后,逃到日本,创《清议报》,仍主改良,但对封建专制政体也稍有批判。这时,他的主张基本上还是维护封建统治阶级利益的,他极力地反对孙中山所领导的旧民主主义革命。他主持了《新民丛报》,鼓吹君主立宪,实际上和康有为的保皇主义是一致的,这也就暴露了他的思想的落后性与反动性,而愈到后来,时代越进步,他愈被抛在后面。到了工人阶级领导新民主主义革命的"五四"时期,他为了逃避中国革命的社会现实,就跑到欧洲。回国之后,他便埋头于教书和著作,过着不问政治的"学者"生活了。

梁启超是一个改良主义的政治活动家,为了宣传他的政治理想,也致力于文学改良运动:他倡导过"小说界革命",积极支持过"诗界革命",还主张过散文文体的解放,创造了"新民体"的政论文。

梁启超自己不是以诗名家的,虽然他也写过一些诗,而且也有相当高的成就,但他对诗的主要贡献并不在于他自己的作品,而在于他大力支持了"诗界革命",宣传并鼓励了诗人写新派诗。他主张诗的革命要"以旧风格含新意境",主张"熔铸新理想,以入旧风格",主张"以民间流行最俗最不经之语入诗"。他极力提倡这种新派诗,对于黄遵宪的诗歌备加推崇,并大力支持黄遵宪对"诗界革命"的尝试。至于他自己所作,特点在于有炽热的感情,有积极向上的精神,较多的是写他的爱国思想。下举几首可为代表:

> 无端忽作太平梦,放眼昆仑绝顶来。河岳层层团锦绣,华严界界有楼台。六洲牛耳无双誉,百轴麟图不世才。掀髯正视群龙笑,谁信晨鸡蓦唤回。(《自题新中国未来记》)

> 献身甘作万矢的,著论求为百世师。誓起民权移旧俗,更研哲理牖新知。十年以后当思我,举国犹狂欲语谁。世界无穷愿无尽,海天寥廓立多时。(《自励》)

> 诗界千年靡靡风,兵魂销尽国魂空。集中什九从军乐,亘古男儿一放翁。(《读陆放翁集》)

> 辜负胸中十万兵,百无聊赖以诗鸣。谁怜爱国千行泪,说到胡尘意不平。(同上)

他的诗有些是新派诗中最自由的,完全不受旧格律的限制,特别是句子的散文化,如《志未酬》:

> 志未酬,志未酬,问君之志几时酬？志亦无尽量,愁亦无尽时。世界进步靡有止期,吾之希望亦靡有止期。众生苦恼不断如乱丝,吾之悲悯亦不断如乱丝。……

梁启超的成就主要在散文方面。他的文章浅显易懂,条理清楚,气势浩荡,热情洋溢,有较强的感染力和说服力,最适宜于用来写宣传鼓动的时论和杂文。他这种文体的产生,扩大了散文的运用范围,对当时文学作品的语言有很大影响,加速了古文的衰亡,并为"五四"白话文运动开辟了先路。他自己在《清代学术概论》中说得很明白:

> 启超夙不喜桐城派古文。幼年为文,学晚汉、魏、晋,颇尚矜炼。至是自解放,务为平易畅达,时杂以俚语、韵语及外国语法,纵笔所至不检束。学者竟效之,号"新文体";老辈则痛恨,诋为野狐。然其文条理明晰,笔锋常带情感,对于读者,别有一种魔力焉。

《少年中国说》可以看作他这种新文体的代表作,全篇浅显流利,平易畅达,也富于感情,尤其逻辑性强,从各方面反复阐述并证明自己的论点,颇有说服力。但另一方面,文章也不免有些芜杂累赘,显得臃肿、浮夸,而这也是"新文体"作家的通病,其弊实自梁氏启之。

梁启超所提倡的"小说界革命"确是对近代文学发展起了巨大的推动作用,其功实不可没。他强调小说的社会作用,把小说当作文学中最重要的体裁,认定"小说为文学之最上乘"。在《论小说与群治之关系》一文中,他说:"欲新一国之民,不可不先新一国之小说。故欲新道德,必新小说;欲新宗教,必新小说;欲新政治,必新小说;欲新风俗,必新小说;欲新学艺,必新小说;乃至欲新人心,欲新人格,必新小说。何以故?小说有不可思议之力支配人道故。"他又说:"今日欲改良群治,必自小说界革命始,欲新民必自新小说始。"他创办《新小说》杂志,正是本着这个目的。那里登载了晚清有名的谴责小说《二十年目睹之怪现状》,也发表了他自己的《新中国未来记》,尤其登载了很多翻译小说,他自己也译载了《世界末日记》、《十五小豪杰》、《俄皇宫中之人鬼》、《佳人奇遇》等,都表现了他的小说观点。不过,他本人确不是一个小说家,他写的《新中国未来记》实在算不得一篇小说,甚至算不得文艺作品。那篇东西确实体现了为政治服务这一原则,政治性很强,对政治、社会、经济等方面发挥了很多议论,却没有典型人物的创造,也没有故事情节,人物完全没有个性,只是会说话会活动的机器罢了。然而,他提倡小说,重视小说,给小说在文学中争取了一个重要位置,对于晚清小说之繁荣是有很大影响的。

　　梁启超也曾试图改良戏剧,以达到为政治服务的目的。在内容上,他打破才子佳人悲欢离合的俗套,而以反映时事、宣传西学为目的。他写过《劫灰梦传奇》、《新罗马传奇》、《罗兰夫人传》等,用意是好的,但成就远不如他在前述三方面之大。

第六章 辛亥革命前后的文学

第一节 资产阶级革命民主主义文学的
兴起与衰落

清代末年,资产阶级改良主义者首先进行变法维新运动,一时全国风靡,趋之若鹜。差不多与此同时,以孙中山为首的资产阶级民主主义改革派也开始活动起来,但势力未壮。公元 1895 年,孙中山创立"兴中会",认为中国被帝国主义蚕食鲸吞,国家有被瓜分的危险;而国内政治黑暗,民不聊生,因此号召志士奋起救国。公元 1898 年,改良派的维新运动在"戊戌政变"中彻底失败了,革命派乃渐渐抬头。到公元 1905 年(光绪三十一年),资产阶级和小资产阶级民主主义革命者,在孙中山的领导下集于日本,组成了"同盟会",正式提出"驱除鞑虏,恢复中华,建立民国,平均地权"的革命纲领,包括了反封建政治、经济制度而走向民主主义,同时也含有反帝的意义。由于清政府的专制腐败,使革命力量得以迅速发展壮大,终于能够以武装起义取得 1911 年"辛亥革命"的成功,推翻了清王朝,建立了中华民国。但资产阶级毕竟是软弱的,广大人民群众也未能充分发动起来,所以革命胜利之日也就是帝国主义与封建势力的代理人袁世凯篡夺革命政权的开始。从此,中国社会又陷入另一个黑暗时期,全国混乱,军阀割据,根本没有什么民主。不久,第一次世界大战发生了,中国民族资本主义得到进一步发展的机会,无产阶级队伍日益壮大。1917 年,俄国十月革命成功,给中国也带来了马克思列宁主义,"帮助了中国的先进分子用无产阶级的宇宙观作为观察国家命运的工具,重新考虑自己的问题。走俄国人的路——这就是结论。一九一九年,中国发生了'五四'运动"(《毛泽东选集》第四卷第 1476 页)。这就标志着旧民主主义革命的结束,新民主主义革命的开始。

在"辛亥革命"以前的这一段时期,资产阶级革命民主主义文学获得蓬勃发展,出现了许多杰出的革命家而兼作家,如章炳麟、秋瑾、邹容和陈天华等,也出现了中国第一个革命旗帜下的文学社团——南社。同时,小说的繁荣,京剧的改革,话剧的产生,也都呈现了一些新气象。但是,好景不长,"辛亥革命"成功后不久,马上又失败了,社会重陷黑暗。未在革命中牺牲的一些资产阶级革命文学家纷纷由惶惑而动摇,而退隐,而分化,退出了阵地,其文学原有的战斗光芒也完全消失了。新的无产阶级彻底的反帝反封建的文学正在酝酿,先进作家在马克思列宁主义影响下,举起了文学革命的旗帜,代替了资产阶级旧民主主义文学的地位而向前迈进。站在时代最前列的伟大的旗手便是鲁迅先生,其 1918 年发表的《狂人日记》,便标志着这个新战斗的开始,揭开了"五四"以后中国新文学的序幕。

第二节　章炳麟、秋瑾、邹容、陈天华

章炳麟(公元 1868—1936 年),初名学乘,字枚叔,易名绛,字太炎,后改炳麟,号菿汉,浙江余杭人。他早年治学,深受明末清初大师顾炎武的影响,即具有民族革命思想。1892 年他从清末学者俞樾问学。到 1895 年,便开始其政治活动。先是与改良派康、梁接近,参加过"强学会"和《时务报》。"戊戌政变"后,他流亡日本,结识了孙中山,成为一个革命民主主义者,先创立了"光复会",后来与孙中山的"同盟会"合并。他先后写过很多具有战斗性的政论,打击了改良主义者,宣传了革命。最著名的有:《中夏亡国二百四十年纪念会书》、《驳康有为论革命书》、《革命军序》和《讨满洲檄》等,对革命均起了很大的作用。1912 年,民国成立,孙中山把政权让给袁世凯,章炳麟反对无效,极表愤慨。他对军阀政权极为蔑视,采取不合作态度,终又被捕,直到袁世凯垮台时才出狱。此后他就离开政治斗争,致力于讲学和著书,成为清末、民初有名的国学大师,在经学、诸子及文字、音韵方面有巨大的成就,具见于《章氏丛书》。

他的论文结构严密,逻辑性强,气势充沛,语言精炼,但他以汉学家而精于文字训诂,故喜用古字、古词、古典,往往写得过于古奥艰涩,不通俗,很难读懂,是其缺点。

他平生作诗不多,但影响却很不小。在形式上,他突破了自己对于语言的落后主张,运用了明白易懂的口语,通俗浅近,收到更大的宣传作用,如

《革命歌》和《逐满歌》等是。《逐满歌》云：

> 莫打鼓，莫敲锣，听我唱这《逐满歌》。……可怜我等汉家人，却同羊子进屠门。扬州屠城有十日，嘉定、广州都杀毕。福建又遇康亲王，淫掠良家如宿娼。驻防鞑子更无赖，不用耕田和种菜。菜来伸手饭张口，南粮甲米归他有。汉人有时欺满人，斩绞徒流任意行；满人若把汉人欺，三次杀人方论抵。滑头最是康熙皇，"一条鞭"法定钱粮。名为永远不加赋，平余火耗仍无数；名为永远免丁徭，各项当差着力敲。开科诡骗念书人，更要开捐驱富民。人人都道做官好，早把死仇忘记了。地狱沉沉二百年，忽遇天王洪秀全。满人逃往热河边，曾国藩来做汉奸。洪家尽杀汉家亡，依旧猢狲做帝王。我今苦口劝兄弟，要把死仇心里记。……莫听康、梁诳尔言，第一仇人在眼前，光绪皇帝名载湉。

其实也还不只此类的歌是通俗的，就连其他四、五、七言的诗，也都很明朗易读，不似其文。这些都表现了他的反清爱国思想，如《山阴徐君歌》，挽刺杀安徽巡抚恩铭的徐锡麟：

> 中国既亡，凡三百年。哀此黎民，困不得伸。胡虏滔天，政日益专。山阴徐君，生当其辰。能执大义，以身救民。手歼虏酋，名声远闻。

《狱中赠邹容》云：

> 邹容吾小弟，被发下瀛洲。快剪刀除辫，乾牛肉作馐。英雄一入狱，天地亦悲秋。临命须掺手，乾坤只两头。

又《狱中闻沈禹希见杀》云：

> 不见沈生久，江湖知隐沦。萧萧悲壮士，今在易京门。魑魅羞争焰，文章总断魂。中阴当待我，南北几新坟！

秋瑾（公元 1875—1907 年），字璿卿，又字竞雄，自称鉴湖女侠，浙江绍兴人。少年时即好剑好侠，喜饮酒，工诗词，蔑视封建礼教，常以花木兰、秦良玉自况。她高唱男女平等，一生为推翻清王朝、拯救中国，到处奔走革命，孙中山至称她为"巾帼英雄"。公元 1893 年，她到了北京，看到祖国内外危机，深引为忧。庚子之后，《辛丑条约》丧权辱国，尤给她以莫大的刺激。

1904年,她为了寻找革命的道路,乃东渡日本,参加了"同盟会",主办《中国女报》,组织了妇女的"共爱会",宣传革命。1906年返国,主办明德女学,并与徐锡麟共创革命的"光复军",准备起义。不幸事泄被捕,于公元1907年六月就义。

秋瑾著作,多已散佚,后经人先后辑录编为《秋瑾集》,计得诗百余首,词三十八首,歌六首,弹词《精卫石》六回,和杂文书信等二十余篇。她的诗词充满了爱国主义思想与感情,而以后期的作品为最显著。《剑歌》、《宝刀歌》、《宝剑歌》、《感事》、《感时》、《感怀》、《吊吴烈士樾》等篇均属此类。其《感事》云:

> 竟有危巢燕,应怜故国驼。东侵忧未已,西望计如何? 儒士思投笔,闺人欲负戈。谁为济时彦,相与挽颓波。

《感怀》云:

> 莽莽神州叹陆沉,救时无计愧偷生。抟沙有愿兴亡楚,博浪无椎击暴秦。国破方知人种贱,义高不碍客囊贫。经营恨未酬同志,把剑悲歌涕泪横。

其《宝刀歌》则直接叙述了清末时事,表示自己报国之愿。开头说:"汉家宫阙斜阳里,五千余年古国死。一睡沈沈数百年,大家不识做奴耻。"中间云:

> 几番回首京华望,亡国悲歌泪涕多。北上联军八国众,把我江山又赠送。白鬼西来做警钟,汉人惊破奴才梦。主人赠我金错刀,我今得此心雄豪。……誓将死里求生路,世界和平赖武装。……我欲只手援祖国,奴种流传遍禹域。心死人人奈尔何? 援笔作此《宝刀歌》。……

最后变成骚体的长短句道:

> 愿从兹以天地为炉、阴阳为炭兮,铁聚六洲。铸造出千柄万柄宝刀兮,澄清神州。上继我祖黄帝赫赫之威名兮,一洗数千数百年国史之奇羞!

《吊吴烈士樾》虽是挽词,却与此同其悲壮慷慨,有激发读者的作用。她的《黄海舟中,日人索句,并见日俄战争地图》则表示以身许国,为革命不惜任何牺牲:

万里乘风去复来,只身东海挟春雷。忍看图画移颜色,肯使江
山付劫灰! 浊酒不销忧国泪,救时应仗出群才。拼将十万头颅血,
须把乾坤力挽回。

她还写有唤醒妇女摆脱奴隶地位,实行男女平等的作品,如《勉女权歌》
两首便是。

她的《精卫石》弹词,原计划共二十回,写一群女子东去日本参加革命,
原稿本有四本,今只发现一本,即自第一回至第六回,不能见其全貌。但她
在序文中说自己写作的动机云:"故余也谱以弹词,写以俗语,欲使人人能
解,由黑暗而登文明;逐层演出,并尽写女子社会之恶习及痛苦耻辱,欲使
读者触目惊心,爽然自失,奋然自振,以为我女界之普放光明也。"

邹容(公元 1885—1905 年),四川巴县人,是一个富有革命思想的爱国
青年。十七岁赴日本学陆军,两年后回国,在上海与章炳麟结识,十分亲近。
同年(公元 1903 年),他写了《革命军》,章炳麟为之作序。这是一个宣传革
命的文艺性政论文小册子,文中激烈地揭露了清朝政府的专制腐朽统治,为
统治者所仇视,因而被捕下狱,终至瘐死狱中,年仅二十一岁。这书悲壮淋
漓而浅近直截,为当时反清最激烈之言论,影响巨大。

这部书气势澎湃,充满着革命热情,它向全国同胞唱出"革命! 革命!
得之则生,不得则死"的革命赞歌:"革命哉! 革命哉! 我同胞中,老年、中
年、壮年、少年、幼年,无量男女,其有言革命而实行革命者乎? 我同胞其欲
相存、相养、相生活于革命也! 吾今大声疾呼,以宣布革命之旨于天下!"他
号召全国同胞起来:"为祖国请命,掷尔头颅,暴尔肝脑,与尔之世仇满洲人,
与尔之公敌爱新觉罗氏驰骋于枪林弹雨中,然后再扫荡干涉尔主权之外来
恶魔,则尔历史之污点可洗,尔祖国之名誉飞扬,尔之独立旗已高标于云霄,
尔之自由钟已哄哄于禹域……"这样的文章,汪洋恣肆,气魄雄健,有如火山
爆发,喷薄而出,具有无限的冲击力量,其感人自不待言。

陈天华(公元 1875—1905 年),字星台,别号思黄,湖南新化人。1903
年留学日本。翌年,为参加黄兴等筹划在湖南的起义,秘密回国,事泄,再度
赴日。1905 年,为抗议日本借取缔留学生为名,压迫中国革命运动,愤而投
海。他是辛亥革命前夕中国资产阶级民主革命的先驱者之一,曾参与"同盟
会"的发起。他曾在当时的《民报》发表过不少宣传革命的政论,最出名的是
他用白话写的政论小册子《警世钟》和鼓词《猛回头》,另外还有未完篇的小
说《狮子吼》,也寄托了他的政治理想和主张。《猛回头》用民间文学的鼓词

形式,鼓吹革命,颇易普及,效果尤大,故此书一出,即风行各地。它的文字也极流利,如《引子》:

> 大地沉沦几百秋,烽烟滚滚血横流。伤心细数当时事,同种何人雪耻仇!

第三节　"南社"的革命诗人

"南社"的出现是资产阶级革命派在文学战线上的一个胜利。它于1909 年十一月在苏州正式成立,那时候正是资产阶级民主革命进行轰轰烈烈的反对清朝专制统治的民族民主革命时期。它最初成立时,在十九个社员当中,就有十四人是"同盟会"的会员,不到两年,社员增至二百余人,大抵均是倾向革命的资产阶级和小资产阶级知识分子。其宗旨是以文学鼓吹革命,使文学直接为革命斗争服务,所以有人认为它等于同盟会的宣传部。它提倡"气节"和"国魂",实质上就是民族主义,而直接的表现便是反对清朝的异族统治。

"南社"成立后,每年出版《南社丛刊》两三期,它虽主要提倡以旧体诗写新内容,但也不限于诗,还有文和词,甚且还有小说。1917 年,它就出版过一本《南社小说集》。"南社"的诗是继承黄遵宪等"诗界革命"的精神而加以发展的。它特别反对一般文人醉生梦死、吟风弄月的消极作品,主张"以我为诗",反对"以诗缚我",与当时"同光体"的余波进行斗争,并取得了胜利。

"南社"组织庞大,成员众多,不免鱼龙混杂,加以它的资产阶级的软弱性与不彻底性,使它不可能提出革命性的纲领。所以辛亥革命前,它还能为革命做些工作,辛亥革命后,它就"无事可做"了。而到了二次革命失败之后,许多成员就更趋于消极颓废了,作品也变成靡靡之音,无复前期的革命光芒。这时,"南社"名存实亡,大部分成员投降了反动势力,或退到故纸堆中,不复有现实主义精神。"五四"以后,"南社"中只有柳亚子等少数人还坚持反帝、反封建的道路,站到革命的人民方面来。

"南社"诗人中最重要的有陈去病、柳亚子、苏曼殊、马君武、宁调元、高旭等人。

陈去病(公元 1874—1933 年),原名佩忍,字巢南,江苏吴江人。1898 年,他曾组织"雪耻学会",响应维新运动,1900 年以后才转向革命,1906 年

参加了"同盟会"。他常在诗里写抗清殉国的英雄人物,流露出深沉的哀思,如:

> 大好河山日欲斜,登楼高览兴何赊! 苍天逆行黄天死,只向秋
> 深哭桂花。(《四月二十五日偕刘三谒苍水张公墓并吊永历帝》)

又如《题明孝陵图》为长篇歌行,气魄雄伟,感情炽热,非常有战斗作用。它一开头说:"燕云一夕悲笳多,匹夫濠上挥金戈。怒捉胡儿大唾咄:尔胡兮久居汉土将云何?"以下说"尔胡"自有尔的旧俗、旧居,……凡三用"久居汉土将云何?"对清统治者作愤怒的责问。最后唱道:"西望墓门三叹息,几时还我旧山河?"这样"起舞横刀发浩歌",怎能不激起人们的革命壮志呢?

高旭(公元 1877—1925 年),字天梅,江苏金山人。他曾与柳亚子共同创办《醒狮》、《复报》等革命刊物。他的诗与新派诗有直接关系,并曾在梁启超主办的《新民丛报》和《新小说》上发表不少诗歌。他写过大批通俗歌谣式的新体诗,如《爱祖国歌》、《军国民歌》、《光复歌》等。他在 1906 年为宣传民族革命需要,曾假作石达开诗二十首,发生过广泛的影响。

柳亚子(公元 1887—1958 年),原名慰高,更名弃疾,亚子是他的字,江苏吴江人。他是"南社"的主要领导者,也是成就最大、始终坚持革命的一个诗人。他于 1906 年参加了光复会和同盟会,次年在上海与陈去病、高旭筹组"南社",于 1909 年正式成立于苏州。他的诗可以《寄题西湖岳王冢同慧之作》为代表:

> 自坏长城奈汝何! 黄龙有约恨蹉跎! 无愁天子朝廷小,痛哭
> 遗民涕泪多。草木不欣胡日月,风云犹壮汉山河。秋坟一例沉冤
> 狱,可许长松附女萝?

马君武(公元 1881—1940 年),名和,字贵公,后以另字君武行,广西桂林人。他是最早的西洋文学翻译者之一,曾以旧体诗译过拜伦、席勒等人的诗歌若干篇。他自己所作便也喜欢用新名词和西方故实,所以也是与"诗界革命"关系最深而属于新派诗人行列的。

苏曼殊(公元 1884—1918 年),原名玄瑛,字子谷,广东中山人。他生于日本,1888 年随养父归国,后出家为僧。既长,往日本省母,曾学陆军、政治及美术。1903 年回国,复削发为僧。他这时一直从事革命活动,与柳亚子等相友善。他精通英、法、日语和梵文,著译颇多。他的诗现存七十六首,早期作品中有些是洋溢着少年英锐之气的。但他的思想颇为复杂,受了佛教

哲学的影响，在热爱生活中，又杂有消极颓废的情绪，所以诗歌的现实意义不大。他还先后写过六篇小说，都是以爱情为题材的，语言虽是文言，但接近口语，并残留有西欧语言影响的痕迹。这些小说对稍后的"鸳鸯蝴蝶派"有一定影响，也不能算是成就很高的作品。

"南社"在辛亥革命以后，曾一度发展到千余人，势力很大。在反袁斗争中，也起过一定的作用，但以后就渐衰了。有的人蜕化变质了，有的人销声匿迹了，有的人则在历次斗争中牺牲了，"南社"活动陷于停顿。到 1923 年，它实际上已经不存在了，这年，柳亚子和陈望道等人另发起组织"新南社"，其"精神是鼓吹三民主义，提倡民众文学，而归结到社会主义的实行"。当时就有人反对，后来便由于内外种种原因，它不能长期支持下去，更谈不到发展，所以只举行了三次聚餐会，出版了一册《新南社》，就无形中停止活动了。

第七章　晚清民初的小说和戏剧

第一节　晚清小说的繁荣

晚清十余年间,中国小说发展极盛,大约从 19 世纪末到 20 世纪初的公元 1912 年清亡为止,成册的小说至少在千种以上(创作和翻译均计入)。当时除报刊均载有小说外,还有小说专刊的编行。如 1902 年梁启超主编的《新小说》,1903 年李伯元主编的《绣像小说》,1906 年吴趼人创办的《月月小说》,1907 年又创办了《小说林》。这些都比较著名,此外尚有《新新小说》、《小说月报》等不下三十种。

这时期的小说为什么会如此繁荣呢? 一、当时在中日战后,新兴资产阶级初步形成,开始作为一个阶级过问政治,提出改良主义的一套理论,文学改良运动也配合政治而兴起。梁启超首倡"小说界革命",强调小说对于社会政治的重要作用,一时附和其说而在理论上有所阐述者甚多。他们还大力提倡小说的创作和翻译。无疑的,他们利用小说为传播思想、鼓吹爱国、提倡改良维新的工具,故其繁荣是有它的阶级基础和政治原因的。二、清廷政治腐败,对外屈辱投降,对内又加强其野蛮残暴的统治与压迫,民族矛盾和阶级矛盾都日益尖锐,社会动荡不安。有些爱国知识分子,就借小说来揭露现实的黑暗丑恶,进行抨击与谴责,这就成为当时小说繁荣的社会基础了。三、新闻出版事业发达,小说有了发表和刊行的条件,传播既速且广;同时,市民文化生活也要求小说的大量创作与移译,这又是文化和文学本身所形成的条件。

这时期的小说表现了前所未有的时代特征,大致说来:一、紧密地配合政治,使小说具有强烈的政治性和社会意义。二、批判现实主义是当时小说家采用的主要创作方法,所以谴责小说都以暴露现实为主,理想成分极为薄弱。三、种类繁多,题材广泛,思想性、倾向性极为复杂。四、作家多数都继承了我国讽刺文学的传统,在新的现实的基础上有所发展,主要表现为讽刺形式上的极度夸张和漫画化。五、受《儒林外史》式长篇结构的影响,"全书无主干,仅驱使各种人物,行列而来,事与其来俱起,亦与其去俱讫,虽云长篇,颇同短制"(鲁迅《中国小说史略》)。六、在表现手法上,受翻译小说的影响,有新的因素的萌芽,如大段的心理刻画及风景描绘,倒叙、插叙的运用等等都是。七、一般小说所写的几乎全与社会有关,极少描写爱情的,爱情小说不甚为广大读者所喜,出版家自然也不欢迎。八、翻译小说大量涌现,给予中国小说的内容与形式以深刻影响,使中国特有的章回小说开始向现代小说的结构转变。

晚清小说虽极繁荣,但一般质量并不太高,就是被誉为清末"四大谴责小说"的作家如李伯元、吴趼人、刘鹗、曾朴等,思想水平都不够高,写出的东西也不过以暴露、批判为止,不能达到应有的深度;而且他们的文学修养也不很深,艺术水平受了一定限制,所以未能产生伟大杰出的作品来。但这些作品在当时确实曾发生过巨大的社会作用,对以后的小说也有深远的影响,所以应该给予适当的重视与评价。

第二节　李伯元和他的《官场现形记》

李伯元(公元 1867—1907 年),名宝嘉,别署南亭亭长,江苏上元(江宁,今南京)人,或谓常州(今武进)人。少擅制艺及诗赋,以第一名考取秀才,但后来屡试不第,未能中举,乃到上海办《指南报》、《游戏报》、《繁华报》。1903年,主编《绣像小说》(半月刊)。生平创作小说甚多,而以《官场现形记》六十回最为著名,《文明小史》六十回最为出色。至于《庚子国变弹词》则是我国第一部范围广、规模大的反帝文学作品。

《官场现形记》是作者从 1901 年到 1905 年间写的,原计划写一百二十回,可惜写到五十多回作者就逝世了,现六十四回本的最后几回是他的朋友欧阳巨源续作的。作者在书中全面而又集中地描写了当时整个官场的丑恶现象,暴露了清政府的腐朽与黑暗,揭发了它勾结帝国主义的罪行,也描述了人民在重重压迫下的痛苦生活。它所写的官场,包括从中央到地方,从文官到武将,从最高统治集团到低级衙门的佐杂人员;所写的官场活动,包括了逢迎、钻竞、蒙混、欺诈、罗掘、贪贿、倾轧、淫侈等种种丑恶现象,无不毕陈。作者生动地描绘了一幅幅色彩鲜明的病态的半封建半殖民的中国社会生活的图画。但是,作者到底还是一个改良主义者,尽管他的思想的某些方面不自觉地超越了当时的改良主义的范围,但他没有能向前再迈进一大步,所以没有成为一个民主主义革命者。他对现实的态度止于暴露、批判和改良,这是很可惜的。

《官场现形记》的结构和他的另一代表作《文明小史》一样,是《儒林外史》式的,实际是由许多具有独立性的短篇连成的。其中确有些精彩的片断,如赵温中举、胡统领严州"剿匪"、贾润孙进京求官,虽然故事都不长,但人物生动,形象鲜明,批判也很有力。作者善于运用中国小说传统的白描手法,平易流畅,毫无矫饰,使社会下层人民群众,乃至普通识字的妇人孺子一览便知。在讽刺艺术上,作者表现了很高的才能,他善于用夸张的叙述、生活细节的描写和人物自身言行的矛盾,来突出其思想面貌,塑造反面的典型,给以辛辣的讽刺。作者还经常把生活中落后的丑恶的现象集中起来,通过一件事情,加以本质的描写。这些都是他艺术上成功的地方。但是,作品中有些情节,是以道听途说、凭自己想象推论而臆造出来的,"难云实录","况所搜罗,又仅'话柄',联缀此等,以成类书;官场伎俩,本小异大同,汇为长编,即千篇一律"(鲁迅语),也不能说不是艺术上的缺点。

这部小说和作者其他比较好的作品一样,都是批判现实主义的。其主要价值在于暴露和谴责了封建官僚统治集团的黑暗腐朽,对人民是有启蒙作用的。它教育了人民,使人民认识封建制度的反动性,激起其炽烈的憎恨,同时也打消其对维新改良的幻想,而有利于启发他们接受与探索民主主义革命的道路。所以,我们对这个作家和他的作品,必须给以适当的评价。

第三节　吴趼人和他的《二十年目睹之怪现状》

吴趼人(公元 1866—1910 年),名沃尧,字小允,又字茧人,后改趼人,广东南海人,因居佛山镇,故又以"我佛山人"自号。他虽生于世代为官的仕宦家庭,但到他这一代,家道中落,父又早殁,故生活贫困。他性格豪爽,知识广博,多才多艺,自金石篆刻,以至江湖食力之技,无所不能,亦无所不精。二十余岁到上海;佣书江南制造军械局,常为报纸写些小文。1902 年,梁启超在日本横滨创办《新小说》,他才开始学写长篇小说,寄投发表。后又客居山东,远游日本。1904 年,到汉口担任美国人办的《楚报》主笔,以当时掀起反对美国的华工禁约运动,他又愤然辞职返沪,并积极鼓吹抵制。1906年,在上海与周桂笙(新庵)主编《月月小说》,同时还为《绣像小说》撰稿。次年,主持广志小学校务。1910 年病卒上海。他的小说创作主要是在 1902年至 1910 年间,至多不过八九年的时间,但作品很多,据说不下三十余种,今所知者已在二十种以上。最著名的是《二十年目睹之怪现状》、《痛史》、《九命奇冤》等。而《二十年目睹之怪现状》一百零八回则是他的代表作。这部书写于 1902—1907 年间,最初发表于《新小说》杂志,至 1907—1909 年才先后印成单行本八册。

这部小说以自号"九死一生"者为线索,历记其在二十年中所见所闻。记叙的范围极为广泛。它先写九死一生在官家做事,后又写其为官家经营商业,因店铺遍于全国,又时时到各处察看。二十年中,这个主人公一直是过着船头、马背、衙门、店铺的生活,因而各种事件均易于联系到一起。到全书将结束时,作者又布置一个商业大失败的局面,使"九死一生"不得不走,于是故事到此便戛然而止。干线布局精当,结构上似较李伯元的《官场现形记》为严密。作者在第二回里以这个主人公自己的口吻叙述其命名为"九死一生"的缘由道:

只因我出来应世的二十年中,回头想来,所遇见的只有三种东西:第一种是蛇、虫、鼠、蚁,第二种是豺、狼、虎、豹,第三种是魑、魅、魍、魉。二十年之久,在此中过来,未曾被第一种所蚀,未曾被第二种所啖,未曾被第三种所攫。居然被我都避了过去,还不算是九死一生么?

这里说的是那三种"所遇见的"东西,实际便指书中所写的人物。而从这里及小说的书名,便可以明了作者的创作意图。

小说所写的时代是从公元 1884—1885 年中法战争开始的。作者通过九死一生所遇见的怪现象,给人们揭示了那个腐败社会的全部图景,尤其侧重于暴露当时官场的贪污、腐化、敲诈、勒索的事实,足与《官场现形记》后先辉映。它也尖锐地抨击了清朝统治者,在几次对付帝国主义的侵略战争失败后,变骄妄为卑怯,进行了一系列的投降主义的卖国行为。如第五十回写洋人要造房子,廉价强买百姓的公地,百姓控诉,政府的判决不但不退还土地,连百姓的住房都要他们一起卖给洋人。洋人强占庐山牯岭,地方官请示上司,总理衙门一位大臣竟给江西巡抚写信说:"台湾一省的地方,朝廷尚且拿它送给日本,何况区区一座牯牛岭,值得什么?将就送了它吧!况且拿了回来,又不是你的产业,何苦呢?"这就有力地描绘出统治者的昏愚可耻的卖国行为。

小说对于官场贪污的风气和官吏对人民的残酷迫害,也有深刻的揭露,如第七十五回写闽浙制军送给有权的太监用珠宝做成的牡丹价值银子九万两,而得以调任两广总督。第五十八回写广州督抚无根据地以"私运军火"的名义,糊里糊涂便杀掉二十多人。

这部书写官僚腐化,未必超越《官场现形记》,但刻画洋场才子、纨绔少爷、斗方名士等人物,则特别成功。这些人物都是半封建半殖民地社会的产儿,是社会的渣滓。如第三十七回写一个苏州画家,自己不懂得诗,却硬要乱吹,专门偷人家的诗题画,算成自己作的。从来和他不曾谋过面,他偏要题上"同游某处作此"一类的字句。甚至题画送人的诗就是偷的那人所作。这就十足写出了一班胸无点墨、冒充雅士的文人的丑态。第三十五回写许多纨绔公子不学无识而好故示风雅,故意取一些离奇古怪的别号如"我也是多情公子"、"七十二朵青芙蓉最高处游客"之类,作者用夸张与嘲笑的手法刻画这类人物,如写他们的"真才实学"就是把杜牧的别号樊川加在杜甫头上,把少陵和杜甫派做两人,说唐朝的颜鲁公写了宋朝苏东坡的《前赤壁赋》,等等。

作者认为小说之所以能担当起改革社会的任务,就在于它能激动人的感情。他认为小说要有虚构和想象,要注意情节结构的安排,他这部小说也正是体现了这些特点的。它虽也是继承《儒林外史》的结构方法,但他以"我"(九死一生)为主线,把一切人物事件都贯串起来,所以结构比《官场现形记》谨严得多。作者善于讽刺,并且讽刺得特别尖刻、泼辣,嘲笑的意味较多。作者刻画人物心理活动非常细致,有起伏,有发展,合情合理,惟妙惟肖。作者善于写场面,以特写的镜头突出地表现一件事。至于人物语言的个性化,也是本书的艺术成功处。总的看来,作者对黑暗的现实充满了愤懑的感情,因此,对社会的种种丑恶现象作了无情的暴露,使作品的思想性达到相当的高度;但也因为感情过于激愤,以致在描写上往往作过分的夸张,使情节不够真实。鲁迅说:"其言殊慨然,惜描写失之张皇,时或伤于溢恶,言违真实,则感人之力顿微,终不过连篇'话柄',仅足供闲散者谈笑之资而已。"这批评,大致说来,是有其正确性的。但其所揭露的东西,基本上还是有现实为根据的,还不能认为全部都只足供谈笑之资。

第四节　刘鹗和他的《老残游记》

刘鹗(公元 1857—1909 年),字铁云,别署洪都百炼生,江苏丹徒人。他出身于封建官僚家庭,少年时代"放旷不守绳墨",虽无意于科举,但也不废读书,而对西学很有兴趣,研究数学、医学,并有一定水利学的知识。他曾在上海行医,后又经商,失败了,才放手不干。光绪十四年(公元 1888 年),郑州黄河决口,他以同知投效于河南巡抚吴大澂幕下,参加治河,"短衣匹马,与徒役杂作,凡同僚不能为之事,悉任之",河得治,声誉鹊起,渐至以知府用,成为官场人物。后游北京,默察国势,认为扶衰振敝,当从兴造铁路始,他认为"路成则实业可兴,实业兴而国富,国富然后庶政可得而理",于是上书请筑铁路。又请与欧人合作,开山西铁矿,定期三十年,然后矿仍归我。在当时情况下,人们便指他为"汉奸"。后来,他便弃官去上海,受雇为洋商的经理。1900 年,义和团运动发生,八国联军入北京,他曾从俄军处贱价购得太仓储粟,设平粜局以赈济北京饥民,事后被劾私售仓粟,逮捕了他,流放新疆,于 1909 年死在乌鲁木齐。从他的思想看,实是一个改良主义者;说他是"汉奸",那是冤枉的。但他对于清政府的顽固派虽然不满,却并不想推翻封建统治;他虽关怀人民疾苦,但又敌视人民革命运动;他希望国家富强,摆脱贫弱,却对帝国主义者存有一定的幻想。这就是他的资产阶级世界观所决定的。他不可能认识当时社会内外矛盾的本质,因而也不可能找到真正解决问题的正确道路。

他所著小说,仅有《老残游记》一种,共二十回,1903 年,初发表于《绣像小说》,至十三回中断;后重行发表于天津《日日新闻》,即为后来的二十回本。

小说记叙一个摇串铃的江湖医生名铁英号老残者,在行医过程中经游山东一带的所见所闻,实际上是对晚清社会现实的反映与抨击,而对清朝官吏的贪暴尤为描写的中心。全书以玉贤、刚弼这两个酷吏的虐政害民为骨干,暴露了晚清黑暗的恐怖统治,成为它的基本主题。第十六回原评就表明了清官之可恨更甚于贪官:"赃官可恨,人人知之;清官尤可恨,人多不知。盖赃官自知其病,不敢公然为非;清官则自以为不要钱,何所不可?刚愎自用,小则杀人,大则误国,吾人亲目所见,不知凡几矣。历来小说皆揭赃官之恶。有揭清官之恶者,自《老残游记》始。"书里就揭发了玉贤、刚弼、徐桐、李秉衡一班人的有甚于贪官的罪恶。其实这些所谓清官,就是以清为名的酷吏。如第四至第六回写曹州府玉贤为了"急于做大官",便做了种种"伤天害理"的事,以便邀功。起初还办了几个强盗。但以后强盗摸着他的脾气,在曾经报过案的于朝栋家放下赃物,结果玉贤便令于家父子三人站"站笼"而死,害死了于家四口。其他如坑害不满意他的老王的独生子,以及冤屈卖布人等案件,更是不少。衙门口的十二个站笼几乎每天都要站死许多善良的人民。但任何人不敢公开说他"政绩"不好。作者在这三回书里愤怒地斥责了这个酷吏的暴行,并且"怒发冲冠,恨不得立刻将玉贤杀掉"。可是在当时,这个酷吏不仅未受任何制裁,却被保"道员任后补","赏加二品衔",得到最高统治者的支持与嘉奖。作者通过小说中老残的手写了一首咏玉贤的诗:

> 得失沦肌髓,因之急事功。冤埋城阙暗,血染顶珠红。处处鸺
> 鹠雨,山山虎豹风。杀民如杀贼,太守是元戎!

这就概括了当时封建社会残虐人民的酷吏的黑暗统治。作者对现实的这种暴露,客观上就有力地攻击了那个封建制度的本身,给那个罪恶社会以一定程度的破坏,这就是本书的意义所在,也表明了它称得起是一部优秀的批判现实主义的作品。

但是,刘鹗本身是一个政客,是属于买办资产阶级的封建官僚,基本上没有改变他的反动统治阶级立场,因此,他思想中的反动意识就极为浓厚,而渗透到作品里,便必然给全书带来严重的缺陷,最重要的是它歪曲了人民并敌视人民革命。作者在《自叙》中说:

> 吾人生今之时,有身世之感情,有家国之感情,有社会之感情,有种教之感情。其感情愈深者,其哭泣愈痛;此洪都百炼生所以有《老残游记》之作也。
> 棋局已残,吾人将老,欲不哭泣也,得乎?吾知海内千芳,人间万艳,必有与吾同哭同悲者焉!

显然,他是见到了清王朝摇摇欲坠的形势,而又为它的崩溃伤心哭泣的,这无疑是站在维护封建统治阶级的立场上的,而这部小说创作动机也于此可见。作者在第一回里就辱骂了当时的革命者是"只管自己敛钱,叫别人流

血"的"英雄"。同时他又为封建统治者辩护,认为造成中国快要"翻船"的原因,只是形势不太平及缺乏"方针"所致。为此,老残还给"船主"(指清朝的最高统治集团)送去外国罗盘,结果被骂为汉奸,撵了回来,船也就沉下海去了。整个故事既反映了刘鹗的反动立场,也反映了他找不到出路的苦闷与悲哀。作品还借它所颂扬的人物黄龙子的话大骂"北拳"、"南革",说革命党是"乱党"、"妒妇",是"人家败类子弟",把革命党比作"毒疮",并警告人们对革命党要敬而远之,"若搅入他的党里去,将来也是跟着溃烂,送了性命的"。对义和团,他竟比之为"疫鼠"、"害马"。可见他是如何地仇恨人民革命运动的了。

《老残游记》的艺术成就是相当高的。它的语言简炼,朴素,而且极为生动,富有创造性,尤其描写山川景物,细致精妙,色调鲜明,如一幅幅美丽的图画,如一首首清新的抒情诗。第二回写大明湖的景致,第十二回写黄河结冰,都是绘声绘色,极其逼真的。至于第二回写白妞说书,直如亲聆妙曲,清音不绝。所用语言完全是作者独出机杼,精心创造出来的,绝无一语蹈袭他人。作者也善于通过细节的描写,刻画人物复杂的内心活动,从而突出其性格形象。但是作者写人物不集中,把若干故事勉强联缀到一起,其间并无内在的联系,因而人物只是为了情节的需要而被作者随意驱遣使用,并非作为故事的主角而加以艺术的概括。

虽然如此,这部小说在那个时期确是不可多得的好作品,因为它不只在艺术上有较高的创造,即其所反映的现实也还是很深刻的,我们应当予以批判地接受。

第五节　曾朴和他的《孽海花》

曾朴(公元 1872—1935 年),字孟朴,笔名东亚病夫,江苏常熟人。他在清代曾中过举人,后入同文馆学习法文。1904 年,创办小说林书社,编译新学书籍。他参加过康、梁的维新运动,后来,维新派在江浙成立"预备立宪公会",他还是中坚分子之一。辛亥革命前夕,他曾在两江总督端方处作过幕宾。民国时代军阀孙传芳盘踞江苏,他也曾做过政务厅长。北伐后,他脱离政治,开书店,编杂志,译书,写小说,重理早年旧业。

他的《孽海花》原署"爱自由者发起,东亚病夫编述"。东亚病夫即曾朴,爱自由者是他的好友金天翮。金氏发起此书时,已作过四五回,曾朴接过来以后,一面修改,一面续作。1905年出版了前十回,第二年出版了后十回。1907年以后,《小说林》又继续发表第二十一回至二十四回。1927年著者主编《真善美》杂志,再赓续十一回,共得三十五回。翌年,复修改全书,为三十回。这与原来计划的六十回相较,还差一半,未完成而著者逝世。

《孽海花》是鲁迅所认为的晚清四大谴责小说之一,但比其他三种都表现得更为进步。

书中所写人物不下二百,都是现实中的真人。它以金汮和妓女傅彩云的爱情故事为线索,写了中法战争到中日战争三十年的历史,通过对旧社会的贵族、官僚、清流、名士的遗闻轶事的网罗,给读者展示了一幅晚清中国上层社会的图画。这部书在当时曾受到读者的热烈欢迎,影响极大,不到两年,再版至十五次,行销五万部,实为惊人。其所以能如此,主要原因在于它的思想性。这部书的进步思想超越当时第一流作家如李伯元、吴趼人之上。它表示了很强的革命倾向。原本第二回畅论科举制度,说"这便是历代专制君王束缚我同胞最毒的手段。结果是弄得'一般国民有脑无魂,有血无气,看着茫茫禹甸,是君主的世产,赫赫轩孙,是君主的世仆',尽入专制帝王的彀中,以'维持他们的专制政体'"。这是多么大胆、透辟的反封建统治的议论!

书中对革命党人陈千秋、孙中山、史坚如给以充分的同情,并表示了反满的情绪,也透露了他的种族革命主张。修改本第二十九回写当时的革命运动,说孙中山等党人要组织"我黄帝子孙民族共和的政府",对他们备加推崇。这样大胆,实为《官场现形记》和《二十年目睹之怪现状》等书所不及。

作者暴露当时黑暗现实极为深刻,书中写官场中卖官鬻爵,贿赂公行,成功地描画了醉生梦死的官僚知识分子的群像,都是以腐朽无能为其共同特征的。

本书作者对帝国主义的认识也远比李伯元、吴趼人深刻,他认识列强对中国的侵略野心,在描写中法、中日战争中也流露了作者的强烈的反帝思想。尤其在日俄战争将要爆发时,他就预示了"东三省快不保了","连十八省早也都不保了",的确是有卓识远见的。

作者对文化方面的看法,也颇有进步意义。他主张废科举,办学堂,开民智,从教育入手。要普及教育,必须先改革文字,使言文一致,通行全国。他还认为,应该重视小说和戏曲感化广大人民群众的作用,但反对那些"才子佳人，千篇一律"和宣扬神怪武侠一派妖言乱语迷信欺人的作品（见第十八回）。

就艺术形式看，《孽海花》"结构工巧，文采斐然"（鲁迅语），的确是不错的。作者在"序"中说，他"想借用主人公做全书的线索，尽量容纳近三十年来的历史，避去正面，专把些有趣琐闻逸事，来烘托出大事的背景，格局比较的廓大"。正因为金沟和傅彩云这两个人只是作为故事的线索来用的，所以作者并没有把他俩的爱情关系放在本书的主要地位，避免落到庸俗的言情小说的旧套里去，而始终从多方面扣紧中国政治社会现实的变化，至于那些琐闻逸事又完全是为着这个目的而写进去的。作品通过广阔的社会生活画面，展示了革命与反革命的矛盾，统治阶级内部的矛盾，帝国主义及其走狗与中华民族的矛盾等等，反映的现实确实既广且深，而写来井井有条，显示了作者在处理题材上具有惊人的剪裁与组织的本领。作者对人物性格的发展变化也注意到了，傅彩云的浪漫习性，李纯客的虚伪作态，都写得极细致。但"特多恶谑"，"时复张大其词"，则是那个时期谴责小说的通病，它也未能独免。

第六节　林纾和翻译小说

从晚清到民初，翻译小说盛极一时，据统计，那一时期翻译的作品约占全部小说的三分之二，而创作也就深受其影响。

翻译小说最早始于乾隆年间，当时都是根据《圣经》和西洋小说重新写作，把一切人名、地名，乃至风俗习惯全部中国化，不但失去原作精神，并其外貌也为之改变。到清末资产阶级改良派倡导维新变法时，经过梁启超等人的提倡，于是翻译小说才蓬勃地兴盛起来。严复和夏曾佑于 1897 年发表其为天津《国闻报》撰写的《本馆附印小说缘起》；翌年，梁启超发表其《译印政治小说序》，对小说的翻译均有很大影响。严复后来被称为中国近代大翻译家，但他所译的九种书都是西洋哲学和学术思想的著作，并不曾译过小说。他对文学的影响只在于他给译书提出了方法和标准，并作出了优秀的范例。在翻译小说方面最有功绩的，倒是以复古著称的"桐城余孽"林纾。

林纾（公元 1852—1924 年），字琴南，号畏庐，别署冷红生，晚号践卓翁，福建闽侯（今福州）人。他是以古文翻译西洋小说的第一人。据统计，他所翻译的小说,多达一百七十一部,二百七十册,其中英国九十九部,一百七十九册,最多;法国三十三部,四十六册,次之;美国二十部,二十七册,又次之;其余为俄、比、西、挪、希、日、瑞士等国的作品。他所介绍的世界著名大作家有莎士比亚、狄更司、司各特、欧文、大仲马、小仲马、巴尔扎克、易卜生、塞万提斯、托尔斯泰等。其影响最大的书是小仲马的《茶花女遗事》和史拖浩夫人的《黑奴吁天录》。他本人不懂外文,从作品的选择,一直到口译,都完全依靠别人,而别人又并非完全可靠。因此,在他的译作上,便不免有选书不当以及误解原意等缺点。虽然如此,林纾所译的书还是有很大成就的。首先是他态度严肃,在译写时,全心贯注,能与书中人物同呼吸、共命运,在译文中注入自己的感情,如同自己在进行创作一样。故虽用古文,却能表达得很准确,也很生动,翻译出来的质量在当时的译著中是比较高的。他自己说过,他译书时:"或喜或愕,一时颜色无定,似书中之人即吾之戚畹,遇难为悲,得志为喜。则吾身直一傀儡,而著者为我牵丝矣。"因此,尽管他所译的书有误解和删削不当等许多缺陷,却不能因此否定他在介绍西洋文学方面的一定功绩。

在这时期,较著名的译著有吴梼由日文转译莱芒托夫的《银纽碑》、溪崖霍夫(契诃夫)的《黑衣教士》、戈厉机(高尔基)的《忧患余生》(即《该隐》)。包天笑、马君武、苏曼殊也译了不少英国、法国、德国、印度的作品,而从日文译过来的尤多。

中国"直译"的小说始于鲁迅及周作人,他们在 1909 年出版了《域外小说集》两册,其中包括短篇小说十六篇和童话、寓言及拟曲等短小的文学作品。这些译作在我国翻译史上占很重要地位,虽然它们在当时并不为社会所注意,流行不广。首先是它忠实地从原著移译过来,比较能更好地保持原作精神,与擅自篡改原意者不同。其次是这里所选的多俄、波、丹、芬、希等国的作品,并且都是反映被压迫者的反抗精神的,思想性较强,最适合于那个时期革命的要求。还有,这种直译的方法到"五四"以后完全代替了过去的古文意译形式,证明了鲁迅兄弟的这一工作确是居于先导地位的。

第七节　鸳鸯蝴蝶派和黑幕小说

从光绪末年到民国初年前后十年左右的时间内,文坛上泛滥着一股逆流,那就是小说界的"鸳鸯蝴蝶派"和所谓"黑幕小说"的大量出现与广泛传播。

"鸳鸯蝴蝶派"和"黑幕小说派"都不是什么有组织的文学团体,但那个时期有那么些人专写男女私情或揭发别人在生活上或作风上的阴事,不是庸俗浅陋,淫秽不堪,便是肆意渲染,凭空捏造,既非真正描写纯洁的爱情,又非深刻揭露社会上黑暗的实质。其结构、其情节,大抵千篇一律,枯燥乏味;其语言,其文字,往往是堆积艳词,滥用典故,或东抄西抹,流于低级趣味。总之,这些作者很多都是寄居上海的江湖堕落文人,他们的人生观是灰色的,创作态度是随意任性的,其作品题材与风格大致都是相同的。他们不懂得文学的真正使命,如果说他们有什么文学主张,那就是趣味主义。正如《小说大观》所宣扬的"无论文言俗语,一以兴味为主",其结果就是把小说这一文学园地完全视为供人消遣游戏的场所,甚至导人于颓废堕落,成为败坏人心、腐蚀社会的毒品了。

民国初年,这种恶风几乎控制了整个文坛。"鸳鸯蝴蝶派"及其附庸的"黑幕小说派"的作者,大抵集中在上海这个洋场,先后创办了许多刊物,主要的有《小说月报》(1909年)、《小说时报》(1909年)、《游戏杂志》(1912年)、《礼拜六》(1913年)、《小说丛报》(1913年)、《小说海》(1914年)、《小说新报》(1915年)、《小说大观》(1915年)、《小说画报》(1919年)及《申报》、《新闻报》等副刊,其中以那时期的《小说月报》和《礼拜六》影响最大。作者群最著名的有包天笑、周瘦鹃、徐枕亚、李定夷、天虚我生、徐卓呆等,而包天笑、周瘦鹃尤为其中最有力量的领导者。但他们的作品虽大半都是不健康的,却还有一些具有一定的社会意义。而这派的典型作者则是主编《小说丛报》的徐枕亚,其长篇作品《玉梨魂》和《雪鸿泪史》都因描写无聊爱情的"曲折动人"而轰动一时,对青年毒害很深,影响最大。

这个逆流产生的原因,主要是它代表了封建阶级和买办势力在文学上的要求。封建遗老在情感上沉湎于对过去腐朽糜烂生活的眷念和玩赏,而洋场恶少则要求满足其买办阶级精神上的淫侈与猎奇的欲望。其次,殖民地化的中国社会,尤其当时像上海那样的地方,滋长了庸俗的小市民趣味,给这类作品提供了市场。还有,便是这股逆流先已有了它本身的文学基础或渊源,如晚清的言情小说和早几年吴趼人的《恨海》、《劫余灰》之类的影响。至于"黑幕小说",本来"亦是一种复古,即所谓'淫书'者之嫡系"(钱玄同语),"等于谤书,又或有漫骂之志",是谴责小说的"堕落"(鲁迅语),其客观效果往往是教人许多做坏事的"知识"。这些东西,严格说来,当然都不能算做文学,但对文坛影响很大,甚至在后来的资产阶级现代文学身上还残留着一定的坏作用,直到"五四"以后,"文学研究会"首先奋起反对。到20世纪30年代,它的影响才在革命文学狠狠的打击下渐渐消失。

第八节　京剧改革与话剧萌芽

甲午战后,中国社会形势的急剧变化影响了当时的文化,自然也不能不反映在当时国都北京最重要的文化生活方面之一的京剧上。许多艺人在过去京戏传统的基础上,吸收新思想,采用新题材,进行创作,并在舞台上表演出来,借以讽刺时政,表达群众的意见和情绪。汪笑侬便是其中最有成就的一个。

汪笑侬(公元1858—1918年),本名德克金,又名僢,号仰天,满族旗人。二十二岁中举,做过河南太康知县,因"主持正义,回护良民,触怒豪绅"被革职,从此遂决心献身戏剧事业。他是个爱国文人和艺人,对清廷的腐败政治及屈辱外交非常痛恨,思想中并有浓厚的民主主义成分,这些都具体地反映在他的剧作中。八国联军之役后,帝国主义者企图瓜分中国,他愤懑已极,于是自比柳敬亭,手编剧本,发泄孤愤,并独自到那时已脱离祖国版图的大连去对怀念祖国的观众演唱了《哭祖庙》和《波兰亡国恨》等名剧。他借剧中人之口愤怒地喊出:"自古以来,哪有将大好江山白送人家的道理!"当他唱到《哭祖庙》中"国亡家破,死了干净"两句时,不觉声泪俱下,激发了全场观众,以致人人流泪,泣不成声。这本戏是他所创作的三十余种剧本中的一个代表作,取材于三国故事。写魏将邓艾围困成都,蜀后主刘禅准备投降,其子北地王刘谌坚决主战,屡谏不听,于是他便于其父开门投降之际,杀妻灭子,提着人头去祖庙(先主刘备的庙)中哭诉,然后自刎而死。刘谌的哭诉简直就是作者对当时卖国政府的责问。

他所创作的和由昆曲传奇改编的剧本,多数是以历史或古典小说中的故事为题材,但均与当时政治社会现实斗争紧密结合,深寓托古讽今之意。除《哭祖庙》外,还有《受禅台》、《党人碑》、《博浪椎》、《骂王朗》、《骂阎罗》、《长乐老》、《献西川》、《将相和》等,都是很有价值的。少数的作品,由于他世界观的局限,也有不健康的,如《孝妇羹》的封建思想;《洗耳记》的出世思想和《敲骨断金》的虚无主义思想,则是应予批判的。

以汪笑侬为首的进步艺人也编了一些反映时事的新京剧,如《立宪镜》、《亡国惨史》之类,虽也轰动一时,但这种新的尝试,毕竟还是在旧的基础上略加一点新的东西,方枘圆凿,并不能融合为一,所以也未能获得成功。这时,人们要求有新的剧种、以新的形式来直接反映当前革命斗争的新内容。而这就给话剧的产生提供了新的社会基础。此时,京剧以及许多地方剧种也已在时代变化中出现并积累起一定的话剧因素了:如有的剧本,唱词极少,而变成以对白为主;还有的京戏改演时事,服用时装,并得到不少观众的欢迎。再加上外国戏剧,特别是日本新派戏对中国文艺界、戏剧界起了一定的影响,于是话剧便应运而生了。

如上所述,在汪笑侬编演他的颇有影响的那些新京剧之时,即已产生了话剧的因素,而且这因素愈来愈显,愈来愈浓。特别是由于当时正值资产阶级民主主义革命蓬勃兴起时,于是新剧运动——那时一般称之为"文明戏"的运动,便也应合革命的需要,随之而俱起。后人虽对这"文明戏"并不很推重,甚至颇加鄙视,斥为浅俗,但椎轮为大辂之始,这"文明戏"实是我国现代话剧的滥觞,在它的萌芽时期,必然是比较粗糙的、浅陋的。

一般地说,最早的话剧团当是公元1906到1907年(光绪三十二、三十三年)我国留日学生李息霜、曾孝谷、欧阳予倩等人在日本组织的"春柳社"。它最初上演的剧本是《茶花女》和根据《黑奴吁天录》改编的三幕剧。而后者是借美国对黑奴的残酷虐待,来影射中国人民所受的沉重压迫,以唤起国人的民族自尊心。翌年,他们又和陆镜若演出了法国浪漫派的作品《热血》,热烈地歌颂了革命者不屈不挠的斗争意志和革命的乐观主义精神:"专制必倒,自由平等的世界定会到来!"给革命青年以极大的鼓舞。

公元1907年,王钟声等在上海成立了"春阳社"。又三年(即公元1910年),春柳社社员任天知在上海组织了"进化团",吸收了中国旧戏的传统手法,在幕外解释并联缀剧情,使观众容易理解和接受剧中的革命思想,效果很好。他们到南京、芜湖、汉口等地作旅行演出,盛极一时,影响甚大,以致引起清政府的恐慌而遭到迫害与禁演。继此之后,长江沿岸很多大中城市都陆续成立了剧团。到辛亥革命之时(公元1911年),原春柳社同人多数都参加了革命的活动。

1912年,民国成立,袁世凯篡夺了资产阶级革命胜利的成果,此后两三年内,革命转入低潮,但反袁的所谓"二次革命"运动则正在潜滋暗长。这时，春柳社、进化团等新剧组织亦曾兴盛一时，在江南各省到处演出，但演员之中有些人逐渐腐化堕落，而出现了一股反现实主义逆流，所谓"文明戏"也随之没落。

与此同时，原春柳社基本成员多集中于上海，他们锐意剧改，组织了"新剧同志会"，加上他们在长沙创办的"文社"等团体，均决心继续以戏剧配合革命斗争。虽然新的话剧在反动的政治压迫下暂时消沉了一些，但它既是在革命的需要下产生的，也必然要在革命的发展中成长起来，而现代话剧的历史发展道路也正是这样走过来的。

图书在版编目(CIP)数据

中国文学史纲要/姜书阁著.—杭州:浙江大学
出版社,2015.9
ISBN 978-7-308-14780-4

Ⅰ.中…　Ⅱ.①姜…　Ⅲ.①中国文学－文学史－高
等学校－教材　Ⅳ.①I209

中国版本图书馆 CIP 数据核字(2015)第 127626 号

中国文学史纲要

姜书阁　著

责任编辑	张道勤	
封面设计	刘依群	
出版发行	浙江大学出版社	
	(杭州天目山路 148 号　邮政编码 310007)	
	(网址:http://www.zjupress.com)	
排　版	浙江时代出版服务有限公司	
印　刷	杭州杭新印务有限公司	
开　本	710mm×1000mm　1/16	
印　张	54	
字　数	910 千	
版 印 次	2015 年 9 月第 1 版　2015 年 9 月第 1 次印刷	
书　号	ISBN 978-7-308-14780-4	
定　价	120.00 元(上、下卷)	

浙江大学出版社发行部联系方式　(0571)88925591;http://zjdxcbs.tmall.com